天下贼谱

文华 著

加拿大国际出版社
Canada International Press

书名：天下贼谱
作者：文华
出版：加拿大国际出版社
网站：www.intlpressca.com
Email: service@intlpressca.com
国际书号 ISBN: 978-1-989763-5-44

9 781989 763544

Lifes of The Thefts
Written By Wen Hua
Published by Canada International Press
www.intlpressca.com
Email: service@intlpressca.com
ISBN：978-1-989763-5-44
Ebook ISBN978-1-989763-5-51

本书简介

　　本书是描述与几十个扒窃高手混了几年后耳闻目睹的众多故事，是以北京 80-90 年代城乡结合部为故事发生地，描写一些社会阴暗面儿里的不被常人所知的人和事。这些扒窃人员，吸毒及贩毒人员给社会造成了很大的危害，而他们自己也付出了很大的代价，甚至是生命。这些人中，家庭背景不同，文化程度不同，最后的下场也不同。有的人一条道走到黑，最后成为囚犯，痛悔一生；有的人改邪归正回到社会，用自己的双手创造财富，过上了正常人的生活。

　　人生苦短。每个人都应该爱惜自己的生命，行正义走大道，为你自己的家庭，为社会，为你的周边社区，增加一点色彩。

目　录

第一篇 苏甫拉包 琦琦恨贼

　　赛季结束，终于可以放几个月的假了。琦琦蹬着一辆崭新的山地车，在回家的路上并没有显得有多兴奋。车的后架上，放着跟了她一个赛季的瑰红色旅行包，非常醒目。

　　她从儿时开始练足球，算是子承父业，长大进入职业队参加联赛至今，算起来也五六年了。

　　女足和男足不一样，男足的队员都挣了大钱了，人家开豪车住豪宅。而琦琦虽然在队中踢主力，每年都有两位数的进球，但放假回家的路上还是要骑自行车的。虽然车是新买的，蹬着还不算沉。

　　路上车很多，不少放学后骑车回家的学生，骑得非常生猛，常在车流中左超右晃的乱窜。琦琦尽量躲让，一只手还要时不时的摸一下后车架上的提包，提包里有她这一年辛辛苦苦得来的年终奖三千块钱。

　　"三千块啊，买部好点儿的手机都不够。哎！"琦琦叹惜着。

　　可不是，这要搁男足，一年的年终奖，恐怕她这个提包也放不下。付出的辛苦一样，时间一样，待遇却一个天上，一个地下，就好象女孩子比男孩子少点儿什么似的。

　　一个少年脚下踩着滑轮，在车流中穿梭，速度非常快，每超越一辆自行车，他都会侧身朝被超越者发出得意的笑。

　　琦琦正在用一只手去摸后面的提包，被突然从左后方插上的滑轮少年闪了一下，捏闸是不可能了，一扭车把，前轮撞在隔离带上。

　　琦琦向马路牙子上栽了过去，幸亏从小就练挨摔，所以很专业，她在地上打个滚儿后坐了起来。姿势真的很优美。她的表情也很自然，没有一点儿痛苦，引来路人不少赞声。没想到，在球场踢球没人看，大马路上摔个跟头倒有人叫好儿。不过，球场的场地是草坪，地是软的，而马路上的地面是水泥砖，还有棱儿，虽不至于伤到骨头，皮肉之痛也够一梦的。

自行车的前轮卷饼了，车架上的提包也甩落在地上。审视身体，膝盖和肘部痛感强烈，两处的衣服也挫破了，一定是摔破皮了。

她站起身，用一只手把车拽到马路牙子上，再回身抓起提包，走到路边，坐在街边花坛的池子上。她把裤子卷起查看伤口。膝盖上破了一大块皮，已经开始往外渗血了。再看肘部，已经滴下血来。不愧是职业挨摔的，若换是普通的女孩儿，肯定会张大嘴哭上了。

一对老年夫妇走过来问："姑娘，摔坏了吧，碍事吗，用不用叫辆救护车？"老太问。

"不用，不碍事，谢谢奶奶。"琦琦道谢。

"小姑娘身手不错，要是我呀，摔成豆腐渣了。"老头说。"唉，这道儿上太乱了，以后啊尽量走便道。"老太说。

"净说废话，骑车能走便道？咱们岁数大的人以后尽量少出门，就在家龟着吧。"两个老人走了。

琦琦的左手托着右手的小臂，仔细查看受伤情况。右手的手掌，肘部伤的面积较大，肩和胯都有疼痛感，估计也有伤。不过，也算万幸，这也就是琦琦，知道要摔时能主动弃车，伸出手臂顺势而倒，否则稍一犹豫，头部撞到马路牙上就很危险了。

"小姐，用帮忙吗？看你摔得不轻啊，我送你去医院？"说话的是一个帅气的穿着西服的小哥。

"谢谢兄弟，还真得麻烦你一下，我的提包里有外伤药，你帮我找出来喷一下。"琦琦说。

男青年蹲下，拉开提包的拉锁，在里面翻出一瓶喷剂。"姐，是这个吗？"他问。

琦琦把时部伤口亮出说："是，麻烦你帮喷一下。"

"怎么用？"小伙看看了看药瓶问。

"距离伤口十公分，喷一秒就行，喷三下。"琦琦说。"腿上也喷吗？"

小哥用喷嘴儿对准伤口喷了几下问。"也喷，多喷几下。"琦琦把腿伸开。

喷完膝盖，琦琦把上衣的领子往下扒了扒说："朝肩的外侧喷几下。好。往裤兜里喷几下。"几处伤手都处理完了，最后是手掌，也喷了药。

小哥儿把药瓶收进提包，拉上拉锁后，把提包往琦琦身边挪了挪。

琦琦为小哥的这个举动感动了，仔细端详，原来是一个浓眉大眼，很帅气很喜兴的小帅哥。琦琦心中暗喜，心里想，这就是传说中的邂后吧。"谢谢小兄弟。"琦琦说。

"甭客气。姐，我把你的车推过来？"小哥儿问。"行，你受累。车可能摔坏了。"

小哥儿走过去，把车搬过来说："姐，你的车摔坏了，前轮变型不能骑了。""不碍事，不行打个车走，拉回去再修车。"琦琦无奈的说。

男青年用手往前一指说："姐，前面不远有一个修车摊儿，要不然我帮你推过去修修？"琦琦往前一看说："行，让你受累了，真不好意思。"

小哥儿笑着说："瞧姐说的，就您这么漂亮的大美女，您要一招呼，还不得过来一个排一个连的人排队候着。得，我搬过去了。"说着，他把车扛在肩上，向修车摊儿走去。

琦琦从幼年练球，进入少年队，青年队，后进入专业队，队里是一水儿的女孩，几乎没有与男孩儿接触的机会。父亲以前也是踢球的，所以他不赞成琦琦过早的交朋友。眼前这个小伙的确不错，很高很帅，而且很绅士很男人。难道梦中的白马王子就是他？那今天这个跟头摔得可值了。想着想着，琦琦自个儿笑了起来。

小哥回来了，他蹲下说："姐，还疼吗？那什么，修车的说得修大约四十分钟，要八十块钱。你带钱了吗？没有我帮你垫上。""钱有，你拉开提包，里面有个信封，从里面拿一张。"琦琦说。

"嗯。"男青年把提包稍微拽过来一点儿，拉开拉锁，拿出一个信封问："是这个吗？"

"是，拿吧。"

小哥儿从信封里抽出一张钞票举了一下，琦琦点点头，小哥儿把信封放进提包。"姐，修车是八十，你身上有零钱吗，省得找了。"小伙说着，把钞面欲递给琦琦。

琦琦摆手说："不用找了，剩二十你买瓶啤酒喝吧，这就够麻烦你的了。""谢谢姐。那我过去看看修车的，没准我就不等了。你稍歇会儿，一会儿过去推车。回家时注点儿意啊。"小哥说完，把提包拉锁拉严，往琦琦身边推了一下，起身向修车的方向走去。

琦琦检查了一下伤口，刚喷的药已经形成了一层膜儿，伤处已经不怎么疼了。她小心的放下裤腿和袖子，往修车摊儿的方向瞧，小哥好象正在和修车师傅聊天儿，看见琦琦往这头瞧，就站起身，向琦琦挥了手后，迈步横穿马路，向远处走去。

琦琦缓了一闸以后，觉得好多了，她站起来，轻跺了几下脚，提起提包，右腿稍有点拐的走到修车摊前，见有个马扎儿，就过去坐下，她把提包放在身前，看修车匠给自己修车。

前轮拿完圆儿，又正了下车把，紧了紧闸线儿，没问题了。修车匠把修好的车推到摊位靠里的位置，踢上车支子后，回过头来坐在一个板凳上问："小姐，你修什么？"

"修车呀。"

"车呢？"他问。

琦琦愣了一下说："你刚修的车就是我的。""你的？怎么会是你的？这是我花二百块钱买的，刚修好，怎么就是你的了？"修车的说。

琦琦着急的说："我骗你干嘛？我刚才在那头儿摔了车，前轱辘卷了，是一个小伙子帮我扛过来修的，他说修车钱是八十，我给了他一百呢。"

修车的点了一根烟后说："这辆车是一个小伙子送来的，他说是他女朋友的，问我修车多少钱，我说八十，他又问卖我多少钱，我说你这车不错，我能给二百收，他说去问问他女朋友卖不卖，去了一会儿回来说卖，我就给了他二百块钱，他就走了。哦，他拿钱先走了，等车修好了，你又来推车，当我傻啊？"

"上当了，这孙子竟敢骗姑奶奶，姑奶奶饶不了你，我有的是功夫。师傅，我们都上当了，这么着吧，我把车买回来，你要多少钱？"琦琦问。

修车的想了想说："我不卖，我女儿正想要辆车呢，我还给她留着呢。"

琦琦掏出手机说："那好吧，我只好报警了，让警察跟你要吧。"

修车匠赶忙拦着说："得……小姐，别麻烦警察了，车你推走，也不赚你钱，把二百还我就行了。你再给点儿修车费，别让我白忙活。"

"你这么说不就结了。修车不是八十吗？一分不少你的。二百八，我给你拿钱。"琦琦说完，打开提包，在包里扒拉几下后竟没找到信封，钱没了。

"妈的，碰到高手了，连骗带偷。我说怎么会遇到这么好的人呢？我明明看着他从信封里拿了一百元，把信封又塞包儿里了，他是什么时候偷的呢？哦，明白了，一定是他一只手把信封塞进去，另一只手举着钱问有没有零钱，趁机又把信封抽走了，这手也太快了。今天算倒大霉了，要知道有这事，还不如打辆车回去呢。　没办法，琢磨也没用了，先回家治伤最要紧。给老爸打个电话吧。"琦琦从裤兜里掏出手机，拨通了父亲的电话。

第二篇　琦琦抓扒　反被当贼

　　一辆黑色的奥迪停在辅路边儿，响了一声喇叭，琦琦过去把提包扔车里，从司机手里拿了钱交给修车匠，修车的帮着把自行车放进汽车后背箱里，琦琦拉开车门坐在副驾驶的座位上，汽车开走了。

　　这个帮助琦琦的帅哥叫苏甫，是神拿门三爷钱豹的养子，今天这手活儿干的，简直可以上教科书了。他有些日子没开张了，今天终于可以吃上肉了。

　　琦琦回到家，把伤口进行彻底清洗，上药包扎，处理完了之后，打电话报了案。琦琦发誓，一定要抓住这小子。

　　琦琦虽然挣的少，但是家里并不缺钱，三千块钱也不是什么大不了的事。但事情有时就是这样，如果苏甫是个女的，琦琦的钱也就丢就丢了，不会太上心。可苏甫偏偏是个年轻的小哥，一个帅小伙，而且琦琦第一眼就喜欢上他了。他偷钱铁定是事实，可琦琦总不能接受这个结果，非抓住他问问不可。有一种女人叫弱智，见到一个男人的第一眼如果动了心以后，既使知道他扛着自己的车去卖，她依旧认为他扛车的姿式很潇洒。

　　四五天以后，伤好得差不多了，琦琦开始逛街，她在那个修车摊附近往周边进行幅射状搜索，凭感觉，她觉得贼帅哥一定还会来。

　　每年这段时间，休假以后的半个月内，琦琦都会闷在家里。踢了一个赛季，身上的皮肤晒的黝儿黑，回来以后必须得捂，否则不好意思见人。不过，今年不行了。

　　在街上逛了十来天了，她很辛苦。因为不是纯逛街购物，也就没什么乐趣，马路对过儿那个大商场，四层走下来要说不累才是瞎话，而且好象还在搞活动，人真多。

　　这人也是，这种促销打折的活动明明就是骗人的，东西比平时卖的还贵，可它就那么多人买，挤得头破血流的。都中秋了，这身上一点儿没觉出凉快来。

　　琦琦坐在街边的长椅子上，看着过往的行人。突然在她的视野里，看到有一个人没走人行横道，直接横穿马路向这个方向走过来。正是她要找的这孙子。

　　琦琦马上站起来，背过身去慢步向前走，当她感觉到小帅哥来到身后时，猛的一回头喊道："站住，还认识我吗？"她挡住去路。

　　苏甫从商场里下了个钱包，出了商场横穿马路，边走边打开钱包摸了一下钱，有三千四百块钱。他准备过来后把包洗干净，包一扔，活儿就干完了，没想到被摔车的小姐姐给堵住了。"你，干嘛挡道？闪开。"苏甫说。

　　琦琦抓住他的脖领子说："装不认识？偷了我的钱，卖了我的车，我憋你十来天了。走，去派出所。""呦，是摔车的小美女呀，伤好了吗？你怎么在这儿？为了还钱我找你好几天了。前些日子我妈有病住院了，钱不够，不得已才拿了你的钱。这不是，我姐给送钱来了，我第一时间就想着还给你。我已经找你三天了。给你，钱包里有三千四，都是你的。那什么，我还要去医院，拜拜。"他把钱包交给琦琦后走了。

　　琦琦一下愣住了，眼看着让他走了。钱包里确实有一打子钱。难道错怪他了？那也不应该让他走啊？憋他这么长时间，也不光是为了钱呀。

　　琦琦坐在长椅上正在发呆，突然被几个警察包围了。"就是她，她和那个男的是一伙儿的。"一个小姑娘指着琦琦说。

　　警察用警棍指着琦琦说："警察。双手抱头蹲下。"

　　琦琦吓了一大跳，见警察用警棍指着她，想站起来没站起来。"凭什么蹲下呀？我犯什么法了？"琦琦说完，见警棍打出电火花，还是抱头蹲下了，钱包举过头顶。

　　一个中年妇女跑过来说："警察同志，就是她，我报警的时候让我女儿跟着来着，是一个男的偷的，然后转给她了。她手里的包就是我的。"

　　"包是你的吗？"警察问琦琦。"不是我的在我手里。"琦琦也不示弱。"您能说清里面有什么东西吗？"警察又问。"当然了，里面有三千四百块钱，一百一张的。"琦琦蛮有把握的说。

警察又问中年妇女："你的包里有什么东西？""我今天出门带了三千五百块钱，吃早点花了十块，还有三千四百九十。为了花着方便，我特意让卖早点的找了九十块零的，是九张十块的。包里还有口红和几张餐巾纸。"中年妇女如数家珍。

警察命令琦琦把包放地上，琦琦照做了。

一个携警过来，当众打开钱包清点，里面的物品与中年妇女说得一样，三千四百九十元，一支口红和几张餐巾纸。

"拷上带回所儿。"警察一声令下，琦琦被戴上手铐押上警车。"请您跟我们去所里录个口供。"警察对中年妇女说。

这是从哪儿说起呀，抓贼的被抓了。琦琦哭笑不得，解释也没用，到派出所里再说吧。

解释也好解释，半个月前琦琦报过案，公安局有案底，琦琦出来抓小偷，也是顺理成章的。而且琦琦若是扒手，肯定不会坐那等你来抓。一切都是误会。按说失主儿还应该感谢琦琦呢，没有琦琦，她的钱没准到晚上就变屎了。只是琦琦白忙活一场，钱还没捂热呼呢，就给铐上了，也够奇葩的了。

出师不利，但也有收获，实践证明，只要你有耐心，守株待兔的等，早晚能等到他，下回若再碰上他，他可就没下回了。

琦琦烫了头，人立马儿精神了，稍微涂些粉底，脸上的皮肤又白了许多，牛籽裤秀出长腿蛮腰儿，一定会增加不少的回头率。粉色的手链是用包装绳做的，很鲜艳但谁也不知道什么材质。墨镜遮住了三分之一的脸，不会轻易被认出。她不带手包和挎包，左右手各拿一部手机，时不时的放耳边接听电话，真接假接反正谁也不知道。。

她专门买了一张市区地图，每天去过哪里都做了标记。当然她这种招摇过市的行走方式，也确实引来了扒拿高手儿跟踪，不过琦琦在没看见苏甫以前，警惕性还是很高的，而且她发现，如果有人打她的主意，她只要站住，瞪上两眼，就会把那些人吓跑。只是后来觉得好玩儿，就不太在意了，而且只要她把手机攥手里，就丢不了，毕竟做贼的是不敢上手抢的。

八天了，地图上划的七个区片儿已经走完了，今天准备重新走一遍。

第三篇　乔装捉苏甫　高手巧脱身

　　下了公交车，进了一家超市，出来后又坐了两站公交，下车后来到公园门口，然后在公园外墙的花池子边上溜达，偶尔哈腰借着看花的机会看看身后。可以肯定的是，后面有人在盯她。那个人在琦琦哈腰的时候迅速隐在树后。凭感觉，她要找的目标出现了。

　　琦琦往前走了几十米，来到花池子外面的人行道上，再往前走，有个长椅子。这种椅子她很熟悉，椅背儿多高，椅子木条缝的宽窄她都研究过。她坐下以后，觉得有些乏，伸了个懒腰。攥着两部手机的右手向前平伸，放在椅子靠背上，脑袋枕着胳膊。几十秒钟后，觉得不舒服，把手机倒给左手，右臂弯曲，小臂支撑头部，握着手机的左手先是放在大腿上，尔后又放在椅子上，后背痒弓用手去挠，挠完背的手没有去拿手机，而是放在大腿上。她的脸朝前下，好象是睡了。不过她戴着墨镜，看不出是睁眼闭眼。

　　在后边跟着她的果然是苏甫，他是从公交车上跟下来的，只是不好下手。现在她把手机放椅子上了，正是下手的机会。常说春困秋乏，现在正处中秋，人被太阳晒的很舒服但也很容易乏。

　　苏甫紧走几步到琦琦身后，探身看了一眼，若从上面拿可能会碰到她的头，甚至人体的气味儿都能让她惊醒，还是从椅子缝里往外拿稳妥。他蹲下身，把几个手指从椅子缝里伸过去，指尖可以摸到手机，往外勾了两下，正要用手指夹出时，手被琦琦按住，脖领子也被上面的手抓住了。

　　做为足球运动员，必须要防范后方的偷袭，而你又不能回头看，凭的就是感觉。苏甫来到身后，不瞧也能感应到。

　　这正是琦琦设计好的，包括手机放的位置，头部的位置，以及两只手同时抓人的动作，也都事先演练过。　"哎呦呦姐，疼，疼死了。"苏甫咧着嘴说。

琦琦把他椅子缝里的手往上撅了一下说："孙子，你敢玩我，我撅断你的手指头，废了你的武功。""姐我不敢了。我跟你闹着玩呢。"苏甫边说，身体边往地下贴，唯恐手指被折断。

"我松开你可不许动啊，你要敢跑我弄死你。"琦琦说着松开他的脖领子和椅子缝里的手。把两个手机装裤兜里。摘下腕子上的手链一抻，手链变成了一根绳子，她准备绕过椅子去捆苏甫。

苏甫撤出手，借机伏地一撑，身体向前蹿了出去，撒腿就跑。

琦琦艺高人胆大，准知道他会跑还松开他，就是为了让他跑。他不跑怎么能显出咱的能耐啊。所以苏甫跑出几步后，琦琦起动，紧倒几步就追上了，她不抓他，也不打他，而是身体往上一贴，下面膝盖一顶，苏甫就摔了出去。琦琦还很习惯的举手示意，表示没犯规。

踢足球的不会武术，但练武术的千万别惹踢球的，踢球的有几招还是要练的，如头顶功、锁喉功、肘击功、飞踹功、扫膛腿及飞铲踩踏功等，招招致命。今天琦琦可能真是出于对这个帅哥有好感，才做了一下轻微的身体接触，结果就让他摔了个大趴虎儿。手肯定挫伤了。

"还跑不跑了？告诉你，我是专业踢球的，百米十二秒，就是让你先跑出一百米去，我再追都来得及。还跑吗？"琦琦踩着他的背问。"大姐，我服了，不跑了。"苏甫忙说。

琦琦低头问："服了，心服口服啊？""大姐，心口都服了。"苏甫亮着受伤的手掌说。

琦琦抓住他的领子，把他拽起来走到一棵大树下，他抱住树，让他把手捆住了。琦琦坐在椅子上歇了一会，拿出手机拨打——零报警，接线民警让她提供准确的位置，她来到路边去看站牌，告诉民警现场位置时，一回头，发现捆在树上的人没了，她马上对民警说："先别来人了，人跑了。"

前方一百多米远处，有几个人正在跑步，速度挺快，琦琦心想："嘿，小子，趁机跑了，这回非给你来个飞踹不可。"抬腿向前追了过去。

苏甫被捆在树上，按说被抓已经是板上钉钉了。不过，做拿手的最先练的不是偷，而是跑，苏甫入行的神拿门有一绝招，叫口里藏刀，就是把剃须刀的刀片掰下一角，放在嘴里，可以含二十四小时，甚至喝水吃饭都不用取出来，这是童子功。只是现在被捆树上，手够不着嘴。那也难不住苏甫。只见他口中运功，把刀片用牙咬住，往树杆上一扎，刀片扎在树皮上，他抱着树转了一圈，用手取下刀片，迅速割断绳子，迅势往下一出溜，头对着琦琦方向趴在树后地上。他这一招也是在谱的，行内叫做泥鳅钻泥。这时，不断有跑步的人跑过，所以琦琦回头一看树上捆的人没了，误以为跑了，就向前追去了。

此时苏甫迅速起身，往相反的方向急走，他准备到前面的售报亭后，用亭子做掩护，然后撒腿就跑。正好，亭子旁边有拉脚的摩的，他上了摩的，索性让司机往琦琦去的方向开去。

摩的开得很猛，直接上了机动车道。刚才苏甫被捆树上，司机都看见了。"哥们，刚才那女的是怎回事，为什么把你捆树上了。"司机问。

"嗐，我昨天打牌输了点儿钱，她就不干了，不让我上班，还给捆树上了，非要让赢钱的退钱，不退就报案。您说，这玩牌有输有赢，哪能天天赢啊？没办法。都这钟点儿了，班也别上了。师傅，一会您回去她要问，您就告诉她说我上班了，麻烦你了。"苏甫说。

透过摩的的塑料窗，他看见那个小妞正在向跑步的人询问，跑步的人摆手后继续向前跑去。琦琦马上扭头往回跑。而坐在摩的里的苏甫得意的笑了。

摩的开出去有三公里，从车里往外看，有公交车站牌闪过，他叫停车，说到家了。付车钱下了车，往前面的小区走了几十步，见摩的掉头走远了，苏甫迅速回身穿过马路，来到公交站牌附近躲了起来。待有公交车靠站后，他出来上车，坐下后从窗户往外看。

前面就是报亭，小美女正在跟摩的司机说话。估计是打听他呢。

琦琦来到报亭子，问卖报的中年妇女："大姐，您看见有一男的从这跑过去了吗？个挺高，长得挺帅的。"

　　"坐摩的往东去了。这不，摩的回来了。"大姐说。

　　"师傅，刚才您拉一男的去哪儿了？"琦琦问。　"哦，你丈夫呀？回家啦。他还不让我说呢。"司机说。

　　琦琦发火道："谁丈夫啊？怎么说话呢？"

　　"嘻，他说你是他媳妇啊。他昨天玩牌输了钱，你跟他打架不让他上班，坐我车回家了。"司机说。

　　"放屁他，他是贼，偷了我三千多块钱，我憋了他半个多月才把他抓住，趁我报警他跑了。他跑哪去了，快带我去追。"琦琦说。

　　司机省悟道："哦，这么回事，这孙子，连老子都骗了。你快上车，我带你去追。不过姑娘，如果遇上执法的，你得给我做证明，我不是拉黑活，我可是见义勇为。"

第四篇　异性相惜　顺手牵羊

坐在公交车上，苏甫虽然很得意，却莫名其妙的有了怜香惜玉之心。这小婆子真不错，长得喜兴，细腰长腿，跑起来的姿势很潇洒矫健，是值得拥有的那款。嗯。

苏甫已经过了二十三了，也老大不小的了，只是作为一名拿手，基本上接触不到女性。大街上天天逛，美女到是不少，可谁是他的菜呢，不会有女孩喜欢一个人人喊打的扒手的。不过，这个踢球的长得不错，又是本地人，整天在街上转还真让人心疼，爱美之心咱还是有的。而且老让她这么贼着，躲得了初一，躲不了初五，弄不好就会栽她手里。算了吧，把钱还给她吧。不过，还要好好设计一下，抻着她。

苏甫住在西三环附近，他要打车到东二环。今天不去做生意了，专门去找那个大妞。

下了出租车，在街上转了一会儿，又打了一辆蹦子，拉着他走街串巷的找，临近中午时，终于在昨天被抓的那个地方的附近，看了小妞儿的身影。他结账下车，从身后过去拍了她的肩一下。

琦琦回头，见是昨天跑了的窃贼，气儿不打一处来，伸手抓住他的脖领子，用脚踩住他的脚说道："你丫的敢耍我，我今天跺扁了你。"

"呦呦呦，大姐，当官不打送礼的，我今天是来还钱的。你这可是黄牌动作。"苏甫说。

"还钱，给都不要了，今天非把你送派出所不可。走，跟我去公安局。"琦琦说着，拉着他就走。

苏甫不迈步，而是身体往下坠，他坐在地上说："大姐，我肯定去派出所，但是你给我个机会，让我去投案自首好不好？"

琦琦愣住了，半信半疑的问："自首，你去自首？谁信呢。"

苏甫站起来说："信不信由你，反正我今天是来还钱的。我都快转遍整个东城了，就为了找你还钱。瞧，这是两千块钱，先给你，我今天手头上就这么多。我拿了你三千，车卖了二百，一共三千二，再给你一百利息一共三千三。今天先还你两千，剩下的一千三过几天再还给你。你看呢？"

"你这意思是你要改邪归正了？不骗我吧？你的嘴我可领教过了。"琦琦半信半疑的说。

"钱是真的就行。这样，我跑了一上午了，还真饿了，姐也饿了吧，咱姐儿俩吃顿便饭，我请。填饱肚子以后去派出所。你说呢姐？"苏甫姐姐姐姐的叫着还真亲。

琦琦这一代人，没哥哥没姐姐，没弟弟没妹妹，既使有人叫姐叫妹的也都不是亲的，而今天这个帅哥姐呀姐的叫，让她听了真舒服，心里暖暖的，好象曾经真有这么一个弟弟似的，在异性相吸的作用下，自然也就愿意跟他去坐会儿。的确，一个男人或女人，对一个女人或男人产生好感以后，身体里会产生一股无名的引力，促使你去往另一个人跟前儿凑。

不远处就有一个餐馆。进去以后捡了一张靠墙的桌子，两个人都靠墙对着坐下，琦琦脸朝南，苏甫脸朝北。苏甫脱下西服，搭在椅子背儿上。这张桌子离酒柜近，要东西方便。服务小姐过来开菜单。

"我喝啤酒，你喝酒吗？"苏甫问。　"我喝一瓶吧。"

"那好，那什么，主食呢？我要半斤饺子。"苏甫又问。　"我也要半斤饺子。"

"好，小姐，我们来三瓶啤酒，一盘煮花生，一盘伴香椿苗，一斤鸡蛋茴香馅的饺子。"苏甫点餐。

"好的，您稍等。"服务员回去下单。饺子要现包，凉菜在柜台里有现成的。

服务员送过来筷子。醋碟和酒杯，又从柜台要了啤酒和凉菜，啤酒开了瓶，把瓶子盖儿拿走了。

苏甫给琦琦倒了一杯酒，自己也倒了一杯。"姐，既然坐一块儿了，就不是外人了。我姓苏，叫苏甫。"苏甫说"我姓李，你叫我琦琦吧。"琦琦也介绍了自己。　"琦琦组姐，跟你真是有缘，打都打不散，咱姐儿俩干一杯？"苏甫说。

琦琦一挥手说："别那么肉麻，谁跟你有缘？我跟你不是一条道上跑的车，只是你饿了，我也饿了。加上刚才你的表现，鼓励鼓励你就是了。"

苏甫点点头说："是是，琦姐姐就是活菩萨，救苦救难，不过你一定要救人救到底啊。"　"吃饭喝酒，哪儿那么多废话呀。"琦琦说完开始喝酒。　"姐说的是。姐，过几天我把钱凑齐了，怎么跟你联系？"苏甫问。

"联系什么，甭联系，既然你有悔改之心，重新做人，钱我就不要了。我抓你也不是为了钱，只是觉得你长得也人模狗模样的，就不应该干这个。"琦琦说得很认真。

餐厅里开始上人了，不大会儿功夫人就坐满了。苏甫背后的桌子来了四五个人，一个很胖穿着风衣的中青年妇女，欲坐在他后面的坐位上，苏甫把椅子往前挪了挪。

妇女把一个挎包挂在椅子上，费了点劲坐下了。这个女人也是倒霉催的，非要靠墙坐，你坐边上打横不就不挤了？不过，靠墙坐一个人占一面儿，打横就要两个人并坐，看来这个女人是个不吃亏的主。

苏甫的椅子又往前挪了一点儿，胖女人趁机又往后挤。苏甫本想再往前挪椅子时，无意间他的手碰到了胖女人挂在椅子上的包，凭直觉，这包里有个钱包，钱包是鼓的，而且挺硬。

苏甫撤回手，迅速从裤兜里掏出一个纸片，这是一帖两面胶粘贴，撒掉表层的纸，伸手贴在桌子底下，又故作塞牙，用手掏出口中的刀片，手往下一垂，划了胖女人的包，扔掉刀片儿，两手指将里面的钱包夹出，直接粘在桌子下面。

苏甫又往前挪了下椅子，胖女人又往后挤了一下。苏甫被挤的只好站起来说："大姐，坐不下言语一声，我换个地儿不就行啦？"

他把椅子塞到桌子下面，坐到了打横的位置。这个位置跟琦琦挨得近了，苏甫也早就想坐过来了。

"你就说你想借机会过来不就得了？把你的衣服搁我这头来，回头弄脏了还得洗。"琦琦说。

苏甫起立，把西装拿了过来，琦琦接过搭在身后椅子上。

"昨天的姐凶猛异常，今天的姐又展现了温柔的一面，哪个是主流啊？"苏甫调侃着问。"凶猛是工作，温柔是本质。对你就得凶猛，对衣服吗，哪儿那么多废话。"琦琦凶道。

苏甫坏笑了一下说："一个月前刚见到姐的时候，姐姐的脸晒得就象一个村妞。你看这些日子变的，整个一个人见人爱的白富美。真可惜了，象我姐这盘儿，怎么会选择踢球了？蓝球排球也不会晒黑了呀？可惜了。"

一句话说在了琦琦的短板上，确实，晒黑了容易，捂白了可就费了劲了。足球运动员不光是脸，还有胳膊，大腿和手，都会被晒黑的。没任何办法，每年都得褪两层皮。"管好你自个儿就行了。又没让你看。"琦琦喝干了一杯酒后训斥道。苏甫忙给满上。

"服务员，买单。"胖女人这桌吃得快。

服务员赶紧过来问："您几位吃好啦？一共是二百一十八块钱。"

胖女人接过账单看了看说："怎么那么贵呀，你这儿素馅饺子比肉馅的还贵呀？不合理。"

"大姐，素馅的饺子随行就市，现在茴香贵。而且素馅的饺子不好包，肉馅的包两个素馅的才包一个，费人工。"服务员解释说。"我还真没听说过，素馅费人工的。"胖女人说。

服务员继续说："素馅的鸡蛋和茴香，包括韭菜芹菜馅，它都支楞着不成团，所以费人工。"

"算了吧，听着都新鲜。"胖女人说着，拿过挎包拉开拉锁，手伸进去以后，从底下出来了。

"坏了，包被割了。"胖女惊叫一声往四处看。"您的包儿放里面是比较安全的，应该不是在我们店里丢的。"服务员说。"我一直小心着呢，按说不会在道儿上被偷啊。"胖女人说苏甫侧过身来说："你这种包儿只要是背着，随时都有可能被盗，这种盗窃方法叫割包儿，一般都是发生在人多的地方。比如公交车，商场，医院和公园。你呀，赶紧去派出所报案。"

"报——零。"胖女人掏出手机说。

苏甫接着说："——零是处理紧急情况的，你这种情况不是紧急情况，——零来了以后，还得让你去派出所，所以你不如直接去，如果丢的钱不多，登个记就行了，如果钱多，还得去分局刑警队立案呢。"

"那么麻烦。服务员，你们收支票吗？"胖女人问。 "收。支票现金都可以。"服务员说。

胖女人填写了支票交给服务员后，几个人出去了。

苏甫刚要动手去拿酒杯，才发现左手被琦琦紧紧的抓着，他用右手放在琦琦的手背上，假装不知道。

琦琦撤回手说："你占我便宜？" "哦，没注意。不对呀，是你摸的我。"苏甫狡辩说。

琦琦不好意思的小声说："那个大胖子一说丢了钱，吓得我直哆嗦，我真怕是你……" "她坐哪儿，我坐哪儿呀？不过姐，看来你真关心我？不行，今天我得多喝点儿，姐你呢？" "我，再来一瓶也行。只要不是你我就踏实了。"琦琦说。

苏甫一招手说："服务员，再上两瓶啤酒。"

的确是，那个女人一说丢了钱了，琦琦心里一惊，她第一个想到的窃贼就是苏甫。当胖女人说报——零时，她的嗓子眼儿都快蹦出来了。她不由自主的抓住苏甫的手，而且抓得还挺紧。具体是怕他跑了，还是怕被抓走，她也说不清，不过有一点她清楚，这是她有生以来第一次抓住一个男人的手。虽然刚抓到时因为紧张没有什么感觉，但当苏甫的另一只手放在她的手背上时，她突然有了一种被电击的感觉，"唰"的一下就传遍了整个身体，心苗处好象被热气蒸似的。

琦琦的手机响了，是妈妈打来的，说老姨下午到家来，让她早点儿回家。

　　琦琦把手机放在右手侧苏甫跟前，继续喝酒。这是一个信号，现在她对苏甫已经不设防了。苏甫也相当的聪明，他拿起琦琦的手机，迅速拨了自己的电话号码，按了发送，然后挂机，把手机放到琦琦内侧。琦琦装没看见，扬脖把杯中酒喝光。"行了，喝够了，我得回去了，下午我老姨上家来。服务员，买单。"琦琦喊了一嗓子。

　　苏甫拦住服务员说："别，我还没喝够呢，吃完我结账。"琦琦把一张钞票塞进苏甫的衬衣兜里，抬腿就走。

　　苏甫掏出钞票放柜台上说："我把她送走了回来接着吃，桌子上的东西别给我动。"他在琦琦后面跟着出来，跑到路边，打了一辆出租车，扶琦琦上了车后，苏甫掏出二十块钱放在中控台上，又把司机的证件号记在手机里，才关上车门。

　　司机对琦琦说："你男朋友心真细呀。""是，他是干细活儿的。"琦琦说。

第五篇 苏甫得意 二女戏男

见出租车开走了，苏甫又回到馆里继续喝，很快把一瓶啤酒喝光了。

"服务员结账，饺子打包回去吃。"苏甫说完探身从琦琦坐的位子上拿衣服，用衣服遮挡，伸手抠下桌子底下粘的钱包，抠钱包时，还持意咳嗽了一声，用以盖住抠钱包时撕胶的声音。钱包直接装西服里，用手抓着西服，显出醉态，拿着找的十元零钱和装饺子的塑料袋，晃晃悠悠的出了餐馆，上了一辆出租车。

苏甫住在西三环南路边上的一个老旧小区里，是六层红砖楼。他住在顶层。这个楼门每层三户，都是两居室。

上到六层，敲了左侧一号的门几下，门开了，他走进去，叫了一声："老板。"

老板姓苑，是个四十多岁的中年人，个不高，脸上绉纹不少。"小苏回来啦，今天看样子没少喝，有什么喜事呀？"苑老板问。

苏甫坐在写字台旁边的椅子上，掏出一打钞票说："五千，给我入账。这就是喜事。顺手牵羊，得来全不费功夫。"

"今天的生意很好啊，你可有些日子没开张了。"苑老板说着，坐在写字台前，打开电脑，给苏甫记了账。五千块钱放进点钞机，几秒钟就点完了。"嘻，仨月不开张，开张吃仨月。"苏甫得意的说。

苑老板转动电脑，让苏甫核对数字，然后点了确认。

"怎么样小苏，那个女的摆平了吗？钱给他了？"苑老板问。"摆平了，中午和她吃的饭，喝的酒，不过钱没全给她，抻抻她，下回见面好有个借口不是。"苏甫说得很自信。他站起身拉门出来，掏钥匙打开隔壁二号的房门。

这栋老式楼房的厅很小，正方型，使用面积也就五平米。正对门的是卫生间和厨房，墙角放了一个小圆桌和两个方凳，卧室左右各一个。

进门后，刚关上门，就见一个女孩儿从右侧房间出来。

苏甫把手中的塑料袋放在桌子上，坐下说："玲玲妹妹，想哥哥了吧，来亲一个。"苏甫小声的说。

玲玲笑着刚要往前凑，身后的门开了，表姐米娜走了出来。"玲玲，回屋去。躲他远点儿。"米娜说表妹。 玲玲"哼"了一声回屋去了。

"告诉你苏甫，离我妹远点儿，她还不满十八呢，你要敢占她便宜，我就给你剁下来。"米娜指着他说。

"大表姐，你去年说她不满十八，今年还不满十八，就许你长，不许玲玲长啊？她是高中毕业，高中毕业就满十八了好不好？瞧你这狠呆呆的样儿，你这不是棒打鸳鸯吗？"苏甫不满的说。

米娜上前抓住他的脖领子说："谁是你表姐，找抽呢你？你身上怎么那么大酒味儿，哪喝去了，跟谁喝的，男的女的？"

"跟谁喝不行啊。男的女的？男的我跟他喝什么劲？当然是女的了，而且还是个大美女。"苏甫舌头有些短了。

"谁信呢。大美女还那么不开眼儿，能找你？哦，是那个踢球的臭脚吧？苏甫我告诉你，你跟她玩玩行，要往回领必须得经过我这个闺蜜同意，否则我打断她的腿。"米娜很严肃的说。

苏甫仗着酒劲说："那我就得挑战一下了，不是有那么一句话吗，明知山有虎，偏向虎山行。" "你命中就少只母老虎，你也不怕她吃了你？不过甫哥，你的事我可以不管，但我不能便宜了那只臭脚，等我把你办了，你再找她吧，我让她有钱也只能买二手货。"米娜解气的说。

"米娜，用词不当，你不能说我是二手货，你只能说不给她一手的也就是了。"苏甫用一个手指指着外头说。

米娜笑着问："有什么区别吗？" "算了，今天不跟你逗咳嗽了。老被你挤兑，咱们是闺蜜，你别老把你当大老婆，谁都想管啊。"苏甫说完，站起来推左面的门进了卧室。

卧室呈南北向，南面靠窗分左右各放一张单人床。左侧床上坐着一个五十多岁的瘦型男子，此人姓钱名豹，江湖人称钱三抱。右侧靠床头坐着听音乐的青年叫马哥。

"马哥。老前辈。"苏甫跟两位打了招呼，一屁股坐躺在自己床上。苏甫的床靠北侧墙角，正对着卧室门。

"小兔崽子，今天脸上带相。是抓住泥鳅了，还是钓着鱼了。不会是走桃花运了吧？"钱豹打趣的问苏甫。

论起来苏甫应该是钱豹的徒弟，也可以说是养子，但这种关系都被钱豹否认了。钱豹认为，现在岁数大了，不能给苏甫添麻烦，而且干的是这种不光彩的职业，又有过前科，哪里有脸收徒或为人父呢。

在江湖上，神拿门的名头是很大的。邓大姑，宁师伯，钱师叔，是神拿门的三大前辈，邓大姑，宁师伯早已金盆洗手退出江湖，只有钱豹还在为本门支绷着门面，但由于上了年纪，也早已不似当年了。　神拿门现在已经名存实亡，也就没了师承关系，不过，苏甫还是尊称师父为老前辈。

"老前辈，您的眼力还真是不减当年啊。今天呀，泥鳅抓了，鱼也钓了，桃花运也走了。真是的，我偷着乐都让您看出来了。"苏甫兴奋的说。

"你个兔崽子，一撅屁股就知道你拉什么屎，咕哝嘴就知道你放什么屁。那个踢球儿的摆平啦？"钱豹问。

苏甫蹦起来来到钱豹床边坐下说："您也不看看是谁传的，就是抱不了仨，抱一个还是手拿把儿攥的呀。"

钱豹扒拿一生，四海为家，没有妻室家眷，但是人怂嘴不怂，天天吹侃抱女人，说一天不抱上仨俩的就不算个爷们儿。可不是，缺什么晒什么，久而久之就被人们认为是真的了。所以人送绰号叫钱三抱。

钱豹要身高没身高，要颜值没颜值，做的又是扒活儿，进过局子，没有哪个女人瞎了眼了跟他，而且这几十年从没干过大生意，所以也上不了大场面，甭说抱仨了，连一个女人的屁股都没摸过。　"那倒是。长江后浪推前浪也是保不其的事。"钱豹说。

苏甫犹豫了一下说："不过呢，咱干的这活还真是上不了台面，我倒是跟她说我改邪归正了，她对这个事还很在意，我得想个办法让她相信，我是真的重新做人了，那她才愿意跟我好。您说是吧？"

"那还不容易，咱们可以成立一个贸易商行，老苑当经理，小马可以当总管，其余的人自己封，想当什么当什么。忽弄人的事还不好办。"钱豹说。

苏甫拍手说道："高，前辈真高。我不当官，当官坐办公室不出去，容易暴露，我当业务员，每天跑业务，催账收钱什么的比较适合我。对，再做个工作证，嘿，这不就是白领吗？"

钱豹扇了苏甫一耳勺子说："一边去吧，我该躺会儿了。"

苏甫蹦下床说："困啦，那就算了吧，本来我还给带回饺子来了呢。"

"嘻，你怎不早说呀，老子正饿着呢，快拿出来。"钱豹急不可待了。

苏甫开门，探身从屋外的桌子上拿过塑料袋，从里面拿出一个餐盒和一双一次性筷子，递给马哥，然后把塑料袋交给老前辈。钱豹从袋里掏出餐盒，打开后狼吞虎咽的吃了起来。

第六篇　两情相悦时　为女寻手机

苏甫进了公园，边走边看。和琦琦约好了，今天下午在这里会面。

铁网围住的蓝球场内，孩子们正在踢足球。球场外是许多的健身器械，一些中老年人在健身。这时，踢球的孩子一个大脚，皮球从铁网上面飞了出来，落地后蹦蹦跳跳的向前滚，前面就是湖。苏甫急向球追去，估计追不上了。

李琦琦正在沿湖行走，见有皮球向湖边滚，赶紧上前几步，来了个踩球回旋，然后将球挑起，开始颠球。

球场围网的门开了，一个男孩跑了出来叫道："大姐姐，把球踢给我。"

琦琦又颠几下后，猛的抬脚一抽，皮球划出孤线，直接打在铁围网门上，弹进场内。"好……"这一脚球引来不少人喝彩。

苏甫走过来说："好厉害呀琦琦，专业级的！"

琦琦平静的问："苏甫，早来啦？""没有，也是刚到。今天你可让我开眼了。以前老听说香蕉球，今天见识了。"

琦琦不以为然："在女足这不算什么，要是男足这一脚就值了钱了。给我打电话干嘛？""不干嘛，不能给你打电话呀？想你了。""真的假的？

苏甫认真的说："真的。对了，先把钱还你。"从兜里掏出一打子钱交给琦琦。"有钱啦？要不你留着花，我要钱也没用。"

苏甫把钱递给琦琦："那哪儿行啊。男人哪儿能花女人的钱呀。呦，你鞋带儿开了。"

琦琦低头一看，一只鞋的鞋带开了。遂把手中的钱装裤兜里，弯腰去系鞋带，而这一弯腰，屁股兜里的手机露出了一节。苏甫习惯性的伸出两手指头，把琦琦的手机掏了出来，但马上感觉到了不妥，又往回塞，但只塞进去一点时，琦琦起身，手机掉地上摔散了。"坏了，手机摔了。"

苏甫蹲下，捡起手机壳，盖，电池，起身后，把电池装上，后盖盖上，交给琦琦。"拨一下试试。"苏甫说。

琦琦拨打号码，是苏甫的手机。苏甫掏出手机接听后，收起手机说："杂音挺大的。"　"明天找个修手机的给看看。"琦琦说。

苏甫赶紧说："不用修了，哪天找送你一个。"　"你送我手机？"她问。

苏甫解释说："我现在的工作就是出去收货款，有的老板有时候给业务员送东西。前几天，有个老板答应送个手机给我，让我去拿。"　"是不是相当于吃回扣啊，你有工作啦？"她又问。

苏甫不以为然的说："是，在一个贸易公司当业务员，跑腿的。你看，还有工作证呢。"掏出工作证让琦琦看。

琦琦看了以后还真信了："挺好的，有正事干就行。多挣少挣不重要。饿了吧，今天我请客，找地方坐会儿去。"

苏甫高兴的说："那我得好好宰你一回……"

王府井步行街。苏甫走进店铺，在手机柜台看手机，不太满意。出门儿又进另一家店，又看又问价格。还是不满意的摇头。又出店门，见迎面过来一个年轻女孩儿，手里拿着一部手机。女孩一边走，一边托起手机欣赏，脸上微微露笑。

苏甫与女孩儿擦身而过，回过头盯了一眼她手上的手机，心里道："三星儿新款的。这丫头片子有钱。"随后跟在女孩儿后面。

女孩攸闲的在大街上走，看橱窗，进商店，时不时的显摆手里的手机……

苏甫若无其事的跟在后面，心里说着："小姐姐，把手机装兜里吧，拿着多累呀。"

女孩边走边看，不觉出了步行街拐弯，顺路走走看看，来到公交站下等车。苏甫也跟过来，站在一侧等公交车，他嘴里默念道："装兜里，小姐姐，你倒是把手机装兜里呀……"

公交车来了，女孩儿上了车。车上人挺多，没有座位，女孩靠在一个椅背儿上，低头看手机。

苏甫跟上车，与女孩儿保持着距离，嘴里叨叨着："美女，把手机收起来吧，车上玩儿多危险呀？求求你了，小美女……"

公交车靠站，开门，关门，启动，又靠站，又开门，女孩儿下车。苏甫跟了下去。

女孩儿往前走，过人行横道，再过人行横道，又往前走了一段路，在公交站等车，手里始终托着那部手机。苏甫跟在后面，心里嘀咕："哎呦小美女，不知道啊，财不能外露，被人跟上了还不知道？有这么一句话，不怕贼偷，就怕贼惦记，你快别显摆了，装兜里啊，听话，哎呦你急死我了……"

车来了，姑娘上车，照旧靠在椅子背上看手机。苏甫跟上，远处哨着，看着窗外。汽车玻璃上，映着女孩的影子，女孩在玩手机。

汽车多次启动，进站，开门，关门后，售票员报："通州到了，有在通州下车的乘客做好准备。"

姑娘离开原地，来到车门前准备下车。苏甫跟了过去。

苏甫心里磨叨着："妈的，今天这多半天儿都搭这娘们儿身上了，都到通州了。算了吧。"

车靠站开门，女孩儿下车，慢慢的往前溜达。苏甫下车后，看着站牌，心里道："算了，回去吧，这笔生意做不成了。"

马路对面，有返城的公交站，苏甫抬腿欲过马路，突然手机铃响，用手掏手机，又觉声音不对，他回头看，原来是那个女孩身上的手机在响。只见这个女孩儿，把手上的这部手机装在上衣的侧兜里，另一只手从身上掏出另一只手机，接听电话，边接听，边往前溜达。

苏甫大喜："功夫不负有心人呐。"急速上前几步，伸手夹出女孩儿的手机后，转身向马路对面的公交站走去。他边走边推开手机后盖，拆下电池，拿出电话卡，掰了几下扔掉，装上电池扣上盖后装进兜里。过了马路，见有摩的，开门上去对司机说道："到前面第二个红绿灯儿。"

摩的驶上机动车道……

苏甫下车，过了十字路口，来到公交车站，等了片刻，上了公交车，投币后往里挤，不小心碰到了一个正在打电话的微胖女子。"看着点儿，挤什么呀你，没坐过车呀？"女子喝道。

苏甫往后退了退道歉说："对不起，美女。""骂人呀，找抽呐你？"胖女人又继续喊打电话。真招人腻歪。苏甫想往前走，无奈被胖女子挡道，过不去，只得等着。几站地后，女子电话打完了，手机揣在兜里，用手抓着上边的拉手。

车到站开门。苏甫对胖女孩道："大姐，让一下，我下车。"出手掏出胖女孩儿的手机装自己兜里，往前挤过去。

胖女孩不高兴的说："下车不提前出去，讨厌。"

苏甫来到车门口，回头对胖女人笑了笑道："对不起了，胖大嫂。"下车去了。

苏甫往前走了一段，招手叫了一辆出租车。上车后，苏甫对司机说："师傅，去六里桥。"出租车启动，开上快速路。

苏甫掏出手机拨通电话："喂，啊，王哥，在哪儿呢？噢，西站。我这就过去，你等我，唉，好嘞。"挂上手机。对司机道："师傅，到西站。""好的。"

路口停车，苏甫下了车往回走，在胡同口拐弯，来到一个邮局前，见到一个三十多岁的男子，站在墙边。苏甫走过去叫："王哥。你好，有日子没见了。"

王哥笑道："你净做大生意，小打小闹的看不上。"

苏甫也笑了："哪儿呀，这些日子生意不好做，大钱难挣，小钱又赚不着。不过今天手气不错，顺手牵羊，弄把屁糊儿吧。这个，哥给看看。"掏出从胖女孩儿身上掏来的手机，交给王哥。王哥接过看了一眼，推开后盖取出电池，拿出电话卡扔地上，用脚碾了一下，然后从兜里掏出自己的手机，打后盖，拆下电池，拿出电话卡，塞到苏甫的手机里，拨通电话。

王哥问对方："哎，老板你好，买个诺三多少钱？七成新。噢噢好的好的。"抽出卡，放回自己的手机里，收起后对苏甫道："八百。"　"王哥，这是诺基亚翻盖。兄弟忙活了一整天，连个整数都凑不上啊？"

王哥拍了拍苏甫："兄弟，人家那头老板就给这个价，没办法。这物件儿，你来得容易，他卖着费劲。十天八天的都没准卖不出去。你看今天商店卖三千多，明天没准就降价，谁也怕砸手里不是。行啦，真不少了。"从兜里掏出百元票，点了八张交给苏甫。苏甫接过说："好吧，就这么着吧。"

第七篇 玲玲喜苏甫 米娜中间横

手机店。苏甫趴在柜台看了看喊道："老板，充电器，这个。"老板过来，从柜台里拿出一个充电器："十八。"

苏甫付了钱，把充电器装兜里。

进了苑老板屋子。苏甫将一落人民币放在桌上，然后坐在沙发上。苑老板坐在电脑桌旁，点完钱以后，将钱放进抽屉里，然后敲打键盘，输入电脑。边敲边对苏甫说道："行，你小子这些日子业绩不错。"

苏甫得意的："是，我觉得也是。人逢喜事精神爽。有动力，就有干劲儿。"

苑老板认真的告戒："小苏，这种工作风险系数比较大，工作时不能分心，你交女朋友我不反对，但不能陷得太深，有些事情只能你自己管好自己。""您放心吧苑总，我会小心的。对了，苑总，我想搬出去住，您帮我租套房吧。"

苑总考虑了一下："那你可要想清楚了，单独租房你要一个人负担房租，是一笔不小的开支，那样你的压力会很太。""知道。有命挣，还要有命花，有钱不花，就是傻瓜。"

苑总笑道："那好吧，正好，刚在门外捡了几张广告，其中有套房子，租金两千，砍砍价儿，估计一千八左右，也不远，就前面那栋楼。据说现成家俱，拎包就能入住，我回头给他打个电话问问。"

"谢谢苑总"。苏甫说完，从苑总家出来后敲自己家的门，门开了，是玲玲。

苏甫进来随手把门关上。这时，玲子伸嘴亲了苏甫一下。

卧室门开了，米娜出来叫："玲玲回去。苏甫，少勾引我表妹。"

苏甫摆摆手说："有那心也没那胆呀。玲妹妹，以后离哥远点，别招我犯错误。行了吧表姐？"

米娜一把抓住苏甫的脖领子："再叫表姐我跟你急。信不信？"苏甫一缩脖子："我信，我信。娜娜，行了吧？"

米娜松开苏甫："这还差不多。玲玲，回屋去。"玲子哼了一声，回屋去了。

苏甫摸了摸脖子说："脖子弄疼了。"米娜伸手探头，摸着苏甫的脖子说："我看看，哪那么娇气。"借势与苏甫接吻。

苏甫坐在椅子上，对米娜小声说："我托苑总给租房子了，一两天就搬出去住了。"米娜一愣："搬出去住？和我呀，咱俩只是闺蜜。"

苏甫掏出一支烟，用桌上的打火机点燃后说："那肯定不是你了。""谁呀？谁这么大胆儿，敢跟我抢人，我弄死她。" 米娜瞪着眼说。

苏甫赶紧安慰道："娜娜，别生气，这不是抢。你说你吧确实不错，人长的漂亮，身条儿也好，算得上肤白貌美了，可是咱俩只能是闺蜜。你想啊，咱俩是同行，咱这行的下场是明摆着的，不枪毙，早晚也得坐牢。影响下一代。我可不愿意将来让我的孩子跟着吃瓜落儿。"

米娜不屑的说："你想的倒长远，做咱这种生意。还想养儿育女，发家致富？谁不是图当时快乐。很多人都说，以后成了家有了孩子，就不干这行了。可能吗？告诉你苏甫，打一辈子光棍行，要想娶别的女人，留神点，我给你搅黄了。"

"别介呀娜娜，既然你跟我关系这么好，就应该盼着我好。"苏甫说着站起来。"再说了，你不是常说吗，咱就是图一乐，不会长久的。可是我确实是想结婚生孩子的。"苏甫认真的说。 "得，打住。什么女人呀，把你迷上了？比我漂亮吗？" 米娜问。

苏甫摆手说："长相跟你没法比。比玲玲也差远了。但是一见钟情，那种感觉，不知怎么形容。""王八看绿豆，对上眼了。告诉你苏甫，你跟谁我不管，你一个礼拜必须约我一回，否则就去给你搅和。"米娜说完，坐在凳子上。

卧室门开了，玲子探出头来："还有我，一礼拜见不着，我就砸你门儿去。"

事情就是这样，以前是姐儿俩惦记着一个男人，人俩互掐。现在又出现了一个女人，这姐儿俩立马儿团结起来了，这到底是什么化学反应，说不清啊。

米娜和玲玲回屋，各人躺个人的床上。两姐妹都是单人床，分两侧摆放。表姐在左，表妹在右。闲瑕无事的时候，两个人都爱跟苏甫逗闷子。玲玲刚出校门时间不长，对一切事物都觉得新鲜，尤其是通过跟成年男性的接触后才体会到，原来年轻漂亮的女孩儿，在这些男人眼里简直就是香饽饽，不是你敢不敢理他们的问题，是他们这些人都上赶着搭理你。苏甫就是，明明比表姐大几岁，却追着赶着管表姐叫表姐，说是跟着玲玲这论的。当然他这么叫，玲玲也是默许的。不过，岁数小，见得世面也少，对男女之间的事情还处于懵懂阶段，又没人跟她讲，可不是就跟着起哄吗。小孩子不吃亏，除了表姐，一般人都让着她。

米娜跟苏甫关系很好，属于蓝颜，红颜级的，有时候米娜也不背人，就以夫人自居，还让玲玲管苏甫叫姐夫。其实，米娜有米娜的痛楚，她并不是苏甫的菜，这一点她很清楚，但她又必须要装，其目的就是为了给一个人看，那就是马哥。

第八篇　双心互动　甫琦初吻

　　公园内，琦琦静静的坐在长椅上，看着铁圈里的孩子们踢球。做为专业的足球运动员，每次看到路边的空地上有孩子踢球，琦琦都会过去踢几脚。父亲是足球运动员，从小就带着琦琦训练，那时候，还没有女子足球这个职业，琦琦算是第一批女足队员了。运动员不同于一般的职业，少年时代的琦琦却实吃了不少苦，足球底子非常扎实。还不错，现在有了女足联赛，琦琦成了队中主力，但有一点，女足的条件和男足没法比，辛苦受累不挣钱，甚至一年下来，收入不及一个厨子，很多人转行了，琦琦也早就不想玩了，只是碍于父亲的脸面，没办法。

　　琦琦叹了一声，忽然想起什么，扭头左右看了看，又恢复了原来的状态。

　　苏甫在琦琦身后"嗨"了一声，把她吓了一跳。

　　"我刚还瞧呢，怎没看见你？"琦琦弱弱的问。

　　苏甫笑道："你往天上瞧，肯定看不见啦。"说着，把手搭在琦琦肩上，轻轻的给她按摩。

　　琦琦的一只手放在苏甫的手上说："你这一嗓子吓着我了，心都跳了。"

　　苏甫抽出手，从椅子背后转过来，坐琦琦身边说道："是不是见了我才心跳呀，跳的快吗？我摸摸。"

　　琦琦一拍苏甫的手背："去，边去，那是你摸的地儿吗？还别说，今天的心脏还真是不正常，无缘天故的就蹦几下。"

　　苏甫小声的说："怎么会是无缘无故呢，肯定有原因的。"

　　琦琦不解的问："什么原因？""想知道吗？ 琦琦害羞的点点头。

　　苏甫神秘的说："你是不是想人了？""想谁了？"

　　苏甫假装神秘的："当然是，是，想相好儿的了。肯定是……"

　　琦琦深情的看着苏甫……

苏甫话锋一转："活了这么大，今天才知道，想一个人，是多么幸福的一件事呀。你是吗？"

琦琦咬着嘴唇点头。不好意思但又很期待，此时的她其实只想说，我想你了，但她更想听的是从苏甫嘴里说出来，是我想你了。不过，在这方面，苏甫比琦琦经验要多一些，毕竟身边有米娜和玲玲。而琦琦从小在集训队，过着半军事化的生活，身边除了教练，都是女孩，所以见了男孩子犯憷，也很正常。

苏甫自从见了琦琦以后，确实从心里喜欢，完全是想搞对象交朋友，奔结婚去的。虽然说青年男女如干柴烈火，情绪不好控制，但苏甫还算老道，该渗就渗渗，他深知，着急吃不了热豆腐，时机到了，自然水到渠成。

说实话，情窦初开的女孩子，第一次接触男人，虽有万般期盼，总是开口却难。这时，苏甫抓住琦琦的一只手，温柔的叫了一声："琦琦，我……"

琦琦毕竟是运动员出身，性格豪爽，虽尚羞涩，还是忍不住的说："你，你怎么着？有话快说，有屁快放。"

苏甫从兜里掏出一部手机，放在琦琦的手上，说："手机，送你的，不好意思，拿不出手。"

琦琦低头看了看手机说："这个是三星新款，前几天我去看了，挺贵的。我不能要。"

苏甫又掏出充电器，放在琦琦腿上："这是充电器，喜欢就是你的，不愿意就拉倒，包装盒已经扔了，没法退了。我可是真心给你的。"

琦琦认真的问："真的，你是指手机呀，还是指人呀？"　"当然是，是全是了。唉，你是不是应该谢谢我呀？"苏甫问。

琦琦摇头表示不懂："谢谢？怎么谢呢，请你吃饭，喝酒？"

苏甫摆摆手，把脸往前贴了贴："亲我一下，就算谢了。""我可不敢。"

苏甫笑道："不敢，那你就说想不想吧？"琦琦点了点头，"嗯"了一声。苏甫又往前凑了凑："想就亲，来呀。"

琦琦捂着脸说："小苏，我真不敢，要不然你亲我吧。"

苏甫不情愿的说道："哎呦喂，还得我受累，把脸伸过来。"

琦琦扭过脸去，给了苏甫一个后脑勺。苏甫伸手搂住琦琦的头，搬过脸来，轻轻的亲了一下。琦琦的脸上立马儿泛出了婴儿红，陶醉的依偎在苏甫怀里。

苏甫起身说："琦琦，我们走走吧。"

琦琦伸出手撒娇，让苏甫拉起。两人来到一棵大树下，琦琦靠在树上，苏甫手撑着树干，对琦琦说："琦琦，我喜欢你。""我也是，这些日子天天都想你。"琦琦说。

苏甫狡猾的说："我刚才亲你了，你也赏我一个吧？"琦琦低着头说："我想，可我还是不敢。还是你亲我吧。"

苏甫双手抱住琦琦的头，用嘴去碰触琦琦的嘴唇，琦琦象触了电一样，双手搂住了苏甫的腰……

深吻之后，苏甫对琦琦说道："天不早了，我送你回家吧。"琦琦靠着树，晃晃头说："我不想回家，只想和你在一起。我们就在公园里呆一宿吧。"苏甫为难的说："恐怕不行，公园的晚上要清园的。"琦琦扭了几下腰："我不管，我今天只想和你在一起。"苏甫摊开手："嗯，拿你没办法，好吧。那就去我家。"

苏甫租的房子，是一栋老旧的六层楼房。他住在顶层，楼道不宽，各家门前都堆着杂物。楼道里的灯是声控的，人上楼梯的时候，还得弄出点声响来，否则灯不亮就得摸黑。苏甫拉着琦琦的手，进了楼门就咳嗽了一声，灯亮了。两人上楼，上一层，咳嗽一下，可能有一层灯泡憋了，咳嗽了几下都没亮，只好摸黑儿上。还甭说，苏甫很会照顾人，一边走一边提醒琦琦，注意脚下。上到顶层，苏甫掏出钥匙，咳嗽一声，听亮了，钥匙插进锁眼儿打开门。迈进门里后，他回身把琦琦牵了进来。苏甫关上门，还没来得及反应，已经被琦琦搂住脖子，疯狂热吻起来。苏甫一只胳膊搂着琦琦的腰，一手抱着琦琦的后脑勺，两个人紧贴在一起……

人生，都有第一次，而第一次总是美好的，甜蜜的，此时琦琦和苏甫紧紧的贴在一起，彼此都能听到对方的心跳声。此时，时钟仿佛停止了摆动，世界也没有了喧哗，呼吸的声音，盖过广场上的舞曲。真是太美了，此时此刻，爱谁谁吧。

苏甫一边拥吻琦琦，一边往屋里撤步，进了卧室，苏浦一只手开了电灯，来到床边，苏甫主动坐在床上，琦琦一扑，把苏甫压在身下。两人在床上翻滚，不留神掉在了地上，两人始终紧搂着对方，嘴对嘴始终贴在一起。只是掉下去的时候，先着地的是琦琦，苏甫压在了她的身上……

两个人在被窝里，苏甫搂着琦琦，琦琦的两只手摸着苏甫的脸，仔细的端祥。"你真帅！"说完，琦琦伸头亲了苏甫。苏甫假装惊讶："真的？哦，别人也都这么说。不过，帅不帅的都是为你长的。"搂过琦琦亲了一下。琦琦支起上半身，眼睛凝视了苏甫一会儿，突然趴在苏甫身上，嘴里说道："我怎么那么喜欢你呀！"疯狂的吻了起来……

第九篇　男欢女爱　一枕同眠

　　清晨，客厅里的餐桌旁，琦琦带着围裙正在摆桌。桌上放着碗筷，牛奶杯，面包和煮鸡蛋，还有一根儿胡萝卜。琦琦掰着手指头数了数后，来到卧室，坐在床边，轻声的叫苏甫起床。

　　"哥们儿，该醒醒了，起来吃早点。"　琦琦温柔的叫着。

　　苏甫撩开被子，露出上半身儿问琦琦："吃早点？什么早点？""早点，早餐。我做的，快起来吃。"琦琦说。

　　苏甫难为情的说："我不想吃。没这习惯，从来都是起来就去上班。"

　　琦琦关心的问："你几点上班？"

　　"上班，上什么班儿？今儿我哪都不去了，就睡觉，我要睡他一天一宿。"苏甫说完又要睡。被琦琦一抄脖子，让他坐了起来。

　　琦琦娇滴滴的说："亲爱的，起来吃早点。吃点东西，填饱肚子再睡。啊，陪我吃，我真的饿了。快起来，吃饱了我也睡。听话啊，宝贝儿。"

　　苏甫看了一眼琦琦："嗯，好吧。更衣。"

　　琦琦笑了笑："德行，说你咳嗽你还喘上了。"

　　苏甫两眼往上一翻，身子一挺，又躺下了。琦琦赶紧的说："得，皇上，臣妾伺候您更衣。"拿起内衣撑开。苏甫坐起，伸开胳膊，穿上一只袖子，顺手一把，将琦琦搂在怀里，伸嘴就亲。

　　琦琦用手堵住苏甫的嘴说："嗨，没刷牙呢你，给我起来刷牙去。"

　　苏甫无奈的说："嗯，还刷牙。以前还真没这习惯。好吧，以后就由你负责服侍朕起床吃饭的一切事务吧。"

　　"是万岁。装他妈什么装。自己穿。"琦琦骂了句后起身出屋，来到客厅，脱了围裙，坐下拿起鸡蛋就磕，包了一个鸡蛋后，往嘴里就搁，一边吃，一边把桌上的三个鸡蛋全包了，放在盘子里。

　　苏甫从卫生间出来，片腿坐在椅子上，看了看食物，问崎琦："这些都是早上吃的？这么多。""这还多？" 她拿起一个鸡蛋，塞到苏甫嘴里。

苏甫嘴里含着鸡蛋，含糊不清的说："你再把我噎死，谋害亲夫啊？"

琦琦摸了一下苏甫的下巴："好东西让你吃，这是心疼你。"苏甫感动的："你对我真好。象亲妈。"

琦琦得意的："是吧，臭儿子，叫声好听的。"

苏甫纳闷不解："好听的，什么是好听的？" 琦琦用筷子敲打着苏甫的头："嘿，装傻，你不是说我象你亲妈么？叫一声，叫亲妈。"

苏甫不好意思的摆摆手："形容词。还能真叫啊？"

琦琦放下筷子，站起身，掐住苏方甫的脖子说："我不管，是你说的我是你亲妈，你今天非叫不可。"

苏甫缩着头："那我还说我是你亲爸爸呢。你先叫我。" "你先叫我我就叫你。叫不叫？"琦琦说着，手上不觉加些力。"好好好，亲妈。""嗯，这还差不多。不行。"又掐住苏甫脖子说："叫是叫了，谁知道你叫谁呢？再叫。"苏甫只得再叫："好琦琦，亲妈。"

琦琦得意的松开手，坐在椅子上说："好儿子，多吃点儿，下顿晚上见了。"

苏甫又吃了一个鸡蛋，突然省道："不对呀，我叫你了，你还没叫我呢？" 琦琦哈哈哈大笑："叫了，亲儿子。"

苏甫放下筷子："儿子不能白当，我让你抱着喂。"挪了椅子，斜身靠躺在琦琦身上。琦琦拿一片面包喂苏甫，苏甫张嘴欲吃，琦琦低头吻住苏甫……

琦琦松开嘴，看着苏甫的脸。苏甫幸福的叫了声："亲妈。"琦琦突然娇柔似水的小声叫："亲爸爸……"

卧室床上，苏甫搂着琦琦熟睡，琦琦挪开苏甫的手，嘴里说着："亲爸爸，我去做饭，天儿都黑了，也不知道几点了？"拿起床头柜上的手机，打开一看，惊道："哟，七点多了！赶紧做饭吧。"

穿上秋衣秋裤，踏拉着拖鞋来到厨房，翻箱倒柜的找，好一会折腾，什么也没找到。琦琦两手一摊自语道："没米没面可就坏了。"回到卧室，坐在床上，又要往下躺。

苏甫睁眼问道："你不是做饭去了吗，怎么又要睡？"

琦琦无奈的说："是，本来是要做饭，可是没米没面呀，拿什么做。"

苏甫翻个身，脸朝外躺着说："紧头那个橱柜门里头有米有面有电饭锅。得哈着腰找。""你怎么不早说。"琦琦又穿上拖鞋，来到厨房，在柜子里找出一袋大米，又找出一个电饭煲来，仔细研究了一会，不会用，只得又到卧室门口问："米饭怎么煮啊？"

苏甫眼都没睁就说："电饭锅里有一个量米的杯，锅里边有刻度，三杯米，投洗干净，倒入锅中，水加到刻度三就行了。"

琦琦来到厨房，打开米袋，用量杯往盆里量了三杯米，放水，将米淘洗了几遍倒入电饭锅，加水到三格，盖上锅盖，然后看煮饭设置，看了一会儿不太明白，又来到卧室，坐在床边，小声的叫苏甫："亲爸爸，我不会用电饭锅，教教我怎么用。"

苏甫转过身来说："嗯，够乖。把电饭锅拿过来，我教你。"

琦琦赶紧到厨房，提起电饭锅来到床前说："拿来了，怎么用？""把插销插在插座上。"

琦琦一拍脑袋说："哦，忘了插电了。"插上电源又问："插好了。还怎用弄？"

"上边有个写着开的按钮，按一下。" 苏甫说。

琦琦按了一下开的按钮，电饭锅"滴"的响了一声。"行了，三十七分钟就熟了。""这么简单！我会做饭了，哟，真的嘿，会煮饭啦？"琦琦"蹭"的窜上床，骑在苏甫身上。"你说怪不怪，我在家煮饭，我妈教了我不知多少次，就是不会用电饭锅，怎么你一教我就会了。"琦琦兴奋的说。

苏甫认真的说："不是有句老话吗？" 琦琦趴下，那脸对脸的问苏甫："什么老话？"

苏甫用手拍了拍琦琦屁股说："要想学得会，先跟师傅睡。"琦琦哈哈大笑："有道理，有道理。而且盖了一条被，不学也能会。"

苏甫用手掐了一下琦琦的脸蛋："没羞没臊，你比我还坏。不过，咱们这个电饭锅操作简单，好用。有的锅确实不好操作，拿着说明书都学不会。"

琦琦点头说："是，我们家那个锅就是，得按好几遍，每次都得设程序，饭还不是直接熟。哎，炒什么菜？我去炒。"

苏甫想了想问："你会什么？"琦琦不加思索就答："西红柿炒鸡蛋，还有西红柿汤，糖拌西红柿，还有……"

苏甫接茬说："西红柿生吃。你呀，这是演电视剧背词儿呢。西红柿炒鸡蛋，是个人都会。今天是咱俩头一天，应该喝酒庆祝一下。得弄几样下酒菜。冰箱里有香肠儿，有五香鹌鹑蛋。切两根儿香肠。加鹌鹑蛋，再炸盘儿花生米，嗯，你可以表演一下西红柿炒鸡蛋。"

琦琦数着手指头想了一下："嗯，记住了。四个菜我会三样儿，也不赖了。"

苏甫不解的问："你会三样儿，哪三样儿啊？"

琦琦伸出手："你看，西红柿炒鸡蛋，一样儿吧。切香肠儿，两样儿吧。鹌鹑蛋我也会……""嗯，你还会下。"

琦琦掐住苏甫的脖子说："我下你。抽你信不信？叫好听的。"她举起一只手，张开五指吓唬苏甫。

苏甫赶紧装怂："亲妈，亲妈。"琦琦收手，从苏甫身上下来，下床穿上拖鞋。"这还差不多。起来帮我干活。"说完出了屋，来到厨房，在冰箱里翻腾，找出来一盒鹌鹑蛋，放在台面上。转身又在冰箱里翻，嘴里念叨："香肠，香肠儿在哪儿呢？找不着啊。"

苏甫穿好衣服走了进来说："瞎摸磕眼的，香肠儿都找不着？"

琦琦一摊手："就这么大的冰箱，翻遍了也没有？"苏甫一拍冰箱门儿："那里边扒拉烂了也没有，不会往门上瞧瞧。"

琦琦自嘲的说："噢，对了，瞧我这笨，没看门儿上，找着了。"拿出盒打开，抓出几根香肠儿，放在案干板上，又把盒放回冰箱，关上门儿。回身拿起菜刀问："香肠怎么切？""随便吧，切成一段一段的吧。切片对你来说有难度。""嗯，切四段，好吧？。"琦琦说完自己也笑了，几刀就切好装盘了。

"你切得也太省事了。"苏甫说完把香肠端出厨房。

琦琦切西红柿，一共三个西红柿，切了一盘，放在灶边。拿过一个碗，磕里四个鸡蛋，鸡蛋皮扔进垃圾桶，拿起一双筷子叭啦叭啦的打鸡蛋，边打边问苏甫："准备好了。饭熟了么？我炒西红柿啦。"

苏甫走过来："炒吧，饭快熟了。哟，亲妈呀，你磕了多少鸡蛋呀？半盆儿都下去了。"琦琦一摇手里的锅铲："不多呀，就放了四个。应该放几个呀？""这都不知道？俩人量，俩蛋。"苏甫说。

琦琦笑着说："俩蛋是你的，那两个我吃。"苏甫也笑了。

苏甫回到客厅。小客厅不大，没什么傢俱，一套沙发，一个酒柜，小电视柜上放个老式的电视机。圆桌放在中间，有两把椅子。苏甫把两双筷子放在桌子上，回身在酒柜上拿了一瓶白酒，和一听啤酒，放桌上后，又转身拿了两个酒杯，也放在桌上。听见厨房里嘣吧乱响，苏甫大声问："琦琦，还用我帮忙吗？"

琦琦端着菜过来放在桌上说："净耍嘴。也不主动端菜。师傅炒完了，徒弟就得管上桌。"

苏甫用筷子一指桌子说："哟哟哟，谁是师傅呀？再说了，摆桌子也是活儿。得，我给你满上。"拿起一瓶啤酒打开，往杯里倒……

琦琦拿起一个酒杯，往桌上一蹾："倒白酒。"

苏甫一愣："嘿，长行市了。好好好，都喝白的。"起身又拿了一个酒杯，倒了两杯白酒，拿起一杯，放在琦琦跟前说道："琦琦，甭管你能不能喝，我今天也要跟你干一杯。"琦琦端起酒杯："苏甫，这酒必须干。喝交杯酒。告诉你，这可是试喝。"

　　苏甫点头："是，试喝。试喝完了试吃，然后试睡，然后你再试孕。"琦琦一瞪眼："放你妈的屁。什么叫试睡，又找抽呢。来，干杯。"两人互探身子，胳膊缠绕对方，把酒干了。放下杯拿起筷子，苏甫发现不对劲儿。"亲妈啊，怎么没有炸花生米？"苏甫问。

　　琦琦笑着说："净想着跟你干杯了，花生米忘了。哎，花生米怎么炸？"苏甫站起来："算了吧，还是我来吧。"

　　琦琦赶紧把苏甫按在椅子上："不行，还是我来吧。你只说怎么做就行了。"

　　苏甫仰着头："有教你的功夫我都做得了，以后你再学。"

　　琦琦双手按住苏甫："不许动。我今天就想伺候你。"

　　苏甫往椅背上一靠说："好好，瞧你那浅样儿，那我就情着了。记住了，锅上火，倒半两油，抓两把花生米放锅里，开最小的火，不停的翻炒，炒到六分钟，花生米呈枣红色就行了。"

　　琦琦摸了一下苏甫的脸："这么简单，你等会儿，我去炒。"

　　琦琦来到厨房，把火点着，开在最小，锅里倒一点油，从柜里拿出一个塑料袋，手进去，抓了两把花生米，扔进锅里，收起塑料袋，用铲子翻炒花生米。

　　苏甫听着铲子碰锅的声音，站起来，来到厨房门口，靠在门框上，看着琦琦干活。琦琦是运动员，身体线条很美，翘臀，细腰，直背，气质非常好。苏甫走上前，从背后抱住琦琦的腰，琦琦回过头，看着苏甫，苏甫忍不住在琦琦的脸上尽情的吻着。琦琦也不反抗，伸着脑袋任其摆弄，手里的铲子仍然不停的翻炒……

第十篇 琦琦成主妇 苏甫做员工

吃完饭，琦琦站起来开始收拾傢伙，把盘子，碗都摞在一起，一只手拿着筷子，端起碗盘，来到厨房，把傢伙放在洗碗池子里。水池子里还有早晨用的餐具没刷，两顿饭的傢伙什已经不少了。琦琦没有刷碗，拿了一快抹布来到客厅擦桌。边擦边说："我明天回家一趟，拿点手使的东西，晚上回来行吗？"苏甫点头："行，什么时候回来都行。我明天也去上班，晚饭在外面吃。你晚上回来，用我去接吗？"琦琦摆摆手："不用，我自己回来就行了"

早上，琦琦在卫生间洗漱完后出来，进到卧室，坐在床边，趴在苏甫身上说："亲爸爸，我回去啦。你也赶紧起吧，该上班了，别晚了。来，亲一个。"苏甫睁开眼，坐了起来，亲了琦琦，琦琦摸了摸苏甫的脸："乖，晚上等我。"从窗台上拿起手机，出屋去了。客厅里传来关门声。

苏甫伸个懒腰，一拧屁股，双脚踩在鞋上，想下地，又觉得身上没劲儿打不起精神，揉了揉脸，拍拍脑袋，自己跟自己说道："不行，真没精神，算了，今天不出工了，接着睡。"一撩被子，又钻了被窝。

说也怪了，要起床时，浑身没劲，犯困，躺下睡吧，又睡不着，满脑子都是琦琦的影子。想起与琦琦初识，交往，直到前天晚上进了一被窝，太不可思议了。巨大的成就感，使得苏甫热血沸腾。他真的是从心底里喜欢琦琦，把她视作是上天赐与的尤物，此时此刻，苏甫才第一次体会到，什么叫洋洋得意。

肯定是睡不着了。苏甫从床头柜上的烟盒里抽出一支烟，用打火机点燃，深吸了一口，吐出一个烟圈，烟圈由小变大。此时的苏甫，光着的身子突然一抖，被一种不祥的感觉重重的击了一下。他把烟送到嘴边，没有吸，叹息了一声开始犯愣，手中的香烟冒着的烟，从他的脸上往上飘去。

人就是这样，得意之后，又有了焦虑。琦琦是个好姑娘，是自己心仪的那种女孩，是非娶不可的。只是自己和琦琦相比，基本上可以说是门不当，户不对，自己做的这个收钱的工作，毕竟是见不得人的，是黑道儿上的生意，既然是犯法的活儿，危险就会随时存在，瞒，只能瞒一时，不能瞒永远。而且自己每天出工，都必须要打起十二分精神，不能分心走神，象今天早上不愿起床，经验和直觉告诉他，精神不佳，绝对不能出门。

苏甫睡了一天的觉，傍晚起来，刷牙洗脸以后，穿上衣服出了门。

入冬以后天变冷了，风也大了，苏甫穿的较单薄，他的手抓着衣领子，半侧身的往前走，绕过一栋楼，来到以前住的楼下，上到顶层，伸手按门铃，这是老板的住处。老板打开门，热情的招呼："小苏，来，进来。够冷吧，该添衣服了。"苏甫抒把脸："是够冷，还起风了。"

苑总倒杯茶，递给他说："怎么这两天没出工啊？"

苏甫活动着身体说："没有。没精神，找不着感觉。"

苑总笑道："都这样。干咱们这行的，一有了女人，有了儿女，功力就减了一半，做事情就会前怕狼，后怕虎的。想法多了，手就不好使了，就该有麻烦了。你可千万要注意呀。""知道了。"

苑老板坐回电脑桌前，按了开机按钮后，对苏甫说："小苏啊，年底了，按老规矩，该把账结清了。你过来坐。"

苏甫在桌子侧面坐下。苑总把显示器转过来，让苏甫看，并解释："这是你全年的收入，总的说不错，有长劲。不过你呀还年轻，以后用钱的地儿多着呢。所以要省着点儿花，多攒点儿钱，给自己留条后路。能回家吃饭就少下馆子，能坐公共就不要打车。常言道，人无远虑，必有近忧，以后你要想娶妻生子，那早晚是要退行儿的。"

苏甫点头："记住了苑总。苑总，今年的管理费您给看看，差多少，我今天都给结了吧。"苑总看着电脑口算道："十二月份的管理费两千，租房子一千九，给你买的米，面，油，盐及一些手使的家伙，一共花了九百，这是四千八，再加上两百元的电费，两百元的燃气，一共五千二。你看，你是现金呀，还是转账啊。"

苏甫稍想一下说："现金没有，这两天没出工，没收到钱，转账吧。"

"那好，那明天就从你的折子上取五千二啦？"　"行，就这么着。哎，苑总，明天您给我做个工资条。"苏甫说。

苑总笑道："怎么，拿回去蒙事呀。不过这个工资条什么样呀，我还真没见过。"

苏甫想想说："嗨，什么样都行，胡乱写上几项，什么基本工资，绩效工资，生活补贴，交通补助，书报费，手机费，公基金，保险。别填多少钱，我自己填。"

苑总赞叹："行啊小苏，你将来真能当老总，懂这么多。"

苏甫不以为然的说："我收的款子里面，有不少是夹着工资条的，看多了就记住了。"

苑总哈哈大笑……

两个人正聊着，听到有人敲门，苏甫说道："是那俩狐狸精。"　"你坐着，我去开门。"苑总过去把门拉开。玲子和米娜走中进屋，米娜手里拿着一块橡皮泥，站在一边捏玩艺儿。

见到苏甫，玲子上前搂住他的脖子："甫哥，这两天怎么也不回来看看，让那个狐狸精给迷上了？"

苏甫赶紧挪开玲子的手说："玲玲松手，回头你表姐又吃醋了。"

玲玲掐住苏甫脖子，使劲摇晃两下："现在不会了，表姐不管我了，我们要一起对付那个狐狸精。"

苏甫用手指点着玲玲脑门儿说："狐狸精？是你，你才是真正的狐狸精。"

玲玲伸手拿起苏甫放在桌上的钥匙，用耳挖勺掏了一下耳朵，然后把拿钥匙的手往后一背，米娜迅速用橡皮泥往上一贴，印了个钥匙模后，把橡皮泥装兜里，走到门口，拿起几张海报翻着瞧。

玲玲把钥匙放桌上，不甘势弱的对苏甫说道："我要是狐狸精，我迷死你，我吃了你。"

苏甫一伸脑袋说："你吃，让你吃。我属猴儿的，孙悟空变的，上你肚子里折腾你。放手，我该走了。苑总，我回去了。"站起来又对米娜说道："娜娜，我回去了。""赶紧滚。"

苏甫笑着欲走，被苑总叫住："小苏，门口有一些商场的促销海报，你拿一份，回去看看。"

苏甫在门口的小桌子上拿了一摞海报，出门去了。

玲玲坐在椅子上对苑总说："苑总，该结账啦？这一年真快呀。差你多少？"

苑总把显示器一转，用手指着表格说："这是你姐的总收入，也没赊过账，只要把份儿钱和房租交了就行了。份儿钱两千，房租一千，一共是三千。"

玲玲回头看了一眼表姐，表姐点了头，从包里拿出一打人民币说："这是八千。"扔在桌子上。

苑总把钱拿起，捋了捋，放在点钞机上，一按开关，点钞机启动，几秒钟就点完了，数字显示是七十九张，弹出一张假币。苑总拿起假币，用手在上面摸了一下，把它交给米娜，米娜接过来也没看，直接就撕了，然后从包里掏出一张交给苑总。苑总将钱整理好，又从抽屉里拿出一打票子，和这八千一起放在点钞机上，启动点钞机，点钞机转动，嚓嚓嚓的很快就点完了，正好一百张，苑总拿出个皮筋儿，把钱捆好放进抽屉。

"今天入账五千，你看一眼。娜娜，这一年表现可以，生意做得不错。只是我提醒你们一下，花钱不要太大手大脚的。多给自己积攒点嫁妆，以后嫁人也体面。你说你们去那洗浴中心，洗一次澡就够我一个月的饭钱了。不值。"

玲玲一抬手："嗨，还想那么远，快乐一天是一天吧。我姐说了，挣钱为的就是享受，干了我们这行，还想嫁人？不过，我倒是想存点钱，将来改邪归正了，做点正经生意。可是现在顾不了那么远，谁知道是不是有今儿没明儿呀。是吧姐？"

米娜从椅子上起来，一摆手说："玲玲，你先回屋去吧，我和苑总说点事。"

见玲玲走后，米娜站起来："苑哥，我去洗个澡。"　"去吧，都给你准备好了"

米娜拖着疲惫的身子，拉门进了卫生间。

门外有人敲门。苑总起身开门，原来是马哥。马哥进屋问："人都走了，来的还挺巧。"　"是，苏甫，玲玲都回去了。"

马哥从兜里掏出一叠人民币，放在桌上说："份钱，房钱两千五，赊账一千二，一共三千七。清了。"

苑总拿起钱来，用手一捋，抖了两下后，把钱放进抽屉。

马哥又从兜里掏出一些零钱，交给苑总："苑哥，这是今天的洗澡费，一百六。"

苑总收了钱，从暖气缝里拿出两个小纸包，交给马哥，"米娜在里面，要不等会儿？"苑总提醒说。

马哥淡笑道："她洗她的，我洗我的。她的钱交了吗？"见苑总摇头。马哥又问："她多少？"老苑用手比划个八。老马点头说："一会儿我替她交吧。"

马哥拉门进卫生间，返身关上门。回过头看了看，米娜已经脱了半边上衣，胳膊上扎着注射器，正眯着眼睛坐在地上。

马哥"嘿"了一声，弯腰从水箱后面掏出一个长纸袋，撕开后，从里面拿出一个注射器，拔出推杆儿，打开手里的小纸包，把里面的白色粉沫倒进注射器，小纸片扔进马桶，又打开一个小纸包，将白粉倒入注射器。从墙上的木架子上，拿下一瓶生理盐水，针头扎进去，吸了点水，把瓶子放回原处。伸手从毛巾绳子上拉下毛巾，搭在水龙头上，摘下毛巾绳，抖了一下，原来是根儿止血带。马哥熟练的用止血带勒住胳膊，拍了拍，又从墙壁的挂件上拿下个矿泉水瓶，打开盖闻了闻，用一个手指伸进瓶口，蘸出水来，涂在胳膊上，原来瓶儿里装的是酒精。他将注射器上下晃几下，对准胳膊上的血管一扎，还挺准。解下止血带，往血管里推药儿后又往回抽，针管里马上见红了。再往里推药儿，又往外抽，再往里推，注射完毕。啊，这就叫吸毒。

马哥将止血带两头挂好，搭上毛巾，对米娜说道："娜娜，腾腾地儿。"

米娜不情愿的骂道："得行，你老跟着捣乱。"拔出针头往地上一扔，站起身来，也没穿衣服就出了卫生间，来到卧室，直接就躺到了床上。

第十一篇　初如蜜月　两小无猜

　　苑总看着米娜进了卧室，也没问，只是笑着摇晃脑袋。过了一会，马哥已经穿好衣服走出来，手里握着两个装注射器的纸袋，来到厨房，把注射器放进了一个小型绞肉机里，案子上抓一把菜叶子，也放在绞肉机里，一按开关，绞肉机启动，瞬间就有菜汁从绞肉机里流出。马哥洗了洗手，出了厨房冲苑总点点头，掏出一百元钱，交给苑总，然后出门去了。

　　苑总关上电脑，锁上抽屉来到了卧室，坐在床边，仔细的看着米娜。米娜躺在床上，雍懒的睡姿，美丽的脸蛋儿，时而自我得意的笑容，足以迷倒任何男人。此时的她，正处在虚无缥缈的梦幻中，世界上的一切，对于她已经都不重要了，只要她闭着眼睛，没有人打扰。自己就是神仙了，什么父母，丈夫，儿女，兄弟姐妹，都玩儿去吧。

　　真是的，这个世界上，怎么会有这种东西，能使人脱离本性，进入魔境，却不能自拔？这种物质就叫毒品，人一沾上，就永远离不开了。

　　苑总欣赏着娜娜的美，抚摸着娜娜白白的，滑滑的肌肤。做为男人，面对着一个躺在自己床上的超级美人儿，不想上手吗？怎么不想，但是，这个苑总，可不是一般企业的老总，管理的是企业，所有员工都是他的下属。而我们书中的苑总，其实只是替这些员工管管账，跑跑腿儿，记收入，而他手下的员工，其实就相当于他的衣食父母。每月给他交份儿钱，对他来说，这些人就是爷，不能惹，尤其是吸毒的人。还有更甚者，就是吸毒的女人，是坚决不能碰的。而且，娜娜曾经是马哥的女人，苑总就更惹不起了。

　　苑总终于把欲火压了下去，拍拍娜娜的脸，叫道："娜娜，娜娜，行了，回你屋去吧，我也该睡了。"

　　米娜不耐烦的翻个身："睡你的，管我干嘛？"

　　苑总堆笑说："娜娜，起来，回你屋去，你不能在我这，容易闹误会。

听话啊。"用手拽娜娜的手往起拉。

娜娜坐起骂道："你他妈……哦，苑哥。"

冬天黑的早，小北风儿一刮，身上透着凉。苏甫一溜小跑，来到楼洞前，腾腾腾的上楼，开门，进屋，关上门后，两只皮鞋一甩，穿上拖鞋，脱下上衣和裤子，小跑进卧室，也没开灯，直接蹦上床，被一声喊叫吓了一跳，原来是琦琦回来了，躺在被窝里睡觉。苏甫赶紧下地，打开灯。

琦琦坐起来看着苏甫："你吓我一跳。" 苏甫尬笑道："也吓我一跳。你几点回来的？""回来一个多小时了。你干嘛去了，打电话也不接？"

苏甫解释说："去公司开了个会。" 琦琦"嗯"了一声问："还没吃饭吧？"

苏甫拍拍肚子说："吃了，吃的挺饱的。""外头吃的？"

苏甫点头："是，外头吃的。但没花多少钱，就吃了一盘炒饼，六块钱。"

琦琦笑着说："还挺会过的。上床上来，别冻着。今天暖气烧得不热。"

苏甫往床上一坐，顺势一倒，琦琦撩起被子，连捂带搂，两个人拥抱在一起。

天亮了，苏甫撩开被子，从床边的椅子上拿过短裤穿上，又拿过秋裤穿上，穿上秋衣后下地，来到客厅，拿了一瓶纯净水，又回到卧室，躺靠在琦琦身边，打开瓶盖，喝了几口水，把瓶盖拧上，放在地上。这时，琦琦也爬起来靠着苏甫坐着，被子捂在身上。"亲爸爸，干嘛起这么早？"琦琦问。

苏甫摸着琦琦的脸蛋说："快过节了，每天要去公司开碰头会，明确一下任务，在节前这点时间，尽可能的多回款，明年才有保障。"

琦琦看着苏甫："我给你做早点？吃完再走。" "不用了，吃完就晚了，该迟到了。哎，你什么时候去上班呀？"

琦琦往被窝里缩了缩说："过了节就该集训了。我都不想去了，没意思，成天介累个贼死。关键是踢比赛根本就没人看。"

苏甫接茬说："别介，甭管怎么说是个工作，有工作就有保障。而且我挺喜欢看女人踢球，就你那脚球，那天在公园踢的那脚球，我真喜欢。嗯，是哪只脚来着，我看看。"

琦琦挪开身子，从被窝里伸出一只脚："你看，就是这只，右脚。"

苏甫用手托住，仔细查看，嘴里念叨："好，漂亮。真喜欢。"抱着就亲。

琦琦用脚在苏甫脸上蹭着说："现在嫩多了。赶紧吃。要是比赛期间，脚上都是硬皮，蚊子叮了不知道痒，扎了刺儿不知道疼。你多亲几口，过了节一开始集训，就没法儿瞧了。亲，多亲几下，用嘴啃。"

苏甫大笑："好，留着别洗，喜欢这味儿。好啦，我该上班去了。"下地穿拖鞋，来到客厅，从桌子上的面包袋里掏出几片面包，拿起一听饮料，放在餐桌上，然后来到门前，穿上衣裤，皮鞋。回身拿了面包饮料，突然又想起件事，自语道："对了，刷牙洗脸。"放下面包，来到卫生间，喝一口水漱了一下，又用一只手沾点水，在眼睛抹了一下，用毛巾一擦，自语道："反正也不用，晚上用的时候再洗吧。" 出了卫生间，拿起面包饮料出门去了。

苏甫走后，琦琦又躺了会儿，觉得无聊儿就坐起来，用手摸了摸床边的暖气片，不是很热。她穿鞋下地，把墙边的行李箱放倒，拉拉锁打开盖后，从里边拿出一身睡衣，回到了床边坐下穿上，又来到箱子边上，蹲下翻找，从底下拽出个塑料袋一抖，很快就填饱了肚子掉出一双拖鞋，琦琦穿上拖鞋，起身来到厨房，拿了几片面包，和一盒牛奶，连吃带喝，。把牛奶盒扔进垃圾桶后，走进厨房巡视，看见昨天吃饭的碗还在水池里放着，他笑骂道"这孙子，碗也等我回来刷。先搁着，晚饭以后再刷吧。哦……"伸了个懒腰儿，觉得乏，不自主的又回到卧室，往床上一靠，又要打盹，还是困，但又不想睡，想着这几天和苏甫相会的日子，嘴角儿边泛出幸福的，得意的笑。

作为运动员，很难与其他同龄人相比，人家的孩子，放学以后可以玩，可以闹。琦琦不行，从七八岁的时候开始，所有的业余时间，都是跟着父亲练球，父亲是专业运动员，对孩子的要求也不一样，苦是肯定的，且不是一般的苦。又因为那个年代，没有女孩子练足球，所以不光是吃苦，有时候还被街坊邻居当佐料。初中以后，琦琦进了专业队，过起了半军事化的生活，除了节假日，每天睁眼闭眼就是足球。早期时，电脑还不普及，晚上又不让看电视，每天张嘴就是不怕苦，不怕累。停下来就是枯燥和无味的消磨。好不容易放假了在家休息，做为女孩子，连个裙子都不敢穿，因为胳膊上腿上净是伤，青一块紫一块的，会给周围的人造出许多的谈资。当然，短暂的休假，电脑，游戏是大头儿，站街的时间也就被挤压的越来越少了。不过随着年龄增长，进了成年队，相对来说就好了一些，只是女足比赛没有观众，踢得再好也没人欣赏，就是进了球，也不能向男运动员那样庆祝，没有观众互动，很难自我陶醉，也就越踢越没意思了。两个月前，与苏甫的偶遇，激发了琦琦那颗少女的心，一个潇洒，伟岸，贴心的俊男，为自己腿上喷药的时候，一种不可抗拒的魅力，"呼" 的一下击重了琦琦的心，一个扛着自行车的背影，深深的印在了琦琦的脑海里，既使自己的钱被偷了，她却从来对苏甫都没有恨，她总认为，人都有两面，一面好，一百坏，而苏甫只有好，没有坏，坏也是好，她相信他能变好。用了一个月的时间，几次抓住苏甫，琦琦总是认为这是缘分，果然，这不是走到了一起，成了朋友，恋人。拥抱，亲吻，上床……

想着想着，琦琦竟然笑出声儿来，自己拍了拍你自己的脸，自己说："没做梦？"

第十二篇 姐妹斗情敌 一脚震二女

　　琦琦躺在床上正自我陶醉，忽然屋外面传来一阵钥匙开门的声音，紧接着就是"哐当"一声，门开了，又"呼"的一声关上了。琦琦一惊，赶紧下地，刚穿上拖鞋，抬头就见两个人进了卧室。

　　进来的是两个女人，琦琦并不认识。原来是米娜和玲玲，玲玲手里举着一把水果刀，刀尖朝着琦琦喊道："别动，动我扎死你。"琦琦赶紧收脚，往后退了几步坐在床边。

　　米娜显得很凶，指着琦琦问："你就是迷惑苏甫的狐狸精？" 琦琦吓愣了："狐狸精，怎么讲？"

　　玲玲上前一步说："狐狸精，你是个狐狸精，你是来迷惑苏甫的。"

　　琦琦稍镇定后反问道："你们俩是干嘛的？跟苏甫什么关系？"

　　玲玲用小刀儿比划着说："苏甫是我表姐夫，她是我表姐。告诉你，赶紧从这屋里滚出去，不滚我就捅死你。"

　　此时，琦琦的心脏已经逐渐从惊恐中平缓了下来，身体往后一靠，指着自己的鼻子问："打听过吗，知道姐们儿是干嘛的吗？"

　　玲玲晃晃小刀："你不就是个踢球儿的吗，又不是少林寺的。你知道我姐是干嘛的吗，大刑上来的，三条人命，怕了吧？"

　　琦琦微笑道："唬乡巴姥呢？三条人命还没死刑？"

　　玲玲稍迟疑："是呀，应该死刑，有立功表现，判的无期，现在出来了。怎么，不行啊？"

　　琦琦看着米娜说："你妈是不是怀的四胞胎，就生出来你一个，杀人的应该是你妈，给你判无期，这不是冤案吗？替你妈背了锅了。"

　　米娜也彻底火了，喊道："玲玲，把刀给我，我今天捅了她。"见表姐真怒了，玲玲反而怂了："姐，你真要……"

　　米娜从玲玲手里拿过小刀，对玲玲说道："玲玲你作证，姐和她是情敌决斗，要见死活，要是姐死了，不用告她，姐认了。"

　　米娜拿着小刀正在比划亮了几个姿势。不想琦琦突然站起来，一个虚晃贴身，用胯一拱，把米娜撩倒在地，再飞起一脚，把玲玲也踹趴下了。俩人摔得够狠的。琦琦来到厨房，拿起切菜刀和一只碗，回到卧室，在玲玲面前蹲下，把菜刀在碗底蹭了几下，放下碗，菜刀贴在玲玲脸上说："你那把刀能杀人呀，看看这是什么？你知道姐们儿爱吃什么么？血豆腐。你知血豆腐怎么做吗？"

　　玲玲吓得脸色儿沙白，她忙说："不知道，姐……姐，饶命。"

　　琦琦认真的："做血豆腐关键是血，就这碗，放半碗血，撒上一把盐，加上点儿凉水，凝固了，就是血豆腐了。"

　　米娜在一旁半卧在地上，对琦琦说道："不关我妹的事，你来杀我，姐姐做事姐姐当。"

　　琦琦把菜刀调了个头，刀柄放在玲玲手里说："她表妹，你那把指甲刀杀不了人，菜刀给你，我躺着让你砍。来吧。"

　　琦琦扭身坐在床边，身体一斜，躺靠在床上。见此情此景，姐俩全愣了。

　　琦琦指着她们又说："给你俩两分钟，用菜刀砍了我，你不砍我，我就砍了你们俩，你们俩私闯民宅，持械杀人未遂，我杀了你们俩是正当防卫。哈……"

　　如此一说完，玲玲赶紧跪在地上磕头："大嫂饶命饶命，下次不敢了，看在甫哥的份上，饶了小妹这次。"跪爬了几步。

　　琦琦警惕的说："离远点，退的墙根儿去。"

　　玲玲赶紧爬起来，退到墙边，抱着头蹲下。琦琦看了一眼米娜，米娜也赶忙爬到墙门边，抱头蹲下。

　　琦琦起身，弯腰拿起菜刀，用刀背拍着手心，往前走了几步，说道："你们以为你是谁？拿个指甲刀来吓唬我，还说我不是少林寺的。你们知道吗，我们踢足球的，各个都比少林寺的能打，我们从小练的就是铲，踹，肘，抓，跺，蹬，咬，拉。姐们儿我是踢中锋的，经常是一对四。我一路盘带撩倒仨，剩下一个地上爬，今天姐们儿心情好，让你们开开眼。"伸手一抓玲玲，往前走几步，把她按跪地上。来到窗前打开窗户，回到玲玲身后，弯腰捡起玲玲水果刀让玲玲拿着。又从枕头底下拿出一个皮夹，掏出一打钞票，塞到玲玲手里。

玲玲一手抓着钱，一手拿着水果刀，扭头问道："姐要干嘛？"

琦琦说道："我看你的份量也就一百斤出头，我的这两只脚呢，左脚发力是一百八十斤，右脚发力是二百一十斤，我今天试试脚头儿，看看能不能不沾窗边不沾框，真接把你踢出去，你今天私闯民宅，持械抢劫杀人，我是正当防卫，你放心，如果碰了窗户，算我学艺不精。"说着，往后退了几步，做出助跑的架式……

琦琦在女足是踢前锋的，经常罚任意球，踢罚任意球。总是要后退几步。不用装模作样，退这几步很职业，然后身体前探着掂几下脚，发出了脚点地的声音，后腿一蹬就要抡右脚。

这时，蹲在琦琦后面的米娜惊叫："大姐，大姐。"向前抱住琦琦一条腿，不住的求饶。玲玲也回过身来，给琦琦磕头，嘴里连道："姐饶命，姐饶命……"琦琦回身低头看着米娜："撒手，我连你一块扔下去信不信？"边说边往上抬了几下腿，竟把米娜身体往上抬有一尺多。

米娜死抱大腿不撒手，肯求道："大姐大姐，服了，服了。饶了我妹妹，我服了。饶了我妹妹，我给你磕头了。"

琦琦把脚放下，蹲下来问米娜："给我磕头，真服啦，磕几个？"

米娜赶紧的："磕一个，真服了。不，两个，三个，你说几个？"

琦琦用手一抠米娜下巴："不为难你，磕仨响头？""是是，磕仨响头。"

琦琦站起来："那好吧，成交。"她抽出脚，走到床边坐下，靠着床头，叫米娜："过来磕头。"

米娜从地上爬了几步，给琦琦磕了几个头。

琦琦不大满意："没看过电视剧里，奴才给小主是怎么磕的？重来。"

米娜爬起来又跪下说："大姐在上，米娜磕头了。"

趁着米娜给琦琦磕头，玲玲迅速将手里抓着的钱抽出两张，塞进羽绒服袖子里。

琦琦偷着乐："平身，一边伺候。你呢？"脸转朝玲玲看。"玲玲给大姐磕头了。"玲玲边说边磕，一连磕了七八下，

"行了，你岁数小，磕一下意思意思就行了。起来回话。"琦琦说。

玲玲爬起来，毕恭毕敬的站着，把手里的钱递过去，但在琦琦接钱时，又抽出一张钞票塞进袖口。琦琦把钱，装进钱包里，塞到枕头下。

米娜也站起来，她的站姿很标准，双腿并拢，双手下垂，还真象个犯人。

米娜，玲玲和苏甫一样，都是扒道儿上混的，虽说没进过派出所，但听进去的人说过，在派出所里不是蹲着就是站着。象刚才这种靠墙抱头蹲，都是这种职业必备的技能。你让他站着，肯定双手下垂，站得笔杆条直，这是标配动作。琦琦不懂这些，看得想笑。琦琦接触公安这方面少，不知道这种蹲姿站姿都是犯罪分子的专利。

琦琦手指椅子说："不用这么拿着劲儿，坐椅子上。你叫什么？"玲玲坐下，开始回过神来："谢谢姐，不是，嫂子。我叫玲玲。"

琦琦不好意思的："别瞎叫，叫姐吧。玲玲，多大了？""十七，不是，十八了，差俩月。十九吧？"玲玲摸看腿说。

琦琦坐起来，探了探身子："十九就这么骚啊？谁是狐狸精啊？""不是，谁都不是。姐，您比狐狸精精多了。"

琦琦靠在床头上说："你不是来杀狐狸精的吗？"

玲玲转着腰说："姐，逗着玩呢。你看我这手，十指纤纤嫩如笋，哪杀得了人呢，我今天是和我姐来认门儿的，听说甫哥在外边拍回来个大美女，过来看看。是吧姐？"

米娜附和着说："是，一来是认亲，二来呢，也是给苏甫把把关，试

探一下真假，毕竟现在骗子太多。"

琦琦拍拍床："这么说还合乎情理，过来坐。不打不成交。哎，玲玲，什么叫拍回来呀？""拍呀，拍是行话，就是说……"

米娜赶忙接话："是土话，我们家乡的土话。搞的意思，搞了个漂亮的女人的意思。"米娜坐在床边-一只手有意无意的给琦琦捏腿。

琦琦自小很少接触社会，对一些污七八糟的东西也都不懂。拍，其实是黑道上的一句行话，是指一些专门搞女人的小流氓，看见大街上陌生的女孩，就过去挑逗，花言巧语，连蒙带骗，然后以搞对象为名交往，这样得来的女人，行里称为拍，准确的说叫拍婆子。从另一个层面讲，拍来的女人也不是什么好女人，和男人在一起后，人们私下里管这种女人叫圈子，就是女流氓。不过，敢把拍来的女人带在身边的，在道上是要有一定地位的，万一你搞的女人是别的老大的女人，那麻烦就大了。只是这种情况一般是那些地痞流氓的本行，也被许多同道看不起。刚才玲玲说琦琦是被苏甫拍来的，幸亏被米娜拦了，琦琦也不懂什么叫拍婆子，否则的话，可能真的会生出事来。

第十三篇 车站观扒 抽页神手

话分两头。苏甫出了楼群，觉得天气够冷，就迈开腿慢跑。风呼呼的刮，吹得头发都竖了起来。苏甫由慢到快，又由快到慢，迎着北风时走时蹦，来到公交站前。

此时正是乘车早高峰，等车的人很多，苏甫站的离车站较远，他知道，这个时候，正是上班的钟点，也是同道儿下手的最好时机。苏甫自幼学艺，在扒门算是顶尖高手了，他一般不在公交车上做功课，尤其是家门口，既所谓的兔子不吃窝边草，而且公交车上油水不大，又容易失手，到时候可能跑都没地儿跑。

这时，一个中年妇女来到车站侯车，只见她从羽绒服口袋里拿出皮夹，打开后取出月票，又把钱夹装回兜里。

汽车来了，大家都抢着上车，秩序很乱。中年妇女也往前挤，这时，一个矮个子青年人跑了过去，推中年妇女往车上挤，妇女上去了，小个子青年却被挤到了一边没上去，他离开了站台。

一旁观看的苏甫看到小个男离开，嘴里小声叨唠着："兔崽子，吃到我的地里来了。是不是应该见面分一半……"苏甫正在琢磨着，忽见几个大汉过去，抓住小个子男，把他撂倒在地，背转双手，用手铐铐上了。原来是便衣。苏甫见此场景，不禁幸灾乐祸的笑出声来。这时，一辆警车开过来，便衣把犯罪嫌疑人押上车，警车开走了。

苏甫顺着马路向前走了一段，见有一辆出租过来，马上伸手叫停，拉门上车。出租车沿辅路行驶，见入口驶进主路，汇入车流。

琦琦见米娜给自己揉腿，有些不好意思了，她问米娜："你跟苏甫什么关系？"

米娜赶紧回答："同事，同事关系。"

琦琦身体往上提了提，靠着床头坐了起来。坐在椅子上的玲玲眼贼，发现就在琦琦挪身体时，枕头下的钱包露出了半截，她心里想道："受这么大惊吓，拿她三百块有点少，嗯，索性加加码。"玲玲一拧屁股，坐到了床上，热情的介绍米娜："姐，表姐和苏甫，还有我，我们都是同事，我表姐是主管。"玲玲嘴上说着，外面的这只手伸到背后，抽出琦琦的钱包，打开扣，从里面抽出一张百元票，装进裤兜里，把钱包扣上，又塞回枕下。玲玲的动作，琦琦一点没有察觉，却被米娜看到了，米娜伸出两个手指头说："我们姐俩，和苏甫是同事，我工作时间长，现在是业务经理，苏甫和玲玲是业务员。"

要说这玲玲确实很聪明，从琦琦的包里抽出一张票子后，见表姐和琦琦聊天儿时，伸出两个手指头，就知道表姐要和自己分一半，玲玲的手又从枕下抽出钱夹，打开扣，抽出一张大票，装兜里后扣上钱夹，轻轻的塞回枕下。

米娜给玲玲打掩护，继续和琦琦聊天："苏甫这个人真不错，工作认真负责，每天早出晚归的，非常辛苦。"

琦琦一听，敢紧堆笑道："你是苏甫领导，失敬失敬，刚才是误会了，哪天有时间，我请姐儿俩吃饭，以后苏甫还要倚仗姐们儿呢。哎，你叫什么来着？"

米娜抽回手说："我叫米娜，你就叫我娜娜就行。"

琦琦把双腿收回曲起，身体前探："米经理。看你的坐派不同凡响，我应该叫你姐。你多大了？"

米娜回道："过了节就二十五了。"琦琦一听，马上蹲了起来："这话说的，你比我大，我应该叫你姐才对。你看看，你哪象二十五的，看着也就二十一二，姐，你看刚才，我有点过份了，要不然我也给你磕一个？"琦琦往前一趴，跪在床上。

米娜赶紧一托琦琦："得得，跪就行了，不用磕了。玲玲，咱俩该上班了，今天有点晚了。"玲玲附和着："是姐，有点晚了，打车去吧。"

米娜站起来，对琦琦说："你接着睡，我们去上班了。玲玲，赶紧走。"

两个人出去了。

　　这时，跪在床上的琦琦显得很尴尬，自语着："嘿，说走就走了，也不说句平身。"扭屁股坐在床上。

　　苏甫坐在车里，把几张海报流揽了一下，对司机说："师傅，去大世界商城。"司机打了右转向灯，答应着："大世界商贸城，好嘞。呦，今天很多人往那去，早晨已经跑过一趟了，刚才拉的客人就是从那过来的。听说那搞活动呢。"

　　苏甫把海报折放在车上说："是，全场打折，去凑凑热闹。"

　　司机提醒说："商场搞活动，全是套路，先提价再打折，买的东西比不打折的商场还贵。"

　　"是，人就这么浅骨头，便宜时不打折不买，专买提价打折的，多花钱也乐意。"苏甫说。

　　司机叹道："可不是，所有的人都有占便宜的心理。"

　　米娜和玲玲走出楼门，两人对视一笑。米娜伸出手，对玲玲说道："我那份……"

　　玲玲假装不懂："你那份，什么你那份？"

　　米娜站住，双手插腰："装傻呀？见面分一半，这是规矩。你想独吞呀？"

　　玲玲继续装："做生意赚的见面分一半，今天没上班，就没赚钱，用什么分呀？姐你欺负小孩儿。"

　　米娜用手指着玲玲："行，你给姐都不要了，我给琦琦打电话问问，看她钱包里少了东西没有。"说着，伸手去裤兜里掏手机。

　　玲玲赶紧用手捂表姐的手："姐，干嘛呀？那么大人了，不识逗。给你。"抽出一张百元票，递给米娜。米娜把钱抓过来问："就两张？"

　　玲玲又从兜里掏出一百元，捏在手里，张开双臂："你翻，再有是小狗儿。"

　　米娜眼珠一转，不经意的用手指蹭了一下玲玲右侧的裤兜，嘴中说道："行了，多少都是你的了。不跟你计较。"

　　"嘿，这话说的。"玲玲双手往裤兜里一塞，一下把白兜布拉了出来，动作很熟练。

　　米娜见状，非常严肃的对玲玲说："大街上别做这动作，懂行的一看你就是道儿上的。姐这功夫还用翻你兜？手就这么轻轻一蹭，就知道你兜里的是钱是纸，有几张，八九不离十。"

　　玲玲佩服的："表姐历害。表姐，今天还出工吗？"

　　米娜略思考后说："不出去了，回去睡觉，下午去吃火锅，反正是那个骚狐狸的钱，不吃她这心里不平衡。"

　　"是。姐，你说你二十五岁，那个狐狸精还真信了。管你叫大姐了。"玲玲说。

　　"不能说太小了，这样她就不敢挤兑咱了。反正苏甫也老叫表姐，能装就装吧。"米娜说。

　　玲玲赞同道："其实说她狐狸精，还真高抬她了。"趁表姐不注意，从袖子里抽出几张票，塞进兜里。

第十四篇 商城神拿 滴水不漏

世界商城门前人很多，车也多，司机靠边停车后，对苏甫说道："只能停这儿了，今天太乱了。你地下走过去吧。"

苏甫掏钱付了车费，推门下车，在人群中往商场门前走。这时，有黄牛过来问："先生，要购物券吗？"苏甫停下，从黄牛手里拿过购物券仔细看，问黄牛："面值一百，多少钱卖？"黄牛用手指比划个勾："九十。"苏甫摇一摇头，把券还给黄牛："不要，太贵。用券买东西比用现金还贵。不划算。"黄牛解释："那是您没选对商品。这样，八十，您看怎么样？"苏甫沉了一下："七十吧，七十我就来一张。"黄牛急道："兄弟，七十就赔了，少八十不卖？"苏甫扭头就走。黄牛追上说："哥们儿，我们是做生意，七十真赔钱。你要几张？"苏甫伸出一手指说："一张。"黄牛摆手说："就要一张。算了吧。""得，八十就八十，来一张。"苏甫说着掏钱买了一张。黄牛把一张券给了苏甫，嘴里道："才要一张。多拿几张去？"苏甫回头摆手："一张就够了，这还没准用得上用不上呢。"说完，攥着购物券进了商场。

商场里人很多。苏甫在一楼转了会，又乘扶梯上了二楼，来到卖鞋的专柜处看鞋，看好一双鞋，试了试还算合适，让售货员开了票，拿着小票离开，又乘电梯来到三楼。三楼主营家电产品，看展品的人很多，苏甫跟着人流来到一品牌电视展区，看到一个女人正在向售卖员了解电视的性能指标，销售热情洋溢的介绍自己卖的电视，在卖场里是最好的。女人频频点头，耳垂上挂着的兰宝石吊坠象钟摆一样晃动，长长的睫毛忽扇忽扇的配合嘴里的口香糖产生上下共振，给人的感觉是又想看她的眼，又想看她的嘴，很性感，尤其是那双手，举起来比划电视的宽度时，肉嘟嘟的和红宝石戒指在一起真的很搭。

苏甫从电视展区离开，休闲的走看着各个展区，每看到一种新的产品，都要仔细的看上一番，询问价格。这也是工作，了解产品，了解行情，这种知识储备是必须的。

昨天看了海报，今天一早赶过来，肯定不会是来闲逛的，每个学习的机会都要利用。当然，电视卖场里看见的那个女富婆儿，已经让他喜欢上了。可不是，是个男人都爱看美女，何况是个大富婆了。富婆儿也总是在苏甫的视线里打转。

苏甫上了四楼，在楼上的扶手边张望。这时，三楼的电视销售已经和女顾客谈妥，走到工作台前，坐下开票，票开好后，交给顾客，手往楼下指，示意去交款。

苏甫慢不经心的走着，突然想起什么，探头看了看商场里的挂钟，又看看手里的票后，走几步上了往下的扶梯。到了三层，又下扶梯至二层，往收银台方向走去。

今天是活动的第一天，商场里人山人海，交钱也要排队。队伍排的有些乱，三个收银台，竟然排了五六队。这时，买电视的女人已经排队了。苏甫急走两步，想排到女人身后，不巧的是，一个中年大妈抢先一步，排到了苏甫的前面，苏甫只能按顺序排队了。

时钟指向了十一点，快中午了。苏甫的脑子里，飞快的把自己从下出租，到逛商场，再到现在排队的过程总结了一下，没问题，应该很完美。

苏甫非常聪明，有极强的反侦察能力，会换位思考问题。他清楚，一般这种大型的促销活动，派出所肯定会有便衣警察来镇场，尤其是在商场门前，一定会有经验老道的反扒人员守株待兔，所有进入商场的扒门同行，从他们眼前一过，就能认个八九不离十，场外的便衣会通知场内的刑侦便衣，对嫌疑人进行叮梢，每天都能抓个一两个。而苏甫对黑白道儿上两面防反都仔细研究过，且多次演练。想在网里捞鱼，又不让网给兜住，那就要实打实，绝不能装，我来就是来买东西的，在入场之前，买黄牛的优惠券，还要砍价还价。买了优惠券拿在手里，优惠券就成了道具，去二楼鞋柜试鞋，开了小票，又多了一件道具，闲逛了一会，见时间不早了，下楼排队交钱，一切都是经心设计的，只是排队时脚慢了一步，被这个大嫂站前面了。也好，到现在为止，苏甫在商场里的表现是无可挑剔的，应该是滴水不漏了。他根本不用环顾四周，也不用低头看，因为这些小动作都是行里人的标配动作，便衣也是根据你的表情和眼神来判断你是不是扒手。

现在，这个女人背的包，有几层，每层装什么，甚至包里有多少商品，他已经都门儿清了。就差最后一下了，准确多说，也就两三秒钟吧。

后面已经有人排队了，苏甫伸脖子往前看，自语道："怎么这么多人呀！"边说，边将一把硬币扔在前面的大嫂脚下。声音惊动了大嫂，大嫂低头看见有硬币，回头瞧了一眼苏甫，苏甫装不知道，还伸着脖子往前看。

此时，大嫂哈腰捡钱，并让前面的女子抬脚让让。大嫂一撅屁股，苏甫在后面觉得不雅，就转到了大嫂前面，左手在女富婆的包下一划，右手随后从包下夹出一个皮夹，反手掖在裤腰带里，同时下蹲，帮大嫂捡了一枚硬币，交给大嫂后，对大嫂说："人太多了，太挤了，也看不见前面有多少人，要知道这样就不来了。"

苏甫说完，绕着人群，来到收银台观看。柜台里，收银员紧张的敲着键盘，收款机快速的转着点钞。这时，有个大妈对苏甫说道："小伙子，后面排队去，别加塞。"

苏甫做个鬼脸儿，挤出人群，出了商场大门，见到倒购物卡券的黄牛就过去问："大哥，不逛了，人太多，购物券能退吗？"

黄牛看了看苏甫，回道："不能，是从我这买的吗？"

苏甫忙解释："可不从你这买的，花了八十呢。"

黄牛看了一眼购物卡，摆摆手："不退，你还是买东西花了吧。我手里从来没退过卡。"

苏甫拿出购物小票让黄牛看："大哥，你看小我不退票都开了，柜台上交钱的人太多了，一个钟头怕都交不上，我还要去招待客户，来不及了。这样，，你收还不行吗？"

黄牛缓了缓神儿："给你七十。我收都七十。"

苏甫把购物卡交给黄牛，撕了手中的小票，把黄牛递给的七十块钱拿过来装兜里，不慌不忙的来到路边，叫了一辆出租，坐进副驾位对司机说："师傅，去崇文门地铁。我去接个人。"出租车启动，驶上了主路。

出租车停在了崇文门地铁站辅路一侧，苏甫下了车，出租车开走了。

苏甫向前走了几十米，坐在路边的花池子上，从裤腰里拿出钱夹，打开看了看，伸手指拿出几张人民币，塞进上衣兜，又翻了翻，拿出几张银行卡，收起钱包后，把银行卡当做扑克玩了起来。到此时，苏甫的心里才算踏实下来，收款任务圆满完成成了，而且收获不小。可以说，今天的活儿干的，影视剧都拍不出来，真的很完美。最后的这点小活，就是从钱夹里抽出几张票子装进衣兜，既使是让过路人看见，也会以为他是拿出点零钱花着方便，而这个动作的真正目的，则是使钱包里的钱变少，让外人，或者是钱包的本主也说不准包里有多少钱。假若此时失主带警察来抓他，他会问失主，你说是你，这里有多少钱？失主当然知道里边有多少钱，但是她肯定是说不准了，说不准就没有证据，就没办法抓人。

苏甫玩儿了会儿银行卡，卡上的号码已经被指甲刮平，手一用力，卡都被攥绉了，然后背手将卡片插进花下面的土里。此时的他，伸个懒腰，用手挫了把脸，站起来走到路边，见有出租车过来，伸手叫车，车停后，苏甫上车对司机说："去公主坟儿。"

第十五篇 电视搬家 只搭功夫

出租车停在了公主坟儿立交桥北侧，苏甫下了车，溜溜哒哒的往前走，街边上有卖饮料的，苏甫掏钱买了一听饮料，一口气喝完，将罐扔进垃圾桶，然后进了一个大型的卖场。看了一楼的水果食品，又上二楼看服装鞋帽。四层是家电，苏甫乘扶梯而上，来到四层，立马儿被各种电视画面所吸引。说实话，刚刚收到一笔钱，应该给自己添一台电视，出租屋带的那台电视太老，没法看了。人家琦琦跟了自己，那是多大的造化呀。做为男人，一定要给自己心爱的女人提供一种好的物质享受。眼前这台国产液晶电视画质很好，标的是四十二寸，六千八百元。旁边有说明书，苏甫拿起一张，认真的看着。这时，一个年轻的女售货员过来讲解："这台电视不错，国产名牌，四十二寸，大小也合适，高清立体声的。"

苏甫嘴里"嗯"着，继续看说明书。有时还扒着电视看后面插孔，与说明书核对。

这时，一个中年妇女走过来，问售货员："小姐，我刚才转了一圈看了，这台性价比还行，就这台吧。你刚才说，有什么活动来着？"

售货员讲道："大姐，这款电视，要是今天买，加送一年的保修，而且送货上门。如果您自己提货，送三十块钱的打车钱。"

中年大姐挺高兴："那好，多一年保修期，真是挺好的。货我自提，我有车，家也不远。你这店里可以刷卡吗？"

销售员回道："可以，现金，刷卡都行。我现在给您下单？"中年妇女点头："行，下单吧。还有，我自己去提货，你管送下去吗？"销售回答："您放心，您看一楼门口，有个提货处，交完钱，办了手续，拿着出门条去提货，他会给您三十块钱的运费，把货送出门的。"中年妇女点点头，又问："我还想买一套音响点歌机，在几层卖。"

售货小姐开完票，告诉顾客："这个展区的后面，就是卖音响的，音响也在搞活动。票开好了。你看，这是厂家三年的保修单，这是本店送的一年保修。这是购物发票，这张小票是提货单。您拿好到收银台去交款。"

　　中年妇女把几张票捏在手里，又问销售："从这拐过去，就是卖音响的？"销售员点头："是，您慢走。"

　　中年女人来到收银台，递给收银员票据和银行卡，，收银员划卡，让顾客敲密码，敲了密码就付款成功。收银员在票据上盖了章，把票据交给顾客，交易完成了。

　　中年妇女一只手拿着个布袋，一只手捏着几张票据，转过隔断墙，来到音响厅。这音响厅里声音够吵，低音炮震的让人都觉得肝儿颤。中年妇女背着双手，时不时低头哈腰看音响上的牌子。此时，苏甫跟在女人后面，见四下无人，伸手一只手，捏住中年妇女背后手中的那张小票，迅速一抽，"刷"的就抽了出来。他把小票装进兜里转身就走，到扶梯处下楼，一层一层的来到一楼提货处，将小票交给保管员，保管员看后道："您稍等，马上就到。"刚说完，背后电梯门开了，有个中老年大妈推车出来，车上放着电视。

　　保管员对苏甫说道："来了。给您打车费。您收好。"又对大妈说："大姐，是这位先生的，您给推出去。"

　　苏甫跟着大妈来到门外，从车上搬下电视，大妈推车回去了。

　　苏甫搬起电视，大摆大摆的走了几十米，把电视放在了一辆人力三轮上，对蹬车的说："大哥，去翠微。"

　　车夫五十多数，很肥胖，但腿脚很灵活，片腿儿上车猛蹬几下，三轮车就飞了起来。苏甫坐在三轮上，若无其事的从兜里掏出烟盒，抽出一枝，点燃吸了起来。

　　道没多远，也就一里多地，很快就到了。苏甫下车，给了车夫十块钱，自己搬下电视。车夫脚下用力，三轮车又飞快的返回去了。

　　苏甫搬着电视，拐了个弯，把电视放地下，左顾右盼。这时，一个男子走过来问："哥们儿，用车吗？"苏甫点头。男子又问："去哪呀？"苏甫回答："玉泉路旧货市场。"男子脱口而出说报价："三十。"苏甫摆摆手，又左顾右盼的找出租。男子一看，只得落价："二十，行了吧。不贵了。"苏甫点头问："车在哪？" 男子一指："前面不远，二十多米，这地儿不能停车，罚钱扣分。我帮你搬。"说着，把电视抱起来，顺着便道一阵急走，来到一辆轿车旁，打开后车门，把电视箱子竖着放进去，往前倒着放稳后。对苏甫说："正合适，你坐边上扶着，我开慢点。保你安全。"

司机发动车子，挂档松手刹驶上主路，先往北，到一个路口掉头后往南，路口处右转向西驶去。

这是私家车出来拉活儿的，人们称之为黑车，司机有本地人，也有外地人，这些黑车专宰外地人，对本地人一般还好，价格跟打出租差不多，服务态度也好，很热情。因为本地乘客不太好惹，弄不好蹿了秧子把他举报了，那就得不偿失了。

车开得很稳，去玉泉路也不算远，直行一段后，在十字路口左转弯，再往前走，过了红绿灯，没多远就到了。司机把车停好，下来拉开车门，把电视箱子搬出来，轻轻的放在地上，接过苏甫递过来的二十块钱，对苏甫说道："哥们儿，齐了您呐，全须儿全尾儿，没磕没碰。我得赶紧颠儿，这查得严。"

苏甫一抱拳："谢了，您麻利儿的。"搬起电视往前走了几十米，过了马路，来到一棵树下，左右看了看，见不远处有个冷饮摊棚，就把电视靠树上，走到冷饮摊前，问卖货的小姑娘："小姐姐，拿两瓶矿泉水。"

小姑娘侧身从旁边的冰柜里拿出两瓶水，放在十案子上说："三块。"苏甫付了钱，拿着回到树下，把电视放倒，自己蹲在地上，拧开一瓶水，喝一口水，漱了漱口，将水喷在电视箱子上，喝了几口后，又往箱子上喷了水，将箱子翻个个儿，把剩余的水倒在纸箱上。放下空瓶，打开另一瓶水，一口气喝了下去。

苏甫站起身，解下裤腰带，弯下腰，把裤腰带穿过纸箱提手，穿扣拉紧后，拉着纸箱往前走，走了几十米后，自语道："不行，还是买辆小拉车吧。"于是，转回头，把电视箱子翻个个儿，刚才着地的那面，箱子上的字已经磨得看不清了。

苏甫拖拉着电视箱子来到冷饮摊前，问小姑娘："小姐姐，麻烦问下，市场里有卖小拉车的吗？"姑娘探身看了看苏甫拖的箱子，马上说道："有，拉这个箱子，有一种送菜买菜的车，二十块钱一辆，你要是要，我去给你拿，也是我家的摊位，就在市场里头。"

苏甫不好意思的："你得看摊儿，还是我进去买吧。"

姑娘赶紧拦着："没事，我给你去拿，不费事，你帮我看一下，几分钟的事。"姑娘走出柜台，向市场大门走去。

一般这种情况，摊主见到来了生意，都会主动上前应酬，她不能让自己的顾客进市场，一旦让苏甫进了市场，市场里摊位多了，不定买谁的呢。

苏甫见小姑娘进了市场大门，即掀起冰柜上面的盖儿，从里面拿出一听红牛，拉开盖，一口气喝干，把罐扔进后面的花丛，又伸手从柜子里拿出一盒烟，撕开后，把大多数香烟倒在手里，装进兜中，烟盒里还有几枝，用手攥了几下，烟盒变得绉了。苏甫整了整烟盒，从里面抽出一枝，叼在嘴里，从兜里掏出打火机，点燃了香烟，将打火机和烟盒放在一起，慢悠悠的抽烟，吐圈。这时，苏甫心里的感觉，就一个字："爽。"

功夫不大，摊主拉着一辆小拉车出来，摘去塑料护套让苏甫看："大哥你看，就是这辆车，拉你这个箱子正合适，这上面还有皮绳，本来是单收钱的，看你是帅哥，就送你了。"

苏甫拉过小车看了看问："结实吗？"小姑娘一撇嘴："结实吗？两袋水泥，二百斤，从这拉到大前门，它要是坏了，我退你钱。"苏甫笑了笑："开玩笑呢。不错，铁棍的，能拉一百斤大米。给你钱，二十是吧？收好。"

姑娘收了钱，扶着车，苏甫将箱子用力的搬起，轻轻的放在车上，用松紧绳扣紧，对小姑娘说："这是个大饼铛，单位食堂用的。谢谢小姐姐。拜拜。"拉车就走。刚走没多远，就见小姑娘追了过来，叫一声："大哥，你的打火机，还有烟。"

苏甫停住，回过身，接过打火机和烟盒，把打火机装兜里，烟盒扔进花丛，笑谢道："谢谢小姐姐。"

苏甫拉着小车往前走，偶尔回头看一眼已经磨破了的箱子，不由自主的从心底生出一种得意来。太完美了，用天衣无缝，也不足以形容今天获得的成果。

拐过弯，又走了一里多地，前面不远处有一辆三蹦子，车主是个四十多岁的大叔，见苏甫过来，大叔赶紧招手："爷们儿，用车吗？"

苏甫来到车前问道："摩的呀，多不舒服啊，我等出租吧。"

摩的大叔笑道："爷们儿，外行不是。你没听说吗：人要心眼儿活，出门坐残摩。别看是残摩，这也是经过精心设计改装的，你看，大马力的发动机，大油箱。你再看车里边，弹簧海绵坐椅，豪华顶灯，环保壁纸，摩的贴壁纸的，全中国就我这一辆。你去哪，今天爷们白拉你，让你享受一下真正的豪华摩的。"苏甫犹豫了一下："哪能让您白拉呀。我去六里桥儿桥北，八一厂那块儿。"

摩的司机一拍车门子："嗨，上车，我就住莲花桥，这也该回家吃饭了。顺路。"

苏甫也不好意思了，把电视箱子往前蹭了蹭，对司机说道："得嘞大叔儿，麻烦您了，那……给您二十，您看？"

司机大方的一挥手："什么三十二十的，随你便吧。上车走人。"

这老爷们儿真是北京人，说话圆润，听着舒服，不斤斤计较。给二十他能接受，先把活儿拿到手，又想多要点，还不想跌了份儿，看似很随意的一句：什么三十二十的，其实还是想多要点，否则的话，你怎么不说：什么一十二十的？语言这东西，深了去了，话撂给你了，面子也是钱呀。

摩的司机让苏甫先上车，坐稳后，把小拉车搬上去立住，，叫苏甫扶着，嘱咐道："爷们儿受累扶着点儿。坐稳了，咱们走着。"摩的司机关上车门，绕到前边上车坐好，打火，给油儿，捏离合挂档，松离合，摩托车向前跑去。

折腾了大半天儿，苏甫确实是累了，他把双手放在电视上，脑门儿枕在手上休息。此时此刻，他终于踏实了。今天的工作，本来在世界商城已经完成了，来公主坟看电器，也真是想买台电视，当作给琦琦的礼物，只是电视确实是很贵，买一台要六千多，苏甫突然觉得，作为扒门中的高手，花钱买一台也不算什么难事，可是脸面呢，真的是过不去。还好，该着那个买电视的女人倒霉，你说你交完钱了，不把票收起来，竟在手里捏着，这不是明着送吗？人们常把做一件容易的事称作举手之劳，探囊取物，那今天这活干的，啊？取票之劳。真他妈容易。现在，小爷已经倒了三趟车了，就是神探也找不着了。而且，那个大嫂肯定是认为自己丢了小票，恐怕这时候还在楼上楼下的找那张纸呢。想到这里，苏甫拾起头，抹了下嘴角的口水，终于忍不住的憋着嘴乐出声儿来。

苏甫从兜里掏出一个金属的烟盒，弹开盖儿，又从上衣兜里抓出一把烟卷，放在烟盒里，他拿出一支，用鼻子闻了闻，把手里的烟盒扣上，又把烟盒打开，把手中那支烟放进去，"叭"的扣上，用指弹了几下。

苏甫双手合十，微闭眼，口中念道："这位大嫂，苏甫谢了。谢谢衣食父母，我祝你开心快乐，过好每一天。"又将脸抬起，手上举，向天祈祷："过往的神灵，仙佛，苏甫做这行，本是情非所愿，但是各行各业都得有人干不是？您要惩罚，就惩罚开创本门本行的祖师爷吧。"祈祷完，身体往后一靠，咪起了眼睛……

第十六篇 名包黑洗白 二女上酒楼

车停了，摩的司机关了发动机，下车走到后面，拉开车厢门，与苏甫一起把小拉车抬下来。苏甫跳下车，从兜里摸出一些零钱，凑了二十五块钱，交给司机并谢道："谢了大叔儿，你辛苦，给您二十五，就这些零钱了。"

司机接过钱："得，爷们爽快。家离这儿不远了吧？"

苏甫用手一指："就这儿，八一厂，您这车进不去，我拉回去就行了。回见您呐，慢着开。" 摩的开走了。

苏甫见摩的走远，拍了拍屁股，拉着小车往前走，钻过桥洞，又转向，从立交桥下穿过三环路，进胡同里走了很远，再拐了几个弯，终于来到了楼下，在楼梯口，苏甫用手提了提小车，觉得够呛，虽说份量并不太重，但是体积大，搬着绊脚，还是往上拉吧。

苏甫倒过身来，退着往楼上走，上一层儿楼梯，把车往上拽一层儿，一层儿一层儿的上，真是费劲。活这么大，还真没受过这累。还好，总算上到顶儿了。

苏甫直起腰，一只手捂着屁股，另一只手掏出钥匙打开房门，把电视机拉进屋，立在一边。环顾了一下，琦琦没在，肯定是买菜去了。苏甫来到厨房，没看见有饭菜，只有一池子没刷洗的碗碟。他从冰箱上的纸袋子里掏出两片面包，一边吃，一边拉门出去，锁上门后，向楼下蹦着跑去。今天真是太幸运了。

人就是这样，有时候喝凉水都长肉。明明不饿，偏有人往你嘴里塞大虾，不吃还不行。这事弄的。

苏甫来到苑总门前，敲门后，苑总开了门，让苏甫进屋。苏甫掏出身上的钱包，把里边的钱倒在桌子上。苑总坐下，把苏甫的钱拿起来捋齐，放进点钞机，一按开关，点钞机转动，显示的数字在飞快的上升，在九千一停下。

苑总赞道："好个小苏，今天大吉大利呀。"

苏甫也开怀大笑道："托苑总的福，没有苑总搜集来的信息，就没有今天的这笔生意。今后还要仰仗苑总呢。"

苑总谦虚的："哎，做些后勤工作，为大家服好务，应该的，应该的。只要是大家觉得跟着苑哥不亏，苑哥也就知足了，管理费不能白收啊。"

苏甫从苑总屋里出来，太踏步的走出楼群，来到路边，顺道而行，穿街走巷，见一小门脸，门上有个木牌，白底黑字，上书《杂旧货小铺》，苏甫进屋，见一位三十岁左右男子正趴在柜台上看手机。苏甫进来，在店里转了一遍。老板收起手机，问："先生，看点什么？"

苏甫过来叫一声："老板，您好，麻烦你给看看这个钱包。"从怀里拿出空钱包，放柜台上问："这个收吗？"

老板拿起钱包看了看："嗯，好东西，名牌奢侈品。干嘛不留着？这包买着挺贵的，卖就不值钱了。还挺新的呢。"

苏甫向老板解释："这是买了送女朋友的，现在吹了，她把这包退回来了。留着也没用，想送现在的对象吧，又怕她嫌弃。"

老板从柜里拿出个放大镜，仔细看过后，放在柜台上，对苏甫说道："这件东西用过了，有划痕，七八成新，要是代卖，可以标四百。"

苏甫惊讶的问："四百，太少了。这包买的时候六千多呢。"

老板解释道："到我们这儿都是旧货。这种物品，穷人用不起，真有钱的买新的，给你标四百，已经够高了。"

苏甫想了想："你收多少手续费？"

老板答道："百分之十二。"

苏甫掰手指头算了算："噢，合着我才能拿回三百五。几天能卖出去呀？"

老板耐心的解释："这个没准儿，三天，五天，半个月，都有可能，碰巧了呢，你前脚刚出门儿，说不定后脚儿就卖了。你若是着急用钱，我也可以现金收。""收，多少钱？"苏甫问。　"三百。"

苏甫心里算计了一下，觉着代卖四百，再收手续费，还不知道哪天卖出去，费事，当然还要留电话。直接能卖三百，虽说少点，但能够当时拿钱，既省心，又安全，不留后遗症。于是对老板言道："那就卖了，三百就三百吧。您给我点零钱啊，花着方便。"

老板拿出一个纸带，把包装起来，给苏甫点了钱，对苏甫说道："行了。看看有什么需要，可以给优惠。"苏甫收好货款，若无其事的在杂货铺里看东西。老板一只手拿着装皮夹的纸袋，一只手拨打电话："哎，哎哎，皮衣皮具，我是杂货铺，这个事，我刚收了一个包，用过的。对，对对，保养保养，加个包装。五十，好嘛，快赶上我的进货价儿了。嗯嗯，好吧，五十就五十吧。好，你这来拿，多长时间修好？一个小时多点儿，好，好的……"

苏甫笑着走出了杂货店，往南走出几百米，见前面有个餐馆，觉得还真饿了，已经快前心贴后心了。他进了餐馆，捡个靠窗的桌子坐下。

有女服务员过来招呼："哟，甫哥，有些日子没来了，今天要点儿什么？"

苏甫斜眼儿看了一眼女服务员："什么叫要点儿什么？要你，你给吗？"

女服务员乐着转过身去，又转回来说："说错了甫哥。你点点儿什么，想吃什么？唉，每次看见帅哥舌头就短了。"

苏甫靠着椅子背，一只手挠了一下桌子说："正常，女孩子都这样。见了帅哥就胡思乱想。其实甫哥也一样，看见漂亮小姐姐也不知所措，你看，刚才饿的时候想吃什么来着，想不起来了。算了，随便上俩酒菜儿，来瓶啤酒，喝差不多了上碗鸡丝面。"

服务员边写菜单边问："啤酒要冰的，还是要常温的？"苏甫反问："冰的凉啊，还是常温的凉啊？"

姑娘不好意思的说："都一样，那就拿常温的，在外面自然凉，健康环保。"

苏甫一举手："别。要冰的，冰的得放冰箱，还要用电，同样的价格，自然凉的不是吃亏了吗？"

姑娘赞道："呦，甫哥真历害，我说老板怎么老让我卖外面自然凉的，不让卖冰箱的呢，原来冰箱里的成本高。老板真够精的。"

苏甫认真的说："你们老板精过了头了。冰箱里不单要用电，还要来回倒腾，把冰箱电拔了，小姐姐还省话呢不是？""省话？"姑娘不解的问。"是呀，那就不用挨个问了，你是喝冰的呀，还是喝常温的呀。"

服务员高兴的说："谢谢甫哥，我都没反应过来，现在冬天了，根本就不用冰了。嗨，真傻，每天停业以后都要倒冰箱冰柜，从夏天到现在了，甫哥要不提醒，我还犯糊涂呢。你稍等，我去下单。"转身往里面走去。

餐馆二楼的单间里，米娜和玲玲也在点菜。米娜放下菜谱，对服务员说道："小姐，四串虾，十串肉串，一只蒸羊腿。拿俩酒杯来。"服务小姐写完菜单出去了。

玲玲问米娜："表姐，点那么多咱俩吃得了吗？多浪费呀？"

米娜有些心不在焉，而且语无伦次："无所谓多少，够吃就行。什么多少，吃饱吃好。啊哈，吃得了吃不了，不吃怎么知道。今天是那个骚 X 请客，不吃点硬的，不是便宜她了吗？"

玲玲附和着："姐说得对。那狐狸精，整个是一条野驴，撩这一蹶子，差点儿把屁股给我踢碎了。姐，我去趟洗手间。"

玲玲起身，撩帘出门往左去洗手间，无意中见苏甫坐在楼下，突然来了精神，紧跑几步，进了洗手间，拧开水笼头，冲湿了手，墙上撕了条纸，好歹一擦，把卫生纸扔到纸篓里，三步并两步的跑回包间，坐下以后神密的告诉米娜："姐，我看见苏甫了。"

米娜似乎没太在意玲玲的话，随口一句："看他有什么新鲜的。嗯，他在哪儿？"

玲玲一摊手："看看，还装不在乎，魂都快勾走了。他也来吃饭了，就在楼下。"

米娜回过神来："他，几个人，和谁？"

玲玲一指米娜："哟，别上心了，他早是人家的人了。就他一个。没准呀，回家一看，骚娘们儿没给他做饭，只好出来吃啦。"

米娜苦笑了一下："那他可够苦的，得帮帮他。小姐，过来一下。"

服务员进屋，问米娜："娜姐，您有什么事？"

米娜对服务员道："楼下有一个男顾客，是我的同事，你把他开的菜端上来，把他也叫上来，我们凑桌。玲玲，给她指一下。"

玲玲起身，与服务员来到天井处，手往下一指："就那个挨窗户的。"

女服务员点头道："那不是甫哥吗？行，我去叫。"顺楼梯到了楼下，来到苏甫桌前叫："甫哥，楼上有两个顾客，说跟您认识，请您上楼去一块吃。""什么人，男的女的？"苏甫问。

服务员稍微哈腰，耐心的答道："两个女顾客，有娜姐。""女顾客？哦，娜娜和玲玲，这俩狐狸精，跑这等着我来了。我就在楼下吃吧，菜都点了。你替我谢谢她们。"苏甫扭头朝窗外看。

服务员热情的："甫哥，既然是同事，难得凑一块，您还是上去吧。""不了。"苏甫手一点桌子："赶紧给我上菜。"

服务员有些惊慌的说："呦，对不起先生，您点的菜给端楼上去了。"

苏甫有些发火了："你吃饭我吃饭？你花钱我花钱？没经我同意，你就替我做主了？不吃了。"起身欲走，猛抬头，看见米娜托着胳膊肘，站在楼上天井处，正往天花板上看。得，见到米娜，苏甫瞬间就怂了，指着服务员说道："等吃完饭，我一定得投诉你，我不结账，让你买单。"

女服务员员笑着一伸手："甫哥请。您是上帝，又是大帅哥，您把我包了得了。凡事只要您高兴，我下岗都不要紧。您看娜姐，都快等急了。"

"嗯。"苏甫站起来，假装镇定的上楼梯，跟米娜打了招呼，进了包间，叫了一声："玲玲。"

第十七篇 苏甫难防二凤 米娜酒后伤情

　　玲玲兴奋的站起来，过来两手一拍苏甫的胸肌："甫哥，好难请啊？今天小妹请客，姐姐，姐夫，你俩坐。"

　　玲玲人小，心眼儿来的快，上午管琦琦叫嫂子，逗琦琦开了心，现在又管苏甫叫姐夫了。表姐肯定不反对，苏甫又只能默认。

　　餐桌是一张八仙桌，有时候包间里就三四个人，八仙桌大小正合适。如果人多了，可以在方桌上搭个圆桌面。玲玲站到桌子的外侧，一推一按，让苏甫左侧坐下，又一伸手让米娜坐，自己打横坐下。若按规矩的坐法，米娜应该坐在玲玲的左手边。是主人位。苏甫应该坐在右手边，是客人位，今天正好相反，苏甫坐在主位，米娜坐客位，不知道是不是玲玲玩心眼儿。按说就玲玲的年龄来说，不会懂得什主啊，客的。虽然说玲玲说今天请客，但是她知道，就凭张嘴叫苏甫姐夫，那么姐姐也好，苏甫也好，肯定不会让身为妹妹的玲玲出钱了。到底谁结饭钱，就看谁脸皮厚，谁脸皮儿薄了。脸皮厚，吃个够，脸皮薄，把钱饶。反正我最小，跑腿儿，张啰，是孩子的事，吃饭掏钱吗？管不着。

　　应该说，这个场合，很适合玲玲表现，所以她也不客气，喊一声："服务员，上菜。拿酒杯。"

　　服务小姐拿着托盘进来，从托盘里拿下酒杯，碗筷餐具，一盘炸花生米，和一盘香椿苗儿拌豆腐丝，放摆好后，欠身对玲玲说："烤串马上就好，羊腿也该出锅了。虾串刚穿完，马上就烤。"正说着，一个传菜的大妈，把一大盘烤串放在门口的接手桌上。又回身从屋外的小车上端起一个大海碗，也放接手桌上。

　　接手桌，这个词对于一般人来说很陌生，为什么叫接手桌，为什么要用接手桌？其实这里边也是有规矩的，这是店家在接待顾客的过程中，必须有的一个规范的程序，一般说，菜，饭做得后，由传菜员送到餐厅，但传菜员不可以直接给客人上菜，上菜由服务员来完成，传菜员端来饭菜，绝不可以和服务员手递手交接，只管放在旁边的桌子上，再由服务员端上桌，完成上菜程序。有的时候，服务员自己端菜或汤，碗烫碟热，快到桌前时，手被烫的受不了时，应该先放在旁边的小桌上缓一下，再重新端给客人上桌，服务员在手被烫得难受时，如果急着往桌上放，就可能造成汤撒碗碎，伤了顾客，这一桌饭就赔了。所以，一般讲究点儿的餐馆，在餐厅的四个方位，都有接手桌。

满满的大盘烤串，色泽金黄，放在桌上，香味儿很诱人。大海碗里装着一个不小的羊腿。这个盛烤串的尺二大盘，老买卖人管它叫三卖大盘。冷拼中制作七彩什锦大拼，就是用这种大盘，只是现在没人懂了，都统称叫大盘了。而装羊腿的大碗，行内也不叫大碗，大碗分三种型号，最大的叫初海，第二的才叫大海，然后最小的叫二海。初海比大海大一倍，且又有出边儿，所以不应叫碗，但在传统中，上汤的器皿又不能叫盆，按照传统的排序，初，就是第一的意思，但不能叫一。大，听着响亮。二，实际排第三。这几种制式规格的大碗的标准叫法既：初海，大海，二海这三种。

服务员摆好烤串和蒸羊腿，问玲玲："小姐，先生要了一瓶啤酒，因为听说你自带了酒水，所以就没上，你把酒拿出来，我好给开瓶。"

"噢。"玲玲哈腰，从地上拿起个菜兜子，从里边拿出一瓶方盒包装的酒，放到桌上，女服务员熟练的撕开纸盒，看了看商标，说了句："正宗的威士忌。"拧掉瓶盖，倒过瓶口晃了一下，酒从瓶口流出。三个杯子里都倒了点酒，服务员把酒瓶放桌上，把酒杯分给三人后，欠了一下身，说道："先生，小姐，您慢用，我去看看虾串烤好没有。"

苏甫朝服务员点了点头："小姐辛苦了，你忙。"

玲玲伸手抓起几串烤肉，先给苏甫一串，又递表姐，表姐瞪了一眼玲玲，似乎不怎么高兴。玲玲把一支烤串放下，开始吃手里这串。

表姐的脾气，玲玲早就习惯了，凡是有苏普在场，脸总是拉着，不知为什么就是乐不出来。管她呢，吃吧，吃够了再说，反正表姐从心里是喜欢苏甫的，可是自己也喜欢苏甫啊，怎么从来也没象表姐这样过。平时跟自己聊天，总是把苏甫挂嘴上，见了面又没话说，唉，想什么呢？对了，是不是今天吃了琦琦的亏了，正生闷气呢？值当吗，人家琦琦不是出钱请客了吗？

米娜轻叹口气，拿起酒瓶，把自己的酒杯倒满，把酒瓶放在玲玲手边，玲玲犹豫了一下，把手中的肉串倒了个手，抓起酒瓶，对苏甫说："姐夫，我姐满上了，你也满上吧，跟我姐贴一下。"不由分说，将苏甫的杯倒满。

苏甫没反应，只是小心的咬了一块儿肉，捋下后送到嘴里。嘴动了几下，假装噎着了，端起酒杯，喝了一大口酒，咽下后，朝米娜举了一下酒杯示意。

米娜似乎并没看苏甫是否喝了酒，而是自己端起酒杯，轻轻的摇着，琥珀色的酒水，在杯中攸闲流动，酒香侵袭着娜娜的鼻腔，没有爱，就没有恨，就象这酒，有人喝了说辣嘴辣嗓子，也有人说象烧柴锅的味儿呛鼻子，只有真正爱酒的人，才能品出纯正麦芽威士忌的酒魂。神密，浪漫，静中有动，动中亦有静，更有激情。娜娜知道自己的身体，由于吸粉儿，对烈酒会起反应，平时自己喝一点儿，量有限，不会有什么问题，刚才倒了一大杯酒，其实并不是自己想喝，此时此刻，她多么希望苏甫能站起身，霸气的夺过自己手里的酒杯，代她一饮而尽，让她压郁的心情得到释放，从此后，不在为情感纠缠，甚至心甘情愿给他做备胎。但是，眼前的一切……都完了，不可能了……

米娜的不自主的把酒送到嘴边，一扬脖，喝了一大口酒进嘴里，正要下咽，又犹豫了一下，看了看酒杯中的酒，估量了一下，认为能接受，才把酒咽了下去。酒下了肚，再看看苏甫，竟然没有反应，于是一扬手，半杯酒朝苏甫泼去。

苏甫依就没什么反应，只是抽了几张餐巾纸，擦手，擦衣服。

玲玲也赶紧抽出几张纸，帮苏甫擦脸，边擦边摸着苏甫的脸，嘴里说着："姐夫，没事，别怕，表姐今天不高兴，我也不高兴。我们今天让人给打了，没地方出气去，才在这喝酒。不过没事了，都过去了。"

苏甫被泼了酒，反而放松了，索幸放开了吃，一连吃了几串后，端起酒杯，喝了一口酒，想起玲玲刚说的话，问道："你刚才说让人打了？让谁打了？谁这么大胆儿？"

玲玲用牙捋下一块肉吃了，喝了一口酒，把杯蹲在桌子上："就是你从大街上拍来的婆子，李什么琦琦。那个骚狐狸，白花蛇妖，把我们俩给打了，让我们给她下跪，管她叫小主。"

苏甫觉得奇怪，不太信："别挑事，她能把你们打了，谁信呢？她根本不认识你，你也不认识她，她又没出门儿，她上哪打你去？"

玲玲又喝口酒："是这样，早晨我们去找你，进门后看见床上躺个女的，她见我们进来，起来就把我打了。"

苏甫纳闷："你们俩进屋，你有门钥匙？"

是呀，说漏嘴了，我哪来的门钥匙。"这个，门吧，钥匙吧……"玲玲被问住了。

苏甫马上醒了："哦，昨天在公司，你拿我钥匙掏耳朵，是不是印了模了，配了钥匙，对了，我记得娜娜还拿着一块橡皮泥。嘿，家贼难防啊。你上我家偷东西去啦？怨不得挨打。"

玲玲瞧了一眼表姐，回道："偷东西，偷什么，你有什么？有点钱还存公司了。上你家偷东西，没点儿智商了。"

苏甫点头："是呀，那你配钥匙干什么，偷人呀，偷谁，偷我呀？"

玲玲又吃了一串肉："偷你，白给都不要。你是我姐夫，你拍回来一条母驴，妹妹不替你把把关，掌掌眼呀？"

苏甫点点头："这是个理由。那琦琦干嘛打你呀，她一个弱女子，能打你们俩？"

玲玲把肉捋完，棍儿扔桌儿上："呦呦呦，弱女子，整个一个母夜叉。她自称是足球队中锋，从小练的就是踢人打人。她就这么一扭她那个大屁股，就把表姐扛趴下了，回身一个扫腿，正踢我屁股上，趴地下就起不来了。"

苏甫哈哈哈大笑："我信，这我信。足球运动员踢球不行，踢人有功夫，这么着说，你俩肯定不是对手。但是她踢你肯定没使劲，要不然你还能走？早把你屁眼儿踢烂了。"

玲玲继续委屈的讲："她让我跪地下，让我一只拿刀，一只手拿钱，说我是入室抢劫杀人，要把我从窗户一脚踢出去，说她是正当防卫。是表姐和我求她饶命，还直说服了，后来她坐床上，让表姐和我给她磕三响头，才肯饶。"

苏甫认真的："那她可不对了，怎么能让你们给她磕呢。你磕了吗？"

玲玲大声："怎么没磕。我姐磕了两遍-。姑奶奶我给她磕了十多下呢。"

苏甫听完，拿起一串肉，美滋滋的吃着，喝了口酒，叫玲玲："玲玲，记住了，今后甫哥不再任人宰割了，甫哥有戳拔儿了，谁再欺负甫哥，让琦琦收拾他。今天的肉串烤得好，入味儿了，火候儿合适。娜娜，别生气了，都是自己人，闹着玩呢，别当真了。接着吃。"

玲玲放下酒杯："闹着玩，她这一脚，把屁股都踢紫了，黑了一大块。一会儿还得买药去。"

苏甫小声询问："踢紫了，第一次听说。还能踢紫了？不信，不信。"

玲玲站起来："嘿，我还骗你，让你看看，是不是紫了。"解裤带就要脱。

"玲玲。"米娜喝住玲玲。这是她在桌上第一次开口说话。

玲玲坐下："让你看，逗你玩儿呢。姑奶奶的屁屁不是谁想看都能看的。"

苏甫捂着脸："唔……看不见了。遗憾终生啊。"放下手接着说："玲玲，不用买药了，琦琦经常受伤，包里老带着创伤药，回头你跟我回去，我用她那药滋……的给你一喷，立马儿，紫屁股变白屁股。就跟漂了白似的，那叫一个白。"

米娜缓过神儿来了，指着苏甫："你就是一个拍婆子的臭流氓。甬得意，不定怎么着呢。"

苏甫见米娜没事了，悬着的心也就放下了。

服务员端着盘子进来，放在桌子上靠米娜的一侧，盘里有四串烤虾。米娜拿起两串，递给玲玲一串，自己拿着一串，没吃，只是闻。苏甫站起来，伸手去拿虾串，猛的一下，从米娜手中抽出虾串儿，坐下就吃。

米娜嘴角抿出不易查觉的笑，脸蛋儿上露出了一个小酒窝儿。她拿起酒瓶儿，给自己倒了半杯酒，放下酒瓶后，没有立即喝，只是摸了一下酒杯，并将酒杯往前推了推。

玲玲探身，拿过表姐的酒瓶，给自己倒了点酒，又看看苏甫，苏甫把酒杯放在玲玲的酒杯旁边，伸出小姆指，用大姆指一掐，表示倒一点。玲玲一抬瓶底，象征性的给杯里倒了点儿酒。放下酒瓶，玲玲喊了一声："服务员，上冰块。"

不一会，服务员端来一小碗冰块儿，放桌上，碗里放着小勺。玲玲用筷子来了一块冰块，看了一下表姐，又看看苏甫，把冰放在自己杯里，端起杯叫："姐夫，干一杯。"

苏甫端起酒杯，要跟玲玲碰杯，玲玲不太乐意："姐夫，空杯呀？"

"啊，哪能啊。"苏甫另一只手拿起米娜的酒杯，把酒倒在自己杯里，再问玲玲："还有什么说的？"两杯碰了一下，都干了。

苏甫拿起酒瓶，给米娜的杯里倒酒，故意多到了一点，放下酒瓶，举起杯看了看，觉得倒多了，关心的看了一眼米娜，把米娜杯里的都倒在自己杯里，然后再从自己的杯中，滴几滴给米娜，把酒杯放在米娜面前。米娜有些感动了。

第十八篇 苏甫怀中坐 米娜入深山

女人吗，就是这样，时而如波涛汹涌，暴如炸雷。转眼呢，又柔如堤柳，温如细泉。无论如何，苏甫已经明花有主儿，撒波打滚儿也无济于事了，自己心里都清楚，和苏甫也只能做闺蜜，他已经有了人，又同了居，面对事实，米娜真的无能为力了。但是，无论苏甫心里有谁，刚才的细微的倒酒细节，一定是用心做的，肯定不是装的。米娜拿起一串烤虾，认真的吃了起来。

苏甫用巾纸擦了嘴，对玲玲说："玲玲，吃饱喝足了，帮甫哥办件事？"

玲玲抽了几张巾纸，边擦嘴边回："吃饱了，喝足了，姑奶奶谁也不服了。甫哥，什么事？"

苏甫吞咽了一只烤虾，从兜里掏出个钱包，对玲玲说："前面拐角，有个卖二手旧货的杂货铺，那里边有个钱包，你去帮我买回来。拿着这个包，这包里有钱。"

玲玲撇撇嘴："甫哥，现不现呀，去杂货铺买旧钱包，我可没那么厚的脸皮。你让别人去吧。"

苏甫把钱包推给玲玲："那个包虽然是放在杂货铺，但它绝对是个好钱包，我买了送人。"

玲玲睁大眼睛："送人？送谁，我姐？我？谁要啊。咱经手的好包，名包，奢侈级的手包，腰包，背包，挎包，多了去了。但咱行里有行里的规矩，多好的包也不能留，必须扔。你拿个名包显摆，这不是找事呢吗？"

米娜拿起一串烤串，对玲玲说道："玲玲，让你去你就去，哪那么多废话。"玲玲不解，没起身。

米娜用肉串指着苏甫："行啊你，她甫哥，深藏不露啊！干了大买卖，还来这装孙子，弄盘花生米，糊弄谁呀？玲玲，去把包买回来，让姐看看是什么东西。姐没猜错的话，一定是给那个骚婆子的。"

苏甫飞了米娜一眼，对玲玲嘱咐："店家的成本是三百五，从理论上说，超过三百五可能就卖，这包里有三百八十七块零几毛，跟他砍价，砍不下来，就把这包里的钱，连包都给他。这个包我刚才割了个小口，很容易撕破，反正我也该换个包了。记住，让她开个收据。"

玲玲拿起钱包，看了着里面，对苏甫发泄道："噢，合着家花不如野花香，姑奶奶为她，还得厚着脸皮去旧货摊上砍价，有这功夫，我出去顺一个好不好？"

米娜为苏甫解释："玲玲，这是你姐夫教你活呢，你该感谢才是呀。"

"教活？" 玲玲不解："教什么活？这有什么技术含量？"

米娜笑着解释："你刚才说了，行里的规矩，脏东西不能留，但是有一点，洗干净了，就能留了呀。"

玲玲更不明白了："洗干净了，怎么洗？你洗多干净，人家的东西，人家肯定认识，那还不引火烧身呀？"

"所以必须要洗呀。" 米娜掰开了揉碎的讲："这件物品是脏的不假，你丢了，你报警了，在我手里发现了，那可以肯定是我做的了，让谁看也不会错了，但是，我这个包是在旧货摊上买的，还有收据。谁能耐我何？"

玲玲挠了一下脑袋："有点儿明白了。那你得先卖给地摊，再去从地摊买回来。哎呦甫哥，好聪明啊，我太喜欢……" 起身出屋，下楼去了。

玲玲出去了，米娜突然又陷入思维混乱，可能刚才喝的那大口酒的酒劲上来了，一种失落，绝望的心情涌上心头，嗓子里恶心了一下，头也些不舒服，眼睛呆呆的看着苏甫，若有所思，若有所求。

苏甫伸出右手，放在米娜的左手上，轻轻的摸着，用手指点着，不时们还挠几下。

米娜把手掌翻过来，亮出了手心，眼睛直勾勾的看着苏甫。苏甫用小指在米娜的手心上扎了几下，米娜的手用拳缩一下来回应。苏甫用手掌按住米娜的掌心，怯怯的说："娜娜，我们还是好朋友，那种无话不谈的好朋友。"

　　米娜咬着嘴唇点点头，肯求的口吻对苏甫："苏甫，抱抱我……"泪如泉涌，膜糊的眼睛里充满了期待。

　　苏甫不由自主的抓住米娜的手，轻轻的一拉，米娜站起，微扭蜂腰，坐在了苏甫的腿上。苏甫双手抱住米娜，下巴搁在她的肩上。用心来感觉她的心跳。她的炽热的耳垂儿，碰在苏甫的脸上，发出一股强大的电流，竟然使他大脑出现了空白，时间仿佛静止了。而米娜坐在苏甫腿上，依旧不止珠泪。人常说，往事穿梭，时光如电。可不是，昨天还是天真无邪，人见人爱的小女孩。一眨眨眼，今天就变成了人见人恨的，关键是连自己喜欢的同行里的男友都不喜欢的女人，多么的悲哀，多么的让人撕心裂肺，天下的女人，千千万万，长得不如已的，万万千千。倘若自己能象北京的白领那样，早九晚五的行走在大街上，或朋友聚会，或驾车出游，堂堂正正的活，既使一辈子受穷，又有何妨。哎！缘何至此？命运使然。

　　苏娜原名米琳，出生在西北的一个小镇上，父亲做点儿生意，家境也还过得去。八岁那年，几个孩子在街边玩耍，有一辆面包车开了过来，车上下来个女人，拿着张地图前来问路，女人自称不识字，让娜娜帮看地图，说找镇政府，娜娜认为镇政府没有多远，平时也常去那玩，就带着女人往前走了几十米，指明路后欲返回，不料被妇女用迷药迷昏后一把抱上汽车，米娜就什么都不知道了。她被拐了。

　　米娜醒来时，躺在一个山洞里的床上，睁开眼睛，看见有一个中年女人，还有一个穿白衣服，挂听诊器的男人，应该是个医生。医生对女人说："醒了，看看，药灵吧？""是，神医，谢谢神医。"女人客气的说。

　　"好啦，"医生提起药箱往外走时说："再给她吃一付药，保养个十来天，就可以回家了。"女人双手合十道谢："谢谢，谢谢。"

　　送到洞外，男医生停下脚步，回过身说道："师姐，你何苦呢，住在深山里找罪受，我们完全可以在城市买套房子，过二人世界。"

　　女人叹息着摇一摇头："哎，没找对门儿，投错了胎了，做我们这行的，钱不是正道来的，吃了喝了变成屎，拉出去也就没了，如果你住的房子也是从别人兜里掏来的，夜里睡着能踏实吗？我知道你喜欢姐，但是姐不能嫁人，更不能嫁给你，这样会毁掉你，而且我们做的收钱的生意，万一象人们咒的那样，生出孩子来没屁眼儿，可就真是报应了。谢谢你把我们送过来。姐送你一块手表，留做纪念吧。"

男医生接过手表说："我知师姐住山里，全是为了我，是让我死了这份心，好吧。我会定时派人送给养过来的，师姐保重。"转身下山去了。

男医生姓宁，是神拿门的二师兄，是马哥的师父。中年女人姓邓，是神拿门的大师姐，江湖人称邓大姑，邓老师。这次把米琳拐来，是那个拐孩子的女人，托宁二师兄给孩子找个人家，还送给他一万块钱。宁二师兄考虑到师姐孤身一人，就合伙把孩子拍过来，送给大师姐，还冒充医生骗米琳。

二师兄与师姐感情很深，追求多年，只是大师姐已决定终身不嫁，这次送孩子过来，也是两人的最后一次约会。

邓大姑回到床边，用手摸了摸米娜的脸，夸奖着："好漂亮的小姑娘啊。叫什么呀？"

娜娜看看洞顶，弱弱的问："我怎么了？这是哪？你是谁？"

邓大姑如释重负的说："你好了，我就放心了。我姓邓，大家都叫我邓老师。那天你在街上玩，突然晕倒了，你爸爸送你去镇上的诊所，他们瞧不了，让去县医院，到了县医院，医生说你得的这种病是怪病，让去省里或直接去北京。你父亲送你去省城的时候出了车祸，是我正好路过，就把你带回来了，刚才那位医生，是这个山里的仙医，就是半仙半医，听说了你这种病，说他能治，我们才来到这座仙洞，果然是药到病除。这真是老天爷保佑啊。"

小姑娘小声的："我叫米琳。我想回家，我要爸爸。"

邓老师摸着的头说："你爸爸出车祸了。现在就剩你一个人了。你有爷爷奶奶吗？刚才大夫说，你的病要养十几天才能好。"

米琳伤心的哭了。

邓小师给她擦着眼泪说"别哭孩子，你没有了父母，还有邓老师，邓妈妈。邓妈妈可以带你去找爷爷奶奶。"

米琳哭着说："没有爷爷奶奶……"

邓老师安慰米琳说："还有邓妈妈，邓妈妈会照顾你的。放心吧闺女。"

米琳温顺的收了收下巴。

米琳默默的哭了好几天。但还好，小孩子忘事快，邓老师也喜欢她，有一天，邓老师对米琳说："琳琳，妈妈觉得你的名字不好听，想给你改个名字，你看叫米娜好不好？"

她点点头同意了。

邓老师关切的问娜娜："你上了几年级呀，能看书吗？"

娜娜回道："三年级，能看书，就是有的字不认识。"

邓老师一拍手："能看书就好。老师这里有书，字典也有。没事的时候多看看书，练练字。""嗯。"娜娜点点头。

从此后，米娜就与邓老师在山里住下了。每天看书练字，做些纸片游戏。有时还追追鸡逗逗狗，最喜欢做的事就是提着篮子捡鸡蛋。

第十九篇 洞中十载 认贼做娘

这个山洞很大，大洞中还有小洞，小洞中有床，有桌椅，居然还有电灯，有专门做饭的厨房，而且还有煤气罐。有一天，老师带着娜娜看洞景，边看边讲："娜娜，看看咱的家都有什么。这个房间是厨房，一应家俱都有，煎炒烹炸都能做。这个房间是时装屋，这些个假人叫模特。那个屋子是发电室，有一台小型柴油发电机，再往里去，还有水源，有一股泉水，经年不息，里边有四口大缸，缸里的水老是满着的。相传呀，这里是个神仙洞府，后来神仙上天了，就闲下来了，所以老师就到这里修行来了。哦，这间是练功房，是老师练功的地方。这屋的炕是火炕，冬天很暖和……"

这座山是石头山，光秃秃的基本上没什么绿色儿。而洞口前却几片士地，绿油油的，种了好多植物。这都是以前二师兄每次和师姐约会送给养时，从山外面带来的士，铺在较平整的地方，日积月累的就成了地，现在有七八块较大的地，上面种着高梁，玉米和蔬菜……

娜娜突然打个鸡冷，肩顶到了苏甫的下巴，苏甫"嗷"了一声。米娜把思绪拽回到了酒店，斜眼看了他一眼，伸出一只手在苏甫的脸上摸了摸，轻轻的说："亲我一下吧。"伸出脸。

苏甫在米娜的眼角处亲了一下。米娜侧过头，用自己甜甜润润的薄嘴唇，也在他的嘴角处蹭了一下。此时的米娜，心情渐渐的平静下来。她直起腰，从苏甫的腿上站立起来，坐回原位，用一只手托着下巴，眼睛瞧着墙，轻松的表情让人不解其意。

"娜娜。"苏甫叫了一声。

娜娜依旧托着腮，眯着眼说："我们永远是闺密，也不可能成为情人，就当蓝颜知己吧。"

苏甫摇一摇头问："蓝颜知己，不太明白，什么叫蓝颜知己？"

娜娜打个哈欠儿："女人是这么叫的，异姓的，无话不说的，无事不做的，什么地方都可以摸，但只有那个地方不能碰的的男朋友，就是蓝颜知己。"

苏甫悟道："嗨，明白了，男人说女人就是红颜知己。我理解的对吧？"

米娜点点头："蓝颜，红颜，不是情人，但又比闺蜜层次高，只能摸，不能动……。你接着吃，我先趴会儿。"

米娜趴在桌子上，没有一点抗力的又回到了十几年前，回到了那个有水有电的山洞里。

洞外，雨下的很大，米娜靠在洞壁上，看着如泼的雨雾，听着远处山洪因撞击山石，发出的吓人的隆隆声响和霹雷闪电，一个幼小的女孩，没有了父母，没有同龄的伙伴，白日不见饮烟，夜里常有狼嚎……一切都习以为常了。

"娜娜，吃饭了。"听到邓妈妈叫，娜娜回到洞里。小饭桌上，已经盛了两碗米饭，，碗边各摆一双筷子。一个汤盆里，有半盆菜，好象是土豆炖肉。娜娜坐在板凳上，刚要拿筷子，被邓老师拦住："慢着，吃饭前应该干什么？"娜娜笑了一下说："背书。"

她到自己的房间，拿了一本线装书出来，交给邓妈妈，然后背道："但行好事，莫问前程，与人方便，与己方便，善与人交，久而敬之……"

邓老师点头赞道："很好，好，好。吃饭。"

米娜从邓妈手中拿过书，走几步，挥手扔回床上，拿起筷子端起碗开始扒饭。邓老师关心的说："吃肉，这是妈妈特意给你炖的土豆烧兔肉。野兔肉，好吃吧？"

米娜用筷子夹起一块肉："还没吃呢。怎么知道好吃不好吃？"

邓老师不好意思的说："嗯，对了，不是好吃不好吃，是想吃不想吃。想吃吧？"米娜点点头，狼吞虎咽的吃了起来。

"娜娜，妈妈对你好不好？"邓老师慈祥的看着娜娜吃饭，轻轻的问娜娜。

"妈妈好，妈妈。"娜娜啃着兔肉叫着。

米娜自幼丧母，对母亲没有什么印象，平时受到小同学的嘲笑时，不知道哭了许多次。来到山里后，远离了那些世俗偏见，又从邓妈妈这里得到了母爱，从此少流了许多泪水。

娜娜放下碗筷，半犹豫半不解的念叨："妈妈？妈妈……"眼泪又流了出来。

年近五旬的邓老师已经热泪盈眶了。她一生没结过婚，据说有过一次刻骨铭心的恋爱。作为扒门中宗师级的人物，多年前就已经金盆洗手，过起了隐居生活，这次收养米娜，想想也是有缘因的，自己在这深山里独居了二十年，很想找个人陪伴，认个女孩做女儿是最好的结果。当然，虽然是独居，江湖上还是有朋友来往的。这次也是巧了，有一个朋友受人之托，绑架了一个仇家女孩，这个朋友把女孩送给了邓老师，还给一万元的抚养费。不过，孩子是被拐骗来的，朋友却没实情相告，只说是个孤儿。邓老师对孩子是真心喜欢，待如己出。只是住在这山洞里，百里不见人烟，山外是无边的沙漠，这些对于孩子来说，真是委屈了。

邓老师认养了米娜。对她真心是一百一，只是这洞里没什么好玩的，除了让她背那些古董书以外，哄孩子玩时，有意无意的把以前所用的扒拿方面的绝活当做游戏玩儿了出来

娜娜有些日子每天都抱着一本书，书名叫十万个为什么。终于有一天，书看完了，她把书放回洞壁上的书格上，然后在书堆中翻找，找到了一本书名为〈神拿二十四法，附心法〉的书后，拿回到自己的房间，静心静气的读了起来……

神拿二十四法，是神拿门的二十四种技法，是本门的绝技。米娜并不知二十四法的用途，只是出于好奇，每天翻几页瞎看，日久天长就熟记于心。

十年过去，娜娜已经长成了一个不食人间烟火的大女孩，她已经习惯了这里的生活，她不知道，在这个世界上还有城市，有人群，有火车，有飞机，甚至还有钱。

一天，妈妈拿出一打纸，坐在饭桌前，让女儿看，女儿念着上面的字：

"一百元。妈咪，一百元是什么？"

邓老师抽出一张说："一百元是钱，是一百块钱。"

"一百块钱？"米娜听不懂。

邓老师摸了摸娜娜的头，自感叹道："扒门中大名鼎鼎的邓老师的女儿，竟然不认识一百块钱。看来，该带孩子出山了。"

娜娜看着手中的纸币，问妈妈："妈咪，钱是干什么用的？"

"钱是买东西用的。"妈妈说道："钱，是世界上最好的东西，有了钱就有了一切。娜娜，妈妈给你做个猜钱游戏好不好？"

"什么叫猜钱游戏？"娜娜问。

妈妈讲道："你手里拿着的是一万块钱，是一百张，你随便抽出几张，放在妈妈手里，妈妈闭着眼猜是几张。"

娜娜不信："这谁能猜得准。妈咪吹牛。""试试，猜着玩儿。"邓老师闭上眼睛，伸出一只手。娜娜抽出一打钱放在妈妈手里，妈妈掂了一下说道："十七张。"放在桌上。娜娜又放一打在妈妈手上。妈妈又掂了一下："二十八张。"娜娜怀疑的说道："妈妈瞎说，我数数。"放下手中的钞票，拿起桌上的那打数了一遍，果然是十七张。又把妈妈手里的那打数了一遍，真是二十八张。"哎呦，真神了！"娜娜惊叹道。

妈妈把钱放在娜娜手里："每天钱不离手，手不离钱，闭上眼睛，用心去摸，这些钱都是真钱，你所摸到的钱的感觉，要牢记在你的大脑里，世面上也有假钱，如果你摸着和这些真钱的感觉不一样的钱，那就是假钱。摸钱的手法有摸，掂，抠，抖，捏，蹭，照，擦。等你把钱摸透了，最后就是花。"

"什么叫花？"米娜不明白。

"花就是买，就是换。钱可以买任何一种东西。比如说吃的，穿的，戴的，玩的，我们养的鸡，鸡下的蛋，就是拿到山外去换钱，换来钱再买大米和白面。所以我们要想活着，就离不开钱。等你长大了，也要离开妈妈，要去工作，去挣钱，人是离不开钱的。"

米娜在桌子上趴了一会儿，胳膊有些酸了，抬起脑袋，把两只手背在后面，见苏甫还在喝酒，朝门口看了看问："玲玲还没回来？"

第二十篇　玲玲戏货主　苏甫美洋洋

　　玲玲走进杂货店，转悠着看东西。老板正在柜后面椅子上打盹，见是个年轻女顾客，以为是溜着玩的，没太在意，只是伸了个懒腰。

　　玲玲从左到右的看了一遍，摸了摸锅，看看菜刀，提了下案板，然后过来看了看橱窗，没看见苏甫说的那个钱包。她用手点了下柜台叫道："大哥，醒醒，不做生意呀？"

　　老板站起来："哦，困了。小姐，需要点什么？"

　　玲玲解释道："公司在京开了联络处，房子租了，没有做饭的傢伙。批了两千块钱，你想两千快钱能买什么，只能买些旧的，能用就行。你那个电饭煲，电饼铛都是好的吗？"

　　听玲玲这么一说，老板来了精神："好的，都是好的，虽然是二手的，但我能开票，三月保修。"

　　玲玲点点头："嗯，好。那个案板，擀面棍，筷子有新的吗，这几样可不能用旧的。"

　　"这话说的。"老板解释道："那是肯定的。锅碗瓢盆可以旧，筷子案板肯定都是新的，小姐你看，筷子，案板，都是没开封的，保你是新的。"

　　玲玲高兴的夸道："大哥的店里东西还挺全的。这样，您给我找杆笔，找张纸，我把这些厨具品种和大约的价格记下来，好和出纳统计一下成本，两千块钱尽量正合好儿，尽量把东西买全了。当然，稍微多点我也能接受。"

　　老板奉承的口气夸道："没问题的，就凭小姐姐这颜值，这么聪明伶俐，甭说花两千多买二手家伙，就是去超市全买新的，那领导也得说你会办事。"

　　玲玲得意的说："大哥能当领导。我说花两千是我的计划，领导肯定不会只给两千。能给自己省点，干嘛不省，只是到时候开个收据，就指望大哥了。"

老板赶忙说："笔有，纸有，你慢慢看，记完了我给你估价，保证让你满意，开票嘛，开多少你说了算。"回身来到柜台里，拉开抽屉一通扒拉，找出一个笔记本，从上面撕了一张纸，桌子上拿起一杯笔，过来交给玲玲。玲玲站在旧货柜前，开始统计，一边念叨，一边写。

这时，一个二十七八的男青年走进杂货店，见到老板点头哈腰的说："哥，活儿给您干完了。您上眼，这活儿干的怎么样？"

老板接过一个系着红绸子，用透明纸做的包装袋，袋里装着苏甫的那个皮夹。老板里外都仔细看了看，夸奖道："不错，变新了，包装配的也好！"

小伙子解释："这个包装是按原厂样式打印的，只有懂行的才能看出真假来。"

老板很满意，把包放进橱窗里，从抽屉里拿出五十块钱，交给小伙并说："谢谢小兄弟。"小伙收了钱出去了。

玲玲记完橱具的名称，来到柜台前："哥，写完了，你给看看。"把纸交给老板。老板接过仔细看后，拿起笔，准备在上面标价格。这时，玲玲看见窗里的皮夹，马上惊呼："哎呦喂哥，你这儿还真有好东西呀！那个包是卖的吗？"

老板回头看了一眼货柜，答道："是呀，姑娘眼力真好，这是件名包。奢侈品。"

玲玲问老板："哥，能看看吗？""行，不过小心点，这东西娇气，刚保养的，还没干透。"

玲玲伸手从柜中拿出纸袋，伸手掏出皮夹，在手中翻了几个个儿，嘴里说道："真好。包象真的，包装是假的。"

老板抬头，见玲玲把皮翻来翻去的，脸都变色了，着急的拦道："哎呦姑奶奶，不能这么玩儿，我刚花了五十钱保养的。"

玲玲满不再呼的："嗨，不是卖的吗，多少钱？我要了。"

老板看着玲玲，稍犹豫的："六，六百。"

玲玲不加思索的说："哥，小妹是真心想买，不是打镲。三百吧？"

"不行，还不够成本呢。"老板摇头。

玲玲想了一下："三百五，行了哥，小妹兜里没带多少钱，多了怕拿不出来，拿不出来多现呐。要不然我让你亲一下？"

老板有些害羞的说："这样妹妹，不赚钱，你别让哥赔钱，一口价，四百。不能少了。"

玲玲高兴的说："谢谢哥，我看包里钱够不够吧，早晨出来确实装了四百，可是吃了一顿早点，花了点儿。"掏出苏甫给的钱包，拿出三百整钱，又拿出八张十块的，然后把包扣过来倒，倒出几张毛票和几枚硬币，手稍一用力，钱夹还撕了。玲玲把柜上的钱一扒拉，然后一张一张的捋齐，把钱点了一下，放在桌上说道："哥，你看我的包儿还坏了，就这么多了。不好意思，就差十一块钱。小妹呢，我也不是爱占便宜的人，十一块钱，让你亲一下。"说着，把脸伸过去，同时，放在桌上的手抽出一张百元票，塞在了手包下面。

老板还真没遇到过这种阵势，早懵逼圈了。他看看钱，看看包，又看看手里的货单，假装犹豫一下："行，爱美之心，人皆有知，你这么漂亮的小姐姐能到我这个小店来，又买我这么多东西。送你还怕你不收呢。就这么着，包归你了。"把桌上的钱胡撸进了抽屉。

玲玲手里拿着包，娇气的对老板道："哥，小妹求你件事？把这个包开一个五百的收据，我回去报销。公司每人给报五百。"

老板微笑道："小妹的事必须行。"拿出票据，垫上拓纸，开了一张票，连同货单一起交给玲玲，指着货单："都给你标上价了，肯定是最低价。"

玲玲兴奋不已的："谢谢哥，小妹先回去了。明儿见。"

苏甫吃完最后一只虾，又倒了点酒，干了以后问米娜："娜娜，瞧你要的羊腿，一点儿都没吃，不爱吃以后就不要点了，太浪费。"

米娜用眼睛白了一下苏甫："什么叫不爱吃呀？我是没舍得吃。当大的有当大的样儿，谁都得想着。老二还在家缩着呢不是？"

苏甫不解："什么老二？谁呀？"

"装什么傻。"娜娜往椅背儿上一靠："先来的为大，你记住了，无论怎样的天地轮回，那个踢球的再受宠也是第二的。老二，是小，是妾。大奶奶不跟她计较，这个羊腿一口没吃，给你二奶奶带回去，看清楚了，整个的，别让她说是吃狗剩儿。服务员，打包。"

女服务员进屋，问娜娜："娜姐，哪个打包？"

娜娜一指："羊腿和这串烤虾串儿。"

服务员答应一声，把蒸羊腿和虾串端到接手桌上，开始打包并问苏甫："甫哥，还有一碗鸡丝面，还要不要了？"

娜娜忙插一句："要，我带回去，一会儿饿了吃。"

"嘿。"玲玲挑帘进屋，手里拿着皮夹，在苏甫眼前一晃，得意的："拿回来了，真不容易，费了多少话呀。甫哥，这么好的东西，就便宜那个大臭脚啦？"

苏甫一伸手："玲玲辛苦了。"

玲玲一扭身："姐夫，我和我姐可是先来的，按顺序应该是我姐，我。大臭脚排第三。姐说是吧？"

米娜叹息："无所谓了，排第几管个屁用，他搂着谁，谁就是第一。把包拿来我看。"玲玲把包递过来。娜娜拿过一看："嗯，好东西。玲玲，喝好了，吃饱了，就差炕上一倒了。走。姐夫不能白叫，把账结喽。提拉着那个袋鸡丝面，呆会儿饿了好吃。"

玲玲假装过意不去的："姐，这合适吗？连吃带拿，姐夫这不是赔了夫人又折兵了吗？"

米娜反问玲玲："你说应该是姐夫结呀，还是姐夫结呀？要不然你结。这姑奶奶，姨奶奶，两头都让你沾了。"

玲玲掐着嗓子："姐，刚才买这个包，人家要八百，我是好话说了一火车，还差点卖了身，还搭了钱。赶紧，回去泡壶茶，渴死我了。"

米娜心疼的："瞧瞧，你这个老姨奶奶当的，给你姐夫办事也太实诚了。赶紧回去。"用手一搭玲玲肩膀，出屋下楼去了。

苏甫看看桌子上，还有炸花生米和豆腐丝，无奈的摇头叹道："狐狸精，不，蛇精，一个白蛇，一个青蛇，缠上老子了。服务员，麻烦一下，把这盘炸花生米和豆腐丝倒一块儿，打包回去接着喝。再给我煮碗炸酱面也打包。"服务员过来把两盘酒菜拿到接手桌上，开始打包装盒。

这时，苏甫看见桌上的多半瓶洋酒，拿起来看了看，脸上稍露笑容，禁不住身言自语："还行，能降低点用餐成本。这俩丫头，也有拉空的时候。服务员。"

服务员把打好包的塑料袋放在桌上，问苏甫："甫哥，还需要什么？"苏甫不好意思的："什么也不需要了，吃挺好。你也看见了，我让这俩只母鸡算计了。兜里的钱肯定不够这顿饭了，你给记上吧，下次一块结。"

服务员大方的答道："没问题。不叫事。我给你登一下，你签个字就行了。炸酱面您一会走的时候，在门口放着，想着拿。"

苏甫站起来："那就谢谢了。"在记事本上签了字，提着几个塑料袋和酒瓶下楼，拿了炸酱面，出了餐厅。

餐厅外，娜娜和玲玲并没走，见苏甫晃晃悠悠的出来，玲玲上前假装扶苏甫，一伸手把酒瓶子抓过去，倒了个手，又把用保鲜膜包着的烤虾串顺了出来，随手放在表姐提着的塑料袋里。并道谢："谢谢姐夫了，刚才走的时候酒忘拿了，想回去拿，姐又怕让人笑话，说姐夫会拿下来的，就在这等，果然等着了。走吧姐。"

姐俩往前走了几步，米娜回过头来，对苏甫言道："皮夹拿回去，跟第二的说，就说是大奶奶赏她的，让她平身，就不用谢恩了。"扔过皮夹，和玲玲走了。

苏甫接过皮包，塞进上衣兜里，嘴里笑骂道："这俩娘们儿……"

第二十一篇 香包送爱 美女疯狂

今天苏甫喝得有点多，走路脚下没根。这一天确实太辛苦了。在馆儿遇到了娜娜和玲玲，虽然被她俩调耍，心里却反而很得意，三个女人围着转，那种感觉，哈哈哈哈，没谁了。不管怎么说，娜娜的表现，苏甫还是很首肯的。没办法，三选一，只能是琦琦。这个时代，年轻人开放了许多，苏甫也不例外。虽然跟米娜关系密切，可以无话不说，无事不做，但毕竟只是闺蜜级的，算是红颜吧。有了琦琦以后，一切都要收敛，这个世界上，爱和情真的不是一码事。若要真的形容情的感觉，就好象是绵柔的纸巾，擦在脸上滑滑的，缓缓的，认认真真的，很细腻的那种感觉。而爱的感觉却不一样，两心碰撞一定是各不相让，干柴烈火又勺了一勺子油，轰轰烈烈，劈啦叭拉。既使有时候甜甜蜜蜜，细雨绵绵，可是心里的爱之火，比自然界所产生的山林之火，草原之火，都要猛烈的多得多。

此时的苏甫，身心完全放松了下来，这一天，或者说这一年，真是够顺的，最得意的是在本命年生日之前，能够抱得美人归。啊哈，天下之大，你们，你们谁如我也……

脚下拌蒜，心里明白，想走几步正步，脚抬起来却落不到前边，管他呢，没醉，摔不倒。不知不觉，嘴里现编现唱，哼出了几句北京小调：

"一碗炸酱面，

给个县长都不换。

早茶晚酒赛呀么赛神仙，

气死那蓝靛厂的宋呀么宋老三。

提起宋老三，

缺德那个带冒烟……哟，不对，宋老三也是道中人，是前辈……"

苏甫咧咧呛呛的上了楼，一只手提拉着塑料袋，一只手掏出钥匙开了门，迈腿进屋，差点踩空摔倒，自嘲道："这是哪王八蛋给我下拌呀，幸亏手脚利索。"

琦琦穿着睡衣，胸前系个围裙，正好从厨房出来，上前一步，一把托住了苏甫，嘴里埋怨着："利落个屁，哪喝的猫尿儿？醉成这样。"扶苏甫坐在椅子上。苏甫举起手里的塑料袋，让琦琦看："看，好吃的，是专门给你带回来的。哎呦喂，胳膊疼了，快接过去。"

琦琦把塑料袋接过来，放在桌上。问苏甫："上哪喝酒去了，让人给灌这样儿？还弄回这么多狗剩儿。"

苏甫举手摆了几下："唉，这可不是剩儿，这是客户经理请客，吃完了喝完了以后，特意给你点了一个蒸羊腿，直接打包拿回来的。还有一碗炸酱面，面也是新煮的。你呀，赶紧的，趁热儿吃。那个凉菜是我的酒菜儿，别给我动。"

琦琦脸上顿时露出幸福的表情，扒开袋，把包装盒取出打开了看，又趴下闻了闻，赞道："好，是我爱吃的，有了这个羊腿，今天我得喝口儿。"转身从酒柜里拿出一瓶酒和一个酒杯，又去厨房拿出一双筷子，把筷子放桌上后，一迈腿，骑在苏甫大腿上，抱着苏甫脑袋就啃，鼻子，眼睛，眉毛。然后亲嘴儿……

一阵猛如洪水的情孽之后，琦琦用自己粉嫩的脸和鼻子，轻蹭着苏甫的脸，温柔的，细声细语的对苏甫言道："亲爸爸，我爱你。跟我喝酒吗？"

苏甫伸乎在琦琦肚子上抓了一把："你是想谋害亲夫啊？亲爸爸不能再喝了，你喝，亲爸爸坐这陪着你。"

琦琦坐下，倒杯酒后，开始吃喝起来。真饿了，中午没吃饭。喝了几口酒后，夸奖道："这个蒸羊腿儿真不错，我一个人都能吃了，你信不信？亲爸爸。"

苏甫伸出一只手："都吃了好，别撑死就行。那什么，还有那个烤虾，味儿也不错，就别给我留了。你都吃了吧。"

琦琦一楞："烤虾，没有烤虾呀？"琦琦扒拉塑料袋翻找。

苏甫坐直了身体，看了看包装袋："没准打包时忘了装了，也没准半道儿上抡丢了。丢了好，你的嘴是吃了点亏，但是省牙了。而且省了肠子，也省了胃。连屁眼儿都能缓一闸。丫头，给亲爸爸点根儿烟。"琦琦从桌上拿起烟盒和打火机，抽出一支放自己嘴里，点燃后吸了一口，想吐个烟圈，烟圈没形成，一股烟喷向苏甫。苏甫挥手挡烟，假装咳嗽了一下。琦琦一探身，把烟放在苏甫嘴里，苏甫狠吸一口，吐出一个大烟圈，把琦琦罩住。琦琦猛喝一口酒，开始撕扯蒸羊腿。在一旁的苏甫，颇有成就感的欣赏着琦琦进食，得意之情，溢于言表。

琦琦喝了口酒，吃了口肉，对苏甫讲了一件事："有个事，挺奇怪的。昨天从家里出来的时候，我妈给我包里放了五千块钱，今天上午出去买菜，我觉着带那么多钱出去不安全，就数出四千放家里了，我买菜买肉花了一百多块钱，回来以后总觉得不对劲，一数数，少了五百，你说我妈说给我五千，是不是数错了？我给我妈打电话，问是不是数错了，少装了几百，我妈说不会错，肯定是五千，你说这事闹的，出了仙儿了。"

苏甫一听，马上心知肚明，这是让玲玲抽了页子了。这个小骚货，怎么谁都吃呀。

抽页子，是一门专门儿的手艺，是在心理学的基础上练出来的一种活计。准确的说，玲玲不象苏甫和表姐，没经过专门的基本功训练，但是心很灵。她岁数小，心里想的也不大，属于积小胜而大成者。象今天，不动声色的把抽页子这种活儿表现的淋漓尽致。抽了琦琦五张，又抽了旧货老板一张，可谓不费吹灰之力。

苏甫一拍脑袋："哦，想起来了，不赖咱妈，是我，早晨走的时候，身上没钱，就从你包里拿了几张，三张啊？四张啊，没数。"

琦琦喝一大口酒："那就对了。就不用瞎琢磨了。哎，你拿回来那个大箱子是什么呀，那么脏？"

苏甫扭头看了一眼："哦，是电视，液晶的，新买的。"琦琦不解："新的，箱子那么脏？"苏甫往后一仰："是脏了点儿。顾的三轮，半道上被撒水车给滋了。没事，电视不会有事，打开就能看。记住了，这可是亲爸爸送你的礼物。对了，还有一件礼物给你，这儿，自己掏。"往上衣口袋一指。

　　琦琦起身，从苏甫身上掏出皮夹，见是名牌包，很高兴的问："亲爸爸，这是给我买的？"

　　苏甫在椅子上变换了一下承重屁股说："买的，用不着，花那冤钱。告诉你，这是客户送的。这个包，想买都没地儿买去，只能从国外带。真正的奢侈品。六千多块。"

　　琦琦放下酒杯，挺严肃的："这么贵重的东西你也敢要？这是受贿。你也不怕出事？"

　　苏甫把腿一翘："不要才出事呢。你知道吗，那个女老板，要个儿有个儿，要条儿有条儿。她欠公司货款，春节前还不上，就要被罚滞纳金，她能不急吗？她求我，小哥哥，饶姐几天吧。听说你走了桃花运，金屋藏娇了，这个包，是我送弟妹的。我推辞不要，她说怎么着，要不姐陪你一宿？你说我怎么办？二选一，只能选包儿了。"

　　琦琦把皮夹放桌上："这种坑爹的物品我可不敢用，平时我爸连名牌衣服都不让穿，唯恐惹祸烧身。"

　　苏甫嘴里叼着烟卷："嗨，早给你想好了，你看看包里面有什么？"

　　琦琦拿出皮夹打开，从里面掏出一张票，仔细看并念出声来："京西旧货二手名包，五百元。你这包是旧货市场买的，你不是说是客户经理送的吗？你留着吧。"苏甫站起来，扶着琦琦肩膀站稳："包，是那个富婆送的，我收了，我也不敢使，因为使用这种奢侈品，跟我的收入不相符。可是我收了，我也不能扔了呀是吧？怎么办呢？洗一遍。知道什么叫洗一遍吗，把脏东西洗了，就变干净了，黑色的就洗成白色了。这叫洗白，洗白了，就能坦坦的用了。"琦琦摇头，表示听不懂。

　　苏甫稍稍清醒了一些，小有兴奋："那亲爸爸给你上一课。一个名包，一块名表，都是收来的礼品，很容易被人怀疑，我把这些东西卖给地摊，再从地摊买回来，奢侈品就成了地摊货。不合法的就变合法了。"

　　琦琦一听，马上明白了："你这么一说，我就懂了。我知道有的领导收了茅台，不敢放家摆着，就送二手店，给二手店交点钱，二手店给开张票，就把脏物洗白了。没想到咱家也干这事。得了，这个包儿就算是你孝敬亲妈了。臭小子，亲妈喝得有点多，站不起来了，抱我上床。"

苏甫哈下腰，搂住琦琦脖子，讨好的口吻问道："看看，有个大儿子是不是特得意呀？"把一只胳膊去抄琦琦的双腿，糊理糊涂的苏甫只抱了琦琦的一条腿，一用力，却没站起来，往后退两步，一个屁墩摔倒在地上，琦琦也跟着倒了，腿还挂了椅子，椅子也倒了。

琦琦还真被惊了一下，她一脚蹬开椅子，嘴里来了一句："嘿，你个怂屁，敢摔你亲妈？我弄死你。"边说边解苏甫上衣，挢指胳肢窝，然后解苏甫裤带……苏甫求饶道："饶命饶命，亲妈，亲妈了……"

第二十二篇 长大成人 美女出山

米娜和玲玲打开房门进屋，见马哥正坐在小桌旁，腿向外伸着，斜靠在墙上。他已感知到娜娜进屋，赶紧往上蹭屁股，把脚收了回来，叫了一声："娜娜。嘛去了？"

米娜把塑料袋放在桌上说："和玲玲出去吃了碗面，给你带回来一碗和一个烤虾串。"放下面，和玲玲进屋去了。

马哥在外边转悠了大半天，没什么生意，回来后也没吃饭，吸了烟，就坐在客厅等米娜。该过年了，后天就是小年儿了，小年一到，买卖人该放假了，走不走都不能再出去做事了。手头上不富裕，每天还要抽三包烟，在记忆里如此寒酸的年份，还真是从来没有过。

吃完面条，马哥鼓起勇气，起身敲米娜的房门，嘴里叫道："娜娜，出来一下，求你点儿事。"坐回原位。

米娜开门出来，站在门口问："快点，有话说，有屁放，冷着呢。"

马哥羞愧的低着头，不敢与米娜直视："娜娜，求你个事，有钱吗？借给我点，今年实在是过不去了。我想给孩子寄点回去。"抬头想看米娜的反应，米娜已经回屋了。

米娜他们租的这套房子是比较老的两居室，客厅也就五六平米，由于开始租房的时候是五个人住，三男两女，米娜和玲玲住的是小间，大约十一二平米左右。两个单人床，米娜靠左墙，玲玲靠右墙。玲玲还是孩子，此时正带着耳机，靠在床上抱着游戏机打游戏。。

米娜回到床边坐下，脸上的表情立马回到了旧社会，看了一眼天真无邪的玲玲，眼睛里开始自淌泪花。她靠躺在床头上，脸朝里面，轻轻的抽泣。

米娜和马哥，两年前就认识了，两个人曾经还有一段孽缘。说起来，也算是天作之合，只是没能长久，所以米娜总是耿耿于怀，成了长久的痛。

两年多前，米娜已经十八岁了，在山洞里生活了十年的她，终于在养母邓老师的身边长大，有一天，妈妈对米娜说："闺女呀，你已经长大了，该出去见见世面了。妈妈准备带你去周游全国，去开开眼界，长长见识。"

米娜兴奋的一夜没睡，外面的世界什么样儿？在她儿时的记忆里，只是些模糊的虚影，虽然这些年看了许多书，了解了许多事，但是书里的人，书里的事，对于从小在山洞长大的孩子来说，都是象神话故事一样，无法见到，也无法证实，不过，小孩子的好奇，想象，向往之心总是越来越大。

吃完晚饭，妈妈拿出一个鞋盒，对娜娜讲："闺女，这是一双鞋，是山外面的女人穿的鞋，现在你长大了，能穿了，你穿上让妈看看。"

娜娜打开鞋盒，从里面拿出一双尖头儿高根儿的皮鞋，颠过来，掉过去的看了几遍，终于忍不住问："妈，这是鞋吗，这能穿吗？"

老妈笑着拿过一只鞋，托起米娜的一只脚，给米娜穿鞋："娜娜，这叫高根鞋，女人穿上以后，会显得人高腿长，有气质，我的娜娜长得这么美，穿上这双漂亮的鞋，再配上一身时髦的衣服，走在城里的大街上，没谁能比了。这种鞋呀，先穿上找找感觉，先不要穿着走，在平地上站站，挪挪步，等腿上有劲了，腿脚儿都放松了，在迈开腿走。注意，千万别歪了脚。"

娜娜看着脚上穿的鞋，脸上露出了不解的笑，自语道："山外面的人也真是的，这哪儿是鞋呀，明明就是刑具，是脚箍。妈妈，什么时候走啊？我都等不急了。"

妈妈安慰着："闺女别着急，很快的，已经跟外面联系了，估计明天中午汽车就能到了。"

终于走出大山了。一个自小生长在山里的孩子，突然来到了城市，这里的一切，对于娜娜来说，就如同从人间到了天堂，一切都是那样的新鲜。人多，车多，楼多，人们穿得花花绿绿，多彩多样，尤其是有许多女人，脚下穿着高根儿鞋，一步一趋的那种迈不开步的走法，很是好笑，娜娜不知道，其实这些女人和她一样，也是刚走入城市，刚穿上高根鞋，还没适应，过不了多久，这些女孩就会驾驭这双鞋，走出气质来。

　　娜娜还发现，宽宽的马路上，汽车多，自行车也多，行人却不多，有一次，她走到马路中间，悠闲的散步，所有的汽车都紧急刹车，给她让路，真好笑。她觉得可能是自己美若天仙，那些人都停下来围着看，这些人，真没见过美女。可不是，以前在山里，就她和老妈两个人，没有可比性，来到城市，路上走过成千上万的女人，哪个能跟我米娜比美呀？哈……常说的美的没边儿了，说的就是我吧。

　　有一次，米娜和妈妈逛街，走得快了点，先过路口，她不懂看红灯，看见所有的行人和自行车都停下来，觉得好笑，她边往前走，边回头看等灯的行人，险些被一辆轿车撞倒。娜娜用手拍着车前盖，指着司机说："看不见有人呀？"

　　司机赶紧下车陪不是："是是美女，你没事吧，伤着没有？你长得真是太美了，怨我，怨我，分心了。"妈妈跑过来，拉着娜娜跑到路边，急着白脸的训斥："过路口时要看红绿灯，往前看。红灯亮了，就要站在路口等变灯，红灯灭了，绿灯亮了，才可以过马路。"娜娜不解："为什么呀？路又不是它家的，我怎么走还听它的。"妈妈也无奈的："甭管为什么了，先照我说的做，以后你就明白了。你刚才的行为叫闯红灯，若在法律严的国家，撞死你，你还得赔人家车。跟着妈后边走，不许乱跑。""是，老妈。"米娜乖乖的说。

　　从深山到城市，娜娜就象个野孩子，不过，年轻人接受事物快，跟着妈妈出山这一年多，她终于知道了，住在城市里的人，都在为生活忙碌，七天是一个星期，周六，周日，是国家法定公休日，每个人为了活着，都要工作，都要有门儿手艺，自己也不例外。这一年来，跟着妈妈走了不少地方。当然，出游是要花钱的，节省又是必须的，老妈很会算计。潜移默化的给米娜做出了示范。

　　一天。在南方的一个城市，母女俩转了一天，都有些累了，路边有个花坛，边上可以坐着休息。

邓老师叫女儿："娜娜。歇会儿吧，妈妈有点累了，你累吗？"娜娜蹦了一下："我不累。妈，走了快一年了，我怎么看所有的人都有事干，就我们闲逛，我觉着吧，我也应该找个工作，挣了钱好养活您呀！"

邓老师摸着娜娜的头："好孩子，妈没白疼你。妈妈带你走了许多地方，主要就是想看看你喜欢什么职业，你没有学历，外企，机关你是进不去了。不过，你虽然没有高学历，你也可以自谋职业呀。你很聪明，三百六十行，都是人干的，妈妈觉得有的职业就很适合女孩子，象服装，美容，模特，只要你喜欢就行。对了，明天上午，我们去买电脑，妈要给你买一台笔记本电脑，再给你报个电脑班。"

"谢谢妈，我特喜欢电脑，看着人家玩的时候，心里可痒痒了。"米娜抱着妈妈的腿撒娇的说。

"娜娜，你和别的孩子不一样，你是山里长大的。和这些城市里长大的孩子相比，你就是一张白纸。以后你也会在城市里生活，工作，成家，妈妈不能老在你身边，一切都要靠你自己努力。"邓老师深情的说。

米娜楼着妈妈的肩说："妈妈，我们一起留在城市吧，不要再回山里去了。我可以挣钱的。"

不远处，有个年轻女子在打电话，声音有点儿大，一边通话，一边来回渡步。女子往前走了约十步，掉过头来，朝这边走，这时，一个男青年跟上来，在女子右后方跟着，女子走了几步以后，向左侧欲掉头转身，身后的男青年从她右侧上跨一步，依旧是站在女青年身后。女青年转身后，只顾打电话，没注意到后边有人。只见这个男青年后退了两步，一扬手，向上扔出一个石子儿，石子落在女子前方三米处，并向女子方向滚了一米多，女子吓了一大跳，抬头朝远处看。这时，身后的男青年倒退了几步后，听石子儿落地声响后，做了一个非常利落的转身动作，然后朝女青年相反的方向走，走的同时，从一个红皮夹中掏出一打纸币，挥手将皮夹扔进花丛，同时，上手一捻纸币，发出"哗"的一声，然后揣进上衣兜里。大快了，前后大约仅三秒钟，就把女青年兜里的钱搬家了。

男青年潇洒的一尾头，一只手插裤兜里，向邓老师母女这个方向走过来。

"小伙子，请留步。"邓老师叫住男青年。

第二十三篇 初遇马哥 大姑托后

男青年停下脚步，看了一眼米娜，登时就让米娜给迷住了。他问邓老师："大妈，您是叫我吗？""是，跟你打听个人。"邓老师仔细看了看男青年，又对米娜说："娜娜，你去那边看看花，我跟这个小哥哥打听点儿事。"娜娜站起来，嘴里咕噜一句："什么事呀，还保密。"向一边慢慢走去。

见娜娜离开，邓老师问男青年："小伙子，打听一下，这地方哪里卖电脑，笔记本那种。"

男青年很轻松的答道："嗐，很多商店都卖。象电器城，大型商场，还有许多沿街门脸儿也组装电脑。只不过品牌的贵点，攒机便宜。您要买品牌机就去电子商城，那里有专卖店。您实在不认识，我可以带您去。我多少还懂点。"

邓老师点头："那还真要麻烦你了。再问一下，买个笔记本电脑要多少钱？"男青年不加思索的答道："看您买什么牌子的了，还要看配制，一般家庭用五六千块钱就可以了。"邓老师笑了："那么贵，钱不太够，哎，小伙子，能不能借我点儿？"

"啊！"男青年站起来："您跟我借钱？您看我哪象有钱的？我就是一个无业游民，也是到处混吃混喝的主儿。您要说让我帮您搬个东西带个路，那没问题，要钱可没有，晚饭还不知哪吃去呢。大妈您歇着，我得找饭辙去。"说着，扭头就走。

邓老师往挪下身子说："回龙手练得不错！"

男青年停住脚转回来，仔细端祥一下儿，双手抱拳问："请问大妈，前辈贵姓？"

邓老师一摆手："贵什么姓。穷姓邓，只是经常冒充老师，所以有人叫我邓老师。"

男青年大惊，脱口而出："邓老前辈？邓大姑，小侄有眼不识泰山。

对不起。”

　　邓老师一指旁边，示意男青年坐下："嗯，论辈分肯定是你大姑了。你姓什么？"

　　男青年站起来回答："小侄姓马，您叫我小马就行了。""哦。"邓老师喜道："听说过，原来是小马哥。这么年轻帅气的小伙子。听你师父提起过，他跟我说收了一个姓马的小孩，聪明伶俐，他很喜欢。原来是你呀。你师父现在身体好吗？"

　　小马哥沉吟了一会儿，低下头说："不好。""不好，怎么不好？"邓老师有些着急的问。小马哥捂着脸："师父他老人家已经走了。""走了，怎么会？"邓老师不信："他身体很壮的呀？"

　　小马哥眼里闪着泪花，表情很痛苦："八九年前的一天，师父说，你大师姑收养了一个女儿，已经决定一辈子不结婚了，没戏了。我们知道，师父一生中，最喜欢的就是大师姑，而且非大师姑不娶。从那个时候开始，师父也金盘洗手，退出江湖了。他整天无精打彩，不与人言，到后来，他就开始吸粉儿了。他经常说，要钱有什么用？花吧，花了才是自己的。"

　　邓老师抹了一下眼泪："人一沾上白粉，死的就快了，而且那是个无底洞。"

　　小马哥点头："是的，几年的时间，师父一辈子的积蓄都给抽没了。为了吸毒，他只好重操旧业，再出山，为每天这一口自面儿，去刀口上舔血。但是他老了，手变僵了，手指上也得了风温变形了。有一次，他见一个女人把包放进裤兜里，他过去准备出手时，腿脚也不行了，结果一步儿没跟上，伸手时身体往前栽了，手插进女人裤兜时劲作过大，被女人捂住手，女人回手就是一巴掌，还大喊一声："臭流氓。这一喊，惊动路人，结果被打得鼻青脸肿。"

　　邓老师用纸巾擦了下眼睛，惋惜道："哎，师弟，都是我害了你呀。"

　　小马哥接着说："师父伤养好后，我把他送去戒毒，戒毒后给他在乡下租个小院，每月给他生活费。没想到的是，他的那些烟友又找上门来，结果又复吸了，而且更历害了。"

邓老师弯下身子，双手抱着头叹息："要知道是这个结果，就应该把他留在山里，兄弟，是姐对不起你呀。"

"也赖我。"马哥接着说道："一个朋友有件生意求我帮忙，我就去了。没想到，事情闹得比较大，惊动了有关方面，我只好出去避风头，一走就是半年多。结果师父没有了生活来源，就去捡废品，但是拾废品只够吃饭，不能满足抽粉儿，所以他就出去碰瓷。那次也是巧了。他扒完垃圾桶，提走编织带，一转身，见过来一辆平板三轮，他想顺势往上一趴，然后摔倒，这样能讹点钱，没想到，人家三轮早有准备，刹车站住了，而师父的身体由于离三轮较远，又收不住脚了，结果一个倒栽葱，脑袋直接着地，当场就死过去了。结果送医院抢救，发现他是吸毒人员，医院就报了警，警察来了发现，师父不光吸毒，还有指纹案底，只是师父身上没有任何证件，证明不了身份，尸体也没人认领。就不了了之了。"

邓老师师擦了眼泪说："这不是偶然，人终归要有个死法。做我们这行的，有几个人能善终啊。"

小马哥附和着："大师姑说得是，现在科学发展的很快，有了录像，指纹识别，有了身份证，还有那个叫地什么唉的，多少年都能查出来。师父出去碰瓷遇难，其实也是万幸，倘若没死，也会被抓起来了，下场也好不了。"

邓老师也认同小马的说法："所谓天网恢恢，指的就是这个吧。小马，师姑求你个事。"

小马看着师姑："大师姑，您说。"

邓老师瞅着远处的米娜说："小马，米娜是我收养的女儿，我和她相依为命十几年，现在她长大了，不能再跟着我了。她不是我们门里的人，我也不想让她走我们的路。但是她又没有文凭，也没有户口，只能做点小生意，这个世界上，大姑已经没有朋友了，我想把她托负给你，你能帮她吗？"

小马早就被米娜迷住了，所以很爽快的答应："大师姑放心，我一定会照顾好小师妹。"

邓老师纠结的心还是放不下，问小马："你今后准备在哪里发展？"

小马认真的说："有了师妹，肯定就不能到处跑了。我准备去北京，我觉得在北京做生意相对轻松些，师妹么，可以给师妹租个门脸儿，卖服装鞋冒或烟酒冷饮，先能养活自己，站住脚后再图发展。"

"嗯，很好。"邓老师从身上掏出一张银行卡，交给小马："小马，这张卡里有两万块钱，是我一生的积蓄。一万块钱让她做生意，一万块钱等她以后出嫁时，你做主给她做嫁妆吧。不过，你要给大姑一个承诺。"

"承诺？大师姑您说。"马哥说。

邓老师严肃的说："小马，米娜不是神拿门里的人，绝对不可以让她做拿手。这个你要发誓。而且你还要保证，绝对不能让她嫁给本行儿里的人，包括你。"

"大师姑，我不会让小师妹做拿手的，这个我可以保证。不过，现在的年轻人跟您那会儿可不一样了，她嫁谁不嫁谁谁也无权干涉，小侄只能保证尽量帮助她，具体她个人的事，还是由她自己做主。小侄也不能保证不会爱上师妹。如果真有那么一天，小侄也会改行的。"

邓老师心里明白，既使小马给出承诺，自己不在身边看着，又有什么用？或许上天早有安排，把娜娜养大成人，弥补了自身的亏憾，对心灵上的愧疚也算是补偿了。算了，听天由命吧。她朝远处的米娜招手，略带悲情的喊道："米娜，到妈妈这儿来。"

米娜踢了几脚石子，背着手儿，左顾右盼的走过来，坐在邓妈妈旁边问："妈妈，他是谁，是干嘛的？"

"娜娜，他是你小马哥哥，是妈妈的侄子。你们认识一下。"邓妈妈说。

"小马哥哥？我怎么没听说过，不是您刚认的吧？"米娜调皮的说。

邓老师抓着米娜的手说："娜娜，妈妈有一件重要的事要去办，从现在起你就跟着小马哥哥，他到哪儿你就去哪儿。要听话，在马路上不要乱跑，要注意安全。"

"小马哥哥，你带我走吗？" 米娜萌萌的问。

马哥站起说："米娜妹妹，我带你走。跟妈妈说再见。"

"妈妈，我可以跟小马哥哥走了吗？" 米娜站起来问。

邓老师一边做着轰的手势，一边转过脸去，禁不住老泪纵横。

人生相遇都是缘，小姑娘已经长大。相依为命十余年，既使每天都在一起，也终有离别之时。只是今天的分别，给她留下的不只是遗憾，还有眼泪，流不完的眼泪……

第二十四篇　米娜初红　虚惊一场

　　米娜和小马哥来到北京，在西三环附近租了两间平房，门前是一条小马路，不太宽，人来人往的还算热闹，通过几天的筹备，可以进货开张了，小卖部主要卖烟酒饮料，冰箱冰柜都是旧货市场买的，空调也装好了，试了试，制冷还可以。包括一台旧电视，总共花了也就两千块钱，看来小马哥挺会办事的。

　　一辆面包车停在门前，车上下来一男一女，女人岁数稍大，象是老板，手里拿着一张货单，吩咐青年男卸货。男青年打开车箱门，开始往下搬瓶装水，牛奶，啤酒，白酒……

　　小马哥和米娜从屋里出来，和女老板打招呼。小马哥手里拿着一张货物清单，仔细核对，问女老板："大姐，烟带了吗？""带了。"女人回道："在司机楼里，你把这些东西点清楚了，我再给你拿烟。"

　　货卸完了，小马哥也点完了，数儿对，不多不少。女老板从驾驶室拿出一个黑塑料袋，打开让小马看。小马低头点数："……十八，十九，二十，对了。"

　　送货老板递过票据："数对了，你把账结了吧。""好的，四千九百八。给，这是五千。"小马掏出一打人民币交给货主，送货的点完后，找了二十块钱给小马，并递上一张名片，叮嘱道："兄弟，货卖完了呼我，一小时之内保证送到。""谢谢大姐。以后就是我妹妹负责这摊了，您多照顾。"

　　送货的拉开车门，上了车，然后转过身来对米娜说道："姑娘，需要什么就呼我。"车开走了。

　　冰箱，冰柜都是摆在外面的，被一个大的遮阳伞罩住。苏甫端来一盆水，盆里放着一条旧毛巾。把毛巾拧干后，把所有的啤酒瓶都擦了一遍，然后码放到立式冰柜里。瓶儿装矿泉水是塑料包装，不用擦，直接破袋，也码进冰柜，其余还有如冰红茶，冰绿茶，娃哈哈等，也都往冰柜放了一些。一边干活儿，小马一边嘱咐："娜娜，啤酒饮料，需要冰的，一定要提前放进去，不能让冰箱空着。哎呦，累坏了，我哪干过这活呀。"

米娜看着小马哥屋里屋外的忙活，很是感动，拿出纸巾给马哥擦汗，关心对小马说道："小马哥哥，谢谢你。你歇会儿吧，别累着。"

小马哥直起腰，告诉米娜："以后进货的时候，要先想好了东西放哪儿，怎么放，让装卸工直接码放好，省得二次搬运了。好了，货上齐了，明天可以开业了。今天呢，马哥哥就是第一个顾客。我买两瓶啤酒，一包花生米，啤酒要冰镇的。多少钱？"

"多少钱？"米娜愣了。不知道，你说多少就多少。

马哥差点笑岔了气儿："你呀，我的亲妹妹，还不知道卖多少钱呢。啤酒啊，进货价一块三，卖两块，但要拿瓶儿换。没有瓶儿的卖两块五，五毛钱是押金。小马哥哥买啤酒没带瓶，买两瓶啤酒，多少钱？""五块。花生米三块。一共是八块。拿钱。"米娜伸出一只手，掌心向上。小马举起一只手，想拍米娜的手，突然，一种莫明奇妙的感觉冲击了心口一下，浑身顿觉不自在，尤其是从耳根子往后，一直到后背，好象有一股气在皮内蠕动。他的手在师妹的手上轻轻的落下。"滋儿"的一下，被一股强电流击中，不知所措了。

娜娜从小与养母一起在山里长大，两个女人一起生活了十年，从没见过男人，还不大懂得男欢女爱，不知道男人和女人有什么区别，所以此时的米娜，一副呆呆的，萌萌的表情，更让小马哥有了百爪挠心的感觉。"娜娜，你直漂亮！""是，妈妈老这么说。小马哥，到底什么叫美呀，美有什么用。"小马哥被问住了："是呀，什么叫美？那一定是所有人都喜欢的，都看着顺眼的就是美呀。具体说美有什么用，这个问题太深奥了。反正谁都想自己长的美。"

米娜拿起两瓶啤酒，胳膊上夹了一包花生米："小马哥哥，活干完了，回屋喝酒，八块钱就不要了，算是小妹请哥哥了。"小马拉开门，两人进了屋。

　　房子是两间，通着的。中间有房柁,，在柁下拉根铁丝，挂了帘子，里边是卧室,外面是店铺,一张小圆桌摆在墙角处。米娜把酒放在桌子上，把两瓶酒都打开,一瓶推给小马哥,一瓶放在自己手边,又拿过两个酒杯,推给马哥一个,自己手里拿一个,另一只手拿起酒瓶倒酒,倒满后,自己先喝了一口,然后又呆萌的看着马哥。

　　见此情景,小马扑嗤笑了出来,用手指了一下米娜,不住嘴的说道:"纯,太纯了,真是纯天然的,娜娜,哥哥太喜欢了。"说得米娜莫名其妙,也就跟着笑了。喝了几口酒,见马哥哥没倒酒,不解的问:"小马哥哥,你怎么不喝酒?"

　　马哥拿起酒瓶:"娜娜,酒桌上,有长辈,有亲人,有朋友,一定不要先给自己倒酒自己先喝。应该先给长辈,给朋友倒酒。象这样。"站起来,双手托酒瓶,给娜娜的杯里倒满啤酒,又给自己杯里倒满酒,放下酒瓶,端起酒杯,朝着米娜举了一下:"米娜,干杯。"

　　米娜笑了笑:"还有那么多事。我和老妈一块吃饭,老妈总是自己倒酒自己喝,从没给我倒过酒呀?"

　　马哥无解的摇下头,伸手刮了一下米娜的鼻子:"我的小妹妹呀,妈妈是长辈,妈妈每次喝酒,都应该是你给倒酒才是。现在妈妈不在身边,马哥哥就是你的长辈,你应该给哥倒酒,小马哥哥喝了以后你才可以喝。"

　　"记住了。那小马哥哥刮了我的鼻子,我是不是也可以刮小马哥哥的鼻子呀?"马哥把脸往前伸了一下:"这个可以。但是一般情况下,哥哥刮了你一下,你要刮哥哥两下。""真的?那我就占便宜了。我可刮了。"娜娜伸出手,勾起十指,在小马哥的鼻子上刮了一下,稍停片刻,当她再想刮第二下时,不知怎么回事,忽感身上开始犯热,心中有一丝惊恐,又很期待,坐在椅子上,好象屁股底下有针扎。她终于发现,和小马哥在一起,跟与妈妈在一起的感觉不一样,好象从后腰开始发痒,然后扩散到后背,后脑,又从脖子到耳垂儿,心跳很历害并且加速,还有一种莫名的冲动,但她还不知道男人,女人是怎么回事,只是每次冲动之后都感觉很舒服，越是这样，娜娜就越是喜欢跟马哥在一起。

按说，一般女孩子十三四岁，就会出现生理现象，有的女孩月经期会更早些。现在的米娜已经十八岁了，还没见过红，也就不知道什么叫例假，不懂什么叫两性。这在女孩当中还是很少见的。

米娜勾着的手指不自主的停在小马哥鼻子的上方，她看着小马哥的鼻子，眼睛和眉毛，浑身打个机灵，顿觉有一股清泉从牙根和舌尖周围涌出，满嘴甜滋滋的，她用力咽下肚去后，马上又从牙根舌尖处溢出甜水，她再往下咽时，她的手不自主的张开，放在小马哥哥的脸上。

此时的小马哥，心早被米娜融化了。他用手捂住她的手，并抓起她的另一只手，把两只手都贴在自己脸上后，伸手去抚摸娜娜的头，脸，耳朵和脖子。此时的米娜，突然间情窦崩裂，崭出花朵，浑身如有电流乱窜，痒，涨，热，躁各种感觉，让她变得没有了自制力，什么呆呀，萌呀的早已荡然无存，她尽乎抓狂的摸着马哥的头，脸和搂他的脖子。此时的米娜，就象一只饿狼，她的疯狂激暴了小马哥这只猛虎，他站起来抱住米娜，一只手穿过她的腋下，搂着她的背腰，另一只手抱住她的后脑勺，猛的叼住她的嘴，把舌头伸进她的嘴里搅动……

所有的人都有第一次，第一次的感觉都是一样的。此时的米娜已经饥渴至极，小马哥嘴里液浆，就如同她生命的源泉。她用力的吸吮，咽下，……她疯狂了。

两个人鼻尖儿对鼻尖儿的歇了会。小马哥问米娜：舒服吧？把你的口条伸过来，让我也解解馋。

米娜已经完全放开了，抱着小马哥哥一通狂吻，薄软湿滑的舌尖，伸进他的口中，让他尽情的嗍，他把她口中的液水吸过来咽下，又把自己口中的津液推进她的嘴里，终于，娜娜的双腿打软，浑身酥融，体向下滑，嘴里求饶道："小马哥哥，我受不了了……"

年轻人就是这样，干柴烈火，谁也挡不住。自此后，这对公母儿，每日缠绵，同吃同住。

一日，米娜正在屋内柜台闲坐，突觉下身一热，有些湿滑，似有液体流出，赶紧跑到里屋，伸手往裤里一摸，觉得又湿又粘，拔出手来一看，手已染红，登时吓了一跳，撕了张卫生纸擦手后，又揪纸往裤里塞，又出到外屋，抄起电话，一阵紧拨，通了。米娜着急的喊着："小马哥哥，快回来，出事了，我快死了，流了好多血。"

此时的小马正在街上转悠，接到米娜电话后，也很着急。叮嘱米娜："不要动，我给你叫救护车。"小马拨通急救电话："喂，一二零急救中心吗……" 小马挂上电话，招手打辆车，上车就往回赶。

娜娜有些惊慌失措，又跑回里屋，不停的撕卫生纸，擦完了扔掉，扔了又撕纸再擦，后来，索性把半卷纸塞进去，用腿夹住，站在窗前，靠着窗台儿不敢动。

门外，一辆救护车响的笛儿停在门前，有医生护士下车，并推着一辆轮椅车，进屋后一个护士问："有人吗？"

娜娜见有医务人员进屋，说声："有。"就坐倒在地。

第二十五篇 米娜卖货 马哥神拿

出租车开得挺快，转弯，过路口，进胡同，见前面有人站在路中央，就刹车站住。人群的另一侧停着一辆救护车。小马哥对司机说道："到了，就停这吧。"结了账，下车就着急的穿过围观的人群，进到小卖部里面，看见几个医生护士正从里屋出来，其中一个女医生回头对娜娜说："放心吧，很正常，以后每个月都有的，准备一些妇女用品就行了。救护车出车是一百块钱，自费，谁给结账？"把开好的单据交给米娜。小马哥上前，掏出一百块钱，交给护士，连连道谢："谢谢医生，谢谢护士。您受累了。您慢走。"医，护出去，上了救护车。车开走了，人也散了。

小马关上门，进屋问："什么情况？闹得惊天动地，四邻不安的。一个重要的会都停了。"

娜娜自惭的笑了笑："今天可现眼了。没脸见人了。不说了。你该笑话了我了。"小马心急的："什么病你得让我知道，不能让我白着半天急，跑回来的路上差点撞了车。你对我太重要了。"

米娜低下头："就是女人的生理期。"小马哥以前对女性也不是很了解，还真不知道什么叫生理期。依旧着急的问："什么叫生理期呀，你说明白点儿。""生理期就是生理期。"米娜也不是特明白，讲不清楚。

见米娜稀里糊涂，小马也不问了，从床上拿起笔记本电脑，打开后开机，片刻进入页面，输入女人生理期字样，按了确认。页面上出来许多关于生理期的文章。看了一会，小马自己笑了，指着米娜说道："你个见灯儿不躲的傻娘们儿，自己的事自己不知道。生期期也叫月经，例假，也叫倒霉。不过你也够怪的，文章说，一般女孩儿十二三岁就能见红了，你怎么都十九了才开始。"

米娜自己也不明白，可不是，按护士说，还有来得更早的女孩儿，也就十一二岁，自己这么大了才刚来，而且一点都没听说过，真是可笑。还好，虽然以前一点都不懂，今天知道了，自己和别的女人没什么区别了，只是以后事就多了，按月儿来，麻烦也就来了。管它呢，又不是你一个人，全世界的女人不是都一样吗？还是赶快买些女性用品，裤档里塞那么多纸怎么行啊。"小马哥哥。"米娜叫："你去超市一趟，给买些女性用品。"

小马哥一拍脑袋："对，家里什么都没有。瞧瞧，这事儿也得爷们儿干。你注点意，别弄的床上，要不然回来还得洗。"火急火燎的出门去了。

马哥出去后，米娜把地上装着卫生纸的塑料袋系上，放在墙角，去外面拿了一个大盆，回到屋里，把脏裤子和内裤放在盆里，又去拿暖瓶，想起刚才护士告诉她的话，沾了血的衣物不能用热水洗，只能用凉水。找了一个小塑料盆，在墙角的洗手池处接了一盆水，回屋倒在洗衣盆里，把衣物泡上。然后低头看看裤腿，用手摸了摸臀部，裆部，确认没有脏东西了，才走出里屋，来到柜台内，靠着柜台，不由的"嘎儿嘎儿"的笑了出来。

一个中年女顾客走进屋，说要瓶醋，娜娜拿了瓶醋放在柜台上，收了钱，心里还在回想刚才的事。

"姑娘，你没事吗？"大姐问。"娜娜收回恩绪："啊，没事，大姐，你要的醋。"

大姐小声的问："姑娘，刚才出什么事了，怎么救护车都来了？"这个大姐是个好事精，买醋是假的，肯定是来探事的，你要把真话跟她说，一会儿就会满城风雨了，说不定会把人说成妖怪。

米娜不经意的告诉大姐："让您惦记了，没什么事。刚才搬东西，不小心撞门框上了。胯这儿磕了一下，摔个屁墩。给我哥打个电话，也没说清楚，他就给叫了救护车，医生来了给贴了贴创可贴。"大姐的嘴："渍渍渍"几下："瞧瞧，这个创可贴可贵了，以后注意吧，我回去了，该忙活饭了。"大姐走了。

马哥提着个大袋子进屋，把东西放柜台上，对米娜说道："买回来了，赶紧进屋戴上。"米娜拿着袋子进屋，从里面拿出一个卫生巾，比划了比划，看不太懂，撩帘问："小马哥哥，这个怎么用啊？"

马哥也有些挠头："你问我，我用过？我怎么知道。不过，我倒是问过那个卖东西的小姐姐，问她怎么用，她问给谁买，我说给媳妇儿。那个小姐捂着嘴乐半天，我不知道她乐什么，我问她乐什么，她反问我，你确认是给媳妇买？我说是呀。她又乐，又问我，不是给你女儿买？我说我哪有女儿。她又乐。她说：都结婚了，还不会用卫生巾？成精了？我只好说，我买这个东西是给男的用，她说哦，这我就明白了，她说女的用贴前边，男的用贴后边。倒底什么前边后的也没弄明白。"

米娜放下布帘："我明白了，这么点事瞎绕圈子。你也够呆的。"马哥一拍脑袋："明白了，那个卖卫生用品的小姑娘也够坏的，她这是告诉我那儿漏堵哪儿。也是，这个事问人家小姑娘都没道理，她的岁数肯定比你还小呢。呵呵呵，呵……"

米娜和邓老师在山里生活了十年，不解世事。出山后的一年里，两个女人在一起，很少接触男人，邓老师也很少给孩子请生理方面的事。跟邓老师分手后，与马哥一起这一个月的时间，娜娜终于从女孩长成了女人，开个小卖部儿，和人接触多了，懂得了人世间还有冷暖，家庭，友谊和亲情，体会到了男欢女爱，更知道了当初在山洞里拿着玩的人民币，原来是一切生活的保证，人们所做的一切，都是为这个叫做钱的纸片而忙碌。没有钱，别人就拿不到想要的酱油，醋，糖。没有钱，就不能进货，就买不来生活必需品，包括瞧病，吃药。一切一切，所有的一切，都是围着钱转。看一天小卖部，收入几百元，减去进货，房租，水电，顶多也就够吃饭的，不过她有小马哥哥，出去上班做生意，赚了钱俩人花，要是光靠这个小卖部，喝西北风吧。

"你没事了吧？那我出去了。晚上不用煮泡面了，我们出去吃。"小马出门去了。

米娜把自己打理好，走了出来，坐在窗前的小桌子旁边，看着窗户面儿。

街面儿上，行人匆匆，很少有人收脚，自行车铃响，都是忙碌的人。暂时不用为钱发愁，米娜心里还是隐约感到一种无形的压力，是什么？不知道。窗外，有两个小孩儿，拿着五块钱，朝米娜晃了晃，意思是买东西。米娜知道，这俩孩子是买冰棍的。两块钱一根儿，买两根儿。米娜站起来，探身从柜里拿出一块钱，走了出去，收了小孩儿五块，找了一块，拉开冰柜，让孩子自己拿冰棍。孩子们高兴的跑了，米娜回到屋里，把五块放在柜台内的抽屉里，关上抽屉后，想了想，又拉开抽屉，从里面夹出十几个钢蹦儿，来到窗前坐下，把硬币撒在桌子上，翻过来一个茶碗，开始玩儿小时候玩儿的夹蹦游戏。好几年没玩儿了，手没有那么溜索了，不过还行，小时的感觉还在，她把钢蹦一个一个的用十指和中指的指尖夹起，放到碗里，功夫不大，一遍就做完了。她搓了搓手，拽了几下手指头，开始玩第二遍，第二遍就顺溜多了。

米娜从小不识人间烟火，出山以来也很少与人交流，性格较内向，不张扬，不象有些女孩那样爱乍呼。她很少站街，每天心里想着的，就是小马哥哥早点回来，她喜欢被抱，被吻，甚至认为，这个世界上，只有她，才拥有一个属于自己的男人。她看着门前的冰柜，里面有啤酒，饮料，冰棍。啊，冰棍儿，甚至不知道那是商品，是卖的，有一天，居然一根儿一根儿的吃了十几根儿，太好吃了。真心的感谢小马哥哥，帮她开了小卖部，这么多好吃的，想吃什么有什么，想吃什么进什么。真是神仙。

马哥跑回来，忙活完米娜的事，推说还要上班，就离开了小卖部，过了几条街，进了一个楼群，上楼后，掏出钥匙，打开房门，进到屋里，原来这是他的家。房是租的一居室，面积不大，门厅很小，一张小圆桌和两把椅子一摆，就没什么地方了。他进到卧室，躺在床上，想起刚才发生的事情，真是啼笑皆非。这个小师妹，肯定是上天赐与自己的尤物。按说，与米娜同居后，马哥就不用再租房了，这样可以省下一笔不小的开销。他想过很多回，但是不行，大师姑嘱咐过，师妹不是本门的人，不能带她下水。做这种神拿扒门生意，每天要出去收钱，收来的钱要有地儿放，有了这个据点儿，才能避免让米娜知道。加上太爱娜娜了，希望她能做个正常人。每天能快乐的生活，不用过担惊受怕的日子。所以必须要瞒的。

马哥双腿往上一举，再往下一放，借力坐了起来，下地后，抬起床垫，掀起床垫下的一块板，露出里面的夹层，夹层里有钞票，他抓起一把，捋齐整后，与扶着垫子的手配合，"哗"的用姆指把钱刮了一下，又从夹层里拿出两张，扣上床板，放下床垫，将钱放进皮夹，装进上衣兜，走出卧室来到门外，锁上房门下楼去了。

第二十六篇 初练蟹爪手 马哥忙搬家

没什么买卖，米娜有些无聊，玩了一会夹蹦儿，心情平静了许多。女人有生理期，称经期，一般情况下，每到距经期前约五天左右，都开始有生理反应，烦躁，焦虑，常无名火起，对丈夫，对子女会大声喝斥，又很难哄，若是聪明的男人，能够及早发现，躲出去是最明智的，因为女人也是眼不见，心不烦。这时候的女人，对一切都不感兴趣，包括性生活，而且天不怕，地不怕。但是，只要是她那一点红出，人会突变，这时的女人会变得非常温柔可爱，任劳任怨，还能忍气吞声。

坐累了，米娜站起来，活动了一下四肢后，突然的做了一个转身动作，右手的食指和中指成剑指往前一出，并随着转身收回。米娜低头看自己的手指，用嘴吻了一下，满意的笑了。

马哥从外面走了进来，见米娜站着，心疼的过来扶着，让她坐下。见小桌上有硬币，不加思索的用十指和中指去夹，熟练的放进茶杯，当桌上就剩两枚硬币时，马哥的食指和中指，中指和无名指在桌上一划，将两枚硬币同时夹起，放进茶杯。

娜娜抬起头，疑惑的看着马哥。马哥也不解，问米娜："妹妹怎么了，这么看哥？" 米娜嘬了一下嘴，笑着说："没想到，小马哥哥的蟹螯手这么历害！"

就这一句话，让马哥的脑袋"嗡"的一下就懵了，蟹螯手，是神拿扒门的手法之一，娜娜怎么会知道？难道她？不会呀，大师姑说过，她不是本门的弟子，怎么会知道本门的功夫呢？对，可能她听说过。这门技术，没有三年两年的也学不会。"娜娜，你懂的还挺多。哥发工资了，全交给你吧。"说着，他从皮夹里掏出一打百元纸币，习惯的用手刮一下，放在桌上。

娜娜看着桌上的钱，对马哥说："小马哥哥，你一个月能挣两千九啊，真不少。""扑"，刚喝到嘴里的水喷了出来，小马哥惊出一身汗，指着米娜："你，你知道刮页子？"米娜神气的笑着："这有什么新鲜的，我还知道第一次看见你那天，你用了一个回龙手，你把掏出来的纸用手一刮，一共是四十七张。"

完了完了，和大师姑说得截然相反，米娜不但是道中人，而且不是一般的人，有可能还是顶尖的高手，大师姑的能耐在师父之上，教出的徒弟不可能是怂主儿，更何况是自己的养女。米娜真是深藏不露啊。"娜娜。"马哥一本正经的问："跟哥说实话，大师姑说你不是道儿中人，把你托付给我，我信了，所以租了房子开个小卖部，可是你，你怎么知道神拿扒门的技法？"米娜愣了："什么道儿中人？不太懂。"马哥坐下说："装，给我装，你既然知道回龙手，刮页子，就不要隐瞒身份了。""隐瞒身份？隐瞒什么身份？"米娜更不明白了。

米娜并不是装。从小和养母生活在一起，并不知道养母的身份，而且邓老师也从来没教过米娜什么技艺，只是米娜在无意中，在洞中发现了一本书，书名叫《神拿二十四手》。小时候，在山里生活很无聊，只能看书打发时间，米娜床上经常放着十几本书，洞中又很昏暗，既使有时候邓老师进入娜娜的房间，也没注意到她看什么书。娜娜经常翻阅那本《神拿二十四手》，时间长了，便记在心，时不时的照书练手，很快就熟练了。不过，书中只表达技法要领，并没有说是偷钱，所以米娜手法虽很娴熟，却从来没实际操作过，也不懂什么门呀道的。今天突然被马哥问起，可不是一头雾水。

马哥也明白过来了，米娜真不是装的。记得自己小时候，被人绑架，索赎金未果后，绑匪把自己卖给了师父，师父对自己非常好，教了好多玩艺儿，自己学艺的时候，也不知道学那些东西干什么，后来，师父带自己出来闯荡，才知道学的这门手艺就是偷，是把别人兜里的钱拿到自己兜里的手艺。当然，现在的米娜不缺钱，也不知道钱的用处，一旦哪一天，想吃饭时，兜里没钱，就该去别人兜里拿了。万一失了手，被人抓了，可能就是一顿暴揍，弄到警局一审，什么养母，马哥都供出来，那不就完蛋操了。不行，这个小卖部不能开了，赶紧走。

他把手搭在她的肩上说："娜娜，马哥跟你说件事。""你说，小马哥哥。"米娜看着马哥。

马哥认真的对她讲："娜娜，我想过了，你开这个小卖部快一个月了，到现在也不赚钱，而且很辛苦，有时候我也要往里搭功夫。所以我想把这个小卖部转让，不受这累了。"

娜娜不太情愿的："小马哥哥，这个小卖部我刚习惯了，街面上也有熟人了，而且，不开小卖部，我们也要租房子。就别折腾了吧？"

马哥耐心的解释："米娜，你刚走入社会，有些事你还不了解，这个社会人员很复杂，你在这里开店，不赚钱还好，一旦赚钱了，很多人会眼红，会举报，你没身份证，就办不了营业执照，工商，税务一来查，取缔，罚款，弄你个底儿掉。听马哥的。马哥已经租好了房子，今晚就搬过去住。"

"嗯，我听小马哥哥的。"米娜顺从的说。

马哥舒了一口气说："好，好歹没什么东西，被子一卷，装黑塑料袋，衣服装箱子里，只是多带俩盆，搬过去省得买了，那条脏裤子也别要了，不定洗不洗得干净呢。来，说搬就搬，搬完了再吃饭。"

两个人忙活了一阵，收拾好了以后，小马去路口，叫来了一辆平板三轮，东西装车后，锁上门，锁上冰箱，冰柜。蹬三轮的大爷已经捆扎结实了，让两个人上车坐稳，大爷推着车走了几步，开始小跑儿，待车悠起后，片腿上车，撅着屁股紧蹬几下，然后坐在车座上，脚蹬脚镫，嘴里哼起了小调："饭后一袋烟呐，赛过那个活神仙……"

马哥搂着米娜，坐在黑塑料袋上，听北京大爷唱小曲，觉得还是真有意思。

到了楼下，马哥跳下车，回身把米娜抱下。大爷解了绳索，把绳子缠上，挂在车下，直起腰对马哥说："得，您就给十块钱吧。用不用帮着搬？"

小马掏出十快钱，交给大爷："谢了您呐，我自己就行了，没什么东西，不麻烦了。"把箱子袋子搬到车下。

　　大爷抬腿上了车，说了句："行嘞，用车言语。"脚一蹬，三轮车走了。

　　小马提起两个黑袋子，对米娜说："得两趟，你看一下。""噔噔噔"的上楼去了。米娜看着楼群的环境，来回渡步。不一会儿，马哥下来，扛起行李箱，对米娜说："行了，拿着那几个盆，上楼。"

　　房间里很乱，由于厅较小，放了两个大袋子，就快没下脚的地方了。马哥把箱子放地上，接过娜娜手里的盆说道："盆放厨房吧。我带你看看厨房。厨房还可以，烧天燃气，火挺冲的。"把盆放在案子上。继续说："地儿不大，够用，就是有点脏，归置归置就好了。这个门儿是厕所，也还行。一块归置。"

　　米娜有生以来，弟一次进单元楼，觉得很新奇。出山一年多了，和妈妈到处走，每次都是住在小旅馆，旅馆的厕所都是公用的。没想到，现在住在家里不出门，吃喝拉撒都解决了。自己太幸福了，小马哥哥真了不起。不由得肃然起敬，此时此刻，这个男人就是自己心目中的神，妈妈把自己交给他，也算是眼光儿独到了。

　　米娜一抬胳膊，搂住马哥的脖子，另一只手托住他的下巴，主动把舌尖送进马哥哥的嘴里。马哥已等不及了，叼着米娜的肉肉儿狂吮，同时双手抱着她的腰，往上一提，将她抱起旋转……直到最后累的坐到地上。两人都喘粗气。

　　马哥掏出手机，翻开盖，拨通了电话："喂，家政吗？哎，给我来两个人，搞卫生。嗯，一居室，四十多平米。好，好好。"扣上手机后，告诉米娜："请了家政了，马上就到，被子先在袋里放着，等搞完卫些在铺，床单，窗帘都要洗，厨房，厕所一块搞，天黑之前搞定。现在天长了，黑的晚，家政来了，咱俩就出去吃饭，吃大餐。"

　　米娜不解的问："什么叫家政？""家政，家政就是家里请来帮着家里干活的人，搞卫生，做饭，看孩子，照顾老人。都是家政范筹。现在的人会享受，家里的活不自己干，出钱请人干。"小马哥挺在行的讲着。

米娜明白了，叹道："呦，比山里强多了，山里边什么活都是自己干。其实我也会干活，洗衣服，做饭我也都能干，这些日子也学会用洗衣机了。钱不好挣，以后这些活儿就不要找人了，我干就行了。""唉……那可不行"马哥手掌一摆："你的手金贵，不能干那种粗活，我得保护好你这双手。"外面传来敲门声。

马哥站起来，顺手拉米娜起来。打开房门，门外进来两个大嫂。一个操着口音的大嫂进门问："您是马老板？我们是家政的。""是是是，是我。进来看，"大嫂进屋，把装着拖布的水桶放下，转着看了一圈问："怎么搞，搞哪些，哪些不能动？"

小马用手比划着："墙面，地面儿，床单枕套，窗帘，厨房，卫生间都搞，能消毒的地方先消毒，该擦的擦，该洗的洗。大概多长时间？"大嫂稍思后说："大约三个多小时，晚上八点之前能完了。"："行嘞。那您干着，我们先去吃饭。"大嫂热情的说："马老板有事您先忙，保让让你满意。"

小马把黑袋子立墙角，来到卧室，把床上的床单，枕套团巴团吧扔在床上，搬个凳子到窗前，上去摘下窗帘，也扔床上，出来对家政员说道："大姐，该洗的东西放床上了。您忙吧，我们吃饭去了。"拉着米娜下楼，找饭馆吃饭去了。

第二十七篇　米娜梦醒　玲玲复仇

天已经黑了，马哥和米娜在街上走，米娜象个跟屁虫儿，紧拉着马哥的手，唯恐被丢下似的。两个人进了楼群，上楼后敲门，门开了。保洁大嫂满脸堆笑的招呼："马老板，吃完饭啦？我们的活干完了，你验收一下。"

马哥在屋里转了一圈，点头表示满意，掏出一张百元币，交给大嫂："挺好的，这是保洁费。"大嫂拿出个本，翻开让马哥看，嘴里说着："老板，这是回执，满意的您就打个勾，给个好评。"马哥接过笔和本，在上面打了几个勾后，交还给大嫂，大嫂高兴的道谢："谢谢老板，谢谢老板。"两个人提着桶和拖布出去了。

马哥胸脯一挺，用手摸着米娜的屁屁，恭维的说声："请。老板太太，您看看活儿干的怎么样。请您验收。"

米娜看了看厨房，的确干净整齐多了。卫生间墙面地面都亮了。来到卧室看，卧室收拾得也很利落，门外的阳台上搭着刚洗的床单窗帘。米娜心里挺满意的，嘴上却说："挺好的。就是得花那么多钱，比我卖一天货挣得多，就这么一会的功夫啊。""人家挣的是辛苦钱。"马哥替保洁辩解着说。米娜也赞同："是，看来干什么都能挣钱，有膀子力气就行。"马哥附和着："老天爷饿不死瞎家巧儿，只要你肯干。"

米娜坐在床上，手托着后腰："不知怎么回事，今天腰有点儿不舒服。"马哥用手给她揉了一下："不碍事，生理反应。那文章上不是说了吗，这是正常的生理现象，过这几天就好了，没事的。你没事的时候，上上网，网上有很多文章是说妇女卫生的。"米娜点头："嗯，就是现在还玩儿不好，上网费点儿劲。"

"呼"。米娜的脑袋撞到了墙上。她醒了，记忆终断了。玲玲拔下耳机，看了一眼表姐，见表姐正摸着脑门儿。玲玲放下游戏机，来到表姐床边，用手挪开表姐捂着脑门儿的手，趴那给吹了吹，，正要给糊撸一下的时候，看见表姐的眼里闪着泪花，不觉的也流出了眼泪。

"表姐。"玲玲抱住米娜的头，抽泣起来："又想那些事了。"米娜无助的摇着头："没有，做了个梦。"从床头抽出纸巾，给玲玲擦眼泪。玲玲收回手，坐在床边生气，嘴里骂道："姓马的那王八蛋，总有一天我弄死他。"米娜双手撑着床，往起挪了挪屁股，身靠床坐直，反而开导玲玲："玲玲，别瞎说。没你事儿。都过去了。"玲玲不服气的指着屋门，愤怒的说道："丫的凭什么，瞧丫那得性，幸亏姐没跟他，真把自己当根儿葱了。"

米娜摸了一下玲玲后背劝道："行了，别闲吃萝卜淡操心了，睡觉吧。"现在心情好多了。

地上冻冰了。大北风刮得很猛。玲玲穿着一件黄色的羽绒服，领子和帽子上有一圈貂毛，貂毛被风刮的挡住眼睛，这是米娜那件衣服，玲玲穿着挺合身的。她站在楼群的入口处，不停的往远处张望。下身穿的少，风一吹就透，太冷了。

不远处，马哥双手捂着耳朵，快步走过来。玲玲上前挡住去路："站住，姓马的。姑奶奶今天要跟你说的说的。"

马哥放下手，搓了搓后又捂鼻子和嘴说："玲玲，你怎么在这儿，大冷天儿的？""等你。"玲玲掏出水果刀，在马哥的脸上比划一下，抵在他的脖子上。

马哥已经明白了玲玲的来意，他把双手揣在怀里，伸着脖子说道："你这是干什么，要杀我？好，让你杀。替你姐报仇啊？杀了我，你姐的儿子就没爸爸了，她就真成了孤儿寡母了。杀，快点杀，我还真活够了。我现在每天一睁眼，就一个字，烦，就缺一样东西，钱。就想一件事，抽大烟。你杀了我，我谢谢你。"　"你以为我不敢呀？"玲玲没了底气。"你敢，我信。但我提醒你，我有病，血里有毒，血别溅你身上，会传染的，传了你，你也完了。"马哥望着天儿说。"你有病，有什么病？吓唬谁呢？"玲玲不信。马哥从怀里抽出双手："好吧玲玲，如果你想知道我和你表姐的事，我可以告诉你，我们找地方去坐会儿？"说完，也不管玲玲同意不同意，扭头儿就走。玲玲手足无措，只好被动的跟在后面。

在餐馆里，两个人在一个角落里，找了一张桌子坐下。马哥对她说道："玲玲，想吃什么点什么，想喝什么要什么。我随意。"此时的玲玲有些被动，反而不自然了，跟服务员随便点了俩菜，要了一瓶白酒。马哥点头认可。

菜上得挺快，马哥叫住服务员："小姐，麻烦你把这两个菜都分成两盘，我们分着吃。"服务员答应一声，回去拿来两个盘子，把两个菜分成四盘，分两边一放，马哥双手合十感谢。又对玲玲说："玲玲，你倒酒，倒多少都行。"玲玲想了一下，又来气儿了："呸，我给你倒酒？我多待见你呀。"给自己倒了一杯，瓶子蹾桌上。马哥自惭的一笑，抽出一张餐巾纸，把纸放在手上，往酒瓶上一贴，抓起酒瓶，给自己倒了一杯酒，把餐巾纸扔地上。端起酒杯喝酒。

玲玲拿起酒杯，又往桌上一放："嗨嗨嗨，我不是来陪你喝酒的，赶紧说事，说动了姑奶奶，姑奶奶好考虑考虑不杀你。"

马哥再抽了张餐巾纸，抓住瓶子倒了一杯酒，双手一摊道："死了，一了百了。玲妹妹，你恨马哥，替你表姐打抱不平，马哥不恨你，而且要感谢你。实话跟你说，我早就想死了。要不是跟你姐有个儿子，死八回都不止了。"喝了半杯酒，从上衣内口袋里掏出一个钱夹，拉开拉锁，从一个小兜儿里掏出一张纸，打开后对玲玲说："玲妹妹，哥哥有苦衷啊。什么都不说了，这是化验单，你看看。别动，别拿手摸。"举着化验单让玲玲看。玲玲伸头仔细一看，当时就象挨了一闷棍，脑袋"轰"的一声，就如炸了一样。那几个今人毛骨悚然的字：艾滋病毒，阳性。让她的脑海里出现了空白。

马哥叠上化验单，装进钱夹，放入上衣兜里，端酒杯一饮而尽，终于，挡不住的泪水成串的流下来。几年了，这种见不得人事。从不敢对人提起，是所有的人。

他趴在桌上轻轻的抽泣，任泪水流淌，把隐私说出来，可能是一种解脱，也可能会成为笑料儿。玲玲是米娜的表妹，会把这件事告诉表姐的。但愿米娜能原谅自己，只要她不再记恨，从新开始属于她的新生活，那一切就都无所谓了。

两年多前，马哥与娜娜同居不久，娜娜怀孕了。看着她挺个大的肚子，他每天都高兴的象吃了蜜蜂屎似的，忙前忙后，不让她干一点活。好长时间，他连楼都没出，整天和米娜一起腻歪。一次，米娜问她："马哥哥，你怎么不上班儿了？"马哥随口答道："上，明天就上，这些日子歇年假，专门伺候媳妇儿。"米娜笑着调侃："想得美，谁是你媳妇儿？我是孩子他妈。"马哥也认真的："孩儿他妈，孩儿是谁的，是我的，我弄出来的。孩儿他妈就是我媳妇儿。"米娜沉思了一阵，脸上的表情充满了期待。她怯怯的问："马哥哥，你能娶我吗？"眼里已有泪花。小马坐到床上，搂着米娜，轻声说道："能，一定能，小马哥非你不娶。""什么时候？"米娜追问。马哥解释道："过些日子吧。我得托朋友打听你的身世，找到出生地，需要开证明，办身份证，才能领结婚证。"

米娜靠在马哥身上，自语道："这么麻烦？活着真累。马哥哥，跟我亲亲嘴儿吧，你都好多天不摸我了。"

小马拍拍米娜的脸："傻妹妹，那网上不是说了，怀孕期保胎最重要，尽量不要给女方刺激。马哥哥特想亲你，做梦都想，就怕是一亲你摸你，你该犯劲了，你一犯骚儿就刹不住，对胎儿不利。为了咱儿子，爷们儿我得需要多强的意力呀？我好长时间都没吃上奶了，都瘦了。缺营养了。"米娜抿嘴儿笑了。她在马哥的大腿内侧抓了一把，躺在床上，恳求的说："等过几天，你弟弟出生了，你俩一块吃吧。马哥哥，他爸，看在你儿子的份上，奖励一下。"

马哥认真的想了想："好吧，蜻蜓点水，给你三次机会。准备好。"米娜脸朝上，嘴唇做了个接的动作。马哥在她的上方，脸对脸，吐出一点舌尖，然后猛的向她的嘴点去，米娜用嘴一接，没嗑着马哥的舌头。"一次了。"马哥做了个准备动作，又一次用舌尖点米娜的嘴，米娜用嘴接，又没嗑着。"不玩了。"米娜不看马哥了："你这样哪是点水呢，分明是吐信子呢。算了吧。"马哥假装慌了说："好好好，我慢点儿，来个慢动作。但是你别拿牙咬啊。""就咬你，咬下来含着，想嗑就嗑，就不求人了。"

马哥重新来，吐着舌尖，慢慢的问下探头，娜娜猛的向上一冲，嗑住他的舌头，然后往下拉，躺在枕头上，尽情的吸吮着……

第二十八篇　顾客神侃　马哥有心

　　八月的天，即将入秋，正是好时候。林荫处，小河旁，有不少晨练的人们。北京人好玩鸟儿，在这些鸟中，叫得最响的是画眉，叫得最欢的是黄巧。还有一种鸟叫红子，细声细语，带水音儿，也好听。

　　神拿门有个规矩，不做小生意，而且每做成一次，必须歇一段时间，不可以天天做，因为经常弄些个小打小闹儿，挣不到钱不说，频繁操作，还会增加机会风险。马哥已经十几天没出门了，今天天儿好，心情也好，给米娜备好了饭菜，就出来逛街了。他进了地铁，还打了出租，又上了公交。下车溜了一会儿，觉得很爽。他今天并不想做生意，只想散心。在家憋的时间长了，自身也难受。娜娜快生了，又不能摸，不能碰，这时候孕妇不能受刺激，实是很难难耐，果然是出来就好多了。

　　不知不觉的，怎么到了通州了？幸亏认识字，要不就出了北京奔三河了。走得是有点远了。他拿出手机，看了着时间，已经十一点多了，该吃中午饭了，正好，这条街上有个酒楼，有些档次。

　　马哥走进去酒楼，挑个僻静的地方坐下，掏出烟，取一支点燃，慢慢的吸着。此时的他，心里得意的很。呵呵，身怀扒拿绝技，挣钱是不用发愁约。现在家有了娇妻，而且很快就会有自己的孩子，一个美满的家庭，啊，这不就是成就吗！这些年，多多少少也有了些积蓄，等到米娜生了孩子，给她补个婚礼，然后在繁华地区租个门脸儿，做些正经生意，把孩子培养成大学生，博士，彻底改换门庭。那时候，哈……

　　"先生，您点菜吗？"一个女服务员站在旁边，轻轻的问。

　　"啊，点菜？点。那什么，不用点了，随便上俩凉菜，一荤一素，一瓶小牛二。"马哥的思路断了，又回到餐桌。自己还有些自笑自嘲。餐厅买卖还真不错，上座达到了八成。临近中午，正是饭口。

　　人就是这样，进来的时候，全装模作样人儿似的，都说自己酒量不行，坐下以后，两杯酒下肚，云山雾罩的开始侃，谦虚的称自己只排第二，不谦虚的直接拍胸脯称老子天下第一。眼里真是没谁了。

马哥自斟自饮，认真的喝着每一口酒，品尝每一口菜。人活着，各人有个人的方式。钱是辛辛苦苦冒着风险挣的，一定要珍惜，当你把钱换成食物的时候，钱得到了升华，但它会经过胃肠蠕动，马上又成了排泄物，回归自然，就永远不会有了。所以，对于赖以生存的食物，一定要敬畏，要珍惜，要认真的品尝，体会，吸收到它的营养，得到它的真谛，只有这样，才对得起付出了劳动的嘴和牙，还有时间。时间就是生命，谁都知道。

邻桌的几个顾客，已经酒过三巡，菜过五味，开始侃了。听口气，都是出差的，以前认识，只是一个是南方人，两个是北方人，北方人管南方人叫刘科长。北方人端起酒杯，对南方人说道："刘科长，真没想到，在门口碰上了，相请不如偶遇，这是兄弟们的缘分，不客气了，满饮此杯。"几个人干杯后，刘科长对北方人说道："兄弟，今天又见面了，以后机会就多了。我经常出差，少则十天八天，多则要个把月，每次都是住这个酒店，但是每天的饭都要出来吃。这个酒楼不错，经济实惠，正规发票，还能多开个十快八块的。今天刘哥请客，畅开儿喝。"北方人摆手："不行，哪能让刘科长请客呀，兄弟请。你下次。""不，不行，谁也不许抢，谁抢我跟他急。"刘科长舌头有点不利索了，叫声："服务员，过来，结，结账。"

女服务员过来问："您吃好了吗？"刘科长从椅子上拿起黑色的公文包，拿出一捆钞票，就要往出抻钱。北方人站起来一挡，跟服务员说："先等会儿，还没吃完呢，一会我结。"又对刘科长道："刘科长，给兄弟个面子。咱哥们儿还不过这顿饭？"

刘科长把钞票放回公文包，把包放在空椅子上，对北方人说道："好，今天不争了。明天，明天还是这儿，我回请，够意思吧？""行，就这么着，干。"北方人说完先干了。

马哥喝完最后一口酒，掏出墨镜戴上，起身来到柜台，结账后，晃晃悠悠的走出酒店。路边打了出租车，回到市区。

米娜已经快到临产期了。她一只手扶腰，一只手托肚儿，在屋里来回走。走了一阵，想吃东西，来到厨房，洗了一根儿黄瓜，一个西红柿，甩干水，左手握黄瓜，右手拿着西红柿，回到卧室，又在卧室里来回走。一边吃黄瓜，嘴里一边念着："维生素，维生素。蛋白质，碳水化合物。还有？还有脂肪。还有，什么酸？什么酸？嗨，记不住了。人身上真要那么多东西，瞎编的吧？象黄瓜，西红柿，怎么知道它有维生素，有氨基酸呀？对氨基酸，想起来了。管它有没有呢，反正吃了没坏处。不过呢，每天吃那么多东西，肚子大了，怎么知道是身上的肉长了，还是肚子里的孩子长了。怎么才能看见呢，真让人着急。""咚咚咚。"传来敲门声。

米娜走到客厅门前，从门镜往外瞧了瞧，是马哥。她手摸门把要开门，却又停下，回到卧室躺下，咬一口黄瓜。

门外的马哥见没动静，掏钥匙自己开了门，进屋后把门关上换了拖鞋。他以为米娜在休息，所以脚步很轻，推开卧室门，见米娜正在嚼着黄瓜窃笑，当时这气儿就不打一处来："嘿，你个小娘儿们儿，爷们儿回来了，你敢不给开门儿？不懂规矩。看我不教训教训你。"

米娜脸朝上，一只手抱着头，嘴里哼着小曲："吃罢了三顿饭，就算过了一天，挺个大肚子屋呀么屋里站，你说我烦不烦……"

马哥满脸堆笑："是，媳妇儿辛苦了。理解，确实烦。不过咱有盼头儿呀，咱儿子也快生了，如果是个大胖小子，看你还烦不？你一个女人，身边有俩男人，你乐去吧。"

米娜得意的："那当然了，真要生个儿子，我就有俩儿子了。我好幸福啊！"

"俩儿子？"马哥不解："怎么有俩儿子，双胞呀？"米娜用手一指马哥："第二胎，你老大，他老二。"马哥不甘吃亏："嘿，占便宜充大辈儿。得，儿子就儿子，老大我就老大，有优先权。妈，亲妈，我饿，我吃奶……"米娜不动声色的："大儿子，吃吧。"

几只家巧儿在窗外追逐，唧唧喳喳的很吵。马哥撩开被子坐起，愣了会儿神儿，下地穿上拖鞋，来到卫生间洗漱。出了卫生间，来到客厅，从冰箱上拿下个维生素面包，撕开袋，几口就都塞进嘴里。又到厨房，拿起一袋牛奶，用牙咬一口，扔脖就喝，整个一个连喝带挤。扔掉奶袋，一顿早餐就吃完了。一抹嘴，嘟囔着："妈的，都说贼吃肉，哎，贼也苦啊！"用餐巾纸擦了擦嘴，回到卧室。

米娜也醒了。她斜着身儿，用肘支着靠着床头，见马哥进屋，关心的问："小马哥哥，今儿干嘛起这么早？"

马哥过来，双手一抱米娜的脸，亲了一下："昨天吃了亲妈的奶，今天得出去赚钱呀，赚了钱，买好吃的，买营养品，才能有更多的奶呀，要不然俩大儿子都吃奶，肯定不够吃呀。"

米娜得意的抿嘴笑道："不碍事，先紧着大儿子。"马哥得意的笑了。他一抱拳，唱了几句自己编的戏词儿："谢谢妈。临行喝妈一口奶，出门做事能聚财。衣食父母来帮我，百元钞票成捆来……"米娜乐得合不拢嘴儿……

马哥哈下腰，从铺下拉出个皮箱，打开后，从里边拿出一打裁得很整齐的纸。马哥用手刮了一下，觉得少，又拿出几张放在一起，捏了捏，点了点头。把纸放地上，裤兜里掏出钱夹，取出两张百元钞票，拿起地上的这落纸，把两张钞票一前一后各放一张，仔细看后，很满意，很象一打百元纸币。再从箱子里拿出一条纸条，熟练的一缠，扎好，又拿出一个印泥盒，一个小印章，印章沾了印泥，往纸币上的纸条上一盖，还甭说，跟刚从银行取出来的钱一模一样。

米娜看着马哥，不解的问："又要做什么游戏？""几个同事打赌，猜着玩儿。"小马哥把箱子收拾好，推到了床下去了。

走到厨房，马哥从厨柜里拿出一个小袋，往里面倒了些洗涤灵，又往里倒了些水，晃了晃，扣上边，倒着试了试，不漏，用餐厨纸包上，来到客厅，在衣架上扒拉着，找到自己的上衣，把纸包和那打钱，放进两边的兜里。穿上裤子后，又到了卧室，拿起衬衫穿上，最后向坐在床上的米娜伸出脑袋。米娜先是轻轻的扇了他的脸，后又吻了一下，笑骂道："滚吧。"
马哥做鬼脸儿，出了卧室。

　　来到门前，把衬衫掖进裤子里，穿上西服，左右兜摸了一下，掏出一
个手机，拨了号码，一按确认，裤兜里有手机铃儿响，关了手机，又按确
认，手机又响。他满意的点头，自语道："嗯，万无一失了。"把手机拨号
键朝外，放在上衣下面的口袋里。没拉下东西，该带的都带了。拉门出去
了。

　　米娜一侧身，双脚垂到床下，摸着肚子说道："大儿子出去了，就剩
你老二陪妈了。跟妈溜溜。"

第二十九篇 有备而来 略施小计

　　马哥出了楼群，坐上一辆三蹦子，来到地铁站口。买票进站，正好车来。挤上车靠在一边站着。他有个习惯，坐车总是靠边，眯着眼，什么也不瞧。他认为，做神拿这行，就如同是做地下工作，身份绝对不能暴露。无论地铁，公交，都可能有反扒人员，这些便衣会仔细观察每一位上车的乘客。而做拿行的人，无论怎么小心，也会露出蛛丝马迹，很难逃过他们的法眼，所以，什么事都不做，什么都不看，才是最好的，最安全的，不会惹麻烦。

　　马哥双手抱胸，昏昏欲睡，突然，一股特殊人的气味，由远而近的飘过来，袭击了他的鼻子。这股气味，是一个男人的气味，此人火气很重，呼吸有些急，虽然他用力想闭住呼吸，使自己镇定，但已经被马哥感觉到了。这是一个同行，是兜里的那打钞票把他引过来，当他正要做取钱的动作时，身体里的激素突发变化，产生的异味儿向马哥报了警。此时的马哥紧靠车厢，浑然不知的样子，给这位同行壮了胆，增了信心。他的手伸向马哥装钱的口袋……他伸出的手指，被马哥的蟹螯手钳住了。在马哥看来，这就是个小毛贼，手指被蟹螯手夾住，挣脱是不可能。"大哥大哥，饶命。小弟有眼不识泰山，冒犯大哥……" 毛贼小声求饶。"滚。"马哥松了手，继续打盹儿。

　　到站了。马哥走出车厢，沿梯上到地面，伸了懒腰，搓了把脸，无目的的慢走。他不时的停下，看看路边的景緻。花草，树木，绿柳，河流，自行车。还有追逐求偶的鸟，练太极的男人和女人，这是人与自然的完美结合，着实令人陶醉。不过，这一切，对马哥来说，都提不起兴趣。他追求的是什么？把别人兜里的钞票，拿到自己的口袋里，而对方浑然不觉，没有反应，甚至发现少了东西时，都不知丢哪了，那才是乐趣。每一次成功的神拿，都是一次教科书般的手段展示，令人兴奋和回味。他不知道，这树上的鸟是什么鸟，地上开的花是什么花，只知道他所从事的神拿这个行当，是高级职业，而他是这行中高手中的高手儿，他觉得，他就是这个世界上的世外高人。没有之一。

不知不觉，到了昨天喝酒的酒楼附近，在距酒楼大门不远的花坛处，找个干净地方坐下，掏出烟，点一支慢慢的吸着。太阳在向头的上方移动，有骄车开始在停车场驻车。他看看手机上的时间，十一点多了。又到饭点了。这时，几个熟悉的身影出现了，对，就是昨天的那个刘科长和两个北方人，他们有说有笑的走进酒楼，要接茬喝呀这是。

马哥把烟头儿在地上捻灭，按进花坛中的土里。他站起来，拍拍肚子说道："饿了，喂喂脑袋。"推门进了酒店。

酒店里人不多，还不到饭点儿。马哥迅速扫视了一下餐厅环境，见刘科长三人依然座在了昨天的位置。位置靠墙，但不是墙角儿。一般说，象刘科长这样的身份，是不会坐墙角的。墙角太辟静，爱吹牛逼的人是不会选择的。他坐的位置和昨天一样，坐南朝北，整个餐厅几乎都在他的视野范围内。一个年轻的女服务员正在开菜单，刘科长的公文包依旧放在旁边的椅子上。"有什么好酒？给上一瓶。"刘科长问服务员。服务员解释道："先生，菜单上的酒水有三种，白酒，红酒，啤酒。可任选。您若单点，本店有八大名酒，有洋酒，有英国和德国的啤酒，您若需要，需要您自己到柜台去点。本店有规定，高档酒不允许服务员推销。"刘科长不解："为什么，买瓶酒还要顾客自己去拿？""不是先生，我们以前发生过这样的事，服务员把顾客的酒掉了包，用假酒冒充真酒，所以麻烦你自己去取。"服务员说得有理。刘科长和两位客人点头赞许。

服务员转过身问马哥："先生，您几位，现在点菜吗？"马哥摆手道："稍绷，人没齐。"服务员下菜单去了。

刘科长起身，到了柜台，往酒柜里看了看，对服务员说："小姐，拿瓶杏花村。""您哪桌？"服务员问。"就靠墙那桌。"刘科长攥着一瓶酒回来坐下，拧开盖，每人倒了一杯。这时，服务员端着托盘过来上菜，是两个拼盘。刘科长尽显主人身份，主动端杯，三人一饮而尽。北方客人主动站起来倒酒，并对刘科长表示感谢："刘科长做东，很荣幸，敬刘哥一杯。"刘科长也不含乎，跟着干了。这时，女服务员开始上热菜了。

马哥从兜里掏出纸包打开，把装有洗涤灵的塑料的粘扣撕开，拿在手里起身，来到柜台。问服务员员："白酒可以单点？我先看一眼。"服务员侧身，让顾客看酒。马哥点头道："嗯，知道了，酒挺全的。"扭头往回走，顺手把小塑料袋扔在地上。洗涤灵在地上散开了。

他回到座位上，从上衣口袋里掏出那打道剧纸币，握在手里，一切准备就绪。

女服务员端着托盘过来上菜，一脚踩在洗涤灵上，脚一滑，叭的一个屁躺倒在地，拖盘扔出，发出碎响。此时，餐厅里的顾客都被惊住了，所有的人都不约而同的看一个方向。而马哥，只是一出手，拉开刘科长公文包的拉锁，另一只手一进一出，假币变真币，装进了衣兜。包的拉锁又拉上了。

女服务员想坐起来，第一次没成功。马哥跑过来，拉着她的一只手，使其坐在地上，又拉她的两只手，帮她站起，拽过一把椅子让她坐下，嘴里说道："哎呦小姐姐，怎不小心点。摔着没？" 一边问候，一边用手点了一下上衣口袋里的手机。裤兜里的手机响了。

马哥往后退了两步，掏出手机接电话："哎，是我。怎么，来不了了？你等等，我到外边接，这里信号不太好……" 走出餐厅，来到路边，上了一辆摩的。摩的向市区相返的方向驶去。

马哥下了车，向摩的司机道谢："谢谢师傅，我到家了。给你车钱。"摩的开走了。马哥穿过马路，站在公交车站等车。车来了，他上车投币，车驶向市区。

下了公交车，进入地铁，马哥依旧靠着车厢打肫。今天的活儿干得漂亮，这个设计，真是天衣天缝，执行起来一丝不苟丝丝入扣，没有一点瑕疵。想想刘科长，现在还不知道他知不知道钱被调了包。等吃完饭结账，他拿出钱来，就二百块真钱，这顿饭钱肯定不够，最后还得是那两个北方人结。人家心里一定骂呀，一定以为刘科长是蹭吃蹭喝，说大话，使小钱儿的主儿。话又说回来了，知道又怎么样，报警？你说被调包儿了，谁信呢？人家还怀疑是你自己搞的呢。你回去问出纳，出纳说给你时是真的，是你自己没查看。没办法，只能自己认倒霉。这个科长，也不知道是多大官？应该不小吧，听他的口气，看他的派头，肯定是个大官。既然是大官，挣钱也容易，折这点钱，应该不算大事。

　　六里桥站。马哥下了车，出站后，心情倍儿爽，哼两句评戏，词儿说来就来："小马哥，小马哥，走出地铁乐呵呵。烧鸡，烤鸭都吃腻了，澡堂子里面去把澡搓……"

　　路边有个桑拿房，马哥推门进去，有男服务员接待，领到更衣间，帮着把脱下的衣服收入柜中，上了锁，把钥匙套在手腕上。

　　进了洗浴间，马哥先在喷淋处一痛冲洗，又在温泉池中泡了一会儿，出来后，喊了一声："搓澡。"一个搓澡工赶忙过来张啰："老板，你搓澡，您这边请。"

　　马哥躺在搓洗床上，伙计用澡巾给他全身擦了浴液，又用喷头把浴液冲掉。消毒柜里取出搓澡巾，全身搓泥儿，搓完又打浴液，然后洗头，边洗还边按摸。真是挺舒服的，他很满意。只是突然间，感觉有些心慌，可能是饿的，也可能是渴的。不能再搓了，太耗体能了。"好啦，就这样吧。"马哥一摆手。伙计应道："再冲一下就好了。"用水笼头冲干净身体，又去消毒柜拿了条热毛巾，给他把身上的水擦干。用手托了一下马哥的头，将他块起来："好了老板。麻烦看一下手牌。得，慢着点。"

　　马哥来到更衣间，有伙计过来招呼问："老板，可以到大厅休息，有免费的茶水。还有包间，一个小时都是免费的。""嗯，行。"马哥同意了。

　　伙计拿出一套叠的整齐的浴服，帮着穿上。浴服挺宽松，上身象个褡裢，下身是条短裤。伙计带着马哥穿过大堂，来到一个包间。包间不大，一张按摩床，一把椅子，一个大茶几儿。伙计请马哥床上休息，自己出去，拉上了门。

马哥上下左右瞄了一遍，上方有两根杠子，不知干什么的。长这么大第一次进按摩房，心里不是很踏实。门开了，一个年轻女孩儿端着托盘走进来，托盘里有毛巾。女孩用毛巾给马哥擦脸，擦手。放下毛巾，娇滴滴的问一声："老板。您喝点什么呀？"这个穿短裙吊带的女孩，还真有几分姿色，白白嫩嫩的，说话声音也好听。身材丰满但并不显胖，很性感，有魅力，算勾魂型吧。马哥的心有些跳的紧，脸上却装作很随意："都有什么呀？还真有点儿渴了。"

女孩儿坐在床边，摸着马哥的大腿："有白酒，红酒，啤酒，饮料。老板喝哪种？"马哥思考一下："啤酒，什么牌子的？"女孩儿往床上挪了挪："啤酒啊，有英国的，德国的，还有国产的。德国的最有名儿。""那就喝德国的。"说完，趁女孩下地拿啤酒，马哥的身体往后靠了靠，把腿跷了起来。

女孩从几儿下拿了一个酒扎，和几听黑罐的啤酒，打开一听，往酒扎里倒满酒，递给马哥。酒的泡沫差点溢出来。马哥赶紧喝了一口。女孩儿又坐在床边，一只胳膊搭在马哥跷起的腿上。他悠闲的喝着啤酒，她一手拿着啤酒桶儿。一手摸着他的大腿。马哥逐渐习惯了，开始喜欢这种美酒加美女的感觉了。他又喝了一口啤酒。酒杯中的泡沫逐渐消失，杯中的酒少了。她探身用双手托着啤酒罐给他把酒倒满，罐里剩下的酒根儿自己给喝了。她把空罐放在桌子上，又拿起一听，把盖拉开。趁女孩的胳膊离开自己的机会，马哥赶紧把腿放平，继续喝酒。

女孩一手托着啤酒，一肘欲扶马哥双腿，见他把腿放平，女孩儿笑了，她一条腿的膝盖往床上一扣，另一条腿往上一迈，一屁股骑坐在他的双腿上。顿时，他好象被一股软软的又热呼呼的气体压住，下身好象被融化了，使得他失去了反抗的信心，他假装镇定的喝着啤酒。女孩的双腿稍往前动了一些，探身给他倒酒，他把酒杯往前相迎。女孩的手一抖，酒倒多了，从杯中冒了出来，浇洒在马哥的胸前，顺着胸往下流淌，上衣，短裤都湿了。女孩儿有些慌，直说报歉。她把酒罐放桌上，又接过马哥手中的杯，也放在桌上。顺手抽了几张餐巾纸，熟练的解开他的衣扣，用手糊撸他胸口上的啤酒，并用巾纸去擦，由上而下，逐渐的触摸到了马哥的私处。

　　此时的马哥，已经没有了反抗能力，任女孩儿随心所欲的摆布。女孩儿的手，一边按摸他的下身，：一边说："对不起小哥哥，把你身上弄脏了，小妹甘愿受罚，把洒你身上的酒喝干净。"于是，她拿起酒杯，往他身上倒些啤酒，然后用嘴在他的胸前喂吸，马哥从来没玩过这种游戏，浑身就象电疗，一种从未有过的快感，他忘了一切，完全放开了，不由自主伸出双手去摸，并极力的向前探身，想坐直了去抱女孩儿，而女孩主动脱下吊带，露出两个肉馍，让他抚摸，并往她嘴里送。他受不了了。他呻吟，他抓狂，他被她折腾的到了极致，当女孩把舌头送进去他的嘴里的时候，他终于忍不住了，他全身颤抖一阵后，劲儿逐惭的泄了，不久就恢复了平静。

第三十篇 米娜露小手 马哥心发慌

马哥逐渐恢复了理智，他有些不安了，应该尽快离开。他来到更衣室，换好了自己的衣服，检查了一下随身物品，来到接待大厅，柜上结了账，正要往外走，那个按摩的女孩儿蹦了出来："小哥哥，舒服啦？"马哥有些羞涩的点下头。女孩神秘的对马哥说道："小哥哥，我叫郝好，以后过来直接找我，小妹给你免费做。要不然留个电话，妹妹给你做情人。"

他已经羞愧难当了。为快点离开，马上应道："好好，我回去买手机，过几天再来。"出了门，头也不敢回的快步拐进了胡同。

他靠在墙上，抖甩了几下脑袋，心速终于降下来了。对他来说，每天的工作都是要与公安打仗，但他轻车熟路，从来没如此紧张过，而今天在洗浴中心，倒让他灵魂出窍，虽然过程很美好，却总觉得干这种事，比他拿了人家一万块钱还有罪恶感。因为他的心里只有一个人——米娜。

前面有个馆，他进去要了两碗鸡丝面，装盒打包带走。到了自家门前，掏钥匙开门，米娜正在屋里屋外的转圈儿，见他进来，拍着肚子说："老二呀，咱家老大回来了。叫哥哥。"

马哥心中有愧，脸上的笑容不太自然。把盒放在桌上后，脱下上衣，挂在衣架上。转身对米娜说道："鸡丝面两碗，你娘儿俩儿一人一碗，剩下我吃。"

米娜坐下，打开塑料袋，取出盒和筷子，打开一盒，开始吃面，吃了几口，又对着肚说话："老二呀，你看你大哥多孝顺妈呀，知道妈最爱吃鸡丝面，你以后长大了也要学大哥哥，挣了钱，给妈买鸡丝面。"

米娜与儿子的对话，深深的刺激着马哥，他强忍着没让眼泪出来。他进了厨房，从地上拿起一瓶矿泉水，拧开盖，喝了一大口，手心里倒些水，往脸上捋了一把。出了厨房，坐在桌前，打开餐盒开始吃面。吃着吃着，突然想起一件事，起身从上衣兜里掏出那打儿钞票，告诉米娜："这是工资，奖金，和半年奖。"

米娜见了钱，脸上笑开了花，拿起来在手上一摔，惊道："一万！那么多？"用鼻子蹭了一下纸币，又用手摸了一下马哥的脸："小马哥，你真了不起。"马哥不以为然的："公司效益好，赚得多，拿得就多。趁年轻，多辛苦，不算什么。"

米娜把钱放进睡衣口袋里，又拿起筷子吃面，吃着吃着，又想起了什么，问马哥："嗨，小马哥哥，早晨你出去带的一捆假钱哪去了，别弄丢了，还有二百真钱呢。"马哥解释道："二百块花了，纸扔了，哎，这可是真钱，别当假钱扔了。""我傻啊！"米娜吃完了，站起身，把餐盒放进厨房的水池子里，出来对马哥说："我屋里靠会，下午走累了。"

马哥吃完，把餐盒和塑料袋都拿进厨房，连同米娜吃剩下的餐盒，都用手捏扁，筷子撅了，全放进塑料袋里，塑料袋扔进垃圾桶。手上倒些洗涤灵，搓了几下，用水冲净，抻张纸擦了手，摸了摸肚子，终于踏实了。

他走出厨房，来到卧室，见米娜正靠着床帮，往房顶上看。他过去问："大妈，想什么呢？"

她恩索了一会儿说："我总觉着吧，有一件事，我知道，也熟悉，就是想不起来是什么事。又能做，又不能做，从没做过，但是总觉得我也会。想不起来了。"

"做梦呢。"马哥坐在床边，认真的分析："做梦就这样，什么事都能做，什么事又都做不成，什么事都是假的，又什么事都是真的。我就做过一个梦，梦见你趴我身上，跟我亲嘴儿，亲了一天一宿，也停不下来，我嘴干了想喝水，你不让，你说你要嗯死我，我一急就醒了，醒了一看，你真嗯我呢。"

米娜笑了："那天夜里睡不着觉，就想和你亲嘴儿，你也不张嘴，我可不是得使劲嗯么。"

马哥得意的："你身上有个永动机，停不下来，专门生产雌激素，我得二十四小时随时待命。这也就是我，扛得住，换个人，能让你玩死。"

米娜摸着他的脑袋说："小马哥哥就是我的永动机，你要每天都生产雄激素，二十四小时供应，不许间断。""是是是。二十四小时全天候伺候着。等你生了儿子，我就给你上弦，让你转个够。小妈儿，我有点累了，想睡了。"马哥张嘴打个哈欠儿。她往里挪了挪，他躺下了。

米娜掏出兜里的人民币，无聊的在手上拍着。她往下出溜儿了一下，半躺着看着房顶，苦思冥想？是什么事呢？那么熟悉，就在眼膜前儿，就是想不起来。

马哥睡在床边，曲着身子没睡着，想往里靠靠，说了句："孩儿他妈，往里边挪挪屁股，我快掉下去了。"米娜往床里运动了一下，马哥往里来了一点，伸开腿了。

"对，想起来了，呵呵，真想起来了，天助我也。"米娜挺兴奋。马哥不耐烦的："天助个屁，你不困我困，再让点地儿。"

米娜把手放在马哥脸上，得意的不得了。"小马哥哥，我终于想起来了，原来那个既熟悉的事，又不知道干什么的事，就是那个事。"

马哥转过身，没睁眼，抱着她的腿，问了一句："什么事呀，神神秘秘的。""移樑换柱。我终于明白了。"米娜把手里的钱币向上一抛，钱币散开，落在床上，地上，和马哥脸上。

马哥此时睡意全无，腾的坐起来，想发脾气，又无可耐何，不知说什么好。"移梁换柱你也知道？"他半信半疑的问。

米娜很得意："以前不知道啊，现在终于明白了，原来神拿二十四手，就是把别人兜里的钱拿出来，放在自己兜里的一种挣钱的方法。比如说，我知道你的包里有一万块钱，我把它拿出来装我兜里，同时把一万块的假钱放他包里，就象今天咱家这一万快钱，如果不是发的，那就是从别人包里移出来的，然后把那打子纸放他包里。而且马哥哥捆的那打纸，还真象是从银行取出来的钱。这不就是神拿二十四手里的移樑换柱手吗？哈哈哈，明白了，这么看来，第一次遇到小马哥哥时，你先用的是乾坤倒转手，扔出的石子掉在那个女人的前面，可是石子不往前滚，却往后蹦，那个女人以为是前面有人扔石子，所以往前看。紧跟着，你来了个回龙手，掏出她的钱包，掏出钱后，你用了刮页手，马上知道了那些纸是五十七张，兜里一装，齐活。那，那小马哥哥今天一定用的是移樑换柱手了。哎呦，怎么早不知道，挣钱这么容易，还开什么小卖部呀。"

今天做个大生意，跑了很远的路，在浴池又被那个按摩的小妞儿折腾了一通，还真有点乏。此时再被米娜惊吓，肾有些亏，汗刷的就下来了。大师姑说过，米娜不是本门的人，没练过神拿手，那现在是怎么说的，他不单会，而且如此精通。她现在已经知道了神拿手的用法，也知道从别人兜里拿钱了，那以后，出门逛街，看见别人包里的钱，会有意无意的就伸手去拿，刚开始，可能她认为是乐趣，拿着玩儿，但是什么事都有万一，万一被人发现了，就可能被打，被抓，被判。关键是，她刚从山里出来，不知道这个行当是非常危险的，而且随时有可能身败名裂，一朝倒地，永世不得翻身。

"娜娜，我想和你谈谈。"他终于不想隐瞒了。

米娜正在兴头儿上，精神倍儿好："谈什么，是不是我很笨？"

马哥和米娜互相靠着，他心情有些沉重："娜娜，马哥不瞒你了，马哥所从事的工作，就是从别人兜里拿钱。师父，大师姑，小马哥哥，都是神拿门的人。你知道的神拿二十四手，都是从别人身上拿钱的技艺。大师姑说，你不是神拿门的人，没学过二十四手，所以小马哥哥从来都不跟你提工作的事。但是现在不行了，你不但会这些手法，而且很精通，我很担心，万一有一天，你的手伸进别人的兜里，哎！我真不敢想了。"

米娜不以为然的："那有什么，拿得出来就拿，拿不出来怪自己学艺不精，又不是去抢。如果我一天能出手十次，不是能赚很多钱吗？"

"娜娜，不是你想的那么简单。这不是做游戏，这是在赌命。别人的钱，也是挣来的，被我们伸手拿过来，人家愿意吗？在我们看来，我们伸手拿别人的钱，叫做生意。而在别人看来，我们这种行为就是偷，是扒，是窃，人家管我们叫贼，人人喊打的贼。每次做事，我们都会有风险，有可能被抓住，一顿暴打是轻的，我们会被送进公安局，会被关小黑屋，被拘，被判，也可能被枪毙。当然也有可能去新疆搬砖，还有的去青海沙漠筛沙子。"

娜娜不自信笑了笑："不会吧，那么严重。"

马哥盘起腿，往前探着身子："娜娜，干我们这行，有很多风险，几乎没有人善始善终。你可能成功九次，但是一回失手，就是毁灭性的。而且，只要你伸出一次手，以后就不再有正常人的生活了。你会整天提心吊胆的活着，外面来个急救车，你也以为是警车，是来抓你的。而且，我们的孩子也要受影响，一辈子抬不起头来。"

米娜撇了一眼马哥："知道啦，我也没说明天就去偷啊。我现在只管我儿子，挣钱是你的事。"她抓住他的手，声音很细很体贴的说："小马哥哥，你可不要去搬砖筛沙子，我要你守着我。"

马哥捧着米娜的脸蛋儿，轻轻的亲了一下："我不会的，放心吧。"

第三十一篇　米娜初为母　马哥得艾滋

过了中秋，就是后秋，天气变凉了。

米娜被推进产房，已经两个多小时了。马哥在产房外焦急的转来转去。两侧的座位上有不少的男士，其中一位有些烦了，他对马哥说："哥们儿，你消停消停好不好？至于吗？生孩子就是女人的本职工作，而且是有钟点的。什么时候生，不是你说了算，也不是医生说了算。你这样瞎转悠，惹得哥儿几个都不踏实。"

马哥左手一打右手："也是，都说了不算，到底谁说了算？""上边儿，老天爷说了算。"一男士的手往上指了指。另一男士搭腔："瞎着急，无非是想知道是男孩儿女孩儿。以我的推算，这一拨儿，都是女孩儿。"

马哥坐下问这个男士："大哥，怎么算出来的？"

男士有些疲惫的说道："我在这儿呆了一天一宿了，发现了一个规律，每次生出一个男孩儿，后面跟着生的若还是男孩，那就会出溜出一大串都是男孩儿。这拨你看，一连生俩女孩儿了，按规定，至少还有五六个女孩儿，看来，咱们这些人将来只能当丈竿子了。"

马哥点点头："是，有道理。要男孩儿的话，就别赶这拨。那，那就不着急了，等着吧。"

"马哥，谁是马哥？女孩。"护士喊完走了进去。马哥听到叫，马上站起来，但很不情愿。对身边的男士一摊手："得，让哥们儿说中了，赶上这拨了。得，生男生女都一样，我还是喜欢女孩儿，不喜欢男孩儿，只是我媳妇她……"

"马哥，谁是马哥，男孩儿，过来推车。"护士撩起帘子，产车推了出来。

马哥突然懵住，开始怀疑人生了，刚报女孩儿，怎么两分钟就变了？产车上躺着的肯定是米娜，旁边的护士小姐姐抱一个婴儿，肯定是自己的孩子。他三步两步蹿过去，着急的问："小姐姐，我是马哥，孩子他爸，男孩儿女孩儿"护士小姐也愣了："怎么，刚才没听见报吗？"

米娜躺在车上，用手一指马哥，有气无力的说："你个当大哥的，只关心你弟弟，也不问问你老妈。"

马哥一拍脑袋："嘿，男孩儿呀！哈哈，哥几个，风向又转了，那拨过去了，哥们哈哈，男孩儿，大胖小子……"

大多数女人坐月子，都是娘家妈来照顾。米娜没这条件，一切都是由马哥支应，还甭说，这个神拿门的高手，竟然还是个暖男。其实，找个保姆，月嫂，对他们来说，不是难事，经济上也负担的起。只是马哥的特殊身份，不宜接触过多的外人，小心驶得万年船，自己辛苦点儿，为了媳妇和孩子，也是心甘情愿的。

马哥在厨房里一通忙，小米粥熬得了。关上火，盛了一碗，放了一勺红糖，端出来放在客厅的桌上，又回到厨房，拿出一个点心盒子，放在桌上打开，再回到厨房，拿了筷子和一瓶酱菜，也放在桌子上。进卧室叫米娜："小主儿，该用点心了。"

米娜正在地下溜达，听到叫，很不情愿的说："哎呦，又该吃饭了，现在怎么回事呀，除了喂孩子，就是喂嘴，饿不饿的都得吃。烦呀。"走出屋坐下。

马哥介绍："小主请看，小米粥，今年新下来的小米，里面放了红糖，酱菜也是著名酱菜园的东西，口味甜咸。点心也是小人精心挑选的您爱吃的。红蛋糕，萨琪玛，千层酥，开口笑，还有北京切糕……"

"嗯，小马子，你用心了。赏。现在你家小主的月子，已经坐了有半个月了，该吃正常的饭菜了，以后呀，弄个鱼香肉丝，宫爆鸡丁，红烧海参，焦溜肉片，还有那个盐爆什么的。"米娜的劲儿还挺难拿。

"喏。领赏。"上前亲了米娜一口。后退两步，一哈腰儿："谢小主儿赏，小主儿慢用。你别咽着。我去看儿子了。"进卧室去了。

马哥轻轻的爬上床，凑到儿子旁边，仔细的端祥着。他伸出手，用手指摸着孩子的脸，孩子的嘴动了一下，他会心的笑了。小孩子脑袋大，显得四方大脸的。皮肤还有些泛红，但一定很白，随她妈。月科儿的孩子除了吃就是睡，睡梦中的孩子有时候会自己笑，看着不可思议，据老一辈传下来的说法，这叫睡婆婆儿教。就是有一个老婆婆，在孩子熟睡的时候，来教玩艺儿，孩子学会了，就会笑出来。

他躺在孩子身边，脸上洋溢着得意的笑，这可不是婆婆教，而是因为他内心的得意和满足，禁不住笑出来的。

他坐起来，觉得身上有些痒，用手搓了搓，觉得更痒了。他来到窗前，脱下套头衫，低头仔细看，胸部，腹部发红，似有红点，且红点一直往下，眼睛看到哪里，哪儿就开始痒，一直到下身，好象都是红的。妈的，这是皮肤过敏了吧？半个月以前就有点痒，没注意，现在严重了。他赶紧穿上衣服，来到客厅，见米娜已经吃完饭，就把碗筷收到了厨房，放在水池子里。洗完手，出来对米娜说道："娜娜，我身上犯痒，起红点了，下午得去医院看看，开点消炎药。"

米娜打个饱嗝："是吗，让我看看。"马哥撩开衣服让米娜看，她吓了一跳："赶紧的，快去瞧，别传染给儿子，妈呀，看着都瘆得慌。"

马哥撂下衣服，门口换了鞋，从裤兜掏出钱来看了看，自语道："二百多，恐怕不够。给我拿点钱。"米娜走进卧室，拿了一打子钱出来，交给他："给你，多拿点，现在瞧病贵。"

马哥挂了皮科，来到诊室，脱下衣服让医生检查，医生仔细检查后问道："最近经常吃什么刺激性食物吗？""没有，就是家常便饭。没吃什么特殊的。"他答道。

"把裤子脱了。"医生一边往病历本上记一边说。

马哥解开裤腰带，扒下裤子。医生带上手套，伸手拉着他的内裤的松紧带，往下体瞧："哎呦，挺历害的。最近有没有性生活？""没有，媳妇儿刚生了孩子，还没出满月，而且半年多没有了。"他赶紧解释。

医生停止了检查："皮肤感染，要注意个人卫生。给你开点消炎药，消炎膏，回去按说明书服用。消炎膏一天抹三次。记住，三天以后若不见效，马上回来做全面检查。"

"谢谢大夫。"拿着药方出来，交费窗口交了钱，药房取了药。把药装兜里往家走，这时，他感觉脚步很沉，他妈的，感觉不是很好。心里有了一种不祥的感觉。

回到家，他洗了手，脱下衣服，往身上涂抹药膏。又洗了手，药袋里倒出几粒药，用矿泉水服下。他把脱下的衣裤，放在一个大塑料盆里，把盆搬到卫生间，开水笼头接了半盆水，把衣服往水里按了按，把消毒液滴几滴到盆里，用手搅拌几下，脱下套头衫，扔进盆里，又脱下短裤也扔进盆里，都按进水里浸泡消毒。他全脱光了，身边没有遮体的东西，又不敢这样出去，毕竟身上的皮炎很影响形象。他朝外喊："娜娜，扔个背心裤衩出来。"

几天后，马哥又挂了皮科看大夫。医生看后，觉得挺见效，对治疗效果满意。医生说道："还不错。回去药还继续吃，药膏继续抹，注意个人卫生。好吧。"

"大夫，我身上的好的差不多了，可是下边不见好，好象更利害了，非常的痒，抹药好象也不管用。"

大夫往手上戴手套，叫马哥："把裤子脱了。"他扒着他的裤衩看了一会，松开手，摘下手套，把病历本交给马哥。"我建议你去性病科去检查一下。"大夫说。

"性病，不可能吧？"马哥当时腿就软了。他拿着病历本，挂了号，来到皮肤（性病）科，医生给他检查后，开了化验单。

拿着化验单，窗口交了费后，到化验室抽血。抽完血，被告知明天取结果。此时的马哥，真是五味杂陈、六神无主，他苦思冥想，怎么会这样呢，以前没这毛病啊？自己很注意卫生，内裤内衣天天都洗，而且很少吃海鲜及辛辣食物。在这个节骨眼儿，米娜坐月子，孩子又小，正是用人的时候，关键这还是它妈的传染病，晚上睡觉都不敢上床了。

拖着沉腿往回走，无意中往路边一瞄，看见两个大字，当时就把他吓出了一身汗。"桑拿。"啊，就是这个洗浴中心，在这洗过澡，难道是在这里传染的？有可能。他仔细回忆洗澡的全过程。对，毛巾可能不干净。也可能是温泉池子里水脏。要不然就是搓澡搓的？嗯，最有可能的是那个叫郝好的女孩儿有性病？坏了，万一她丫的有……不敢想了。

来到楼下，马哥掏出烟，点一支吸着。自从有了儿子，在楼下吸烟已经成了习惯。可不是，自己掐花自己戴，谁的孩子谁都爱。鸡鸭鹅兔均如此，小猫小狗不例外。

回到家中，脱下上衣，来到厨房，开水管子含了一口水，漱了一下吐掉，为的是去去嘴里的烟味儿。

"瞧回来啦，医生怎么说？"米娜从卧室出来问。"好多了，医生说继续吃药和上药。但医生说这个毛病不容易彻底好，需要经过三冬两夏。"马哥编词儿解释。

米娜很惊讶："那么严重，不会吧，我怎么觉得不是过敏就是受风啊？我以前也得过，也没瞧，也没药，妈妈就对点盐水让我抹。对了，盐水挺管用的。抹完就不痒了。"

马哥不信："瞎扯淡，药都不管用，盐水能管用？""还真管用。"米娜解释道："妈妈说，盐水是最好的杀菌药，渗透力强，能渗透到皮下边，把里边的细菌杀死，而且，等水干了，平肤上会有一层白色的粉沫，那是盐变的。干盐贴在皮上，能把体内的毒汁吸出来，吸出来就好了。"

马哥半信半疑："照你这么说，把我扔海里泡半天儿，就不用上医院了。""还省钱呢。"

米娜也笑了。

第三十二篇　未婚先孕　子送回家

在化验室窗前，马哥心脏跳的很历害，他后悔了，昨天做的那个化验，一下子成了心病。什么事都有两面性。化验一下，如果没毛病，就是皆大欢喜，可万一要是查出个好歹来，反到成了累赘。没办法，生死有命，富贵在天，发疯当不了死。管它呢，一咬牙，一瞪眼，伸手从塑料筐中抓出几张化验单，找到自己那张，也不敢看，怱忙出了医院，来到辟静处，坐在花坛的矮墙上，深吸一口气，不情愿的打开化验单……这一看不要紧，就如空中响了炸雷，直击了他的顶门，他浑身颤抖，从花池子上掉在地上。他慢慢的爬起来，又坐下，再看一眼化验单，没错，还是那几个字：艾滋病毒，阳性。

人就这样，甭管你平时多牛掰，到这个时候，你还有勇气说你曾经过五关斩六将吗？哎，一切都完了。后悔呀，怎么他妈的那天，就鬼使神差的去了洗浴中心了？让那个小狐狸精给抓了。完了，全完了。老天爷呀，我可怎么办呀？

他把脑袋埋在两腿中间，眼泪止不住成串的往下掉，还有鼻涕。地上，有一堆蚂蚁，正在拖运一只死虫了，对于这些小动物来说，上面掉下的泪珠，砸在地上，就如同投下来炸弹，蚂蚁群马上散开，各自逃命去了。

无论如何，还得活。面对现实，承认吧。怨天尤人有什么用，关键的关键，是米娜和儿子，是重点保护对象，千万不能让他们也传上，那样的话，就全完了。

他把化验单叠成一个小方块，放在钱夹内的小层里。站起身，擦干泪往家走。此时的他开始绞尽脑汁的想办法，怎么样才能保护好孩子和他妈呢？

他走进餐馆，要了一个宫爆鸡丁盖饭，打包装袋。这是今天米娜点的，米娜不象一般的产妇那样娇气，她胃口很好，什么都想吃。不过，她自尊心很强，为了保持体型，也不胡吃海塞。所以这一份盖饭，够他俩人吃的，还是挺划算的。

米娜吃完了，进屋去看孩子了。马哥端着餐盒，心里七上八下的，几乎没有力量把这口饭咽下去，好象是虚脱了，后背腰间开始冒汗。他打开冰箱门，从里面拿出一听饮料，一口气喝下去，稍舒服了点儿，坐下刚要扒拉这口饭。忽听"咚，咚"的有人敲门。他放下餐盒，起身拉开门，见两个女人站在门外。"您找谁？"马哥问。"你叫马哥？"中年妇女问。马哥点头："是，我是马哥，您二位是？"年轻女子回答："我们是街道计生办的，找你了解点事。"

马哥心里一惊，计生办？计生办是干什么的，出什么事了？他心里嘀咕，嘴上笑着招呼："哦，是领导，您请进，请坐。对不起，我正吃饭。吃完了。您坐。"把餐盒装进袋，放到厨房。回来招呼二位干部。

中年干部首先说道："你的暂住证上说你是一个人，在这间房住，写的是未婚。你现在是几个人，婚姻状况如何？"

马哥有些慌："啊，那个什么，以前是一个人，现在是两个人，和媳妇一起。两个人。"

年轻女子接问："两个人，结婚了吗，把她的身份证拿出来登个记。"

马哥更慌了："领导，不满您说，身份证丢了，正准备过几天回去开证明呢。"

中年妇女严肃的说道："没有身份证，没有暂住证，恐怕也没有结婚证吧。你什么都没有，那么生育指标肯定也没有啊。你这是非婚生子，是违法的。限你一个月，把各项手续办齐了，到计生办来登记。"

马哥点头哈腰："是是，一定的，一定抓紧办。"

两个计生干部起身走了。

马哥坐下，倒了一杯水，一气喝下。这可是呀，屋漏偏逢连夜雨，墙塌又刮西北风。昨天还好好儿的，人五人六呢，今天就成落水狗了。可不是，没有结婚证，身份证，暂住证，将来肯定麻烦多多，尤其是米娜，不单没有身份证明，就连自己的出生地都不知道。幸亏来的是街道办的，这要是警察，还不盘你个底儿掉。弄不好我成拐卖妇女的了。这可怎么办呀？怎么办呢？嗯，有了，何不来个将计就计，如此如此呢……

他进了卧室，趴在窗前往外看。米娜拍着孩子，轻声问："什么人呀？查户口的？""查黑户口的。"马哥回过身来："你，你儿子，都是黑户口。过两天还来查，弄不好还抓人。""抓人，抓谁？" 米娜不解。

马哥用手一指："抓你，抓我，还有儿子。弄不好这回真要去青海筛沙子了。""凭什么呀，犯哪条王法了。要抓也抓你一人儿，"

米娜说得挺轻松。脑子单纯，对社会上的许多事都不了解。马哥只好慢慢的给他讲："刚才呀，来的是政府计生办的干部，计生办呢，就是管生孩子。按理说，咱们生孩子应该先上报，有了指标才能生，可是呢，你没有身份怔，又没有居住证明，我们也没有结婚证，自然就没有生育指标，生的孩子就是黑户。弄不好……依我看，这孩子得送出去。"

"你敢。"米娜急了："孩子是我的，我不会送人的，谁敢打我儿子主意，我跟他玩命，我管他什么计办呢？"

马哥连摆双手解释："小主误会了，我说的送出去，不是送给别人，而是送出京城，回老家去养，让我爸我妈看着，那样在家就有户口，就有身份了。过几年呢，咱稳定了，再接回来。明白了？"

米娜松了一口气："吓我一跳。我以为把儿子送人呢。不过，送你家我也不愿意，北京多好啊，我希望他在北京长大，都是人，干嘛我的儿子就不能在北京呢？"

马哥赞同："是，在老家和在北京确实有天壤之别，但这都是暂时的，我的儿子将来一定会在北京生活，成为北京人的。这点你放心好了。"

米娜犹豫了："老家的条件肯定不好，吃住都不行。"

马哥不以为然："也不全是。住应该没有问题。家里房子多，院子也大，能踢足球。至于吃吗，就更不在话下了。买一头奶牛，天天喝新鲜牛奶。对，牦牛，让他喝牦牛奶，纯天然的。而且，我爸妈看孩子肯定比你强啊。"

米娜点头认同："到也是，小孩子主要是吃奶和纸尿裤。有奶牛肯定是最理想的了。"马哥跟着分析："在老家都不用纸尿裤，好几米长的大炕，炕席底下有塑料布，不怕拉也不怕尿。"米娜捂着嘴笑了："你小时候是不是滚到哪儿，尿到哪呀？"

马哥拍板道："这样，这几天把东西收拾一下，随时准备搬家。我联系中介找房。搬完家就回老家。我这几天正在打听大师姑的下落，托人给带话儿，让她帮助查找一下你的出生地，然后去开证明，办身份证，有了身份证，就不用担惊受怕了。"

米娜趴在床上，托着腮说："也不知妈妈现在在哪里？真不希望她再回到那个山洞了。""福祸前世定，半点不由人。但愿此时她老人家没在那个山洞，如果在的话，就永远出不来了。"马哥也感叹。"为什么？"米娜问。马哥分析道："以前你们住山洞，都是我师父派人接送，包括给养物资。现在师父没了，就没人能指望了。"

这是西北的一个古镇，镇子不大，主要一条街道两侧，都是老住户，以前很多是买卖人，只是经过多次的变迁，大多数人活的不太景气。不过，现在改革开放了，镇里把这条主要街道拓宽，每家每户的房屋，院墙都往里缩了一些，外墙是政府统一砌的，所以市容市貌没有了原始的古朴和苍桑感，路面的砖地变成了水泥地，整体看，古文化的气息少了，但是干净，整洁了许多。

马哥家的位置，在街道偏西的北侧，大门在院子的东南角，朝南向。门的左侧是两间门脸儿房，窗户上有什么纯天然，土特产类的字样。

这些年他只回过一次家，这回是第二次。门前的路修了，显得干净了，马哥此时的心境也清爽了许多。

面包车停在了马哥的家门口，司机是本地跑黑车的。他下了车，跑过来拉开车门，马哥先下车，转身后伸手，扶米娜下了车。

西北的天气提前入冬了。米娜穿了一件明黄色的短款羽绒服，冒子和领子及袖口上，都饰有一圈貂毛，阳光的照射下，显得非常青春靓丽。一条洗过几水的牛仔裤，彰显出一双美腿，更让周边邻居们惊诧的是，她的鞋，红色的皮鞋，鞋根儿居然比手指头还长。围拢过来的街坊邻居们，看着米娜开始品头论足，这是见了新鲜哈儿了。

马哥单腿踩着车门下的踏板，探进身去，小心翼翼的提出睡篮，撩开小被子看了看，儿子睡的正香。米娜伸手抱出孩子，把他拢在怀里，又用小被子盖在身上，在孩子的脸上亲了一下。此时的她，脑子里装的只有儿子，心里，眼里，实在是没谁了。

西北的风硬，阳光足，所以人的皮肤被晒的很黑，显得粗糙。而米娜生活在大都市，可谓环境养人，皮肤非常的细腻嫩白，加上这身时髦的行头，真让古镇上的人们开了眼了。原来人还能这样啊。

司机打开后备箱的门，马哥到车上去卸货，他把箱子搬到边上，由司机搬到地上码放好。这次回家，带的东西可不少：够儿子吃一年的奶粉，果汁饮料，还有净水器，大件的包装里，是一辆电动三轮车。围观的人们，不时的发出赞叹声。

一个大爷从山货铺里出来，问米娜："姑娘，你找谁，我们家没定货。"

"找他爷爷。"米娜指孩子说。

"他爷爷，他爷爷是谁？"大爷问。

"他爷爷是他爸爸的爸爸，他爸爸的爸爸就是他爷爷。"米娜有些兜圈子了。

"那他爸爸是谁？"大爷快没耐心了。

"他爸爸叫马哥，他是他儿子，马哥的爸爸是他爷爷。"

大爷一愣："马哥他爸爸不就是我吗？这是马哥的儿子，那就是我孙子呀。妹她妈，快来看，快来看孙子。"

屋里跑出一妇女，过来问："什么孙子？谁孙子？"

"你孙子。马哥的儿子。"大爷激动的说。

马哥妈掀开被子一看，喜欢的不得了，她问米娜："你是他妈，马哥媳妇？"

米娜不悲不慷，面无喜色的答道："是。也是也不是" 她已经养成了习惯，对生人总是不冷不热。马哥跳下车，转过来叫："爸，妈。这是米娜。孩子是我儿子，你们的大孙子。"

"哎呦老天爷耶，您可开了眼了，老马家有孙子啦。谢谢老天爷……"马哥妈激动的流泪了。

大门里出来两个女孩，其中一个问："妈，怎么啦，门口这么多人，什么老天爷呀，开什么眼呀？哥，你回来了？哎呦，我说呢。啊，这是嫂子吧？嫂子，我是马小妹。"

米娜见了马小妹，脸部开始放松了："马小妹，马哥的妹妹？那就是我儿子他老姑了。"

第三十三篇 送子回家 不识生父

马小妹惊喜的说："哥，你有儿子啦？啊嫂子，让我抱抱。哎呦大侄子，真沉嘿。老姑抱，老姑抱。"旁边的女孩也很热情，好奇的问："你哥都有孩子了。嘿，短平快呀。这个是他媳妇？"

马小妹更正："我嫂子。我哥的爱人。嫂子，她是我同学玲玲，来看她姨父，顺便过来看我的。"

"玲玲？他姑，不要叫嫂子，叫姐。"米娜小声说。"为什么？马小妹不解。"正在和父母说话的马哥转过身来："是，先叫姐，叫米娜姐。我们还没办手续呢。"马哥小声说。

玲玲着了看小孩，对马妹说："我去看我姨父了，以后有时间聚。"玲玲向东走去。

马母招呼儿子和米娜："儿子，进院去，天凉了，别冻着孩子。马妹，把孩子抱屋去。今天把炕烧上。"

马哥回道："小妹，带你姐进去，我把东西搬进来。"马妹，马母引着米娜进院去了。

马父和马哥两个人往院里搬东西，大小十几箱，最后是电动三轮车，搬进院后，马哥出来对司机说："大哥，你把车靠边点儿停，我们在家大约要呆个把小时。"说完进院，把电动车的包装箱提起，放在窗台下靠稳。进到屋里。

正房是五间，一通三间是客厅，两边各有一间是卧室。正中靠墙的位置放有条案，上面摆着将军罐，方口瓶等瓷器，看得出，早年的马家还是挺殷实的。条案前面的八仙桌往前挪了，四面都摆上了椅子。马哥妈，马哥妹，米娜坐在桌旁。马父在一边站着，看得出，老人家不善言谈。马哥进来坐下，拿起桌上的茶壶倒了一杯茶，看了一眼桌上，给几个杯子里也都倒了茶。

马小妹摇着孩子，乐得合不拢嘴，越看越爱，她问："哥，你有了米娜姐姐，怎么不告我一声儿，都有了大侄子了，到家门口了都没听见信儿。开始说我有侄子了，我都不信，哥，你真是一鸣惊人呐！"

马哥喝口水："你哥做人低调，不好张扬。再说了，这不是给你个惊喜吗？""那肯定是，这还不是一般的惊喜呢。哥，你真争气，你这是给了那些说咱家闲话的人，一人一个大嘴巴。你看，我米娜姐往门口一站，闭咱全镇了。"马小妹眉飞色舞的说。

妹妹说得激动，老爸老妈感动，这时流出眼泪，一点也不丢人呀。

马哥见家人高兴，自己也高兴，他对妹妹嘱咐道："老妹，你记着点儿，哥这次回来，是送孩子的，哥准备让他在家住几年，外面有五箱奶粉，分两个月，三个月，四个月，五个月，六个月，七个月，八个月及以后年龄段吃的配方奶粉，一定要按月吃，不能错。爸，把所有的奶粉都搬屋里收好，别放明面儿上，回头让别人看见，拿走一桶，孩子就不够吃了。另外，您给养一头奶牛，这样全家人都能喝上鲜奶了。再有，我给您老带回来一辆电动三轮车。我们这次回来，时间很紧，原来租的房不能住了，又重新租房了，刚搬了家，回去还要归置，所以今天还要赶回去。"

米娜用手扶着马妹的胳膊，叫声："妹妹，宝宝还小，你以后要费点心，你是他亲姑姑……"眼泪流了出来。

"姐，宝宝是咱家的命根儿，我是他亲姑儿，肯定会把他看的紧紧儿的，我要养条大狗，专门看孩子的。"

孩子醒了，看了一眼姑姑，咧嘴哭了。

"他该吃奶了。"米娜说着，从包里拿出装有奶粉的奶瓶，打开盖儿，又拿出一个小保温杯，往奶瓶里兑了水，放脸上贴了一下试温度，然后接过孩子给他喂奶。

抱着儿子的米娜，已经没有了初为人母的喜悦。此时她心如刀绞，又万般无奈。孩子要成长，母亲也要生存，人常说，舍不得孩子打不着狼，但是又有谁为了打狼，肯舍得舍了自己的骨肉呢？刚到家时，站在门口儿的时候，确实是风光了几分钟，而现在，要和儿子分开了，立马儿又成了受孽者。他才一个多月呀。将来的儿子会变成什么样，认不认识妈？能不能长高，长大……想太远了。

孩子吃饱了。米娜和儿子对视，实在憋不住了，泪水糊住了眼睛。她扭着头，不想让儿子看见，也怕把泪水滴在孩子脸上。她终于忍不住了，轻轻的抽泣起来……

小妹走过来，轻轻的安慰着，几句话后，她也留泪了。她抱过孩子，走到桌角儿坐下，亲了一下他的小脸蛋，他乐了。常言道，姑亲舅大，看来还是血缘关系吧。"

米娜站起来，把肩包打开，从里面拿出一个手机盒，拆开后，拿出一部手机，推开后盖，把手机卡装上，安上电池后，放在桌上推给小妹说："妹妹，这是姐送你的手机，已经开通了，卡里充了一千快钱，可以用了。但是，不可以给你哥打电话，他给你打，你哥哥的工作不可以接电话，记住喽。"

妹妹把侄子交给母亲，拿起桌上的手机，兴奋的亲了一口，又抱着娜娜亲了一口："谢谢米娜姐。妈，爸，我有手机啦。"父亲抹去眼角儿的泪，不住的点头儿。

米娜从手包里掏出三打整捆的人民币，放在桌上，又看了看手包里面，里边还有几百块钱，全掏出来甩了一下，交给马哥，说道："这八百块钱是打车钱，你拿着。伯父，伯母，这三万块钱是孝敬您二老的，以后这孩子就靠您老人家……"实在忍不住了，泪水顺着指缝流了出来。

做为男人，既然要娶妻生子，就要有担当，孩子生出来，你就当了父亲，抚养孩子长大成人，是天下所有的男人都应有的责任。但是，一失足成千古恨。虎毒不食子，小猫小狗都护崽儿，何况是人。只是自己现在，还能称人，但永远不会是正常人了。天论如何这一步也要迈出去，虽然费劲脑汁儿的跟米娜编词儿，其实心里的痛已经埋下，直到永远。

一家人都流泪了。

外面的汽车喇叭响了一声，是在催，必须要离开了。坐汽车得去省城，到省城要穿过五十多公里的沙漠，路不好走，必须赶在天黑之前走出戈壁滩才安全。

马哥起身，跪下给父母磕了头。米娜也给两位老人磕头。她看了一眼抱着孩子的姑姑，不敢再看自己的儿子，这一别，不知何时才能再见面？而马哥，这个头磕下去以后，就再也没能回到自己的家……

汽车发动了，米娜趴靠在窗前，看着马家的大门向后移动。

二十岁的女孩，未婚生子，虽然并不少见，奉子成婚也是常有的。她和马哥真的是彼此相爱。儿子是心头肉儿，这一离别，何时再见？这个事，没搁谁身上，谁也体会不到，外人看可能也正常，真正撕心裂肺感到痛的，只有亲生父母了。

汽车经过一户人家门前，这家也有个铺面，铺面门框上挂着个白色的牌子，店铺叫：老米家。门前，那个叫玲玲的姑娘，正在和一个大爷聊天，并用手指向汽车。车上的米娜，无意中和那个大爷对了一下眼神，瞬间的交流后，脑子里突然出现了空白，脸部抽搐，无名的酸楚涌上心头，她浑身无力，用手捂住了脸。

米娜的这一瞥，深深的触动了老米家门前站着的大爷，本来尚有一些期许的他，转而喧染上了绝望的悲情。五味杂陈，百爪挠心，七上八下……任何的词汇也形容不了他此时的心情。他蹲下来，用双手捂着脸，泪水流在地上。

自宇宙形成，混沌之初，盘古开天辟地，创造了万物。而只有一种物质，为人类独有，就是血脉亲情。亲人相隔万里，互相思念，形成一种微波，这种微波，能冲破一切阻碍，无论你在天涯海角，宇宙的任何一个角落，都能感知得到，只是自身不知，常以为是梦。佛也好，道也好，所修练的最高境界，就是能够感知到这种微波信息的存在，破解信息的内容，帮助人解除烦恼，这叫普渡众生。

玲玲的姨父和米娜的眼神碰撞，各自发出和接收了积攒多年的信息，这些信息收入大脑，融入血液，由人体内的处理器进行运算配对，配对成功后。父女情感交集在一起，产生一种莫名的痛。只是两个人都不知道，父亲就在眼前。丢失多年，日思夜想的女儿却擦肩而过。也许这就是命运，造化弄人，非人力所能为。

　　车轮转，人渐远，

　　心灵虽碰撞，

　　却留下永远的遗憾。

　　问世间，

　　有多少魔难。

　　手在抖，心在颤，

　　虽无生离死别，

　　又何时能见。

第三十四篇 米娜初出手 一念难回头

汽车行驶在戈壁滩上，前方看不见路。据司机说，以前修过路，只是被黄沙覆盖，在这里跑运输，是非常危险的，人怂车怂都不行。

米娜随车摇摆，有些不舒服，马哥让她去前面坐，前面好一些。她来到前面，坐在司机的右侧，还真是，视野开括了许多，心情也得到了舒缓。她长舒一口气，自己安慰自己。只能这样了。

"师父，还有多远？"米娜看着前方问。

"再有十公里，就能到公路了，上了公路，就好了，再走十几公里就到了。"司机很自信的说。

果然，二十分钟后，汽车出了沙漠，上了公路，车速就上来了。

本来，再过二十分钟左右，就能到火车站了，只要买了票，上了车，后天早上就能到家了。只是此时米娜，突然觉得不自在了。她把钱都给了孩子的爷爷奶奶，只留了八百元的打车钱，现在放在马哥身上，她知道，马哥身上除了这八百元以外，还真没什么钱了。这下麻烦了，甭说火车票钱了，就是饿了吃碗汤面的钱也没有。本来身上有一千块钱是够用的，只是在给孩子姑姑的手机充值的时候，觉得充两百有点少，所以把一千元全冲进去了。考虑不周全，失算了。

"师父，今天包您的车是多少钱？"米娜问。"出来时和先生讲好了，是八百块钱。"司机盯着前方回答。

米娜："哦"了一声："您把车给开进火车站广场吧，我们赶火车。""呦，进广场？广场有查黑车的，抓住了就麻烦了，这一个月就白干了。"

米娜不解："不可能吧，抓住你就说是送朋友的，他还能管？"

司机解释道："不是那么简单。进了广场，你下车走，我车开走，不在那停就没事，但是我们还要收钱结帐，就有可能被执法的给拍下来，抓扣车罚款，狠着呢。"

米娜明白了："这地方也管这么严。马哥哥，数八百块给我。"马哥掏出钱来数了一下，递给米娜："给你，八百块。" 她接过钱，仔细的一张一张的数了一遍，双手往前一端，问司机："师傅，正好八百块，给您放哪儿？"

司机用一个手指一指："放那个储物盒里吧。"米娜拉开储物盒，把钱放了进去，然后一张手，让司机看了一下。司机点头致谢："得，谢谢小姐。这就不怕了。"

汽车开到站前广场，马哥和米娜背着包下了车，面包车迅速开走了。

马哥晃了晃腰，对米娜说："娜娜，我们坐晚上十点的车吧。""行，越早回家越好。你身上还有钱吗？" 她问。

马哥一摸兜："没有了，钱都在你那儿。"米娜叹了一声："都给爷爷奶奶了，零钱给他老姑买了话费了。失算了，忘留车票钱了。"

马哥也不太镇定了："饭钱也都没了？咱连午饭都没吃，肚子闹腾了。""那就吃碗拉面吧。"她把一百元交给马哥。马哥惊道："娜娜，你这是？嘿，你的页子手太历害了，连我都没看出来。""的哥就吃点亏吧，这趟活他要八百，你也不砍价，要多少给多少。咱也是技术工种，手艺人怎么能饿肚子呢？去换俩五十的。"米娜挺得意的。

马哥去小卖部，换了两张五十元的纸币，给了米娜一张，自己揣起来一张。他已经明白了她的用意。她的意思是告诉他，可以用传花手。

站前广场的一侧，有个拉面馆，米娜走进去。面馆里人很多，要排队开票等候。她排在队尾，前面有十几个人。她手里托着淡粉色的手包，包是卡扣的，只是没卡上。手里捏着五十块钱，跟着队伍往前挪。

马哥进了面馆后，没有排队，直接往队前走，走的同时，他的手指轻轻的触碰了所有人的衣兜。他来到队前，求一位大姐："大姐，让我排您这行吗？我赶火车。"说着就要夹塞儿。

大姐用肘一挡："不行，都赶火车。你排我后边我不管，我不让夹塞儿。"

马哥无奈，欲排在大姐后面。后面的人不干了，也用手臂挡住。马哥试了几下，没人让他夹进去，他来到米娜身前说："小姐姐，行个方便吧，我赶火车。"米娜用拿着手包的手一挡："去，边去，我还赶火车呢。"马哥把一卷钞票塞在她的包里，自语道："这年头，怎么都没一点同情心呀，算了，不吃了，来不急了。"扭头出了拉面馆，到外面广场去了。

轮到米娜了，她递上钱，对营业员说道："要两碗拉面，吃一碗，带一碗。"开完票，她找了一个靠边的桌子坐下，把小票放桌上，终于踏实了。

服务员端来一大碗拉面，放在米娜面前，又回身去柜台上，拿来一个装着餐盒的塑料袋，放在桌上说："小姐，吃一碗，带一碗，上齐了。"把小票收走了。

米娜撕开一次性筷子，开始吃面。她吃的非常仔细，非常的认真，几乎要把汤里的香味也吸进鼻腔。这是她第一次出手，这算是出山吗？这是真的还是游戏？她双手合实，口中念道："司机哥哥，谢谢你请我吃拉面啊。你以后去北京，我请你吃烤鸭。"

米娜来到购票大厅，四处巡视，见马哥坐在角落里。她过去什么也没说，把餐盒放在离他较远的椅子上。她来到售票窗口排队，买了两张去北京的硬卧。拿到票以后，她终于感觉到很乏。奔波了一整天，终于可以坐一会儿了，再过两三个小时，就可躺在火车上睡觉了。

外面的天黑了，购票厅里有些寒气，她往上拉了下羽绒服的拉锁，把挎包挪在胸前，可以眯会儿了。

凡是蹬途者，都是福薄人。米娜是，那些个来去匆匆的旅客，又何尝不是？

女服务员走进包间，见男顾客趴在桌上，就问玲玲："小姐，还加菜吗？厨师该下班了。"

马哥的思绪中断了。他直腰抬头说道："吃完了，买单。"掏出两百元交给服务员。服务员出去片刻，拿着零钱回来，交给马哥，马哥站起来，头也不回的往外走去。

　　他把自己的隐私说给了玲玲，这是第一次与人倾诉，心里得到些许慰籍。只是玲玲是个孩子，又是个女孩子，做为大男人，脸上实在是没面儿。

　　玲玲也站起来往外走，但她并没有紧跟着马哥，而是自己慢慢的往回走。此时，她的心里有一种说不出，想不透的感觉。

　　今年，玲玲已经十九了，也不小了，但是她从来没接触过男孩子，不知道男女之间还有这些苦恼和忧伤，要是这样，干嘛要长大，要结婚，要生孩子。来到北京以后，吃的，穿的真的比在家乡好了许多。刚来那阵儿，她还是个怯丫头，北京养人，几个月以后，皮肤变白，脸蛋漂亮了，水灵了，走到大街上，有许多男孩儿看她，但是她真的不知道为什么。她只知道自己很美，和表姐一样美，想当初，第一次见到表姐时，她真的是神一般的存在，她幻想过，什么时候能象表姐那样被人围观，被人赞赏。可又有谁知，这一切都是假的。她内心的苦，超过了所有围观她的人，没人诉说，想哭也只能是偷偷的，悄悄的，怕被人看见的那种。人活着怎么能这样？难道说所有的人都在装么？有可能，看来一切都是假的，只有盐爆肉丝是真了。

　　听了马哥和表姐的故事，玲玲心里很痛，她觉得表姐真是背到家了。自幼丧母，幼年被拐，在深山里长大成人，现在又是妻离子散。虽然她从不对人提起她的过去，但谁难受谁知道。

　　玲玲觉得很无聊，她走到行道树后面的花池子边上，掏出一张餐巾纸打开，铺在矮墙儿上后坐在上面。

　　女孩子就是这样，容易多愁善感，米娜是她的表姐，感情自然很深。马哥是闺蜜的哥哥，曾经的姐夫。也让人惋惜怜悯，可自己毕竟是个女孩子，两头儿都想帮，哪来的那么大能耐呢。

第三十五篇 养母寻亲 米父悲喜

喝了酒的人，就怕心情不好，心情不好的时候喝了酒，往往会上头，感到不舒服。此时的玲玲就很难受，想吐又吐不出来，因为没吃多少东西。一阵小风吹过，酒劲开始上涌，浑身感觉没了力气，她索性双手交叉抱着膝盖，脑袋搭在手臂上，元神瞬间飞向她的家乡，回到了从前。

表姐失踪以后，玲玲的父母把她送到姨父家，陪着姨父渡过了他最难熬最痛苦十年。虽然说时间能冲淡一切，但是埋在姨父心中的愧疚，却一点也没减轻，反而越来越重。

有人说米大爹快神经了，看见半大的女孩儿就掉眼泪。虽然现在玲玲跟他过，在心里面能给他一丝安慰，但你要让他不想自己的女儿，也是不现实，不可能的。

玲玲也习惯了，姨父一难过，总是会哄几句。有玲玲在跟前，老人家也不能哭得太过分，玲玲总是说："把我过继了，给您做女儿吧。"岳老爹也就收泪了。

其实玲玲也知道，父母已经把自己送给了姨父，姨父也把她当女儿对待，她不单要照顾姨父吃喝，还要哄他开心。今天已经说好了，烙几张饼，饼切成丝，然后收起来，一个人的时候，炒饼是比较省事的。

一辆面包车开进了小镇。还是昨天拉马哥和米娜那辆车，那个司机。米娜的养母邓老师坐在车上，她在努力的分辨路边的住宅大门，但是无论如何也与当年二师弟向她描述的街道对不上号儿。只因现在路变宽了，各家各户的大门也改变了，已经没有了当年的痕迹。

汽车停下，司机问道："阿姨，到地儿了，您在哪下车？""小伙子，别着急，我得慢慢想。怎么变了，好象以前他们说的不是这样啊？"邓老师纳闷了。

"是，新修的路，两侧的房子院墙都往里推了。但是住户多数都是老住户，您只要知道要找的人姓什么叫什么，准能找得到，实在不行还可以去派出所问问，这是个小地方，不难找。"司机肯定的说。

邓老师一想也对，可以问问老住户。她对司机道："有道理，你把车靠边，我下去问问，看有没有姓米的。""姓米的？有。"司机肯定的回答："有，您要找姓米的，我就知道了。这个镇上最出名的就是姓米的。他们家有一个女儿，许多年前让拍花子的给骗走了，据说是上了一辆面包车，我们这些开面包儿拉活儿的，都让警察找过。"邓老师高兴的说了句："就去他家。"

在老米家门前下了车，邓老师左右环顾一下，认谁了门，过去推开店铺的门。

店内，米老爹正坐在窗前抽烟喝水。玲玲正在用抹布擦桌案。见有客人进来，米老多站起来让座。邓老师坐下，看着屋里摆的货物问老爹："您家里的货不少啊，买卖怎么样啊？"

老爹抽着烟回答："不好做。不象以前了。"

邓老师不太理解："不应该呀，这是个古镇，以前常有商人来这里进土特产，这个地方类似个中转站，一般是做批发旅游生意的。"

"那是以前了，现在不行了。以前是个古镇，有游客。现在拆房修路，和一般的乡村街道没什么两样。旅游团不到这来了。偶尔有车来，也是一开而过，下车的不多。"

邓老师一转话题："哦，是这样啊。跟您打听个事，看你门口的牌子写着老米家，您是姓米吗？"

米老爹抽出一支烟，用烟屁点着，接着抽，他回答："是姓米，这条街上有三家姓米的，你找谁家？""有一家姓米的，有一个女孩，十几年前丢了。就找他家。"邓老师说。

一句话，又刺痛了米老爹，他把头低下，说不出话来。框台里边的玲玲赶忙跑出来，给姨父锤背。她生气的问："你谁呀你？不该说的别说，不该问的别问。"

邓老师反而笑了："看来我找对了，你姓米，是米琳的父亲？"米老爹抬起头，略带惊恐的看着眼前这个女人。

"介绍一下，我姓邓，大家都叫我邓老师。是米琳的养母。她现在是我女儿。"

"你骗人。你这样的人我们见多了，别想来我家骗钱。姨父，别信她的。告诉你，你赶紧走，要不然我报警了。"玲玲指着邓老师怒了。

邓老师依然笑着说："我骗人？说什么你们才信？骗人的无非就是骗钱。好，为了证明我不是骗人，我给你们钱，行了吧？我还骗人吗？"从包里拿出一捆人民币，扔给玲玲，接着说道："这是人民币一万块。我今天是来认亲的。米琳是我女儿，但是那是以前，今天我是来还的，把女儿还给你，我还贴钱，我还是骗子吗？"

"米琳还活着？"米老爹疑惑的问。"表姐真的还活着吗？"玲玲也好激动。"活着，活的好好的，长成大姑娘了。我今天是帮她寻根的。"邓老师笑着说。

米老爹离开椅子，扑通跪在地上，一个劲的磕响头。邓老师赶紧站起来："大兄弟，别，别这样。闺女，快把你姨父扶起来。"邓老师也有些过意不去了。

米老爹站起来重新坐下。用一只满是褶皱的手擦着眼泪和鼻涕。玲玲跑进里屋，拿个湿毛巾出来，让姨父擦脸擦手。米老爹的心情好了许多。

邓老师依旧微笑道："认准门了就好了。姑娘，你叫什么？""我叫玲玲，米琳是我表姐。表姐不在，我是来陪姨父的。"玲玲自我介绍。

"好，"邓老师一指外面："今天来认亲，没带什么礼物，外面有一台电视，就算是见面礼吧。玲玲，去和司机师傅抬进来。"玲玲高兴的跑了出去。

镇子不大，又都是老住户，谁家有个事，来个人，屁大功夫就能传遍整条街。老米家来了个老太婆，已经无人不晓。尤其是门口放个大电视箱子，更是引来不少人围观。人们相互议论着："这么大电视，屋里放得下吗？""四十六寸的？还有这么大的电视？听都没听说过。""可不是，我家二十九的，就是最大的了，怎么还有更大的……"

玲玲和司机把电视抬进屋，靠柜台放着，司机出去了。

邓老师指椅子，叫玲玲坐。玲玲坐下，邓老师对玲玲说："这件事得跟你说，玲玲，我今天来有一个重要的事要办，而且要马上办，办完了我还要赶回去。就是你表姐现在在北京，身上没有身份证明，所以要抓紧给她办张身份证，由于是走失人口，派出所肯定立过案，办身份证之前必须要先销案，可能还需要一些证人证言，到底需要什么，得看派出所的。所以辛苦你，马上去派出所销案，问他们办身份证需要什么手续和证明材料，在我走之前一定要备齐，你明白吗？"

玲玲掰着手指头："第一是先销案，第二是问需要什么手续，第三是否需要证言证词。明白了，我马上去。"出门后，推辆自行车，骑上就跑去了。

玲玲走后，邓老师站起来给米大爹鞠了一躬："大兄弟，对不起，早就应该让孩子回来，我也是有私心，怕她一回来，就会失去她。现在孩子长大了，该走她自己的路了，我也放手了，就让她认祖归宗吧。"

悲喜交加，使得米老爹眼泪不断，压抑多年痛楚终于解脱，他盼到这天了。邓老师从提兜里拿出一个厚厚的影集，交给米大爹："大兄弟，这是米娜这些年我给他拍的照片，从小到大，哪年都有。看看，丑小鸭变成白天鹅了。"

米大爹翻看影集，又开始流泪。是自己的女儿，千真万确，确实是一个婷婷玉立的大姑娘了。他把相册放到柜台里面收好，又坐回到原位，对邓老师说："邓老师，不知道应该怎么感谢你才是。我们这个小地方，没有什么拿得出手的东西，电视我收下了，这一万块钱您收回去吧。"把桌上的钱推给邓老师。

邓老师把这捆钱拿起来，放在米老爹跟前，对他说："大兄弟，这一万块钱，是你的仇家雇人绑你的孩子付的佣金，受托人拐走孩子，并不是为了钱，也是想到我单身一人，需要有个孩子作伴儿，他把钱给了我，说是当孩子的生活费。你这些年失去孩子所承受的磨难，谁也无法补偿。就算是他们给的抚慰金吧。"

邓老师的一番话，又触动了米大爹酸心，他叹道："多大的仇啊，竟然雇人拐走孩子？"

门外，玲玲支上自行车，撩帘子进屋，一个民警跟了进来。玲玲告诉民警："这个就是邓老师，表姐的养母。"

民警笑着解释："您是邓老师？我是管片民警。米琳的失踪案挂了十多年了，现在可以结案了，所以，希望你能配合，我们做个笔录。""是谈话笔录，还是访问笔录啊？我会全力配合你的。"邓老师说的很到位。

民警也笑了："邓老师见多识广，肯定是访问。我们单独谈吧。"看了看米大爹和玲玲，两人意会，到外面去了。

民警从公文包里拿出几张纸，放在桌上，纸上标题是：访问笔录。民警打开笔帽，问道："姓名……"

米老爹和玲玲来到门外，高兴的不知所措。街坊们又过来打听消息了："老爹，你家又出什么事了，警察干嘛来了？""没什么事。"老爹应着。玲玲不是本镇人，说话有点冲："能出什么事，还嫌事不多呀？"

人生无常，事事难料，十几年的磨难，使得刚四十多岁的米父，老的象近六十的，人们叫他老爹，是真以为他是六十来的了。昨天米娜坐的车从门前驶过，父女俩产生了心灵上的碰撞，这是他这十几年来，最伤心裂肺的一次，他感到委屈，感到不公，世间的一切罪恶的东西向他扑来，他实在受不了了。一个男人，在大街面儿上，当着那些老街坊落泪，真是想死的心都有了。幸亏有玲玲的安慰，又扛过了一天。邓老师的到来，就象天上掉羊腿，砸出了惊喜。十几年的守候，终于见到了雨后晴天，可以站在自家门前，挺挺胸脯儿了。

做完笔录，邓老从屋里出来，叫声："大兄弟，叫你进去做笔录。"米大爹赶紧进屋去了。邓老师又对玲玲嘱咐："玲玲，邓老师的笔录做完了，呆会你姨父做完笔录，我再问问警察，还缺什么材料，如果可以了，我就马上赶回去了，你抓紧给你表姐办身份证，办完了邮到北京西站东里邮局就行了。"玲玲点头："是，记住了，大姨。"邓老师摸了摸玲玲的头，搂着她的肩膀，叹息的说："大姨真想再有女儿，可惜呀，老了！"玲玲深情的看着邓老师，叫声："大姨……"

此时的邓老师，眼泪围着眼圈转。早年的她，双手如蝎，是个江洋大盗。人老了，幸有娜娜相伴，以解孤独潦寂，时光如梭，老的还将老去，小的又必须长大。人世间以何为贵，是钱吗？她不缺钱呀，玲玲一走，这一年多的时间里，她的心里没了着落，人一下子老了许多，行动变得迟缓了。她很后悔，后悔没把米娜送回来，假若当初把她送回到小镇，自己也可以在镇里买间房，安渡晚年。只是对米娜而言，再回到这个与世隔绝的穷地方，实在是太委屈了……

做完笔录，民警出屋，对邓老师道："邓老师，笔录做完了，我要回去向所里汇报，我尽量抓紧，麻烦您在这多留会儿。""可以，尽量一站办齐，免得麻烦。"民警骑车走了。

邓老师和玲玲回到屋里，玲玲沏了一壶茶，给邓老师倒了一碗。她问邓老师："大姨，我给你做点吃的，看来一时半会走不了了。""不用麻烦了，我的包里有方便面，是碗的，泡一碗就行。"邓老师一指放在柜上的包。

"那您吃什么？姨父。"玲玲问。"炒饼吧，什么都不想吃了，也不饿。"米父心情好了很多。

玲玲对姨父说道："姨父，表姐找到了，表姐的妈来了，您也不出出血，去镇里的馆子撮一顿。让我也跟您吃炒饼啊？大姨到咱家来，给您送闺女，又送电视，让她老人家吃泡面，您也太那个了吧？""哦，糊涂了，应该庆祝庆祝。外面吃，外面吃。"老爹被说羞了。

第三十六篇 玲玲认表姐 米父报大仇

　　窗外，一辆警车响着警笛开了过去。很多人跑出来看，玲玲也跑了出来看警车。警车停在了西面马家门口，下来几个警察，其中一个拿着手铐，进了马家大门。玲玲跑回屋，告诉姨父："警察去马家抓人了，拿着手铐呢。"又跑了出去。

　　远处，警车正在掉头，掉头后，两个警察把裁着手铐的马哥爸爸从院里押出来，拉开车门，押上了警车。警笛响起，马哥的父亲被抓走了。

　　玲玲跑进屋，告诉姨父："大姨父，马家大爷让警察抓走了。""他活该。你表姐就是他雇人拐走的，判他，重判。关他十年，方解吾恨。"姨父愤怒的说。

　　门外，满街是人，好象所有的人都在议论，"不知道老马家犯了什么事，怎么被抓走了？""在咱这条街上，让警察铐走的，这还真是头一个。""这马大爷看着挺老实的呀，这是招谁惹谁了？""嗨，别看外表，蔫人出暴子。""棉裤套皮裤，这里边有缘故……"

　　"邓老师，呆会办完事，我们到外面吃吧。好多年没在外面吃饭了。没心情。"米大爹叹息着。

　　"不啦，我还要赶路，今天要赶到省城去，太晚了不安全。玲玲，包里拿碗面给泡上。大兄弟，不是外人，以后我们就是亲戚了。只要孩子没事了，我们心里高兴，不在呼吃什么了。"

　　玲玲从邓老师的包里拿出一个碗面，撕开纸，取暖壶倒了开水，然后盖上焖着，焖了一会，把面端过来，邓老师拿起筷子吃面。她吃的挺香，心情也很舒畅。帮着米娜找到了家，终于可以还清自己当年的孽债了。

　　外面自行车铃响了一声，王警官撩开门帘子进了屋。米大爹和邓老师都站起来。邓老师把面碗拿起放在柜上，请警官坐。民警坐下，对二位说道："米大爹，邓老师，绑匪抓了，他也招供了，案子终于可以结了。不过，您女儿办身份证的事还有些麻烦，她失踪这么多年，还应该有人证明她还活着，或者应该她本人回来办理，才合手续。"

"我证明啊，我是她养母。"邓老师说。"不行，您作证没有说服力。"王警官直接否了。一家人陷入沉默。没了主意。王警官见状，也帮助想主意。"对了，如果有你女儿最近拍的视频，或者照片，能说明时间地点最好。"王警官提醒着。

邓老师一拍桌子："对呀，像册，大兄弟，我刚才那本相册，快拿出来。"

米大爹叫："玲玲，那柜里边，有一本相册，拿出来给警官看。"玲玲从柜台里拿出相册，交给邓老师。

邓老师打开相册，对王警官讲道："这是我女儿米琳的照片，从八岁一直到十九岁，每年都照，您看，这是八岁时的照片，这张照片，孩子的衣服，还是从家里穿去的。这个相册里有几百张像片，都是她一个人。"

看了相册，警官也高兴了，这就解决了，可以向局里报了。邓老师，您把最后那张抽出来，我们存档，案子就彻底了结了。

邓老师师很高兴，翻到最后一页，用手往外抽相片，由于相片外面有一层玻璃纸，邓老师岁数大了，眼神不太好，用手抽了一下，没抽着。自叹道："老了，眼不行了，手也不行了。玲玲，你把这张像片抽出来吧。"

玲玲来到桌前，低下头，从像册里抽出像片，看了一眼，惊呼道："啊，表姐真漂亮啊！嗯，怎么好象在哪见过，看着眼熟。"米大爹不信："你上哪见过，她丢的时候，你才多大。"

玲玲"哼"了一声："真的，我想想……想起来了，马家的儿媳妇儿。昨天回来的，没错，我们还说过话呢。我管她叫嫂子，她说别叫嫂子，叫她姐，叫她什么来着？对，她也姓米，让我叫她米娜姐。她还生了一个儿子呢。"

听到米娜这两个字，邓老师的心脏"咚"的一下，象被棍子杵了似的，一瞬间的功夫，所有的喜悦化为乌有。不用问了，老马家的儿子一定是马哥了。这下成了三堂会审了。一切都理清了。当年是米娜的父亲给绑匪指的路，结果错把老马家的儿子绑走了，他儿子就是小马哥，转过脸儿来，老马家又雇人拐了米大爹的闺女。这过了许多年后，这俩孩子又鬼使神差的走到了一起，还生了孩子。命运太捉弄人了。而今呢，米娜的儿子，也就是自己的外孙子，是老马家的孙子，小马哥的儿子。老马被抓，弄不好要判个十年八年的，那么这样的话，倒霉的肯定是外孙子了。真是没想到。

王警官接过相片，对米大爹说："米大爹，齐了，回头您就去所里去登记办身份证，别望了带证件照。"

米大爹连忙点头："照片有，在相册里夹着呢。"

王警官站起来，把像片装进公文包，扭身欲走，被邓老师喊住了："王警官留步。王警官，有件事还要请您帮忙。王警官回过身来说："您说。"邓老师说道："现在情况变了，老马家成了我外孙子的爷爷，我们一下子变成亲（庆）家了。我想求求王警官，把人放了吧。"又转身对米大爹："大兄弟，既然做了亲戚，走动不走动的，就都看孩子吧。跟民警说说，这件事就不追究了。让他道个歉，就饶了他吧。王警官，您说呢。"

王警官回来坐下，也认同这样："这样当然好，只要您不追究，不起诉，我们就可以从轻处罚，邓老师，您别看我是警察，说实在的，我真是不愿意把老街坊往局子里送。您真是大人有大量。这样，您写个谅解书，我回去向所里汇报。您要是不知道怎么写呢，我帮您写，您签个字，按个手印儿就行了。""谢谢警官。"邓老师终于又踏实了。

王警官写完，米大爹签了字，按了手印，王警官将谅解书收起："得，米大爹，您饶了他，我都不饶他，让他下跪磕头，磕多少您说了算，只要您出了气，怎么都行，再不解气，您抽他，踹他，扇他……"哄完米大爹，王警官出去了。

签了字，米大爹心里很不舒服。十三年的苦，不亚于坐十三年的牢。不争气的女儿，怎么会嫁给了仇家，还给人生了孩子。常言道，有仇不报非君子，只要咬住不放，就让这孙子坐几年牢，方能解恨。碍于邓老师的情面，签了谅解书，心里的恨，真的很难平啊。

邓老师看出米大爹的心思，劝说道："大兄弟，人这一生，事事难料，总有不开心的事。过去了，就别再记恨了。冤仇宜解不宜结，况且女儿已经是人家的人了，外孙子也在人家手里，你能一辈子不认吗？你们都住一条街上，低头儿不见抬头儿见，孩子大了以后，叫你一声姥爷，你也得答应不是？好啦，事办完了，我这桩子事儿也算了了。再无牵挂了。"

邓老师从柜台上拿起提包，挂在肩上，摸了一下玲玲的脸，往门外走去。玲玲跟着往外送，米大爹犹犹豫豫的站起来，也送邓老师。

街道两旁，有不少看热闹的群众，还在小声儿交谈，互相议论。

邓老师转过身来，叫一声："大兄弟，我回去了。玲玲，表姐的身份证你抓点紧给办了，尽快发出去……"

一阵警笛响，警车在老米家店铺门前停下，车门开处，马哥他爸爸带着手铐，被警察押下车，跪在地上。民警给他开了手铐，返回车内，警车开走了。

马大爷朝店铺磕了几个头，低头不语。又磕了几个头。

米大爹送邓老师，装作没看见。人群中发出一阵指责声。马大爷又朝店铺磕头……

马家小妹抱着侄子挤进人群，来到米大爹跟前，叫道："米叔儿，我爸不对，我爸该死，侄女求您了，您饶了他吧。我给您跪下了。""咕咚"跪在地下，由于抱着孩子，向前一倾，险些趴地上，幸而玲玲出手扶住，并接过她手中的孩子。

玲玲抱着孩子，高兴得不得了："啊呀宝贝，让老姨看看，真漂亮啊！姨父，看看您的外孙子，真象我表姐。"

米大爹没有勇气看孩子，他跑回屋里，蹲在地上哭了起来。玲玲把孩子交给马妹，进屋去劝姨父了。

邓老师把提包放地下，过来接过孩子，含着泪问马小妹："你是他姑姑？"马妹点点头，甩下几滴眼泪。"我是他姥姥，你以后就多费心吧。

把你爸爸带回去，既然米家不追究了，就证明他已经原谅他了，要不然也不会签谅解书。这样会让街坊邻居看笑话儿，毕竟以后还是亲戚。是吧。"

邓老师把孩子交给姑姑，强忍着把泪水往眼里挤。弯腰提起提包，走到对面的面包车前。司机拉开车门，邓老师一脚踏上，却又突然停下，转过身走回到马小妹跟前，放下提包，拉开上衣的拉锁，从脖子上摘下一串珍珠项链，项链上有一块硕大的阳绿冰种翡翠牌子，她把顶链挂在外孙脖子上，嘱咐小妹："他姑，孩子托付给你了，以后一定要让孩子上大学，到北京去上……"

邓老师拿起提包，挎在身上，过去上车，车门关上开走了。

马小妹一手抱着侄子，一手去拉父亲，父亲受了惊吓，又跪久了，爬了几下才爬起来，迈步有些困难。父亲按着腿，扶着腰，试着走了几步……

"站住，姓马的。"米大爹从店里走出来，手里拿邓老师给的那一万块钱："我放了你，但不会原量你。这是你雇拍花子拐我女儿的一万块钱。你拿回去，我花着都嫌脏。"把钱扔在地上。

马大爷腿活动开了，能动了，他低着头向自家走去。马小妹哈腰把钱捡起，抱着孩子回去了。

米大爹虽然恨得咬牙切齿，终归人是善良的，原谅不原谅的又能怎么样，老街坊都看见了，不给他跟警察求情，派出所能放他出来？马小妹抱着的是他的亲外孙，他甚至没有勇气看上一眼。算了吧，把这一万块钱扔给他，算是有个台阶下吧。

面包车在沙漠中行驶，忽快忽慢。路在沙子下面，有的路段坑洼不平，幸亏司机对道路还比较熟。那也还是免不了让邓老师左右前后的随车晃，坐车也很辛苦。

"那个小孩是您外孙子？长得挺象她妈的。"司机的话，把邓老师从沉默中拉了出来。她问司机："啊是。你见过我女儿？""见过，长的挺漂亮的，气质真好。昨天就是坐的我的车。"司机挺自豪。"谢谢。她是在外面长大的，十几年没回过家。我们也一年多没见了。"

司机感叹道："从大城市来的人，跟我们这个小地方的人，就是不一样。看来人都应该出去闯一闯。有件事您说怪不怪，我昨天拉他们回城，您女儿给了我八百块钱车钱，明明是八百没错，可是晚上回家一数，就变七百了。出了神了。"

邓老师心里一惊。脸上露出不信的表情："不会吧，还能长了腿，你把钱放哪里了？""就这个储物盒："我看她放里的，也没掉车里，神了。"

"我看看。"邓老师掀开储物盒盖，往里仔细瞧，说道："里边有点黑，看不清，我拿手电照照。"她拉开挎包，找到手电筒，左手拿着，右手团了一张钞票。打开电筒，强光晃了一下，她拉开储物盒盖仔细照，嘴里还念叨："不应该呀，没有缝呀？哟，看见了。"她把手伸进去，把钱捋平，在里面做几次抠的动作，拉出手，手里握着一张百元钞票，她对司机说："找到了，贴的上面了。可能是当时钱有些潮湿，粘的上面了，有时候也可能产生静电，能吸附在塑料上。""谢谢阿姨。我还真没往上仔细看，就光拿手摸来着。"

邓老师把钱放回储物盒，心里感到一个阴影袭来。娜娜怎么会页子手？这是神拿门的技艺，从来没教过她呀？给她拿钱玩，是为了让她认识钱，识别真假。她既然会页子手，那神拿二十四手她倒底会多少呢？难道是跟马哥学的？不可能啊，他若喜欢她，就不可能让她学这些，不会把她领进神拿门……早知这样，还不如直接把她送回家呢……邓老师低下头，手指插进头发里。

第三十七篇　米娜学厨艺　初做炸酱面

冬天天儿黑的早，太阳往西一斜，很快就会落山。玲玲在花池子上坐了几个小时了，身上已经凉透了，她站起来跺跺脚，才发现自己是一个在外面坐着。刚才可能睡了一觉，梦见了姨父，马小妹和邓老师。小外甥现在应该能跑了吧……

细想起来，小马哥哥心里也有痛，他和表姐应该同命相连才对，真不明白为什自己来北京那天，他却玩起了消失，这一消失就是一年，而一年后，又鬼使神差的凑到了一起却又形同陌路，这一切究竟是谁安排的，有鬼神吗？

苏甫搬走了，这间屋里少了他，就少了许多话题。平时老前辈和苏甫有说有笑，现在他话也少了，因为马哥平时就不爱聊天，总爱一个人闷着。今天刚和玲玲一起喝了酒，把自己这点事都告诉她了，她跟米娜说不说都无所谓了，爱咋地咋地吧。

合租房就这样，回到家里后没地儿站没地儿坐的，钻被窝就是最好的选择了。只是钻了被窝唾不着，源源不断的愁情愁事就会涌上心来。想起米娜第一次抽页子，第一次和他做击鼓传花，还有自己的出走，以及米娜吸毒的前因，这一切都使他有一种负罪感而不能自谅。他对不起米娜，对不起大师姑，更对不起儿子。儿子现在一周儿了吧？应该能在地下跑了……

记得那天上了火车，马哥心里很沉重，两个人互相靠着坐在下铺，夜间的车厢里非常的静，多数乘客已经进入梦乡。马哥让米娜躺下，他自己并没有去上铺，而是坐在的旁边守候着她。现在他很后悔，向来考虑问题面面俱到的马哥，怎么会出现这么大的失误，兜里居然没带钱。而没带钱的直接后果就是让米娜有了做第一次的机会。窗户纸捅破了，当她知道她小时候玩儿的游戏，都是做拿手的专项技能的时候，她能收得住手吗？

儿子也好可怜啊，才一个月大，就离开了父母。而爷爷奶奶肯定带不了现在的孩子。儿子呀，都是你爸爸的错，但你不要恨爸爸，你不恨爸爸爸爸也不是好爸爸。希望你福大命大造化大，能长命百岁。

终于到家了。马哥放下行李，在屋里巡视。

新租的房子是在西南三环外，立交桥南侧的老式楼房，双向朝南的两居室，屋里很亮，阳光能照到北墙。房子比较老，简装修，厅很小，两间卧室一大一小，大卧室有一张双人床，小卧室放一张单人床，房间不久前打扫过，倒也干净。门厅有个七八平米，有一台单开门的冰箱放在墙角。靠南墙有个小圆桌，两把折叠椅。这种房子就是厅小，卧室还可以，小卧室也有十二三平，总的来说还行。。

搬过来的铺盖装在两个黑袋子里，就扔在床上，马哥撕开塑料袋一掀，把被子倒在床上，摊开铺平，正好，阳光晒在被子上。他去墙边，摸了摸暖气，已经通气了。他夹起一床被子，来到另一个卧室，把被子扔在单人床上。他推开窗户，从烟盒里抽出一支烟，在身上摸打火机，没摸到，可能拉火车上了。他把烟放在窗台儿上，正要回身，身体被米娜抱住了。

马哥没有回身，他用手抓住她的双手，身体随着她的劲摇晃着。

回到家，米娜身边没了孩子，心里很空虚现在她非常渴望马哥给她安抚，给她宽慰，她很都需要他。可不是，自从怀了宝宝，到孩子出生满月，两个人已经很常时间没有亲热了。自己身体反应不强烈是一方面，小马哥哥居然也没有需求，就连亲嘴儿都不想了，虽然前些日子有过皮肤过敏，那也早好了？这是怎么回事呀，生完孩子我就是老太婆啦？

"小马哥哥，你不喜欢我啦？怎么不爱和我说话？"米轻声轻气的问。

"怎么会，没有的事。"马哥说。

"你好长时间没抱我了，也不和我亲亲？我现在很想。"米娜似乎肯求马哥。

马哥回过身来，一手搂着她的腰，一手抱着她的头，解释道："娜娜，对不起，都是我不好。我最近身体出了些问题，一直没好利索，不易做那事，医生建议节制性生活。委屈你了。"

米娜不解的问："你到底是什么问题呀，你的过敏性皮炎不是好了吗？就算你没好彻底，我也不怕，我不怕传染。小马哥哥，我现在特想。你亲亲我吧。亲嘴不传染吧？"

马哥松开米娜，坐在床边："娜娜，不是皮肤的事，皮肤过敏好了，但是秘尿系有炎症，每次想和你亲热的时候，底下就疼，撒不出尿来，回老家之前，我还去输过液呢，效果不明显。我也很着急。前些日子我还托人帮助找大夫，或者秘方什么的。过几天我再去问问。"

米娜跺了一下脚，晃了几下腰说："哎呦，急死我了。有男人有什么用，没有你我倒不想，有你在身边，老招我犯劲，又干看着使不上。算了吧，扫兴。"去大卧室了。

马哥心里很不舒服，虽然现在身上感觉不出哪里不适。但那三个字的确让他如负千斤，艾滋病，它能击垮所有人的斗志，就如同陷入万劫不复之中。

米娜是自己最心爱的人，有了她，他不会再欣赏任何的女人。她是儿子的母亲，保护她，就是保护儿子，万一把病毒传染绘她，将来对儿子也很不利。艾滋病到底是什么病，有什么症状，为什么没法治，为什么会死人？不知道。可不是，医生治不了，说明医生也不知道。那天去取化验单，很庆幸当时没去性病科复检，否则的话，肯定会被记录在案。据说，凡是得了艾滋病的人，都要登记，以后会被监测，那可就丢人丢到家了。没办法，自己承受吧。幸亏没和米娜领证，那样会耽误她一辈子的。自己也会生不如死啊！

米娜在家里鼓捣了一上午。她今天做炸酱面，为了炸这碗酱，她在街边问过几个北京人，又在电视上看了饮食节目，尤其关于炸酱面的。每个人的说法不一，她归纳一下要点，胸有成竹了。她买了肉和酱，反正是无知者无畏，管他呢，做不好还做不坏，几块钱的事。

酱炸完了，没糊，好象也沒多难。她勺了一碗面，用水和成团，盖上湿布省着。然后洗了两根黄瓜，放在盘子里，就等着小马哥哥回来，好露一手儿，讨他欢心。她对自己今天干的活挺满意的。

马哥回来了。一进门儿，象征性的给了米娜一个抱，来到厨房，看见那碗炸酱，一惊一乍的："哎呦娜娜，可以呀，往高端发展了？瞧这酱炸的，你气死老北京啊！"

米娜得意的："世上无难事，只怕有心人。这有什么难的，扒拉几下的事。好象就是有点硬。"

马哥奉承的说道："不硬，合适，有嚼头儿。酱你炸的，面我来擀，你歇着。"洗了手，卷袖子就揉面擀面，面擀成片后撒面干，叠成窄片，用刀切成面条儿，锅里放水，上火，开锅下面条，开锅兑水，再开锅煮片刻，用罩篱捞出，分装两个大海碗里，端到小卧室里的桌子上，又回到厨房，拿了两双筷子，并把酱碗端出来，都放在桌上。两人一人一碗面：。

他用勺扢酱，扢出来的是个酱疙瘩，放在面上拌，拌不开。马哥笑侃道："象个羊粪蛋儿，怎么扒拉都是球。"

米娜也奇怪："是呀，怎么会这样？拌不开呀，这可怎么吃呀？"

马哥当机立断："这样，我来解决。"端起酱碗，把面上的酱疙瘩夹碗里，拿暖瓶倒些开水，用勺连压带杵，把酱和稀，在盛到面上，面拌开了，马哥先吃起来，边吃边赞："好吃，好吃。正宗北京味。""好吃个屁。"米娜放下碗："什么味呀，真难吃。一上午白忙活了。不对呀，我炸酱的方法都是北京人教的呀？"

"据我观察，不是是个北京人就会做炸酱面。"马哥分析："炸酱面，我来北京以后，只吃过一次正宗的，忘了在哪儿吃的了，好吃。后来在很多面馆吃过，都不是那味儿，也就不爱吃了。不过，你要想学做炸酱面，我倒知道一个人肯定会做。""谁呀？"米娜问。

马哥用手指地："房东啊。房东大爷是正经的老北京人，已经五代人了。据说真正称得上是北京人的，必须是光绪时期就生在北京，一直延续到现在的人，才是真正的北京人。所以要想做出好吃的炸酱面，必须是五代纯北京。而且还必须是那些大户人家的北京人。因为穷人吃不起白面。

电视美食节目上那些人的话不能信，说话还有口音呢，也讲炸酱面，太可笑了。"

米娜点头："是，现在蒙事的太多。你跟大爷说说，哪天教教我，我必须得学会。"

第三十八篇 玲玲怜马哥 马哥心愧疚

听了马哥的讲述，玲玲回来以后，心里一直不舒服。怨不得表姐经常一个人悄悄的落泪。不过在这个问题上，马哥哥做事确实可气，无论如何你也不应该离家出走。而你既然走了，为什么又回来，给彼此双方又增加更多的而且是无穷无尽的烦恼。

马哥是马小妹的哥，玲玲把他视为兄长，他同时又是外甥的父亲，自己的姐夫，也是亲人，玲玲从心里希望他和表姐都能过得好，可能吗。

十九岁的玲玲，突然觉得自己长大了，而且非常的高大。以前在家的时候，姨父就经常对她哭诉。来到北京以后，表姐也时不时的当着她落泪，而今天，自己心目中的伟男马哥哥，居然也象小弟一样向她哭诉。

快过节了，马哥哥一个人儿也够孤独的，表姐对他又总没有好脸儿，这几天能陪就多陪陪他，谁还没有落难的时候。

辛苦了一年，山南海北的跑了一圈儿，到头来还是两手空空。马哥的心境已经低落到了极点。吓天跟自已妹妹的同学哭诉，是不是很跌份啊，可话又说回来了，除了玲玲，你还能向谁去说去诉……

今天被玲玲约出来，还是那家酒楼。虽然他特不想去，但还是顺从的跟了出来，只是今天不比往日，兜里确实没钱了。

还是昨天的菜，昨天的酒，马哥今天也放开了，昨天为了省着花，也没敢吃，也没敢喝，就怕万一花秃噜了，今天被玲玲约出来，也不要面子了，多吃点，给过节期间增些脂肪。

人说借酒浇愁，有时候还真是。玲玲现在也有了一些体验，马哥喝了一定量的酒，愁劲儿上来，你不问，他也会自己说的。

喝着玲玲的酒，马哥心里的愁更愁了。按理说，轮也轮不到玲玲花钱呀，一个大男人，吃一个女孩子的饭，这脸往哪放啊。没办法，一分钱难倒英雄汉。

既然已然跟玲玲哭诉过一回，也就不在乎哭几回了。苦水多了，什么时候能倒完啊。

他用餐巾纸擦了一把脸，趴在桌子上象小孩子哭那样颤动着肩。男儿有泪不轻弹，有泪轻弹必有难。玲玲知道，男人哭的时候，她不能劝，越劝他越伤心。姨父就是这样，因为从几岁起就跟着姨父的缘故，每当姨父哭时，她都会靠在他身上晃动身体，姨父就会抹一把脸不哭了。此时的玲玲仿佛又回到了童年，她把马哥哥当成了姨父，她过去靠在他身上站着扭动着腰枝，马哥哥不哭了。

马哥在桌子上趴着，断断续续的讲着与米娜的往事，他有时抬起头，脸上泛出幸福的笑，有时候低下头，倾诉着三年来的苦脑。这种苦恼，以前没有地方去说，也没有勇气去说，对米娜的冷酷，明明是真爱的表现，又没有办法讲清楚。谎言，忍受，逃避，都做了。他不乞求原谅，更不希望和她重归于好，只要米娜过得好，儿子将来过的好，已经足够了。有些事呀，天知地知，自己知道就行了。

虽说玲玲已经十九岁了，可毕竟是个孩子，又是女孩儿，女孩本来就心软，听马哥这么一说，也伤心的哭了："马哥哥，对不起，是我错怪你了。这不是你的错，是表姐命不好。其实当时完全可以讲清楚，怎么一个人出走呢？你也太绝情了。"

马哥叹了口气："哎，其实从老家回来以后，我并没有想离开她，对付着也能过，而且她也信了我的话……

米娜手里提着两瓶酒，和马哥来到楼下房东的家，进门后向大爷问好，把酒放桌上。大爷挺客气的说："瞧你们小两口，这是干嘛呀，还买东西。现在挣钱不容易，以后就别这么客套了。"

马哥点头道："是，大爷，这出来乍到的，总得意思意不是，以后啊，少不了给您添麻烦。"大爷很爽朗："没什么麻烦不麻烦的。有什么事情，需要什么，尽管说。凡是大爷能办的，都不是问题。"

"那就不客气了，大爷。"马哥道："听说您是老北京了？"大爷自豪的："可不是，我祖上自打前清嘉道时期，就来北京了，到我这儿已经是第六代了。"

马哥高兴的说道："那好，您看，爷们儿跟您还真有缘。那就跟您请教个事。""你说。"大爷很爽快。"跟您请教这北京的炸酱面。您得教我。"

大爷不以为然："嗨，我当什么大不了的事呢。还请教什么，家里有炸好的酱，现成儿的，一大瓶子呢。拿回吃去。吃完了再来拿。"

"不……大爷，不是跟您要，是跟您学，我们家里头喜欢吃炸酱面，就是做不好，自己做的不是味儿。"

大爷笑道："甭说你们了，你问问这楼群里头，有几家儿真正会的。还有电视台，所有的台都做过炸酱面节目，还没见过一个会炸酱的呢，更甭提面了。"

"哟，这有什么讲究吗？"马哥问。

大爷哈哈大笑："当然有讲究。炸酱，主要是酱，你看现在电视上，那些人都不知道用什么酱，还舔着脸去做节目。炸酱面的酱，用的是老北京的黄酱，这种酱，各大超市，商场都没有，只有各别的小店有卖，超市里卖的都不是真正的老北京黄酱。我刚买了一大瓶子，你们看看，尝尝什么味儿。"大爷抱出一个大瓶子，放在桌上，瓶子里面盛着黄酱，足有五六斤。大爷打开盖儿，用一个小勺抆了点儿，让马哥尝。

马哥接这勺，用舌头沾了一点酱，点头道："是不一样，外面买的酱是带甜味儿的，您这个酱只有咸味儿，区别挺明显的。"

大爷接过勺，放进厨房水池子里，回来把瓶子盖上，对马哥道："回头给你一碗，再炸味儿就不一样了。"

马哥道谢："谢谢大爷，有了酱也不行，不会炸，炸出来酱和羊粪蛋儿是的。还有，用的肉，是五花肉啊，还是后臀肩呀，用肥的呀，还是用瘦的啊？"

大爷不以为然的："用什么肉都不重要，别听电视上瞎说，什么用五花肉的哪个部位呀，切多大呀，都是不懂的装懂。肉馅都行。炸酱不光可以用肉，也可以用鸡蛋，还可以只放葱花。都好吃。但是用肉尽量用瘦一些的肉，之所以我说那些电视讲的人都不懂，是因为他们根本就不懂炸酱。比如有的人说不能兑水，有的人说兑甜酱，还有个演员说要炸四十分钟，都是放屁，四十分早着没了。还有什么大师说后呛锅啦，都别信。我今天告诉你，首先，你炸一回酱要吃几顿吧？你用五花肉炸酱，当时吃没问题，如果下顿再吃的时候，你肯定就恶心了，为什么，因为酱凉了，上面的油凝固了，变成白猪油了，想想，你还想吃吗？"

"有道理。"马哥想了想："这就跟那个炖肉似的，肉上面漂着一层油，一凉了就定了，变成了白猪油，看着就不想吃了。"

大爷夸马哥："可教，知道举一反三。酱也是，所以要少放肉。我从来不吃肉酱，只吃鸡蛋炸酱。"

马哥："原来炸酱不是必须搁肉，素的也行。这么说放点鸡丁也行啊？"

"可以呀。"大爷赞同："当然行啊。还可以放鸭肉啊。虾米皮也行啊。正好，今晚上我也吃面，一起吃，尝尝我做的炸酱面。"

马哥摆手："谢了大爷，不麻烦您了。我们学会了就自己做着吃了，不会的再来跟您请教。对了大爷，我们要出去买面条，您说是切面好啊，还是手擀面好啊？"

大爷真是懂得多："尽量不要去买，很多人都买手擀面，认为那个好，但是我从来不吃，比如说，你买回来的面条，看着是软的，煮完了倍儿硬，搁嘴里怎么嚼都是硬的，那一定是面里加东西了。而且看着是手擀，可是他是用机器切的，等于也是机制的。面条的标准是什么？软，糯，顺，滑，不糟。而不是硬。硬的面条一定是密度大，密度大就不进味儿，煮不熟，难吃还不好消化。真正上档次的面条，一定是抻面。老北京大户人家讲究的是吃抻面，没听说过吧。抻面也叫小碗面，每次就抻几根，一小碗，坐的锅边吃。老时年那会子，女孩子要想嫁大户人家，必学的技艺就是抻面。擀面条不行，用大海碗吃，那是给扛长活的吃，东家不吃。再给说个炸酱的要点，那就是一定要让油和酱充分的中和，最后达到饱和。还有，你炸的酱你说跟羊粪蛋似的，这就是问题，你肯定是看电视上说的，不能加水。

你这是炸的时间短，而且不熟，时间再长点就糊了。再告诉你一个要点，就是一定要加水，加水量是两倍，让黄酱变成稀粥似的，开锅炸九分钟，勺子转六百圈，颜色成深竭色，这时的酱变成稠粥了，就行了。"

"哎呦，听着就挺深奥的。"马哥站起来："大爷，这下得到真传了。明白了，加两倍水，炸九分钟或勺子转六百圈，油和酱充分中和达到饱合。面条的最高境界是软，糯，顺，滑。对，不糟。就向这方面努力了。这样大爷，我们先出去办事，晚上回来吃您抻的面条了。"

大爷热情的："好嘞，就这么着，回来就过来，别等我叫。咱爷俩再逗两口儿。"

回到屋里，马哥对米娜说："赶紧拿笔记上，这可是北京炸酱面的密诀，学会了受益无穷，以后天天吃炸酱面也不是什么难事了。"

米娜记完以后，对马哥说："我的身份证也不知到没到？我都去两次了，按说该到了，你不是说妈妈传来的话儿说，办的挺顺的。怎么还没到？"

马哥关心的说："是呀，这办事的也太拖踏啦，不象话。这么着，下午没事，我跟你去一趟，我就不信了，再不来我跟他急。走，去邮局。"

米娜摆摆手："你就别去了，在家睡会儿，我一人儿去就行了，没准我还逛逛商店呢。"拿起手包出去了。

见米娜出去了，他回到自己的房间躺下，看着房顶，又开始长息短叹。当着米娜，他要打起十倍的精神，鞍前马后的，表现很殷勤，尽量不让她多心。想想自己，二十几岁的年龄，正当年啊，怎么会这样？这是报应吗？悔不当初，一失足成千古恨。自己做的职业，是见不得人的，但是无论你做什么，对爱的追求是一样的，对父母，对长辈，对爱人，也和平常人没有区别，为米娜，他可以献出一切，他愿意一辈子背负骂名，也不能伤害到她，哪怕一点点。但是，总是瞒着，终归是瞒不住的，唯一的办法就是出走，彻底了断，那样，她会受得了吗？多么希望啊，让他暴打一顿，自己再跑，那就心安理得了。

第三十九篇 米娜收表妹 马哥夜出逃

　　米娜走进邮局，来到柜台，问有没有自己的邮件，业务员在电脑上查了一遍，告诉她："对不起，还没到。"

　　她很失落，抡了一下手包，叹一声："又白来一趟。"走出邮局大门，正往前走，见台阶上坐着个女孩，女孩头发很乱，脸上脏兮兮的看不出模样来，在女孩身前的地上，放着一张 A 四纸，纸用土块压着，米娜以为是乞讨的，就从包里拿出一把钢蹦，走到女孩跟前，哈腰要放在纸上。

　　放完硬币，直腰欲走，猛见纸上还有字，回过身来低头仔细看，上面写着：寻表姐米娜。

　　米娜蹲下，看了一眼女孩儿，她正在低头鼾睡，拍了一下她的肩，叫道："嗨，小姑娘，醒醒。"

　　小姑娘不耐烦的："困着呢。你干嘛？"米娜又拍了她一下："不干嘛，醒醒。你找的米娜是哪个米娜？"

　　姑娘惺松着眼，往上瞟了一腿，说道："米娜，是我表姐。嗨，表姐，米娜姐……"她哭了，原来是玲玲。

　　米娜不认识玲玲，她说："我是米娜，但我不认识你呀，怎么成你表姐了？"

　　玲玲来了精神："不认识就对了。我妈是你二姨，你妈是我大姨。我爸是你二姨父，你爸是我大姨父。你忘了，你跟马小妹她哥回家的时候，我们在她家门口见过。我叫玲玲。"

　　米娜惊喜道："对，想起来了，玲玲，好象那天说，你是来看你姨父的，你姨父也住那呀。怎那么巧。"

　　玲玲站起来说道："是巧，我去看的姨父不是别人，就是你爸爸，我的大姨父。当时我们都不知道表姐就是米琳，姨父知道与你见面又不相识后，哭了好长时间呢。"

米娜疑惑的问："不对呀，邓老师说我爸早就没有了？"

"骗你呢。"玲玲说道："你家和马小妹家都住那条街上，隔着四个门儿。我当时也不知道你是我表姐，那天你们走了以后第二天，那个叫邓老师的来了，找到姨父，说是你的养母，来给你办身份证，我们才知道你还活着。"

米娜见这个玲玲口齿玲利，又听说父亲还活着，当然高兴，但她还是不太放心，毕竟骗子太多，谨慎点好。遂问道："你说的对，邓老师是我养母，那怎么证明你是我表妹呢？"

"噢，你看。"从兜里掏一个纸包，交给米娜，米娜打开，是个纸袋，上面有字：身份证姓名，米琳……代办人，玲玲。纸袋里是米娜的身份证。

米娜和玲玲抱在一起，都流下了眼泪。玲玲哭着说："姐，我在邮局门口呆两天了，你怎么才来呀。"米娜安慰着："别哭了，姐先带你吃饭去。"

米娜领着玲玲进了一家厅，找地儿坐下，女服务员过来点菜开单子。

米娜也不看菜单："要一个鱼香肉丝，一个烧茄子，两碗米饭。"

看着表妹狼吞虎咽的样子，米娜很欣慰，她端起饭碗，把碗里的米饭拨给玲玲一些，自己也吃了起来。她嘱咐玲玲："慢点吃，别噎着，饭有的是。这俩菜爱吃吗？"

玲玲一边往嘴里扒饭，一边说："爱吃，好吃。北京的饭真好吃。姐，我能天天吃吗？"

米娜抚摸着她的头："能，天天吃。不过天天吃那你就亏了。""为什么？这不是比咱过年都吃的好吗，怎么会亏了？" 玲玲不解的问。"傻妹妹，北京好吃的多的是，天天换着吃，一年也吃不过来。吃完了姐带你去洗个澡，再去买两身衣服。"

该吃晚饭了，米娜还没回来，马哥看看表，不等了。来到楼下敲门，房东把门打开，热情的招呼："来，进来爷们儿。正好，我刚要喊你一嗓子，你就下来了。坐，咱爷俩先喝口儿，喝差不多了我就抻面。"

大爷和马哥坐下，开了瓶酒，一人倒了一杯，大爷张啰道："爷们儿，家常便饭，不讲究。一盘炸花生米，一盘韭菜摊鸡蛋。韭菜摊鸡蛋，好吃又好看，来爷们儿喝着。"

马哥喝了一口酒，拿起筷子，正要夹菜，手又停下了，拿过一个空碗，拨一些花生米，又夹了一块炒鸡蛋，然后才吃起来。大爷夸奖道："行爷们儿，讲究。我给你一双公用筷子，放心吃，只要你不在意，大爷什么都不怕，我是吃五毒儿的，百毒不侵。"

表姐米娜和玲玲回到家里，见马哥不在家，就进了大卧室，把手里的包装袋放在床上，打开一个，拿出一身衣服，让玲玲换上。玲玲脱了身上的衣服，换上了新衣服，还甭说，人在衣服马在鞍，玲玲本来长得就秀气，换上漂亮的新衣服以后，更是美得出脱儿了。

表姐和玲玲坐在床上，对视了一会儿，她告诉玲玲："等明天，姐再给你找两件姐穿的衣服，一冬就混过去了。""谢谢表姐。玲玲高兴的说。

"玲玲，你来北京家里知不知道啊？那我爸还不着急呀？"米娜问。

"放心吧表姐。"玲玲认真的说："我写了条子，让拉货的街坊给带回去了。我说姨父，我长大了，该出去打工了，我没钱，跟您借了五百块钱，以后挣了再还。我就来了。"

"嗯，家里知道就行。我爸现在还好吧？""好，你找到了，坏人也抓了，姨父可扬眉吐气了。"玲玲很得意。

米娜有点没听懂："坏人，怎么还有坏人，谁是坏人……"

抻面好吃，马哥吃饱了，放下碗，用餐巾纸擦了擦嘴边的酱，不住称赞："炸酱面，还是抻的好，比擀的好吃多了。第一次吃这么好吃的炸酱面。"

房东大爷在厨房抻面，只见他把面擀开成片，用刀在面中间切一条，面的两边不断，用手往外搓一下，这条面条就离开面，又切一条，又搓拉开，如此切了十来条，最后把面条与面切开，放下刀，揪起面条两侧，正反手一卷麻花，然后猛的一抻，面条被抻到两尺多长，将面折一下，再抻，又到两尺多长，用刀切断面头，把抻好的面下锅，开锅片刻，熟了捞出放大碗里，浇上酱，放上一些黄瓜丝，黄豆等菜码，把碗交给马哥。马哥接过道谢："得了大爷，我替我媳妇儿谢谢您嘞。"

大爷说道："端回去赶紧吃，别砣喽。"

马哥上楼，到了门口，掏钥匙轻轻开门。进了屋，正准备把面条端给米娜，卧室传出女人说话的声音，他停住了。

玲玲对自己的衣服很满意，她蹦到床上跪着，双手扶着表姐的肩，开始给表姐讲述那天的经过："坏人，就是马小妹的爸爸，你的公公，那个老王八蛋。"

"别瞎说。马哥他爸是个老实人，怎么是坏人？"

玲玲夹往后一仰说："这个，人不可貌相。人蔫心里坏，当年就是他，出一万块钱，雇的拍花子的把你拍走的，拍花子的把你送给了那个邓老师。邓老师可能也不是一般人。马家给拍花子的一万块钱，他都没敢要，绘了邓老师了。"

"你说的经不住推敲。"米娜分析："我们家和他们家无怨无仇，他为什么要害我？"

"还真有仇。"玲玲涛涛不绝的讲道："想当初，那条街上有一家儿，得罪了黑道儿，黑道儿想绑他儿子，结果那个人来探路认门儿，偏巧问的是姨父，姨父顺手一指说，第六个门儿。令人没想到的是，马小妹她家在院墙上多打了个门，专门进货用的，这样第五个门，第六个门，都是马家，过几天他儿子就被绑架了。后来他听人说是姨父给指的道儿，就恨上了，所以他买通拍花的，把你拍走了。"

米娜不太信："没有证据，不能光凭猜。"

玲玲认真的："这可不是猜，邓老师回来给你办身份证，公安局说你是失踪人口，得先销案，让邓老师写了证明你是拍花子的拐走的，并揭发人贩子，而且警察还审了姨父，姨父交待了怀疑对象，结果警察就抓了马小妹她爸严行审问，她爸就招供了。再后来警察说必须证明表姐还活着，邓老师拿出一本像册，是表姐从八岁一直到十八岁的照片，在照片上，我认出了表姐是马家的儿媳妇。后来邓老师说马老帮子是她外孙子的爷爷，不走动也是亲戚，看孩子的面儿上，劝姨父饶了那个老王八，姨父就写了谅解书，不追究了，警察才同意放人。要不是咱家心眼儿好，他这罪，怎么也得判十年以上。后来警察把马老帮子放回来，让他跪咱家门前，磕三百个响头。马小妹也抱着我外甥出来跪地下磕头。我是心疼我外甥，才饶了他们家。他磕完头，姨父还把他雇人花的一万快钱扔给他了，给他现的，这一个月没敢出门儿。"

马哥把炸酱面轻轻的放在桌上，回到自己的卧室，靠在床上，实在忍不住了，眼泪花花的流出来。米娜是自己最爱的女人，没有之一，作为男人，他不允许任何人伤害她。自己也是从小就被拐卖，他最恨的就是人贩子。米娜与自己的命运一样，可谓同命相怜，同时，他也同样痛恨拐走她的人贩子，而这个人贩子，就是自己的父亲。这些人贩子，拍花子的，改变了他和米娜的人生轨迹，而且有家难回了。此时，他悲痛欲绝，只想钻地缝。他叹息着……人为什么能混成这个样，是时运不济，还是命运使然，一连串的打击，已经彻底把他击垮，对于今后，他已经没有了活下去的信心了……

他下了床，从床下拿出来一个双肩包，把自己的衣服，物品装进包里，他走出屋，穿过厨房来到阳台，阳台上挂着白天米娜给自己洗的衣服，还不太干。他扯下衣服，回到卧室，把衣服装包里，拉上拉锁。拿起床头上的笔记本电脑，打开后开机，片刻，他开始打字，打完字后关机合上电脑。把包背在身后，拿着电脑出屋，把电脑轻轻的放在桌上，上面放了两张银行卡。

他关上门，小心的下楼，来到房东家敲门。门开了，房东大爷问："小子，什么事？这么晚了。"

马哥不好意思的跟大爷说："大爷，急事。您听我说。""那好，进屋说。"大爷伸手一让。

进了屋，马哥掏出一张银行卡："大爷，我租您的房子，合同是一年，租金是季付，现在我急着出差，时间很长，我先把后三个季度的房钱一块给您交了。有我家里人在这住，省得您往后费劲跟她们要钱了。得太爷，我得去北京站赶火车了。回见了。" 出门下楼去了。

租金是季付，现在我急着出差，时间很长，我先把后三个季度的房钱一块给您交了。有我家里人在这住，省得您往后费劲跟她们要钱了。得太爷，我得去北京站赶火车了。回见了。" 出门下楼去了。

第四十篇 米娜练功 玲玲偷瞧

　　玲玲睡着了，在邮局门前蹲了两天，确实累了。米娜靠床坐着，想起玲玲讲的事，实在是撑不住了。什么事情都是，信不信由你，可是这是事实，假装不信就是自欺其人了。哭，已经不最惨的发泄方式了，眼泪往肚子里咽，又能解决什么问题。马哥的父亲，孩子的爷爷，绑匪，还有自己，人家的儿媳妇儿？头绪太乱，理不清了。

　　小马哥是她平生遇到的第一个男人，无论他的家人如何，她对小马哥的依赖，信任，爱情都是真的。小马哥真算得上是暖男，对她总是体贴入微。虽然一段时间他患了皮肤病，两个人没有性生活，没有亲嘴，但他是为我好，她是爱我的，人哪有不生病的。一个男人，面对着媳妇儿激情的挑逗，他居然能忍，这得有多大的屹力呀。只是苦了老爸，自己丢失多年的女儿从身边走过，父女却不相识，想着也够揪心了。那天在自家门前，与父亲无意中的对视，让她的心里纠结了很久，莫名其妙的感觉不知从何而来，现在才知道，在眼前闪过的那个老人，是自己亲爸的时候，那种感觉，就好象掉进了热油锅，造成这一切的，都是被表妹骂作王八蛋的那个人，马哥的父亲。人呐，命运怎么会是这样。生早了，让你赶上了。生晚了，也会被你上赶上，一切看儿子吧，他只要能帮着把孩子看起来，就念阿弥陀佛了。

　　米娜下地，出了卧室，穿过漆黑的客厅，到卫生拧了个湿毛巾，擦了一把脸，心情放松了一些。她出了卫生间，关上灯，来到客厅，隐约看见桌上有个碗，过去端起来闻了一下，是炸酱面，这是房东大爷的手艺。她端着碗，开了灯，吃了几口面后，看见桌上的笔记本电脑，她放下碗，从电脑上拿起两张银行卡看了看，突然，一种不祥的感觉袭来，她推开马哥的卧室门，马哥不在，东西好象也少了，她来到厨房，开了灯，看了一眼阳台，白天绘他洗的衣服也没有了。她有些急了……

已经是晚上十一点了。米娜无奈的敲了房东的门。

"大爷，我先生什么时候从您这走的，他现在还没回来，不知去哪了？"米娜着急的问。

大爷也纳闷儿："他九点就回去了。噢对了，他刚才背着背包下来，说要出差，要走挺长时间呢，说完就去火车站了。"

"他跟您说去哪个车站了吗？"米娜问。"北京站，他说去北京站坐火车走。挺着急的。"大爷很肯定。

"谢谢大爷。"米娜赶紧回到楼上，脱下睡衣换衣服。玲玲醒了："姐，你要干嘛，大半夜的不睡觉呀？"

米娜边穿衣服，边着急的说："马哥跑了，我得去把他追回来。他一定是刚才听到你说他爸爸的事了，脸上挂不住了。""那我跟姐一块去。"玲玲也下地穿上衣服。

快过年了，虽说春运还没开始，也早有人提前回家了。半夜了，车站候车室里，人还是不见少。米娜和玲玲跑来跑去的找，始终没见到马哥的身影。玲玲跑到米娜身边，告诉她："姐，找遍了，男厕所都找了，连个影都没有。"

米娜泄气的捂着胃："回去。这个王八蛋。"玲玲跟着骂道："他爸是老王八蛋，他是小王八蛋。"

马哥来到西客站南广场，进站门下楼梯，往北面售票厅走去。他跟房东大爷说去北京站，而现在在西客站，他要走京广线，一路向南，走到哪儿算哪儿吧。

回到家里，玲玲先睡了。米娜坐在客厅里犯愣，已经是后半夜了。"小马哥哥，你在哪里？娜娜想你了……"她自己默默的叨唠着。

她的手摸到了电脑，有意无意的按了开机键。开机后，程序直接到了文档项里，可能是马哥用完了电恼没退出的缘故吧。文档里有一段话，是马哥留下的。

"娜娜，我走了。我们没有缘分，做不成夫妻，只是普通的朋友。我们没办手续，没结婚，谁也不用为谁负责，我们也没有过承诺。我，和我的家庭，对你和你的家庭造成了巨大的伤害，既使是死，也不足以弥补。孩子是我的，跟你没有任何关系。天下好男人多得是，忘了我吧。房租交了一年的，两张卡，有一张，里面有两万元，是邓老师交给我的，说是等你出嫁时买嫁妆用的。另一张卡里的一万元，就算给你的补偿吧。有点少，但已经是我的全部家当了。听我一句，找个工作吧……"

她把笔记本合上，趴在上面，心里翻腾一阵后，起身来到马哥的房间，靠床头坐在单人床上。抱着枕头，把脸贴在上面……

天亮了，玲玲睁开眼，没看见表姐，她下床出屋，推开另一卧室的房门，看见表姐抱着枕头坐着睡，她过去坐在床边，躺靠在表姐的腿上。米娜醒了。

"不睡啦？"她轻轻的问。

"姐，还想呢，他都颠儿了。要我说，他走了倒好，你们也没领证，孩子给他，找个更好的。"

米娜放下枕头，抽出一条腿屈在胸前，双手抱膝叹息着说道："唉，你还是个小屁孩，不懂男女方面的事。在女人眼里，一个会体贴，抚慰，爱护，心疼你的男人，就是最好的男人，当然，英俊潇洒也是条件之一。算了，不想了。他走了，我们还要过。玲玲，你若想在北京发展，首先要会说北京话，说好北京话，与人容易交流，才不会被歧视，找工作也好找些，这些日子不要单独出去，你就在电脑上学，要反复的看一些老北京的话剧，电视剧，要学会打字。"玲玲点点头。

吃完早点，玲玲去了小卧室，她靠在床上，电脑放在腿上，带着耳机，用心的听着，学着，嘴里念着。

米娜收拾完碗筷，擦干净手，去卫生间里拿出一块肥皂，来到厨房，仔细研究了一下，拿起菜刀就切，把一整块肥皂，切成了二十几块小的肥皂片儿。她把肥皂片放在一个盘子里，端到阳台，放在一个小柜上，她回厨房，洗手后甩了甩水，摘下围裙挂在门上。

　　她来到卧室，拉开衣柜，从里面翻出一个大背心，拿着背心回到厨房，厨柜里拿出米袋，把背心铺开，扲了两碗米倒在上面。收起米袋，把背心四角兜起掐紧，伸手从墙上抻下一根包装绳，把背心扎成个米包，往上扔了一下接住，挺结实，她很满意。

　　她回到卧室，盘腿坐在床上，把米包放在枕头上，两只手往上一伸，食指中指成剑指，轮番向米包杵去……这是练什么功呢？好象是二指禅。

　　其实，米娜练的是神拿门的基本功。神拿门的技法主要靠两个手指，一般说来，人的食指和中指不一边长，且有竖劲没横劲，食指和中指的指尖部分会有缝隙，而且在实操过程中，手会发抖。通过对手指的练习，可以促使中指的指肚横向发育，食指向纵向伸长，两指靠近并贴合紧密，做到片纸不漏。

　　她往米袋上戳一下，嘴里数一个数："九五，九六，九七，九八，九九，一百。歇会儿。"

　　她下地穿上拖鞋，用手互相拍着另一只手的手背，用力的抻食指，甩了几下后，开始在屋里溜达。

　　身体活动开了，她又盘腿坐在床上练指功。练一会儿，活动活动手指，然后接着练。终于有些累了，屁股一拧，脚搭拉在床外，身体向后一仰，双手举起抖动，手好象抽筋儿了。可不是，练的有点狠了。

　　坐在床上的玲玲摘下耳机，穿鞋下地，晃晃腰，搓搓脸，开始念单词："爷们儿，哥们儿，姐们儿，娘们儿。老爷子，老奶奶，大爷，大妈，大叔儿，大婶儿，阿姨，大姑，儿子，孙子，王八蛋，你姥姥，你大爷，你大妈的，吃了吗您？还没歇着呢？哈……会不少了，没什么难的。"

　　米娜把炒好的两个菜端到小卧室的桌子上，回厨房盛了两碗米饭，拿了两双筷子，端放桌上。然后坐下看玲玲练单词："找打呢，找抽呢，找骂呢，找淬呢，找踹呢，找扇呢，找……"

　　米娜被逗乐了，她说："行了老姨奶奶，该吃饭了。你还真行，这些犄角儿旮旯儿的北京话，你都是从哪学来的。"

　　玲玲得意的说："怎么样，正宗的北京话。"她走到桌前坐下，端起饭碗继续说："今天在外边看见一个老大爷，听他说话是正经北京味儿，就过去跟他请教。我说大爷，我正在学说北京话，你能教教我说几句吗，他说行啊，听好喽，孙子，找打呢？找抽呢？找骂呢？找……"

　　米娜用筷子横着往玲玲嘴上一挡，说道："打住，别说了。人家这是骂你呢，你都没听出来？"

　　玲玲不解："骂我？没有啊。大爷挺和气的呀。再说了，他干嘛要骂我？"

　　米娜认真的对玲玲道："北京人很讲究规矩，小孩子对比自己大的人，对长辈，对比自己地位高的人，不能用你来称呼，对长辈称你，说明你没规矩，不懂事，不尊重人，人家很反感，所以借着教你话来骂你。你看，人家先叫你孙子，然后说你找抽呢？找打呢？找骂呢。"

　　玲玲自己也笑了："北京大爷怎么这样啊，骂人不吐核。我一点都没听出来。"

　　"是，北京人很热情好客，乐意助人。但也瞧不起那些说话没大没小，没规矩的人。"米娜耐心的讲："真正的老北京人，与人说话，不能用你，我，他。对老年人，对长辈，对领导，一定要用您。对多位长辈说话，可用您们，这里的您发第三音。在长辈面前说话，不能直接说我，那样显得不谦虚。这个我字发鼻音，加个们字，鼻音要轻。以后听听郭德纲相声你就知道了。说别人老家儿和自己老家儿的时候，不能用他，要用怹，怹加们字，怹们来称呼。如果有人问你，父母都挺好的啊？你就回答，怹们都挺好。"

　　玲玲挺感兴趣："有意思，听着是舒服，看来要想在北京混，北京话一定要精通。姐，你怎知道那么多呀？"

　　"这都是跟邓妈妈学的。"米娜用筷子往嘴里扒了一口饭，再去夹菜，筷子掉了。是手抽筋了。她用左手抻右手的手指："练过劲儿了……"

　　玲玲哈腰儿捡起筷子，来到厨房扔水池子里，拉开抽屉拿了一把勺回来，交给表姐并问："姐，你在那屋嘿了嗨的，练什么功呢？筷子都拿不住了。"

米娜捋着手指，想了想："练的是是二指禅，少林功。"

"得了吧。"玲玲不信："二指禅我知道，练二指禅哪有坐炕上练的，都得站地下，骑马端档式，戳铁沙袋，用手指练伏卧撑，你这叫什么？"

米娜用手握着勺，往嘴里送菜，咽下以后，对玲玲道："吃你的饭，背你的词儿，不许管别人儿。"

第四十一篇 马哥中计 欲做神仙

　　马哥一路南下，每到一个城市，都逗留几天，他就象一条脱钩的鱼，终于解脱了。这半年来，真是度日如年。感情上的折磨，内心里的谴责，对儿子的愧疚……终于放开了。临行时，给米娜下了绝情的信，每一个字都象刀子在挖他的心，没办法，爱她吗？爱，那就得了。只要你认为你是为她好，用什么方法都不为过。所有的罪过就一个人承担吧。

　　列车停靠在站台，马哥背着双肩包下了火车，左右看了一下，不远处有个站牌，上面写着——广州。

　　马哥对广州并不陌生，以前来过几次，只不过那时候岁数还小。几年的时间，广州变化很大，人多了，更繁华了。用他职业的眼光看市面，发现有不少的同道儿，但多数是小打小闹的。

　　找个旅馆住下后。他每天挂个单反相机出门儿，给人的印象，他整个就是一个背包客。这是习惯，也是铁律，他从不住高级酒店。也不着急寻找猎物，一切都顺其自然，机会有的是，没钱花了就找谁拿点儿，只要还能过，就绝不做小买卖。

　　这一次，他进了公共厕所，从挎包里把相机拿出来，挂在墙上，拉开一扇门进去，但他并不接手儿，而是站在里面往外看。这是经验，单反相机很贵重，挂在厕所的墙上，会让别人感觉到这里很安全，就会有跟着往墙上挂东西，认为接个手也就三两分钟的事，偷东西也会先偷相机。的确，相机挂墙上，也会招贼，但是大多数贼人都是干顺手牵羊的买卖，看见相机，都会伸手一试，如果一下没拿走，很少有人敢再拿第二下。而马哥的相机在往墙上挂的时候，盘了一个扣儿，叫竹子扣，不懂的人一时半会是拿不走的。

　　竹子扣，一般用于建筑工地，架子工的手艺，工地上搭架子，往上越来越高，搭架子的材料如竹子，木竿子要往上运，就是用绳子往上拉，绳

子拉竹子，必须要盘个扣，这个扣一套在竹子上，越拉越紧，所以叫竹子扣。'

终于等到了，一个穿着西服的青年人，进来时把公文包顺手就挂在墙上，拉开小门去解手了。这个包里没什么钱，可能只是有一些票据。他迅速作出判断。

又一个四十多数的人走进来，此人穿着很普通，拿着个很旧的黑色手提包，他往四下看了一眼，犹豫了一下，把包挂在墙上，拉门进了卫生间。

马哥侧耳细听，心里默念："解扣，掏，尿，使劲。""哗"的声音一出，他迅速出去，摘下提包，拉开拉锁，掏出一打纸币，拉上拉锁，包复挂墙上。

他若无其事的摘下相机，挂在脖子上，走出厕所。出了厕所后，紧走几步，把相机装在斜挂着的挎包里，边看市景，边向人多的地方走去。

这种活儿，几乎所有业内的人，都是摘包就走，出门就跑，边跑边洗包。而马哥不是这样，这样做很不安全，很容易被事主发现报案。良好的基本功，来自勤学苦练，手熟了，两秒钟解决问题，事主又不容易发现，等发现了，不定什么时候呢？报案可能都立不了案。

他很得意，这活干得漂亮。在神拿门的神拿二十四手里，这一手也是上谱的，它有个好听的名字，叫：招财进宝。

回到旅馆，马哥把挎包摘下扔在床上。把刚收来的钱掏出捋齐，用手一捻，七千八。够花一阵子了。他把双肩包打开，所有物品都拿出来，从最底下的夹层掏出一个特制的大钱夹，打开后，把一部分钱放进钱夹里，再把钱夹放入底部夹层，扣好后，把所有物品放进背包，收拾妥当后，掏出随身带的皮夹，把剩下的钱装进去，然后装进上衣兜里。检查一下窗户后，走出房间，把门锁好，来到旅馆门口，问保安："请问下，以前这条街有几个饭馆，现在怎么没有了？"

保安告诉他："是，都改行了。有的改歌厅了，有的改酒吧了。"

"哦，知道了。"他往前走，一间酒吧门前，有两个年轻女子在招呼客人。见他过来，打招呼道："大哥好，里边请。"

马哥看了看门脸儿，上台阶进了屋。酒吧里面人很多，多数都青年男女。他来到吧台，坐在凳子上，小姐过来招呼："呦，大哥呀，这几天怎么没来呀，小妹都想你了。你喝什么？"

马哥看了看问："有什洒啊？"

女招待回身一指："你想什么有什么，XO，马爹利，杰克丹尼，芝华士。你就是喝拉菲，我们这也有带年份的。"

"芝华士吧，来一杯夹冰。"马哥在身上掏烟。可能没带。

女招待倒了酒，加了冰，把杯子放在他面前，顺手把一个烟盒放在吧台上。温柔的说："小帅哥，一个人呀？"

马哥点头。

女招待往前凑了凑："一个人喝多没劲呀，象哥哥这样的美男没人陪，岂不是没有天理了吗。小妹陪着你喝。"

马哥手掌一亮："谢了，不用了。"

女招待热情的说道："哥，我想陪你，小妹不用你请我，我自费陪你喝。"她倒了一杯酒，也可能是水，坐在柜台里面，端着杯敬马哥："小哥哥，小妹敬你一杯。"扬脖喝了一大口。

"随你吧。"说完，他看了一眼桌上的烟，从里面抽出一支，叼在嘴里。女招待拿打火机帮他点上，他深吸了一口。

今天好爽啊。他躺在床上，大脑有些兴奋，离开米娜几个月了，第一次这么开怀，说是开怀，其实也没喝多少，说是一杯酒，可能连二两都不到，但总是觉着喝了多少似的，而且，对面还有一个小妞陪着，真的很美。洋酒好喝吗，说不好，但结果好。此时，好象有一种特殊的味道在体内流动，以前从来没闻到过。他有些迷瞪，但脑子里很清楚。他看见了米娜，她好象在给他脱衣服。她赤裸着身体，与他抱在一起。他也紧紧的搂着她，疯狂的亲吻，他与她颠鸾倒凤，快似神仙，而表妹玲玲却在一旁观战。他尽情的发泄，体似金刚，天下一切的一切，谁能如我也……

美梦结束。他坐靠在床上，一天又开始了。夜里短暂的飞驰神往，被外面的汽车声打破了，艾滋病这三个字，又重新进了他的脑海，顶到了脑门儿。心悸，烦恼，又开始袭来，使得他不得不又唉声叹气，悔恨曾经啊。

五月，北京还是春天。广州已经入夏了。马哥在外面玩了一天，在馆子里吃了晚饭，回到了旅馆，躺在床上，极力想回到昨天晚上那种兴奋的状态，但很无奈，灵魂中的阴影总是挥之不去。这是怎么了。他有些困，就是睡不着，他坐起来，浑身也不自在。妈的，怎么回事？要不然还去喝酒？咱也去泡泡吧？反正也没事干，大不了明天睡一天。广州的天儿太热了。

月色下，城市开始静了下来，人，车都少了许多，只有霓虹灯还在不知疲倦的闪着。马哥来到酒吧门前，上台阶，被领位小姐领到里面。他又走到吧台前，坐在凳子上。

"哥，又来啦！小妹正想你呢。还是芝华士吗？小妹陪你。"女招待热情的接待，把酒送到他面前。她自已倒了另一种酒，坐下来陪酒。

姑娘很风骚，马哥却不上心。他对所有的女人都不感兴趣。他认为，所有漂亮的女人，都是靠化妆画出来的，而他的米娜是自然美，根本用不着化妆品。自然美才是真的美。倘若日后见到比米娜还美的女孩，不知道会不会上心，反正这样的女孩儿还没见到过。

他喝了一口酒，慢慢的往下咽，仔细的体会酒的香气。酒是不错，但是没有嗅到昨天的那种味道。

女招待见马哥不说话，主动搭讪道："小帅哥，这么晚出来，想小妹啦？你住哪里，小妹去陪你。小哥哥，听见没？"她把手搭在他的手上。

马哥把手抽回，把酒喝干，付过钱后，走出酒吧。回到了旅馆。

他躺在床上，心情很不好，完全没有昨天晚上的那种感觉，不但睡不着，而且一股一股子的酸水往上涌，他很难受，很不舒服，身上有些叫劲。怎么回事？没喝够，不可能，昨天就喝了这么多呀？对了，昨天抽了一棵烟，是那棵烟的味，从来没抽过那种烟，但那种烟很平常啊，不是什高档烟，牌子好象是叫羊城的。甭管怎么说，睡不着觉，不如不睡，干脆出去接着喝。管他呢，今朝有酒个朝醉，有钱不花干受累。说走就走。

起身出了旅馆，又来到酒吧。

夜深了。酒吧里的人还没见少。他坐在吧台凳子上，要了一杯酒。女招待倒了酒，小声说道："又回来，是不是想小妹了？"

马哥也不说话，闷了一口酒，女孩把手搭在他的手上，用指甲轻轻的挠了下。他没有躲，另一只手掐了一下脑门。女孩轻轻的说："小哥哥，摸一摸，小妹的手滑不滑？小哥哥有烦事？烦什么？有小妹，小妹陪你。"

他没有理会姑娘的调情。自从得了传染病后，现在已经谈女色变了。出来这五个月，没碰过任何女人，在他心里，米娜才是至高无尚的，别的人一律玩儿去。不过，眼前这个姑娘也很漂亮，温柔，很体贴人。只是这女人心，海底针，深不可测，尤其是这种服务行业的女人，更要留点神，虽说不怕传染艾滋了，那谁知道这个世界上，还有多少病在等着你呀？

他想抽烟，习惯的摸了一下身上，没带。算了，不抽了。他喝了一口酒，放杯时，见手旁边有一张报纸，报纸有一个角翘着，他无意识的按了一下，好象是个烟盒，手伸下去，果然拿出一个烟盒，烟的名字叫羊城，里面好象有一棵烟。

他把那棵烟抽出来，朝姑娘举了一下。姑娘说："不嫌弃就抽吧，不知道是谁搁这儿的。有时候顾客以为没烟了，就把盒扔这了。"她用打火机为他点烟。

马哥深深的吸了一口烟，仔细体会烟的味道。有些香料味，但不令人讨厌。他又抽了一口，突然觉得很没面子，怎么说呢，这是酒吧，高消费，这一杯酒就要上百元，在这里捡烟抽，肯定会让这个小姐姐笑话的。他对女招待笑了笑："小姐姐很漂亮。今天出门忘了带烟了，本来烟瘾不大，平时也不吸，就是喝酒的时候吸一支。那些个洋烟吧，抽不惯，劲大，也呛。这个牌子倒挺合口儿。这是本地烟吗？"

女招待见马哥开口了，非常高兴："小哥哥，没事，没人拿抽烟当回事。我们这经常有人手里端 XO，向别的客人要烟抽。这个烟是广州本地产的，你没看名字吗？"

马哥拿起盒看了看问："叫羊城，不叫广州啊？"

姑娘哈哈的笑了起来，摸了一下他的脸："小亲哥哥，真会逗小妹开心。羊城，就是广州的别名，就象开封又叫汴梁，南京又叫金陵一样。羊城就是广州。"

"哦，长知识了。要不然怎么说读万卷书，行万里路呢。"他深深的喝了两口烟。

"小哥哥说得是。再喝一杯吧？妹妹请你。"回手拿过酒瓶问。

"不啦，喝两顿了。已经过量了。"干了杯中酒，付了酒钱，起身往外走。有领位小姐把他送了出来。

街上几乎看不见人了，路灯也好象灰暗了许多。马哥没喝多，两次两杯酒，也就二两多，四十度的算低度酒，半斤也不在话下。只是不知为什么，他很兴奋，很高兴。酒好吗？以前也喝呀。小姐姐好吗，摸了手了，不是吧。那是什么？怎么好象天下我最大，我什么都不怕。我法力无边，我会腾云驾雾，我这就去找米娜，我要搂，要抱，要亲，要，我……

躺在床上，看见米娜向他扑来，他从床上腾空而起，搂着她的腰，在空中飞来飞去，云彩就在身边，高山踩在脚下，亭台楼阁从身边闪过，无数的仙女围绕两旁。这不就是神仙吗？哈哈，我上天了，我成仙了……

一觉醒来，看了看四周，一切又回到了现实。昨天的梦做的真好，人的一生当中，能过上一天那样的日子，也算没白活。想想也怪了，这两天夜夜有好梦，而且是令人兴奋，令人神往，既使早上醒了，还是特有回味的那种梦。广州已经很热了，有些不适应了，但是如果每天都有好梦，又有谁愿意走呢。今天晚上继续喝，好梦接着做。夜夜欢歌，美女为伴，什么艾滋不艾滋的，去它妈的，高兴一天是一天吧。

梦，每个人都做，惊，恐，忧，思，喜，乐，无奇不有，人人都经历过，但是，那只是梦，过了之后，就没人当真了，有时候只是作为谈资而已。而马哥这几日的梦，他还真当真了。那些仙女，天宫，还有米娜，他都看的真真儿的，看得见，摸得着，甚至出现了梦遗，不可能是假的。

马哥从小在神拿门里长大，在黑道儿上算是老资格了，十几年来，他每天小心翼翼的，防的只是白道，从没想到过连黑道儿也要防。他不知道，在花天酒地的广州，在尽情享受美酒咖啡的时候，他种招儿了，而且是致命的。

人们常说，狼吃狼，冷不防。他在酒吧的吧台上抽的烟，并不是顾客扔下的，而是有人有意为之，因为那支烟做过手脚，在烟丝里加了毒品，如果马哥只去一次酒吧，抽了一枝烟，在自己不知情的情况下，还不会上瘾，而他已经连吸两次，对那种烟有了好感，还想去找那种烟，那就在劫难逃了。他被毒贩子盯上丁。

马哥走出房间，朝楼道那头喊："服务员，有羊城的烟吗？""有。要几盒？"服务员问。

"拿一条吧，送我房间来。"他回屋，没有关门。一个四十岁左右的大姐拿着一条烟进来："先生，您要的羊城一条，四十五块。"马哥付了钱。服务员出去了。

马哥撕开烟盒，拿出一盒烟，撕纸抽烟，放进嘴里，关上屋门后，躺在床上慢慢的品。妈的，不是那味儿。几口嘬完，又点一支，还是没找到感觉。"服务员。"他从床上坐起来，喊了一嗓子。

时间不大，服务员推门进来问："先生，您有什么事？"

马哥拿着开了封的烟问："大姐，你们这这种羊城的烟就一种吗？"

"就一种啊。"服务员不解的答道。

"哦。知道了，大姐。我昨天确实抽的是这个牌子的烟呀，怎么不是一个味儿呀？"马哥不解的问。

服务员神密的悄声问："你在哪抽的？""酒吧呀。"马哥回答。

服务员点点头，肯定的说："那种烟不是普通的羊城，那个烟丝里面有添加剂，抽了对身体不好。""怎么不好？"马哥问。

服务员小心的告诉他："那个烟叫一炮儿赛神仙，抽了上瘾，容易胡思乱想。注点儿意，深了我就不能说了。"

"一炮赛神仙，有意思。抽了上瘾？上瘾还不好，天天做好梦，天天当神仙，天天能和米娜在一起，有什么不好。我身体都艾滋了，我还怕什么。嘿，居然有这种好东西，这趟广州没白来。"

隔行如隔山，服务员大姐的话，他还是真没听明白。大姐不可能直接告诉他那是毒品，那些人不好惹。万一让毒贩子知道是她坏了他们的生意，那大姐就倒霉了。

第四十二篇　巧助老钱豹　偷拉便宜手

　　晚上，马哥在市里转了转，看看市景。不觉又到了酒吧门前，上台阶进门，依旧坐在吧台前，女招待还是那个女孩儿。见到马哥，她马上开始得瑟："哟，小哥哥，怎么这时候才来呀，妹妹都等急了。你也不给小妹留个电话，想和你聊会儿都没机会。"

　　今天是第三次来酒吧喝酒，可能是熟了，也可能是有求于人，马哥不象前两天那么冷默了。"小姐姐天天上班么？不见你休息呀。还是老规矩，一杯威士忌加冰。"马哥说。

　　姑娘倒了酒，加了冰，把杯双手放在马哥跟前。马哥接杯的同时，摸了一下姑娘嫩滑的小手儿说："小妹妹，陪哥喝一杯？"

　　姑娘趴在台上，一手托腮："你这个小哥哥，一口一个小姐姐，一口一个小妹妹的，把小妹的魂都勾了。我当然愿意陪哥哥了。"倒了一杯酒，在吧台里面对坐下。

　　马哥喝了一口酒，用手摸着姑娘放在吧台上的手，小声说道："小妹妹，哥哥问你个事。"

　　姑娘奉迎着往前探了探头，抛个媚眼儿："什么事小哥哥？你的事就是我的事。"

　　马哥小声的问："昨天的那种烟，哪里有卖的？"

　　姑媳失望的回答："嘻，我以为什么事呢，那不是羊城吗，哪都有卖的。"

　　"不是羊城。"马哥肯定的说："羊城我还不知道，我说的是那种加了佐料的羊城烟，听说叫一炮赛神仙。哪里有。"

　　姑娘装傻充愣的说："呦小哥哥，非得抽完烟才赛神仙？你看小妹，肤白，貌美，细腰儿，腿长，音如铃，体香香，让你天天打炮，天天当神仙，你别说不好意思，小妹坐你对面，你就没有来一炮儿的想法？"

马哥强笑着笑："是，见了小妹的男人，如果没动心思的，肯定不是男人。哥哥也一样。不开玩笑，你帮打听一下。来小妹妹，干一杯。"

姑娘喝了一口酒，放下杯，不情愿的叫一个男招待过来："你去帮着打听一下，谁能买到那种……小哥哥，小妹敬你一杯。"

一个人，无论你有多大本事，也不可能通晓这个世界上的所有套路，事后看，这些明显是局，你却偏往里钻，钻进去就出不来，有些更是局中局，丝丝紧扣，让你防不胜防。桌上有一棵烟，既使你怀疑，不敢抽，人家也会有第二手，第三手等着你，只要你被盯上，你就成了猎物

男招待回来，在姑娘耳边说了一会儿，姑娘点头，男招待去工作了。

姑娘趴在柜台上，悄声说道："小哥哥，打听到了。这种烟挺贵的。小妹建议你不要买。妹妹陪你，实打实的真神仙。哥，干杯。"

听说有这种烟，马哥心里踏实了："有就好，你给问个价。"

"刚才给你问了，价不一样，要看是几支装的。一盒烟里，有夹一支的，也有两支的，还有五支，十支的。看你要哪种了？"姑娘其实很了解，现在开始推销了。

马哥不犹豫的："要十支的。"

女招待随口说出："十支的三百一盒。不便宜。小妹觉得应该买一支的先尝尝，万一要是假的呢。"

马哥迫切的道："不用了，三百十支的。"

姑娘招了下手，朝那个男招待点了点头。男招待也点点头。

姑娘小声告诉马哥："小哥哥，这种东西是违禁品，我们可不敢搀和这事。你把钱放吧台上，一会有个人来喝酒，会放台子上一盒烟。明白吧。"

马哥点头，掏出三百块钱，平放在吧台上。

"小姐，来扎啤酒。"一中年男子站在吧台前。女招待放了一扎啤酒，放在吧台上。男子端酒的同时，把一盒烟放在吧台上，顺手拿走了马哥的三百块钱。端着酒去桌上了。

马哥端起酒杯，朝姑娘示意，然后一口干了，上衣兜掏出一打人民币，

捻了两张给吧女，把剩下的钱连同那盒烟一起装兜里，抬屁股走人了。

回到旅馆房间，他关上门，躺靠在床上，掏出烟盒，打开后仔细查看，发现有十支烟似乎是动过手脚，好象是把烟丝捻出点来，加上佐料，再把烟丝放进去，墩瓷实了，然后重新装盒封盒，这十棵烟还是能分清的，它比正常的香烟摸起来不那么顺滑，烟丝有些往外涨的感觉。

马哥把烟拿回来，打开看了，但你问他烟里边有什么，他还真不知道，他没接触过毒品，甚至没听说过。他只知道好玩，抽完了做美梦，这就够了。

自从查出来艾滋病毒，还从来没睡过好觉，恶梦天天做，小鬼儿夜夜缠，每天最怕的就是天黑。现在不一样了，有了一炮儿赛神仙，终于有了期盼，能夜夜寻欢了。

他抽出一支，用打火机点着，吸了几下以后，开始猛吸。他能感觉到佐料的位置和味道，猛吸几口后，他把半截烟放进烟灰缸捻灭，靠在床头上，细心的体会那种物质在体内流动，他能感觉到，似乎也能闻到，现在他的身体已经完全接受了这种物质。他开始兴奋了，他看见了米娜，她被一群仙女围着，这些女人全都赤身裸体，一齐向他扑来，他张开双臂，胳膊突然变长，把这些女人全都搂在怀里……

早晨起来，去外面吃了早点回来，感觉有点困，打了个哈欠，还想睡会，躺在床上，千头万绪涌上心头。离开米娜，已经五个多月了，不知道她在干什么，找没找工作，如果没找工作，坐吃山空，那点钱能花到哪去？怕就怕她走了神拿门这条路，再想回头就难了。虽然她通晓神拿二十四手，但是，功夫是练出来的，从她的手指的状态看，她根本谈不上有功力，万一哪天一失手，这辈子就完了。没办法，恨只恨自已，如果那天没喝那么多酒，如果那天不去桑拿房，如果那天不出去做生意……

妈的，又胡思乱想了。他拍了一下脑门儿，算了，已经写了绝情信，断绝了关系，就不用替她操心了。还是每天夜里放纵，淫荡。呼风唤雨的那种感觉来的实惠。对了，为何不再继续昨夜的美事呢？

他从烟盒里挑出一支烟点燃，吸着吸着猛吸几口……他上瘾了。

一盒烟几天就吸完了，他又去酒吧买了两盒，继续做他的美梦。只是天气太热了，白天不敢出门了。看来，广州是不能呆了，还是回北京吧，可是回到北京，到哪去买这种仙药呢？哎有了，一下买他一条，不，两条，这样就能抽几个月，等到秋天再过来，这样过候鸟式的生活也不错。

晚上，他又去了酒吧。他告诉女招待，想要两条那种烟，他要出一趟远门，一时半会儿回不来。姑娘答应帮他传话。喝完酒，直接回旅馆了。当然，夜里还是玩龙凤呈祥那些玩艺儿。

早晨，马哥被敲门声叫醒，他过去打开门，惊讶的发现，原来是酒吧女在敲门。她热情的打着招呼："小哥哥，早上好，你要的早点我给送来了。""早点？我……这么早？请进。进。"马哥把她让进来。姑娘走了进来，大声说道："你要的一碗绿豆粥，两根京式油条，还有一盘咸菜丝。"她说完，走到门前，轻轻的拉开一条门缝，往外看了一眼，关上门，马上说道："小哥哥，那个人把货放我那了，我给你送来了。"掏出两条烟，迅速塞到被单里。马哥把准备好的钱扔进了姑娘的布兜里。

姑娘并没有马上走，而是搂住马哥的脖子，温柔的求着他："小哥哥，玩儿玩儿我吧，我都想你了。"

马哥心有防备，亲了她一下，拿下她的手说："一码说一码，以后有的是机会。你先回去。"

酒吧女出去后，马哥插上门，迅速的把两条烟放进双肩包底下，上面放上衣服。他出门来到旅店前台。值班的是个中年男服务员。马哥对他说："大哥，帮着订张去北京的车票，要硬卧。""好的，我马上办。"服务员拿起电话。

六月的北京，虽说也开始热了，但不象南方那样潮湿闷热。但是车站里还是很凉爽很舒服。

穿过地下长廊，从西站南口出来，已经是下午两点多了。马哥盘算着，应该先去找中介租房子，尽快的踏实下来。做拿手这种工作，有个独立的居住环境还是很必要。不过，临回来的时候，进了两条一炮赛神仙，包中有些羞涩，好在自己就一个人，房子小点也能凑合。

马哥正在盘算，忽听有人"啊，啊"的叫喊。

不远处，有七八个男女，正在踢打一个人，被打的人抱着头，蹲在地上，声嘶力竭的叫喊。他朝这些走过去，问一个女人："这是什么人？"

"小偷，他掏我兜。"女人恨恨的说。

一听说是小偷，马哥把双肩包脱下，从背后换到胸前，然后冲上去，扒开众人，对小偷踢了两脚，扇了几巴掌。他问一个男子："这孙子偷了什么了？"

男子被问，稍一愣："倒是没偷到钱，听说偷了几张擦屁股纸。"

"嗨，我以为偷钱包了呢。算了，别打坏了。有些人假装做贼，什么都没偷，专门让你打，然后让你赔，这是碰瓷的。赶紧散吧，别让他讹上。"说着，自己先往前跑了。打人的也跑了。

到了站前公园门前，马哥买了票，进了公园，从包里掏出单反相机，开始拍照。

六月天，正是荷花盛开的季节。他沿湖赏花，摄影，觉得累了，进了一片树林，坐在石头上，摘下背包，伸手从包底下的夹层里掏出一个钱夹，从里面掏出一打子纸币，用姆指指甲刮了一下，塞进挎包里，把空钱夹插进旁边树坑的泥里。

他拍拍手上的土，自语道："嘿，他妈的，得来全不费功夫。"

作为神拿门的高手，第一练的就是反应，只有经过长期的，无数次的模拟演练，才能做到随时发现商机，随时能看到天上掉下来或正在掉下来的馅饼。他的挎包下面，有自己设计的一个夹层，带卡子，东西只进不出，他把背包挪到胸前，已经做好了接馅饼的准备。过去打人，捎带着摸了一个钱包，顺手插进挎包下面的夹层，时间以毫秒计，自己都为自己折服了。

"小兄弟，在这儿数钱呢？"刚才被打的那个男人站在面前。他五十多岁，身才瘦小，南方口音。

马哥故作镇定："数什么钱？你干嘛的？"

南方人在旁边的石头上坐下，对他说道："见面分一半，我不能白让你打。"

马哥装傻道："什么见面分一半，我不明白？"

南方人微微一笑："不明白？哈哈哈，你不明白？我明白，你那几巴掌，几脚，我都明白。你的便宜手玩的不错呀？"

便宜手。得，让他识破了，神拿二十四手里的便宜手，他怎么知道，难道……

南方人微笑着："放心，我不分你钱，我要你包里的一样东西。"

……………………………………………………………………………………

第四十三篇 始知吸粉 入伙公司

马哥好奇的问："我包里，包里没什么值钱的？前辈你是……"

南方人用鼻子闻了闻包："没错，就在你包里。"伸手拉开拉锁，拿出一条烟，又闻了一下，打开后拿出一盒，把整条的放回包里。又说道："小兄弟，真有好东西。"撕开后抽出一支，叼在嘴里，跟马哥要火儿。马哥赶紧掏出打火机给他点烟。

"你姓马吧？听师兄提过你。"他问。

马哥有些惊讶："您，前辈，你是……"

"我姓钱，论辈分你应该叫一声师叔。"他说。

马哥悟道："哎呦！师叔，钱……"

"钱豹。"他说。

马哥站起来一抱拳："您就是神拿门里，人称钱三抱的钱师叔？晚辈小马拜见前辈。"

钱豹将烟猛吸几口，掐灭扔掉，夸奖道："贤侄呀，好手段，神拿二十四手里的拉便宜手，让你用的淋漓尽致，随心所欲。手太快了！"他又从烟盒里挑出两支烟，同时放嘴里，让马哥点上，抽了几口以后，猛的运气深吸，将烟咽下肚中，然后慢慢的向外吐，吐完后，深出了一口气。他说道："小马呀，你这个里的东西有点少，抽了三支才将够，不过瘾。"把烟装进兜里。

马哥见钱师叔抽完烟后问道："师叔，凭你老的功力，刚才怎么会失手啊？"

"是啊，干一辈子了，大江大浪都闯过来了，今天在小河沟翻船了。丢人，丢人了。"钱师叔叹口气。

"不应该呀，那人的兜里有没有页子，您应该能知道啊？"马哥不解。

师叔摇一摇头："老了，手脚慢了，尤其是吸烟以后，就更不行了。

刚才呀，正在寻摸的时候，偏巧烟瘾犯了，眼睛啊，脑子啊都不好使了，可是又觉着今天出来没什么生意，心想凑合做一单吧，就鬼使神差的摸了那娘们儿屁股上了，就炸了。"

马哥更不解了："您烟瘾犯了。抽烟的人怎么？犯烟瘾？抽一支不就完了。不明白。"

师叔看了他一眼："装，你不是也抽吗，你就没犯过？"把兜里的羊城掏出来，亮了一下，又放回去。

马哥心想原来如此呀："师叔，你也喜欢这种一炮赛神仙呀？不愧是钱三抱。"

"什么一炮赛神仙？"师叔不解。

马哥笑道："师叔，这种烟里加了佐料，抽完了做好梦，我买了抽着玩儿的。"

师叔用食指在嘴边一竖，示意禁声："小声点，再招来雷子。你真不知道这烟里有什么？"

马哥摇头："有东西，不知道是什么，只知道抽完了以后，一切烦恼就都没有了。还能做美梦。"

师叔往四下看了着，神秘的说道："看来你不是装，要不然也不敢背着它在这呆着。你这个烟里有白面儿。老百姓叫粉儿，警察管它叫毒，医学上叫海洛因。统称毒品。"

"啊！"师叔这几句话，吓得马哥出了一身冷汗："毒品？我吸毒了。"怎么回事？他发愣的看着师叔。

师叔挺内行的分析："你这个烟里呀，夹的量不是很多，师叔抽了三根才将将够。不过倒是挺纯的。"师叔说得很轻松。

马哥此时如五雷轰顶："吸毒？太可怕了。我操她妈，又上了娘们的当了。这真是呀，最毒妇人心。防不胜防啊。"

师叔安慰他说："小马，是福不是祸，是祸躲不过。做我们这行，有些事是必然的，也是天意，只能顺其自然了。不过，将来要看各人的修为，还是可以戒掉的。你家住哪儿？"

　　马哥叹道："我现在是四海为家，刚从广州过来，还没找房子。"

　　师叔热情的说道："你不用找房子，可以先去我那儿住，我那是两个人合租的两居室，我一人住一间，房子里有床，现成的，你要不讲究的话，能凑合住，反正白天做生意，晚上就睡个觉。"

　　"跟您合租的是什么人啊，可靠吗？"马哥不放心。

　　"没事，可靠。都是自己人，他是我学生，但是没拜师。我们是一个公司的，房租两人分摊，一人一千。你要是来了，咱俩住一间，一人五百就行了。"师叔挺能算计。

　　马哥有些不解："前辈，你们公司，还上班呢？"

　　"噢，不是。"师叔解释着："我们叫公司，实际上就是个摆式。我们有一个老板，他负责管理，我们给他交管理费，一个月交两千。然后每天的收成都交他管，跑银行，去邮局，都是他。这样省不少心，也不用防着家里被盗了。"

　　马哥点头："这样好。前年我就被黑过，半年多的利润都被人吃了。而且，也不能总是把页子带在身上，天天去银行也不行啊，容易引来麻烦。有个公司就好多了，还可以把脏东西洗干净。"

　　师叔赞同道："对，辛辛苦苦的忙活一年，就怕黑吃黑。而且呀……"他小声的告诉小马："咱们吸的烟也由老板负责提供，咱就不用天天去追了，挺划得来。走吧，师叔给你接风，想吃什么……"

　　钱豹领马哥上楼，开了门，关上门后，对马哥说："左边这间是大间儿，右边这间是小间儿。我的学生叫苏甫，住小间。我住大间儿。来，跟我过来。"两个人进了卧室。

　　卧室里有三张单人床，远角靠窗户左右各有一张，左边的床上放着铺盖，肯定是钱豹的。另两张床，一张迎门儿冲，一张挨着门靠墙。张豹告诉马哥："这两张床，你随便，哪个都行。""谢谢师叔。"马哥道谢。

　　张豹伸手一拦："别介，记住了，以后不许叫师叔，我们只是合租房的租户，在一个公司上班。仅此而已。"

"明白了。前辈。"马哥反应很快。

门开了。苏甫进来喊："前辈，回来这么早？这位哥哥是……"

张豹抢先开口："你马哥，我介绍的，新来的业务员。"

"哦，马哥，我叫苏甫，以后多关照。有什么跑腿儿的事儿，尽管吩咐。"苏甫嘴还挺甜。

张豹朝苏甫一招手："小苏过来，铺底下有药，帮我上上点儿。他妈的，今天有点背，幸亏你马哥来的及时，要不然非残了不可。"

"前辈，对您来说，这还不是小事儿一桩。您不是经常教导我们说，想吃肉就要先学挨打么？对了前辈，您挨了揣，马哥哥可是吃上大馅饼了吧？"

"哈……"三人都笑了。

玲玲回到座位上，拿起筷子在桌子上戳。听了马哥的遭遇，心里有了些许的内疚，都怪自己来的第一天，跟表姐说了许多马哥他们家的坏话，还管马哥的爸爸叫马老梆子，如果没有那次背后嚼舌头，马哥也不会出走，也不会染上毒。

马哥的出走，不单使他在这条道儿上越陷越深，还惹的表姐为他流了许多泪，哭了无数回。这么看来，马哥哥好可怜啊。

玲玲长这么大，从学校到社会，今天是第一次听到毒品这个词，光这个"毒"字就足以让她心惊胆胆颤了。看来，不光是马哥哥吸毒，表姐一定也吸，因为每天晚上表姐都会去苑总那儿一趟，去的时候打哈欠，回来就有精神了。真想不到，这个世界上怎么还有这种东西，在看看家里这几个人，竟然有三个人吸毒，太可怕了。

第四十四篇 神拿二十四 米娜样样通

马哥出走了，米娜伤心了好一阵子，她不知道为什么他要走，自己做错了什么，而且她已经想好了，要死心踏地的跟他过一辈子的。现在有了身份证，可以领结婚证了，这个时候你跑了。你个混蛋王八蛋。

骂归骂，恨也只是在嘴上，人还要活，现在有玲玲做伴，还不显得那么孤单。

吃完早点，米娜拿个布兜子，出门儿前嘱咐："玲玲，姐去买菜，你在家练说话，不许一个人出门儿，北京狗多，小心被狗叼跑喽。"

玲玲不服气的："凭什么叼我呀？北京大街上那么多人呢。姐你可得注意点儿，楼西边有一家有一条大狼狗，净追人。"

"不怕，我的鞋是用风油精擦的，狗闻了就跑。"米娜说完，出门下楼去了。

表姐一走，玲玲开始练习普通话："呦，爷们儿，吃了吗您呢？大哥，上班呀？大叔儿，您早上好？姐，买菜去啦？哟呵，婶儿，瞧您的大孙子长得，啊，跟小胖猪儿似的……"

练了一会儿以后，她来到表姐的屋里，爬到床上，盘腿坐好，竖起两手的食指和中指，"嘿"呀"嗨"呀的练起了戳米袋。

戳手指是神拿门的基本功。米娜小的时候，与邓妈妈住在山洞里，每天除了吃饭，就是看书，那本神拿二十四手，已经被她翻烂了，各种手的训练方法，也已熟记于心，要想熟练的准确无误的应用这些手法，必须要练好基本功。玲玲多次问表姐，练这玩意儿干嘛使，米娜从不实言相告。但玲玲是个有心人，又聪明伶俐，总是趁表姐不注意的时候，在门缝中偷看，然后趁表姐不在，自己也开始练功。虽然她不知道练这个有什么用。

吃完午饭，米娜歇了会，把玲玲叫过来问："这些日子练什么新的了？说说听听。"

　　玲玲眉飞色舞，很得意说："这几天呀，开始学高端了。我发现呀，北京人在抬杠的时候挺逗的，就是你说什么我说什么，只是在说的口气上有轻重变化。比如像你姥姥的。你姥姥的。你爷爷的。你爷爷的。你奶奶你妈。你奶奶你的。你大爷。你大爷。你奶奶那个纂儿的。你奶奶那个纂儿的。姐，奶奶那个纂儿是什么？"

　　米娜好象也不太懂："这个纂是什么？是什么？噢，好象是老太太的脑袋后面盘起来的头发，用一个网子罩住，北京人叫纂儿。你奶奶的纂儿的，就是，就是，意思是揪老太太的头发。大概是。"

　　玲玲创根问底："那你说他们这样你爷爷的，你奶奶的，象是骂人，又不象是骂人，还都乐。"

　　米娜解道："北京人骂人，应该是很文明的。大多数是笑骂，有的话是男的说的，有的话是女的说的，身份不同，目的不同，说出话来意思也就不同。比如说你奶奶的，一定是男的长辈说的。你爷爷的，你大爷的，一定是街坊长辈中的女人说的。女人不能骂人，骂人就吃亏了，所以他笑骂你爷爷的，意思是说我是你奶奶。你大爷的，意思是我是你大妈。还有象你姥姥那个纂儿的，有时候是大舅妈笑骂外甥儿，转着弯的指的就是大舅妈的婆婆。细琢磨着挺有意思。"

　　玲玲听了也觉着逗："表姐，北京人老骂丫听的，是什么意思？"

　　米娜一刮玲玲鼻子："这些日子没学好，净学骂人了。"

　　"不学不行啊，如果咱不懂，他骂咱了，咱还不知道，没准还跟着乐呢。"

　　米娜点头："也是。丫挺的吧，说是骂人，细想起来也不算骂人。以前呀，有钱人家的男人，可以娶好几个媳妇儿，第一个媳妇儿是正房，其余的是偏房，有的连偏房都不算的是丫环，也叫使唤丫头。北京的这句骂人的话，意思是说，你不是正房养的，是偏房，丫头生的。不过呢，现在变了，都有继承权了，地位都一样，这种骂人方式主要意思是侮辱人。没什么意义。"

"深奥，太深奥了。"玲玲叹道："北京人骂人都这么含绪。"

米娜告诫玲玲："以后出门上街，遇见什么事，都不要骂人。骂人的人最让人讨厌。"

玲玲干脆的回答："知道了。哎姐，我问你，你练的那种功，是干什么用的？我跟你学吧？"

米娜考虑一下："不行，你不能学，这种功练不好会伤人的。出了事一辈子就完了。"

玲玲神秘的告诉米娜："你不告诉我，我也知道。"

米娜瞪了玲玲一眼："你知道个屁。回你屋里练话儿去。练好了好去找工作。"

"哎呦喂，都练三月了，我比北京人说话都北京人了。找工作？人都说我岁数小，不敢用。"

出了卧室，玲玲自语着："我练，我练什么？唉，那个出南门儿，那个走七步，捡了一块麂皮补皮裤，那个是麂皮，那个补皮裤，不是那个麂皮不必……"玲玲关上门。

米娜来到厨房，找了个大碗和一个小盆，碗和盆都接了水。到阳台窗台儿，拿了几片晒干的肥皂片儿，又到客厅搬来把椅子，坐下后，把肥皂片放在碗里，然后用食指和中指去夹。肥皂片较薄且小，着水以后很滑，米娜费了很大劲，才夹起一片儿，放在小盆里后，又继续在碗里夹。"唉，真费劲，这是谁想出来的母主意，这手艺太难学了！"

自己也笑了。谁想出来的？一定是邓妈妈想的呗。人家能练，我怎么就不能。据说一个夹肥皂片儿，就要练三个月，这刚哪到哪呀。三片儿还没练啊。继续。

一般来说，无论练什么技艺，必须先静下心来，不能胡思乱想。所谓功夫，其实就是时间，经过长时间的演练，由生到会，久练久熟，熟中生巧，水到渠成。

终于把四个肥皂片由右边的碗里，夹到了左边的盆里。她换个手，用左手夹。这下更费劲了，几十次的失败，才成功了一次。甩甩手再去夹，天论如何也夹不起来了，手还抽筋了。今天只能到这了。

看水里，肥皂片已经变得又小又薄了。他把小肥皂片儿捞出，又放到阳台上晾着，回来把水倒了，刷了盆和碗，坐在椅子上，有些困了，趴在案子上睡着了。

在厨房外边偷看的玲玲，见表姐睡着了，她蹑手蹑脚的回到自己的房间。她模仿着表姐的动作，开始进行空手练习。

空手演练，也叫意念法练习。当然，玲玲不懂什么意念法。她只是觉着好玩，凭想象去练就是了。其实，用意念法练习，往往更有效，在实际操作中，去水里夹肥皂片，肯定会用力，甚至会全身较劲。但是，越用力你就越夹不上来。它仗着的全是巧劲儿。

意念法练习的好处是，你不用把精为全放在手上，只要用脑子分析和想象一下，这东西怎么好拿上来，手也不会叫劲，所以反而事半功倍。因为意念练习法，可以长时间的练，永远不会累。

经过一段时间的训练，玲玲进步很快。有一天，表姐在厨房里夹肥皂片，手有些不好使，怎么也夹不上来。其实，这是到了疲劳期，凭你怎么感觉好，就是夹不上来。急死人了。

玲玲走进厨房，一只手搁在表姐肩上，看表姐表演。

"一边去，别这儿碍事。"表姐有些不耐烦。

玲玲笑了笑："表姐真笨，我教你。"说着，伸出一只手，双指入水，出水，肥皂片儿夹在手指中，在空中甩了几下，也没掉。手指一张，掉在盆里。自来水冲了冲手，甩干，依旧搭在表姐肩膀上。

米娜惊住了。她扭头看着玲玲，不解的问："玲玲，你怎么会？姐没教过你呀？"

玲玲撒回手臂，去冰箱里拿了一瓶水，拧开喝了一口，说道："姐，谁教谁呀？你还不会呢。我这个功夫呀，是梦中学的。有一天睡觉，一个大仙儿下界教我的。他还对我说，去教教你表姐。"

米娜信以为真，急问："真的？大仙儿还教你什么本事了？给姐说说。"

"大仙说，把这手功夫练好就行了。有些小小不严的都是雕虫小技，问你表姐就行了。说着，大仙儿扔给我一捆纸，愁老人家家对我说，练这个。我问怎么练，大仙说，你姐会。大仙儿就上天去了。姐，那打子纸是干什么用的？"玲玲是够鬼的。

米娜信以为真了。她对玲玲说："姐的床垫子底下有一打纸，你去给拿来。"

玲玲很得意，屁颠屁颠的去表姐的卧室，掀开垫子，拿了一打子纸回来，交给表姐。

表姐接过这捆与纸币大小薄厚一样的白纸，对表妹说："玲玲，表姐本来不愿意让你学这些东西。既然你说是大仙教过你，那就是天意。看见了吧，这些纸与一百元的纸币大小，薄厚都一样，练的手法分为：刮，捻，捏，摸，砸，掂，听，抽，挡，藏。我们行内管钱叫页子，这门技艺就叫页子手。这捆纸是一百张，相当于一万块钱，你拿着这捆纸回屋去练吧，给你一个月的时间，练不成不许出屋。"

玲玲拿着这打纸回屋去了。

米娜从座上站起来，抡了抡手，走出厨房，在客厅里做了几个俯身抻腰的动作，又做扩胸甩臂，下蹲后仰，最后拍屁股拍肩，回到卧室，靠在床上陷入了沉思。她两手搂着后脑，嘴里念叨："小马哥哥，你去哪儿了？为什么要离开我？没有你，米娜真的要做贼了。你这不是逼我出山吗？小马哥哥，发生了什么事，我们一起承担好不好？小马哥哥，回来吧，我好想你呀……小马哥哥。"

第四十五篇 姐妹初出 双凤盘龙

玲玲在屋里，每天拿着那一打子白纸耍鼓，按照表姐教的技法练习，慢慢的找到了手感。她很勤奋，除了吃饭，晚上看会儿电视以外，时间都用在练摸页子上。她很聪明，理解能力强，有些东西一点就会，加上刻苦又有耐力，仅二十余天，这捆纸币就玩得很溜了。小孩子就这样，喜欢干什么，就会疯了心似的去干，时间长了，就轻车熟路了。她有时候犯困，坐在床上眯着眼，手里还拿着那打子纸捻，很辛苦。

一天，米娜觉得很无聊，跟玲玲做起了游戏。"玲玲，咱俩玩抽页子吧，你抽我猜。"米娜说。

玲玲和表姐盘腿对坐在床上。玲玲拿着一打纸，用手捻了一下，说道："姐，这是五千五，给你收好。"双手递过去。米娜接过来，捏了一下："嗯。四千七。你抽了八百。"玲玲伸出手来一亮，高兴的大笑："我盈了，姐没说准。是九百。"

米娜很不服："不行，再来……"

"算了吧姐，你不行。看你这手，做家务的手。看妹妹的手，尖尖的，嫩嫩的，尤其是这两个手指，你看，并的多齐呀！"玲玲很得意的欣赏着自己的手。

米娜用手指一捅玲玲脑门儿："象你说的，姐这手只能洗衣服做饭呀？美得你。你想养活姐呀？"

玲玲二百五上来了，指手画脚的安慰表姐："姐，我养你。那什么，你就在家沏茶倒水，买菜做饭，打打太极拳。养得貌美如花，将来给我找个姐夫。啊……那什么……"

米娜用手指夹住玲玲鼻子："那什么个屁。我才不给你当老妈子呢。"手腕一转，拧了一下后，指着她说："那什么，瞧，让你带的。给我记住了，不许你一个人单独出去干活。听见没？"

玲玲揉着鼻子："记住了，"

“那什么，啊呸，改不了。玲玲。”米娜认真的对她说：“练了快半年了，第一步总是要迈的。这些日子，我们在外面考查。发现了一些商机。姐想啊，第一次，一定要谨慎小心，要有周密的计划，各种情况都要想到。姐呢，颠三倒四的想了几个方案，最终觉得，还是咱俩联手，来个双凤盘龙。”

玲玲一拍大腿：“姐，和我想的一样。而且就去火车站。我呢，倒饰成打工妹，你是高级白领。一定能手到成功。”

米娜也很兴奋：“玲玲，第一次，一定要重视。走，外面撮一顿去，开开荤，举办个仪式。”

玲玲爬起来，高兴的鼓掌：“姐英明。那什么，盐爆肉丝，烧茄子，我最爱吃的……”

火车售票大厅，每个售票窗口都有很多人在排队，显示牌上的字显示，所去方向车票的剩余票数，有不少已经卖完了。米娜和玲玲分开，边走边看。她们要找的，是还有票但也快卖完的窗口。终于，米娜排在了一队购票队伍的后面。队伍有二十几个人，售票窗还没打开，人们在焦急的等待。

玲玲来到窗口前，仔细看了外面挂的牌子，牌子显示剩余票数，西安，十五张。玲玲很是着急，想夹塞，没人给腾地儿。她今天换了装，上着花布短褂，下穿兰布裙子，脚上扣带布鞋。脑袋上扎了个刷子，朝天的那种。

她从前往后数了数排队的人数，在一个三十岁左右的男子跟前停下了。她给了他一个飞眼，叫：“大哥。求您个事儿。”

“什么事儿。”男子问。

玲玲把手有意无意的搭在男子手上：“大哥，我想买一张去西安的票，后面人太多了，恐怕买不到了。小妹我春节就没回家，你看能不能让我排您前面，我谢谢您了。”

“不行，后面排着去。我还不知道能不能买到呢。”男子说。

“保证能，我数了数了，一人买两张的话，到咱这儿也能买到。我就买一张。求你了大哥。”玲玲撒娇。

"真不行，我要让你夹，后面的肯定有意见"男子不同意。

玲玲见状，将手里的一百元钞票塞他手里。嘴上说道："大哥，行行好。咱老乡，同路，回家有人陪不好啊？"

男子看看手中的钱，又看看玲玲，松了口道："排着吧，别人问，你就说是熟人，一个村儿的。"

"谢谢大哥。"玲玲排进队伍。

这时，后面有人不满："别夹塞儿呀，后面排队去嘿，你合适了，我们都排一钟头了。"

男子对玲玲小声说："别说话。"回头向人解释："我老乡，一个村的。我替她排着呢。"

后面排队的米娜往前着急的看着，终于忍不住了："我操，我这曝脾气。"来到前面，指手划脚的问那个男子："大哥，自觉点，都是人，你让她夹塞儿，后面的人不就白排了吗？你这个外地的小丫头，懂不懂规矩？大家都辛辛苦苦的排队，你来了就夹塞儿？凭什么呀，你长得美呀，迷惑大哥呀？大哥，我也排你前面，都是女人，喜欢谁你挑。"

玲玲急了："哎，有钱难买愿意，人家大哥乐意，你管得着吗？你也想夹塞儿，你掏一百块钱，白让你夹呀？"她用手指着米娜，说完放下手，顺势拉开男子肚子前面腰包的拉锁。

米娜也急了，掏出二百块钱，举在男子面前："你个小狐狸精，你还知道用钱买路啊？大哥，我给你二百，我就排这儿了，把她赶走。"手放下时，从男子腰包里掏出一打人民币。

玲玲指着米娜，怒道："你是大狐狸，老狐狸，骚狐狸，狐狸精。"正好挡住男子视线，给表姐打掩护。

米娜将钱装进手包后，发狠的用手包杵玲玲，同时对男子说道："好，你等着，你这是倒票，犯法的，我去叫保安，找警察，看拘你不拘？"说完向门口走去。

男子也慌了："小姐，你去后边排队去吧，她要把警察找来，说不定会把我当黄牛抓了。我也就别回家了。一百块还给你。"

　　玲玲"哼"了一声，接过钱说道："姑奶奶今天的票不买了。我非收拾收拾这个骚狐狸不可。我去叫人去。"掏出手机，一边拨电话，一边急着向门口儿走去。

　　回到家，玲玲把几个袋子放在桌上，打开后，拿出餐盒，摆上筷子。米娜也把一个大袋子放桌上，从里边掏一瓶红酒，几听啤酒，可乐，饮料和冰其淋。摆放好后，玲玲收走塑料袋，拿了两个酒杯，用开瓶器开了红酒，给表姐倒了一杯。自己打了一听可乐，也把杯倒满。真渴了，她有点等不急了，端起可乐先干了，然后又倒满。嘴里打了个气咯，拍了拍胸，自语道："真舒服啊！"

　　米娜指着玲玲，教训道："懂点儿规矩，以后姐不说吃，就不许吃，姐不说喝，就不许喝。"

　　玲玲撒娇的："大表姐，这是在家里好不好？渴了不喝，饿了不吃，那不成傻子了。那好，大表姐，我敬你一杯行了吧，先喝为敬。"端起杯又喝。

　　米娜也拿她没办法。"你说你，刚来的时候，就一怯丫头，这刚半年的功夫，你就变成个京片子了。"米娜指着她说。

　　"姐姐，不是有句名言吗？人前一分钟，人后半年功。这半年我吃了多少苦，受了多少罪，手指头练肿了，嘴里也说出了大泡，但是呢，这苦尽甘来了，该享受享受了吧。"玲玲挺得意。

　　米娜喝了一口洒："不过呢，你今天的表现还真不错。这几天没白练。但是，谁教你的，骂人骂骚狐狸，你当着那么多的人骂骚狐狸，当时我差点真急了。都想抽你了。"

　　"那是临场发挥，想什么说什么。表姐怎么能是骚狐狸呢，是狐狸也是香的呀。"玲玲一边解释，一边伸鼻子闻着。

　　表姐笑道："你说你，刚来的时候，张嘴还啥呀，咋呀，满嘴的高粱花子，看现在，你再在大街上侃起来，还真是地道的北京妞儿，京片子。

不过玲玲，亲姐妹，明算帐。"米娜从包里拿出一打钞票，捻了五张，又捻了五张，又捻了十张。她告诉玲玲："今天咱们旗开得胜，生意做得不错，给你五百零花钱。这五百是姐的。这一千是咱俩人的生活费。剩下的分两个存折，你一个，姐一个。以后做生意，尽量不要单独出去。一个人风险大，两个人成功率高。所有收入都平均分。"

"不用表姐，都给你，我有点零花钱就行。都给我外甥攒着。"玲玲满不在呼。

"明天以后，吃完早点，就去公园跑步。每天一个小时，绕湖跑两圈。"米娜象布置任务。

"姐。公园里跑步的都是闲人，有那功夫研究研究业务好不好。每天跑一个钟头，还不累趴下。"玲玲申辨。

米娜严肃的告诫玲玲："必须练，尤其是你，刚来半年多，长了得有七八斤了，走路都有点儿蠢了，再这样下去，不出仨月，你就成八戒了。"

玲玲自己分析："是长了点儿肉。那是因为在北京吃的好。在家想长都长不了。你看，在这里，想拉想撒，一扭屁股就行了。在咱家还得跑出老远去。条件不一样。"

"玲玲。"表姐认真的说道："女孩子要有自尊心，要注意形象。你不是为了今天活着，而是为了明天活的更好。你现在还小，过几年你长大了，你就知道了，女孩子早晚都要有个归宿。要想有个好的将来，你就要努力去做一切能做的事。练好你的形体，保护好你的容貌，我们不会永远干这行的。"

"看看，还真应了那句名言了。"玲玲说："饱暖生闲事，这刚吃上肉，又要往下减，还不如吃窝头咸菜呢。好歹长得慢点。"

米娜放下筷子，对玲玲说："不用收了，晚饭够了。"回卧室。

按江湖上的说法，米娜算是正式出山了。幸运的是，第一次出手，就是那么顺利，那么完美。短暂的兴奋后，开始规化未来。人常说，光看贼吃肉，没见贼挨打。肉吃了，那顿打什么时候挨呢？打得狠么，会打成什么样？米娜开始不安起来。不过，既入江湖，身不由己，撑死胆大的，饿死胆小的。她觉得她不是坏人，只是为了生存。是坏人害了她，拍花子的拐骗了她，是马哥哥欺骗了她，她已经有家难回了。她还有个儿子，生了你就要养，为了孩子，豁出去是必须的。

小马哥哥不辞而别，半年多了，也没个音信，是不是不要我了？还是外面有人勾着，或是别的什么原因，烦死了。这么看来，把孩子送走，他一定是计谋好了的。我真傻，没有孩子，自己就没有了护身符，他也就没了牵挂，天空任鸟飞了。

唉，可怜的是我儿子，虽然有他爷爷奶奶看着，可是他们那个家庭，在镇子上已经臭名远扬了，将来的孩子，怎么能抬得起头来？儿子啊，妈对不起你。

"宝宝，宝宝，

你是不是长大了？会坐了，会爬了。

你是不是已经会站，会走，会跑了？

妈妈不在身边，

你是不是会哭，会闹，会烦，会恼？

宝宝，宝，都是妈妈不好。"

米娜低声自责着。

第四十六篇 莲池赏荷 偶救苏甫

沿着湖跑了多半圈，玲玲跑不动了。她扶着一棵树喘气。米娜停下来，在前面等着她。她半走半颠的跑过来求饶："我的亲姐，慢点儿不行啊？挣命呢？我可受不了了，肠子都快出来了。"

"哪那么怂啊？两公里都不到。再说了，跑，对于我们这行儿来说，也是基本功，能跑的以后就少挨打。也就是说，我们每天上班，都要做好跑的谁备"

玲玲很无奈的表示："要早知道这样，还真不能干这行。不单想着别挨打，还得想着跑。累死了。"

米娜放了一马："那好，今天第一天，少跑点儿，我也累了。平时不锻炼，冷不丁的一下跑这么远，还真不适应。"

玲玲用手一指："你看人家那些大爷大妈，人家跳舞，跳四个钟头都不累，要不然咱也去跳舞吧？"

"你去跳？是你找大爷，还是大爷找你呀？你肯定是抢手货。弄不好那些大妈合起来扁你一顿。"米娜也笑了。

"唉，还是北京的人有福气，四五十岁就不干事了，跳舞成职业了。"玲玲感叹。

米娜总结道："他们那一代人呀，早年活着累，晚年累着活。往回走吧，天儿太热了，回去还得洗衣服。"

两个人往回走。玲玲指着两侧的盆栽问："表姐，这是什么花，怎么都种水里？水都泛臭味儿了。"

"这叫荷花，是水里长的植物，咱家那头没有。荷花六七月份开花，每年还举办荷花节。姐去年怀孕的时候，天天过来赏荷。现在开过了，有些残败了。但是专门有人赏残荷，也有一番乐趣。"米娜挺懂的。

出了公园。姐俩一人拿着一瓶水，倚着路边的栏杆休息。米娜指着不远处的建筑，告诉玲玲："这是西客站的南广场，从这个门儿进去，一直往北走，能走到售票处，能出北广场。我们住南面，如果买票，可以从这个门进去，如果做生意，必须去绕北广场。做完生意不可以直接回家，要绕个圈在回，明白了？"

玲玲领会的挺快："这还不明白，这不就跟那个谍战片似的吗，要甩尾巴。"

米娜摸了玲玲的头一下，直腰要走时，有几个人从眼前走过，向站口方向走去。离这些个人后面十几步远的距离，有一个男青年，这个男青的眼神闪电般的斜了米娜一眼，引起了米娜的注意。这个人的眼速太快了，瞧美女吗？肯定不是，象米娜和玲玲这种颜值的女人，男人肯定会瞄的，但肯定不可能只看零点几秒。平时有很多男人看她，那种看美女的神态，她是很享受的。而这个年轻人，肯定不是看美女。看什么呢，嗯，明白了。这个人一定是自己的同道儿，他在迅速的解栋她们的身份。他盯上了前面那几个人中的一个，他该下手了。

米娜提醒玲玲："注意这个男的。不要看。"玲玲点头意会。

男青年后面，有个四十岁左右的胖女人，小步紧倒的走过来，从她头上戴的冒子来看，应该和前面那几个人是一起的。米娜心说："坏了……"

只见男青年脚步加快，追上这伙人，在一个女人后面，紧迈两步后，转身就往回走，并往裤兜里塞东西。米娜赞道："嘿，好漂亮的蝎子摆尾。"

男青年的举动正好被后面的胖女人看见，她与男青年擦身而过后，抬腿向前跑去。她追上同伴，向女同伴比划，此同伴赶紧检查挎包……

米娜见状，说声："不好，被发现了。玲玲，拦住他。"

玲玲一边扬头喝水，一边斜着在路上走，正好与男生撞上，玲玲摔倒。水瓶子滚出老远。玲玲喊叫："瞎了你，有人看不见，哎呦，腿折了，姐，救命啊……"

男生有些慌："小姐，你是斜着走，我直着走，是你撞的我。"

米娜冲过去，推了男生几下，大声喝道："撞倒了人还强词夺理，连个道歉都不会，找抽呢？"

男生见人家有帮手，又是女人，只得认怂："大姐，大姐，是我不对，是我瞎摸磕瞪的没看见，摔坏了没有，不行我带你瞧去……"

男生话没说完，就被追过来的几个男人按住。胖女人跑过来，指着男生："就是他，他是小偷，我亲眼看见的。"一个男的大声喊："送派出所。"扯着男生就往车站方向走。

胖女人过来对米娜说道："谢谢小姐帮我们抓贼。他是小偷，我们得送派出所。小姑娘摔坏了吗？"

米娜扶起玲玲，对胖女人说："不碍事，小孩皮实。这王八蛋，应该枪毙他。走，表妹，回去上点儿药。"

几个人押着男生往车站方问走。男生大声喝问："你们想干什么，抢劫呀？来人呀，救命啊，打劫啦……"

一个中年女人指着男生骂道："你是贼，是小偷，你偷了我钱，把钱交出来。"

男生骂道："我偷钱，哪孙子看见了？捉奸捉双，拿贼拿脏，咱去派出所，你们要冤枉人，我跟你们没完。"

胖女人指着男生裤兜，肯定的说道："就是你偷的，我看见了。就在他裤兜里。"

有个人伸手去掏男生裤兜，掏出了几张餐巾纸，另一个裤兜什么都没有。他手一摊说道："还真没有，你是不是看花眼了？"他问胖女人。

胖女人也有些犹豫："反正我是看他跑到她身后，转身又往回跑，往这个裤兜塞东西。"

"哟，大妈，那是我屁股里憋了一泡屎，想去车站里的茅房，跑着跑着又憋回去了，不想拉了，就把手纸装兜里了。大妈呀，看你也就五十多岁，眼睛怎么都花了。"

看模样，胖女人也就四十左右，被男生左一声大妈，又一个大妈，叫得有些挂不住脸儿，已经乱了分寸，急得说不出话来。

男生使劲一挣绷，那些人见没证据，也就松了手。

男生指着丢钱的女人质问："你坐没坐公交？上没上地铁？去没去商店？谁证明你包里有钱？我还说你讹诈呢，没丢说丢了。不行，你们谁都别走，去派出所，今天不查清楚了，我跟你们没完。谁有手机，替我报110。"

一中年男人走过来，拍了一下男生肩膀："兄弟，对不起，是误会，让你受委屈了。这样，给你一百块钱，意思意思。"

"不行，你们把我当犯人抓，我这面子往哪搁？再说还耽误我出摊了呢。咱去派出所，让警察断。"男生得理不饶人了。

"得，再添一百，二百。总行了吧。兄弟，我们是赶火车，报案都没功夫了。"说完，把钱塞男生手里。

男生接过钱，犹豫了一下。那几个人趁机离开，赶火车去了。

男生把二百元揣裤兜里，失落的顺路走着，到了一个面馆附近，透过玻璃，看见刚才拦他那两个女子，正坐在里面点菜。他退回几步，进了餐馆，直接上二楼。

楼梯口有一个女服务员，她朝他一点头，招呼道："甫哥，您来了。正好有空座，专门给您留的。"前面带路，进了一个单间。

甫哥坐下，对服务员说道："麻烦一下，楼下靠窗户坐着两个女孩儿，你去把她们请上来。"服务员出去了。

甫哥站起来，来到备餐桌前，拿起一块儿叠得整齐的湿毛巾，擦了手和脸，又回到餐桌前坐下。外面楼梯响，服务员引着米娜和玲玲进来，拉开椅子，让二位坐下。她给二位递上毛巾，拿茶壶给每人倒了一碗水，回身拿过菜谱，递给甫哥说："甫哥，请点菜。"甫哥手掌向上，朝米娜这头一让，没说话。服务员转身问米娜和玲玲："两位小姐请点菜。"

玲玲倒爽快："盐爆里脊丝，烧茄子。"

米娜赞同的点头。

服务员扭脸看甫哥，甫哥没犹豫："一斤虾，两瓶啤酒。"伸手让米娜。

米娜跟了一句："啤酒，果汁。"服务员出去了。

稍沉默一会儿，甫哥斜靠着椅背开口了："大姐怎么称呼啊？我叫苏甫。"

米娜没理会苏甫，手摸着玲玲的脸蛋问："你什么辈份呀？"玲玲没说话，她不理解表姐什么意思。

苏甫有些诧异："大姐，不亲不故的，怎么论辈分？"

米娜端起茶杯说："蝎子摆尾可够毒了，不亲不故的还不上去就踩呀？"

苏甫闻听，赶忙站起："大师姐？真是大师姐？小弟早年听说，大师姑收了个义女，容颜盖世，美貌倾城，刚才对了一眼，立马儿就心中乱颤了，恕小弟有眼不识金镶玉。"

米娜放下茶杯问："你叫苏甫？不认识。"

苏甫也不生气："大师姐，我师父是神拿门的老三，姓张名豹，人称张三抱。邓老师是我大师姑。大师姐与大师姑仙居深山，所以我们没有来往。不过，师父说过，大师姑年轻时就是绝色美女。大师姑的义女更是天下无双的美佳人儿，这些年，兄弟经常夜梦师姐，盼仰真容，今天有幸偶遇，大师姐果不虚传，堪称盖华夏，傲九州的第一美女，没有之一。"

米娜不自谦的笑了笑。女人就是这样，经不住男人花言巧语的吹捧，虽然自己确实长得美，但是象眼前这个叫苏甫的这种盖华厦，傲九州的侃的没边儿的吹捧，还真是头一次听到，她喝了一口茶，自我介绍："我叫米娜，邓老师是我养母，你这个小师弟学艺不算精，嘴过关了。"

"是，大师姐。这个小妹怎么称呼？"苏甫问玲玲。

玲玲坐直了身子："我叫玲玲，你既然是我表姐的师弟，也是我的师弟吧，叫我二师姐就行了。"

米娜拍了玲玲脑门儿一下："别胡闹。她叫玲玲，是我表妹。苏甫，今天认识了，按本行规矩，出了门就不许互相盘道了。就不再有门里的规矩了。我们可以直接叫名字，也可按岁数排大小。"

苏甫赶紧改口："米娜姐。玲妹妹。"

米娜一摆手说："你大，你是哥。"

玲玲手里拿着茶碗说："甫哥。哎呦，菜怎么还不上啊？"

苏甫解释道："今天咱们来的早，人家刚开门。不着急。玲妹长得真俊啊！"

玲玲也很得意："你看上啦？"

米娜扇了玲玲一个耳刮子："小屁孩儿也学坏了。"

苏甫站起来，给米娜和玲玲鞠了一个躬，谢道："今天幸亏有两位妹妹出手，不然苏甫就现了。谢谢娜娜，谢谢玲玲。妹妹以后有用的着苏甫的地方，尽管开口，苏甫愿效犬马之劳。"

女服务员端着托盘走进来，往桌上摆筷子，杯子，碟子和毛巾。传菜员送来啤酒和饮料，服务员接过摆在桌上，用启子开了瓶盖儿。给米娜和苏甫倒了啤酒，给玲倒了饮料。传菜车推进来，上面有炒菜。服务员转身，把菜端上桌。然后问苏甫："甫哥，菜齐了。还有什么需要吗？"

苏甫看了一眼："嗯，没有素的。你给我上一盘香椿苗拌豆腐丝，一盘大拌菜。"

服务员点头："好的甫哥，你稍等。"出去了。

苏甫指着桌子叫："米娜，玲妹，吃，畅开儿吃，不够咱再要。"

米娜站起身，伸手瑞起装虾的盘子，往玲玲的餐盘里拨了一些虾，告诉玲玲："这是大虾，把皮剥了，沾着汁儿吃。今天你是他的救命恩人，这是你应得的。多吃点，晚上就不用吃饭了。"

玲玲不太明白："姐，晚上不吃饭啦？这一顿饭管一天呀。那还不如剩点带回去，留着晚上吃呢。"

苏甫伸手一指桌子："玲玲，畅开吃，中午吃中午的，晚上说晚上的。那什么，吃完了以后，要个你爱吃的打包带回去。米娜，今天危难之际，你用起哄嫁秧之计，掉页填土之法，解了兄弟麻烦，兄弟无以为报，敬你一杯。"喝了一杯啤酒。

你甭说，苏甫看着岁数不大，嘴里说话倒是挺甜的。仔细端祥，眉了眼儿的还真透着帅气。自从马哥走后，米娜一直在家练活，除了玲玲，还没跟外人坐一起聊过，尤其是男人，她自己都不明白，是因为马哥甩了她，而恨所有的男人，还是对马哥念念不忘，一往情深。不过，眼前这个男孩却实讨喜，而且精于事故，说话听着舒服。应该抓住今天这个机会，交好他，以补偿身心所需，也算是对马哥背叛行为的一种报复。

服务员端着两盘凉菜进来，把菜摆放在桌上，出去了。

米娜端起酒杯，对苏甫道："甫哥，今天偶遇，也可能是缘，同门兄弟，就是一家人，不用那么客套。来，我们一醉方休。"一大杯全干了。苏甫陪饮后，赶忙起来，拿瓶子倒酒。

米娜从座位上拿起手包，打开后，从里面拿出一打子钞票，放在苏甫面前说："这是你的，刚才是替你收着来着，"

苏甫赶紧摆手："不不不，米娜，打我脸了，按规矩，你兜里的就是你的，更何况你还救了我一回，而且初次见面，就是山穷水尽，也得有个见面礼呀。赶紧收起来。"

米娜不以为然的答道："物各有主。甫兄忙了一大早上，又上公交，又坐地铁，又给我们展示了蝎子摆尾的绝技，已经很受益了。而且我和妹妹偶施小技，验证了所学，实在是应该感谢你才是。钱是你的，收起来。"

苏甫把钱拿过来，手捻出一半，递到米娜跟前，说道："给个面子，就算堵你的嘴，别把今天的事说出去。对，封口儿费。"

米娜把钱装包里，不太情愿的说道："那行吧。只能渔翁得利了。就算见面礼吧。"

苏甫高兴的："应该的。服务员。"起身走到门外。服务员应声走了过来问："甫哥，有什么吩咐？"

....

第四十七篇　苏甫谢恩　喜认双妹

苏甫小声与女服务员耳语几句，把手里的钱交给了她。转身进屋坐下，端起酒杯，对米娜说道："娜娜，今天能与你这样的绝代佳人一起喝酒，真是八生有幸，我要是不喝醉了，得后悔一辈子。我干了。"一饮而尽。

见苏甫干了，米娜也不示弱，一口气喝一大杯，杯子一墩，苏甫又给满上。

米娜开始喜欢苏甫了。据她分析，苏甫没有过女人，肯定是个处男，第一次交往，要拿出舍命陪君子的精神来，不能轻易放他走，要拖延时间，最好的办法就是喝酒，喝醉了，才能缠上他。

苏甫二十多岁的小伙子，喝酒肯定不在话下。见米娜放开了跟自己喝酒，也是受宠若惊，非常殷勤的拍哄米娜。只有玲玲不声不响的剥虾吃。桌上的虾皮已经起堆儿了。

米娜突然想起了什么，问苏甫："苏甫，你师父叫钱豹，为什么人称钱三抱啊？"

这一问，问得苏甫有些不好意思了："这个，那个么，是这样，我师父呀，个长的不高，又不英俊，所以呢找不着对像，一辈子没结婚，为了不让别人看笑话，就每天出去找女人。他总说，不结婚不见得没女人，只要找，就一下找仨，只要一有人问他，今天没找去呀，他自己就吹，找了，能不找吗？人家问他，找几个？找了仨。所以别人就叫他钱三抱，后来成了大号了，"

米娜和玲玲听完都笑了。玲玲说道："甫哥哥将来肯定青出于蓝胜于蓝了。"

苏甫喝了一口酒："我师父跟我留了一手儿。本来神拿门是神拿二十五手，结果他就教了我二十四手，所以没学会。"

米娜终于放开了笑了。"近朱者赤，近墨者黑，有些东西心领神会就够了，不用特意去学。神拿门里还没有溜须拍马呢，那你多这一手儿是跟谁学的？"米娜调侃着说。

女服务员走进来，把一个手机盒放在苏甫面前说："甫哥，买回来了，剩下的钱买了三百块的话卡。"

苏甫抬了抬屁股："谢谢小姐姐。"服务员出去了。

"玲妹妹，侠肝义胆，救甫哥于危难之间，怎么谢都不为过。这个手机，是你的，两张电话卡，还有三百块钱话费，拿着玩儿。"苏甫说完，把手机推给玲玲。

玲玲正在往嘴里放虾，一下惊住了："真的，啊，谢谢甫哥。"马上用毛巾擦干净手，拿过手机盒仔细瞧，她很兴奋。

米娜笑着说玲玲："瞧你那点儿出息，谢也应该谢你姐呀，他只不过是代劳。主次都分不清了。"

玲玲马上省了，探头亲了表姐一下。亲完表姐，又绕到苏甫身前也亲了苏甫一下。"谢表姐，也得谢甫哥，不偏不向。"玲玲说完，回到座位上。啧了下嘴，肯定的说："哎表姐，我发现了，亲男生和亲女生的感觉不一样，还是亲男生感觉好，舒服。"

米娜当时就产生了醋意，训诉玲玲："懂点规矩。小屁孩，懂什么男生女生，你还没到十八岁，不该你做的事就不要做。苏甫，我提醒你，以后不许再给玲玲买东西，否则别怪我不认识你。"

苏甫赶忙点头解释："是是，就这一次，算是谢恩。没别的意思。"

米娜用手托着腮，手里转着酒杯，对苏甫说道："没想到啤酒也有劲儿？"

苏甫站起来给米娜倒酒，边倒边说："啤酒就是水，一般人的酒量看肚子，肚子大，就能多喝个一瓶两瓶的，瘦形的，苗条的，肯定就喝不多。不过娜姐个高，两三瓶没事。服务员，再来两瓶啤酒。"

服务员拎着两瓶啤酒来进来，开了瓶放桌上。拿起一瓶给米娜和苏甫的酒杯倒满后出去了。

米娜用手掐了一下脑门，端起杯道："那我就舍命陪君子了。苏甫，干一杯。"两人干杯。

玲玲把手机盒打开，拿出手机欣赏一会，又看说明书，看不太懂，问表姐："姐，这个手机怎么用啊？"

"先收起来，回去再告诉你。"米娜继续喝酒。

玲玲撇了一下嘴。把手机放盒里，开始吃饭。

米娜又倒满一杯酒，扬脖就灌，喝了半杯后，差点喷了，终于喝不下去了。她把杯放在桌上，捂着嘴打个嗝，"哎呦"一声："这回真喝不下去了。多了，多了。"

苏甫奉承米娜道："娜娜海量，女中豪杰，这点啤酒还不是小菜儿。"

米娜舌头有些大了："甫，甫，要是平常在家，这，这点儿，点儿酒还真不当事儿。喝完了倒，倒炕就会。在，在外面不行，脚下拌蒜，回，不了家，摔了你管？"

苏甫满不在乎："嘻，有哥们儿呢，走不动怕什么，我给你背回去。"

米娜用一只胳膊支着头，另一只手摆手道："不，行了。我太沉，你背不动。"闭着眼，拿筷子在桌上划。

苏甫见米娜真喝多了，也就不让了。他喊了一声："服务员。"

服务员进来问："甫哥，还需要什么？"

"你给炒个鱼香肉丝，量大点，两份米饭，打包。"

服务员应声出去了。

苏甫问玲玲："玲妹妹，吃饱了吗？咱姐不能喝了。你要吃饱了咱就撤。"

玲玲扒完最后一口饭："吃饱了。你们不吃啦？这个烧茄子还没动呢。这个虾是不是打包拿走啊？"

苏甫把杯中酒喝完："随便，你爱吃就打包，去跟服务员说一声。你们住的远不远？要远的话就打辆车。"

玲玲端起装虾的盘子，对苏甫道："远到不远，可是也不近，坐车也就十几分钟的路。"出去找服务员去了。

出租车停在楼门口儿，苏甫下车，搀米娜下来。玲玲从另一侧下了车。

他两只手架着米娜的胳膊，另一侧是玲玲，一只胳膊托着表姐，一手拎着塑料袋。来到楼下，上了几级台阶，不好上，楼梯有些窄，加上米娜迈不开腿，上着费劲。苏甫想了一下，对玲玲说："你扶着点儿，我背着她上。"

玲玲扶着表姐站直，苏甫哈下腰，米娜趴在苏甫身上。苏甫背起后，对玲玲说："玲玲，你抄她腿，就跟推小车似的那样，咱一口气儿就上去了。"

玲玲把塑料袋套在腕子上，两手抓住表姐的脚脖子，就象推小车，在后面跟着往上走。

苏甫费了老鼻子力气，终于背到了六层。玲玲把手松开，掏出钥匙开门。

进了屋，把表姐拖进卧室，放在床上。玲玲把餐盒放在餐厅的桌子上，回到卧室，把表姐的鞋脱掉，用力一搬，把身子弄正，再把枕头垫在她头下。

玲玲坐在床边上喘气，苏甫也累的够呛，哈着腰捂了会儿胸口。他看着玲玲，心里有些犯热，伸手用手指的外侧在玲玲脸上蹭了一下。玲玲用眼瞄了一下苏甫，并没有躲，只是稍显羞涩。

"苏甫，不能再喝了，我醉了，该回家了。啊，走道儿拌蒜了。真喝多了。"米娜自语着。

苏甫来到床边说道："米娜，你没喝多。酒都喝完了。"

米娜举起一只手，往床上一砸："这是哪呀，酒呢，都喝完啦？"

"都喝完了。现在已经回家了，在床上躺着呢。"苏甫告诉她。

玲玲起身对苏甫说："我去卫生间。"出了卧室。

米娜用手在床上摸着问："在床上躺着呢，在哪儿，怎么摸不着？小苏，你在哪儿？"

苏甫摸了一下米娜，告诉她："我在，就在这儿。"

米娜抓住苏甫的手，往上一探身，一只手搂住苏甫的脖子，用自己的朱唇紧紧的嘬住苏甫的嘴。苏甫短暂的紧张了一下，俯下身和米娜亲吻起来。看来她是似醉非醉？

玲玲走进卧室，看到这一幕，有些不知所措，她坐到床边问："甫哥哥，你们干嘛呢？"

"啊，那什么，你姐要吐，又没有盆，就吐我嘴里了。"苏甫打圆场。

"我也想吐，甫哥哥，没有盆儿，也吐你嘴里吧？"玲玲假装天真的说。

"玲，玲玲，回你屋去，这是大人的事，以后不许看。"米娜教训了玲玲。

"哼，你们又不是两口子？亲嘴儿还分大人孩子？"玲玲嘟囔着出屋。

苏甫想扒开米娜的手，但被搂的更紧了。米娜哀求着："苏甫，抱抱我，我难受。"

苏甫哈下腰，把脸贴上去，让米娜疯狂的亲吻他。她把柔软润滑的舌头伸进他的嘴里乱搅，他求苏甫："嘬我，使劲……"

苏甫还真是个处男，不敢太主动，但还是顺从的按照米娜的吩咐做了。他突然觉得很享受，原来与女人亲亲是那么的美妙，尤其是主动向你进攻的女人。

不知道多长时间，米娜终于尽性了，满足了。她松开手，摊卧在床上，酒劲开始上来，有些昏昏沉沉了。

苏甫起身，撤步后退，轻轻的拉开门……

"苏甫，不许走，我今天救了你，你就是我的……"米娜说着醉话，酒精开始管理大脑。

出了卧室，转身要走，发现玲玲站在身后。苏甫正要向她告别时，玲玲突然用嘴吻了他一下。

第四十八篇 小马不归 房东逐客

时间过得很快，夏天就要快过完了。这几个月，苏甫经常到米娜这里串门儿，他很喜欢玲玲，但是米娜看的紧，决不让他碰玲玲，她警告他，玲玲才十八岁，你敢碰她我跟你急。苏甫也不太介意，反正每次来了，都能跟米娜腻歪腻歪，还可以和玲玲偷偷的打个蹦儿。不管结果如何，有两个女人围着转，谁又还能不愿意。既使不是恋人，先做情人又有何不可？反正结婚还早着呢。

苏甫经常来米娜家里打趣，时间久了，就惊动了一个人。

房东大爷经过一段时间的观察，见楼上总有男人出入，不是租户小马，遂起了疑心。一天，终于忍不住了。苏甫刚前脚进屋，大爷就来敲门了。

米娜开了门，叫声："大爷。"

大爷进了屋，看见了苏甫，大爷问："你是干什么的，为什么老到这来。"

米娜赶紧答道："大爷，他是我朋友，是来串门儿的。"

大爷不客气的说："一个男的，老往女人堆里扎，谁知道你们什么关系？通知你一声，给你们三天时间搬走，我的房里不能搞这些污七八糟的东西。"说完，大爷出去了。

米娜不知所措，当时就愣了。玲玲也低头不语。她们心里清楚了，房子是马哥租的，马哥交的钱，房东大爷只认马哥。苏甫来的次数多了，肯定会引起大爷的怀疑，他一定是怀疑米娜出轨了。

玲玲好象并没往心里去，米娜却受不了了，急的流出了眼泪。可不是，马哥曾经跟房东说过，她是他媳妇，现在马哥不在家，家里总来男人，搁谁也会怀疑的。看房东大爷说得挺坚决，恐怕没有商量的余地。而且，自己确实是理亏。没办法，只能搬家了。但是，另找房子，说起来容易，找起来麻烦，一时半会儿的不见得能找到附近的房子。而且这一带的房子，租金越来越高，自己又没和房屋中介打过交道，三天？要了亲命了，哪儿找去。

　　看着米娜伤心落泪，苏甫也很着急。北京的老头儿老太太是有名的小脚儿位缉队，没事就爱趴门缝儿。这到给他提了个醒儿，这房子还真不能住，搬是必须的了。但是，往哪搬呢？你找中介，十天八天的也找不着合适的。而且，你若着急找房，中介就会哄抬租金。当然了，也不能怨房东，是自己不小心，没有防范意识，假若每次来的时候注意点，脚步轻点，估计也不会引起房东的注意。说什么都晚了。

　　"这样吧，表姐，我想……"苏甫欲言，

　　被米娜打断："闭嘴，谁是你表姐？装什么孙子。"

　　玲玲过来，扒着表姐的肩摇了几下："姐，你干嘛呀？人家甫哥……"

　　米娜冲玲玲也发火了："你也闭嘴。告诉你，你以后少跟他勾搭，不听话就把你送回老家去。你才十八岁，还是个孩子，他凭什么叫我表姐，是不是因为你。告你苏甫，你再打玲玲的主意，我跟你玉石俱焚，鱼死网破。不信就走着瞧？"

　　玲玲赶紧圆场："姐，不是你想的那样，我跟甫哥什么关系都没有。甫哥每次都是冲你来的，她还让我管他叫姐夫呢。是不是姐夫。"

　　苏甫也应承着："是是，还真是，每次都是来看娜姐的。"

　　米娜破涕笑了一下："谁他妈信呢？你嘴上老是表姐表姐的挂着，一切都是屁话。"

　　苏甫反问道："那叫你什么，不叫表姐？对，米娜，娜娜，小娜娜。行了吧？"

　　米娜笑了，用脚踢了他一下。转而又愁道:房东让搬家,你说怎么办？"

　　苏甫思考了一下："做我们这行的，一般住房要住顶层，这样说话不容易被人听到。所以一时半会的不见得找得到。这样吧，我与别人合租的是两居室，我单独住一间，我看暂时先搬我那去住，等踏实了在慢慢儿再找。你看？"

　　"瞎扯臊，我们仨住一屋？想得美。"米娜瞪着苏甫。

苏甫解释："娜娜，不是的，我是说，你们俩住我那屋，我搬别的屋去住。他们那间房子大，现在住着两个人，我搬过去和他们合住，腾出来让你和玲玲住。暂时的。"

玲玲很乐意："表姐，这样好。这样每天都能看见姐夫了，还省了不少房钱呢。"

米娜也笑了，她问苏甫："我怎么觉得是便宜了你这王八蛋了？你倒因祸得福了。"

苏甫美滋滋的说道："人家肯定夸我，苏啊，有本事，一下拍俩回来，哈哈。娜娜，把东西收拾下，呆会儿我叫车来拉。我先回去腾地方"

米娜和玲玲整理衣物装箱。被子褥子叠齐卷紧，塞进黑塑料袋，随用的茶杯，毛巾，洗漱用具装进了提包，就收拾完了，其实也没什么东西，就两个拉杆箱，两个塑料袋，两个提包。其余家电都是房东的。厨房有些是自己买的，也不能带了，以后合租，估计也不会自己做饭吃了。

米娜去楼下，把钥匙交给了房东，房东退了她部分房租，两下无话，米娜回到房间，静等车来。

靠在床板上，米娜心情很不好，本来准备好了一些词儿，再跟房东解释一下。毕竟这房子是小马哥哥租的，虽然他不知为什么出走，但是若有一天回心转意了，他再来找她，一定会到这里来。只是现在被房东盯上了，不得不小心了。不怕捉奸，就怕拿贼，可谓做贼心虚，感觉到不好了，还是躲了吧。

大约下午三点了，苏甫回来了。他提起地上的两个箱子试了试，觉得还行。就问米娜："那俩口袋拿得了吗？不行我再上来一趟。"

米娜看了一眼玲玲，答道："行，都不沉，也不怕磕不怕碰，一趟就下去了。"

苏甫提着两个旅行箱下楼，米娜和玲玲背着挎包，提拉着塑料袋跟着下来。

楼下有一辆白色小面。司机拉开门，三个人上了车，几件行李放后面。

汽车发动，拐弯驶上三环，向东行驶，至玉泉营立交桥掉头盘下，沿主路转向西，再向北，至西三环六里桥附近，驶出主路，进了胡同，在一坐老式红楼门口停下。

司机下车，拉开车门，玲玲和米娜下了车，苏甫把行李搬到车门口，司机帮着搬了下来，付了车费，汽车开走了。

苏甫哈腰抓住旅行箱上的提手，对米娜说道："娜娜，玲玲，卯把劲儿，上了六楼就到家了。"提起箱子就往上走。玲玲娜娜紧跟其后。不过，提着提包和袋子还真得费点儿劲儿。

提着两个箱子上楼，苏甫也够努力的，只是在女人面前，一定不能呲牙咧嘴，要装得很轻松，女人才会认为你真棒。

进了房间，苏甫放下箱子，哈腰喘气。米娜和玲玲也都很累。苏甫嘱咐米娜："那个屋里都是男的，你们这屋要注意随手关门，去厕所一定要锁门。不过，这男人用的厕所不太干净，楼下往右一百米有个公厕，挺干净的。这套房子的厨房比较小，做个简单的饭菜还行，复杂点儿的就要不开了。你们先住着，回头我跟我们老板说说，让他帮忙给找一套房子"

米娜不解："你还有老板？什么老板？"

苏甫解释道："老板就相当于账房先生，我们的一切事情都交他管理，包括买东到西的，去邮局银行存汇款。有这么个老板，就省心了，每天就专心做生意，省了好多事。钱多了在他那存，没钱找他要。"

"是这样。还有这种管理模式。那不就相当于团伙了吗？"米娜不太理解。

"不算团伙吧？据说老板管了十几个人，都各干个的。你有几个人他也不管，他是一对一的服务。他不做拿活儿生意，只收管理费。你们收拾吧，我回屋了。"苏甫说完转身欲走。

"苏甫。"米娜叫住他，过来抱住他，亲了一口。轻轻的说道："谢谢你。"

玲玲一见表姐亲苏甫，也过来要抱，被表姐瞪了一眼，嘴马上撅了起来，坐到床上。

苏甫出去，随手把门拉上了。

米娜吩咐玲玲："你躺西边的床，把铺盖整理好，一定要收拾利落了，别让人笑话。"

两个人都解开黑袋子，取出铺盖，枕头，开始整理，说是整理，也没什么东西，屋子已经打扫过，还算干净，褥子往床上一铺，罩上床单，放好枕头，基本就算完了。再有就里提包里装的洗漱用具，手纸餐巾纸等，码放在窗台上，别的就没什么了。

米娜从拉杆箱里拿出笔记本电脑，插上网线，拿着插头找线盒，哦，在铺底下。她把床拉开，插上网线，将床复位，打开电脑开机，等了一会儿，进入搜索，确认有网后，关机合上电脑，腿一伸，靠着床头，看着玲玲整理衣服。

玲玲毕竟是小，生活上没什么规律，搬家前为了省事，所有的东西都往箱子里一塞，盖上盖就完事了。到了地方以后，一打开，脑袋就乱了，衣服压的绉绉巴巴的，还很乱，得全倒出来，一件一件的叠整齐。这屋里没什么傢俱，只有一个五屉桌和一个床头柜。玲玲把床头柜挪到表姐一侧，把自己的衣服，放在五屉桌下面哟两个抽屉里，关好后，来到床边，往起一蹦并同时转身，摔躺在床上。她掏出手机，翻着看了看，然后放在窗台上。双手抱着后脑勺，似睡非睡，也不知在想什么。

见玲玲收拾完了，米娜淡淡的一笑。孩子就是孩子，没那么多的愁事。

她心里清楚，苏甫每次去她的住处，肯定惦记着的是玲玲，只是自己看得紧，并每次都要跟苏甫卿卿我我的腻腻，使苏甫没有机会接触玲玲。做为表姐，她绝不会让表妹与神拿门的男人处朋友。当然，她也喜欢苏甫，但是那种喜欢，总是没有与小马哥哥那种感觉。唉，小马哥哥，你怎那么狠心……

第四十九篇 物以类聚 人以群分

物以类聚，人与群分。马哥自从年初出走，已经十个月了，回到京城，经钱三豹介绍，认识了苑老板。

他与钱师叔同住一室，与苏甫关系也不错，每日早出晚归，做神拿生意，只是最近烟瘾越来越大，有些入不敷出。最开始，只是卷烟里夹一些粉，量不算大。量不大，瘾就不大。与钱三豹在一起后，学会了静脉注射，这下就刹不住了，每天吸烟就要四百元左右，加上管理费，房租等，一个月的开销可是不小。而且，这段时间，还没给家里寄过钱，孩子的奶粉也不知道还有没有。

人是有感情的，米娜和儿子都是亲人，若说不想，那就不是人了。只是吸毒以后，每天想的就是挣粉儿钱，有了钱就吸，甚至逐渐加量。其实，既使是吸粉儿的人，平时也和常人一样，有感情，有正常的思维，但别犯瘾，瘾一上来，马上就六亲不认了。天塌下来？管不着，孩子掉井里了，谁爱捞谁捞。久而久之，妻子儿女的印象就模糊了。

米娜搬到这套房子里，马哥并不知道，苏甫说是他的朋友，马哥也懒得打听，做了一天生意，赚着没赚着的，真的是很累，体力已经大不如前了。

收工以后，马哥在外面吃完饭，回来直接进入苑老板的屋里吸烟，吸完烟就很晚了，回屋睡觉。第二天还要早起，再去苑老板那吸烟，吸完烟出去吃早点，一天就又开始了。所以，米娜搬来一个礼拜了，两个人同住一个屋檐下，居然没有碰到过。

正如苏甫所说，居室里的厕所还真不干净。几个男人只管用，脏了也没人搞，味也大，排气扇二十四小时开着。条件有些差。

玲玲起得早。到楼下厕所方便以后，在楼门口与马哥擦肩而过。玲玲眼贼，马上认出了他就是马妹的哥。她跑上楼，回到卧室，过去推摇表姐：

"表姐，醒醒。"

米娜睁眼问："干嘛？困着呢。瞧你这叫魂儿似的。"

玲玲靠在自己的床上，神秘的告诉表姐："姐，我发现了一个秘密。你猜，我看见谁了？"

米娜无所谓的翻个身说："你爱看见谁看见谁，关我屁事？"

"嘿，这还真是你屁股的事。他妈的，他怎么在这儿？我真想一刀捅了他。"玲玲气愤的说。

"谁呀，让你恨的咬牙切齿的？至于吗！"米娜又翻身要睡。

"马妹她哥，马哥，你那孩儿他爸。我那王八蛋姐夫。"玲玲气不打一处来。

米娜腾的坐起来惊问："马哥，他在什么地方？什么时候？干嘛去了？他好不好？他……"

玲玲不着急不着慌的说道："表姐，瞧你急那样，人都跟你吹了，你还操那么多的心干嘛？他好着呢，西装革履的。估计是练活去了。"

"他住哪？从哪看见的？"米娜更着急了。

玲玲肯定说："我跟他走个碰头，就在楼门口儿。他就住这个楼门儿。几层我不知道。我可以盯着他，但不知他几点回来。对了，我可以问问甫哥，万一他知道呢。"下地就要出去。

"站住。"米娜把玲玲叫住："你别当着人问他，悄悄的把他叫过来。"玲玲点头出去了。

此时的米娜，脑袋里乱糟糟的，也不知玲玲说的是真是假。是假的也就算了，要真是真的可怎么办呢。真是冤家路窄，跟到一个楼里来了。

玲玲和苏甫进屋，关上门后，苏甫问："娜娜，这一大早儿的，什么事？不是想我一宿吧？"

米娜坐在床边问："小苏，求你点事儿。玲玲，你说。"

米娜很聪明，她知道苏甫对玲玲好，所以让玲玲问。玲玲也清楚，眼皮得意的抬了一下，叫声："甫哥哥，我刚才到楼下去厕所，回来时好象看见一个熟人，也住这个楼门儿，或许你认识，也或许不认识，不管你认识不认识，你都帮着打听一下。好吗，甫哥哥。"

呵，真酸，米娜直起鸡皮疙瘩，那也没办法。

苏甫坐在玲玲床边，关心的问："玲玲妹妹，你说的人，我可能认识，也可能不认识，不管认识不认识，玲玲，你和表姐的事，就是我苏甫的事。你说。"

苏甫心里明白，这是米娜有事求他，所以借机会占点儿便宜，随着玲玲管米娜叫表姐。当然，米娜有求于苏甫，也就不计较了。

玲玲告诉他说："刚才看见的那个人呀，他妹妹是我同学，他是我同学的哥哥。他妹妹姓马，叫马妹，马妹的哥哥肯定叫马哥，所以刚才看见的人是同学马妹的哥哥，叫马哥。"

"嗨，瞧你啰啰嗦嗦的妹呀哥的，不就是你同学马妹的哥哥，叫马哥吗？怎么了，你说。"苏甫显得不着急也不着慌。

"你认识不，他住哪儿？"米娜着急的问。

苏甫见米娜要急，赶忙用手示意别着急。苏甫说道："马哥我认识，他是我二师伯的徒弟。你跟他认识？"

"我问你他在哪儿？绕什么绕？"米娜撮火了。

苏甫稍想了下："娜娜，玲玲，马哥我认识，我们是师兄弟，但是，我还是觉得你们应该离他远点，不要走的太近乎。我呀，赶紧找苑老板，让他帮你们找房，离开他远点。"

"为什么，他又不是老虎，怕他怎的？"玲玲不解。

苏甫实话实说："说实话吧。这个人很好，就是有一个大毛病，所以让你们离他远点儿。"

"什么毛病？"米娜问。

"吸粉儿。"苏甫说。

"吸粉儿，什么叫吸粉儿？"玲玲问。

"吸毒，抽白面儿，吸粉儿，吸烟。"明白了吧。苏甫尽量说得明白些。

吸毒。米娜脑袋就象炸了一样，眼前发黑，心脏"呼呼呼"的巨跳了一阵，好久才回过神来："他怎么会吸毒呢？"

苏甫讲道："据师父说，马哥在广州的一个酒吧里喝酒，上了吧女的套，染上了毒瘾，所以回到北京。在北京西站，偶然遇上了师父，一盘道，都是同门，就把他带这来了。当然，你们是什么关系我不管，但是千万不要和吸烟的人走的太近。不怕一万，就怕万一。这玩意儿，沾上了就很难戒掉。"

米娜叹了口气："这么说你和马哥跟三师叔住一个屋子。苏甫，麻烦你个事，回来时给三师叔带两瓶酒，我就不过去看他老人家了。"

苏甫点头道："没问题。我代劳了。我老师人称钱三抱，名声不好。女孩子还真是躲着他点儿好。而且他也吸粉儿，如果他要找你们借钱，千万别借他。"

苏甫走后，米娜头绪更乱了。千思万念的小马哥哥终于现身了，可是今天的马哥哥，已不比往日了。

吸毒，太可怕了。怎么办呢？已经搬进来了，想再搬出去，还要找房，不搬走，不知道怎么面对。他是不辞而别，心中有什么苦楚，他肯定是不说的。从良心上讲，俩人同床共枕，又有了儿子，从哪方面说，也是有很深的情感的。

平时，想起小马哥哥，米娜经常伤心落泪。而今天，听到他的音讯，反而没有了感觉，她已经麻木了。时间可以磨掉一切，当年的激情已经不复存在。小马哥哥，不知道是我对不起你，还是你对不起我。天地之大，人海茫茫，你我各奔东西，为什么又往一块凑？我没找你，是因为不知道你在哪里。你不回来，说明你心里已经没有我了。这样好，如果能够心安理得，也就无所谓了。

玲玲心情不错，帮助表姐找到了马哥，总觉得立了一大功。她不大懂男女之间的情感，她认为，表姐有了小马哥，就不再管她了，她就可以和苏甫亲亲了。

她坐在床上，正在玩一架数码相机，这是从一个女人包里掏出来的，非常喜欢，她长这么大，还是第一次摆弄相机，真叫爱不释手。她爱研究，却不明白为什么人能被照进去，还能删没了，反正会照了。

她掉转镜头，给表姐拍了一张，拍完仔细看，看完她笑了。表姐的表情很耐人寻味，满脸的旧社会不说，还有愁和烦。哼，人怎么会这样？人常说，愁一愁，白了头，既使你不怕长白头，那模样也真不好看。

晚上，玲玲去外面买了两份炒饼。姐俩吃完后，玲玲自己看电脑。这半年多，玲玲已经可以熟练的操作了。

米娜依旧坐在床上，仔细想着对策。住这里有几天了，不知马哥消息的时候，也没觉得有什么事，而且已经适应了环境。今天，马哥的出现，打乱了一切平静，躲是躲不开了，必须面对。再说了，我为什么要躲？既然是老天让我再碰上你，也应该是你躲我。我没对不起你，我每天都想和你做，你每次都推辞，总能找到理由儿，到最后把我甩了。什么东西？

"呼呼呼。"有人敲门。是苏甫。玲玲过去开门，苏甫喜气洋洋的走进来，看样有什么事喜事。

玲玲见到苏甫，马上来了精神。"甫哥，有什么美事，吃了蜜蜂屎啦？"玲玲笑着问。

苏甫走到窗前，猛的回过身来，双臂上举，"哈哈……"的大笑后，对米娜说："我一个月以前，当着一个女孩的面儿翻她包儿，把她包里的页子拿了，还把她的自行车卖了。没想到的是，这小妞盯上我了。每天在大街上转悠，今天没躲过，碰上了，我就跑，谁知道她是踢足球的，跑的快，把我抓住了，捆在树上，然后她报警打——零。我趁她打电话，割断了绳子，来了个泥鳅钻泥，，藏在大树后面，当她发现我不在了，还以为往前跑了，他就往前追那几个跑步的去了。呵呵呵，我就叫了一辆摩的。哈哈……历害，我太历害了。"

玲玲也跟着乐。她问苏甫："甫哥，你被捆在树上，怎么割绳子，你有刀啊？"

苏甫接着说道："对，这是关键，首先，你知道她要捆你，你就要主动配合抱树，把手伸给她，这就保证了你的手在前面。只要是手在前，那就好办了。咱神拿门有一手儿绝招儿，是独门绝技，就是嘴里藏刀。瞧，就是这个。"

他张开嘴，把一个三角形的小铁片吐在手心里。继续说道："这是刀片儿，刮胡子的刀片上撅下来的。这个刀片放嘴里，吃饭，睡觉，喝水，都可以不掏出来，可以二十四小时含在嘴里，还不伤到嘴，这就是嘴里藏刀的功夫，是童子功，没三年练不成。"

玲玲赞道："原来甫哥的道行这么深呢！真厉害。甫哥，你以后注意点儿，别让那个狐狸精再抓到你。"

"不会了，明天我主动找她去，把钱还给她，估计她会感动的。这个北京妞不错，我挺喜欢。"苏甫挺兴奋。

"苏甫，马哥几点回来？"米娜问

苏甫掏出手机看了下时间："还早呢。他这个人吧，下班要先吃饭，然后去洗个澡，回来以后先去苑老板家交账，再抽口烟，回来要九点半以后了。"

米娜又问："租房子的事帮着问了吗？"

"问了。苑老板说，租房了不能着急，因为现在这时候当不当正不正，他说你们要是春节回家，这时候租就不值。如果你们不回家，那等到年底，快过年的时候再租，那时候房子多，价格也便宜。"苏甫说完，站起身，走到门前，回过头来："玲玲妹妹，拜拜。大表姐，拜拜。"

米娜笑骂道："我他妈抽你。哎，给我根烟抽。"

苏甫走回来，掏出烟，抽出一支，放在米娜嘴里，用打火机给点着。扭头出去了。

玲玲满脸不高兴："臭德性，还会拍婆子了。"

米娜第一次抽烟，呛的咳嗽了几声，眼睛也被烟熏了一下。她揉了揉，开始小口的吸着。她不明白，烟这么呛，吸着也不舒服，怎么会有那么多人抽呢？小马哥哥快回来了，见面以后，我该怎么办？冲上去亲他，抱他？不行，如果被拒绝呢？上去抽他，骂他？不行。他若打我，不是干吃亏吗。哎哟，活着太累了。人说度日如年，我怎么觉得一分一秒都是煎熬啊？管他呢，是福不是祸，是祸躲不过。丑媳妇儿早晚要见公婆。我米娜也是人生父母养的，谁怕谁？

第五十篇 狭路难相逢 米娜误吸粉

米娜穿上拖鞋，来到客厅，坐在迎门冲的小圆桌旁。她靠在椅背上，不自然的跷起腿后又放下，再换另一条腿，还是憋扭。她喊了一声："苏甫。"

苏甫从卧室出来问："娜娜，什么事？"

米娜用两个手指比划了一个抽烟的动作。苏甫明白，回屋拿了烟出来，发给米娜一支，自己叼一支，用打火机给点烟，米娜又被呛了下。

苏甫告诉米娜："娜娜，酒买了，已经送给师父了，师父说让我替他谢谢大姑奶奶。"

米娜一楞，问苏甫："大姑奶奶，谁是大姑奶奶？"

苏甫笑道："你呀。你是大师姑的女儿，神拿门唯一的女弟子，肯定是大姑奶奶呀。这要按老规矩，你就是神拿门的掌门。你以为闹着玩儿呢。"

隔壁传来开门和关门的声音，接着有人用钥匙开门。苏甫用手往门那儿一指，小声说："马哥回来了。"起赶紧起身进屋去了。

门开了，马哥进屋，随手关上门，正要往卧室去，猛的看见米娜，他愣住了。

米娜看到马哥，心里剧烈的痛动了一下，马上就平静了，她没说话，眼睛瞧着地，但没低头，只是小口嘬着烟，装作没事儿人似的，但很不自然。

马哥刚在苑老板屋里吸了烟儿（粉儿），脑子里产生了幻觉，见到米娜，并没有意识到她是真的米娜。他坐在桌子的另一侧，从兜里掏出一盒烟，用手在盒里摸了一下，拿出一支叼在嘴里，把烟盒和火机放在桌上。他没点烟，只是在嘴上叼着。他根本没意识到，旁边坐着的是真的米娜。

马哥烟瘾很大，每天早上出工前要吸一次，有时候，中午在外面犯瘾，就吸一支加了佐料的卷烟，晚上回来，抽粉儿是必做的工作，吸完后，就会找个地方静下来，或坐或卧，不与人说话，静心静气的感受那种烟的味道。这种味道由血液推送到身的每个部位，至少要在体内流完一遍，才算吸完，就开始做美梦了。一般来说，刚吸完烟的人，两眼模糊，意识恍忽，心中无父母妻儿朋友，完全沉浸在幻境里。

米娜沉默了很长时间，她不知道人吸粉儿后的状态，在她看来，马哥与她已无话可说，所以也就没有聊的必要了。她拿起桌上的烟盒，从里面抽出一支，点燃吸了几口后，从兜里掏出一打钱，对马哥说道："这是房东退的房租，还给你。"攥着那盒烟回屋了。

此时，马哥正在心驰神往的体验梦幻中的境界，他看见了米娜，米娜给了他许多钱，他非常兴奋，一下抱起她，向天上飞去……

米娜回到床上，非常失落，见到了日思夜想的马哥，本应该是久别胜新婚的那种感觉，没想到，两人就好象谁也不认识谁，这是怎么回事，他居然连句话都没有？她的心让狗吃了？

她脑子里越来越乱，昏昏沉沉，并拌有一阵恶心。米娜不知道，她刚才抽的马哥那棵烟，正是加了佐料的特制烟。他把烟盒拿回来，盒里还有八支这样的特制烟，她也吸毒了。

上午，米娜和玲玲出去逛街，去了商场，超市，家电城，农贸市场和医院，中午在外面吃了饭，买了一些面包，泡面和牛奶，回来已经是下午了。转了多半天，够累的，躺下就睡了。

早上，马哥醒来，看见床上那几千快钱，仔细想了半天，似乎是米娜给他的，难道梦中的事也有真的？他看着钱犯疑。这几天生意不好，手头有点儿紧，去苑老板那里吸烟，已经开始赊账了。正好，有了钱，今天可以歇一天了。经验告诉他，感觉不好就不要强努，手气来了，做生意很容易。

苏甫醒了，见马哥情绪不错，头脑也清楚，就把米娜的事跟他说了。老前辈钱三抱也跟着数落马哥。他简直无地自容了。

有了几千块钱，生活压力短时间解脱，大脑思维回到正常，被苏甫和老前辈一通敲打，他感到非常的痛苦，焦虑和失落。他对不起米娜，又没法解释，也不能解释。不解释，就是对米娜最好的保护，对米娜的爱有多深，只有他知道。同时，他也庆幸昨天，相会是在天上，而不是在人间，否则的话，真不知道自己这张脸往哪儿放了。本来，今天还想在家歇一天，听说米娜住进来了，那只能躲了，还是用干活洗刷耻辱吧。他穿好衣服，出门做生意去了。

米娜和玲玲吃完了晚饭，往回走时，碰到了苏甫。三个人一起回来，在米娜的卧室聊天。苏甫很聪明，知道米娜心情不好，特意坐在米娜的床上，米娜也的确有了些许安慰。

玲玲很喜欢甫哥，见甫哥今天很兴奋，她也很高兴。她问他："这几天总是见你乐呵呵的，做大生意啦？"

"当然。"苏甫讲："今天收获大了。按照昨天的计划，今天早上，打个摩的，四九城儿的转，终于找到了那个踢球儿的，请她吃了顿饭，她原谅我了，还表示愿意跟我好，哈哈哈，美，而且，顺手牵羊，还做了一笔大生意。这可是呀，一手搂是美女，一手数页子。美！"

本来，苏甫坐在床边，米娜还感到一些安慰，一听说苏甫出去拍婆子，顿时气不打一处来："德性。滚蛋。"她的腿上一抽，屁股为轴，转靠在床上。

苏甫站起来，继续说道："琦琦这女孩挺好的，对我也很宽容，还给我留了电话，这不是明摆着看上我了吗。你们知道，她说我什么？她说，苏甫你长的真帅！啊，啊！"

玲玲气的脸儿都白了，她指着苏甫："你既承认了是我姐夫，就不许跟别人好。你要敢跟那个叫琦琦的狐狸精好，我就捅死她。"

苏甫笑着起身，被米娜叫住："给我拿棵烟抽。"

苏甫回过身，掏出烟和火，都给了米娜："你留着抽吧。明天我给你带一条回来。"

"不用，我不会抽，也没瘾，就是这两天有点烦。"米娜说。

苏甫给米娜点着烟，告诉米娜："抽烟的人，开始都说没瘾，要着抽，过几天不好意思了，就自己买着抽了，都是这么学会的。我回去了。再见，拜拜。米娜姐姐，玲玲妹妹。"

玲玲指着苏甫背影："哼，想甩我？我姐，没门儿。"

米娜抽完了马哥那盒烟，上了瘾，开始吸毒了。不过，她不象马哥似的，烟瘾那么大，抽得那么凶，她只是每天晚上抽一次，一次一小包。她学会了使用止血带，学会了注射。经苏甫介绍，她还加入了苑老板的公司。苑老板也改换名头做了总经理，除苏甫和玲玲做业务员以外，老前辈，马哥，米娜都挂业务经理牌。这个主意是苏甫出的，因为他必须让女朋友琦琦相信，他有工作，是贸易公司的业务员。

苏甫去外面租了房子，和琦琦同居了。米娜和玲玲很不高兴，两个人决定联手，去教训教训琦琦，米娜买了橡皮泥，与玲玲配合，印了苏甫的钥匙模，配了钥匙后，趁苏甫出去不在家，想给琦琦来个下马威，结果没占到便宜，还被琦琦给耍了。也就死心了。

写书的一支笔难写两头。总算是把各位人物介绍到了一起，可以继续进入正传了。

腊月二十三，小年儿了。这是买卖人和在外奔波的人的节日。辛苦了一年，盼的就是这一天。在这一天，效益好的企业，一定要搞个聚餐，让员工大吃一顿，工资，奖金，分成，也要发给大家。过了这一天，所有的人都会带着一年的收成，踏上返乡之路。

为什么过大年之前，还要过小年儿，其实也好理解。早年间交通不发达，春节返乡，条件好的人可以雇辆大车或骑马。但大多数人只能靠两条腿，尤其是离家远的打工者，几百里地，需走好几天，非常辛苦，有的人甚至等不到过小年儿，找老板提前预支些银两，提前放假，既使这样，大年三十也未必能赶到家。

当然，现在交通发达了，火车，汽车，摩托车，飞机，有很多的交通工具，多数人可以当天就到家。小年儿的意义也就不大了，只不过传统还是留着，多个节日，多个念想儿，多个盼头儿。

现在新名词很多，公司年会，算是很时髦的。参加年会，一般都是公司的股东。苑总的公司年会，订在一家酒店的包间里，还算讲究的，苑总，钱三豹，马哥，苏甫，米娜和玲玲都参加了，玲玲不算正式员工，也挂个业务员的牌。管他呢，别人不计较，小孩子脸皮又厚。谁还在乎吃顿饭。

年会上，吃喝没问题，也发年终奖，但是这个年终奖不是由苑总出，而是把自己这一年所存在苑总那里的钱，让苑总给取出来，在年会上发给大家，这样显得红火，虽是形式，也是个乐，高兴就得了。

玲玲无忧无虑，坐下就吃，什么都不惦记，唯一的就是主动挨着苏甫坐，手在桌下，时不时的掐苏甫大腿。

马哥心里非常的痛苦，他无颜面对米娜，只能装着很饿的样子，自顾自的低头吃。以前他的酒量很大，吸烟以后，对酒有一定的排斥，只能喝少量的啤酒，加上一年下来，钱都抽了，也没有什么年终奖了，还真不好意思抬头看人了。

米娜还不错，和玲玲搭档，每次出工多少都有些收益。春节她不准备回家了。已经提前把钱给寄回家去了，她告诉父亲，寄去的钱有一部分是玲玲的。让父亲不要舍不得花钱，自己永远是父亲的女儿。

师叔钱三抱已不似当年了，甭说女人，就是每天能够抽口烟儿，肚子混个多半饱也要勉为其难了。五十多岁的人，无儿无女，无父母兄弟，也算够惨了。

苏甫开怀畅饮，心情不错，今天是公司年会，不能带琦琦参加，那也不要紧，琦琦是北京人，回家过节也是应当的。令他更得意的是，已经有琦琦同床共枕，旁边还有玲玲虎视眈眈，这真是，命中桃花运盛，想说不行都不行。在这些人中，只有苏甫不知道自己的身世，每年过节都是独处，有些悲凉。不过今年好了，有了琦琦就不会孤单了，加上米娜和玲玲，一定会过个好年，所以他领了一万块的年终奖，很是风光。

第五十一篇　马哥走背字　米娜寻开心

　　小年过了以后，按照神拿门的门规，到正月十五期间，就不准做生意了。用行里的话讲，是神的归庙，是鬼的归坟，再出去做事的，一定会遭天打雷劈的。

　　米娜搬过来二十多天了，几乎没跟马哥说过话。她知道他现在很难，在人面前抬不起头来。一年前的小马哥哥可不是这样的。风水转得也太快了。

　　该过节了，他肯定拿不出钱来寄给家。在这期间，又不能出去做生意，对他来说，过年就如同过鬼门关。自己和他一个被窝睡过，还有儿子。感情还是有的，能帮帮就帮帮吧，小猫儿小狗儿还有人喂呢不是。既然他张了嘴，多少也给他点吧

　　米娜每次和玲玲出去做生意，收益都是二人均分，从不以大自居，她知道，姐妹同心，价值千金。可是，毕竟自己有家庭，最近又沾了粉儿，开销增大，加些班也是正常。寄给家里的钱中，就有她的加班费。她叮嘱父亲，一定要给外孙子压岁钱。仇家是他爷爷，孩子是自己的，不能亏了孩子。

　　常言说得好，救急不救穷。她仔细盘算了过节期间所需的挑费后，挤出了两千块钱，她告诉玲玲："马哥现在走背字儿了，春节恐怕过不去了，我这几天加班拿了些加班费，你给他送去吧。也就这些了。"

　　玲玲接过，用手捻了一下说道："按说是不少了，就是马哥哥花销太大，这个节不大好过了。唉，真是的，人有三灾六难，他也够惨的。谁都有走麦城的时候，我也凑点儿吧。"

　　玲玲并没把马哥得艾滋病的事先诉表姐，她觉得，表姐若知道真相，会产生怜悯之心，会牺牲自己的一切来帮肋马哥。不告诉她，她会认为是马哥背叛了她，时间长了，也就死了这份儿心了。

　　玲玲坐在床边，拿开枕头，把下面落着的票子就象玩扑克牌似的，用手一抹，打开后用手一抄，拿了一千块钱，与米娜给的两千合在一起，把枕头放回去，站起来往外走。

　　米娜喊住玲玲："哎，回来。玲玲，悄悄的给他，别让三师叔看见。"

　　玲玲一撇嘴："你当我傻呀？我这几天，天天当着钱师叔哭穷，找他借钱，怕的就是他跟我张嘴。"

　　年初时，姐夫出走，玲玲恨得牙根痒痒。现在，马哥把一切秘密都告诉了她，她又觉得姐夫他非常可怜，今天拿出一千块钱给他，也算了帮助了表姐吧。这不就是仗义疏财吗？女侠呀！

　　北京的春节，好玩的，好吃的太多了。莲花池，地坛，龙潭湖，厂甸等庙会。每逛到一处，女孩的主要工作就是吃，好吃的东西太多了，

　　来到北京最著名的庙会厂甸，由北侧和平门进入，没走几步，看见右侧空地上搭着个台子，台子的东侧立着牌儿，牌儿上写着相声什么会，好象是。演员是个叫什么纲的。说实话，天真够冷的，又是北口儿迎风的地方，演员也真够拼的。舞台南侧，摆着一溜案子，很多人围着，一些名气不算大的书画家，现场挥豪泼墨，现书现卖。

　　米娜和玲玲听了会儿相声，很是开心，顺着台子绕，见一个四十岁左在的中年男子，正在萱纸上写字，书写的应该是苏轼的词，米娜侧身细看纸面内容，觉得真不错。书法家见到美女，精神大振，继续潇洒的挥毫：遥想公谨当年，小乔初嫁了，雄姿英发，羽扇纶巾谈笑间，强虏灰飞烟灭，故国神游，多情应笑我早生华发。人间如梦，一樽还酹江月。

　　写完，书画家放下笔，只见一个年轻人递上二百元，把字画拿走了。

　　米娜想了想，问书法家："大哥，我也想写几个字，看着玩，挂墙那种。可以吗？"

　　书画家答道："可以呀，美女喜欢书画，很难得呀。你想写什么字？"

　　米娜想了想："我也想不起来写什么，只要是毛笔字就好。要不然，就写刚才那幅苏轼的赤壁怀古中的最后一句吧。"

书画家赞道："小姑娘年绩轻轻，能懂古诗古词，真不简单，好吧。我写的书法作品，最低五十起价，不论篇幅，只计尺寸，你就算最低价五十吧。你要的字不多，但尺寸不小，难度也不小，你看行吗？"

米娜对这些东西一点也不懂，只是心血来潮，很痛快就答应了。掏出五十块钱，放在画案上。

书画家拿过一张萱纸抖放在案子上，叠成三裁大小，用裁纸刀裁齐，取一张摆正，用镇尺压住，提笔醮墨。

天太冷，又是室外，墨有些稠了，他把保温杯里的热茶倒在砚台里一些，醮了笔，运功书写："人生如梦，一樽还酹江月。"赫然纸上。

书法家取印章印泥，又用哈气哈了哈，在字画上的落款处盖了印章。作品完成了。

书法家把作品用双手拿起，向大家展示，交给米娜，米娜接过后，听到了掌声，掌声很热烈，可能旁边台子上的相声也刚说完一段，双方的掌声形成共鸣，总之，米娜的样子好象是很风光的。

一个伙计模样的青年人，过来对米娜说："小姐，本店专业装裱字画，机裱手裱均可，大过节的，小姐又是美女，老板说给你优惠。"

米娜不太懂，问伙计："我想要能挂起来那种，能裱吗？"

伙计笑道："瞧您说的，字画就是挂的。可以做轴，也可以做框。您屋里请。"

米娜看伙计挺实在，就问："裱画需要多长时间？别耽误我们逛庙会。"

伙计微笑保证："耽误不了，本店裱画，立等可取，您也可以把画放店里，去那边吃点儿小吃，逛逛琉璃厂，回来取画，什么都误不了。"

米娜点头同意，问伙计："多少钱？"

伙计小声说："我们一般是看画的尺寸，看绫子。尺寸有大小，绫子有贵浅。我觉得吧，您不要选太贵的，也别要太便宜的。"

米娜听后，很认同："那你就帮着选吧。"

伙计点头道："好的，进店以后您就说谈好了，就不要讲了。我替您说，给您优惠价，五十块钱，手工裱活，将来还能揭裱。您跟我进店选颜色吧。"

米娜，玲玲跟伙计进店，选了一种深色的绫子后，出店继续逛厂甸。

米娜第一次逛厂甸，第一次见到这么多人。她对文具很感兴趣。在山里住了十二年，无聊的时候就看书练字，所以对诗词书画还是挺喜欢的。在琉璃厂，她买了毛笔，草纸，墨汁，笔架和镇尺，有一大袋子。

玲玲第一次见识到了，什么叫北京庙会。她认为，在北京就一个字：吃。好吃的东西太多了，这一天就是撑死了，你也吃不过来。好玩的东西也多，很多都没听说过。她很喜欢一些小玩艺儿，觉得新鲜的就买，将来回家的时带回去，都是好东西。不知不觉的，两个大袋子就装满了。看看左手，全是吃的。再看右手，全是玩儿的。提着已经很沉了，还是觉得没买够。没办法，这就是过节，是在北京过春节！

米娜叫住玲玲："别往前走了，该回去取画了，估计裱得了。"

玲玲有些累了，不想回去了："表姐，你去拿吧，我的东西太沉了，你想累死我呀？"

米娜一手拽着玲玲，吓唬她："不行，你一会儿走丢了，我去哪儿找去？再说，这庙会里有拍花子的，专拍小姑娘，拍了送山里，住山洞，给老妖精生孩。"

"姐，吓唬人呢吧。我真累了。"玲玲绉的眉头求表姐。

米娜近似命令的口气说："不行，累了也得跟我去。姐怕你出事。万一一会儿你手痒了，弄出事来，就不好收场了。"

玲玲没办法，只得跟着表姐往回走，嘴里还叨叨着："你也不看我这两只手提的这些东西，想痒都痒不了……"

姐俩的手都占上了。玲玲买着痛快，提着沉。她比表姐个头矮一些，两个大袋子快沾地了。表姐的袋子里的东西也不轻。而且那幅画不太好拿，挺长的画盒，还是方的，只能用胳膊夹着。不过，只要是在人流里，被人推着走，不走也得走。大冬天的，居然走热了。

　　玲玲穿着表姐给她的那件黄色的羽绒服，还是很扎眼的，只是在人群中行动缓慢，远处看去，她就象一条被水草缠住的小金鱼……

　　回到家中，坐在床上的玲玲用拳头捶腿，真是累坏了。她对表姐说："姐，在北京过节真好，那么多人，那么多好玩的东西，那么多好吃的小吃，点心，真不想回来，肚子撑得快爆了，还是没吃够。"

　　表姐也靠在被子上，感叹道："是啊，大都市就是不一样，要不人为什么都往北京跑？"

　　玲玲抱怨道："怨我爷爷，四几年的时候，本来是逃到北京，在北京打工的，五十年代一听说家里分地了，就跑回去了。这不，耽误三代人了。"

　　米娜解释道："这就是命儿。据说那些年，哭着喊着要回家的人有的是。真是耽误了下几代。幸亏呀，改革开放了，咱能到北京来了，但是没有户口，也找不到正式工作。还好有门手艺，要不然逛庙会的资格都没有。"

　　听到敲门声，玲玲过去开，苏甫进来就问："大姑奶奶小姑奶奶，什么事呀，这么急着请我过来？大过节的也不让消停消停。"

　　米娜没动窝，嘴上笑骂："消停你妈个粪。还请你过来？你去打听打听，这楼群里有多少男爷们儿，整天盯着我们的屁股看，打个喷涕都有人接着。还请你过来？"

　　玲玲不同意表姐的说法："表姐，人家甫哥不错了，一听招呼就跑来了。就是宠物，也得喂点食不是。甫哥，吃好吃的。"

　　苏甫笑道："瞧瞧，还是老姑奶奶懂事，有好吃的不吃独食儿。老妹妹，哥还真饿了。"

　　"别动。"米娜喝道："想得美，叫你来是干活的，干完活才给你喂食呢。"

　　苏甫点头："得，小主儿，您吩咐，让干什么您说，兄弟今天豁出去了，甭说干活儿，干人也行。"

　　"干你娘的屁。我今天买了幅字画，给我挂墙上。在那个盒里装着呢。"米娜用手一指。

苏甫打画盒，取出字画，横着打开，口中念："人生如梦，一樽还什么江月。好字。表姐还有这爱好呢。"

"你把那个表字去掉。再叫表姐我跟你急了。"米娜说苏甫。

苏甫在墙边比划了一下："可以挂，这个画是横着的，钉两个钉子就行了。我去找锤子。不过这个墙不好钉，得找两个钢钉，或者用冲击钻打眼儿。这样吧娜娜，今天恐怕钉不了，大过节的，店铺都关门了，没地方买钉子去。哎，问问苑总，他有锤子和钳子，有家伙就好办了。你等着。"拉门出去了。

第五十二篇　米娜过节　马哥过关

玲玲见苏甫出去了，就跟表姐说："姐，甫哥今天真勤快。"

米娜不以为然的脱口而出："勤快？那是今天他那个狐狸精回娘家了，在咱这儿来显显勤儿。"

玲玲有些抱怨："姐，你现在说话怎么那么难听啊。人家甫哥怎么干都不顺你的心。哦，明白了，你这是因爱生恨。"

"你懂什么爱呀恨的。现在他有了琦琦，你就死了这条心吧。你争不过人家。"米娜说。

玲玲不服气："那不见得，我又不笨，不傻，而且年轻，漂亮，你听我说话，这味道，标准的北京小妞儿。"

表姐叹气道："得了吧，年轻漂亮，聪明灵利，温柔体贴，肤白貌美大长腿，这些都是软件，咱没有户口，又没文凭，没有竞争的资本呀。"

玲玲生气的回道："我就不信，等我二十岁了，我就嫁一个北京老头儿，过几年，转了户口就离婚，就当上了几年本科，我不就变成北京大妞儿了。有了硬件，一切软件不就都更新了，既使不富，也是有白有美有长腿。嫁个开奔开马的算个屁呀？"

米娜"咯咯"的笑个不停。指着表妹说道："有道理。就是离婚的，二十五六岁，也是个美少妇，甫说，你的想法也不失为是一种投资，可行。有头脑。你这是怎么想出来的？"

"电视上搞对象的节目，那些个老太太不都是这么做吗？与其老了才想到，干嘛不趁年轻时就做呀？一个人活着，总要做出牺牲，才能福荫后代。是吧姐？"玲玲说得不无道理。

米娜频频点头："是这么个理儿，你瞧咱楼群里有些年轻人，什么事不干，整天搓麻，抠儿一耍钱。人家能吃低保。咱行吗？"

玲玲站起来走了两步："所以说呀，我要成了北京人，我就把我爸，我妈，我弟，还有姨夫，都接过来，我研究过，在北京，只要你不怕卖力气，一个月挣个三四千的也不是难事。"

苏甫回来了，手里拿着一把锤子，还有几个钢钉，他看了看位置，问米娜："是挂北墙儿呀，还是挂你脑袋上啊？"

米娜瞪了苏甫一眼。用手一指北面。说道："挂北面，这样躺着能看见。"

苏甫拉过一把椅子，踩上一只脚后，回头问："谁给扶着点儿？这椅子不稳当。"

玲玲赶紧过来："我扶着，甫哥你小心点儿，千万别摔着。"

米娜跷着二郎腿说："德性，还挺惜命。玲玲，他要掉下来你赶紧跑，别让他砸着你。"

苏甫也不回头，也不急的说："张嘴叫你一声大表姐，你也不盼我点儿好。"钉了一个钉子，回身用手指画，玲玲拿过来交给他。苏甫把画的一头挂墙上，下来挪了凳子，上去后拉着画比划了一下距离，把画小心的放下，然后举起锤子，几下就把钉子钉进去了。他让玲玲把画的一头儿递给他，挂上试了一下后，又调整了一下绳的松紧，把画挂好了。他从椅子上下来，倒退几步，紧细端祥了一会，冲米娜说："不错，挺正的。满意吧？"

米娜站起来，靠到南窗户下，仔细看了，点头表示满意。"把工具还回去，回来洗洗爪子，该喂食了。"米娜说。

苏甫假装不高兴的说："大表姐，你是把我当猫了，还是当狗啊？玲玲，你喜欢猫，还是喜欢狗啊？"

玲玲解释道："你也不是猫，也不是狗，是我姐心疼你，那个叫琦琦的狐狸精回娘家了，也不带着你，表姐怕你孤单，又怕你饿着，我们今天买了好多好多好吃的呢，就等你过来吃呢。"

苏甫很高兴的说："我说大初一的，干嘛叫我干活呢，原来是怕我饿着。那就不客气了。在哪呢？"

米娜一瞪眼："洗手去。"

苏甫去卫生间洗了手，回来要吃的。

米娜让他先等会儿，她跟表妹说："玲玲，把那两包给三师叔他们送过去吧，就说给他们拜年了。"

"嗯。"玲玲从墙角处提起两个塑料袋，出了屋，穿过客厅，来到对门的卧室，敲了几下门，然后推门进去。见马哥正坐在床上打电脑，老前辈正蜷缩在被窝里。

马哥放下电脑："玲玲，去厂甸都回来了，怎不多玩儿会儿？"

玲玲把手中的袋子左右分开，递给马哥一袋，跟了句："再玩会儿，你还不饿死呀？"转身走到钱三豹床边，把点心递给老前辈："三师叔，给您拜年了。这是从庙会上给您买的好吃的。祝您节日快乐。"转身就走。

"等等，玲玲姑娘，师叔跟你说个事。"钱三豹坐了起来叫住玲玲。

玲玲回过来来问："什么事呀三师叔，哦，您要给压岁钱呀，那我还真得接着，今天去庙会，见什么都想买，我和我姐把这几天过年的钱都花光了，手头正紧呢，您最好多给点，要不然这节还真没法过了。"玲玲把手伸出接钱。

钱三豹瞪了一眼玲玲，苦笑着说道："你这个丫头片子，比猴儿还精。算了吧。那什么，有好吃的，吃不了了，拿过来让师叔尝尝啊。"

玲玲做个鬼脸儿，开门出来，进了自己的卧室。进屋后，她把床头柜放在两床中间，过去拿了一个袋子，放在柜上，打开后敞着口儿。米娜对苏甫一比划："该喂食了，把椅子拉过来。这个柜太小，凑合着吧。要不然到旮旯吃去？"

苏甫拉过椅子怒道："嘿，我这个暴皮气。"坐下就吃。

玲玲好象想起了什么，指着塑料袋问表姐："姐，这袋好象是给甫哥的吧？"

米娜拿着一块驴打滚，咬了一口，说道："给什么给，吃了就不给了。再说了，论辈分姐是大姑姐，他得给我拜年，你看，哪有空手串门儿的。

不带东西还管饭。我是不是还要管你喝口儿呀？"

苏甫张嘴想吃，又停下了，琢磨着道："噢，和着咱吃这袋是我的？我不吃了，我拿走回去吃吧。"

米娜笑骂道："傻拜。吃你的。"

玲玲插话道："姐，咱不是买酒了吗？你不是说今天过年，让甫哥过来喝酒吗？"

米娜用手一戳玲玲："你怎么胳膊肘往外拐呀？要不说这女大不可留。"

苏甫站起来找酒，一边找酒一边说："我说呢，大表姐肯定心疼妹夫儿，有吃的肯定有喝的。"来到墙角，摸地上的塑料袋，在黑袋子里，有瓶子声响，解开后，拿出一小瓶白酒。拧开盖儿，喝了一口，自语道："这就对了。有酒喝才叫过年。不过没有菜呀？这事闹的，疏忽了。"

玲玲过去，提过一个布袋子，从里面掏出几个餐盒，和几双筷子，比划了一下，桌柜子太小，放不下。

苏甫一看，说道："摆桌子。咱有桌子。"他起身，单腿跪在玲玲的床上，探身子伸出双手，把玲玲床里面挡墙的板子抽出来。得意的说："看，这就是桌子，把东西提拉起来。"

玲玲把餐盒抓在手里，米娜提起塑料袋，板子往床头柜上一放，嘿，还真成了桌子。

玲玲放下餐盒，又从布袋里掏出两听饮料，给了表姐一听儿，自己喝一听儿。

玲玲一举饮料，叫声："姐，姐夫，大吉大利。干杯。"

苏甫喝了一口酒，指着玲玲问："我管你姐叫表姐，你管我叫姐夫，这是怎么当子事呀？"

玲玲笑着用拳头一杵苏甫，说道："这就是告诉你，你要想搞婚外恋呀，就找表姐吧。我已经明花有主儿，快结婚了。"

苏甫不信："骗傻子呢？前天还在这儿得瑟呢，还求甫哥亲亲你呢，这么快就订婚了，再说你也不够岁数呀。"

玲玲天真的告诉苏甫："我找了一个五十岁的老头，两个人的岁数加起来都七十了，怎么不够岁数？"

苏甫举起酒瓶，向玲玲祝贺："得，祝妹妹和妹夫儿早生贵子。娜娜，咱妹妹结婚的时候，当姐姐姐夫的给出个份子。今天是个好日子，我得多喝点儿。"又去墙角拿了一瓶小酒，坐下接着喝。

米娜把手里的驴打滚塞到嘴里，拍了拍手上的渣儿，开始教育苏甫："做为神拿门的大姑姐，该说你就得说你，琦琦既然跟了你，就要守规矩，不能想走就走，你说，这叫什么事，她的爸妈不是你丈母娘，不是你岳父吗？她回家过节，大鱼大肉的吃着，让你一人儿看家独守，没吃没喝到处蹭，还得让大姑姐当狗一样的喂，她就不臊得慌？"

玲玲不同意表姐的说法，反驳道："臊什么臊？她就是一狐狸精，不是臊，是骚。而且表姐，你把甫哥当狗我不同意，在我心里，是动物也应该是猫啊。是吧小猫咪？吃菜。"

苏甫举着酒瓶，指着这姐俩说："我家琦琦才不骚呢。要说骚，谁呀？你们俩。你俩是我见过的最骚的女人。"

米娜也笑了笑，然后绷脸问："还你家琦琦？整个一个母夜叉。今天你是自投罗网，我在这屋子把你办了，你信不信？"

玲玲也稼秧子："对，我们在狐狸精那吃过亏，今天就让她做一回老龙婆子。"

苏甫不太懂玲玲的话，问："什么是龙婆子？"

"你就是个车子。龙婆子就是王八它妈。"玲玲说完大笑。

苏甫笑着摆摆手，对玲玲说："不跟你贫了，我得多吃点儿，把损失吃回来。"

米娜不解的问："吃回来，什么损失？"

苏甫用酒瓶子指着玲玲："从我家琦琦手里抽走五张儿，还装疯卖傻，我这可是吃我自己呢，什么猫啊狗的，不用你们喂了。回头还得带走点儿。光明正大的。"

米娜不信："五张儿，明明是两张儿呀？"看了一眼玲玲。

玲玲解释道："是呀，剩那三张儿？这不，今天都花了。"反应挺快的。

米娜假装生气的说："看来还真该早点给你找个老头，有私心了。"

第五十三篇　双戏苏甫　再耍琦琦

马哥把电脑合上，把玲玲送来的塑料袋放在上面，扒开看，东西真不少，有七八样：驴打滚，切糕，开口笑……都是自己爱吃的。

看着这些美食，马哥心里面五味杂陈。大年初一，此时天下人正乐，自己却独坐床头，等待施舍，真的不复当年了吗？怎么会，马哥还是那个马哥，没缺胳膊没短腿，怎么就稀里糊涂的混个妻离子散呢？

马哥从枕头底下摸出钱夹，打开看了一眼，玲玲给拿过来的三千块钱已经花的差不多了。这几天，要光吃饭没问题，关键是吸烟，一天要四百，就算不出去做生意，少抽一包，也要三百二。这他妈的，一分钱难倒英雄汉，怎么办呢，借，肯定是借不来了，赊，更不行，过春节时没人会赊给你，不吉利。算了，不管那么多了，还是出去加个班儿吧，天儿还不算晚，莲花池庙会离的也近，神拿这行儿本来就不光彩，还讲什么禁忌，讲什么道义呀。

他下地穿上衣服，提上鞋，羽绒服往身上一披，边走边穿，拉门出了卧室，又出了房门，下楼走出楼门。

外面很冷，有雪的地方已经冻了冰。他小跑了一阵儿，把身体活动开，搓手指，转手腕，热了以后，揣在兜里，又小跑了一阵儿，穿过几条胡同，过了大街路口，来到公园门前。

过节就是过节，公园门口两侧全是自行车，进进出出的人互相拥挤，卖门票的都出来卖了。马哥买了票，跟着游人往里挤，太费劲了，还真冒汗了。此时的他，还真有点后悔，后悔自己怎么那么笨，今天的日子，不正是做生意的好日子吗？

好不容易挤进去了，他喘了会气儿，又跟着逛完庙会的人往出挤。不想逛庙会了？是，他已经赚到钱了，就这一进门的功夫，做了四五单生意，足够花一个月的了。嗯，他已经很满意了。见好就收吧。

马哥来到一家糕点门店，如数家珍的报上点心名儿，售货员一样一样的打包，满满两大袋子。全是米娜最爱吃的北京糕点。

提着两个大食品袋，小跑着往回颠，不知什么原因，腮边挂满了泪水。自从吸毒以后，这种自主落泪的现象好象还真没有过。

世界是美的，大自然是美的，人也是美的，但是，那些都不属于自己了，尽可能的让米娜过得好就行了，一切都爱怎么的就怎么的吧，无撼了。

在小区门口的小卖部儿，买了些啤酒饮料，炒花生和瓜子。有些沉了，但还好，有心情就有劲儿。上楼开门，轻推轻关，把一袋点心挂在米娜卧室的门把手上。

回到卧室，马哥把点心放在椅子上，啤酒饮料放在地下，瓜子花生放在窗台儿上，打开袋晾着。

他坐在床上，甩了甩手，哈腰拿起一听啤酒，拉开喝了一口，觉得很爽。声音惊动了正在睡觉的老前辈钱三抱。

"有吃有喝的独闷儿上了？好歹也让一下呀。"老前辈翻身转过脸来，看着小马。

"瞧您说的，您那是自己把自己当外人。您刚才要不是吃多了撑着了，您还不堵着门儿等啊？您那鼻子，我可领教过。"小马说完，又喝了一大口啤酒。

老前辈不自谦的说道："岁数大了，腿脚都不好使了，就这鼻子还行。你这个袋里呀，有九种点心，我都喜欢吃，尤其是那个红蛋糕，天天吃都不腻。"

马哥伸出大姆指，站起来说："您真是老当益壮，不减当年，这些点心，您爱吃哪样吃哪样，这还有啤酒饮料，您也起来喝点儿，好歹算过年吧。"走到窗前，伸手抓了一把花生，回到床前坐下，剥花生，就啤酒……

钱三抱从床上爬起，踏拉着鞋过来，拿了一听啤酒，窗台上抓把花生，也坐在床上，开始喝酒。几口酒下肚，，又开始讲述自己一天三抱的幸福光景，今人羡慕。

　　玲玲耳朵尖，听到门外有动静，站起来，走到门前，轻轻的拉门，挂在把手上的食品袋险些掉地下，被玲玲出手抓住。她关上门，打开袋子用鼻子闻了闻，又伸手摸了摸，高兴的小声说："全是吃的，这是给我的吧？"

　　"你拿就是你的？这是本门弟子孝敬大姑姐的。收起来，我不吃谁也不能吃。"米娜耍起了威风。

　　苏甫已经两瓶小酒下肚儿了，两瓶就是四两，说话时舌头有点儿拉了："点，点心，对，大姑姐，掌门米大姑，的点心，谁都不，不，可以吃。可……"

　　米娜见苏甫喝的有些多，就提醒他："苏甫，今天喝的有点多了？别喝了，再喝就回不去了。没人送你。"

　　"谁，谁用你送，我没多，再，再说了，我干嘛走，这是我的屋，我就住这儿。"苏甫说完，往地上就躺。

　　玲玲很关心苏甫："甫哥，地多凉啊，要躺就床上躺去，"过来搬他脑袋，顺手摸了摸他的几个兜，兜里是空的。

　　苏甫手往上指，朝着房顶说道："我没喝多，我还能喝，这点儿酒算什么？玲玲，你，你摸我呢？我身上什，什么都没有，就有一张擦，擦屁股纸，你拿去吧。"

　　玲玲笑道："甫哥真是贼中贼，什么事都想在前边。高手。小妹是想看看，甫哥过来，给没给玲玲带压岁钱？没带就算了，真抠儿！让你白吃白喝了。"

　　苏甫爬起来，把脸贴向玲玲："老，老家贼，能让你这个小，小家巧儿给算计了，啊，哈……"

　　米娜往窗外看了看，对玲玲说道："玲玲，天黑了，他要走不了，就让他在你床上睡，咱俩挤一个床。"

　　"嘟儿……"窗台的手机铃响了，是苏甫的。苏甫躺在地上，手指着窗户："玲玲，手机拿过来。"

　　玲玲过去，拿了手机，蹲在苏甫旁边，替他按了免提，交给苏甫。

苏甫有些兴奋："啊，琦，琦琦，宝贝儿，你在，哪儿呢？"

手机里传出琦琦的声音："亲爸爸，我刚下公交，你来接我吧，我给你带好吃的了。"

米娜和玲玲使劲捂着嘴，不敢笑出声来。

苏甫在地上打个滚，趴在地上，大声问："亲，亲爱的，什么好吃的？"

琦琦在电话里："大年初一，当然有饺子了。亲爸爸，还有红烧肉，酱牛肉，烤串儿……"

玲玲实在忍不住了，"哈哈……"的笑出声来，米娜也大笑不止。

苏甫酒醒了，坐了起来，犯了会儿愣，不知所措。

手机里琦琦问："苏甫，你在哪儿，干嘛呢？怎么会有女人？"

苏甫解释道："没干嘛，朋友一一起喝酒过节。是米娜和玲玲那两个骚，骚，……你等着，我去接你去。"站起来，晃着要往外走。

"等等。玲玲，苏甫喝成这样，走道都打晃儿了，穿上衣服，帮着他去接那个骚狐狸。"两个人穿上羽绒服，跟着苏甫出了房间，扶着他下楼。下楼后，苏甫坚持自己走。他脚下划着八字，但速度不慢，很快就看见公交车站，琦琦正在那里等着。

米娜告诉玲玲："玲玲，扶着你姐夫点儿，别让新夫人看见他喝醉了。"

玲玲上前，把手从苏甫腋下穿过，就象一对情侣。米娜也在另一侧搀扶着他的胳膊，来到琦琦面前。

看见玲玲和米娜搂着苏甫，琦琦醋意大发，把几个食品袋放地下，过来扒拉开玲玲，又推了一下米娜，把苏甫的胳膊挎自己脖子上，扭头对玲玲说："提拉着东西。"架着苏甫往家走去。

玲玲和米娜翻看食品袋，挑了几种互相串袋后，由米娜拿着。来到楼门洞，米娜把食品袋放在门外后，对玲玲说："玲玲，帮助你嫂子把东西给送上去。"

琦琦回头伸手说道："不麻烦了，我一人行了。"接过玲玲手中的几个食品袋，扶着苏甫上楼去了。

米娜哈腰拿起塑料袋，朝着楼里喊："照顾好你亲爸爸啊……"楼道里产生了回音。

"哈……"米娜和玲玲往家跑去。

回到房间，玲玲"哈哈"大笑，对米娜说道："姐你真逗。扶着你亲爸爸啊。哈……"

米娜一指地上的塑料袋，对玲玲说："今天初一，吃饺子。"

玲玲拿出一个乐扣盒，打开放桌上，摸了一下，还有点热呼气。闻闻，还挺香。先吃了一个，马上给个赞。米娜也开始吃上了。

玲玲又打开一盒，更乐了："姐，快看，红烧肉！哈哈，红烧肉。"

米娜夹了一块放嘴里，点点头："好吃。好吃。这真是呀，有福之人不用忙，无福之人跑断肠。看看，又吃饺子又吃肉的，苏甫这小子有艳福又有口福。你看那个琦琦，亲爸爸，亲爸爸的叫着，真骚。"

玲玲不解的问："姐，那个狐狸精干嘛管甫哥叫亲爸爸呀？"

米娜吃了几个饺子，觉得非常好吃，她用筷子指着盒里的饺子说："玲玲，这饺子是三鲜馅的，有肉，有虾，有海参，平时吃不着。把这几个给你马哥送去吧。吃上饺子，就算过节了。"

"嗯。再给他两块肉。"玲玲往饺子盒里夹了几块肉，扣上以后，端着出了卧室。

每逢佳节倍思亲。父亲，儿子，小马哥哥……

米娜垂下头，十指插在头发里，她实在控制不住了，眼泪浠溜浠溜的流下来，掉在地上。

哎，人比人得死，货比货得扔。瞧人家琦琦，有娘家回，有人宠，有正式工作，吃喝不愁。人家的命怎么那么好啊！再看自己，自小被拐骗，长大了又误入歧途，为了爱情而未婚生子，现在又被人抛弃，而且还沾上了毒。日复一日的，过了三十是初一，过了初五是十五。米娜呀，你的下一站在哪儿里呀？

玲玲已经习惯了，也不劝了，只是靠着她和她一起伤心。这种方法比劝还灵，米娜身边只有表妹一个人可以信赖，岁数又比她小，自己的情绪不能影响玲玲。所以每次都能破涕为笑，装成没事人儿似的，反过来了劝导表妹。

"大过节的，你哭什么呀？你看你这一天，第一次在北京逛庙会吧，玩得多开心呀。你看这吃的，都是人送的，你长这么大，吃过吗？要开心点儿啊，要过好每一天啊。别学姐。再说姐也不是哭，姐是感叹，感叹人生。"

玲玲见表姐没事了，又恢复了常态，她坐下，对表姐说："姐，我比你小，其实也就小一两岁，你说你怎么知道那么多呀？哭都能哭出伤心，伤感，伤情，伤人什么的，我就不行，一般都是摔跟头，磕破了才哭几声，哪能吃着吃着就哭啊？不理解。还有琦琦，那德行，还管甫哥叫亲爸。叫亲哥不行啊，要不然叫干爹，哪有叫爸的呀，什么玩意儿。"

米娜也笑了："你还小，不懂男女之间的事。别老研究这些。"

玲玲挺认真的说道："还小？十九都过啦。再不学就晚啦。不是二十就能结婚吗？姐，你说我以后要交男朋友，是不是也能叫亲爸呀？"

"不要学那些个，语言这东西有许多奥妙，尤其是北京话，有些我们学不来，外来的人也听不懂，比如这句亲爸爸，它和叫爸爸还不一样。"

玲玲不明白，问表姐："怎么不一样？她爸爸不是是亲爸？亲爸爸不就是她爸爸吗？"

米娜解释道："我们家那里管爸爸叫爹，爹就是父亲，北京不是。北京人管叔儿叫爹，姑姑也叫爹。也有叫爸的。比如二叔，北京人就叫二爸，二爹。如果家里有兄妹五人，最小的那个或男或女，都叫老爹，也叫小爸爸儿。所以在家里，老疙瘩地位高，子侄都归他管。再比如姑姑，　在北京叫法最多，不单叫爸，叫爹，还有叫娘的，通常在娘后面加儿音，叫娘儿"

玲玲好象明白了："哦，知道了，我说那天有两个人聊天儿，一个人问，出门儿啦？那个人说，是，我老娘儿病了，过去看看。原来是她老姑。

嗯？那不对呀，苏甫和琦琦也不是叔侄呀，她怎么也叫亲爸爸呀，啊？表姐。"

米娜想了一下，随便编了几句："她是犯骚。古时候有十大骚人，写过一本书，叫勾魂骚言。他们一个人说一句骚话，然后评比，结果这句亲爸爸，获得勾魂骚言中最骚第一名。看来，这个琦琦一定是家传，真是够骚的。"说完，米娜哈哈的笑了。自语道："好开心啊！"

玲玲很解气，也开心的笑了。

第五十四篇 初一吃饺子 夜里接白面儿

大年初一，苑总睡了一天觉，下午起来，觉得肚子饿了。从冰箱里拿出几个餐盒，把里面的年货规整的摆到碗里，码放在蒸锅的屉上，扣盖点火后，又开冰箱拿出一袋速冻饺子，放在案子上。锅里加水放在灶上，点着火，站一边看着。

蒸锅冒气了，发出"滋滋"的声响。苑总用鼻子闻了闻，锅里飘出了肉香。他笑了。

开锅了，他把速冻饺子下到锅里，用漏勺推了一下，饺子在水里旋转，苑总嘴里哼着小曲："一天又一天，一个人过大年，速冻饺子米粉肉，碗里醋啊酸呀么酸又酸……"

四十多岁的苑总，长得挺魁武，具体他的来历，还真没人说的清楚。据说他年轻的时候，也是个烟鬼，抽了好几年，抽得也很凶，后来没钱了，就开始做神拿生意，结果钱没拿回多少，倒挨了两顿打。一次偶然的机会，他结识了烟贩子的上家儿，获得了一手的白粉，他才知道了卖粉可以赚钱。

有了货源，他开始以贩养吸。不过，几年以后，他发现自己做的这种生意，不单是随时都有可能坐牢的买卖，而担着巨大的风险挣的票子，不知不觉都给吸没了，兜里所剩无几，而吸进去的钱，能买套房子都有富余了。于是，他走进了戒毒所……

苑总一共戒了三次毒，前两次是戒完了没多久，又开始复吸，他自己也苦恼。他找过戒毒成功的人讨教，没人能说出所以然来。后来，经过长时间的观察发现，这些戒了毒的人有一个特点，就是喝酒，每天都喝得醉泥似的，就不想烟的事了。

第三次从戒毒所出来，他买了一箱白酒，把自己关在家里，中午喝一顿，晚上喝一顿，每次都喝到犯困，躺下就睡，这样过了半个多月，果然见效了，虽然每天酗酒伤身，但比起吸毒来还是很划算的。

酒喝完了，他出去买酒，遇到同是吸粉的朋友，免不了被人说几句，他也不在乎，坚决的远离这些烟民的诱惑。终于，一个多月以后，戒毒成功了。

为了戒毒，他喝了不少酒，但他还是不算会喝酒，不懂酒，因为每次喝酒，都是大杯速灌，也不知道酒倒底哪好喝，且喝完了也不舒服，戒毒成功以后，酒量自然也就下来了。但是每天都喝一口，还是很惬意的。

苑总把饺子捞出，放在盘子里，端到客厅的餐桌上，又回厨房，关火后，打开蒸锅的盖儿，用布垫着，把屉上的蒸碗端到餐桌上，往返几趟后，拿了筷子，小碗，碗里倒了腊八醋，放了几瓣腊八蒜，回到客厅，放餐桌上，又在五屉桌上拿了酒瓶子和酒杯，都放桌上。还行，已经很丰盛了。

苑总喝了一口酒，吃了一个饺子，顿时觉得心情倍儿爽。他对自己这一年的工作很满意。可不是，稳赚不赔的买卖，每天吃香的喝辣的，还能攒下钱，怎么能不令人兴奋呢？再有个一两年，在北京买套房，啊……呵呵……

外面有人敲门，是米娜。苑总起身，拉开门，米娜进屋拜年："苑总过年好！"

苑总很高兴："米娜，好，好。吃了吗，坐下吃点？"

"吃过了。谢谢苑总。我进去了。"米娜说着，走进了卫生间。

米娜每天只吸一次，自制力还是很强的。由于生物钟的作用，时间点也是挺准的。

苑总表现的很殷勤，他告诉米娜："准备好了。悠着点，别扎太猛了。"

苑总继续喝酒。由于管理着十来个人，有七八个人每天吸烟，春节他也不能回家了。春运期间，机场，车站都查的严，货源紧张，每次收到的紧够一两天的消耗，必须天天盯着，毕竟这些吸烟的人，每天都要按时光顾，烟瘾上来以后，没有烟这些人会抓狂的。他们是自己多年培养出来的固定客户，得罪不得，没办法，挣这份钱，受这份累，担这份心。

他得到了消息，南边有一批货，今天夜里就能到，这下可以解燃眉之急了。睡了一天觉，养足了精神，趁着大年初一，准备多接点货，有了粮食，提前分给大家，兴许还能回趟老家看看。今年若能回乡，就不象往年那样穷酸了，一定是衣锦还乡啊。

米娜从卫生间出来，把注射器放进绞肉机，转了几下，掏八十块钱放在桌上，说了声："谢谢。"欲出门，被苑总叫住。

"米娜，白天的时候，苏甫把锤子拿你那去用了，要是用完了，让马哥给带下来，我也要用。"苑总嘱咐。

米娜点下头，出去了。

米娜每次用的量不是很大，八十块钱对她来说也能接受。大约零点一克的粉儿，一个注射器，酒精和生理盐水。她认为，苑总提供的服务，还算是很良心。虽然单价看，比别的烟贩子高，但是他没掺东西。便宜没好货，掺了玉米粉的面儿便宜很多，可是不健康啊。毕竟这是往血管里打。

苑总下午一般比较忙，迎来送往的，还真有个办公司的样，来的人都挂着胸牌，在外人看来，都是一些年轻职员，除了个别人是为了出入账款，其余几个主要还是烟民，这些人注射用时时间都不长，快的五六分钟就完事了。

腊月二十三到现在，苑总消停了许多，电脑几乎都没开。可能是这些人守规矩，正月十五之前都不出去了。即使有人出去做生意，拿到钱也不会到苑总这里交，怕让同行笑话。就如马哥，出去做了一把，回来跟没事人似的，不跟任何人提起。

几杯酒下肚，饺子也吃完了。初一相安无事，睡一觉就是大年初二了。马哥来给苑总拜年了，进了屋，把锤子放地下，朝苑总一抱拳："苑总过年好，给您拜年了。"

"吃了吗，坐下喝点？"苑总客气着。

"吃完了，谢谢苑总。在你屋里洗个澡，给您添麻烦了。"进了卫生间。

苑总哈腰拿起锤子，放到二屉桌下面的小门儿里。

锤子，一种普通的工具，一般家庭都有，使完了随手一放，没人当回事。不过，对于苑总来说，锤子不是可有可无，而是必须品，吃饭的家伙什儿。不会轻易借人的。苏甫把锤子拿走，用完了没送回来，让他惦记了半天儿。因为锤子有可能丢了，也可能坏了，那苑总就虾米了，大过节的，有钱都没地儿买去。

按正规的说法，苑总做的生意叫贩毒。按行内的叫法是卖粉儿，倒粉儿。老百姓管他们叫倒腾白面儿的。做这个生意就要进货，进了货还要加工打包儿，就用到了锤子。

常人很难想到，锤子怎么会和倒粉联系起来呢？可不是，隔行如隔山，更何况倒腾白面儿本身就是一种秘密工作，不可让人知道，甚至那些老烟民，也不知道卖粉儿的密秘。

不过，有些吸粉儿的人，倒听说过一种叫做球儿的东西，白面儿是装在球儿里的，球儿什么样，有多大，什么材质的，一个球儿多少钱，具体谁也不清楚，都是瞎猜。

的确，做白粉儿生意，能直接拿货的，拿的就是球儿，白粉儿装在球儿里，球儿是白色的，很象中药的腊丸儿，比腊丸儿大，比乒乓球小，大约直经有三厘米。由于这种球儿非常坚硬，所以要用锤子砸，个别太硬的砸不开，还要借助钢钉，钢钉也叫洋灰钉，能往砖墙，水泥墙面上直接钉。每个球里装有五克白粉儿，所以，行内所说的一个球多少钱，指的就是行情。

马哥扎完了出来。把注射器放绞肉机里，转了几下，针头被绞碎了，与一些餐厨垃圾一块挤了出来。

他掏出钱来问苑总："米娜来过了吗？要是没来，我先替她把钱交了。"

"来了，她给钱了。"苑总说。

马哥开门出去了。

马哥走后，老前辈钱豹也过来吸烟。他比较省事，早晚各一次，一次一包儿。不过，老前辈自从上次被人爆揍一顿后，状态大不如前了，做生意经常是空手而归，最近已坐吃山空了。

　　一天的生意做完了，饭也吃完了。苑总起身，在屋里走溜儿，走了一会，又练伸腿，抻腰，晃脑袋，浑身都练到了以后，他关掉了屋里所有的灯。

　　来到阳台，他在椅子上打坐，眼睛盯着窗外，双手举起，做了个压气收式，然后在腹部交叉，长舒一口气。

　　此时的苑总，表面上看似平静，心里却七上八下的静不下来。做这个卖粉儿生意，最怕过节。吸烟的每天都要按顿儿吸，且吸一包买一包，从来不多买，谁也不存，而自己又不能一次进很多，万一犯了事儿，判刑或枪毙可是按克算的。过年前，货源偏紧，经过努力后，还算接上了。如果一两天之内，再收不到货，场面就不好收拾了。还好，今天夜里，就有一批货到，连夜批发，所以苑总不能睡。更让他担惊受怕的是，他今天要的货多，一下要了五个球。从来沒一次要这么多，以前每次都要一个球。今天晚上可是刀口上舔血了。

　　昨天大年三十儿，多数人熬了一宿。初一的夜里就清静多了，偶尔几声炮竹响，又恢复沉寂，老旧老区路灯很少，天上又没有月亮，楼下显得黑洞洞的。远处，有个打着手电的人在走路，是朝自己住的这楼栋过来，电光左右上下瞎晃，光柱还是挺强的。可能是有意无意的，电筒的光焦照在窗户上，停了两秒钟，把苑总的眼睛晃了一下。

　　苑总起身，在桌子上抓起一个小布袋，布袋里是货款，他这是去接货。

　　他出来后把门轻轻带上，然后往下走。楼道很黑，走路时脚要轻抬轻放，门灯是声控的。

　　到了二层，见有一个黑影往上走，上了几级台阶后，来人猛的回身，朝身后开了一下电筒，迅速又关闭，正好与苑总错身，拿走了苑总手中的钱款，继续往上走去。

　　苑总走出楼门，在外边伸腿弯腰，做了几个太极的动作。这时，一个人影从楼里出来，向远处走去。走出很远，那个人又打开电筒，晃着照路。苑总明白，这是信号，告诉他安全了。

　　他做了个收式的动作，回身进了楼门，在一层楼梯下做了一个弯腰取东西的动作，然后往楼上走。他并没有取货，而做个动作试探，如果有埋伏，在自己取货后，肯定会冲出来抓他现形，做个虚假动作后上楼，如果没有埋伏，那就是安全的。干这行儿，反侦能力一定要强。

　　上到三层，没有意外发生。他又返回一层，探身拿起一个布包，捏了一下，是五个球。转身轻快的上楼，推门进屋，将门销插上，摸黑来到阳台，把窗外一个种花的木盆搬到窗内，打开盆底的夹层，把球放进去，关上夹层，把木盆放回原位后。顺手用早已准备好的毛巾，把窗上的土擦干净。他把毛巾扔到卫士间的洗手池，又来到阳台，坐在椅子上，开始闭目养神了。

　　夜深了，苑总并没有回房睡觉。他在等，还有一批货，会在今天夜里送过来。他一共有两个上家，每次上家接到货，他都要分别或多或少的要一些，这样可以培养长期稳定的供货渠道，而且是这家要的多一些，另一家要的少一些。若是往常，第二家的货一定是要一个球儿，由于今天初一，是进货的好机会，所以要了两个球儿。

　　小区里传来几声咳嗽声，这是信号。

　　阳台窗户上，挂着一个风筝，风筝线是用一个小挂钩连接的。苑总摘下挂钩，在挂钩上挂了个小布袋，布袋里装着两个球儿的货款和一块石头，他又从墙角拿起一根竹杆，竹竿子前端又一个铁丝做的弯钩，把线放在铁丝钩中，把竹竿子伸出窗外，开始放线。由于有石头压重，线放的很快。苑总的另一只手拿着一个线轴，是放风筝用的那种电动线轴，这种放线方式，人不用探出窗外，货物上下也不会碰到障碍。

　　风筝线被底下抻了两下，苑总知道货款交接完毕了，一按电动线轴的按钮，货物几秒就上来了。

　　苑总快速摘下布袋，掏出两个球，放进一个小网兜里，缠紧后，来到厨房，掀开洗菜池下水的上盖，把球儿扔了进去。

　　老式楼房的洗菜池，用的是那种大方白池子，下水管是铸铁的，很粗的那种。池子下方的管子为了防臭，做的是 S 形的形状，所以球不会掉下去。苑总彻底踏实了。咽下一口定心气，来到阳台，摸着黑把线钩挂在风筝上，收好竹竿，关上窗户。可以放心的睡个踏实觉了。

第五十五篇 琦琦带年货 米娜玲玲乐

琦琦架着苏甫上楼，掏钥匙开了门，进屋后，把食品袋放地下，把苏甫拖到椅子上坐下，解开羽绒服的扣子，脱下衣服，不轻不重的扇了他两个嘴巴。

"嗨，孙子，该清醒清醒了。瞧你让那俩小骚儿给灌的，喝了多少？烂醉一摊泥了。"到卫生间拧个湿毛巾，放苏甫脑袋上。

苏甫醒了，抓住毛巾擦头擦脸，知道是在自己家里后，问琦琦："你怎么今天回来了？不是说过初五才回来呢吗？"

琦琦抓过毛巾，扔的卫生间的洗手池里说："是，我要等过了初五再回来，你都该有私生子了。一天你都憋不住啊？"

苏甫抹把脸："瞧你说的，同事家里有活儿，我帮干干，大过年的，谁家不吃个饺子，喝口酒，我也没喝多，两瓶小酒儿，可能是因为空肚儿喝酒，上脑子了。有点儿糊涂，但没醉。"

琦琦过去拿起食品袋，放在桌上，一袋一袋的打开，从里面往出拿餐盒。然后把塑料袋捋平叠起来，放在墙角儿。坐下后，指着桌子说："饿了吧？就知道你没饭吃，特意给你带来的。看看，有饺子。饺子有两种馅，猪肉大葱和三鲜馅的，爱吃哪个吃哪个，还有红烧肉，都是瘦肉。酱牛肉是老汤酱的，香着呢。另外，还有米粉肉，扣肉，还有四喜丸子……怎么少了几盒？两盒饺子来着，还剩一盒了。还有红烧肉，酱牛肉，嗨，少了一袋，是不是忘楼下了？我去找找。"起身要出去。

"别去了。"苏甫叫住琦琦："那袋我送给玲玲了。大过节的，又是同事。要是没看见，也就算了，什么事也没有。让她们赶上了，不给她点儿不合适。让她们尝尝吧，穷人也得过节不是"

琦琦多少有些不满："那盒是三鲜馅的哥们儿？这两只耗子，偷我的人，还顺我吃的，把我这当粮库了？"

"那怎么着，咱跟她们比，就是粮库。粮食仓库还怕闹耗子？琦琦，咱妈挺好的？咱爸挺好的？咱奶奶挺好的，咱爷爷挺好的……"苏甫酒醒了。

琦琦打断苏甫："你吃几个饺子，猪肉大葱也很好吃的。还有米粉肉，这是北京名菜，过节吃的，好吃。比超市卖的好吃。"

苏甫吃了几个饺子，夹了两块米粉肉吃了，是挺好吃的。

肚子里有了粮食，精神头就缓上来了。他问琦琦："你们过了节就该上班了吧？"

琦琦点点头："过了十五就开始集训，真没意思。我跟我爸说，不想踢球了。我爸说不行。我不想离开你。"

苏甫很认同玲玲父亲的说法："老爷子说得对，你不能离开足球，你想，你从小练球，多辛苦啊，现在能踢职业队，也是有相当高的水平了，千万不能半途而废。"

琦琦叹息道："没有前途啊，要是一直上学，现在大学都毕业了。我有个女同学，现在边读研，边兼职，年薪十几万。你再瞧我，挣的连她的零头都不够。而且人家是坐着挣钱。我呢，每月为这小几千子，还经常身上缠绷带，甚至折胳膊断腿，一走还要几个月。走的时候还好，皮肤是白的，等到回来的时候，晒得整个一个黑非洲。"

苏甫站起来，挪了两步，用手摸着琦琦的脸蛋："琦琦，大过年的，不说那些，你晒成什么色儿都没关系，我都喜欢。来，良宵一刻值千金，我伺候伺候你……"

琦琦转过身，把腿一翘，张开右臂，眼睛色咪咪的看着苏甫。苏甫明白，这是琦琦爱玩的游戏。一定是在抱她的时候，她会身体下坠，让苏甫抱不动。他运了运气，把她的胳膊搭在自己肩上，一手搂腰，一手抄腿，叫声："走"，把琦琦抱离了椅子，挪了一小步。琦琦身体稍一挺，苏甫就抱不住了，向下坐倒，躺在地上。

琦琦骑坐在苏甫身上，很得意的笑骂了一句："你个怂屁，抱不动女人，还想娶媳妇儿。"一只手掐住他的脖子，一只手轻扇了几个小嘴巴，然后扒苏甫衣服，同时说道："老娘我奸了你。"

苏甫假装害怕，用手挡脸，求饶道："亲妈饶命……"

大年初一，苑总为接货顶了大半宿，后半夜才睡。一觉醒来，已经九点多了。马哥来敲过门，他没听到，起床后，故意在屋里弄点儿响声出来，告诉马哥，他已经醒了。并且把屋门锁划开。果然，马哥推门进来，直奔卫生间，进去以后插上门。

苑总来到厨房，从冰箱里端出一盘昨天吃剩下的饺子，锅坐火上，倒上一些油，把饺子一个一个的往里码。锅里发出滋啦滋啦的响声。很快，饺子一面儿炸上色儿了，用筷子把饺子翻过来，稍等片刻，一锅饺子炸好了。他把饺子夹到盘里里，又把一拨饺子夹到锅里。油有点少了，锅里冒出了烟。苑总又往锅里加些油，一阵滋啦劈叭之后，饺子呈枣红色，全都夹到了盘里。他关了火，把饺子端到客厅，放在桌子上，回厨房倒了半碗儿醋，拿了一双筷子，坐在餐桌旁开始吃炸饺子。

马哥走出卫生间，表情有些茫然，刚吸完烟的人都这样。他把准备好的钱放在桌上，拉门出去了。

今天上午就马哥一人吸了烟。其余的烟民都被告知无货。苑总有自己的考量，一定要让这些人知道，我不只着做粉儿赚钱，每次进的货也很少，只有几克。昨天夜里虽然进了不少，那也不能显摆，毕竟知人知面不知心，谁知道哪块云彩有雨呀？万一有人给捅了，两三克的量也没什么大罪。小心驶得万年船，钱这玩意儿，有多少算够啊。做这种生意，第一要戒的就是贪。花盆底下的夹层里的那五个球，原则上不能动，做库存了。水池子里的两个球，够春节期间用了。吃饱了，开始干活。

苑总起身，并没有收拾碗盘。他把门从里面锁上。从抽屉里拿出一把剪子和一个小的计事本，放在椅子上，从墙角拉过一个马扎儿，坐下后，从记事本上撕下几张纸，用剪子先把上面的一行字剪掉，然后把纸剪成三条，每条又剪成三片儿，每片约两厘米见方。他把纸一片儿一片儿的整齐的码放在椅子上。他把剪子放回到抽屉里，来到阳台，从一个挂在墙上的大杆枰上摘下铁枰砣，回到客厅放在地上，又去阳台，从窗外的花盆里，拿了一个钩花用的铁钩子，来到厨房洗菜池边，取下洗菜池下水的花盖，钩子探下去，把咋晚放进去的网子钩出来，解开网扣，取出一个球儿，把网子系上扣，又放回到下水管里，扣上花盖。他把手里的球儿用水冲了一下，用毛巾擦干，回到客厅，从小柜里拿出锤子，坐在马扎上，拿起地上的枰砣，放在腿上，把球儿放在枰砣上，用一只手把住，另一只手拿起锤子，往球上砸时发出一声响。

球儿很硬，不敢在地下砸，怕惊扰街坊，而且如果你经常砸球，也会引起四邻的怀疑。在腿上砸，虽然费点儿劲，但几乎没有震动。砸这种球，没什么技术，只是劲作不能太大，球儿里面是软包装，若砸球时用力过猛，球儿碎了，里面的包装也可能会破，货物是粉面儿状的物质，撒了就没法收了。

球儿被砸开了。苑总手里攥着球起身，把锤子放到柜门里，走到绞肉机旁，很轻很轻的掰球儿的外壳，掰下来的碎渣子顺手放在绞肉机里。他回来又坐下，把一个白瓷盘子放在椅子上，小心的打开二层包装，把白粉儿倒在盘子里，好了，长舒了一口气。

他站起身，来到卫生间，把包装袋撕碎，扔进马桶，用水冲下去后，洗干净手走了出来。

他从抽屉里拿出一个小勺，这个小勺比耳挖勺大一些，坐下后开始用勺分份，每张纸片上一小勺白粉儿。这一个球是五克白粉儿，必须要分出五十份来，当然，多分几分更好。只是倒粉儿的上家儿没那么傻，不会多往里装的。但是，由于每次来的货物纯度不一样，琢情掌握量的多少也是可以的。前提是你要先尝一下，才能知道它的纯度，今天苑总没有品尝验货，就开始分包，也算是个失误吧。

也真难为苑总了，一个大老爷们，把那么小的纸片要包成包儿，得多不容易啊。不过，什么活儿都是人干的，久练久熟，包好的小纸包，一个一个的还都很周正。也就二十多分钟，所有的纸都包完了。他活动活动手指后？把纸包数了一遍，好象正好五十包，也没准少一包儿。管它呢，多少都不能拆了重包吧。

苑总扒拉着数了几包，放在一旁，其余的放进一个小塑料袋里，封上口儿后，来到卫生间，蹬个凳子，把顶棚扒个缝，把小袋儿塞进去，用手一托，顶板复位了。他仔细看了看，没什么痕迹，才从凳子上下来，用水冲了下手，甩了甩，把凳子搬出来，把其余的几个纸包抓起，放在另一个小袋里，扣上后，来到五屉桌前，把桌上的茶叶桶打开，把小袋子放了进去，盖上盖儿，颠了几下以后，活终于干完了，可以踏踏实实的沏杯茶喝了。

泡上茶，苑总靠着椅背，嘴里哼唱着京剧："我正在城楼观山景，耳听得城外乱纷纷……"

唱着唱着，突然想起一件事儿来，一拍脑袋，自语道："嘿，它妈的，失算了。算了吧。"

倒腾粉儿的，一般都要懂粉儿，粉儿的纯度是衡量价值高低的标准。纯度不一样，价值也不一样。纯度高，价格就高，纯度低，价格就低。最近一段时间，每克价格一直在四百二至四百八上下。本批次的货物价格是四百八，应该是纯度很高的，分包的时候忘了尝了。若是高纯度的白粉，每克至少应该多分出一包来，这样可以利润最大化，操，什么脑子。算了，已经包完了，不能返工了，因为你如果拆了重新分包，也多不出来了，只要是包好包的，你再拆开，纸上也或多或少的沾上一些，反而倒少了。

大年初二了，米娜和玲玲起床时，已经快九点了。玲玲烧了一壶水，开了以后，灌的暖壶里。她问表姐："姐，咱早上吃点什么呀？"

米娜想了想，告诉玲玲："初一饺子初二面，今天应该吃面。只是咱们这里什么家伙儿也没有，也没有面。这样，先泡两碗面，填饱肚子，然后去超市，买一个电磁炉，一个电饭锅，再买袋米，一把筷子，案板，擀面杖，买几个盘子，几个碗……"

玲玲听的脑袋都乱了："姐，买这么多一下拿的回来吗？再说，这得多少钱呀？"

米娜也有些乱了，她拍着脑袋说："是，平时不觉着，搬家时候就记着带铺盖，其余费事的都扔了，等想再用的时候，买着都是钱。可是呢，没有还不行。咱也不能天天去外面吃呀。"

玲玲想了想："是，在外面吃饭是省事，可是太贵了，一个月的饭钱，够买一套家伙了。而且，在家吃饭还省时间，想吃什么做什么，刮风下雨都不用出去。"

米娜点头同意："关键还省钱。在外面吃一小碗红烧肉的钱，在家能炖一锅了。"

"可不是，我就不明白，十块钱的肉，弄熟了，怎么就卖七八十块呢？太黑了。还有那个炒蘑菇，在咱家那吃，十块钱都不到，在北京吃就要六十多，这不是抢钱呢吗？这跟咱们拿行有什么区别呀？"玲玲说完，从提包里掏出两个碗面，撕开上面的盖纸，取出料包，撕开倒进碗里，用开水往碗里一浇，再盖上盖纸，用筷子压住。泡会儿就能吃了。

米娜也觉得玲玲分析的有点逗，但也反驳不了，也就随着说："是，都是做生意，都是赚钱。不过人家是定点商家，要租门脸儿，成本高。咱们是走街串巷的流动商人，就这点儿区别。而且，人家要上税。拿着就合理合法吧。"

米娜和玲玲逛了一上午超市，买了不少东西，小件的都放在菜车上的布兜子里，米娜拉着，玲玲提着两个纸盒，是电饭堡和电磁炉。大过年的，没有出租车，也没有平板三轮，摩的也过节去了，只能自己拿着走回来。平地还问题不大，上楼时可就费了劲了。幸亏有一个到楼里串亲戚的小伙子，在后面帮米娜搬着上了楼，不然还真够呛。

米娜道谢，小伙子下楼去了。玲玲打开门，两个人进了屋，都有点儿喘粗气，坐在各自的床上休息。

"当官的一张嘴，当兵的跑断腿。姐，你看看，谁大过年的去超市买这个，人家都是去买吃的。"玲玲说。

"是呀，大过节的，就是吃。可是咱们使什么吃？没有做饭的家伙，买回来吃生的呀？你就是吃剩的，也得加热了吃吧？现在行了，想吃什么买什么。下午再去，买几斤鸡蛋，还有鱼丸，虾球，速冻饺子，包子，鸡翅膀，羊肉串儿什么的，咱也好好的过个节。"米娜很兴奋的数落着。

玲玲也很高兴，鼓着掌赞同："对，想吃什么买什么。姐，今天一逛超市我才知道，有那么多那么多好吃的，甭说吃，听都没听说过。哎，都是人，你看看人家大都市，跟咱那的小乡镇，真是一天上，一个地下呀。不过姐，买太多了要是吃不完，还不放坏了？咱们没冰箱。"

米娜笑着指着窗外，对玲玲说道："外面零下五六度，还冻着冰呢，能放坏了？"

"对，装袋里，挂窗户外边，姐真聪明。"玲玲奉承着。

第五十六篇 米娜扎崩 钱豹施救

吃完晚饭，玲玲去厨房刷了锅和碗筷，控干了水，收在墙角儿地下，用一块毛巾盖上后。她对表姐说："姐，这个房子条件真不好，什么都没有，厨房水池子脏着呢。"

"是，姐也觉得差劲，暂时的吧。苏甫已经帮咱们找了一套小两居，挺不错的，价钱也不贵，还没经过中介，是苏甫的房东帮助找的，订金也交了，等过完年，过完年咱就搬过去。这地方太别扭了。不能洗澡，上厕所还得出去。"米娜告诉玲玲。

"那样可就好了，方便多了。跟男人一块住就是不方便，衣服也不敢脱，他们也不搞卫生，厨房厕所还没公共厕所干净呢。要是咱姐儿俩人住，光着都没事。"玲玲靠坐在床上，拿起笔记本电脑，又问表姐："姐，你不看电脑吧？我玩会儿。"

"你玩吧。姐出去一下。"米娜站起来，拉门出去了。

玲玲适应的很快，学习能力也强，自从离开家乡以后，这一年多来，除了做生意，她每天都在学习，接触新事物，跟上社会的发展是必须的。

一个十几岁的女孩子，敢于只身走出大漠，闯荡未知的世界，那得需要多大的勇气呀。当然，对法律，对道德方面的无知，使她进入了这个特殊的行当，做起了拿手，但她并没有意识到这种工作巨大的危险性，而且很乐意到处去拿取，每次成功，也会开怀大笑。因为有了钱，可以买很多好吃的。

她每天都要操作电脑，把已经学会的和刚刚学到的北京话，记在电脑里，然后反复的揣摩，演说。她觉得，北京话真的很有意思，很好听，很有艺术性，耐人寻味又博大精深。就拿一句"吃了吗"的问候语，也很有讲究，不是随便都能用的。

有很多外地北漂，也学着北京人说：吃了吗您？但是不分时间和地点。一般说，早晨起来，你第一眼看见的人匆匆出门，手里还拿着卫生纸，你问人家吃了吗，人家根本就不理你，因为人家是去上厕所，或者是刚从厕所出来。你问人家吃了吗，是不是招人反感？

再有就是中午，多数人都是上了半天班儿，中午回家吃午饭，来回一个小时的时间，很赶喽，吃完就走，所以没人站街，看见人家忙着骑车出门，你问人家吃了吗，人家会觉得你问的多余，可能不理你或回你一句，上班去。

真正用"吃了吗"这句话的时间是晚上。人们工作了一天，回家吃完晚饭，开始出来站街，互相问候。

"吃了吗您？""吃完了。""吃什么您？""吃的打卤面。""打卤面好吃，我就爱吃打卤面。您的饭量大，得用大海碗。我不行，也就一小碗儿。""哈哈，甭管吃多吃少，能吃上就是好生活。"然后张嘴就唱一嗓子："饭后一袋烟……"

写完这段，玲玲觉得太逗，忍不住笑出声来。

门开了，表姐神情恍惚的走进来，她想去自己的床上，又似乎看不见，伸手去摸时，两腿一软，摔倒了。

玲玲放下电脑，过来想拉表姐起来，发现表姐脸部皮肤泛紫，紧闭双眼，已经昏过去了。

玲玲抱着表姐脑袋叫："表姐，姐，你怎么了？你醒醒。表姐……"急的流出眼泪。

她放下表姐，赶紧跑到马哥房间，急叫："马哥，三师叔，快去看我姐，她晕倒了，快死了。"

马哥"蹭"的从床上蹦下，跟着玲玲跑了过来，他抱起米娜的头，使劲的按压她的人中，嘴里喊着："玲玲，打一二零，叫救护车。"

玲玲赶紧去床边拿手机。

"慢，别慌。"老前辈钱三抱蹲下看了看米娜后说道："不能打，救护车来了，肯定警车也得来，还不把咱连锅端了。她这是扎崩了，送医院也是死。赶紧小马，把她架起来。玲玲，快去叫苏甫，带几瓶凉的矿泉水马上过来，千万不要声张，快去。"

玲玲着急的跑了出去。

马哥已经把米娜的胳膊搭在脖子上，架了起来，看着师叔。

钱三抱跑到厨房，找了个碗接了一碗水，回来后浇在米娜头上，把碗放在墙边，架住米娜另一只胳膊，对马哥说："在屋里走，不要停。脚要轻，别惊动了楼下街坊。"

两人架着米娜在屋里来回走，走到东屋折返，在走到西屋，来回几十趟，钱三爷终于快扛不住了，示意马哥稍歇，喘口气。

门开了，苏甫和玲玲跑了进来。

钱三爷叫苏甫过来替自己。和马哥一起架着米娜继续走。他从玲玲手里拿过一瓶水，在马哥他们前面退着走，打开瓶盖，往米娜头上浇，并扇了米娜几个嘴巴。他叫："玲玲，快，拿苕帚把儿，在后面打她。"

玲玲拿起苕帚在后面打表姐屁股。

三师叔把一瓶子水浇在米娜头上，等他们掉了头，从玲玲手中拿过苕帚，把头拧掉，用把儿抽米娜的后背，屁股和大腿小腿。他把苕帚把交给玲玲，嘱咐道："就这么打，使点劲儿。"他又拿起一瓶冰水，拧开盖，往米娜脑袋上浇，边浇水，边抽打米娜嘴巴……

马哥已经累的喘不过气了，但是他咬着牙坚持着，硬撑着架着米娜的胳膊。苏甫身上也湿了。加上脸上的汗水，显得很狼狈。

钱三爷拿过玲玲手中的苕帚把，照着米娜后背用力打了几下，发现她的后背抽搐了一下，又朝屁股抽了两下，屁股似乎也拧了一下。三爷大喜，鼓励大家："坚持住，有戏了。"又朝她的腿肚子上打了几下，米娜一直在地上拉的腿向前倒着迈了一步。终于有知觉了。

三爷摊坐在地上。等苏甫他们返回时，朝他们点手示意，让他们停下来。

"行了，缓过来了。停下吧，把她放地下。"钱三爷喘着气说。

果然，放下后，米娜可以坐在地上了，只是低垂着头，还没完全苏醒。

马哥和苏甫坐在米娜的床上喘气。

"玲玲姑娘，赶紧用墩布，把地上的水擦干，这个楼没有防水，漏下去可就麻烦了。"钱三爷说。

玲玲赶紧拿着海棉托布和一个盆儿，在地上擦水，然后拧在盆里，从东屋到西屋，把地上的水擦干。好在是冬天，屋里有暖气，地面干得快。不过，马哥和苏甫的身上各湿了半边，所幸屋里不冷。

"小马，苏甫，去咱那屋。玲玲姑娘，你帮助米姑娘换身衣服，然后让她上床上躺着，换好衣服我再来看。"钱三抱说完，站起来往自己房间去了。马哥和苏甫也跟了过去。

苏甫把脱掉的上衣，搭在暖气上。马哥拿出一个吹风机，插销插线板上，按动开关，吹出热风后，把它交给苏甫，苏甫接过，照着裤腿裤腰上吹热风。

玲玲把表姐的衣服脱掉，扔到一边，从皮箱里找出一个大睡袍，给她先披上。然后给她穿上内衣内裤，秋衣秋裤后，把睡袍的袖子穿上，系上了带儿。她用双手抱在她的腋下，用力一搬，挪到床上，摆正之后，给头下放了枕头，侧卧着躺好，拉被子盖上，然后用干毛巾给她擦头发上的水。一通忙活后，终于踏实了。玲玲坐在床上喘粗气，一脸懵的琢磨着，眼睛呆呆的看着表姐……

马哥脱下湿衣服，放在一个塑料盆里，换上一身睡衣，从暖气片上拿过苏甫的湿衣服，坐在床上，撑开让苏甫用电吹风吹。

苏甫一边吹着衣服，一边问师父："前辈，米娜得的是什么病啊，怎么那么历害？而且您这种要饭的看病方法，怎么没听说过？"

"什么叫要饭的看病法呀？"钱三豹问。

"饿治呀，还真没见到过。这您得给传传，今天您救了米娜，以后我们好去救别人呀。"苏甫挺认真的对师父说。

马哥也插嘴问："是呀师叔，倒现在我都不知道，这是怎么回事呀。什么叫扎崩了？为什么不能叫救护车？"

钱三抱点上一棵烟，抽了一口说道："算了，告诉你吧。扎崩了，就是吸粉儿的时候，吸得过量了，或者太猛了，身体接受不了了，就是中毒了。圈儿内叫扎崩了。"

马哥不理解的问："米娜每天都是定量，从来不多吸，怎么会过量啊？"

师叔解释道："白粉这种东西，没有一个国际标准，各家的货纯度都不一样。这就象白酒，有六十五度的，有四十二度的。你每顿喝二两四十二度的正合适，突然有一天，你把二两六十五度的酒，当四十二度的喝了，可能就醉了。道理是一样的。可能米姑娘今天用的粉儿纯度高，她不知道，推的再猛点，这就叫扎崩了。"

"师叔，为什么不能叫救护车，送医院抢救不行吗？" 马哥又问。

钱三抱认真的告诉马哥："这个病来得快，死的快，一般在发病半个小时内，人就完了。凡是救护车拉走的，活着回来的很少。而且，给吸毒的做抢救，医院要先通知公安局，警察来了，人可能都死了。警察也可能顺线索找过来，咱们就全完蛋了。"

马哥悟道："师叔说得有道理。今天的事，幸亏有三师叔坐阵，要不然就现大发儿了。谢谢师叔。"

钱三抱摆摆手："一根绳上的蚂蚱，首先是为自己。但是以后记着，如果你们遇上这样的事情，如果是不认识的，为了自保，你可以不出手，但你一定要买瓶冰水，拧开盖拿在手里，这也是规矩。救人也是救自己，明白啦。"

"明白。" 马哥点头说。

玲玲坐床上歇了会儿，起身把表姐脱下的衣服拿起来放在大盆里，端到厨房，把盆放在水池子上接水，接了半盆水以后，放了些洗衣粉，把衣服在水里上下提了几下，然后揉洗一遍。揉完后倒掉洗衣粉水，放清水漂洗，漂洗几遍，看盆里的水没有泡沫了，就把衣服捞出拧干，用衣架支撑，挂在阳台上，又把盆里的水倒了，把盆放衣服底下接水滴。

回到屋里检查了一下，一切都收拾妥当了，玲玲正要坐下歇会儿，表姐眼睛睁开了。

"你醒了？姐。吓死我了。" 玲玲很后怕的说。

米娜身上没有劲，但表情倒是很祥和很呆萌的样子，她问表妹："我怎么身上没劲儿，衣服也换了，发生什么事儿了？"

"你差点死了。多亏了三师叔有绝招，还有马哥，甫哥他们帮忙。要不然你现在都见阎王了。" 玲玲抱怨着。

米娜对刚才的事一无所知，没听懂玲玲的话，隐约觉得身上有些不自在，有些疼。

"三师叔说你是扎崩了，让马哥和甫哥拖着你跑，让我拿棍子打你。你身上疼吧，打出好多红印子。就跟犯人受了刑是的。" 玲玲如是说。

"扎崩了，什么叫扎崩了？为什么要打我？" 米娜问。

玲玲告诉表姐："扎崩了……老前辈也没解释。为什么要打你抽你，我自己分析吧，可能是你让鬼缠上了，所以得打。你怕疼呢，鬼就赢了。鬼怕疼呢，鬼就跑了。结果是鬼跑了。你又还阳了。"

"哦，原来真有鬼呀！" 米娜感叹着。

苏甫的衣服吹干了，穿上后，站起来对师父说："老前辈，没事了，我就回去了。"

钱豹点头，嘱咐苏甫："回去别说实话。"

苏甫点头出去了。

马哥站起来，对钱三爷说："按前辈的说法，今天苑总是有责任的。货的纯度高，你应该跟客户打个招呼，说明下，象今天这种情况，如果不是在家里，正好扎完了想出去坐会儿，米娜不就死外头了吗？"

"是的，必死无疑。后果不堪设想。" 钱豹肯定的说。

"我得给米娜讨回公道。" 马哥说完，拉门出去了。

第五十七篇 苑总认打认罚 钱豹金盆洗手

进了苑总房子里，马哥没有马上去卫生间。而是在客厅坐下。

苑总陪坐，并关心的问："小马。今天怎么晚了，不正常啊？"

"救人来的。什么事也没有人命重要不是？"马哥说。

"救人，救谁，出什么事了？"苑总惊诧的问。

"救你。"马哥从桌子上的烟盒里，抽出一支烟点燃。

苑总以为马哥开玩笑，笑着说："我用救，我怎么了？真逗。"

"你今天的烟有问题，米娜吸崩了，晕死过去了。我正准备叫救护车，被老前辈制止了。老前辈说，救护车来了，警察也就跟来了，会来个一锅端。而且米娜肯定死了。你想想，你是不是得枪毙呀？"

苑总登时汗就下来了。可不是，这拨烟纯度高，分包时没量货，造成失误。倘偌真出了人命，自己也就到头了。他问马哥："米娜现在怎么样，要紧不要紧？"

"现在还昏迷，但是老前辈说没有生命危险了。至于以后会不会傻，就不知道了。不过苑总，咱们是生意关系：你是店家，她是顾客，服务不到位，你脱不干系。"马哥用话敲打着苑总。

苑总已经慌了神了，赶紧表态："我的错，只要米娜没事，我甘愿认罚。感谢大家出手帮忙，哪天我做东，你先进去，里面点给你放了两包，你可以少用一些，注意慢推慢进。"

马哥进卫生间，关上了门。

苑总一拍脑袋，拉开抽屉找钱，几摞钱摞在一起，觉得不够，继续找，又找到一些，捋齐后放在点钞机上，一按开关，点钞机开始点钞，一共九十八张。他又接着翻找，在裤兜里拿出两张，凑够一万块钱，用皮筋套上，放在桌子上。

他坐下后，一只胳膊放在桌上，用手搓脸，他很后悔。工作出现重大失误，险些闹出人命。其实早有预感了，就是一犯懒。还真有可能象马哥说的似的，坐牢，枪毙。想想真后怕，幸亏今儿晚上没往外发货。

苑总心里清楚，自己组织这个公司，真是很不容易。这些人参加自己的公司，也是出于对自己的信任，出了这么大的事故，有可能失去大伙的信任，倘若人都走了，自己也就失业了。后悔呀！莫及呀，后悔莫及呀！

马哥走出卫生间，把注射器扔到绞肉机里，伸手掏出钱来，放在桌上。

苑总赶紧的站起来，拿起马哥放下的钱，装进马哥的兜。他对马哥说："小马，今天的事你受累了。这样，从今天到十五，你和老前辈的烟钱我出，以示感谢。还有，这有一万块钱，你带回去交给米娜，让她买点营养品，补身子。让她放心，这件事，我会负责到底的。"

马哥接过钱，开门出去了。

苑总自叹道："大过年的，破财免灾吧。"

马哥敲米娜卧室的门，叫声："玲玲。"

玲玲开门出来问："马哥，什么事？"

"你姐醒了吗？让她不要乱动。这是我从苑总那要来的一万块钱，把钱给她。你明天早上去药房，给她买一瓶治外伤的喷剂，给她喷两遍，这样好的快一些。"马哥说完，回屋去了。

第二天一大早儿，玲玲下楼，去药房买了外伤药，回来给表姐身上喷了一遍。然后投米，在电磁炉上熬粥，定好程序后，又下楼，到路边超市买了一大袋子点心和酱菜，回来后，粥也熟了。她盛了一碗，放在床头柜上，拿出几块点心，放在盘里，也端给表姐。

表姐用手摸了下玲玲的脸，轻轻的说："给老前辈和马哥也盛一碗，拿几块点心过去。"

玲玲真懂事，又勤快，人情世故想的周全，要不然干嘛煮那么一大锅粥啊。她蹲在地上，盛了三碗，一碗放床头柜上，两碗端过去给钱豹和马哥，手指上挂着小食品袋，每袋装了几块点心，一人发了一袋。

马哥接过粥和点心，什么也没说，端着碗发呆。钱豹接过粥和点心，不住的点头道谢："谢谢玲玲姑娘……"

玲玲把筷子拿给表姐，又摆上了一小碗酱菜。她端起粥，示意表姐吃。表姐喝了一口粥，吃了一块酱菜，感觉有了食欲，腿放下来坐正，用筷子夹起一块红蛋糕，一口咬下半快，狼吞虎咽的吃了起来。

见表姐开口吞食，玲玲馋了，也一痛猛撮，两人几乎同时喝完一碗粥，互相一亮碗，会心的笑了。

吃完早点，米娜又还阳了，她叫玲玲："把咱们节前从茶叶一条街上，拿回来的茶叶，拿出一桶儿来，我去谢谢老前辈，给他拜个年。"

玲玲蹲地上扒拉塑料袋，找到装茶叶那袋，她问："表姐，好几桶儿呢，也给马哥一桶儿吧？昨天他可卖力气了。"

"嗯，拿一桶吧，就算是你送的。走，拜年去。"

进了对门卧室，见到坐在床上的钱豹，米娜跪下磕头。磕完头，米娜对师叔表示感谢："三师叔，侄女给你拜年了。三师叔对侄女有救命之恩，无以回报，只能磕头了。"

钱豹开始时不知所措，马上醒过梦儿来，做了个要搀扶的动作，说道："使不得，米姑娘快起来。你是神拿门的大师姑，按老礼儿还要给你拜年呢。"

米娜起来："三师叔，侄女无以回报，节前在茶城得到一些茶叶，是正宗的京华茉莉。给师叔一桶尝尝。"从玲玲手里拿过一桶茶叶，交给钱豹。

三师叔钱豹，平生第一次有人拜年送礼，受宠若惊，早已不知所措，接过茶叶后说道："啊大师姑，三叔儿居室简陋，连个坐的地方都没有，真是不好意思，啊……粥很好喝，点心也好吃，谢谢大师姑，谢谢玲玲姑娘。"

"那好，钱师叔，侄女身体有些虚，回去歇着了。祝您大吉大利，心想事成。"米娜往外走，没看马哥，马哥也装着什么都没看见。

玲玲把第二桶茶叫交给马哥，悄声说道："表姐给你的。"走了出去。

坐躺在自己床上，米娜双手抱着后脑勺，眼睛看着房顶，若有所思。

一边的玲玲，也学着表姐的姿式躺着。她把一只腿跷起，自我欣赏着漂亮，白嫩的脚丫。她很得意，脚趾头做了个剪子状，剪了几下。

今天是大年初五，苑总在外面餐馆订了桌，请大伙吃饭。初五也叫破五儿，是习俗中很重要的日子。过去的都过去了，一切都重新开始。选择这一天，也是要破旧立新吧。

这次米娜出事，苑总痛悔不已，不幸中的万幸，这是有钱三爷盯场子，那天果真把米娜送了医院，米娜恐怕早死了。米娜若死了，马哥会找他玩命的。既使米娜没死，雷子也会来抓人，别人都是吸毒，而自己是贩毒，性质不一样。倘若再把家里那几十克白粉搜出来，离死就不远了。而且，通过这次事件，自已名誉扫地，万一这些人选择离开，那自己就喝西北风了，所以，当务之急，是要维持住这些人，他们不同于那些小偷小摸，都做的是大生意，是衣食父母。

苑总表现很殷勤，好话说了一大堆，挨个的敬酒，感谢，恭维。

这些人中，苏甫，玲玲两个人不吸烟，饭桌上没什么忌讳，吃着喝着的挺开心，玲玲的小手，还时不时的在苏甫身上占点儿便宜。

米娜则借花献佛，对三师叔表示感谢的同时，向钱师叔敬酒。她告诉钱师叔，自己已经找好了房了，准备过节后就和玲玲搬出了。

钱豹是个抽烟的人，只喝少量的啤酒，端酒杯意思了一下。马哥坐苑总和钱豹中间，只顾低头吃，与谁都不理会。

师叔钱豹个头真是不高，站起来也就跟马哥坐着差不多。他举起酒杯，要对大家宣布一件事，大家都洗耳恭听："今天，我钱豹钱三抱宣布一个事，喝了这杯酒，从比退出江湖，金盆洗手了。大伙做个见证。"

钱豹干了杯中酒，拿起个碗，往里倒了些茶水，让马哥端着，手在碗里擦了几下水，然后用餐巾纸擦干，向大家抱拳示意。

在坐的晚辈报以掌声，向钱豹表示祝贺。苑总站起来和钱三爷握手，祝道："恭喜三爷，贺喜三爷。钱三爷能够此时选择隐退江湖，以养天年，真乃天下大众之洪福。望老前辈来日方长，活鱼嘴里游，美女怀中抱，尽享人伦之乐。"

米娜放下筷子，有些激动的对钱豹说："三师叔选择此时金盆洗手，却实需要很大的勇气。侄女知道，师叔没有什么积蓄。没有生活来源，手头儿会很紧。所以，米娜希望各位能给三师叔资助一下。"

米娜拿出钱夹，打开后，捻出一打纸币，继续说道："师叔，这一千块钱您收着。钱不多，这是晚辈的一点儿心意。不过，常言说得好，救急不救穷，今后的路还要您自己走。晚辈祝福了。"

钱豹站起来，感激涕零的不住点头："谢谢大姑姐……"

马哥也拿出钱包，掏出一打人民币，对钱豹说："三叔，小侄跟米娜一样，小意思，您笑纳。"

钱豹又向马哥报拳致谢："贤侄破费了……"

苏甫也不含呼，喝了一大口白酒："老前辈，您是前辈，能给晚辈做出表率，晚辈也得表示表示，只是身上没带钱，这样苑总，从我账上给我取两千块钱给老前辈。麻烦您了。"

苑总笑着应道："不麻烦，本职工作。这样，老前辈，苑某也给您意思两千块钱。不成敬意。"

钱豹站起来给大家鞠躬。

………………………………………………………………

第五十八篇 钱豹戒毒 米娜搬家

苑总喝多了，走路脚底下拌蒜。马哥架着他上楼，开门进屋，扶他坐在椅子上。

"苑总，你没事吧？今天破五儿，我喝的也有点多。您要不碍事，我就回去躺会儿了。"马哥问。

"没，没事。没喝多。就是有点儿累。你回去歇着。"苑总挥挥手。

马哥拉门出去了。

苑总起身，到卫生间抠嗓子眼儿，什么也没吐出来。出了卫生间，从墙角处拿起一瓶矿泉水，拧开盖，一口气喝干，放下空瓶，又到卫生间抠嗓子，这回抠出水来了。

吐了以后，清醒了许多，用凉水抹了一把脸，拿着毛巾出来，擦完脸后，把毛巾放在桌子上，嘴里骂道："妈的，这年过的，赔大发儿了。一步错了，满盘皆输。想得挺好，今年肯定生意兴隆，财源滚滚，没想到，刚到初五，老底儿就快掏空了。米娜一出事，给了她一万做补偿，也是应该的。免了马哥和钱豹到正月十五的烟钱，也不是个小数目。请大家搓了一顿，又给钱豹出了份子。关键是这几天一包烟也没敢卖，损失太大了。常言道，风水轮流转，千万可别转过去，这可不是迷信，走了背字儿，喝凉水都塞牙。防不胜防啊。"苑总有些神叨了，趴桌上睡着了。

正月初八，节过完了，假也放完了，各行各业都开始上班了。米娜今天起的挺早的，她用电饭锅熬了一锅粥，盛了几碗，端到客厅的桌子上，又端了一盘子糕点，也放桌子上。玲玲给摆上一碟咸菜和几双一次性筷子。摆完后，玲玲去敲马哥屋的门。

"老前辈，马哥，起来吃早点了。"玲玲叫了两遍。

马哥没出来，钱豹走了出来，感谢道："谢谢玲玲姑娘。辛苦了。"

"不辛苦，今天的粥是我姐熬的。"玲玲说。

"前辈，今天是给您践行。"米娜告诉钱豹。

钱豹很受感动："大姑姐还记着呢？大姑姐辛苦了。本来我寻思着去所儿里吃早点呢，看见你熬的这碗金丝小枣红豆粥啊，就哪儿都不想去了。"流出几滴眼泪。

"三师叔，从今天以后，您就能和正常人一样生活了。侄女羡慕还羡慕不过来呢，为您做点事，辛苦点也是乐的。"米娜很平静的说。

钱豹今天要去戒毒了，这件事几个晚辈都知道，唯独他没告诉苑总。因为他在苑总那里赊了不少账，是怕苑总起疑心，只说金盆洗手，为此苑总还给出了两千的份子。

钱豹从兜里掏出个纸包，交给米娜，告诉米娜："这是大伙给我攒的六千块钱，我不能带着，你帮我收着吧。"

米娜问师叔："您去戒毒所戒毒，是要花钱的，不带钱怎么行？"

钱豹摆摆手："不用钱。我曾经去戒过一回，是做为盲流儿抓进去的，被送到了戒毒所，就没花钱。这回也不用钱。还是省下当路费吧。"

"做路费，您回老家？"米娜很惊讶。

"是，戒完毒就走，如果不离开，戒多少回都不管用。但是你不要告诉别人我回老家的事，尤其是不能告诉苑总。

米娜点点头。明白了。她进屋把钱豹的钱收了起来。

钱豹坐下，端起一碗粥，喝了一口，又吃了一块蛋糕，禁不住流下了伤心的泪。

米娜和玲玲搬了新家，房子很不错，好象是新刷了白，地面擦得也很干净。卫生间不算大，老房都是这样吧。厨房也不大，两个人就有些转不开了，但是干净。阳台在厨房外面，南向朝阳，光线很充足。

苏甫跑前跑后的一通忙活，所有的东西都搬上六楼，上下有四五趟，也真够一梦的。

放下手里的东西，他带着米娜和玲玲看房间，两个卧室，左侧的房间较大，放着个双人床，右面的房间稍小些，放个单人床。床前都有个写字台，准确的说是电脑桌。

　　客厅就不用提了，没多大，也就四五平米，有个衣架，加上一台冰箱，也就没多大地儿了。

　　右侧卧室的角上，放着一张餐桌，和几把椅子。另一边的墙角处，有一个储物间，大约有四五个格，挺高的，能放行李箱和衣服。够用了。

　　米娜真心的满意，她用一只胳膊搂着苏甫的脖子，稍用力夹住，对他说："小甫子，会办事，大姑姐有赏。"在苏甫脸上亲了一下。

　　苏甫挣扎了一下，赶紧谢到："谢大姑姐赏。小主儿，小主儿……"

　　米娜夹着苏甫的脖子，在屋里走着看。

　　玲玲过来，替苏甫求情："姐，快夹死他了。你现在是大姑姐了，打赏下人的小事，就让玲玲做吧。"低头要亲苏甫。

　　米娜手一用力，让苏甫的脸躲避玲玲，苏甫趁机脱了出来，脸部借势向玲玲嘴上贴，让玲玲亲了一口。

　　苏甫用手摸了一下玲玲亲过的地方，又亲了手一下，自语道："别糟践。得，两位小主儿，家搬完了，你们自己看着哪不合适，再重新佈置一下，搬不动的叫我。我还有事，得赶紧回去。"

　　"站住，干嘛去？这是什么地方，你想来就来，想走就走？我不发话，今天你就别想走。"米娜还挺厉害。

　　"对，大姑姐没发话，你要走，就打断你的腿。陪小姑奶奶玩会儿再走。"玲玲也来劲了。

　　苏甫也无奈，只得求米娜："娜娜，今天真有事儿，过完节了，琦琦该上班了，这一走不定到驴年马月呢，我得回去帮她收拾东西。人家琦琦够意思了，听说今天帮你们搬家，才放我出来的。这样，哪天，哪天吧？就我一人儿了，我过来，跟你们俩玩儿一天。让你们尽性，好吧。"

　　米娜笑了，往床上一靠，表示同意："嗯，这么说了，今天就饶了你，放你个假，但是要注意，你那个琦琦是运动员，你这个小身板儿，还真不是个儿。别老让她玩盘带过人，时不时的给她一肘，扇她俩嘴巴子，替大姑奶奶教训教训她。"

　　苏甫一哈腰："得嘞，一定的，回家就抽她，按地下打，我扇她，咬她，我抓她摸她我。我……告辞了我。"

　　苏甫出了楼门往家走，心情很爽，非常舒服。人生得意，莫过如此啊。他爱琦琦，但也很享受米娜带给他的揉捏。虽说女人都有风情万种，但每个人和每人的味道不一样，在琦琦面前，他是伟男，是亲爸爸。而见了米娜，他又甘当碎催。而玲玲就象一只刚出满月的小猫咪。

　　真是的。苏甫庆幸，庆幸自己是个男人，是个情种，让女人喜欢有什么不好？不过，谁也代替不了我的琦琦。除非她不要我了。

　　"左边是娜娜呀，右边是琦琦。玲玲在前面走，扭着小屁屁。哎呦呦，三个女人，跟我唱一台戏……"苏甫哼哼着小曲，走进了楼门儿。

　　进了家，差点踩了什么东西，仔细看，原来琦琦正在收拾东西。

　　"干嘛去了你，上哪拍婆子去了？闲不住啊？"琦琦很不高兴。

　　苏甫坐下，问琦琦："这是干嘛呀，要离家出走啊？别介呀。同事搬家，又是领导，不伸把手儿行吗？这不是，干完活，人家说请去吃烤鸭，我都没去，直接就跑回来了。你刚才说什么？拍婆子，什么叫拍婆子？"

　　琦琦一边往皮箱里码东西，一边说苏甫："装，你就给我装，你不懂什么叫拍婆子？我不就是你拍来的。"她站起来，过来坐在苏甫腿上继续说道："那天那个叫玲玲的小丫头片子，说我是让你拍来的，我问她什么叫拍来的，你们那个米主管还骗我，说拍就是搞，搞对象的意思，这次一回家和人聊天，才知道什么叫拍女人，北京话叫拍婆子，婆子就是大哥的女人，女流氓。嘿，我让这俩给涮了。"

　　"隔行如隔山，你说的那些是社会上的流氓地痞，混混儿，我不是流氓，我们是正经的搞对象。咱俩是一见钟情，郎才女貌，天生的一对，地造的一双，在天就是一块飞的鸟，在地就是互相缠的枝，就象水里的鸳鸯成双成对，一个蛋，俩人趴的那种，啊，哈。"苏甫的嘴练出来了。

　　琦琦心里美滋滋的，她抱住苏甫的脑袋，用脸蹭着："你这张嘴呀，比我撒的尿还骚，可是呢，我就喜欢你这种骚公儿。对了，我下午就得走，明天早上的飞机去训练基地。这一走要一个多月才能再放假，你说，那么长的时间，我要想你了，可怎么办呀？"

苏甫故作惊讶："哟，是呀，一个多月，我多难熬啊。不过你放心，我一定为你守空房。我天天思，夜夜想，盼着你早日得胜归来。不过，你踢球我支持，就是别踢我。"

"球是要踢的，踢你也没准。你要对我不忠，背着我去拍婆子，那可别怪我踢了你。"琦琦很认真的说。

苏甫眼睛翻了琦琦一下："怎么说话呢？没大没小的？你这是目无尊长啊？是不是让我休了你呀？"

琦琦一调身子，两手抱住苏甫脖子，故作娇态的说："啊，我错了，亲爸爸，亲……跟我玩儿会儿吧。"往脸上一通啃。

"嗯，这样还差不多。你这个踢中锋的，就是脚头子没准头，是不是让我教你射门儿呀？"苏甫调侃着。

琦琦摽着苏甫脖子："亲爸爸，你教教我……"

两个行李箱一大一小。苏甫拉大的，琦琦拉小的。到到路边，苏甫叮嘱琦琦："平时自己小心点儿，千万别受伤。还有，带把伞，别晒黑了。平时不要给我打电话，我给你打。"

"行了，还能晒不黑？还带把伞，谁打着伞打比赛呀？车来了，拦一下。"琦琦率先扬手叫车。

苏甫也招手拦出租，出租靠边停车。

后备箱打开，苏甫把大箱子放进去，又把小箱子放进去。他问琦琦："我送你去吧？"

琦琦抱住苏甫，在他脸上亲了一口，说道："不用，道不近呢，回来还得花车钱，还耽误功夫。亲爸爸，我爱你。"

苏甫情绪也很激动，眼睛含着泪花，不住的点头。

出租车驶上主路，消失在车流里。

搬了新家，米娜和玲玲都很兴奋。玲玲问米娜："表姐，我能单独睡一个房间吗？我睡小间。"

米娜拧了玲玲脸一下："哟，心大了，想单飞呀？不过呢，你已经十九了，成年人了，你自己决定。但是，屋子每天要归置，不许乱七八糟的。"

"尊命，谢谢表姐。"玲玲把箱子拉到门厅右侧的房间，又把两个黑塑料袋提过去。解开塑料袋，从里面往出拿铺盖。

米娜对房子很满意，尤其是那张双人床，尺寸好象比平常的大一些，垫子也很柔软又有弹性，比苏甫他们以前的合租房要强百倍。床是铜床，有些复古风格，坐在上面的米娜，俨然象是民国时期的大家闺秀。画面很美。只是温婉中闪出一丝哀凉，令人叹惜。

忘了过去，向前看吧。人不能总是生活在记忆中。现在的年轻人，都已经开放了许多，恋人亦是情人，只同居，不结婚的有的是。这种事，对男人，对女人，都是公平的，没有对与错，错的是有一方投入太深，在现实面前又不能自拔，自作自受罢了。不过，说是这么说，可能全世界的女人，都不会象米娜似的，只认识几个男人。既使是多出几颗心来，还不知道给谁呢。

玲玲把表姐的铺盖抱过来，见表姐坐在床上犯愣，大喊一声："姐。"把铺盖扔在床上后，关心的问："想谁呢？"

米娜摇一摇头，没回答。

"真不理解你们这代人，都什么时候了，还成天为一个男人魂不守舍的。现在是皇太后的时代，你就把那些个男人当太监，不行就换。我都仔细研究过了，现在交友的方式和场所有很多。酒吧，歌厅，舞场，会所，进去的男人，都是成功的人士。你看那些女人，如果不是浓妆艳抹，有几个长的象姐这样的？姐，哪天咱也去消费一次？"

米娜苦笑的摇着头："那不是我们这种人去的地方。咱的职业就是拿。那些人身上都装着页子，你见了以后会不由自主的就去伸手拿，一定会被抓的。那些地方到处都是监控。"

"什么叫监控？" 玲玲不懂。

"监控就是摄像机，也叫摄像头，人的一举一动都会被拍下来。你一定要记住，有监控的地方，绝对不能去。包括银行。米娜解释着。

玲玲好象听懂了。

第五十九篇 做了缺德事 苑总复吸粉

　　一年过得都挺顺利。大过年的嘬了瘪子了。米娜的事摆平了，后续的问题又来了。为了安全起见，苑总把包了包儿的白粉又重新分包，还是不放心，不敢给下家供货，总想等马哥和米娜试用几天安全后，再卖给外面的烟民。可是，那些人等不及呀，抽烟的人瘾上来是必须要吸的，你没货，人家自然是要去找别人的，等你有货了，没有顾客了，卖谁去。没办法，只得降价吧。每包降十块，勉强又拉回来几个主顾，但是利润大不如前了。而马哥，米娜到元宵节前是白抽的，每天还要赔几百，关键的是米娜的量还涨了，每天两包了。正月里不收份儿钱，这也是行规。人背了，喝凉水都塞牙了。

　　电话玲响了。苑总拿起手机，咳嗽了一声，没说话。尔后又咳嗽一声。把手机挂上。还不错，是个客户，要四包烟。降价起作用了。

　　倒腾白粉，就象做地下工作，不但有专用的电话卡，通话时还要有暗号儿，说暗语，而且通话时间极短，所以必须全神灌注，马虎不得。

　　苑总从暖气片后面，提起一根细绳，绳上拴着一个黑布袋儿。他坐回椅子上，打开布袋，翻过一倒，正好有四个小纸包。他从抽屉里拿出一个小塑料袋，把四包烟装里，封上口儿，然后穿上羽绒服，带上个呢子帽，把门钥匙装兜里，手里攥着小塑料袋，开门下楼。

　　外面很冷，有四五级的西北风，吹在脸上向刀刮。前天下过雪，虽然扫过。但是被风一吹，路边的雪渣被吹得在地上来回滚，踩上后会发出声响。

　　出了楼群，有一片小树林。这里是人们晨练的地方，晚上也有人锻炼，过了十点，人就少了。因为离楼群和公路稍远，所以光线较暗。苑总来到小树林里，摘下帽子和围巾，想挂在一棵树上，试了一下没挂住，借机把装烟的小袋放在树下。他来到另一棵树下，把帽子和围巾挂好，开始锻炼，说是锻炼，其实就是瞎比划，外行人以为是在打太极拳。

不远处，有一个人开着手机，贴在脸上好象在通话，也朝小树林走来，进了树林儿，跟苑总打招呼，脱下羽绒服，想挂在苑总挂衣服的树上，没地方挂了，就拿着衣服，来到苑总刚才要挂围巾的树下，把羽绒服往树杈上一搭，脱下皮帽子放在羽绒服上，没放住，帽子掉地下了。他弯腰捡起帽子，顺手捡起烟袋儿，把烟袋儿塞在帽子里，小心的放在羽绒服上，然后开始做甩手运动……

货币交接完毕，苑总做了个收式动作，又随便活动几下，从树上摘下帽子和围巾，帽子扣脑袋上，围脖围脖子上，朝旁边那位说了句："练着您。"走出树林儿。

苑总回到家里，插上门。解下围巾，脱下羽绒服，挂在衣架上，摘下帽子，从里面拿出一个小黑布袋儿，袋里有几百块钱，放桌子上，把帽子挂了起来。

回到桌旁坐下，把钱拿起来甩了一下，嘴里说道："第一笔生意，几百块钱。真他妈不顺。"拉抽屉扔了进去。

半夜十一点多了，大多数人明天要上班，所以早睡了，楼里很安静，苑总也乏了。

可不是，这个年没过好，已经失眠了。其实，不失眠又怎么样？照样不能睡。今晚必须把明天的货准备好。本来客户就少了，到时候你再没货，这不是自个儿打自个儿耳贴子吗？

他起身来到阳台，从窗外拿进钩子，关上窗户，拉上帘，进到厨房，打开洗菜池子里下水的花盖，用钩子钩出小网子，放下钩子，手里倒点儿洗洁精，把手和球洗干净，打开网兜的口，把球拿出来，用餐厨纸擦干，回到客厅坐下。

刚才出去一趟，身上还没暖和过来，手指头发僵，还不能干活儿。他搓着手，，起来准备工具：铁枰砣，剪子，小本儿，锤子。

他把小本的纸剪成方片，码在椅子上，数了数，共计五十五张。自语道："五十五张，这回不会有问题了。"

收起剪子，拿起枰砣放腿上，球儿放枰砣上，用手把着，另一只手用锤子敲砸，没费事，几下就砸开了。

他站起来，把球儿的碎块掰到绞肉机里，回到桌前，拿过白瓷盘，小心翼翼的打开包装，把白粉倒在盘子里。

这回长记性了，先尝一下纯度，再分包儿。他用舌尖儿去沾白粉，沾了一点后，叭叽一下嘴，嗯，确实是好货，很纯。哎呦，坏了，一滴口水滴了下来，赶紧用手捂嘴，晚了，口水掉在白粉上。

"妈的，真他妈背。"他想了一下，从抽屉里拿出个镊子，把白粉儿里着了口水的小疙瘩，轻轻的夹起来，想放在手心上，偏巧，手去接时，碰到了茶杯，茶水洒在桌子上。他手一哆嗦，镊子夹的白粉落桌上的水里，迅速溶化，苑总一急，本能的用嘴去吸，吸完后还舔桌子。还好，没糟浅。这么好东西，不能便宜了土地爷。

这一小疙瘩白面儿，至少相当于一包儿半的量，价值在百元左右。而对于苑总来说，损失的却不只百元了。当他从桌子上把那点儿白色的粉浆吸到嘴里时，这个戒了几次毒，且戒毒成功的男人，又开始染上毒瘾了。

他把包好的小包收藏好，伸个懒腰，回到卧室半躺着，一天的工作做完了。

他睡不着觉，心情倒是好了许多，这几天的阴霾一扫而去。计算了一下，过节的损失节后补，就光管理费一项，一个月就能收回一万多，再加卖粉儿，很快又会赢利的。

不过，老钱豹金盆洗手了，肯定不会再交管理费了，这也是一笔不小的损失。初五这顿饭请的，亏大发了，不单吃的是豪华餐，还给钱豹出了两千的份子，关键他还赊着几千块呢，别再打了水漂儿。

人不可能老是一帆风顺的，总有起伏，但愿能一浪高过一浪，那样的话，挣钱也只是时间问题。

他把腿跷了起来，心里盘算着来年的美景，还真让人充满了期待。在他的眼前，无数的钞票在飞舞，在落下，他的脸上，身上已经落满，尔后成堆，他躺在钞票里，钞票还在飞舞，下落。伴着钞票落下的，还有无数的仙女，米娜也在其中，他伸手去抱，把米娜抱在怀里，他疯狂的亲吻，摸抓，把她按在身下……

　　老前辈去了戒毒所，米娜和玲玲也搬走了，房间里就剩下他一人儿了，显得清静了许多。用了一上午，马哥把客厅，卧室，厨房和厕所都打扫了一遍，该擦的擦，该洗的洗，该扔的扔。终于看着舒服了。不过，他辛苦了半天儿，米娜是看不到了。

　　傍晚，玲玲敲门，给他送来一袋元宵，放下就走了。

　　他双手捧着这袋元宵，回到房间，坐靠在床上，用鼻子去闻元宵的味道，泪水落在元宵上。男儿有泪不轻弹，只是未到伤心处。何以解愁，唯有泪流。

　　正月十五闹元宵，这是风俗。已经两年了，马哥却是在痛苦中度过。以前还好，有个家可以惦念，和米娜也有过幸福的时光，只是这一切都转瞬即逝，现在有家难回了。所剩下的唯一期盼，就是自己的儿子，但愿能健康的成长，切莫再走自己走过的路。还有就是米娜，是自己的疏忽，把她带上歧途，葬送了她的一生。如果上帝能让米娜重新来过，自己死一万次又有何妨。

　　小时候，常听大人们说，八月十五云遮月，正月十五雪打灯。生命中，许多的八月十五是阴天，看不到月亮，所以就养成了正月十五看月亮的习惯，只是年年不见下雪，年年失望，年年又坐等半宿。哪怕是有一年是真的，他也永远相信是真的。

　　去年的八月十五，月亮非常圆，非常的亮，马哥坐了一夜，眼泪流了一夜。已经万念俱灰的他，站在河边，只要往前一倒，就会永远离开这个世界，也就不会再有痛苦了。

　　人，是有思维的动物，总会找出一些理由让自己活下去。儿子，难以割舍，米娜，需要保护。特别是米娜，自己一生中第一个，也是唯一的女人，是自己的最爱，就如同自己的生命。大师姑邓老师养育了她十几年，没有教她神拿手，而跟了自己以后，却把她引进了这个见不得人的行当。哎，说一声悔恨，又有什么用？能做的事情就是尽全力保护米娜，不许任何人欺负她，更希望她能够找到一个能保护她的男人，也就死而无憾了。

推开窗户，想感受一下过年的气息。他耳中听到了"沙沙"的声响，——下雪了……

戒毒所门前，米娜，玲玲和苏甫，在寒风中等待。玲玲顽皮的踩着大门一侧堆着的积雪。

今天是老前辈戒毒结束，出院的日子，约好是上午十点，米娜的身份是志愿者。十点已经过了。

铁艺大门开了，老前辈被一个穿白大褂的男人送了出来。钱豹出了大门，回头与那个人道了别，大门关上了。

苏甫跑过去，搀着钱豹问候："前辈，没事了吧？病好啦？"

钱豹显然是没有精神。可能是药拿的。他点点头，把手里提着一袋子药举了一下，示意刚吃完药。

米娜催促苏甫："快上车，外面风大，回去聊。"

几个人上了出租车，司机点火着车，向市区驶去。

出租车停在一家酒楼门前，苏甫扶老前辈下车，米娜结完了车费，也下了车。玲玲手里拎着钱豹的药袋子，几个人进了酒楼，在一间包间里坐定。

酒席是提前预定的，凉菜已经上齐了。女服务员开了饮料，啤酒和一瓶小二，分别倒在不同的杯里。

苏甫拿了白酒，玲玲选了一杯饮料，米娜端一杯啤酒放在钱豹面前，自己也端了一杯啤酒，放在跟前。

此时的钱豹，精神已经好些了，看见这些人为他忙活，心里非常感动，竟然流出了眼泪，泣不成声了。

米娜用餐巾给钱豹擦拭眼泪，象哄小孩似的安慰他："三叔儿，哭什么，多好的事呀。侄女都羡慕嫉妒恨了。从今以后呀，您就能堂堂正正的做人了，可不要再想着一天抱仨抱俩的了。"

钱豹自嘲的苦笑道："大姑姐，苏甫，不瞒你们说，钱三抱只是个外号，玩笑开多了，大家就信以为真了。惭愧呀。活了一辈子，还不知道女人怎么抱呢。若不是这个外号，甭说三个了，八个也抱上了。就这外号闹的，把喜欢我的女人都吓跑了。唉，别提了。"

"呦呦呦，说您咳嗽您就喘上了，这回呀，您重新做人了，娶妻生子是最大的事，甭说仨，您抱一个给我们看看。"苏甫调侃着老师。

"苏甫说得对，三叔儿，既然叫了一辈子三抱，您就抱仨来，啊？一个婶儿，两个小妹妹。那不就不枉您的大名了吗！"米娜鼓励老前辈。

苏甫大笑，钱豹也笑了。

服务员开始上菜。玲玲不客气，自顾自的先吃上了。米娜为钱豹布菜，苏甫帮老师剥虾。老前辈干了一大杯啤酒。

玲玲终于开口了："三师叔，别人再问您钱三抱是怎么回事，您就说，老道给算过命，命中有一个媳妇儿俩闺女。每天说一百遍，就不信没人信。"

"对，玲玲真聪明，要不然甫哥怎么喜欢你呢。有句话那叫什么来着，说谎话说上一千遍，假的就变真的。你说一千遍，一万遍，我就不信他没人信。"苏甫酒后话多了。

米娜放下筷子，从自己的挎包里拿出一个腰包，放在钱豹跟前，说道："三叔儿，您的六千块钱，放在这个腰包里了。里面放了五千五。另有五百散银放在外面这个小包里了，上火车以后，把五百元散碎银两装兜里，几个兜分着装，这个腰包系在腰上，不要解下来。只要不解下来，就会万无一失。这是您的手机，电话卡给你换新的了，老的就不要用了。"

钱豹站起来连声道谢："让大姑姐破费了……"

苏甫指着腰包嘱咐老师："前辈，坐火车时间长，注意不要让人惦记上。火车上也有不少高手儿。"

钱豹点头认同。

"三叔放心。"米娜告诉三叔："这个腰包不仔细看，就是个普通的包，一般同行会以正常手法行拿，但是绝对拿不走。这点儿您放心。"

钱豹点头儿。

苏甫不太服气："我不信。拿这个包还用什么技术？您在车上三十多个小时，不能不打盹吧？几秒钟就搞定了。"

米娜喝了一口啤酒，虚心的请教："不知用什么手法，能几秒钟搞定？"

苏甫从屁股兜里摸出一把很小的剪子，拔去尖上的套，比划一个剪纸的动作，说道："咔嚓，把带剪折了，齐活。"

米娜笑了笑，问苏甫："如果腰包的带里穿了一根儿钢丝儿，你还剪的断吗？"

"嗯……"钱豹点头。

苏甫收起剪子，用姆指和十指比划一个手式："我用本门绝活拖拉手，就这三个手指，拉开拉锁的同时，带出页子来，三秒钟足矣。"

钱豹点头。

米娜又笑了，她告诉钱豹："三叔儿，包的旁边，这个插笔的小圆兜兜里，有一瓶胶水，上火车前，往这个拉锁的头上点一滴，任他是苏什么，也拉不开，回到家，您用开水烫下，就拉开了。"

钱豹不住的点头。

"嘿，玩的够绝的？这个包，包与带是卡子连接的，我一按卡子，直接卸包儿。"苏甫很自信

米娜指着包上的卡子，告诉钱豹："这个卡子我给改了，普通的卡子用手一捏，就会打开，这个卡子不是，我把能捏的动的这个弹簧片改上面来了，所以捏是捏不开的。而且您给拉锁点胶的时候，把这个卡子也粘死它。哈哈哈苏甫，没招了吧？"

钱豹点头。

苏甫还是不服："剪带儿，摘包儿，拉包儿都不行，我，我只能来绝的了。"手指头伸进嘴里，抠出一个极小的三角刀片儿，托在指肚儿上问前辈："老师，最后一招，也是绝活儿吧？"

钱豹点头。

米娜自己跟自己笑了。她告诉钱豹："三叔，这个包里，我用铁片做了两个槽形挡板，宽的左右放，窄的前后放形成一个方槽，页子放在里面，而且，铁片剪出了不少刺儿，他就是割了包儿，手一伸，不但拿不出东西，还会把手扎了，啊哈，三叔，够损吧！手伤了，至少半个月不能干活儿。"

钱豹不住的点头。

苏甫用餐巾纸把刀片包上，扔进拉垃篓里，指责米娜："娜娜，你身为大姑姐，竟然对同行下黑手？太过分了。有句古诗怎么说来着，本是一窝儿生，相煎别着急。象你这样，今天咱这顿饭就吃不上了，大家都喝西北风了。"

米娜捂着嘴，用筷子向钱豹比划吃菜。

钱豹吃了一口菜，喝了一口酒，对米娜道："大姑姐真是聪明绝顶，智慧过人。这样的话，用你这个专业的页子包，可以高枕无忧了。"

"三叔过奖了。有个说相声的不是说过吗？专业的人，干专业的事。等我以后也金盆洗手了，我就生产这种防盗腰包，我申请专利，给它加密码，带指纹，带报警，还可以带拍照，我觉得一定好卖。"米娜也会侃了。逗得三叔挺开心。

苏甫跟了一句："那我也下岗了。"

米娜用巾擦了嘴，对钱三爷说："三叔儿，您的车票是下午的，呆会吃完饭，让苏甫送您去车站。苏甫，一定把三叔送上车啊。三叔儿，临走前，您觉得需要什么，就张嘴，找苏甫要。您是他师父，一日为师，终身为父。您别不好意思张嘴啊。"

苏甫用手一挡米娜："他大姑姐，我是老师的徒弟，干什么都是应该了。那也不能好话都让你说了呀？我怎么觉得你这些日子能侃了？"

米娜手一摊，问苏甫："是吗，没觉得呀？三叔儿，菜够吃吗？不够就添，厨师中午要休息。"

钱豹不住的点头："够……吃不了，已经饱了。"

苏甫也点头："太多了，全浪费了。"

米娜对苏甫道："你就别操心了，别舍不得下筷子。服务员，把账结了。"

女服务进来问："小姐，菜够吗，酒水还添吗？"

米娜晃下头："够了，不用添了。"

"嗯，来瓶小二。"苏甫赶紧说。

服务员道："好的，转身出去了。"

苏甫用筷子比划着说："前辈，吃，多吃，钱花了，不吃就浪费了。玲玲，你年轻，你多吃。

服务员走进来，告诉米娜："小姐，你们饭钱有人给结了。"

苏甫惊讶的问服务员："有人给结了，谁这么大胆，敢在我面前摆份儿，嘿，呛行呀，抢的我头上来了，这不是找抽呢吗？我要的小二呢？"

女服务员答："是，结账的是位先生。您要的小二还要另加钱。您还要吗？"

"到你们这里来吃饭，花这这么多钱，还不送点儿东西？这样吧，不用开票了，送瓶儿小二。"苏甫挺油的。

女服员点下头："可以先生，您稍等。"出去了。

"马哥……"米娜自思道。

第六十篇　出了戒毒所 踏上返乡路

钱豹没什么行李，厚衣服穿在身上，夏天的衣服也没多少，五十多岁的人了不大讲究，而且做拿活儿的都是轻来轻去，一个提包就装下了。

车票是硬卧的下铺，钱豹把包放下，趴窗户和苏甫告别。

站台上，苏甫沉默着，等着火车发车……

钱豹隔着玻璃，极力的往车下摆手，示意苏甫回去。苏甫听不到他的声音，依旧呆呆的站在那里。

钱豹的眼睛模糊了……自己的路，是自己走的。为了自己，麻烦了那么多人。苏甫是个好孩子，是他这个当老师，把孩子带上邪路，还有米娜，马哥，玲玲，都在走自己以前走过的路，而这条路，终归不是人应该走的路，是一条不归路，又或是汪洋大海。能不能脱离这片苦海，就看每个人的造化了……

火车缓缓的向前移动，苏甫透过车窗，看见老师在流泪，心里很不舒服，他在想，师父离开呆了十年的都市，肯定是很伤心的，离开这些朝夕相处的晚辈，肯定会痛苦的。而金盆洗手，戒烟戒毒后回到自己的家乡，可能又是很兴奋的。从哪个方面分析，都值得哭一场。只是自己为什么也泪流不止呢？说不清楚。祝福老师吧。

苏甫回到家，进屋关门，脱下羽绒服，换了拖鞋，忽觉闻到一股味道，嗯，女人味儿。难道是琦琦回来了？

卧室的门虚掩着。透过门缝，看见床上的被子里好象有个人，他轻轻的走过去推门，"呼"的一声，一个小盆儿砸在脑袋上，又掉在地上。苏甫一捂脑袋，发现被子在颤动，一定是里面的人在笑。

苏甫"嘿"了一声，过去掀被子，被子被里面的人紧紧拽着，他又趴在床上，脑袋往被窝里钻，还真钻进去了。

他的脖子被抱住，腰被搂住，嘴被嘴贴住。但他一点不反抗，顺势叼住对方的舌头，从她的嘴里吸取液体咽下。他心说，喝酒了，嘴里有味儿，先嗽嗽口。

琦琦走了一个多星期了。没有女人陪伴，还真不习惯了。小别胜新婚，今天的亲吻比以前真是大不相同了。以前的琦琦是撒娇型，轻吐轻吸，慢慢品味，今天则不同，完全是干渴型了，看来女人也和男人一样，时间长了憋不住啊。正好，来者不拒，你就发泄吧。

在女人猛烈的攻击下，苏甫非常顺从，一点儿都不反抗，他也不想反抗，他喜欢琦琦设置的程序，先把他一通孽，如狼似虎的扁他，然后又变成小猫咪，让他抚摸玩弄，亲爸爸亲爸爸的淫叫……

苏甫被按得趴在床上，女人翻身骑在他背上，把他的双手背了过去，头上还盖了枕巾，原来是米娜。

米娜只穿着吊带背心和短裤。她有苏甫的房门钥匙，先行进来埋伏，设好了圈套，她得手了。

苏甫虽然不反抗，但是假装讨饶："哎呦喂，我的亲妈，饶了我呗……"

一根皮带把他的双手绑上了。他不反抗，只是象征性心拱拱屁股，扭扭腰，还是在讨饶："亲妈呀，我服了………"

米娜用毛巾蒙上苏甫的眼睛，把毛巾系了死扣。她脱掉吊带，趴在苏甫背上。掰着他的脑袋，使劲的和他亲吻，他也很顺从的配合着。她很满意，终于把苏甫占有了。

亲吻亲累了，米娜迈腿下地，拉着绑带，把苏甫拽到地下，用脚踹他腿肚子，他跪在地上，嘴里还在讨饶："服了，我的亲妈……"

米娜拉过枕头，放在身后靠着，伸出两只脚，一只搭在苏甫肩上，用另一只脚摸他的嘴唇，让他亲吻。他很享的吻舔她的脚丫，还不住的说着："嗯，踢球的脚，一点都不臭，真香，真嫩，这猪啼顿的，火候正好。"

她探身抻开苏甫的裤腰带，用脚扒他的裤子。她用两只脚夹住他的脸往前带。他跪着往前挪了挪。她的两条腿夹住他的脖子，不停的晃动，他用嘴啃她的腿，连声说："真好吃……琦琦有进步了，今天洗屁屁啦，真不臭了。鼓励鼓励，嗷……"

米娜捂着嘴，不敢笑出声儿来。她的一只脚托着他的下巴，一只脚勾着他的脖子，以屁股为轴，带着他起来，往床上转。他站起来，裤子和内裤落在地上。他跪着上了床。

她解开苏甫衬衣的扣子，把衬衣扒到背后。她用脚摸着他的胸，挠他的痒痒肉儿，夹他的乳头……苏甫已经酥了。

米娜把一只脚插在他的两腿中间，左右打了一下，苏甫的腿往外分开后，她的这只脚和另一只脚伸了进去，并用脚往前勾他的屁股，他往前挪了挪。她给他套上了安全套后，终于结束戏耍。

她开始放下大姑姐的架子，主动去迎接狂风暴雨，放荡出沉年的淫浆。等候多时的苏甫已经迫不及待了。虽然被捆着手，蒙着眼，但是此时更有想象力，更加斗志昂扬。米娜彻底怂了……

自然界中，万物皆有阴阳，动物有公有母儿有雄雌，人亦有女有男。物种之中，以人为上。而两性交配，则不论你是飞禽走兽，蚊虫蚯蝉。也都是从互恋，调情开始。以鸽为例，雌鸽看上雄鸽，则围着雄转，雄鸽筑巢，并向雌鸽做出推车的动作，以示有房有车，并开始追逐雌鸽，雌假意躲避，逃进鸽巢。雄鸽耐心的为雌跳推车舞，蹭脸，最后疯狂的接吻，而交配也就几秒钟。交配后，雌鸽打膀起飞，雄紧随，尔后双双卧巢，开始互腻。成亲之后，每次产完卵或孵化后，同样的调情又开始重复，尽显温馨和谐，让人羡慕。

而鸡的交配，就简单和粗暴一些。但也有情趣在里边。公鸡想交配，就去找食物，捉到一条小虫，在嘴里叼着，发出"咯咯"的叫声，众雌闻声而至，先到者吃虫，并被雄叼毛踩踏，完成交配，云雨后，雌一抖毛，感觉很爽，又去觅食了。不过，情商高的总是在雄的周围转悠，总能吃到虫儿和获得交配权。

人，当然是高级动物，有情感有恩维，知道好坏和追求更高。只是很多男人女人，在两性生活中不懂得情感交流，不懂情趣游戏，不珍惜上天赐给他的尤物，总是草草了之，如同上班，尽早收工，没有真正品味到做人做到极至的那种东西，或许一辈子都不会知道，男女生活的最高境界是什么。真的很悲哀。

苏甫得意，米娜疯狂，忽的一股温泉从阴户中涌出，吓了苏甫一跳，往后一撒身，一股一股的水柱滋在苏甫的脸上，一股煮玉米的香汁进到嘴里，又顺腹沟往下流淌。他急问："琦琦，这是怎么了？"

男女交欢，男人的制高点是发射，发射完毕，任务完成。而女人要达到的是高潮，要想达到这种高潮，一定是要集浑身的精和力，掐定准确的时间，心无杂念的放纵自我的每一根儿神经，才能达到溢水涌潮，才能体会到作为女人的幸福和满足。但是在这个世界，多少女人能在生话中享受达到这种满足，还真不好说。

米娜已经没有力气了，她伸手抓住苏甫脸上的枕巾往下拉，让他趴在自己身上，并迅速把枕巾摘下来，塞到屁股底下。

做到极致的女人，这个时候正是回味甘甜的时候，体内的神经正在重复刚才的每一个细节并留下记忆，然后慢慢的平复，这个时候，任何人的触碰，她都会排斥。她把苏甫拽趴下并大喝一声："别动。"

"米娜？"苏甫被绑着双手，头很难抬起来。他费劲巴拉的跪起来惊问："怎么是你？你占我便宜，你把我强奸了？我要报警。"

米娜一勾苏甫的脖子，把他放倒在一侧，又喊一声："别动。"

苏甫躺在米娜身旁，求米娜："米娜姐姐，放了我吧，我的手都勒疼了。"

"自己解。"米娜把一只手搭在他的头上。

"哦，想起来了。真他妈笨。"苏甫说话的功夫，自行把背后的绑带解开，扔在地上。然后把两只手抽到前面，触碰到米娜滑滑的肚和胸。

他抬眼看了一眼米娜的脸，他惊讶了，啊，她好象比平时小了五六岁似的，白皙的肤色泛出红晕，难道看花了眼了？

苏甫本来一直以为是琦琦绑了他，就没往米娜那想，要早知道是米娜，那她系的扣一定是别上的，这也是他自小练的一种扣儿，是神拿门独有的，为的是发现自己本门的人被抓时，同伙应主动上前帮助捆绑，用的就是这种扣，这种扣，被绑的人可以自行解开，然后脱逃。不过，又很庆幸自己不知道她是米娜，要真知道她是米娜，自己还敢玩吗？顺水推舟，啊，也是不错的，还可以得便宜卖乖。嘿，瞧她那两馒头，好白呀，那还不以就以就，拿过来吃呗。

"别动。"米娜又喊了一嗓子，并且把他上面的手抓住，放在自己脸上，用手按着不放，然后，柔柔的叫了一声："亲爸爸。"她睡着了。

这时的米娜，身体极度的放松，达到这种状态后，她的元神飘到体外，来到空中，如腾云驾雾，瞬间游遍世界。此时的她，不能受半点惊扰，如果有触碰或声音惊吓，元神会迅速归位，浑身都产生一种电麻般的感觉，不舒服，刚才做的一切也都前功尽弃了。

大约十几分钟后，米娜元神归位，她睁开眼睛，看着苏甫，用手抚摸他的脸，轻叫着："亲爸爸……"

苏甫打个激灵，睁开眼开着米娜，他也睡着了。

"几点了？亲爸爸。"米娜问。

苏甫动动脑袋，告诉米娜："好象睡了好几天了，也不知道什么时候了。"

米娜伸出舌尖，送到他的嘴边。他没犹豫，终于大着胆子叼住。猛的的吸纳着她口中津液，啊，香香的，甜甜的，就象煮玉米的味道，与刚才趴在她身上吸饮的体液一个味道……

米娜双手捧着苏甫的脸问："亲爸爸，我还能来吗？我原意让你……"

苏甫心里早有准备，他吱唔着应付："啊，这个，那个，娜娜，你知道，我现在有琦琦，而且很喜欢她。你不喜欢那种脚踩两只船的人吧。不过，你叫亲爸爸，叫的那么好听，琦琦也叫亲爸爸，也好听。但是两种感觉不一样，两种味道。"

米娜坐起来，开始穿衣服，她告诉苏甫："琦琦叫你亲爸爸，是把你当亲人，当父兄，是游戏，是过假（家）家儿，是一种打闹的方式。"

　　苏甫好象听不大懂："嗯，好象，是吧。她好玩，象个小姑娘。但是我真喜欢。"

　　"人很不错。"米娜下地穿鞋，系上裤带。走到门前。

　　苏甫撩开被子，赤裸着身子，追问米娜："米娜，你叫的亲爸爸代表什么？"

　　米娜回过头来，对苏甫说："亲爸爸，是臣服。"拉开房门后又说："跪安吧。"

　　苏甫琢磨着："臣伏？噢，明白了，心甘情愿给我做丫头。"

　　她出了卧室，走了儿步，又转了回来，问苏甫："没听明白？让你跪安。"

　　苏甫拉过被子，身上一披，躺倒在床上："跪个屁，我是你亲爸爸，哈……"

　　米娜张开手掌，打开手里团着的卫生纸，里边有个安全套，是刚才苏甫用的。

　　她告诉苏甫："这是你憋了半个多月，才生产来的那点儿东东，一定不错。我拿回去先放冰箱冻着。不定哪天我自个儿给自个儿挤点儿，没准能怀个丫头，那样我就儿女双全了。这个剩下的吗，等琦琦回来，让她用，她要也揣上，若下个小猪儿，小狗儿来，你也儿女双全了。关键是你一枪揍出俩鸟来，可以上吉尼斯了。"

　　苏甫脸色儿"唰"的就变了，赶紧撩了被子下地跪着，不停的说着："跪送亲妈，跪送亲妈。"

　　米娜把一只脚的鞋脱下，把脚伸向苏甫，苏甫抱住亲啃。米娜用脚扇了他一个嘴巴，穿上鞋，把卫生纸扔在地下，拉门出去了。

　　苏甫抓住纸团，攥在手里里，躺在床上："哼，大丈夫能曲能伸，宁弯不折，你又耐我何？"打开纸团看，原来就是个空纸团。他赶紧下地跪下，喊着："跪送亲妈……"

米娜出了楼门，把纸团儿扔进垃圾桶，回头往上看了一眼苏甫房间的窗户，她终于心满意足了。。

第六十一篇 玲玲学交规 马哥头受伤

玲玲盘着腿坐在床上，腿上放着一大本书，为边看边琢磨。外面门响，是表姐回来了。

"姐，是你吗？"玲玲问。

米娜胳膊上挎个包，推开门进来，见玲玲在看书，她问："你看什么书呢？"

"交规。看不懂，这么大一本。真够难的"玲玲说。

"考车本呀？报名了吗？"米娜问。

"还没。等挣了钱再去报吧。"玲玲说。

"多少钱？"米娜问。

"三千四百多。我想四月份再去考，那时候天就暖和了。"玲玲告诉表姐。

表姐点头："嗯，什么时候都行，不过姐觉得还是越早越好。现在刚过完节，客户们手头上都紧，对咱来说就是淡季。而且这个季节天黑得早，学车的少，拿本快。你说呢？"见玲玲有些为难，她告诉她："钱不是问题，咱的账上还有几千块钱，正好就都取光了，下个月就从苑总的公司退出来，自己单干，还能省两千呢。"

玲玲还是有些犹豫："我也想早点学，不过，我不想用姐的钱。"

"傻妹妹，姐跟你拴的是一根绳儿，还分什么你我。你出来投靠表姐，表姐也没带你走正路，心里总是憋扭着。你学个本，有了技能，以后可以谋个正当职业，姐这心里才踏实不是？"米娜很自责。

"谢谢姐。"玲玲很感动。

这个年过的，从初一到十五，赔了小两万。总算一切正常了。苑总这几天，天天烧香给财神爷，求保佑发财，许愿再挣到一笔钱后，也就金盆洗手了。

本来嘛，这些年的生意不错，有了不少积蓄，应该见好就收了。拿着钱在北京买套二手房，应该还是可以的，坏就坏在一个贪字上。总想再干一年？来个好上加好。

可不是，三十晚上还好好儿的呢，怎么风水说变就变了？而且是连大年初一都没躲过去。怎么回事？弄不好这米娜就是个灾星。可是呢，如果没有米娜，换别人可能就死了，那你现在早就等着挨枪子儿。

还有这个钱三抱，说是金盆洗手了，还给他出了两千块钱份子，现在又去戒毒了，按说也该回来了。你要是不回来呢？我就得找地方哭去了。您还赊着我几千多块呢。

"咚……"外面有人敲门，是米娜。苑总去开门。

米娜进了屋，用眼神和苑总进行交流。苑总往卫生间一指，米娜进去了。

看见米娜。苑总有了些许安慰。钱豹去戒毒了，少了一个客户，米娜量涨了，算是补了差了。

昨天米娜说，玲玲要去考驾照，让把钱都取出来。总共不到四千块钱，也不知道够不够。管她呢，别张嘴借钱就行。象钱三爷似的，透支了好几千，万一不回来了，也就是打水漂了，连响儿都没有。

米娜从卫生间出来，把注射器放在绞肉机里。苑总把从银行取的钱放在桌上。

"米娜，钱给你取了，你收着。"苑总说。

米娜把烟钱放桌上，拿起这三千多块钱，对他说："谢谢苑总。"

苑总关心的问："钱够吗？不够言语一声。"

米娜把钱装兜里："谢谢苑总。够了。可以分期付款。对了苑总，以后晚上我就不过来了，您在进货时就别考虑我了。"扭身去拉门。

"米娜留步。过来坐。苑哥想知道，是苑哥服务不好，还是货不好？可以提意见，可以改嘛。"苑总很殷勤。

米娜回过身来："都不是苑总，您的服务和货都很好，就是有点儿小贵。前几天有个朋友介绍了一家儿，货好而且便宜。你知道，现在生意不好做，手头紧，能省就省吧。"扭身拉门。

苑总赶忙站起来，叫住米娜："娜娜，娜娜妹妹，你听我说，其实呢，如果货物都一样，价格不会差多少。这种掉脑袋的行当，终归是以利润为先，否则谁干呀。得，这么着，谁让我喜欢美女呢，以后就六十一包了，可有一样，别跟别人说去，我可赔着钱呢。"

"谢谢苑总。"米娜欲拉门。

"米娜。"苑总又叫住她："小马受伤了。"

米娜一惊，回身问："受伤了，怎么伤的？"

苑总摇一摇头："这个不太清楚，很厉害，缝了针了，是脑袋。"

米娜急忙拉开门，出去把门关上，举手要敲小马的门，手举起的瞬间，却停住了。她思考了几秒钟，放下手，转身下楼去了。

回到家里，米娜把一箱牛奶放在地下，把一个食品袋放在牛奶上。她进了玲玲的房间。

玲玲正在看交规，见表姐进来，使问了句："姐回来啦？"

米娜把刚取回来的钱交给玲玲，并嘱道："这是你的学费，去报名吧。"

"谢谢表姐。"玲玲放下书，接过钱。

米娜坐下，摸着她的肩："玲玲，替姐去办件事好吗？"

"什么事？办就是了。"玲玲满口答应。

米娜摸了玲玲脸蛋儿，收回手，她告诉她："明天早上，替姐去看个人，东西我都买好了。一箱牛奶，和几斤蛋糕。在门口儿放着呢。"

"看谁呀？"玲玲问。

"你马哥。"米娜看着房顶，告诉玲玲。

玲玲笑了："谁马哥呀？你就说姐夫不就得了。姐，怎么想起姐夫来了？知道了，还是放不下吧？我不去。自己的事自己办。夫妻没有隔夜的仇，心里想啊，就别装了。"

"他受伤了，很重。可能三两天的出不了门儿，给他买点儿吃的。姐现在和他没关系了，你别老姐夫姐夫的了。你和他妹妹是闺蜜，你去看看他也合情合理。"米娜表情很无奈的说。

"姐夫心里是有你的，就是你老装清高。按姐这么说，马哥现在是独身了，跟你没有关系了？那倒好，那谁都能抢了。你要是不要，我就要了。"玲玲试探着问。

米娜用眼一撇玲玲："你长本事了？嗯对了，又长一岁了。从道理上讲，一个男人或女人，结婚之前是属于全世界的，谁都可以。你当然也可以啦。不过，男女之间的事是讲缘分的，还要两心相悦，你可别剃头挑子一头热，到时候自己找罪受。"

"姐要这么说，我就非去不可了。不过姐，明天早上去不了，早上我要去驾校报名。要不我现在去？"玲玲问表姐。

"随你便吧。不过你记住，东西放那就回来，别跟他那儿粘糊。"米娜回屋去了。

玲玲把书放床上，下地穿鞋来到客厅，穿上裤子和上衣，换上鞋，提起食品袋和牛奶箱，出门下楼去了。

提拉着这么重的东西，上到六楼，玲玲有些累了。她把牛奶放在地下，用手去挠马哥的门，声音不大，但里面能听见。

马哥脑袋上套着白网子，网子里面有一块厚厚的纱布，脸上还有血渍，看样子洗过，只是没洗干净，没有镜子，自己看不见。

听到有人挠门，他下了地，脚步很轻的走到门前，从门镜往外看，只能看见半个身影，是个女人。是米娜？她来羞辱我吗？肯定定苑总告诉他的。苑总够孙子的。

他没开门，靠在墙上等着，等着米娜离开。

外面又开始挠门了，而且是连续不停的挠。马哥怕惊动苑总和四邻，轻轻的把门拉开，才看清是玲玲。

玲玲进屋，来到卧室，把牛奶和点心袋儿，放在里面苏甫睡过的光板床上。转身坐在床上。她问马哥："为什么不开门？等表姐呢？"

马哥回到自己的床上，靠着床头，装作很不在乎的样子："等她？刚才睡着了。你来干嘛？"

　　玲玲眼一瞪："给你收尸。什么叫我来干嘛？瞧，表姐买的，让我送过来，我稀罕上你这来？"

　　马哥赶紧坐直，腿垂下，抱歉道："不知道是玲妹妹，门镜里看不清是谁，你受累了。谢谢玲妹妹。"

　　人凭一句话，一声玲妹妹，把玲玲的心登时就化了，她低下头，刚才的勇已荡然无存，脸上略显羞涩，不知说什么好了。

　　"你怎么受伤了，流那么多血？"玲玲问。

　　马哥告诉玲玲："路过一个工地，磕铁管子上了。"

　　玲玲抬起头，往他脸上看了一眼："疼么？"

　　"疼，怎么不疼，疼得我在地上打滚，跺脚，撞墙。"马哥打趣的说。

　　玲玲见马哥很不在呼，紧张的心情也就放松下来了。她站起来，走了过去，仔细看了看说："马哥哥，你脸上还有血呢，我给你擦擦吧。"

　　马哥摆摆手："不用了，马哥的血不干净，有病毒，一会儿我自己洗吧。"

　　玲玲走到窗前，拿起一个酒精瓶子问："马哥哥，这是酒精吗？"

　　"是。"他说。

　　玲玲从板床上的一个纸包里，拿出一卷卫生纸，又从墙角拿过一个小盆儿，放在马哥床边。撕下一条纸，叠成小块，往上倒些酒精，为他擦拭脸上的血迹。她一边擦，一边说："幸亏我过来了，你看你脸上，血漓糊拉的，多吓人呀。你要走在大街上，说你刚杀完鸡都有人信。"她把被血染红的纸团让他看了一眼，扔在小盆里。

　　马哥很受感动："谢谢小妹。给你添麻烦了。"

　　"什么屁话。从哪方面说，玲玲都是应该的。从表姐那论，你是我姐夫。从马妹那论，我们是闺蜜，你是她哥，也就是我哥。怎么就不应该管你呀？"玲玲说得有道理。

　　马哥头上的血流了不少，已经顺着脖子流进衣服里，现在都干了。

脖子前面的血擦干净了，换了纸，又擦脖子后面。她扒着他的衣领子往下擦，发现背上的衣服也是红的，所性她拉开他上衣的拉锁，把他的衣服脱下来。不过还是不行，贴身的白衬衣也被染了，看来还得脱。她犹豫了一下，又去解他的衬衣的扣子。

这时，有些木讷的马哥突然意识到了什么，赶紧说："玲玲不行，血太多了，你不能碰，弄不好会传染的。"

玲玲帮他脱下衣服，扔在地上，满不在乎："没事，我咨询过专家，专家说你身上的这种病毒虽然是血液传播，但是它如果暴露在空气里，很快就会死亡的，而且我手上全是酒精，又没有伤口，不会传染的。"

她把马哥胸前背后的血迹用酒精擦干净，端起地上的小盆，来到卫生间，把染了血的纸团倒在纸篓里，拧开热水器龙头放水，把盆刷洗干净，从墙上的挂钩上摘下毛巾，放在盆里，然后调整水温，接了半盆水，关上龙头出来，回到卧室。

马哥坐在床上，哈着腰，低着头，觉得没脸见人的样子。

可不是，二十几岁的大男人，突然变得象个痴呆的老人，让人侍候，真不是滋味。若是自己的妻子，儿女伺候你，还有情可原，可人家玲玲呢，从哪方面论，自己也都过分了。人家张嘴姐夫姐夫的叫，算是姨妹吧，姐夫无论如何也不能让姨妹伺候啊？若从家妹那里说，玲玲是闺蜜，等同于是自己的妹妹，那就更不应该了。这个米娜，她让玲玲过来，是不是挤兑我呢？按说不会吧，她怎么知道我身上有血？哎，归根到底，玲玲可怜我，知道我内心的苦，经常送吃的给我，就是命中的贵人吧。

玲玲拉过一把椅子，把水盆放椅子上，拧了毛巾，挽起袖口，准备给马哥擦背，又觉得穿着外衣不方便，可能会被蹭脏。她也没多想，扔下毛巾，就把自己上身穿的黄色的羽绒服脱下，拿起毛巾，把马哥的背擦了一遍，用鼻子闻了闻，还有酒精味儿。她到卫生间，倒了脏水，换了干净水，回来又给他擦背。这回干净了，皮肤看起很白净，很细腻。

她顽皮的在他背上咬了一口。她认为他是姐夫，是大哥，做为姨妹，逗逗他也不为过。

　　玲玲没有意识到，这是在给姐夫马哥擦背，是在男人的屋里，还以为是在自己家。因为她每次一进家门儿，第一件事就是脱上衣，脱裤子。

　　黑色的乳罩，衬托着玲玲雪白的肌肤。她属于小骨缝儿，胳膊不粗，但很圆润，看不到一点骨格，肘关节处，一张一合时还会出现性感的小窝，她的脖子可以用修长来形容，什么是修长呢，是特意按标准尺寸修出来的吧。她的肩不宽，稍有些溜，肩上的两块肉非常的细嫩，是人见了想啃的那种。有时候，人们称美丽的女人是蛇精，其实就是忌妒她的细腰。她的胯弧度很自然，屁股往上翘，往下就是腿了，她的腿很长，很直，很美。人常说，美不美，全看腿，很多大明星敢露胸，敢赤膊，就是不敢露腿，所以就不能称得上美了。而玲玲的是标准的两条长腿，大腿的根部，好象插进了小屁屁的肉里，把屁屁上面的肉顶起，向上翘着……真象似模子刻出来的。

　　她又去卫生间换了一盆干净水，为他擦肩，脖子，胸和肚子，一盆水又脏了。她用鼻子在他的肩处闻了一下说道："平时也不洗澡吧？要不然怎么都管你们叫臭男人呢。"

　　她又去卫生间接了水，把马哥的胸前擦干净。她有些累了，稍喘口气，这个间隙，她看了一眼马哥的胸肌后，心脏突然"呼"的跳了起来，好象有些心慌，她怕马哥查觉，马上用毛巾给马哥擦脸，挡住了他的视线。

　　她端着盆来到卫生间，靠在墙，力图平息心跳。她不知道，这是怎么了？

　　…………………………………………………………………………

第六十二篇　玲玲懵懂　马哥设防

人真的很奇妙，从来没有过，自己能听到自己的心跳，而且跳得非常历害，非常快，脸发热的那种。

都怪马哥哥，臭男人，平时不洗澡，那么味儿，我还得给你擦，还得闻着。不过呢，明明是他身上泛出的味儿，肯定不好闻。可是呢，为什么又想去闻，也不反感呢？我真贱骨头了。得了，谁让他是姐夫，又是闺密的哥，就将就吧。

她又换了一盆新水，开始给他擦胳膊。她抓住他的一只手，抬起来给他擦，由上到下，当擦到腋下的时候，擦痒了，他的手臂动了几下，蹭到了她的胸。玲玲突的被一股强大的电流击中，电波瞬间刺痒全身的每一根神经，她几乎叫出声来。

玲玲极力控制住随时可能酥软的身体，释放体内的电流。更奇怪的是，经过被电，她反而镇定了许多，因为被电也好，耳根子发烧也罢，除了当时有一点儿胆怯，却得到了从来没有过的那种极度舒服的快感。她突然明白了，这种感觉，都是因为眼前的男人，这个马哥哥。

现在，她想仔细看看马哥哥，他身上有什么东西，能把表姐弄得五迷三道的，为他哭了那么多回。

她一扒拉他的脑袋，命令着："转过来洗脸。"

马哥把身体转过来，低着头，不敢看玲玲。玲玲托着他的下巴，用毛巾给他擦脸。

马哥并不老，满打满算也才二十五岁，只是平时很辛苦，压力又大，早晨或晚上经常不洗就出去或钻窝儿，脸上的角质就厚一些，加上一些心里因素，显得有些老成。

刚才玲玲已经用酒精给他清洗脸部，把陈年的污渍稀释成了泥浆，当玲玲轻轻的用毛巾抹了一下他的额头后，额头的颜色明显变白了。玲玲心中大喜，心里说："好喜欢呀！捡到宝了。"

她快步去卫生间，换了一盆清水回来。把毛巾搓洗了几下拧干。她让他的头仰起，一只手托住他的脑勺，用毛巾轻轻的擦他的眉毛，动作很慢。为了不让马哥发现她的意图，她告诉他："马哥哥，你的眉毛里，眼角里都有血迹，要慢慢的弄，你别动啊。"

她的动作很轻，很慢，很仔细的看。马哥的脸上，白色的部分越来越多，越来越亮，很快，一个美男子的脸蛋儿展显眼前。尤其是红润性感的嘴唇，女孩子怎么抵挡得住。她用力的咽了一口唾沫。

她想多看一会儿，又拿毛巾去擦他的脑门，突然她发现，马哥的眼角儿里，涌出一股清泉，直泄而下，身体开始颤抖，他哭了……

她给他擦去眼角儿的泪，把他的头搂抱在怀里。马哥再也控制不住了，他抱住玲玲的腰，哭的像个孩子。

两年了，多少次流泪，多少次悲痛欲绝。

第一次倾诉，就是和玲玲。他让她看过化验单，希望她能把事情的真相告诉米娜，从此再不往来。但是玲玲并没做传话筒，而是把事情压在心底，反而把自己当病人照顾，这倒让他觉得，玲玲是自己唯一可以信赖的人。

患难之中见真情，玲玲今天过来照顾自己，一定是米娜派来的，但是米娜不了解自己的真实情况，玲玲却知道，从常理讲，躲都躲不及呢，还敢往前凑？玲玲不一样，她始终认为自己是她的亲戚，是兄长。而现在……

最后的面子终于不要了，不能再装了。抱着玲玲哭了，也彻底释然了，现在，他很愿意被人同情，被人安慰，而那个人，应该是米娜，也可以是玲玲。

玲玲在家里是老大，她还有个弟弟。当惯了姐姐的她，看见岁数差不多的男人，都会拿着当姐的劲儿。

此时的玲玲，象个大姐姐，而马哥就象是小弟弟，她完全不记得了，趴在她怀里的这个大男人是她的姐夫，是闺密的大哥。低头对他说："我当你的姐姐吧，你当我小弟，以后有什么事就跟姐说，好吗？"

"嗯，玲玲姐姐。"他哭了一会儿。

玲玲见马哥情绪稳定了，一种成就感油然而升，自己心目中那个高大上的，可视而不可及的马哥哥，姐夫，竟然把自己当成了救世主，当成了依靠的长辈，这么说，在我面前，他甘愿做个小弟，听我话了，我呢，也应该拿出当姐的样来。

玲玲在家时，平时要照看弟弟，弟弟身上经常弄的很脏。有时候还尿裤子，都是她给弟弟洗澡洗衣服，有时候还要在屁屁上打几巴掌，或掏弟弟的小鸡鸡吃。所以说，她也算伺候过男人。马哥此时趴在怀里哭，没有避讳，肯定就是小弟了。

她找出一个大塑料袋，把马哥脱下来的带血的衣服装进袋里。她看了一眼马哥的裤子和床单，上面都有血渍，就说马哥："瞧你，裤子和床单都是脏的，都得洗。"

玲玲没有犹豫，伸手解了马哥的腰带，并同时抻他身下的床单。此时的马哥还没反应过来，见玲玲抻床单儿，就站了起来。床单被抻了出来的同时，他的裤子刷的掉在地上。

马哥里面没穿内裤，浑身赤裸着站在玲玲面前。

玲玲正要蹲下，想把床单塞袋子里，猛的看见象白条儿一样的，站在面前的马哥，心里一惊，转而又装作很镇定，她用手揪了一下他的小弟弟，笑着说："小时那么一点儿，现在长大了。"说完后，她觉得一股热流突然从后背涌出，冲上她的肩，脖胫，耳根和脸，冲击她的脑神经，并迅速倾泄而下，就象有一股细沙，磨擦着她的胸，肚，直至私密处，而那些细沙，好象变成了无数的小虫，在她的体内轻轻的挠或咬……她差点儿瘫坐到地上。

马哥自觉难堪，赶紧坐到床上，两腿并拢，挡住阳处，不好意思的告诉玲玲姐姐："每天早出晚归，没时间洗，少穿一件就少洗一件，男人最不爱干的事儿，就是洗裤衩。脏了就都扔了，"

　　玲玲拿出大姐的派头，教训马哥："以后记住，如果再让姐知道你不穿内裤，姐见一回，打你一回，记住了吗？"

　　"记住了。"马哥点头回答。

　　玲玲拿着从他裤子上抻出的腰带，指着他说："今天没穿，今天就打。蹶着。"一扒拉马哥的脑袋，马哥听话的蹶起屁股，让玲玲抽打。"打了几下了"她问。

　　"五下。"马哥说。

　　"见一次打八下。"又抽了几下。

　　马哥挨了打，心里很舒服。"谢谢玲玲姐姐。那我以后永远不穿了。"他说。

　　"你敢，你就不怕打？"玲玲怒问

　　"愿意让你打，打完了舒服。"他说。

　　玲玲很得意，竟然降服了姐夫。

　　她扔了皮带，端着盆又去卫生间接水，回来后拧干毛巾，扒开马哥的双腿，埋怨道："以后记着，天天都要洗屁屁，尤其是你的撒尿的家伙，自己闻着好闻呀？"

　　马哥此时已镇定下来，对玲玲说："谁自己能闻得到，你自己能闻自己吗？"

　　"嘿，敢犟嘴了？这样闻。"她一只手一按他脑袋，一只手在他的小弟弟处抓了一把，把手贴在他的嘴上。

　　马哥是个男人，准确的说是个二十郎当岁儿的壮小伙，虽然他极力的不去想那种事，怕伤害到玲玲，可他实在架不住玲玲这种有意或无意，无知或有知的挑逗，他终于扛不住了，逐渐的露出了雄性的本色。

　　玲玲没交过男朋友，对男性的生理特征也无从了解，除了今天与马哥在一起，自身出现强烈的反应外，还不知男女那些事。虽然只是一张窗户纸，没人给你捅破，你就是个雏儿。

　　当她再次拧完毛巾，准备继续给他擦洗大腿时，看到小弟的小弟弟忽然变大，而且大的很快，她吓了一跳。以为它会不停的长，以这种速度，很快就会上房顶的。她扔下毛巾，一把给攥住，，想让它别长，果然不长了。她不知所措，也不敢撒手。此时的马哥受到刺激，裂嘴呻吟了一下。玲玲很好奇，她瞧着他的脸，怕把小弟弟弄疼，但又怕它继续长。所以手松了一下又赶紧捏住。马哥受到刺激，又呻吟了一下。

她一条腿跪到床上，身体贴在他的胸上问："小弟弟，很难受吗？"手又捏了一下。

马哥举起双手摆了摆，又摇头。玲玲不解："不难受裂什么嘴，皱什么眉？"又摆动了下。

他实在忍不了了，一下子把玲玲搂住，脸贴在脸上。

玲玲终于发现，她抓住的那个东东，足以控制马哥，她很得意，她问他："小弟，姐问你，你说甫哥拍来的那个琦琦，为什么不管甫哥叫哥或叫弟，而是叫亲爸爸呀？"

马哥想了想："她一定是特喜欢苏甫，无法用语言表达，千言万语汇成三个字，就是亲爸爸。"

玲玲有所悟："我想也是，小弟，姐姐能管你叫亲爸爸吗？"

马哥略带微笑的说："两心相悦，情到浓时，叫什么都可以，比如说我叫你姐姐，你叫我小弟，叫什么都行。"

玲玲开心的："真的，那我叫你，孙子。"

马哥"嗯"了一声。

"儿子，臭儿子。"玲玲又叫。

马哥"嗯"了一声，告诉玲玲："叫儿子可要喂奶的。"在她胸上抓了一把。

此时的玲玲，不管是真的不懂男女之情，还是装的，但她的身体里已经完全不自在了。此时的她，有一种强烈的渴望，这种渴望，现在还不知道是什么，它可能就是一层窗户纸，但是当你的手指越是接近窗户纸的时候，反而不敢伸手了。她问马哥："小弟，姐能亲你吗？"

他上下动动脑袋，算是点头了。

此时，玲玲见他同意，心更发慌了。以前，她每次说要和苏甫亲嘴儿，都被表姐拦了，但那会儿都是闹着玩，今天不一样，就她和他，他也不反对，我真的可以和男生亲亲了。他是我姐夫，我？什么姐夫，他是小弟，不管那么多。

她把舌尖吐出一点儿，小心的去沾他的嘴唇，她觉得她很勇敢，她鼓励着自己，向前，向前。终于碰上了。她的心又开始跳了。

她慢慢的亲着，舔着，嘬着……

马哥的嘴突然张开，把她的舌头叼住，吸进嘴里，用自己的舌来搅挠她柔嫩的口条。

啊，太美了，原来人生可以这样呀，终于知道了，这十九年真是白活了。不管了，来吧。她把嘴张大，想把他的嘴都装进去。她的身体，尤其是下肢，在蹬地，在擅抖，她快支撑不住，在往床下出溜。幸亏她用力扒着他的肩没松开，另一只紧紧抓着小弟弟。

马哥此时终于放开了。老虎也该抖抖毛了。他用一只手抱住玲玲，使劲一翻，把玲玲从身上翻过去，玲玲到了床的里边，嘴始终没有离开他的嘴，只是把握着小弟弟的手换了个儿，腾出来的手抓住马哥的肩，往上窜了两下，继续和他狂吻……

马哥在下，被玲玲搞得喘不过气来，他张大了嘴，任凭玲玲发泄。此时的玲玲，浑身血脉喷张，已经失控，尤其是中端部位，更是如蚁乱爬，只是她还不知道是怎么回事。不过，这种事，虽说开头难，但弄明白也只是分分钟的事。现在，她已经开始往起爬，并解开了裤扣……

第六十三篇　表姐生气　表妹开心

小时候，村里养了很多牲口，有马有驴。其中有一条叫驴，比较有名儿，远村外镇的人经常拉牲口来交配，所以，一听说要配驴，大人小孩儿都去看，玲玲就看过几回，知道了驴配驴是为了下驴。当然，叫驴的那根驴鞭是村里最有趣的话题。

刚才，刚看到马哥小弟弟的时候，只觉得好奇，尔后是私密处挠痒，不知所措。当她想起了村里配驴的情景，突然明白了，敢情姐夫跟牲口一样，长驴鞭肯定是配驴的。

她一条腿插在马哥的双腿中间，开始扭动细腰，下面的手用力攥了一下，嘴里近呼哀求的叫着："亲爸爷，我不当姐了，亲爸爸……"

马哥心里明白，玲玲到了极点了，光靠亲亲抱抱已经不解渴了，这样下去，很快就会自动找门的。关键是自己已经两年多没有女人了，家里没准备安全套，一旦门户大开，后果不难想象。若把病毒传给玲玲，就永远没脸见家乡父老了。没办法，事已至此，还是我主动来吧。

他一手紧搂玲玲的腰，把她的身体往上提，另一只手把她的胸罩解开，并顺势而下，插进她的裆里，摸到了她的小蜜，只一下，玲玲就瘫趴在马哥身上，抽动扭曲着蛇腰，边呻吟边叫着："亲爸爸……"

他抬起头，嘴巴叼住玲玲胸前的白馒头上的小豆豆，搂着腰的手也收回来，抓住她的另一个馒头……

这个时候，马哥踏实了，一切都可以掌控了。他给她讲着做爱的方法，技巧，感觉和结果，男人的生理特征和需求喜好，女人如何与男人配合达到高潮。

受到马哥语言方面的刺激，玲玲更加放开了，手脚和嘴都在抓狂。"亲爸爸，亲爸爸……"叫的更加急促。

马哥知道，到时候了。一般初次做爱的人，都坚持不了多一会，玲玲也一样。大局即定，自己也应该享受了。

他一只手伸下去，抓住玲玲的手，让她握紧小弟弟并上下动，然后抽回来继续掐她的小豆豆，下面的手对她的小蜜开始加速。

她搂住小弟的脖子，搬着他的脑袋，张大嘴去咬，她不停的叫"亲爸爸……"

玲玲急促的叫了几声后，实在是把持不住了，猛烈挣扎，一下趴在马哥的身上，两腿夹紧，失去了反抗能力，连亲嘴儿的劲儿都没有了。

马哥是过来人，那时候的米娜，在这方面对他要求是挺高的。不做可以，只要是做，就不能凑合，必须让她达到高潮，而且做完以后，要静止一段时间，让她充分的品味交融的乐趣。女人的享受，全在于男人的付出。男人的付出，让女人得到满足，那么得到满足的女人，才会心甘情愿的伺候男人。这是成正比的。

玲玲体内沸腾着的千军万马，终于偃旗息鼓了。她靠着马哥："亲爸爸，谢谢你。以后我还能来吗？"

马哥拍了一下她的脸，又亲了一口："亲爸爸应该谢谢你。玲玲，还是我叫你姐吧，我做你的小弟，小弟弟，你说呢？"

玲玲回亲了马哥："小弟，小弟弟我都要。小弟，小弟弟怎么又变回小弟弟？"

马哥不好意思的告诉她："小弟弟的工作完成了，就收工了，回去歇着了。"

玲玲"哦"了一声："明白了，你就象我们村儿配驴的大叫驴，配驴的时候，驴鞭长出来，配完了收回去。那你今天没配驴呀？"

"是，叫驴配驴，得有发情的母驴，"马哥说。

玲玲天真的问："你的意思是说，姐姐不是母驴，或是没发情？"

"人和驴还是有区别的。见到发情的母驴，叫驴一定会上。人之所以是人，是因为有头脑，有分析能力，知道什么样的人能上或不上。"

"你放屁，我都那样儿了，都叫你亲爸爸了，你还说不能上，我还不如母驴呢？" 玲玲不满的说。

马哥解释道："玲玲姐，小弟弟不是一般的小弟弟，小弟弟是要保护姐姐的。就如你表姐，我躲开她，就是小弟弟保护大姐姐，小弟弟不能图一时的意气，是吧。"

玲玲低下头，叹道："母驴也难呀！"

玲玲回到家。把装脏衣服的袋子往地下一扔，喊道："姐，我回来了。帮你把事办完了。"

米娜走出房间问："你怎么去了这么长时间？我还以为被人绑了呢。"指着地下的袋子问："这是什么？"

玲玲一踢塑料袋："你爷们儿，我姐夫的脏衣服，你给洗了。"边说边脱下衣服和裤子，挂在衣架上，身上只穿内衣内裤，穿上拖鞋。

米娜一扒拉玲玲，问："我就让你送点吃的给他，你就粘那了，都多晚了，他没留你住啊？"

"姐，他是姐夫，是你的人，我是代你去看他的，替你办事，能到那就走吗？你看他衣服上的血，衣服都粘皮上了，脱都脱不下来，光脱这件夹克，就费老鼻子劲了。而且，他浑身是血，你说我不帮他擦擦洗洗的，他自己也看不见呀。说实话，这本来是你的活，都让我替你干了，你以为我愿意管呀？又脏又味儿的。他也就是我姐夫，换个人，狗屁。"玲玲这一通白乎。

"是，姐姐不是不方便露面吗，你替姐做事，还发这么多牢骚，不愿意呀？"米娜缓口了。

"谁不愿意了，我姐让我干的事，那是必须的。有些事，姐你肯定不能出头露面儿。当妹妹的理应跑前跑后的。这衣服，你要不愿意洗，搁着，明天我回来了再洗，他这衣服脏，得消毒。"玲玲有些兴奋，话也多了。

"不用你了，姐洗吧。这王八蛋，还吃上我了。"米娜提起塑料袋，把衣服倒在一个大塑料盆里，进了卫生间，把盆放地下，打开水笼头放水，水没过衣物后，关笼头，往盆里倒了一些消毒液，晃晃盆，把消毒水摇匀。

　　她走出卫生间，从墙角处推过洗衣机，拉过一个插线板，插上电。又从洗衣机里拿出一根长管子，插在洗衣机进水口，另一端拉着进卫生间，插在水笼头上。出来后，又拉出下水管，另一端也顺进卫生间，放在地上。她拧开水笼头，洗衣机里开始进水。

　　米娜真麻利。卫生间很小，洗衣机只能放外面厅里，没办法。

　　她把消过毒的衣服在盆里转了几下，把水倒掉，端盆出来，把衣物倒在洗衣机里，盖上盖，一按开关。洗衣机"嘀"的一声，开始转了。

　　她在卫生间里冲了手，用毛巾擦干，出来后，看了一眼洗衣机上的设置，觉得没问题，准备回屋，忽然，她闻到了一股奇怪的味道，不知是从哪里飘出来的。

　　她趴在洗衣盖上闻了闻，肯定不是消毒水儿味儿。又闻自己的胳膊，衣服，不是自己身上的味儿。那是哪来的味儿？她把目光转向门口的衣架，衣架上挂着她和玲珍外出穿的衣服。她走过去还没闻，就断定是这里出来的味儿。

　　她把玲玲的衣服拿起来闻了一下，马上提起来查看，这一看，当时就火冒三丈。她抓起扫地笤帚，把笤帚把拔下正上，倒过来拿着，冲进玲玲的房间，撩开玲玲身上盖的被子，照着屁股就打了一下。

　　玲玲被打的一激灵，马上坐起来，见表姐又要举棍，起紧连滚带爬的下地，躲到墙角儿。

　　"姐，你干嘛？我怎么了，你打我？"玲玲急问。

　　"我打你，我打断你的腿。你给我说实话。"米娜也挺狠。

　　"姐，你让我说什么？我干嘛啦？"玲玲问。

　　"你说不说？"米娜站了起来。

　　"我说。你让我说什么，你要问什么？"玲玲又问。

　　"你给我站过来，站过来。"米娜命令她。

　　玲玲真有些怕了，表姐从来没跟她发过这么大火，也没打过她。虽然她不知道为什么挨打，但必竟是做贼心虚。她怯怯的走过来，双手抱着胸，因为穿了三点内衣，胸部被挤了出来。

"告诉你，说实话，我今天饶了你，不说实话，打烂你的屁股。"米娜又说一遍。她也气糊涂了，问了半天，都没问到正点儿上。

玲玲侧身对着表姐，扭头问："我的姐，你要问什么？问计么？"

经玲玲反复提醒，米娜醒过梦儿来，她来到客厅，从衣架上拿下玲玲的休闲裤，往玲玲脚下一扔，喝道："自己看，怎么解释？"她坐床上，用笤帚把指着裤子。

玲玲蹲下，拿起裤子问："裤子，怎么了。"

"这是什么？"用把儿指着裤子上的白色的物质。

玲玲仔细看了看，还真不知是什么，问表姐："这是什么呀？我哪知道。牛奶，豆浆？撒身上不挺正常吗？洗洗不就结了。"

米娜照她屁股打了下："编，我撕你的嘴。"

玲玲一脸茫然："姐，我真不知道是什么。"

"你闻闻，再说不知道我让你吃喽。"米娜更厉害了。

玲玲蹲下，拿起裤子闻了闻，猛的醒悟，这是不是小弟身上小弟弟的呀，可能是。不过，不能说，咬着牙都不能说。她蹲在地上，低着头不说话

"转过来。"她命令玲玲。玲玲转过身，正对着表姐。米娜用棍在她的短裤上弹了一下，指着她训斥："看看，这都起疙板儿了，你穿着也不憋扭，给我脱下来。"

"姐。"玲玲不好意思的叫了一声。

"脱。"米娜命令。

玲玲脱下内裤，依旧蹲着，用手捂着蜜穴，问表姐："姐，耍流氓啊？"

米娜用笤帚把儿指着她的下体，继续训斥："长大了你，小母鸡开始吃虫儿了。还跟我装。我老家巧儿能让你小家巧儿给蒙喽？你自己也不闻闻，不嫌味儿呀你？"

米娜这么一问，玲玲反而笑了，她学着马哥的口气问："姐，谁自己

能闻自己呀，你能闻你自己吗？"

　　听到这话，表姐气儿不打一处来，她从床上起来，一把抓住玲玲的头发，一只手哈腰去抓了她的蜜穴，把手贴在玲玲嘴上，跟着说："你给我闻，你不嫌味儿？"

　　这回不一样了，既然已经败露，玲玲不用装了。也不害怕了，虽然挨了两下打，但是第二下打的非常轻，表姐抓了她的小蜜穴，放嘴巴让她闻，反而觉得挺好闻，而且又刺激到了性线，顿时觉得蜂巢中进了小蜜蜂，开始犯痒，赶紧跪趴在地上，双腿夹紧，屁股蹶着，自思道："母驴发情就这样吧？"

　　表姐用棍一拨玲玲的短裤，把棍举起来说："还不赶快去洗。"

　　玲玲一缩脑袋，抓住短裤爬了几步，起身跑进卫生间，插上门，打开热水器笼头放水，闻了闻短裤上的味，吐了吐舌头，把短裤用水冲湿，打了肥皂，搓了几下，冲水后又打肥皂，又搓了几回，然后用清水投洗干净，拧干放在一边。

　　洗完短裤，放在一边。她用手接水，把自己下身撩湿，手上倒些浴液，开始清洗蜜穴，她摘下花洒，仔细冲洗了一遍，认为干净了，就用毛巾擦干。

　　她走出卫生间，回到卧室，把短裤晾在暖气片上，转身对表姐说："姐，洗完了，你闻闻，没味儿了吧？"她在下面摸了一把，把手伸向表姐的脸。不想表姐早有准备，手里的棍儿往上一撩，打在她大腿上。这一下，虽然用力不大，打的还真疼了，雪白的大腿上起了红印子了。玲玲吓的赶紧蹲下抱着头问："姐，干嘛又打？你是又是吃醋了？"

　　米娜用笤帚把儿从下往上敲着玲玲的乳罩，怒道："这儿没用啊？为什么不洗？"

　　玲玲不以为然的说："这儿？没用啊。哦，就摸了摸。"

　　米娜站起来，举起棍问："你没让他吃啊？"

　　玲玲心里一惊，捂着脑袋蹲走几步，站起来问表姐："怎么你就好象跟着看了似的。"跑进卫生间。

　　生气有什么用，即成事实了，只能吃哑巴亏了。米娜拿起玲玲的裤子，走到卫生间门口儿，拉开门，把它扔了进去。

　　回到自己的床上，刚才对玲玲的那种神威，也不知道去哪儿了，心里越想越窝囊。她脑袋靠在床头上，默默的伤心落泪。

第六十四篇 米娜心里痛 马哥割头皮

玲玲放着水，让卫生间里充满了雾气。她没有马上钻进花洒中去冲洗，而是把表姐扔进来的裤子拾起来，找到那片染了白色物质的地方，用鼻子闻了闻，得意的笑了笑，然后对着水流把裤子弄湿，用力的搓了几下，看着好象没了，闻着也没什么味儿了，就把它拧了水，打开门，一侧身，够到洗衣机的盖儿，掀开后把裤子扔了进去。

回到卫生间，站在水花前，手抱着被小弟刚吸过的双乳，低头仔仔细细的看，轻轻的揉，然后用舌尖去够舔。

活这么大，一直以为自己这两个小豆豆，是长大以后生孩子，给孩子喂奶用的，没想到，它居然是小弟最爱吃的好吃的，他吃的那么香，那么疯狂，还巴叽嘴，快让人疯了。

对了，终于知道表姐为什么对男人的味道那么敏感了，因为她当过姐夫，也就是我小弟的媳妇，当然熟悉他的气味了。动物世界里演的那些动物，不都是靠鼻子闻吗？要不怎么有人说女人骚呢，女人嘛，象表姐，也是够骚的。

刚才表姐举起笤帚把儿，没往下打，看来是没脾气了，一会可能火儿就消了。等她消了火儿，我得给她说说得了。你以后还别打我了，我什么身份，我现在是马哥的干姐们儿，他是我小弟，你是他媳妇儿，那就是我弟妹，以后还少跟我撒阀子。

她关上水笼头。往手上挤了浴液，把身上涂白了……

米娜把脑袋埋在腿里，坐在床上，她已经不流泪了。羞辱过后，还是尊重现实吧。

自己跟玲玲说过，一个人没结婚之前，他（她）是属于全世界的。马哥也一样。

以前，一直以为玲玲还是个孩子，有什么事都让她出头。怎么这才一年多的功夫，就知道追爷们儿了。她说的也对，她是替我办事，我该办的事，她都替我办了。她还真没说瞎话，我没得说了。

从玲玲裤子上的精液来看，马哥并没失去理智，没动真的，但是对于初次试水的玲玲来说，已经足够了。有了初一，就有初五，下次就不保准儿了。而且玲玲对女人和男人的生理方面，卫生方面的知识一无所知，很容易吃亏。马哥这次控住了情绪，也难免下次不失去理智，如果走了自己的老路，那就是自己的罪过了。

后悔呀，多好的机会，我怎么就没往那想，要是我去了，肯定会旧情复发，重新夺回马哥哥的心，也不会让玲玲钻了空子。

玲玲擦干了身体，回到卧室，检查了一下窗帘，开始自己欣赏自己的体型，肌肤，脸蛋儿，对着小镜子照了会儿白牙，自己都乐了："本姨奶奶就有这资本，看这脸，这脖子，这牙，这皮肤，这小蛮腰，还有这小圆屁屁。还有呢，就是引以为傲的这双腿了。以前没觉着，长在自己身上没当回事，这往后啊，那些个臭男人，都去你妈的，给我滚一边去。除了我的小弟。"

洗衣机停了，米娜把里面的衣服取出，放在塑料盆里，端到阳台，一件一件的晾好，抖平，到屋里拔下电源，盖上洗衣机的盖子，盆放盖子上，又到卫生间关了上水，拔下上水管，把水放净，拿起下水管，出来挂在洗衣机上，把洗衣机推回到墙角后，回到卧室，拉上了窗帘儿。

玲玲身上的水晾干了，回到床上，拉被子把肚子以下捂住，一手推腮，一手摸胸，细细的品味着和小弟玩耍的每个细节。让她首先想到的，就是给他擦胳膊的时候，他的手碰了她的胸，按说很正常啊，怎么就象被电了似的，麻酥酥的那种感觉，恐怕这辈子也忘不了了。做为女人，能天天有这种感觉吗？那不就是神仙么。可是呢，怎么我自己摸着，就是一团肉啊，难道必须让小弟摸才行吗？还有自己的小蜜穴，怎么小弟一出手，我就怂屁了，我自己天天摸，也没摸出个所以然来呀？还甭说，刚才被表姐抓了一把，还真痒了一会，也挺舒服的。

今天跟姐夫做了那事，说起来真是对不起表姐。表姐也是，本该是她该去，她不去，她让我去，姐怎么能这样呢。细想起来，表姐也够惨的，自己的男人，守在身边不能用，这不是守活寡吗。唉，真是的，她现在一定很伤心，很痛苦，很难过，做妹的是不是应该安慰安她去呀？

米娜脱了睡衣睡裤，并没有马上上床，而是靠在白色的暖气片上发呆。细腻嫩白的肌肤，被红色的内衣内裤映衬，在灯光的折射下，就象涂上了一层淡粉色的霜，她的型体与表妹还真有一比，虽然说她生过孩子，但从体形上看不出来，其实她并没有刻意的去锻炼，却恢复的很好，臀围比玲玲更丰满，或者说更性感一些吧。

这一年多来，思念，伤感，痛苦，无奈，不知流了多少眼泪，下了多少次狠心，都摆脱不了心里的魔咒，而今天，棍子打的是玲玲的屁股，疼的却是自己的心。玲玲没有错，象她这么大的时候，自己已经怀了马哥的孩子。玲玲说自己是吃醋，太讽刺了。

米娜转过身去，双手撑着暖气片，用头顶在上面。今天是什么日子？不知道黄泉路上有没有夜行人，有一个就伴儿的就行啊。

大晚上的，一个穿着红色三点内衣，头发下垂，在灯光照耀下的黑色身影，映在条形的暖气片上，也真够吓人的。

玲玲走过去，从后面抱住表姐，脸贴在她的背上，用沾着泪水的脸在后面蹭了一下。

自打过年，马哥就没洗过几回澡，今天被玲玲浑身擦了一遍，觉得非常舒服。而且玲玲还把自己当成了叫驴，心理和生理都得到了满足。他很感谢玲玲，只是对不起米娜，倘若米娜知道了她和玲玲做了那事，她会不会伤心呢？

自从查出艾滋病以后，两年了，他没接触过任何女人。皮肤病好了，也没有再犯，几次想去传染病科做个化验，又怕被查出吸毒，只得作罢。网上看过不少文章，其中有的文章说，有一种叫作无症状感染者。去它的吧。现在看来，这个病没什么可怕的，不挡吃，不挡喝，女人么，过几年看情况吧。

脑袋上受了伤，他跟玲玲说了瞎话。刚才那会儿忘了疼，现在就好象缝好的头皮又开了似的，也没有止疼片，这一宵够难熬的。

哎，真够背的。今天这是怎么了，怎么会失了手了？他想不出哪个环节出了问题，弄成现在这个样子。

他今天起得挺早，直接去了中关村，在电器商城转了一圈，没有生意可做。只得往回返，到了一家珠宝店，进去一看，人真不少，在这里做笔买卖应该行。不过，当他发现，这个店里两侧的墙上装有摄象头时，只好放弃了拿的念头。

顺着大街往回走，沿街的店铺不是没开张，就是顾客很少，没油水。算了吧。明天换个地儿吧。

不知不觉，来到西客站，心想着进去看看，北门进，南门出，也算抄个近道。

按照马哥自己的规矩，不到万不得已，是不做火车站生意的。

很快，离南门不远了，已经看到窗户和楼梯扶手了。他很少来车站，想借机会仔细看看，反正回去也没事干，吃了睡，睡了吃呗。|

一个女人从他身旁快步走过去，追上前面的一个胖女人，把几百块钱交给她并说："票退了，给你钱。"

胖女人回过身来，接过退票款，把身背的斜挎从后面转到前面，拉开包后面的小兜，把钱往里装，往里塞了几下，拉不上拉链，只好把里面所有的钱取出来，和退票款码放在一起，再放就塞进去了。

胖女人屁股很大，挎包在屁股的上半部，形成一个斜坡，包的底部向上翘起。她走的很慢，步幅也很小，挎包很难贴着臀部不动。

后面的马哥眼前一亮。绝佳的机会就在眼前，不用想了，三两秒钟的事。百分之百的把握拿下。

他量好步数，紧走几步，用身体挡住后面的人的视线，从嘴里掏出刀片，右手扶包，左手从右至左用刀片一划，顺手把刀片放回嘴里，右手已经把胖女人包里的钱掏出来。一切都很顺利，只要往前紧走几步，超过这个女人，上了楼梯出了门，就万事大吉了。

大千世界，无奇不有，人常说，离天三尺有神灵。就这么巧，胖女人看见地下有一个一毛钱的钢蹦，哈腰去捡，而马哥掏完包想加速往前走，没刹住，下体顶在女人的屁股上，胖女人一个前扑摔倒，趴在地上指着马哥大骂："你个臭流氓，抓流氓啊……"

马哥顿时慌了神，刚掏出来的钱也忘了收了，他也纳闷儿，我怎么会是流氓？他指着胖女人问："谁流氓？是你走着走着蹶屁股。哪个流氓不开眼，流你这样的？"

胖女人见撞她的这个人，手里捏着一落钱，赶忙翻看自己的包，见到包的下面被割了口子，马上改口喊道："你是小偷儿，抓小偷儿呀……"

马哥突然醒过神来，扭头想离开时，来不及了，已经有七八个男人女人拥上来，将他抓住。有人喊："送派出所。""打——一零。""用绳子捆……"有人用力的拧他胳膊往后背……

马哥挣扎了一阵，已经没有力气了。他"啊……"的大喊一声，挣脱一只手，从嘴中掏出刀片，在脑袋上划了一下，血马上顺着脑门儿和太阳穴流了下来。他大喊："闪开，我有艾滋病……"

他这一喊，抓他的人吓得脸都都绿了，撒开马哥后，惊恐的往后闪开。

马哥左手在脸上一抹，弄了一手血，他的右手把拿着的钞票交到左手后，，也在脸上抓了一把，弄了一手血。

他双手拿着钞票，递给胖女人，跟她说："你的钱，还给你。拿着。"

胖女人吓得侧卧在地上，一个劲儿的摆手，表示钱不要了。

马哥把钞票装裤兜里，见有几个人站在车站南门方向，就张开双手，向那几个人扑去。他喊道："我有艾滋病，我不想活了……"

那几个人见状，扭头儿就向门口跑去，速度很快，只恨他妈少生了两条腿。马哥张牙舞爪的从后面赶，出了站门，假装疯魔似的又追了一阵，也不知道追谁呢。地上有路人扔掉的没喝完的矿泉水，他拾起来，简单洗手洗脸后，用衣服擦了擦，看着不那么吓人了。他来到饮料摊，买了几瓶水，进了路边的小树林儿，又把脑后，脖子上冲洗了一遍，觉得差不多了。剩下的水喝了，扔掉瓶子，来到路边，上了一辆摩的，让他帮着找个私人诊所，摩的司机答应着，开着车飞速的向前驶去。

头发被剪了一些，缝了几针。回到家后，从兜里掏出沾了血的钱，放在盆里用水洗净，一张一张的摆在暖气片上晾。两个卧室，加厨房的暖气片上都摆满了，窗台上也摆了一些。

身上的血迹已经干了，变成了深褐色，看着不那么恐怖了。

他坐在老前辈睡过的床上，靠着墙，不知道在想什么，可能是后怕吧。当时不知道是怎么想的，自己给了自己一刀。很庆幸，刀片的功夫还是挺深厚的，伤的不算太重。没想到的是，这一嗓子艾滋病，这么厉害，那个胖大姐连钱都不敢要了，估计现在都没报案，可能到医院化验血去了。

不过，今天的后果还是很严重的，留下的心里阴影永远抹不去了，手指可能不会那么灵活了，心里可能也不会那么自信了，脑筋可能也不会那么好使了。

门外有人挠门，是玲玲。马哥迅速将所有晾在暖气片上的钱收起来，塞在床下藏好。他打开了房门。

玲玲从后面抱着表姐，泪水滴在她的背上。虽然米娜心中的痛楚，已经达到了极点，却再也没有发脾气的勇气了。

她有气无力的坐到床上，低着头，又一波泪水流下，砸在地上，溅到玲玲的脚丫上。

玲玲站在表姐面前，抱着她的头抚摸着。她对她说："姐，你瞧你，想就是想，爱就是爱，屁眼儿痒痒，又装得那么清高，老是一个人儿偷偷的抹号子。要不然你就哭。你呀，别把我当你妹，就当我是你姐，是家长，有什么事跟大人说。你瞧人家马哥，认了我这个干姐，马上哭得泪人儿似的。哭完了什么事都没了，又想干那事了。"

可不是，玲玲说得也是，自己不开心，纯粹是自己找的。想不到，这么一会儿的功夫，玲玲就变成大人了，这话都捅到心窝子里了。事已至此了，再哭就该让她笑话了。玲玲长大了。

她的头依偎在表妹的双乳中间，摇了两下，哀求的说："玲玲，今天跟姐姐睡一被窝儿行吗？"

玲玲捧着表姐的脸，亲了一下说："行是行。那得先说好了，咱俩谁娶谁。"

"什么谁娶谁？"表姐问。

玲玲一摇表姐的头说："就是谁是公的谁是母的……"

玲玲在收费窗口交报名费，她把钱和身份证递进，问收费员："师傅，我家里有交规，不买可以吗？"

"不行。"收费员开始打字。

"师傅，哪天学交规呀？"玲玲问。

"周一至周四，下午两点到四点，今天就可以。"收费员将打印好的表格，身份证和找的零钱递出来，又告诉她："路远的可以买饭票到驾校食堂吃饭。"收费员说完，伸手接待下一个报名者，玲玲赶紧闪开了。

第六十五篇 玲玲找马哥 马哥护米娜

　　玲玲回到家中，从手提纸袋里掏出一本交规，坐在床上，拿起床前的那本书对比，两本书一模一样。玲玲很无奈，自语道："唉，不买书还不行，变着方儿的赚钱。"

　　放下书，在屋里转了一圈。表姐不在屋里。厨房里有两盘切好的菜，还没炒，米饭也煮了。表姐的屋子里，马哥的几件衣服已经叠得整整齐齐，码放在一起，衣服的旁边放着两个条形的包装盒，每个盒里有四条短裤，这一定是表姐给姐夫买的，当然，那顶窄沿的礼帽也是吧。再有一件，就是自己的那条休闲裤，也叠得挺整齐的。但唯独一件东西她没见过，就是一串方型的纸袋，那种叫做安全套的东西，但是昨天晚上表姐已经告诉过她了，和男人玩儿那个，一定注意保护自己，用的就是这个东东吧。

　　她拿着裤子回到自个儿房间，把裤子扔在床上，靠着床头想歇一会儿。拿出手机，看了下时间，觉得还早，应该先把马哥的衣服送过去，回来再吃饭。就是不知道表姐想自己送呢？还是让玲玲送。

　　算了，还是当妹妹的主动一下吧。这事是明摆着的，事儿是表姐的事。表姐又肯定不会去，马哥也出不来，还是玲玲替表姐干表姐的事吧。

　　昨天跟马哥亲热了一回，今天在驾校上课的时候，心里还热乎着呢。第一次接触男人，真的是很爽，遗憾的是当时不懂得怎么当母驴。凭心而论，马哥是表姐的，自己肯定不会去插足，只是想找个男人和她耍耍，而他又没认识几个男人，除了苏甫，就是马哥了。

　　她把马哥的衣服，床单，两盒袜子和那顶帽子，装进塑料袋里，提着下楼，一蹦一跳的出了楼门。

　　米娜回到家。进卧室发现摆在床上的衣物不见了，就知道是玲玲回来了，而且已经去马哥那里送衣服了。这个玲玲，昨天在他那里得到实惠，今天还想蹭点儿油儿，异性相吸，又有什么办法。

她思索一下，还是等玲玲回来再炒菜吃饭吧。每天这一包烟是要吸的，该花的钱还是要花。她数够了零钱，揣在裤兜里，来到门前，重新穿上鞋，套上一件衣服出门，朝苑总住的楼走去。

玲玲挠了几下马哥的门，门开了，她进了屋问马哥："小弟，姐来了，你怎么不叫人，没规矩。"直接来到卧室，把东西放在板床上。

今天马哥的精神好了许多，跟着进了屋，对她说道："玲玲妹妹，谢谢你。"

"叫姐。你是弟，我是姐。"玲玲命令着。

其实，这种哥呀，姐了的，都是两性情浓时喊出来的，激情一过，再叫也就没什么意义了。

"姐。谢谢玲玲姐姐。"马哥叫着都有些自嘲。

玲玲让马哥抱着被子和枕头，她把床单抖开铺在床上，上下前后对齐抻平，又让他把被子和枕头放下。她拿过塑料袋，掏出所有的东西，包括安全套。见到这玩意儿，马哥顿时觉得脸上臊得慌，所幸玲玲没看见。

玲玲告诉马哥："你的衣服都是我表姐，你媳妇儿，我弟妹给洗的。这两盒裤衩，还有安全套也是她买的。她还给你买了顶帽子，带着帽子就能出门儿了。把裤子脱了，把裤衩穿上。"

玲玲撕开纸盒，在里边挑了一条黄色的短裤，用手撑开。她对他说："我喜黄色的，就穿这条。"

"我喜欢红的和黑的，要不然先穿红的？我是本命年。"马哥说。

玲玲用短裤一抽马哥的脸："不行。你想和弟妹穿情侣装啊？想得美。就穿黄的。"

马哥一脸懵："谁是你弟妹？"

"你说谁是我弟妹？从我姐这儿论，你是我姐夫。从马妹那论，你是我哥，从我这论，你是我小弟，你媳妇，我表姐就是我弟妹。"玲玲说得有道理。

马哥也笑了："各种说法都是以你为主。行，大姐，你先回避一下，我把裤衩穿上。"

　　"回避，回避什么？你身上还有什么零件儿我不知道的。穿，我看着你穿。"玲玲又用裤衩抽了马哥一下。

　　马哥也笑着说："我的姐，从哪论你也该回避，不能看我的身体。你看，从我妹那论，你是我妹，从你姐那论，你又是小姨妹。从你这论，你又是我姐，哪有当姐姐的看着兄弟换裤衩的。除非你嫁给我做二奶。"

　　"真的？你要是要我，我还真愿意。那我就是二奶奶了，二奶奶伺候老公也是应该的。快着。"玲玲又一抖撑开的短裤。

　　马哥脱下裤子，玲玲帮他把裤衩套在腿上，但没往上提，她猛的抱住马哥，用手在他身上乱抓，同时用嘴啃他的脸，较之昨天，玲玲完全放开了。

　　被玲玲狂轰乱炸，马哥难以抵挡，就在这时，门外响起脚步声，有人上楼。马哥用力推开玲玲，站起身，提起裤子来到客厅，站在门前仔细听，从门镜往外看。她示意玲玲别出声。

　　是米娜。她敲开苑总的家门，走了进去。

　　桌上有纸有笔，马哥看了下挂在墙上的表，记下了时间，然后坐下穿上裤子。

　　玲玲坐在马哥腿上，拿起桌上的纸看，纸上记的是时间，不知道是什么意思，她问马哥："小弟，你记的这是什么玩意儿？什么几点几点的？"

　　马哥告诉玲玲："你表姐每天到苑总这里抽烟，我都会记录时间，这些天我记的数据是，用时最短的时间是十二分钟，用时最长时间是十八分钟，平均起来每次十五分钟。"

　　"记这有什么用？瞎耽误功夫？摸摸我。"玲玲搂着马哥脖子撒娇。

　　马哥挪开玲玲的手，站起来说道："别闹。玲玲听我说。过节的时候，米娜吸烟吸崩了，让苑总赔了很多钱，昨天她又逼着苑总降价，苑总不会善罢甘休的，苑总以前也吸烟，戒了几次才戒掉，现在，他又重新复吸，损失就更难挽回了。吸了烟的人，一定会想入非非，失去理性，所以现在，米娜每次过来都有风险，马哥必须得盯着。"

　　玲玲从后面往马哥身上一蹦，搂住他的脖子不撒手，膘在他身上。

　　"玲玲下来，听我说，马哥答应你，等米娜出来了，我就陪你好好玩儿会儿。先别闹。"他扒开她的手，继续听着门外的动静。

　　苑总坐在桌前，手里拿着一张彩纸，正在仔细的研究。

　　米娜走出卫生间，把钱放在桌上，转身要走，被苑总叫住："娜娜，你帮看看，这张纸上有几种颜色，我看半天了，眼都花了。"

　　米娜拿过彩纸，仔细观看，一边看一边数，刚数到三，眼睛一花，头晕目眩的要倒，苑总起身，扶住米娜，把她搀进卧室。

　　那张彩纸，不是一般的彩纸，而是一种涂了迷药的纸。江湖上传说的拍花子的，使的就是这种迷药。把药涂在纸上或手帕上，在人眼前一晃，就会被迷倒，迷药由十三种颜色组成，又称十三色迷魂散，人只要闻上，几秒钟就会失去知觉。

　　苑总把米娜放在床上，用手摸着她的脸，流着口水赞道："真是人间少有啊，苑某从第一次见到你开始，就没日没夜的想，快得相思病了。今天能够如愿以偿了吧。瞧瞧，柳叶眉，真正的柳叶眉，天然的，根本不用画，还有这脸蛋，这皮肤细的，用显微镜都看不出颗粒来，就好象抛过光，打过腊似的，这肤色，极品的婴儿红。奶奶的，苑总我不玩儿你一回，这辈子就他妈白活了。"

　　他用手轻轻的解开米娜上衣的一个扣子，用手摸着她的脖子，自言自语的说："好酒要细品，人参果要慢咽，不能象猪八戒似的，一口吞了，没尝到味儿。"

　　苑总轻轻的解开米娜上衣的第二个扣子，用手撑开，红色的乳罩下，掩不住的双峰开始让他心跳，垂涎欲滴了。他的脸慢慢的趴上去，轻轻去吸食她胸脯上的香泥……

　　"呼呼呼"。有人敲门，苑总吓了一跳，他起紧走出卧室，顺手带上门，问道："谁呀？"来到门前趴门镜看，是马哥。

"是我，有点事儿，问你一下。"马哥在门外说。

"明天不行吗？我现在马上要出去一趟。"苑总装作不满的样子。

"我有东西好象拉你这了，我明天一早儿要用，我得拿回去。"马哥说。

苑总打开门，马哥进屋，来到桌前坐下。从桌上的烟盒里抽出一支烟点燃。

"什么东西拉这了？屋里没有啊。"苑总问马哥。

"人，大活人，帮着找找。"马哥说完，抽了一口烟，烟雾吐向苑总。

苑总故作镇定的对马哥说："开完笑。，瞎想什么呢？伤口好点儿了吗？"

马哥掐掉烟头，站起来，过去拉开卫生间的门，里面没人。又去拉卧室的门，被苑总挡住。

"小马，不许胡闹，你这是私闯民宅，是犯法的。"苑总提醒马哥。

马哥一把推开苑总，拧开房门，见米娜躺在床上，过去推了她几下，拍拍她的脸，米娜没反应。他猛的回身，一拳兜在苑总脸上，将他打倒在地，又踢了几脚，苑总被打的满地找牙。

马哥坐在床边，把米娜的衣扣系上，探身把她抱起，来到门口，用脚拨开门，出来后，用米娜的脚撞了下自己的门，玲玲打开门，帮扶着表姐的腿，待马哥进屋，把关上，又赶紧跑进卧室，帮着马哥把表姐放在空板床上。

"接盆水，拿毛巾来。"马哥对玲玲说。

玲玲赶紧跑到卫生间，接了半盆水，放里一条毛巾，端出来站在床边，眼睛看着马哥，她现在很紧张，说不出话来了。

马哥把毛巾在盆里涮了一下，沾足了水，抓出来在米娜的头上一攥，凉水"哗"的一下，洒在她的脸上，她被激醒了。

马哥把毛巾交给玲玲，告诉她："给她擦干净，带她回家。"出屋关上门，坐在客厅里。

玲玲把毛巾拧干，把表姐头上的水仔细的擦干净，扶她坐起来。她问表姐："姐，好点了吗？"

"我怎么了，这是哪呀？"米娜问。

玲玲指着床告诉表姐："这是三师叔的床，不记着了？你刚才呀，种了苑总的迷魂药了，差点让他把你给办了。幸亏马哥和我发现了，把你救了。"

米娜一惊，问玲玲："迷魂药，不是拍花子用的吗？"

"今天给你用上了。要不是马哥和我，你就让老苑给迷奸了。"玲玲给表姐系上扣子。又接着说："马哥把老苑给打了。"

"谢谢妹妹。"米娜感动的说。

"你得谢谢马哥。你每天过来，都是马哥暗中保护你的。"玲玲告诉表姐。

"咱们走。"米娜站起来往外走，玲玲扶着表姐，开门出了卧室，来到门口儿，玲玲拉开门，自己先出去，然后扶表姐，让她小心别绊着。

米娜在门前稍停顿，说了一声："谢谢妹夫。"走了出去，顺手带上门。

"姐，你瞎说什么，谁是妹夫？"玲玲很不满。

"你的爷们儿，不是我妹夫吗？"米娜对玲玲说。

马哥坐在床上，身体非常疲倦。米娜出门时叫他妹夫，真是打脸啊。做人呀，凭良心吧。我们做神拿生意，虽说不光彩，但是还不至于朝三暮四的乱搞。今天出手保护米娜，是男人应该做的，不足以让米娜道谢。因为欠她的太多了，永远都还不完了。

玲玲的纠缠，让他很难应付，米娜送了安全套，明摆着是告诉他，不能让玲玲和她吃一样的亏。

今天把苑总打了，脸皮算是撕了，以后也不会有什么来往了。关键他是吸粉儿又贩粉儿，这种人什么事都干的出来，不得不防。还是早做准备。加上玲玲的纠缠，不躲是不行了。

苑总从地上爬起来。去卫生间用毛巾擦掉脸上的血，回到客厅坐下，拿起手机，拨通了一个电话。

"是我。有个事，今天出来一个挡呛的，要坏咱们的事，找俩人过来，帮着教训教训他。你放心，钱我出，一人一千。打一顿就行，不能打死啊。好……"苑总放下电话，脸上露出阴冷的笑。

....

第六十六篇 马哥敌祥匪 苑总反遭劫

马哥从床下拉出行李箱，把衣物等随身用品码到箱子里，扣上盖后，立在床边。又从枕头底下，摸出一个强光手电，按了一下，非常亮。他把手电固定在椅子上，椅子放在屋中间，手电对着门的方向。

他来到客厅，把两个空的啤酒罐摞放在门前，开门试了一下，只要有人开门，就会碰倒而发出声响。

他回到屋里，把窗帘拉上，关了一下灯，屋里漆黑一团，伸手不见五指。拉开灯，把被子抱到钱豹睡的床上，他过去关了灯，摸黑儿来到床边，靠在被子上打盹……

过了十二点，就是后半夜了，马哥确实有点困了。他翻个身，调整一下姿势，正准备入睡，忽听得好象有人开门，啤酒罐被碰倒了，发出很大的声音。

马哥从床上坐起，伸手摸到椅子上的手电。

偷开门的是三个人，他们一定是在苑总那拿的钥匙，没想到的是，很小心的开门，还是碰了东西。既然已经暴露，就不用再偷偷摸摸。

三人冲进卧室，围住马哥的床，有一人喊："开灯。"显然是经过演练。

马哥打开手电筒，强光照射出去，三个人顿时什么都看不见了，用手挡着眼，样子非常的惊恐。

"不许动，敢动我就开枪。把手里的东西慢慢的放下，退到墙角，蹲下抱头。"马哥命令。

三个人把手里的短棍儿放地下，退到墙边抱头蹲下。

"好的。"马哥起身，过去把灯打开，地上捡起一根棍子。另一只手握着一支五四式手枪。他坐在床上问："谁派你们来的？说实话，否则我挨个打，打死你们也是正当防卫。"

这三个人，明显有一个大个子，两个小个子。大个子对马哥说："大哥，误会了，我们走错门儿了。今天喝的有点多。对不起大哥。"

"好吧，我这个人不愿废话。既然是走错了门儿，也没多大的罪过。而且，我本人也得了绝症，活不了几天了，就不想杀人了。你们谁认识字，看看这是什么？"

马哥从兜里拿出一张纸，扔了过去。小个子捡起来看了看，对马哥说："大哥，这是化验单，化验的是什么不知道，就知道是阳性。"

马哥哈哈一笑，说道："艾滋病。"吓得小个子赶紧扔掉化验单。

马哥起身，捡起化验单，装进兜里，咳嗽了一声，又坐回床上说："你们闯进我的家里，按说应该把你们送官，论罪最低也要判十年。不过呢，都是江湖中人，我与你们无怨无仇，你们来杀我，无非是为了钱。但是，你们怎么知道，这不是圈套呢，我为什么埋伏好了等你们来了，一定是让你们来的人，提前通知了我，你们才中计的。化验单你们也看了，我今天不打你们，也不抓你们，我现在把舌头咬破了，嘴里全是血，我听说艾滋病人的血，进到别人的眼睛里，鼻子里，耳朵里，都能传染，我就拿你们做个试验，一人喷你们一口血，传的上传不上就看你们的造化了。"

马哥站起来，往前走了两步，张嘴就要喷。吓得这三个人赶紧跪下磕头，不住的求饶："大爷饶命……"

马哥又回到床边，盘腿坐正，对他们说道："我可以饶了你们，但是你们这样回去，老板是不给钱的。这样，你们在我这屋里假装打几下，弄出点声儿来，老板现在肯定在听着呢。然后去到他那领钱，就说把我打伤了。你们跟他多要，老板有的是钱，都是你们给赚来的。"

三个人互相对了一下眼儿，达成共识。他们爬起来，互相开始打斗，不时还"哟哟"几声。折腾了几分钟，被马哥叫停，挥挥手，三个人赶忙跑了出去。

三个人回到苑总的家里，大个子坐在桌前，两个小个子站其身后。苑总笑容可掬。

"各位辛苦，辛苦了。不知道兄弟们遇到麻烦没有？"苑总问

"还真有麻烦，你猜怎么着，这孙子有枪，五四式，满夹的子弹。和

他对峙了好长时间呃，终于他打个盹，我们夺了枪，把他暴揍一顿，只是有一点苑总你没通报，这小子他有艾滋病，这要给我们传上了，就玩儿完了。苑总，得涨钱。"

苑总思考一下，对大个说："兄弟，什么事都讲个信字，我们讲好的一人一千，苑某不会反悔，希望兄弟也应该遵守协议，不过这样，一人一千，我在给兄弟们出五百块的饭钱。"

苑总拉开抽屉，拿出一打子钱，放在点钞机上，按电钮启动，点钞机点完后，报数为三千五百元。他把钱交给大个子。

大个子接过钱装兜里，告诉苑总："苑总，我们一共六个人，楼下还有一个开车的，两个放哨的，你再给三千。"

苑总有些急了："兄弟，说好的三个人，你怎么来了六个，这不合规矩。"

"你觉得我们这样的三个人一定能打得过那个人么？人少了，我们是打人呀，还是挨打呀。"大个不管那套。

苑总手一摊："兄弟，苑某只预备了这么多，多一分都没有了。请便吧。"

大个子有些不耐烦了："耍赖是吧，那爷也就不客气，自己找了。"

两个小个子过来按住苑总的肩膀，大个子拉抽屉找钱。确实没什么钱，只有几百块钱。他告诉苑总："今天没钱，我们就要命，要钱要命，你自己选？"

"要钱没有，要命有，你敢拿就拿去。"苑总面无惧色。

两个小个子把苑总从椅子上拉起，开始用棍子抽打，大个子抬脚把他踹倒，小个子用脚狠踢他的两肋。苑总抱着头，也不敢出声，怕惊动了邻居，万一警察来了，他也就完了。

这就叫狼吃狼，冷不防。刚挨了马哥一顿打，本想找人报复他，没想到反遭贼害。他抱着脑袋在地上打滚，忍痛死扛。

大个子叫小个子："你们俩，打他的手按地下，用脚踩住，我看他到底是舍命还是舍财。"

　　俩小个子抓住他的手，拉直了放在地上，用脚踩上去。苑总动弹不得。

　　苑总对大个子说："老大，高抬贵手，这几天手头儿紧，真拿不出来了。不行先欠着？"

　　大个子用棍子在他脑袋上一敲，当时血就下来了。他告诉小个子："兄弟们，这小子舍命不舍财，看来只能废了他的两只手了。你们俩，用一只脚着地，踩住他的手一转身体，记住，只许转一圈。我倒要看看，去医院瞧好这两只手，三千块钱够不够。"

　　俩小个子应了一声，踩实他的手掌，另一只脚抬了起来，准备旋转身体。

　　"老大老大，这样行不行，用烟抵。我给你一个球儿，上等的好货。"苑总与大个子商量。

　　大个子蹲下，用棍子托住他的下巴："本来呢，我们说的是现金，不能用货抵帐，今天就给你个面子。东西在哪儿？"

　　"放开我，我去给你拿。"苑总说。

　　"不行，万一你跳楼了，我们就亏大了。说，东西在哪儿，我去拿。"大个子说完，朝小个子使个眼色，小个子脚开始用力，准备旋转身体。

　　"呦呦呦，慢，老大，东西在屋外窗台上那个木花盆底下，那底下有个夹层，在夹层里。"苑总只好妥协了。

　　大个子来到阳台，把窗外的花盆搬进来，打开底下的夹层，从里面掉下五个球来。大个子大喜，捡起四个装兜里，把花盆夹层装好，放回原处。他手里攥着一个球，对苑总说："找到了，谢谢苑总。"朝俩小个子使个眼色，一小个子拿起笔记本电脑，三人下楼去了。

　　苑总从地上爬起来，捂着肋部坐在地上，缓了半天的气，突然，他想起了什么，站起来来到阳台，费很大劲才把花盆搬进来，打开底下夹层，他傻眼了，五个球儿都没了。他捂着肋骨，痛苦的回到客厅，发现桌子上的笔记本电脑也没了。他哎呦着，回到卧室躺下，痛苦的呻吟着……

马哥坐在屋里，听到隔壁有些动静，估计苑总挨打了。他想了想，今晚不能在这儿住了。不防一万，只防万一，万一闹出人命来，肯定会受到牵连。要走就趁早，反正这房是苑总租的，已经付了房租，活该他倒霉。

他站起来，把那支五四手枪用纸擦了一遍，不会有指纹了，放地下用脚一踩，居然踩碎了，原来是塑料的。他把被子，褥子叠得很紧，装在一个大编织带里，把拉杆箱的拉杆拉出，平放在地上，编织袋擦在上面，用绑绳捆绑结实，抬起拉杆试拉一下，没问题，能拉着走。最后是笔记本电脑，装电脑包里背在身上。四下看了一下，没什么东西了。拉着行李箱出屋，来到客厅，从钥匙链上取下一把钥匙，放在桌上，关上灯，轻轻拉开门，出来后又慢慢关上，把帽子带在脑袋上，哈下腰，双手用力，把行李箱搬起，小心的下了楼，出了楼门，把箱子放下，喘了会儿气，向黑夜中走去。

回到家，玲玲扶着表姐进了卧室，让她躺在床上。米娜靠着被子对玲玲说："渴了，给我拿瓶水喝。"

玲玲出去拿了瓶矿泉水，拧开盖对表姐说："你看看，今天要没我，你就被人迷奸了。你怎么谢我？"

米娜笑着一推玲玲："今天让你当叫驴。叫驴保护母驴是应当的，还用的着谢？"

玲玲一撇嘴："得了吧，以后啊，还是你当公儿，我当母儿吧，公的保护母的是应该的，可我这个公儿，还得伺候你这个母儿，我图什么呀？"

米娜满口答应："行，以后我是公儿，你是母儿。我当爷们，你当媳妇。媳妇，去，把那俩菜炒了，吃完饭把碗刷了，每天晚上擦遍地……"

玲玲不服气的埋怨："合着你当公儿当母儿都不吃亏。欺负我小啊？"

"不能那么说，公母不分大小。我不是比你多吃了几年咸盐吗。"米娜躺在床上。

玲玲可算抓了个话茬，朝米娜一纵鼻子："盐吃多了，让你变夜摸虎。"

第六十七篇 小马搬家 文哥无奈

苑总取了片子，进了骨科门诊，把片子交给医生，医生从袋子里取出片子看了看，告诉他："你的肋骨折了一根，需要马上手术。去交押金吧。"说着，开了单子交给他。

来到收费处，交了一万块钱的押金，乘电梯上了五楼，把手术缴费单交给护士站的女护士，一个护士把带到手术室，上他躺在手术床上。很快，麻醉师给他做了局麻……

马哥在旅馆宿了一夜，一大早儿出来，拉着行李在大街上走。前些日子听人说过，有个叫西站东里的地方，要搞危改拆迁，租房子便宜。离此地不算太远。

他在一个早点摊前吃了两根油条，一碗豆浆，顺便问了一下道儿。

他很快就找到了他要找的地方，这里果然在搞拆迁，已经有几家搬走了，房子给拆了。

他观察了这里的环境，好象家家的院子外面都盖了小房子，这些房子都租给象他这样的外地人，他用专业的眼光扫视了一遍，那些租房的人，有相当一部分是他的同道，也有一些是吸粉儿的烟民。

他拉着箱子，挨家挨户的问，有没有房子可以出租。大多数居民都摇头表示没有。仔细观察后，他好象明白了，一些房主儿的房子租出去了，确实没房可租，有的房主儿是因为等拆迁，怕到时候有麻烦。

一个男青年把他打量了一番告诉他，前面有一家儿开小卖部的居民，家里有房子，你可以去问问。

转过一条胡同口儿，仔细查看，果然看见一家卖烟酒的小卖部儿。所谓小卖部，其实就是在家门摆了一张白色的写字台或电脑桌儿，桌子上放了几个空的矿泉水瓶子和几个烟盒，背后的墙上挂了一个类似于多宝格的小货架子，上面摆了几个空瓶儿和几瓶酒。酒的种类很少，烟的品种也不多，用手指头都数得过来，不过，有一种烟引起了马哥的注意，那就是"羊城"了，因为北方吸这种烟的人几乎没有，弄不好就是那些在广州混生活的人漂过来了。既然有卖这种烟的，就证明吸这种烟的人不少。他曾经在大街上见过吸这种"羊城"的人，大多数都能盘上道。

桌子旁边，摆放着一张躺椅，躺椅上坐着一位四十岁左右的大哥，大哥姓文，文哥手里端着一个二龙戏珠图案的五彩盖碗，从盖碗上的包浆上看，已经有些年头儿。

文哥挺壮，一副黑框变色镜遮住双眼，双腿单盘，并不在意生意如何。

"龙驹凤辇进皇城，御街上来了我讨饭人，眼不明观不见花花美景，望不见卞梁城文武公卿……"大哥哼唱着著名老旦李多奎先生的京剧选段，韵味儿还挺足，象那么回事。

马哥来到近前，把行李箱立稳，见桌边有把椅子，坐下后解开上衣扣，抖了几下领子透透气，才知道出了不少汗。

文哥见有顾客，往前探了一下身儿，瞧了马哥一眼，并没说话。

"大哥，您给来两听红牛。"马哥说。

文哥站起来，放下茶碗，扭头儿进院子里拿出两罐饮料，放在马哥跟前。

马哥打开一听，一口气喝干，又把另一听拉开，放在桌上。从兜里掏出一百块钱钞票，放在大哥面前。开始小口儿的慢饮第二罐饮料。

"呦，兄弟，我这儿刚开张，抽屉里没有零钱，找不开。你看身上有没有零的？"文哥有些为难。

马哥不以为然的说道："不碍事，我再买点别的。有什么烟呀您这儿？"

"品种不多，就这么几种。都宝。红梅，羊城，塔山。你要哪种？"文哥问马哥。

"您这儿有雪莲王吗？"马哥问。

"文哥有些兴奋的告诉他："雪莲王，有，怎么兄弟，来一盒？"

"来一条。"说完，马哥又掏出一百元放在桌上。

文哥进院，不一会儿功夫，拿出一条烟，烟的包装是蓝色的，非常的精致。他把烟放在马哥跟前，拿起桌上的人民币。

他对马哥说："兄弟，不是说大话，可着这片儿，远处不敢说，方圆几里地，这种烟就我这儿有，因为是高档烟，所以不能往外摆，怕太阳给晒干了，就不好卖了。买这种烟的都是熟客。这条烟一百六，两听红牛十二，一共一百七十二，找你二十八，你稍等，我给你换零钱去。"

"不用了大哥，把您那巧克力给我一盒吧。"马哥说。

"得，巧克力二十六，找你两块。"大哥说完，掏兜找零钱。

马哥一拦道："不用找了大哥，以后您这儿就常来常往了，两块钱先存这儿。"

"好嘞，我给你记着。怎么称呼？"文哥问。

"姓马，你就叫我小马就行了。"马哥来了个双手抱拳的动作。

文哥连道："记住了，记住了。小马。"

"大哥怎么称呼？"马哥问。

"姓文。"文哥答。

马哥把烟的包装打开，从里面拿出一盒，扯去包装带，翻开盖，抽出一支先让文哥。

"文哥，您抽一支。"马哥把烟递过去。

文哥摆手："谢谢，不会吸，你自便。"

马哥把烟叼在嘴里吸了一口，问文哥："大哥，看您是这里的老住户，跟您打听个事。"

"你说，甭客气。"文哥挺爽快。

马哥问文哥："大哥，您知道谁家有空房子出租吗？帮忙给找一间，大小都行，能放张单人床就行。"

"呦,还真没听说。一般都是春节以前闲房多,过节以后闲房就少了。"文哥说。

马哥向四周看了看，指着身边的一小间自建房问："大哥，这间房是您的吧？好象没人住？"

文哥点点头："是，这一溜三间小棚子都是我的，就是太小，不能住人。"

"可不小了，放个单人床没问题。大哥，租给我吧？您闲着也是闲着，耽误收成啊。"

文哥摇摇头："不行，这里堆了好多破烂儿，租给你了，杂物没地方放了。"

"大哥，看看行不？"马哥问。

"看看倒行。"掏出钥匙开门锁，咣当几下把门拉开，一股发霉的味道涌了出来。

"嚯，发霉了！这么好的房子都糟踏了。您瞧，您这间房子还真不小，足有将近四平米。这样大哥，三百，您租给我。"马哥挺会奉承。

文哥有些为难："不行，租你了，我这些东西放哪儿？不能租。"

"大哥，您想啊，您这些东西我看了，就这几十块蜂窝煤值点儿钱，这辆自行车都成锈蛋了。还有点儿木头棍子，只能当劈柴，现在要清理了，一屋子东西，满打满算还能给几十块钱，若要是等您搬家的时候再处理，五块钱都没人要，您说是吧？这样，我三百租您的房子，再花二百收这房子里的废品，您说划算不划算。您这一个月的租金，能买好几车蜂窝吧。"马哥这一大串话，还真把文哥说动了心了。

文哥犹豫了一会儿，告诉马哥："你说得有道理，就是这东西倒腾着费劲。"

"嗨，大哥，您不用操心，也不用您动手，就这么定了。就是呢，您要是有旧报纸给我找个十几张，打锅浆子，就齐活了。"马哥掏出五百快钱交给文哥，又说："还有一样，如果您明天搬迁，我今天就走，交了的房钱也不用退。够意思吧？"

大哥把钱收起："好吧，我给你找报纸，打浆子。我先把这几瓶酒收起来，钥匙给你。"

文哥把几盒烟锁抽屉里，几瓶酒装袋子里，提着进院了。

马哥打个响指，得意的笑了。

胡同口儿有收旧家俱的，马哥过去叫来一个，指着棚子里的东西问他："这一屋子东西，除了那个铺板，给多少钱？"

收旧家具的下了三轮车，垫着脚看了着，告诉马哥："老板，都是碎木头，不值钱。这辆自行车只能当废铁收。给你八十。"

"一百吧，好算账，我二百收的呢，倒手就赔一百。"马哥也会提价。

收家具的有些为难："一百就赔了，不赚钱可以，赔钱谁还做呀。算了，给你九十吧。"

马哥手往屋里一指，说道："都搬走。"退到一边。

文哥端着一小盆浆糊，抓着一把报纸出来，把盆儿和报纸放桌上，对马哥说："这多不合适呀，这点破烂儿让你赔一百，要不然把钱退给你？"

马哥摆手："瞧您说的，愿打愿挨，您要是心里过意不去，哪天吃炸酱面您多做一碗就行了。"

文哥轻拍桌子说："嘿，还真爽快，就这么定了。以后只要想吃了，你就言语一声儿。做买卖不行，做面条肯定拿手儿，绝对正宗。"

小屋儿里的东西都搬出来了，摆着还真站地儿，收废品的拉走一车，返回来又装了满满儿的一车。这都是些用不着东西。现在刚开始拆迁，还能卖俩钱儿，过些日子等拆迁时再卖，兴许五块钱都不值了。

小屋确实小，顶多也就三平米多点。按文哥的叫法，这也就是个煤棚子。不过，遮风挡雨是没有问题的。墙上贴了报纸以后，看着也顺眼多了，铺板是现成的，支上就是床，就是太窄了。附近有个菜市场，卖什么的都有，不用自己动手，花三十块钱，就有小贩过来给他安装了一个烧蜂窝煤的小铁皮炉子。小屋里剩那几十块蜂窝煤留下了，对付着能烧到开春儿了。

文哥给夹过来一块烧好的红煤，放在炉子里，再放上一块生煤，不大一会火就着上来了。屋子小，有火就不冷。马哥进院里接了一盆水，放在炉子上后，铺盖打开铺在床上，可以了，想睡就能睡了，终于踏实了。

第六十八篇 琦琦戏苏甫 玲玲考交规

冬训结束了。琦琦回家跟父母住了一宿。今天想给苏甫一个惊喜，所以来之前没打电话通知他。

出租车停在楼门口，琦琦下车，提着旅行包上楼，开门进屋，悄悄的来到卧室门前，听了听，发现屋里没人，一切设计好的游戏全落空了。这个苏甫，今天出去的还挺早。后悔了，还不如提前通知他一下呢。

琦琦脱下衬衣衬裤，自我欣赏了一下美体，遗憾的是经过一个多月的训练，四肢的颜色明显发黑，但身上白的。

提包放在壁柜里。厨房，卫生间都巡视了一遍，很干净，她挺满意。拉开冰箱看看，除了有啤酒以外，什么都没有。"这孙子，也不做饭，连个菜叶儿都没有。"琦琦笑骂着。

她打开壁厨的门，拿出旅行包，拉开链，从里面掏出几包小零食，又把包放进壁柜，关上门，回到床边坐下，开始吃零食。

卧室的门是开着的，可能是合页的问题，它会慢慢的自动关门，但又关不到头儿，留下一道门缝儿。琦琦过去用脚拨拉一下，把门开大，再回到床边吃零食，不一会儿，门又悄悄的去找门框了。

琦琦放下食品袋，去墙角拿起一个塑料盆儿，放在门上试了试，放的还挺稳。这个发现，让琦琦很兴奋，她去厨房的柜厨里，抓了一把小米，放在小盆里后，把盆儿放在门旁边，又回到床边吃零食。

转了一上午，没什么收获，春节以后这段时间，生意很难做。苏甫没精打彩的往回走。来到路边的那家餐馆，撩帘子进去，找个座坐下。

女服务员拿着菜单过来，客气的叫声："甫哥，欢迎光临。您不去楼上雅座？"

"就在这儿吧。这几天事多，活忙，吃碗打卤面就行了。嗯，要素的，这几天上火。"苏甫挺会找辙。

服务员下单去了。

这年头儿，谁有钱谁都会花，谁没有钱谁都抓瞎。生意不好，总拿不到钱，嘴里就得抠着点儿。昨天风言风语的听说，苑总半夜被人打了，也不知道是真是假，按理说，应该看看他去，可又不知道他得罪的是哪路神仙，不能惹祸上身，给自己找麻烦。

面来了，一大海碗，味道还不错。吃完以后结了账，带着些许失落的表情往回走。嘻，人呀，活着真难呀。

"吃罢了炸酱面，

又吃打卤面，

一日三餐全呀么全是面，

为什么，

只因为兜里，

替呀么替不顸……"

苏甫哼着小曲，打着晃儿的往家走。

遥想去年，真是春风得意。象琦琦这种女孩儿，不是谁想得到谁就能得到。咱哥们得到了。可是呢，得到了又怎么样？不能常相守。她这一走就是一个月，大老爷们倒天天独守空房。米娜那天心血来潮，过来打了个替补，感觉还是爽歪歪的，不过，替补终是替补，不能打主力，灵光乍现的替补很难做主力。

他上了楼，开门进屋。脱掉上衣和裤子，正要进卧室，见卧室门虚掩，透过缝隙，见床上的被子铺开，里面好象有人。

米娜，又他妈来了，你这回是自投罗网了。抬头看了一眼门框，琦琦洗屁屁的小红盆放在门上。老把戏，真考验咱苏甫的智商。

苏甫假装没发觉，先到次卧，找到一根捆铺盖的绑带。来到主卧门前，脑子里飞快的设计了一套方案：假装不知道，推门被盆砸，然后突然扑上去，把她压住，先绑手，后捆脚，然后再好好治她。

他设计好了行动方案，心里很得意，一只手拿着绑绳，背在背后，一只手去推门，盆掉了。

盆砸了脑袋，一点不疼，只是无数的小米顺头而下，进了衣服里面，地上也撒了不少。真够刺挠的。

苏甫大怒，扑上床去，骑在被子上，刚想抖绳索时，才发现被子里没有人。他下了床，来到客厅，进厨房，没人。他又拉开卫生间的门，也没人。嗨，见了鬼了。对了，床底下。他回到卧室，趴地下往床下看，床下也没人。他慢慢的爬起来，把绑绳扔在床上。

突然，他的屁股上被人踹了一脚，把他踹趴在床上。藏在门后的琦琦扑上去，骑在他身上，拉过枕巾盖住脑袋，背过他的双手，用绑带就捆。捆完了，双腿一盘，在他身来了个打坐，颠了几下，用毛巾蒙住他的眼睛，在脑后系了扣。

她下了地，拉上窗帘，脱下内衣内裤，露出奶头山和无底洞。复上床，把他的衬衣向上撩起，用手抓他后背上的肉。她管这招叫手刮砂。

从他身上下来，给他翻了个身，解了腰带，裤子往下扒，固定在两个小腿上。她骑在他肚子上，用手扇他嘴巴……

上次被米娜折腾了一次，觉得很享受，今天换了方式，又是一种全新的体验。他一声不吭，极力用心去暇想，这种临场发挥出来的极致调情，最大限度的通过刺激来激发体内所有的雄性物质。不过，为人夫者不能自私，还要装出极痛苦的样子，用各种挣扎动作表示自己正在受到摧残，却又无怨无悔，不敢反抗，逗自己的女人开心。

酷虐之后，琦琦开始展现出女人柔性的一面，她趴在苏甫身上，轻轻亲吻他的每一寸肌肤，从上到下，就象一只小肉虫在苏甫身上爬，他也很配合，假装受不了，这就是得便宜卖乖吧。

一阵舌咬唇蹭之后，琦琦开始再次发作，她趴在苏甫身上，抱着他的脸，开始用她的口条去他的嘴中乱搅，向他嘴里吐出津水，又把他口中的液体吸了出来，咽了下去，激情开始暴发。

此时的苏甫，突然感觉到，今天捆绑他的女人，肯定不是米娜，从肉质的感觉上，米娜的肌体轻柔，细腻，脂肪中似有一种上浮的气体，坐在身上没有负重感。而现在压着他的女人，明显肉质硬朗，显得很重。亲吻的舌头，也不似米娜的那种薄舌湿唇，而是彪悍许多。

"琦琦，你是琦琦？"苏甫惊问。

母性达到极点的琦琦，被苏甫这一声惊问，顿时兴趣全无，象个泄了气的足球似的，停止了滚动。她做了收式，扒下他脸上的毛巾，从他身上下来，把他拖到地上后，自己上床，靠在枕头上，把一只脚勾着他的腮问："你以为我是谁"

苏甫真想扇自己几个嘴吧，只是双手被绑。幸亏没喊米娜，这要是喊出别的女人的名字，琦琦非吃了他不可。没招了，编吧。

"我以为是谁，我知道是谁，你也不出声，我还以为被人绑架了呢。前几天，前面那栋楼，有个男的，就被几个女的给办了。还在他们家吃饭喝酒，弄了半宿，拿了钱才走。现在那个男的见了女人就尿裤子。今天呀，幸亏我闻出味儿来了，让你折腾，否则的话，我一个摆莲腿，我给踢楼下去我。"苏甫还真能油嘴滑舌的瞎编。

"真的，不骗我？"琦琦问。

"骗人是小狗儿。你今天回来，见了你爷们儿犯骚，我这也是配合你，你以为你能捆住我，我也是练过的，今天给你露一手武松脱铐，看好喽。"苏甫说完，屁股一颠，双手从下面来到前面，用脚蹬住绑带，绑带就从双手上脱落了。

苏甫站起来，蹬掉腿上的裤子，双手一张，向琦琦扑去。琦琦开始求饶了……

玲玲回到家，兴奋的把装着书本的塑料袋往地上一扔，冰箱里拿出一瓶矿泉水，打开瓶喝了几口，来到厨房，见表姐正在洗菜，过去往表姐身上一窜，搂住脖子告诉她："姐，考完交规了！"

"真的，及格了吗？"米娜问。

玲玲放开手，走了几步说："不及格能叫考完了？而且呀，我已经约车了。"

"什么叫约车呀？"米娜不懂。

"姐，你看，你就是个家庭妇女，约车都不懂。约车呀，就是约日子，约时间去驾校练车。我呀，选择了一人一车，一天可以练四个小时。这样的话，一个月，顶多一个月，我就能拿本了。姐，你没报名，后悔了吧？"玲玲很得意。

"谁知道这么容易呀，要知这么好考，我也去考了。"米娜惋惜的说。

"也没那么容易，一百个人里，有好几十个不及格的呢。这可不是碰运气，功夫下到了。这些日子我多辛苦呀。姐，怎么慰劳我呀？"玲玲趾高气扬的问。

米娜似乎早就想好了词儿："让你当叫驴，再加炖带鱼。"

玲玲往里面看了一眼，水池子里果然有两条带鱼。她很高兴的说："还是姐当叫驴吧，我吃带鱼就行了。"

玲玲回到自己的房间，盘坐在床上，两手平伸握拳，嘴里"嘟嘟"着，开始练车。

表姐听见声音，进来一看就乐了："你这是开汽车呢，还是开手扶拖拉机呢？"

玲玲把腿伸开，动了两下脚，问表姐："是不是还得用脚啊？"

"我哪知道啊，你这几天白学了？"表姐问。

玲玲下地，一摆手："算了，明天就全明白了。我今天听教练说了，司机呀，就是熟练工种。姐，什么时候吃饭呀，我都有点儿饿了。"

表姐看了下墙上的表："这刚什么时候呀就吃饭？吃完有事呀？哦，肚子里憋着屁呢？行，我去炸鱼。"

玲玲很得意的把腿翘了起来。

米娜炖的带鱼很好吃，玲玲吃得很香，很快。吃完放下碗筷，餐巾纸擦了嘴，伸出大姆指赞道："表姐炖的带鱼太好吃了，已经到了炉火纯青的地步，香，那叫一个香。那什么，我出去一下，你要闲着没事，把碗刷了。"站起身往外走。

"有件事忘了说，今天在外面碰上苏甫了，他说他们家琦琦回来了。还有，马哥也搬走了，不知去哪了，房子已经人去楼空了。他那间房是苑总给租的，正着急找中介给找租户呢。"米娜告诉玲玲。

玲玲有些懊恼的说："姐，有些事儿回来就汇报，别等要出门儿了才说。你看看，要知道我就吃口消停饭了。这么好的带鱼，还没咂摸味儿呢就咽下去了，都糟蹋你这手艺。不行，既然是以就以就了，我还是踏踏实实的喝口酒吧。"冰箱里拿出一听啤酒，打开喝了一口，坐在桌前，重新拿起筷子。

米娜吃了一块鱼，自己赞道："是好吃，买带鱼就得买好的。这是国产带鱼，比什么鱼都好吃。"见玲玲不说话，米娜接着说："你马哥这回私奔失踪，我看全是因为你，他怕你纠缠他，他说不清，所以一走了之。"

"得了吧，谁信呢。"玲玲分析着："我看呀，这完全是因为和老苑闹掰了。你想啊，他把老苑给打了，老苑肯定不会善罢甘休，还卖烟给他吗？马哥呢，又离不开那玩意儿，可不就得去找货源吗？还有姐，你也是，非抽那东西，容易受制于人。昨天你差点出了事，今天还有脸去呀？"

表姐得意的告诉玲玲："人无远虑，必有近忧，姐早就想脱离他的控制了，所以才把咱们的钱都取了。而且，从春节开始，姐假装烟瘾大了，每天多要一包，但不抽，拿回来存着，所以呀，一个月都不用求人了。"

"油，够油的。要不然姐能当叫驴啊。"玲玲赞着表姐。

第六十九篇 琦琦挂靴 娜娜炒菜

琦琦趴靠在苏甫身上，摸挠着他的胸脯，不放心的问苏甫："亲爸爸，我不在家的时候，你真的没找别的女人？我总觉得你身上的零件被人用过了似的。那个米娜，还有玲玲都那么骚，她们能让你闲着？"

"琦琦，瞎琢磨什么，人家米娜是名花有主儿的，他爷们儿也是我们单位的。玲玲呢，就是个小屁孩儿，瞎跟着起哄稼秧子，跟谁都那样，见了男的就想亲两口。我可是见了她就跑的。不过呢，有时跑慢了，让她追上，我也没办法，只能蹲下，捂着脸呗。"苏甫又开始白呼。

"谁信呢？人家小女孩追着要亲你，你还跑？你傻呀？何况她长得那么漂亮。说出来都没人信。除非呀，你是个公公。"琦琦也挺逗的。

"是啊，我傻呀？对呀，我干嘛跑，我往树上一靠，让她亲呗。可是万一呢，我是说万一，所有路过的女孩儿都过来亲我，我怎么受得了？还不把我吸干了。再说了，我已经有女人了，我的女人是个北京大妞儿。自打跟我的琦琦亲过了以后，其余的女人就都不屑一顾了。"苏甫漫无边际的侃着。

听了苏甫的话，琦琦很得意。女人嘛，都有占有欲。她翻身骑在苏甫身上，做了个骑马动作，拿起绑带告诉苏甫："以后我不在家的时候，就给你弄个脖锁儿，戴个嚼子，配一把钥匙，再往你身上撒泡尿，我看谁还亲你。"

"嗨，有道理，就照你说的办。不过呀，你看大街上的小母狗，总围着树棵转，你知道是干嘛呢吗？不知道吧。闻骚儿呢。"

琦琦用两只手的手指紧着扇他，他护住脸，装出害怕的样子。她命令他把双手背在腰后，用两条满是肌肉的腿压住他的胳膊。她扇了他一巴掌问："谁闻骚呢？把脑袋抬起来，我打着费劲。"

苏甫抬起脑袋求饶着："我，是我。"

"你也不许闻，再敢到处配狗去，就把你给骟了。"听见没。又扇了他一巴掌。

"听见啦……"苏甫放弃抵抗了。

"嘁，没意思。"琦琦从苏甫身上下来，靠着床头，搂着后脑勺半躺着，叹了口气。

苏甫很纳闷儿："怎么了姑奶奶，刚才还盘带过人呢，现在玩上假摔了，叹什么气呀？"

琦琦看着对面的墙发呆，又"嘁"了一声。

"怎么了？"苏甫坐了起来。

琦琦趴在苏甫的腿上，好象是自言自语："我不想踢球了，没意思。成天累得要死，还得听教练骂。"

苏甫拍着琦琦脑袋，开导着她："别耍小孩子脾气，怎么说那也是工作。而且，也不是谁想玩儿就能玩儿的。"

"苏甫，我想和你商量商量，我不踢球了，只想和你在一起。行不？"琦琦看着苏甫。

"行，那个不行，行不？那什么，这得问咱爸咱妈，我哪有权力说行和不行啊。"苏甫也很无奈。

琦琦趴在苏甫腿上，低着头说："反正我昨天跟我老爸说了，让他跟俱乐部打招呼，我不回队里了。爱怎么着怎么着吧。"

"爸妈怎么说？"苏甫问。

"我妈倒没说什么，就是我爸。我昨天都跟他呛呛起来了。他说我要辞职，就别回家。"琦琦很委屈。

苏甫有些着急了："琦琦，尽量别这样，这样一来，好象因为有了我，你才不踢球的，对我影响不好。不能因为咱俩的关系，和家里闹矛盾。这样不好。"

"和你有什么关系，这是我自己的事。我不想踢球也又是一天两天了。你看这脸，这腿，这胳膊，一冬天刚变过色儿来，这不是，又晒黑了，夏天一打比赛就更没法瞧了。光晒黑了还不算，这身上天天带伤谁受得了啊？"

苏甫拍着她的头说："不要紧，黑不怕，不牙碜就行。"

琦琦依偎在苏甫胸前，怯怯的问："苏甫，你能养我吗？"

苏甫很为难的说："你这个问题不好回答。我要说能，等于是支持你辞职，让你和家里闹翻了。我要说不行，你一定以为我对你不是真心的。我没法回答你。不过有一点儿，无论你以后干什么，或者什么都不干，我都爱你，喜欢你，我的心永远都不会变。"

琦琦爬起来，跪在床上，抱住苏甫的头，感动的眼里流出了泪花。她小声的说："我也是，不管你以后干什么，或者什么都不干，有钱或者没钱，我都爱你，喜欢你，我的心也是永远都不会变的。"

苏甫搂住她的腰，感动的身体抖了几下，一串泪珠儿顺着她的腹股沟，往下淌过了肚脐儿……

琦琦辞职了，父亲一气之下，把她赶了出来。她来到苏甫身边，暂时做起了家庭主妇。现在的年轻人，已经彻底开放了，只要是你情我愿就好。做为主妇，当然是要先学做饭，好在现在有很多烹饪书籍和视频，只要是用心，又不缺钱，日子就过得去。

做为男人，苏甫很爱琦琦，对于她自己的选择，也就认了。生活压力大了，就要付出更多的努力。对于从事拿行儿工作的人来说，无疑风险是巨大的。而风险大，压力就大，压力大了，又会带来更大的风险。所以有不少人，选择不成家，不生娃，但下场也并不是很好。

玲玲每天去驾校学车，表姐在家里做后勤。米娜这些日子很少出去做生意。她认为，玲玲学车是正事，学的是一门儿正经的技术，有了赖以生存的技术，就能有一份工作，就不用每天担惊受怕的从事扒拿这种危险的职业了。

米娜最近学了一个新菜，叫炒鸭血。以前在外面餐馆吃过几次，挺好吃的。她今天特意去了超市，买了一盒鸭血和两棵青蒜，准备自己炒一次，自己会做了，以后想什么时候吃，就什么时候吃，而且很省钱。

　　鸭血又叫血豆腐，红豆腐，质地非常细嫩，原材料便宜，做法也很简单，凭米娜的聪明劲儿，属于一听就会的品种。

　　她把长方形的血豆腐从盒里倒出来，用水冲洗一下，放在案板上，先用刀切成较长的厚片儿，再把长片切成棱形块。

　　火上坐锅，倒些水，水开后，把切好的鸭血片儿，放入开水中紧一下后，捞到盘子里。关上火，把锅里的血沫水倒掉，锅刷干净，放在灶台上。

　　切过鸭血的案板必须要刷干净，擦干水渍再切菜。她把青蒜剥干净后用水冲洗，揪掉稍老的叶子，放菜板上，用滚刀法切成小段儿，刀工的活就算干完了。

　　准备工作的最后一步，就是对碗儿料。她把少许淀粉放在小碗里，倒点酱油，加点儿清水，少许的盐，味精和白胡椒粉。

　　是不是差不多了，应该是。

　　不对吧，好象缺点儿什么似的？对了，料酒。她又打开料酒瓶盖，倒了些料酒。

　　她把手冲洗干净，用餐巾纸擦干，从裤兜里掏出一张纸看了一下，自嘲道："小笨蛋，没放醋。"赶紧又拿起醋瓶子，往碗汁里倒了点儿醋，哦，还差白糖。都放齐了，才踏踏实实的走出厨房。

　　来到卧室，她往后仰身躺在床上，向上蹬了几下脚，双手握拳一举，哈，炒血豆腐，我会了……没谁了。

　　门开了。玲玲回来，她在门口脱了衣服，裤子，换了拖鞋，从门外看见表姐正躺在床上踢腿，觉得好笑，进屋说表姐："姐，你这是骡马发情，撩蹶子呢？"

　　米娜坐起来说玲玲："你个刚出封儿的小家巧儿，倒什么都懂。今天怎么回来早了？"

　　"今天教练的老婆会情人，教练回家捉奸去了。"玲玲解气的说。

　　"别瞎说。谁家不许有点事呀。不过，他早下班了，课时怎么算呀？"米娜还挺懂。

"反正我今天约的是四个小时，考勤也划完了。这教练到有个好处，不好色，他好像对女人不感兴趣，中午的时候，我练车，他在车上睡觉，你说啊，这么一个大美人在他身边练车，他也睡得着。这种教练，真不负责任。不过他说明天可以早练会儿。管它呢，别耽误了路考就行。只要能过关，拿到本就行。"玲玲说。

米娜点点头儿，告诉玲玲："不是教练对美女不感兴趣，感兴趣又怎么样，干他这个工作，美女见多了，哪个他敢动啊？他图的是实惠。明天你呀，给他买条烟，买条红塔山。他收了烟，自然精神头就有了，中午就不瞌睡了。哎，今天都学什么了，教教姐。"

"行啦，等你考了交规再教你吧。今天给你家男人做什么好吃的，怎么闻不见味儿呀？"玲玲说完，躺在床上，翘起了二郎腿。

米娜揪住玲玲耳朵说道："长行势了，昨天要当母驴，今天又当叫驴了？你给我叫，叫出驴声来，就让你当叫驴。"

"呦呦呦，玲玲直吸溜嘴。姐，姐，叫驴你当，你当。伺候好母驴啊。"说完，滚到床的另一侧。米娜一把没抓到。

"炒菜，洗手吃饭。吃完饭练功。"米娜说着，走出卧室。

来到厨房，她把锅放在火上，打着火儿，往锅里倒了一些油，扔里一把葱花呛锅，然后把鸭血和青蒜倒锅里，扒拉一会儿后，端起料碗，用小勺把水淀粉调匀，把料汁倒进锅里，香味忽的就窜了上来，喷儿香喷儿香的。她迫不及待的用手拿起一块品尝，差点儿烫了手，她自卖自夸道："香，好吃，真不信，这是我做的，哈……"

她把炒鸭血端到玲玲的房间，房间里有个方桌，把菜放在桌上。又回厨房，端来一盘切好的生西红柿，刚要往桌上放，突然想起一件事，又把西红柿端回厨房，拿起糖罐往西红柿上倒了一些白糖，放下糖罐，端着西红柿回来放桌上，又去厨房拿了碗筷抹布，擦桌子，放筷子，蹲地下拔了电饭锅的插头，打开盖，盛了两碗饭，站起来，把饭放桌上，自己也坐了。

玲玲洗完手，用毛巾擦干，就手儿擦了一把脸，回到屋里，看见桌上的西红柿，非常高兴："嘿，糖拌西红柿，我爱吃。姐，这是什么菜呀，没吃过。"

"这是炒鸭血，我新学来的手艺，可好吃了。坐下快吃。"米娜得意的告诉玲玲。

玲玲坐下，端起饭碗就吃，边吃边说："好吃，我爱吃。"

"爱吃就多吃。会炒了，以后老能吃到了。"米娜说完，端起盘子往玲玲碗里拨菜。

玲玲也不客气，她告诉表姐："你以后多学几种，最好能炒一桌子，现在不是讲究那个什么，吃一看二眼观三吗。"

米娜在玲玲脸上掐了一把，笑着说："你是皇上，还是太后啊？你给我记住，给你做什么你就吃什么，你现在的任务就是学车，每天学了什么新东西，一定要向我汇报。争取一次过关。姐呢，做好你的后勤，多学做一些你爱吃的。什么鱼香啊，宫爆啊，烧茄子啊。哎呦，这么多好吃的，什么时候能都会做了，就能当大厨了。"

玲玲咽下一口饭，用筷子指着桌子对表姐说："干好你的本职工作，找出差距和不足，想方设法的提高饭菜质量。象开车这种高端的技术，你也就别操心了。你摸过方向盘吗？你知道什么是油门儿吗？你知道踩离合挂档拉手刹吗？"

米娜一脸懵的摇头。

玲玲放下碗，教训表姐："最基本的都不懂，还要向你汇报，让你当汽车队的领导，司机蒙你你听得出来吗？"

米娜自嘲的摇了摇头。

玲玲站起来，背着手围着桌子溜，她拍着表姐的肩告诉她："在家里呢，我是你老公，我主外，你呢是我老婆，你主内，你的任务就是伺候你男人，干点儿端茶倒水儿的事，伺候好了呢，以后让你坐副驾驶。"

米娜放下饭碗，一拍桌子，用手指着玲玲道："找抽呢？给你根儿竹竿儿你就当树爬。你是不是三天不打，要上房揭瓦呀？过来，给我练活儿。"

"又练呀？人家累着呢。今天练什么呀？"玲玲问

米娜拿着一个钱包,站在一侧的墙角处,用手一指,让玲玲站在对面,她告诉玲玲:"今天我们练抖包手。我俩站的距离有三到五米,我的手一抖,把包儿扔给你,你接住,你再抖手把包扔给我,这个动作不能挥手抛,只用手碗的抖劲儿,这样隐蔽性强,不易被发现。然后是接包儿,接包的动作是姆指在下,用手指把过来的包儿捏住,然后迅速的放在自己的包里,你拿了这个包的同时,一抖手,把它传给我,等我走了,你再走。你既使被发现,也不碍事,因为他丢的东西没有证据是你拿的。来,我们练一百次。"

"咚咚咚。"门外传来敲门声。

……………………………………………………………………

第七十篇　苏甫送信息　可以玩手机

米娜迅速把手里的包放在被子下面，回坐在桌前拿起筷子做吃饭状，并示玲玲去开门。玲玲走出卧室并带上门，来到家门前趴门镜看，原来是苏甫。她打开门，让苏甫进来，探头就在他脸上亲了一口。然后关上门。

苏甫用手一指自己的脸，示意玲玲继续亲，嘴上却问："玲玲，咱姐呢？"

玲玲又亲了他一下，她告诉苏甫："我姐正吃饭呢，进屋去。"

苏甫进了玲玲的卧室，见米娜坐在桌前，便问："大表姐，刚吃呀？有好吃的怎不叫我呀？我可是给你办事，跑了好几天了，腿儿都细了。"

"德性，要不是你屁颠屁颠的上赶啰，这好差事能给你？玲玲，给你姐夫拿瓶小二，抓把花生米过来。"

玲玲出屋，从冰箱上拿了一瓶小二酒，回来放桌上。又出去到厨房，从一个袋里抓了两把花生米，回来放在桌子上说："甫哥喝酒，吃花生米。"一只胳膊倚在苏甫肩上，看着他喝酒。

苏甫喝了一口酒，吃了两个花生米，他告诉米娜："我打听到了，那个姓王的王哥，经常在一个叫西站东里的地方收货，一般他去的地方，一定是本行人员集中的地方。他收的东西很多，包括游戏机，手机，照像机，录像机，随身听等。他这个人不认人，只认东西，我曾经给过他一个手机，当时定价，当时给钱。这是王哥的电话号码。不过，他经常换号，你每次看见他，就问一次他换号没有就行了。那个地方正搞拆迁，很多人去那儿租房子，租不着房的随便用帆布支个棚子也能住人。有不少人去那里主要是吸粉销货，到晚上就回常驻地了。"

"嗯，小甫子，辛苦你了。赏酒。"米娜拿着劲儿说。

"谢表姐赏，喝着呢。还有，我昨天去那里考查了一次，听别人说的好象这几天新去了一个人，姓马，没人知道叫什么，我也不敢问。还有，这是最近几款比较时髦的手机，价格好，很好销。"苏甫说完，掏出一张纸交给米娜，纸上面许多手机的照片。

米娜接过图片，看了一眼，对苏甫说："很会办事。嗯，这样就多了一条路子。把酒喝了吧。"

"我就不打扰了，回去喝。"苏甫把酒瓶的盖拧上装进兜里，把桌上的花生米抓到手里，起身要走。

"站住，喝完再走。怎么还那么不懂规矩呀？"米娜在桌上捡了一个花生豆，扔进嘴里。

苏甫解释道："不是，那什么，我喝酒得有酒菜儿，你们这又没预备我的饭，让我坐着干喝，糟蹋酒了不是。"

"有句俗话说得好，只许肚饱儿，不许怀揣。"米娜词挺多。

"就这二两酒，我至于吗？再说了，你大表姐赏得酒，我得拿回慢慢的品，细细的闻，一定要喝出那种味儿来，"苏甫说完，站起来又要走。

"站住，想来就来，想走就走啊，本大姑姐还没发话呢，敢出这个门，就打断你的腿。"米娜一拍桌子。

玲玲掐住苏甫脖子，把他的头按在桌子上。

苏甫扒开玲玲的手，坐下后翘起二郎腿，目中无人的说道："我们家那个母老虎琦琦回来了，我上这儿来，她只给我半个钟头的时间，到时候回不去，她可是要找来的。她那个狗怂脾气？我可惹不起。尤其她那两条腿，功夫了得，象玲玲这身条儿，要挨上她一脚，还不跟踢香蕉似的。"

苏甫一提琦琦，米娜也不横了，示意玲玲后撤，放开他。

"既然是二房回来了，就给你个机会，滚吧。"米娜又捡了一个花生豆吃。

苏甫站起来，点头哈腰儿的说："得，谢谢大表姐，大表妹，赶天儿，赶哪天儿我带琦琦拜访大表姐，大表妹。那么剩这口酒，我就回去喝了。回见了大表姐。"出去了。

"这王八蛋，把琦琦那个狐狸精搬出来了。"米娜笑骂着。

玲玲也不满："姐，就不能放他走，他把咱俩的便宜都占了。"

"怎么占咱俩便宜啦？"米娜不解。

"他叫你表姐，分明是占我便宜。他叫我表妹，又等于是占你便宜。丫头的。"玲玲也笑骂了一句。

"这是你想让他占便宜，他才敢，你不信你抽他一大耳贴子，看他下回还敢不敢了。再说了，他就是不占你便宜，你不是也往上贴吗？"米娜数落着玲玲。

"姐。你怎么那么坏呀？"玲玲靠在床上。

米娜站起来叫玲玲："起来练活，传花手。"

春天了，河边的柳条冒出了绿芽，地上的小草也返青儿了，家巧儿开始追逐配对，人们脱去厚重的衣服，开始站街侃大山了。

米娜来到苏甫说的这个叫西站东里的地方，无目的在胡同里转悠。这里确实在搞危改拆迁，已经有几家搬走了。

原本还算宽敞的胡同，家家门前都盖了自建房，显得窄憋了许多。自建房多数都不能算是房子，叫煤棚子更贴切些。就是这样的小棚子里，照样也都住上了人，当然都是租房的外地人。只不过这些外地人，大多数不是打工仔和打工妹，因为米娜从这些人跟前一过，只用眼睛一扫，用鼻子一闻，就知道这些人的底细了。这些在胡同里坐在小板凳上聊天儿或打盹的人，基本都是做拿活的，而且很多人吸粉儿，有一些岁数较大的瘦的或胖的妇女，肯定是倒粉儿的。

在一个蛇行道的路口，王哥正坐在墙角儿的石墩子上眯着眼儿，一副老旧的墨镜戴在脑门上。军绿的挎包抱在胸前。他打个哈欠，伸了伸腰腿儿，左右看了一下，换了个姿式，又眯上了眼。

"王哥。你在这儿？"米娜已经走过去，又回过头来叫了声。

王哥抬头看了看问："哟，大美女，你有什么事？"

米娜转过身来，靠在墙上说："王哥，我有个兄弟姓苏，跟我介绍过你，今天碰上了，有个事想讨教一下，不知方便不方便。"

"你说，没什么方便不方便。"王哥挺爽快。

米娜在肚子里措词后问王哥："王哥是这样，最近生意不太好做，我想开拓一下业务，听我兄弟说，王哥是专门做这门儿生意的，所以今天想向王哥咨询一下。"

"你就说你想问什么，直接说。"王哥说完，站了起来。

"变现。我以前只做现金生意，现在增加新的业务，考虑的就是变现问题。比如说这有部手机，我用了一年了，不想要了，买了新的，旧的想换俩钱花，能不能马上变现？"米娜说完，掏出一个手机，交给王哥。

王哥接过手机，在手里打个转儿，捻开后盖，取出电池，从兜里掏出一张电话卡插上，放上电池，扣上后盖，然后拨通了电话。

王哥向对方说了手机的品牌型号，成色新旧后，挂上电话，捻开后盖，取下电池，抠出电话卡，把手机装好，还给米娜。

"三百八。一手钱，一手货。"他告诉米娜。

"不算太多，这个手机买得时候三千多呢，这刚一年多的时间，就跌成这样了。"米娜很惋惜的说。

王哥解释道："你买的时侯三千多，一个月以后可能就变两千多了。你这个手机厂家已经不生产了，既使有新机也就一千左右，我收你的给你三百八，人家老板可能要标五百，碰上会侃价儿的可能也就出三百。收购价也是一天一变，今天三百八，明天可能二百都不收了，一切都以市场行情为准，一般来说，我今天收的货，今天晚上不送出去，基本上就算赔了。而做旧货的一个礼拜卖不出去，也就赚不着钱了，而且还要担很大的风险，保不其被警察过来查。当然，我也不是白忙活，人家老板给四百，我收三百八，就赚二十块钱的缝儿。"

米娜点头表示赞同，把手机交给王哥并说："明白了，就按王哥说的办，以后合作愉快。"

王哥接过手机，放在绿军挎里，掏出钱，数了三百八交给米娜，顺便夸了一句："小姑娘长得真漂亮！"

"谢谢王哥。王哥手机号没变吧？"米娜把钱装包里。

王哥告诉米娜："没变。有事打电话。"

"拜拜。"米娜告别王哥，向胡同里边走，走了没几步，就看见一家门前摆着一张桌子，桌子旁边的躺椅上坐着个人，正是文哥。

米娜走过去问："大哥，您这是小卖部？"

文哥坐直了回答："是。姑娘需要什么？"

米娜又问："有绿茶吗？"

文哥站起来答："有，红茶绿茶都有，要几瓶？"

"来一瓶吧。"米娜说完，坐在桌边的椅子上。

文哥进院儿，拿出了一瓶绿茶，递给米娜，告诉她："三块。"

米娜点头，打开就喝了半瓶，确实渴了。喝了几口水后，她问文哥："大哥，您这要拆迁呀？"

"是，已经拆了几家儿了。我这儿也没准儿哪天就给平了。"文哥说

"可惜了，看您家的房子多好啊，也不象是危房呀？"米娜左右瞧着。

文哥无奈的告诉米娜："不是危房也得拆，不想走也得走。姑娘是北京人？"

米娜点头："是。大哥，我看这些在外面站街的人，好象都是外地人。怎么那么多的外地人，他们都是干什么的？"

"干什么的，不打听。肯定不是什么好东西。姑娘，在这不要打听事，别惹麻烦。"文哥小声说。

"是，谢谢大哥。大哥，您家有房出租吗？我们公司新招的员工，暂时没地儿住。临时性的。"米娜问文哥

文哥摆摆手说："没有。你上别人家打听打听。"

米娜掏出十快钱，交给文哥。文哥掏兜找零钱。

"您别找了，再给拿瓶儿红牛吧。"米娜说着话，把饮料喝光了。

"好的。"文哥进院，拿出一听饮料交给米娜后说道："九块钱，找你一块。"

　　米娜摆手："不用了，拿包瓜子吧。"

　　"那就正合适了。"文哥把钱装起来。

　　米娜站起来，拿起饮料问文哥："大哥，我以后会经常从您这过，请问您怎么称呼？"

　　"姓文。"文哥说。

　　"哦，文哥。我叫米娜，以后就多打扰了。文哥拜拜。"米娜手里拿着饮料，向胡同的另一端走去。

　　这一天，米娜的收获真不小。首先是认识了几个倒粉儿的大姐，谈好了价钱和交货的方式，有了供货的上家儿，就不用在老苑的树上吊着了。虽说自己取货时有一定的风险，那又怎么样，自己只是吸，不是倒卖，大不了被强制戒烟，这不是更好吗。

　　再有就是认识了王哥，这是一个很大的收获。今天用一个旧手机试了一下，果然是当时就能变现，这就给以后的生意拓宽了渠道，只要是能赚钱的生意，什么都可以做。

　　文哥不像买卖人，摆摊卖货也是稀松二五眼，关键是他天天坐在街上，有意无意的也会对经常路过的人产生印象，所以必须讨好文哥，而最好的办法就是路过的时候打个招呼，买瓶水儿，哪怕是一包瓜子，这样就会给文哥留有好感，对自己来说就相对安全了许多。

　　听见米娜步声渐远，马哥从屋里出来，望着她远去的背影，跟文哥要了一瓶冰红茶，让文哥记上账，又回到小屋。他脑袋的伤口已经愈合了，不用纱布，也不用带帽子了。小屋确实很小，铺板搭的床两头都挤着墙，床前只有不到一米见方的空地儿，进屋上坑已经习惯了。

　　去年的马哥，还是一个风流倜傥，英俊潇洒的美少年，这才一年的功夫，竟然成了一个窝居煤棚，不敢见人的鼠辈。

　　米娜从眼前走过，每走一步发出的声响，都象是用鞋根儿踩踏着他的心口。邓老师把她交给他的时候，她是那样的清纯，美丽，天真无邪，总是用她那萌萌的眼睛看着自然界一切的人和景物。

　　悔不当初啊！既然喜欢她，为什么不能为了她脱离神拿门，做个正经人，凭力气吃饭，也能过上好生活啊。可现在？唉，对不起的人多了，而这些人，又都是自己的亲人：父母，米大爹，米娜，儿子，还有邓老师……

　　尤其是米娜，如果没有自己，她一定会是社会的宠儿，会有一个好的归宿。而现在，未婚妈妈，拿手，吸粉儿的瘾君子……

　　马哥呀马哥，你可能永远不会有衣锦还乡的时候了！

第七十一篇 米娜查手机 苑总寻白粉

　　米娜回到家里，已经是下午了。她把脱下的衣服挂在衣架上后，习惯的看了看自己的美腿，摸了摸臀，拍了拍肚子。她回到卧室，靠在枕头上，顺手从床头柜上拿起那张品牌手机的图录，仔细的看着。琢磨着。

　　一只小飞虫落在她的腿上，有些痒，她一巴掌拍过去，虫子飞了，腿被拍疼了，白白的皮肤立马红了一片。米娜笑骂了一声："靠。"

　　她下地来到玲玲的房间，拿起笔记本电脑返回，开机后，发现电池亏电，哈腰从地上捡起电源线插头，插在电脑上。

　　电脑开机后，点击网络，输入手机品牌字样，进入页面，界面上有许多手机图片，他与图录逐一对比，然后查阅每只手机的资料，再往后就是死记硬背了。

　　玲玲回来了。她把脱下衣服放在地上，穿上拖鞋，跑进表姐的卧室，大叫一声："流氓来啦……"张着双手向表姐扑去。

　　米娜用心的看图片，待玲玲靠近，伸出一条腿，用她白白嫩嫩的肉脚顶在玲玲胸前。依旧看她的图片。

　　"姐，你耍流氓。"玲玲嘟浓一句。

　　米娜抬起头，看着玲玲说："以流氓的手段对付流氓，正当防卫。"

　　玲玲把表姐的脚抓住，轻轻往外一拽，失去重心的米娜赶紧放下电脑，抓住床帮，挣扎着求饶："呦呦呦，服了，服了。"

　　"心服口服？"玲玲问。

　　"口服，不是心服。"米娜表示。

　　"倒底心服口服？"玲玲又稍用点儿力问。

　　"心服，心服。"米娜讨饶。

　　玲玲把表姐的脚放回床上，自己也上了床说："姐，你说你明面上长得够可以了，这脚还长这么好，肉嘟嘟的还有酒窝。我的脚上就不长肉，这不气人吗？"

米娜又把脚举起来，对玲玲说："吃什么补什么，吃两口……"

玲玲托着表姐的脚，看着说："有道理，那我今天就补补。也有好常时间没吃猪蹄了。"

玲玲探身从床头柜上拿起打火机，"叭"的一下打着，就要燎表姐的脚，吓的表表姐赶紧把脚收回，插进玲玲的两腿中间。

玲玲往表姐边上一靠，问表姐："姐，没做饭呀？我都饿了。"

米娜摸着玲玲的头说："表姐也在外面跑了一天了，先歇会儿。不过呢，今天收获可不小，我找到那个王哥了。他答应了，有货就收，一手钱一手货。表姐今天在外面吃了盘炒饼，出来时顺手从桌子上拿了个旧手机，就找王哥去变现，他给了三百八。你想，这要是个好手机，怎么也得值个两三千吧。看来，这手机生意还是能做的。这年头，外面穿得时髦的人有的是，而兜里揣着两三千的人还真不好找。可是手里拿个四五千的手机的人呢？倒是到处都是。玲玲，给你一个钟头，记背这些手机的名称型号，一个钟头以后，出去吃饭。"

"好嘞，那你让我先吃口奶，填补填补。"张嘴就要去咬表姐的胸。米娜赶紧跑到地下，穿上拖鞋出屋去了。

玲玲拿起图册，对着电脑仔细看。口中念着："诺基亚，西门子，三星，索尼……"

苑总不单被打折了肋骨，财产也被洗劫一空，这种黑吃黑的事，在道上也是常有的，赶上了算你倒霉，细想起来，也是自找的。好在家里现金不多，不过，那五个球被劫了，损失可不小，不单使自己失去了所有的客户，而且上家知道他惹了麻烦，也不敢给他供货了。还好，上次包好包儿的还有十几包，省着点用还能坚持几天。

本来做完手术，需要静养半个月，可现在的苑总，无论如何也要出去一趟，手里一分钱没有，买包方便面都没人卖。

早上吸完粉儿，趁着药劲儿，去银行取了些钱回来，顺便在楼群里的小卖部叫了两箱方便面和一兜子鸡蛋。回家后又联系了几个倒粉儿的上家儿,结果人家都换号了。这可是要了亲命了？没办法,只好主动出去找吧。他知道,在一个叫西站东里的地方,有吸粉和倒粉的,只能豁出去,自己走一遭吧。只要能弄到几克白粉,就能躲过这一劫了。

他吃了一碗泡面,打电话叫了一辆摩的,让在楼下等。他站起来试着走了几步,还行,还能忍。不能忍也得忍了。万一断了粮,没有这几克粉,烟瘾一上来,就要了亲命了。

老苑小心扶着楼梯护栏下楼,每一步都试探着走,唯恐被风吹倒和脚下踩空,无论如何不能摔倒。还好,总算到了楼下。

他出了楼门,慢慢的钻进了一辆三蹦子摩的,他告诉司机:"慢点开,尽量要稳。去西站东里。"

到了地方,他让司机在小区转了一圈,仔细观察,确认安全后,在一家门前下了车,他让司机去小区外面等。

一家门前站着几个中年妇女,正在磕瓜子儿,瓜子儿皮吐的满地都是,一看就不是本地住户,从她们的眼神里,透着一种期待和警觉,这正是老苑所需要的。因为她们期待有客户上门,又要警惕被便衣人员盯上。这些人眼很毒,一看便知,老苑是来上货的。

老苑也不问不打招呼,直接往院里走,进了院子才仔细观看。这个院子原本不小,因为盖了几间自建房,侵占了活动空间,显得不很整洁和略显拥挤。他琢磨着,敲哪家的门呢？他知道,这种房子都是用来出租的。

"你找谁？"一个磕瓜子的胖女人跟在后面问。

老苑做了一个犯瘾的表情后,问:"找你行吗？问点儿事。"

"进屋。"说完,她先进屋,撩着帘子让老苑也进来。

老苑进屋后四面看了一下,屋子不大,也就七八平米。他捂着肋叉子,坐在床上。

"拍婆子,看上我啦,你这身子骨顶得住吗？"胖女人用很骚的语气挑逗老苑。

"你看我这身子骨,肋叉子都折了,还能干嘛？直说吧,我要一个球儿。"老苑把来意挑明。

胖女人把手里的瓜子放桌子上，马上变得很热情，她也坐在床边，招呼老苑说："大哥，你吃了吗，喝水不喝，怎么了，受伤了？"

"拿个球儿，多少钱？"老苑问。

胖女人站起来答："大哥，球没有，包好包儿的行吗？"

"我要纯的，自己用。"老苑告诉她。

胖女人一伸大姆指，夸道："行家。大哥放心，我这儿的货有两种，一般的是一包儿五十。纯度高的是一包儿六十五。纯度高的就是贵点。你看？"

"我要批发价，一包儿六十吧，来三十包儿"老苑从兜里掏出钱，交给胖女人。

胖女人收钱后，迅速的插上门，搬开墙角处的五屉桌，桌后面的墙上有一块活动砖，抽出半截砖，伸手从里面掏出几个小塑料袋。她把砖插回去，推桌子归位，用脚把地上拉桌子留下的印记擦了几下。

她把塑料袋交给老苑，告诉他："这是三袋，每袋十包，一共三十包，给你放哪？"

"放哪儿，放哪呀，哪最安全呢？"老苑琢磨着。

胖女人笑了："还用琢磨，哪安全，这最安全。"一只手扒着他的裤腰，一只手伸进去，把货放在他的短裤里，顺手在他的小玩意上抓了一把。

老苑把裤子整好，觉得万无一失了，示意要走，胖女人拉开门。他走出屋，依旧用一只手捂着肋骨，显得很痛苦的样子，他走出院子，掏手机拨了个电话，然后向小区外走去。

摩的开过来，老苑上了车，飞快的驶离此地。老苑坐在车里，长长的舒了口气。

回到家里，老苑靠在床头休息，后背垫了被子和枕头。他不能躺，躺下就更疼了，而且不利骨伤恢复。不过，他对自己的今天做的事情，还是很欣慰的。办了两件大事以后，可以肯定在未来一个月不出屋儿，生活上也不会有什么问题了，一个月以后，既使骨头长得再慢，出门走路也应该不会有大问题了。

他很佩服自己，因为只有办大事的人，才能有这么强的意志力，才能有如此的胆量，才能有这么高的智慧。只是今天被那个胖娘们抓了一把，虽然很舒服，但也不得不防，这帮骚货难免有什么传染病，传上就不值了。

他拿起床头柜上的酒精瓶子，拧开盖，往手上倒了一些酒精，手伸进裤裆里，给下面家伙儿消毒。

忙活了大半天儿，觉得有些累了，主要是因为有伤，浑身都不吃劲儿。他靠在被子上，想打个盹儿休息一会。不过眼睛闭得上，心却静不下来，这些日子发生的事，老在脑子里打转转儿。昨天还想不明白的事，现在居然不用想就明白了。

首先是春节，过年的时候，由于一犯懒，让米娜扎崩了，损失不小。

再有就是对米娜起了色心。其实，自打去年第一次见到米娜，自己身上那个歇了几年的家伙，就时不时的蠢蠢欲动，只是色大胆小，欲望不得不收。

而这次被打，更是因为当时没考虑后果，想趁机给马哥来个破鼓万人锤，把他收拾了，米娜就唾手可得了。没想到低估了马哥，偷鸡不成，反丢了整袋儿的米。几年的辛苦，都付之东流了。

现在，公司就剩苏甫一个人了，但是他也好长时间没找他办业务了，估计不久也就退出了。这样下去，支撑不了多久，自己就要破产了。他自己怎么都搞不懂，戒了两年的烟，怎么又抽上了。就是因为那天掉桌子上那点儿面，怕糟蹋了，用嘴给嘬了。唉，人啊，舍命不舍财，这是在论的。

睡不着，干脆不睡了。他拿起手机，拨了个号码，没通。又拨个号码，又没通。他又接着拨，终于通了。

"唉……江总，你好啊！我老苑。有些日子没联系了。我？嘿，凑合混，混口饭吃。最近不太景气，人员流动性比较大。现在不是实行跳槽吗。人都是，一山望着一山高。是是，人往高处走。……愿听指教。哦，哦，是，是是。这样江总，麻烦您帮着忙，介绍点儿人过来。我觉得您说得有道理，对对，加强管理。对，得，就指着您了，您费心。好的，谢谢，谢……"

　　老苑挂上电话，用手掐着印堂，自语道："重新打鼓，另开张吧。"

第七十二篇 警方查毒品 马哥救米娜

春夏之交，天气热了，空气比较干燥。文哥靠在躺椅上，手里拿着一把黑色的铁扇子，时而折上，时而甩开。他的上身穿了一件白色的跨栏背心，下面是一条黑色的灯笼裤。中午一点多的太阳有些毒，桌子前一顶硕大的遮阳伞，挡住了射下来的光线。他把黑色的墨镜戴上，这样可以闭眼迷瞪迷瞪，路过的人瞧不出来你睡没睡。

文哥家对门的街坊已经搬走了，房子也被拆了。那些创砖头的人，把能用的砖都拉走了，视野一下开阔了许多，聊天站街的人也开始在这片空地上聚齐儿。距文哥坐的地方大约七八米，有一棵很粗很大的香椿树，给人们提供了一个遮阴乘凉的场所，只是卫生变得很差了。所以，文哥除了盯摊儿，每天必做的事情就是扫街和喷撒消毒水儿。

米娜约了王哥，在胡同口见面，由于文哥家对门的房子拆了，只能变变地方了，王哥如约而至。

"王哥来得好快呀！"米娜奉承了一句。

"跟美女约会不积极哪行啊，那不是有毛病吗？"王哥也回了米娜一句赞美。

米娜掏出一部手机，交给王哥，王哥熟练的一通操作，掀盖，取电池，抠电话卡，装自己的卡，上电池，扣盖，然后拨电话试机问行情。

他把自己的手机卡抠出来，装电池盖盖儿，和米娜商量了一下，把手机装在军挎里，然后给米娜点钱。一切就齐活了。

米娜告别了王哥，又去胖姐处取了几包烟，往回走时，来到文哥的摊儿前。

"文哥。好自在呀，来瓶绿茶。"坐在椅子上。

文哥起身，从院儿里拿出一瓶冰绿茶，交给米娜，米娜付了钱，拧开盖喝了一口。

这时，王哥走了过来，跟文哥打招呼："文哥，我拿瓶水。"

　　说着，自己进院，把身上的军挎摘下来，挂在大门后面的墙上。这是一个门道，冰箱就放在一进门儿的边上。

　　王哥开冰箱拿了一瓶矿泉水出来，交给文哥两块钱。喝了几口水，开始来回溜达。突然，他转过身，告诉文哥："文哥，有工商和城管，快收摊儿。"

　　文哥站起来，拉开抽屉，把桌子上的几盒烟搂进去，又回身把墙上的三瓶酒拿在手里，然后满不在乎的站了站，瞧了瞧，回到院里去了。

　　见文哥进院儿，王哥小声对米娜说："赶紧躲开这儿。"说完，抬屁股就走。

　　米娜不知怎么回事，一时愣住了。

　　小区外传来警车声，香椿树下侃大山的男女开始四散而走。已经有穿制服的人员堵住了胡同口。

　　米娜顿时慌了神儿，不知该如何是好。可不是，还从来没见过这阵势。胡同口被堵，肯定跑不了了，而且已经有民警开始往胡同里过来盘查了。真倒霉，刚买了六包白粉，这该如何是好？她站起来，往左看，走不了，往右看，也走不了。完了完了……

　　姓努力的往墙上靠，梦想着能钻到墙里去。谁知，竟然梦想成真了，她果然穿墙而入，进到了房子里。

　　马哥把米娜拉进屋，关上门，取下门上的一块玻璃，伸出手把门从外面倒锁上，抽回手把玻璃又安门上，用小钉别住，拉上窗帘，回过身来。

　　"马哥。"米娜叫出声来。

　　马哥把米娜按在床上，捂住她的嘴，小声喝道："别出声儿。"

　　文哥回到院内，关上大门，开始整理冰箱。这时，一中年男子推门进院，叫了声："文哥。"伸手从冰箱里拿出两听啤酒，他问文哥："怎么不摆摊儿了？"把钱放冰箱上，坐在墙边的小校凳上开始喝啤酒。

　　"工商和城管的来了，咱没照，又是老住户，不能给人添麻烦。"文哥解释。

　　门开了，又进来两个四十岁左右的男子，每人也拿了两听啤酒，交了钱，坐墙边喝酒。一男子对文哥说："文哥，天儿热了，啤酒多冰点。还是您这院儿凉快。"

　　"所有的人站在原地不要动，例行检查。"外面传来喊声。

　　文哥放下手里的活，开门出去查看，顺手带上门。

　　远处的胡同口，已经拉起了警戒线。警车上的警灯在不停的闪，门前的空地上，有工商，城管，民警，还有几十个穿着迷彩服的拆迁民工，已经控制住了所有没来得及走的人。民警开始查身份证。

　　一个戴钢盔的执法人员来到文哥的门前问："您好，您是这家的住户？"

　　"是，你有什么事？"文哥问。

　　"执行公务，例行检查。您的家里有出租房吗？"执法人员问。

　　"没有，自己还不够住呢。再说也不缺那俩钱。"文哥答。

　　执法人员从左至右，检查院外的的煤棚子。这几个煤棚都有门，都上了锁。马哥住的棚子门外有个帘子，撩开帘子，门上也有挂锁。

　　文哥心里一惊，坏了，只回答他说院内的房没出租，没说院外这间。不过他问的是院儿里，没问院外。执法人员可能也认为煤棚太小，住不了人，就走开了。

　　大树下，执法人员开始检查每一个人。马哥看见，一个二十七八岁的男青年，从裤兜里掏出一些东西，扔在树下，好象是白色的纸片。

　　"捡起来。"男青年身边有一个便衣人员，指着地命令道。

　　男青年辩解："捡什么，又不是我的。"

　　"不用狡辩，是不是你的一查指纹就知道。警车上也有警犬，放一条出来看它咬谁？"便衣直接了当的说。

　　男青年哈腰捡起白色的纸片，原来是三个小纸包。

　　"这是什么？"执法人员问。"是烟。"男青年答。"烟是什么？"执法人员又问。"白粉儿。"男青年答。"白粉儿是什么？"执法人员追问。

　　"毒品，海洛因。"男青年答。

"铐上。"便衣一发话，有民警把男青年带上手铐，押着向警车走去。

文哥回到院内，把门插上。现在他明白了，这几个跑院儿里来喝啤酒的，一定是躲这些缉毒人员的，看来这些人都不是善主，不是自己能惹的。这些人若是贩毒的，岂不都是黑社会，要是从自己家里被抓走，自己也就玩儿完了。好在已经查过了，关紧门就行了，但愿这几个丫的别弄出什么动静来。

马哥捂着米娜嘴的手松开了，他想起来查看外面的动静，却被她抱着腰，搂着背的动弹不得，他又不敢说说话，只好用耳朵分辨外面的动静，好象有两个人或三个人被抓了。

米娜虽然受到了惊吓，却意外见到了马哥，心酸苦辣一起湧了上来，她终于放下了架子，依赖的抱着他不松手。她希望马哥能抱她，亲她，用身体压住她。她希望外面的缉查人员不要走，一波一波的来，那样，她就能与马哥哥永远在一起了。

马哥搂她脖子的手也松开了。他并没有像以前那样爱抚她，而是淡淡的说了句："警察走了你就走。"

"我不走。今天就住这儿了。"米娜坚定的说。

"不行，那样我们俩就都完蛋了。而且房东大哥也会把我撵走的。你出去以后，往北一拐，从后面的红色排子房穿过去。出去就是大街了，做好准备，千万别让文哥看见。"说完，马哥掰开米娜的手，站了起来。

米娜跟着站起来，抱住马哥的脸，不顾一切疯狂的亲吻……

马哥没有反抗，也没有配合，他紧闭着嘴，任凭她的唾液和泪水洗擦着他的脸。当然，也有自己的泪水混在其中……他知道，他和她，一切的一切，都等来生吧

"收队，收队。所有人员，撤。"一声令下，缉毒人员撤退了，警笛声逐渐远去。好象抓了三四个人吧。

马哥摘下门上的玻璃，伸手打开门外的挂锁，听了听声音，很静，小心的撩开门帘往外看，缉毒人员都走了。

他把屋门打开，一拉米娜，用力把她推了出去。并迅速关上门，插了插销，把玻璃装上。按说，他现在应该踏实了吧？不是，因为后怕，心脏开始剧烈的跳动。

他坐在床上，抱着脑袋，浑身被汗浸透，已经虚脱了。

米娜被马哥推出来，差点儿撞得桌子上。也幸亏有张桌子可以扶，否则就摔在地上了。此时，她的双腿就象似踩了棉花，身上也没力气，可能是刚才太紧张了。

她伸了伸腰，试着走了几步，来到拐角处拐弯往北走，前面果然是红色的排子房。在一处院门往里走，边走边看。院子是长的，从东面的门进，可以从西面的门出。出了西门，已经可以看到马路了。马路边有拉脚的摩的和拉私活的私家车，她上了一辆摩的，摩的很快把她送到楼下，付了车费，摩的开走了。

米娜往楼上走，两条腿觉得很沉，屁股也酸，大胯就象错了位，腰也不吃劲儿。她终于到了家门口，掏出钥匙开了门。

进了屋，把手包挂衣架上，脱了上衣和裤子，没有象往常那样，自我欣赏一下自己的身段，只是把上衣挂上，裤子脱落在地上，抽出双脚，穿上拖鞋，摘下手包往卧室走。

玲玲从自己的房间出来，扑上去抱住表姐，喊一声："姐，我过啦！哈……"

米娜差点摔倒，她扶住墙站稳，告诉玲玲："今天有点虚，扶着我点儿。"

玲玲扶着表姐，来到床前，将表姐的包儿挂在床头上，扶表姐在床上靠着坐稳。

"表姐，怎么了，哪不舒服？"玲玲关心的问。

米娜晃了晃头："不是哪儿，是哪儿都不舒服。吓死我了。"

"碰上流氓了？肯定是，漂亮女人一个人出门儿，这很正常，有什么可怕的。我就经常碰上一些个长得猪不咬狗不啃的男生，跟我逗闷子，我一掏指甲刀，就全都尿了。"玲玲在屋里转着溜的说。

"碰上缉毒大队了，把那儿全包围了，来了好几百人。警车，警犬，太吓人了。"米娜惊魂未定的说。

玲玲不信的笑了笑："瞧你吓那样，真象你说那样儿，你还能回来呀？缉毒的狗都是闻毒品的，只要你身上有那味儿，狗都能闻出来，你还跑得了？你能跑得过狗？狗在后面追你，看看追上了，狗"汪"的一声，一下把你扑倒，张嘴就……"

"别说了，吓死我了。"米娜害怕捂着耳朵。

玲玲坐在床边，拍着表姐的腿说："我说的是电影上演的。瞧你吓的。别怕，这不是回来了吗。"

米娜放下双手，眼睛瞧着墙，她告诉玲玲："是你马哥救了我……"

"姐夫，你看见姐夫了，他在哪？"玲玲急问。

米娜瞪了玲玲一眼，告诉她："他就在那个西站东里，他在那租了一间小小的房子，非常的，非常的……"

玲玲叹口气："马哥哥真可怜！越混越没个人样了。"

米娜面无表情的说："也是活该吧，抛妻弃子的人，能有什么好下场？"

玲玲不同意表姐的说法："也不能那么说。抛开我们做的生意不说，做为人，我觉得他还是很有担当的。他把儿子送回老家，那他是为了保护他儿子。他离开表姐，说明他很爱表姐。在这方面，他没有错。"

"担当个屁，刚满月的儿子，不让留在妈妈身边，送回老家，这一年多了，他根本就不想。"米娜开始来气了。

"姐夫也是有苦衷的。他为了你和外甥，牺牲了自己，你就没觉得他时时刻刻都在保护你吗？"玲玲也有些伤感了。

米娜挪了下屁股说："是。但是我为什么走上这条路，还不都是因为他，认识他就是灾难的开始，我现在非常恨他。虽然他救过我几次，顶多也就是扯平了。"

玲玲摇着头说："不是吧姐？你说恨姐夫，打出脑浆来我也不信。你说你，每次吃好吃的，不都想着给他带回点儿来，虽说你装得没事人儿似的，其实傻子都能看出来。"

"不是你说那样。他能出走，证明他已经不喜欢姐了。给他买吃的，姐是想给你提供一些你跟他接触的机会。他若能做我妹夫，我也就无憾了。只要是别便宜了别的女人就行。"米娜自我安慰着说。

玲玲晃着表姐的膝盖说："姐，你想哪去了？我是看姐夫可怜，你又不理解他，才代表你去帮助他。再说了，他是我姐夫，有困难的时候，小姨子帮一下怎么了。我这都是为了你呀，姐。"

米娜轻轻的摆头说道："亲姐妹明算账，俗话说的好，小姨子是姐夫的半拉屁股，所以你和他做什么，也是职责所在。姐是过来人，什么都清楚。"

"姐，你要这么说，今天我就要跟你掰扯儿掰扯儿了。姐夫得的是传染病，为了怕传染给孩子，才把孩子送回老家。而且，他之所以出走，也是怕传染给你，是保护你，是爱你。我去看他，全因为他是我姐夫。半拉屁股怎么了？半拉屁股也是生命的全部，我是拿生命帮你办事，我不知道艾滋病传染？我不知道艾滋病是不治之症？你若认为我去照顾他是为了呛你的，行，你就枉为人妻了。以后你们的事不要老跟我说了，也不要当着我的面儿哭哭啼啼的了。半拉屁股收回，凑成整屁股，有的是人要。"玲玲说完，回自己房间了。

……………………………………………………………………

第七十三篇 马哥得艾滋 姐负荆请罪

米娜脑子里一片空白，自己说了什么话，为什么说，自己也不清楚。玲玲叨叨叨的这一通，还真把她给震了。她开始自责，真不该埋怨玲玲，自己和玲玲，在北京相依为命，荆请震川才能坚持下来。每次她去看望马哥，给他送吃的，也都是自己派她去的。她有什么错？她也是女人，也不是孩子了，既使是开玩笑，自己也有些过了。

玲玲刚才好象说艾滋病什么的，什么艾滋病？谁？马哥！他得了艾滋病？玲玲怎么知道的？他要真是艾滋病，那……什么事都能解释了。如果玲玲知道马哥得了爱滋病，还去照顾他，自己岂不是冤枉她了。

玲玲生气了，这还是头一次。当表姐的，竟然把表妹当成小三，也是够那个的。好在姐俩平时打闹惯了，道个歉也不丢人，要不然来个负荆请罪？

米娜下地穿上拖鞋，把立在墙上的笤帚把拧下来，插到后背的乳罩带内，来到玲玲房间，见玲玲正坐在床上生气，她过去，屁股对着玲玲趴跪在床上说："老公，媳妇儿错了，家法伺候吧。是左边的半拉屁股失职，就打左边吧。"

玲玲看了一眼，"哼"了一声，没说话。

"你要能不生气了，两边都打也行。"米娜恳求的说。

玲玲拿下笤帚把，用握把这头对着表姐的屁屁捅了几下，嘴里说："让你闲着不用，我给你捅漏喽。"

米娜趴在床上，乐着求饶："姐错了，姐错了，以后不敢了……"

"转过来跪着，我得审审你。"玲玲说着，用棍子敲表姐屁股一下。

米娜转过身来，跪在床上听审。

"老实说，今天怎么回事，坦白从宽。"玲玲问道。

米娜翻了翻白眼儿说："今天吧，我办完事，在文哥那买瓶水儿，正喝着呢，那条街就被包围了，来了好多戴头盔的。吓得人到处跑，我也想跑，又没地儿跑，正在着急的时候，马哥从旁边的小屋出来，把我拉了进去，然后倒锁了房门。那个小屋太小了，跟本没有站的地方，也没多宽，就这么宽，七八十公分吧，放块铺板，躺一个人都窄，而且特别热。外面在抓人，我们在屋里也不敢吱声儿，而且吓得要死。所以我说是你姐夫救了我。"

玲玲拿棍敲打了一下米娜的大腿，喝斥道："谁姐夫，想当小三儿呀？他是你妹夫。"

米娜装着害怕的样子说："是是，是我妹夫救了我。"

"不对呀，你说小屋那么小，没有站的地方，你们在哪儿呆着，躺床上？"玲玲仔细问。

米娜解释道："是啊，只能躺床上，而且还得挤着躺。也没办法呀。"

玲玲继续审："屁股朝屁股躺，还是？"

"肯定是脸儿对脸儿呀。还得紧贴着。让他占便宜了。"米娜说。

玲玲神秘的问："他亲你了吗？瞧我不找他算账。"

米娜摆手说："没有没有，他没亲我，是我亲他了。"

玲玲又敲了表姐大腿一下道："你当小三了，勾引妹夫。"

米娜见玲玲消气儿了，扭身坐在床上，拿过玲玲手里的棍子，做个要打的动作，吓唬着问："谁是小三儿呀，姐夫什么时候变妹夫了？"

"得……还给你，还让他当姐夫吧。"玲玲托着腮帮子继续说："嗯，这好事怎么让你赶上了，我要是在那儿站着，他肯定也救我呀。"

米娜用棍敲了玲玲一下说："想什么呢？占点儿便宜就行了。哎，你刚才好象说过什么来着？"

玲玲端起来，高兴的说："路考，路考我过了。姐，你猜我得多少分？"

米娜摇摇头。

"一百分……"张开双臂把表姐扑倒，挠她的痒痒肉，问她："我要吃烧茄子，有没有。"

“有……烧茄子有。不过我要问你一件事，说清楚了，姐就带你去吃烧茄子。”米娜讲出了条件。

玲玲坐回原位问表姐：“说，想问什么？”

米娜坐起来靠在墙上问玲玲：“你刚才说马哥得了艾滋病，你怎么知道的，他什么时候得的，怎么得的，现在好了没有？”

玲玲陷入沉思，脸上略显痛苦，她和表姐坐在一起，互相靠着，声音很低的讲起了马哥的遭遇……

米娜没精打彩的坐在床上，蜷着腿，手搭上面支着腮，眼泪一滴一滴的顺着手背流向双腿，快流到脚面时，她用手摸，擦了一把。

马哥哥得病肯定是个意外，他所做的一切都是为了儿子和她。他的内心是痛苦的，无助的，是自己把他逼走了他，他却在身边保护自己，他不跟她亲嘴儿，他是怕把控不住情绪，他肯定是为了保护她。为什么不早知道啊，这个玲玲，若早告诉她，她会把马哥哥接回来，然后一起担当。

对了，从马哥的小屋出来之前，她抱着他亲的时候，他好象往她的包里放了什么东西，因为紧张，没敢看。

米娜从床头柜上拿起挎包，打开查看，里面多了一摞钞票，掏出来一过手，有五千吧，有的票子明显是洗过的，绉绉巴巴的。她拿出一个纸袋，把钱装里面，然后探着身往外喊：“玲玲，过来一下。”

玲玲好象睡了一会。她睡眼惺忪的走过来，靠在门框上。一个人见人爱的比基尼小姐，站在米娜面前。

“这是刚才搜查时，马哥塞我包里的钱，你去给汇出去，让你姨父转给马小妹。然后你就去餐馆等我，我擦一把身上的汗味儿就过去。”米娜说完，把纸袋扔给玲玲。

玲玲接过纸袋，问表姐：“姐，我想让甫哥跟咱一块儿去吃行吗？”

米娜笑道：“行，叫谁都行。不过，他家那个母老虎可不好惹，万一她跟来，你得想好怎么对付。”

“那就算了吧，她要是老虎倒好了，就怕是条驴，撩起蹶子来谁受得了。"玲玲很无奈的说。

米娜下地穿鞋，她告诉玲玲："你呀，就是去请他，他也不会去吃这顿饭的。知道为什么？以前他是光棍一根儿，自己挣钱自己花，一人儿吃饱全家不饿，现在行吗？现在他还要养一条母驴，再加上房租，压力越来越大了。"

"有道理，而且那个狐狸精吃得也多，听说她一人儿能顶我仨，整个一个饭桶。"玲玲说。

米娜一挥手说道："快去吧，我擦擦身上。"

琦琦辞职，和家里闹掰了，与苏甫住在一起，心情大好，苏甫出去工作时，她就在家里买菜学做饭，整天乐呵呵的。每天只要苏甫一进门儿，除了吃饭，就是亲热，还美其名曰，要把那一个多月的时间补回来。而且，没有了工作，腰杆子就不硬了，呆在家里开始琢磨事，怕苏甫在外面有艳遇，她认为，对苏甫，一定要狠使，每天把他身上那点儿玩意儿都吸光，就没有精力找别的女人了。

苏甫很爱琦琦，每天出去以后，什么事都还没做，就惦记回家了。这些日子，琦琦每天呆在家里，身体略微有些发福，晒黑的皮肤也变一白了，尤其是肚子上的腹肌，开始变得平滑，看上去更加性感迷人了。说实话，真不想出来，在被窝里被琦琦调虐的那种感觉真的很舒服，很美好。人啊，为什么要吃饭，要不是为这口粮食，为这个肚子，就不用起早贪黑的忙了。

苏甫出来的很早，可着四九城儿转了多半天了，一笔生意也没做成，且又渴又饿。他在一家面馆吃了一碗汤面，出来后买了一瓶水，喝光后，把空瓶子扔给一个捡瓶子的老妇。

以前，没有琦琦的时候，每个月出来两三次，每次都有收获。可谓十天不开张，开张吃十天。最近这是怎么了，连着一礼拜，天天出来做，天天没生意。家里的钱不多了，生活快成问题了，以前有琦琦帮着交房租，还不用太操心。现在琦琦没有了收入，无论如何不能让她负担了。自己是个男人，真心爱琦琦，琦琦为了自己，辞去了工作，背叛了家庭，自己一定要对得起她，要给她好的生活。可是现实呢？房租又该交了，是季付，一共七千五。搁以前，这算他妈什么？

以前出门做事之前，苏甫都要考验一下自己的精神状态如何，就是哼几段北京小调，京剧或评戏，精神好时，底气一定很足，适合出来做事，精神不好时，喝杯浓茶，还打不起精神，就在家睡大觉了。

现在不行了，在家里被琦琦没完没了的折腾，夜里睡不好觉，而且每天都要出来，人就是铁打的也受不了啊。

已近黄昏了。公交车站等车的人开始多了，这个时间段，正是上货的好时候。

人们劳作了一天，都很累，又回家心切，而且有的人可能正好今天发了工资或奖金，只要看好了目标，一出手，就十拿九稳有收获。

不过，拿手们觉得有机会的时候，也可能正是便衣值勤的时候。因为人群拥挤，趁乱伸手是不会错，但当你得手后往出挤的时候，就麻烦了，可能会被候个正着，想跑都跑不了。所以苏甫有条戒律，不在公交车站做生意，小心驶得万年船。今天一天又白忙活了。

在外面跑了一天，真比工人上一天班还累，拖着两条僵硬的腿上楼，觉得这很丧气。

苏甫开门进屋，闻到饭菜的香味，马上打起精神夸道："嘿，真贤惠，从楼底下我就闻见香味了。甫说，真饿了。"脱掉上衣，挂在一进门的墙上，坐在饭桌前就要拿筷子。

"放下，请示了吗？坐下就吃，也不知道干净。"琦琦从厨房出来，用围裙擦着手说。

苏甫马上附和道："对，先洗手，擦把脸，然后例行公事后，再听吆喝。"说完，进卫生间洗手，擦脸，挂上毛巾出来，抱着琦琦亲嘴儿，然后说："亲妈哎，我饿了。"

琦琦笑着骂苏甫："瞧你那德性，饿了不会先吃奶，这么大了，什么都用教啊？得，今天可怜可怜你，让你先吃饭。不过没做汤，吃完饭喝两碗奶吧。"

　　苏甫真的很累了，身体的，心理的。简单的冲洗了一下，躺在床上歇着，回想着这一天的经历，来个自我小结。

　　不吃车站，是自我约束，不是必须。车站虽说危险系数高，但机会也大。有好几次机会，只要伸手的功夫就解决了。至于身后有没有便衣，那谁知道。自己在车站，的确看到有些人被抓了，可得手的人还是多数，关键就看你长不长眼，确实，那个地方不适宜单打独斗。而且，这些日子形势好象有些紧张，重要场所管的都严了。还是早睡吧，攒足了精神，明天一定有收获的。

　　琦琦收拾完了厨房，坐在客厅里看电视。人在无聊的时候，看什么都能逗乐了。不过，如果内心空虚，乐得真开心假开心就不知道了。人有时候也要装，装给自己看，或是装给他看，这就不好说了。

　　看了会儿电视，发现苏甫连个喷嚏都没打，就过来看，见他已经睡了，马上脑门子就顶了起来。

　　"嗨，老娘还没钻窝呢，你先趴上蛋啦？伺候你吃了，伺候你喝了，你也没个表示。不行，非让你伺候伺候不可。"玲玲把内衣内裤脱掉，往床上一躺，喝斥苏甫："抱着我……摸着我……嗐，我今天非折腾折腾你不可，玩得你爬不起炕来，让你看见外面的女人就怵。你给我起来……"

　　……………………………………………………………………

第七十四篇 公交车被抓 苏甫吞刀片

不当家不知柴米贵。琦琦自小受父母宠爱，生活无忧，除了知道自己踢球辛苦以外，别的就都不操心了。而且，平时除了买些粮米油盐之类，好象也没太多的花销。对钱的概念不太清晰。

这段时间在家里呆着，把她养得肤白貌美，精力也非常旺盛，每次见到苏甫进门，都扑过去上演一些浪漫情景剧，苏甫也乐意享受这种情趣的生活，只是架不住琦琦每天如狼似虎般的撕咬。

琦琦认为，苏甫出去工作很辛苦，自己这样做，主要是为了让他能够放松，能够享受家庭的快乐，是在心里上和生理的层面上，去给他全面的满足体验。在她看来，她和他分别是两个队前锋，比的是射门技术，只是她这个专业前锋越来越强大，而他却从前锋变成了后卫，很难抵挡的了她的盘带突破，放任她过人射门儿。

琦琦从小训练在体校，后来到了体工队，运动队，都是和女孩子一起长大，她很庆幸自己认识了苏甫，她也非常珍惜自己和这个男人的美好时光。她给他规定，每天晚上一上床，必须先要对她实施压迫式的蹂躏，睡觉还要搂着抱着她，有时她会吼叫，但大多数时间表现的很温柔，"亲爸爸亲爸爸"的叫得也挺酥心的。

睡觉比走路还累，早起早轻松。苏甫熬过了被琦琦温挠的一夜，早起出了家门，开始进入工作状态。

做什么都是，点儿背的时候得养。就象打牌，点儿很背，大和儿没有，小和儿又不想和儿，半天儿下来，快输没了，屁和儿也得和了。

苏甫深知这个道理，这些日子手气不好，始终没遇见大鱼，偶尔看见疑似大鱼，又不敢伸手，这样下去，久而久之就更不敢出手了。

还好，坐了一段公交车，在下车之前，看见一个女学生，背上背着一个双肩包，包里有书，硌了苏甫的胸一下。当苏甫用手挪书包时，触到了包的最里面的夹层，凭经验，里面一定有七八张页子。他不动声色，一只手抓着车顶上面的拉手，一只手从牙缝里掏出刀片，只轻轻的一划，就把书包划开，手指顺势取出包里的钱物，装进裤兜。

苏甫今天坏了规矩，他以前从不吃公交车。这段时间太背了，老不开张也不行，时间长了，手可能就废了。

他把刀片放入口中的同时，走到车门前，车正好到站。他下了车，来到辅路外面的人行道，掏出这几张钞票，从新捋了一遍。叠出个新印儿，然后分别放在两个兜里。鬼笑着自语道："先来把屁和儿吧。"

拿活儿也有讲究，每逢你拿到新的货款时，必须第一时间知道它的数目，面值和印记。一般而言，万一被发现，到了警局，失主说丢了五千，而你这个兜里只有四千五。失主说他的钱是百元钞票且币中间有横折印，而从他兜里掏出的钱币是对角折印，这就不能证明钱是失主儿的。所以，尽快改变拿到手的钞票的特征，是第一件要做的事儿。

往前走了几步，又是公交站，他过去等车。这钟点儿正是早高峰，车站人很多，他站在靠后的位置，寻找自己的猎物。他不准备上车时动手，这也是为防万一，万一背后有便衣呢，肯定会被抓个正着。不过，既使是没有下手对象，他也必须要上车，上去坐两站再下来换乘，这样比较稳妥。

苏甫挤上车，投币后站在车厢靠前的位置，这个位置是所有上车的人必须经过的地方。他一只抓着上面的横杆，一只手放在身前自然下垂，每个走过去的人的口袋，都会被他的手触碰一下。他二目低眯，审视着从眼前过去的背包，凭经验判断背包里有没有他要的东西。

车到站了，下去一批人，又上来一批人。上来的人从他面前挤过。一个胖大姐气喘吁吁的往过挤，嘴里还大声说着话。她口音很重，不是本地人。一群大妈在她后面跟着，也在大声的说着嚷着。

计划中，苏甫该下车了。他跟在大妈们后面往中门挤，嘴里也大声说着："让让，下车，让让了嘿。"

公交车进站停稳，苏甫下了车，他走到路边绿化带，找个背静的地坐下休息。

　　他从裤兜里掏出一个钱夹和几张钞票，把钞票装进上衣口袋里。然后清洗钱夹，还不错，除了身份证和银行卡外，里面有一千多块钱。他把身份证和银行卡折了几下，插进花池的土里，钱夹扔进花丛，从屁兜里掏出烟，点燃一支，踏踏实实的吐出了几个烟圈。

　　他把这几拨收到的钞票全掏出来，放在一起做了统一的折痕，放进上口袋，自言自语道："屁和儿虽然小，多和几次也不少。嗯，也小两千子了。"

　　若按往常，苏甫拿到两千左右的利润，就找馆子吃一顿，然后就打车回家了。不过，今天还早，才九点多，完全可以做到利润最大化。毕竟现在家里添加人口儿了，要想过好日子，必须要努力。

　　苏甫休息一会儿，打起精神，又上了一趟公交车。

　　早高峰一过，车上的人少了许多，有了空坐位，且多数是些老年人。没什么大油水。他索性坐在车上歇会儿，打了一个盹。公交车到了总站，他被司机叫醒，下车后，又上了一辆待发的车往回返。坐在车上，自己都觉得好笑，难得这么悠闲一次，原来坐车也是享受啊。

　　到了公主坟，他下了车，刚想到商场里面看看，马上又打消了这个念头。岁末年初的时候，从这里搬走了一台电视，一定是个大案子，保不其留下了什么痕迹，要是被人认出来，岂不是自投罗网吗。

　　他横穿过马路，往南一路步行，见路边全是卖手机的门脸儿。他走进一家，顺楼梯下到地下室，转着看了下，营业厅不大，好象都是出租柜台，各种品牌的手机都有，看手机的顾客也很多，多数都是外地来京旅游的。其中一个四十几岁，中等身材且胖的，看着象个老板模样，正趴在柜台上看一款手机的男人，突然回过身来，走出人群，掏出手机接听电话，他的口音很重，声音也很大，有些招人烦。但是，他对对方说："你说的那款手机我正在看，你要喜欢我就给你带回去。啊，没问题，钱算个屁……"

　　苏甫走近那个柜台，想看看是什么手机，就挤进人群，趴到柜台上看，耳朵却听着那个外地老板打电话。老板电话打完了，又往柜台前挤，苏甫此时回身往外挪，与那个老板一错身儿，摸走了老板的手机，出了人群，他把那个手机贴耳朵上，假装接听电话，借机将手机关机，上楼梯出了手机店，上了过街天桥，来到马路对过儿，又开始逛街赏景。

苏甫抬头看了看太阳，时近中午了。他叫了一辆三蹦子，让司机拉他去西站东里。

这里离西站东里没多远。不到十分钟就到了。他从小区外面下了车，用手机给王哥打了个电话，王哥说马上就到。果然不到十分钟，王哥骑辆自行来了。

苏甫把手机交给王哥，王哥照就熟练的操作一番，得到了报价。他问苏甫："一千四。可以吗？"

"行。王哥说了算。"苏甫也不讲价。

王哥付了钱，骑车进小区去了。

卖完了手机，苏甫彻底放松了，肚子也饿了，到饭点儿了。

他来到一家餐馆，点了一盘凉菜和一个热菜，要了两瓶啤酒，坐下开喝，准备酒足饭饱以后，就回家抱媳妇儿去啦。哈……

人在意识清醒时，对事物的把控会有一定的分寸。尤其时对从事拿手的人来说，保持头脑清醒，精神旺盛，是至关重要的。这就和司机一样，开车不喝酒，喝酒不开车。所以多数拿手在工作中是不能喝酒的。想喝酒，必须是完成了一天的工作以后，确定不会再出去了，坐在家里慢慢的喝。

平时没事的时候，在家里喝两瓶啤酒，这是常事，喝完睡个大觉，美哉美哉的。

这一上午，苏甫可谓春风得意，连下三城，准备见好就收了。两瓶酒下肚儿以后，他开始兴奋起来了。吃了一大碗米饭，把菜都吃个精光。

结完账，出餐馆回家。本来回家应该是往南走，但不知道是怎么了，却往北一路下去，嘴里还哼着小调，晃晃悠悠的还带着酒疯儿，鬼使神差的上了一辆公交车。

　　此时的苏甫，已经处于微醉状态，大脑兴奋又有些忘乎所以，丝毫没有平时的警觉和反侦查意识，这种状态下，人的本性毫不掩饰的表现出来。他开始大胆的盯着别人的背包看，有时还用手蹭别人的衣兜，加上满脸贼眉鼠眼的表情包，让人一看他就不是好人。

　　他用手贴了下一个大姐的裤兜，觉得兜里有四张钞票，他都没考虑，直接伸出两个手指去夹，偏巧的是，坐着乘客起身要下车，大姐为占这个座，身体往座位上一靠，正好把苏甫的两个手指给挤住。

　　大姐伸手抓住苏甫夹着钱的手，大喊道："小偷儿，抓小偷儿。小偷儿偷钱了。"

　　一个小伙子上前，把苏甫按倒，又上来几个人帮忙，把他的手反背过去，并把脚踩在他的背上。大姐从他手指中间拿回自己被偷的四十快钱，举着让所有的乘客看。

　　有乘客打——零报警了。车到站后，几个乘客把苏甫押下车，按在地上。

　　苏甫意识道，今天算栽了，怎么就鬼使神差的上了车了，不是回家去了吗？他挣扎了几下，没用，而且身上还挺痛，只得不住的求饶。有路人找来一根绳子，把他的双手绑上了。

　　女失主拿着被盗的四十块钱不停的骂他小偷，不少人过来围观，而苏甫并没有看见自己倒底拿出多少钱。他知道，在警察来之前跑不了，那一切就都完了。进了局子，拘留，判刑，一切都有可能，不过，这都无所谓，关键是就怕让琦琦知道了，那一切就都完了。

　　被抓了个现形。求饶，否认都没用了。远处警笛响起，警车停在路边，两个警察过来，一名民警开始对一名证人进行访问。另一名警察把女失主叫到一边，了解抓贼经过，问能不能去所里做笔录，女失主说有事去不了，就跟警察去到警车上去了。

　　此时的苏甫横下一条心，绝不能被带到派出所，绝不能让琦琦知道自己是贼，现在只有一个办法了。冒险也要一试了。

苏甫猛的挣扎了几下，用力抬头扬脖，把嘴中的刀片咽了下去。

刀片划伤了舌头，血顺着嘴角流了出来。见了血，那些见义勇为的人都往后撤了。苏甫开始在地上打滚儿，开始喊疼。

一名民警赶紧过来问是怎么回事，围观群众表示不清楚。民警蹲下问苏甫："怎么回事，你哪疼？"

苏甫大声嚷道："他们用脚踩我，地下的不知什么东西吸到嘴里，咽下去了。把他们抓起来，别让他们跑了。"

民警问几个抓人的人："他吃什么了？"

几个人摇头表示不知道。

苏甫不停的打滚，大声喊叫："疼死我啦，杀人啦……"

民警来到警车前，用话筒请示了一下领导，过来对几个抓人的人说："您几帮忙把他弄上车，送他去医院照个片子。"

几个青年人把苏甫扶起，架上警车。民警对另一位民警说："你回所里汇报，我带嫌疑人去医院。"

民警对一个青年人说："麻烦几位也跟着去一趟，做个见证。"

大家都上警车，警笛一响，很快就到了医院。民警让给苏甫解了绑绳，押到急诊室，出据警官证后，在护士带领下去了拍片子。

拍完片子，苏甫坐在走廊里的长椅上，两边坐着三个抓他的年轻人。有凑热闹的人可能已经走了。

医生拿着片子给民警讲解："他的胃里，有一个三角型的金属物质，可能是钢片或是铁片，估计很锋利，现在已经扎在胃上了，由于他是趴着咽下去的，所以在胃的上方，不容易排泄出来，既使能顺肠道排泄，也很危险，因为很可能会划伤肠道，造成肠道破裂，而危及生命。所以最好的办法是等几天看，多吃些粗纤维食品，多吃韭菜，在家静养儿天，如果金属片能夹裹在韭菜的纤维中往下排，速度较慢的话，那就理想了。这是保守的方法。不过，自己排泄有不确定性。所以建议还是手术治疗，只是术后恢复的时间还是很长的。而且，这个人只偷了四十块钱，能定什么罪也不好说。可这台手术要十几万呢。他要没钱，手术费谁出，让国家出，还是让抓人的人出？"

民警站起身："谢谢医生，我去请示一下领导。谢谢。"

医生站起来回道："不客气，应该的。"

民警来到走廊，对苏甫说："你吞进去的是个铁片，也可能是刀片，医生说两种治法，一种多吃些韭菜，顺肠道排出来。另一种是在第一种无效的情况下，就要开刀手术。开刀手术需要十几万的手术费，你能负担吗？"

苏甫抬头瞪眼说道："凭什么我负担，凭白无故的铁片能进我嘴里，他们不按地下踩我，铁片能咽肚子里去。就算我不是好人，无非也就是拿了人四十块钱吧，能有多大罪？你该抓你抓，该拘你拘，我认罪伏法。但是谁给我造成了伤害，谁就得给我出手术费，误工费，营养费，还有护工……"

民警对几个青年人说："你们几个，每人写份证明材料，注明真实姓名，家庭住址，手机号和身份证号码交给我存档，以后立案开庭还要各位出庭作证。我去请示下领导，看领导怎么处理。"

民警出去后，一个证人站起来说道："我去找护士要张纸，借杆笔。"说完顺走廊向外走去。

一青年听说借笔，赶紧说："麻烦帮我带张纸来。"

另一青年站起来说："我去问问民警，材料怎么写啊？"也走了。

苏甫捂着胃对旁边这位说："他们这是想溜啊，十几万的医药费谁出啊？你不能走，他们走了你一人儿出。"

这个木讷的青年省攒儿了，甩开苏甫，撒腿就跑了。

苏甫站起来，忍着痛，向走廊深入另一个出口跑去。

………………………………………………………………

第七十五篇 苑总成光杆 求助苏专家

已经晚上九点多了，路上清静了许多，出租车开得很快，拐了几个弯后，进了楼群。苏甫付了车费下车上楼，敲了几下苑总家的屋门。

进了屋，苏甫对苑总说："苑总，把你那个止痛药给我几片，明天再帮我买两盒止疼的和消炎的。"

老苑肋骨的伤已无大碍，虽不能受力干重活，但是说话走路已经没事了。他问苏甫："小苏，这是怎么了？你也挨打了？"

"挨打？挨打倒他妈好了。今天不小心弄湿了鞋，警车来了要把我抓走，我这一急，把刀片吞了。妈的，后悔了，就为这四十块钱？这点儿钱平时掉地下我都不捡。"苏甫越说越气。

苑总听完，告诉苏甫："不碍事，明天呀，多吃韭菜馅的包子，饺子，馅饼，韭菜摊鸡蛋，鸡蛋炒韭菜，就能拉出来了。"

"嗯，医生好象也这么说。"苏甫说完，从桌上拿起一板药片，起身出门去了。

琦琦趴在餐桌上睡了一觉，醒来看着墙上的挂钟，已经十点了，桌上的饭菜已经凉透了，苏甫还没回来。她骂了一句："丫的，找着野鸡就不想回窝了。"又趴在桌上，乳罩的带儿开了，两根吊带搭在胳膊上，两个杯晃悠着碰打着奶嘴儿......：

——很美的画面，不知是有意设计还是无意为之，琦琦经常都会摆弄一个姿势，为的就是抢苏甫进门后的第一眼，每天不断的变化造形，就是要勾着他的心，让他惦记着早回家，家里有个女人在等你，为你时刻准备着。

苏甫打开房门，进屋后换了拖鞋，走到餐桌前坐下。他并没有看琦琦，也没有看饭菜，但还是极力装出无痛苦的表情。

琦琦趴在桌子上，假装不知道苏甫进屋，继续装睡，等着苏甫的手从下面伸过来，掐她的小豆豆，她会假装惊醒，然后用娘们儿拳捶打苏甫。

　　琦琦很会摆姿式，她的后背很平，肌肤细滑如绸缎，双乳下垂，如高筋粉制作的馒头，总有要弹动的感觉。只是今天的苏甫，好象对什么都视而不见。

　　不能再装下去了。她站起来"嘿"了一声，抱住苏甫脑袋说："北京豆浆都不爱喝了？上哪喝棒子面儿粥去了？"

　　苏甫捂着肚子告诉琦琦："胃疼，给我拿瓶水，我吃药。"

　　琦琦设计的场景被苏甫一句"胃疼"给破了。她低头看看他的脸，果然很痛苦的样子。她摘掉乳罩，到冰箱旁边，哈腰拿起一瓶矿泉水，放在桌上，从苏甫手中拿过药盒，，抠出两片药，放在他嘴里，又打开水瓶盖儿，往他的嘴倒了一口水，他把药吃了下去。

　　吃了药，当时就舒服多了。其实有些事情就是这样，再灵的药也不会几秒钟就见效，关键是在什么环境下吃的药。回到家，首先心里踏实了，看见自己的女人做好饭，在家半裸的候着，又为你端水，拿药喂药，真的能使人精神振奋，一切小病小灾儿的，也就不在话下了。

　　吃完药，苏甫把上衣脱下来，交给琦琦，他告诉琦琦："兜里有钱，是一季度的奖金，你把钱掏干净，衣服裤子都得洗，都脏了。还有袜子。嗯，扶亲爸爸上炕吧。"

　　见苏甫精神好了一些，琦琦又欲心中起浪。她抱着他的脑袋说："空肚儿睡觉不好，喝杯奶再睡。"她把胸贴上去，苏甫张嘴咬了一口，起身往卧室走，琦琦跟了进来，把枕头放平，扶他躺下，才问起他的病情。

　　"早晨出门儿的时候好好儿的，怎么突然犯起胃病了？"琦琦关心的问。

　　"嘻，回来的时候，看见一个小孩开饮料，铁罐的盖儿没完全拉下来，拉撕了，剩一小块铁皮在上边支着，扎了小孩的嘴，小孩哭了。我只能拔刀相助啊，用手抠了半天，也没抠下来，只好用牙咬住，用力一拧，把铁片拧下来了。当看见小孩高兴的喝着饮料的时候，我也开心的笑了。一不留神，出事了，嘴里那小块铁皮咽下去了。关键是扎在胃上了，你说倒霉不倒霉。你说这年头，做点好事怎么那么难呀。"苏甫一通白乎。

琦琦很受感动，她贴过脸去亲吻苏甫，娇滴滴的说："亲爸爸好棒，舍己为人，那就慰劳慰劳你吧，让你喝纯奶。"把奶头送到苏甫的口中……

苑总的伤已经恢复的差不多了，可以动手做些家务了。他今天想炒俩菜，吃点有滋有味儿的。

吃了两个多月的泡面，真不是一般人能受得了，不过也熬过来了。这就真应了那句话："人，只有享不了的福，没有受不了的罪"

古人云，天将降大任于斯人也，必先饿其体肤，劳其筋骨。罪受了，苦也吃了，重新积蓄力量，大干一场吧。

昨天苏甫受了伤，也不知道好点儿没有，已经给他买了药，一会儿要过来拿。正好，还有事要求他，就留他在家吃口儿，也算给他压压惊。

老苑现在已经成了光杆司令，公司的人都跑光了，再扛下去，连房租都交不上了。所以招聘新员工，是当务之急，好在有个同行手下人多，准备拨几个给他，条件讲好了，就是所聘员工的业务能力这方面需要考核一下。在这方面，自己是个二逼，什么也不懂，请苏甫做主考官，组织一个考核团，应该问题不大。

苏甫进屋，在桌旁坐下，老苑殷勤的接待，奉为上宾。他见桌上有止疼消炎药，就拿起来看了看，他问苑总："这两盒药多少钱？"

苑总从厨房出来答道："什么钱不钱的，都是自己人。不买药也应该看看你去不是。只是你家有了弟妹，做哥的去你那不方便。"

"那我就不客气了。让您受累花钱了。"苏甫说着把药装起来，起身想走。

"哎小苏，别忙着走，我的菜都炒好了，在这喝口儿。"老苑进厨房端了两盘菜出来，放在桌上。

苏甫客气道："不啦，我家不是还有一位吗，昨天回来晚，身上难受，老早就睡了，今天回去安慰安慰她。"

"小苏真是个暖男。你坐，今天不光喝酒吃饭，苑哥还有事求你。我炖了带鱼也熟了。马上，马上。"老苑说着，进厨房关火，带鱼出锅，闻了下自赞道："味道不错。"

带鱼放桌上，又回厨房拿了碗筷，冰箱上取了酒瓶酒杯，他问苏甫："兄弟，喝白的喝啤的？"

"喝白的吧，省消炎药了。"苏甫说。

老苑苏甫倒了一杯酒，问苏甫："怎么样，胃好点儿了吗？"

"还那样，吃药也就管一会儿，只不过现在能忍受了。今天买了两捆韭菜，家里准备吃包子，吃饺子，韭菜炒鸡蛋，"苏甫说。

"小苏啊，苑哥有件事，想请你帮忙。"老苑说

"您说，能做的肯定没问题。"苏甫爽快的答应了。

"小苏呀，我准备招些个员工，苑哥又在这方面不大懂，想请你再找个人组成个专家组，帮我从各方面全方位的考核一下。"苑总介绍说。

苏甫点赞道："苑总这是搞竞聘呀。考核把关我还真没搞过，一般说专家组应该三个人。找人吧，这方面认识人又不多，只有米娜和玲玲，只是前些日子苑总和她们有过结，所以不知她们愿不愿意帮忙。回头我问问她们，但是现在可是要出场费的，您可不能让我作腊。"

"你跟她沟通一下。说说好话，都是苑某的错，可以向她赔罪，出场费一定是要给的，每人一千，你看？"苑总手指比划个一字。

"一千？苑总，恕我直言，一千真不多。据我所知，这俩女人每人日均纯收入一千五，给一千，我想他们肯定是不会来的。"

"小苏，麻烦你了，我知道你们关系不错，帮个忙。条件可以商量，一千五也行。"苑总很不情愿的说。

"好吧，我去请，但人家来不来我不敢保，按说我的面子还是得给点儿的。"苏甫喝干了杯中酒，吃了几口菜，放下筷子站起来往外走，手摸着胃开门出去了。

送走苏甫，老苑双手一摊，露出很无奈的表情。他坐下后，干了一杯酒，又夹一块带鱼，吃了几口，好象扎刺儿了，他跑到厨房，拿起一瓶醋，

倒了一碗，扬脖儿喝了下去。

　　苏甫从老苑家出来，看看天儿，已经近黄昏了。他来到米娜的家门口敲门，玲玲开门，见到苏甫，她上去就搂脖子，吓得苏甫脸都白了，赶紧用手挡住，嘴里道："呦，小姨奶奶，你吓死我了。今天可别闹，能要了我的命。这是吃饭呢，吃什么好吃的？真不好意思，忘了现在是饭点儿了。我是不是呆会儿再过来？"

　　"装什么大个儿的？滚进来。"米娜在屋里喊。

　　"好嘞，表姐叫进就得进，不过先说好，饭我可不吃。打死我也不吃。"苏甫说着，进屋坐在桌旁，一只手捂着肚子。

　　玲玲拿了一双筷子和一个酒杯坐下，筷子放在苏甫跟前，酒杯倒了一杯啤酒，也放在苏甫跟前。

　　苏甫看看桌子上摆的菜，真不错。素烧茄子，鱼香肉丝和凉拌腐竹丝。都是他爱吃的。他拿赶筷子，指着桌上的菜问米娜："大表姐，这是过节呀？姐儿俩儿还喝上了？"

　　玲玲抢答道："不是过节，胜似过节，今天是我大喜的日子，当然要喝酒了。"

　　"你大喜的日子，你要嫁人呀？嫁谁，嫁我？"苏甫问。

　　"喜事就是嫁人呀？我考试通过了，拿本了，是司机啦。记着啊给我出点钱，我要买车。甫哥甫哥的不能白叫。亲你一回一千，亲了有十次了吧？一万，你给我出一万。不过呢，也不让你白出，算你有股份，坐车不收你钱。"玲玲说得真的似的。

　　苏甫点头道："行行行，一万我出，我明儿就给你挣车钱去。小姨妹想买什么车呀？"

　　玲玲想都不想就说："夏利。要红色的。"

　　"哟呵，夏利？好，我可不敢坐，还是给咱表姐当专车吗。你还别说，今天我掐指一算，就知道你要买车，甫哥特意给你送钱了。"苏甫一本正经的说。

"嗨嗨嗨，又占便宜，找我捆你呢？赶上吃就吃，赶上喝就喝，哪那么多废话。"米娜用筷子敲了一下苏甫。

"大表姐，当官不打送礼的。我是来送礼的，不是来蹭饭的。你要搞明白。"苏甫解释着。

"有礼物拿出来，让我看看，说嘴吧你。自从你找了个狐精，抠屁眼儿都嘬手指头，还舍得往这拿东西。"米娜说完一撇嘴。

"嘿，好心当成驴肝肺，帮忙你说假招子。我这是应了一桩买卖，不想吃独食，想着表姐表妹，来个有福同享。你这表姐把妹夫当什么人了？"

米娜站起来，把筷子当刀比划着对苏甫说："再占便宜，信不信我攘死你？"

"我信，我信。哎呦……"苏甫的胃一阵痛。

米娜坐下说："装什么装？捂都不会捂，肚子疼捂哪去了，骗小孩呢？"

苏甫摆摆手说："真不是装的，受伤了，伤了胃了。"

玲玲关心的问："伤胃了，怎么伤的？"

苏甫"唉"叹一声："别提了，倒了血霉了。昨天把刀片咽下去，扎肺上了。妈的，疼死我了。"

"你吞刀片干嘛，你有病啊？"玲玲急着问。

苏甫拍着脑袋说："本来昨天生意做得挺顺，心想吃点儿饭，喝点儿酒就回家，谁知道，那两瓶酒一下肚儿，鬼使神差的坐车坐反了，在车上摸了一个女人的兜，正好赶上这女的抢座位一扭屁股，把手给我挤住了，被抓个正着。人家报了警，警车来了，我一着急，把刀片吞了。去医院照片子，说扎胃上了，给我疼的。那帮抓我的人怕担责任，全散了，我才跑了回来。他妈的，才四十块钱，要不是为我们琦琦，我就让他们抓了，四十块钱，能拘几天呀？"

"该，你他妈活该。为了她吞刀片儿？神拿门的脸都让你给丢尽了。才四十块钱，就为了这么一个小骚儿，命都不要了？"米娜缓了一下，换个口气问："怎么会能扎胃上呢，疼吗？是雷子带你去的医院？医生怎么说？"

"嗯，这几句才象个情人问的话。医生说有两种治疗方法，保守的是多吃韭菜，用韭菜的纤维把他裹下来。如果不行，就得开刀了，这一开刀，一千个四十也下不来。其实呢，这么做也不光是为琦琦，我多挣点，不也是为了早点给玲玲买上车吗？"苏甫说完看了一眼玲玲。

玲玲似乎很受感动，起身帮着苏甫捶背。

"嗨嗨，玲玲，能不能矜持点儿，这种屁话你也信。告诉你苏甫，别老骗小孩子。我还不了解你，你在乎的不是拘几天，而是拘几天以后，琦琦知道你是个拿手儿跟你吹了。你呀，一点不值得可怜。"米娜说完，拿过酒杯酒瓶，倒了一杯酒，举杯对着苏甫接着说："看来还得庆祝庆祝你活着回来。来苏甫，干一杯。"

第七十六篇 组建专家组 米娜传绝招

玲玲也坐回坐位上。

苏甫摸了一下酒杯，稍显激动的说："天地良心。摸着心窝儿说话，我一直把你们姐俩当大老婆小老婆看待，有好事总想着你们。没有之一啊。这不是我从老苑那应了个活儿，也没忘了你俩，有福同享，有罪我一个人受。"

"什么活儿呀甫哥，挣钱吗？"玲玲问。

"当然了。老苑现在手下没人了，他想招几个学员，可是又不懂咱这行的技术。这不是托我组织个专家组，帮着他把把关，我马上想到的是大小老婆，肥水不流外人田。这还不够意思。价钱呢，我也跟他砍好了，他答应了，只要米娜参加专家组，那就每人给一千五，还行吧？"苏甫说完，开始神气了。

玲玲高兴的对苏甫说："甫哥你真好。"

"好个屁。你是借我的身份出去招摇撞骗呀。去也行，把你那份拿出来给玲玲，再说了，你今天大老婆小老婆儿的尽占便宜了，这张嘴就该挨罚，舌头也要付出代价。"米娜玩真的了

"大表姐，我是你的闺蜜，我说的也都是你们爱听的。你要假装不爱听，就当我是吹牛逼呢行不？"苏甫假装可怜。

"不行，吹牛逼也得上税。不过呢，看你可怜，给你剩五百。你敢说不行？说呀？玲玲，给他们家狐狸精打电话，就说苏甫在咱们家脱光了衣服，赖着不走，撒完尿还要洗屁股。让她来接走。"米娜说完，靠着椅背，跷起了二郎腿。

玲玲站起来，站在苏甫背后，抱着他的脑袋说："我才不呢，甫哥多好啊。甫哥，你看你，什么事都想着妹妹，妹妹我见了你就走不动道儿，我去你们家给你当小三吧。啊，甫哥？"

苏甫站起来躲开，指着米娜和玲玲说："你们俩，老说我们琦琦是狐狸精，我看你们俩才是真狐狸精呢。每次来你们家，都有掉进狐狸窝的那种感觉。我这童子身，弄得浑身都是骚味儿。说好啦，到时我通知你们。"往外要走。

"苏甫站住。过来。现在说点儿正经的。坐下。"

苏甫转过身，又坐回椅子上问米娜："大老婆还有什么嘱咐的？"

米娜探身拍了一下苏甫的肩膀说："大老婆小老婆的，让你占便宜，说明咱关系好，走得近。都怪我疏忽了，让你受了这么大的罪。神拿门脱险的方法，确实有一招吞刀片。你看，我这儿也有刀片，你看跟你吞的有什么区别吗？"她从衣脚处抠出一个小铁片，放桌上让苏甫看。

苏甫低眉看了一眼说道："你这个刀片也是老人头的，没什么区别呀？"

米娜拿起刀片，对苏甫说："看着你挺机灵，实际上你就是一个大傻掰。你吞的刀片之所以扎胃上了，是因为你的刀片是工具，锋利。而我这个刀片是道具，是经过加工的，用手攥着也伤不着手，你仔细看看。"

苏甫拿起刀片，仔细看了看，好象明白了，他指着米娜说："哦，原来把上面的尖儿和刃都磨秃了！你这个大老婆，跟你老公都留一手，就应该把你给休了，脱光了都不看你，憋死你。得，全赖我学艺不精，后悔也来不及了。"站起来告辞出去了。

苑总忙了一大早晨，终于把准备工作做好了。客厅里摆了两张桌子，一张是方桌，靠墙边摆放，一张是小圆桌，摆在屋子中间。方桌旁摆着椅子，桌上有茶杯，有笔有纸，还有标示评委编号的桌牌，桌牌上写着评委米专家，评委苏专家，评委玲专家。圆桌上摆摞着几个碗和一瓶水，还有一根擀面棍。

苑总从厨房里端几盘干果，有开心果，腰果，大榛子。又去厨房端出两盘水果，上面有草莓樱桃和甜杏。显得很红火。

"咚咚咚"有人敲门，苑总跑过去把门拉开，让进来几个人，是一个中年女人和几个半大的孩子。

女人对老苑说：“苑总，人交给你了，满意就留下，不满意就退回去。他们四个，是两副搭子，都是科班出身，就算在你这儿实习吧。条件都讲好了，他们也愿意，只是你可别亏待他们哟。好了，我先回了，有什么问题直接找江总。”

“行嘞，您受累了。您慢走。”苑总把她送出去，关上了门。回头对几个孩子说：“你们跟我来。”

苑总把孩子们领到那间没人往的卧室，让他们坐在床上，挨个问了年龄。苑总说：“今天你们初来乍到，以后时间长了就熟悉了。我只想问一句，愿意留我这儿的，我欢迎，不愿意的，我也不勉强”

“愿意。愿意。我也愿意……”

“好，既然都愿意留下，就要遵守我这里的规矩。过一会儿，会有专家组对你们进行考核，对你们的能力和技术水平做个评估，能力强，技术好的将来收入就高，吃得就好。不行的我也给机会，但是要努力，要有上进心，听明白没有？”苑总讲完了以后问。

“听明白了。”几个人答。

“咚……”又有人敲门。苑总从卧室出来，随手带上门。

他打开门，让米娜，苏甫和玲玲进来，请到方桌前坐下，先给茶杯沏上水，又把一盒烟打开放在桌子上，并示意几位吃水果干果。

米娜掏出口罩，给了玲玲和苏甫每人一个，自己也带上口罩，发话道：“开始吧。”

苑总过去，打开卧室的房门，朝里面喊：“一号。”

一个大约十四五岁的男孩，拿着半张写着“一”的白纸，走到客厅中间圆桌的住置，把纸放在桌上，等待评委问话。

苏甫看看米娜，看看玲玲问：“米专家，谁先来？”

米娜正襟危坐，指了下玲玲。

苏甫伸手一让叫：“玲专家，你先来。”

玲玲点头站起，走到圆桌旁，把两个碗分左右一放，拿起一瓶矿泉摸了摸，犹豫一下问："有没有凉的？"

"有……"苑总马上开冰箱拿出一瓶水，交给玲玲。

玲玲打开瓶盖，往每个碗里倒了半碗水，然后从兜里掏出一把一分的钢蹦，放在一个水碗里，又从兜里掏出一个秒表，端在胸前。她告诉一号考生："这个碗里有十枚硬币，你把这些硬币全都夹到另一个碗里，然后再夹回来，时间越快越好，听明白了？"

考生点头表示明白了。

玲玲把秒表对着水碗发令："准备，开始。"

一号考生听到"准备"后，就把右手的食指和中指并拢伸直，对准装硬币的水碗。听到"开始"后，手指插入水中，夹起一枚硬币，放在另一碗里，返手再夹一枚，又放在另一碗里，如此返复十次，夹完了以后。马不停蹄的又把所有的硬币夹了回来，完成后举手报："完了。"

玲玲看表秒报数："十四秒五。"回到桌子旁，在纸上做了记录，打了分。

苏甫看玲玲记完，说了句："十四秒五，还可以。"被米娜瞪了一眼。

玲玲返回考生面前，伸手把碗里的硬币抓出来，放在桌子上。打开一个小纸包，把十片肥皂片倒进碗里，告诉考生说："跟刚才一样，夹过去再夹回来。准备，开始。"

考生双指迅速插入碗中，第一下没夹上来，跟着又夹了几下，适应了，开始加速，但明显比夹硬币慢多了。夹过去，又夹回来后，举手报告："完了。"

玲玲一掐秒表，报出时间："三十二秒八。"回桌子上记录，然后拿着记录单和秒表让考生确认。

考生点头，解释道："成绩不太好，这个肥皂片我没练过。这碗里的水也凉，难度太大了。"

玲玲放回记录单。秒表挂脖子上，对考生说："看好了。"手指插入碗中，夹起一片扔进另一碗里，又夹一片扔过，也就几秒钟，十枚肥皂片就夹完了。

　　苏甫不禁叫起好来。

　　玲玲的科目考完了，。米娜一指苏甫，苏甫站起来到考桌前，拿出一个小纸包，打开后，原来是个刮胡子的刀片。他问考生："这是什么？"

　　考生不加思考的回答："刀片。"

　　"什么牌子的？"苏甫问。

　　考生答："老人头。"

　　苏甫把刀片放在桌子上问考生："知道怎么用吗？演示一下我看。"

　　考生拿起刀片，眼睛也没瞧，直接用手指一掐，"蹦儿，蹦儿……"的把刀片的四个角儿掰下来，放在桌子上。苏甫看了一眼，回到评委席做了记录，拿起一张白纸，叠了两下成包状，用手捏着上部，他告诉考生："这个相当于是个包，你一个手捏着，一个手割包。做个我看。"

　　考生一手捏着纸，另一只手捏起一枚刀片儿，刀片从纸底下划了一下，没划开，又划了两下，把底下划出了口子。苏甫回评委席做了记录后，又叠了一张纸呈包状，纸包里放了一个纸叠的钱包。他告诉考生："这是一个挎包，包里有钱包，你用一只手拿着，另一只手割开取出里面的东西，听明白啦？"

　　考生点头，接过纸用一只手捏住，另一只手持刀片在底部划了两下，伸进手指，夹里面的纸制钱包，夹出后报告："完了。"

　　苏甫点头，回到评委席给考生打分。

　　米娜左右看了一下，该出场了。她走过去，和言悦色的告诉考生："小同学，你的技术不错，练过几年了？"

　　"报告考官，三年。"考生答。

　　米娜继续问："是自己练的，还是有师父教啊？"

　　考生继续答："主要是自己练，有时候看师父练，就偷着学。"

　　米娜惊讶道："啊，自己练的？能练成这种水平可真不软了。看你岁数不大，今年到十八了吗？"

"十八？报告专家，十五岁零三个月零三天。"考生回答。

"父母都健在吗？做什么工作的？"米娜问。

考生答："报告专家，父母都在，俺娘身体不好。"

"噢，是这样，听你的口音象是中原人。"米娜继续问。

"报告专家，我不是中原人，是西北人。"考生回答。

米娜让考生转身："你转过去看墙上有什么？"

考生转过身去往墙上看。米娜抄起桌上的擀面棍儿，照着考生屁股狠狠的打了一下。打得他嗷嗷直叫。

米娜坐回评委席后发话："下一个。"

第七十七篇 专家考专业 苑总招学员

老苑打开卧室门喊："二号。该你了。一号回去，不许交头接耳。"

二号考生从屋里走了出来，亮了一下号牌，站在桌旁候着。这个考生好象比一号岁数还小，个头也不高，眼睛有些贼，看什么东西都是用眼一扫。

玲玲过去，把两碗水倒在地下的盆里，又往碗里倒了新的凉水，她把桌上的硬币抓起来，放到碗里，对考生说："十个钢蹦，从这碗里夹到那个碗里，然后再夹回来，明白吗？"

"明白。专家，我想直接夹肥皂，请您批准。"考生自信的说。

玲玲瞧了他一眼说："挺牛拜呀你？你可想好了，失败了可没成绩。"

"想好了。手拿把儿攥的事。"考生面无惧色的回答。

玲玲拿出一个纸包，打开后，把十片肥皂片倒碗里，拿起秒表喊道："预备，开始。"

小个考生真不含乎，细长的手指非常的柔软灵活，数着数儿的功夫就完成了。他举手报告："报告考官，完了。"

玲玲很惊呀，骂了一句："嘿，你有两下子！"回评委席坐下记录成绩单。

苏甫见玲玲考完了，就站起来来到考生面前，看了看考生的手指后，把一个包着纸的刀片放在桌子上，让考生表演。

考生瞧也不瞧，拿起刀片，熟练的剥去外面的纸，两手一合，"蹦儿……"四个角就掰了下来，放在桌上。苏甫看后，称赞道："不错，长三角，小于五毫米。嘴功会吗？"

"会。考官。"说着，拿起一个小刀片放进嘴里，在嘴里转了几下，拿水瓶喝了一口水，吐出舌头让苏甫看。苏甫看完后，点点头。老苑也跑过来看，没见嘴里有东西，很是震惊。

苏甫拿起一张白纸，交给考生，考生嘴里吐出刀片儿，掉在白纸上，让评委和苑总看。老苑竖起了大姆指。

二号在苏甫这里过关了。苏甫瞧了一眼米娜。米娜站起来过去，一拍二号肩膀赞道："没看出来呀，你小小年纪有这好的身手。常言道，名师出高徒啊。你师父是哪位呀，说来听听，没准我还认识呢。"

"报告专家，我没有师父，是睡觉的时候在梦里学的。"二号回答。

"哦，梦里学的，天生的喽？那你一定做过几件值得吹吹的大生意了？给几位评委讲讲。"米娜继续和二号聊。

"报告米大师，不敢吹，学生是有技术，但是没胆量，没见过大世面，上不了台面，只能打下手，跑龙套，当个碎催。"二号很谦虚的回答。

米娜继续问："今年有十七吗？"

二号答道："差不多，但大家伙都说我显小。我自小无父无母无亲戚，没有人知道我多大，从来都是别人看我象多大，我就多大。您说我十七，我就十七吧，明年就十八了，后年十九，大后年二十。您别看我显小，我身上零件可不缺，都好使着呢。别人是四肢灵活，我是五肢都好使，我……"

米娜抄起擀面棍，照他屁股狠抡了一棍子，并踹了一脚。

二号捂着屁股问："米专家，您打我干嘛？"

米娜回到座位上，在成绩单上打了分。她告诉二号："恭喜你，你过关了。你叫什么？"

二号告诉米娜："报告专家，我父母早亡无名无姓，走到哪里，哪里的人就看长相给我起名字。所以我有很多名字：猴逼，蔴杆儿，干姜，还有管我叫块儿壮的，还有……"

米娜挥手道："下去吧。"

老苑推开卧室门叫："三号……"

考核完了，米娜和玲玲先撤了。苏甫把四份成绩单整理好，用订书器订上，交给苑总，苑总非常满意，一再表示感谢。他请苏甫坐下，去卧室里取出四千五百元钱，交给苏甫。

"小苏啊，太感谢了。这是专家费，不成敬意。米娜和玲玲的也请你转交吧。你这几天的胃怎么样，还疼吗？"苑总关心的问。

苏甫接过钱装在兜里，他告诉老苑："照过片子了，医生说刀片还在胃上扎着呢，伤口没感染，可能是长上了，偶尔还是疼，但是能忍了。医生说不让做剧烈活动，少吃硬东西，有可能自己掉，有可能永远掉不了，最终还得做手术。行了苑总，活儿干完了，您歇着。"出了屋门下楼了。

从老苑家出来，苏甫把手里的钱抽出五百，揣在兜里，出了楼群，打了一辆摩的，来到米娜住的小区下车。

苏甫上楼，来到米娜家门前敲门，玲玲开了门，让苏甫进屋，关上门后，轻轻的在苏甫脸上亲了一下说道："甫哥，甫教授，请进。"

"哦，玲玲专家，早回来了？怎么不等我会儿，害得我还得跑一趟。米大师呢，没回来？那我就不进去了，把专家费交你就行了。"

"苏教授，长行势了，我这小庙儿容不下你这大仙儿是吧？"屋里传出米娜的声音。

"呦，米大师在家，那我得坐会，小老婆儿，前面带路。"苏甫摸了玲玲的脸下。

玲玲伸手揪着苏甫的耳朵，往屋里走，嘴里说："是，带你参见大老婆。姐，苏假教授抓来了，怎么处置？"

"玲玲，不得无礼。我没猜错的话，苏教授是来送专家费的吧。赐坐。苏教授，上午一口水没喝，渴了吧？玲玲，拿瓶饮料。"米娜手里正在拌馅，嘴里说话还拿着个劲儿。

玲玲出屋从冰箱里拿出瓶饮料。回来交给苏甫。

苏甫接过饮料说："真是一口水没喝，太渴了。还是大老婆懂事。小老婆缺少调教。玲玲，以后学着点，表现好给你扶正。"

"老苑那有水果有饮料有啤酒，你口渴愿谁？那不是不喝白不喝？"玲玲说得也对。

苏甫喝了几口饮料，对玲玲说："你呀，还真是个雏儿，他的水你敢喝吗，以后记住，哪都没有家里安全。还别说，还是大老婆想得周道，带了口罩，我都没往那想。"

"苏甫说得对，防人之心不可无。尤其是老苑这种人，现在混的挺惨，狗急了有可能跳墙，不得不防。苏甫，在这吃饺子，今天特意给你做三鲜馅的饺子，犒劳犒劳你。"米娜告诉苏甫。

"行了，心意领了，饺子就不吃了。不过呢，可以包好了冻上装袋，哪天没饭吃的时侯过来拿。那个专家费呢我领了，大小老婆每人两千，这是四千，玲玲拿着，行了，我回去了，家里还有正房等着呢。"苏甫把手里的钱交给玲玲，站起要走。

玲玲拉住苏甫，把钱交还给他说："甫哥，不行。闹着玩的事可别当真的。你要这样，我一分都不要了，就算给你帮忙了。你这不是寒碜我呢吗？你说是吧姐。"

米娜笑着说："是，玲玲说得对，我们是干拿活儿的，不是干伸手要活儿的。所有人的页子我们都能拿，就是不能伸手要。你联系的活儿，你应该多挣才是，平均分已经很不错了，哪能让你倒贴呀。要这样我也不要了，就算友情帮忙。"

苏甫从玲玲手中接过钱说："好吧。大老婆小老婆都这么懂事，我也就不勉强了，玲玲岁数小，今天表演了二指神钳又那让人大开眼界，就给玲玲两千吧。"数了两千给了玲玲后继续说："多这五百是你拿下本子了，甫哥奖励你的。以后甫哥有事，坐你的车就不给钱了。米娜，你是大老婆，就不另行打赏了，一千五是你应得的。得，两千块钱，我拿出五百来，剩这一千五是你的。"

他把手中的一千五欲递给米娜，发现明显不够数：""嗯，不对呀？"苏甫看着两只手的钞票，发现给米娜的钱肯定不够一千五，他把两下加起来又重新数了一遍，总共才一千五。

苏甫想了一下，认准是老苑给少了，不禁骂了句："老东西，跟我玩这套，少给了五百。怪我当时没数。"

他把手里的钱交给米娜时说："一千五，是你的。齐了，我回去了。"往起一站，有些猛，胃里感觉扎了一下，他捂着胃下楼去了。

玲玲送走了苏甫，回到卧室说："姐，咱捏饺子。"

米娜用筷子指着玲玲说："你呀，雕虫小技，瞒得了别人，瞒不了你姐。对苏甫你也真下得去手，你看他都伤成那样了，以后还要做手术，你就不会发发慈悲，手下留情。"

"姐，你刚才还说呢，我们是干拿活儿的，所有人的页子我们都能拿，我干的是工作，一点没过分，甫哥也是学艺不精，再说了，我将来是肯定要给他还回去的。"玲玲是又得意又有理。

米娜也笑了，她对玲玲说："按道理说你没错。但是，你怎么知道苏甫没看出来呢？以后你要记住这一点，无论我们和他之间关系多好，或是什么都过，那也要分清你我他。亲是亲，财是财，他现在有伤病在身，还有家要养，肯定不会象以前似的活得那样潇洒了。"

玲玲点点头问："姐，我擀皮儿，你擀皮儿？"

苏甫进了屋，闻到满屋的韭菜味儿，还挺香的。琦琦正在厨房里忙活。她往外看了一眼问："忙完了？没管饭呀？"

"没有，也不是，米主管说去吃三鲜馅的饺子，我没去，我不是惦记你做的韭菜馅的馅饼呢吗。"苏甫说完，脱掉上衣，换上鞋，去卫生间洗手洗脸，出来继续说："你还真有两下子，还会烙馅饼。"

"嘻，这不是为了你吗，什么都得学。我上午特意给我妈打了电话，现学现卖。其实也没什么难的。因为我觉得吧，吃饺子不如吃馅饼，你想啊，饺子是软的，又包不上大馅，吃下去也不见得能起多大作用。而馅饼能揣大馅，熟了以后面是硬的，你吃的时候，面和韭菜从上往下砸，保不其就把铁片砸下去了。"琦琦分析得有道理。

"有道理，老婆你真聪明！按你的理论，吃烙饼也管用啊。发面饼，不单往下砸，还能往下粘，总之，想尽一切办法，只要能排出来就是胜利。那什么，你先准备着吧，烙馅饼我也帮不上忙，我先歇会儿，有点累了。"

苏甫对琦琦说。

苏甫回到房间，靠在床上，身体有些乏。其时一上午也没干什么活，还是因为这个胃吧，伤了元气了。要不然怎么也能跟米娜和玲玲起起腻呀。

你说也邪了门儿，老苑到底给了四千呢，还是四千五呢，怎么会少五百呢，当时也没数。糊涂了，哪怕掂一下呢，也能八九不离十呀。按说老苑不应该呀，万一我要数呢，他能现那眼吗？

那就是玲玲，这个小狐狸精，比狐狸精还精，她的页子手天下第二，没人敢当第一，这回算见识了。不过，让她抽了去也应该，本来就说好了给她的，整天小老婆小老婆的，给她花点，心里也落个平衡吧。而且玲玲也确实可爱，国家要是让娶俩老婆，那肯定是玲玲啊。呵呵，想什么呢。

第七十八篇　米娜寻访　马哥脱铐

米娜和玲玲在西站东里小区外面下车，四下环顾了一下，用手指指点点着往小区里面走。

又有几家居民搬迁了，视野变得开阔了许多。拐过弯，往前走个几十米，就是文哥的家门口。

还是那张电脑桌，桌面上贴了几张烟盒纸。文哥靠在躺椅上，手里拿着一把铁扇子，啪哒啪哒的拍扇着胸脯，脸上戴着的墨镜是标配，写着"京酒"字样的大背心卷起一半，露出了白肚皮。这哪是做买卖呀，整个一北京大爷。

米娜走到过去用力一拍桌子，叫道："文哥，鸡都打鸣了，还睡呢？"

文哥往上蹭了蹭身子，稍微扭了一下头，见是米娜，赶紧坐直了腰说："呦，刚做个梦，有一个大美女走过来，敢情是俩，你瞧瞧，这艳福可真是，可真是……"

"来两瓶绿茶。这是我妹。玲玲，这是文哥。"米娜给双方介绍。

"文哥？文叔儿，我是玲玲。听我姐说，文叔儿特仗义，今天特意过来瞧瞧真人。文叔儿果然好洒脱啊。"玲玲拍着马屁说。

文哥没动窝，合上扇子一指，告诉米娜："米姑娘，想喝什么自己拿。"

米娜进院里拿饮料，玲玲坐在另一侧的椅子上。

米娜递给玲玲一瓶儿，把手里这瓶开盖喝了几口。她问："文哥，问您个事。租您这间房的人，每天一般什么时候回来？"

文哥警惕性很强，他漫不经心的说："没人租我的房。前几天有个亲戚过来，住了两天就走了。我没租过房。你记错了。"

米娜笑着说："文哥，我跟小马哥是亲戚，前两天我来过他这儿，大搜查那天，您忘了，您进院子了，就那天，我才知道马哥住这儿，只是那天那么多警察，我怕给他找麻烦，没敢在他这里多呆就回去了。噢，玲玲，是他妹妹的闺蜜。刚从老家来的，还给他捎东西来了。"

　　"哦，你说的是小马呀？他没在家，昨天早上出去的，晚上没见着人，到现在也没回来，不知道他什么时候回来。这样，等他回来，我告诉他，让他去找你们。"文哥说。

　　"行，文哥，您就告诉他说我和玲玲来找过他了，让他别生气了，我们都不记恨他，让他早点回家，我们也会再来找他的。"米娜有些激动的说。

　　"行嘞，话我一定带到，放心吧。"文哥说。

　　米娜付了饮料钱，和玲玲走了。

　　米娜和玲玲走后，文哥也不躺了，站起身回到院里，拿喷壶兑了八四消毒液，出来开始喷洒药水。

　　自从对门街坊搬走以后，房子被拆，砖也被人刨走了。地儿空出来了，环境却越来越差，每天三壶消毒液是必须的。

　　第一壶消毒很快就喷完了，文哥又去院子里接水。

　　马哥从胡同拐过来，迅速来到出租屋前，被上衣缠住的双手拿着钥匙打开门，一闪就进了屋，把门拉上。

　　文哥接水出来，正好看见马哥开门，见他双手上举开锁，衣服缠在双手的手腕上，心里就明白了八九不离十了。

　　马哥在家门口摆摊，纯粹是为了消磨时间，虽然他什么事都不打听，也不与人议论拆迁给多少钱，但是周围街坊出租房里住的什么人，确实是看得很准的。就连小马哥也不例外，知道他绝对不象他自己说的那样，是公司的员工，肯定和扒窃，吸毒的那些人没什么区别，但是他从来都不打听他的事，因为他知道，这些人嘴都很严，不会轻易把自己的事说给外人听。

　　文哥是见过世面的人，也曾经在派出所里帮过忙，他从马哥身后看他开锁的动作，就知道他是戴着手捧子的。肯定是跑回来的。

　　老年代的北京人，包括侦缉队，都管手铐叫"手捧子"。的确，手捧子的叫法真的很雅，听着就比手铐舒服许多。

　　文哥喷完药，把喷壶放回院里，拿出块抹布，把桌子擦干净，又回到院内，把那个沏了茶的盖碗拿出来，开始喝茶了。

　　马哥把门推开一道缝儿，探出头来问文哥："大哥，您家有电锯吗？"

　　文哥摇头说："没有。你找电锯干嘛，做木工活呀？"

　　马哥摇头道："不是，不用了。"脑袋缩了回去，把门关上。

　　马哥躺在床上，抖开缠在手腕上的衣服，露出腕子上那副黄澄澄的手铐，试着几次想把手退出来，结果手弄得很疼，白费了很多力气，只好放弃了。

　　稍消停会儿，烟瘾上来了，他从头顶上的顶棚里掏出一个三毫升的针管，又掏出两个纸包，打开纸包，把里面的白粉到进注射器里，插上推杆，从矿泉水瓶子里吸一点水，将注射器针头朝上，推出空气，准备就绪后，又在另一水瓶里，用手指醮了酒精，扒开裤腿，在脚腕处抹了一下，然后将注射器上下晃动几下，针头对准血管扎了进去，经过三推两抽，注射完毕。

　　他把针管装进包装袋，放在褥子底下，平躺在床上，待了一会，开始振作精神，拿起手机，拨打了一个开锁的电话，他告诉对方，自己的旅行箱打不开了，让他来帮开下锁。

　　文哥的小摊平时就早晨，中午，和晚上忙一阵，其余的时间没什么事可做，顾客主要是那些在这里租房的外地人，而那些外地人很多都来路不正，但购买力还是很强的。不过，也有一些人以赊账为主，欠多了就不来了。拿他们也没办法。

　　一个骑着装了马达的自行车的人，来到文哥的桌子前面停下，把车支上后，掏出手机拨电话，出租房里响起铃声，来人提起后车架上的工具箱，刚要敲门，马哥已经把门打开，把他让了进去。

　　文哥知道这个人，是配钥匙开锁的。他肯定是小马找来开铐子的。

　　开锁匠进了屋，问开什么锁，马哥抖了几下绕在手腕上的衣服，亮出手铐。

"这个我可开不了，这是犯法的，我上有老下有小，全家人都只着我呢，真进去了，我这一家子可怎么活呀？"

马哥很同情达理的说："得，大哥，不给你找麻烦，开不开的，既然你来了，出工费还是要给的。"

他从褥子底下拿出包着针头的纸包，打开后，拿着注射器说："这是我花三百块钱，从一个艾滋病人身上买来的两毫升血，可以送给你，只要在你身上碰一下，那你的血也就值钱了。"

开锁匠顿时脸色苍白，求道："兄弟，大哥，别别别，我开我开。你把那针拿远点。"

马哥从裤兜里掏三张钞票，放在床上说："闹着玩儿是闹着玩儿，开不开都给钱。天知地知，你知我知，完了事就大路朝天，咱们各走一边。"

"就算交个朋友，钱我不要。帮忙儿。帮忙儿。"开锁匠说完，把工具箱放地上打开，取出工具，很快就把手铐打开，放在床上后，收家伙就要走。

马哥拿起床上的三百元钱，塞进他的工具箱里。

开锁匠出门，把工具箱夹在后衣架上，眼睛不敢看人，推车跑了几下，撩腿上车紧蹬，马达起动，还差点摔倒，一溜烟的去了。

文哥见开锁匠拐了弯，觉得挺好笑，骂了句："这孙子，比兔子跑得还快。"

马哥把门插上，把铐子塞到被子底下，觉得有些困了，靠着被子，双手往两侧分开，充分享受着自由带给他的愉悦。

不过，又一次成功脱险，说愉悦也只是暂时的，真正的影响是心理层面的，上个月，在火车站被抓，万般无奈的情况下，用刀割破头皮才逃了回来。皮肉伤好治，而心理层面的创伤可就不好治了。

昨晚就是个例子，那个中年男子趴在柜台上看戒指，手机就放屁兜里，搁以前，这还不是手到擒来的事。可当你两个手指刚要并拢的时候，心里就开始哆嗦，手指头也伸不直了，居然两次都没把那个手机夹出来，那还不让人抓住。

派出所里，这半宿蹲的，也没人审他，可能是因为他没偷出东西来，不好处理吧。幸好有一个象是协警或是联防队员的人值夜，问他这个问那个，还查看他的物品，当看到马哥钱夹里的化验单时，问这是什么，马哥如实报告。说是艾滋病的化验单，吓得他把钱夹扔在桌子上不敢看了，还让马哥站墙角儿去。

马哥咬破舌尖，用手背抹了一下嘴角的血，做了个要喷的动作后，从容的拿着自己的钱夹和钥匙走出派出所。

"小马，小马，出来下。"马哥在外面叫了两声。

马哥推门出问："大哥，你有事？"

文哥用手示意马哥靠近点，他低声对他说："你的事我没看见，我什么也不知道。给你个袋子，把那东西装里面，给人家送回去。在你这搁着就是祸害。"

马哥犹豫了："这，这个，怎么弄啊？"

文哥把一个写着马爹利的洋酒手提纸袋放在桌上，告诉马哥："用报纸包上，放袋里，去你出来的那个地方，给它挂门上，你就不用管了。"

马哥晃然大悟，连声说："谢谢……谢谢文哥……"

马哥回到屋里，拿出那副手捧子，用报纸包好，装在手提袋里，锁上门后，提着袋子向小区外面走去。

……………………………………………………………………………

第七十九篇 刀片扎胃上 苏甫吃韭菜

现在有了电饼铛,烙饼,馅饼做着显着简单多了。琦琦忙活大半天儿,烙出两大盘子馅饼, 足有十几个, 个还都不小。

她把馅饼端到餐桌上, 摆上筷子和醋碗, 又拿了酒杯和一瓶小二。她喊一嗓子:"苏甫, 吃饭了, 馅饼熟了。"拧开瓶盖, 倒了一杯酒, 又往醋碗里倒了醋, 见苏甫没出来, 就进卧室去叫。

她过去搬苏甫脑袋, 苏甫坐起来后, 才发现自己睡着了。他报歉道:"不好意思, 太困了, 打了个盹。怎么着, 该吃饭了? 嘿你瞧瞧, 这一眯瞪, 黑白颠倒了, 现在什么时间了? "

"晌午了, 该吃午饭了。"边说边回到餐桌坐下, 给苏甫的醋碗里夹了一个馅饼。

"春困秋乏夏打盹, 这还不到夏天呢? 怎么那么困呢, 怂了? 唉, 人过二十晚来秋啊!"苏甫哈欠连天的走到餐前坐下, 先喝了一口酒, 然后拿筷子吃馅饼。

"二十就晚来秋啊? 我得八十, 早着呢。到了八十晚来秋, 九十一百不用愁。一百二三街上跑, 一百五六踢足球。"琦琦说完自己笑了。

"你还真行, 琦琦, 这馅饼还真好吃, 我以前很少吃韭菜馅, 这冷不丁一吃, 还真香。刚才犯困, 就是因为不想吃这个韭菜馅的馅饼。"苏甫把琦琦夸得美滋滋的。

琦琦筷子指着馅饼说:"这韭菜, 是我特意去郊区赶个大集, 买的当地农民种的自然生长的头茬儿韭菜。你懂什么叫自然生长吗? 你懂什么叫头茬儿吗? "

"不懂。这几天吃的韭菜炒鸡蛋, 那韭菜就没这个味好。"苏甫说。

"那就对了, 我也不懂。"琦琦说着, 把半个馅饼全塞进嘴里, 她让苏甫看, 让他学着做。

苏甫也咬一大口馅饼, 嚼了几下咽下去, 肚子里疼了一下, 赶紧用手捂住。他"哎呦"了一声。

"怎么了，是不是砸下去了，肯定碰到了，要然不会疼。"琦琦关心的说。

"不对，不可能能砸下去，我刚分析了一下，如果是刀尖冲下，上面一砸，有可能还会往肉里砸呢。只有刀尖朝上，才能往下砸呢。"苏甫分析着。

琦琦听说刀尖二字，马上问："怎么出来刀尖了？不是说是铁片吗？"

"啊，是呀，是铁片呀，那铁片儿是长三角儿型的，状似刀尖，要不然怎么能扎肉里呢。"苏甫解释说。

"现在还疼吗？"琦琦关心的问。

苏甫自我感觉了一下说："好多了。行了，这个馅饼大，吃俩就饱了，不能再吃了。吃多了顶上来，碰到刀片，就跟有人扒拉是的。对了，今天发了五百块钱，给你。"

苏甫从裤兜掏出五张钞票，放在桌上。他问："房钱还差多少？"

琦琦也没想就说："没差多少，也就两千吧。不碍事，回头给我妈打个电话，让她给点儿。"

苏甫沉了一下说："尽量别要老家儿的钱，我们自己挣自己花，一分钱不往家里交，然后还伸手要，实在是说不过去。"

"没事，别瞎想了，我妈的就是我的，我的就是我妈的。也是你的。"琦琦说得在理。

"你妈的就是你的，你的就是你妈的。也对。"苏甫调侃着。

"嘿，你病好了，敢骂我妈了，我吃了你。"琦琦说着，张嘴就咬苏甫。苏甫无动于衷的坐着，也没躲闪。

琦琦抱着苏甫的脑袋乱啃，嘴里残留的韭菜叶子粘在苏甫的脸上。

苏甫的胃感觉好多了，照片子显示，刀片和胃长在了一起，医生说暂时没什么危险，只是不要做剧烈的运动，最好还是尽早做手术方为稳妥。

歇了十几天，每天吃止疼药，消炎药，吃的人都软了。而且没有收入，干什么都要用钱。为生活计，也不得不出工了。没有钱，一切都是扯淡，更甭提做手术了。

一大早起来，吃了早点和止疼药，消炎药，苏甫出门干活儿了。现在，他已经不象以前似的，出门打车且有目的去到某个场所，而是直接上公交，在车上寻找机会，毕竟车上人多又拥挤，机会还是挺多的。虽说危险性很大，不过总归是富贵险中求啊，也是在理的。坐了一站地，下了两个手机，只是凭感觉不是什么太高档的品种。也算是有收获。

车到站，他赶紧就下了车，把手机关机，来到西站东里，进了小区，在文哥的摊上买了听红牛，喝了一口，给收手机的小王拨了个电话，不一会，小王过来，两人来到文哥家房子的拐角处进行交易。两只手机，卖了一千四百元。

苏甫旗开得胜，心里有些许安慰，只是刚才出手的时，心脏跳的历害，胃也一抽一缩的疼，后背汗都出来了，看来那个止疼药不疼时管用，真疼了就不管用了。

手机变现了，按说该踏实了，可苏甫突然觉得浑身发虚，很难受，两条腿打软儿，腰部也失去了支撑，似乎在皮与肉之间有个隔层，好象是涨，是热，又好是凉是痒。在他前面，一片房子的废虚中，有一棵枣树，树下放着一块城砖。他走过去，坐在城砖上想歇会儿，不想这一坐，浑身上下都变得松软了，手脚脖子也没劲了，他想靠树上，腰部没有一点支撑，幸亏旁边是一块较大的石头，他靠着石头开始冒虚汗。

在不远处，马哥正向这个方向走过来，由于自己的住处已经被米娜知道了，而且又让文哥看见自己戴着手铐跑回来，也没法在那里再住了，只好又找了一间房，这里距文哥家隔着两条胡同，房子在院子里，而且大了不少，所以正存搬家，最后一趟了，就是一个脸盆，毛巾和肥皂盒。

苏甫奋力伸起一只手招呼，嘴却无力呼喊了。

马哥看见了苏甫，马上跑过来蹲下问："苏甫，你怎么了，怎么在这？"

苏甫有气无力的说："浑身发虚没劲儿，站不起来了。"他的脸上淌着汗珠儿。

"你这是虚脱了。快，去我那儿。"马哥把肥皂盒装兜里，毛巾系脖子上，拉起苏甫的胳膊，使劲一拽，把他拉起来后，一手拿着脸盆，一手架着他，急忙往家走。

马哥的家离这不远，也就二百多米。在一家居民的院子里，是西房。

他把脸盆放在地上，掏钥匙开了门，进屋后让苏甫躺在床上，然后拿个碗去找房东要了一勺白糖，用开水沏化，对了些纯净水后，托着苏甫的脖子，给他灌了下去。

一碗白糖水灌下去，身体里空虚的部位逐渐填实，汗也收了，苏甫缓过劲来，他摸了摸腰，捶了捶大腿，感觉有力气了。

他坐起来靠在床头上，长嘘一口道："唉，活过来了。幸亏遇上马哥，这要是去医院，都不见得能活过来。"

马哥与苏甫对坐，感叹的说："这是干我们这行的职业病，主要是每天精神都高度紧张，压力太大，为什么说十拿九抽啊，这有一定道理。"

"是，老前辈讲，失一次手，功力就掉三成，依我看不只是三成，每天早上出门就犯憷，总有种不祥的感觉，好象出手就会被抓，被打，会坐牢。怀疑人生了。"苏甫深有感触的说

"我也是，每天出门前跟你一样，有那种上刀山，下火海的感觉，不想出门儿。晚上回来也是，睡觉也不踏实，总是能听见警鼻儿响。所以一早一晚抽烟用来解压，没办法。"马哥说完，从铺底下抠出一个纸袋，纸袋里有一个注射器。他打开装有白粉的纸包……

注射完了，他把用过的注射器装回纸袋，用报纸包起来，放在脚下。

他对苏甫说："早晨两包，晚上两包，改不了了。今天呢，是我搬家，没出去做生意，正赶上你出事，也是天意。你在这儿躺会，身体彻底恢复了再走。"

苏甫感激的说："谢谢马哥。马哥，跟你请教个事，你说这个白粉能

解压，能让人忘掉烦恼，还能止疼吗？"

"按说应该行。你看电影上的病人被疾病折腾的受不了了，医生不就是说，打针马非。马非就是白面儿吧。"马哥说。

"我再问个事，马哥，这个粉儿必须用针注射吗？没有别的吸的方式吗？"苏甫继续问。

"有，注射只是其中一种，为的是更直接，更快的把它送到身体里去。也有用锡纸的，用烟枪的，还有掺的烟丝里做成烟卷的。象这种烟。"马哥说着，拿出一盒红梅烟，从里面抽出一支让苏甫看。

马哥继续说："这支烟里就有，就是为了携带方便，比如你在外面做生意，烟瘾犯了，抽出一支抽，没有人怀疑你是吸粉儿。"

苏甫把这盒烟端祥了一会儿说："马哥，把这盒烟送我吧，我也体验体验，看看效果如何？"

马哥手一挥道："拿走吧，不过试试就得，千万别上瘾，一旦上瘾了，就等于是开始烧钱了。花销可不小。"

苏甫把烟叼在嘴里，用火点燃，开始吸了起来。他满不在乎的说："抽着玩玩，扛过这一阵儿就好了。这个胃有时候夜里疼，睡不着觉。"

"可能管点儿用，但是你别实指着它能怎么着。你胃里的刀片还是应该尽早的手术，取出来就没事了。"马哥劝道。

苏甫抽完烟，自我感觉一下，应该能走了。他下了地对马哥说："哥，这个我拿走了，不呆了。"

"行，悠着点儿抽，回去不要告诉米娜和玲玲我住这儿。"马哥叮嘱着。

苏甫脚迈到门外，回头说："不说，就说不知道。走了啊哥。"关上门走了。

第八十篇　文哥摆摊　少年销赃

九点之前忙了一阵，文哥开始闲下来了。照例用喷壶往四周喷了三壶八四消毒液。又打开马哥住过的小屋，也往里也喷些药水，关上门闷着了。

文哥搬出躺椅摆好，又去院里端出茶杯和那把黑色的铁扇子，刚坐下，就有三四个十几岁的少年走过来，这几个人就是老苑手下的学员。其中一条说："大叔，给拿一条塔山。"

文哥扫视了一下这几个人，有点儿不象是抽烟的，但还是进院子里拿出来一条烟，放在桌上。。

另一个少年指着墙说："大叔儿，拿瓶儿红方。"

文哥站起来，从墙上拿下一瓶酒，交给少年。这时，其中一个岁数稍大的少年对文哥说："大叔儿，跟您商量个事，今天是我们师父生日，我们去给他老人家祝寿，我们今天没带钱，先把东西押您这儿，我明天拿二百块钱来取，您看怎么样？"

"不行，我从来都是现金交易，收现钱。"文哥说。

一个小个子少年拿出一个白色的，象书本一样大小的小电子产品，放在桌上说："就这个，听歌的，先押您这儿。谢谢叔儿。"几个孩子说完，一熘烟儿的跑走了。

文哥显得很无奈，骂了句："这帮孙子。"拿那个小电器看了一眼，是日文，好象也有几个字是中文，叫任天堂。不知是干什么的。把它放进抽屉里。

这个象书本一样大小的电器，并不光是听歌的，而是一个高级的游戏机，价值在三四千元左右，非常的贵重。

老苑手下的几个学员，都是刚出道的毛贼，没见过什么世面，对这种高级的玩意儿一点不摸门儿，只是在大街上看见一个背双肩包的女孩，头上挂着耳机，耳机线从包里出来，为了实习演练一下团队配合，就把这个游戏机从女孩的包里掏了出来。

得手后，他们既不认识这种物品，也不知道价值，决定去文哥的小卖部换东西，于是就演了一出师父过生日的戏。后来，过了二十多天，他们听说有个王哥收电子产品，又去苏宁电器打听了任天堂游戏机的市场价，才知道很贵重，就跑到文哥这里来赎，说出四百五百的要买回去。而文哥不知道把那东西放哪了，没找到，也就作罢。后来，也就是十年后，文哥第二次搬家，看见了那个物件，想卖给收旧电器的，收电器的不收，他告诉文哥，你这个物件是游戏机，十年前很值钱，现在没人玩了。文哥就把这个游戏机扔进了垃圾桶。

文哥家前面的空地上，有些人搭建了大小不一的塑料棚和帆布棚，有人开始在里面生火做饭。这些人都是衣食父母，与他们和谐共处是首选，不过，不和谐又能怎么样，谁敢惹呀？

摇着铁扇子，靠在躺椅上，文哥喝了一杯茶，准备眯瞪一会儿，看见胡同口有两女子往这边走来，就把身子又直起来。是米娜和玲玲，说说笑笑的还挺开心。

"文哥好。"米娜首先问候。

"怎么着大美女，今天又淘到什么好货了，这么开心？"文哥问得很直接。

米娜装听不懂，直接去院里拿出两瓶绿茶，和玲玲一人一瓶，开盖喝了几口。

"文哥，马哥回来没有？您告诉他了吗，让他回来找我去？"米娜问。

"文哥一拍脑袋，小声说："呦，忘了这茬了，昨天倒是回来了，可是他是戴着捧子回来的，应该是被抓了。他跟我借电锯，我没借他。他的事我不掺和。后来他找了个开锁的。再后来我让他把那个捧子送回去了。再后来他就搬走了。"

米娜非常感激文哥："谢谢文哥……麻烦您帮打听一下他搬哪去了。玲玲，去拿两听红牛。"付了饮料钱给文哥。

玲玲从院里拿了两听红牛饮料。离开了。

看着两个女孩的背影。文哥摇头叹道："可惜了，两个这么漂亮的女孩，怎么不走正道啊！"

这姐儿俩刚走，马哥就过来了，打过招呼以后，马哥坐下。

"刚才米姑娘和玲玲姑娘来打听你，说让你回家。你们什么关系？"文哥问。

马哥告诉文哥："亲戚，走的不是很近。文哥，这几天您的摊上多准备点好烟，象那雪莲王什么的，最近会有人来买的。我得到信息，有专门买这种烟的人过来了。"

"哦，我倒是进了十来条，还没怎么卖呢。这种贵烟，不象普通烟那么好卖，还押着钱。但也确实赚得多，不过你得卖出去才行。"文哥告诉马哥。

马哥小声的告诉文哥说："这几天会有人问您有没有房出租，您别说没有，您就说还没考虑好呢，就行了。"

马哥起身告辞走了。

文哥回味着马哥说得话，自语道："搞什搞，出租房和卖烟有什么关系？"

虽然不太明白小马话中的含意，文哥还是掏出手机，拨通了电话："哎老刘，给我来十条儿雪莲王……"

文哥回院儿里，拿个暖壶出来，给茶杯续上水。他在房子的左右前后转了一遍，见有一些生面孔的外地人，在找出租房。

他回到家门口，刚坐下，送货的老刘就来了。

做生意就是这样儿，人不能犯懒，无论什么时间，什么气候，只要客户要货，就要第一时间送到。五十多岁的老刘，身材矮小，骑着一辆二八的自行车，车架两边挂着邮局送报用的那种大兜子。自行车的闸皮很涩，捏闸时发出刺耳的声响。他只批发两种烟，一种是广州的烟叫"羊城"，另一种是新疆的烟叫"雪莲王"。

老刘从自行车上下来，随车向前跑了几步才站住，支上车，从布兜里往外掏烟，放在桌子上，五条一摞，整十条。

马哥谢道："辛苦了老刘，来得够快。以后您不用这么着急，又不是等着吃的东西。"

"不辛苦，挣得就是辛苦钱儿。跟您没法比，您瞧您，坐的家门口，喝着茶把钱就挣了。得，十条烟，一千一正好，回见了您。还有一家，上午就跑完了。"推车骑上飞快的去下一家送货了。

文哥把烟抱进院，装在一个大塑料袋里，然后把口系紧。天气干燥，贵重的烟在出售之前，不能风吹日晒。

他喊家人，让把烟收进屋里后，走出院了，继续喝茶。

几泡茶以后，时已近午，又到了喝酒的钟点了。这时，太阳从云层中闪了出来，放出白色的光。文哥把茶杯和暖壶收回院内，开始支遮阳伞，一边干一边还说："喝完水还得喝酒，真难为肚子了。"

文哥从院里端出两盘菜，一盘是芹菜拌腐竹，一盘韭菜炒鸡蛋。还有双筷子，放在盘子上。又回身进院，提出两瓶啤酒，冰镇的，出了冰箱后瓶子上开始凝聚水珠，透着凉。

啤酒倒在杯里，杯口泛出酒花。按习惯，喝啤酒时，第一口一定是要喝一大口，才显得豪爽凉快，用啤酒中的汽儿顶出胃里的气，打个嗝儿，接再着喝，这样怎么喝都不会涨肚了。

文哥摆摊有几个月了，经常有一些过往的外地人，和一些生面孔的人跟他打招呼。他也习惯了，了解了，这些和他打招呼的人，都是到这里来办事的。为的是混个脸熟，有的买包瓜子，一瓶水或一包烟的，主要是为了在他这儿停一下来观察周边情况，更有半熟脸的会直接问："这两天警察抄了吗？"

文哥有时候也拿他们逗乐子，就说："抄了，有时候一礼拜一抄，有时两三天就一抄，还有时候上午抄了下午还来，天天有被抓的。听说抓的都是倒粉子的和抽大烟的。"

做贼心虚，一般路过这里打招呼的和探路的，都是来买粉儿的，都怕吓唬，所以每次来取货，都要来文哥这里探听消息，文哥也习惯了，有时候用手一指说："有几个便衣，去那头儿了。"或者说："刚走一会。九点半来的。"

不过，这些过来探路的人，或多或少都会买点儿东西。

最近每天一大早儿，都有一些半大小子过来问有没有刀片儿，文哥不清楚刀片是什么，上午小马正好过来，问小马，才知道刀片就是剃须刀的刀片，牌子是老人头的，什么叫老人头，他也不知道，等明天去批发部问吧。

一瓶啤酒喝完了，文哥把空瓶子盖上盖儿，用空瓶子撬开第二瓶啤酒，继续喝着。

苏甫在马哥那里抽了一支带粉的烟，好象还真有一些止痛效果，，感觉到胃里不那么疼了。总结了一下虚脱的原因，终于想清楚了。

这些日子，为了排出胃里的刀片儿，天天吃韭菜，韭菜馅的包子，饺子，馅饼，馅合子，还有糊饼，鸡蛋炒韭菜什么的，吃得肚子里头经常咕噜咕噜的响，时不时的就拉几泡，身体不虚才怪呢。既然吃韭菜不管用，以后就别吃了，改改口儿，补补身子可是当务之急。

已经是中午了，琦琦还在被窝里躺着，这些日子苏甫闹胃疼，琦琦每天都去市场买韭菜，韭菜有的是，非常好买，但吃着让人不放心，常听人说有的韭菜是毒韭菜，具体怎么个毒法儿，谁也说不清。有时候就去郊区大集，看那些摆地摊的本地农民，卖的韭菜长得参次不齐，细瘦如毛的，象是没使过药的，才敢多买点儿。

苏甫病情缓解，能上班了，琦琦终于可以睡个懒觉了。其实，说是睡懒觉，也早就醒了，只是不想穿衣服。可不是，有些日子没和他亲热了，不干哪个，再想叫声"亲爸爸"，都张不开嘴了。

外面门响，是苏甫回来了。给了正想那事的琦琦一个大大的惊喜，她蹦下床，连拖鞋都没穿就跑了出去。她已经忘了他还有伤在身，直接向他扑去。苏甫没有躲，直接抱住她说："瞧给你浪的，光着就出来了。这大白天的，万一我要带个人来呢？"

琦琦赖皮赖脸的搂着他的脖子说："我不管，谁让你这时候回来呢？我伺候你多少天了，你也该伺候伺候我了。"

苏甫用乞求的口吻说："亲爱的，再过几天，先憋着。"说完在她的乳头上掐了一下。

受了这一电，琦琦身体开始往下坠，她求苏甫："亲爸爸……"

……………………………………………………………

第八十一篇 苏甫吸粉 刀片利高

苏甫有了这盒特制的粉儿烟，每天吸两支，胃痛得到了缓解。出去做生意时，虽然还是紧张，但也不象虚脱那天似的那样了，加上自己注意，吃些补品，一天还是能顶下来的。

几天以后，每天两支烟已经不够了，下午收工回家前，他会到马哥的出租房内，注射一包白粉，并且自己再制作一些特制的卷烟，做为应急备用。其实，制作这种卷烟也不难，就是从烟卷里捻出一些烟丝，放入些白粉，再把烟丝装回去，蹲瓷实了就行了。

逐渐的，身体对白粉儿有了耐力，就开始加量，早晨一包，晚上两包。开销也同步增长。再后来，他发现晚上需求量大，两包也难满足烟瘾和缓解胃痛，所以再加量，达到三包。

苏甫自从吸粉儿以后，琦琦的欲望也开始暴涨，他每天回到家，都会被她抱着脑袋激吻狂嗷。但是奇怪的是，嗷吸一阵后，她似乎已经得到很大满足，并不象以前那样，如狼似虎的折腾苏甫。苏甫不知道，琦琦也不知道，只是旁观者清。你想啊，苏甫刚吸完烟，俩人就亲嘴，主要是琦琦在索取，她要吸干他口中所有的唾液，咽到自己的肚子里，久而久之，她也开始上瘾了。不过，她不知道自己已经对某种物质产生了依赖，只知道他嘴里的唾液是她的最爱，亲吻完了就会得到最大的满足，而且还能做个夜夜声歌的好梦，所以天天盼着苏郎早归。

苏甫回到家，刚脱下上衣，换上拖鞋，就被等不及的琦琦抱住狂啃狂嗷，苏甫已经习惯了往她嘴里推送，而很难从琦琦嘴吸出浆水来，一阵激吻后，苏甫调侃说："你现在每天不是亲嘴了，而是嗷汤了，我身上这点精华都让你吸干了，你就是个吸血鬼，看看，舌头都涩了，有口疮了。"

琦琦也笑道："我现在就是个亲嘴狂，每天不跟你亲嘴，就没着没落儿的。告诉你，你嘴里这点水儿每天必须给我留着，不能让别人舔了去。"

"我现在的身子骨儿，你一个人都招架不住了，哪还敢让别人碰。看看，这几天都瘦了，快成秫秸秆儿了。早晚得让你给嚲死。" 苏甫指着胳膊说。

苏甫出去上班，晚上五点左右到家，每天到家之前，琦琦都有等不及的感觉，有时候在屋里走溜儿打转，耳朵听着外面的声音，眼睛盯着门把手，似乎他每次回来都有点晚，让她抓耳挠腮。

五点多了，楼道里还听不到脚步声。琦琦心里开始起急，逐渐的身上犯痒，好象有小虫在爬，在往她肉里叮。

她心里开始抓挠儿，实在受不了了。她去厨房，找出一块咸菜放嘴里，嚼了几下又吐了，抄起醋瓶，喝了一大口醋，还是不行。她见什么抓什么，想扔，想砸又放下。她来到客厅，抓起来上的一小瓶白酒，往嘴里倒了一口后又吐了，又把酒往手上倒，往身上抹，还是毛儿用都没有。她放下酒瓶，拉开抽屉，看见有一盒红梅香烟，她抖出一支，抓起塞在嘴里。

奇怪了，嚼了几下，竟然从烟里嚼出了苏甫嘴里的那种味道。她仔细品了几下，果然是，而且身的痒逐渐平复，舒服了许多，一种熟悉的感觉开始在血液里流淌。

她把这盒香烟照原样放好，去厨房收拾下刚才弄乱的东西，回到卧室，赤条条的躺下，那股满不在乎的劲头儿，真是没谁了。

她近乎瘫软的身驱告诉她，这个世界上一切的一切，她都不需要了，她就是神仙，可以驾云飞升，傲游世界了。

苏甫回来了。他换了鞋，见琦琦没来扑他，觉得挺不自在。找到卧室，见她正脱光了躺在床上等着他，他也有些心痒。这些日子，虽然两人有过亲热，但是除了每天的亲嘴是必须的以外，肌肤之亲总是草草了事。

已经好长时间没有仔细瞧瞧和抚摸她的身体了，做为男人，这不是亏了吗？去它的，死都不怕，还怕玩儿自己的女人？

他脱了衣服，悄悄上床，开始用手抚摸，用嘴亲吻，用脸轻蹭，用身体按压她的身体……

她在仙境中漫游，一个风度翩翩的白马王子向她走来，他用风，用云，用水，用树叶来抠挠她身体的每一个部位。

苏甫，是，这个白马王子正是她的苏甫……

一轮红日从东方升起，阳光照射到对面楼上的玻璃，反映出带有放射线的红光。

苏甫坐起来，被反射光照红的墙上，有他的身影，还是那个位置，那个姿势。每天到这个钟点儿，大脑里的生物钟就会敲响，叫他起床，他也习惯了。他侧脸看了一眼，琦琦还在做着美梦。心里的自豪感由然而生，能给自己的女人创造好的物质条件，快乐舒服的生活，让她每天都有好梦，那才是个真男人。为了一心一意跟着自己的琦琦，为了将来的家，苏甫不敢懈怠，下地穿鞋，出了卧室，洗漱完毕后，穿上衣服刚要出门，想到没带烟，过去拉开抽屉，把那盒红梅拿出来，嘴里还念叨着："妈的，昨天就忘了带了，下午还真来了烟瘾，没这棵烟，手头就不好使，只好放了一单大生意。"

苏甫下楼出门，叫了辆摩的，到了马哥家，吸了一支晨炮。又去忙生意了。

本来是一片废墟，破砖碎瓦烂树枝，却在晨光的照耀下，闪烁着点点橙红色的露霜，真的很好看。

文哥起得早，他骑着一辆麒麟一二五型摩托车，已经从批发部采购回来了。

他支上车，没有马上卸货，从墙边抄起一把大扫帚一痛猛抡，把这条胡同扫了一遍。回院里提出一桶水来，往起土的废墟上泼洒。放回水桶，端出半盆水，把桌子擦干净，收回脸盆，开始从车上卸货。

还甫说，这一趟还真提了不少货："十套剃须刀，十盒刀片，十包卫生纸，十包纸巾，十条毛巾，十双拖鞋，十瓶醋，还有两桶棒棒糖。"

有些东西文哥是第一次进货，没卖过，甚至不知道卖多少钱。不过，这都不是事，管它呢，给钱就卖，不赔就行，不就为了耗时间吗。

　　卸完货，文哥拿起一桶棒棒糖看了看，觉得挺满意，哄小孩的东西，既可以卖，也可以当礼品送。买东西多的，送根棒棒糖也不值什么，批发价才一毛二，值什么钱呀。

　　还有这个剃须刀，看别的摊儿上卖八块，进价才一块六，真不知这价怎么定的，别人卖八块，咱就卖六块吧。

　　还有这个刀片，一盒四片儿，一盒一块一，才两毛多一片，你说怎么卖，卖一块钱都是暴利了。什么老人头，不就是吉利吗？这些人都什么文化。

　　文哥把大多数东西搬到院里，每种留一件在桌子上，刚摆好，买卖就来了。原来是老苑公司里的四个学员，本来都过去了，一个小个少年看了一眼桌子，喊了句："有刀片儿。老板，拿一片啊。"伸手拿起刀片盒，熟练的一掰一抠，就拿出来一片儿，另一个少年扔下两块钱，几个人就蹦着走了。

　　文哥觉得很奇怪，也很好笑，自己觉得卖五毛都过意不去的物件，原来可以卖两块。不过，那个少年买了刀片好象是用手掰着玩儿，不知什么意思？

　　陆陆续续的来了几拨人，一般都是两个或三个，扔下两块钱拿个刀片儿，真没想到，刀片成了抢手货。这些人都是干什么的呢？有的岁数不大的还是个孩子，也没有胡子呀？

　　不敢问，也不能问，只能暗中观察吧。文哥离开桌子，站在路中间，终于看见两个男青年，扔下两块钱，拿个刀片，瞧都不用瞧，就把纸撕掉，"嘣儿……"的掰了几下，然后随手一扔，两个人出小区去了。

　　文哥走过去，低头寻找，终于找到被扔掉的刀片，原来刀片的四个角儿都被掰掉了。令文哥惊讶的是，每个角掰下去只有几毫米，如此锋利的刀尖，肯定会扎破手的。这些人手上的功夫如此了得，真是开了眼了。甫问了，这些人都是割包儿的，就是不知道今天让谁碰上，谁碰上谁就倒霉了。

买刀片儿的过完了，就是学生了，家长带着孩子上学，见到文哥这里有棒棒糖，就扔下一块钱，抻出一支带孩子走了。

文哥第一次卖棒棒糖，见孩子的家长给孩子买糖，不是很在乎，自己心里倒很不舒服了，赚孩子钱？穷疯啦？他从瓶子里抓出来一把，两根两根的并在一起，再有孩子买糖，一律一块钱两根儿。也赚钱了，一早上就卖了半桶儿。

再有就是一些买烟的。基本都是那些租房的外地人，在文哥这里买烟，也都是想混脸儿，肯定都是些不干正经事的人。

文哥基本不做本地人的生意，本地人事多，生活都不富余，平时抽的烟，喝的酒基本都是假的，所以他从你这买了真烟真酒，反而认为假的。你直接告诉他是假的，他也就不来买了。

早晨忙过去了。又喷了三壶消毒液，就到了喝水时间了。

沏了茶，拽出了躺椅，刚坐下端起茶杯，就见一个女人向这里走来，老远就挥手打招呼："大哥闲着呢？真自在啊！"

女人也就三十来的，很精明且有着很条的身形并带几分姿色。她直接坐在椅子上说："大哥，有雪莲王吗？"

"有啊，要吗？"文哥喝了一口水说。

女人抽烟的人不是很多，既使有，也很少有人买这种高档烟。文哥隐约听说过，东边胡同住着一个女人，她一个人租了几间房子，很有钱，黑白两道就如脚面水儿——平趟。可能就是她吧。

"您给我来两条，一会儿我来客人要用。"说着，她放桌上三百二十块钱。

文哥起身进院儿，拿出来两条烟，递给她并说："十六块一盒是零售价，你整条的要，就按一百五吧。"收了三百，把二十剩在桌子上。

女人笑得很自然，她对文哥说："大哥，该多少就是多少，你看我是个女的，还长得那个是吧？怜香惜玉啦？"

文哥也笑了："是，人之常情，姑娘走在胡同里，还真是个风景。但生意是生意。二十块钱在你来说也就是毛毛雨，我们做小买卖儿的也是想拉你这样的大客户。"

"得，大哥言谈举止，豪爽大气。但是拿出来就不能收回去，给我两听红牛吧。"姑娘把钱推过来时说。

文哥进院，拿了两听饮料，放在女子面前，把钱收了起来。

"哥，我请您喝饮料，来，干一下。"女子推过一听给文哥，自已拉开一罐举起来。

文哥端起茶杯示意，喝了一口说："谢谢姑娘。"

"大哥，真是的。唉大哥，听说你家有房要出租啊？"姑娘问。

"谁说的？你耳朵够尖的。是有这个想法，还不确定，我那套楼房租期到了该收回了，就不租了。准备搬到楼房去住了。不过呢，这有个小卖部儿，还有拆迁办，我都得顶着，所以正犹豫呢。"文哥说。

"那好大哥，等您决定了，您给我留着，象您这样的房子，一律五千一间，就这么说定了。到时我天天陪您喝茶喝酒。"姑娘说完，站起来告辞了。

"嘿，真她妈牛，这个女人什么来历？不象一般人。平房能给五千一间？"文哥不解的自语着。

"大哥，买卖兴隆啊？"一个中年男子过来打招呼。坐在椅子上，掏出一盒雪莲王抽出一支，递给文哥，文哥摆手表示不会吸，他自己叼在嘴里。

"就那么回事，小本经营闹着玩儿的，图个乐子就是了。"文哥说。

中年男子抽了一口烟，他说："大哥，听说您这上了雪莲王了？给我来两条。"

"啊，有。稍等。"文哥起身，从院子里拿出两条烟，递给他并收了货款。

中年男子神秘的问："大哥，刚才那个女的您认识？"

文哥瞧了他一眼，答道："啊，不，半熟脸。她是来问房的，想租房，不知谁告诉她的。"

"呦，大哥，这个女人可不简单，黑白两道都踩着，在行里级别是很高的，千万别招。您要是有房，您给我。我租房子肯定不会用它吸粉儿倒粉儿，我是开饭馆做正经生意的。"他说。

文哥看了他一眼，琢磨了一下问："开饭馆，不是要用门脸儿房吗，我的房不是门脸儿房啊？"

"嘻，这您就别管了，您只管收钱就行了。打个门还不容易，半天儿的事。"男子说。

"你说得有道理，不过我得跟街坊勾通勾通，开饭馆是很吵的，太扰民。"文哥说话留了余地。

男子走了以后，文哥一上午都没得闲儿，接待了好几拨前来问房的。无一例外，都是先买几条烟，然后再说房。

他明白过来了，一定是小马放出风去了，说他家有房要租。

文哥家前面的房子都拆完了，形成了一个大空场，每天有很多人聚集，还有人用帆布搭了棚子，不用想都知道这些人是什么人。

第八十二篇 米娜逗文哥 苏甫找小马

文哥只做自己的小买卖，根据顾客的需求，随时添加一些小商品。

一辆电动自行车飞驰而过，车上的人向他招了一下手。文哥点了点头。不一会，电动车转回来，停在前面的树荫下。

下来的是一个北京人，有四十多岁。他姓黎，长得显老，人都叫他大老黎。他端着一个水杯，坐下后说："大哥，在您这坐会。"拿起暖壶，给水杯兑满了水。

"你够忙，东一趟西一趟的，看得我都坐不住了。"文哥说。

大老黎神彩飞扬的说："是，今天的业务多了点儿，一上午没闲着。早上一来，帮助客户去西站退了两张票。又去邮局替人汇走了五千块钱，刚才这趟是帮着那帮老板去家乐福买了两瓶伊利特，下午还让买两瓶红方，有两个客户还要针头，歇会给送过去。"大老黎很得意。

文哥觉得奇怪，问道："退票，汇款，买酒也是业务？帮忙啊？"

"哥你真逗，谁不图利谁早起呀。退火车票按百分之三十提成。邮局汇款一次，五十块钱跑腿费，家乐福买酒一瓶加十块。这帮孙子的钱不挣白不挣。哥你说是吧？"

大老黎是个能人。他说的针头就是注射器，一毫升的，专门吸粉儿用的。他说的这帮孙子，肯定是那些扒手儿，偷了外地人的钱包，里面有火车票，自己不敢去退，雇个人去，然后分钱。据说这次大老黎的两张票，退了七百多块，他提了二百多。

以前有句话，三百六十行，行行出状元。正常人掰着手指头脚指头，也数不出这么多行儿来，而大老黎一人儿干了多少行，他也说不清。因为只要给钱他就干，包括买火车票，飞机票，长途汽车票，接站，送站找旅馆，带路，介绍生意。而他主要做的是批发和零售卖针头，每天出来的比所有人都早，回去的比所谁都晚，从来没见他下过馆子，也算是有能量了。

他卖针头年头不少了，认识许多倒粉儿的，和吸粉儿的，他经常绘他们借绍主雇，能挣些中介费。

　　他刚才无意中说到了帮那些老板买酒，引起了文哥的注意。说者无意，听者有心。文哥不是生意人，但是脑袋里好象长了这根弦儿，很是敏感。既然有需求，做做又何仿，况且自己也喝酒，卖不出去自己喝，既不糟蹋东西，又不贬值。而且，文哥还有个毛病，想什么就干什么，几秒钟就能决定一件事。

　　文哥把外面的几件商品收进院儿里。戴上头盔，开着摩托车去了超市，直奔卖酒的专柜。找到伊利特这款酒，看了看售价，每瓶五十六元。又看了包装，商标和电话号码，正要往出走，无意中看见一款听装啤酒正在打折，比批发来的还划算，一箱居然便宜了五块。嘿，巧啊，还真没白来，真是的，搂草打兔子啊，带捎着。

　　他推来一辆购物车，装了五箱啤酒，排队结了账。

　　出门后，他把车推到摩托车旁边，往车上装啤酒。两边的皮兜子里各装一箱，后备箱一箱。车座上放两箱，车座上的两箱酒用皮绳扎紧，晃晃还挺牢靠。打着火儿开车回家了。

　　文哥利用喝水的功夫，打了几个电话，问清楚了伊力特这种酒批发点的位置，没吃午饭，直接开车过去找，找了两家，有一家价格合适，每瓶二十五，没费话，装了四箱就跑回了。

　　之所以急着去批酒，并不是要着急卖，一般情况下，文哥只有上午去进货，过了中午就不出门儿了。因为每天要喝酒，两瓶啤酒，倒从来都不多喝，也不喝第二顿儿，挺有规律。喝完酒就不能开车了，摩托车酒后也不能开。

　　文哥出去提货，文嫂回来给盯了会儿摊儿，她说有人来问租房的事，还卖了几条雪莲王。文哥心里清楚得很，这是小马为了报答他，给他暗中放的风。管他呢，就象大老黎说的，这帮人的钱，不赚白不赚。不过，墙外边这几个小煤棚子还是可以考虑租出去的，已经有好几拨人来问了。

　　先喝酒吧，什么事都不是事，只有喝酒是正事，每天两瓶是必须的。

喝完了收摊儿睡觉，雷打不动。

睡了会儿午觉，文哥从院儿里出来，支上遮阳伞，靠在躺椅上似睡非睡的眯着。反正外面什么也没摆，睡着了也不怕丢东西。

米娜和玲玲走过来，米娜坐下，让玲玲进院去拿饮料。

文哥连眼皮都没抬就说："胆子够大的，这么大活人瞧不见，就敢进院子，当我没看见。"

米娜笑着逗他说："我说什么来着玲玲，都说文哥信佛吃素，不在五行中。我就不信咱俩过来文哥不偷着瞧。假装睡呢吧？"

"我睡是真睡，耳朵可听着呢。"　文哥还是没睁眼。

米娜还是嘻皮笑脸的说："我看文哥不是耳朵听着呢，而是用鼻子闻呢吧。"

文哥坐直了，干撮了把脸说："甭管用耳朵听，还是鼻子闻，小姐俩过来，透着一股仙气儿，这股香风可不能糟浅喽。你们俩要不来，我不定睡到什么时候呢。"

"文哥才是仙儿呢。躺着就有人给送钱，这一辈子能活成象文哥这样，就是八辈子积了大德了。文哥，您有没有马哥的消息呀？"

"托人给打听着呢。没信儿呢。"文哥说。

米娜喝着饮料，和文哥聊天，玲玲很诧异的看着周边的那些人，眼睛扫了一遍以后，没有看见收手机的王哥。她向表姐使了个眼色。

米娜会意，刚要站起来，忽听背后有人叫她，是苏甫。

"米娜，玲玲，在这碰上你们了，这些日子挺好的？"苏甫说完，拿起米娜的半瓶饮料就给喝干了。

米娜瞪了苏甫一眼说："瞧你这点儿出息，够喝吗？玲玲，把你那半瓶也给他。"

苏甫接过玲玲的半瓶饮料喝了一口，对文哥说："老板，给她俩一人一听红牛，我就不要了。"

"文哥,给他也拿一听。我看你是越活越抽抽儿了,还在外面臭显摆。"

米娜说完一撇嘴。

"姐，别老说甫哥，甫哥现在不是一个人了。"玲玲关心又讽刺的说。

"你们认识？"文哥取出三听饮料，放在桌上问。

米娜介绍说："他叫苏甫，是我闺蜜。苏甫，这是文哥。"

苏甫点头哈腰的叫："文哥，文哥好。"

米娜付了饮料钱，对苏甫说："我跟玲玲回去了，你再呆会儿？"

苏甫点点头，坐在椅子上说："那什么，大老婆，小老婆，你们先回去，我呆会儿，还有点儿业务要谈。饭呢，就别做着我的了，今天客户摆桌，多少得应酬应酬。"

苏甫还要去马哥的出租房去吸烟，见米娜和玲玲拐过弯去，就对文哥说："文哥，你忙着，我还要办点事。"说完站了起来走了。

文哥每天在外面坐着，基本上看明白了，凡是到这里来的，尤其在他摊上消费的，没一个正经货。倒腾白面儿，吸粉儿，销赃。

这些人反侦察意识很强，利用文哥小卖部这个开阔地，买瓶水或一包瓜子，趁机观察一下四周，或假装过路的问问路径，确认安全后才去办自己的事。

文哥虽然能看出些端倪，但从不说破，你在我这里买东西，你就是上帝，你问我有没有便衣，我就说有。你问抄没抄，我就说抄了，没什么不对。每天与这些人打交道，赚钱不赚钱的都不是事，先要保证自己的安全，这才是最重要的。

苏甫走了没多久，文哥的对面出现了一阵骚动，有人开始喊叫跑路，也有些人呆在自己搭的塑料棚里，无动于衷。跑的基本都是倒粉的。

警车，城管的车停在胡同口，下来一些执法人员，开始喊话，让这些人离开，并说要拆除这些棚子。

执法人员见喊话不管用，即通知拆迁人员入位。据说这些拆迁人员是集体转业来的，都穿着迷彩服，带着安全帽，扛着铁锹和镐，步伐非常整齐，从他们喊的"一二三四"来分析，还真是退伍大兵，因为只有士兵喊一二三四的时候，发音都是第一音节。

执法人员又喊了一遍，让这些人撤离。

几分钟以后，拆迁工人开始拆棚子。这些棚子搭着容易，拆着更容易，几分钟的事，就解决问题了。

一辆推土机开过来，把渣土向刚才搭棚子的位置推，很快就把前面墙根儿下堆成了一个土挡，上面不能站人了，也就搭不了棚子了。

拆违的走了，被拆棚子的那些人就象接到了命令一样，"忽啦"一下冲过去，从废墟中抢木料，帆布，铁丝和绳索，并开始抢地盘，刚堆起的土挡成了宝地，被先知先觉的人占领了。

一个胖女人从瓦砾中走出来，让文哥给拿瓶红茶，要冰的。

喝了几口饮料，胖女人开始打电话："哎，过来一下，给我搭个棚了，十平米的，地？地不平，需要平平垫垫，多少钱，七百，盖房呢？五百吧？六百？六百五就六百五。快点儿。"

不大功夫，一辆面包车开进胡同，车上下来一个中年男子，他与胖大姐打了招呼，跟着她去土堆上看了地形，然后冲车上一招手，车上下来两个打工仔，扛着稿和铁锨，上了土堆就创就铲，一会的功夫就整出一块平地来。突出的石块用镐头砸进地里。地就整好了。

中年男子拨了个电话，让对方送几根木料来。他指挥两个民工创坑，并在前面墙上钉钉子。一切准备就绪。

蹬三轮的扛过几根木头棍子，扔在地下，与中年男子结了账，骑车走了。

几根木棍立起来后，底部砸实，与墙上的钉子用铁丝串联在一起，推了推试试，立稳了。

一个民工从车上扛下一捆塑料帆布，往上一搭，两边落地，用土和碎砖压住，又给前面搭了一块帆布，也用砖快压实，最后用裁纸刀划了一道口子当门，棚子就搭好了。

这活儿干的真快，也就一个小时。引来好多人的围观和赞叹，胖女人站在高处，那个牛逼得意的劲儿，还真难拿。

第八十三篇 拉拉初露脸 房东买手机

离文哥前面不远处的石头上，坐着一个三十出头的女人，女人怀里抱着一个几个月大的婴儿，看样子象个女孩，奇怪的是，这个小女孩儿那双大大的眼眼，目不转睛的往文哥这里看，嘴里叼着奶嘴，好象也忘了嗫。

女人膝前的砖堆上，坐着一个约两岁的小男孩，他比妹妹长得更帅，永远晒不黑的那种白皮肤，坐在那里很扎眼，胖墩墩的招人喜爱。不过，可能是被刚才拆棚子的吓着了，表情有些发懵，屁股底下的砖头也不平，老有要往一边倒的那种感觉。

文哥回院里，拿出一个带扶手带靠背的小竹椅，放在小房子门口内侧的角落里。他到小孩身前，对他母亲说："让你的孩子坐我那去，我看着他。" 母亲点头同意。

文哥拉着小男孩，回到自家门前，让他坐在小椅子上。并告诉他："在这坐着，别乱动。"

小男懂事的点点头，规规矩矩的坐在那里一动也不动。小椅子坐着很舒服，那个地方又背风，小家伙不知不觉的进入梦乡。文哥见他睡着了，心里觉得很难受，太可怜了，这么点儿的孩子，搁谁家都是心头肉啊，他的父母怎么舍得……不是亲生的吗！

门前的棚子都拆了，虽然这些人又要开始重新搭建，今天是搭不起来了。没有了那些破破烂烂的塑料棚，眼前一下豁亮了许多。

晚霞打在树上，树叶红彤彤的随风摇曳。照在地上，断墙都是美的。只有那些忙碌的人们让人看着憋扭，与大自然不是那么的和谐。

两个男青年从文哥桌前经过，到了抱孩子的女人面前，将什么东西交给她，她接过来揣在怀里。

一个三十多岁的中年男子来到文哥桌前，拉住小男孩的手就要走，文哥赶忙起来挡住，眼睛瞧了一眼孩子他母亲，女人点了头。看样子是孩子他父亲，把小孩拉过去了。不过，真没见过这种人，帮你看了半天儿的孩子，不说谢，也要打个招呼吧。

几个人从废砖堆里走出来，抱小孩儿的女人走到文哥面前问："叔儿，有娃哈哈吗？"

"喲，还真没有，明天，明天去进。"文哥说。

"叔儿，您给我两盒羊城，一盒巧克力。"女人说着，掏出一张百元钞放在桌上。又说："先放您这，明天在结吧。"

女人抱着女儿，父亲把没睡醒的儿子抱起来，与两个男青年一起走了。

文哥手里捏着这张钞票，看着几个人的背影，觉得很神秘。女人的声音非常好听，很甜，"叔儿"只有北京人才这么叫，她的两个孩子非常的可爱，尤其是小女孩，也就三四个月大，竟然还认人，走出很远了还伸手让他抱，简直不可思议。

苏甫从文哥这里离开，来到马哥的住处，他告诉马哥："刚才看见米娜和玲玲了，她们向文哥打听过你，也问过我，说实在的，你不应该躲着她们。"

马哥点头没说话，把准备好的注射器交给苏甫。他走到窗前，望着窗外的天空。刚吸完烟的人，什么都不想，什么都听不进去，或者什么都不爱听。

有人敲玻璃，叫马哥出去一下。马哥开门出来一看，原来是房东大妈。

"大妈，您有什么事吗？"马哥问。

大妈神秘的问："小马，问你个事，你认识不认识那个收手机的？"

"收手机的？不认识。您打听他干嘛？"马哥问。

大妈小声的说："我是想托他帮着买个手机，你要不认识就不麻烦了。别跟别人说就行了。"

"唉大妈，我不认识，我有个挺不错的朋友认识，托他买过手机，您要是需要，我可以让他给打个招呼。您要什么牌子的，哪个档的？"马哥问大妈。

大妈更加小声儿的说："三星新出来的，市场价五千多的那款。是给我闺女买。你给费费心，我能出四千。别跟别人说我要。"

马哥认真的点点头说："大妈放心，保证给您办好。我一会就给朋友打电话，让他给瞄着点儿。"

大妈心跳得很历害，就象做了贼似的，摸擦着胸脯回屋去了。

马哥进屋坐在床上，苏甫已经吸完烟了。他习惯的伸手摇了一下绞肉机，看来已经绞过了。

苏甫穿好衣服，系上扣准备要走，被马哥叫住。马哥说："房东大妈要一部三星新出的手机，价值五千多的那款，你给注意盯着点儿，你再通知米娜她们也盯着点儿。"

"行，不过得碰，刚出的手机都贵，买的人少，既使碰上一个半个的也不见得能拿过来。难度挺大的。"苏甫说。

"没事，有就好，没有就算。实在不行我就给她买一部。不算什么。"马哥无所谓的说

苏甫来到米娜家，站在门口没敢进屋，他知道自己斗不过这俩狐仙。叫米娜出来说话。

米娜站在门里，趁他不注意，一把抓住他的衣领，把他拽了进屋，关上门后，用胳膊顶着他的脖子质问："谁是你大老婆。？你是不是找抽啊？"

"不是米娜，不识逗。是不是你说了算。你说不是就不是。别闹，我有伤在身，你轻着点。"苏甫直求饶。

米娜改用手抓住他的衣领说："我说是就是？好，我是，我是大老婆，我今天玩儿死你。给我进来。"

"别闹别闹，别让玲玲看见，当着她放毛片影响不好。"苏甫又求饶。

米娜往屋里拉他。"放毛片儿怎么了，玲玲也是大人了，我还让她当演员呢。玩死你。"米娜吓唬苏甫。

"我是来说正事的。先说事。"苏甫有点儿急了。

米娜松开手，一指屋里说："进来谈。"

苏甫跟着进屋，看了一眼问："玲玲没在家？是这样，有个朋友接了

个事，说帮人弄部手机，三星新款的，你要是看见就帮个忙。是给一个北京大妈弄的，大妈给她女儿买，她能出四千。我可是原话啊。我也帮着找找。得。大老婆，家里还一个呢，今天就不临幸你了。跪安吧。"

苏甫这两天很辛苦，除去每天吸粉儿的花销外，还是有些收益的。房租是凑够了。再挣就是生活费了。

这些日子，琦琦不知道咋回事，得了亲嘴儿病，回家就被一通乱啃。难道所有的女人都是这样吗？怎么没听老人说过有这种病啊。不过，也没什么不好，她想跟你亲亲，证明她喜欢你，她每天盼着你回来，她不跟你亲嘴她就难受，那她就一辈子都离不开你呀。

苏甫用钥匙轻拨锁眼，把门推开，进屋后转身握着拉手慢慢的关门，唯恐弄出声儿来，换了拖鞋，托下上衣，还没往衣架上挂，就被从卧室里冲出来的琦琦抱住脑袋，用身子把他顶在墙上，嘴找嘴的亲上了。

苏甫已经习惯了，把早已准备好的唾液推到她嘴里，她如饥似渴的喂吸吞咽，好象要把他体内的水份全吸干。

苏甫每次都不小气，任她摆弄，直到舌头变的干涩僵直以后，才找个适当的机会回抽，但琦琦并不满足，追吻着他的嘴，总有意尤未尽的那种感觉。而苏甫的嘴里，每次都象似长了口疮，有些不舒服。好赖还能忍，为了能让琦琦满足，一切都在所不惜。

琦琦以前不这样，虽说是他每次回来，她都做各种情戏，但不象现在似的，如此疯狂的吸吻，只进不出，就好象她身上缺了某种物质似的，一定要在他的身上吸纳。而激吻过后，并没有多么强烈的性反应，不是以前那种生理刺击形成的行为。邪了门儿了。

吃完了晚饭，琦琦看电视，苏甫在电脑上查手机。马哥应的事，该帮忙就得帮忙。尤其这还是房东大妈要的东西，肯定是要重视的。

琦琦很喜欢看电视，尤其是这款 LED 高清大屏，是她的最爱。她小时候，不能象其他的孩子那样，看电视，打游戏，玩电脑。她的业余时间就是踢球。现在，终于可以在家恶补了，三天三夜也看不够。只是不知道最近怎么了，电视开着，没心思看，白天心不在蔫，晚上一心二用，对性生活的需求也有一搭，无一搭了。

苏甫关上电脑，在屋里溜了几步，坐在琦琦旁边，见琦琦两眼无神，电视开着也不知道开给谁看呢，就拿起遥控器，把电视关上。

他在琦琦的胸上揪了一下。琦琦回过神来，见电视关了，"哼"了一声，起身回到卧室躺下了。

苏甫有些省过梦儿来了。昨天琦琦光着眼子在床上躺着，并不是为了给他看，而是身上犯热，这种现象，就象是吸了粉儿以后，太脑进入虚拟空灵的幻觉世界，心往神驰而对周边的一切都视如无物。对性的需求也同时消失了。吃喝就更不是事了。所以这几天晚上，都是苏甫自己弄口吃的。好在对吃什么要求不高，饿不着就行了。

琦琦每天在家，除了买菜，连门都不出，不可能沾到白面儿，唯一的途经就是两个人亲嘴了。不过，既使她能从他的唾液中得到一些，也是有限的。可是什么事都怕积少成多，日积月累。嗯，不行明天做个试验，故意晚回来会儿，看她有什么反应。

苏甫转了一天，没做成一单生意。来到马哥的住处，吸完了烟，又跟马哥聊了一会儿，才慢腾腾的离开。他觉得天色不早，又到文哥那侃了会儿，买了瓶水喝了半瓶，才叫了一辆蹦子，直接到了楼下。他用水漱了口，看看瓶里还有些水，就把今天吸剩下的一小包白粉倒进水里，晃匀后，蹑脚上楼，至了门口，掏出钥匙，慢慢的的开门，轻轻的推，无声无息的进了屋。

琦琦没在厅里，卧室的门半掩着，是被两只白白的脚了挡着，稍一分析，就知道琦琦是坐在门后地上的。

苏甫走过去，脑袋伸进门里，看见琦琦靠着墙壁坐在地上，表情很难受的样子，乳罩也拉了下来，掉在肚子上。苏甫一看就明白了，典型的犯了烟瘾了。

苏甫从她的脚上迈过去，蹲下来刚要扶她，她突然抱住他的脖子，用嘴扣住他的嘴，不由分说的就使劲的嘬。

她嘬，她用力嘬，好象什么也没嘬着，因为今天他的嘴里是干的，也没有味儿。也没主动往她嘴里送。她失望以后，皮气上来了，她怒问："什么都没有，不一样了。你跟谁亲嘴啦，我要死啦。"

得，烟瘾，无疑了。苏甫来不及自责，他知道，这时候你不让她闻上那东西，什么事都可能发生，好在有准备，以后就跟她嘴对嘴吧，不能让她知道她染上毒了。

苏甫把瓶子里的水喝了一口，把嘴轻轻的贴上去，一点儿一点的往她嘴里送，她开始贪婪象婴儿咬乳般的吸食。他把瓶子里的水全倒进嘴里，继续喂她，她嘬着，舔着，终于窜起来，抱住苏甫，张大嘴扣住苏甫的嘴，又开始狂吻。她吻着，呻吟着："亲爸爸，我离不开你……"

第八十四篇 手机当天卖 王哥现金收

天亮得早，文哥起的也早了。街面上刚有响动，他进货都回来了。批发市场不太远，也就几公里，不算事。今天主要拉回来几箱娃哈哈和两箱红牛饮料。。

摆个小摊，虽不起眼儿，干就要干好。扫街，洒水，擦桌子，然后往桌子上摆几件不值钱的小商品，都不用看着。象这什么刀片儿，餐巾纸之类，不看着反而比看着还合适。

象那小包的餐巾纸，别人卖一块，文哥卖五毛，有的人就扔一块钱拿一包。还有刀片，买这东西的肯定是割包的拿行，每次买一片儿，有两块扔两块，没两块就扔五块，他不会等你过来找钱，他没这闲功夫，他也不敢从桌子上自己找，不找这麻烦，他也不会不给钱和偷你的东西。兔子不吃窝边草，也有这个说法。

被拆的棚子陆陆续续的又搭了起来，门前开始热闹了。以前看着烦的事，现在反而习惯了，因为这些人对于文哥来说，是上帝了，是衣食父母了。

文哥成了官称，是个人过来都这么叫。不少人过来借家伙：钳子，改锥，锤子，斧子，还有借梯子的。不过，借出去东西还得追着要，他们是不会给你送回来的，因为他们的工作就是拿别人的东西，送回去？没这习惯。

带小孩的夫妇来的比较早，他们在郊区租了个两居室，晚上回去，早上过来。由于是新面孔，跟文哥不太熟。

几个人依旧坐在昨天坐的那个砖堆上，打开塑料袋，每人拿出一根油条，端着一杯豆浆，开始吃早点。那个小男孩也坐在砖上，吃着油条。他们吃的很快，几分钟就吃完了。

两个男青年站起来，走到文哥的桌子前，在一卷卫生纸上撕下点纸，擦了手和嘴，扔下十块钱，拿了两盒烟就走了。

大个儿的男青年大约二十八九，三十来的样子，长得较黑，带着个网球帽，两眼凹陷，已经嘎腮了。另一个也就十八九岁，长得没毛病，只是跟他的伙伴一样，瘦的细胳膊细腿的，已经皮包骨头了。典型的抽大烟暴瘦型。两个人吃完就走，可能也是做生意去了。

仔细看，抱孩子的两口子坐的地方，也是经过规置的。是用三四层旧半头砖码的一个两三平米的小平台，棚子没了，但是地方还留着。

小男孩儿开始在瓦砾中玩耍，母亲抱着的小姑娘，依旧象昨天一样，萌萌的表情，大大的眼睛，在往文哥这里看。

一个二十岁左右的青年路过，喊了一声："一个蛋。"

小男孩听见后，也回了一句，："你一个蛋。"

文哥问了他们的一个熟人，问小男孩为什么叫一个蛋，原来小孩初到北京时，学会的第一句北京话就是：你个王八蛋。他并不知道什么叫骂人，只是老叨唠这句话。加上有口音，所以没有人知道他叫什么，都管他叫一个蛋。

一个蛋站起听他妈说了几句话，就跑过来到文哥桌子前，扔下十块钱，转身又跑了。文哥拿起这张钞票过去问一个蛋他妈，十块钱是干什么的。

"叔儿，他是去买烟，买一盒羊城。"一个蛋他妈说。

文哥拉住小孩子的手，回到桌子前，告诉一个蛋："以后买东西，一定要说买什么，拿了东西再给钱再走。"

一个蛋点点头。拿着烟和找的钱跑回去，朝他妈脚下一扔，又去玩了。这小子是第一次买东西，对钱和物没有概念。

一个蛋的父亲回来了，他坐在一辆平板三轮上。从车上卸下三根圆木，一捆帆布和铁丝后，三轮车走了。他把圆木抱到家人呆着的地方，帆布和铁丝也拿了进去。

一个蛋妈抱着孩子走过来对文哥说："叔儿，借您的钳子用一下。"

文哥拉开抽屉，拿出钳子给她，她刚要走，怀中的女儿竟然伸双手要文哥抱抱，文哥也伸手做出要接的动作。妈妈稍犹豫了一下，把孩子递过来。

　　两口子在那里搭棚子。文哥一边看摊儿，一边抱着小孩儿逗她玩儿。一个蛋跑累了，也过来坐在小椅子上。

　　"你叫一个蛋？"文哥问小男孩。

　　"一妈蛋的。"他还点点头。

　　"以后就叫你一个蛋吧。你妹妹叫什么呀？"文哥问一个蛋。

　　"叔叔，她叫小米拉。小拉，小米，小拉啦。"一个蛋开始能聊了。

　　"米拉可能也就四五个月大，好象天生的跟文哥有缘似的，在文哥怀里总是笑，时不时的看看他，看看前面的树，看看天上的云和周围忙碌的人。"

　　一个蛋爸爸搭棚子很有心得，他把三根杉高的一头儿捆在一起，立起来后打开成三角形，底部用砖头顶住，帆布转圈儿一围，再用铁丝捆扎，非常简单，余下的一块布铺在地上，棚子就搭好了。

　　他过来把钳子放桌上说："大哥，钳子使完了。"伸手接过女儿，一手抱在怀里，一手拉着儿子，回棚子去了。

　　一个蛋很不配合的被父亲拉着走，小拉拉好象也在闪泪花……

　　收手机的小王从远处走过来，他背的绿军挎有点儿下坠，今天收的东西可能不少。

　　他坐下后，把手中的水杯子放桌上，拿起暖瓶兑满了水，把杯子盖儿拧上。

　　"文哥，这些日子生意不错呀？人都跑您家门口来了。"小王说。

　　"是，凑合吧，够吃够喝了。不过，虽然人气有了，代价也大，又脏又吵，钱挣着不舒服。"文哥摇了摇头又说.："你这差事挺休闲的，连个桌子都不用。我一直不明白，你收的旧手机怎么出手啊，自己摆摊儿？"

　　"猫有猫道，鼠有鼠道。城南有专门卖二手货的店铺，让我给他们收手机，我自己不卖。我收的手机直接交上去，我只是吃点儿缝儿，"小王告诉文哥。

　　文哥点点头道："嗯，旱涝保收，好买卖儿。不过，你这是不是那个什么，合法吗？"

　　小王不以为然的说："刮风下雨都得出来。挣个辛苦钱儿。管它什么合法不合法？您弄张桌子在家门口摆摊，城管来了不也是赶紧往院子里搬？干我们这行风险也是有的，晚上大家都回家了，我得跑沙子口儿送货去。今天的货必须今天送，如果你一犯懒，明天再送，可能就跌价，不是每回都赚。"

　　不远处，有个男青年向小王招手，小王站起来对文哥说："文哥忙着，我过去有点事儿。"拿着水杯走了。

　　"嘿，这是循环产业呀！产，卖，偷，收，卖，再偷，再收，再卖。这保不其是昨天丢的，明天就在柜台卖上了，如果明天有人上午买了，没准儿下午又丢了，晚上又上柜台……怎么会这样？"文哥都搞不懂了。

　　一个蛋拿着十快钱走过来，把钱扔桌上说："叔叔，娃哈哈。"

　　文哥把十块钱收起，找了八块钱零钱，和一瓶娃哈哈一起给了一个蛋，一个蛋跑了几步，把钱扔了，回到棚子前面用吸管喝饮料。

　　文哥出去，把地上的钱捡了起来，过去交给孩子他爸，并告诉他："你儿子把找的钱扔了。"

　　他爸把零钱收起，没吭声。他妈在棚子里说："谢谢叔儿。"

　　世上无难事。只怕有心人。苏甫和米娜在同一天的前后脚拿到了三星手机，苏甫的给了马哥的房东老太太，三千八百元。而米娜和玲玲拿到以后，通知苏甫，知道已经搞到了，就直接给了王哥，还不错，比苏甫卖的价也没低多少。

　　米娜卖了手机，和玲玲到文哥家门前，要了两听红牛，坐在椅子上与文哥聊天。

　　马哥的房东从东面向这里走过来，老远就和文哥打招："老大，摆摊呢？"

　　文哥在家里行大。他跟老太太隔着几条胡同，不很熟，她不知道文哥叫什么，所以叫老大。

　　文哥站起叫："大妈，您出去呀？"

　　"我找你有点事，这个事吧我不太懂，你给帮着掌掌眼"。大妈小声儿且神秘的说。

　　"什么事？您说。"

　　大妈用身体挡住米娜和玲玲的视线，从兜里掏出一部手机，让文哥看

　　"这是我们那个住房儿的帮着买的手机，我不太懂，你帮着看着值不值。三千八。"大妈声音很小，跟做贼似的。

　　文哥看了看说："大妈，我也不太懂，我买的手机都是三千以内的，没买过这么贵的。要不然让那个姑娘给看看，年轻人都爱玩手机，懂得多。"

　　大妈想了想说："行，你别说是买的，你就问她好不好就行了。"

　　文哥拿着手机，对米娜说："米姑娘，麻烦你个事，你帮着看看，这个手机怎么样，好不好？"

　　米娜接过手机一看，心里发笑，这一定是今天苏甫拿的，卖给这个老太太了。这是老太太不放心，出来找文哥问问。

　　"文哥，手机不错，三星儿新款的，市价五千八，怎么，您要买呀，还是要卖呀？要卖您卖我，我正想换机呢。"米娜说着，把手机还给文哥。

　　文哥悄悄的问："三千八值吗？"

　　"三千八，太便宜了。您要是想卖，我出四千。"米娜说。

　　文哥摆手说："不卖，不能卖，就是问问。谢谢米姑娘。"

　　文哥把手交给大妈问："大妈，您干嘛买这么贵的手机，赶时髦呢？"

　　大妈乐呵呵的说："大妈赶什么时髦，给你老妹妹买的。"用手绢把手机包上，装兜里走了。

　　老妹妹是大妈的闺女，好象三十多岁吧，文哥跟她不熟，见了估计也不认识。

　　"文哥，求您个事？"米娜说。

　　文哥坐下问："什么事？你说。"

米娜一指小屋的门儿说："房子给我住，省得您空着。"

文哥摆手："空着踏实，为个三头二百的担惊受怕，不值。"

"您这是对我们不放心呀？我们不会给您找事，我们有正经工作，而且租您的房也不是住人，只是偶尔歇个脚儿。况且我们是俩女孩子。"米娜解释着

文哥一本正经的说："就因为你们是女孩子，又是漂亮的女孩子，让你们住，那闲话还不多了去了。"

"哟，您还怕我勾搭您呀？我们可都是名花有主儿的了。行，您要不答应，以后我们天天来您这坐着，我跟您抛媚眼儿，我跟别人儿说我特喜欢文哥，我要追文哥，我要当小三儿，我……"

"得，我让你住，你只要别给我造成什么影响就行了。你可要记住了你说的，晚上不能在这里过夜。"文哥妥协了。

"谢谢文哥。坚决保证。"米娜高兴的说。

米娜租房子，并不是为了住。许多人也是这样，包括那些搭棚子的。因为每天要吸烟，就要过来买，来得勤了，就容易引起别人的疑心，而且每天往回带毒品，危险性比较大。如果在这里有个落脚的地方，就省了不少事，就可以多备点货，不用每天去买，有地方放了，也就安全多了。还有就是有时拿到手机，当天出不了手，也可以有地儿存了，而且安全，那些毛贼绝对不敢撬北京人的房。

文哥拿钥匙开了锁，让米娜和玲玲看了看里面，倒是挺干净，就是消毒水的味儿挺大。文哥告诉米娜："明天白天，我开门放放味儿，通通风就没事了。有功夫你过来拿钥匙。"

"行，谢谢文哥。哪天请你吃饭。文哥再见。"米娜说完，和玲玲走了。

米娜她们刚走，又有一个中年男子过来打招呼："文哥，忙着呢？"

"你是……"文哥问。

来人忙说："我住西边，姓刘，老从您门口过。您现在开小卖部啦？"

说着，打开一袋瓜子，往手里倒了点儿，又把口儿捏上，一边磕瓜子，一边往四周看。

没跑了，肯定是北京人了。假装套近乎，然后观察四周情况。如果是连一块钱的瓜子都舍不得买的主，一定是吸毒的。

"都说这里挺热闹，过来开开眼，听人说还有便衣呢，有便衣吗大哥？"来人问。

"有，刚还在这转呢。手铐就在腰里挂着。听说每天必须抓几个，有任务的。"文哥认真的说。

姓刘的人当时脸就变色了，赶紧顺原路返回去了。

文哥拿起刚才姓刘的拿过的那袋瓜子，扔进碎砖堆里。

第八十五篇　一蛋爸抽面　拉拉妈管钱

夜幕降临，周围一片漆黑，文哥的门口挂着着一个二十五瓦的灯泡，显得还挺亮。

这个地方，专门有一拨晚上回来的人，基本可以确定是一拨拉晚儿的拿手，也就是小毛贼。这些人没有住处，在拆了顶子和创了砖的残桓断壁中，找个角落就能过一宿。他们收工以后，第一件事就是吸毒，拿着注射器找亮光，昏暗的路灯下也能看到他们的身影。但是有相当一部分人是买腊。

文哥第一次进了一百根腊，第一天就卖了三十多根。这种腊好象不太经烧，顶多能着两个多小时，而且进货价也不贵，不到两毛，卖一块。

再有就是巧克力，这些人晚上不吃饭，买一块巧克充饥，只要明天早上能吃饱，就能顶一天了。当然了，如果走运能下来个大包儿，吃顿肉也是常事。但绝不是天天能吃上肉。

对面的棚子里，闪着象鬼火一样的烛光，小拉拉在母亲的怀里睡着了。一个蛋手里拿着娃哈哈的瓶子，坐在砖堆上打瞌睡，一蛋他爸已经在棚子里睡着了。

真没见过这样的父亲，连儿子都不管，也不怕别人指指点点。

今天那两个年轻人回来的晚，一家人好象是在等他们。

文哥走过去，把一个蛋抱过来，放在躺椅上。一蛋妈呆滞的目光看了一眼，也没有反应。只是把女儿抱得很紧。

九点半都过了，文哥早就该收摊了。一个蛋睡在椅子上，不好意思轰，只好陪着吧。

两个年轻人回来了。一蛋爸爬起来，走出棚子，过来抱儿子。一蛋妈抱着女儿，来到摊前说：“叔儿，两个红牛，两瓶娃哈哈，两块巧克力，两盒羊城。”

文哥拿个大塑料袋，一样一样的往里装。突然，从西面过来一拨人，有地下走的，也有骑车的，有说有笑的过去了。

文哥正在耐闷儿，又有更多的人从这里走过。文哥说了一句："今天什么节日这么热闹？"

一蛋妈结了货款，把东西让男青年提着，临走时她对文哥说："叔儿，今天南边送货的过来，这些人都是去上货的。您赶紧收了吧。"

文哥想了想，明白了，赶紧收吧，别招事。椅子搬进院里，抽屉清空，把桌子靠墙，灯泡摘下收了起来。没事了，可以观山景了。

大约十几分钟，刚才过去的人开始陆续的往回走了。

文哥卖的商品，有专人送货，自己去进的东西，一般都是小件或急需补充的商品。

今天不用上货，早晨可以踏踏实实的享受晨光了。

忙了一早上，可以喝茶了。一个蛋跟文哥熟了，时不时的就过来坐会，聊会天儿。一蛋爸爸还是有戒心的，经常叫他回去，不过，一蛋爸爸总是蔫头儿搭脑儿的，精神不太好，坐在那一低头就是个来钟头，孩子是看不住的。

文哥终于弄明白了这一家人的关系，一蛋爸和一蛋妈是两口子，两个男青年算是伙计或叫合伙人。二十岁左右的这个是一个蛋他叔叔，岁数稍大的是纯伙计，两个人都是拿手，技术非常好，而且两人搭档好几年了，非常的默契。他们的这个组合模式，有些跟苑总的公司差不多。也可以叫团伙。

他俩都吸粉儿，烟龄很长了，一般说，一个抽面儿的，身上已经到了皮包骨头这份上，肯定抽了够五六年了。岁数大的这个人个头高，绰号人称大立竿儿，岁数小的这个人个儿矮，有人叫他小立杆儿，没有人知道他们的真名字。文哥也是后来才知道底细的。

一蛋爸爸是个瘾君子，吸食量很大，据说要八百块钱每天。除了吸烟就是瞌睡，什么事也不做。

一蛋妈是个能人，一切都是她在管理，还要看俩孩子，有时候也没精打彩的发呆，不知道是不是也吸粉儿。

一个蛋经常往文哥这儿跑，他爸老往回叫，就怕是小孩什么都说。其实，一个蛋跟文哥这坐着，从来不说父母的事，文哥也没问过。不过，一些了解内情过来买东西的人，偶尔一句两句的，规纳起来，文哥就明白了。这是后话。

拆完棚子这两天，人反而多了，有推三轮卖西瓜的，有卖哈密瓜的，还有卖饺子面条的。

卖饺子是一个妇女，原材料是大约七八个鸡蛋，一捆韭菜，韭菜也不择，直接一刀切下一寸，然后过一遍水，切成小段。鸡蛋打了摊炒成熟捣成碎块拌馅，放些盐和香油，馅就做好了。面揉成条切剂，按扁擀成皮儿，包了大约四十多个饺子，活就干完了。然后就烧一盆水，谁吃给谁煮。

这买卖好做，吃五个饺子的，吃六个的都有，三块钱一个，还真有人吃。四十几个饺子，一上午就卖完了。这钱也太好赚了！不过，据知情人告诉文哥，那些吃饺子的，都是来上货的，卖饺子的就是倒粉儿的。要不然谁那么傻，三块钱吃一个素馅饺子？

倒是拉条子好象技术强一些。和一块面，把面挫成条，放有油的盆里泡着，水烧开了以后，把面的一头拿起来用手一抻就一米多长，放进锅里，连续几下就够一碗了，煮两分钟捞出，浇上浇头儿，整碗面就一根面条，挺有观赏性，又有吉祥的寓意。但不知道这个卖拉条子的是不是也倒粉儿。

一个中年男子，招着手向文哥走过来说："大哥，进了伊利特啦？好，今天我带几个朋友到您这喝酒来。"

看着面熟，想不起来在哪见过了。

"大哥，不记着我了？我在您这喝过酒啊，您想想，大抄那天，在您院里喝啤酒的。"来人说。

文哥想起来了，缉毒那天，有几个人跑院里喝啤酒，其中就有他。

""喝酒可以，多少人？我给你弄张桌子，搁树底下，弄几个凉菜？"

文哥问。

"不用，我们就在南墙根儿那就行了。下午一点，准时到，您就把酒备上就行了。"他说。

"得嘞，酒没问题，保证是正品伊利特。那我中午就不歇着了。"文哥应道。

顾客走了不大功夫，俩个扛铁锨的年轻人，来到南墙根下整地，他们把渣土往一块堆，整出一块平地来，是以前房子屋里的水泥地，大约有七八平米的样子。整完地，两个人扛着铁锹走了。

一个个头不高的青年，把一块绿色的旧地毯拖到刚平好的地面上铺好，拍了拍手，向文哥这里走来。

年轻人穿着西服，打领带，刚擦的皮鞋覆着了一层渣灰。小伙子挺精干，见面打招呼。

"大哥，地方准备好了，呆会老板过来喝酒，酒有吧？对了，还得准备几瓶雪碧。"年轻人叮嘱。

文哥以前在涉外酒店工作，什么规格的宴会都办过，上至国家总统元首，下至平民百姓，花钱总是要讲排场的。

今天这些自称老板喝酒的人，也太不讲究了。既使是席地而坐，也应找个干净点的草地，沙滩，树林什么的。在废砖烂瓦渣土堆里喝酒，还能是什么大老板？真可笑。不管怎么说，人家花钱，是顾客，在什么地儿喝是人家的事，就别操那么多心了。

文哥打开酒的包装，一箱有六瓶酒。他把每瓶酒都擦洗了一遍，又放回箱子里，这是习惯。无论白酒，啤酒，饮料，瓶装的，桶装的，出售之前都要过一遍水，然后擦干净。这些操作很专业。

天渐热了，苍蝇，蚊子开始多了起来，有时候一般的杀虫剂不管作用，只好托人去找敌敌畏。还好，每次刷茅房的过来，都给倒一点，有了农药，桌子四周喷一点，蚊蝇就不敢过来了。

吃罢午饭，文哥给周边喷了些杀虫剂，死了不少苍蝇，没死的也都飞跑了。

喝酒的人来了，看着有十二三个，有些人是半熟脸儿，有两三个绝对是生人。他们围成一圈坐在地上，开始了聊天。

订座的中年男子走过来，举着钱说："大哥，给两瓶酒和一瓶雪碧。另外您给找俩杯子。什么杯都行。"

文哥准备了八个玻璃酒杯，刷干净后放在盆里，用布盖着。他对他说："不知道你们来这么多人，就准备了八个，你先端走，我再去刷几个。"

"不用了大哥。用这么好的杯干嘛？用碗也行。"他说。

"用碗多不象话。酒杯咱有，端走吧。"文哥说。

"那也不用这么多，就用俩。一个喝酒，一个喝雪碧。我们道上有个规矩，不管多少人，只能用一个杯子喝酒，一人一口。这样大家喝着放心。要是一人一个酒杯，那几个南边来的老板还真不敢喝。您把多余的杯收起来。"他说完，一手抱着酒，一手掐着雪碧和两个杯子过去了。

文哥突然明白了，正如一蛋妈所说，昨天晚上那些赶集似的往东去的人，果然是去进货。那么多人去进货，得带过多少过来呀？更让人不可理解的，那么大的老板，居然坐在渣土堆里喝酒。而这些喝酒的人，一定是上家儿和下家儿的关系，昨晚那些进货的人，一定是下家儿的下家儿。

南边的老板送货，绝对应该是个极密的事情，知道的人极少且很突然，一蛋妈能提前知道，还真是有道行。耐人寻味？

喝酒的人说话声音很大，酒喝的也很快。一杯酒大约有半斤，每人喝一口，一圈下来就喝完了。两个杯子，一个倒酒，一个倒雪碧，喝一口酒，喝一口雪碧，不知是什么喝法。不吃酒菜，用雪碧代替了。

刚进的白酒，就卖了两瓶，可以了，中午的加班费有了。文哥坐在桌子里边，有些犯困了。

"大哥，来两瓶伊力特。"喝酒的人中有一个人举着一张人民币喊了一声。

文哥稍愣，马上省了，赶紧进院子拿了两瓶酒送了过去，收了钱，回到家门口。

比起一瓶矿泉水，一瓶红茶来，白酒就算大件儿了，卖一瓶酒顶多少瓶水呀？也是，十几个人两瓶酒确实不多，四瓶很正常。

刚才过去送酒，只送酒和收钱，原则是眼不看，耳不听。最好什么也别听到。

一个蛋今天没有乱跑，可能他也知道这时候应该老实点，所以在小椅子上老老实实的坐着或在躺椅上躺着。一蛋妈在棚子里看着小拉，小拉已经能趴着了，她的眼睛在往文哥这里瞧，可能是想出来，她的脸上有些红肿，应该是让蚊子咬的。

文哥中午卖了四瓶酒，已经很知足了。夏天到了，雨季也开始了，虽然有个遮阳伞，能挡些阳光但挡不了雨，应该搭个雨棚。他拿着卷尺量尺寸，设计了个最简单的方案，拿出笔和纸画了个草图，标明了尺寸，又在墙上用尺子比划一番，自己认可，找材料就能做了。

"大哥，来两瓶伊力特。"又有一个老板举着一百元喊。

文哥放下卷尺，进院儿从箱子里拿出最后两瓶酒，空箱子踢开。又在冰箱拿出一瓶雪碧，走过去交给一位老板，收了钱后说："送一瓶雪碧。"

文哥在地上捡块砖头，在墙上需要打眼儿的位置划了记号，一共四个。

扔了砖头，进院里提出工具箱，拉出一个线板儿，工具箱里取出电锤，插上钻头，接上电源，又回院里搬出的小梯子，站在梯子上，钻头对准墙，一按开关，"突突实"的几下，钻头就钻进墙里十几公分。一个眼就打好了。

从梯子上下来，换了位置，"突……"的几下，又打好一个眼。四个眼很快就打完了。

文哥把电锤收起提到院里，从院里拉出一根大约三米多长的铁管，放在地上，又回院里拿出一个云石机，插上电，把铁管截成四节后，把工具电源都收回去，拿出一个锤子，准备把铁管钉进墙里。

这时，又有叫文哥："大哥，来两瓶伊力特。"

有些出乎他的意料，放下手中的工具，进院拆箱，抱着两瓶酒送过去，收了钱回来后，觉得应该送点小礼物什么的，仔佃看了看，也没什么好东西，只好抓了几袋瓜子，过去送给了几位老板。老板们继续吆喝着喝酒。

文哥把几根铁管钉进墙里，用手拔了一下，挺结实，没问题了。

几个闲得没事的街坊在旁边聊天，一个眼睛有残疾的老者赞道："老大是全活儿，什么都会呀，这上面搭块瓦不就是棚子了吗？"

文哥回头一看说道："呦，龙爷。您聪明，能看出这是个棚子。眼神儿好使了？"

龙爷傻笑道："拿我开涮。"

文哥拍了拍手上的土说："三分手艺，七分家伙，没什么技术活。龙爷，您这是假释探亲呀，还是重新做人呀？"

龙爷是半身不遂后遗症，还能走路。他笑着说："我倒想重新做人呢。"

其实龙爷比文哥大不了几岁，只是长得显老。小时候是个玩儿闹。上个世纪六十年代，北京有个菜刀队，龙爷是出了名的狠将，瞎狠瘪毒的瞎狠，指得就是他。前几年听说他出狱了，这是第一次露面。

又有一位老板喊："大哥，来两瓶伊力特。"

文哥进院拿了两瓶酒送了过去，收了钱回来，拍了拍身上的土，摸出钥匙，去西面墙角处的小屋，打开门在里面找，挪开几件杂物，终于把一块瓦棱铁拽了出来。

把瓦铁拉过来比划了一下后，进院子拿出了钳子和铁丝，蹬着凳子，把瓦棱铁举到钉在墙里的铁管子上，与墙贴严。

瓦棱铁是旧的，上面有许多钉子眼，顺着钉子眼儿穿下铁丝，拧在铁管上，拧紧了就牢固了。

从文哥家大门往左侧到米娜租住的小房，大约有三米多点，瓦棱铁也就两米，还差一截，文哥又去小屋里抻出一块，搭了上去，用铁丝捆牢，棚子搭好了。看着真不错，如果再加上遮阳伞，覆盖面积还是挺大的。

文哥把手使的家伙收回院里，拿出笤帚把地上的土扫到对面，所有的活儿就都干完了，可以缓一闸了。

有了雨棚子，的确踏实了，要不然有时候一起风，就得收拾东西。等东西都收进去了，风也停了，天也晴了，你说气人不气人。

老板们的酒喝完了，一部分人直接走了。有三个人过来向文哥道谢，文哥认出来了，缉毒那天，就是这三个人在他院里喝酒，原来都是老板，有眼不识泰山了。其中一个人掏出一百元对文哥说："大哥，给找个袋子，我带两瓶酒回去送人。"

三个人走了。

文哥今天生意不错，这些人喝了十二瓶酒，就坐在砖堆里，让他真想不通。看来现实中的老板和社会上的总经理和董事长还是不一样的。

第八十六篇　钱豹回城　琦琦染毒

　　米娜和玲玲来了，她们打开门，用鼻子闻了闻，没有味儿了。玲玲进院里拿了两瓶饮料，看着新搭的棚子。米娜喝着饮料，在棚下用手比划着说："文哥，在棚子下面，再竖块板子，不就是房吗？"

　　"那能住人吗？"文哥反问。

　　米娜一指前面的塑料棚说："比那些塑料棚强多了，怎么会不能住人？您给搭上，我租了。"

　　"得了吧，这就够瞧的，快成破烂市了。"文哥说完，进院拿块抹布，把桌子上的砖灰擦干净。

　　米娜和玲玲今天沒开张。她买了几包白粉，收在小屋里，只带一包回家。锁上门后，她跟文哥说："哥，吃饭去，我请客。"

　　文哥摆摆手说："你请便，我得顶摊儿。心意领了。"

　　"那好，就算您去了，让玲玲替您多吃点儿，两瓶水钱明天结。"米娜说完，和玲玲走了。

　　苏甫昨天卖了一个手机，心里踏实多。转了一上午，也没什么好的目标，索性找个澡堂子，泡了个澡，睡了俩钟头，精神头好多了。

　　自从吞了刀片以后，第一次心情这么舒畅。肚子感觉饿了，想吃东西了，也很难得。他找个面馆，吃了一碗牛肉面，感到很满足。

　　走出面馆，一时兴奋，又随编了几句小调，一边走一边哼哼：

　　"一碗牛肉面，

　　好呀好喜欢。

　　吃呀么吃下去，

　　翻个跟头能上天……"

　　在马哥的屋里吸完烟，苏甫把注射器扔进绞肉机，穿好衣服，跟马哥聊了起来。

"那个手机，老太太还喜欢吧？" 苏甫问。

马哥点点头："嗯是，挺喜欢的，她说她闺女也挺满意，让我谢谢你。"

苏甫摆手说："谢什么，本职工作。"

"听说老前辈又回来了，也到这里来了，正在找房。你听说了吗？" 马哥问。

"没听说。他回来干嘛，要走回头路啊？他可是金盆洗手了，我们还给攒了份子。这可是坏了道上的规矩呀。" 苏甫说。

马哥认同的说："是，金盆洗手以后，就是退出江湖，和我们任何人都没有关系了。如果他又重操旧业，会被道上的人耻笑的。我们现在的日子也不好过，管好自己就行了，就当是不认识吧。"

苏甫也有同感，他问马哥说："是，马哥说得对。要不要通知米娜？"

"让她知道也好，有个准备，告诉她，忙儿可以帮，钱不能给，一旦开了口子，就是个填不满的窟窿。" 马哥叮嘱苏甫。

"行，我回去了。" 苏甫说完，起身出门儿了。

苏甫来到米娜的住处，没敢进屋，他告诉米娜，没有马哥的消息，以后会继续访查。另外，老前辈钱豹回来了，不要给他钱或借他钱。

从米娜楼里出来，给琦琦打了个电话，电话那头的琦琦正在犯劲，"亲爸爸亲爸爸" 的叫着，让他赶紧回来。

这几天，苏甫已经知道琦琦染上了毒。她自己却不知道，苏甫也不敢说，每逢快到家时，先打个电话，确认琦琦在家，进门前就把一包白粉倒进嘴里含着，进了屋跟她接吻时，一点儿一点儿的喂她。他认为，这样她就不算吸毒，只是有些浪费东西，毕竟吞食的效力不如注射，但他无论如何也不能让她直接吸粉儿，而琦琦打小就不知道什么叫毒品，也不会往那儿想，只觉得自己就是性欲强，离不开苏甫。

吸粉的人就是这样，刚开始的时候瘾不大，吸食量也不大，认为一天几十块钱不算什么。象苏甫这种做拿手的人大多数都吸粉儿，相当一部分人烟瘾非带大。因为是拿手，据说夜里常常梦见自己被警察铐走，二十四小时里随时都要绷着那根弦，吸食毒品能解压，在拿手界达成了共识。一般来说，只要失手一回，就离吸粉不远了，因为是自己给自己找到了借口。

不抽白面的时候，苏甫日子过得挺滋润，每天有肉吃，出去做生意也很少失手。自从吞了刀片，吸了粉，生活状况每日惧下，见到机会时，手会哆啰哆嗦的犹豫不决，状态大不如前了。现在不单自己吸粉，琦琦也沾上了，生活的压力，促使苏甫不得不每天都在街上走。

下午三点多钟，太阳有些毒，照在脸上都发烫。苏甫依然一无所获，想到琦琦在家还等着亲嘴儿呢，只好掉头过马路欲往回返。

走人行横道没有问题，只要不闯红灯，就是安全的。苏甫已经穿过了主路，就剩辅路这一段的时候，灯变了，苏甫没选择停下来，而是想抢过去。

等红灯的骑车人已经争先恐后的窜了出去，苏甫也不能等着挨撞，紧赶两步，向马路沿儿上一蹦，只有一米的距离，一大步就能过去。令他没想到的是，测量距离不准，只是前脚掌踩到了一下，又滑下来，等于踩空了，后脚又没跟上，还刮了一辆自行车一下，被一女人骂了一句："找死呢？"

这个大趴虎儿摔的，手，肘都挫破了，膝盖裤子也破了，更要命的是他的胃，被人揪了一下似的，一收一缩的扎着疼。

心脏"突突"的剧烈跳动，这是他生来第一次听到心跳，一种恐惧感突袭了脑仁儿，他想爬起来，又怕爬起来再摔倒，那会被人笑的，他只能坐在地，等着心情平缓些再起来吧。他低着脑袋，忍着各部位的伤痛。他鼓励自己，一定要坚强，一定能闯过这一关。

又变红灯了，自行车一辆辆的停下，只有个别的人用好奇的眼珠翻了他一下。

他想到了琦琦，她还在家等他，他必须爬起来，这个时候，不会有人帮他，只能靠自己了。

　　他终于站了起来，走几步扶住一棵树。他觉得这个地方不很陌生，好象什么时候来过。

　　路边有一个修车摊儿，修车人抬头看了一眼，苏甫的汗毛孔立马儿就都开了。这不是第一次遇到琦琦时，把琦琦的自行车卖了，买车就是他。怎么这么巧。

　　必须马上离开此地，时间长了，烟瘾一上来，就会现了原形，而且胃也会很疼的。

　　他伸手叫了一辆出租车，由于是路口，出租车没敢马上停，打了右转的蹦灯儿，拐过去才停下。苏甫上了车，叫拉他去西站东里。

　　出租车司机知道这个地方，报纸登过，叫毒品一条街，不敢拉苏甫进小区，他只好下车，忍着疼痛来到马哥的出租屋。

　　马哥见到苏甫摔成这样，很惊讶，也有些不信，平地走路摔个跟头也是常有的事，也不会摔得这般惨相。

　　苏甫叹了口气说："唉，有些事呀，不由你不信，见了鬼了。摔跟头那个地方，就是我骗琦琦的那个地儿，把她的自行车卖给路边那个修车的了，那个修车的还看了我一眼呢。马哥你说，这是不是他妈的报应啊？"

　　马哥没说话，把他的裤腿挽起，用酒精棉扦为他清洗膝盖处的伤口。然后是手和胳膊，清理完之后，给了他一瓶水，一个注射器和三个小纸包。

　　苏甫怕伤着胃，把水小心的喝下去，放下裤腿后，开始吸粉。

　　他用了两包儿，留下一包儿装兜里，这是回家后亲嘴儿时喂琦琦的。

　　"还是去医院处理一下吧，我只能简单的清理一下，天热了，伤口容易感染。"马哥告诉苏甫。

　　"是，我得先回家，跟琦琦说一下，然后去医院，顺便开点消炎药。行，我回去了。"

　　回到家，苏甫忍着伤痛，与已经等不及的琦琦完成接吻后，准备去医院疗伤。此时琦琦才发现苏甫受了很重的伤，她很感动。马上穿衣服，拿了钱夹，和苏甫下楼。

医院不远，走一会儿就到了。挂了号，医生检查后，并问了事情的经过，给他开了药单，让他去急诊处治伤。

伤口包扎完，又打了破伤风的针和消炎的针，取了口服的药，和琦琦回到家里。

她帮他把衣服脱了，装塑料袋放在门口准备扔掉。苏甫很心疼东西，也没办法，上衣裤子都磕破了，也是没法穿了。

琦琦扶苏甫躺在床上，她问："受了伤，还回家来，为什么不马上去医院？"

苏甫强笑着说："每天这时候就想和你亲嘴，亲不上难受，浑身犯痒，都想撞墙，你说你怎么那么大的魔力呀？"

琦琦很惊讶："真的？我也是，浑身痒的，就象有好多蚂蚁在爬，有一天实在忍受不了了，喝酒，吃咸菜，还抽了你一根儿烟，才扛过去了。亲爸爸，你说我是不了是离不开你了？没有你嘴里的甜水儿，我不知道会是什么样子。"

苏甫终于明白了，每天亲吻，琦琦确实能吸食到少量的烟，但还不至于上很大的瘾，既使有些反应，扛一扛也就过去。吸食了特制卷烟就不一样了。是自己失误了，不应该把那盒烟放在家里。她现在已经是一个正经八摆的瘾君子了。而且还抽上烟了。她还买了一盒红塔山，两天了，快吸完了。

钱豹又回来了。

金盆洗手之后，他戒了烟，回到老家，准备开始新的生活，不过，五十多岁的人，做了一辈子的拿手，现在是肩不能挑，手不能提，又没技术，租出去那几亩地倒是收回来了，可是谁种？自己也不会呀。跟着人学吧，人家的地都出苗了，他的地有一半还没播种呢。累的时候坐在地里一算账，满打满算的今年庄稼长得好，来个大丰收，再卖出个好价钱，减去成本，一年下来能挣个一千多两千的就不错了。在北京就不一样了，一个刷汽车的外地老头儿，管吃管住，一年好歹也能挣个万八千的。况且那些刷车的怎么能和自己比呢。

　　年初的时候，脑子一热，来了个金盆洗手，退出了神拿门，想想有些后悔了。如果要是重新出山，肯定要被晚辈笑话的。如果要是不出山，能忍得住贫穷吗，毕竟是吃了一辈子的肉了，难道就清汤寡水儿过下半辈子？

　　可现实是自己老了，手脚都不灵活了。看看手指头，不单皮很糙，而且已经变粗了，这要伸进人家兜里掏包，十回有九回得现。

　　人上了岁数，胳膊腿儿的骨头都变脆了，可不禁打了。而且若想重操旧业，还要受晚辈的白眼，更主要的是还要学习新的技术，倒是有一种以工具命名的功夫，在神拿门数二流功法，那就是镊子功。

第八十七篇　三爷卖鸡腿　米娜忙帮忙

　　下了火车，来到了这个被称为毒品街的地方，凭他的多年资历，钱豹马上看明白了，聚扎在这里的大多数人，基本上都是些徒子徒孙儿，一些小玩儿闹。

　　他提着旅行包，在小区里转了一圈，没有租到房。不过不要紧，有享不了的福，没有受不了的罪，什么苦都吃过的钱三爷，在一个墙角处，用破砖码了一堵矮墙，提包往里一扔，靠在包儿上眯瞪了一宿。还真是，这一天不就过了吗。

　　回到都市，觉得风都是香的。早晨在小区里转转，看到那些个拿手们开始忙碌，真恨自己早生了三十年。记着刚出道那会儿，一两块钱都是好的。要是一天下来，能拿到十块钱，或者一个半导体收音机什么的，会兴奋的睡不着觉。现在的年轻人赶上好时候了。

　　钱豹第二次路过文哥门口，把手中的茶杯放桌上，跟文哥要过暖壶，把水对满。他往四下里看着，觉着拐角处有个人好象认识，肯定是收手机的小王。他拿起茶杯，谢过文哥，过去跟小王打招呼。

　　小王记性很好，还记得钱豹。他问："钱爷，这些日子去哪了，一直没见着啊？"

　　"回老家了呆了几个月，不好混，这不是又出来了。怎么，最近都收些什么货？"钱豹问。

　　小王回道："跟以前一样，手机，游戏机，随身听，摄像照像。对了，最近数码相机开始上市了，行情不错。怎么，准备试试手？"

　　"不，不介，我们这行，养小不养老，我想改行干别的，做点儿小买卖。"

　　"钱爷想干什么？"小王问。

　　钱豹思考了一下说："我以前学过厨师，会做饭，最擅长的是鸡腿饭。

我看这里人挺多，饭应该好卖。不图赚钱，挣够吃饭钱就行，如果再能挣出房租来，那就知足了。"

钱豹说的项目跟小王不沾边，小王也就没心思听他说了，马上祝福说 "好嘞，祝您开业大吉。"扭头向别处去了。

钱三爷虽然没做过厨师，但他确实会做鸡腿饭。做饭的目的有两个，第一，利用卖鸡腿饭认识一些新朋友，熟悉一下这里的人和环境。第二，刚回来，不能马上就重操旧业，以做饭充门面，给自己的同门看，他还是守信用的。

农贸市场离这里不远，他去买了一口旧铁锅和勺子，一个旧铁炉子，叫人给送来一百块蜂窝煤。又去市场买了三十个鸡腿，五斤胡萝卜，酱油，盐和一些调料，还有一袋十斤装的大米，五十个快餐盒以及一捆一次性的筷子。总共花了约二百块钱。对了，还有三个红色塑料盆，就把所有东西准备齐了。

钱豹还是有些生活积累的，也很会买东西，他肯定知道这买卖干不长，所以不买新的，旧炉子旧锅还是省钱的。

晚上，他把一些蜂窝煤码放在炉子里。炉子没有内膛，所以能放十来块煤，又到渣土堆捡些木棍树枝，从炉底下塞进去点着火，柴禾着了，炉子开始冒烟，把人熏跑了，但蚊子也跑了。

他又去文哥的房后面接了半盆水，把鸡腿倒盆里泡了会儿。捞出后，撒上盐，倒了酱油，又抓把佐料，用手拌了几下，算是煨上了。最后用个盆一扣，所有的准备工作就都完成了。

他用剩下的水和了点泥，往炉子口上一封，在泥中间捅个眼儿，炉子就封上了，明天早上什么时间用火，什么时间把泥扒开，扒开就能用。这么看，钱豹还是挺专业的。

上午九点多钟，钱豹就忙活上了。他把火捅开，大铁锅坐在火上，倒了多半锅的水，水开后，把鸡腿倒锅里，锅开后盖上盖儿，开始闷制。

他扯开米袋，往盆里倒了半袋，端盆去后面自来水处投洗了两遍回来备用，又去墙角处拿过来一个木牌，木牌上有字："鸡腿饭，每份二十八元，今日免费品尝。"

准备停当，揭锅看看鸡腿，已经上色了。他把锅盖放在一边，端过胡萝卜，拿着刀往锅里削，削了十来根后，用勺子拨拉平了，然后把大米到进锅里，扒平后又续了点水，盖上盖儿后，对旁边看热闹的人说："齐了，半个小时以后，就可以开饭了。希望各位老大都来赏光捧场。先谢了。"

"老爷子活儿够利索，错不了。"有人捧场了。

"不瞒你说，老钱家的祖上是宫里的御厨，专门给老佛爷做饭。老佛爷最爱吃的就是我家祖宗做的鸡腿饭，每顿必吃三大碗。有时候即使不饿，也要啃个鸡腿吃。清宫秘史上是有记载的。不骗人。"钱豹说得有鼻子有眼儿的。

已经开始有人等着吃钱豹的鸡腿饭了。

十一点多了，文哥这里不是很忙，一个蛋的妹妹小拉老远的冲他伸着手，让抱抱。

一个蛋跑过去，从妈妈怀里把妹妹从后面抱住，连拉带抱的往这边走，文哥赶紧过去接着，把她抱起来，回到坐位上。

米娜和玲玲走过来，见文哥抱着小孩，米娜惊奇的问："文哥，您的小孩呀？哎呦哎，真漂亮！让姐抱抱。"

小拉扭过头去，不让米娜抱。

"这是一个顾客的孩子，你看她小，她还认人儿呢。这小东西。今天小姐俩回来够早的呀？"文哥一边逗孩子一边问。

"是，今天活儿少，赶了赶工就提前收了。文哥，今天怎么这么热闹，还有排队的是干嘛呢？"米娜间。

"一个老爷子卖鸡腿饭，今天免费品尝。排队是等着领饭的。"

"鸡腿饭？第一次听说，还能免费吃？我说怎么这么多人排队呢。"米娜不理解。

"脏着呢，太不卫生了，千万别吃去。"文哥说。

玲玲拿出两瓶饮料，递给表姐一瓶。

她喝了一口水，来到排队领饭的地方，正听到钱豹在胡侃。马上转回来，在表姐耳边私语几句，

"钱豹？钱三爷，怎么到这来了？他会做饭？看一眼去。"米娜说。

钱豹抽了几口烟，扔掉烟头，接开锅盖看了看，自语道："熟了，味道好极了。"他捡起一块半头砖，塞锅底下压住火后，举着勺子对排队的人说："现在开饭，大家排好队，不要拥挤。每人只许领一份，挨个儿来。第一个。"

大米是与肉汤结合经加热成熟的，所以米饭成酱色。米饭在上层，下层是胡萝卜和鸡腿。

钱豹拿起一个餐盒，用铲子把米饭扒到锅的一侧成堆，铲了一铲子米饭到盒里，又铲起两块胡胡萝卜和一个鸡腿儿，，还没扣盖，就被排在第一位的拿过去了。他拿到饭后，闻了一下道："真香，真香。"

可能是有些紧张，钱豹的手有些抖动，动作很慢。可不是，拿人家的拿习惯了，第一次往外送东西，怎么会那么坦然。

钱豹刚铲了一铲米饭到盒里，盒就被一个女人的手接过去了。她用筷子夹了两块胡萝卜和鸡腿，转身交给排队的人，跟着又伸手等着钱豹盛饭。

"米娜！大姑姐。怎么……"钱豹显然很激动。

拿到鸡腿饭的人说完"真香"后，又对米娜说了"谢谢。"

米娜第一次被这么多人说谢谢，记忆中还没有过。自己的工作是拿，拿大家的，而且是只进不出，所有的客户可能都会骂，没人会说谢谢你？

今天真不一样，她好象换了个人似的，本性中突然乍现出来的善良，受到很多人的点赞。一个小小的举动，没有利益挟持，发自内心下意识的那么一点点，连自己都没意识到的人之初的本质，却足以快慰人生了。

鸡腿饭送完了。米娜回到文哥家门前，告诉文哥："他是我一个朋友的朋友，早年什么都干，后来改邪归正，可能要做这个生意吧。不过，我觉得不太好做，排队那些人，白吃还行，真掏钱买就难了。而且他卖的太

贵，不太看好。"

"是，这个人在这里转悠两天了，想租房子。从面相上看不出是什么人头儿本性来，不知道底细的人，没人敢和他打交道。"文哥说。

"文哥，您说的是。这个钱豹钱三爷以前也是个人物。今年举行了金盆洗手的仪式，我也参加了，而且还主动去戒毒所戒了毒，以后是不是彻底从善了，还有待时日看吧。"米娜感叹道。

小拉拉在文哥怀里睡着了。他把她送回到棚子里，交给了她母亲。

文哥回来坐下，对米娜说："苦海无边，回头是岸。虽然不能立地成佛，灵窍中蹦出一点善也是好的。这样吧，我西边有两个装杂物的棚子，他要不嫌弃，就让他住中间儿这间吧。那个棚子不大，但是门口可以放他这些锅碗瓢盆，对付对付吧。"

米娜高兴的说："谢谢文哥。一个月二百吧，我替他出。"

"算了吧，别让人笑话了。但是我没时间收拾，让他自己弄吧。对了，那里边有个门板，可以当床。"文哥说。

送完了鸡腿饭，钱豹抽了棵烟，又去房后头提来半桶水，把锅和盆刷了落在一起。这时候才觉出累了。

听到米娜说给他找了住处，还真有了百感交集的那种感觉。他跟着米娜来到那间细长的房子前，开门往里看，全是一些杂物。

米娜告诉他："只要把这些东西搬出来，找个收废品的收走就行了。不太费事。"

"谢谢大姑姐，谢谢大姑姐。"钱豹连声道谢。

"以后不要这么叫，现在我跟你没有任何关系了。我只能帮到这了。"米娜说。

她回到自己的小屋前，敲了下门，叫："玲玲，该走了。"

玲玲开门出来，把门锁上，姐俩跟文哥告别后走了。

钱豹把小屋里的东西全搬出来，问文哥有没有可留下的，文哥摆手说："都处理了吧。"

　　钱豹挑选了一番，把一个门板和两个铁凳子以及一些纸箱子留下，其余全都堆在路中间，此时，已经有有收旧货的蹬着三轮车过来问了。

　　钱豹告诉收旧货的，东西是房东的，让他去问房东。收旧货的给了文哥俩钱儿，把东西拉走了。

　　钱豹借了把笤帚，把小屋里墙上地下都扫了一遍。然后把凳子摆好，架上门板，把纸箱拆开，铺码在门板上，床就算搭好了。又去拿过来铺盖铺上，总算能遮风挡雨了。

　　文哥打了一锅浆子，拿来一摞报纸给他，让他把露着砖的墙面都贴上报纸，这样显得干净些。墙面面积不大，十几张报纸就够了，很快就贴完了。钱报把浆子锅送回去，问文哥："文爷，浆子没用了，用不用把锅刷了？"

　　"您把它放地下吧，还有用。"文哥说。

第八十八篇 拉拉小美女 煤棚当宾馆

中午喝了酒，睡了一觉，文哥又出来盯摊了。

见文哥出来，一蛋妈抱着小拉拉走过来说："叔儿，求您个事儿，您看这间房租给老爷子了，还有一间闲着的，您租给我吧，我是想让孩子中午有个歇的地方，您看，我儿子，我闺女跟您多有缘呀，我们拉拉从来都不让生人抱，一见您就让抱。是吧拉拉？"

是呀，孩子确实挺可怜的。文哥不知道这些人是干什么的，为什么要聚集他家门口。但是的确有吸毒的，有扒窃的。但你要是说谁吸毒，谁扒窃，他也说不准。孩子很可爱，冲孩子吧。

"好吧，就让给你吧。这个小棚子本不是房，拿它出租说出去都不好听，但是为了证明我跟你们没有任何关系，所以租金还是要给的。一百不多，两块不少，不是白住就行了。尽量别给我添事，为的是两个孩子。那个门锁锈死了，你们把它撬开，换把锁就行了。那里头有不少板子，能搭个小炕。这还有半锅浆子，我给几张报纸糊糊墙吧。"文哥把小拉拉抱过来。

一蛋妈千谢万谢，回去找到一蛋爸，让他去收拾小屋，一蛋爸拿了把钳子，拧开了锁，开始往外搬东西。里面确实很小，东西却没少装，搬出来也有一堆呢。听文哥说，当初盖这个小棚子是为了能装两车煤，两车蜂窝煤一共八百块，大约要两平米。

有街坊过来调侃："文哥，发财啦，租出好几套房啊？"

"是，谁说不是呢，咱不是有嘛，这么多房子，闲着也是闲着，也算是行善积德。捎带弄车煤钱。"文哥自嘲的说。

一蛋爸挺会干活的，他用砖头给前后都码了一道二十公分高的小墙儿，选齐整一些的木板铺在上面，就搭成了炕，找了几个纸箱子打开铺在上面。自己躺了一下，挺结实的，就是炕比较短，大约也就一米五左右长，不过，孩子躺着足够大了。大人靠躺着也能歇着，总比他那个雨布棚要强得多。

他把文哥送来的报纸贴在墙上，显着象样干净了。他又去买了铁丝，在上面拉了几道，把报纸糊在上面，做成了顶棚，里面的温度立马儿降了好几度。他又去自己的棚子里，把铺地的那块儿旧地毯拉出来，盖在房顶上的瓦棱铁上，压上砖头，顶子就晒不透了。最后是去农贸市场买了一条褥子，一副门别儿和一把锁。褥子铺上，象床了，门别儿安在门上，一切都就绪了。

一蛋妈过来抱孩子，显得很高兴，说房子挺好的，她替孩子谢谢"叔儿"。

文哥过去看了看收拾过的煤棚子，很惊讶的说："真不错，拉拉他爸挺会干活儿的。对了，还有这个灯，开关是院里控制的，你去买一个带开关的灯口，拧在上面，自己就能控制了。但是要记住，只能用十五度的灯泡，不许用大的。电表没那么大，经常掉闸，老停电会落埋怨的。"

"这您放心，我们用电的时候不多。"一蛋妈说。

三个小棚子都有主了，也就没有再问了，文哥也踏实了。

苏甫这次伤得可不轻，手，肘，膝都有挫伤。更主要的是胃，这一摔，刚长好的伤口又裂开了，刀片可能又往里扎了一些，比初期还疼。吃消炎药是必须的，白粉也要吸，疼得受不了时还要加些量。因为这个刀片已经有些时日了，有一段时间已经长好了，所以这次苏甫并不是很担心，他认为养一段时间就会过去的。

让苏甫后悔的是，昨天去马哥那里，应该多买几包粉儿就好了，今天就不用出去了。没办法，饭可以不吃，烟不能不吸，何况现在还有琦琦，到时候亲嘴儿亲不出那玩意儿来，还不急疯了。

过了中午，给马哥打了电话，说一会过去，让他帮忙跟倒粉儿的大姐打个招呼，让她别出去，或者直接把东西放马哥那，他过去拿，拿了就走，别耽搁。准备三天的量吧。

苏甫觉得，三天差不多，外伤肯定不会有事，胃里的伤也会愈合了，只要不是剧烈的疼，不防碍走路，就什么都不用担心了。

出门前，他告诉琦琦说："我去趟医院，你就不用跟去了，就当溜弯。"

下楼后，打电话叫来辆摩的，很快就到了马哥住的院里。进屋后，马哥正在家等着，见苏甫进屋，就敲了敲隔断墙。隔壁有个女人咳嗽了一声，一个小塑料袋就从房杈上扔了过来。

原来这是一通连的两间房，为了出租，中间打了隔断，顶子是纸顶棚，房杈上面是空的，纸顶棚上捅个口，东西就能从隔壁直接扔过来，掉在床上。

马哥接过苏甫递过来的钱，站在床上，手伸进顶棚，把钱扔了过去。

苏甫也不敢多呆，揣上东西出门，打电话呼来刚才那辆摩的，拉他到了药批，买了十支注射器，一溜烟儿的回了家。

好常时间没喝白酒了。不想喝也得喝，而且要喝高度的，多多少少的起点儿消炎作用吧。他告诉琦琦，一会儿出去买瓶白酒，要高度的。

趁琦琦出去买菜，苏甫去卫生间，从水箱后面掏出针管和两包粉儿，用皮带捆扎小腿，在脚脖子处注射，注射完后，吸自来水冲洗注射器里的血液，然后拿钳子把注射器剪成小段，混在纸篓里。

他躺在床上，心里很不平静。人顺屎香，人背口臭。这俩月是怎么了，事一档子接一档子的。人说祸不单行，还真是，但愿这一关能混过去，应该问题不大吧。

自从胃里扎了刀片，一直小心翼翼的，抬头看人，低头看路，只要扛上一两年，一切事就都不是事了。

琦琦下午出去买菜，顺便捎回来一瓶白干，好象六十几度吧，据说用火柴能点着火，度数可以了。

她把电饭锅插上煮饭，又把菜洗干净切完，放在盘子里，看看钟点还早，刚想歇会儿，身上的那种感觉又来了，她开始跟在苏甫身边起腻，苏甫心知肚明，只是时机还不到，不到她受不了的时候，不能轻易喂给她。

琦琦终于受不了了，开始抓挠苏甫并相求："亲爸爸，我受不了了，让我亲会儿吧……"

可以了，琦琦开始扒衣领子，确实闹上了。

苏甫起身说："我去漱嗽口。"

他来到卫生间，漱了口，把一包面儿倒嘴里，走了出来。

琦琦躺在床上，裤子脱了踹到地下，乳罩的带儿也解开了，身体扭动蹬着腿，已经受不了了。

苏甫慢慢的上床，尽量避免自己的肘部和膝盖有伤的部位碰到床，躺在了琦琦身旁。琦琦转身把他脖子搂住，急不可耐的嘴对嘴的嗑上了。她彻底离不开他了。

琦琦吸干了苏甫口中的粉浆，情绪逐渐平和了，如同僵尸一般，四仰八叉的躺在床上，开始了她的梦幻之旅。

苏甫内外兼伤，虽有雄激素上涌，无奈四肢都不敢着地儿。这些日子，作为一个曾经的猛男，看着赤条条的躺在床上的琦琦，多次想上，多次又打了退堂鼓。这个胃呀，要了亲命了。

他知道，此时的琦琦，在白粉的作用下，正处在无限的瑕想之中，幻境中的一切，都是人间所不及的，包括男人。她现在需要的是梦中的苏甫，而不是现实中的苏甫。但是现实中苏甫可以抚摸她，吻她的身体，她会把现实中的感受揉到梦幻里，二者合一，有事半功倍的效果。

所以，人一旦吸毒，倘若不是缺钱或缺货，就很难戒掉。他受到这种被称为"瘾"的东西控制后，就会脱离现实，脱离社会，她的灵魂会遨游在幻界中，在幻界做了神仙。她已经不再相信任何人，只相信她自己。因为她在幻界里确实是神仙。

苏甫开始相信现实了。现实中，有许多可能，也有许多不可能，以前自己认为不可能发生在自己身上的事，比如说手铐，比如说吸粉儿，现在已经不是可能和不可能，而是不可能不是事实了。他心爱的琦琦，回到从前也是不可能了。

老前辈钱豹捅开火炉上的封泥，把大铁锅坐上，倒了半锅水，把个佐料包放锅里，倒了酱油调色，然后把鸡腿倒锅里。

今天买了二十个鸡腿，因为他知道，昨天是不吃白不吃，今天开始花钱了，吃饭的人肯定会比白吃的时候少许多。二十个鸡腿足够了，而且，不用都卖了，只要能卖出十五份鸡腿饭，也算好买卖了。他自己算了个账，一个鸡腿三块，五根胡萝卜一块，大米两块一斤，其余的佐料，水煤及餐盒，都加在一起，平均下来，一份鸡腿饭的成本大约是四块多钱。其实，今天的全部成本，也就是三盒饭钱，第四盒就开始赚了。

钱三抱胸有成竹，一边叼着烟卷一边干活，时不时的跟看热闹的打个趣，斗几句贫。

他打开锅盖，看了看里面的鸡腿，已经上色了，上色就有七成熟了。他用刀把胡萝卜削进锅里，又把投洗好的大米倒进去，加适量的水，盖上锅盖，就等着熟了。

身为神拿门的三爷，辈份在这呢，干厨子倒有一套，让人不可思议。这还要源于钱豹的师父。钱豹小时候当学徒，什么活都得干，师父爱吃的就是鸡腿饭，自然由钱豹来做，所以他拿手的就是鸡腿饭。

这种鸡腿饭邓老师也爱吃，所以米娜小时候就会做，第一次看见老前辈做鸡腿饭，米娜还偷着乐呢。

其实，鸡腿饭对于神拿门来说，还有一种寓意。鸡者，谐音吉，腿者，人身上的腿，做为拿手，第一要学会的就是跑，跑当然要用腿，有一双吉腿，就能逢凶化吉，就有肉饭吃。人常说，吃什么补什么，鸡经常用爪扒拉地找食吃，又很能跑，多吃鸡腿，自然会能扒能跑了。

鸡腿饭熟了，钱豹捡快砖头把火压上，把餐盒准备好，就等着吃主了。

一蛋妈在小房子里，坐炕上逗小拉拉，不过，这个位置看不见文哥的摊了。她趴在小炕上，居然知道歪着脑袋看。

一个蛋在文哥的院子里找到一个篮球，扔在地上当足球踢，玩得挺开心。

文哥从院子里的墙上，摘下一辆老式的儿童小竹车，这种车是专门看孩子用的。他把小竹车放在当街，用喷壶喷了一遍，然后用布擦干。这辆车是以前文哥儿子小时候用的，后来谁家生孩子谁就借着用，有年头了，竹子都发红了。小车的功能也不少：能坐，能躺，能站，能当饭桌，小孩子还可以练走。一般一个孩子从四、五个月大，能坐到两岁，很实用。

文哥在车里铺了块毯子，觉得可以了，推着走几步，轮子有些犯绉，就用油壶滴了几滴机油，再推着试，好了，推着很轻松。

现在的儿童车样式很多，很漂亮，但不实用，而且孩子用着也不舒服。小竹车现在已经是古董了，引来一些人围观，觉得新鲜。

文哥推着竹车，到小棚子前走了一下，被小拉拉看见，她显得很兴奋，一蛋妈把她抱出来，让她在小车里躺着，文哥把她推到货桌前，前推几步，后撤几步的推着走，哄着她玩儿。小拉拉第一次坐小车，也觉得好玩儿，小嘴咧着笑出声来。

这种车以前有折叠的布棚，年头久了，棚子的布朽了，就给卸下了。拉拉躺在车里，阳光有些刺眼，不能直对着太阳。这时，过来一位好象是新疆人的大姐，从头上解下一条粉红色的纱巾，折叠了一下，罩在车上小拉拉头部的上方，光线马上变得柔和了许多，孩子的脸上就象扑了粉，粉嫩粉嫩的，笑起来愈发的招人喜欢。

第八十九篇　接吻吸粉　琦琦上船

时近中午，到了饭点儿了。钱豹的鸡腿饭没有出现象昨天白吃时的排队现象，但还是有几个吃过免费餐的人过来，花二十八买他一份，算是回报。

钱豹坐在砖头上抽着烟，眼巴巴的看着那口铁锅，里面还有半锅米饭外加十几个鸡腿的鸡腿饭。

文哥推着小车，在钱豹身边调头，他问："怎么着钱爷，今的买卖还行啊，回本了吧？"

钱豹苦笑道："啊是，本儿回来了，不着急了，不亏就行。"

过了十二点，文哥也开始忙了，他把孩子交给她母亲，开始应酬生意。这个钟点，漂在各地的拿手们，有不少开始返回了。

那些中午吸粉儿的拿手，是必须要回来的。拿到手机等物品的，也要回来变现或存放家中。再有就是拿了包儿的小学员们，也要回来交给老板。苑总公司的四个小学员，无论有没有拿到包儿，都按点回来，苑总每天会过来接，收走他们拿回来的物品，然后给每人买一瓶饮料。

忙过去这一阵儿，文哥才开始吃午饭，开了两瓶啤酒，踏踏实实的喝着。

钱豹过来问文哥吃不吃鸡腿饭，得知文哥本人食素，从不沾荤腥儿，也就做罢。锅里还剩十一个鸡腿，想想也不错了，卖了九份饭，刨了所有成本，赚了也有小二百子呢，要是以后每天都能卖九份，生意还是值得做的。

米娜和玲玲小姐俩也回来报道了。她们今天生意依旧用惨淡形容。玲玲一边喝着饮料，一边在那些小棚子周边转，用她专业的眼光来看，这些人混得都不咋的，而且多数都是烟民。

让她不解的是，虽然她只是一个女孩儿，长得又那么喜兴，而那些人对她并没有好感，总是用冷漠和防范的眼神盯着她。她明白了，对于他们这些人来说，自己的确是个生人。防着生人不是一种职业习惯吗？

米娜的事已经办完了。她把注射器装回包装袋撅折，用半张报纸包上，攥的手里，出门锁上门，跟文哥打了招呼，向小区外走去，在一堵破墙前，把手中的东西扔了进去。

一般而言，吸粉儿的也有规矩，每次用完的注射器都要进行一次破坏，目的是防止被人二次利用。而且绝对是不可以乱扔的，因为被人发现后会报警，把自己处于危险之中。

不过，现在这个拆迁中的小区，已经成了毒品区，警方也来抄过，路面上有针头也就不足为奇了。象米娜这样把用过的工具扔到没人的地方，还真算是有点规矩了。

吸粉的人都有个特点，就是犯瘾，瘾一上来，浑身如万蚁啃咬，痛不欲生，必须放下一切，马上注射。而身边没有注射器的人，第一时间就是买个注射器，没有钱也要去赊，有的人信誉不好，赊不来，只能捡，捡来的注射器，只是简单的冲洗一下就用，极易感染艾滋病。所以，用完工具能做到折损处理的人，还是职业的。

晚上天黑以后，文哥这里都要忙了一阵儿，主要是那些回来晚的人买点儿吃的抽的。一般就是一盒烟，一瓶水，一块巧克力这些简单的东西，还有的买一根儿蜡烛。凡是晚上到文哥摊儿上买东西的，一天的收获肯定都不多，因为这些人都不是会攒钱的主。有钱时肯定就去消费了。

马哥来了，坐在椅子上跟文哥聊天儿，还买了一大兜子吃的用的。

"这几天米姑娘天天过来打听你的消息，让你回去。你应该给她回个话。对了，你住的这间小房现在给她了。她也不住，就是每天过来看一下。"文哥告诉小马。

小马点燃一支烟说："谢谢文哥，我最近有些忙，没有时间。您就告诉她说，您没见过我就行了。"

文哥点头道："行，我一般就是一问三不知，不搀和你们的事。不过，我对你的生意挺感兴趣的，若相信文哥的话，有功夫给文哥讲讲。不过，只是好奇啊，你说我听，哪儿说哪儿了，十年内我不会说出去。"

　　小马笑着点头："我相信文哥，文哥要愿意听，有时间一定过来聊。文哥，我听别人说，您对您门口来的这些人都挺好的，有口皆碑呀。"

　　"的确，我爱听故事，有猎奇心里。尤其是我没听过的那些人和事。有人愿意聊，我就愿意听。不过，最后都是我吃亏。他聊完了，拿你一盒烟，喝一瓶水儿，走时说句：文哥记账。哈……谁认识孙子是谁呀？"文哥说着，自己也笑了。

　　"是，这些人干的就是拿活，拿别人的提心吊胆，拿文哥的胆大妄为。以后，文哥别跟他们客气，您做个小卖部也挺辛苦的。"马哥同情的说。

　　文哥不以为然的说："消磨时间吧，已经习惯了。尤其是家门口呆着这么多特殊的人。我现在是天刚亮就想出来，天黑了不想进屋。也成魔症了。"

　　"文哥不简单，混迹于池泥之中而不被湿染，行走烟火之际而不被烧身，真不可思议。"小马感叹道。

　　文哥大笑："什么池泥，什么烟火？眼神不好的人，看什么都雾茫茫的无白无黑无色，睁着眼走和闭着眼走又有什么区别，既使沾了池泥，等干了以后还不是一掸就掉。小兄弟，可怕的不是池泥，而是你不想穿干净衣服。"

　　"谢了文哥。您忙着，我该回去吃饭了。"小马起身告辞。

　　文哥追问一句："住的远吗？"

　　"还行，不算远，马路南面。"马哥瞎编了一句。

　　三天的白粉儿，今天吸完了以后，明天又要去进货了。自行检查了胳膊腿儿，外伤已经不疼不痒无大碍了。主要是胃，疼起来浑身使不上劲，吃不下东西，这是最要命的。尤其是上下楼，倘若脚吃不住劲儿，往下，哪怕是平地一栽，也够危险的。

　　琦琦呢，有了烟瘾，但她还蒙在鼓里，如果要告诉她，她已经吸粉儿了，她能接受吗，如果她知道两个人都抽粉了，她会不会疯啊？

都怪自己，琦琦本来是个好女孩，死心踏地的跟了他，没能得到幸福，却毁了一生。既使她现在去戒毒，一辈子也很难抬头了。

苏甫悔恨，自责，想来想去，又有什么用，面对现实，还是让她自己选择，她若离开，他也无怨无悔，只要她好，她幸福，自己一切都能承受。

这两天不出去做事，又不用起床干活，他除了早上趁去卫生间吸炮儿烟外，一上午就是躺着。

有苏甫在家，琦琦的精神头儿就上来了，也不管他行不行，反正得和他干点儿事。她说是苏甫该她的，把他弄残了她养着他。苏甫有时求饶，但也无济于事，毕竟女孩子生理反应时的那个难受劲儿，也不亚于犯了烟瘾。他只能用手护着胃，其余就随她去吧。

折腾一阵的琦琦发泄完了，又变成了听话的小咪咪，依偎着苏甫，轻轻的向他吹着口气，让他沐浴她的香风。

"琦琦，我对不起你，你跟了我，没能得到幸福，反而把你拖累了。"苏甫愧疚的说。

"什么话，我还说我把你拖累了呢。光着屁股在一被窝里轱辘，玩着高兴，只要双方都满足了，就谁也不该谁的。说到拖累，什么是拖累？就是我到季节了你不播种，我不下雨你干打雷。可偏巧你这个老农民种地是行家，天气预报也挺准。"琦琦说得挺幽默的。

"琦琦，我是说，我不是你想象的那种人，我跟你说了瞎话，我骗了你，我是……"苏甫有些哽咽了。

琦琦趴起来，眼睛盯着他："你不是什么？你是什么？你是个贼，小偷，我一开始就知道。我傻呀？不过呀，我喜欢的是你的人。你长得帅，善解人意，又心疼女人，除了不喜欢你干的行当，还是有优点的。哪怕是你编个谎言来骗我。有钱难买愿意吧。"

苏甫面带苦涩的说："我不单是干扒拿的，我还吸粉儿。"

"吸粉，什么叫吸粉儿？" 琦琦不解。

"粉儿就是白面儿。吸粉就是抽白面儿。"苏甫说。

琦琦还是没听明白。

苏甫告诉她说："粉儿，白面儿，就是毒品，吸粉儿就是吸毒。"

琦琦很惊讶的问："吸毒，不会吧，没看出来呀？吸毒的不都是躺在床榻上，拿个大烟袋在那嘬，那样才是吸毒吗。再说也没见你满地爬，满地打滚儿？没症状啊？"

"琦琦，你说的那种现象，都是在没有钱或者没有粉儿的情况下，犯了烟瘾才那样。我沾上粉儿是因为胃里扎了铁片，疼得受不了时，吸一点缓解疼痛，只是这胃落下毛病了，总是疼，吸着吸着就成了吸毒者了。"苏甫不藏着掖着了。

琦琦心疼的摸着他的头说："亲爱的，不要紧，等胃治好了，就把烟戒了，我们开个小门脸，一切都会好的。"

苏甫眼里含着泪花对她说："琦琦，我该死，我对不起你，让你也吸毒了。你真的没觉出来？"

"怎么会，我没吸过呀。现在倒是抽烟，那是在家里烦的，抽棵烟解闷儿的。"琦琦不信。

苏甫闭上眼说："我每天下班，都是吸了粉儿回来的，我们亲嘴儿，或多或少的毒品被你吸过去了，你无意中又抽了一支带有白面儿的烟，但你没查觉，我也没发现，后来我每天到家，第一件事就是让你亲，当我知道你已经沾上毒瘾的时候，我真受不了了，我又怕你知道你已经吸粉儿了，所以每天进门儿前先含嘴里一些，进屋后慢慢的喂你……"

"靠，吸个粉儿你也弄得这么浪漫，你一定是色鬼托生的。哦﹖，我知道了，我说怎么一到那个钟点儿就犯劲呢，就盼着你回来跟你亲嘴儿呢？原来是这东西闹的。管它呢，什么吸毒吸粉儿的，只要能天天跟你亲嘴，你嘴里有屎我都接着。苏甫，不要自责了，等你病好了，我们就去戒烟。"琦琦好象并不太在呼的说。

"嗯。戒烟，再戒了拿，我们就过正常人的生活，就不用担惊受怕了。

谢谢你，琦琦。"苏甫感动的说。

琦琦坐了起来，低着头，脸对脸的问："苏甫，老说吸毒吸粉儿，怎么吸呀？我长这么大还没见过呢。"

苏甫撑着身子，靠在床头上说："吸，又称吸食。早年最长用的吸毒工具是烟枪，等于是抽，所以叫抽大烟。后来没有烟枪了，又有用锡纸的，也主要是吸烟儿，所以叫吸粉儿。还有就是放在食品里吃进肚子，所以毒品又叫白面儿。比如说你，就属于是吃。不过，现在主流的都是注射，效果更直接，吸收更彻底。"

"注射，用针扎，我怎么没见你扎过？那得多疼啊。"琦琦抖着脑袋龇着牙说。

"我哪儿敢让你看见呀。我太在意你了琦琦。"苏甫很生情的说。

琦琦一拍苏甫的手说："今天让我看看，什么叫吸毒。我都成吸毒者了，还没见过这毒怎么吸呢。"

苏甫用手拉了下琦琦，让她也靠着床，自己依偎在她身上，还真有了小激动。

"苏甫，能跟我讲讲你的经历吗？我以前从来没问过，但我很想知道。"琦琦扭着脖子看着苏甫。

"唉，琦琦，你是我最亲的人，如果我有父母，有家庭，如果我知道我是何年，何月，何时，何地出生的，再或是本名姓甚名谁，我也早就说了。我可能就是石头子儿里蹦出来的吧。"苏甫说完后低头叹气。

琦琦拍了一下他的脑勺说："你是孙悟空啊，还石头子儿里蹦出来的。你在哪儿出生的都不记得了，你没过过生日呀？"

"打我开始记事的时候，就已经跟我的老师在一起了。老师姓钱，他是神拿门里的老三，他让我叫他老师，不准叫师父，他教我神拿技艺，只上了几年学。"苏甫告诉琦琦。

琦琦认真的听着，她问他："姓钱，就是你以前常提到的老前辈，钱豹？"

“是，老前辈叫钱豹。他告诉过我说，我是他花了五百块钱从别人手里买来的，因为他无家无业，孤身一人，就拿我当小猫小狗养着玩儿的，卖我的人什么信息也没留下。”苏甫告诉琦琦。

琦琦靠着他的肩，心里很不好受，觉得他好可怜好可怜的。又一想，也不是吧，应该说他俩都是好可怜好可怜的啊。

第九十篇 琦琦访钱豹 为苏甫寻根

　　下午四五点钟了，到了苏甫吸粉的时候了。他靠在床上把琦琦喊过来说："你不是要看怎么吸粉儿吗，你去卫生间，水箱后面有个塑料袋，你给拿过来，架子上还有一个装着水的小药瓶也拿过来。"

　　琦琦去卫生间把东西拿出来后说："收藏的还挺隐蔽，一般人想不到。这小瓶装得是什么呀？好几次都想给它扔了。"

　　"这是生理盐水，商标撕掉了。"苏甫说着，从袋里掏出几样东西说："这是一次性注射器，一毫升的。这个是酒精棉，这是止血带，这三个小包就是白粉海洛因。先把注射器的推杆拉出来，倒上白粉，我用两包。然后把推杆儿推上，在瓶子里吸入生理盐水，烟就准备好了。止血带系胳膊上，用手拍两下，看见血管后，用酒精擦两下，然后把针管晃几下摇匀，竖起来轻推推杆儿，排出针管内的空气，就可以扎了。你来扎。"苏甫说的的确很在行。

　　琦琦赶忙摆手说："我不敢，我找不准，再把针弄折了扎肉里，太吓人了。"

　　苏甫不说什么了，他找准血管，轻扎进去，还真准。他松开止血带，将针管里的粉液推进一半，又回抽，血管里立马儿变红了。他又推进去一半，又回抽，最后全都推了进去了。

　　他告诉琦琦："不能一下全推进去，一定要做到三推两抽，这样安全。一下子全推进去，人体可能受不了，容易出危险。"

　　中午一点多钟，太阳很毒，正是热的时候。琦琦来到西站东里小区，边走边看。一部分房子已经拆了，废墟里长出杂草。往里走，人逐渐的多了起来。在一片空地上，搭了许多各种各样的棚子，有些棚子四面有洞，连风都防不住，就是个摆式。

　　拐过弯，就是文哥的家，文哥正在喝酒。琦琦初来咋道，谁也不认识，只是觉着这个地方很新鲜，所以边走边看，走得很慢。

路边的火炉上，架着一口大铁锅，旁边坐着一位老人，正抽着烟发呆，正是钱豹。

琦琦走过去问："大爷，您这是卖什么呢？"

钱豹看了一眼琦琦说："鸡腿饭。"

"哦，您是老前辈吧？我是琦琦。我给您带来了两瓶酒。"琦琦把布兜放在钱豹脚下。

钱豹很纳闷的问："姑娘，我不认识你，干嘛给我送东西？"

"哦，忘了介绍了，我叫琦琦，是苏甫的女朋友。我今天路过这里，是特意来看您的。苏甫这些日子身体不好，不能出门，就让我来了。"琦琦说。

"琦琦，听苏甫说过。这小子，还真想着我呢，算他有良心。他身体不好，身体怎么了？"钱豹问。

琦琦小声说："他呀，一个月前被抓了，把刀片吞了，扎的胃上了，现在很麻烦。"

"哟，这傻小子，我没教过他这手呀？去医院瞧了吗？"钱豹问。

"瞧了，医院说可以做手术，就是开刀取出来。另外也可以先保守治疗，就是吃韭菜让它自然脱落，没想到吃了一个星期的韭菜，也没掉下来，为了止疼，后来他吸粉儿了。现在麻烦来了，前几天又摔了个跟头，可能是刀片又往里扎了，现在一动就疼。"琦琦很无奈的说。

钱豹拍着脑袋说："学艺不精，为师之过。当初不应该让他走这条路啊。"

琦琦安慰钱豹说："这也不能怪前辈，各人有个人的造化。命中该有一劫，躲也躲不过。晚辈今天过来，是想帮助苏甫打听他的身世，看能不能找到他的亲生父母。您应该知道他是什么地方的人吧？"

钱豹挫着手说："这个，我还真不知道。当初我收他的时候，是想把他当儿子养的，所以什么事都没问。送我孩子的那个人并不是卖孩子的，是我主动给了他五百块钱。后来觉得自己干的职业，对他将来会有很大影响，就没收他当儿子，也没收他做徒弟。只是把他当个玩艺儿。"

琦琦很严肃的对钱豹说："前辈，您对苏甫有养育之恩，苏甫不会忘记。但是他现在走这条路，也不能说您一点责任都没有。您现在是金盆洗手上岸了，您可把他搁里了。就说他不是您亲生的，他也跟了您小二十来年了，感情应该有吧？"

钱豹低下脑袋说："送我孩子的那个人真的什么也没告诉我，我不能给你瞎编。不过，那些年我也仔细分析过，从那个人的穿着打扮和口音气味来分析，应该是西北人。而且苏甫小的时候我带他去草原上玩，他好象很熟悉那种环境，他还知道骑马。当时那个人说这孩子姓于，后来又说姓苏。而苏甫记着的是他的小名叫小甫，我就给取的名字叫苏甫。这些都是分析，很难说是真是假。"

"我听您刚才说什么，气味？气味儿也能有什么信息吗？"琦琦问。

钱豹肯定的说："是的，那个送孩子的人，身上有很浓的膻味儿，不是养羊的就是宰羊的，而刚十月初的天气，他就穿了很厚的衣服，可以断定他是北边过来的。对了，他还说，是苏甫的父母委托他把孩子送来学手艺的。哦，我明白。"

琦琦好象也明白了，但还是疑惑的看着钱豹。

"拍花子的，拍的是仇人的孩子，为的是报复仇家，把仇人的孩子送来做贼。"钱豹肯定的说。

告别了钱豹往前走，没走几步，在文哥的摊前看见了米娜。"米娜。你怎么在这儿。"琦琦问。

米娜见到琦琦，也很惊讶的问："琦琦，你怎么在这儿，这几天没见苏甫啊？我路过，在文哥这里买瓶水。"

"文哥，您是文哥，我是琦琦，苏甫的女朋友。常听苏甫说您特仗义，今天可见到真人了。"琦琦很会来事。

"过奖了，小人物，谈不上仗义，就是实诚。"文哥自谦的说。

"你怎么上这来了，苏甫呢？"米娜问。

琦琦把米娜拉到一边，小声的说："他摔伤了，这几天出不了门儿，我到这儿来是找老前辈的。"

"找老前辈干嘛，有什么事？"米娜问。

琦琦告诉米娜："我来找他问问苏甫的身世，看看有什么线索，帮他找找他的亲生父母。"

米娜开始对琦琦刮目相看了。她说："是这样。琦琦姐，谢谢你。有什么需要的尽管开口，我们都会帮的。"

"嗯。谢谢娜娜。我还有事，我先走了。"琦琦说完向东走去。

玲玲走过来问表姐："姐，狐狸精来干嘛？"

"玲玲，以后不许管她叫狐狸精了。她是爱苏甫的。"米娜看着琦琦的背影说。

琦琦和米娜分手后，出了小区又返回，找到马哥住的地方，给马哥打了个电话，马哥出来，把她接了进去。

琦琦这是第一次见马哥，有些磨不开面儿，张不开嘴，只是叫了声："马哥。"

马哥把她让进屋说："琦琦是吧？苏甫给我来电话了，我已经给你联系好了。今天你拿四包，不要多拿，跑几次以后道儿熟了就好了。你在这堵墙上敲四下，就代表四包。她听到以后会扔过来，你把钱扔过去，就完成了。就这样。"马哥说着，敲了四下墙。

听到信号，对方从房栓上扔过来一个小袋，琦琦上了床把准备好的钱扔了过去。交易完成了。

"这么简单？我还以为有黑社会拿着枪呢。"琦琦小声儿说。

马哥笑道："那是电影，没那么邪呼。你把东西用卫生纸包上，这样不容易丢。"揪了一节纸给她并告诉她："不要呆着，拿了东西就走。从这出门往右，走一百米左右往东，再走几十米有个小桥儿，过桥那头走去。以后再来不要从文哥家的方向来。这里四通八达，熟了就好了。"

"谢谢马哥，那我回去了。"琦琦转身要走。

马哥在后面小声说："出门往隔壁窗户看一眼，她若在窗前看你，你就跟她点下头，这样以后如果我没在家，她也会给你货的。"

"知道了马哥。马哥拜拜。"琦琦拉门出去，往隔壁窗户看了一眼，果见一个女人在看她。她朝她点下头，走出院子右拐，约一百多米再右拐，过了小桥，沿河往南，上了公路，心里哎呦妈呀一声，终于踏实了。

有个说相声的说过，河里的鱼是一拨儿一拨儿的。拿门的生意也是这样，赶上这拨儿了，拿手们都乐了。

小王今天生意很红火，一上午没闲着，收了十几部手机，心里乐开了花。中午在外面吃了盘炒饼，喝了瓶儿啤酒，用他自己的话说："今天高消费了一回。"

文哥每天中午是雷打不动的两瓶啤酒，不过今天可能睡不了午觉了。这些出去干活儿的人，今天多数都回来的很早，在这里买听红牛，然后就去找小王。

小王吃饭回来，坐在文哥房子拐角处的石头上，用牙签剔着牙。一个少年跑过去，从怀里掏出一台摄像机，交给小王，小王拿着看了会，不太懂。

少年正是老苑公司的学员，今天手顺，没费劲就把这台摄像机弄到手了。

小王给二手店的老板打电话，老板说对摄像机不太懂，必须拿过才能定价。

"你这台摄像机是松下的，不太新了。你要多少钱？"小王问少年。

"主哥，这是日本的，是好东西。你给两千八。"少年好像也懂。

小王犹豫了一会说："给不了，顶多两千四。这种东西手机店老板不收，我收了肯定砸手里，不过给孩子当玩意儿倒是好东西。"

"那行，两千四就两千四吧。"少年同意了。

付了钱，少年走了。小王来到文哥桌前坐下，让文哥看这台摄像机值不值两千四。

　　文哥看了看说："看你的用途了，如果是买卖，卖出价高于买入价，扣除各种费用，有利润，就值。卖出价低于买入价就是亏，就不值。你买了以后，一家出去旅游，或者专门给孩子拍摄成长经历，就值。你买了以后放箱子里存着，不用或者不会用，就不值。不过，据我所知，一台摄像机不光是一个机身，应该还包括各种数据线，接电脑的，接电视的，接录相，接打印机的等等。对了，还有充电器。原装线配齐了，也不便宜呢。"

　　"照您这么一说，买的还真不算便宜。以前没收过摄像机，就知道很贵重，原来还有那么多零件。得，拿回去学学。干我这行，什么都得学，不进则退。您忙着，我再转转。"小王说完站起来，到墙角儿那边站着去了。

　　"文哥，喝着呢？着见小王没有？"马哥走过来，向文哥打招。

　　"小马呀。小王刚走，刚才还在这聊呢。坐。他收了一台摄像机过来让我瞧。"文哥说。

　　"米娜没过来吧？"马哥问。

　　文哥告诉马哥："米姑娘一般是下午四点钟以后过来，要不就是十二点以前，这时候不来。怎么着，喝瓶啤酒？"

　　"谢了你呐，刚喝了。"马哥说完坐下，扭着头往两边看了看。

　　中午天热，塑料棚子里更热，有些人就坐在棚子外面的碎砖堆上打瞌睡。

　　看见马哥，小王又转回来打招呼："兄弟，收到什么好东西'，拿出来瞜一眼。"马哥笑着说："王哥的眼比贼还贼。今天还真有一件稀罕物，保你没见过。"

　　马哥站起来，和小王肩靠肩的看东西，两人聊了一会以后分开了，马哥把一个手机装回兜里又过来坐下。看样子没成交。

　　文哥小声的告诉小马说："今天收手机的火了，一上午收了十多个。"

　　"是，现在手机的生意好做，大家都做，拿过来也不用多高的技术。但不是所有的手机都有价值。今天我拿了一件好东西，文哥给掌掌眼。"

马哥说着，从兜里掏出一部黄澄澄约手机，拿在手里沉甸甸的，让文哥瞧。

文哥摆手说："手机我不懂，外行。"

小马得意的告诉文哥："这是一部私人订制的手机，镀了金的，价值九千多，我一上午就跟着它了，什么都没干，功夫不负有心人。您知道，当我把手机拿到手里的时候，我多兴奋呀，啊，值了。"

"是，你是值了，谁丢了谁就不值了。"文哥说。

"也是。不过，玩得起这玩意儿的人肯定腰粗。您说是吧。文哥您喝着，我有事先走了。"马哥说完，站起来走了。

最后一口酒干了。文哥起身溜溜食儿，看见钱豹守着大锅，坐在砖头上低着头发愁，就问："钱爷，今天没有买卖呀？"

钱豹抬起头说："可不是，一天不如一天了。到现在总共卖了三份。"

"行，本儿回来就行，万事开头儿难。我看您还没吃午饭吧？您盛一份吃，不就卖四份了吗？四份就有赚儿了。您晚上再吃一份，等于就卖五份了，就算好买卖了。"马哥逗钱豹开心。

"倒也是。我要是饭量大点儿，午饭吃两份儿，晚饭吃两份儿，那不赚的就更多了。"钱豹也给自己宽心丸儿吃。

文哥很赞同的说："对，钱爷说得有道理。不过，从旁观者的角度看，我觉得您这个鸡脚饭订价太高了。"

钱豹也认同的说："是，是有点儿高了。文爷觉得多少钱合适？您给参谋参谋。"

"我觉得您这个鸡腿饭，做着有一定的难度，口味儿应该也可以，根据您的采购成本，和您一天想达到的收益，来综合订价比较合理。订价的因素有很多，比如，在这里摆着三样饭，五块钱的炒饼，六块钱的面条，和二十八的鸡腿饭，让您挑，您吃哪种？而且炒饼，面条是在有空调的餐厅里坐着吃，您这份鸡腿饭只能坐砖堆上吃，花得起二十八块钱吃一碗饭的人，恐怕也是讲究点的人吧？"文哥说得在理。

钱豹点头说："其实我的要求并不高，每天赚个三十五十的，一个月一千多块钱也就行了。按文爷的说法，假如我每天卖二十份，七块钱一份，也是能赚钱的。"

"人工成本也要考虑。假设您一天的工资是三十，那二十份饭的成本每份儿就要再加一块五，每份鸡腿饭卖八块五，一个月下来的净收入就能达到两千了。"文哥的账算得让钱豹看到了希望。

钱豹兴奋的站起来说："文爷真是高人，听您一句，如同拨云见日了。照您说的，八块钱，二十份的量，应该就不愁卖了。如果吃好了一传名，可能每天就不止二十份了。"

"您要是能销到一百份，都能开个门脸儿了。"文哥说完，回到家门口，坐在了躺椅上。

第九十一篇 琦琦入道 反慰苏甫

琦琦回到家，把东西交给苏甫，脱下衣服后，才发现衣服都湿透了。她去卫生间里冲了个水，擦干了出来，心情才慢慢的平静下来。

苏甫心里很不好受，他对她说："琦琦，委屈你了，我不应该让你……"

"废你妈什么话？这是我情我愿的事。你是病人，给你取药我乐意。别招我烦。"琦琦第一次这么粗鲁的跟苏甫说话。

可不是，一个女孩子，从小家庭生活优越，为了追求爱情，相上了苏甫，虽然知道他是人人憎恶的扒手，但是她有信心凭着自己的魅力感化他，使他成为她的白马王子。虽然他编织谎言骗她，她却认为那是因为他爱她，因爱而撒的谎。他吸毒，是因为他帮助别人误吞了铁片，疼得受不了才染上的……

嗯，这一切的一切都是有原因的。等他病好了，我们可以一起去戒毒，找工作或做生意。也可以一起远走高飞，她会给他生孩子。对了，要是生的是男孩儿的话，一定是个小帅哥儿。当然，她还想要个小棉袄。

不过，当务之急的是要找到他的家人，一个从小没有父爱母爱的人，真是很值得同情的。

接下来，她要写几封信，发往几个省市，希望能有下落吧。

在厨房忙了一阵儿，饭煮上了，菜也洗干净切好了。时间还有点儿早，绷会儿炒吧。

生物钟有时候很准，每天在厨房做完准备工作，身体里就该起变化了。现在她已经知道这是烟瘾来了，只要在苏甫嘴里吸就行了。为了达到她要的效果，她还能多忍耐一会。

她为苏甫做好了准备工作，并且拿着针头比划了几次，却始终不敢往他肉里扎，只好让他自己来。

苏甫扎针时，她已经不害怕了，就瞪着眼在一旁看着。不过，注射完了以后，针是她拔出来的，并放在新买的手摇绞肉机里绞烂。

　　她让苏甫靠在床头上，把一小包儿白粉的纸剥开，倒在他的嘴里。她把嘴贴上去，轻轻的吸吻。现在，她已经知道自己在干什么了，也能够控制住自己体内的反应，时间掌握的恰到好处，所以也不那么着急，不那么疯狂，开始细品了。

　　"苏甫，你还记得小时候的事吗？说给我听听。"琦琦摸着他的头说。

　　"不记得了。我记事的时候，就已经跟老前辈一起了。不过，他既不是养父，也不是师父，我也不知道我和他是怎么回事。"苏甫说。

　　琦琦提醒苏甫："你是不是特喜欢草原，你怎么会知道骑马？你会骑马吗？老前辈说你从小就懂骑马。"

　　苏甫好奇的问："你去找老前辈了？找他干什么？"

　　"我路过文哥家门口儿，看见了老钱辈，向他打听你的身世，我要帮你找家。"琦琦认真的说。

　　苏甫摆着头说："找什么？这么多年了。要找，他们早就找来了。"

　　"不是的，家里找你，肯定不好找，但你找家，相对就容易些，你想啊，孩子丢了，家长肯定是会报案的，有案底，就能查到，既使现在你改名换姓了，也能通过 dna 比对确认。相信我。"琦琦肯定的说。

　　"什么叫 dna？不太懂。老前辈说的是，我从小对骑马感兴趣，没骑过，但总觉得会骑马。"苏甫说。

　　琦琦自嘲的说："我也不懂什么叫 dna，只知道它叫亲子鉴定，是专门鉴定亲属关系的一种方法。属于是高科技。现在有了那么多的高科技，给你找家也就容易多了。"

　　"是，现在的高科技比以前历害了。以前是什么条件，寄封信都要走半个月，现在用那个什么伊卖我，一点就到。太快了。"

　　琦琦笑道："什么伊卖我？那叫电子邮件。"

　　"电子邮件，一通电，一邮马上就见。快，真快。"苏甫可能不懂，也可能是在装。

　　"苏甫，你们从别人兜里偷东西，是不是也要技术啊。"琦琦突然问。

"偷东西？不好听，不雅。我们不叫偷，我们叫拿，叫做生意。我每天出门叫上工，工作以拿为主，什么都没拿到叫生意不好。有的几个人在一起的，我们叫公司，有经理，也有职员，也有专家和教授。"苏甫说起本行来如数家珍。

琦琦非常好奇的问："你们是从小学吗？需要有什么天赋吗？"

苏甫解释道："童子功是最好不过了，天赋也要有。比如说天生聪明反应快，手指灵活，尤其是食指和中指靠得要紧密，不能歪，不能有缝隙，而且手指要修长，像镊子一样是最好的。"

琦琦看看自己的手指说："我的手不行，不是干你们这行的材料。"

"是。不过你的脚行，跑起来跟兔子似的，就是味比较浓，一开门儿就知道你在家不在家。"苏甫说。

"我踢死你我。闻闻，有味儿没？有味儿也是为你跑腿跑的。"琦琦说着，把脚往苏甫嘴边送。

苏甫也不躲，让琦琦发挥了一阵后说："真是邪了怪了，你要爱一个人吧，就觉得她哪都好。甭说脚了，屎都不臭。"

吃完了晚饭。苏甫在床上躺着。琦琦归置完了以后，找出纸笔写信函，琦琦对电脑不太精，只会一般的上网玩儿游戏，打字发邮件一窍不通，好在现在大街上有那种专门经营打字，传真，发邮件的业务，花钱就能办。马哥，米娜都会电脑，但是苏甫说，这种发给公安局的邮件别麻烦他们，到时候引火烧身就不好了。

不当家不知柴米贵。琦琦在家靠父母，现在靠苏甫，苏甫几天没上工，没有进项，抽屉里的钱出溜儿出溜儿的花得还挺快，还有不到两千块钱了。其实，对于一般家庭来说，两千块钱也不是小数目，可是对于瘾君子来说，这些钱还真不经花。应该提前做准备，否则到时候抓瞎，而苏甫现在身体这样，一时半会指不上了。当然了，只要是有钱花，就不能让他出去冒险了，还是向家里求助吧。

"妈，老妈啊，哎呦，怎不想啊。您挺好吧？我呀，我也挺好，现在做生意，忙，忙着呢。就是还没赚钱呢。妈，您给我准备点儿钱，我回去拿。您别让我爸知道。啊，生气？爱生不生吧，小时候要不是逼着我踢球，说不定我现在还是博士硕士了呢。现在可到好，做生意连账都算不好，老被人坑。多少，您先给准备一万，等过了这关就缓过来了。什么，现在就有五千？五千也行，有多少算多少，我明天去拿。好，谢谢妈。"琦琦合上手机，长出了一口气。

长这么大，还没往家里交过钱呢。现在，反手跟家里要，脸皮也是够厚的，那有什么办法呢。这以后苏甫要做手术，手术费要好几万，钱不够还得向家里伸手。

回到卧室，爬到床上，盘腿坐在苏甫旁边说："钱快花没了，刚给我妈打了电话，跟家里支点儿。我说要一万，我妈手头就有五千，让我明天去拿。"

"琦琦，是我拖累你了。跟了我，没让你享福，倒给你添了累……"苏甫叹息着。

"少费话，这刚哪到哪呀，今后的日子长着呢。孙悟空不是也被压了五百年吗？我都想过了，咱们的困难也就是几万块钱的事。等你病好了，我们一起找工作，练摊，挣钱不是什么难事。实在不行的话，我就拜老前辈为师，也入你们那个拿什么门，反正不能让尿憋死。"琦琦说的有些激动。

"琦琦，千万别，没到山穷水尽呢，千万别往那想。我们这行，现在想起来，就是缺德带冒烟儿的损行，我这就是遭了报应了。"苏甫说。

身在江湖，无论你怎么洁身自好，你入了这个群，潜移默化的就被感染了。起初，她只认识苏甫，让为他是个例，是可以改变的。现在可倒好，她看见的不只是他一个人，米娜，玲玲，马哥，老前辈，还有传说中的苑总，以及那一大片塑料棚子里的人，都在从事这个特殊的行业，没有人觉得不心安理得。怎么会这样？

是的，可能谁都知道，干这种事将来不会有好下场，怎么就没人醒悟呢？象老前辈干了一辈子，如今金盆洗手退出拿行了，可你无家无业无老保，还不是穷光蛋一个？没办法，谁又能看得了那么远呢。

琦琦今天出来的早，在东里小区闲逛，有时跟做买卖的搭讪，有时到那些棚子边上看看，不过，无论走到哪里，哪里的人都会用警惕的日光盯着她。在那些人看来，她是个陌生人，又不是本地的拆迁户，是个便衣也未可知。

琦琦自己也觉得可笑。她现在已经知道这些人是怎么回事了，很欣赏他们被她惊住的那个模样，很好玩儿。

老前辈钱豹的鸡腿饭已经熟了，正在等着顾客。饭锅旁边，还立有一块木牌，上面写着：祖传手艺鸡腿饭，每份八元。

今天钱豹没坐砖头，而是坐在一把椅子上，这是文哥给他的。胸前系了一条白围裙，头上戴了一顶白色的厨师冒儿，也都是文哥送的，显得干净，利索多了。

琦琦过来，蹲在钱豹旁边向他问候："老前辈好。我来了。"

钱豹见琦琦过来，心情不错，马上打招呼："好好，琦琦姑娘，怎么上午就出来了？吃了吗，给你盛碗饭吃？"

"吃过了。这几天减肥呢，改吃素了。今天出来逛逛街，走到这儿了，过来看看老前辈。"琦琦会说。

钱豹朋友不多，熟悉的也就是几个师侄了，不过，自己已经退出江湖了，理论上和他们没有关系了。而且，做拿手的除了搭档以外，朋友越少越好，因为谁也不敢保证谁永远不会被抓，一旦被抓，一审全吐撸了，被抓的就是一大串，谁也跑不了，一旦暴露，这个城市就没法呆了。

"谢谢琦琦姑娘，你还想着来看我。"钱豹客客气气的说。

琦琦对钱豹说："老前辈，苏甫的材料我给发出去了，根据您的提示，我圈定了四个省，估计现在已经到了各公安厅的信访办了。不过您放心，您和他的关系我一个字都没提，不会连累您的。"

"琦琦姑娘，好孩子！和苏甫在一起，真是委屈你了。他认识了你，也是他的造化。"钱豹说得有些动容了。

琦琦笑着说："前辈，甭管怎么说，他也是您给养大的，恩是恩，命是命，命不好也没办法，上天给定的。"

钱豹感慨的说："当初真后悔收养他。琦琦，你是个好姑娘。"

琦琦伸出手指说："前辈，我有时候和苏甫开玩笑，我说他出事，是因为手上的活儿不好，没练到家。要是我呀，好歹练练都比他强，您知道他说什么，他说我的手长得不行，这不是瞎说吗。前辈，这活儿还看手吗？"

"是，是看手指的，尤其是食指和中指，如果两个手指长得象镊子是的那样修长，肯定比胖手粗手指头先天条件要好。"钱豹肯定的说。

琦琦不以为然的说："我不信，您说手长得跟镊子似的，那也比不了镊子呀，干嘛不直接使镊子呀？"

钱豹点头道："你说的是，本门有专门镊拿法，但是一般人不练镊子功。只练钳指功。镊子功是下策，但是无论你手上的功夫有多高，最后都会改成镊功的。"

"听不懂，既然镊子好使，干嘛不用啊？"琦琦问。

钱豹告诉琦琦："之所以不使镊子，是因为容易暴露，有的时候犯事了，如果没有证据，你可以死不承认，但是，如果从身上搜出镊子来了，抵赖也就没用了。"

"哦，是这样。不过我还是不明白，用镊子夹东西还用练？是个人都会，比用筷子还容易呢。"琦琦说完一撇嘴。

钱豹一摆手说："比使筷子要难，用筷子是你在自己的盘子里夹菜，用镊子是在别人的兜里夹包。成功与否有好多因素，还要克服心里障碍，不练得极为熟练了是出不了师的。"

"哦，明白了，夹包一秒钟，需练三年功。干哪行儿都不容易。前辈，苏甫说让我给他买把镊子回去，我不知道买多大的，您手比划一下。"

钱豹站起来说："琦姑娘稍等，我这有一把。"

钱豹回小屋片刻，出来时手里拿一张卷着的报纸，把它交给琦琦。

"我也是最近才练镊子功的，本来想着回来以后，如果买卖不行，就还做回老本行儿。现在看来用不着了，只要能自己养活自己，就不走老路了。把它给苏甫吧。"钱豹说。

第九十二篇 老前辈上岸 一蛋妈担心

一蛋妈一家来的够早的，今天一蛋爸表现不错，一手拉着一个蛋，一手抱着小拉拉。大立杆儿手里拿着一个红色塑料的桌子，小立杆儿拿着一摞塑料凳子，一蛋妈把装着早点的袋子交给老大。开了小屋门后，接过小拉拉进去，在小炕上哄小拉拉玩。

大立杆儿把桌子放地上，从小立杆儿手里拿过一个凳子，放在屁股底下坐下。小立杆儿和一蛋爸也坐下，一蛋爸打开食品袋，从里面拿出油条，给他俩一人递了一根儿，自己也吃上了。

吃了早点，大立杆儿来到文哥的桌前坐下，要了两听红牛，边喝边与文哥聊上了。这是大立杆儿第一次坐在文哥这里聊天。

"谢谢大哥，您把房子租给我们，我哥和我嫂子都挺高兴的，孩子少受好多罪。以后有事您言语，需要什么您就说，我们什么生意都做。大哥，我该上工了，饮料您记上。"大立杆儿说完站起来，把一听饮料递给小立杆儿，两个人一起走了。

文哥好说话，很多人拿了东西不付账，文哥也不知道这些人姓甚名谁，只能自己给他们起个容易记住的名字。这家子的人除了一蛋妈外，三个男人拿东西一般都是计账，每天由一蛋妈给结。所以在文哥的本上，他们分别叫：一个蛋他爸，大立杆儿，小立杆儿，一个蛋他妈。

当然，还有很多名字如：红裤女，小红车司机，桑塔纳，富康，拉条子男，包饺子女，小帅哥，西服男，亮皮鞋，马路西刘……

小立杆儿和大立杆儿上工了，一蛋爸开始转悠，东瞧瞧，西看看，但很少见他和别人聊天，挺个色的。

今天一蛋妈心情也不错，把女儿放在小车里，推着两头走。每次路过文哥门前，小拉拉都歪着脑袋看，还报以微笑。一个蛋还是一个人踢着那个沾满泥的蓝球来回跑。小孩子真是，不知道什么叫累。

早晨七点多的时候，文哥这里会忙活了一阵儿，主要是卖一些香烟，饮料，矿泉水，刀片和牛奶，当然，没有一个顾客是本地人，基本可以确定，这些人都是干拿行的外地人。有些人是南边过来的，所以卖得最多的香烟叫羊城。不过也有各别人过来跟文哥聊几句，然后买一盒雪莲王，在街上瞎转悠，这种人一定是做大生意的，不用去上工。

老前辈也开始干活儿了，他把火炉子上面的封泥捅掉，把大铁锅坐上，倒了半锅水。把刚买回来的鸡腿倒在盆里，端到文哥家房后头用用自来水冲洗干净，回来倒在铁锅里，锅里放了料包，倒了酱油，料酒，加了盐后，盖上锅盖。

他又去提了一桶水，把几斤大米投洗了两遍，准备工作基本上就完成了。

听了文哥的建议，钱豹的鸡腿饭大降价，把整儿去了，只卖个零头儿，八块钱确实物有所值，第一天就卖十五份。当然，因为只做了十五份，全卖了，自己都没的吃了，只好去外面吃了一盘儿炒饼。说实在的，炒饼确实不如他的鸡腿饭。今天进了二十个鸡腿，看来卖出去不成问题了。心情好了，做事也用心了。今天的鸡腿洗了两遍，大米投洗的也干净了，饭做熟了以后饭粒儿会更显得利落，颜色看着也透亮了。

琦琦怕跟父亲碰面，回家没敢呆，拿了钱就走了。五千块钱，不是小数，搁以前能花一阵子呢。现在手里这五千，好象轻了许多，不是钱不值钱了，是吸食的白粉儿太烧钱了，只要你沾上了，再省吃俭用也无济于事，每天三百元是必须要花的。这么一算，家里家外的也就这六千多块钱了，弄好能维持二十天，还要精打细算。

说是省着花，只是从小就没这可惯，车到山前必有路，没了跟老妈要，无非就是编个瞎话儿，对付一天是一天。

对了，老前辈给了一把镊子，有功夫练练镊子功，练会了还能跟苏甫比试比试。这下两个人倒有共同语言了。

抽完了面儿，嘬完了粉儿，琦琦也收拾完了，开始拿着镊子夹着玩，什么都夹，见什么夹什么，馒头渣，米饭粒都不放过。没的夹了，她抓了一把米，放在一个碗里，然后一粒一粒的夹到另一个碗里。一小把儿米觉着不多，夹起来还真费劲，半个小时都没夹完。看来老前辈说的，用镊子也要练功，还真是不假，刚练这么一会儿，手就抽筋儿了。你说当个贼容易吗，这可比刷一堆碗累多了。

"琦琦，干嘛呢，偷吃东西呢，怎么没动静啊？"苏甫躺在床上问。

琦琦放下镊子来到卧室，蹿到床上跪着，用左手揉搓右手的手指手腕。

"跟老前辈聊了会，老前辈说用镊子夹东西也要练，我不太相信。老前辈说他现在就在练镊子功，准备重操旧业，那就是偷呗。今天又觉得做买卖也能生活了，就不走回头路了，把镊子给我了。我刚才试了试，用镊子夹大米，就那么一小把，半个多小时愣没夹完，手都抽筋了。"琦琦告诉苏甫。

苏甫不高兴的说："你练它干嘛？你也想做拿手啊？有些可以玩儿，有些不能玩，我可不愿意咱俩都干这行。"

琦琦靠在苏甫身边说："练着玩儿是练着玩儿，做扒手是做扒手儿。练武术的人多了，都是为了打人吗？不过，艺不压身，多会一手儿是一手儿，真到了山穷水尽，腿短驴高上不去的时候，可能还真用得着。"

苏甫无奈的说："尽量别有那个时候，要那样，还活什么劲呀。"

"苏甫，别耽心，没有那个时候。要是真那样，为了你，我什么都能干。"琦琦说。

苏甫被琦琦感动了，把她紧紧搂在怀里。

天黑了，文哥一阵儿紧忙，一直到近九点，才逐渐闲下来。专门有这么一帮人，每天很晚才回来。

时间长了，文哥也清楚，回来晚的都是些小毛贼，出去忙一天，弄不到几张大票不敢回来，因为回来以后要买粉儿，没钱可不行。

文哥这里好说话，没钱赊着也让你把东西拿走，那些卖粉的可不是，没钱，没钱你滚蛋。一物降一物，还真不假，有一个身高一米八几的男青年，兜里没钱，又到了吸烟的点儿，他央求一个卖粉儿的小个子中年妇女，赊他一包，就让这个小女人给骂了一顿，他愣没脾气。

这拨一过去，基本就闲下来了。如果在继续盯下去，就是一些耍钱的，买些饮料或者换换零钱，文哥就不伺候了。

收拾完东西，关了门灯，门前立刻黑了下来。文哥发现，一蛋妈租的小屋里还亮着灯，就过去查看，发现一蛋爸在小炕上和儿子躺着睡觉，一蛋妈抱着小拉拉靠着门坐着，可能也睡着了。她怀里的孩子精神头倒挺大，睁着眼睛不睡觉，见文哥过来，还要让文哥抱抱。

墙角的一盘蚊香也快烧完了。女儿一挣绷，一蛋妈醒了。

"叔儿。"她叫了一声。

"这么晚了，你们怎么还不回去？再晚点连公交都没了。"文哥问她。

一蛋妈无精打彩的说："她叔儿跟伙计还没回来。您收吧，我们一会就把灯关上。"

文哥不理解的问："这么晚了，他们可能直接回去了吧，又不是孩子了。你看你这俩孩子多受罪呀？回去等不是一样吗？"

一蛋妈苦笑着说："不一样，他们不回来，我们也不能回去，这是规矩。"

"哦，不太懂，隔行儿如隔山。好吧，一定记住关灯，蚊香也要弄灭了。"文哥叮嘱她。

"记住了，叔儿，您放心吧。"一蛋妈说。

文哥又去查看了钱豹的火炉子，没什么问题，就准备回院关街门了。

"铃……"电话铃响。是一蛋妈的。

"叔儿，我们回去了。他叔儿他们回家了，您关灯吧。"一蛋爸抱着儿子，一蛋妈抱着女儿，一家子匆匆忙忙的走了。

文哥又过去检查一遍，把没烧完的蚊香踩灭，回到院里，把通往外面电路的闸拉了。一天就这样结束了。

这一家子，搞什么搞？这个伙计和小叔子早出晚归，神神秘秘，嘴上总是说做生意，也就扒窃吧，用他们自己的话说是拿，那也不至于弄到半夜吧？这两口子也是，非要在这等，回去等不行吗？大人能熬，这俩孩子也得陪着受罪。想不通。

昨天走得晚，不耽误今天来得早，还是那个钟点儿，一家子又到了。吃完早点，大立杆儿又跟文哥聊了会儿，但他的脸色不太好，本来就瘦得跟灯儿是的，加上气力不足，较着比昨天老了许多。

一个蛋与几个同龄的小孩一起玩儿，跑来跑去的也不觉着累。

一蛋爸又开始在棚区转悠，不知道他在看什么。

一蛋妈用小竹车推着女儿来回走，来到文哥摊前，觉得昨天的事给文哥添了麻烦，挺不好意思的。

"叔儿，昨天给您添麻烦了，不好意思。"她说。

文哥满不在呼的说："嘻，那麻烦什么，在自己家门口，又不是搭伙赶车，有什么麻烦的。倒是你这俩孩子，这么小就跟你们出来受罪，让人理解不了。我昨天还琢磨呢，他们俩大活人，自己不能找到家，非得一起走？他们俩万一要犯了事，在里边呆个十天八天的，你们还别回家了？"

"叔儿，我也不瞒您，如果昨天他俩真回不来，我们也真不能回去了。"一蛋妈说。

"为什么呀？不明白。"文哥问。

一蛋妈小声说："他们不回来，肯定是被抓了，被抓了当时就审吧，先问你同伙住处吧，你回去不就被连锅儿端了。"

文哥明白了，点头道："有道理。我以前在派出所里见过审案子的，先问有没有同伙，只要有，第一时间就去抓同伙。这么说昨天是虚惊一场，还是没证据放回来了？"

"昨天呀，是伙计被抓了，他叔儿在派出所门口探听消息，后来伙计吞了刀片，喊肚子疼，就被送到医院拍片子，果然拍见胃里有金属物，就让他跑回来了。他们回来以后，才给我打电话，说到家了，我才踏实了。不过踏实是踏实了，麻烦也来了，那个刀片扎胃上了，以后还得做手术。"

一蛋妈说。

"啊，扎胃上了，他今天还能出去？不怕死，也不怕疼啊？看他那脸色，都哭得过儿了。"文哥也被惊住了。

一蛋妈解释说："吃了消炎药，打了消炎针了，暂时问题不大，他吸粉儿，所以不会觉得很疼。"

"还是赶紧做手术，不能耽搁。这分扎的是什么，要是个铁钉铁片的都好办，这刀片就麻烦了。他们割包儿用的刀片我见过，就是我卖的这种，把角掰下来，这上边不是尖就是刃，太锋利了。"文哥说得也够瘆得慌的。

一蛋妈倒是不着急的说："暂时应该问题不大。但是做手术，就要找医院托人，不是想做就能做，也很麻烦，所以急也没用。"

文哥更不明白了，他问她："看病还托人？他这个病挂个急诊就行吧？又不是什么高难的手术，现在减肥还有切胃的呢。"

"您说得是，现在一般的医院都能做，但是不给做。因为他每天要吸粉儿，医院不可能让他吸。而且，他是吸粉的，一化验就知道，医院得报警吧，更重要的是，医院先要你去戒毒所，戒完才给你做手术。人家戒毒所也不傻，因为戒毒期间也可能犯烟瘾，他一闹疼，还真可能当时就死了。所以戒毒所会要求你先去手术，然后再戒毒。麻烦着呢。只能找干私活的医生。"一蛋妈分析的很有说服力。

"哎呦，你怎么懂这么多呀！拉拉妈，你真不是一般人，以后要多向你讨教了。"文哥夸道。

拉拉妈难得一见的笑了，她说："叔儿不反感就好，如果您要是愿意听的话……您才不是一般人儿呢。拉拉该睡觉了。"推孩子回了。

第九十三篇　粉姐门前站　文哥心里烦

这个女人不简单，遇到这么大的事，竟然能从容应对，不显紧张，而且也就半宿的功夫，就能对今后可能发生的事进行准确的评估，甚至还知道找干私活儿的医生，不是一般人所能想到的。聪明的女人见过不少，而象一蛋妈这样的女人，还真不多见。

一个蛋拿着十块钱跑过来说："叔叔，娃哈哈，要大的。"

文哥给他拿了饮料，找了零钱。一个蛋就跑回去了。这孩子，已经会买东西了。

上午的天气很好，晴天且又不热，有七八个中年妇女，来到文哥大门西侧老前辈住的小房前，聊天磕瓜子，嘻嘻哈哈的挺热闹。

一蛋妈住的小房与老前辈的小房是门对门，小拉拉被吵醒了。一蛋妈把她抱上小车，又推着走来回，边走嘴里还哼着歌谣。

文哥对这帮大声聊天儿，磕瓜子的外地女人很反感，早晨刚打扫干净的路，又给弄脏了。也难说，谁都愿意在干净的地方呆着。

"叔儿，别让这些人在您门口呆着，会给您找麻烦的。"一蛋妈推孩子经过时，小声对文哥说。

文哥虽然对一蛋妈说的麻烦是什么不太清楚，但他确实正在琢磨着怎么让这些人离开。一蛋妈说完，推孩子过去了。

文哥没有马上站起来，等一蛋妈走远，才慢慢的站起来，没事人儿似的走到这些女人面前说："呦，姐儿几个，真会找地儿，哪干净祸害哪儿，我可是刚扫的。"

"大哥家这儿是风水宝地，在这呆会儿能有好运。又避风，又不晒，还没苍蝇蚊子，你要是给摆张桌子，沏壶茶，我包桌了，天天这坐着陪大哥了。。"一个胖女人调侃着说。

文哥从院里拿出笤帚，立在墙角说："得，再给你们一分钟，把爪子磕完，我儿子上夜班，白天睡觉怕吵，你们在这嚷嚷，他睡不着觉，他睡不着，他就也让警察也睡不着，经常打——零跟警察白呼，辛苦的是片儿警，时不时的就过来看，片儿警都求我，让跟儿子说说，别老给他找麻烦。"

一听——零，警察，这些女人自觉的就散了。文哥把地上的瓜子皮，扫到前面的渣土堆上，又给地上喷了八四消毒液。

一蛋妈推孩子过来，主动对文哥解释说："这些人都是大户，不枪毙也够无期的，如果在您家门口被抄了，没人相信不是您告的密。"说完，推孩子过去了。

哦，还真是。这些女人都是倒粉儿的，据说每天出货量都在几十克，倘若这帮人在自家门口被抓，那该是什么后果？一蛋妈提醒的对，很及时，看来她真的不简单。

远处的破砖堆上，一个蛋跟几个孩子在玩游戏，好象是在玩打仗。一个蛋手里好象握着东西，追着几个孩子跑，还挺热闹。几个孩子从渣土堆下来，向文哥家门口跑来。

文哥看清了，一个蛋手里拿着的好象是个注射器，他当武器比划着，追着几个孩子在玩耍。文哥一步上前，抓住他的手看，果然是一个用过的注射器，里面还有血。他跟他要，孩子不撒手，掰他手指，他还要咬人。文哥一巴掌糊在他的屁股上，一个蛋坐地上大哭。很多人往这里瞧，包括一个蛋他爸。

文哥连托带抱，把他拖到他母亲面前前，放在地上，抓着他的手腕，让他妈瞧他手上握的带血的针头。

一蛋妈登时脸色铁青，不由分说，上去照儿子脸上狠狠就是一巴掌，这一掌，打得一个蛋脸上出现了红红的手印，他吓得扔了针头，坐在地上不敢哭了。

在这个小区里聚集的瘾君子，都是处在最低层面的小人物，传染病，或者直接说艾滋病，谁也不敢保证自己没有。有些人被传上的原因，就是因为没有注射器，着急时在地上捡个用水冲一下就用。

小孩儿玩儿这种吸毒用过的针头，一旦刺到皮肤，后果就不堪设想了，可能会遗憾终生的，所以把一蛋妈吓坏了。因为她比谁都懂。

不过，她打得也太狠了，这一巴掌扇的，一个蛋的脸都有些肿了。

"他是个孩子，说说就得了，你打得也太狠了。"文哥埋怨他妈。

"叔儿，没事。今天打狠点，一次管一辈子。今天打轻了，打一辈子也不管用。"一蛋妈说得好象有些哲理。

钱豹的鸡腿饭焖上了，再过个二十分钟就能熟了。今天还是买了二十个鸡腿，没增加数量。他有他的想法，初来咋道的，跟谁都不熟，做事要适可而止，每天卖二十份鸡腿饭，就算完成任务。低价营销固然好，但是顾客就那么多，都上你这里来了，别人就会受到影响，同行是冤家，得罪不得。

一个蛋在地上坐了一会，见没人理他，就站起来，走到文哥这里问"叔叔，我的球呢？"

"嘿，你个王八蛋，球怎么变你的了？想玩儿球啊，给我低头站着。"文哥说完，起身进院，拿出蓝球和汽筒子。蓝球洗得很干净，就是气不太足了。插上汽针，给球打足了气，脚一碰，球滚出去几米，一个蛋跑着去追了。

卖针头的大老黎倒是挺有规律，每天十一点左右太阳正晒的时候过来，把他那辆电驴子停在香椿树下，抽颗烟，喝口水，然后拿文哥的暖壶把茶杯兑满水。

大老黎卖得注射器，是上海产的一毫升和五毫升的一次性器具，每支两元，一般是批发和零售，早晨七点左右到岗，转悠到十一点，然后到文哥家门前打歇儿，若看到有卖包子，卖馅饼的，伸手拿一个就吃。他钱不少挣，爱占小便宜，据说他干这行已经十多年了，按说不应该。再说这里的卫生条件在这摆着呢，多多少少也应该讲究点儿吧？亏你也是北京人。

一辆红色的小轿车，停在不远的一块空地上，年轻的女司机从车上下来，锁上车后，向文哥打招呼："哥，车在这停会儿，我去前面要账去，有用车的让他等会儿我，十几分钟就回来。"

甭管是谁，只要是打了招呼，文哥一律点头。不过，文哥对这个女人印象还是挺深的，因为这个女司机在这里拉活儿，拉的都是什么人，她肯定都清楚，没有超出常人的胆量，谁敢在这里混，由于她与这些人混迹时间长了，比此熟了，所以活儿不少，只要她出来，就有人找她用车，坐她车的基本都是倒粉儿的，这些人图的是方便安全。

她的收入比正规出租要高许多，每天大约九百一千的总是有的。

有时候，小红车副驾驶的座位上，还躺着一个半岁左右的小孩儿，是她儿子。她说她离婚了，孩子在家里没人看，所以要带着孩子出来拉活儿。不过，有知根知底的告诉文哥，别信这个女人的话，她不单拉黑活儿，还吸粉儿，她也没离婚。她丈夫倒粉儿被判了。

东边的胡同口，一个瘦高个的男人走了过来，他叫结实屁，文哥见过。

他是北京人，很瘦，身上有皮有骨头，就是没有肉，按说身上的零部件没有肉裹着，早该散架了，之所以没散，是因为骨头长得结实，他常跟别人说，甭看哥们儿瘦，骨头结实。而大多数人爱抬杠，拿他逗闷子说："就您这身子骨儿，还结实呢？结实个屁。"时间长了，人们就叫顺口了：结实屁。也有人叫他高梁杆儿的，也很形象。他也对管他叫高梁杆儿或结实屁都不在乎。

结实屁的个头大约一米七八，体重估计不足一百斤。他走路靠晃，悠着才能走起来。说话也很慢，看上去有五十多数，其实也就四十出头。他的脸靠骨头支着，眼皮凹陷，典型的大眼儿灯。据说以前他很有钱，早期的爱好是找女人，后来改抽白面儿了，他说自己是烟鬼。今天这是来拿货吧。

"大哥，拿瓶红牛，拿瓶水。水要常温的。"结实屁语速很慢的说。

文哥给他拿了饮料和矿泉水。

结实屁付了钱后，倒退两步，坐在米娜租的小屋门前的地上，坐下时，发出骨头碰地的声音。

文哥吓了一跳，问他："怎么了兄弟，站不住了，怎么坐地下了。"

"没事，我在这坐会儿，这个地方不错，挡风遮雨的又不晒。您忙您的。"结实屁说着，把手里攥着的小布兜打开，从里面拿出一个袋装针头和几个小纸包。

文哥见过吸毒的，不过都是远看，但是他知道结实屁要吸毒了，这么近距离，还真是第一次。

"结实，你别在这吸呀，这净过人，影响不好，找个没人的地方。"文哥劝道。

结实屁满不有呼的说："没事，在哪都一样，把心搁肚子里，没您什么事，只要不是在您院里，您就没责任。"

专家就是专家，甭看他瘦的跟小鸡子似的，混身还发抖，他的手上的动作并没受到影响，两厘米见方的小纸包，打开后把白粉倒入针管，一点都没撒。他用的是五毫升的大针，连续倒进去四包白粉，倒完后每张纸还弹几下，一点儿不糟浅。装上推杆后，让文哥帮忙把矿泉水瓶子盖拧下来，针头插进水里，吸了水，上下摇了一会儿后，针尖朝上，推出针里的空气，然后把针管放嘴里叼着。他解下腰带，扒下裤子，用腰带勒住大腿根儿，在大腿里帘上使劲拍了十几下。他从嘴里拿下针管，一针下去，嘿，还真他妈准，比医院抽血的护士还历害。三抽两推后，注射完了。他把针头装回包装袋，与包粉儿的纸片放在一起，看样子呆会还收走，真够规矩。

路过的行人见他这副德行，都绕着走，有的女孩儿撒腿就跑，真是见鬼了？

一次完整的，规范的操作，真让文哥大开眼界。不过有一点不明白，他为什么往大腿根儿上扎，不扎胳膊呢？而且也不用酒精消毒？

结实屁开口说话了："扎蛋包子，我发明的。别人能扎胳膊，我行吗？胳膊上除了骨头什么都没有，只有卡拨档还有点儿肉。人呐，活到老学到老。"

文哥也被逗乐了，说道："尺有所短，寸有所长，结合各人的实际情况，最大限度发挥想象力，探索一切未知，你可以写篇论文了。"

　　"吸烟呀，开始都小心谨慎，酒精棉球呀，生理盐水呀，止血带呀，一样都不能少，等时间长了，就没人在乎那些了。你再注意，烟里给你掺东西，不是也都吸进去了。"结实屁说。

　　"看你身上的包浆，象老瓷器。肯定吸了有五六年了吧？"文哥问。

　　结实屁一摆手说："五六年？不止。我以前呀，做生意，挣了八百万，现在抽的还剩八十万了，您说得多少年了。"

　　"你敢在大街上扎，没被抓过呀？"文哥问。

　　结实屁满不在乎的说："抓，以前老抓，戒毒所也去过几次了，后来也不抓了，你送我去戒毒所戒毒，谁花钱，国家花钱，我还戒不了，回来还接着吸。现在你看，我这身板儿，更没人敢抓了，谁给我弄散了，谁给我装上。"

　　"不过，我看你这身体，再不戒，恐怕也没几年蹦头儿了。"文哥说。

　　结实屁露出常人很难看出来的笑，他说："大哥，咒我不是？我自己心里跟明镜儿似的，烟肯定要戒，但不是现在。我做生意挣了八百万，现在还有八十万，等我抽到还剩三十万的时候，就不抽了，怎么也得给儿子留点呀。那时候我主动去戒毒所，就不知道人家收不收。"

　　文哥笑着说："肯定不敢收，谁知道你是去戒毒啊，还是去碰瓷儿呀？"

　　"哈哈……警察也这么说，见了我都躲着走。"结实屁很得意。

　　文哥把他买的红牛递给他，他接过放在地下说："我不喝饮料。借您的地儿，怎么也得买您点儿东西，买了东西就是顾客不是。"

　　"你这一次抽得量不小啊，回家还抽吗？"文哥问。

　　"一天抽两起儿，来这一次，买三天的。今天的货不太好，没敢多买，在这里吸完了，带几包晚上抽。明天还得来。你看，这不是晚上抽的吗。"说着，从裤兜里掏出一打子钞票和一个装着几个白纸包的小袋让文哥看，然后又装回去，并把裤子提到屁股以上，穿上皮带系上扣。

　　"哎呦叔儿，您怎么坐我门口来了，还光屁股？我连门都进不了。"

米娜不知什么时候过来了。

结实屁抬头看了一眼说："眼花了，还是幻觉，怎么来美女了？看来艳福不浅。哟，你住这儿，那我得起来腾地方。大哥也是，也不说一声。"

米娜问："用不用我帮您一下，您不是碰瓷吧？"

"这姑娘，长得真俊。她说我碰瓷儿，大哥，您知道，吸粉儿的唯一不敢干的就是碰瓷，那不是自个把自个送进去吗？还真是，起不来了，你还真得扶一把，今天腿脚都使不上劲儿了？大哥你看，美女有啦？这功能设了，这人活的。"结实屁不住的调侃。

米娜托着他的腋下想让他起来，玲玲也过来想帮忙，她站在外面，挡住看热闹的人的视线。米娜的身体把文哥挡在身后，笑着说："您呀，百年之后一定是个色鬼，下辈子托生出来准是个公骡子。得，看着点儿道儿，别让苍蝇给撞喽。"

她把从结实屁兜里掏出的钱物放在自己兜里。

"这丫头，长得真是……"结实屁左右晃着走了。

"文哥，怎么让这个阎王派来的小鬼儿坐这了，多吓人呀？"米娜说。

文哥笑着说："你形容的对，还真象个小鬼儿。他自己坐这了，我哪敢动他，真让他讹上了，那就给自个找罪受了。"

米娜一边开门一边说："文哥真是个油条。我就没往那想，以后还得跟文哥学着点儿。"

和玲玲进了屋，关上门后，米娜掏出刚从结实屁兜里拿的钱和装粉的小袋儿，交给玲玲。

"玲玲，你先去马路边儿等我，我一会就过去。"米娜叮嘱玲玲。

玲玲出去了。

米娜和玲玲逛荡了一上午，一无所得，觉得今天手气不好，就提前收了，本想在文哥这里打个照面，然后去买粉儿，就直接走了。没想到的是，碰到了这么一个鬼使神差给送页子的，不收多不好意思呀。

她锁好门，跟文哥告别，向小区外面去了。

第九十四篇 结实屁被抢 小红车拉活

文哥这人比较讲究，见人都走了，回身拿起喷壶，揣了几下气，朝刚才结实坐的地方喷八四消毒液，地都喷湿了。

这时，从东面胡同走过来的人对文哥说："那头有个大爷让人给抢了，坐的地上骂呢。"

文哥把桌子上的东西收进院里，出门往东拐弯，老远就看见结实屁坐在地骂，脸都磕破了。

"你这是怎么了兄弟，干嘛坐这不回家呀？"文哥不敢靠前，离着离他几米的地方问。

结实屁指着小区外面说："我被抢了。这帮小逼崽子，反了你们了，敢抢我？看我起来不把你们剁了……"

"都丢什么了？"文哥问。

"嘻，，也就几千块钱。钱不算什么，我那四包烟也给拿走了，这不是要了亲命了吗？没烟我今天怎么过呀？我他妈的钱也没了，再买拿什么买呀？"结实屁骂骂咧咧的说。

文哥一听，心想不好，赶紧撤吧，别让他张开嘴找你借钱，你不借他赖着不走，弄不好招一身骚。

"打——零报警吧，至少警察能把你送回去。这是刑事案件。"文哥说着扭头回来，继续摆摊。这时小红车司机过来问："哥，没人用车吧？"

"没人问。不过，你要胆大，那边有个人在地下坐着呢，你要拉，估计他坐。"文哥告诉女司机。

"什么人呀？"女司机问。

"经常来的一个叫结实屁的，说是让人给抢了，正在那骂呢，可能兜里没钱了。"文哥告诉女司机。

"噢，结实屁呀，认识，送过他。有钱没钱都沒事，那个人是北京人，不赖账。行嘞，谢谢哥。"女司机上车打火儿，打一把轮儿，"呜"的一下开走了。

文哥觉得很可笑，什么人都有。一个抽大烟的还到处显摆，就您这身子骨儿，别说几个小伙子，就是象一个蛋那么大的孩子上你兜里掏东西，你有脾气吗？就是抢了你，你敢报警吗。不过对于他来说，几千块钱真不是什么大事，可没有这几包烟，今儿晚上肯定是不好熬的。还有，这个女司机也够那个的，什么人都敢拉，既使是拉活儿的男司机，也未必有这种胆量。

文哥分析的对，没这几包烟，结实屁还真没法活，回到家，第一件事就是让他媳妇去给他买粉儿，坐小红车去。

女司机拉了个来回，挣了一百快钱。媳妇儿虽然嫌车钱贵，也没办法，因为女司机知道给结实屁供货的上家儿，没她带着，人家认识你是谁呀，卖粉儿的也贼着呢。

别看结实屁这个人不那么结实，结实屁媳妇儿倒很少兴，很洋气的一个女人，三十多岁的年纪，还很健谈。见了文哥，很象见了老熟人似的。

"文哥您好，结实，您认识吧，刚才从您这回去的那个？"女人问。

"哦，你是他的？知道，刚才在我这呆了会儿，走到那头儿摔个跟头，我让小红车儿司机送他回去了，怎么，没回家。"文哥问。

"到家了，他说是文哥帮他找的车，让我过来谢谢文哥，我给您带来几个桃，您尝尝鲜儿。"结实媳妇儿挺会来事，把一袋子桃放在桌子上。

文哥有些纳闷，这个女人缺心眼儿吧，丈夫被人抢了，她一点不着急，还有说有笑的。这两口子，怎么凑的？嗯，夜壶找尿盆儿，什么人儿找什么人儿。

"不客气，算不上帮忙，一句话的事。东西你拿回去自个儿吃吧。"文哥推了一下桌子上的桃。

"大老远的提拉来了，哪能拿回去呀？第一次见文哥，再不懂事也不能空手儿来呀。是吧文哥？"女人挺能说。

文哥已经猜到了结实屁媳妇过来的目的，看来结实屁摔得不轻，但是烟不能断，未来一段时间可能由她来负责买粉儿了，她肯定不会象结实屁那样天不怕地不怕，所以先到文哥这里混个脸儿熟。跟这种人不能走得太近，还是点她一下吧。

"事办完了吧，不要带着那种东西在这里转，拿了直接走，你是生人，容易引起别人的怀疑，中午这里人多，便衣也常在这个时候来。得，点到为止。"文哥小声说。

结实屁媳妇儿满不在乎的说："我就是来看文哥的，别的什么都不干。那好文哥，再次感谢。"向小区外面走去。

晚上，文哥刚闲下来，马哥就过来了。坐下后，小马掏出一个信封，对文哥说："文哥，托您点事，我这有五千块钱，您帮忙转交给米娜。这是我以前跟她借的，您告诉她，这是本金，利息等有了再给。"

文哥不解的问："她经常过来打听你，还说让你回家。你俩什么关系，干嘛不当面儿给她？"

"关系不好说，有些纠结吧，可能过一阵儿就好了。您就跟她说，我是从这里路过。"小马说。

文哥拿着钱进院，放回家里，出来后对小马哥说："小马，我看你和米姑娘不是一般的关系，又不象是仇人，有什么事可以坐下来谈，老躲着也不好。"

小马哥点头认同："我知道，有机会，我会和她谈的，是我的错，我对不起她。但是躲着她也是为了她，将来她会明白的。谢谢文哥。那好，我回去了。文哥再见。"起身走了。

苏甫躺在床上，看模样明显瘦了。十几天了，胃里不时疼上一阵，总没有好转的迹象，而且看见吃的也没什么食欲。他很后悔，如果当初不吞那个刀片，可能被拘个两三天也就是了！现在肚子里也不会有这个祸害。再如果那天直接回家，不伸那下手，也不会被按的那送局子。再如果，提前预备一个磨秃了的刀片，吞它三个两个的又有什么呀。唉，哪儿来的如果呀。这个世上，就是没有后悔药，要是有的话，我还能干这行吗？

琦琦回来了。她把从家里拿来的三千块钱扔在床上，脱了衣服坐在床边，拍拍肚子，好象也下去点儿肉。

"我妈给了三千块钱，我也没敢多要，要太多了，等你做手术的时候用钱就不好张嘴了。我跟那个卖药儿的熟了，可以直接找她拿货了。她答应了，以后若是要的多，她可以送。你今天好点了没？"琦琦说完，用手摸着苏甫的脸。

苏甫每次都用感激的表情回赠琦琦，他说："谢谢你，谢谢妈。今天不怎么疼了，还下地溜了会儿呢。琦琦，辛苦你了。"

"那辛苦什么呀，比我们训练打比赛轻省多了。刚开始那两天就是有些紧张，现在也习惯有经验了。对了，听文哥说，他家租房的有一个人也吞了刀片儿了，正在托人找医院，或者干私活儿的医生给他做手术，我想等他做了手术，看着好，也托他帮你找找。这些日子你不要动，好好维持着，什么事也别操心。"琦琦说。

琦琦来到厨房，抓一小把米放在一个碗里，又落上一个空碗，把两个碗拿到客厅，放在餐桌上，拉开灯，坐下开练习夹米粒。用镊子夹米粒，和用手指夹物不一样，镊子可以夹很细小的东西，但是没有手灵活，没有手的感知度，所以所谓的镊子功，练的就是镊子尖上的那点活儿，既用镊子的前端一毫米部分夹很滑的物体，也能夹住不掉，靠的全是手劲儿，这就是功夫。

琦琦练这手活已经半个月，而且越练越上瘾，经常练到手抽筋儿。人有时候就是这样，爱去研究和探索一些未知的事物，而且很痴迷。你说琦琦练镊子就是为了去偷，肯定不是。其实就是闲得，觉得新鲜，并能从其中找到乐趣。有时候她还会看着时间，记录夹一百粒米的速度和成功率，已经达到痴迷的成度了。

久练久熟，熟能生巧，手法达到一定的高度，就不会满足于夹米粒儿了。一切运动都是这样，就象踢球，刚开始瞎踢，等到脚有了一定的准头儿，你就会找个目标物瞄着踢，踢准了，就没准往人身上踢了。

经过坚苦的练习，琦琦的手筋完全抻开了，镊子在手里运用的随心所欲，当然也就不用夹米粒了。

有时候用镊子吃饭，她会瞄准盘子里的一块肉，迅速出镊，眨眼的功夫，肉已经进嘴了。出门买菜前，她会把桌上的零钱用镊子夹到包里，回来以后，还是用镊把找回的几分一毛的钢蹦夹出来。逐渐的，挂在衣架上的衣服兜里有张餐巾纸，她也会用镊子去夹，这个动作肯定用不了一秒钟

她有时候还会在床上找头发夹着玩，实在没的夹的时候，突然出镊，夹住苏甫的乳头，其力道真的是恰到好处，既能把他的乳头提起，又不让他感觉到疼，功夫真的到家了。

练武的人，都说自己是为了强身健体，不是为了打人，那是因为很多人没练到家，不具备打人的能力，但是，没有人不想试试，自己练的功夫能不能打人，能打一个，就想打俩，打倒仨了，就想当职业拳手了。

米娜小时候，只是看过神拿方面的书籍，大了以后练着玩，忽然有一天，有意无意的把手伸进别人的兜里掏出钱来，也就顺其自然的开始拿了。所以，近朱者赤，近墨者黑，也是有道理的。

琦琦突然想起来，老钱辈送她镊子的时候，还给了她一个卡子，不知干什么用，应该和这个镊子是一套的。她把卡子找出来，躺在床上开始仔细研究，看不懂。她问苏甫，苏甫说也沒见过，不知道是干什么的。琦琦练的镊子功，他也只是听说过。老师没有传授。

卡子是个半圆形带有弹性的卡箍儿，上面嵌着一个用弹簧片做的工字形的小部件，这种东西从来没见过，肯定是自己研制的，老前辈的辈分高，有点绝活也不足为奇，哪天找他问问就行了。

琦琦今天没打车，地下走着来到西站东里小区。运动员出身的人，走几公里也没什么大不了的。

老前辈正在往大铁锅里倒大米，今天做得量大，有半桶大米。

琦琦见状，紧上两步搭把手儿，帮着把米倒在锅里，又拿着桶，等老前辈勺了一些水到桶里，晃晃桶，连米带水的都倒到锅里。钱豹把锅里的

米摊平，盖了锅盖。

"行了，忙完了。"钱豹说着，用拳头捶了捶腰。

"您今天好象做得够多的，卖得了吗？"琦琦问。

钱豹得意的说："卖得了吗？丫头，您把那个吗字去掉。我从昨天开始做三十份，全卖了，供不应求。现在的能力只能做三十份，我要是有两个炉子两口锅，就能卖六十份了。"

"老前辈买卖兴隆。恭喜恭喜。老前辈，我向您请教个问题，这个玩意儿是干什么的？"琦琦说着，掏出卡子让钱豹看。

"哦，这个，这个是套胳膊上的，这个工字形的小卡子是卡镊子的，所谓的镊子功，就包括这个镊卡，这个就象是刀鞘，练刀的要练出刀，练镊的要练出镊，把它套在手臂上，镊子卡在这个工字形的小扣上，用的时候，手掌往内一收，往上一抬，镊子就会脱出来，再用腕子一顶，它就会掉出来。不用的时候也是，手掌向内往上一拱，手腕一挺，镊子就落在槽里。这出镊功和收镊功在镊子功里是很重要的，第一，必须是一只手完成动作，第二，一定要隐蔽，第三一定要快，因为机会可能只有几秒钟。唉哟，跟你说这些干什么？丫头，你可千万不要练，我都收山了，怎么还胡说八道，真该死。"

琦琦笑着说："如果我哪天犯了事，一定把您供出来，我就说是您教唆的。前辈您忙，我转转。"站起来往文哥那溜达。

"大哥，我来了。闲着呢您？"琦琦见了文哥打招呼。

第九十五篇 认识文哥 琦琦推车

"哦，琦琦，过来坐。上回就想问你，听你口音不象外地人呀？怎么跟他们这么熟啊？"文哥问琦琦。

"我不是外地人，是北京人。我这不是跟苏甫交朋友吗，所以就跟他们认识了。"琦琦解释说。

"看你好象不上班吧？"文哥问。

"以前上，踢球的。年初辞职了，太累，又挣不了多少钱。"琦琦告诉文哥。

文哥好奇的问："踢球的？嗯，看你这身形象运动员。踢哪级的，什么位置呀？"

"甲级队，踢中锋的，没意思，不象男足。不管钱多钱少，你打比赛连观众都没有，有什么劲呀。"琦琦说

"踢球挺好玩儿的，我年轻的时候也踢过，是踢着玩儿的，也打过比赛，业余的。"文哥告诉琦琦。

琦琦惊讶道："是吗？您也喜欢踢球啊？老球迷了，那您一定知道我爸，六七十年代的足球运动员……"琦琦小声说了一个名字。

文哥也挺惊讶道："啊，是呀，是你爸呀？肯定知道啊。那你还是门里出身呢，水平应该很高的，可惜了。"

"也没什么可惜的，要说可惜，就是有体力，没学历，没学历就没有好工作，没有好工作，活儿就累，地位低，收入也低。"琦琦叹息着说。

文哥也认同琦琦的说法："是，琦姑娘说得有一定道理，不过事在人为，人可以没学历，但不可以没学识，我有一个朋友，没学历有企业，他办的企业招工，就有不少大学本科毕业的报名。"

"要说学识，大哥您才是真才实学呢。以后小妹要常来请教了，您可不能嫌烦。唉大哥，求您个事，这忙您得帮。"琦琦话锋一转，说到正题了。

"什么事？你说。"文哥说。

琦琦小声儿说："大哥，您那住房儿的里头，听说有一个吞了刀片儿，扎的胃上了？"

文哥点头说："是，是她家的伙计，被抓时把刀片儿咽下去，扎胃里了。我觉得他活不长。"

琦琦又问："听说他们在托人找医院准备做手术，找到了吗？"

文哥告诉她："听一个蛋他妈说托到人了，在他们老家那头儿，准备过几天就回去做，说要坐飞机去。"

"您帮着打听下，看在哪个省，然后问他做的效果怎么样。"琦琦低声说。

文哥告诉琦琦说："我一般不问他们的事，都是他们过来聊天儿时自己说。你问这事干嘛？"

琦琦立马儿眼圈就湿了，她说："我男朋友也吞了刀片儿了，跟这个人一样，也想托人在外地给找个医院做手术。大哥，这个忙您一定要帮，算我求您了。"

"苏甫，他也……这些人都怎么了，拿生命当儿戏。怎么想的？"文哥不解的问。

琦琦告诉文哥说："苏甫不是扒窃被抓，他是帮一个孩子开罐头，瓶子盖上有个尖刺，扎了小孩的嘴，小孩还非喝不可。苏甫过去帮忙，用手抠不掉，他就用牙咬，不小心咽肚子里去的。"

文哥一听，帮着分析道："既然不是做坏事，是帮助别人而误吞的铁片？你说是刀片儿，应该是铁片儿，，那还用托人，到那个医院都能做，又不是什么见不得人的事？"

琦琦无奈的说："是到医院瞧过，医院说什么保守治疗和手术治疗，苏甫采用的是保守治疗，虽然说没排出来，可是有段时间长好了。只不过……就是有时候疼得历害，他受不了，就吸粉儿了。前些日子又摔了一下，把里边长好的地方又震开了，现在很麻烦。"

文哥若有所思的说："是这样，是有些麻烦，这个事情是这样，我只能说是帮你听着点儿，他们那个人做完手术，一定会过来说的，但是我不会给你做介绍人，我只能帮你打听个实信，然后你自己去找他们说。这个事危险性很大，出了事担不起这个责任。而且我也不看好。再挣钱不要命的大夫，也不敢给那个人开刀，只要一刀下去，手术就不用做了。"

"为什么就不用做了？"琦琦问。

"嘎屁着凉了。"文哥说完后，双手一摊。

"那我们家苏甫……"琦琦脸色儿都变了。

文哥安慰他说："那个人你没见过，比小鸡子还瘦，输血都找不着血管。苏甫跟他不一样，只要是正规医院，就不会有什么问题。不过还是抓紧点儿好。别耽误了。"

"谢谢了大哥，您就给盯着点点儿，也没准能做成功呢？那苏甫就更没问题了。行大哥，我那边溜溜。"琦琦起身往东走去。

琦琦走后，文哥笑着自己跟自己说："这些个肥男俊女，都人五人六的。老上这来的人，谁的话也别信，唯一可信的，就是这个琦姑娘以前是个踢球的。现在没有几个人知道她爸爸的名字，年轻人就更不知道了。"

琦琦买完粉儿，往北面走，这是第一次往这个方向走，绕点儿远儿，多走三里地吧，这条胡同很窄，都是不规整的自建房，有几户拆了，但胡同的形状还在。一些租住房子的外地女人，坐在她们租的小房子门前磕瓜子，瓜子皮磕得到处都是，脚踩上去发出"嚓嚓"的响声。这些警惕的女人，用余光盯着路过的每一个人。

琦琦心里明白，这些闲的没事磕瓜子，瓜子皮满街吐的女人，基本上都是倒粉儿的。

她是第一次走这条胡同，在这些人眼里，她是个生人，生人只有两种人，客户或者是便衣。普通人是不敢从这里走的。

胡同的出口处，有一人家，门前放着两辆自行车和一些修车的工具，一个胖胖的中年男人坐在板凳上抽烟，院墙上靠着一块木牌，上面写着：

修车，换锁，打汽，收车。"收车"这两个字写得较其它的字小一些，可能因为是"特殊"业务吧。

有生以来，第一次从这里经过，却有了一种见景生情的感觉，可能是因为木牌子上那两个字，"收车"。

初遇苏甫时，就是因为自行车，他卖了她的车，拿了她的钱。她把车赎回来，然后追抓苏甫……

这是一次浪漫的邂逅，在这个世界上应该是绝无仅有的。它可能会注定自己一生的命运。她爱苏甫，苏甫也爱她，这是不容置疑的。双方均为此付出的代价，也是非常惨重的。

以前自己踢球的时候，每天在场地里奔跑，虽然累，皮肤晒的很黑，但是那是职业，在人们眼里，真的很光鲜，很亮丽，而且还有些名气。而现在，每天也很辛苦，也在奔跑，只不过只是为了吸食一口被人们称为白面儿的粉儿而已。

不过，人是要讲良心的，苏甫落到现在这个地步，还不都是为了自己。他现在需要帮助，需要鼓励，需要人民币。只要能把他的病治好，一切都会变好的，他可以戒偷，可以戒毒，他会爱她一辈子。为了他，她可以付出自己的全部，永远都不会后悔。

本来是个无忧无虑的姑娘，现在也要感慨叹息了，这就是生活吧。

出了胡同往西，朝西站方向走，忽觉两腿走着很累，想起自己放在家里那辆自行车，要是骑车过来就省劲儿而且也快了。

路边有许多辆自行车，有不少倒在地上。琦琦猛的想起来，有一次出去玩儿，走得太累了，看见路边有一辆没上锁的自行车，就骑了几里地。她认为那是借，那时候岁数还小。

其实今天也可以借一辆，只要是没锁的，就可以认为是没主儿的，借着骑不犯法，又不是偷。

她放慢了脚步，边走边看，果然看见一辆在地上躺着二六型女车，钥匙插在锁上。车钥匙有钥匙链，链上有一个红色的球球，所以很扎眼。一定是赶公交的人见车来了，扔下自行车就上了公交。

　　琦琦过去，将车提了起来，拍拍坐子上的土，推了几步，试了试闸灵不灵，又往下按车座子，看看胎压，车带有些了亏气，这倒无所谓，往回走，去刚出来的那条胡同打点气，也不耽误什么功夫。

　　"师傅，有汽筒子吗？打点儿气。"琦琦问。

　　"有，你是自己打呀，还是我给你打？"修车的问。

　　琦琦不解的问："有什么区别吗？"

　　修车的说："你自己打两毛钱，我给你打一块钱。就这点儿区别。"

　　琦琦笑着说："一个大老爷们儿，帮一个小姑娘打点儿气还要钱？怎么张得开嘴呀，有没有点情商啊？"

　　修车的马上不好意思的说："不是，那个，逗着玩儿，我是看上你这辆车了，你这辆不错，卖吗，我要了。"说着，拿着汽筒子给车胎打气。

　　"车当然不错了，好几个修车的都说这辆车好。你一个修车的还能收车，不犯法呀？"琦琦问他。

　　修车的满不在乎的说："犯什么法，又不倒卖。街坊邻居，同学同事，亲戚朋友托我帮着买辆车，你说我能不管吗？真的，卖不卖。气打完了，保你骑着没问题。"

　　琦琦提起车颠了一下，气打的挺足的。

　　"谢谢师傅。"琦琦说完，推车走了几步，刚要骑上，好象想起了什么事，又倒着退了回来，她问："真买呀，给多少钱？我家有好几辆呢。"

　　修车的过来摸着车把说："车不错，给你个高价，二百四。想给你二百五吧，说着不好听。你这么漂亮的女孩，给二百五多不象话呀。"

　　琦琦也不饶人的说："你觉得你二百五不象话，你二百六也行啊。我这辆车还有人给过三百呢，只是那些个倒卖车的，我不爱和他们套拉理，"

　　"行，给你二百六。"说着，修车的接过车，把车推进院子里锁上，把钥匙链卸下扔了，出来后，掏出钱给了琦琦并说："妹妹家里有车尽管往这送，我是二十四小时服务。"

"好的。师傅再见。"琦琦说完，向胡同外面走去。

几年以前，她骑过别人的车，骑了几里地，她认为是借着骑。今天又推了一辆车，本来还是想借着骑，不可能是偷，只是那个修车的非要买，还主动给钱，这叫什么事呀。

甭管是借，还是偷，这钱也来得太容易了。就这么十几分钟啊。

那个丢车的人，八成是个女孩，她会着急吗？估计不会。琦琦以前也丢过车，回家跟父母一说，再买一辆就是了。这个丢车的女孩儿回家也会跟父母说，父母肯定会再给她买一辆，顶多还会叮嘱她几句，以后出去，一定把车锁好。

倒了一辆车，有了收益，琦琦也不觉得累了，反而很愿意步行，步行的时候，眼睛时不时的扫听路边停着自行车，虽然大多品牌的车她不认识，但是好坏新旧还是看得出来的。有些新型的山地车，一定是很贵的，但是她认为那种车不实用，买的起好车的人谁买旧的呀？倒是那些高不高，低不低的车，应该是抢手货。现在外地人很多，所以二手车火爆，修自行车的大多都收旧车，很好销。

嘿，又看见一辆没上锁的车，因为有一把弹簧锁就挂在车把上。她走过去，拍了一下车座子，看了看商标，车有些显旧，也就六七成新，不值钱，不费那事了。

第九十六篇 琦琦练功 苏甫认怂

以前出门步行逛街，从来没注意过自行车，现在她发现了，公交站附近，地铁口，公园门前，停放或堆放着许多自行车，站口停的车，很多都是赶着上班的，着急的时候把车一扔，就去挤公交。因为现在找工作不容易，上班迟到是要扣钱的，弄不好迟到个三次五次的，一个月的奖金就没了。公园门口肯定是那些跳交谊舞的，唯恐去晚了，舞伴儿让别人占了，所以车子停得也没个秩序，有些人出来时，自己的车子都不知道放哪了，回回都得找半天。所以你要想从这些车找你需要的，可以慢慢找，没有人怀疑你。

其实，最好弄的就是自行车，份量又不重，搬着都能走，别人问，你就说钥匙丢了，忘了带了，或者折了，随便编，不过，谁问呢，现在的人，多一事不如少一事，遇见事跑还来不及呢。

回到家，琦琦一反常态的大呼小叫："苏甫，还躺着呐？看我给你买什么了？你最爱吃的红蛋糕。"她提着在回来的路上买的点心进了卧室，举起来让苏甫看。

苏甫在家养了半个多月，身形显瘦了，脸色也变得苍白了，胃里的情况好象没怎么往坏了发展。身体发虚是肯定的，但是情绪总是不那么悲观。

"嗯，挺孝顺的，亲爸爸没白疼你。放桌子上吧。"他坐靠在床上说。

"你呀，人怂嘴不怂。别跟我充大辈儿了，现在是我养你，以后啊，你得改改口儿了，管我叫亲爸爸，听见没？"琦琦把蛋糕放在床头柜上，坐在床上又问："听见没，叫一声。"

"放肆，没大没小的，想造反啊？"苏甫怒道。

琦琦站起来一插腰，揪住他的耳朵说："是你想造反吧？叫不叫，不叫把你耳朵揪下来，我数一二三，一，二……"

"我叫我叫，饶命我叫，我叫了。"苏甫表示怂了，不过还是张不开嘴。

"嗨，不跟你玩真的不行是吧？一二……"琦琦说着，手用力一拧，真拧疼了。

"亲爸爸亲爸爸……"苏甫一连叫了几声。

琦琦哈哈大笑道："臭儿子，以后好好孝顺亲爸爸，听见没？"

苏甫点点头。

琦琦出卧室，在客厅门口脱了衣服，换了鞋，从二屉桌的抽屉里拿出镊子，和镊卡子放到餐桌上仔细研究，她把卡子卡在右手的手腕子上，把镊子放在工字别子上，还挺牢靠，甩了几下，还真掉不下来。如果用左手往下摘，倒是挺容易，但是象钱豹说的那样一个手操作，还真费劲，摘不下来，也装不上去。不过，如果按钱豹说的去练的话，应该是可以练成。其实就是腕子一弯，手一托，镊子往上一窜脱离卡槽，然后一绷劲，嗯，原理明白了就好练了。什么活都是人干的，没有练不成的。只是第一天练，腕子没劲，弯的又不到位，但是用左手帮一下，还是可以做到出镊和收镊的基本动作的。

米娜和玲玲回到家里，心情不错，终于有了马哥的消息了。玲玲把刚买的菜放进厨房的洗菜池里，出来问米娜："姐，不出去了吧？不出去我就洗澡了。"

"回来再洗吧，我做饭，你去邮局，把马哥的钱邮回去，汇完款你给马妹打个电话，问问你的外甥儿的情况。他现在八个月了，应该会爬了。"米娜说。

"二十多天前给她打过电话，孩子早就会爬了，有一回还爬到床边掉地下了，脑门摔了个包，咱儿子愣没哭。现在不碍事了，天热了，醒了就放地下，让他满院子爬。你说逗不逗，那条狼狗就好象是他养的似的，他爬到哪儿，狗就跟到哪儿。真通人性。那我现在就去邮局汇款了。对了，你说昨天那个结实屄也够倒霉的，本来兜里什么都没有了，还被抢了一回。那几个小毛贼可能看见他往外掏钱了，所以惦记上了。这倒好，咱牵牛，有人替咱拔橛儿了。听他们的描述分析，那几个人可能是老苑手下那几个小屁孩儿，大人干不出这事来。"玲玲分析得有道理。

"要真是那样的话，那几个人早晚得干起来。倒霉的是老苑。"米娜说。

玲玲不解，她问表姐："为什么呀，干嘛要打起来了？"

米娜走进厨房，一边择菜一边说："几个人认定结实屁兜里有钱，所以才去抢，结实屁一喊，那些人就往不同的方向跑，等他们聚到一起的时候，谁都说没拿到钱，可就没人信了，谁都认为是被谁私吞了，就该开始内斗了。现在那儿的人都知道结实屁被抢，传到老苑耳朵里，老苑也会怀疑这几个孩子的。赶紧去吧，回来正好吃饭。"

玲玲开门下楼去了。

米娜淘米煮饭，洗菜切菜，切好的菜装盘里。然后磕鸡蛋抽打，干的非常熟练。准备好了以后，伸着脑袋看看外面墙上的挂钟，觉得时候还早，就把手擦干，来到门厅，脱下衣服裤子，自我欣赏一下腰肢，回到卧室，躺靠在床上，双手抱着脑勺，做了几个仰卧起坐。

她拿起手机，给马哥拨电话，铃声响了几遍后，里面传来的是无人接听。还是不接。

"这孙子，给我拉黑了吧，一直不接我电话。"米娜很无奈，又没办法。

自从米娜搬出来后，基本上和马哥没有联系了。那次在文哥家的小房子里，两个人呆了一会以后，马哥就没了消息，都说时间能谈忘一切，但现实中并不是这样。有些人，有些事，尤其是感情方面的东西，无论如何都是忘不了的。她和马哥的感情是很深的，而且还有孩子，这种感情若说时间能冲淡，那就是胡说八道。

世间的事物，有很多难以理解，米娜爱马哥，马哥也爱米娜，为了自己所爱的人而离开所爱的人，是多么的痛苦啊。艾滋病这种病毒，让所有的人避而远之，它毁了好多人的幸福，而现在的米娜，真想让自己也沾上这种病毒，那样的话，她和她的小马哥哥就可以同命相怜了。

造化弄人，或许是报应，那种近似天方夜谭一般的病毒，怎么会跟自己联系在了一块儿了，这不是毁我吗？更可怜的是儿子，我的儿子，你现在好吗？

别想了，炒菜，玲玲快回来了。

吃完晚饭，玲玲刷碗。米娜靠着床，笔记本电脑放在腿上，一只手划着标，全神贯注的盯着显示屏。她每天都会在电脑上学习一些新东西，已经养成习惯了。

米娜没上过几年学，跟着邓妈妈在山洞里生活了十年，这十年中，她看了许多书，文字水平还是很高的。一般说，语文好的人，文字理解能力就强，理解能力强，加上电脑，学东西就快，若再爱学，就没有什么学不会的。

做拿活儿，也要会电脑，因为电脑里信息量很大，比如说天气情况，交通情况，新产品展销，各大卖场打折销售，车展或者电子节什么的，这里都有生意可做。什么场所，有什么样的商机，用什么方法，都要把它研究透，有时候还要进行演练，提前预判，才能做到手到擒来，并且万无一失。以前在老苑的公司里，虽然交管理费，但是他确实提供了许多信息，对提升业绩还是有帮助的。

玲玲归置完了厨房，也来到床上，靠在表姐身上说："大表姐，你说我一个小女孩儿我容易吗我，干的都是大人的活，一天辛辛苦苦的，也没个人关心关心，既孤独，又寂寞，那点天真浪漫还没来就结束了。唉，要是有辆车，在胡同里开会儿，哪怕是辆破车，能着火，走不走的也能过过瘾。"

米娜手指头一捅玲玲的脸说："你呀，人虽小，想的可都是大人的事。你说你，学了车本子，整天惦记着开车。你以为开车是好事呀？开车应该是最危险的职业了。没听人说呀，怎么说来着？哦，手摸大馅饼，头顶棺材盖儿，脚踩电门，眼看坟地，耳听鬼哭，最后家破人亡，媳妇儿嫁人，孩子没娘……"

"得了得了，哪儿听来的，瞎编的吧，那是没车的人忌妒有车的。透着你是孩儿他妈，老是那么成熟。现在应该与时俱进，不能错过时代给我们的机会。比如说改革开放，比如说电脑，还有手机，现在又进入了汽车时代。你看有些人觉得自己比别人强，家里有钱，但你不会电脑，不懂网络，再不会开汽车，这一辈子是不是就白活了？"玲玲说得也有些哲理。

米娜有些惊讶，扭头看着玲玲说："哟，一套一套的，改革开放都懂了？你可是从遥远的西北小镇上出来的一个土妞儿，现在张嘴就是电脑，网络，汽车，你还知道什么？煤窑，房地产？甲Ａ，世锦赛？心里装着全世界没？"

玲玲抱着脑袋往下一躺说："全世界的事？那不是我管的。就是美国人请我去当总统，我都不去。除非先给我一辆车开着玩几天。"

"傻东西，你要是美国总统，还不发一辆车给你开，而且肯定是好车。说不定还能让姐上去坐会儿呢。"米娜对玲玲当美国总统挺支持的。

玲玲爬起来说："姐，跟你说个事儿，能不能每个月买一本书看。"

"什么书啊？"米娜问。

玲玲翻了下眼皮说："嗯……春秋战国，两汉晋隋，唐宋诗词，还有一些个小说名著什么的，都想看。"

米娜合上电脑说："哟，有私心了，买本书还想动用公共资金呀？是长大了。"

玲玲解释道："我这不是想让表姐也多看点书吗。姐，你说我是小镇上出来的土妞儿，这话不假。咱没上过大学，没有专业知识，只有这点儿人人喊打的手艺，终归不是长久之计，所以多看一些书，多学点历史，增加点儿文学方面的素养，多一些文化方面的气质，把土妞儿提升到洋妞儿，才能往更高的方面发展。"

米娜点头认同："玲玲你行啊，想得够长远的？你虽然是小镇出来的，但是你上过高中，这点比姐强得多。姐倒是看过不少书，但是姐是在山洞里长大的，只知道吃饱了不饿，天黑了就睡，走出山洞前，就象是个原始人，不知道世界上还有这么大的城市，这么多的人，也不知道有火车，轮船和飞机。还有很多很多的好吃的。"

一听说吃的，玲玲就来精神儿了。"姐你说，那么多那么多的好吃的，都吃一遍，还不得吃一年呀？"她问。

米娜想了一下说："一年保证吃不完，一年一个月，或者一年零两个月？不行，吃不完。太多了。"

玲玲突然想起来一件事，她问表姐："姐，我今天在文哥家门前，听几个人议论说，那个一个蛋他妈的伙计，也吞了刀片了，还很严重的。"

"那个老大？呦，他要是吞了刀片，可就不好说了，他都瘦得跟竿儿似的了。甭说吞了刀片，他就是不吞刀片儿，也没多长时间的活头儿了。"米娜说。

玲玲不解的问："他为什么那么瘦啊，还有他的搭档，也跟蔴杆儿是的。"

"首先是他们的烟瘾大，压力也大，每次吸食很多，身体长期处于紧张状态。再有就是烟龄长。听岁数大的人说，吸粉儿的一般到第七个年头，就到了危险期，身体内的毒素积攒到了极限后就会释放毒素，很多人都熬不过去。所以玲玲，以后不许你碰这种东西，你要敢碰，我就打死你。"米娜很严肃的说。

"我不会，倒找钱也不会。姐，你也应该戒了吧，你知道我每天得替你担多大心呢。"玲玲劝表姐。

"肯定是要戒，不过我瘾不大，一天一次，就几十块钱。而且也不象他们似的，每天出去还有定额，压力大。我们只要记住了一点，不要指望着干这个发家致富，不给自己施压。为什么多数拿手都吸粉儿？就是因为压力大。还有就是不要加盟任何的公司，有些老板为了拿住员工，总是会千方百计的引诱他们吸粉儿，只要吸上粉儿，就出不来了，只能给他卖命了。"米娜说着，搂着表妹的肩拍了几下。

玲玲点头说："知道了。我也看出来了，一个蛋他妈的那个伙计就是这样，每天早出晚归就是为了这口烟，为了吸粉儿，就得为主人玩儿命的干。"

"是，因为吸粉儿和倒粉儿牲质不同，倒粉可能会蹲大狱，也可能被枪毙。所以吸粉儿的不敢倒粉儿，每天吸多少买多少，而且都是公司老总负责买，他只管吸。"米娜说。

玲玲认同表姐的说法："一个蛋他妈那两个伙计，有一个还是她的小叔子，使得够狠的，可地儿找去，也找不出俩瘦得那样的。听说他俩每天必须要完成一千八的营业额。乖乖，理解不了。"

表姐分析道："玩玩儿跟养家不一样，他们干的活是为了养家，为了养家，就不能懈怠，不能懒惰，必须要拼。还有苏甫，虽然没结婚，也相当于有家了，所以做事就忘了规矩，心态也就变了。以前一个人儿的时候，一个月就出去一两次。后来有了家庭托累，几乎每天都要出去，出去就要带响儿，连张擦屁股纸都想拿，他不出事谁出事？"

玲玲不满的说："都是那个狐狸精毁了甫哥。"

"看从哪个角度看了。你站在你的位置看，你说是琦琦连累了苏甫，那人家琦琦的父母呢，大多数人呢，他们怎么看？一定认为是琦琦上了贼船了，毕竟人家是一个有着好的家庭背景，有前途的女孩儿。"米娜说。

玲玲有所悟道："是，要不邓老师一辈子不结婚，三十几岁就金盆洗手。这么分析，这行儿就是吃青春饭的。三十岁之前若没被抓过，没被打过，就是绝顶的高手儿了。"

"三十岁，你听说过吗？几乎没有吧？所以这些事情越想越紧张，越想越害怕，才用吸粉儿来解压，也给吸粉儿的人找到了借口。"米娜分析的不无道理。

米娜和玲玲，好象还是第一次这样长聊，带有探索人生的情调。但是说是说，事情还要做，今后怎么发展，谁也说不好。

第九十七篇　钱豹遭黑　琦琦应活

　　琦琦推了一辆自行车骑，让修车的收走了。卖了二百多块钱，夜里睡觉却折饼了。这就相当于捡钱，兴奋一会儿是应该的。不过，活了二十多年，从来没干过这种事。从小到大，身上也从没缺过钱，没有了跟父母要，现在也是，三千五千的不是也给吗？不缺钱的话，那我为什么要偷，不是偷就是推，是捡，是玩儿。那个车主儿也是，你干嘛不锁车，你这不是给人添麻烦吗？给你点儿教训也是应该的，今天你丢了一辆车，接受教训了，以后就永远不丢车了。谁没丢过车呀。还告诉你，再不记得锁车，让我碰上，还得推。

　　一件事，看你怎么想，自己给自己找找理由，也觉得有道理，有道理心就踏实了，心里踏实了，后半夜睡着也就踏实了，睡好了，精神就好，精神好，想睡懒觉都不可能了。

　　早晨起来，熬了一锅米粥，琦琦喝了一碗，吃了几块酱菜。她把锅和碗筷放在餐桌上，在卧室门口说："宝贝儿，粥熬好了，放桌子上了，起来以后喝碗粥，吃几块点心，就几块酱菜。别忘了先刷牙洗脸啊。"

　　琦琦关门下楼，出了小区，在马路上边走边看。一切都很新鲜，尤其是以前最让她讨厌的，几乎挡住路的那些自行车，今天看着格外的讨喜，这就象一个大的文物市场，只要你仔细看，就有值钱的古董在里边，过去捡就是了。

　　什么事情都如是，当你认真研究的时候，就可能发现商机。在成片的自行车当中，还真有不锁车的，而且有的车连车锁都没有，不过太旧太破的琦琦也看不上，借着骑也得找辆象点儿样的。

　　她掏出自己的车钥匙，试着去开每辆车的车锁，开了十几辆，一辆也没打开，有的连钥匙都插不进去。她觉得还挺好玩，反正闲着也沒事。

　　前面不远处，有一辆的锁看着眼熟，好象跟自己那辆的锁样式差不多，她过去一插钥匙，还行，挺顺畅的就插进去了，心里一高兴，手劲用大了，锁没打开，钥匙折里了。

坏了，家里的车就这一把钥匙了，没了钥匙，自己的车就没法骑了。妈的，这不是亏了吗？

她左右看看，好象前方有个修车摊儿。琦琦走过去，果然是个修车摊儿。修车的人三十多岁，好象是个外地人。

"师傅，问一下，我的钥匙折锁里了，能弄出来吗？"琦琦问修车的。

修车的看了一下琦琦手里的半拉钥匙说："只能换锁了。就是给你弄出来，再配钥匙，比买个锁还贵呢。"

"多少钱，多长时间？"琦琦问。

修车的告诉她，看你要什么锁了，要原车锁十二块钱，链锁八块钱。时间吗，几分钟的事

"那我把车搬过来，还是你过去修。"琦琦问。

"你得搬过来，我要去那儿修，就等于是撬锁偷车了，那我还干得长啊。"修车的说。

琦琦犹豫了一下说："那好，我试试吧，没搬过，不知道沉不沉。"

虽然琦琦是女孩子，但是个头不矮，又是运动员，劲儿是有的，单手提车都不是问题。她走过去，把那辆车搬出来，一手扶把，一手抓着车座子，推起就走。由于她劲大，又是抓着车座子往上提，后轱辘也就将将离地，旁人看着，也看不出来她是推车还是搬车。

修车的看了一眼车锁，又对了一下琦琦手里的半拉钥匙，认定是一套。他拿出一把小剂子和一块木头拍子，剂子对准车锁上的铆钉，用拍子拍了两下，铆钉就掉了。然后把剂子插进锁的锁槽里一撬，用手一搬锁把儿，锁就开了。他又用改锥卸下固定车锁的镙栓，锁就拿下来了。

旧车锁扔进车筐，从工具箱拿出一把链子锁，挂在车把上，活干完了。也就三分钟。

琦琦掏出十块钱递给修车的师傅，趁他回身找零钱的功夫，哈腰把那

把小剁子捡起装进兜里。

接过零钱，琦琦说："谢谢师傅。" 骑上车蹬着就走。

这辆车还挺好骑，蹬起来真轻，不费力气。

她吹着口哨，心里边想的法儿的乐。这叫什么事呀，怎么跟闹着玩儿似的？不费吹灰之力就借了一辆车骑，还是很不错的一辆车啊！而且看刚才修车的师傅撬锁，原来那么容易。不过，八块钱是不是贵了？肯定贵了，他能白给你撬啊？也是，交点儿学费，还学了技术呢。他刚才用的那件工具，不知道叫什么，好象就是一把掉了把儿的小改锥，把前面磨出点儿刃来，有这个小工具，几秒钟就把锁开了，还不用什么手艺，骑了那么多年的车，今天刚知道开锁这么简单，要是早知道，以前也就不丢车了。

拐个弯，前面又有一个修车的，琦琦捏闸刹住车，单脚支地问修车的："师傅，问个事，你这有这种链子锁吗？"

正在蹲地上修车的说："有，要吗？"

"多少钱一把？" 琦琦问。

修车的头也没抬说："五块。"

"五块？贵了，那头儿卖四块，我刚买的。别人也让帮着买一把，你要四块，我再买一把，省得回去了。"琦琦很会砍。

修车的站起来说："行，四块就四块，不赚钱了，给你一把。"从后面的工具箱里拿出一个装锁的方纸盒，递了过来。琦琦接过锁付了钱，把锁装在布袋子里，左脚一蹬，又骑了起来。

她很得意，觉得自己真是聪明，这么一会儿的功夫，就知道了那个撬锁的修车人，两分钟的功夫赚了她四块。把他的工具拿走，她一点都不亏心。这种链子锁才四块钱，也不用安装，真是个好东西。

前面有个五金商店，刚开门儿。她锁上车，进去看工具。

一个女售货员问："小姐，您想看什么？"

"以前我看过有一种改锥，一头是扁的，一头是十字的那种，有吗？"琦琦问。

售货员说："有，活把儿的。您要多大的？"

琦琦掏出兜里的那个小剁子说："就跟这个大小差不多。"

售货员拿出一把小改锥，是一字的，一拔又插上，变成了十字的。递给琦琦。

"就这种，多少钱？"琦琦问。

"两块。"售货员说。

琦琦付了两块钱，拿着改锥出来，开锁推车，骑上就走，直奔西站东里。

骑车走，就轻松了许多。琦琦特意绕了一个圈。转到小区的北面进入小区，到了文哥家的房后，见废墟堆有一个破铁炉子，还在冒烟儿。再蹬几脚，拐过墙角儿，就是文哥家的大门了。

门前的空场中，钱豹正蹲在地上抽烟发愁，文哥在一旁劝着他。还有凑热闹的跟着围观。

琦琦见钱豹没象往日那样开火做饭，就过去看个究竟。

"唉，老钱辈，发什么愁，犯什么愣呢？怎么不干活儿。不想干啦？哦，文哥。"琦琦单脚点地，跨在车上。

"琦姑娘。钱爷今天早晨起来，正要去买鸡腿，发现炉子不见了，不知让谁偷走了。真有那不开眼的。"文哥告诉琦琦。

琦琦惊讶的说："是您的炉子呀？在那头儿扔着，还冒烟呢。就大哥家房后头的渣土堆里。"

钱豹站起来，往房后头走去，文哥也跟了过去，果然看见钱豹的火炉子躺在那里冒着烟，炉子里面的煤还没完全熄灭，只是炉子的铁皮给砸过了，上面有一个坑。

钱豹把炉子翻过去，倒掉里面的煤渣，文哥帮助他把炉子抬了回来。

"这一定是那个拉条子的干的，到我这吃鸡腿饭的，有几个以前是吃他的拉条的，都嫌他卖得贵。上我这来吃了。让他恨上了。"钱豹说。

文哥也认同的说："肯定是，这种人就是小人心肠。不过钱爷，这也说明一个问题，您的鸡腿饭，在跟拉条子的竞争中，您赢了。他也算了帮您做了一次广告。您这个炉子应该还能用，把那个坑敲回去，在弄把泥一糊，照使不误"

"谢谢文爷。就是这个黄土泥不太好找。"钱豹面带难色的说。

文哥用一指说："黄土泥好办，东面拐角那间房，拆下来的都是土坯，搬过一块来砸碎了，倒点儿水就能用，不费事。"

"谢谢文爷。"钱豹去找土坯了。

文哥回到门前，见琦琦在桌边坐着，就说了一句："你的眼睛还真管事。"

"老远就看见那儿冒烟，就随便看了一眼。哥，托您打听的事儿，有没有消息？"琦琦问。

文哥摇头说："没有。这种事不能过去问，得等他们闲得没事的时候主动说。万一他回去做手术时，警察来了，他还不怀疑是谁告的密呀。不过，这个老大还没走，没走就是没有眉目。不能着急。"

"好嘞哥，不着急，您给勤听着点儿，我还有事，我先走了。"骑上车奔东去了。

看着她的背影，文哥若有所虑，百思不解。

这个琦琦姓姑娘是北京姑娘，还是运动员，她爸爸也是踢球的，按说家境不错呀，怎么会跟这些人搅在一起呢。观察发现，凡是经常来这里的，不是销赃的，就是买粉儿的。有的人一看就带相儿，有的人你还真看不出来。琦琦呢，她属于哪一类呢，都不象。

琦琦骑着车，出了小区，拐了个弯，来到修车的那条胡同。老远见修车师傅正在门口喝茶。琦琦下车，踢上脚支子，坐在旁边的一个极凳上。

"师傅。闲着呢？给您找点儿事干，这是朋友的车，您给帮着归置归置。"琦琦说。

修车的站起来，转了下前后轮儿，捏了捏闸，抬起来墩了两下，又用手指弹了弹车架子，小声说："给你二百九。"然后大声说："你这辆车呀，不是归置的事，得大修，要修就搁这儿，三天来取。"

　　"凑个整，给三百吧。"琦琦小声说完了大声说："行，您给抓点紧。上班族，离不开自行车。"琦琦说。

　　修车的递过三百元说："没问题，给你赶赶，两天兴许能完。"

　　琦琦接过钱装起来问："师傅，怎么称呼啊？师傅师傅的多见外呀。"

　　修车的一拍肚子说："小时候就胖，人称胖子。本姓汪，汪胖子。"

　　"哪能那么叫啊，没大没小。那小妹就攀一辈儿，叫你胖哥？胖哥哥。"琦琦也变得油嘴了。

　　修车的不好意思的笑着说："太肉麻了。你这么叫，还不把人叫没了魂。受不了，就叫胖哥。"

　　"胖哥再见。"琦琦欲走。

　　"妹妹留步。有个事，你家或者朋友若有这辆车，你问他卖不卖。卖就推过来，一个朋友托我给收一辆。他出六百。"胖哥说完，把一张广告交给琦琦。

　　琦琦接过来放手袋里，出胡同走了。

第九十八篇　米娜救马哥　琦琦搞发明

米娜和玲玲逛一天的街，什么收获也没有。已经下午了，平时这时候早回家了。玲玲觉得累了，就跟表姐说："姐，我累了，想直接回家了。"

"回去吧。直接回啊，不许在外面玩。我办完事就回去。你先把饭煮上，菜择了，我回去炒。"米娜嘱咐玲玲。

"那你带点肉回来，好几天没吃肉了，身型都成条儿了。"玲玲说完，顺马路向前走去。

米娜进了小区，来到出租房门前。文哥不在，可能进院了，或者找人聊天去了。

她开了锁，进到屋里，在床上躺了一会儿，觉得小屋里很热，就从铺底下拿出个小电扇，插在灯口上，打开吹风。稍息之后，伸手从顶棚里拿下一个纸袋装的注射器，刚要撕包装，就听外面有人喊："快跑，缉毒的来了……"

米娜赶紧把注射器放回原处，把窗帘扒道缝往外瞧，见有人在跑，有人躲进塑料棚里，所有的人都很惊慌。文哥也把摆着的几瓶酒收进院里，并从里面锁上大门。

突然，一个熟悉的面孔站在窗前，好象没处去了。原来是马哥。

米娜打开门，一把把他拽进屋来，插上门，卸下门上的一块玻璃，伸手把门从外面锁上，又把玻璃安上，挂好门帘后，回过身，一把马哥推到床上，示意他往里去。

米娜跪在床上，从小窗户看外面的情况。

胡同来了许多穿制服的："警察，城管，工商，还有不少民工。"

棚子里的人都被叫出来接受检查，包括过路的。已经有人被勒令蹲在地上了，可能是查出问题来了。

大约半个多小时，有几个人被抓走了。检查完了以后，民工开始拆棚子，所有的棚子都拆了，木头，帆布也都被拉走了。一台推土机开过来，把渣土往一起推了推后，民工开始盖防尘网，黑色的防尘网往渣土上一盖，的确显得整洁了，而且也没法搭棚子了。

米娜背靠着墙坐在床上，两条腿曲着，脚顶在另一侧的墙上，双手互搭在膝盖上。这个时候，应该有许多话要说的，可是却张不开嘴，她觉得好像要落泪，马上把头低下，泪水直接滴在裤子上。

马哥坐在床里头，腿也伸不开，小屋里又闷又热，汗水已经泡湿了衣服。他一直在低着头，他不敢看，也不用看，因为他是用心去体会。一切都是自己的错，说过的话也没有必要反复说。对她有一千一万分的爱，只能存在心里了，而且是一辈子。他希望米娜默默的离开，彻底把他忘掉，她可以找到一个比他强几倍，几十倍或是几百倍的男人，她可以过上真正的数于她的生活，她会很幸福的。

"忘了我吧，米娜。"他终于说话了。

"跟我回家吧。"米娜说得很平静。

"我会让你抬不起头来的，那样对你不公平。"马哥愧疚的说。

"这样对我更不公平。我会永远见不到我儿子，我爸爸，永远没脸回家了。"米娜很无奈的说。

"米娜，我……"马哥欲说又止。

米娜伸手做出一个挡的动作，她说："不要说了。我的心已经碎了。你可以自己走，也可以跟我走。你看着办吧。"

米娜一拧屁股，把腿转到外面，把床上留出一条缝。他可以挤过去。

马哥没有犹豫，他把双腿向前伸，用手支着身体往前蹭，从夹缝中挤了过去。他站在地上，从床上拿起门钥匙，摘下玻璃，伸手开了锁，又把玻璃上好，钥匙和锁放在床上，推门出去了。

米娜真的没脾气了。虽然给了他两条路，算好了他肯定是要跟她回家的，没想到，丫的连头都不回就走了。

你混蛋，你王八蛋，你活该……

骂又有什么用，这不等于是骂自己吗。刚才不让他走就好了，还能商量，就是求他，也不跌份吧。米娜呀，别说人家了，你整个就是一个大傻冒，装，装你妈什么装？

不过，她还是扒着窗户，看着他的背影，是往东南方走的，她记住了他的行走路线。

米娜吸完烟，稍歇了会，情绪完全平复了。她关上小电扇，把该扔的东西包个纸包攥手里，开门出来，跟文哥招下手，回身把门锁上，让文哥给拿了两瓶饮料，装到袋里，跟文哥告辞后往西走，又和一蛋妈和怀里抱着的小拉拉招手告别，拐过墙角，把手里的纸包扔在渣土里，快步向小区外走去。

刚才缉毒的和拆违的一来，文哥也回院里去了。这回接受教训了，关门锁门，谁也别想溜进来，这可真不是闹着玩的。

所有的棚子都拆了，看着舒服多了。虽然棚子拆了，但是人没见少，还是那些人，都聚集在文哥家门口的两侧商量对策。也有几个人过来问文哥有没有房子出租。

相对来说，钱豹是最幸运的，夜里炉子被砸，没能生火，也就什么也没做，大铁锅，水桶等物件都放在家门口儿，没有营业，否则的话，这些傢伙肯定会被抄走的。

自己倒霉的时候唉声叹气，痛不欲生。看见别人不顺就幸灾落祸。

钱豹很开心，幸亏昨天被人算计，把炉子砸坏了，但是修修还能用，总比被抄走了强吧。你再看那个拉条子的，煤气罐，煤气灶，白面，花生油，锅碗瓢盆儿，桌子案子，都被抄走了。还有卖饺子的，也被抄的一干二净，两手空空了。这些人都是钱豹鸡腿饭的竞争对手。同行是冤家，没有人愿意别人好，可是你不能算计和陷害人，各人干个人的，凭的是本事。钱豹暗自庆幸。

自从金盆洗手，戒了毒，回乡过了一阵苦日子，实在受不了，回来后本想重操旧业，但还是忍住了。卖鸡腿饭，虽然卫生环境不太好，但总算还是正经营生。不做贼，不吸粉儿，也不偷不抢，才能受到上帝的眷顾。

钱豹歇了一天，心里特别轻松，来到文哥桌子旁坐下。

"文爷，哈……因祸得福了。幸亏昨天被算计了，今天反而躲过一劫。托您的福。"钱豹抱拳谢文哥。

文哥分析道："得道多助，失道寡助。有些事虽是巧合，但也不无道理。苦心积虑的算计别人，却被老天算计。人类也好，自然界也罢，有些事三言两语掰扯儿不清楚。"

"文爷通晓三界，悟透五行，是这么个理儿，人不做坏事，心理就踏实，心理踏实了气就顺，气顺则百顺，看来做为人，还是要善良一些，可惜呀，钱某人的大半辈子就这么稀里糊涂的过来了，没做过一件善事，不知道还有没有下半辈子了。"钱豹有所悟的说。

"人之初，性本善，钱爷能金盆洗手又戒毒，且自食其力，给多数人做出了示范，本身就是行善。做善事其实是很难的，但是人的本性若在，善行也随时都在。比如说在高速上开车，见一个小动物横穿马路，本能的踩下刹车，这就是本性中的善。一个人掉在井里，不见得要下去救，扔根绳子也叫善，如果没有绳子，喊两嗓子叫人，就算大善了。但如果你既不投绳井中，又不呼喊叫人，反而往井里扔个土渣，就是恶人了。"

文哥说得钱豹频频点头称道："文爷，受教了……"

私搭乱建的棚子拆了，住在文哥家煤棚子的人，一下子成了上等人。一个蛋他妈推着女儿在胡同里两头来回走，有说有笑的，让很多人羡慕。尤其是那些吸粉儿的，他们觉得这样的煤棚子，比星级酒店要强得多。

一个蛋他妈走到文哥面前，脸上面带笑容，心里很是得意。她说："叔儿，告诉你一件好事，我那个伙计做手术的医生找好了，在老家做，已经给他买机票去了，估计这几天就能回去了。"

"嗯，是好事。有钱能使鬼推磨，做到仁至义尽了，也就心安了。无论如何他也是一条生命，你也算有情有义。不过，结果如何，就看他的命儿了。"文哥说。

一蛋妈也有些担心的说："是，我们这些人，命早就就定了。对他来说，就是去鬼门关。是活是死，上帝也好，医生也好，都做不了主了。"

"既知如此，就该早做打算。为了家庭，为孩子，也是为自己。人有很多种活法，所谓条条大路通罗马。一条道儿走的黑的，就不能算是聪明人了。"文哥说。

"嗯，谢谢叔儿。"一蛋妈说完，推着拉拉走了。

琦琦回到家，看了一下表，才十点多。她脱下衣服，拿着刚买来的改锥，和在修车的那里拿来的剁子进行比较，这个剁子肯定就是一字改锥磨出来的，这就容易了。因为车锁撬开后，还要卸下来，需要一个十字改锥，买个活把儿的，一件工具就解决了。

把改锥磨出刃来也不费事，首先剁子不是刀，不用很锋利。再者改锥是铁的，不象钢那么硬，在油石上磨了也就一百多下，基本就磨好了。跟剁子对比了一下，没问题。她把改锥的把儿两头插了几下，改锥变剁子，剁子变改锥，没问题了。

琦琦很满意，自夸道："嘿，真牛掰，改锥加剁子，全解决了。再有就是锤子了。那就更容易了，随便找个鹅卵石，或者砖头什么的就行了，用完了就扔。用汤司令的话说，那就是高，实在是高！"

苏甫步履很慢的走出卧室，坐在餐桌旁。他问琦琦："忙什么呢，跟打了鸡血是的？"

琦琦从厨房出来，把两件家伙放在桌子上，用餐巾纸擦干净。

"没忙什么，发明了个小工具，加工得了。"琦琦得意的说。

苏甫拿起来看了一眼说："拉倒吧你，这不就是一把活把儿改锥吗？哪都有卖的，地摊儿上都有，还用你发明？"

"歇菜吧你，哪都有？你说的那是普通的改锥，那还用我发明，买一把就是。我这个物件，虽说是叫改锥，但是经过加工以后，就变成了一种特殊的工具了。人们不是常说，三分手艺，七分家伙吗？有了这件秘密武器，就是不用手艺，全看家伙了。"

苏甫摇头表示不懂，他说："你应该去专利局申请专利。"

"别这儿费话了。今天中午吃点儿省事的，我给你煮碗挂面，吃完了我还要出去。"琦琦说完进了厨房。

"中午去是不是有点早啊，这个时间人多，很多人中午回来吸烟，还是下午三四点钟再去吧。"苏甫说。

琦琦在厨房里说："不去买烟，我是出去考查市场，研究商品，总在家呆着怎么行啊。"

"你要做买卖呀？厉害。这个我还真不懂。"苏甫摇着头说。

"要不怎么叫发明创造呢。"琦琦很得意。

第九十九篇　大立竿诀别　运动员推车

　　中午一点多钟，天儿够热的，其实并没有出太阳，主要是闷。现在报天气预报时，用了一个新词儿，叫雾霾，今天就是雾霾吧。雾霾严重时，有不少人戴着口罩。琦琦想，以后自己也要带口罩，不为别的，主要保护的是肺，不是脸。

　　前面有一个小卖部，琦琦过去买饮料，要了一瓶矿泉水。顺便向卖水的大姐问路。

　　"大姐，麻烦问个事，您知道哪里有卖旧自行车的吗？"琦琦问。

　　大姐找完零钱说："买旧自行车得去旧货市场。菜户营，那有个旧货市场，挺大的，有不少卖自行车的。"

　　"离这远吗？"琦琦又问。

　　大姐手一指说："不远，还有二里多地。直着走，过了桥右拐，再见桥左拐，再走几百米就看见了。卖什么的都有。"

　　"谢谢大姐。"琦琦喝了一口水，拧上瓶盖，大步向前走去。

　　这个旧货市场规模很大，一进大门就是卖自行车的，新车旧车都有，新车都是杂牌车。旧车的数量比新车多，而且还有卖配件的，攒车的，改装车的，所有涉及自行车的项目这里都有。

　　琦琦仔细看着，听着，问着，很快就把一切都弄明白了。在这个市场，修、卖车的摊位大约有二十个，无论是修车的，卖车的，都有一个共同点，那就是收旧自行车，好车破车都收。买车的大多数都是外地来京的打工人员，这些人来这里买车图的是方便，更主要还是便宜，用他们自己的话说，就上下班骑，不定哪天就丢了，丢了再来买，不买太贵的。

　　有一个小女孩，不到二十岁，她告诉琦琦，她上班要坐地铁，地铁离她租房的地方有两公里，买辆车是为了走这两公里。她第一次在这里花二百多买了一辆八成新的车，骑了仅三天就丢了。当她又来买车的时发现，自己丢的车就摆在市场里，仍卖二百多，你说逗不逗。她说她不买贵的了，买了一辆一百多的，前天又丢了，只好再来买。

琦琦赞同道："对，别买太贵的，便宜点儿丢了不心疼。另外我告诉你一招，就不丢了。你买车砍完价，再让卖车的送一个链子锁，每天存车的时候，用链子锁把车锁栅栏上，或者小树，电线杆子上，你的车就永远不会丢了。不许告诉别人啊。"

"谢谢阿姨。"姑娘高兴的说

"嗨嗨嗨，我有那么老吗，从哪论的叫阿姨呀？"琦琦不高兴的说小姑娘。

姑娘忙改嘴："对不起大姐，在单位叫习惯了。谢谢大姐。"

从旧货市场出来，已经四点多了，该去取货了。走着去好象有点远，大约有三公里。今天玩儿的太累了，恐怕顶不住。不过，这有什么难的，一个玩儿车的，弄辆车还不容易。市场外面自行车有的是，想要哪辆还不是随便挑。

外面的车都是逛旧货市场的人存放的，来这里的人大多是中老年人，男性居多，所以特别好的车还真不多，有一部分还是老式二八车，根本就不考虑了，倒找钱都不骑。

她终于看到了一辆凤凰牌二六女车，六七成新，归置归置应该不错。

马路边上也在拆迁，找块砖头非常容易，几乎是哈腰就捡，一块三分头的砖就够了。刹子对准车锁上的铆钉，砖头往下一砸，"呦"，用劲儿有点大，一下就把铆钉剁折了。她把改锥插进锁的两片铁皮的中间，左右一动，再用手一拨，锁开了。

犹豫什么呀，骑上就走，她刚蹬了不到三下，看见路边的自行车中，放着一辆二零的小车，嘿，这不是白饶吗。伸手过去摸到车把，一把就抓了出来。

她一手扶把，一手提着小车，蹬起就走，很快就过了前面的小桥拐了弯，走到没人的地方停下，下车后把两辆车摆好，掏出改锥拆锁。

她把卸下的坏车锁扔进河里，从挂包里拿出链子锁，比划了一下，把小车搭在后车架上，用链锁缠紧锁好，推车骑上，不大功夫，就到了西站东里。

她没去胖哥家，而是直接去马哥处取粉儿。倒粉儿的大姐看上了她车上挂着的小二零自行车，问一百六卖不卖。琦琦虽然觉着一百六有些少，还是卸下来卖给了大姐，骑着这辆凤凰二六回家了。

上午卖给胖哥一辆车了，今天不能再去了，让人盯上就不好了。这辆车是在旧货市场门前拿的，也绝对不能去那里交易。行了，知足了，骑车回家，省得地下走了。

钱豹心情很好，起得也早。看见那个卖拉条的，卖饺子的也来了，他们没了像伙什，什么也干不了了，他也开始得意了。

有生以来，这是第一次发自内心的爽快。金盆洗手戒毒以后，经历了半年煎熬，多少次都想再操旧业。闻到别人身上的烟味儿，真想上去抢。而且自个儿给自个儿找借口，五十多岁了，抽不抽都离死不远了。这辈子，活得够冤的了，何必再自己难为自己呢。

真是没想到，戒烟成功了，戒拿也成功了，自打回来以后，生意做得也不错，自食其力还是有这个能力的。我是谁呀？我是钱豹，曾经的钱三抱。咱现在走的是正道，你现在邪不压正，他们那些个人，一边卖吃的，一边卖粉儿，背地里给咱使像伙？该，活该抄了你们。你接着摆呀？你摆个屁。不卖拉条子了，不卖饺子了，还来干嘛，不就是卖大烟吗？没有了饺子面条做掩护，早晚抓了你们这帮孙子。

当事者迷，旁观者清。在圈里，你不可能完全看的清圈里的事，跳出圈外以后，站在旁边看，一切都看得一清二楚。这就好比是两条路，一条是阳光道，一条是鬼门关，没有第三条路。

火炉子昨晚就点上了，封泥的圆孔里冒出了火苗。钱豹已经不用每天去采购了，市场里的小贩会准时把鸡腿和胡萝卜送来，而且都洗干净了。所要做的准备工作就是去提一桶水，捅开火，坐上锅，把水倒锅里，倒入鸡腿和佐料，主要的活儿就干完了。

一个蛋一家还是准时到。一家人吃完早点，老大大立竿儿还是象每天一样，在文哥这里坐会儿，聊会天儿。他今天不再用做生意来形容自己的工作。

"大哥，过几天我准备回老家一趟。看看病，也可能看好了就不回来了。这些日子给您添麻烦了。不好意思，也没请您吃顿饭。我替我哥，我嫂子，侄子和侄女谢谢您。"大立竿儿有些动容的说，说话很费力气。

文哥摆摆手表示不用谢，没有说话。他心里清楚，眼前这个人，已经是个活死人了，他这一走，不大有可能活着回来了，既使是祝福他，也都无计于事了。

后来证明，这是这个人最后一次跟文哥聊天，他那近乎绝望的表情显示，他自个儿都不认为自个儿能活着回来了。最后时刻，他的心里是不是在颤悔，只有他自己知道，但他可能真的希望，有人在他最后时光里，给他一句安慰。

这一点，文哥心里很清楚。他张不开嘴，也想不出用什么词儿跟他说。他推给了他两盒羊城牌香烟。

"临走时带一条吧。那头儿没有卖的。"文哥说。

老大拿了两盒烟站起来，把一盒交给走过来的搭档小立竿儿，迈着重步上工去了。

八点多钟了，这一阵又忙过去了，文哥刚要坐下歇会儿，见琦琦骑着车拐过来。就没坐下。

琦琦把车支上，坐下说："大哥，给拿盒红梅。"

"哟，学会抽烟了。"文哥递给她一盒烟。

琦琦熟练的把烟盒撕开一角，姆指在盒底下一弹，一支烟就蹿了上来，她把烟叼不在嘴里，用桌上的打火机点燃后，又把打火机放在桌上。

"拿走吧，不值钱。"文哥说着，把打火机推给她。

"谢谢大哥。占您便宜啦。"琦琦抽着烟说。

　　文哥坐在椅子上，笑着摆摆手，从桌子下面的小门儿里拿出一盒烟，摆在桌子上。

　　棚子拆了，给琦琦提了个醒儿，以后再过来就要小心些了，毕竟来的勤了，会引起各方面的注意。

　　文哥这里是最好的观察点，抽支烟，喝点水，聊几句天儿，顺便把周围情况看清楚。

　　她觉得，这个地方所有的人可能都会被怀疑，扒窃，吸毒，倒粉儿。唯文哥不会被怀疑，文哥是当地住户，又从来不过问别人的事，黑白两道儿都不沾边儿，跟文哥走的近的人，两下里都认为你是好人了。

　　掐了烟，她付了烟钱，跟文哥说了"拜拜"。

　　琦琦骑着车出了小区，兜了一圈儿，返回小区进胡同，来到胖哥门前。

　　琦琦也不用解释了，车往那一支，就等胖哥开口了。胖哥拿着扳子拧拧镙丝，看看闸皮的功夫，就谈好了价格，把车推进院里，琦琦跟着进院儿，收了钱，出门往北就出了小区。

　　出来以后，她没往西走老路，因为前天刚从这里推了车。

　　往北走就是绕点儿远儿。说是绕远，要是借辆车骑呢，也就不远了。

　　过了桥洞往东走，这里有公交站，辅路的外侧停着许多自行车。琦琦认为可以挑挑，不能找太新的车，新车新锁，锁上的铆钉都硬，轻易砸不开，只有老式的车锁才是铝铆钉，而且从这里推的车，一定不能去胖哥那卖，因为离的太近，如果去旧货市场卖，就不能推太新的车，新车推到旧货市场当旧车卖，是个人都能看出来车的来路不正，收车的也不会给高价，且万一犯了事，罪过还大。不值。

　　这样的车很容易找，要不怎么说可以挑呢。太旧的，值不了几个大子儿，七成新的最好。

　　琦琦掏出一串钥匙，装作找车的样子，边看边往前走，当她看见中意的车后，站在车的一侧，举起手中的钥匙桃选钥匙，借机看了一下两侧，五十米内没有人。她把钥匙收起，拿出改锥和一块儿石头，对准锁上的铆钉，一下就开了，是崩开的，锁销自己就弹了上去，不用撬了。

扔掉石头，收起改锥，推出来骑上，好象就几秒钟的事。紧蹬了几下，见口儿拐弯，再拐弯儿，多走了一里多地，奔家的方向去了。

旧货市场八点钟开门，八点半营业，一些来这里淘货的人老早就等在门前等着开门儿。

琦琦来的也有点儿早，她不象别人那样把车停放在市场外面大门的两侧，而是推着车站在门前等着开门。

一个年轻的女孩儿拍了琦琦的车一下说："车还可以。大姐，是修啊还是卖呀？"

"怎么，你想要啊？想卖，过来看看收不收，家里好几辆呢，要搬楼房了，处理几辆。"琦琦解释说。

姑娘看了看车况问："您打算卖多少钱？"

琦琦想了一下说："我这车买时四百多呢，没怎么骑，少说得二百吧？"

"多少钱买的，骑过了也是旧车了。我倒还是真想要，您要是一百八，我就推走了。这样您省事，我还能赶着上班去。本来我是请了俩钟头的假的。"姑娘说着就要掏钱。

琦琦稍想一下说："折中吧，你张开嘴了，一点不让也不合适，一百九。本来我心气儿挺高的。昨天也过来咨询了，那个老板让我今天把车推过来，他说不会低于二百，不骗你。"

姑娘高兴的说："成交。谢谢大姐，让您吃亏了，不好意思。"把钱交给琦琦，骑上走了。

姑娘骑得挺快，可能是赶着上班儿去了。看着她的背影，琦琦突然想起来，没把锁给她，挎包里有一把链子锁，忘了拿出来了。算了，不赖我，不是我不给她，是她着急了没要。吃点儿亏吃点儿亏吧，反正几块钱的事。

第一百篇 琦琦推车猛 苑总审学员

　　张罗不是买卖，好东西不愁卖。没叫卖也没吆喝，推到这儿就被人买走了，也太顺了吧。这可能就叫市场定位，定位准确，买主在这等着，既节省时间，又少费好多话。这辆车若卖给胖哥，给个一百五六十块钱，他能卖二百出头。在这个市场里卖车也是，收购价比胖哥高点儿有限。他们能卖二百出头儿。二百块钱是个坎儿，买一样东西花一百九，比花二百心里舒服的多。

　　琦琦漫无目的的坐了一会儿公交，在一个叫玉泉营的地方下了车，往前走，见是一个环岛，挺大的一个环岛。环岛路边的便道上，停着许多自行车，有的成片的倒在地上。

　　琦琦依旧手里颠着钥匙，寻找自己喜欢的车辆。终于，在一片倒地的车中，看到了一辆想要的红车，这是胖哥点的，他能给五百。但是这种车锁不好弄，用自己手里的工具是打不开的。

　　她过去，把压在红车上的车辆移开，把红车拉出来，搬到道边，然后在钥匙链上找钥匙，一切都很正常，没有人会怀疑车子不是她的。她把钥匙插进车锁，拧了几下，没拧开，再拧，"崩儿"的一下，钥匙折了。

　　她嗨声叹气，面路难色，可怜惜惜的表情做得很是投入。

　　远处，一辆平板三轮飞速驶了过来，琦琦伸手叫停。蹬车的是个五十岁左右的外地人，停下后问："什么事姑娘，用车吗？"

　　"是，大叔儿。我是过来看傢俱的，钥匙折锁里了，您能拉一下吗？"琦琦无助的问，并举起折了的半拉钥匙让他看。

　　蹬三轮的爽快的说："行，去哪里。远不远？"

　　"不远，大约五公里，离西站不太远。"琦琦说。。

　　车夫满口答应："给十二吧，连人带车一块儿拉。"

　　"大叔儿，十快吧？我刚上班，挣不了多少钱。"琦琦肯求的说。

车夫下车后说："行，什么多了少了.的，正好也顺路。你坐车上扶着点，就不捆了。"

他把自行车平放在平板车上，琦琦也坐了上去，用手抓着车把。

车夫蹿上车，抬着屁股用力蹬了几下，待车悠起来后，就坐在座子上正常骑行，但速度也非常快，加上穿小道走近路，也就二十来分钟就到了。

三轮车在离胖哥家三十几米处停下，琦琦付了车费。三轮车蹬走了。

琦琦也有自己的想法，如果让三轮车夫把车拉到胖哥家门口儿，他必然会看到那个修车的牌子，一定会起疑心，因为修车锁根本不用跑这么远。离房远点儿，他就没法判断她是不是住这里。因为送货送人送到胡同口儿是很正常的事。

琦琦把车搬到胖哥家房后，立靠在墙上，然后过去找胖哥。

胖哥早就看见了，只是装没瞧见。他是专业玩车的车倒儿，老远一上眼，就八九不离十了。他见琦琦过来，就进了院子。琦琦也跟了进了院子。

胖哥也不费话，拿出五张钞票塞给了琦琦。因为是事先说好的，也就不用讨价还价了，她把钱装兜里，扭头就出了院子，向小区外去了。

琦琦走后，胖哥把车推进院子，欣赏一番后，感觉非常满意。他从窗台上拉过线板和一个手持的云石机，插上电后，对准车锁一扣开关，云石机飞转，几秒钟就把车锁锯断。

卸下破锁，安上一把新锁，试了几下，非常好。他端来半盆水，水里有一块擦车布，拧干了布擦车，尘土一掉，车立马新了许多。他又往车上喷了些腊，拿干布捋了几下，车就变得崭新崭新的了。

太好了！这辆车若买新的，要一千二百多块，我五百收的，卖多少合适呢？

唉，都是熟人，少赚就少赚点儿吧。那就卖七百……

苑总自从招了这四个学员，心情舒畅了许多。他认为，这几个员工都是半大的孩子，比较好管理。

他给他定了一些规矩，比如说，中午必须回来吃饭，两个人一组，不许单独外出，每人每天必须拿回一个钱包，所拿到的钱包不许打开看，不许在外面吃饭，喝酒和打游戏等。每个人的业绩如何，只有他知道，他会跟据每个人的业绩给与奖励。

每天中午，苑总会去西站东里接他们，收走他们拿回来的钱包，一般是中午两个包，晚上两个包。就是每天四个包。包儿不能被翻过，要原封不动的交回来，钱多钱少不重要。但业绩好的，他会给与奖励。他跟孩子们说，虽然不在乎包里钱多钱少，但是你们要在学习期间，练就一双慧眼，为今后出师以后打下基础。当然了，孩子们还小，技术有，但对钱的概念还很浮浅，每天拿回来的四个包里，经常只有些个人用品，钱并不太多。而他又不能明着跟孩子们提钱，等他们都知道钱的重要了，而且是在为他苑总挣钱，那他们也就都跑了。

拿回的包里面钱少，苑总也起过疑心，保不齐他们先翻过了，拿走一部分钱再拉上，反正你也看不见。

苑总明白，这些孩子缺少调教，很需要象苏甫，米娜那样的高手来传授一些经验。现在苏甫有伤，自个都顾不过来自个呢，哪有功夫帮助他呀。

昨天去西站东里取粉儿，听卖粉儿的大姐说，那个叫结实的人被四个人给抢了，而且摔伤了，这四个人岁数不大，从她的描述来看，很象是自己的手下，昨天晚上这几个孩子还吵过架，不知道是跟这个事有关，这可不是闹着玩的，这可是抢劫，要是真的，天就塌下来了。而且，自己的人在那个地方抢劫，会被所有道儿上的人痛恨，因为如果人家报案，没准又招来警察进行搜捕，所有的人都遭秧。

下午,苑总提前来到西站东里,他没进小区,而是守在小区的北口儿,他知道这几个孩子每天从这个方向回来。

果然，他刚到，就看见这几个人在往这里走，他马上迎上去。

孩子见了苑总在这里，有些吃惊。"苑总，您怎么在这儿？"一个孩子问。

"今天办点事，提前过来了，不进去了，跟我回家。"苑总说着同时，收走两个钱包。

　　路边有辆拉私活的白色面包，司机正在抱着水杯喝水，见几个人过来忙问："用车吗您几位？"

　　"上车，去立泽桥"。苑总说完，率先上了车。都上去后，司机开车上路了。

　　今天不象往日，收工后没有先去吃饭。而是直接回到家里。苑总很不高兴，他让几个人并排站好，然后给他们训话。

　　"你们到我这里工作实习，我说多少遍了，不只着你们挣钱，只要你学技术，长能耐，你们可倒好，出去抢去了？那是你们干的活儿吗？拿行里最忌讳什么？最忌讳的就是抢。这是万幸，人家没报警，否则的话，你们，包括我，还可能有当地的那些人，都会受到牵连。你们现在还能回来？早蹲大狱去了。你们坦白，这件事是谁出的主意？是谁？"苑总挨个儿指着问。

　　几个人互相看了一下，谁也没说话。

　　"不说是吧？那好，今天谁也别吃饭，都给我饿着。你们这帮小王八蛋，吃我喝我还给我招事，我对你们都寒了心了。为了让你们上我这来，我给你们一人交了一万的保证金，我赔发大儿了。你们给我争口气不行啊？这也为你们自己好啊。"苑总越说越气。

　　一大个子青年说："苑总，我们是心照不宣，没人出主意。当时那个结实从兜里掏出页子显摆，我们都看见了，所以我们就都想到一块儿了，就到小区外面去等他，没在小区里面等。再说了，这也不是抢啊，我们顶多是掏，是夹，是拿，是顺，跟本没必要抢。是那个人弱不禁风，一碰就倒了。他一喊叫，我们也没往小区里头跑，而是直接回家了。"

　　苑总指着大个子说："就算是象你说得那样，那钱呢？你们掏得钱呢？别跟我说你们什么也没掏出来。"

　　大个子看看哥几个说："我是最后一个掏的，什么都没掏出来，兜里是空的。"

"最后一个掏的，一次还掏不出来呀？" 苑总问。

大个子解释说："我在前面打掩护，没看清是谁先掏的，只听见说这兜里没有，又说这兜也没有，我才过去掏了一遍，所以是最后一个。后来那个人一嚷，我们就跑了。再后来到了一起，问谁都说没掏着。"

苑总指着另外几个人问："你们呢，也没掏着？"

几个人点头又摇头，表示都没有。

苑总当然不信，指着他们说："今天不许吃饭，饿一宿。谁坦白了让谁吃。"

四个人中，有两个人开始不自在了，是大个子和小个子。他俩哈欠连天，挠脑袋搓脖子，有些控制不住了。

苑总有些奇怪，问他俩："你俩怎么，你俩也吸粉儿？"

"苑总，受不了了，赶紧的，给包烟抽吧。"小个子说着伸出一只手，向苑总要。

"嘻，我瞎了眼了，我买你时你老板没说你有这个毛病啊？我说呢，考评时你业务最好，出工了反而没什么业绩，原来是都给抽了，你们俩是不是想让我把你们退回去呀？"苑总很不满意的说。

苑总明白了，这些孩子吃喝不愁，没有压力，拿回来的钱包儿已经被抽过一回了，而且每天收工很早，是去吸粉儿了。

"苑总，不要把我们退回去，老板会把我们打死的。我们跟着你，以后就给你干活儿了。"大个子肯求的说。

苑总走着溜儿说："我开的是公司，公司是要赚钱的，想着你们还是孩子，又是实习期，不想给你们增加压力。可是你们呢，吃公司的，喝公司的，住公司的，还要抽公司，大病小灾儿的公司还要管，你们也好意思？今天我就把话说明了吧，愿意跟我干的，能给公司创收的，我留下，让公司往里搭钱的，你就给我滚蛋。小小年纪，就吸上粉儿了。我通知卖你们粉儿的人，给你们断供。江湖有江湖的规矩，不守规矩的，我让你生不如死。"苑总说的话底气很足。

　　说实话，做为公司老总，他并不想让员工吸毒，他只想赚钱，多了吸毒的毛病，会给公司增加很大的风险，不过，这帮孩子不玩活，自己又是外行，没点手段，还真拿不住这帮孙子。既然你们吸毒了，好，就用毒品控制他们也是一种有效的方法。为了公司尽快回本儿，这个险还是值得冒的。

　　"苑总，别介呀，我们都愿意跟着你干，你这里吃得也好，住得也好，你人也好，你就当我们是你儿子，我们会帮助公司赚钱的。只要每天的两炮烟能保证就行。"大个子说。

　　苑总手往左一指说："愿意留下好好干，能给公司创收的往左站，我会留你们做正式员工。不能给公司创造效益的往右站，我马上通知你的老板退钱把人领走。"

　　四个孩子都跑到了苑总的左边，低之头站着。都不愿意走。

　　"好，既然你们都愿意留下，你们就都是公司的正式员工了。试用期是三个月，实行末位淘汰，也就是说，排在最后一名的，到时候必须走人。你们之间，每个人每天的营业额我会给你们保密的，你们不能互相串通，互相问。业务好的，我会给他升职。你们的级别分为五个档次：职员，组头儿，领班儿，主管，和总监，做到总监的，我会让他住单间，配备电脑，电视，空调。希望大家都努力工作，努力争取做总监，不要被淘汰。"苑总这一通即行发挥的讲话，还真是有水平。

　　几个学员能做员工了，确实让人兴奋，孩子们的情绪开始放松了。

　　"苑总，总监还远点儿，先给点一炮儿吧，憋坏了，实在受不了了。"小个子说。

　　苑总心情大悦道："好，我给你们发烟，试工期间，你们没有工资，所以烟由公司免费供应，就算是福利吧。但是我提醒你们，尽量要控制，现在白抽，你觉得占便宜了，转正以后，有工资了，再抽就要扣钱了，你们别到时候辛苦一年，赚的钱都给抽得一个子儿不剩了，那可怨不得别人。总之，多挣才能多花。以后，你们两个人一组，有大生意可以四个人合作，每个组选一个负责人，公司会补助一些操心费的。"

原来四个人都吸粉儿，所以以前的老板才把他们转给了老苑。老苑不愧是职业经理人，管理员工有他独特的地方。人性管理是他的特常，因势利导就是策略，把这几个孩子控制住，今后几年就没急着了。

他给每人发了一包烟，一个针管儿，并亲自演示了注射的全过程。他告诉他们，千万要注意卫生，针管不能重复用，酒精消毒，必须用生理盐水，注射时不能着急，出现扎崩了的现象时的急救，以及要处理用过的针管，防止艾滋病等传演病。

孩子们学到了这么多知识，被他感动了，真把他当作慈父了，发誓一定要为公司做贡献，报达苑总。

"走，吃饭去。"苑总手一挥，带他们出了门。

第一百零一篇 钱豹又开张 一蛋妈没来

文哥早晨忙完了，帮着钱豹把炉子搬了过去。自从炉子被砸过一回以后，每天晚上都要把炉子搬到自家门前，早晨在搬过去，这样安全，也就费点事吧。

八点多了，一个蛋一家还没露面，看样子今天不来了。要是往常的这个时候，一个蛋已经坐在小椅子上跟文哥聊天儿了。

棚子没了，但是道儿宽了，以前棚子里的那些人聚在路边，照样干着他们的营生，也有的人买了三轮车，卖起了水果。

哈密瓜卖得可是够贵的，切一小块就要三块钱，明摆着不是给本地人准备的。买哈密瓜的都是买一小块，拿起来就吃，吃完结账，结账时完成真正的交易，这就是倒粉儿的和抽面儿做的交易，很隐秘。

结实屁的媳妇从东面走了这来。"文哥,早上好。"她向文哥打了招呼。

文哥回道："好。你早啊？ 怎么，这几天没见你们那口子，他好点了吗？"

结实屁媳妇儿说："好多了，但是不敢出门了，说上次没给他摔烂和儿了，就是便宜他了。"

"那你给他跑这事可得留神，这可不是闹着玩的。"文哥说。

"我知道。我这些日子也是天天给他做工作。把文哥的问候也跟他说了，他说这是最后一次了，下礼拜就去戒毒所了。"她说。

文哥有些不信的问："说戒就戒，不大可能吧？ 前天他还说还有八十万,等抽到还剩三十万的时候,把钱留给儿子,再去戒毒,怎么变这么快？"

结实屁媳妇儿说："是真的，他说他去戒毒，把钱都留给我们娘俩，今天早上把银行卡都交给我了，还有密码。他说给孩子结婚用。您说我这不是做梦吧？"

文哥若有所思的回道："但愿吧。事事无常，往好了想吧。"

"文哥，您给拿听儿红牛。临出来结实特意嘱咐我给他带的。"说着，她把钱放桌子上。

文哥给她拿了一听饮料，收了钱。

"谢谢文哥，文哥再见。"结实屁媳妇儿走了。

看着结实屁媳妇儿的背影，文哥笑着叹了口气。

这个女人太天真了，一个吸了十几年毒的人，还能给你留下什么财产？把卡都给你了，那一定是空卡，不给你卡，你能冒着这么大的风险给他来买粉儿？

走了一个女人，又来了一个，是琦琦。

"大哥，我来了。" 琦琦下车后，把车靠边支上，坐下后，从桌子上拿起一盒红梅，打开用嘴叼出一支，用桌子上的打火机点着，吸了两口。把打火机放桌子上。

文哥一指打火机说："装着吧，不值钱。"

琦琦拿起打火机，刚要往兜里装，马上又放回桌子上。

"不好意思，昨天装了一个了。大哥，那天托您的事，您给惦记着点儿。"琦琦说。

"想着呢。他们那个老大昨天跟我聊了一会儿，说买机票去了，这几天就走。今天他们一家子都没露面儿，不知是怎回事。没事，你放心吧，他只要做完手术没事了，我知道了肯定告诉你。呦，又换辆车呀？你骑着座子有点儿矮。" 文哥观察力还挺强。

琦琦解释道："是，是我妈以前骑的，现在骑不着了，放存车处还得交钱。正好东边有个修车的，让他帮着给卖了。"

她这一说，文哥想起来了，东边胡同有个姓汪的胖子，以前没听说过他会修车，而且吃着低保，现在突然摆起了车摊，还有街坊从他那里买自行车。

明白了。如果没记错，这个琦琦姑娘已经是第三次骑着自行车过来，然后往东去，而且三辆车都不是一个牌子，车子上没锁，只有一个链锁。都是新的，若非……

　　若想人不知，除非己莫为。这是什么地方儿？就是十几岁的孩子，都比琦琦出道早。只是这种推车的把戏，没什么技术含量，让这里的人不屑罢了。而且这个圈里的人，有不少人还真缺一辆自行车，这就给琦琦创造了机会。

　　琦琦刚拐过墙角，就被一个中年女人招手拦住。

　　"大姐，车卖吗？"女人问。

　　琦琦最不愿意别人叫她大姐。以前踢球的时候，总晒得黑黑的，特显老，别人一叫她大姐，气就不打一处来。

　　"你管谁叫大姐呢？你快跟我妈一边儿大了。挤兑我呢？"琦琦生气的问。

　　"大姐你不愿意听，就叫你小姐行了吧？我们都这么叫，是指着孩子叫的。我这么大岁数当然不能管你叫大姐了，是孩了他大姐，他大姐，省去他，就叫大姐，表示亲近的意思。"妇女说。

　　琦琦自嘲的笑着问："哦，什么事？"

　　女人小声的问："你这辆车卖多少钱，我要了。"

　　琦琦纳闷的问："你怎么知道我的车要卖？"

　　中年妇女笑道："他们告诉我的，说你有车卖。多少钱？"

　　琦琦心里有些慌，也没思考就说："一百九，一百八也行。咱们去那头说。"

　　中年女人说："不用，我给你钱，你把车锁上，等你走了我再过来推。"

　　琦琦接了钱，把车靠墙锁上，钥匙交给她后，往小区外面走去。

　　有一就有二，卖了一辆车，第二辆就不愁卖了。有些想买车的，都主动跟琦琦套近呼。

　　琦琦刚出道儿，也不管什么江湖规矩，反正有需求，就有供给，只要有人买，卖谁不是卖呀。

　　一连几天，每天她都推三四辆回来，推回来就被人买走了。这个买卖真好做，关键是货源有的是，就是过去推的功夫。有些人以前听说过，琦琦是运动员，但不知她是搞什么项目的，所以就给她冠了个名号，自行车运动员。

不过，琦琦这么一搞，却把一个人坑惨了，那就是收车的汪大胖子。

汪大胖子这几天愁得什么似的，看着家里存放的近二十辆车，没有买主上门，心里干着急，院子本来就很窄了，现在都让车给占了，过来过去的很不方便。没办法，只能往墙上挂，或者直接上房顶了。

这几天琦琦没来送过车，她不可能收手啊，幸好她没来，她要来了，你说我收不收。汪大胖子很无奈。

一天，胡同里一个租房的外地女人，磕着瓜子过来跟他聊了会儿，他才知道，原来琦琦推来的车直接就卖了。这下麻烦了，丫的车来的容易，卖的便宜，价格有优势。我是收来的，再加价卖，肯定比她卖的贵，那还卖的出去？操，只能割肉降价吧。

降价也没人买。为什么？因为买车的那些人，基本上都是做这种拿来生意的，既然琦琦也做这种生意，那就是自己人，自己人有，凭什么买外人的？而且，他一降价，有人就要求琦琦也降，形成了恶性竞争，以前一辆卖二百元出头儿的车，几天的功夫就降到一百四五了。这使得汪大胖子肚如油锅，背受煎炸，彻底砸手里了。

无论做什么事，都要考虑自身的条件，做拿手，的确需要技术。先天条件好的人，再练的是童子功，就可以在人的海洋里畅游，随时可以拿，而且是现金，拿来就花。

而琦琦不要说技术，连个师父都没有，有的只是力气。她的这种搬车的活计，被很多拿手瞧不上，甚至会被耻笑。但是，车虽不值钱，但对于有一身力气的琦琦来说，推着太容易了，而且需求量又大，推回来还不愁卖，风险也小得多。

价格高的，推一辆就收工回家。价格低的，两辆三辆也费不了多长时间，积小钱为大钱。

现在普通自行车不值钱了，也没人在乎是新是旧了，有辆车骑就行，丢了再买。工作那么紧张，也没人想得起来报案，而且报案很麻烦，再找不回来，耽误了上班，扣的奖金比买车的钱还多，不值当的。

尤其是这些在小区里做生意的，买辆车也就骑几天，有的上午买的，下午就丢了，也说不清是在哪儿丢的。有做拿手的，临时过来几天，买辆旧车在市里转，有了机会，捞一把就走了，这叫流窜做案。还有就是倒粉儿的来进货，要等南边货到，取了货才能走，白天不敢在这里呆着，出去瞎转，也买辆车，等进完货，车就扔了。

琦琦一股作气，一天推来四辆车，都是当时变现。虽然别人用异样的眼光看她，她并不在乎。干什么不是干？你倒粉就牛呀？一包粉儿你赚十块钱，十包才一百，你要赚到我这几辆车钱，得卖多少粉呀。

但是，她推车已经尽人皆知了，就连本地住户都有人找她买车，所以她改变了策略，一律晚上送货。她准备了一根大铁链子，把推来的车集中到一起锁上，有要的就送一辆过去，最多的时候，这里堆放了二十多辆，没人觉得不正常。

其实，琦琦不单有膀子力气，人也很聪明。有一天她突发其想，从一个别人扔的柜子上卸下一块板子，请文哥给写了几个字："高价收购旧自行车，价格面议。联系电话……"

牌子立在她存车的地方，把推车变成了收车，卖出几辆以后，就去再推几辆。有的丢车人在她收的车里面发现了丢的车，朝她要，她就少收点钱让人家推走。这样一来，她居然变成了买卖人，连她自己都不信。

当然，她不会在这里干等着顾客来买车，而是每天上午在小区里转一圈，跟想买车的人聊一会儿，约定个时间，去摊上推就是了。

城南旧货市场她也不能丢，那里规模大，推来的车总能卖出去，而且价格比较高，主要还是正规市场，买车卖车的人也多，一个女孩子推车进市场，没有人会注意她。她现在已经是自行车这方面的专家了。

第一百零二篇 苏甫家中卧 琦琦摆车摊

在外面忙活了一天，晚上懒得吃饭，苏甫又做不了，琦琦就在饭馆买两份盒饭带回去。苏甫只能吃清淡少油的，琦琦干的是体力活，需补充能量，一荤一素正合适。

开门进屋，把餐盒放桌子上。琦琦喊了一嗓子："苏甫，吃饭了。素的是你的。"说完，进卫生间里洗了手，搓了把脸，擦干了出来。

苏甫动作很慢的从卧室出来，坐在餐桌前，把两个餐盒都打开看了一眼，拿过一盒，劈开筷子，开始细嚼慢咽的吃上了。

琦琦坐下，也把一次性筷子劈开，她没马上吃，而是用筷子平着刮了苏甫的脸一下。　"真瘦了宝贝，再坚持几天，一个蛋他妈的伙计买机票了，这几天就回去做手术，等他做完了，咱也去做。你就在家里柱柱儿的躺着，不要乱动就行了。"琦琦说的很有感染力。

苏甫有些激动的说："琦琦，这些日子让你受委屈了，家里外头的一个人跑，还让你也下了我们这条臭水沟。对不起？"

"我愿意。废你妈什么话？给我老老实实的吃饭，吃完了屋里歇着去。"琦琦说话时眼睛一瞪，好象很厉害的样子，说完了又眼皮下垂，挤了一下眼，面无表情的开始吃饭。

呵呵，北京的姑娘还是有些霸气的。

苏甫靠在枕头上，表情发呆的看着墙。突然的变故，让他几乎失去了活着的信心。他现在生不如死，只是才二十几岁，这时死了就太亏了？要是现在六十岁，五十岁也值了，往楼下一跳就解脱了。

琦琦收拾完了桌子，把垃圾袋系上放在门前，明天出门时顺手就带下去了。

她脱掉衣服，挂在衣架上，进卫生间冲澡。在外面一天，脑袋上全是土，她仔细搓洗了头发，洗完了真舒服。擦干后，用吹风机吹了吹，头发柔顺多了。

洗完澡，把内衣内裤放小盆里，放水泡上，放在墙角。她光着身子出了卫生间，来到卧室，上到床的里面，跪在床上，做了几个健身健美的动作，见苏甫发呆，就轻拍了他的脸一下。

"犯什么呆呀，不往这看，没有吸引力啦？"琦琦问。

苏甫醒过梦儿来说："不是……我不敢看。我知道你好美，最不愿意让身上晒黑了。可是，这些日子你真晒黑了，我都无地自容了。"

"黑怕什么的，黑的不牙碜。等你病好了，我专门儿在家里捂着不出门儿，让你给我舔白喽。"琦琦带着调情的味道说。

苏甫强笑着说："那我得多幸福啊。"

"我都想好了，咱们不能在一棵树上吊着，死等一个蛋他妈那头，我也准备托人找个私人医生，尽快给你的做手术，做完就踏实了。"琦琦说。

"那样关系得很硬，一般关系请不动，医生也要担很大风险的。"苏甫担心的说。

琦琦挺有把握的说："是，我琢磨了，必须先找着私人诊所，然后由诊所出面请医生，这样的话，只要把诊所搞定就行了。行了，你就别操心了，该亲嘴儿了……"

米娜和玲玲今天不打算出工了。主要是收手机的王哥这几天要回老家一趟，不定走几天，让她们把存货交上去。约好了九点钟见面。

进胡同拐弯，见老前辈钱豹正在看着锅，米娜示意玲玲去小屋收拾东西，自己过去跟钱豹打招呼。

"老爷子，您的饭快熟了，香味儿都出来了。"米娜过去蹲在钱豹旁边说。

钱豹摇摇头说："早着呢，刚放鸡腿儿，鸡腿儿快熟的时候才放米呢，放了米还要煮半个多小时才熟呢。大姑姐怎么这两天没过来？忙什么呢。"

"老爷子，您该改改嘴了，别老大姑姐大姑姐的叫了，让外人听了还以为是怎么回事呢。您现在已经上来了，跟我们划清界线好不好？再说了，现在早就没什么门派了，都吃大锅饭了。唉老爷子，这些天看见苏甫媳妇没有？"米娜问。

钱豹叹息道："看见了，天天过来，帮人买自行车呢。真难为这孩子了，太能干了。都是苏甫不争气，连累琦琦姑娘了。"

"不冤不乐，两个人的事，不能说谁连累谁。不这样，她那一膀子力气上哪使去呀。没准还挺有成就感呢。是吧老爷子？"米娜说。

钱豹不太同意的说："也不全是，他们又没结婚，琦琦又是北京姑娘，人家要是跟他吹了，拍拍屁股走人，苏甫也就干瞪眼吧。这就说明琦琦对苏甫是真心的，是爱情。"

米娜笑着站起来说："能从老爷子嘴里说出爱情来，还真得对她刮目相看了。行了，不跟您这侃了。"

米娜走到文哥门前，玲玲正好出来。她跟表姐点了一下头后，自己走了。

"文哥，真自在，什么时候来都看您这坐着。想什么呢？想小妹呢吧？"米娜调侃道。

文哥自嘲道："小妹多了，你想她，她不想你，那不是瞎掰吗？"

米娜一语双关的说："不可能吗，您若想小妹，小妹就想您。您要不信，我坐您腿上啦？"

文哥一摆手说："别开玩笑了。我正琢磨事呢。今天一个蛋他妈这一家子都没过来，是不是有什么事呀？"

米娜满不在乎的说："您就是瞎琢磨，谁还不能歇个一天两天的。哦，我明白了，一个蛋他妈，嗯，甫看她有俩孩子了，可还是属于丰韵不减的那种。嘿，文哥有眼光。文哥，您有闲空儿时候，用余光往小妹这里瞟瞟？"

文哥摇了一下头说："想哪儿去了？他们家老大说这两天就走，回去做手术，琦姑娘托我帮着打听下情况，如果他做好了，她准备让小苏也去他那做。我这不是怕给他们耽误了不是。对了，你不是跟小苏是闺蜜吗？你怎么就不关心这事？"

"谁说的？哪儿能不关心呀，我也是天天打听。不过，我总觉得这事不贴谱。"米娜说。

文哥点了点头说："是，有些事不敢想。也可能我见识短。现在猫道儿鼠道儿的不知道有多少道儿，没走过就是瞎猜。"

米娜小声的说："前年我和养母去过他们这个地方，火车站都查得严着呢，甭说机场了。他根本带不进去。那猎狗的鼻子，比人鼻子还灵呢。没有粉儿，他连手术台都上不去。但是如果能把东西带过去，就另当别论了。"

玲玲从拐角儿处走出来，向表姐使个眼色，自己走了。

米娜站起来说："文哥，拿俩饮料。您别动了，我自己拿吧。"说着进院拿了两瓶饮料，朝文哥一举说："赊着啦。" 转身走了。

米娜说话还真逗，让文哥闲的时候往她那瞟瞟。文哥心里说呢"怎么不瞟啊，你们俩一个打掩护，一个办正事，办完事就走了，不瞟能知道吗？准是找那个收手机的小王吧。这两个女孩子，长得确实真美，但是，如果再加一个"蛇"字就更贴切了。当然了，美女也好，美女蛇也罢，都当是看电影吧。"

琦琦车摊的地方选得不错，在小区的边缘，来往的行人老远就能看见。房子都拆了，就留下半堵墙，因为是碎砖头儿垒的，捡砖的不要，所以没拆。

有了车摊，琦琦起得更早了，她知道，早晨是上班时间，有人怕迟到，临时买辆车骑着赶时间也是常事，如果有人来买，你这里没人，不就少一次机会吗。

这时，一个骑车的男青年捏闸停下问："大姐，收车吗？"

来买卖了。牌子上写着收车呢，那绝对要收啊。表面样子还是要装的。

"收啊，是这辆吗？推过来看看。"琦琦对他说。

男青年把车推过来支上，让琦琦看。

琦琦假装看了会儿问："卖多少钱？"

男青年想了一下说："二百？少点儿也行。"

琦琦摇头说："给不了。我这里的车最贵的才卖一百六。你这辆顶多给你一百二，能卖一百四就不错了。现在自行车不值钱了，已经开始玩电动了。"

男青年稍犹豫后说："一百二就一百二吧，卖了。"

"有发票吗？带身份证了吗？"琦琦问。

男青年惊讶的问："还要发票，哪给你找发票去。"

"那对不起，没发票的不收，警察经常过来查，没发票就是黑车，不敢收。"琦琦说。

男青年二话不说，推车上了马路，骑上走了。

琦琦笑道："虎伯拉（音喇）窜房檐儿，在我这儿找巧儿（家巧儿）吃？你还嫩了点儿，"

小区里出来一个外地的中年男，给了一百五，推走一辆车。一个本地的妇女，给了一百三，推走了一辆。还不错，这么一会就卖了两辆。这俩个人也是昨天约好的。

琦琦数了数数儿，还有十二辆，不算太少，等低于十辆的时候，再去推，反正货源充足。

由于都是搬迁户，搬家的时候，有些破箱子烂柜子就不要了，成点儿材的，都被人捡走了。小件的，不起眼的东西就被杂在渣土里。琦琦这地方紧临碎砖堆，也没地方坐，哪儿都是土，想着能有块木板儿垫屁股底下就好了，也能歇会儿。

她在渣土堆里寻摸了半天，终于看见一把椅子，用力拉出来后才发现，只有三条椅。嘿，妈的，三条腿。三条腿也能坐，废物利用吧。

她把椅子搬回来，找个平整地儿摆放好，还行，三条腿也能立着，但是不太稳，是后面缺了一条腿儿，人若坐上，不小心就会往后倒，后脑勺肯定砸砖头上。

琦琦找了几块大点儿的半头砖，码起一个小台儿，把缺腿的这面儿放在台上，这下就没问题了。再用擦车布擦了椅子面，就可以坐人了。

她坐在椅子上，一种成就感从心中升起。什么事情能难得住我李琦琦呀。

可不是，人活着其实就是一种精神，这种精神就是不怕脏，不怕累。人如果不怕脏，不怕累，那还有什么可怕的。

九点了，该去城南旧货市场了。她从锁链上退出一辆车，又把链子锁上，在三条腿儿的椅子上，放了几块砖头压着，以防被风吹跑。

骑上车，慢慢的蹬着，她要在小区里转一圈，既然做了自行车运动员，就得利用好这个称号，好歹也是品牌了。

"唉，运动员。"有一个中年妇女叫她。

琦琦单腿点地问："大姐，什么事？"

大姐指着自行车问："卖吗？"

"卖，您要多少，不是多少，要几辆？"琦琦嘴也乱了。

大姐笑着说："要几辆，熬着吃呀？就这辆，多少钱？"

琦琦稍一想，问："大姐，您不是外地人吧？"

大姐一撇嘴说："北京人外地人你还分不清啊？外地人说话能有咱这口儿吗？"

"是是，大姐，我没别的意思。我呢，北京人都给优惠，一百三一辆，外地人一百五一辆。您就给一百三吧。这辆车您要骑的城南旧货去，一百五六的也能卖出去。"琦琦说着，下了车把车支上。

"呦，我身上就一百二了，刚想去银行看看工资来了没有，还没去呢。你看……"大姐从裤兜里抓出一把十元面额的纸币。

琦琦接过钱说："行，这辆车我就不赚钱了，都是自己人。哪天到您家喝口水，您可别轰我。"

"瞧你说的，还能轰你？以后啊，渴了饿了就家里坐，有什么吃什么。带茶杯没有？兑开水家里随时都有，没有咱现烧。大姐这个人呀，就是好客，哪天，哪天家里坐坐，打锅卤，抻腕面，稀拉忽噜就辨蒜。保你爱吃。"

大姐真能说。也是，省了十块钱，也要有个说词不是。

琦琦没这闲功夫听她白乎，就对她说："大姐，一定得吃您这碗打卤面，我还有事，先走了。"

她扭头就走，顺原路返回，还得重新去骑辆车，去城南旧货。

第一百零三篇 琦琦进家门 苏甫影无踪

一早晨卖了三辆车，业绩还可以，就是价钱太低了。不过没关系，薄利多销，不怕卖钱少，就怕卖不了，卖一辆车就能买两包粉儿，三辆车就够俩人一天的花销了。今天再卖出一辆，两天的房租就有了。可不是，房租一天还要八十呢，住旅馆都够了。

琦琦又骑了一辆车，没走小区里面，而是绕着河走，一路赏着风景，来到城南旧货，没费什么事，把车卖了一百五十元，价也不高。琦琦本想往上多要点儿，收车的说："给不了太高了，北面有个玩车的，卖的比我们收的还便宜呢。我们现在是愣扛，因为有不少车收的价钱高，若降太狠了，就全得赔着卖。"

琦琦听完了，心里美滋滋的，觉得自己真了不起，规模再做大点，就能左右车市行情了。

听说市场有个北门，正好要往北走，顺便逛逛市场。琦琦第一次逛旧货市场，看着什么都新鲜，一些家里该扔的，淘汰的服装，电器，锅碗瓢盆，旧书废报，桌椅板凳，还有真假古董等，应有尽有。有些小玩意儿，还真喜欢，只是不敢买。

最近两个人开销较大。以前苏甫出来干活儿，琦琦在家做饭，相对省不少钱，现在每天要从外面带饭，可是够贵的。

也没办法，路是人走的，走到这份上了，停下来就是等死。盼只盼苏甫能早日做手术，病好了，一切就都好了。

走旧货市场北门，拐了俩弯，从胡同里出来，前面有个饭馆，进去找桌子坐下，叫来了服务员，点了一个土豆丝和一碗米饭，要了一壶免费茶。免费茶没什么味，能解渴就行了。

琦琦还行，不太在意饭菜，以前在体工队，在俱乐部，吃得好着呢，都吃腻了，现在吃点清淡的，也是为了保持体型。给自己找些借口安慰自己，自己就不觉得亏了。

吃完了饭，琦琦出门儿过了马路。往西走了没多远，有一座小桥，小桥下的水很浑浊，散发着臭味儿，有人捂着鼻子从桥上走过。

天气很热，出了许多汗，身上的味儿已经接近河水的味儿了，臭味相同了，也就不觉得味儿了。

桥是水泥的，护栏很粗糙，琦琦的双肘放在栏上，俯身往桥下看，水中有一个被石头挡住的小水窝，回流的浆水泛着小泥花。往远处看，浑灰的河水，不情愿的由远而近从脚下流过，视觉的作用，仿佛自己的身体在往下栽，她把肚子紧贴在桥上。她不想看了，用泪水迷住眼睛是最好的办法。

她现在很无助，很痛苦，模糊的眼睛好象在问：你为什么会流泪，为谁流泪？是伤心吗？

上午还在为卖了几辆车而兴奋，现在又不得不认可一个事实，她已经由一个女足的中锋，变成了一个偷车的贼。一个被人们誉为自行车运动员的偷车贼，而且还是个吸粉儿的瘾君子。

唉，世事无常，这才几个月的功夫，怎么就……

回到西站东里，到马哥居住的院子里，找那个女人买了够三天用量的白粉，现在她可以与倒粉儿的人直接交易了。马哥每天也要出去做事，不可能老为你支应着。

买完了烟，琦琦就近出了小区，绕道来到车摊儿前，把破椅子上压的砖头拿掉，吹了吹土后坐下，困意上来，闭着眼睛眯瞪着了。

这段时间里，她的压力非常大，哭了一阵后，身心两方面的负重，都得到了一定程度的释放，使她放松了许多。

阳光晒在背上，有一种灼热的感觉，好在习惯了，以前的职业，就是在太阳的暴晒下踢球。现在为了生存，也就是为了吸粉儿，已经不太在意皮肤的颜色了。只要是苏甫看着不别扭就行了。

早晨搬来的椅子，支在这里没觉得不适，到了下午还真是贼晒，琦琦也受不了了。前面不远就是那条小河，河边有很粗的大树，底下肯定凉快些，也能看到车摊儿的情况。

她走过去，把买菜的布袋子铺在地上，背靠着树坐下。这是一棵杨树，有四五十年的树龄了，树杆比琦琦的身体还要粗些。半坡上，立着一块很旧的木牌，上面写着：凉水河——莲花河段。

哦，这就是凉水河，一条臭得不能再臭的河，闻不好闻，看没得看的。

莲花河段，更不沾边了，虽然莲花有君了之风，出淤泥而不染，可你这河里的不是淤泥，而是臭泥，难怪看不见莲花。记着古诗里说，荷花是六月开花，现在应该正是时节。可你往下看，不要说花，水面上连个烂叶子都没有，你也配叫莲花河？

还有什么梅，兰，竹，菊，所谓的四君子，也都是些愚腐文人墨客编出来骗人的，没钱没势的时候自喻清高，竹子节儿说成是气节。一旦发迹了，又吹捧牡丹，什么万花丛中最鲜艳，都是人嘴两张皮吧。

对了，应该给苏甫打个电话，问问他想吃什么，回去的时候给他带回去。

她掏出手机，拨了号码，没有反应。嗨，没电了，昨天忘了给手机充电了。

一只蚂蚁爬到她的腿上，有些痒。琦琦扬起手，想拍它但又收了回来，放在膝盖上支着腮，看着它往上爬。蚂蚁好象发觉走错了地方，看看她的脸，欲掉头往下爬。

琦琦用手指轻轻的捏住蚂蚁，把它放在地上。她发现，一队蚂蚁正在搬运食物，行军路线正好被她的脚挡住了，正在绕道而行。她赶紧把脚挪开，扶着树站起来，拿起菜兜子，抖了下土，自语道："回家。"

她来到车摊儿前，依旧往椅子上放了几块砖头，打开穿车的锁链子，推出来一辆车，把车用链子锁好，检查一遍后，推车出来骑上，进小区，来到文哥家门前下车。

"大哥好。中午没睡会？"琦琦坐下问。

文哥正在躺椅上似睡非睡的仰着，见琦琦过来，往后蹭了一下后背。

"琦姑娘忙完了？这是要收啊？"文哥问。

琦琦回答："是，没什么买卖，那个地方儿又晒，还是回家倒着舒服。大哥，那事您给打听得怎么样了？一个蛋他妈好象来了。"

文哥往四下看了一眼说："他们那个老大是今天早晨的飞机，让老二给送走了。据一个蛋他妈说，怕他犯烟瘾，为了保险起见，给他加工了一些特殊卷烟让他带着。她们怕他在机场出事，就在家里等信儿来着，老大上了飞机后，老二来了电话报平安，她们才踏实了，所以出来晚了。我跟她们说了，要是做完了手术，让她帮着给你说说，给点儿钱的事。那头消费水平低，用不了多少钱。"

"谢谢大哥，谢谢大哥。让您费心了，您就是我的亲哥。"琦琦连声道谢。

文哥略带苦笑的摇摇头，摆摆手，没说什么。

琦琦站起来，绕过自行车想推车，米娜从小屋开门出来。

"琦琦，今天怎么这么清闲？跑文哥这儿逗闷子来了？"米娜问。

琦琦没推车，转回来悦："米主管，你也收得早啊？"

"我已经不是主管了，升职了。"米娜说。

琦琦奉诚道："呵……升职了？就是总经理了。米总。"

米娜笑道："听说你也改行不踢球了，开始骑自行车啦，好，自行车运动员也好，都是运动员，都能参加奥运会"

琦琦见米娜拿她开涮，就去路边拿了一块半头砖。立在路中央，然后对着米娜倒退几步，摆出要踢的姿势，吓得米娜赶忙跑到桌子后边儿。

琦琦指着米娜说："今天让你开开眼，见识见识什么叫电梯球。"

米娜又赶忙蹲在桌子后面。

"你以为藏桌子后面就踢不着你了？你知道什么叫香蕉球吗？香蕉球就踢出来的球会绕个弧线，绕得桌子后边去。如果你不知道香蕉球，你应该听说过反弹球吗。反弹球踢墙上反弹回来，专打你屁眼儿。"琦琦吓唬着说。

　　小屋门开了，玲玲走出来，看见琦琦正在比划，就问："琦琦姐，比划什么呢？瞧你张牙舞爪的要抓小鸡啊？"

　　"你也学坏了，跟着你表姐就学不了好。你直接说我是狐狸不就得了？我要是狐狸，先吃你们俩。"琦琦转身撩腿，一脚把砖头踢到砖堆上去了。

　　"琦琦姐，甫哥现在怎么样了？好长时间没见他出来了。"玲玲问。

　　米娜从桌子后面站起出来也问："是，有些日子没出来了。他到底怎么样了？"

　　琦琦小声的告诉她们："他的病一时半会儿的好不了。现在正在托文哥，请他跟一蛋妈打听他的伙计手术的情况，他若做完了，把苏甫也马上送过去。那个伙计今天早晨走的，估计几天就会有消息了。"

　　"那就好，有文哥帮忙就好，咱们跟她们都说不上话。你这是要回去呀？不知道能碰上你，要知道就给苏甫买点水果了。"米娜说。

　　琦琦抓住车把说："不用了，他现在不吃硬东西，只让他吃些好消化的，尽量不刺激他的胃。行，米总，我回去了。大哥再见。"骑上走了。

　　见琦琦走了，米娜感叹道："还甭说，这个玩自行车的运动员，对苏甫还真是有情有意的。"

　　半路上，琦琦在面馆买了两碗汤面，用餐盒装回来。苏甫这两天嘴里没味儿，想吃些口儿重的。琦琦在外面呆了一天，嘴也发干，吃点带汤儿带水儿的也觉得滋润些。。

　　一蛋妈的伙计，应该已经到家了，如果有人接机，就可以直接去医院，如果医院的医生已经做好了准备，那就可以马上做手术，如果上午或中午做手术，现在这钟点儿就该做完了，最迟夜里或者明天早上醒过来，上午就能听见信儿了，有了信儿以后，苏甫也马上过去，喊喳咔嚓做了手术，几天就能跑了，一切就都过去了。

　　不过，这个老大不是什么大人物，就是一个普通再普通不过的拿手儿，谁会真关心他的死活，除非他亲爸爸是大夫。不过，只有琦琦最盼着他好，他好了，苏甫才有希望。

推开家门，琦琦一下愣住了。她家的餐桌旁边，坐着一个年轻的女子。见琦琦进屋，她马上站起来打招呼。

"是李琦琦小姐吗？"她问。

"我是，你谁呀，我不认识你，怎么在我家里？"

琦琦把餐盒放桌上，走到卧室门口往里看了一眼。

"苏甫呢？你怎么进来的？"琦琦不高兴了。

姑娘过来扶琦琦坐下说："李小姐，我是刘秘书，是苏甫的妈妈让我在家里等你的。你写的信，给苏甫寻亲的信？省厅收到了，在档案里查到当年的报案，你邮去的血液样本，也做了 dna 检测，证明他妈妈与他是母子。苏甫不姓苏，本姓郁，叫郁甫，他母亲姓苏。这是 dna 检测报告，请你过目。"

突如其来的喜讯，让琦琦惊喜万分，拿着检测报告的手抖个不停，流着泪水的眼睛也看不见纸上写的是什么，她极力想看清这张价值千金的检测报告上的内容，只是眼前一片空白……

她把检测报告放在桌上，两只手捂在上面，脸趴在手背上，她终于不再默默的流泪，嚎啕大哭了起来。她突然感觉到，原来哭，也是无比幸福的，为什么不早大哭一场呢。

"苏甫呢，他去哪里了？刘……"琦琦着急的问。

"我是刘秘书。李小姐，不用着急，听我跟你说……"刘秘书摸了琦琦胳膊一下说。

第一百零四篇 苏甫找到妈 琦琦乐开花

琦琦现在每天出去干活儿，自己在家躺着，苏甫很不自在。胃长在人体的中间儿，这里一有毛病，浑身都使不上劲，既使在屋里溜溜，也要小心再小心。

琦琦说得有道理，在做手术之前：不能再让伤口受伤，再受伤就危险了，到时候找到大夫也白搭了。可是呢，一整天的闲着，时间长了也不是事，别胃治不好，四肢再出什么毛病。

活动还是要活动的。上午一次，下午一次，每天必须坚持。

"咚……" 敲门声把苏甫吓了一跳。他走过去，从门镜往外看，有几个人站在门外，有男有女，敲门的是个男的。

"谁呀，找谁？" 苏甫问，并没开门。

外面传来女人的声音："我们找李琦琦，她是住这儿吗，她在家吗？"

"琦琦不在家，出差了，一星期才回来呢。" 苏甫对她说。

"你是苏甫吧，找你也行，我们是为你寻亲的，开下门好吗？" 姑娘又说。

苏甫把门拉开，请他们进来坐，自己捂抱着胸护着胃。

进屋里来的一共是四个人，两个男人和一个中年妇女，一个年轻的姑娘。

中年妇女坐在椅子上，手里拿着一张苏甫的照片对着他看了一会，不觉得落下泪。她没哭出声儿来，样子却很痛苦。

站在门前的苏甫与落泪的女人眼神相碰，心里蹦出一股热流儿。他不知道眼前的这个女人是谁，但他的心与她的心的确感觉到了碰撞，母子连心的感觉只有这一刻表现的才最为强烈。

一旁的女秘书对苏甫说："我是秘书小刘。你过来，见见你母亲。"

刘秘书扶着苏甫坐在妈妈旁边。让母亲用被泪水润湿的手摸着自己的脸。妈妈没有说话，而他也只能用心去体会。

刘秘书也坐下，她对旁边站立的男青年说："余部长，检测报告。"

余部长从公文包里拿出一份检测报告，让苏甫看。

"这是李琦琦发给省厅的血液样本，和母亲的样本所做的 dna 检测报告。证明你是我们苏董事长的亲儿子。我们今天是来接你的。"余部长对苏甫说。

苏甫从小没得到过母爱，看见母亲，心里有了触动，无奈胃也跟着疼，实在受不了了，只好抱着胃哈腰强忍着，脑门儿有汗珠流下。

"你怎么了，儿子，你病啦？"母亲急着问。

"胃里有铁片儿，扎上了，一动就疼。"苏甫咬着牙说。

妈妈着急的说："快去医院呀，还等什么？刘秘书，叫救护车。"

苏甫一摆手说："别介，不能叫救护车。疼一阵一会儿就过去。琦琦正在托人联系私人医生，做了手术就好了。"

"私人医生，为什么不去医院？妈妈给你找，找最好的医生，马上。"妈妈说。

"不行，我有难言之隐，不能去医院。只能找私人诊所。"苏甫无奈的说。

"董事长，我知道苏甫的意思了。在苏甫的血液样本中，检出了海洛因的成份，说明他吸食过白粉。在医院做手术，要做各种检查，会遇到麻烦。"余部长提醒苏甫妈妈。

苏董事长点头认同道："是很麻烦。我们立即回去，找合作医院帮忙，应该问题不太。"

"董事长，这也不妥，苏甫是您唯一的儿子，也就是说是您公司唯一的继承人。他现在的身体状况很不好，要是吸毒的事再传出去，对公司很不利，可能会影响上市公司的股价。应该选个万全之策。"余部长说。

"董事长，余部长讲的有道理。这个事暂不要对外讲。如果有人问，就说苏甫正在上学，暂时不能回来。我们可以把他秘密的接回去，加急办理户籍证明和护照，把他送到国外去治疗方为上策。"刘秘书说。

苏甫妈妈考虑了一下说："嗯，办证件是需要时间的。刘秘书，你给刘院长打个电话咨询一下，在出国这段时间里，小甫这种情况能不能保守治疗？"

刘秘书站起来，掏出手机，拨通了电话。

"我，爸，是我。我现在出差呢，问您个事……"刘秘书说话声音变小了。

苏甫疼过一阵，缓过劲儿来了，他拿起检测报告看了一会儿，看不懂。但他看清了上面有一个名字，叫郁甫，括弧是苏甫。苏甫文化不高，不认识那个郁字。

他问余部长："原来我姓都，叫都甫？"

刘劼长人指着那个字说："你姓郁，叫郁甫。你也可以姓苏。妈妈姓苏。你可以改过来，也可以不改。"

看到儿子连自己的姓都不知道，字也不认识，母亲心如刀割，只是当着下属，不能再落泪了。现在是要让她拿主意的时候。

"董事长，我爸说可以回去保守治疗，只要注意不要二次受伤，别发炎，维持一段时间没有问题。"刘秘书坐下以后说。

"那他要是犯了烟瘾怎么办？我们是绝对不能带毒品的。"苏母小声说。

刘秘书亦小声说："不碍事，有一种药可以代替毒品，可以托人搞到。"

"小甫，时间紧，我们必须马上走，不能耽搁了。余部长，把小甫的住处安排好，不要让任何人知道。我们马上回去办户籍证明。联系国外的医院也要同步进行。小陈，你去把车开到楼下，我们马上走，连夜赶回去。"苏母说。

司机小陈出去了。

"我给琦琦打个电话，让她赶紧回来，和她说一声，最好让她跟我一块去。"苏甫说完，开始拨电话。

拨了几次电话，没有回音。而此时的琦琦也在河边的树底下拨电话，只是手机没电了。

　　"等不及了，儿子，我们先走，让刘秘书在家等。余部长，我们走。"站起来抓住苏甫的手就往外走。余部长过来，扶住苏甫，和苏母下楼去了。房间里只剩下刘秘书一个人。

　　琦琦提拉着的心终于放下了。苏甫在母亲身边，会得到很好的照顾的。听刘秘书的口气，苏甫妈妈很有地位，一定会有办法给他疗伤，很快就会治好的。

　　苏甫走了，这一走不知道要几天，十几天，二十几天也没准。自己要不要跟过去照顾他呢，他还需要她吗？

　　想来想去，还是别去了，现在自己是个吸粉的女人，人家一定会认为是个坏女人，况且，每天抽粉儿，开销很大，而且，那个地儿能不能买到还很难说。

　　算了，还是在家耐心的等吧。苏甫找到了妈妈，妈妈肯定不缺钱，这样自己的压力减轻了许多，一个人，如果不买这个，不买那个的，光吃饭能花几个钱呀？

　　"刘秘书，我就不过去，这些日子忙的一直没得闲儿，有些事情要处理一下，而且我去了，苏甫肯定会分心的，对他治疗伤病没有帮助。"琦琦说。

　　刘秘书也认同琦琦的说法，她说："李小姐，苏甫妈妈对你帮助苏甫寻亲所做的努力，表示非常感谢，本来想等李小姐回来一起过去的，因为苏甫的病情较重，需要专业的护理，加上与您联系不上，所以就急着走了。如果李小姐处理完了个人的事情，想去的话，随时都可以去，他的治疗情况我会及时通报。这样吧，我给留下一万块钱，做为李小姐过去的路费，到时候我们会把苏甫的住址通知您的。您看……"

　　"你把钱拿回去吧，需要的时候我会去。告诉苏甫，到家以后来个电话。"琦琦说话有些哽咽了。

　　刘秘书站起来说："那好，一定的。钱就收下吧。这是苏甫妈妈交待的，别让我为难。再见了李小姐。"

琦琦把刘秘书送出门，看着她下楼去了。

送走了刘秘书，她脱掉衣服，进卫生间冲了个澡，换上内衣内裤，把脏衣服扔进洗衣机，按了起动按扭。

她沏了一杯茶，回到桌旁坐下，才觉得真是有些累了。

谢天谢地，苏甫有救了，她的坚持，终于看到了希望。遗憾的是，苏甫走的急，没能赶在他走之前回来。不过也不能算是遗憾，又不是生离死别。而且既使你在家，也不可能跟她们走，一个吸粉儿的人，出门儿真是个麻烦事。

苏甫找到了妈妈，是琦琦帮助找到的，想想都很得意。可是问题来了，没有了苏甫，谁来和她亲嘴儿？她所需的那点儿白面儿，每天都是苏甫嘴对嘴喂的。

没别的办法，只能自己亲自己吧。不过，没有男人喂，自己吃多没意思，想想还是注射吧。注射就要有人教，找谁教呢，米娜，她会教吗？怎么不会，多叫她几声米总就全有了。

对了，手机该换电池了。她把手机盖打开，取出电池，来到二屉桌前，把一块冲满电的电池从充电器上取下来，把没电的电池放进充电器的卡槽，开始充电。又拿着有电的电池，回到桌前，把电池装进手机，合上盖后开机，果然看见几个未接电话，有一个是陌生人的电话，其余都是苏甫的。陌生人估计是刘秘书。

手机里有未读短信，也是苏甫发来的，估计是在路上发的。

她打开短信仔细看，苏甫写道："琦琦，我会回来的，等着我。"

琦琦的眼睛产生了翳障，成串的眼泪滴进了乳罩里……

玲玲在她的屋里抱着电脑打游戏。米娜躺在床上睡不着，想着琦琦也真不容易。本来是一个好人家的姑娘，水平很高的足球运动员，现在却混迹于拿手群中，而且吸粉儿推车，尤其是推车，在行内级别是很低的，让人瞧不起。

不过，行行出状元，她一个女孩子，一天能推四五辆车，比一般毛头小子要强许多。尤其是对苏甫的感情，真是没得挑，没有人听她报怨过，真算是有情有义了。

女人有个生理缺限，就是每到生理期，来那玩意儿的前一周，往往脾气暴躁，情绪失常，看什么都不顺眼，天不怕地不怕的，甚至对夫妻生活也不感兴趣，这时候如果男人想做爱的话，累死也不会有好结果。

那天在西站东里，把马哥拉进小房，多好的机会呀。其实，如果说几句好话，关心关心他，跟他温柔点儿，或者抱着他不撒手，他还会走吗？唉，女人生理期就是这样，到时候控制不住，现在后悔了吧？要不怎么叫倒霉呢。

问了文哥好几次了马哥的消息，文哥都说不知道，而且对他施了美人计，他还说不知道，就是真不知道了。

不过，有一个人可能知道，那就是苏甫。苏甫刚开始到那里买烟，一定是找的马哥，而且，现在苏甫出不来，琦琦负责进货，这种买卖，不是熟人你就甭想了，那熟人呢，除了马哥，她还认识谁？

对，只要盯住琦琦，就能找到马哥的住处。琦琦好象是每天下午四点多钟取货，然后回家买菜做饭吃饭，算着应该是最迟四点。她一般是走东北，东南两个方向，这两处走的人少，不会引人注意。

苏甫被妈妈接走了，琦琦只兴奋了几个小时，她知道此时的苏甫，正在回家的路上，不便给她打电话。

虽然她不是很困，也还是早早的躺在床上亮着了，睡不着不要紧，只要不困，也是倒着舒服。这些日子太累了。不过，现在终于有了结果。帮着苏甫找到亲人，也是做了一件善事，破了一起拐卖人口的案子，公安也应该给奖励吧。只是自己现在做了贼，能功过相抵也就知足了。

苏甫走了以后，生活压力骤减，光自个儿：一人儿能花什么钱呀，这几天什么都不干了，好好享受享受，明天去桑拿房蒸蒸，找个小伙子按摩接摩。对了，前些日子钱紧，从家里拿了不少钱，正好，有刘秘书放下的一万块钱，拿回去孝敬老妈。

　　苏甫胃有伤，吃的清淡，她也跟着伙着，现在终于可以放开嘴吃了。要说解馋，还得说糖醋鱼，明天出去叫一条鱼，要大个的，痛痛快快的撮一顿儿。不过，不能独闷儿，叫着米娜和玲玲，前些日子苏甫有伤，在她俩面前都抬不起头来。现在好了，可以挺直腰板儿风光一下了。

　　下午不到三点，米娜让玲玲先回去买菜。她要等着琦琦，她特意过了小桥到了河对岸，在一棵大树下，靠在树上。这个位置可以观察到三个方向，由于大部分房子都拆了，所以视野很宽阔，只要琦琦过来，马上就能看见，只要知道她进了哪条胡同，那就齐活了。

　　天很热，河水很臭，那也得忍。赖谁呀？你跟那么多人都说了，让帮助找马哥，可是你已经把他堵屋里了，还眼睁睁的让他走了，现在又急着白脸的到处找，还玩起跟踪来了？说着都让人笑话。

　　四点多了，也看不见琦琦的影子，八成是不来了？算了，回去吧，不行哪天请请她，她肯定……

　　"铃……"电话铃响，嘿，是琦琦，她给我来电话干嘛？

　　"琦琦呀？啊，我是，怎么着，你请客，太阳从西边出来了吧？不会呀，现在是下午啊，来，怎么不来，叫玲玲吗？嗯，好好，我叫她直接过去。好，好的。"米娜挂了电话，自语道："还傻等呢，人家根本就没出来。"

第一百零五篇　琦琦请客　玲玲吃鱼

米娜走到马路边，打了一辆摩的，坐稳后，拨通了玲玲的电话。

"玲玲，别做饭了，出来蹭一顿。谁请，你就别管了。快点。"米娜打电话的功夫，车已经在饭馆门口停下了。

车费五块。米娜下车付了车钱，摩的开走了。

琦琦正在餐馆门前等着她们。见了米娜就问："玲玲呢，怎没来？"

"马上，她刚回家一趟办点事，很快就到。"米娜说。

"米总，你说我张嘴闭嘴米总米总的叫着，请你来吃宴席，你就坐辆三蹦子过来赴宴，这不是掉价吗？你要是叫个出租，车钱我替你结了，我也体面。你坐个摩的过来，想替你结账我都不好意思过去。"琦琦数落米娜。

米娜也不是吃亏的主，她笑着说："给你省下还不好啊，我要是从通州赶过来，你给结账，吃完饭你还得加班搬辆车去。我这是心疼你。你昨天不是骑车回来的？过的真细，今天怎么了，手腕子戳了，攥不住钱啦？"

玲玲快步走了过来，看见琦琦，也调侃说："琦琦姐，昨天创世界纪录了吧？不愧是运动员出身。今天怎么想起请我姐吃饭了。"

琦琦指着玲玲鼻子说："你个小丫头片子，学会拿大人开涮了？我请你姐，你过来干嘛？那好，没你事，我们俩去吃。米娜，咱上去。"

米娜笑着跟着琦琦进餐厅上楼，进了包间儿。玲玲也跟了进来。

琦琦坐下后，对玲玲说："你个屁孩儿，脸皮够厚的，告诉你，你不走也不给你点菜。我的钱我做主。"

"你没听说呀，胆皮厚，吃个够。你不请我，我是自己来的，自己来的不算是吃请，不是吃请就不搭情儿。你不给我点菜就甭点，我跟我姐这儿蹭着吃。而且甭管什么菜上来，我都替我姐先尝，尝过了我姐才能吃，你没看那些个宫庭戏呀，互相斗，互相害，你跟我姐是情敌，我必须得保护她。"玲玲伶牙利齿也很历害。

琦琦伸手做了个下按的手势说："小姑奶奶，快成京片子嘴了，是吃请是吃蹭儿由你吧。"

玲玲坐下接着话茬说："不是姑奶奶，是姨奶奶，咱仨身份都一样，论先后顺序，我姐为大。你不知道吧，甫哥管我姐叫大老婆，管我叫小老婆，那你就是二老婆，我应当管你叫二姐，我呢？不争老二，就心甘情愿当小三吧。"

"得了，我说不过你，想吃什么点什么，多吃点儿，最好堵到嗓子眼儿，说不出话来我就踏实了。"琦琦笑着说。

玲玲往琦琦这边挪了挪，她问："琦琦姐，甫哥还不能出来呀？就咱仨女的，多没劲呀。"

女服务员端来一壶茶和三个茶杯，她把托盘放在桌上，把茶杯里倒了茶，每人面前放一杯水，把茶壶放桌上，盘子撤走了。

琦琦兴奋的说："米总，玲玲，咱们姐仨凑在一起，还是第一次，今天高兴，什么大老婆小老婆的，我都不在乎了。只要你高兴，你嘴痛快，我心里痛快，那就什么都不是事。玲玲，你不是想当小老婆吗？让着你，你第一个先跟苏甫睡，记住啊，吃完饭，你就去伺候苏甫。女人那点事，不用教吧？嗨，你会不会呀，有人儿教过你没有，要不然我教教你？脱裤子会吧？脱衣服会吧，脱乳罩……"

"呦呦呦，琦琦姐闭嘴吧，你们挨过男人那个的，脸怎么都那么大呀，说出话来全都概不吝啦？"玲玲有些害臊的说。

琦琦得意的说："跟我递嘎，你还嫩了点儿，今天让着你，让你先点菜，谁让你是小三儿呢。小三儿也不是谁都能当的。而且，正房怕小三儿，你说是不是，大老婆。"

今天琦琦放开了，嘴里什么都敢往出说，米娜刚想张嘴马上又闭上了。还是少说两句吧，琦琦是不是快到生理期了，这么亢奋？现在还是哄着她玩儿吧，玩儿好了她就会把马哥供出来

"你是正房，你说是就是。哎，今天你没去文哥那里打听打听啊，一个蛋他妈的伙计有没有消息？"米娜问。

琦琦往后一靠说："打听他干嘛？用不着了。我今天请你们俩吃饭，就是有一件大喜事要告你们。先点菜，先吃，吃完了再告诉你们。"

玲玲也往后一靠说："大太太，拿什么搪啊你，既然有喜事，那就越早知道越好，吃饭前知道，不是更开胃吗。哦，我知道是什么大喜事了，给大太太道喜了。我要一个盐爆里脊丝。一个清炒豌豆苗。"

"鲜菇油菜。"米娜也点了一个。

琦琦站起来说："好，我要一条糖醋鱼。再要个凉菜，服务员，点菜。"

服务员进来，把餐桌上的菜谱打开，放在琦琦面前。

"不用看了。一个盐爆里脊丝，一个清炒豆苗，一个鲜蘑油菜，一个糖醋鱼。一扎啤酒。凉菜要个三冷吧。"琦琦一口气点完。

"好的。您稍候。"服务员说完出去了。

米娜问琦琦："琦琦，什么喜事呀，可以说了吧？"

玲玲喝了口茶说："还用问，这谁不知道。揣上了，肚子都起来了。"

"你怕当哑巴呀是怎么着，你看见肚子起来啦？谁告诉你揣上了，你在旁边看着来的？刚出封儿的小家巧懂得还真多。"琦琦数落着玲玲。

"得，我管你什么大喜二喜的呢，我只管吃，省得挨你狗屁滋，滋我一身，回家还得洗衣服。"玲玲回的也不怂。

女服务员端来一扎啤酒，放在桌子上。传菜的端来一个拼盘，放在接手桌儿上，服务员把拼盘端上桌后，把桌子上多余的餐具收起来，只留下三副，给每人倒了一杯啤酒。

"您的啤酒，和三冷拼齐了，您慢用。"服务员说完，站到门外去了。

米娜拿起筷子，端起酒杯问："琦琦，今天是不是可以开怀畅饮呀？你别吃到半截溜了，"

玲玲也跟着话茬说："我刚才过来的时候，拐角儿处停着一辆风头儿，英国原装的。我就是搬不动，没办法，没当过运动员。"

琦琦站起来对玲玲怒道："我拧你嘴你信不？跟你表姐不学好。小老婆敢挤兑大老婆，我跟你用家法，给你休了。"

玲玲假装害怕往后一闪，她说："我不是小老婆，我是小三儿，你看现在，有几个不怕小三儿的呀？"

琦琦坐下，笑了笑说："让着你，君子报仇十年不晚，等你有了男朋友，我天天上你家里猫着去，光个大屁溜，给你搅和。娜娜，先喝一口。还有玲玲，你岁数小，不能喝就少喝点儿，意思意思就行。"

"琦琦姐，你的喜事再不说，在肚子里跟啤酒一搅合，保不齐就进下水道了，要跟米饭一搀和，就进屎肠子了，好事也让你搁臭了。"玲玲也敢说了。

"嘿，你来北京才一年多，你够可以呀？不光嘴皮子练出来了，还装了一肚子下水，凤头儿自行车你也知道啊？还知道港凤英凤？你是不是都长尾巴了。"琦琦说的也很幽默。

"那是，近朱者赤，近墨者黑，跟着乌龟会刻碑。"玲玲说得很得意。

琦琦确实说不过玲玲，她一摆手说："算了，不玩儿嘴了，还是告诉你们吧。"

传菜员用托盘把菜端到门口儿，放在接手桌上，由服务员端上桌。

服务员告诉琦琦："这是盐爆里脊丝，香菇油菜，青炒豆苗。"说完退了出去。

米娜用牙咬着筷子尖说："说呀，什么喜事？"

"等糖醋鱼上来，一人吃一口，我再告诉你们。"琦琦故意卖弄。

玲玲一摆手说："吃上了谁还有心思听你瞎扯呀？你以为呢？"

服务员端着鱼盘进来，一股糖酸的味道也跟着进来，闻着就香。放在桌子上以后，服务员介绍说："小姐，这是您要的糖醋鱼，是我店的烹饪技师亲自做的，酸甜酥香，回味悠长。您请。"

"嗯，是好，闻着味儿正，不过服务员，以后不要跟我说要的菜，应该说点，点菜，懂不。"琦琦还很在意是要是点。

"是是，对不起小姐，以后我注意，您几位慢用。"服务员说完，退出去关上了门。

玲玲第一次见到糖醋鱼，以前没吃过，如果没人告诉她这是鱼，她还真不知道是什么。可不是，这哪是鱼呀，纯粹就是一大朵盛开的花，散发着浓香的甜酸味儿，闻着就沁肺。她小心翼翼的夹下鱼身上的一个花瓣放在嘴里，牙咬下去的那一刻……啊，太美妙了，简直怀疑人生了。

"琦琦姐，你太，太……你就是我的亲姐姐我太喜欢你了。糖醋鱼太好吃了。"玲玲说话的调门儿有些忘形了。

琦琦笑着说："你看你，一个亭亭玉立的大姑娘，见了吃的就这点儿出息？真没起子。就这样你还能当小三儿？"

玲玲嘴里嚼着说："琦琦姐，一个月，一个月让我吃一回糖醋鱼，小三不当了，我还帮你看着小三。谁敢勾引甫哥，妹妹跟他急我，我捅了他。"

"算了吧，饭桌上的话，都是说了不算，都是屁话。不过，现在也不用担心小三儿，苏甫找到他妈了，跟他妈走了，现在也不知道怎么样了。"琦琦说，滴下几滴眼泪。

米娜一下子愣住了，她问她："你说什么，苏甫有妈？他不是石头子儿里蹦出来的吗？他哪来的妈？"

琦琦翻了米娜一眼说："你才石头子儿里蹦出来的呢。他是三岁多四岁的时候就被拐卖的。昨天他妈找来了，把他接走了。"

米娜不满的说："找着妈妈是好事，那也得打个招呼再走啊。他的事咱们都跟着着急，合着走了连个屁都不放。"

琦琦连忙解释道："不是，米娜，不是不打招呼，苏甫这几天经常犯胃痛，他妈也是来了以后，看到苏甫这个现状，也非常着急，才马上给他联系医生，连夜赶回去了。别说你们俩，我都没见着，就这么走了，电话也打不通，真让人着急。"

玲玲吃了一口菜，不着急不着慌的说："我婆婆是怎么找来的？再怎么说也该看她这个儿媳妇吧。"

"你找踢呢？再贫就不让你吃了。你也不怕让刺儿扎嗓子眼儿。"琦琦说着，伸手就去端鱼盘。

玲玲用手按住鱼盘说："我不说了，你接着说。嘿嘿，我属猫的，吃鱼不怕刺儿。"

米娜也不太明白。"是呀，她妈有那么大能耐，能找到这来，都二十年了。"米娜不解的问。

"他妈肯定没那个本事了，我有啊，是我把她找来的。你不信吧？"琦琦情绪开始转换了。

米娜摇头表示不信。玲玲也不信。玲玲还一翻白眼儿一撇嘴。

"嘻，你们怎么不信呢，真是我给找到的。"琦琦拍着胸脯说。

玲玲用餐巾纸擦了一下嘴后，说："琦琦姐，你是运动员，能扛着车跑我信，你要说能查拐卖人口，打死都没人信。"

"你别看你留长发，也是头发长，见识短。告诉你吧，我一共发了四份依麦，到几个省的省厅，查找失踪人口报案，并且邮寄了苏甫的血液样本，最终与她母亲的血液样本进行 dna 检测比对，俩人完全符合母子关系的所有要素，确认为母子关系。他妈闻讯，连警察都没等，连夜就赶来了。她妈还说接我过去呢，我也是考虑再三，没敢去。"琦琦遗憾的说。

米娜不解的问："为什么不去，你为苏甫付出了那么多，她们养着你都是应该的。"

琦琦小声说："咱不是吸粉儿吗，你不能让人家给你到处去买粉儿吧。"

米娜点头道："是，出远门儿很麻烦。苏甫妈对自己的儿子什么都能忍，对儿媳妇就不一定了。"

玲玲把酒杯靠在嘴边，两手抱着杯说："琦琦姐，你也真是的，你去不了，你也不想着你妹妹，就说我们不是亲姐妹，至少也能代表娘家人儿吧？把小老婆儿扶正了，你还能当个大姨姐呢。是吧。"

"玲玲，不许胡说。琦琦，你是好样的，谢谢你。"米娜眼圈红了。

琦琦看着米娜问："为什么谢我？"

第一百零六篇　米娜施巧计　琦琦卖马哥

米娜叹口气说："马哥，苏甫，还有我，都是自小被拍花子的拐走，最后入了神拿门，做了拿手的。我们是同命相连，而命运却可能不一样。马哥的父母，我的父亲，都没有能力把他们的孩子接回去，而苏甫不一样，他有一个好妈妈，有这个能力接他回家。更幸运的是，他还有一个爱他的女人，琦琦，就是你。我们都喜欢苏甫，但是我们做不到，你做到了，琦琦，谢谢你。"

"琦琦姐，甫哥的病能治好吗？"玲玲问。

"应该行吧。听刘秘书说，他们赶着回去，是为了给他做专业的护理，等给他办完身份证明，就送他出国去做手术。这样省了许多麻烦。如果苏甫要真是出国做手术，我也想出去陪他。"琦琦说。

玲玲惊讶道："你还能出国呢？"

"这有什么大惊小怪的，你办个护照，也能出国。"琦琦说。

"真的，琦琦姐，帮我办一个吧，我也想出国。"玲玲求琦琦。

琦琦点头答应："行，等我忙过这阵，带你去公安局。"

"带我去公安局干嘛，你立功受奖啊？"玲玲问。

琦琦指着玲玲说："瞧你长相挺洋气，穿着打扮也人儿是的，可是你一张嘴说话，就透出来一股子高粱面儿的味儿。去公安局就是去让你蹲着呀？办护照，必须去分局，我带你去，是怕你没见过世面，到处乱跑，万一不认字儿，进了刑警队，那就不用我送你了。"

"我不认字？好歹也上过高中。琦琦姐上到初中了吗？"琦琦调皮的反问。

"我不跟你耍贫嘴。苏甫的电话现在也打不通，真急死人了。"琦琦很无奈的说。

米娜安慰道："不用着急了，只要是病治好了，人没事了，就是天大的喜事，我们应该庆祝一下。怎么着，干一杯？"

琦琦举杯说："干一杯。"三个人举杯，一饮而尽。

琦琦放下杯子，悄悄对米娜说："米总，求你个事？"

"什么事，咱姐俩还用求吗？说，什么事？"米娜挺痛快的问。

琦琦更加小声的说："扎针的事，我不会扎，你教教我？"

米娜眼珠儿一转说："哟，我还真不会教，我扎的地方和别人不一样，我不扎胳膊，只会扎大腿根儿，你还是找一个会扎胳膊的教你吧。"

"会扎胳膊的，那找推呀？我谁也不认识呀。"琦琦说着，两手一摊显得很无助。

下午的时候，米娜在河边蹲守了一个多小时，也没见到琦琦的踪迹，现在她自己送上门了，真是得来全不费功夫。

"马哥呀，他教得好，让他教你。你不是认识他吗？"米娜抛出引子，让她上沟。

琦琦略有为难的说："马哥是男的，又是苏甫的师兄，那我就相当于是兄弟媳妇，这大老伯子和兄弟媳妇儿应该有个忌讳才是。"

"你领证了吗，订婚了吗？现在什么年代了？记住这点儿，甭管别人说什么，提起裤子不认账。再说了，在他那个小黑屋里，门一插，谁知道你们干什么呢？"米娜说得真的是的。

"你说得也是，现在都改革开放了，女的都有穿背心上街的了。可是我不能穿背心进他屋啊，进去还要脱衣服？不行不行。再说了，她是你的人，我再不懂事，也不能跟他亮肉啊。"琦琦犹犹豫豫的说。

米娜满不在意的说："嘻，咱姐妹儿谁跟谁呀，我可不是那么计较的人，再说了，我已经跟他吹了，谁去搞他跟我都没关系。要么这样，你若拉不下来脸儿，我可以跟你一块儿去，让他在旁边指导着，我给你扎，这总行了吧。"

琦琦一拍桌子说："嘿，够意思，你这么一说，我就放心了。"

"不过琦琦，你以前用的什么办法吸呀，不用针管？"米娜问。

"亲嘴儿。"琦琦说。

"亲嘴儿？不明白。我问的是吸粉儿，不是亲嘴？"米娜不解。

琦琦得意的说："这是我发明的一种方法，就是不用任何工具。让苏甫把白面儿倒嘴里，然后跟我亲嘴，一点儿一点儿的喂我，我就慢慢儿慢慢儿的嗯，嗯干净了，就齐活了，连针头都省了。"

"好浪漫啊，琦琦你真会玩儿。"米娜赞道。

"瞧瞧，还想跟你学技术呢，倒把绝招儿教给你了。回去该让马哥喂你了，我这不是不教人好吗。"琦琦乐着说。

"玲玲，吃饱喝足了自己先回去，我陪琦琦姐去马哥那办点儿事。"米娜嘱咐玲玲。

玲玲吃饱了，吃好了，站起来说："琦琦姐，糖醋鱼好吃。谢谢琦琦姐。希望以后每个月咱都吃一顿。我张啰，还你出钱。"

"嗨，凭什么你张啰，我出钱呀？你瞧你跟你表姐学的，也成了瓷公鸡，铁仙鹤，玻璃耗子琉璃猫了？"琦琦词儿还挺多。

玲玲没听懂，她问："什么瓷呀铁的，什么意思？"

"一毛不拔。"琦琦说。

玲玲笑着出门去。

琦琦结完账，两个人出来，也没坐车，一边走，一边聊，不知不觉来到文哥家门前。

"文哥好。"米娜抢先打招呼。

"大哥。"琦琦也叫了一声。

"呦，你们姐俩，今天怎么凑到一块了？这钟点出来准备有什么行动啊？"

米娜笑着说："今天琦琦请客，吃多了，消化消化食儿。"

"琦姑娘，今天还有人打听你来着，说要买车，问你什么时候来。还有，市容城管的也来过，说不让你在那摆摊儿，让你把车拉走。"文哥告诉琦琦。

　　"谢谢大哥。不理他，又不是占路，又没放拆迁区外面，管也该拆迁办管，碍市容城管什么事了。麻烦大哥帮忙盯着点，我这几天有点事，就不过来了。"琦琦说。

　　"还有，琦姑娘，一个蛋她妈刚才告诉我说，你托的那事办不成了，让我告诉你一声。"文哥说。

　　琦琦回道："没事，我还有别的路子，也托了人了。他那个老大，不是昨天已经走了吗，这么快就来信了？"

　　文哥小声的说："走是走了，也上了飞机，安全到达了。不过，刚出了飞机场没多长时间，他就死了。具体情况咱也不清楚。只听说在临死前，他说想埋的北京来。别的就不知道了。哎，真是事事难料，他才三十岁，恋爱都没谈过。对不起了琦姑娘，没帮上忙。"

　　"谢谢哥，苏甫的事基本上没问题了。苏甫是走失儿童，现在找到他妈了，他妈手里有公司，海外有业务，可能会把他送国外去看病。"琦琦告诉文哥。

　　文哥点头道："那好，有钱能使鬼推磨。"

　　米娜左右看了一眼问："文哥，怎么没见钱爷？"

　　"哦，钱爷忙完了，中午睡一大觉，晚上出去溜弯，有时候去牛街吃小吃，得天黑了才回来呢。"文哥告诉米娜。

　　"这么说，钱爷现在活得悠哉游哉的，熬出来了。文哥，您忙，我跟琦琦溜会儿。"米娜说完，和琦琦离开这里，往东面胡同走去。

　　琦琦是北京姑娘，应该有三代以上了。老北京人多数都实诚，虽说是经多见广，但是没那么多的花花肠子。米娜略动转轴，琦琦就带着她往马哥的出租房来了。她也不想想，米娜也是个老烟民了，怎么不敢扎针，往自己身上都敢，扎别人还有什么不敢的。

　　马哥这几天生意不好，回来的早，自己也不做饭，就在外面买点带回来吃。因为每天吸粉儿，注射器要处理，这样可以把粉碎了的针管与餐盒一起，做为餐厨垃圾扔掉。

　　马哥的性格偏内向，很少与同行交流和交朋友。生意好时，人也兴奋，就去找文哥聊会，文哥这人很特别，三教九流各个行当都能聊的上来，而且拿他当人，跟文哥聊天比较放松，不用考虑自己的身份职业。

　　生意不好的时候，情绪就会低落，心情也很不好，有时候还会挫火，想克制都克制不了，很容易得罪人，给自个找祸害，这在拿行是大忌。唯一行之有效的不招灾惹祸的方法，就是睡觉，吃饱了抽足了就睡觉，管它春寒秋冷。而且，马哥已经不是正常人了，他对周围一切都不感冒了。

　　他每天要出去耍手芝，全都是为了儿子。还有米娜，不能因为自己的儿子给她造成任何压力。而且，自从得了这种病，他对所有的女人都不感兴趣了。人活的这份上，早已心灰意冷了。还是承认现实吧……

第一百零七篇 琦琦气米娜 米娜燃旧情

马哥躺在床上，正想睡会。"梆……"有人用手指弹门。是琦琦？窗帘上显示的人影是琦琦。

米娜很聪明，她跟在琦琦后面走进院子，在琦琦敲门的时候，她蹲下系鞋带，这样，马哥就是扒窗帘往外看，也看不见她。

马哥打开门，让琦琦进屋，刚要关门，米娜一只脚已经迈了进来，差点儿让门给掩住。

马哥惊问道："米娜，你怎么找这来了？你……"

米娜进屋说："我看毛片儿来了。原来你金屋藏娇？背着我找小三啊。"

马哥坐在床边，脸上青一阵儿紫一阵儿的很难看，嘴里说不出话来了。

琦琦一脸懵逼，不知怎么回事，看着他俩傻笑。

米娜指着琦琦说："把衣服脱了，坐他旁边儿，让他告诉你怎么扎。"

因为和米娜事先说好了的来学注射，所以琦琦没多想，马上脱了上衣，只穿乳罩坐在马哥旁边。

马哥斜了一眼琦琦，脸上立马泛出茄子色儿，极不自然。女运动员的形体太迷人了，再坚定的男人也扛不住。

"琦琦是个雏，你教她怎么扎。"米娜也够坏的，她一语双关的说。

不过，她的话让琦琦听着，还真没什么毛病，而对马哥来说刺击却很大。他和琦琦虽然有过接触，但从来都没有非分之想，对女人方面，除了那回让玲玲挑逗的雄激素就跟施了肥似的，没把控住。但只有那一次，以后就从来没和女人有过肌肤相蹭。他搓着手，心里很惶恐。

"想什么呢？你以为让你干嘛？找针管教她怎么注射。"米娜对他说。

琦琦朝着马哥把胳膊抬了抬，马哥才明白，马上拿出针管药包，酒精和止血带，给琦琦注射。米娜在一边讲解，琦琦基本学会了。其实苏甫曾经教过她，只是没自己扎过。

琦琦吸完粉儿，米娜也把上衣脱了，躺在床上说："还一个呢，接着扎。琦琦，别走了，今天你请我吃饭，我也请请你，让他伺候伺候你，我在旁边看着。"

"那哪行啊，我顶多是个小老婆，你是大老婆，有好事先紧着大老婆。不过马哥哥，你要看着米娜不顺眼，你就蹬了她，我现在单着呢，随时能接手。我肯定比她温柔，比她身体棒，比她活儿全，比她……"琦琦也开始反击米娜了，反正也学会了。

米娜坐起来，指着琦琦说："嗨，报复啊，说你是狐狸你马上就犯骚，我今在这屋里给你办了你信不信？办完让你光着爬出去。"

琦琦拿着衣服走到门口，朝米娜招呼，气她说："过来呀，看谁让谁光着出去。你让我光着出去？问问马哥哥干不干，马哥哥，我肚子里的孩子一个多月了，以后别忘了给营养费，要不然生出来以后，让他管别人叫爸爸。拜拜。"　穿上衣服出去了。

琦琦走了以后，米娜开始紧张了，心跳也快了，这一年多，还从来没有当着马哥的面儿躺着过了，而且还脱了上衣。

马哥去抽屉里找针头，从夹缝里用手指夹出一个纸包，打开后往针管里倒面儿，然后吸生理盐水。

他拿着止血带和棉球来到床边，准备给米娜注射。

米娜突然坐起来，走过去插上门。回来脱了裤子，乳罩和内裤，赤条条的往床上一仰。她闭上眼睛，身上一阵颤抖，眼泪顺着眼角儿溢了出来。她扭过头去，想极力掩饰伤心的同时，又把内心的悲痛彻底展现出来。场景是预先设计过的，谁知道这现实中的伤感，真的不是装就装出来的，当有一股强大的气体冲击心脏，直顶嗓门儿的时候，你还装什么装？

马哥的心好象已经死了，对一切都无动于衷，装看不见，只是看血管还是很准的，程序一点不乱，推拉，拔针，棉球擦针眼儿，还是很仔细的。

他把两个用过的针管放进绞肉机，摇了几下，绞肉机出来的东西用餐盒接住，把餐盒装进垃圾袋，工作做完了。

马哥的屋子，除了一张床以外，还有一个塑料的四屉柜儿，一把塑料椅子，一张塑料小饭桌和几个落在一起的小凳子。洗脸盆放在地上，里边有毛巾和洗漱用具。

米娜光着腚躺在床上，还有意的往里靠。床是一米多宽的半大床，挤着点还是能躺两人的。

马哥装作什么也没看见，把椅子拉到床对面的墙角处，脸朝外坐下，眯着眼似睡非睡的好象什么也没发生似的，对一切都不感兴趣，他的意识里，好象已经没有女人这个概念了。

米娜委屈过后，心理生理都发生了变化，毕竟设计出的东西和现实当中是有差别的。她认为，在马哥面前哭诉一番，马哥就会心软，就会抚慰她受伤的心，然后她就原谅他。只是当她躺在他的床上的时候，那种长期积压在心里的苦楚，无论如何也不是想收就能收住的。

"马哥哥，你不要装了好不好？看我一眼好不好？你过来跟我说句话，摸一摸我好不好？马哥哥，我现在非常需要你，身心都需要你，马哥哥……"米娜心里无数遍的叫着。

时间好象很不给情面，对面房子玻璃上反射过来的晚霞逐渐退去，屋子里的光线变暗了。马哥还是没有坐到她的身边来。

米娜扭过头，昏暗中看着马哥。

马哥的头靠在墙上，脸朝前上方，呼吸很平静，从他的脸部表情上看，他对她丝毫没有存在感，就象一只冬眠的熊，不到春天是不会醒来的。

米娜是一个孩子的母亲，旁边这个男人是孩子的父亲，孩子已经一岁多了，她和他都不能回去见孩子一面，他的心里就不苦吗。他就不需要有人去关心？就没有需要抚平的创伤吗？看在儿子的份上，米娜，咱怂了吧，为了儿子，可以求他，不跌份。

米娜坐起来，蹭到床边，犹豫着想下地，还故意弄出声响来，只是马哥没听见，也没准儿是装没听见，还是一动不动的扬着脸。

此时的米娜，真想把他臭骂一顿，但她还是忍住了，因为出来之前早就想好了，无论如何不能发脾气使小性儿，只能说好话，只能求，跪着求都行。现在还是主动过去吧，把他拉到床上来，只要往下一躺，就可以风和日丽，充满阳光了。

她没穿鞋，光着脚走到马哥身边，用一只手扒拉他的脑袋，示意他去床上躺。马哥也不反抗，她扒拉一下，脑袋跟着动一下，然后又摆回来。一连扒拉五六下，不起作用。米娜火起，抡手就给了马哥一个大耳贴子。马哥依旧没有反应。

米娜只好服软，启动了温柔程序。

"马哥哥，求求你了，不要折磨我了，跟我去床上躺吧，马哥哥，我想你了。"米娜说完，抱着马哥的脑袋亲了几下。

马哥依旧没有反应。米娜抱着他使劲摇晃，差点把他从椅子上摔下来。

"马哥哥，我需要你，我真的需要，我的身心都需要你。马哥哥……"

米娜苦苦哀求，使马哥心如刀割，他不是铁石心肠，他也是一个有血有肉的男人。米娜，是她最爱的人，也是唯一，既使让他二十四小时搂着她，他也会偷着乐的。可惜呀，时过境迁了。虽然他好几次都想扑上去压住她……

万种风情，千般娇态，多次可怜惜惜的请求，都没见到马哥一次点头或摇头，不哼一声也就算了，放个屁也行啊，我好知道你是香的是臭的。

米娜有些累了，回到床上靠墙歇着。眼睛张得大大的瞪着马哥。马哥依旧面无表情的靠墙坐着。

天黑了，人形变成了人影，人影很快就融进了墙壁里。

米娜歇过劲儿来以后，开始来真的了，她冲过去。抓住马哥的胳膊使劲拉，非要把他拉到床上去，她嘴里说他："你个怂屁，窝囊废，你也算个男人，我都不怕，你怕他妈什么，不就是艾滋病吗，你让我也得，我得了艾滋病，就谁也不嫌谁了。今天非让你伺候伺候我不可，我要把这一年多的损失补回来。你给我过来……"

屋里很黑，马哥的脚用力蹬地，所以米娜拉不动他，也看不见他在抵抗。

　　见拉也拉不动，索性不拉了，她靠上去，抱着他的头，让他的脸往她胸上蹭，但他始终不张嘴。她又坐他腿上，他也不抱她。她坐不稳，直往下出溜儿。她气急了，站起来抬手就扇。这回是真的了，打得非常狠，黑暗中，马哥看不见，没有躲，被打得狠了，身子一歪，倒在地上。他爬起来，在床头旁靠墙坐着，把头扎在双腿里。

　　米娜又坐回到床上。

　　月兔东升，光线透过窗帘照进来，仿佛打开了一盏弱光灯，给屋里增加了些许浪漫，已经可以看清彼此了。

　　月下看美人，指的就是在一种柔和微弱的光亮下，欣赏自己的情侣，这种弱光，会把人体上的一切缺陷涂平，人的脸部显得隔外的细腻，贤静，又楚楚动人。心境融于自然，一切都变得很美好，既使是有一定年龄的中老年人，也会出现时光倒流的现象，瞬间找回年轻时的容颜。

　　所以，卧室里一定要装粉红色的弱光灯，切忌用日光灯，脸部被日光灯照射，会显得惨白惨白的，没有血色儿，看了提不起精神来。

　　米娜坐在床上，见马哥正处在自己脚能踢到的范围，就使出了连环腿，也不管他是脑袋，肩和胸，一通乱踹。

　　马哥没有躲，很情愿的承受了。她踹了几脚，见他端坐不动，又觉得没趣儿，遂故意踹偏，不想蹬在墙上，墙皮掉了一块，落在马哥身上，他都懒得掸一下。

　　米娜淋漓尽致的发泄，驱走了陈年的积怨，心境平和了许多，她已经不用怀疑了，马哥是爱她的，而且他对她的爱，是生在骨髓里的，你打他，你抽他，你踹他，也不会减少半分半毫。

　　不过，米娜也是爱马哥的。打了，骂了，又怎样？人们不是常说：打是疼，骂是爱，爱到深处用脚踹吗，你以为呢？女人的脚不是随便踢，随便踹的。腿抬起来，私处就会门户大开，好东东只能让最亲近的人看，边边沿沿的人，想让踹都不踹你，不让你占那便宜。

　　软的硬的都用过了，米娜也没辙了，她唉声叹气的自言道："人活在宇宙里，有谁能说的清楚，到底什么是情，什么是爱？总是打打闹闹，又互相惦念，不知道是我恨你呢，还是你恨你？反正是我自己不恨我自己，算了吧。人生好似初相见，到老终无怨恨心，米娜是不会变的。"

米娜下了床，一扭身，坐在马哥身旁，轻轻的叫了一声："马哥哥……"

马哥用手扶了她的后背，示意让她起身，另一只手抻下床单，垫在她的屁股底下。

米娜再一次释放出的泪水，滴在马哥的肩上，他有力的臂膀，支住了她压过来的身体，他没有躲。

"马哥哥，你还是爱我的，和以前一样？"

马哥点点头。他把米娜搂在怀里，眼里流出的泪，滴在她的脸上，眯住了她的眼……

夜深了，大地一片寂静，月亮姐姐也爬到窗户的上方，不再为他俩提供免费的光亮。

两个人互相靠着，回想着他们们曾经，多说一句话都是浪费生命。银瓶虽已破，最美是无声……

第一百零八篇 大立竿儿死 小立竿儿怂

没有了大伙计，一个蛋一家来的仍然很早。才几天的功夫，一蛋妈明显瘦了一圈，不过倒是更苗条了。现在她已经很少推孩子溜了，而是整天闷在小屋里不出来。小拉拉依旧喜欢坐在小车里。对了，拉拉已经可以坐着了，她最喜欢去的地方是文哥的货桌前，哼啊哈呀的好象要学说话。所不同的是，推着她玩儿的是他的叔叔，就是二伙计小立竿儿。

自从老大走了，小立竿儿就没出过工，除了吃，吸粉儿，就是推着拉拉转圈。

小立竿儿性格不象老大，他从不和任何人说话，由于吸食白面儿有不少年头儿了，已经瘦得皮包骨头了，看着比结实屁更瘆得慌。在这个地界儿，他和结实屁，还有他们老大，并称为三大竿儿。小立竿儿的实际年龄没人知道，一切都靠猜。二十出头儿？二十五六？也有说三十来岁的。

据知情人讲，小立竿儿身手很好，出道多年还没失过手，但有一样，他离不开老大，他自己从不单独出去。现在老大去了，永远回不来了，小立竿儿也只能看孩子了。

小立竿儿不出工，一蛋爸整天无所事事，肯定就没有了收入，所以这些天一蛋妈不出屋子，不知道是在干什么。

文哥从家里拿出一条宽布带子，绑在小竹车的一头，从拉拉肚子的位置穿过来再系上，就象是个安全带，这样小拉拉就不会前后左右的晃了，对小孩子的腰部也能起到保护作用。小拉拉真的很聪明，她用手摸了摸安全带，马上就明白'，还左右的动着体验了一下，然后就笑了。

结实屁媳妇儿从远处的墙角处拐出来，她走得很快，来到文哥门前，朝文哥又鞠躬又抱拳的叫声："大哥。"哽咽的说不出话来。

文哥赶忙站起来问："哟，姑娘，这是怎么了，这么早出来你这是……"

结实屁媳妇儿恢复了正常。她说："文哥，按规矩我应该先给您磕一个，我是来报丧的，我们那口子，结实屁那个死鬼，走了。"

"啊，这么快，怎么说走就走了？不是说等八十万花到三十万的时候才……"文哥惊问。

"您听丫的呢，哪他妈有八十万。到处显摆，跟谁都吹牛逼，这八十万说了够三年了，这不是给我剩一堆卡，还有密码，上面还标着卡里有多少钱，说不到期呢。您瞧，就这摞卡，我数了数，有个六七十万。就因为不到期，他死了我发送他花了好几万，钱都是我从娘家借的。这不是办完事了，我去银行一查，全是空卡。多孙子，老王八蛋，坑苦我了，跟了丫的十多年，我连根鸡毛都没落着。"结实屁媳妇儿又恨又愤的说。

"得，也算好事，死者为大，一切都烟消云散了。你也可以省心了，他老活着，孩子都抬不起头来。不过，他也不全是一无是处，不是还买了房子吗？现在也是遗产了。"文哥分析的有道理。

结实屁媳妇变了口气说："您说得是，我们结实确实有本事，钱都是他挣的，他花着也应该，还给我们娘俩留下两套房，这样的男人就不错了，说不上万里挑一，也算是百里挑一了。那个大哥，结实老过来给您添麻烦，您给看看，有没有欠账，我给他还，人走了，账不能带走。"

文哥摆摆手："没有，结实从没欠过账。而且我也有我的规距，人死账销。得，你也节哀顺便，多往好处想吧。"

"谢谢大哥，那好，我就先回去了。以后有功夫过来看您。再见大哥。"结实媳妇说完，扭头走了。

望着结实屁媳妇儿的背影，文哥觉得很好笑，按说这两口子岁数都不大，结实屁有四十出头，媳妇儿估计也就三十五六，如果象他们说的，结实屁还真是有本事，属先富余起来的一拨，假若是不吸毒，现在应该不得了。结实屁吸毒，少说也有十年了，那会儿他媳妇也就二十五六岁，这十年是怎么过的？这女人脑子也有问题吧。

卖针管的大老黎骑着电驴子过来，把车支在香椿树下，过来拿起暖壶给茶杯续水。盖上杯子盖，坐在旁边的椅子上。

"大哥，这娘们儿跟您认识啊？"大老黎问。

文哥摇摇头说："她是结实屁他媳妇，来过几次，不太熟，但她是自来熟。今天是来报丧哟，说结实屁过世了。你认识她。"

"我们街坊，结实屁办事还请我了呢，我出了一百块钱份子，去撮了一顿。一个抽烟抽死的，还大办，都是钱烧的。"大老黎说。

文哥有些不解："她说结实屁没给她剩钱，刚才还骂呢。"

"也没准，结实屁贼心眼子也多着呢，要是傻子能挣那么多钱？不过现在让他抽得也差不多了。要是有钱，估计还死不了。"大老黎说得应该不假。

文哥好象自言自语的说："前几天结实屁媳妇儿还说他要去戒毒呢，合着还没去就死了？"

"他们这些人，到了最后，不戒毒还能活几天，一戒准死。不是那么好戒的。要能戒早戒了，他进戒毒所，就跟进自己家门儿似的。什么时候钱没了，也就该死了。你看结实屁，死那天就是因为没抽上这口烟，就嘎嘣了。"大老黎说。

"不抽烟就能死？"文哥问。

大老黎说："结实屁那天说去戒毒所，说好的一早儿就走，他媳妇觉得去戒毒所那天就不让他抽了，头天就没给他买，临去戒毒所前，结实屁说吸完粉儿再去，可是家里没有，他抽不上这口烟，死活就不去了，结果还没等到烟买回来，他就嘎儿屁着凉了。"

文哥叹道："人活一世，富贵难图。宁可无志，不能染毒。活着的时候是烟鬼，阎王爷恐怕都不收啊。"

"结实屁媳妇儿也有两个客户，都是结实屁给她往回带烟。现在结实屁死了，弄不好她只能自己来了。"大老黎告诉文哥。

老前辈钱豹的鸡腿饭熟了，他先盛出来三份，端到一蛋妈门前的小饭桌上，这是给一蛋妈，一蛋爸和一蛋叔儿预留的。这三口子现在天天吃钱豹的鸡腿饭。一蛋妈说，在这里吃比去饭店便宜多了。现在不比从前了，伙计死了，小叔子也不能出去做生意了，等于没有生活来源了，能省就省点吧。

她们这个家是母系家庭，一个蛋妈就象是总经理，非常的精明，有时候又很严厉。一个蛋爸爸就是个混混儿，嘛事都不干，整天瞎转，遇见什么都看一会儿。吸烟的，耍钱的。拉条子的，没有他不看的

一蛋妈可能忙完了，从屋里出来，坐在小饭桌前，也不招呼丈夫和他叔儿，端起盒饭就吃。吃了以后，站起来招几下手，小叔子推着拉拉过来，把小推车交给拉拉妈，坐下开始吃饭，一个蛋他爸不知在哪转呢。

一蛋妈推着孩子，来回走了几趟，好象才刚从以前的事物中解脱出来，恢复了神智。她仔细检查了一下女儿的坐姿，绑带，然后再推着她溜。

她来回走过几趟以后，才想起来忘了跟文哥打招呼，不好意思的笑了笑。　"叔儿，您看我都眯瞪了，忘了跟您打招呼了。" 一蛋妈说。

文哥不在乎的说："不碍事，甭那么客气。你伙计的事处理完了啦？"

"处理完了。没我什么事，都是他家里那边的事。哎，挺可怜的，要知道他该死了，就不让他回去了。" 一蛋妈说。

"也是自然规律吧，就是神仙，他能断命运，他也断不出生死来。所谓苦海无边，都知道前面是苦海，又有几个回头的。做这行的，没被打过，没被判过，也就行了。唯一可惜的就是岁数。这就相当于自我了断，不给任何人添麻烦，也算人义了。你说不让他回去，如果死你家里，公安局还不审你个底掉？" 文哥说。

一蛋妈点头表示认同，她说："叔儿说得是，我也后怕，就是他死在飞机上，或机场里，也得搞到我这来。幸亏把他的手机和卡都换了。"

"你想的真是面面俱到，不是一般人。而且你能降得住这些人，也算是人尖儿了。" 文哥夸着说。

一蛋妈听了文哥的话有些触动，她说："经得多了，就习惯成自然了，任何一个小小的疏忽，都会酿成祸害。我们这行，能做到善始善终的，都是凤毛鳞角，万里挑一了。不过谁也没看见万里挑一的长什么样。您刚才说的苦海无边，那是对大多数人而言，苦海虽苦，还能扑腾一会儿。而我

是站在悬崖边上，只要一失脚，就变人渣了。"

从谈吐上看，一蛋妈好象文化还不是很低，见过大世面，与人聊天时落落大方，并且毫不掩饰，让文哥很震惊。

"看你的言谈举止，不是小家碧玉，应该是大家闺秀这个层面的，你怎么会入了这个群儿了？"文哥问她。

一蛋妈的脸上，有一丝悲情瞬间闪过，被文哥捕捉到了，看来是点到了痛处。

"这个群里的人，在正常人眼里，都不是好人，包括我，跟他们比，我可能还要加个更字。"一蛋妈自惭的说。

文哥很好奇的问："怎么会，真没看出来，你每天看孩子，不象他们似的每天出去做生意，怎么会要加个更字？我理解这个更字，是更那个……"

"更坏吧。"一蛋妈说完低下了头。

"没看出来。这些呆在这里的人，从你嘴里说他们都不是好人，我信。可是我不信的是，总说好人是大多数，哪来的那么多坏人？而且有相当一部分还是孩子。"文哥摇着头说。

"很多因素吧。有的上一辈就是做拿手的，子承父业这很正常。有的为了能够发家致富，也把孩子送出去做学徒，学成之后养家。也有的是被人贩子拐卖后，不服管教的，也让他去做拿手，还有的就是相对富裕或有一定地位的家庭，与人结怨，仇家雇人拍了他的孩子，并且花钱送孩子去做拿手，让孩子做贼。等孩子学到了技艺，再放他回来，还有的是学到了扒拿的技艺，还要让他吸毒，然后才放回来。"

一蛋妈说的真让文哥吸了一口凉气。

"这些人为什么聚在一起，是有组织的吗？有负责人吗？"文哥继续问。

一蛋妈苦笑着说："没有组织，也没有负责人。是猫都吃腥，招他们到这里来的，就一件东西——海洛因。"

哦，终于明白了，这些人聚在这里，既不是为了吃，也不是为了喝，而是为了抽。难怪呢，轰都轰不走。没有了白粉儿，这些人一天都过不去，哪里有白粉儿，就聚在哪里，想抽就有，而且这些吸粉人员，基本上都是以扒拿养吸，扒拿的东西就要卖出去换钱，所以又有收二手货的。而卖针管儿的大老黎，也是跟着这些人走的，这些人到哪儿，大老黎的针管就送到哪。

　　"拉拉妈，不介意的话问一下，你刚才说你要加一个更字，我的理解是，你比他们这些人更不是……啊，不好意思。对不起。"文哥说完，自觉有些堂突。

　　"没事。叔儿，我既然这么说，就不会介意，因为我自己的事从来没对别人说过，也没人可以说，搁在心里就象块石头。说了反而舒服。"一蛋妈用手抠了一下拉拉的眼角，拍了一下她的脸。

　　"要是个人隐私就不要说了。"文哥挡了话茬。

　　"也不算是隐私，是故事吧。"一蛋妈说。

　　文哥沉恩了一会儿说："凭感觉你一定是个有故事的人，至少你不应该是混迹这个群里的。既使你和他们是同道儿，级别也应该高出许多。用深藏不露，高深莫测来形容也不为过吧？"

　　"只能说比他们更惨吧……"一蛋妈眼睛呆呆的看着天空，讲着从来没有人听过的故事。她好像是讲给文哥听，又好像在和女儿聊天。

第一百零九篇　胸藏白粉儿　五孩儿他妈

小时候的一蛋妈，天资聪慧，又是个美人胚，小孩漂亮的什么似的，被父母视若掌上明珠。那年她才三岁多，就被仇家抱走，把她送到了培训班，学习扒拿技艺，一直到七岁，练成了童子功后。被父母赎回。

她八岁上学，十七岁的时候初中毕业，那时候她认识了一蛋爸，就开始相恋了。在交往中，一蛋妈把小时候学的技艺教给了一蛋爸，从那以后，俩人就做了一对扒拿情侣，到处伸手，直到被抓。她把所有事情都揽在了自己身上，只是将要入狱判刑时，她怀孕了。落得个监外执行。

她生下的是一个漂亮的女孩儿，姥爷姥姥百般疼爱。她也在哺乳期间恢复了自由身。

她把女儿送到姥姥家后，又开始做扒拿。用她的话说，家里不缺钱，就是有这门手艺不用用心里难受。后来因为有嫌疑被派出所多次警告。有所收敛后，又认识了倒腾白面的，就开始倒粉儿，后来又被抓了，不过抓了又放了。因为她怀孕了。又生了个丫头。

两口子带着二闺女来到广州发展。扒拿，倒粉什么都干，因为哺乳期，经常拿孩子做挡箭牌，所以胆子也越来越大。

当她又一次犯事的时候，已经过了哺乳期，没有理由不蹲号子了。她哭过，撞过墙，但是她犯罪了，这回肯定要判。她后悔了，可后悔也晚了。

她已经在拘留所里蹲了十多天了，马上就要批捕了。可是，她又一次被放了出来，因为又怀上小三儿了。

生了小三儿，已经有三个女儿了，老大老二跟着姥爷，小三儿就带在身边，有小三在身边，哺乳期内就是安全的。不过，在拘留所里的经历，让她害怕了，轻易不敢再倒粉了，只是对机会小拿一下，钱不够跟家里要点儿。一蛋爸家里也不缺钱，伸手要的时候也给，只是希望有个男孩儿。只不过，两口子都添了毛病，吸粉儿了。

后来，一家人辗转来到京城，一个蛋的叔叔小立竿儿也跟了过来，又收了大立竿儿，一蛋妈改做管理工作，一蛋爸开始养尊处优，什么也不做了。

过了两年的舒心日子，她又怀上了小四儿。只好把三女儿也送回了老家。

这回如愿了，小四儿是个男孩儿，就是一个蛋。一个蛋自打出生，就跟在父母身边，没回过老家。他两岁多的时候，妈妈又给添了个小妹妹，就是拉拉。

出生在一个幸福家庭中的她，聪明，伶俐，又漂亮，正常发展，至少可以像那些不如自己的同龄人那样，做个公司白领，朝九晚五，甚至可以开着车上下班。而现在的她，三十出头，风华正茂的年龄，却已经是五个孩子的母亲，过着居无定所，颠沛流离的生活，白天怕警察，夜恐警车叫，亲生骨肉做盾牌，为的就是这一口白面儿。

伙计死了，小叔子一个人也不敢出去了，一蛋爸才不会为钱发愁呢，反正他活着就得吸粉。因为是一蛋妈欠他的，是她把他引上的这条路，让他回家的时候没脸见人。

没有了收入，花钱花惯了的人怎么受得了，就是把租住的小屋租给吸粉儿的吸粉儿，一个人十块钱，一天也就有一百多元的收入，对这一家子人来人说，也是九牛一毛。

没办法，累得累死，闲的闲死，只能重操旧业了。为了这几张嘴，不冒险是不行，好在现在哺乳期，用女儿保护自己吧。

昨天砸了一个球儿，五克的粉儿都卖了，买粉的可以免费在小屋里吸，加上他卖的粉儿不搀东西，能吸引一些高端客户。但她比别人卖得贵一些。

今天忙了一上午，应该备了不少货。这些白粉就是钱，而且比钱金贵，没钱可以省着花，没粉可就要了亲命了。

加工成小包的白面儿可以直接卖了，无论多少都得带在身上。所以，有些女人的胸部突然大了，那一定是往乳罩里塞了粉儿，而且，卖粉的钱也会塞在内衣里。有时文哥会找她们换零钱，这些女人就是从胸部掏钱。

有的人还说文哥："大哥你也够坏的，看见年轻漂亮的女人你就换钱，你直接上手不就得了。"

今天一蛋妈的胸部丰满了许多，好象一夜之间就发起来了。为了掩饰，就要哈着点腰，牺牲一些形象了。这也是没办法，放哪都不安全，只能放的乳罩里。

"叔儿，忘了一件事，房子的房租过几天再给您吧，我这几天手头紧，实在是不好意思。"一蛋妈对文哥说。她把记忆拉回到现实。

文哥满不在乎的说："沒事，有就给，没有就该着。二百块钱还是钱？"

"谢谢叔儿。"一蛋妈说完，把孩子交给他叔叔，回小屋去了。

要不是一蛋妈自己说，文哥打死也不会相信。刚三十出头的年龄，已经生了五个孩子，且容颜未改。几次蹲监，几次又出来。人很有教养，北京话说得还蹦儿溜，不得了，想着都肝颤。

女孩子都是爱美的，琦琦也一样，以前做运动员，训练比赛都是露天，皮肤晒的比较黑。赛季结束后，回到家里，半个月不出门，就在家捂着。

这一阵子倒腾车，每天在外面跑，不照镜子不知道，一照镜子才哎呦妈呀的乍了，真是晒黑了，幸亏苏甫不在，否则他又说了，黑怕什么，不牙碜。嗯，还是老办法，在家里捂吧，捂上一礼拜，白不白的至少不那么糙了。

一闲下来，才觉得累了，胳膊腿都不得劲儿，而且还犯困，夏打盹儿还真是不假，坐着也能睡，饭都懒得吃了。

一连五天五夜，甭说出门儿，琦琦连条内裤都懒得穿了。她想也是，不穿好，不穿就不用洗，地上堆了一堆衣服，要是早洗了，可能又穿脏了。

还是呆着舒坦，只要不在乎吃喝，就不会有很大的压力。一包方便面就是一顿饭。上次买回来的粉儿，她一个人吸，够用十天的，没急着了。

对了，今天先把脏衣服扔洗衣机里转上，明天出门儿时穿，这样就省得翻腾箱子柜子费劲找了。

明天出去办两件事，第一件事是回家给妈送钱，就说是做生意赚的。当然是要背着老爸了，老爸说了，不认她了，不许她进这个家门儿。还好，老妈不这样，她会给女儿打掩护的。

第二件事就是去车摊，看看有没有人买车，要能卖几辆，这一个月的菜钱就够了，还能饶上几包烟。

上午出来，琦琦没有骑车，而是打了一辆出租车。从城西到城东，骑车太累，又耽误时间，还是早去早回。天儿热了，下午回来在家养着，想两天福吧。

琦琦把母亲约出来，母女见面免不了落几滴眼泪。琦琦已经没有回旋的余地了。既便是辞职不踢球了，时间长了老爸也可能消气了，但是现在又吸粉了，求得父亲谅解就不可能了，毕竟可能会影响到老爸的仕途。

琦琦把一万块钱交给母亲，告诉她说这是做生意赚的钱，生意也已经步入正轨，以后还会赚很多钱的。

告别了母亲，琦琦打车来到西站东里，下车后，她立马儿懵了。停放着十多辆自行车的墙垛子下，一辆车也没有了。甭问了，一定是让市容城管或公安给抄了。这个地方虽然不碍交通，也不碍市容，但是至少是无照经营。收赃销赃，公安也会管的，如果有证据说这些车是偷来的，人也是要抓的。

对了，她突然想起来，这些自行车里，至少有两辆车上是有车牌的，有牌的车就有主，公安是可以查到了。大意了，那天都想好了过来拆，结果苏甫一走，把这事就忘了。不过，就是警察来查，就一口咬定是收的，一个小男孩卖的，是六十块收的，不，说五十，或者四十，四十都多，就说三十收的，准备卖五十，十辆车才值几百块钱，够不上犯罪。

琦琦象泄了气的皮球，立刻就没精神了。她来到文哥家门前，看见文哥正坐在躺椅上喝茶。

"大哥，闲着呐？"琦琦打完招呼坐下。

文哥把腰直起来问："这几天怎么没来？小苏有消息了吗？"

"没有，他也不来个信儿，电话也打不通，急死了人了。"琦琦说。

"那天联合执法的来了，把你的自行车都拉走了，还过来让我给传个话，说看见你让你去派出所和工商局去处理。有功夫你去一趟。"文哥告诉琦琦。

琦琦满不在乎的说："没那闲功夫，总共十辆车，也就值几百块钱。回头我去了，定我个无照经营，再罚个底掉？罚钱都好说，顶多是这些车我不要了。到了警察那就不好说了，他要说有被窃车辆，还不定我个收赃销赃啊？"

文哥笑道："话儿我带到了，去不去由你，不过，我劝你还是改个行儿吧，别给自己招雷，给家里添麻烦。"

"谢谢大哥，我知道了。大哥，今天钱老爷子的鸡腿饭怎么还没做呢？没闻到香味儿。"琦琦一边观察一边问。

"钱爷又有麻烦了，昨天夜里火炉子让人偷走了，几十块蜂窝煤也被泼了水了。开不成了。"文哥惋惜的说。

琦琦愤怒的说："一定又是那帮孙子，看见钱老爷子的鸡腿饭卖得好，过来拆台的。"

"没办法？都是些鸡鸣狗咬之徒，尽干点下三滥的勾当。这倒好，省的城管市容的来管了。"文哥说。

"那好文哥，我去看看钱老爷子。您忙。"琦琦说完，走过去蹲在钱豹身边。"老爷子，又让人黑了？您瞧瞧，我就这几天没过来，谁这么大胆儿呀？您告诉我谁干的？我一脚给他踢碎了"琦琦逗钱豹开心的说。

钱豹低着头抽烟，一声不吭，只是叹气。

"叹什么气呀您？不就是一个火炉子，一口铁锅吗，能值什么线？旧货市场有的是，送货到家的。我去给您找一个去？"琦琦说。

钱豹摇摇头说："事情不是那么简单，这里边不只是一个炉子，一口锅的事，这个圈里也是有地盘的。在人家的地盘上，哪能让你踏踏实实的挣钱呢。"

琦琦不信的说："哪有那事呀，地是国家的，谁想圈就圈，那不成黑社会了？"

"地盘不是圈出来的，是由一种无形的力量逐渐形成的。就象是动物到处撒尿，就是占地盘，互相熟悉的狗不会在意，要是来条生狗，就得干起来。我在这里干这个，虽然说挣不了多少钱，但是还是抢了人家的生意。关键是我现在不吸烟，不在这里消费，他们当然把我当外人了。你不信我现在开始吸粉儿，那我就是抢手货了。"钱豹说得不无道理。

"有道理。人来人往，全是利益驱使，您是只赚不花，是招人恨了。"琦琦悟道。

"你的那些自行车，估计也是被举报了，你就别去要了。"钱豹告诉琦琦。

琦琦点头道："肯定不能去要了，那还不自投罗网啊。老爷子，想开点，我有点事情，我先办事去了。" 琦琦说完，站起来走了。

第一百一十篇 车摊被抄 推辆摩托

出门的时候兴致勃勃，没想到车摊儿被抄了，琦琦就象挨了一闷棍，她意识到，不能在这里再推车了。抄走那些车你可以说是收的，没多大事，而如果你再去推车，被抓了现行，那被抄走的自行车你还说是收的，就没人信了，全都是偷的了，罪过就大了，还是去城南吧。

上了公交车，稍一瞌睡，就坐过了，她冷不丁的一睁眼，问售票员到哪儿了，售货员告诉她，已经出了南四环了。

哎呦妈呦，快到河北了，到站赶紧下了车，掉头就往回走，不知道走了多远，终于看见一个桥洞。过了桥洞，顺着公路往回走，寻找公交车站。

眼前有个站牌子，琦琦也没瞧是几路，反正往北就行，管它是几路呢。就靠着站牌歇脚，走这一段路不近了，确实有些累了。

等了大约二十分钟，也没见有公交车来。这样等下去也不是事，索性再地下拐吧，实在不行，进到四环以里，打辆摩的，就直接回家了，今天真够背的。

琦琦继续往北，走了也就有二百多米，这时有一辆摩托车从她身边驶过，在前面一百多米处停下，驾驶员下来也没熄火，好象似拿着一件工具往菜地里送，离路边大约七八十米处有一个人在干活，两个在菜地里聊了起来。

当运动员的时候，琦琦经常到摩托训练基地去玩，人家运动员歇着的时候，她就骑上跑几圈。有时候车手正在聊天，她悄悄的过去骑上就跑，场地，越野都玩过，而且胆子贼大，比一般专业车手还疯。

前面这辆车摩托车，是辆七零儿，烧混合油，可能是机油的问题，排气里冒出轻微的烟，有机油味儿。

见了摩托车，琦琦大喜，习惯性的紧走两步，抬腿跨上车，一拧油门，"呜"的一下就扇了起来。按她的习惯，从来不用一档，直接二档起步，然后就是四档，转眼就进了四环。

摩托车到了玉泉营，上了三环路，一通发飙。排气管已经冒出了黑烟。

下了了三环，转了几条胡同，到了楼下，找个不碍事的地方停好，用钥匙锁上车，又把自行车推过来，在外面挡住摩托车，用自行车上的链锁把两辆车锁在一起，大功告成了。

琦琦笑着自语道："看你们这帮孙子还叫我自行车运动员不……"

她把摩托车前后检查了一遍，车上没有车牌儿，也没发现有什么特别之处，这才放下心来。一般来说，这种没有牌照的摩托车丢失或被盗，报案都没用。

已经是中午了，肚子饿了。她来到餐馆，点了俩菜，要了瓶啤酒，吃饱喝足以后，觉得身上很臭。就顺街而走，找了一家洗浴中心。

在温泉池里泡透以后，又到桑拿房里蒸，温度调的是五十五度，倾刻间就大汗淋漓，把头年的汗都蒸出来了。

蒸完以后，点了个搓澡工。挫澡的小姑娘技术很好，搓得琦琦很出火，身上搓下来不少的皴儿，皮肤一下儿白了许多，她很满意。换了睡服，去休息大厅里，要了一壶茶，喝透了以后，还觉得缺点什么。

"哎小姐，"她站起来对一个女服务员说："做按摩，找个男生啊。"

琦琦走后，钱豹连续抽了几支烟，心情糟透了。原本以为，做点小生意，撑点钱，有了积蓄，就可以回老家养老了。可是呢，这是得罪了哪路神仙，不给他留活路了。

也难说，做了一辈子的拿手，不就是做了一辈子坏事吗，做了那么多坏事，你说你金盆洗手了就完了吗？老天爷能答应吗？改邪归正也不是那么容易的。

事情不会象琦琦说得那么简单，再买个炉子买的锅就行了，这个道上的事情钱豹很清楚，砸炉子，搬炉子，只不过是个警告，让你滚蛋。若继续干，就不是搬炉子砸锅的事了，弄不好连人一块黑。

找地方租间房，开个门脸儿是再好不过了，那可需要不少钱呢。一年的房租，加上水电气成本，一下子就要拿出十万块来，哪有那么多钱，一年能卖出来十万吗？但是，现在这个地方肯定不能呆了，因为洁身自好肯定是行不通了，作为曾经吸过粉儿的人，万一再复吸，离死就不远了。

哎，人生一世，草木一秋。想我钱豹，江湖人称钱三抱，有一个女人让你抱过吗？活的也够他妈冤的。神拿门的三个师兄弟，男女三条光棍，自己混得这样还好意思说自己是做贼的。

"您是钱老师吗？"一个女孩的声音把钱豹的思路拉回到了现实当中。

钱豹翻了一下眼皮，见眼前站着一个年轻美丽的姑娘，正在向他微笑。

钱豹答道："不敢，我叫钱豹。姑娘你是……"

姑娘蹲下说："钱老师，我姓刘，您就叫我小刘吧。昨天在您这里吃过您的鸡腿饭，很好吃，今天您怎么没做？"

"火炉子，铁锅，都被人拿走了，蜂窝煤也被用水浇过了。开不了张了。"钱豹告诉小刘。

"哦，这些人真可恶。钱老师，我是来北京出差的，我们公司旗下有个餐饮公司，我看您做的鸡腿饭挺受欢迎的，如果您愿意，我们可以聘请您去我们餐饮公司做厨师。"小刘说话的声音很甜美，也很温馨。

钱豹好象无动于衷，但还是问："在什么地方？"

"青岛。很美丽的城市，如果您愿意的话，公司会包吃包住包上险，您愿意干到什么时候就干到什么时候。您只负责指导做鸡腿饭，"小刘说。

钱豹用怀疑的目光盯着小刘问："有那么好的事？我跟你萍水相逢，不沾亲，不带故，你不是骗我吧？"

小刘笑着说："钱老师，如果您兜里有个十万八万的，我来骗您也值当的。否则的话，我大老远的过来骗您，我图什么？"

"也是，钱某人就光棍一根薹，身上的肉也不多，做人肉包子都不好吃。不过小刘姑娘，我跟你素不相识，冷不丁的天上掉下馅饼来，还真不敢吃。谢谢你的好意。我会把你当菩萨供着的。"钱豹说。

小刘把一张写着地址的纸条交给钱豹，站起来说："钱老师，这是公司在青岛的地址，您什么时候想好了，随时可以去。您应该认识琦琦小姐吧，如果您见到她，可以跟她说，就说有个刘秘书问她认识不认识，她会帮您出主意的。不过，这个事情不要对外人讲，公司聘请您也是担风险的。那我先走了。钱老师，我在青岛等您啊。"

从天上往下掉鸽子蛋，张着嘴就能吃着，哪有那么好的事，活了大半辈子，一个米粒都要伸手去拿，不拿就吃不着。做了半辈子的拿手，不遭雷劈就便宜你了，还有主动找上门来给你工作，还包吃包住，还管上保险？糊弄谁呀？说不定就是这个圈里的人，骗我离开。去了青岛，我人生地不熟的，让人卖了还帮人数钱呢。

人生如路，四通八达，走错了方向，就是死路。走对了方向，总有好事在前头。

人生又如水，到处可流，流错了地方，很快就会干涸蒸发。渠道选择的准确，就能汇入大海。

人的一生，走上哪条路，真是不好选，但是走错了，还一辈子走下去，早晚会走上绝壁，一脚踩空，摔得粉身碎骨。

钱豹自从金盆洗手，退出神拿门，回老家呆了半年，彻底戒了毒。现在的钱豹已经不是从前的钱豹了。虽然有一阵儿想重操旧业，但还是忍住了。不得不说，这需要很强的定力才能做到，但是他做到了。走了正道，重新做人，头上砸个馅饼也不新鲜吧。

苏甫被母亲接回去以后，受到了很好的照顾，伤病控制的还不错，就等着护照了。一旦护照办下来就去国外做手术，医院已经联系好了。

苏甫住在山区的一栋别墅里，母亲每天都过来陪他。他向母亲讲了自己这些年的经历，并说到了琦琦和钱豹。琦琦是他最喜欢的女孩，而且为了他下海，吃了不少苦。他是非她不娶的。而钱豹虽然不承认是他养父，但是确实是他把自己养大的，老前辈能够金盆洗手并且戒毒成功，也是他非常佩服的，他希望母亲能帮助他。

苏甫的妈妈是公司的董事长，考虑问题是很全面的，她认为，苏甫是公司的继承人，不单要戒毒，他的身世也是要保密的，而最好的办法，就是把钱豹养起来，让他去个陌生的城市终老一生，良心上也过得去，所以就派刘秘书去北京找钱豹了。

是把钱豹养起来，让他去个陌生的城市终老一生，良心上也过得去，所以就派刘秘书去北京找钱豹了。

第一百一十一篇 天降馅饼 粉姐多情

米娜趴在马哥的怀里睡着了，两个人靠着墙坐了一宿。

天亮了，晨光照了进来。米娜醒了，看着被太阳映红的窗户，仿佛回到了两人初恋时的那个小卖部儿。

自然界就是这样，每天都在重复着昨天场景，又赋予人们新的内函，太阳没有变，大地也没有变，宇宙中的万物都没有变，只有身边的人变了。昨天还说我要爱你一辈子，上午也说我要陪你走到老，不知道为什么，几分以后就成了陌路人了。米娜呀，见了艾滋病的男人不躲，你真是女人中的大傻比。小马哥哥，见了你的米娜，你不搂，不抱，不亲，不上，你是男人中的大傻冒儿。鉴定完毕。

她慢慢的把脑袋从马哥的胳膊下退了出来，起身来到床边，穿上内衣内裤，裤子和半袖衫，蹬上运动鞋，系上了鞋带。

她蹲在地上，听着马哥呼吸的声音，真想扑上去发泄一番，但是她忍住了。她要出去找厕所，她憋了一宿了。

昨天让米娜折腾的够呛，实在是困，但心情松驰了下来，压力得到了释放。人就是贱骨头，昨天让米娜又打又踹，不可谓不重，怎么就不觉得疼呢，记得好象她扇的挺狠的，他也没有反抗，心甘情愿的承受着。

米娜什么时候走的，怎么不知道？又或许感觉到了，装做不知道吧？不知道就对了，就说你知道了，你能挽留她吗。

既然住所被米娜知道了，就没必要躲闪了。洗漱完了以后，到外面小吃部吃早点，要了一碗卤炸豆腐，一笼包子，吃得很舒坦。今天不用出工了，在小区里溜一圈，然后回去补觉。

老前辈坐在一摞塑料小凳上闷头儿抽烟，好象正在想事。

"老前辈，想什么呢，又琢磨着抱谁呢？"马哥调侃着过来。钱豹抬屁股，把下面的凳子分出一个给马哥，让他坐下。

"小马，有个事你帮我分析分析。"钱豹说。

"哟，什么事呀，还用我帮着分析，不是去拿银行吧？"马哥坐在板凳上。

钱豹苦笑着说："跟去拿银行差不多。这么个事，昨天有一个女孩来找我，说她们公司要聘我去做大厨，专门做鸡腿饭，还管吃管住管上三险，你说这不是跟去拿银行差不多吗？我没敢答应她，万一要是骗子呢。"

马哥笑道："前辈，人家女孩子要骗，怎么也得找个象我这样英俊潇洒的骗呀，人家骗您什么？您瞧您，房无一间，地无一垄。若说是骗色，您自己信吗？人家就是看上您的技术了，鸡腿饭能给人家赚钱。要说骗，把她和您放一块，谁骗谁都不一定呢。"

"也是，拐个孩子还能卖个万八千呢。拐了我她卖谁去？对了，没准她妈守寡寻夫，找到这来了，那倒应该去应聘。"钱豹分析着说。

"有道理，抱女人您是专家，名扬四海，可能人家是慕名而来也不一定。前辈，您还姓钱吗，想什么呢？要真有这好事，还不排队打破脑袋。"马哥拿钱豹开涮了。

"也是，不开玩笑。这个女孩自称是刘秘书，说琦琦认识她，我是不是问问琦琦呀？"钱豹问小马。

"必须的，既然琦琦认识她，那她一定有来路，问问琦琦就明白了。只要不是请您去教授拿手，就是正路子，就是机遇，就大胆去。没准后半生就拿下了。"马哥肯定的说。

钱豹点点头。

一蛋妈从小屋里出来，和钱豹打招呼。

"前辈，不准备开张啦？今天又吃不上了吧？"一蛋妈问。

钱豹苦笑道："我被黑上了，再干就不是搬炉子搬锅了，没准就该刨房子了。"

一蛋妈无奈的说："是，暗箭难防。哟，这个帅哥是您什么人呀？"

"侄子。小马，这是拉拉妈，她一家人都对我挺照顾的。以后需要什么可以找她。"钱豹给介绍说。

"大姐好，您叫我小马就行了，以后会麻烦您的。谢谢您。"

一蛋妈想了一下问："听说过，在广州的时候，有个叫小马哥的，好象就是你吧？"

"是大姐，我是在广州呆过，脏了您的耳朵了。不好意思。"小马说。

"你们聊，我去找孩子，他叔推着玩儿呢，不知哪去了，孩子该吃奶了。"说完，去找小立竿儿了。

马哥也站起来说："前辈，等琦琦来了您问问她，这是好事，机会别错过了。我过去跟文哥打个招呼。"

"走你的。"钱豹说。

"文哥，忙呢您？" 马哥跟文哥打招呼。

"小马呀，过来坐，今天怎么闲着，出来到这儿逛来了，你也不怕碰上？"文哥问。

马哥坐下，点燃一支烟说："不用躲了，昨天让琦琦给我出卖了，把我堵屋里了。这个琦琦，没脑子。您怎么着，什么时候搬呀，我过来帮忙儿。"

文哥摆手说："行了，不搬呢。现在搬家不用自己干，有搬家公司，花几百块钱完事。怎么着，找小王呢？他还没回来呢，听说是回老家拔麦子，拔完了才回来呢。"

"他拔麦子？鬼才信，就是种一年麦子，一亩地的收成也不如倒个手机。他这次回去带走了不少手机，估计得卖完了才回来。我今天出来溜溜，透透气。这一阵儿又拆了好几家儿了？" 马哥说。

"是，走了四五家。谁合适谁走吧，这个地方太脏了。怎么样，你跟米姑娘和好啦？" 文哥关心的问。

马哥摇头又点头的说："本来就没什么，我现在是有些不方便才躲着她，她也理解。那文哥，我回去睡个回笼觉，您有活儿的时候喊我一声儿。"

"行，你回去歇着吧。有活儿时叫你。"文哥说。

马哥径直往家走，不用拐弯儿了，这一片房子都拆了，从租房处可以直接着见文哥家，如果文哥家再拆了，视野就更阔了，可以直接看到远处的西客站了。

来到家门口，一个三十岁左右的女人正在门前磕瓜子。她就是给马哥和琦琦供粉儿的上家儿。马哥在这里住了快俩月了，虽然从她手里买烟，那都是从房樑上往过递，碰过几次面儿也是黑天。今天还是第一次在白天看见她。这个女人保养的很好，身材微胖但很匀称，白白嫩嫩的皮肤充满了胶原蛋白。中等个，但穿着很普通。老远见马哥过来，她来了个飞眼儿，未出声先笑了，很勾人。

"小弟，忙什么呢？白天很少见你出门儿呀？"她说话的声音透出酥酥的感觉。

马哥忙回道："大姐，哦，出去吃早点，顺便见了个朋友。您怎么这么闲着？"

"等你呢，来，到我屋里来坐会，我跟你聊聊。"卖粉儿大姐在前面先进了院门，来到自己屋前，转过身档住去路，用手往屋里让。

马哥虽说很少跟她说话，但毕竟每天都要买粉儿，也不算陌生，她又是供货商，维着点儿是必须的，就抬腿迈进了门坎。

大姐屋里很干净，双人床上的床单铺得很平整。家俱比较简单，一个折叠圆桌，一把椅子，和一个老式脱了漆的大衣柜。

马哥进屋以后，见只有一把椅子，不好意思坐，只好站着。

"坐床上，没事。"大姐说。

马哥不好意思的说："不用了，坐脏了还得洗。"

"瞧你说得什么话，坐下小弟。"大姐过来拽了他一把，把他按坐在床上。自己拉过那把椅子，和马哥对坐。她撩了下头发，嫣然一笑，很妩媚动人，

卖粉大姐酸溜溜的说："我今天呀，在门口特意等着你，咱姐俩认识两个月了，只知道你是个帅哥，都没福气仔细看过。小弟，你真帅，让大

姐好好过过眼瘾。嗯，看得姐心里痒痒的。"

"大姐，你也很漂亮。"马哥礼尚往来的回了一句。

卖粉大姐身子往后一靠，一条腿往另一条腿上一跷，由于她穿的裙子是前开衩，腿一撩，裙摆垂下，直接把整条大腿露了出来，渐隐渐现的阴户表明，她里面没穿短裤。

"大姐，你……"马哥有些惊讶。

大姐把腿放下叉开，私处完全暴露，她把椅子往前一拉，双腿把马哥的双腿卡住，趁马哥一愣的瞬间，大姐把连衣裙往上一撩，从头上脱了下来，原来她也没带乳罩。

她把马哥紧紧的抱住，脑袋往他怀里扎，嘴里说着："小弟，我想死你了，抱着我……"

马哥的双腿被卡住，只能上身来躲闪，无奈被她抱住了腰，无论如何也挣脱不出来。

"大姐，你别这样，我有女朋友了。大姐，你别……"马哥肯求着。

卖粉大姐往前一扑，把身体压在他身上。由于她浑身赤裸，马哥的手不敢动她，所以用不上力。她夹住他的腿，搂着他的腰，摆动着丰满的臀，对他进行挑逗，她认为，没有一个男人能在她疯狂的磨蹭下不被俘虏。

她边扭着腰枝边说："小弟，我喜欢你，我天天想你，我心甘情愿的让你做，小弟，抱我……"

马哥知道她来真的了，所以必须挣脱出去。他用双手抵住她的双肩，开始发力，想把她推开。

"你弄疼我了。你再敢动，我就光着腚跑出去喊人，说你强奸你信不信。给我老实呆着，抱着我。小弟，别怕，我是单身，你随便玩。"大姐说。

她这一招真管用，马哥立马松开了她的肩，搂住了她的腰，任她摆布。

她一边啃他脸，一边解他衣扣，扒下他的衣服，开始在他胸脯上亲吻，嘴上亲吻的同时，又解了他的裤扣，把手伸进了他的内裤里。

"大姐，你随便玩儿吧，我也很喜欢你。但是我必须要先说一句话，然后我就不反抗了，只要你喜欢，我们可以住一个屋子里，天天玩儿个够。"马哥说。

大姐抱住他的头，在他脸上亲吻几下说："小弟，我真喜欢你，你说，姐听着。"

"我有病，是传染病。"马哥说话的同时，把搂着她的腰的手松开，向两边摊着。

"小弟，姐喜欢你，姐什么都不怕。姐想要你的全部，包括你的病。"她不信他说的话，她说。

"艾滋病，我不想传给喜欢我和我喜欢的女人。姐，包括你。"马哥认真的说。

"什么，艾滋病？骗人，你以为我是吓大的？这种老掉牙的招儿你也拿出来用？那都是女人骗流氓的。"大姐满不在乎的说。她根本就不信。

马哥既不反抗，也不辨解，他对她说："大姐，我有家庭，有儿子，就是因为得了艾滋病才搬出来住，信不信由你。我的钱夹里有化验单，不信你可以自己瞧。你考虑了好了，如果你不在意，我可以与你长期同居，甚至我可以养着你。反正医生说我还有一年的阳寿。"

卖粉儿大姐心里一阵乱颤，嘴里假装若无其事的说："是吗？化验单在哪儿？我看看，我长这么大，还没见过艾滋病的化验单是什么样呢。"

她借势从他身上下来，假装翻他的衣兜，又怕衣服上也能传染，赶紧又放下说道："对了，这是你的隐私，我不能看。不过，无论你有没有艾滋病，我都喜欢你，愿意让你上我。可惜了，今天没有安全套。下午我出去买一盒，晚上用，你晚上过来，咱俩玩个够。"

马哥从床上站起来，系上裤扣后，伸手去抓卖粉儿大姐的乳房，把她吓得脸色苍白。他又伸脑袋用嘴去亲她，吓得她赶紧跑开，并抓起连衣裙往头上套。

马哥穿上衣服，伸开双臂说："姐，抱抱……"

第一百一十二篇　琦琦释疑　钱豹谢恩

　　琦琦这一天还真忙活，虽然自行车都被抄走了，却又鬼使神差的弄辆摩托车玩。蒸了桑拿，做了全身保健，回来睡了一觉。睡醒了以后，喝了一碗粥，觉得精神头儿十足，就端了半盆水，拿了一块布，下楼把摩托车擦了一遍。

　　回到楼上，又找出一袋儿皮鞋油和一块干布下楼，把白鞋油挤在车上，用布研开，涂抹均匀，稍等片刻，用干布抛光后，摩托车马上就变新了。

　　她把擦车布扔进垃圾桶，车推出来踩着火儿，骑上在小区周边转了几圈。看天渐黑，觉得不尽性，遂上了三环，跑了一阵，才想起来三环禁摩。驶出三环，三拐两拐的进了西站东里。

　　夜晚的小区里，看着有些瘆得慌。居民搬走了，房子就拆了，许多房子成了单独的个体，在黑暗中看着就是个地堡。昏暗的路灯闪着微弱的光，在破砖烂瓦的反射下，更增显得恐佈和充满神密感。

　　还好，文哥门前依旧聚着不少人气儿。东边电线杆子还没拆，路灯按时能亮，虽有些远，但灯光能与文哥家门前的灯光衔接，形成一片较亮的开阔地。　文哥家西面也有个路灯，前几天被一些吸粉的给打碎了，然后换一个大灯泡，所以比以前亮了许多，但是从亮处往远处看，有一些蜡烛发出的亮儿，就象鬼火儿，一闪一闪的，加上幽灵般晃动人影，仿佛到了冥界似的，但是习惯就好了。

　　忙碌了一天，天黑才返回的拿手，会在文哥这里补充一些给养，所谓的给养，无非就是一盒烟，一瓶水，一根腊烛和一块发糕或一块儿巧克力。几块钱的事。

　　有一个年轻人发牢骚说："本来学的是吃肉的技术，这倒好，连根小萝卜都吃不上。都说我们不劳而获，我今天转了大半个北京城，地下走就有二十多公里，算不算劳动？结果连根儿火柴棍都没拿着。这是不劳而获？

我要帮您换罐煤气去，您也得给碗面条吃吧。"

　　一个中年人过来，要了一瓶小牛二，一口气喝干后说："大哥，记账。"把瓶子扔向渣土堆，头也不回的就走了。

　　琦琦把摩托车停靠在路边，过来叫了声："大哥，生意够火的呀，您家门口儿真成黑市了？"

　　"你是鸟枪换炮了，自行车不玩了，改摩托车了。晚上出来要小心，这些日子查得紧。"文哥说。

　　"没事，我有驾驶本，这车又没牌子。我刚才还上三环了呢。"

　　"胆儿够大的，又没戴头盔，抓住就直接扣车。弄不好还得拘几天。"文哥说。

　　"那么严重啊，我有本儿，但是没上过马路，今天第一次。"琦琦有些后怕。

　　文哥关心的问："小苏怎么样了，手术做了吗？"

　　琦琦告诉文哥："还是没信儿，电话也打不通。大哥，拿您一盒红梅，今天出来没带钱。"

　　"拿着抽，甭给了。"文哥说。

　　琦琦小声问："这里晚上人还真多呀？有不少生面孔，不会是……"

　　"这些人都是小打小闹的，走的早，回来的晚。有的人拿个手机随身听什么的，到这里销货。哎，钱爷有事，说让你过来去找他下。"文哥告诉琦琦。

　　琦琦站起来说："行，我过去看看。"

　　钱豹正坐门口的墙根下抽烟，见琦琦过来，就递递给她一个塑料凳子，琦琦坐下问："老爷子，什么事呀找我？"

　　钱豹小声说："昨天有一个姑娘来找我，说请我去做鸡腿饭，还管吃管住管保险，你说能有这种好事吗，所以想让你帮着拿拿主意。"

　　琦琦一摆手说："不可能，现在年轻的还下岗呢，人家请您干嘛？鸡腿饭又不是什么高精尖。是不是骗子呀？嗯，也没准知道您是单身，要跟您处对象？不对，年轻的姑娘？不大可能，知道了，给她妈找老伴，相中您了。"

钱豹一指琦琦说："没正经。我问你，有个刘秘书，你认识吗？她说跟你一提你就知道。"

琦琦悟道："刘秘书？明白了。老爷子，这一定是苏甫回去以后，把您的事跟他妈说了。您想啊，虽然您不承认他是您徒弟，也不承认您是他养父，但是他毕竟是您给养大的，而且将来苏甫要继承家里的事业，如果有一个您这样做扒拿的养父，会对他有影响的，所以给您安排个工作，把您养起来，也是大好事呀。不过，以后您要管住自己的嘴，不要提任何关于神拿门的事，这样就是保护苏甫，也是保护您自己。"

听了琦琦的话，钱豹非常激动。想自己这一生，颠沛流离，扒拿四方，最后落得身无分文，幸亏年初时金盆洗手又戒了毒，虽然说也是出于被迫，但是毕竟是属于回头是岸那种。几次想重操旧业，但还是挺过来了。要说苏甫，也不是自己买的孩子，别人说是捡的，自己才收留的，相依为命的过了二十年。后悔的是，当初不应该教他拿手，又出于私心，并没有帮他寻亲，把孩子给耽误了。不过，还算老天有眼，琦琦帮他找到了家，她不单是苏甫的恩人，也是钱豹的恩人。

世间的事变化太快了，昨天还想着练镊子功，今天就有人扶了一把。看来，放下屠刀，立地成佛还是可能的。

"谢谢琦姑娘，你和苏甫就是我的贵人。我曾经多少次想过，如果能在一个单位，正式的上一天班，拿一天工钱，也算是正经人了，就是脱离苦海了。做梦都想过，没想到来的这么快。多谢琦琦姑娘，多……"钱豹一个劲儿的道谢。

"行了，您跳出苦海上岸了，我可舍身取义了。您呀，到那以后，别跟人家谈什么过高的条件，少说话，多干活，能干个十年八年的最好，钱要省着花，多攒点儿养老钱。"琦琦嘱咐着。

"谁的摩托车呀？"有一个中等身材的男青年问。

琦琦站起说："喊什么喊，我的。"

"哟，自行车运动员，你的车呀？"男青年说。

琦琦一听叫她运动员，顿时火冒三丈，骂道："放你妈的屁，谁是运动员，找抽呢？"

男青年马上满脸堆笑叫："哟大姐，是大姐的。我说呢，刚才看你开摩托车那个背影，啊，潇洒，飘逸，那叫一个美。怎么着大姐，你要闲着，拉个活儿，送我去趟沙子口儿"

"不去，没戴头盔，晚上查的严。"琦琦说。

男青年又说："租你的车，行了吧。租一次五十。"

"不租，马路上让警察扣了，你跑了，我找谁要去。"琦琦说完，又坐回板凳上。

男青年哈着腰说："我买，我买行了吧。你要多少钱？我买。"

琦琦一翻眼珠说："车是我跟朋友借的，不过他倒是想卖，他说去年有个人想买，给他一千一，他没卖。"琦琦张嘴就编。

男青年想了想说："去年要值一千一，今年也就值七百了。大姐，我给你八百，卖我吧。"

"哟，八百呀才，少点儿了，还不到一千呢就买辆摩托车，还不如一辆电动车呢？"琦琦说。

"大姐，电动车能上路，还不烧油，摩托不行，没牌子没手续，扣了就要不回来了。我这是今天有急事，给客户送货才买你的车，你今天卖给我，你要觉得卖亏了，明天还可以买回去，让你赚五十，你看怎么样？"男青年说。

琦琦站起来说："这样吧，朋友的车，卖太少了不合适，你要想买，就给九百吧。你看这辆还挺新的呢，跑起来也挺给力。这个车在我手里就是开着玩。到你手儿就不一样了，一晚上送两趟货就赚回来了。是吧我说的。"

"行，多一百钱的事，给你九百。"男青年掏出钱，数了九张递给琦琦，琦琦交了钥匙。交易完毕。

男青年拿着车钥匙说："姐说得对，有了这辆车，就能往远处送货了。能送货上门，货就卖的多，价钱也好。"

"别白呼了，赶紧推走，这辆车跟我没关系了。"琦琦说。

男青年坐上车，用脚踢起车支子，跟着一踹打着火，给一把油儿就开跑了。

琦琦坐下说："自行车抄走了，挺烦的，坐车又坐过了站，往回走的时候，看见这辆摩托，没拔钥匙还没熄火。开始的时候就想着开着跑一圈，开着开着开家来了，还有人追着要，什么事呀？"

钱豹叹道："长江后浪推前浪啊！"

琦琦笑道："您是前浪，前浪上岸晒太阳。我是后浪，后浪还得浪打浪，不知道什么时候能后浪变前浪，变成前浪就有希望。"

"照这么说，我还是越早走越好。明天就去买车票。你看看，活了半辈子了，今天倒嗛不住粪了。"钱豹有些激动的说。

"您这是人逢喜事精神爽。老爷子，我去给您买票。您临走时和大伙告个别，就是别提苏甫，知道吧？"琦琦小声说。

"知道，苏甫是谁呀，我不认识。琦琦，从明天开始，我也不叫钱豹了。这个世界上，根本就没有钱豹这个人。"钱豹说得有些兴奋。

"您改名字啦？您不是还要抱仨抱俩的吗？"琦琦问。

"明天你去买票，带着我的身份证，看仔细了我叫什么。"钱豹说着，掏出身份证交给琦琦。

琦琦接过来，对着灯仔细看，念道："钱龙。您叫钱龙，跟皇上同名。什么时候改的？"

钱豹摆下手说："本来就没改，江湖名字叫钱豹，本名叫钱龙。因为钱龙这两个字太特殊了，容易暴露。"

"挺好的，名字都改了，您就算彻底上去了。您看，我今天还得拐着回去，我先走了。明个去给您买票。"琦琦说说，站起来走了。

第一百一十三篇 钱豹归正 晚辈送行

今天为钱豹践行，马哥，琦琦，米娜，玲玲都到场了。大家进包间落座，马哥把师叔的行李箱靠在墙角儿，看了一眼座位后，坐在玲玲左手。

这是一张十人的台面，钱豹坐里手，右侧是琦琦，左侧是米娜，米娜左边是玲玲，马哥虽然是男生，又是神拿们的弟子，但是今天的场合，琦琦的地位很重要，马哥肯定会礼让三分。左侧的米娜被钱豹称为大师姑，可见在老前辈的心里还是有份量的，只有玲玲什么都不是，但是她已经挨着米娜坐下了，自己又不能过去挨着琦琦坐，只能屈尊坐在玲玲边上了。

菜早就点了，人齐了，服务员开始上菜，并且为每个人倒一杯啤酒。大家举杯，共同干了一杯。

"前辈，这回您是彻底上去了，可喜可贺。今天大家能坐在一起，也是托您的福，我敬您一杯。"米娜说着，把杯里的酒喝干了。

钱豹喝了一口酒说："是，彻底上岸了。虽然说太晚了，要是能多活几年呢，也就值了。"

"琦琦姐，前辈找到了工作，能够立地成佛，你功不可没，我也敬你一杯。"说完端杯喝了一口。

"嘻，没我什么事，老爷子是自己放下屠刀，戒拿戒粉儿的。老爷子，祝您今后一路顺风，干一杯。"琦琦说完干了一杯。

钱豹很激动的说："琦琦姑娘，大姑姐，神拿门的三个师兄弟中，就是我省悟的最晚，混得也最惨。以前老说苦海无边，回头是岸，放下屠刀，立地成佛，到了现在这个年纪，才真的体会出来。什么是佛？能安安心心的过日子，每天不用提心吊胆的活着，这就是成佛了。今天你们是给我践行。非常感谢，您们畅开了吃，畅开了喝，我结账。这是我第一次用我干活挣的钱请客。"

"当然得吃您了，不吃多亏呀。您上去了，把我们搁这儿了。亏了我们还叫您前辈呢？"玲玲一边吃一边说。

马哥很赞同玲玲说得话，附合着跟了个笑。玲玲斜了马哥一眼，她右手拿筷子，左手放在他的大腿上。

米娜有所查觉，用左手在玲玲的屁股上掐了一把。

送走了钱豹，米娜，玲玲和琦琦，来到马哥租住的房子里聊天儿。因为喝了酒，姑娘们都挺兴奋，她们坐在床上，你一言我一语的互相调侃。马哥靠墙坐在椅子上，似听非听的假装跟着笑。她们三个唧唧喳喳的，倒底说的什么，他一句没也没听清。

说话也能说累了，三个人相继闭上眼，靠着墙睡着了。

马哥见她们都消停了，也不敢打扰，也靠墙闭眼的假装睡觉。

说是睡着了。只不过就是闭着眼。米娜的心里却是七上八下的。老前辈去了青岛，后半辈子有了着落，脱离苦海以后，真是很风光了。苏甫找到了妈妈，回家去了，凭他家的条件，以后也不可能在做这门儿生意了。还是琦琦有眼光，只要把苏甫这个绩优股揣在怀里不撒手，未来也是光明的。

天快黑了，马哥装作就跟刚睡醒似的，把跷着腿往下一放，弄出了点动静，把她们惊醒了。

"几位大小姐，快黑天啦，该动活儿着了。是神的归庙，是鬼的归坟。"马哥叫着说。

琦琦睁开眼睛说："我们是神了鬼了的，你是什么呀？你往哪归？"

马哥笑道："我是当坊土地爷，哪都不能去，只能在这儿守着。"

米娜眼皮都没抬就说："困死了。那我是土地婆儿，也不用走了。"

玲玲往表姐身上一靠说："我是土地爷家里的姑奶奶，我也不走了。"

"嘻，你们仨啊，透着是一家子，合着就轰我一人儿呢？这个平时呀，你们俩老跟我捣乱，我今天也跟你们起起腻。岁数无大小，进屋有先后，米娜是大老婆，玲玲是二老婆，我是小三，小老婆儿。我也不走了。反正我现在也单着了，就睡这床上了。"琦琦说完，耍赖就要躺。

玲玲伸出脚占上地儿，她说："这个床太窄，躺不下四个人，直着摆也只能摆仨人儿，大老婆在里边，二老婆睡外边，咱爷们睡中间儿，没你的地儿，要不你睡地下，你是小三儿，床上没你地儿。"

"床上没我地儿，我不争，谁让我是小三呢。你们先躺，躺好了我再躺，对了，我趴着，我趴上边，我趴他身上。哈哈哈，我趴着。"

三个女人一台戏，琦琦也是很长时间没这么开心过，女人一兴奋，就爱抢着说话，抢话的时候调门儿就高，调门儿高了，就吵得四邻不安。

隔壁卖粉儿的大姐，在她的屋里听的真真儿的，心中一股醋劲涌了上来。这个小马，给脸不要脸，我都脱光了求你，你告你有艾滋病，还拿老娘开涮。这可到好，你招了一大帮骚娘们在家鬼混，什么东西。

老娘是什么人？生意人，做大生意的生意人。你是什么人，一个烟鬼，下等人。让你玩儿，真是他妈高抬你了，把你当人了。

不过，话又说回来了，小马真是个帅小伙，有几个女人见了能扛得住啊？成天有一大帮娘们围着转，证明招女人待见，说明自己也有眼光。虽然自己年龄稍长，但姿色有啊，长得显年轻啊，要说三十以里，二十六七岁也有人信呀？我就不信了，这个傻蛋见了我不起性，况且我还是他的上家儿，每天要从我这里拿粉儿，他得罪我，也是有后果的。还有那个琦琦，这几天也单着了，经常往小马这里跑，这个小骚儿，我断你的货，我要告诉所有的姐们儿都不卖给你，没辙了你得去找男的买，那些卖粉的男人会让你出火的。

聊的尽性，玩得开心。米娜琢磨着，自己不走，这俩人真敢在这里陪着，还是回去吧。她下地穿鞋，整了整衣服说："该走了玲玲，让小老婆值班吧。"

玲玲也下了地，穿上鞋来到门口，拉着了灯等着。

"哪有这么轰人的？不仗义。"琦琦说着，也下地穿上鞋往外走。

马哥也站起来往外送。玲玲先蹦了出去，琦琦也迈了出去，唯米娜不舍，马哥用手扶着她的腰往外送了下，米娜也出了屋。马哥关上电灯，和她们一起出门儿。送了几步，停下又聊了会儿，三个人离去，马哥转身往回走，进大门拐弯，回到自己屋内。他关上门，插了插销，拉着了灯，一扭头，他惊住了。

在马哥的屋里，卖粉大姐正光着眼子躺在床上，见马哥进，她用手托腮，向他抛着媚眼儿。

因为有过一次接触，彼此也很熟悉了，他并不惊慌，他坐到椅子上，掏出一支烟点燃，边吸边仔细端祥床上的这个女人。

上次在大姐屋里，由于事发突然，加上距离较近，马哥并没有看清她的体貌。今天在自己屋内，她又是赤身躺着，上面的乳峰和下面的蜜穴一览无余。

她的皮肤很白，很细，紧绷的表层泛出油光，摸着一定很滑，苍蝇落上都会摔跟头吧，他是这么认为的。

适应了室内的反射光后，马哥再细看，她那粉嫩的肌肤，从上到下没有一个黑点，非常干净。她的身材微胖丰腴，凹凸处过度极其富有线性，加上屋内灯光昏暗，一个婉若少女般的美人，就躺在了马哥的床上。

"大姐，你很美。非常的性感。"马哥赞道。

"你喜欢吗？喜欢就是你的。"大姐挑逗着说。

马哥抽了口烟说："很欣赏，的确是天生丽质。所有男人都喜欢的那种。"

"你能坐到床上来和我聊天吗？"大姐带有肯求的语调说。

"大姐，看美女时一定要有距离，如果钻的被窝里，那就看谁都一样了。"马哥说。

"胡说，远了只能看，不能摸，看跟摸能一样吗？你过来摸摸试试，找找感觉。"大姐说。

马哥又掏出一支烟兑着火，抽了一口说："男人看美女，一定要仔细品，仔细琢磨，一定要使欲望达到生理的极限，要使荷尔蒙能够充斥到每一根毛发的顶端，这才是男人的最高境界。如果此时你往上一趴，得，就和所有动物没什么区别了。"

"你现在还没到顶端吗？看得见摸不着算什么最高境界？按你的说法，看毛片儿不就得了。坐过来。" 大姐再一次请求他。

"大姐，在女人里，你的确很有魅力，不想上你的男人，一定是底下的那根儿筋断了，大傻蛋一个。我也是，每次看见你就会产生冲动，但是我有病，告诉过你的。"马哥说。

"骗谁呢？再说了，她们都不怕，我怕什么？那天你以为我真怕了呢？我那是逗你玩呢。小马，过来抱着我，过来呀，我求你还不行吗？操，我活了一辈子，还是第一次求一个男人。"她快扛不住了。

"你说的她们指的是刚才那几个人吧？她们都是我的亲人，没有那种关系，而且她们也都知道我有病。"小马说。

大姐坐起来，张开双臂，示意小马过来。她的乳房很大很挺且富有弹性，瑰玫色的乳头就象小豆豆开了花，开放的纹理清晰，一定是没奶过孩子，确实是很迷人。她的腹部平滑干净，不见有妊娠纹。而马哥坐在那里只是欣赏，没有挪屁股的意思。

她实在按捺不住了，从床上下来，扭腰过去，胳膊搂住他的脖子，屁股坐在他的腿上。她用一只手从背后抓住他的手往前拉，让他抱着腰。胸往上举，用乳房去找他的嘴，他不张嘴，她捏住他的鼻子，他只好用嘴呼吸，他的嘴被封堵了。她松开他的鼻子，两只手抱紧他的头，不让他脸从她的胸前抽走。其实，马哥此时已经不挣绷了，再怎么着，女人都到这份上了，他都不能给脸不要脸了，就算被强奸了吧。

"小宝贝儿，上床吧，我伺候你。"她边说，身体边往坠，她认为他会把她抱起来上床。他依旧不挣扎，随着她的劲儿往下低头哈腰。她坐到地上，依旧抱紧他往下坠，他只能趴了上去。

她一只手抱着马哥的脖子，一只手开始解开他的衣扣儿。他配合她脱掉了上身穿的丁恤，露出宽阔的臂膀，发达的胸肌让她欣喜若狂，她抱着他的腰，跷起头，疯狂的吸吮他的乳头，同时，腾出一只手，抻开他的裤腰带，把手伸进他的裤子里……

马哥觉得很爽，他已经很久没接触过女人了。被一个近似疯狂的女人求欢，是他求之不得的事情，但他心里清楚，与这种女人不能走得太近，更不能让她得到自己的全部，况且，既然人家喜欢你，你就不能害人家，还是说清楚为好。

大姐很老道，她不想马上解决战斗。好不容易弄到的东东，一定要玩儿够。她搂住他的脖子，把身体一挺，翻身坐在他的肚子上。

她要把前戏做足了，让他暴发出兽性来，施展他雄性的本能，那他一定会对她发泄出全部能量，她会照单全收的。

"姐，我先跟你说个事。说完了再玩儿。"马哥说。

"我不听，我今天什么也不听，我要玩儿死你。"她说。

"好吧。"马哥说完，同样一翻身，把她压在了下面，自己脱了裤子，骑在她身上，健硕的小弟弟对准了她的地道口儿。

她非常兴奋，非常期待，这一刻终于到来了，这个男人属于她了。

马哥探身伸手拿起裤子，从裤兜里掏出钱夹，拿出那张化验单。

"姐，你很漂亮，很有女人味儿，咱俩住隔壁，多少次都想着去你屋里，既使犯强奸罪也是值得的。我承认我很怂，但是今天不一样了，你会被我弄的死去活来的，我一定让你做一次真女人。你只要能扛住我，那天下所有的男人就都不算事了。可是，你真的喜欢我？"马哥很认真的说。

"我真喜欢你，我都脱了，这还有假吗？"她也认真的说。

马哥依旧认真的问："你愿意嫁给我吗？如果我真有艾滋病，你还会喜欢我？"

"你有什么病我都不怕，只要你敢娶，我就愿意嫁。什么它妈艾滋病，这病那病，都不叫事。小哥哥，你快点吧，我等不及了。"她说。

第一百一十四篇 艾滋吓粉姐 戒烟又重吸

马哥把化验单抖了一下打开，举在她的脸上方说："但我必须先告诉你，然后再玩儿。这是化验单，上面写着艾滋病阳性，已经两年了，两年来，你是第一个知道我有艾滋病还心甘情愿让我玩儿的女人，而且是这么漂亮的女人，我很感激你，我喜欢你，我要娶你，和你过到老，虽然可能得病以后只能活几年，但只要是真心相爱，我可以跟你一起死。姐，你把腿又开，鸳鸯要戏水了……"

吓死了。卖粉大姐浑身起鸡皮疙瘩，想用手去捂阴门，双手早被马哥按住，她用力夹紧双腿，不停的打挺儿。

马哥很认真的用嘴吃她的乳，下体也在划动。

她早已魂飞魄散，不停的哀求道："别别，小弟，小弟，大哥，大哥，爸爸，亲爸爸，饶命饶命。亲爸爸饶命……我给你钱。"

她已经筋疲力尽，无力抵抗了。马哥也松开了她的手，轻拍了一下她的脸说："你真可爱。"又在她的胸上揉了几把，才起来躺在床上，而他的小弟弟依旧处于工作状态。

她从地上爬起来，从马哥身下抽出套头裙，往脑袋上一套，遮住身体才发现穿反了，她也顾不了那么多了，踏拉着鞋，拉门出去了。

事实证明，卖粉大姐只是久单难寂，饱暖思淫，这种人谈什么爱情婚姻，那只是在欲火烧得她百爪挠心的时候，憋不住了，想发泄一下而已。

聪明的女人做出聪明的选择，一点都不觉得可笑，如果她还是要愣往上上，那就真应了那句京骂，傻拨一了。

马哥躺在床上，呼呼的睡着了。

卖粉大姐回到屋里，赶紧找出一身衣服，装在塑料袋里，提着出门儿，直接进了洗浴中心。

她把那件套头衫直接扔进了坑圾桶，然后跳进池子里泡澡，池子上方吊个牌子，上面写着三个字：温泉池。

　　她经常来这个洗浴中心，也知道此温泉非真温泉，不过无所谓，人都爱慕虚荣，就象饭桌上，只要喝的是用茅台瓶子装的酒，就是喝过茅台了。上来的鱼翅，明显就是粉丝，也不会有人说破，毕竟没花真酒真翅的钱。

　　不过，今天洗澡，不是享受来了，而是真真正正的洗来了，就是不知道要洗多少遍才能彻底洗干净。

　　她用了四袋浴液，两小袋牙膏和牙刷。先把浴液涂抹全身，然后反复用喷淋冲刷。她把浴液涂抹在蜜穴内外，反复挫揉数十遍后，用喷头对着冲洗，一连挫抹冲洗四五遍，还不放心，遂拔下喷头，用管子直接冲洗里面，直到有些疼痛感了才作罢。她把牙膏挤在牙刷上，把整个口腔刷了许多遍，冲净后，又把剩下的牙膏挤到嘴里，灌点儿水，反复的在嘴里漱，口腔都变的干涩了，才把牙膏沫喷出来，水管子对着嘴冲了两分钟，总算从感觉上放心了。

　　出了洗浴中心，她突然感到很委屈，自己独身在外闯荡，心里和生理上的压力，已经达到了女人能够承受的极限，实在难熬了，也还是有发泄的地方的，不过那些只是发泄，解压，享受服务，花钱就能办到。但她要的是两情相悦的爱情，能够天天抱睡的男人，他一定要是一个高高的，壮壮的，帅帅的俊男，就是小马那样的。而且他和她就隔着一道板墙，夜里说梦话都能听到，这不是天作之合吗。

　　这两次都现大发了，脱光了主动靠人家，人家根本就不屑。两次都要得手了，两次都被他的艾滋病给吓着了。也不知道是真的假的，小马这个浑蛋……

　　她哭了，眼泪止不住的顺着香腮下探到脖子，悄悄的汇入乳沟。

　　什么都甭说了，今天让他占便宜了，一点儿脸面都没了。现在，只有恨了。你爸爸的，我一定要报仇，得罪了你妈的后果是什么你知道吗？

　　上午十点多钟，文哥开始喝茶了，一个熟人从东面过来，老远就打招呼："大哥，忙着呢？"

　　"撂子，你怎么过来了，好几年没露面儿了，又进去了？什么时候出来的？"文哥问。

　　"您盼我点儿好，进一回还不够瞧的？哪能老进去呀。这不是拆迁吗，回来看看给多少钱。我就一间房。"撅子说。

　　撅子四十出头儿，又叫小撅儿，因为十几年前进去过一回，到里边警察还没审，就什么都招了，所以后来有了这个外号。因为那时候他还年轻，所以管他叫小撅儿，现在人到中年，就有人叫他老撅，文哥长他几岁，所以叫他撅子，而对他来说，叫什么也都无所谓。

　　撅子坐下，掏出烟让文哥，文哥表示不吸烟，撅子自己吸上了。

　　"一间房的拆迁房有搬的，十几万块钱，"文哥说。

　　"看十几万了，十一万，还是十五万，还是十八，十九万？不过我容易知足，多一万少一万的无所谓。"撅子很不在意的说。

　　文哥赞同道："是，这点我信，你是见过钱的，曾经在这一片也是首富。"

　　撅子一摆手说："不提当年了，当年我一晚上就挣过三千。哥，咱们这儿来的这些人都是干什么的，听说他们跟你挺熟啊？"

　　"什么人都有，偷包儿，倒粉儿，抽白面儿的。跟我熟的一般都是在我这里买东西的，不过我不打听他们的事，爱干嘛干嘛，买东西给钱就行。"文哥说。

　　这个小撅儿，十几年前被判过，有人说是因为打架进去的，但没人信，因为他的体质不适合打斗。也有人说他是小偷儿小摸儿，但也不知道他偷了什么。反正是进去过。出来以后，他好象开窍儿了，做起了生意，很快就发家了。

　　他做的生意很特别，主要是当中介，这种中介天下少有，但赚钱快。就是每天晚上，在钢铁厂门前，给那些外地送废钢废铁的带路，通过熟人，不用排队等候，直接把车开进工厂过秤，经他带进去的车，可以装几百公斤的土。那时候铁很值钱，一公斤废铁据说达到了一块八以上，一车废铁能多赚几百元的土钱。有时候他会叫送铁的买几百斤西瓜，过完秤后，把西瓜送给收铁的工人，弄个两头乐。所以他说一晚上挣几千块钱，还真不是吹牛逼。他每天晚上九点多上班，早上五点多收工。有一天他一宿带了八辆车。时间久了，找撬子带车的重卡经常排起长队。当然，有时候逮了机会，工厂里的人也会给空车上装几个钢锭让他帮着拉走，这样可以互惠互利，大家发财吧。

有了钱，就可以得瑟了，大小摩托车，大小汽车，还有专车司机和伙计，出入家门象个老板了，说话的口气也变了，好象天都变矮了。那可是八十年代啊！

后来，打击倒卖钢铁犯罪的活动开始了，他被抓了，还罚了几万块钱。不过也是九牛一毛吧。

造化弄人，出来以后没事干了，光吃光喝的，钱得什么时候花完呀？那就抽白面儿吧。自此以后，他开始吸粉儿了。还别说，抽白面儿不光是钱花的快，身上的肉也掉的快，几年的功夫，钱抽没了，汽车也抽没了，身上的肉也掉没了，瘦得象根竹竿儿，所以他还有个雅号——撬杆儿。当然，当着他的面儿，没人这么叫就是了。

几番对话以后，文哥心里已然明了，这小撬儿过来哪是来看拆迁呀，肯定是奔着毒品来的。前几年，吸粉吸成了穷光蛋，后来被迫戒了毒，这几年好过点儿了，拆迁还能得个十几万，他只要在这里住上三天，不复吸比登天还难，而且不是他一人吸，据说他老婆比他瘾还大。

当然，都是老街坊，文哥还是可以有话直说的，小撬儿也不介意。

"你看看就得，千万别在这儿住，如果再抽上，可就不好办了。"文哥告诫他。

"我没事，我能控制。我一直都是稀稀拉拉的没断，也没瘾，说戒就戒，抽也行，不抽也行。"小撬儿说

文哥摇头说："难说。"

"中午不喝点儿呀？我该吃饭去了。"小撬儿站起来问。

"是，又快到饭点儿了。有功夫过来。我还得等会儿。"文哥说。

　　果不出所料，小撅儿回来没几天，又开始抽了，包括他媳妇，两个人比着抽。住了大约半个多月，他家就搬走了，房子给拆了。后来听人说，他卖了一套房子，也给抽没了，媳妇也英年早逝了。

　　小撅儿刚走，一个四十岁左右的妇女走了过来叫："文哥，您是文哥，可见到真人了。"

　　文哥不认识，问道："你是哪位？"

　　"我呀，有一个老到您这来的，路西刘家的，我是他爱人。"妇女说。

　　"哦，路西刘家的。你爱人呢？有些日子没过来了。"文哥问。

　　"是，我爱人他出差了，走了二十多天了。这不是，他以前应的差事，现在还得我给擦屁股。"她小声说。

　　"哦，明白了。"文哥应承着。

　　"文哥，有便衣吗？"她问。

　　"呦，眼拙，我看所有的陌生人都是便衣，一般没事的老百姓谁敢到这儿来。比如说你今天过来，没人认识你，你就是便衣。"文哥笑着跟她打马呼眼。

　　"谢谢文哥。"她站起来往东去了。东边民房里的租户基本上都是烟贩子。

　　一个叫军子的街坊过来问："大哥，你认识这个女的？"

　　"不认识，她说她是路西的，姓刘，她爱人出差了，她帮她爱人办点事。问有没有便衣。"文哥说。

　　"听她的，她不姓刘，她爷们儿姓刘，路西刘家的儿媳妇儿。她爷们跟我是同学，前些年挣了钱了，都让这娘们儿给抽光了。她爷们经常过来买粉，供她抽也帮别人买，以贩养吸。他根本就没工作，上哪出差去？"军子说。

　　"是，现在的人，这边说话，你得到那边听去，没实话。不过她爱人真不象做买卖的，从面相上看，也压不住财。"文哥说。

　　军子小声说："丫的上哪出差去？进去了。估计这回得判了，倒粉儿，让人给抵了。"

　　"哦。"文哥明白了。

第一百一十五篇 天真小拉拉 保护一蛋妈

抽白面儿，不知从哪朝哪代开始的，有记载的可能是林则徐那时候吧。这种东西你说它是好是坏？你说它坏吧，它能让那些倒粉的发了财，致了富。你说它好吧，它又能让好多人因此家财尽耗，甚至家破人亡。但最终呢，那些倒粉儿发了财的，有几个能享清福，过上好日子呢？更有被抓被判被枪毙的。既然下场都不好，干嘛还要卖，还要吸？

不过，确实有一些人，获得不义之财，又得不到惩罚，吸粉也就成了让这些人自生自灭的一种自然现象。现实中，不少吸粉儿走上绝路的人，真是不值得同情。

一个蛋他妈一上午没出屋了，不知道忙什么。这会儿终于忙完了。

她推着女儿东西两头来回走溜儿。她挺有规律，一般每次溜十趟，孩子好象就是道具，不过，每次从文哥前面过，小拉拉都跟文哥打招呼。

趟数够了，她在文哥前面停下来，照例要和文哥聊几句。

"叔儿，您听说了吗？又抓了一个？"她小声说。

文哥惊讶的问："谁呀，什么时候？没听说。"

"就刚才，在小区出口儿。老从咱这儿过的那个，北京本地的小伙子，长得挺精神，白白净净的，穿西服带领带，老挎一个皮包儿，就是他。"一蛋妈说。

文哥点点头："早晚的事。那孙子经常过来问有没有便衣，拿包瓜子就吃，说回来结账，从来没回来结过账。后来他再来，我就告诉他有便衣，南边有几个，北边有几个，吓得他总是绕一大圈过去，后来他也不问我了。不知道这小子是干什么的。装的人儿似儿的。"

"他是干这个的。"一蛋妈说着，扶车的手伸出十指和中指，做了一个夹的动作。

"哦，原来如此，不过，这小子脑筋不太好使，有点儿缺心眼儿。从这地方走，还穿西服带领带，实在太特殊了，再笨的人一眼也能记住。走一趟是路过，走两趟准是来上货的，一抓一个准。"文哥说。

一蛋妈点头认同，她说："您说得是，敢跟他做生意的人不多，见这种人必须得躲。岁数小又没经验，进去就吐撸。连他妈都能出卖。"

一蛋妈真不简单，一上午没出屋儿，也没见有人进去，她居然知道有人被抓。文哥在外面呆了一上午，却一点消息没听到，真是让人不得不佩服。

"今天怎么没见他爸爸出来？每天他都在这儿转悠。"文哥问。

"他爸爸跟他叔儿带孩子出去了，今天是我儿子生日，说给买辆自行车。"她说。

"那就是三周岁了，知道要东西了。"文哥说。

"是，前几天说好了的，说是让我去给买，我哪有时间呀。而且我从小到大就没骑过车。他爸也不太懂，就瞎买呗，哄孩子的玩艺儿。"一蛋妈说得挺轻松。

"不过也难得，第一次见他爸爸干点正事。"文哥说。

"可不是，他就是情吃情喝，什么都不干，也不让他干，一干就麻烦。"一蛋妈情绪稍显低落的说。

文哥不解，也没问。

"他有案底，是保外就医，犯点儿事就得抓回去，还得熬一年。所以什么都不让他管。"一蛋妈毫不掩饰的告诉文哥。

"真是难为你了。不过，你们完全可以找个规矩点儿的事干，不犯法，也能赚钱不好吗？"文哥说。

她也认同的说："叔儿说得是，可是很难的。不过，您要是租我一间房，我也开个小卖部儿，他们就能帮着干了。"

文哥思考了一会儿说："我这间房外面带门，打开就是门脸儿。快搬迁了，租不了多长时间，没多大意义了。"

"您租给我，我一个月给五千。我开个小卖部儿。"一蛋妈说。

"这样吧，冲你的两孩子，我可以让你用。最近有不少人要租这间房，都给到八千了，每天都有人来问。我没吐口儿。但是我有一个条件，你家里的人，必须有一个人去戒烟，戒烟成功了，我就租给你，算鼓励吧。"文哥说。

一蛋妈晃晃脑袋说："是好事，但很难啊。"

马哥在外面转了一天，一笔生意也没做成，这些日子不太顺手，一天天的白忙活。

夏天了，人们穿的比较少了，不容易下手，女人的包一般都攥在手里，包括手机，她不撒手，你就没办法。毕竟咱是拿，不是抢。

下午四点多了，看看没多大戏了，只好掉头往回转，回到家早吃早睡，养足了精神头儿，明天起个早儿吧。

他打辆出租，到小区边上下车，正要往里走，见琦琦正在前面来回的走溜儿，很急的样子。

"琦琦，你怎么在这？"马哥问。

琦琦迎上几步说："马哥，你可回来了，等你一个多钟头了。"

"出什么事了？瞧你急的。"马哥问。

"给咱供货的大姐说今天没货了，对我还爱答不理的。我没得罪她呀？今天要没烟可就瞎了，我手头上没有存货。"琦琦着急的说。

马哥安慰她说："你别着急，她这是跟我呕气呢。哪能没货呀。跟我回去，我跟她说。"

来到屋里，让琦琦坐下，马哥敲了几下墙，没有反应。又敲了几下，还是没有反应。

马哥自语道："应该在家呢，没锁门儿呀。"

他攥着拳头，用力锤了几下。

"敲什么敲，想耍流氓啊？"隔壁的大姐喊了一嗓子。

马哥回道："大姐，还生气呢？千不好万不好，都是我不好，跟琦琦没关系，她没得罪你吧？咱们一码儿说一码，饭得吃，生意还得做吧？"

"少费话，我手里没货，找别人买去。"大姐一点儿情面不讲。

"大姐,我和琦琦都是你的客户,规矩还是要讲的,一病不吃两家药,既然是你的药方,怎么好去别人家拿药?你高抬贵手,先把货给她吧。"马哥求着说。

大姐怒道:"姓马的,你再骚扰我,我就喊人啦。你们这对奸夫淫妇狗男女,趁早从这个院子滚出去,看见你我就恶心。"

卖粉儿大姐彻底翻脸了。她这是因爱生恨,加上看到他和琦琦在一起,还为琦琦求情,气更是不打一处来。

没办法,求也是徒劳,只好另找渠道了。可是冷不丁的去哪儿找啊,附近这些卖粉的互相都认识,可能都是老乡或都是一伙的,得罪一个就等于全得罪了。那也要硬着头皮碰碰吧。

马哥锁上门,和琦琦走了出来,胡同里站街的女人,基本上都是倒粉儿的,平时马哥路过,她们都跟他打招呼。按说应该是熟面孔。今天不知怎么了,见他过来,一个个的都躲进院子里,还唯恐避之不及似的。

没辙,买粉儿和买其它东西不一样,不能声张,不能大声问。人家躲进院里去了,你只能装着没事似的走过去。

出了胡同,往文哥家这头儿走。这里已经形成了市场,有流动倒白面儿的贩子,只要彼此脸熟,能够确认你不是便衣,就能买到你要的东西,只是这里的质量无法保障,有些卖的较便宜的,一定是掺了假的,高端一些的人,是不会从这些流动贩子手里买的。

这个钟点儿,太阳西坠,不那么晒了,正是人多的时候。有些运气好,挣到钱的人,回来还要赌一把,碰碰运气。把冒着风险拿来的钱,几分钟就输光了的不在少数。吃碗拉条子,或者吃几个饺子的,证明今天做成了生意,但大多数人只能一边龟着或旁边看着。没办法,做拿手的,饥一顿,饱一顿的也是常事。

来到这里,必须先跟文哥打个招呼,别让人家挑眼。

今天是一个蛋生日,自行车买回来了,他开始练车,玩得挺高兴。一蛋妈在后面跟着,提醒他骑车看人。

"文哥。"小马抢先打招呼。

"大哥。"琦琦也招呼了一声。

"你们俩怎么凑到一块了？琦姑娘这个点儿没出来过呀？"文哥问。

琦琦跟文哥熟了，说话也不避讳了，她告诉文哥："这玩意儿没了，不出来不行啊。"

"呦，那就别这转了，赶紧走吧。你的胆越来越大了。"文哥提醒她说。

"出点状况，今天那个卖粉的大姐直掉吆子，死活不卖我。这不是过这头看看。"琦琦说。

马哥小声问文哥："您听没听人说过，他们这些卖烟儿的，谁家的东西好？"

"这个没听说，隔行如隔山。你要问就得问那些吸粉儿的，他们肯定清楚。你象一个蛋他爸，他叔儿，都吸粉儿，他们肯定知道。以后这事可别问我，我不搀和你们的事。你就是主动告诉我，我也是这耳朵听，那耳朵冒。"文哥说。

"得，文哥，不给你找麻烦了。嘿，这辆小孩车不错，真漂亮。"马哥借着夸车，来到一蛋妈跟前。

"姐，这你儿子？长得真帅！几岁了？都会骑车了。"马哥跟一蛋妈套近乎。

"过来了帅哥，跟叔儿那聊天儿，装看不见姐呀？"一蛋妈说。

马哥解释说："哪能啊。文哥是地主儿，怎么也得应酬几句呀。"

一蛋妈笑着说："是，你还挺有礼儿有面儿的。刚才树叶刮响了，我顺风听了一耳朵，你好象说什么粉儿呀面儿呀的。要纯的呀？"

"呦，有眼不识泰山，小弟眼拙了。琦琦，苏甫的女朋友，就好这口儿，给她供货的那个今天吃了枪药儿了，死活不卖她了。这边这些人的东西吧，又怕不干净，白给都不敢用。姐，要不你给拉根儿绳，指条路，立根儿竿儿？"马哥说。

“你呀，人帅嘴甜，姐不管都不行，把琦琦叫过来。”一蛋妈说着，向一边招手，把一蛋爸叫过来看儿子骑车，她和琦琦，马哥进了小屋。

第一百一十六篇 一蛋非一蛋 不信去问妈

一个蛋骑着车东一趟，西一趟的来回跑，小车的辅助轮安的不太正，所以他骑的时候一会儿偏左，一会偏右，加上人小不会骑，所以跑得不快，看着倒是挺卖力气的。

一个蛋爸爸倒是大撒把，什么也不管，只是在原地转转方向，连点儿高兴的表情都没有。

一个蛋开始左转掉头，速度很慢，但还是没掉过来，脚突然蹬空，车左侧的辅助轮翘了起来，失去了支撑，车倒了，一个蛋也摔趴在地上，哭了起来。

一蛋爸跟着儿子转身，见他摔倒，也没去扶还站在原地不动，好象没看见似的。

文哥见一个蛋摔倒了，看了看他爸，见他没有动的意思，急忙跑过去，把趴在地上哭的一个蛋扶起来，把车扶正，把翘着的辅助轮踩下来。

车立稳后，文哥见链子掉了，就把链子安上，当转动轮盘的时候，左侧的脚蹬子也掉了。

文哥以为是自行车在组装的时候没装好，遂起身进院里拿出工具，想把脚蹬子上紧，没想到，脚蹬可以直接插进去，还能拔出来，是扣溢了，整个一伪劣产品。

"得，别骑了，伪劣产品。脚蹬子秃扣了，铁太软了。一个蛋过来，我看你摔坏没有。"文哥说着，把孩子胳膊腿儿都看了一遍，除了左脚内侧被脚蹬刮了一下，破了一点儿皮以外，其它地方都没伤着，还真万幸。

文哥用酒精棉球给孩子擦洗了伤口后，贴了一贴创可贴，一拍他屁股说："滚你的一个蛋。"

一个蛋反驳说："叔叔胡说，我妈说了，一个蛋不是一个蛋。"

"你妈怎么说的？"文哥问。

"我妈妈说，我是男的，男的都有俩蛋。"一个蛋说话的表情萌萌的。

真好玩儿。

文哥一拍他屁股说："你妈骗你呢，玩去吧。"

一个蛋跑着玩儿去了。

一蛋妈从小屋出来，听见了儿子与文哥的对话，过来笑着说："叔儿，又骗我儿子呢？他现在只听您的，我说话都不信了。要不把他给您养着得了，养到十八您再还给我。"

文哥考虑了一下说："好是好，就是没法排辈儿，你叫我叔儿，你儿子叫叔叔，你儿子他爸叫大哥，太乱了，我都分不清我是什么辈分了。不过我还是真喜欢这个小王八蛋，你要把他给我，现在就过户，让他改名换姓，你永远不许见他。"

"那可不行，哪能名字都改呀？让您养着是让他哄着您玩儿，不过，要是我再生一个儿子，小的是您的。"一蛋妈调侃着说。

文哥说不过一蛋妈，马上改了话题说："你儿子的自行车坏了，质量有问题，让他爸给拿去退了吧，换个别的牌子的。"

一蛋妈想了想说："算了吧，哄孩子玩儿的东西，一天的新鲜劲儿。他要是会骑了天天骑着跑，大人哪有精力看着他？反而成了累赘。"

"那也可以去退呀，今天刚买的，有发票可以退的。"文哥说。

一蛋妈摇着头说："他爸爸？哪是干正事的人呢，买的时候就不愿意去，要是让他去退，到商店再和人干起来，可能会惹大麻烦。"

文哥听不懂他说的话，便问："质量问题，退车合理合法，还会能惹麻烦？不明白。"

"怎么说呀？他是属于保外就医，跟我们出来，身份证都是假的，所以什么都不让他干。不招事。"一蛋妈说。

"哦，明白了，瞧你这一家子，成了那什么之家了，天下难找。这样吧，你把这辆车卖给我吧。你不是没交房租吗，拿车抵了。你把发票和说明书给我，证明是我买的就行了。"

"谢谢叔儿……"一蛋妈高兴的表示感谢。

马哥和琦琦从小屋走出来，他俩没说话，分头走了。

文哥把自行车推到货桌里面，找个塑料袋把脚蹬和发票装了，挂在车把上。

有个街坊过来问文哥："大哥，小车卖吗？"

"卖。你要吗？"文哥问。

"多少钱？"街坊问。

"带发票，用房租抵来的，二百八十块。就是脚蹬子坏了。要就推走，不赚你钱，都是街坊。"文哥说。

街坊笑道："就是刚才一个蛋摔跟头骑的那辆车吧？还二百八？一百都贵。旧货市场这种小孩车也就三四十块钱。文哥，还做买卖呢？整个一个冤大头啊。"

一个女街坊过来替文哥拔份说："滚一边去。你懂什么？人家文哥能当冤大头？人文哥门口儿摆张桌子就是大老板，敢挣黑社会的钱。是吧文哥？不过，妹妹觉得文哥收这辆车，肯定不会是冤大头，如果是怜香惜玉也未可知呀？"说完，一屁股坐椅子上。

文哥好象没听懂，傻笑了一下。

"哦，看上一蛋妈了。还真是的，瞧人家生了那么多孩子，还那么少兴，身条也那么匀称。别说老爷们，女人看了也会羡慕的。不过哥，小妹虽不算玉，也应该是块大理石吧，就当是大理石做的健身球，没事你也揉两下？"女街坊说。

"一边儿去，你是饱暖思淫欲，离了婚了也不知道闲几天。等着吧，等哪天你请哥在你家喝酒，把哥灌醉了，眯眯瞪瞪准会把你当成汉白玉的健身球。"文哥说。

女街坊有些不乐意的说："哥你真是，汉白玉那是谦虚，不懂啊？就说妹妹不是和田玉，不是冰种糯种，也应该是透闪石呀，出个镯子带手上，雕个牌子挂脖子也不跌份吧？"

"没错，妹妹说得是，十几年前你还真够得上糯种，没几个人能戴。

我以前也想过，我的条件也只是勉强配个青海玉，糯种冰种的翡翠吗，实在是高不可及，想都不敢想。你是出镯子出牌子的料，不可能抠个戒指让人戴在手指头上，整天跟擦屁股纸就拌儿。"文哥比喻得挺幽默。

　"大哥越来越坏了，不理你了。哪天请我喝酒啊？"女邻居说完，站起来走了。

　北京的胡同里就是这样，人闲的时候就爱传个瞎话儿："文哥收了一辆小孩车，还是辆破车，你说你又没那么大的小孩，你收它干嘛……""做几天买卖，给做傻了呗……""谁说的？人不会先存着，等人儿子结了婚，给他生个孙子，长到四五岁不就用上了……"

　更有好事的大爷大妈过来，拿这辆自行车跟文哥取笑。文哥只是淡淡一笑了之。

　吃完晚饭，文嫂出来帮着盯摊儿，文哥把小自行车挂在摩托车上，去超市了。有的街坊见文哥把小车带走了，又对文嫂开始叨唠了："你家那口子也是闲的，外地人的事他也管……"

　有句老话儿，谁不图利谁早起呀。文哥也是。

　虽说文哥不是买卖人，但是服务行业也干过许多年。当一些人冷嘲热讽的把他做谈资的时候，他已经把那辆车放在超市售后的柜台上了。售后接待人员把退车款共计二百七十八元递在他的手上。

　"按消费者权益保护法，应双倍返还货款，我这个人心眼好，你就给补偿一百吧。"文哥平静的说。

　售后服务人员没用废话，就给补偿了一百元。

　一蛋妈住的小屋每月二百元的房租，退车款是二百七十八，文哥不愿多赚这七十多块，去超市二楼买了一辆儿童学步车，就算送给一个蛋她妹妹的礼物吧，小拉拉快七个月了，该用得着了。

　很完美的一桩生意，退了车，就等于收到了房租，索赔获利一百，还给小拉拉送了礼物。

　回到家，把童车往地下一放，一蛋妈把女儿放里面坐着，刚开始小拉还有些害怕，不大会儿的功夫就适应了，抬头朝文哥笑了。

"谢谢叔儿……" 一蛋妈不住闲儿的道谢着。

"常言说的好，人来人往，皆为利往，你就不用谢了，我也是有利可图，又帮了你的忙，学步车也是拿退车的钱买的，我只是跑跑腿而已。"

文哥说完，把摩托车推到院里，回到自家屋，"呼" 的开了一瓶啤酒……

文哥端着啤酒扎杯出来，对文嫂说，桌上有一百钱，是给你的加班费。

文哥坐下，开始细细品着啤酒的麦香味儿。

马哥和琦琦本来是想问一蛋妈买粉儿的事，一蛋妈把他们领进小屋后告诉他俩，她这就有。她的粉儿都是纯的，只卖一些高端客户，每包八十块钱，看他俩跟文哥关系很好，可以卖他们七十五一包。她又讲了关于白粉儿的一些知识，纯粉儿和掺粉的区别和注意事项。她建议吸纯度高的烟时，应该先试量，尽量不要过量，否则会出现危险。

琦琦学了关于吸烟的一些知识，很佩服一蛋妈的学识，她心里说："真不愧是一个老练的游击队员。"

马哥找到了新的货源，也解决了琦琦的问题，心里非常痛快。不过，他已经意识到了吸粉儿的危害性，早晚还是戒掉为好。一蛋妈这个人不错，既卖粉儿，又传授经验，最后还劝他说能不吸就不吸。听着很舒畅。

第一百一十七篇　白粉掺淀粉　马哥遭黑手

回到家中，马哥拿出从一蛋妈手里买的烟，按照刚学的鉴别方法，在灯下仔细辨认颜色，闻闻气味儿，又用牙签挑起一点儿放嘴里品尝，终于有所悟。心里骂道："这个骚货，还说她的货纯，跟一蛋妈的烟一比，就知道她的掺假了。你妈的，你不得好死。"

他拿出注射器，抽出推杆，把刚才打开的那包烟倒进针管。想了想，又打开一包，只往针管里倒了一小半儿，他把剩下的又包起来收好，然后按照操作规范，把液体注入体内。

销毁了针管以后，他躺在床上，认真的体会那种在血管里流动的气体。他终于明白了，他在隔壁女人那里买的烟，粉儿的含量，两包都没有一蛋妈卖的一包一半多。看来一蛋妈说得是真的，她拿的是一手，直接从南边送货的人手里接货，而隔壁粉姐可此是从批发商手里拿货，接和拿一字之差，成本却是不一样。因为她懂，所以她的货就比别人的好，她只要中上等的。

隔壁屋里传来粉儿姐的抽泣声。而马哥正聚精会神的体会那种元神出窍儿的感觉，元神出去了，自然听不到身边的动静了。她哭她的，我快活我的。

女人就是女人。有相当一部分人心眼儿很小。粉儿姐和马哥隔屋住了两个月，又是主顾关系，都是单身，碰擦出一些火花也正常，碰擦不出来就是没缘分，也不要霸王硬上弓。

粉儿姐两次碰壁，终于心生怨恨，断了琦琦和他的粮饷。她指望小马会低三下四的认错，还有可能跪地臣伏。若他态度好，让自己找回面子，事情就算过去了。也怪自己，刚才他已经道歉了，借坡下驴也就算了。干嘛还不依不饶的。这孙子也是，你再求一会儿，不就放你了。

刚才这两个狗男女，一定是出去找货源了，也不知道找到了没有？应该是有了，因为琦琦没回来。妈了个扒的，两个送钱的客户没了，往后的收入就会减少的。不过，老娘好歹也是这行里的销售主管，你不就是一个臭吸粉儿的烟鬼吗？不敢打死你，不敢打残你，臭凿你一顿还不敢？反正不会与你善罢甘休。这也就是在北京，出了北京，卸你胳膊你卸腿儿的也不新鲜。你爸爸的。

昨天从一蛋妈这里买回去两包烟儿，用了一包儿多一点，感觉也够了，而且纯粉比掺粉要好许多，味儿也浓。

一蛋妈虽然有五个孩子了，但她岁数并不大，算起来比马哥也就大个五六岁，六七岁的样子，既是平辈人，又象是长辈或师长，她的阅历，她的知识，她的容貌，以及言谈举止，都使得他对她充满了敬畏和欣赏。天底下居然有这样的女人。陌生人看她时，总觉得深不可测，当你跟她熟了，她又是如此的嫩骨柔情。很难想象，她曾经也是个飞拿高手，现在又敢做白面儿，不与任何人为伍，又没人敢欺负她。

行内有人传言说，她年轻时因为倒粉儿犯过事，大小罪过都一人扛了，很多人欠她的情儿。也有人传说，因为她是个死刑犯，出来就是想找几个垫背的，大家都敬而远之吧。不过，还有人说一个蛋他爸家庭背景很深，也是没人招惹的原因。

接过一蛋妈递过的两包烟儿，他并没有想马上走的意思，他很想多听她多嘱咐几句。

"姐，我能叫你姐吗？我应该叫你前辈。哦，现在时兴叫老师。"马哥说话时有些害羞。

一蛋妈笑了，好象第一次笑的这样开心，脸上的愁色已经消融了，象花朵绽放般的灿烂。

"小弟，叫姐，千万别往大了叫。别看姐生了一堆孩子，可是姐以后还要谈恋爱，还要结一次婚呢。你若把我叫老了，以后就没人要我了。"一蛋妈说。

马哥惊诧的问："姐，为什么，不是有姐夫吗？而且姐夫也是高高的，壮壮的，一表人才呀。"

"是，我们是夫妻，更是搭档。他是好人家孩子，在上学的时候，他在学校也是非常优秀的。而我，当时是所有男生追求的校花。他胜出了，结果他最惨，要不然现在他可能已经是博士，是教授了，所有是我欠他的。现在他是保外就医，再有一年他就自由了。姐和他约定了，我们还有一年的夫妻情分，为了还债，我要保着他安全度过这一年，所以一切事情都由姐来做。没准呀，为了你姐夫，姐可能还得再生一个孩子。"

"姐，你真不容易，你也很能干。"马哥说。

一蛋妈叹口气说："小弟，姐现在卖烟儿，想的是赚钱，但姐还是劝你少吸为好。而且每天干着刀口舔血的活儿，终究不是为人之道。"

"姐，我知道，我早晚会戒的……"他说。

马哥失眠了，好象吸烟儿也压不住中枢神经的抖动了。他坐起来，靠着墙，手搭在双膝上，看着对面根本就看不见的墙壁，黑暗中好象有十五个水桶在打水，七上八下的，有时候绳子缠在一起，乱的叮嘟咣当的。

人说英雄气短。自己算英雄吗？算个屁吧，就是声不大但有臭味儿的那种。一蛋妈说得不无道理，都是经验之谈，可真正能过上正常人生活的人又有几个？唯一知道的就是老前辈钱豹了。

这一行越来越不好干了，有的重要商业区装了监控，伸手必被抓，可吃的肉少了，狼却都往一块聚，加上临奥运会召开的日期已经没几年了，这日子也就快到头了。

自己得了绝症，死活都无所谓了，担心的是米娜和玲玲，她们今后怎么办呢？

哎，虽然是做贼的，吸粉儿的，也有儿女情长的时候……

马哥又白忙活一天，一笔生意也没做成，很扫兴，看天色渐晚，只得回来了。

米娜和玲玲已经来过，但是没进自己的屋子，跟文哥打了招呼以后，直接去找一蛋妈买了几包烟儿以后就走了。一蛋妈这里有粉儿，这是琦琦告诉她的。

马哥跟文哥打了招呼，往前走几步，看见了一蛋妈正抱着女儿站街。他过去拍拍手，把小拉拉抱了过来，趁机把钱交给一蛋妈。一蛋妈回屋片刻，拿着奶瓶儿出来，她接过女儿的同时，把一个小袋交给马哥。她哄着孩子喂奶，马哥挥手告别，在墙角处拐弯，绕道往家的方向走去。

小马和琦琦昨天过来，跟一蛋妈聊了会儿，也不知道找没找到供粉儿的上家儿。文哥也不打听，不该问的不问。今天小马过来，看来是找一蛋妈的。不过，不象是买粉的，因为没见她们手递手儿的货款交易，兴许就是路过吧。

马哥往北出了小区，又往东绕到另一个豁口，进了这个口儿，就是自己住的胡同了。

"大哥，借个火。"一个小个子男青年从一间拆掉一半的围墙里走出来，手里拿着一根烟打招呼。

马哥停下脚步，伸手去裤里掏打火机。男青年把烟盒举起，示意让马哥抽一支，马哥晃下脑袋，表示不吸。男青年掉了个向，把烟放嘴里接火。马哥的背朝着矮墙，举打火机打着火给男青年点烟，男青年故意吸不着，他抓着马哥的手，把打火机对准烟头，猛吸几口，烟着了……

马哥见烟点着了，正欲抽手，不想手被他死死攥住。这时，背后有人扑上来，用编织袋从头上套下，并把他按倒在地，大约有四五只脚在往他身上踩，踹，蹬，踢……

马哥在织袋里，手臂被箍住，动弹不得，也不能做出防护，只得在地上打滚喊叫。

天还没黑，马哥挨打的地方距文哥家也就百十米远，多数房子都拆了，所以有的位置能看到打人的地方。

""打人了，快看打人啦。"有人喊了起来。

这里闲人多，又都是一个道儿上的，所以很多人跑过去看。打人的人见有人来，也就收手撒腿，一溜烟儿的不见了。

有人把编织袋拽下来，见挨打者脸都肿了，几乎认不出是谁了。

马哥从地上爬起来坐在地上，晃忽中看见有许多人影，知道打人的人已经跑了，还好，没伤着骨头。

"这不是马哥吗？刚才还在文哥家门口抱小孩儿呢。这是得罪谁了？哎，赶紧去医院吧。"有人着急的说。

马哥摆摆手，表示不用。他爬了两下没站起来，又坐下喘粗气。

一蛋妈抱着女儿来回溜着，一个骑车路过的人，冷不丁的说了一句："东边有一个姓马的让黑道儿给打了……"

一蛋妈心里一惊，她马上来到文哥面前说："叔儿，帮我看会儿拉拉，我有急事。"把女儿放桌子上后就急忙往东走去。

马哥身上青一块紫一块的，嘴角处还流着血，他坐在地上低着头，闭着眼缓了一阵。

他从兜里掏出手机，想拨电话，发现手机也被踢坏了，又低下了头。

一蛋妈急匆匆的赶了过来，她蹲下问："小马，怎么了，是谁干的？"

"不认识，大意了，让人给黑了。"马哥说。

一蛋妈站起来说："我明白了。"又对旁边的男青年说："小兄弟，帮个忙，把他扶到他的家门口去。"

来到家门口，让马哥坐在一个板凳上，一蛋妈向帮忙的人道了谢，看热闹的散了。

房东大妈走出来，看见受伤的小马，吓得赶紧跑了回去。

一蛋妈见胡同里有几个磕瓜子的女人，就走了过去。

"几位大姐，你们知道他是让谁打的，打人的人你们认识吗？"一蛋妈问她们。

几个女人同时摇头。其中一个说："我们一直在这坐着聊天，没动活儿，没看见打架的。"

"是不是得罪人了，平白无故的就挨一顿打？"一个女人说。

一蛋妈问她："他得罪谁了？你知道啊？"

"不知道，他得罪谁了我哪知道。"女人赶紧说。

一蛋妈掏出手机说："那好，在你们的地界儿被打被伤，既然你们不知道，那就与你们没关了。就可以报警了，让警察来查吧。？"

一听说警察，几个妇女全颠了。

这时，从一个院里有出一个中年男子，过来跟一蛋妈打招呼。

"大姐，怎么过这头来了，家里坐会，我就住这院儿。"中年男子很客气的招呼一蛋妈。这个人就是常在文哥那买伊利特的人。

"你住这儿呀。正好，你过来看看，有人被打伤了。"一蛋妈和男子走到小马身边。

"小马，怎么回事，谁打的？"男子问。

马哥摇头说："不认识他们，有四五个人，是从背后突然袭击。不过，我的鼻子可以闻出来，这些人都是吸粉儿的。"

"你怎么得罪他们了？无缘无故的？"男子问。

"我得罪他们？我都不认识他们。我得罪的可能是他们的货主吧。跟你说有什么用。姐，帮我叫辆车，我要去医院。"马哥说。

"小马，坚持住，我马上打一二零，救护车一会就到。"一蛋妈说着，又从兜里掏出手机，准备打一二零。

"大姐等等，先别叫急救车。急救车一来动静就大了，而且可能惊动公安。小马，你说的他们的货主指的是谁，说出来，我帮你讨回公道。"男子说。

一蛋妈哈下腰说："小马，怎么回事，跟姐说。不要怕。"

马哥有气无力的说："卖粉大姐把我当鸭玩儿，我不肯，让她恨上了，她不卖给我烟儿，也不让别人卖烟儿给我，把我朋友的货也断了，我们只好另找门路，她就找人来黑我。"

"她妈的有这事。小马，你先去医院疗伤，这件事我来处理。如果是她干的，我会让她后悔一辈子。"男子说完一转身，对不远处一个中年妇女说："你，拿着钱，和小马去医院。"

“我不敢去，我害怕，万一再遭埋伏，就把我打死了。”小马摇头摆手说不去。

一蛋妈告诉马哥："小马，相信他，没人敢再打你了。"

马哥点点头。表示同意了。

中午妇女推过来一辆小三轮车，把马哥扶上车，推着走了。

一蛋妈用带有期许的目光，扫了一下中年男子后，扭头回去了。

第一百一十八篇 粉姐败露 沈总自保

中年男子，以前常在小区里走动，什么事也不做，每天与人喝酒，而且酒量很大。脾气还很好，能和南边过来的大老板坐在一起，也应是有身份的了。

的确，经常在胡同里站街磕瓜子的那些女人，都是他的员工，跟马哥住隔壁的粉儿姐是销售主管，她的顶头上司，就是这个中年男子，公司销售的沈总监。

沈总监不单管销售，还要管人，管赏罚。做为高管，他不允许手下做任何出格的事情。有规矩就要严格执行，不能含呼，任何一点疵漏，都有可能使他们全军覆没。公司有规定，销售人员绝对不允许与客户发生任何私人关系，一旦发现，必须严肃处理。今天马哥挨打的原因，若果真如马哥所说，倘若不是他正好赶上，若报了警，整个销售网络就被瓦解了。

一蛋妈真是深不可测，先是用敲山震虎之计，拨打报警电话，逼出了沈总监。又以叫救护车为名逼着沈总处理此事，看似不经意又顺理成章的小举动，早就使得沈总汗流夹背了。一蛋妈历害呀！在旁人看来，叫救护车太正常不过了，但是这一举动的结果是不堪设想的。一蛋妈真是深谙黑白两道，她知道，去了医院，说是被流氓打伤的，医院会第一时间选择报警，若把销售主管抓了，他的北方站就要覆灭了，自己即使跑了，回去也没好果子吃。

沈总进到院里，敲了几下粉儿姐的门，粉儿姐醉眼腥松的开了门，见是沈总，立马儿睡意全无。

"沈哥，您怎么过来了，有什么事？"粉儿姐问。

粉姐儿并没睡觉，她心里也在打鼓，找那几个小王八蛋去打小马，每人给了六包儿烟儿，这就是两千多块，出这么多钱打他一顿，倒底值不值呀？这帮孙子万一出手太狠，把小马打残了，小马肯定会与她死磕。他若报警，自己十年的打拼所得到的一切就全完了，如果公司被端了，自己不死也得扒层皮。

　　沈总有个铁律，绝不允许手下与客户有私交，尤其是男女之事，这是大忌，一旦被发现，就该卷铺盖走人了。不过，走是不可能的，而是把人带回总部处理，被打死都有可能。

　　沈总进屋坐在床上，脸色铁青。粉儿姐心里有鬼，想说话已经张不开嘴了。她想起沈总爱喝酒，马上回身，从柜子里拿出一瓶茅台酒，倒了一杯，双手递给沈总。

　　"小马是不是你找人打的？你和他有没有发生过两性行为？我只问一遍。"沈总说完，把杯摔在地上。

　　"沈哥，我是你的人，你还不了解我，我长这么大，只有你一个人能动我，你不能只听他一面之词呀。你说，把我俩摆在这，你信我还是信他？他这是穷疯了，想讹我一头。我是咱公司的主管，他就是一个烟鬼，他不定得罪谁了呢。这些抽粉的挨打的多了，谁都有可能到咱这来耍赖皮，不搭理他就是了。"粉儿姐说。

　　沈总站起来说："在我出这屋子之前，你说还来得及，否则你知道后果。"

　　"什么事都要讲证据，谁看见我去他屋招嫖去了，谁看见我叫人打他了？沈哥，他这是让我们搞内哄，居心不良。"粉姐开始善辩起来。

　　"我会调查的。这件事关系到我们北方公司的生死存亡，几十个人的身家性命和公司几千万的利润，我不会偏着你，也不会向着他。好吧，我一出门儿，就不再讲私人交情了。"沈总说完，拉门出去了。

　　这事还真闹大了。那又能怎么样？你以为沈哥出面儿了，你就能得烟儿抽啊？沈哥是谁呀，沈哥跟我什么关系？我为沈哥还做过人流儿呢。

　　沈哥也是，组建北方公司，招人的事本来由本主管说了算，本主管从来不招年轻漂亮的。这回不一样，他亲自拍板招了几个，外貌身形都不亚于她的女人。喜新厌旧的东西，自从有了那几块料，两个月都不过来闻骚儿了。为了做这个主管，我把身子献了，现在你又有了女人，是不是也要让我把主管的位子也献出来呀?

　　看完病了，中年大姐扶着马哥进院，跟马哥要钥匙开了锁，把他扶进屋，让他躺在床上，拿过一瓶水拧开，交到他手上。从塑料袋里取出药盒打开，拿出药纸板，抠出两片药儿，放在他手里，让他服下去。

　　"小马，没事了，药也吃了，我该回去了。"说完，拉门出去了。

　　粉姐扒着窗帘往外看，见中年大姐出来，她用手轻弹了一下玻璃。大姐朝屋里看了一眼，伸出姆指点了个赞，快步走出院子大门。

　　粉姐用手摸着心脏，长出一口气后，哈哈哈的笑了起来。

　　马哥下地，从床下拉出箱子打开，从里面拿出一部手机和一杆笔。把箱子盖儿扣上，又推了回去。掏出旧手机，掰开后盖，取出电池放在床上，再取出手机卡，装在好手机上，然后把手机接上电源充电后，把旧手机扔向墙角，又躺在床上。

　　粉儿姐紧张一阵后，心终于放松下来了。她觉得应该喝口儿了。她把地下的碎杯子扫到簸箕里，又拿出一个新杯，倒上酒后，端着喝了一口，然后在屋里转磨，嘴里还哼着歌曲，好象是跟着什么感觉什么的。

　　忽然，她想起来了，小马也喝酒，对，应该去敬他一杯，事情过去了，冤仇易解不易结嘛。

　　"小弟，喝酒不，我这里有酒，咱俩喝一杯，给你压压惊。别生气了，姐还是喜欢你的。"粉儿姐对着墙壁-说着说着，胆子放开了，她拿着酒瓶和酒杯，来到小马的屋里。

　　"哎呦，瞧瞧，这是谁呀，下手这么狠，这帮孙子。小宝贝儿，你可别怨姐呀，这事跟姐可没关系。来，姐给你压压惊，干了这杯。"说着，倒了一杯酒递给马哥。

　　马哥靠墙坐着，没什么反应，脸上红肿的地方涂了药膏后，泛着油亮的光，看上去略显恐怖，眼睛眯成一条缝。

　　"我先喝，这杯给你。小弟，喝一杯吧，这是茅台，贵得很，我可是轻易不会让别人的，也就是你，没办法，谁让我喜欢你呢。来，姐喂你。

好，啧啧嘴，味儿好吧。"马哥把她送到嘴边的酒喝了，粉儿姐自己又干了一杯。

"小弟,别生姐的气了,姐昨天跟你说没有烟儿,那是跟你闹着玩呢,没想到你当真了。这样，为了表示歉意，姐请你，免费三天，还有你的朋友琦琦，我也请。你的医药费我给你出，你只要别记恨姐姐就行了。以后姐就是你的人了，和你做露水夫妻也心甘情愿。"粉儿姐说。

小马叹气道:"你的粉儿里有淀粉,这种掺假的货我一包都不会买了。"

"以前咱不是没那种关系吗？现在不一样了,你浑身上下我都看遍了，我特喜欢，以后你就是我的人了，我会把你当老公一样对待，不会再让你吸掺粉粉儿了。你放心吧小宝贝。"粉姐又恢复了以前的状态。

哄了马哥，粉儿姐很得意，只要他不死咬着不放，这事就过去了，怎么说沈哥也不会对他的情人下狠手。

想起来了是有点后悔，一个女人对付一个男人，还用找人吗？这幸亏没打出个好歹儿来，事闹大了，的确会象沈哥说的那样，好险啊。

得到消息的米娜和玲玲上午就赶了过来，进了屋，看到马哥的惨样，眼泪刷刷的往下淌，玲玲也哭得很伤心。马哥强装笑颜，安慰着他俩，但他并没告诉她俩原因。

沈总敲了两下门后，推门进来，见屋里有人，马上打招呼。

"你就是米姑娘吧？哦,真漂亮!是来看小马的？这姑娘是你妹妹？"沈总问。

米娜答道:"是，她是玲玲，我表妹。"

"真是一对姐妹花呀。小马，好点了吗？昨天晚上有要紧事，没过来看你，这是五千块钱，是我个人的，你拿着。"

"咣当"，门开了，琦琦进来就大声问:"马哥，谁打的，我踢死丫的。是不是那个卖粉儿的粉儿姐？你当一个粉儿姐你牛什么逼呀？就你丫还主管呢，主管还敢到处说去，就不买你丫的货，让你这个主管当不成。装什么孙子呀？在北京的地界儿你还敢玩黑社会？惹急我叫我叔儿带着人把你们丫的全抓了。我叔儿是市局的。"

　　"呦呦呦，琦琦小姐，别喊呀，我已经开始处理这事了。你消消气，有什么话对我说，千万不要嚷。"沈总赶忙搭茬说。

　　琦琦瞪了他一眼说："你谁呀，不认识你，你管她的？你说她多孙子，我们从她这买了多少东西了，说翻脸就翻脸，还她妈敢玩儿黑道儿了？就凭你往烟儿里掺淀粉，我就应该把你丫的栽儿割下来当球踢。"说着，抄起桌上的一瓶小二，往房柁上砍去。白酒瓶从柁中间穿过，掉在隔壁屋子的地上摔碎了，有酒味飘了过来。

　　"琦琦小姐，琦琦小姐不要发火，我正要跟小马聊这件事，我要把这件事调查清楚了，还小马一个公道。而且有一点可以肯定，我不会护犊子。你先消消气。小马，你不要有顾虑，要相信我。昨天晚上你说的事，不要讲了，只说是或不是？"沈总说。

　　马哥有气无力的说："算了吧，冤仇宜解不宜结，她一个女人，不跟她见识了。"

　　"不行，事出了，就不能抹稀泥，我现在把她叫进来对质，我只听你一个字，是，或不是。"沈总说完，走出屋，来到大门外，对正在站街的粉儿姐一招手，让她跟着来到马哥的屋里。进了屋后，没提防被琦琦踢了一脚，一个前扑摔倒在地。

　　她爬起来指着琦琦说："你敢踢我，你知道我是谁吗？告诉你，你等着。"

　　沈总把她俩隔开后说道："闭嘴。小马，现存三头对案，昨天说的事，是，还是不是？"

　　马哥闭上眼，摆了摆手，没说话。

　　"好，小马不愧是个男子汉，有肚量。"沈总说完，转过头又问粉儿姐："也给你一次机会回答，有或没有，有没有？"

　　"没有。"她回答。

　　"没事了，你出去吧。"沈总说。

　　粉儿姐露出一丝得意的笑后出去了。

　　沈总转身对马哥说："小马，我知道你是顾及我的情面，受了委屈还能饶人，既然你不追究了，那大家还……"

　　这时，米娜看见床头放着一支笔，拿起来看了看，不懂是什么笔，觉着挺古怪的。玲玲也没见过，从表姐手里拿过来仔细研究，无意中碰了机关，这支笔里传出女人的声音。

　　"小弟，喝酒不，我这里有酒，咱俩喝一杯，给你压压惊。干了这杯。……宝贝，这是谁呀，下手这么狠？这帮孙子。小宝贝儿，你可别怨姐呀。……我先喝，这杯给你。小弟，喝一杯吧，这是茅台，贵得很，我可是轻易不会让别人喝的，也就是你，没办法，谁让我喜欢你呢。来，姐喂你……"

　　"这里边说话的女人，好象是刚才那个粉儿姐。这是什么玩意儿，马哥？"玲玲问。

　　"这是昨天拿的一个包儿，里边有这么一支笔，笔上面有按扭开关，不知道干什么用的。昨天从医院回来研究了一下，还没弄明白是什么呢。"马哥说。

　　米娜拿过笔来仔细看了看说："应该是电子产品。你说里边这个女人是不是刚才那个粉儿姐？不太象，那个粉姐一看就不是善茬，这里边这个女人多温柔啊，一定是电视剧里情人在约会。"

　　沈总把笔拿过来说："这是电子笔，也叫录音笔，以前是高级间谍用的设备，现在开始在市面上流通了。小马，把它给我吧。你们先聊，我办点事就回来。"

第一百一十九篇 录音作证 粉姐遭报

沈总出了门，在大门口向粉儿主管招了一下手，转身回到院里，进了粉儿姐的屋坐下。粉儿姐从后面跟了进来，关上门，过去就搂住沈总的脖子，坐在他的腿上。

沈总抚摸着她的脖子，轻声的问："你知道，我一句话从来不说两遍，现在我已经为你破例，我再问你一遍，第四次问你，打人的人是不是你找的？你和顾客有没有不正当关系？是不是往烟儿里掺淀粉？"

"沈哥，你怎还问呀，真跟我没关系，我跟小马就是主顾关系。掺淀粉也是潜规则，都是为了多赚钱。可是我从来不干那事。沈哥，你就别老问呀？我是你的人……"

沈总一把将粉儿姐推倒在地，大声喝问："最后一次，有，没有？"

"你干嘛呀？没有。"粉儿姐嘴还很硬。

"叭"，一巴掌扇在粉儿姐脸上。

粉儿姐坐在地上，一只手撑地，一只手捂脸，大声说："你干嘛呀，没有就是没有。"

"叭叭"，又是两巴掌扇在她脸上。

"没有，没有，就是没有，打死我也没有。就不是我干的。"粉儿姐死活不承认。

沈总也不问了，两只手轮番的扇她的脸。

"你打死我，你打死我吧。"粉姐说。

沈总掏出录音笔，打开播放，里边传出粉儿姐的声音："……你只要别记恨姐就行了，以后姐就是你的人了，和你做露水夫妻也心甘情愿。……你的粉儿里有淀粉，这种假货我一包都不会买了。……以前咱不是没那种关系吗，现在不一样了，你的浑身上下我都看遍了，我特喜欢，以后你就是我的人了，我会把你当老公一样对待，不会再让你吸掺淀粉的粉儿了……"

粉儿姐彻底怂了，她跪在地上，爬到沈总跟前叫："沈哥……"

"叭"的一个大嘴巴把她扇倒在地。

她爬起来叫："沈哥……沈总……"

"叭叭叭叭"巴掌连续打在她的脸上。

隔壁屋里听的真真儿的，琦琦拍手大声喊："打死丫的。扇，接着扇……"

沈总回到马哥屋里，对小马等人说："小马，米姑娘，你们看见了，在正事上，我是从不护短。做生意讲的是信用，卖假货在我这里是绝对不允许的，我也不会纵容她们售假。小马兄弟，这次实在是报歉。不过小马，人，我必须严肃处理，但是我有个小小的请求，希望在处理她之前，你能够原谅她，毕竟我跟她有过十年的交情，这也是她的愿望。"

"沈哥，我已经原谅她了，那个录音真不是我的本意，我并不知道那是录音笔，是无意触碰到的。不过，她在这里，是人人尽知的粉儿姐，以后出什么事都很正常，这个你懂的。我不会再做对她不利的事。我这人，不懂得怜香惜玉。我拒绝她，完完全全是为了她好，不光是她，就连我最亲的亲人，我的儿子……我得的是传染病……"

米娜背过身去，默默的流泪。玲玲也哽咽失声……

沈总走到门前，敲了一下玻璃，门开了，肿着脸的粉儿姐进屋来跪在地上。

"小马，对不起……"粉儿姐说。

"算了吧，由爱生恨，也是人之常情。一切都过去了。"马哥说完，把眼闭上了。

沈总指着粉儿姐说："好了，小马已经不跟你计较了。回去收拾东西，半个小时后离开。"

粉儿姐的脸已经肿了，眼睛只剩一道缝儿了，但还是有泪水挤出来。她爬起来出了门，回去收拾东西了。

沈总掏出手机，拨通了说："马上预备车，加满油，把人送回总部。"又拨了一个电话，接着说："通知下去，任何人不许给那四个打人的人供货。带几个人去，把他们赶出京城，以后见一次打一次……"

粉儿姐走了，没有人知道她回去后得到了什么处罚，因为这里所有卖粉的都是喽啰，他们的上线就是粉儿姐，粉儿姐一走，把沈总推到了前台，他的身份彻底暴露了。

沈总要马上请示总部，要求派个业务主管，他没有权力任命。把自己摆在明面儿风险太大，而且粉儿姐的事也可能连累到他，所以他在这里恐怕呆不长了。

沈总走了以后，玲玲出去买早点，琦琦见没多大事了，气也出了，就和马哥告辞准备回去。

米娜送她到门前，叮嘱她说"琦琦姐，出去不要跟人说马哥受伤的事。要是有人问，就说是碰上几个小流氓，没多大事。粉儿姐虽然走了，但他们是有组织的，能不惹他们就别惹。包括沈总，他并不是跟马哥关系有多好，他完全是为了自保。现在马哥没事了，你也要小心，这几天不要过这头来。"

"知道了，我回去了。有事叫我，打架我不憷。"琦琦走了。

米娜拿着毛巾，到墙角的洗手池边，把毛巾浸湿，拧干后过来，给马哥擦脸，不过，脸上没有多少地方可以擦，因为涂了药膏，只擦了眼角和耳朵。

她把毛巾放盆里，从塑料袋拿出酒精和棉签，给他清洗脸上的药膏，清洗过后，又给他涂药。昨天是满脸都涂了药，听以看着吓人，现在有些地方消肿了，就不用满脸涂了。上完药，脸上也不那么吓人了。

米娜把酒精瓶子放到圆桌上，又从塑料袋里拿出药盒，倒出两片儿消炎药，放到马哥嘴里，又给他喂了些矿泉水，他把药咽下去了。

"操性，你还跑啊，周游全国呀，转来转去的还得我伺候你。我该你的……"米娜说完，又滴出来几串泪珠。

琦琦回到家，把从一蛋妈那里买的烟儿放在茶叶桶里。今天起早了，现在觉着有些困，应该睡个回笼觉。她来到卧室刚要往床上坐，才想起来早晨没洗漱，自嘲的笑了一下，去卫生间刷牙洗脸，就手拢了几下头发。

　　她在家里，习惯了一丝不挂，就是烧水做饭的时候，带着围裙也不穿衣服。

　　卧室的的窗户上，挂着粉红色的纱帘，虽轻薄但能挡住人的视线，又不妨碍上午的阳光进屋，进来的光线也是粉色的，打在墙上，反射到床上，照在身上，每到这个时候，琦琦都会用双手抱头，连同上体用力往上翘，腹部紧绷，双腿伸直的练一会形体，大约每次十分钟。这个姿式类似半仰卧起坐，只是没起来，但完全可以看到肚脐往下部分直至脚尖。她很喜欢自己身上的肌肉，这是大多数女人没有的。

　　练完了，浑身松驰下来，已经没有要睡的意思了。她用一条腿支着一条腿，被支着的腿向上竖直，五个脚趾头做了叉开，拳起，上翘的几套动作后，又换另一条腿竖起，也练了脚趾功。她放下腿，把身体完全摊平，肚脐眼儿有些痒，用手抠了几下，似乎抠出点泥儿来，舒服了。

　　也不知道苏甫现在怎么样了，拨他手机，也总是关机，虽说回到了他妈身边，一切都有了保障，那你应该来个信儿吱一声儿呀？真急死人了。

　　苏甫走了有二十多天，琦琦也歇了二十多天了，手头上的钱也快花瓢了。真后悔，不该把那一万块钱交给老妈，就是留五千也好啊。没办法，只能出去赚吧，反正有一身的力气，最笨的办法就是搬自行车，一天搬两辆就够花销了，那还不玩似的。不过，今天不能出去。明天再说吧，而且也不能搬自行车，怎么着也得玩摩托车呀。

　　"呜儿……"手机响了。琦琦拿起手机接听："噢，刘秘书啊，我是琦琦，你们怎么不来个信呀，让我这着急。我知道你们能照顾的好，你告诉我一声我不就放心了吗。哦，他今天飞走了？那好，谢天谢地了。我？放心吧，我挺好。首都机场啊？干嘛不告诉我一声呀，我好去送送他呀。行行，没事。钱？够，够花的。我想问一声，钱老爷子怎么样了？安顿好了，开始上班啦，那就放心了。嗯嗯，我会的，谢谢，再见。"

　　苏甫安全了，悬着的心终于放不了，不躺了，出去吃顿饭庆祝庆祝。

　　她穿鞋下地，拿着内裤和乳罩往外走，来到门前，刚要穿，又停了。

自语道："算了吧，还是在家吃吧，这两天钱紧，还是省着点花。"

来到卧室门前，把内衣扔到床上，进厨房，从厨柜里拿出一个装花生米的瓶子，把花生米倒锅里一些，收起瓶子，锅里倒点油，点着火，开始翻炒。

琦琦谈不上会做饭，不过也有拿手的，就是炸炒花生米，这也是最简单的一个菜了，不用什么技术，小火慢炒，六分钟后成枣红色即可，出锅撒点盐，就是一盘下酒菜。嘿，不错，还真香。

"咚咚咚"，门外有人敲门。

琦琦走门前，从门镜里看，见是个中年男人，不认识。

"您找哪位？" 琦琦问。

"你是琦琦？我找苏甫。我姓苑。" 苑总自我介绍。

"噢，您稍等，我穿上衣服。" 琦琦说完，麻利儿的穿上衣服，把门打开。

"苑总，您请进。" 琦琦说着，请苑总屋里坐定，拿出香烟让苑总一支，用打火机点烟。

苑总看了一下客厅的摆式后问："小苏不在家？他可有些日子没上我那去了。"

"去外地了，走了十来天了。" 琦琦说。

"去外地，做生意去啦？" 苑总问。

琦琦解释道："不是做生意，是治病，朋友帮着找了医院。他不是胃不好嘛。"

苑总头："对，手术要早做，做完就踏实了，老耗着也不是事。"

"是，让您惦记着。呦，锅着了。" 琦琦边说边跑到厨房关火，把锅从灶上拿下放在水池子里，打开笼头放水，锅里"滋"的一声，窜起了烟气。她赶紧开窗开油烟机往出排。

关上厨房门，琦琦坐下说："炒花生米，想喝口酒，这下喝不成了。您中午饭做了吗？要没做就别做了，我请您出去吃去。"

苑总摆手说："不啦，有现成的，都是昨天剩的。琦琦，有件事，苏甫不在家，只能跟你说了。"

"您说。"琦琦说。

"是这样，你们住的这套房子，是我给租的，房租是季付，每次苏甫都按时交房钱，这次可能是他去外地，把这事给耽误了。房东说我们违约了，合同作废了，要把房子收回。不过呢，我跟苏甫是兄弟，替他跟房东说了不少好话，他才同意让你们继续住，不过要涨点钱，倒是不多，每月加二百块钱。"苑总说。

琦琦点点头说："谢谢苑总。那就是两千二呗，一共六千六。是这样，苏甫不在家，我这几天手头儿也紧，您看能不能宽限十天八天的，我不会耍赖的。"

"琦琦，我是个担保人，而且房东那里还有两千块押金呢，咱一违约，人家完全可以把房收回，也不退押金。"苑总无奈的说。

"三天，三天我一定交上。这也不能全赖我，您应该提前通知我，让我早做准备。好吧苑总，您帮忙说说好话，让房东容几天。等苏甫回来，让他请您吃饭。"琦琦说。

"那好吧，就三天，我找房东去说。可有一样，如果三天你不交钱，人家可要强行收房，我可就无能为力了。我回去了。"苑总说完，起身出门。琦琦起身送客。

这回瞎了，把房租这茬儿忘了。六千六，现偷也来不及呀。得了，酒也别喝了，还是煮包方便面吧。明天必须出工，死活也得把房租交上，怎么说也不能让人赶出来呀。不过，话又说回来了，苏甫不在，一个人住一套房是有点大，要是能找一间象马哥租的那样的平房就好了，，估计也就七八百块钱。

苏甫被家人接走了，没告诉苑总，但不代表他不知道，如果苏甫一时半会儿的回不来，琦琦一人住一套房，经济上肯定负担很重，况且她又是北京人，如果不是与男朋友同居，花多少的钱租房子都觉得冤，据说苏甫家里条件不错，他的父母还会让他回来吗？肯定不会。

　　苑总现在租的房子里有四个半大的孩子，这些孩子不太靠谱，万一犯了事把他抵了，这一辈子就白忙活了。而且，和一帮孩子住一块，真是不太习惯，整天在他们面前晃，还得拿着总经理的劲儿。

　　干这行儿，找房子不能用中介，容易暴露。现在正好，苏甫不在，把房子收了自己用，就省了好多事。所以该交房租的时候，他没提前通知琦琦，打了她一个措手不及。

第一百二十篇　略动心眼　开走摩托

本来有想喝一口的好心情，被泼了一盆凉水，然后扔进了冰窖，怎么会这样？

没办法，怎么说也不能让人给赶出来呀。如果能凑够一个月的租金，先给交上缓一闸，没准苏甫就回来了。

扯远了没用，就说眼面前儿，先弄钱是真的，明天一早就出去练活儿。自行车肯定不能玩了，还是往摩托车上发展吧。

摩托车不象自行车，不能搬，锁也不好撬，必须要设计好预案。但只要推回来，就有专门儿挣开锁钱的。那些个卖粉儿的，经常出去送货，打辆黑车，一趟就得百十来块，真出租又不敢坐。所以，摩托车的销路应该问题不大。自从上次推了一辆摩托以后，还真有人问她什么时候还去推辆摩托车。

拿手儿，这个词儿也够逗的，以前没干这活儿的时候，琦琦和别人一样，一定会管他们叫小偷，扒手儿，叫贼。还有偷车的，拉包儿的，割包儿的，提包的，溜门撬锁的……

自打做了这行以后，称呼也变了，就是把偷改成拿，把偷车改叫推车，还有叫做生意的，真够雅的。

有人说，干这种活儿的是不劳而获，琦琦以前也这么认为。不过，现在她不信了。

谁说我是不劳而获？就说今天，早六点起床，在外面吃俩油条，直接就出来了。一笔生意可能做成了只用几秒钟，可是准备时间长啊。现在八点多了，走了少说也有十公里，还不知道有没有生意可做，有没有车可推。这活儿，比踢足球也不轻松。踢足球管吃管住，冷暖自知。现在呢？无冬无夏的终日奔波，不图吃鱼也不图吃肉，至少不要该人钱呀。

城南，琦琦比较陌生。她漫无目地的走着，边走边看。路边摆了很多很大的盆栽，还有花池和行道树。这些她都无心欣赏，现在急需的是钞票，有了钞票，就可以付清房租，就能吃饱饭，就能抽口儿喝口儿，如果腰包儿鼓了，还可以出国去找苏甫。再往后，就不用管它是偷是拿，可以过属于人的生活了。现在虽然辞了职，日后若能当个足球教练？父亲也会原谅她的。

"胖子胖，打麻将，该人钱，不还账，气的胖子直尿炕……"路边玩耍的孩子们唱的童谣，勾起了琦琦儿时的记忆。

童年的时光是美好的，但早已一去永不回了。今非夕比，岁月催人，不留半点情面，唯有眼泪永远不变，还是从眼睛往外流到嘴里，只是没有了奶的味道，变得苦涩了许多……

天很热，开始出汗了。做拿手的，因为工作性质的原因，不能穿得太短太薄。上身尽量穿长袖的，下身最好也要穿长腿深兜的裤子。穿长袖是为了隐藏手臂上带镊子的镊卡子，卡子上挂着镊子。而裤子有兜，便于把从别人身上拿来的东西装藏起来。

从站牌子上看，刚才是在永外沙子口儿，现在已经出了南三环，走的道儿可不近了。

辅路上，有公交站牌的地方，都停着许多自行车。但此时的琦琦，已经对自行车不感兴趣了。

顺路往南，一路走，一路看，虽有几辆摩托车在路边停放，她也过去看了，但车型都较大，推着费劲，就是弄回去，大车也不好卖。因为那些倒粉儿的都没车本儿，开车还要带头盔，弄不好一上路就被查被扣，钱就打水漂了。

路边有一个修车摊儿，工具柜旁立个大牌子，上面写着修理：自行车，摩托车，修锁，换锁，配钥匙，补胎，打气……项目还挺多。

"您这儿还修摩托车呀，我以为光修自行车呢？"琦琦看完牌子上面的项目后问。

修车的正在给一辆自行车的后轮拿条，看了一眼琦琦后说："修，有车就推过来。"继续干活。

"名片我拿一张啊。"琦琦说着，从地上的小盒里拿出一张名片念着："拖车，救援，电瓶充电，换电瓶，常规保养，板金，喷漆，铝合金，断桥铝……您全能啊？"

"只是有这些业务，算不上能。"修车的说话时头也没抬，依旧在调试车条。

琦琦往前走，快十一点了，太阳开始变毒了。还好，这一段的路边有大树，在树荫下行走要舒服许多，可是太累了，已经出来四个多小时了，应该找个饭馆吃点儿东西了，再这样走下去，非低血糖不可。

前面有一家餐馆，铺面不大，从外面看，里面人不算多，可能还不到饭点吧。

进到餐馆里面，找个靠窗户的座位坐下。

一个女服务员走过来，把菜谱放桌子上问："小姐，你用点儿什么？"

"我先看看。呆会儿再点。"琦琦说。

服务员笑着说："好的，等看好您叫我。"

琦琦翻了几页菜谱，正要叫服务员，忽见窗外有个青年人推着一辆摩托车，边走边左右张望，好象是车出毛病了。她放下菜谱，走出饭馆，过去对推车的小伙子说："唉，怎么了，车出毛病了？"

"是，熄火了，怎么也打不着了。刚才过去时好象看见有个修车的，怎么找不着了？"小伙说。

"嗐，还没到呢，就在那头，还有个三四百米就到了。修吗，我认识修车的，要修我带你过去。"琦琦热情的说。

"那谢谢大姐了。"小伙说。

琦琦带着小伙子来到修车的摊位前，让他推过来支好。

"大哥，来活儿了，骑着骑着熄火了，怎么也打不着了，您给看看。"琦琦蹲在地上说。

修车人站起来，过来把车往旁边搬了搬，用脚踹了几下，没着车，拨了一下车钥匙，再踹几下，还是没着车。

"搁这儿吧，等我把那辆修完了就给你修，下午来取吧。"修车人说。

"下午几点，五点以前？"琦琦问。

"差不多，要是没大毛病的话。"修车人说。

琦琦站起来，对小伙说："那就五点来吧，先干点别的事去，也别干等着。"

小伙点点头，顺来的路往西走，琦琦也跟着往西走，边走边告诉他："你可以坐公交，前面就有公交站。"

小伙子去等公交车了。

琦琦转身，又来到修车摊前，拿个小板凳坐下，对修车人说："大哥，求您个事？"

修车人放下手里的活问："你说。"用一块脏毛巾擦了一下手，从地上拿烟，准备抽一支。

琦琦从兜里掏出一盒红塔山，迅速撕开包装，弹出一支，往修车人嘴里放，又拿出火机为其点着。

抽了一口烟，修车人把夹烟的手抬了抬说："谢谢。"

琦琦把烟放在修车人脚下后说："大哥，帮个忙，我们家离这也挺远的，办完事还要赶回去。我的车没牌子，趁中午警察吃饭才敢出来，而且还没戴头盔，要是等到五点晚高峰就麻烦了。大哥您照顾照顾，先给我修吧，谢谢大哥了。"

琦琦左一个大哥，右一个大哥的，还真把修车的叫美了。他一举手上的小半截烟说："抽完这个烟屁，就给你先修。"

琦琦高兴的说："好嘞，谢谢大哥。那我们先找地方吃点儿饭去，您给抓点紧。"

琦琦心里非常得意，今天唱得是哪一出儿呀？这种临场发挥的神来之笔，还真不是事先设计好的。人啊，玩得是智商，踢球儿的时候，人们总说运动员脑筋不够使，可你看现在，两男一女三个人，还就是她智商高摩托车的车主，一定认为她是跟修车的是一起的，可能还是兄妹。而修车的呢，又把她当成了推摩托车小伙子的朋友，这个擦边球打的。

来到餐馆，琦琦也不看菜谱，随便要俩菜，一大碗米饭，稀里呼噜的一阵扒拉，很快就吃完了。她撂下碗筷，一拍肚子说："吃饱了，喝足了，谁也不服了。"

她结了账，跟服务员要了餐巾纸。走到门外的花池子边上，探身往修车的这头看了看，看不太清。她又往前走了一会，再隐蔽着身体往前看，还有点儿远，再往前挪，终于看清了，修车的正在修摩托车。

琦琦坐在花池子上，用手干搓了几把脸，低下头，把手指插进头发里。

"嘟嘟嘟……"摩托车发动的声音从前面传过来，打到她的耳朵里，使她精神一阵，她探头往远处瞧，见修车的正在轰油，但是马达声不是很稳。修车的关了发动机，打开油箱盖儿，往里瞧了一眼，回身从工具柜中拿出一个装有汽油的可乐瓶子。他打开盖，把汽油倒进油箱里，然后瓶子放地上，锁紧油箱，再点火儿发动，马达开始均匀的转动，修好了。

琦琦站起身，嘴里叼着一个牙签，嘬着牙花子向修车摊儿走过去。-

"大哥，车修得怎么样？"琦琦过来问。

修车的站起来说："修好了，没问题了，杠杠的跑五十没问题。"

"那你辛苦了，给你多少钱？"琦琦问。

修车的算了一下说："清洗化油器二十，换个浮子七块，加了三升多油，算十五，一共四十二。"

"给您四十吧，好不好。"琦琦掏出四十块钱，交给修车的。

修车的接过钱说："行，多两块少两块的事。你试试车。"

琦琦踢开车支子说："肯定没问题，刚才您着车的时候我听见了，怠速很稳，发动机声音顺畅速匀，给油反应也跟得上。大哥手艺真不错。再见了大哥。"

琦琦一轰油门，掉头走逆行，钻桥洞再钻桥洞，顺三环辅路往西，转弯往北，一路开下去，很快就到了西站东里中午一点左右，正是吃饭休息的时候，文哥家门前人很多，象个小集市。

琦琦骑着摩托车，轰大油门，按着喇叭，在人群左躲右闪，嘴里还骂着。

她在文哥的家门前熄火，下来踢上车支子，坐在凳子上说："大哥，给听红牛。"

文哥笑着调侃说："哟，玩上摩托了。这是晌午，分不清太阳是从东边出来还是从西边出来的，开始喝红牛了？高消费呀。"起身进院里拿出一听饮料，放桌上。

琦琦打开拉盖喝了一口说："大哥欺负人，喝听饮料就高消费呀？不给钱了。就算您请我了。大哥，这辆摩托车怎么样。"

"看过了，女孩子能玩。四行程的五零儿，路面好的话，能跑四五十。"文哥说。

琦琦高兴道："大哥是内行，这车是挺好骑的。"

"又是从哪推来的？摩托车可比自行车沉多了。"文哥说。

"哥，拿妹妹开涮？我就不兴买一回？这是我花五十块钱买的。不过呢，确实是动了点儿心眼儿而已，而且还搭了一盒塔山呢。"琦琦得意的说。

"说来听听，我也长长见识。这听饮料算我请你。"文哥认真又看似玩笑的说。

琦琦眉飞色舞的讲述了整个过程，文哥频频点头儿。

"嗯，精彩，可以进教科书了。你这是假做真时真亦假，非偷非骗少花钱。看来以后我要把这事的记在脑子里，遇到美女要先琢磨一下，没准站在眼前的这个女人，就是一个什么精啊仙儿的，防不胜防。"文哥说。

"哥啊，喝您这听饮料，可真是高消费了。您看，还得陪着给您讲故事，还得让你数落，最后还变得不是狐妖就是蛇精的，我真服了。"琦琦假装不满的说。

　　文哥也笑了："你讲的故事当然了，哈。我请你喝水，还免费租给你柜台，你不是赚大了。"

　　琦琦兜着嘴角说："哥，我们是贼，您比我们还贼。您要做这行，准是个江洋大盗。"

　　文哥笑道："为什么是江洋大盗？小时候倒是想过，我要能当个侦缉队，就天下无贼了。"

第一百二十一篇 一天推三摩 人称女摩王

文哥和琦琦正在说话，一个年近五十的男子走过来，仔细端祥着那辆摩托车。

"这是给我推来的，车况怎么样？运动员。"男子说。

琦琦怒道："看就看，不看一边去，别找不自在。"

琦琦脾气很个，又是北京女孩，知道怎么和这些人打交道。跟他们做生意，不用客气，要拿出派头来，嘴里骂骂咧咧，这些人还就吃这套。

"真是的，江湖上混的就是名号，大多数人一辈子都没有个名号。你看水浒一百单八将，各个都有名号。不过你现在玩儿摩了，应该升级了，可以封个什么女摩呀，摩王呀，摩仙呀，大摩王呀什么的。"男子说。

琦琦不耐烦的说："少费话，给一千二推走吧。这辆车不错，刚请文哥看过了，文哥说不错。"

"一千二？太贵了。人家上回买你的那辆车，比这辆还大才九百，这辆车小反倒贵？不行，超过九百我不要。你留着玩吧。"男子说。

"傻呀你？上回那辆车是两行程的，这辆车是四行程的，不在一个级上。"琦琦骂得挺脆。

买摩托车的这个人比琦琦大十多岁，是倒粉的。有一回缉毒的抓走的人当中，就有他儿子。他跟琦琦还算熟，曾经买过她的自行车。这些人都是外地人，对京骂不是很了解，加上也不太在乎对方说什么，而且琦琦是北京妞儿，谁也不知道她的底细，所以挨骂也不急。

"得得得，我傻，你精，给你添五十行了吧？九百五。"男子说。

琦琦笑着说："瞧你这穷样，连一千都出不起，五十块钱也这么计较？还能做什么大生意。拿钱吧。"

男子当时高兴的付了九百五，坐在摩托车上说："你呀，有争这五十块钱的功夫，不如赶紧再推一辆去，推来我还要。"一给油门开走了。

"大哥，求您个事。"琦琦说。

"什么事？"文哥问。

琦琦拿着刚收到的九百五十元说："我想把这钱先存您这，我没地方放，又不能带钱出门儿。怎么样哥，帮我存会儿？晚上我来取。"

文哥认真答道："不行，这个忙帮不了。如果你是从家里带出来的钱没地儿放，要存我这里，那没问题。你现在这几百块钱在我看来就是赃款赃物，帮你就是鼓励你。我也不想给自己找麻烦。"

琦琦把钱装起来说："那好吧，我只好回去一趟了。正好，顺便去家乐福买点手使的东西。回见大哥。"

琦琦走了。买摩托车的人开着摩托车回来，停在文哥的摊位前，看得出来，他很满意。

"文哥，看这车怎么样？值不值九百多？"男子问。

文哥点头说："还行，听声儿还不错。老话说得好，愣买不值，不买吃食。你儿子前几天还想租我的摩托车呢。"

"他喜欢摩托车，不过也确实有用。等女摩王再开回一辆来，再买一辆，玩儿呗。"男子说。

"对别人来说是玩儿，对你来说就是生产工具了。九百多块钱，恐怕还不够你一个月的打车钱呢。只要一个月之内没被交警查着，本儿就回来了，然后就开一天赚一天了。"文哥分析说。

"是，二十天以后就是赚的了。有这车就方便多了，骑着他可以走胡同，半夜也可以出去比打车还安全。"男子说完，冲文哥一点头，表示再见，一给油门儿开走了。

家乐福不太远，地下走十几分钟就到了。琦琦刚要往超市里走，被一辆从她身前绕过的摩托车吓了一跳，摩托车进了存车处。

琦琦嘴里骂了一句："妈的。"然后上台阶，刚要进门儿时，忽然想起了什么，从台阶上回身往停车场里看。

男青年把摩托车停好，上了车把锁，手里拿着带兔子尾巴毛的车钥匙，进了超市。

琦琦跟着他进超市。

男青年推了一辆购物车，在二楼转了一圈，看了许多商品，没有买的意思。他手里攥着车钥匙，上扶梯往下走到一楼，开始看白酒，红酒，啤酒，最后确定买两瓶二锅头，他把车钥匙装进裤兜，哈腰去货架下层拿酒。车钥匙上的兔尾巴毛有些毛梢露在兜外面。

琦琦跟在他后面，也在看商品，她拿起一听啤酒，举着看说明，透过酒罐的一侧，目光落在男青年的手上，当他把钥匙放裤兜里，弯腰取物时，琦琦右手一抖，袖中的镊子弹出，迅速出击，准确的夹住兔毛，把车钥匙拉了出来。

钥匙放在手心和啤酒罐中间，镊子归位，琦琦从男青年身边走过，啤酒放货架上，迅速走过货物通道，出了大门，进了存车处，来到摩托车旁，钥匙往锁眼儿里一插，拨一下开锁，第二下通电，脚一踩，摩托车发出"突突"声音，着车了：

琦琦跨上车，往后退了几下，转向加油，出了停车场，滑出大门口护栏，一拧油门，摩托车"忽"的向前蹿出。

她逆行了几十米，来到路口转向，横穿马路后，再加油门儿，无所畏惧的狂颠了起来。

离开文哥也就不到一个小时，就开着一辆摩托回来，着实把文哥给惊住了，琦琦更是得意的不得了，她坐下后，钥匙往桌上一拍，身体往后一仰说："哥，给瓶饮料，请请你老妹妹。"

说完，琦琦把钥匙上的兔毛摘了，扔在地上，用脚一碾，再往外踢了几下，多数兔毛随着微风飘走了。

文哥笑道："不请，你要弄一辆回来，我请你一回，不是跟你成同伙了吗？而且你以后弄来车，别上我这来，我这里不是销赃的货场。你现在就把这辆车推走，推到胡同口儿，就跟我没关系了。"

"不致于吧大哥，我做我的，有事我担，不会把你拖下水。再说了，开个玩笑，也不真白喝饮料。您就这么狠心，把我踹一边去？我还想着呢，等我哪天贫困潦倒了，走到你门口，怎么也给碗面吃吧？真是的。"琦琦说。

　　"劝人行善，我没那资格，但我还是不鼓励歪门邪道。不过对于你，说你几句也无坊。因为你是北京女孩，应该有很好的前途，我跟你爸又有一面之缘，有些事情让你些面子。不过玩玩得了，回归家庭，你什么都不缺。而且这个地方也长不了。我觉得如果你戒了毒，训练恢复一年，还是可以回到球场，重振雄风的。"文哥说。

　　"哥，糊涂啦，还重振雄风？我是母的。人不是常说吗？好马不吃回头儿草。"琦琦说。

　　"好马指得是儿马，你是母的，就是骒马，可以吃回头草。"文哥说。

　　刚才买摩托车的男子开着车过来，停下问："大摩王，又推一辆来，这辆多少钱？"

　　琦琦赶紧站起来，推上车，示意去胡同口。两个人向东走去。

　　琦琦回到家，看看表，下午三点多了。外头太热，跟下火的似的，在家歇会儿吧。她脱了衣服，拧把毛巾，擦擦身上，把今天卖摩托车的钱拿出来数了，塞到床下的夹缝里。她去客厅，拿了一瓶矿泉水，拧开盖一口气喝了半瓶，抹擦一下胸脯，舒服多了。

　　做拿行的有个规矩，就是每做完一次生意，必须回来，把今天所得到的物品，钱币都要拿回来净身，锁定利润后，再出去做事，不允许兜里装着很多钱二次做案，以防万一失手而露出破绽。把自己陷进去。

　　中午在西站东里，想把卖车的钱放文哥那里，自己好在出去转，文哥不帮这个忙，只好先回家了，只不过今天太走运了，要不怎么说无巧不成书呢。

　　琦琦躺在床上，很是兴奋，颇有成就感的对着房顶傻笑。一个女孩子，当然不是弱女子，半天多的功夫，弄到两辆摩托车，也够邪乎了吧？

　　不过，虽然她很努，但是压力并没解除。房东给三天的时间，必须把房租交上去，否则就该收房了。

两辆摩托车卖了还不到两千块钱，凑够六千六也真不容易。看来也得跟马哥学了，去租间平房住，有个八九百块钱也就够了。不过，现在的居民基本都知道了他们这些人是非偷既抽，对他们有所防范，加上随时可能拆迁，有房可能也不租了。

刚才听买摩托车的那人说，丰台万泉寺那头有平房，比较便宜，应该去看看。对，等呆会儿太阳落落，天气凉快点以后吃完饭，抽完烟儿，就过去问问，碰碰运气吧。

琪琪不愁走路，四五里地也不算远，溜溜达达玩着就去。走路还有个好处，可以发现商机，有些机会可能根本就不是机会，偶然撞上，就是得来全不费功夫了。

路边有个元代遗址，琦琦还是第一次听说，她好奇的走了进去看了一眼，觉得没什么意思，原来就是用铁栅栏圈了一个不大的圈，里边有个土堆和十几个躺得横七竖八的石头雕像。

这里是一个乡属的村落，可能也要拆迁或旧村改造。很多人可能也没事干，都聚在街旁巷口神聊。琦琦过去，挨家挨户的问了一条街，也没问到些许出租房的信息。不过，倒是有一个中年女人问她是哪儿的人，琦琦告诉她说是北京人，家住城东，在城西上班。女人表示，要是北京人还可以租到房，外地人就很难在这里租房了。

琦琦拖着疲惫的身子往回走，这里连个三蹦子也没有。有也不能坐，这么早回去干嘛？

她顺着凉水河往北走，到了一个叫马连道儿的地区。马连道以茶叶闻名天下。再往前走就是茶叶一条街了。今天推走第二辆车的地方，就是在茶叶街上的家乐福超市里。看来今天下午转的这大圈可真不近了，足有十公里了。

她有些不甘心了。走了这么远的路，房子没找着，累得跟孙子似的，就这样回去，都对不起这两条腿，怎么也应该弄点泡脚的钱呀。

顺大街走了一百多米，见有条胡同，两腿不自主的就拐了进去。她边走边往两边看，路口的把角儿有个修自行车的摊儿，修车人正紧张的忙碌着。

她在小区围栏下面的矮墙上坐下，用手捶着腿，叹了声气，不觉一阵伤心，眼泪扑哧的就掉了下来。

苏甫走了很长时间了，虽然刘秘书和她通了一回信息，但是始终没有和苏甫通过话，不知道他的确切消息。临走时，他发了短信，让她等着他，她肯定是要等的。不过等是等，先给个信儿行不行。

她和苏甫是真心相爱，为了他，她舍弃了工作，并且和父亲也闹掰了，父女俩成了陌路人，她已经没脸回家了。她现在是贼，又吸毒，快十恶不赦了。

以前总是认为，她是借助爱情的力量拯救苏甫，是舍身取义，虽是陷进了泥塘，但是总有一天会拔出来的。苏甫上岸以后，他也一定会回来伸手拉她的，把她从泥里拉出后，两人结成连理，这样的结局才完美，才会成为佳话。其实，就凭自己的一己之力，照样可以改邪归正，脱离苦海。那样的话，不就便宜苏甫了吗。我就在臭河沟里呆上，让你来拉我，我死等了。

路灯亮了，琦琦打了盹后，体力恢复了许多，她站起来，用手指拨拉着栏杆往前走，不知不觉的进了一个小区。

小区很大，都是塔楼，院里很混乱，自行车很多又停放无序。琦琦自嘲道："怎么跑自行车堆里来了，魔症啦？早知道有这么个小区，有这么多自行车，开辆面包儿车进来，还不随便装。"

自行车堆里，也有摩托车，而且有的车倒在地上。琦琦好象对摩托车有了感情，过去会把车抬起来。

一辆轻型摩托车就在前面的不远处，车的反光镜上还挂着头盔。琦琦的脚脖子上就象拴了线儿，拽着她往前走。

她用手扶着车把，定睛一看，原来是一辆红色的小五零，很轻便。她很喜欢，但是摩托车不象自行车，不能撬，再说了，就是能撬，也会被大门口儿的保安看见的。

她用手转了下车把，把挺灵活，说明把上没有把锁。她撒手欲走，无意中用脚踢了一下后轮，轮子开始转动。琦琦一惊，又到前面用双手提起车把，用脚踢了一下前轮，前轮也转了。怎么着，这辆车没上锁？嘿她舅舅的，这不是白送吗？

琦琦从兜里掏出一串钥匙，用一个钥匙的尖扎进前带的气门嘴儿，把气放光，然后把一把钥匙插进钥匙槽，摘下头盔戴在脑袋上，推着车就来到大门前，她老远就朝门卫喊："师傅，知道哪有修车的吗？也不是哪孙子，把带给我扎了？"

保安是个外地的年轻人，见到琦琦这样的北京姑娘，自然是很热情。

"有，前面胡同口有修车的，不太远，也就几百米。"保安热情的说。

"啊，那么远，推到门口就累得够呛了。麻烦你做点好事，帮我推几步儿，回头我给你送个锦旗，写封表扬信。"琦琦说。

小保安赶忙过来帮着推车，嘴里还高兴的说："谢谢大姐，……"

前面就是胡同口儿了，已经看见修车的工具柜了，但是修车的好象下班了。

琦琦从小保安手里接过车把说："谢谢你小师傅，前面到了，我自己推吧。谢谢啊。"

见小保安回去了，琦琦自个推车往前走。她没有车钥匙，只能推着走，既使可以找居民借个汽桶子给车胎补气，她也不会去借，因为只有车胎被扎了，才有可能会推着走，如果车胎完好，你在大街推着摩托车走很远，很容易引起人们的注意。

这是一条商业街，不会有修车的，加上己经晚上了，既使有，也都收摊儿回家了。但是你推着车在大街上走，你应该也会着急，所以向路边聊天儿的人打听哪有修车的，也是要有的程序。

离目的地不远了，她已经打听两次了，人家肯定回答不知道。不知道就对了，就是让你说不知道。过了十字路口，往右拐就安全了，她可以在铺路上去走，又是居民区，居民在自家门口挪车也是正常的。

　　进了胡同，就属于西站东里了。她有一种到家的感觉，什么叫如释负重啊，现在才体会到。就象踢球时打比赛，领先和落后都会紧张，比赛不停，什么事都可能发生，谁输谁赢不到最后一秒，谁也不敢说。但是运动员踢比赛，压力是所有的人担。而现在的这种紧张，悲惧已超出了人们的想象，只有当事人能体会到。这要是万一，是万一，路口要站个交警，还不吓尿喽？万幸，万幸啊。

第一百二十二篇 夏天难熬 米娜扭脚

"美女，又推来一辆啊，车怎么样啊？"问话的是一个四十以内的中年妇女，个不高。

她认识琦琦，琦琦也知道她。她住在马哥住的那条胡同的里面，是粉儿姐的手下，倒面儿的。

"啊。什么叫又推一辆啊？"琦琦不爱答理她。

"美女，什么态度？爱答不理的。你不是卖的呀？你卖我买，顾客是上帝，没培训过呀？"大姐说。

"我以为你打岔呢。大姐，这辆车不错，你玩着正好，骑着显得年轻潇洒，肯定有回头率。"琦琦热情的说。

大姐摸着车把说："我看你是推着过来的，不能骑呀？"

"不懂吧。摩托车必须要有钥匙，有钥匙才能通电，有电才能打着火儿。人家不可能把钥匙放车上让我骑走。你看车上挂着头盔，排气管还是热的呢，说明一个小时之内人家还骑过呢。"琦琦说。

"那没有钥匙怎么办呀？好象这车带也扎了？"她问。

琦琦有些不耐烦的说："带不是扎的，是我放的，钥匙也简单，换个锁就行了，那个修车的胖子就管换。没多少钱。"

"这辆车卖多少钱，我要了。"她说。

琦琦想了一下说："九百，包换锁打气儿。"

"那么贵，买不起，而且摩托车有了毛病修着也贵。便宜点吧？给四百。"大姐说。

琦琦有些不爽，怒道："买白菜呢？你不想买赶紧走，别这逗闷子。砍一半还带拐弯儿的。你卖粉有人砍价儿吗？"

大姐笑着说："美女别发火呀，都赖我不懂。跟你说实话，我活这么大，想都没想过我能有辆摩托车，现在看你这辆车吧，还真喜欢。东西肯定好。在这一片，你也是有口皆碑，从自行车到摩托车，谁都说你卖的价格低，质量好，就凭这一点，这辆车我要定了。这么着吧，我今天就卖了十包烟儿，五百块钱，都给你，你看怎么样？可以了，我还得换锁补胎呢？"

琦琦恩考了一会，假装不情愿的说："算了，给你吧。掏钱。"

大姐从兜里把钱抓出来，果然是五百元，交给琦琦。琦琦接过钱后，手一撩说："推走吧。别跟人说车是从我这买的，几百块钱的东西，说出来丢人。"

"不说，我嘴严着呢，谢谢啊。"她说完，推车走了。

这几天，米娜很辛苦，她早上就要到马哥的出租房来，帮助他吃药换药，买早点倒尿盆，然后出去干活。晚上也要过来跟他聊天，最后把脏衣服带回去洗。

玲玲虽然跟马哥也很近，但毕竟不如表姐那样名正言顺，所以就不过来了。她每天都要上街闲逛。说是闲逛，她还是有心机的。她知道干这种鼠道儿生意，一定长不了，而且每天担惊受怕，又不会有什么前途。日后若想长居都市，就必须要找一个适合自己的差事做。所以每天走大街，穿小巷，看看别人都在做什么，尤其是那些外地来的，象她这样的北漂，他们挣钱的行当，对她来说很有借鉴意义。

她严格遵守表姐订的规矩，那就是她一个人的时候，什么都不许做，地下有钱包儿都不捡。

米娜忙活完了，才想起来规置规置自己，揉了把毛巾，把脸仔细的擦了一遍，尤其是眼角儿，都长吃模糊了。

这些日子，马哥经常被感动，但他什么都不说，今天终于忍不住了，他说："米娜，谢谢你。"

"去你妈的，该你的。你怎不让人打死呀？"米娜张嘴就来，她这几天正在生理期。

"是，死了就踏实了，一了百了。早死早托生。"马哥咐和着说。

米娜气不打一处来，指着他说："趁早，留着你也是废物。那个骚货上赶着让你玩儿，你就不会为民除害。"

马哥摇头说："不明白。杀人偿命，欠债还钱，你让我杀她？"

"我让你杀她？我让你操她。让她也得艾滋病。"米娜说完，也有些后悔。

马哥叹口气说："你知道，在我的心里，只有你一个人，永远不会再有人了。就是有人看上了我这杆破枪，我宁可让它生锈，也不会再用了。"

"还算你有良心。行了，活儿干完了，我出去走走，下午再过来。"米娜左右看了看，没什么可干的了，就出了屋子，来到大门口儿。放眼看去，从这里已经能看到文哥家的房子了。以前绕着走的时候，隔着五条胡同，现在中间的房子都拆完了，没了遮挡，直线距离也没多远，顶多也就三百米。不过，渣土连成片，要想过去还得绕点远儿。

米娜跟文哥打了招呼后坐下，要了一瓶冰红茶。

"小马现在怎么样了？好点儿没有？"马哥问。

米娜喝了一口水说："好多了，身上的青淤已经快下去了，脸上也好多了。再过几天，等脸上的嘎巴掉了，就彻底没事了。"

"打人的人都是什么人呢？"文哥问。

"都是粉儿姐找来的客户。粉儿姐就是浪催的，她想干那事，马哥不肯，就找人来打了他一顿。不过，害人害己，她也被她们公司召回去了，据说要严肃处理，是有人替她求了情，就把她弄到大山里种烟去了。估计这辈子出不来了。而且，大山里种烟的，多数都是犯了错儿的男的，她这种浪货去了，还算人尽其用，天天可以风流了。"米娜说得挺解气。

胡同西口的拐角处，收手机的小王正在帮人看手机。他最近有些日子没露面了。自从夏收回来，就很少走街串巷的到处收了。知情人说，第一呢，是他又多了一个市场，现在是两头跑。第二是他现在收了手机以后，热门的品种不再卖给二手商贩，而是自己留下，攒够一定的数量，送回河北老家，在自己家开的商店里卖，争取更高利润。

这几天照顾马哥，米娜有些疲惫，出去转也是为了散心，找找感觉。

人若是心不在蔫的时候，就会犯眯瞪，半天下来，都忘了自己是干嘛来了。等想到回家的时候，才发现这一天又白混了。

早晨跟文哥聊了会天以后，米娜就出来转了。到了夏天，人们都穿的薄了，穿得少了，很少有人在衣兜里放钱夹了。一般看，多数女人都是拿个手包，手包儿当然是攥在手里的。还有的女孩，把包包系在胳膊上，走路时胳膊前后甩，就更不好拿了。而且一时半会的，还真想不出破解的招式来，假如你不敢抢的话。

男人也简单多了，就是在裤腰带上穿个肚包，这种肚包儿都是按扣儿的，扣得非常紧，开扣的时候也有声音，要想打开又不被发现，还真有一定难度的。

算了，还是回去吧，不瞎耽误功夫。

因为出来时就没想着往远了去，所以也没坐车，没想到这一转悠，有两个多小时了，也够可以了，而且，每次出工干活，都穿布鞋，运动鞋或旅游鞋，而今天她穿了一双皮鞋，穿皮鞋走两个多小时，也确实是够呛。

回到小区，已经看见马哥住的院子了，心想不用绕了，直接踩着砖堆过去吧。以前也这么走过。近点儿是点儿。

要不怎么说巧呢，本来就穿得是皮鞋，又走了两个多小时的路，碎砖渣土又不瓷实，一下没留神，把右脚脖子扭了一下，不过，好赖还不是很疼，但脚有些吃不上劲儿，走路有些颠脚儿。

她进院，来到马哥的屋前，推门没进屋，站在外面说："我先回去，脚脖子扭了。"

马哥从床上下来到门前问："伤得严重吗，赶紧去医院吧。"

米娜摆摆手说："真倒霉，不走砖堆就好了。不过不碍事，就是扭了一下，家里边有琦琦给的喷雾剂，运动员用的那种，我回去喷点，估计问题不大。"

"打辆车回去，上楼的时候注意点儿。"马哥说。

"叫辆摩的就行了。等出租还得走到路口去，摩的能开过来，我有他们电话。"米娜说完，掏出手机，联系了摩的后，她又嘱咐马哥："你就在屋吃在屋拉，白天别出去，不让人看笑话。马桶晚上再倒，往砖堆上一泼就行。"

米娜用两只手扶着楼梯扶手上楼，很费劲，她后悔今天出门穿皮鞋了。平时，她很少穿皮鞋出门儿，因为每次出门都是去工作，她干的工作脚底下必须要利索。今天去马家那里，本来是想呆一天的，没想到心血来潮的脑子一热，就出去转了半天，回来时还逞能走砖堆，真后悔。

到了家门口，掏钥匙开门进屋，见玲玲已经回来了，正坐在她屋里的桌子旁边，拿着啤酒瓶子往杯里倒酒。

"快过来扶我一把，脚扭了。"米娜喊了玲玲一声后把门关上。

玲玲起身过来，扶着表姐进的卧室，坐在床上。

"怎么了，脚扭伤了？瞧了没？"玲玲问。

米娜一指床头柜说："抽屉里有喷雾剂，专治跌打损伤的，赶紧给我喷点。把袜子脱了啊。"

玲玲拉开抽屉，拿出喷雾剂，摇了摇，把表姐的袜子脱下来问："什么地方？"

"脚脖到脚面，还有脚指头，都喷点。哎呦，疼死我了。"米娜咧着嘴说。

玲玲一边喷药，一边笑着说："活该，让你臭美呀，穿皮鞋，还穿丝袜，你是去相亲呀，还是出席宴会呀？都中老年妇女了，还到马路上去挣回头率。"

"哪那么多废话。哎，喷哪只脚呢？你怎么往好脚上喷呢，傻呀你。"米娜说。

"是你伸的这只脚，还赖我。姐，你瞧你伺候姐夫的时候就像个老妈子，回到家就充姨奶奶。快点儿，把那只丫子伸出来。"玲玲也不饶人。

米娜换了一只脚，玲玲给她脱了袜子，喷了药，把脚捧到床上。

"你喝酒不喝，吃饭不吃？"玲玲问。

"不喝酒，给我沏杯茶。就沏昨天买回来的茶芯儿，我尝尝好喝不好喝。"米娜说。

玲玲出屋，一会儿的功夫，端着一个玻璃杯进来，杯里己经放了茶，把杯撂在茶几儿上后，她又出去拿来暖瓶，往茶杯冲入开水。水可能不太开，茶叶沫浮上水面。

"你吃什么呢？"表姐问。

"我还没做呢。先喝瓶酒，完了炒点儿饼，买了饼丝了。"玲玲说。

"多炒点，我也吃一口。"米娜说。

玲玲答应说："行。吃多少？"

"一抠儿抠儿。"米娜说，

玲玲接着话茬问："抠鼻子，抠脚丫子，还是抠肚脐眼儿，一抠儿抠儿是多少？"

米娜瞪眼说："一抠儿抠儿就是少做点儿，你再往脏了说，抠屁眼儿，还吃不吃了？越大越没六儿。上午都去哪了？"

玲玲想了想说："上午吗，考查，出去考查，寻找投资项目。顺三环往北到公主坟，然后往西到八角，又往南去长辛店，再到六里桥，转了一大弯，这不是回来还没坐稳呢，你就回来了。"

"嗯好，跟着姐长出息了。你应该进股市炒股，买一股都是股东，就是投资人，印张名片，大小也算个老板了。你还考查，考查什么？哪条马路窄应该加宽？电线杆子间距过大，还是河边应该种柳树还是杨树？我看你还是省省劲儿吧，要考查也应该让有户口的人去，你就别瞎耽误功夫了。"米娜说完，挪腿上床，靠在床头上。

玲玲绕着床，从一头蹿了上去，靠在米娜身上说："姐，你说的那个股票啊，电线杆子呀，我不懂，但是经过我这些日子的考察研究，我发现，在这里不靠拿也能挣钱，只要不怕苦，不怕累，一个月挣五千也不是梦。你想啊，如果每个月能保证三千块钱，干上几年，那搁咱家那儿，不就是富婆啦？"

"倒也是，像你这样长得人儿是人儿个儿是个儿的，找个酒店或饮料

店，两年下来要是能当个主管什么的，那就相当于是个白领了。收入不会
低。"米娜说。

　　玲玲坐起来说："姐也行啊。"

　　"姐不行，姐没怎么上过学。你上过高中，学历比姐高。"米娜说。

　　"学历跟学问是两码事。在很多方面你都比一般高中生懂得多，再说
了，咱们外地人要在这里打工，什么学历还不是自己说。不过呢，我认为
我不适应找工作上班，钱有数还管得严，尤其是姐说的餐饮，服务类的，
一天要干十几个小时，太辛苦，还不给上保险。"玲玲说。

　　米娜斜着看了玲玲一眼说："呵，行啊，好汉子不挣有数的钱。那你
觉得，咱们这样的外地女孩子，干点什么合适？"

　　玲玲看着房顶想了想说："第一，倒菜。在农贸市场租个柜台，买辆
电动三轮，每天一早儿去批发市场批菜，到农贸市场去卖，挣差价，也叫
挣辛苦钱。这个买卖不需要技术，只要不太傻就行，而且投入也小，几千
块钱就能做，当天就赚钱。"

　　米娜怀疑的问："有那么容易？我始终不知道卖菜的怎么赚钱。"

　　"我刚才说去考察，你还说什么电线杆子什么的笑话我。我第一个去
的地方叫新发地，专门批发蔬菜水果，水产海鲜，山珍土产的，什么都批
发。不知道什么叫批发吧？批发就是你买的多，买一百斤菜，他就以很便
宜的价格卖你。比如黄瓜，他卖你一块五，拉到城里卖，就能卖三块，一
斤赚一块五。这就叫吃差价，就叫做买卖。"玲玲说。

　　"噢，明白了。原来买卖就是买了卖。"米娜说。

　　玲玲接着说："咱家那块儿有的土产，在咱家那就不值钱，七八块钱
一斤的山货，拉到北京就能卖到六七十。这就叫做买卖。"

　　"嗯是，要不古人怎么说人离乡贱，物离乡贵，就是这个道理。"米
娜悟道。

　　"再有就是开摩的拉客，买辆蹦子五千多就齐了，一早一晚的干五六
个小时，也能有一百多的收入。听拉车的说，基本上四十天，就把车钱挣

回来，只是干这活得长点眼，别挨罚。"玲玲说。

米娜点头道："摩的知道，经常坐。从西站东里到咱这里，也就三四公里还十块钱呢。钱是好挣。"

"还有摊煎饼，真赚钱。花几百块钱买辆车就能开张了。我连着三天盯了三个煎饼摊儿，从早晨七点，到中午，能卖三百个煎饼，五块钱一个，我算算，一个煎饼就赚三块多。也是好买卖。"玲玲说。

米娜赞道："好妹妹，你比姐聪明。以后你继续考查，有什么发现都告诉姐，姐以后也金盆洗手，学着做个买卖人。"

"其实姐适合开早点铺儿，有的饭馆早晨不卖早点，你就可以租他的地儿，利用早晨这段时间卖早点。只要雇个厨师就行了。"玲玲说。

"你适合干什么？"米娜问。

玲玲趴在表姐腿上说："我吗，适合开出租拉活儿。不过得买辆二手车，就在城乡结合部跑……"

"嗯，甭管开黑车白车，先脱离苦海再说。姐扶你上岸，帮你攒钱。玲玲，明天早上，跟姐去医院照个片子。"米娜说。

第一百二十三篇 医院出招 出租傻等

去医院得赶早，去晚了中午都看不完。玲玲扶着表姐，走到小区外面的路边打车。今天不能坐摩的了，因为摩的早上不敢去医院，车站这样的场所。七点以前打车较容易，许多出租车从家里刚出来，不愿空跑，会贴着辅路的马路牙子慢慢开。

出租车司机会仔细的审视站在路边的人，他们能准确的判断谁是在等车。一辆出租车突然加速，停在米娜和玲玲跟前，放下车窗，还没问，玲玲已经拉开车厢门，扶表姐上了车。她来到前面，坐在副驾驶的位置并对司机说："去医院。"

这个钟点儿还没到早高峰，车开得很快。到了医院门口，司机对玲玲说："小姐，进医院得排队等，二十分钟不见得进的去。你看。"

玲玲结了账，扶表姐下车后说："姐，你先慢慢儿走着，我去排队。"

"去，快去，我能走。"米娜说。

玲玲快步来到挂号处，挂号的窗口还没开，排队的人已经有上百人了，队伍排出有几十米，而且还在迅速延长。玲玲紧跑一阵，刚排在队尾，就不是队尾了。她还很庆幸，幸亏提前下车了，要不然……可不是，她后面排的队伍已经又多了十几米了。

米娜从外面挤了过来问玲玲："还没开始挂号呢？"

"还有半个多小时呢，就别着急了。既来之，则安之吧。"玲玲说。

"真没想到，医院里这么繁华，车水马龙的。"米娜赞道。

"姐，你先占着队，我去认道，看看骨科在几楼，省得挂完号以后再打听，就耽误功夫了。"玲玲说完，往队尾走去。

米娜第一次进大医院，觉得大医院真大气，人气儿也足。原来有这么多人有病啊。若跟那些喘不上气儿来的人相比，自己的这点小毛病都不值一提。其实小时候也扭过脚，是在山里住的时候，也没瞧，过几天就好了。现在可能娇气了，有点儿毛病就邪离邪乎的自己吓唬自己。

　　小窗打开，开始挂号了。是三个窗口同时挂号。玲玲回来，让表姐到长椅子上坐着，自己排队，跟着队伍往前走。到了窗口，要了骨科，买了病历本，终于可以去看门诊了。

　　骨科看病的人并不多，很快就进了诊室，医生也没怎么问，直接开单子让去照片子。现在瞧病就这样，医生不用上手摸了，以片子为准。

　　片子照完了，拿回来给医生看，医生也没说话，直接就在病历本上涂写，写姿倒是挺洒，就是不知道写的什么。病历写完，拿过处方，一边写一边说："没大事，就是抻了筋了，开点儿洗药和通络膏就行了。"

　　"大夫，我们是自费，开点便宜药吧。"米娜说。

　　医生把药方团成一团扔进纸篓，又拿一张重新开药，开完后把方子交给米娜后说："去拿药吧。"

　　"谢谢大夫。"米娜站起来说。

　　取药很麻烦。首先，要排队划价，划完价还要交款，还要排队，交完钱取药时队伍排的更长。

　　玲玲排队划款，她把装片子的手提袋交给表姐，让表姐去交款的队伍站个位置，这样两个人排俩队相对快些。

　　人太多了。有几个外地人到前面夹塞儿，被人推了出来，再想夹时，与正常排队的发生了推搡，结果米娜吃亏了，因为脚下吃不住劲，一屁股坐在地上。

　　"看着点儿人，挤什么呀？都是排队的，就你们几个夹塞不排队。保安，保安。快来救命啊。"米娜坐在地上喊。

　　一个挎着黑皮包的女人指着米娜说："喊什么喊，叫保安管屁用？碰瓷儿呀你？年青青就有病，你看什么病啊，腰肌劳损呀……"

　　玲玲划完价，见表姐坐在地上，一个女人正在喋喋喋不休的说怪话，气就不打一处来，刚想上前理论，手却碰到了女人的黑皮包，她没容想，手就习惯性的拉了拉链，顺势夹出一叠钞票，掖进裤兜，另一只手又把拉链拉上。她看了一眼表姐，没说话，扭头出了大厅，奔大门去了。

两个保安过来，把米娜扶了起来，捡起放片子的纸袋交给她。

"谢谢啊，我不排队了，反正是自费，药房买也一样。"米娜说完，提着纸袋被一个保安搀扶着走出大厅，下了台阶后，保安回去了。

米娜出了医院大门，来到出租车等候区，玲玲拉开一辆车的车门，扶表姐坐上去，自己还坐副驾驶位。

"去西站东里。"玲玲说。

汽车启动，司机打了表。

"小姐，长得好漂亮啊？你们是姐俩吧？"司机问。

"谢谢，不是，是同事。"玲玲说。

司机接着说："车上坐美女的感觉真好。我昨天夜里做了个梦，说我命中桃花，果然很准。"

"你不是北京人吧？听这口儿不象。"玲玲问

司机回答道："也是也不是，算是河那边的吧。"

"哦，我说呢。"玲玲说。

"怎么着美女，认识一下，交个朋友，我也是个处男，那储物箱里有名片，你拿一张。"司机说。

琦琦拉开储物箱，拿出一张名片瞧了瞧，捏在手里。她回头对米娜说："姐，把片子给我。"

玲玲回身接过米娜递过来的纸袋，扒开往里看了看说："转院单不能丢，转院单丢了还得重新照片子，还得花钱。"说完，把名片放进纸袋。纸袋放在腿上，纸袋上的黑字很显眼——骨科。

"哟，受伤了，要紧不要紧，瞧骨折别上这儿来呀，直接去积水潭呀。"司机说。

玲玲告诉司机说："是去积水潭，不过要先回家拿点手使的东西，女孩子住院事多，少了什么都得在医院买，医院卖得还齁儿贵。哎大哥，一事不烦二主了，你给我们送到家，在门口等一会儿，我们进去收拾东西，差不多十分钟就出来，然后拉我们去积水潭可以吗？等的时候可以打表不

用熄火。只要有票，我们可以报销。"

　　司机喜出忘外的说："那还不行，我什么人都等过，不过，等美女，还是俩美女，这可是头一次。看来今年真要走桃花运了。"

　　玲玲指挥拐弯，顺河而上。由于现在拆迁，河边的路被渣土车辗得坑洼不平，小车走着会颠腾摇晃，一般司机不爱走，太毁车。其实若顺大路稍往前几百米，路口一勺头，很好走，拐弯就到了。玲玲不知怎么想的。

　　"到了，停车，不用靠边。大哥，别熄火，前面那个门儿就是我姐的家，我们去拿东西，马上就出来。"玲玲说完，下车开后门儿，把表姐扶下车，架着她往前走去。

　　停车的地方以前是胡同的柏油地面，房拆了，被渣土覆盖，到处是瓦烁，私家车肯定是不敢过来的。出租车司机看着轮胎底下，很心疼自己的车，但是一想到美女，想到不熄火打表，想到去积水潭这样的甜活儿，就一切都不叫事了。

　　看着两个美女进了院子，他从车里拿出茶杯，喝了一大口茶，把杯子放在车顶上，掏出一支烟点上，猛吸了一口，啊，真爽。

　　抽了两支烟了，司机看着前面的院门自语道："女人的事，麻烦。你说这都二十多分钟了，老打着表，多不好意思呀，挣美女的钱感觉真好。"

　　文哥忙过一阵儿，从桌子里面出来，房左房右的来回溜溜腿，几次走到西侧拐角儿处，都看见一辆出租车停在房后，司机抽着烟左顾在盼的，好象等什么人。文哥心想，八成是取货的，正经司机不去拉活儿，跑到这里来干嘛？

　　终于忍不住了，文哥决定过去问问，这辆车停在这里很显眼，四面八方都能看到。

　　"大哥，跟您打听个事。"司机抢先打招呼。

　　"什么事？"文哥问。

　　司机指着前面的院子说："这个院里是住着两个女孩吗？"

　　"女孩？多大岁数，长什么样？北京的还是外地的？"文哥问。

　　司机比划着说："挺高的，挺白的，挺苗条的两个美女，好象是北京的，有一个脚骨折了，就进这个院了。"

　　"没你说的这俩人。是不是过来取货的，坐你车来的？" 文哥问。

　　"取什么货？我是从医院把她们拉过来的，她们说回来拿东西然后去积水潭，让我在这等，说十分钟就出来，这都半个多钟头了。" 司机说。

　　文哥明白了，他对他说："你不看报纸吗？报纸说的毒品街这是这儿，你拉的人八成是来这儿买货的。你说的这个院子不是独门独院儿，是两头儿都有门儿的排子房，这头进，那头儿出，半个钟头啊，能到芦沟桥了。你在傻等，耽误挣钱不说，别再让便衣盯上。"

　　听闻此言，出租司机状如惊兔，收了茶杯，钻进汽车，倒车打轮，跌跌撞撞的轧着渣土向小区外飞速驶去，车轮扬起尘烟的同时，还拌杂着碎石敲打车厢的声音……

　　没办法，这个开出租车的脑筋太绉，转不过弯来，半个多钟头了还不醒攒儿，文哥也没那功夫跟他费话，唬跑了就得了，吓死他也不敢回来找了，毕竟他得拉活挣钱养家糊口，抓紧上路跑车才是正理儿。

　　这种排子房，经常坑出租车司机。打车的说没带钱，回家去拿，结果穿门而过。有的人是住二排的，他却在三排下车，穿过院子从另一个门回家。还有的就往这个院子，回家就睡了，等到司机知道了这是穿堂门以后也就没法问了，自认倒霉吧。

　　文哥回来，坐下接着喝茶，不大功夫，米娜和玲玲从胡同口过来，玲玲手里拎着印有骨科的纸袋子，米娜的脚走路有些拐。

　　"文哥，滋润啊，该操持午饭了吧？" 米娜抢先打招呼。

　　"叔儿。" 玲玲也打了招呼。

　　文哥看了一眼米娜的脚问："你的脚骨折了？"

　　"您盼我点儿好，扭一下就够瞧的了，还让我骨折，怎么不知道怜香惜玉呀？" 米娜坐在椅子上说。

　　"这点儿吃午饭有点儿早。怎么这时候过来了，上午真去医院看病啦？"文哥问。

　　"早晨起得早，什么都没吃，刚找地儿吃了点儿早点，吃完就过来了。哦，您耳朵真够尖的，专门打听女孩子的事吧？"米娜调侃道。

　　文哥严肃的说："你们吃饱了，你让人家司机在这里干等着？人家也是出来养家的。"

　　"什么司机呀，等谁呀？文哥您真是，说什么呢？"米娜说。

　　文哥用手往后面一指说："出租车司机，从医院过来的，拉俩美女，穿排子房溜了。这俩人有一个脚骨折了，有一个人手里提着印有骨科的纸袋，你敢说不是你们俩？"

　　"叔儿，那个人就是个色鬼，满嘴喷粪，一个外地河那边的还想在北京拍婆子，您见了还没准得抽它的呢。就这智商，怎么混到北京来了，还开上出租了？"玲玲说。

　　文哥也乐了。他很少听玲玲开口说话，今天这一张嘴，满嘴京腔京味的整个一个京片子，而且绝迹几十年的词在她嘴里说出来了，也觉得新鲜。拍婆子，北京话里土的不能再土的话了。

　　"嗯，一切福祸，自作自受。如果事情象你们说得那样，他就是自找的。不过，我倒是关心米姑娘的脚，是真伤了，还是假装呀。要是真伤了，去医院没问题。如果不是真伤，去医院就有问题了。你们俩的手段我是知道的。肯定有人倒霉的。可是你们记住了，去医院的人都是去看病的。你们懂的。"文哥说。

　　"文哥，您真是的，我可不是装的，脚真的扭了。您看这个片子的日期，您看这个处方儿，这病例，还有我刚在药房买的膏药，本来还想让您帮我贴上呢。算了，这个福利不发了。"米娜说完挤了下眼睛。

　　"得，对不起了米姑娘，算我没说。瞧我这嘴，把好事说没了。不过据我看，你伤的不重，多着五六天，少着三四天也就没事了。没开点洗药啊？抓几味洗药，回去泡泡脚，能好的快点儿。"文哥说。

　　"没开，什么叫洗药啊？不懂。"米娜装不知道的问文哥。

　　文哥不加思索的就说："干姜，红花，透骨草，放几个辣椒，花椒，放火上煮个十分八分的，晾到四十多度，把脚放里泡上十五到二十分钟的就行。泡完了药不要倒，再泡的时候加热还能用，泡几回就好了。"

　　米娜一拍桌子说："文哥有两下子，早知道不去医院。您看，起个大早儿，折腾了半天儿，钱还没少花，其实听医生说的就是您说的这几句话。那文哥，您没事我们就回去了。玲玲，起驾。"

　　米娜别了文哥，到一蛋妈门口，跟她交接了货款，与玲玲向小区外走去。

　　文哥看着这小姐俩的背影儿自语道："这俩狐仙儿，难说。贼不走空啊。"

第一百二十四篇 摩王出名 同道皆躲

一天开回来三辆摩托车，真不可思议，琦琦自己都怀疑人生了。这还真是应了那句话：人有多大胆，地有多大产。

三个月的房租，还是差不少呢。昨天去找房子，没找到。没熟人介绍，这样瞎撞，不太容易。这套楼房吧，你说要继续住，花销的确大。不住了吧，又舍不得，毕竟和苏甫在这里生活了那么长的时间，现在虽然分开了，也是暂时的，万一他哪天突然回来，自己把房子退了，他也会不开心的。只是苏甫连个电话都不来，不能不让人担心。他现在是屎壳郎变季鸟，一步登天了，病治好了以后，身边会有很多女人追吧。

现在，如果要守住这房子，就要拿得出钱，既使凑够了房钱，你也得吃饭呀，没钱你吃屁呀？

退一步海阔天空吧。现在是夏天，在哪都能呆一宿，实在不行去文哥那，租助钱豹住过的小屋，反正就是晚上睡个觉，大小都无所谓，做人嘛，就要跟屈能伸。

明天还不能闲着，但也不要再给自己施压了，如果能弄到一辆车，也就知足了。

昨天真累了，快十点才起床，洗漱之后，规置了一下屋子，下楼去吃早点。十点多，哪还有早点。倒是有个煎饼摊还没收，玻璃柜里摆着几个摊好的煎饼。

交钱买了俩煎饼果子，用手托着，几口就吃完了。

吃了煎饼，她又来到冷饮摊前，买了瓶冰红茶，拧开盖几口就喝干了。

她把瓶子扔进纸箱子里，掏餐巾纸擦了手，抹了下嘴后，开始进入状态了。

昨天的三辆摩托，是从南，东南推回来的，今天要换个方向，重点是北，东北和西北。

　　她戴上墨镜，叫了辆摩的，直接到西站东里小区正北不远的地方下了车。

　　下车以后，她四下里看看，定好了方位，开始在路边转悠。

　　昨天弄的三辆车，想来都有偶然性，都是无意所得，而今天特意寻找，想必更不会令人失望了。不过，事情总是这样，当你想得到一种东西的时候，你就是得不到，踏破铁鞋也得不到。

　　一条街一条街的转，没有什么发现，摩托车倒是有，马力太大的不能推，大马力的车，一般都是固锁和把锁两道锁。再有就是锁在树上，栏杆上，一时半会弄不走的。还有的车已经没个模样了，恐怕还不如自行车值钱呢。

　　今天也是邪了门儿了，特意出来寻车，却没见到一辆能推的。干脆，还是回家吧。顺便去找一蛋妈，买几包烟儿，然后吃午饭，吃完饭回家睡觉，下午凉快了再出来，别奔命了。

　　其实，人有些事都是自找的，因为欲望高，那肯定压力就大。造成压力大增的就是房租，租一间平房就会轻松许多。在西站东里，有些人搭棚子，有的人支帐棚，有的就在砖槽里一躺，活的也挺潇洒。

　　出来时兴头儿足，浑身是劲儿，无功而返了，就象泄了气的球。情绪的转换也太快了。

　　现在的市景真是好看了许多，到处都种花种草，花池子砌的很规整，花种均以类聚，一开花就如同花海，使人赏心养眼。

　　花池大约三十米一个，两个池子之间有大约两米的间距，观花的人可以从四个方向赏花和拍照。

　　长这么大，琦琦很少出来逛景儿，没想到，现在做了摩王，倒有这份闲心了，才发现现在的街道，原来是这样的美丽。

　　不过，万紫千红的花海，也会让人产生千篇一律的感觉，所以赏花的人并不多。

　　琦琦坐在两个花池之间的矮墙上，墙的内侧是一道行道柏，柏墙里才是花，花长得很高，很茂盛，开得也很艳丽。她不认识是什么品种，只是闻着有些香味儿。她掏出一支香烟点燃，吸入一口后猛的咽下去，憋了一会儿后，慢慢的往出吐气。

看来，人不能坐下，坐下就犯懒，就没劲，神经就散了。在距她坐的地方不远处，有一辆小车，很象儿童车的那种，并没引起她的注意。

抽完烟，打了个盹。醒过梦来后自语道："算了吧，发疯当不了死，房子还有一天半的期限，多住一分钟都是赚的。回去睡觉。"

她站起来，伸个懒腰，正要走时，看着那辆童车有点别扭，过去就踢了一脚，本以为是塑料的，能把它踢出几米远，万没想到的是，原来是铁的，幸亏用的是正脚背，且又是踢在轮胎上，否则非骨折不可。不过，疼是肯定的。

一怒之下，只有把车踹倒方才解气，当她又要踢时，脚确收住了。她蹲下看，原来不是童车，而是一辆微型的摩托，俗称趴赛。小趴赛是双缸，高约六十公分，长在一米左右，后轮有把链子锁锁着。这辆车，既使不锁，估计也没人偷，因为大矮，根本没法推。

"它妈的，伤了姑奶奶，姑奶不能饶了你。"琦琦心里说完，弯腰去提趴赛，嗯，没提动，有一百多斤呢。她半蹲身，腿绷劲，双手抓紧两侧铁管，一叫丹田力，把车端起，扔进花丛中。

出了这口气后，她拍拍手，往西站东里小区走去。

已是中午了，各路的拿手纷纷返回，做成生意的喜笑颜开，没收成的愁眉苦脸，但是有两样事，不管你上午开没开张，都是必须要做的。那就是吃饭和吸粉儿。

苑总手下的四个学员分两批返回，苑总接着他们，收走了他们拿回的钱夹，带着他们下馆子去了。

琦琦跟文哥打了招呼，直接去找一蛋妈买烟儿。一蛋妈正抱着女儿在门口转圈，一蛋爸，一蛋叔和一个蛋正围着小饭桌吃盒饭。

"大姐，哄孩子呐？"琦琦和一蛋妈打招呼。

一蛋妈边逗孩子，边点了点头。

"大姐，给我五包烟。家里没存货了。"琦琦说。

一蛋妈摇了一下头说："没货了，最近那边查的严，货过不来。"一蛋妈说。

琦琦想了一下说："大姐，先给一包，一包就行。"

"一包都没有了，不骗你。有还能不卖。"一蛋妈说。

"那行，我还有几包，能坚持几天。拜拜了姐。"琦琦快步往西走去。

琦琦一天弄了三辆车回来，在圈内名声大噪，说起摩托女王来，人人都竖大姆指。但是有一点她还不知道，有些人已经开始对她敬而远之了，那就是那些倒粉儿的。因为干这行的，干到尽人皆知了，也就快到头了，她若被抓，首先受牵连的就是卖粉儿的。

一蛋妈多油啊，不会跟着吃这瓜落儿。告诉她没货，爱找谁找谁去吧，别跟着弄一身骚。

琦琦没在外面吃饭，快该腾房了，先把家里的东西吃了吧，吃点儿少点儿，搬家时就省点事。厨房里还有五个鸡蛋，够了，今儿吃仨，明儿吃俩，后天爱咋咋地。

琦琦切了一棵葱，磕了三个鸡蛋到碗里，放少许盐，叭啦叭拉的一通抽打，鸡蛋抽打好后，把葱花放到鸡蛋碗里。点着煤气灶，锅里倒油，油热后倒入蛋液，用铲子轻轻的铲动，蛋液凝固后，紧着翻炒几下，葱花摊鸡蛋就炒得了。还挺香的。

她脱掉衣服，开了一听啤酒，慢慢儿的喝起来。

一个人喝酒，也是有说词的。高兴的时侯，得意的时候，一个人喝那叫自斟自饮。心情不愉快的时候，碰到烦事的时候，一个人那叫喝闷酒，借酒消愁。

琦琦喝酒没瘾，可能跟吸粉有关吧。不过，天热的时候喝杯冰镇啤酒确实很爽。只是一个人喝着喝着就爱琢磨事，尤其是伤心的事。有些事，平常想起来，一说一笑就过去了，而当一个人独饮贪杯时，就会落泪，引导着鼻涕哈喇子一起出来，又如被锥子深深的扎到胃，痛得令人失声。

这些日子琦琦没少哭，很伤心很伤心的又不哭出声来，可能女人来到这个世界上，哭就是主旋律吧。算了，哭又有什么用，路是自己走的，而且也不见得就不对，没有今天自己的苦，怎么会有苏甫的未来，苏甫的未来，不就是自己的未来吗？我们是真心相爱，是患难之交，为了他，下海做了贼，为了他，吸上了以前听都没听说过的毒品。

琦琦收了泪，喝干了酒，什么也不想吃了，她回到卧室，脱了裤子躺在床上，想让烦恼一掠而去。

"苏甫啊苏甫，为了你，我现在落到了这步田地，我可以不去偷，也可以去戒毒，我也可以过正常人的生活。但是我偏不，我就是要等你回来，让你亲眼看看我所承受的痛苦和悲伤，我要等你回来救我出苦海。你什么时候回来呀？苏甫……"

一觉醒来，已经晚上六点了，琦琦起床，去卫去间里用凉水撩了撩脸，也没擦就走出来，一个简单的洗脸动作，竟触动了她儿时的童贞，想起小时候说过的童谣，不觉念出声来："小猫儿洗脸，不使胰子不使碱，擦擦嘴，抠抠眼，屁眼儿脏了用嘴舔……"

睡一大觉，心情好多了，脑筋也清醒了，想起还忘了一件事，就是应该问问文哥，把老前辈钱豹住的那间小屋要过来，供每日下榻之用，有了栖息之所，就少了后顾之忧，再慢慢的找房子，往后就不用那么辛苦了，只要挣够这包儿烟钱，就死等苏甫了。

对了，还有那辆趴赛，一气之下，把它扔花池子里了，现在可能还在那儿，应该把它弄回来，那车可不便宜，而且少见，就是不骑，摆在客厅里也是个物件儿。

中午回来时买的烙饼，一点儿没吃，正好，葱花炒鸡蛋也没吃完。她坐下，接着中午的饭吃，烙饼卷鸡蛋，吃起来还真香，就是吃象儿难看，让谁看呢？两牙儿烙饼，狼吞虎咽的就给消灭了。

她把碗筷盘子拿进厨房，手沾水洗了洗嘴巴子，嗯，可以了，晚上再刷碗吧。出发。

坐着摩的去，还是真快。夏天天长，快到七点了，太阳还没落山，忙碌一天的拿手们陆续收工，开始返回，所以文哥这时候正是忙的时候。

琦琦在文哥门前稍站了一会，觉得没说话的机会，就去找附近那个卖烙饼面条的老板夫妇。卖面条的老板是外地人，夫妻俩带着一对儿女，租了间小房，每天卖大饼和切面，生意不错。

"大哥，借你三轮车用用，十分钟就还你。"琦琦说完，蹬上小铺门前停放的三轮车就走，骑上后速度还挺快。等老板反应过来，三轮车已经跑出几十米了。

一里多地，几分钟就到了。琦琦把三轮车骑上便道停好，然后在花池子边上探着脑袋看，摩托车还在。

还行，这就没白忙活。看看天儿尚早，太阳还没落山，这时候的晚霞很美。

这个季节，太阳是在西北方向下去的，花池子北侧高大的行道树，挡住了西下夕阳所有的光线，琦琦坐着抽颗烟的功夫，大树下就明显的暗了许多，此时若从亮处看这里，已经是很模糊了。

琦琦掐掉烟蒂，站起来活动了下四肢，把小三轮推过来，掉头后靠在花池子边上，拉紧手闸后，跳进花丛中，把摩托车靠着行道树墙立直后，她迈过行道树墙，站在花池的砖墙上，稍探身，双手抓住车把，一用力，同时转身，将摩托车连拉带拽带抡，放在小三轮上。她跳下矮墙，把摩托车摆正了方向，顺着放在车厢里。小三轮车厢不大，斜着放后面还出了半个轮子。

琦琦早有准备，提前带了两个黑色垃圾袋，一个从后面套车轮子，一个套车把，然后把多余心部分往车的裸露部分上盖，再找根树枝压在上面。虽然盖得不怎么严实，但是如果不仔细看，你也不知道她拉的什么。

还等什么，骑上走吧，这点份量，还真不算什么，以前做为量练习的时候，一百多斤的杠铃要举几十次。前面是下坡，不用蹬，溜就行了，拐过弯是上坡，有一百多米，也不叫事，骑上去就到地儿了。

天黑了，小区周边连个人影都看不见了。前面是修车的胖子家，虽是下坡，但全是瓦砾。她不敢骑了，回头把带扎了，再补带修车，就不值了。

胖子哥每天无所适从，开个修车摊，不修车，只打气开锁换锁。琦琦火的那阵，他也挣了一把，自从琦琦的那批车被抄以后，琦琦就再也没推过车，其它人推车的也不过来了。可能是因为琦琦弄的车太多，把行情打下去，再加上有可能把公安招来，有了危机感，更可能是因为不赚钱，也就没人干了。

开锁对胖哥还说简直是小菜一碟，这种铸铁锁，两把锤子对敲，两三下就碎了。收了十块钱完事。

琦琦把摩托车卸在文哥家房后，然后去还三轮车，正好卖烙饼的老板来找，说了两声："谢谢。"就摆平了。烙饼老板也没说什么，把车骑走了。

琦琦推着摩托车，来到路灯下，点支烟抽着，有好事的过来逗闷子。

"哟女王，又弄一辆来呀？""这是什么车呀，还真没见过，这么小。""女王，这辆卖多少钱呀？"

琦琦不耐烦的骂道："滚蛋。瞧你那穷酸相儿，自行车都买不起。一边去。"

有个骑着自行车路过的大姐，嗓门挺大的说："摩托大王，又推来啦？历害……"

看热闹的人都散了，琦琦又点了一支烟。

今天和往日不同，以前推辆自行车过来，不管贵浅，一会儿就卖了。摩托车也如是，根本就不用费话。今天这是怎么了，连个问价价的都没有。

看天色渐晚，不能这么耗着了，应该先去找一蛋妈买几包烟儿，家里的存货不多了。再有就是跟文哥说房的事，文哥也该收摊了。

她推着车，来到文哥家门前。见文哥正要收桌子，赶紧过来打招呼，同时把车支上。

"大哥，该收啦？今儿我来晚了。我想跟您说个事？"琦琦说。

` "你说。" 文哥说。

"大哥，我租的那套房子到期了，房东不租了，我这几天正找房呢，我想先在钱老爷子住的小屋里住几天，也就是周转周转。您看？" 琦琦说。

"哟，不行了，现在开始买冬储煤了，钱都交了，要了两车呢。不定哪天就送来了。对不起了" 文哥说。

琦琦无奈的说："那好吧。我再去找一蛋妈说点儿事。您忙。"

一蛋妈，一蛋爸，也要回去了。一蛋叔儿抱着小拉，一蛋爸扛着已经睡着的一个蛋。一蛋妈正在锁门。

"大姐，要回去呀？我今天来晚了。您给我拿五包烟吧，我家里没货了。" 琦琦说。

一蛋妈客气的说："对不住了琦琦，我手上没货，这几天上不来，你问问别人吧。"

第一百二十五篇　趴赛虽好　当废铁卖

看着一蛋妈一家子走了，琦琦突然感觉很不好受。她回到文哥家门前，文哥在门口儿站着。

"大哥，有辆摩托车您要不要？我看也就您识货。"琦琦问。

文哥用手一指说："就那辆小趴赛？不要。"

琦琦解释道："不是卖，是送您的。"

"送也不要，不喜欢。马上就搬家了，搁都没地搁。"文哥摇着头说。

"我知道您不爱占便宜，卖您了？您给五十，就心安里得了吧？"琦琦说。

文哥笑着说："不是钱的事，"

"算了吧。大哥，我把车推您院里搁一宿，明天一早儿过来推。"琦琦说。

文哥摆着手说："院子里没地儿，晚上家里人都回来，自己的车都没地儿放，我下午又刚进的货，都堆满了。你去问问别人吧。对不起，我该摘灯泡儿了。"

今天文哥对她比较冷，琦琦心里很不舒服。不用问都能知道，今天晚上就不应该去弄这辆摩托车。

仔细想来，一开始借三轮车，没经卖烙饼的同意，就把车骑跑了，卖烙饼的一定追出来了，而且他还跟文哥聊了会儿，肯定是说不好呗。

假如说，或者白天的时候过来，跟文哥说房的事，可能也就答应了，什么存冬储煤，这刚几月份呀，摆明了就是推词。文哥也是，那么多外地的小偷小摸他都能忍，我北京的姑娘你怎么就看不惯？没办法。也知道文哥是好意，只是自己并不是要一辈子死了心要吃这晚饭的。

文哥把灯泡摘走了，墙角处正好形成一个路灯照不到的死角儿，趋黑趋黑的，什么也看不见。就把摩托车塞这里吧，放文哥家门口的东西，一般这些人是不敢动的。他们不敢招惹本地居民。但她还是把后座子缝里塞着黑垃圾袋拿出来，撕开成一大块塑料布，搭在车上后，找了两块砖头，压在油箱和车坐上，这下就更看不清这里有什么了。

唉，白忙了，今天一天做的都是无用功，为何许呀？还是赶紧回家吧，今天还能睡一宿。

夏天屋里很热，加上心里起急，琦琦几乎一宿沒睡着。年初的时侯，苏甫说等到夏天天儿热了，给卧室里装个空调，他这一去，肉包子打狗了，空调就别想了。而且幸亏没装，装了也是个事，搬家的时候你拆不拆？明天就该搬了，没有房子，这半年多买的东西都得扔，而且还有那么大的一个电视，搬走了放哪？只能卖旧货了。

管它呢，车到山前必有路，不行明天把这电视搬到马哥的出租房里去，其余的锅碗瓢盆的带不走就扔吧。还有就是明天还得起个早儿，把那辆车处理了。添了事了。

琦琦起了一大早儿，坐着摩的来到西站东里，下车后急行几步到了文哥家门前，老远看见米娜租的小屋墙外立着的摩托车，心里马上就踏实了。可能是文哥给推出来的。

文哥不在，可能进院儿了，也可能去厕所了。正好，赶紧推走，省得又挨数落。

琦琦推着摩托往东，拐了弯后停下，支上车踢，一屁股坐在上面。

已经有人开始往小区外面走了。苑总的四个学员也上工了，他们从琦琦身边走过，有一个个矮的孩子手里"蹦儿蹦儿蹦儿"的掰刀片，掰下来的刀片分给每人一个。

琦琦很好奇，不知道他们掰的是什么。她从地上捡起刚被扔掉的小铁片，才知是刀片。她很佩服这个孩子的手劲儿，多危险呀，要是用钳子还差不多。

又有人从身边走过，附带说了句："呵，摩托女王。"

琦琦很纳闷："这是夸她呢，还是夸她呢？"

一个小伙子过来跟琦琦聊天，问着问那的带有挑逗性质，好象是没见过娘们儿的那种。琦琦单了两个多月了，所以对这个小伙子也不反感，由着他说。反正凭她这几分姿色，又是北京女孩，有男人围着转挺正常。

不过，今天是来干嘛的？是来卖车的，卖了车还要回去收拾东西搬家，哪有功夫听他贫。

"你喜欢我呀，你可以追呀，但是今天不行。要不然你把这辆车买了，中午请我吃顿饭，我可以考虑考虑。"琦琦说。

"车我可不敢要。你还不知道吧，那个买你摩托车的，那个男的，出事了，被抓了。"小伙神秘的说。

琦琦面无表情的说："他被抓了，碍我什么事？"

男青年神秘的说："那个人是卖粉儿的，夜里出去送货，让查酒驾的交警给抓了，从他身上翻出了几包烟儿，就交给公安局了，现在还没出来呢。"

琦琦不耐烦的说："他卖粉儿，被抓他活该，跟我一毛关系也没有。不买车赶紧走吧，别耽误我事。"

"你怎么不明白呀？虽然这事是因为酒驾，可他骑的是没牌照没发票的车，人要审他，肯定得问车是从哪买的吧？万一他把你抵出来，你再进去，一审你也吐撸了，所有买你车的也就都倒霉了。你想你这辆车还能卖出去吗？你再看看，前两天，有几个人开着摩托车在胡同里乱窜，从昨天就都没影了。所以你呀，赶紧把车弄走吧，别把警察招来。警察来了，既使不抓你，这里的人也会把你轰走的。"男青年说。

"哦，明白了。谢谢你啊。"琦琦说完，后背汗就下来了，她赶紧推起摩托车就往北，出了小区绕河沿儿，有一处收废品的大院子，进去以后，一个瘦瘦的，掉了牙的，操外地口音的中年妇女走出来。

"你卖什么？"收废品的问。

"摩托车。"琦琦说。

"好的不要，只收废品。"收废品的说。

琦琦解释道："坏的，在家搁好几年了，没人骑。"

"我只能当废铁收。"收废品的说。

"行，废铁就废铁，好的搁时间长了也变废铁。"琦琦说。

"放枰上。"收废品的说。

琦琦为难的说："我搬不动，有一百多斤呢。"

"给你五十吧。"收废品的说。

"行，五十就五十吧。"琦琦说。

琦琦卖了车，走到大街上，找了一辆摩的，直接回家了。

米娜和玲玲回到家，脱了衣服换了鞋，各回个屋。米娜从药品袋里拿出活血通络膏，放在床上，从床头柜抽屉里拿出一个大夹子，捏着试了试，很紧劲儿很大。

"玲玲，过来一下。"米娜叫。

玲玲踏拉着鞋小步儿过来问："姐，什么事？"

米娜一指脚说："把止疼膏帮我贴上，我自己不敢动。"

玲玲把药袋撕开，拿出一贴通终膏，撕下表层的塑料纸问："姐，指指哪个位置。"

米娜在脚外侧划了一道半圆说："这片。"

玲玲展开通络膏，平整的放在表姐的脚面上，然后轻轻的揉了几下，贴好了。她直起身要回屋，被表姐叫住。

"玲玲，等等，我看你的手怎么了？"米娜说

玲玲站住，看着手说："我的手，好好儿的，没怎么呀？"

"是右手，伸出我看。"米娜说。

玲玲伸出右手让表姐看。米娜抓过玲玲的手，假装看了会儿。冷不丁的用夹子夹住她的两个手指，并用双手抓住她的手碗。

玲玲疼的眼泪当时就下来了，她叫着："疼啊，疼死我啦，表姐，你要干什么呀……"她叫着，喊着，挣扎着，但是这只手被表姐死死的抓住，抽不回来。

米娜气愤的说："你知道疼啊？我今天要废了你这只手。"

"姐，我怎么着你了？你又更年期了吧？快放了我，疼死我啦……"

"我跟你说过多少遍了，我们绝不可以在医院拿货，你就是不听。早晨临出门儿我还跟你说，今天就是去看病，什么都别做。你偏不听，我今要废了你的手，省得让我操心。"米娜说着，手抓的更紧了。

玲玲吸溜着嘴说："姐……我，不是我不听你的，是那个人太可气，她欺负你，我才出手的，我是替你出气呀，姐，饶了我吧？"

"我饶了你，等你被抓了，我看你去求谁？"米娜狠狠的说。

"姐，姐，以后我不敢了，饶了我吧，手指头断啦。"玲玲说着，跪在地上求饶。

米娜看了看玲玲的手指，已经被的黑紫色了，才放开了她。

玲玲抽回手，拿下夹子，她的另一只手攥着被夹伤的两个手指。插在两条腿中问，低着头哭出声来。

见玲玲在地上哭的很痛苦，米娜用那只伤脚将玲玲踹倒，嘴里骂道："滚开，一边哭去。"

她的伤脚居然没觉到疼。

玲玲用胳膊肘支着地，站起来回到自己的房间，屈身跪在床上，攥着伤指，"呜呜……"的痛哭。

表妹出去了，米娜再也控制不住了，她扯过身后的枕巾，放在膝盖上，脸趴在上面，泪水已经先于枕巾滴在腿上了。

玲玲跪累了，一扭腰枝，坐在床上，看着两个被夹成紫色的指尖，牙齿咬的"咯咯"响。此时她的心里充满了怨恨，她恨表姐，恨医院里那个撞倒表姐的女人，甚至连马哥也恨。

一肚子的委屈，没地方倾诉，整日活在担惊受怕的情绪中，没有人能帮你扛，这两年来，米娜不知哭过了多少回，回回又都是哭完就完了。

今天在医院的事，是她出道儿以来，最让她惊耸的一回，倘若那个女人当时发现包被拉了，那对她和玲玲就是毁灭性，一定会演成一出儿瓮中捉鳖，想跑都跑不了。

人一发狠的时候，什么都敢想。她首先想到的是，用剪子剪断玲玲的手指，费了她的武功。要不然是用钳子夹住不放，直到夹烂，让变成残废。可是，她是表妹呀，怎么下得去手？而且她变残了，表姐还有脸见人吗：没想到的是，夹子夹得也够狠的。

想想神拿门，在江湖上也算是有一号的，但是又有谁混出来了呢？老前辈钱豹？不也是接连几次失手，都被人暴打一顿，最后金盆洗手啊。

苏甫也是极聪明的人，还是聪明反被聪明误，如果不是琦琦帮他找家，估计现在也早变泥儿了。

还有马哥，天降艾滋不说，用刀自割头皮，又被黑社会报复，都是必然的结果。只是早晚的事。

不过，玲玲入拿行做拿手儿，不是你这个当表姐的带进来的吗？如果有一天万一，只是万一，玲玲再沾了粉儿，那她可真就完了。

想来想去，还是表姐对不起表妹，没有表妹做搭当，自己也可能早就象苏甫似的吞过刀片了。

米娜收泪下地，穿上拖鞋，走到玲玲房间。由于没往脚底下想，也就没感觉到疼。对了，刚才踹玲玲也是用的这只脚，居然没事了。

玲玲已经不哭了，只是无精打采的低着头坐着。米娜过去坐在她旁边。一手搂着她的肩，一手拿起玲玲被夹伤的手，把两个手指放在自己嘴里含着。

"玲玲，都是姐不好，姐不应该打你。最应该剁手指的应该是表姐。这样吧，你哪天趁表姐睡着，或者不注意，拿剪子绞，锤子砸。钳子拧，把表姐的这两个手指弄残了，姐也就彻底上岸了。"米娜轻声的说。

玲玲趴在表姐的膝上，把手指从她的嘴里撤出来，委屈的叫着："姐……"把眼泪，鼻涕都抹在表姐的腿上。

"玲玲，姐想好了，从今以后，姐不再让你做拿行了。姐不能毁了你。"米娜说。

"我也不想做了。今天是最后一次，饿死也不做了。"玲玲抬起头说。她哭得眼睛有些肿了。

"好妹妹，坐起来。你想做什么，跟姐说。"米娜说完，下地穿鞋，到卫生间拧了个湿毛巾出来。

她边给玲玲擦脸边说："只要能让你上岸，姐什么都能豁出去。"

"姐，我想开摩的。"玲玲说。

米娜有些惊讶："开摩的，你会开吗？你到哪去拉活儿？到哪去买车？"

玲玲一只托着另一只手起来，跪着对着表姐，她已经不哭了。

"姐，我考查过了，在城南有一个旧货市场，有专门卖三轮摩托车的门脸儿。车都是新车，我试过，挺好开的，一学就会。"玲玲说话时已经忘了手疼了。

"你呀，倒底还是个乡下丫头。出来混图的是什么？你除了知道了烧茄子，盐爆肉丝以外，还长什么出息了？你有车本呀，开也开汽车呀。哪怕是辆最次的汽车，也比蹦子强啊。"米娜说。

"那我哪敢想啊。买辆残摩，装上车厢还要五六千呢。二手汽车因为没想，也就没看过。估计也不便宜。"玲玲说。

米娜拿过玲玲的手看了一眼，放下说："别着急，明天去问问文哥，文哥是万事通，让他帮着拿拿主意。"

"文叔儿就一开小卖部的，也不见得什么都懂吧？"玲玲说。

米娜对玲玲说："是，文哥是开小卖部的，但是文哥有工作，据说收入还不低呢，他能坐在家门口，就一张桌子，一把椅子，一个茶杯，做这样的小买卖儿，那得有多大的定力呀？你见过这样开小卖部的？你看他接触的都是些什么人呀，百分之九十都是抽白面儿的，人家就能坐泥池里不沾泥。"

"是，我听说文叔儿还炒股呢，要不然咱也炒股？"玲玲说。

米娜笑道："炒个屁，再把你赔进去，就亏大了。"

玲玲也不示弱的说："干嘛赔我呀？谁大先赔谁吧。"

第一百二十六篇 玲玲上岸 到处察看

昨天用中药汤泡了脚，又贴了药膏，睡一宿觉起来，米娜的脚不疼了。她要去马哥的住看看，所以七点多起床，开始洗漱。

玲玲既然要退出拿行，在没找到工作前，就不用早起了，所以还在床上躺着。

米娜推开玲玲的房门说："我去你姐夫那儿，你就别早起了，中午你去找我，然后去找文哥，问问你的事。中午你过去的时候，给你姐夫带几包方便面过去。别忘喽。"

"知道了。"玲玲说完，翻个身又睡了。

马哥的身体基本恢复了，只是身体上还有些淤青没有消失，但已无大碍了。脸上还有两处薄薄的疙疤，已经翘皮儿了，但不能抠，抠下来以后会留疤痕的。再忍一两天吧。

米娜推门进屋，把食品袋放桌上，从里面拿出一杯豆浆，又把塑料袋撑开口，里面有两个油饼，还有一双一次性的筷子。

"孙子。吃早点了。"米娜说完，躺在床上。

"谢谢奶奶。我还真饿了。"马哥坐下喝豆浆，吃油饼。

米娜翘起腿说："你是孙子，我不是你奶奶。别瞎叫。"

马哥喝口豆浆，咽下油饼说："不是奶奶，是什么？"

"是你妈。你妈的。"米娜坐起来说完，又躺下了。

马哥笑着说"想当妈，就得喂奶。"

"你吃呀孙子，别吓着你。"米娜说完，又翘起了一条腿。

"我真想吃了。"马哥说完，嘴里的油饼咽着都费劲了。

米娜指着他说："你不吃都是孙子。生出孩子都没屁眼儿。"

"我儿子不是你儿子？要是没屁眼儿也是你生的。"马哥回怼说。

米娜自嘲道："让你气糊涂了，自己骂自己了。我儿子有屁眼儿，你儿子没屁眼儿。你以后爱跟谁生跟谁生去。不是有大姐大妈的想让你玩吗？

我要是你，让他们生一堆没屁眼的孩子。"

　　马哥吃完了，用餐巾纸擦了嘴和手，把纸扔向墙角。

　　"行，我长记性了，以后就来者不拒了。而且照这么说，我还真是对不起粉儿姐了。人家在床上脱光了让我上，我却装看不见，这不是大傻蛋吗？后悔了，以后不知道还有没有这样的好事了。"马哥说。

　　"你是不是又想找抽呢，给你脸你还真不兜着？我实话告诉你，幸亏你这根葱没蘸粉儿姐这点酱，要不然，你就死定了。"米娜说完，翘着的脚丫子摆了几下。

　　"为什么呀，她是金枝玉叶？"马哥问。

　　"知道沈总为什么大嘴巴扇她吗？"米娜问。

　　马哥摇头说："不知道。"

　　"她是他的情人。你要动了他的女人，不打你个半死儿？然后把你扔臭河沟儿里。不过呢，坏事也能变成好事，所以我现在也很同情这个女人，她也够冤枉的。"米娜说。

　　马哥解的问："冤枉，为什么？"

　　"因为她替我办事了。替我来考验你呀。这么看呢，你还够孙子。"米娜得意的说。

　　"孙子就孙子吧，不给别人当孙子就行。"马哥说。

　　米娜指着脚说："快快……这脚，这脚难受，受不了了。哟哟哟，昨天不疼了，今天怎么又痒又涨了，你快给我揉揉，快点呀你。"

　　马哥拉着凳子来到床边，抓过脚来给她揉。

　　"是右脚，里边那只。你怎那么笨，也不知道问问。"米娜说着，把外面这只脚搭在他的肩上，用脚掌蹭他的脸。

　　马哥给她揉脚，一会儿捏，一会儿揉，一会儿搓……

　　"嗯，舒服多了。哟哟哟，上膝盖了，快，膝关节，使点儿劲儿。嗯，好。呦，串大腿上了，快，揉大腿。"米娜邪了邪乎的指挥着。

　　马哥停手问："是不是浑身都难受啊？肚脐眼儿是不是也痒啊，我拿耳挖勺给你掏掏泥儿？"

米娜一颠屁股，把裙子拉到肚脐以上，抬起脑袋，伸手抓住马哥头发，把他的嘴按到肚子上说："还真是肚脐眼儿里痒痒，哎呦，受不了了，太痒痒了，有小虫子爬，快，咬死它……"

马哥认真的用唇，舌和牙为她的肚脐止痒。

此时的米娜，早已淫心上顶嗓子眼儿，做不了戏了，她肯求的说："小马哥哥，哎呦小马哥哥……亲爸爸……这儿，这儿，你儿子的奶，你替他吃……"

表姐走了以后，玲玲也睡不着了，她索性坐起来，双手抱膝呆了一会儿，觉得不很自在，又往后一靠，半躺着把腿翘起来，向上伸得很直，眼睛盯着脚丫子，有些无聊了。

昨天被表姐用大夹子夹了手指，今天虽然不怎么疼了，但是两个手指要想合在一起，还是吃不上劲儿。食指基本恢复原状了，中指不行，指甲盖上方还是有些青紫，指甲不敢碰东西，表姐这回真是动怒了，也够狠的。

也是，人家神拿门的确有这条规矩，不许拿医院。自己虽无门无派，但跟着表姐，也就应该遵守。

说起来昨天做得还是挺悬的，晚一秒钟可就陷了。当她把从那个女人包里掏出来的钱，塞到自己裤腰里后仅一秒种，那个女人的一个同伴就侧脸儿看了她一眼，万幸啊。

读万卷书，行万里路，古人说得有道理。读万卷书暂时是做不到了，但是行万里路还是有可能的。做拿行的，每天不是都要走几十里地吗。通过行万里路，你才能知道什么叫三百六十行，才能认识社会，认识形形色色的人和事，才能给自己定位，通过比较她发现，原来社会上最累的职业，最穷的人，就是她们这些做扒拿的。他们很多人，每天早出晚归，辛苦至极，不单租不起房，甚至吃不上肉，每天从一出门儿开始，就要眼观六路，耳听八方的提着丹田气干活儿，结果呢，经常是两手空空的回来，没钱，就饿肚子吧。

北京毕竟是大都市，干什么都赚钱，有些差事你根本想都想不到，但是眼前儿就有啊。就说那种叫黄牛的人吧，怎么哪都有啊？火车站有，倒车票。验车场有，替验车，二手车市有，买卖汽车。商场有，收售优惠券。超市也有，专收购物券……还有收手机的小王，就背一个书包收手机，据说比卖大烟的赚得还多。不想不知道，一想才知道，干什么都比做贼强，哪怕是个倒菜的。

别瞎琢磨了，起吧，跟表姐约好的，中午到文叔儿那儿，让他给参谋参谋。文叔儿识多见广，他自己都承认，什么都学过，就是数学不会。

临近中午了，米娜从马哥住处出来，往文哥家这头走，她的脚已经好了，走路很轻盈。面相也透着满足和愉悦，白皙的脸上泛出婴儿红，好象似时光逆流，一下子又回到了少女时代。

见了文哥，先打招呼的一定是米娜，因为她总是盯着文哥的脸，只要文哥的眼睛看见她，她就张嘴了。这就叫会来事

"文哥，还不歇会儿？钱都让您一人儿挣了。这么玩儿命，憋着娶小老婆呢？"米娜调侃说。

文哥手指着米娜，笑着说："你这丫头，越来越放肆了，怎么跟大人说话呢？"

米娜坐在凳子上，把腿翘起来说："文哥，您真是神医，按您说的，抓了几味中药，泡了两次脚，嘿，您看，好了。以后有病不去医院了，就上您这瞧啦。"

文哥摆手说："本来就没什么大事，就是筋错位了，用热水一泡，泡软活儿了，"绷"的一下弹回来了，就好了。万幸的是医生没给你揉，一揉就肿，要是肿了，没准儿就得拐个十天半拉月的。怎么，你家小蜜怎没出来？"

"小蜜？我妹呀？她在家干点活，马上就过来。"米娜说。

"来了，说小蜜小蜜就到了。你们姐俩一出场，我家门口的风景马上就变了。"文哥说。

"文叔儿，我来了。说我什么呢？"玲玲问。

"你文叔儿呀没说你，说他们自己呢。你文叔儿想找个小老婆儿。"米娜说。

玲玲坐在表姐腿上，惊讶的问："是呀文叔儿？找我姐，那您以后就是我姐夫了。"

米娜接着说："你文叔还说呀，你就辈儿小，要不然就是我妹夫啦。"

玲玲不服气的说："我怎么辈儿小，我就是谦虚，文叔儿也是，管您叫叔儿，您也不客气客气。那我往后就改嘴了，叫文哥了，想当姐夫想当妹夫您自个儿掂量着办。"

文哥指着她俩说："你们俩，真是头顶上长疮，脚底下流脓。"

"您什么意思？"米娜问。

"坏透了。看来呀，古代传说中的蛇精还真有。本道应该为民除害，把你压的天宁寺塔底下去。"文哥说。

米娜鼓掌道谢说："谢谢文哥，那不是就有房住了吗？冬暖夏凉的。您赶紧拿把铁锹，把塔底下挖个洞，我好住进去。"

文哥端着茶杯喝了一口茶说："开场白说完了，是不是还有正题呀？"

"正题，什么是正题？"米娜没听懂。

文哥放下茶杯说："装什么装，假着疯魔的争着当小老婆儿，要不是有事，大姑娘家家的能拉下脸来，"

"文哥真是个油屁，看见屎就知道吃了什么饭。哥，我替我妹，哦，就是您的大侄女咨询点事。"米娜说。

文哥点点头，又端起茶杯，放到嘴边时，发现茶杯里没水了，低头看了一眼暖壶，把杯放下伸手够暖壶。

"我来，文……哥。"玲玲过去抢先拿到暖瓶给文哥茶杯里兑水。

文哥瞪了一眼说："倒杯水就长了一辈儿，胆够大的。"

"别吓我妹了，她还是个孩子。"米娜说。

玲玲也不示弱说："就是，看您长得年轻，叫您叔儿我吃多大亏呀，要不然我给您当儿媳妇，叫您公公？再要不然叫您干爹？干爹。"

"得……就叫文哥吧，反正是官称儿，大人小孩儿都能叫。你们这俩丫头片子，不学好。"文哥说。

米娜往前探身，把手肘支在桌上说："您说到点儿上了，就是想学好，才找您来了。我们姐俩呀，准备重新做人了，就是开始学好了，今天找您是请您帮着指指道儿。"

"呦，改邪归正，重新做人呀？那可不能开玩笑了。"文哥一本正经的说。

米娜也一本正经的说："文哥，我和我妹商量好了，仿效老前辈钱豹，洗手上岸。不过呢，经过商量，我决定先让我妹上去，她上去以后，若能证明她能挣钱养活自己，能在北京象正常人一样的生活，我也就挂手了。我们今天找您来请教一下，看看她干什么差事合适？"

"那要看她喜欢干什么，想干什么，有什么专长，对收入的要求是多少，还有就是工作时间，劳动强度，当然还要看有没有奔头儿，是临时，还是长久的等等。"文哥说。

米娜告诉文哥："我妹也考查过不少了，象当黄牛做二道贩子，或者象小王那样收手机，还有菜市场倒菜，酒店服务员，再有就是开摩的，或者买辆二手车拉活儿。"

文哥摇头说："都能吃上饭，又都不是正经工作，酒店服务员倒是算上班，但是你没有本市户口，只能做临时工，不给上险，而且同工不同酬。挣得还少，干的时间还长，你会有心里落差的。不过，就你刚才说得这些，只要不犯法，又不打算长期做，还能吃的了苦，那也就无所谓了。前题是你喜欢做什么？"

"你喜欢做什么？跟你公公说。"米娜对玲玲说。

玲玲脸冲着天说："当然是开车拉活儿了。"

"文哥，您儿媳妇说喜欢开汽车，她觉得拉活挺适合她的。您觉得她一个女孩子开黑车靠谱吗？"米娜问文哥。

　　文哥毫不犹豫的说："不靠谱。我觉得既然想学好了，就不要再想那些歪门邪道儿了。对了，我想起来了，那天被你们坑的那个出租车司机，还记着吗？"

　　米娜一撇嘴说："瞧您用的词儿，什么叫被我们坑啊？他那是他自找的。"

　　文哥一笑说："我不是那意思。"

　　"您什么意思呀？当公公的不象着儿媳妇，还心疼那个出租司机，他还不是也是外地的吗？"米娜说。

　　"是，他是个外地人。这个世界上，什么事情都要讲缘份，人和人也是如此，你们跟那个司机来自不同的省市，隔着十万八千里，竟然在茫茫人海中冒出头儿来，坐到一辆车里，这不是缘份吗？你们可能认为他是个二流子，色鬼，臭流氓。但是在我看来，那个司机对于你们来说，应该是个大贵人，以后有机会见了面，应该好好的谢谢人家。"文哥说。

　　米娜摇着头说："不明白，您把我说糊涂了。他怎么成了贵人了？"

　　文哥喝光了杯里的茶，把杯放桌上，玲玲赶紧又拿暖瓶给兑满水。

　　"你们俩呀，那点机灵劲儿都长脸上。玲，玲玲，是叫玲玲吧？"文哥问。

　　米娜忙答："您儿媳妇，叫什么都不知道啊？"

　　"玲玲，你喜欢开车？"文哥问。

　　玲玲点头说："嗯。"

　　文哥往椅背儿上一靠说："那干嘛要开黑车，拉黑活呀？那个出租车司机不也是外地的吗？他能开，你怎么不能开？"

　　米娜和玲玲同时一愣，马上又瞪着眼睛互相对视，几乎同时露出兴奋的笑容。

　　米娜激动的站起来，搓着手说："我文哥就是我文哥，你公公就是你公公，我得谢谢我文哥你公公。那个他儿媳妇，我买瓶伊利特，替我谢谢我文哥你公公。"

米娜掏出一百元钞票，拍在桌上又说："要两瓶。"

玲玲绕到桌子里头，从挂在墙上的架子拿下两瓶白酒，往桌上一墩，打开一瓶，见没有酒杯，拿起文哥的茶杯，把水泼了，倒了满满的一杯酒。

"公公请。"玲玲说着把酒杯敬过去。

米娜哈哈大笑，接着玲玲的话茬说："文公公请满饮此杯。"

文哥接过酒杯，放在桌上说："这酒还真不敢喝了，喝完我成公公了。留着，玲玲姑娘，等你有了工作，挣了钱，我一定醉一回。米姑娘，我今天看你有些反常，说话尺度大了不少，是不是有男朋友了，还是破镜重圆了。平时挺文挺雅的，今天怎么火力全开，概不吝了。我要是没猜错的话，一定是……"

"打住，文哥，您是我亲哥，不是亲的我哪敢呀？玲玲，今天找文哥找对了吧？"米娜说。

"谢谢文哥。"玲玲小声说。

第一百二十七篇 琦琦落泪 忍痛搬家

昨天忙活了一天，弄了一辆趴赛，今天又折腾一上午。居然卖给收废品的了。五十块钱，才五十，对了，砸锁还花了十块呢。四十块钱，受不了那刺激了。也是，人常说物以稀为贵，什么东西多了也不值钱。

就说刚开始，做自行车生意，推一辆来都抢着买，后来一多了，就该讨价还价了，再后来做摩托车，一天弄了三辆，人家肯定觉得你弄得容易，所以往下压价，而且，没考虑买车的人会上机动车道上跑去，一旦人被抓，还不把卖车的抵出来？

说什么也没用了，这两天累得够呛，晚上之前还要搬家，先歇会再说吧。睡个午觉，下午把电视机装箱，其余的什么都不要了。苏甫什么时候回来，什么时候再买，不回来就更没用了，去他的吧。

电视机的包装箱还在，拿出来就能用。电视个头儿不小，但不是很沉，拔了电线，天线，直接装箱，塞里一些旧床单秋裤，挤严了，用绳一捆就齐活了。床上用品，最让她舍不得的是那床双人被，也必须带走。

厨房看了看，很多东西都是新的，全是钱买的，扔了太可惜了，那又有什么办法，人还没地儿住呢，还顾得上这些，带着反而是累赘。

在这个屋子里，让她唯一不舍的就是那两个玻璃酒杯，这对儿酒杯几乎每天都要用一回，既使不想喝酒，她也要和苏甫对饮一小口，对饮的方式就是苏甫把一口酒含在嘴里，然后嘴对嘴的喂她。她也含一口酒喂苏甫，苏甫不想喝，她就追，追上把他按倒，捏着他鼻子，强迫他喝。她喂得特别有耐心，有时候一小口酒，要几十次才能喂完。很多回苏甫等不及了，抱着她脑袋，用嘴，用舌追着她的嘴狂嘬，把酒吸干后，反而意由未尽，还长时间的，轻轻的用舌尖在她的舌的周边探找酒的余香，直到她浑身酥软为止。

好浪漫呀……

她突然感觉到，有时候落泪，也是很幸福的一件事，所以此时的她，尽可能的把泪水的闸门开得很大，让它尽情的涌出来……。

楼下有人喊："搬家的车来了……"

是苑总帮着找来的。

琦琦打开窗户，向下招了招手，然后拉着拉杆儿箱，提着一个大旅行包，打开房门等着。

一个五十多岁的祥子大叔上楼来，在门口儿看了看，进屋搬起电视箱子。他问："还有什么，一块搬下去？"

琦琦没说话，只是摇了摇头。此时的她，心中的那盏灯泡突然破碎了，有被玻璃渣扎了心的那种感觉。

梦境虽美，终不能久留，回归现实吧。

三轮车蹬的贼快，十几分钟就到马哥租房的大门口，人跳下来，东西也好卸，电视机靠墙立住，拉杆箱和旅行包就放地下，蹬车的祥子大叔是个急茬儿，着急麻哄的骑车跑了。车钱是苑总付的，虽然钱不多，也算是仁至义尽了。

这钟点儿了，马哥没在家，不应该，前几天挨了打，不应该这么几天就出去练活儿呀？

神拿门有个规矩，同门同道，人与人之间，不可以互通电话，遇紧急事情，必须用电话联系时，只能用备用电话卡，且在通话之后，电话卡还要销毁，为的以防万一有人犯事，不至于牵连到同伙。

马哥的伤已无大碍，脸上的皮肤大部分恢复正常了，有些小疙疸还没全脱落，但也看不出是被打的了。

中午睡了一大觉，出去走了走，和胡同里的几个粉儿姐聊了会天儿，然后顺着河沿走了一段，过桥绕到河对岸，继续溜达。

河水泛着极臭极臭的味道，岸上的大杨树的叶子也变得枯黄没有生气。只是因为自身体内浊气很重，闻着河泥反而不觉得味儿大了。

回到自己住的胡同口，一眼看见站在门前的琦琦，身边还放着行李，他很纳闷儿，琦琦要干嘛？

见马哥回来，琦琦上前两步，对马哥说："哥，你可回来了，等你半天了。"

"你这是怎么了，拉箱子倒柜子的？"马哥问。

琦琦立马儿眼圈红了，她说："师哥，我是走头无路了，来投奔你的。"

"别，别介，琦琦，回屋说。这些东西都是你的？我提拉电视吧。"马哥提起电视进院，开门进屋，把电视立在墙角。琦琦跟着进来，把箱包放地上，坐在马哥床上，一言不发，只顾低头落泪。

"你怎么了？"马哥问。

"房子到期了，交不上房租，房东把房收了，我没地方住了。"琦琦说。

"苏甫不在，你可以回家去住，没必要租房子。"马哥说。

琦琦很无奈的说："我和我爸闹掰了，回不去了，而且我现在还吸粉儿，我爸更不能容我了。"

"你没有再找房吗？找一间平房还是能承受的吧。"马哥说。

"找过，找不到。所以我来找你，我想让你跟房东大妈说说，把你隔壁这间房租给我。"琦琦说。

"这间房是沈哥租的，粉儿姐走了，沈哥并没退房，沈哥的公司还会派人来的。"马哥说。

琦琦流着眼泪说："那我怎办，不能流落街头啊？你能不能帮我找间房啊？求你了马哥哥。"

"琦琦你别哭啊，现在找房比较难了。我们刚来的时候，这里的人对我们还不太了解，所以能租到房。现在不行了，人家知道了，在这里租房的都是干拿行儿和吸贩粉的，所以人家不租了，既使租，一间平房也比一套楼房还贵，而且还贵不少呢。"马哥说。

"那我怎办呀，不行我就住你这了，你是苏甫他师哥，我只能赖上你了。不行我就在你地下睡了。"琦琦说得挺坚决。

马哥有些着急的说："不行琦琦，你是女的，又是苏甫的人，苏甫是我师弟，我不能和兄弟媳妇儿睡一屋呀。"

"谁是他媳妇？我现在是单身，想跟谁跟谁。他现在把我甩了，我还不能再找啦？再说啦，睡一屋也不见得就干那事呀？而且又是暂时的。"琦琦还是耍赖。

马哥也没撒了，只好说："既然这样，你住，我走。不过我不把你当外人，可以明着告诉你，你在这地界儿，摩托大王的称号很多人都知道，恐怕不会有人租房让你住，而且你住这里也很危险。你自己想想，一天弄了三辆摩托车，多大的动静啊？有点儿脑子的人都得躲着你。你再想想，是不是那些卖粉儿的都不卖给你？谁不怕受牵连呀？"

听马哥这么一说，琦琦终于醒过梦儿来了，原来大家都把自己当成祸害秧子了。要不然昨天那辆摩托车怎么没人敢要呢。可不是，一天推了三辆摩托，够得上江洋大盗了。摩托大王，这个绰号一旦传出去，警察还不一抓一个准儿呀。

"好吧哥，把东西先搁你这儿，我今天晚上去住澡堂子，明天就去找房子。只是有一样你必须得帮忙。"琦琦说。

"什么事？你说。"马哥说。

"哥你刚才说得我明白了，我现在是树大招风了。也赖我，为了凑房租，我有点着急了。看来这两天我应该少露面。但是这个烟儿你得帮我买，有了烟儿我就可以暂时不来了，避几天风头儿。"琦琦说。

马哥想了一下说："好吧。要几包？"

"拿五包吧。"琦琦说

"三包吧，别太多了，容易出事。"马哥说。

"好吧，三包就三包。只是抽完了以后你可不能不管我？"琦琦说完，掏出钱递给马哥。

马哥拿着钱出去了。

琦琦终于踏实了。她在屋里溜了个弯，转身坐床上，脱了鞋，往下一躺，双手抱着后脑，开始倒腾这几天的乱线。

一天推了三辆摩托，动静确实大了点儿，人送绰号摩托大王也是当之无愧，但是若把警察引到这里来，岂不就人人喊打了。

一蛋妈真是老奸巨猾，你就跟我明说，给我提个醒儿，我也不致于昨天还去弄那辆趴赛呀。

马哥这个人真好，说真话，仗义，而且长的又帅，有这样的男人做个备胎，那就完美了。

苏甫走了两个多月了，习惯了夜里被搂着睡的琦琦，每天独守空房，生理上的变化使她常常夜不能寐，要是能时不时的在马哥这里打打情，逗逗闷子，生活就完美了。

只是马哥是米娜的人，打他的主意还不能招惹米娜，得罪米娜，那在圈儿里就没一个朋友了。

马哥回来了，他把一个装着白粉儿小塑料袋交给琦琦。

"这个货不错，不要吸过量，你现在一个人，自己照顾好自己吧。"马哥说。

琦琦接过塑料袋，低头默默的落下眼泪，她抽泣着说："哥，谢谢你。"

"琦琦，别这样，人都会有碰到坎儿的时候，过去就好了。而且这也是举手之劳，又不是不花钱。"马哥说。

"哥，我再求你一件事，你一定要帮我。"琦琦说。

"干嘛那么客气，一个女孩儿让一个男人办点事，还用求啊，是男人都会美得屁颠儿屁颠儿的。你说，只要是我能做到的事。"

琦琦犹豫了一下说："你肯定能做到，但是就怕……算了吧，不求你了。"

"嘿，只要我能办的，我肯定是上赶着的。只要不是让我帮你去推摩托车。"马哥调侃着说。

"又挤兑我？你要这么说，那我今天就不求别人，是站着撒尿的说话就要算数？"琦琦说。

"那当然，说话不算话是王八蛋。"马哥发誓说。

"那好，这是你说的。把嘴张开。"琦琦说完，打开塑料袋，拿出一包烟儿，打开包儿，来到马哥身前，让他张嘴，要往他嘴里倒。

马哥捂着嘴说："我吸过了，再多吸就崩了，会死人的。"

琦琦搂住他脖子说："小马哥哥，不是让你吸，是让你含在嘴里，然后喂我，我喜欢这样。"

"不行琦琦，这样不行，我是男的，你是女的，而且你是我弟妹，绝对不可以的。"马哥说。

"我什么都不是，我也没结婚，我是你的闺蜜，闺蜜除了钻被窝，什么都能做，"琦琦说着，坐在马哥腿上。

马哥无所适从，脑子里断弦了。

琦琦抱着他脖子的胳膊往紧了圈了一圈，手够到他鼻子一捏，把一包儿烟儿倒入他嘴里，弹了一下纸，把嘴迅速贴上去，慢慢的往自己嘴里吸着粉浆。

马哥已经无力反抗，完全投降了，他要做的就是用舌尖往她嘴里推送，而且他突然省了，不能推太快了，否则就吃亏了。

琦琦一手抱着他的头，一手搂着他的腰，慢慢的站起来往后退。到了床边坐下，坠着马哥往下躺。马哥顺从的趴在她的身上，从她的口中吸入津水，和稀了自己口中的干面，半滴半滴的推入她的口中，舌尖碰到了她的嗓子，她已经瘫软了，双臂不在搂抱了。她把双手压在腰下，做出屈服无力反抗的样子。她喜欢这样，喜欢让自己喜欢的男人任意糟踏，她认为这就是做女人的真谛。

"呜儿……"手机响了，是琦琦的。

马哥收回舌头说："电话，你的。接电话。"

"谁这么讨厌，这时候来电话。"琦琦说着，把手伸进裤兜按了拒接，继续抱住马哥的脖子，用嘴去追他的舌头。

"呜儿……"手机又响了。

琦琦掏出手机，接通电话说："谁这么……？啊，妈呀，哎呦我的亲妈呀。"

　　见马哥要起来，伸一只手把他搂住，继续接电话："怎么不想啊。啊，生意不太好，不赔不赚。您说什么？我爸出差了？什么时候走的啊？今天下午。走几天？不知道啊。管他呢，我回去，这就回去，给我炖带鱼啦，嗯，还是妈好，行了别聊了，我这就回去。"

　　挂上电话，琦琦一翻身，用肘部支撑着身体，对马哥说："以后你就是我的闺蜜了。今天便宜你了。我爸出差了，我回家去看我妈，再亲三十下吧。"

　　琦琦压在马哥身上，张开大嘴向他的脸上吻去……

第一百二十八篇　琦琦回娘家　米娜审马哥

米娜跟马哥合好了以后，俩人虽不在一块住，米娜每天也是要过来的。这几天她和玲玲没出去干活儿，但也没闲着，玲玲找了带车陪驾，每天两个小时，米娜也跟着坐蹭车，一连三天，可算是过了车瘾了。

玲玲很聪明，做事又专心，把驾校学的技术全用上了。通过三天的试驾，基本技术已经很熟练了，加上每天在大街上转的时候，对街上的各种标志牌早已熟记于心，自认为上路行驶是没问题了。当然，开出租还要会看地图，记地名儿，熟悉地标地物，识别东南西北，各种客气话，文明语言等等，还有一样，象她这样漂亮的女孩要开出租车，还要有一些防范色狼的手段。

米娜对玲玲的事挺上心，除了求文哥帮忙找路子以外，她每天还要买几份报纸，回家就仔细的查广告。看见招聘信息，就打电话联系，仔细询问应聘条件，应聘方法，招不招外地人，招不招女司机等等。一连几天，也没问出个结果来。

可能是找工作的人多，空缺的岗位少，竞争太激烈，尤其是象玲玲这样的女孩子，岁数小，驾龄又短，与许多下岗的男人相比，不具有竞争力，而且，即使是象出租车这样的行业，招聘员工也是要靠关系的，一般有熟人介绍的把握性大一些。

既然要上岸，就要当机立断。米娜对玲玲看得很紧，不许她再出去做事了，每天让她在家背地名儿，看地图，甚至背公交站牌，包括奥运会召开时常用的一些外语。

玲玲是高中毕业，虽然没报考大学，但也算有一定文化的，英语方面对她来说也不难，在家里用英语自己跟自己说还是很溜的。

马哥的伤好利索了，也要上街做生意去了，米娜就不用每天一早去打卡了。只是下午或晚上收工的时候去和马哥碰个头，互通一下信息，相互鼓励几句，再卿卿我我的腻歪会儿，很象一对初恋的恋人，挺有意思的。

当然，毕竟都是年轻人，又有相同的童年记忆，曾经的恩爱和共同的结精，所以不难找到共同语言。

最近一段，他们开始谈孩子，谈人生，谈未来，谈戒烟儿，谈洗手上岸，但是，立志容易，实施却难，可能要有个过程。

无论如何，有一点是可以肯定的，他们这些人不会永远有烟儿抽，生意也会越来越难做，而且，你就是忙活一辈子，也注定了永远是个穷光蛋。比写得还准。

关键还是洗手上岸以后干什么，没有专业技能和文化知识，又没有城市户口，找个正式工作还是很难的。

"小马哥哥，你说洗手上岸以后，我们应干点什么？"米娜躺在床上问。

马哥笑着说："你呀，可以回老家，专门看着儿子，再养些鸡，鸭，鹅，兔，做个农场主，每天骑着马，拿着鞭子轰赶羊群，一定是很美的。"

"我不，我干嘛要回老家，咱老家太阳多毒啊，就我这皮肤，在这里叫晒不黑，回去以后就变成黑别晒了。你看玲玲，来的时候就是一个小土妞，你看现在养的，整个是一个让所有男人都直迷瞪眼的大美女，而且，老家每年那点收入，跟这里的收入一比，简直就不叫钱了。我爸倒是做买卖卖山货，一年才赚几千块钱。"米娜说。

马哥赞同说："贫穷落后，主要是人不开化，做买卖不如跑买卖。在咱家卖的山货土产，六七块钱一斤，拉到大城市就值四五十一斤，只是偏远地区不受关注，没人去做。再比如说绿化，大城市到处都是花，都是树，而且有河有水，当然养人了。你再看咱家，整个镇子有几棵树？都数得过来。"

米娜叹道："年初时候，玲玲去学车本，我也应该一块去学，眼光大短浅了。要是有个车本，现在就能上岸跑运输了。"

马哥不解的问："跑什么运输？"

"拉山货呀。我可以把我爸，他爷爷的山货都拉出来卖，这不就是跑买卖吗？"米娜说。

"学车本容易，开上车就不容易了，光有本儿没有车也是瞎掰？"马哥说。

"相对来说，还是考车本难度大。不过，什么都是人干的，别人能干的，我就能干，我也学个车本，学了车本，可以借钱买车倒山货。嗯，不错不错，那我也能金盆洗手了。"米娜说。

马哥伸出大姆指说："还是媳妇历害，人家倒粉儿，你倒土产山货。倒粉儿的叫粉儿姐，那你就是土姐儿了。"

米娜伸手掐住马哥的脖子说："谁土姐儿，找抽呢你？"

马哥赶紧解释说："你不是总说人离乡贱，物离乡贵吗？咱们做为外地人，一定不如本地人金贵，比如说人们管我们叫民工，外来妹，打工仔。但是土特产就不一样了，人们会给它取个好听的名字，叫什么呢，叫山珍，叫野味儿。在咱那里，越土的东西，到城市里就越值钱。等你能称上土姐儿了，一定是玩出名堂来了。"

米娜躺在马哥腿上，翘起一只脚说："我不当土姐儿，我要当土嫂，你当土哥。我开车拉货，你坐在我旁边指路，我卖货的时候，你管数钱。我要挣大钱，做老板娘，我要让儿子去读书，去外国读书，读那什么什么……BA。"

"什么叫什么什么……BA？"马哥问

"就是象苑总那样能当总经理的什么 BA。"米娜说。

马哥一掐她鼻子说："象他那样，不是还干咱们的老本行吗？说你土你还不爱听。那叫 MBA，就是有一个象司机驾照那样的本本，拿了本就能当经理的那种执照。你真土掉渣儿了。"

米娜用脚踹了下马哥的脸说："我土吗，哪有土渣？有也让你给舔干净喽。对了，脚指头缝里有，你给我舔，不舔我今天玩死你。"

马哥笑道："能当色鬼也很好啊，反正我也是判了刑的了。"

　　"不许胡说。哎，琦琦的东西在这儿搁好几天了，什么时候拉走啊？"米娜指着电视箱子问。

　　马哥两手一摊说："我哪知道，她说回家住两天，我知道她住几天。"

　　米娜不放心的问："她要是回来没地方住，那可怎办呀？你可别让她住你这里啊。"

　　"她要非住我也没办法呀，你也不能轰她吧？"马哥说。

　　米娜伸手揪住马哥耳朵，拧着说："反了你了，你说，你是不是看上琦琦了？"

　　"哎呦喂，土大姐，我看上人家？得人家看上我才行。她身上有瘆人毛，躲我还躲不及呢，我哪儿还敢……"马哥说。

　　"真的？"米娜问。

　　马哥求饶着说："真的不骗你，疼了，你轻点。"

　　米娜依旧揪着他耳朵问："我问你，她是不是躺你床上了？坦白从宽，要不然新疆搬砖。"

　　"没有啊，你听谁说的，你看见啦？"马哥不承认。

　　米娜从翘着的脚指缝里揪出一根头发问："这是什么。你别说不知道啊。"

　　马哥看了一眼说："头发呀。"

　　米娜继续问："是谁的？"

　　"我哪知道是谁的，你的吧，要不然是玲玲的？也没准还是那个粉儿姐的呢。"马哥辩道。

　　米娜松开手，一转身，躺在枕头上，看着手里的头发说："你身上有女人肉儿，专招女人。我和玲玲头发比较长，而且黑，没染没烫过，是很直很柔顺的那种。粉儿姐的头发又粗又硬，而且是短发，也不是她的。这根头发，应该说好几根，都在枕巾上，是烫过卷的，颜色发黄，一下掉这么多根儿，一定是她的头在枕头上用力磨擦才掉的，你说，你是不是跟她……有那个事。"

"你成福尔摩斯了。我坦白，琦琦是在这躺过，她也确实说她有生理需求，但是我是谁呀？论起来我是她师兄，甭说我有病，就是没病，我也不能跟弟妹干那个呀。当然了，她要回来以后没地方住，非要住我这，那我就搬走，不过，估计她今天该回来了。"马哥说。

米娜坐起来，脸凑到马哥面前问："你们约好啦，你怎么知道她今天回来？"

"这还用问，她走那天买了三包烟儿，在这吸了一包儿，带走两包儿，前天和昨天，两天吸两包儿，今天没了，她不回来吸什么？"马哥说。

米娜往后一挪身子，离马哥远了点说："说实话了吧。她在你屋吸粉儿，是不是脱了衣服啊，是不是你帮她扎的呀，她身上的肉特白吧？对了，她还特喜欢让男人嘴对嘴的喂，她的口水是甜的是咸的呀？"

"你别那么疑心生暗鬼的好不好？人家琦琦是真心爱苏甫的，只要苏甫不说不爱她了，人家琦琦谁也不会找的。"

米娜无所谓的说："一嘴一个人家琦琦琦琦的，看样子感情还挺深的，我才懒得管你的事呢。有本事你就多找几个，最好找富婆，连我一块养。"米娜屁股一出溜，躺在床上。

"小马哥哥，我回来了。"琦琦为边说边推门进屋，见米娜躺在床上，赶紧打招呼："呦，米娜来啦。"

米娜把腿一翘说："不是来了，是回来了。应该是你来啦吧。怎么样琦琦姐，还是家里好吧，过来坐，坐这来。"

琦琦坐在床边，得意的说："那当然了，夏天呀，有空调就是好，夜里睡觉，冷的直打哆嗦，还得盖被子。"

米娜晃着脚丫子说："不过呀，冷和热都是相对的，不是绝对的。比如说，这屋里热吧，光着眼子都能出汗，可是呢，马哥非要搂着我睡，你说，有谁还会嫌热呢？真是的，你说说，我怎么就一点都没觉出热来呢？"

"瞧给你美的，好象就你一个人儿有爷们儿似的。你要这么说，那我也体验一下？今天我就睡这屋里，把马哥让给我试试，我明天请你吃饭。"

琦琦也放开了，什么都敢说了。

"行，只要他不怕热，就借给你用，但有一点儿，你用一次我记一次，等苏甫回来我也用苏甫一次。这叫货换货，两头儿乐。今天我睡床上，你们俩睡地下，咱仁睡一床睡不下，而且他搂谁不搂呀。"

"要不说你米娜是狐狸变的，今天还真现身了。算了吧，我不会在你们中间插杠子的。那什么，马哥，你还是帮我买几包烟儿，我一会儿去浴池过夜。"琦琦说完，掏出钱交给马哥。

马哥把钱装兜里说："已经给你准备好了，在桌子上的小碗儿里，抽屉里有针，"

琦琦过去打开抽屉，拿出针管，很快就做好了准备工作，她对马哥说："回过脸儿去，我脱衣服了。"

米娜一探身，搂住马哥脖子，两个人朝外躺在床上，米娜捂住他的眼睛。

琦琦回来时，满心欢喜的想和马哥热呼热呼，所以连内衣都没穿，现在要吸烟儿，就要脱掉一只袖子往大臂上扎。当着米娜，还真有些不好意思。

退出一只胳膊，也要解开上衣扣儿，脱下一只袖子，再系上两个扣儿。露出的半个膀子，和半个胸部的一部分连成片，肉嘟嘟的，对男人很有诱惑力。其实这也是她提前设计好，但是前题是一定要和马哥独处，把他迷住了，他一定不会让她走的。

米娜太讨厌了，她一定算计好了我今天回来，特意来马哥这里，不知道今晚走不走。

而且，她的心眼子比一般女人多，尤其是做贼的，心非常细。但是只要马哥不说，她也不会知道和马哥亲嘴儿的事。

旁观者清，琦琦连内衣都不穿就到小马哥哥屋里来，明显着是拍爷们来了，还让回过头儿去，你装什么装，幸亏今天我在。

琦琦其实并不胖，只是把以前发达的肌肉转化成了脂肪肉，显得更加细腻光滑。她今天脱衣扎针儿的动作一定经过精心设计，只是没想到马哥屋里不是马哥一个人。

今天必须让她死了这条心，否则她会盯着马哥不放。苏甫不在，拿我的男人打补丁，想的美。

"琦琦姐，你的身条真好，既不胖又有肉感，有脖子，肩也很美，你的胸又白又大又挺，真是绝了，甭说男人，我都想嘬了，奶水一定很足，够我们家马哥吃个饱了。"米娜说着，用手指扒开马哥的眼睛让他看。

琦琦正在用心的体验海络因在体内流动的感觉，几乎把一切都不放在眼里，她看见了米娜正扒着马哥的眼睛让他看，但她并不在乎。

针扎完了，她并没有马上穿衣服的意思，她就是想多光一会儿，让马哥多看看她，这是来之前就设定好的，她已经忘记了这屋里还有米娜。

"琦琦姐真入境啊，是不是感觉被很多男人玩儿呀？如果不解气，让马哥给你抠抠，帮你嘬嘬？"米娜继续说。

琦琦打了个激灵，从幻境中慢慢出来，见米娜和马哥都在往她这里看，有些不好意见，赶紧穿上衣服。

"不好意思，在家里时习惯了。"琦琦说。

米娜大度的说："在咱自己家想干什么都没事。这样吧，以后我就是马哥的大老婆，你是小老婆，只要你和苏甫一刀两断了，这屋子你就随时可以进了。"

琦琦让米娜说得已经无地自容了，她系好扣子，站起来，拽过皮箱打开，从里面拿出内衣内裤，装在袋里，扣上皮箱，就往外走。

米娜把她送到大门口时说："琦琦姐，以后我不在的时候你常来，别不好意思，咱俩是闺蜜，谁跟谁呀？男人嘛，对咱俩来说就是衣服，谁都能穿。不过呀，拍爷们儿你经验少，以后每次完了事呀，一定要仔细看一看，尤其是头发，我们马哥的枕巾比较脏，不是纯棉的有静电，所以上面会有头发，短的呢，一定是马哥的，长的呢，一定是咱俩的。咱家的床有咱俩的头发很正常，若是在别人家就要仔细看看了。琦琦姐，你的头发真好，还是卷的。"米娜说着，拿着几根头发举起来捋着看。

琦琦无地自容了，她说："米娜，我那天只是想和他腻歪腻歪，没干那事。是，我承认，我对他有好感，但并不是想抢人，我……"

米娜拍了一下琦琦的肩说："琦琦姐，没事，你尽管来。你以前不在家的时候，我也常去你们家呀，我对苏甫也是有好感呀。琦琦姐，你们那个大床真好，软软的又有弹性，躺在上面真舒服，屁股底下就跟创了坑儿是的，睡一宿早晨都不想起，明明两个人躺着的时候是分开的，不知不觉的就抱一块了，真享受。姐你慢走啊。"

琦琦的脸青一阵紫一阵的，只是天暗下来了，否则就钻地缝了。

第一百二十九篇　米娜戏琦琦　马哥欲戒粉

米娜回到屋里，她很得意。

"今天刚知道你这么坏，也不给琦琦留点面子，转着弯的踩哄人。琦琦是直肠子，斗不过你。"马哥说。

米娜得意的"哈哈"大笑："这叫爱情保卫战。算准了她今天得来，果不其然，连内衣都没穿。直肠子，直到屁眼了。我没猜错的话，肯定连裤衩都没穿。"

"穿不穿裤衩背心是人家的自由，不代表她就想勾引谁。你们女人呀，争风吃醋一门儿灵，"

"你少费话，我争风吃醋，我够大度的了。我这是为你着想。她现在已经名声在外了，你没看所有的人都躲着她。你以后不许替她买粉儿了，你帮她买了，她还得在你这吸，我天天还得看着。她挺大方，我倒偷偷摸摸了。我刚才送她出去，房东大妈从窗户缝儿里往外瞧，不知道是瞧我呢，还是瞧她呢，反正眼神不对。"米娜说。

马哥沉了一会儿说："你说得也是，女人想干的事，变着方儿的也得干。就比如粉儿姐，色迷心窍了，不撞南墙不回头。琦琦做了摩托大王，就连房东大妈都知道，大妈也反感，也用话点过，担心给她找麻烦，假若她再来的话，我在这儿恐怕也住不长了。如果大妈把房子收回去，我还去文哥家的小屋吧。"

"人往高处走，水往低处流，你转了一圈又转回去，人家会瞧不起你的。我的脸上也挂不住啊。"米娜说。

马哥告诉她说："这个你不用担心，住也是暂时的。我准备去戒毒所租房子了。"

"戒毒所租房？"米娜不明白。

"戒毒啊。娜娜，我想好了，烟必须要戒，我已经在外飘了两年了，不能回家看父母，不能见儿子。过节过年时，别人可以团聚，我却不能。这种结果，都是毒品闹的。没有钱，吃糠咽菜我也能活，没有毒品，一天都过不去，所以有家难回呀。"

米娜没有说话，只是频频点头。

琦琦出了小区，顺河向南，紧走了一阵，心里有些憋，她扶着一棵大杨树，歇了一会儿后，又继续往前走，来到跨河的公路桥上。

最近，每次走过这条河上的桥，她都会停下来歇一会，习惯了，已经不在呼河水的味道了。

现在是晚上了，如果你白天没见过这条河的原貌，夜景儿还是挺美的？

琦琦趴在桥栏上，把自己现在的处境，跟河水进行比较，觉得没什么两样。河水虽臭，人人避之，但它却还是不急不慢的，旁若无人的向前流淌？而自己呢，不是跟臭水一样吗？每天也要不停的走，也不招人待见。

今天在马哥屋里，米娜说话太刻薄了，骂人不吐核儿。本来兴冲冲的去，弄了个灰头土脸的回，真是应了那句老话儿了，偷鸡不成，蚀了一把米。

苏甫走了俩多月了，是死是活也不知道，就这么耗，到哪算一站呢。哎，为了他，身家性命都搭上了，为了他，已经破罐破摔了。你再不给个信儿，可要把人逼疯了。

米娜今天可谓是笑里藏刀，她这是下了逐客令了。后悔呀，上次真不应该带她去马哥的住处，这是上了米狐的当了，她丫的太鬼了，这些外地的女孩儿，各个都是人精。

米娜就是个母狐狸，你这样对我，我也不能饶了你，时不时的我就过去一趟，让你防不胜防。

你说马哥是你爷们儿，那他干嘛躲着你？对了，这两个人到底是不是两口子？不象，要是两口子的话，干嘛还玩藏母鸽儿呀？

管他呢，先找个桑拿房，洗洗蒸蒸。再做个什么泰式港式的全身摸。

阎王爷玩小鬼儿，舒服一会儿是一会儿吧。

在澡堂子住了一宿，感觉还可以。十二点之前主要是做按摩保健，一点多才做完。做完几个项目以后，身上跟散了架似的。

回到休息大厅，靠躺着休息，她翘起一条腿，自我欣赏着白白的脚巴丫，心中有了些许安慰。可不是，以前做运动员，这双脚简直就没法看，皮糙茧厚，不穿袜子都不好意思见人。而现在，陈年的死皮都脱干净以后，摸着非常的细嫩柔滑，嗯，等苏甫回来，把脚指头塞他嘴里让他含着，他一定美得屁颠儿屁颠儿的。

电话铃响，邻床的一个中年妇女接电话，声音不小，吵醒了好多人。而她自己一点儿也不觉着，一看就属于乍富那种，她得意的告诉电话那头，她正在洗浴中心潇洒快活，享受人生。

装什么孙子？十块钱洗澡，十五块睡一宿大厅，什么都不消费，还装你奶奶的富婆儿，真想一脚把你踢出去。琦琦睡意全无了。

中年富婆喊接电话终于结束了，她把手机放在茶几儿上，很快进入了梦乡。

被富婆吵了以后，琦琦一直没睡，坐起来喝了口水。已经是凌晨四点了。

她把手中的水杯放到茶几儿上，看见富婆儿的手机，不由自主的拿过来，习惯的打开后盖，取下电池，抠出电话卡，掰了一下扔掉，把后盖扣上，看了看妇婆睡得正香，姿式很象被人搂着，很幸福的样子。

琦琦把富婆的手机塞腰里，下地穿上拖鞋，出了大厅，来到更衣间，打开柜子，把手机放进自己的裤兜里，浴服直接脱地上，穿上内衣内裤，裤子和上衣，拿着手包出了更衣间，到了接待大厅，交了手牌，结账出门儿，见了胡同拐弯，心才踏实下来。

谁有钱谁都会享受，边挣边花，花完了再去挣。今天不错，消费了几百块钱，赶上有人请客，顺手牵羊的买卖，真是啊，哈。

夏天夜短，还不到五点天就亮了，路上只有少许行人，基本上都是觉少的老年人。琦琦自己都觉得不自在了。

她找了一棵大柳树，把手包挂树上，开始做甩臂，扭腰，踢树等一些动作。

练了一阵儿，身上发热要冒汗，她做了个收式的动作，摘下手包，往前溜达着，地上有块石子儿，硌了脚一下，她飞起一脚，把石子踢出几十米远，打在路边花池子里的月季花的杆儿上，花杆被打断了。

行，宝刀不老。她很欣慰。

天儿还早，琦琦站在桥头儿，看着由远而近，从桥下穿过的浑水，突然有了一种婷婷玉立的感觉。

想想小区里那些拿手们，每天早出晚归，辛辛苦苦，有时候连肉都吃不上。他们这些人就一个字："笨"。

说他们笨，自己其实也笨过，开始的时候，推自行车，没技术，干得也是力气活。后来推摩托车，就考验智商了，但还是需要付出一定的体力。而今天呢，这……这，泡澡挫泥儿蒸桑拿，再找俩小伙一边一个伺候，完了还有人送手机，所费的力气就是伸手一拿。

什么米娜，玲玲，长得漂亮有什么用，还不是乡下来的丫头，你们知道什么叫消费呀，姐都不跟你一般见识。

不过，昨天晚上确实添堵了，你个米狐，看我不报复你，你恨什么我偏干什么，报复的有段也简单，就是腻着马哥，让你犯痒，还治不了你了？

路上的人开始多了。自行车铃声，汽车的喇叭声，还有人的喊叫声，形成了一种特殊的合旋。

马哥住的房子离河岸没多远，直线距离也就几十米，只是没有路，全是瓦砾渣土，只有北面胡同口有路，每回过去都要绕一圈，多走几百米。

琦琦从河边儿过来，直接踩着渣土堆过去，连蹦带蹿，很快就过去了。

脚沾上平地后，就算到了。正好，从一个院子门里走出来个女人。琦琦认识，正是买她摩托车的那个女人。

"大姐，你住这儿啊？"琦琦问。

“啊是，这么早就过来啊？”女人问。

“我昨天搬家，东西没地儿放，搁马哥屋里了，我去拿点东西。对了大姐，有台电视要不要？要就便宜卖你了。”琦琦说。

大姐连忙摆手说：“不要，要电视没用，没有天线，看不了。再说也没功夫看电视。”

“那你帮着问问，电视是新的，买了也就不到一年，没怎么看过。”琦琦说。

“行，我帮问问。”大姐点头说。

房东大妈起得早，已经去菜市场买菜了，大门一推就开了。琦琦进院，敲了几下马哥房间的门。

马哥躺在床上往外看，从窗帘上的身影看，知道是琦琦。

“谁呀？这么早。”马哥问。

“我，琦琦。过来拿点儿东西。”琦琦答。

马哥坐起来，拿起一个大裤衩子穿上，踏拉着过来开门。

“这么早就来了，我还想多睡会儿呢，美梦都让你给搅了。”马哥说。

琦琦撇嘴说：“呦呦呦，还做美梦，梦见我啦？我这一敲门，不是梦想成真了吗？你艳福不浅呀？”

马哥嘲讽着说：“梦见你可就不能算是美梦了，每次梦到你，你都是撩腿用球闷人，吓的一宿都睡不着。对了，你怎么这么早就出来了？”

“你不要我，我只好出去打游飞。在澡堂子里我哪睡得着啊，所以四点多就出来了。我都绕着河走了一早上了，算着你该起了我才过来。怎么，都这钟点儿了，你还嫌早啊，真是的，你情商太低了，一点儿都不知道心疼人。”琦琦埋怨着说。

马哥解释说：“哦，说错了，不是说你早，我是想说我起晚了。这两天伤好了，还得出去奔命，不能犯懒。”

“你看看，我不敲门你也不起，爬起来就说要出去，你这是拿话堵我呢？我本来还想在你这儿躺会呢。”琦琦说。

"我跟你比不了，一天几百块的开销，不出去挣怎么行"马哥说。

琦琦满不在呼的说："那算什么，我养活你，今儿个先包你一天。"

马哥一摆手说："算了吧，你养得了我，除非你家有买卖。"

琦琦得意的说："小看人。自行车过时了，咱玩摩托，摩托不行了，咱玩手机。看，刚弄到的手机。"琦琦掏出那只手机让他看。

马哥拿过来看了一眼问："在哪拿的？"

"洗浴中心，得来全不费功夫。"琦琦说。

"洗浴中心？你敢在洗浴中心做生意，找死呢？"马哥问。

琦琦躺在床上说："瞧你一惊一乍的，再吓着谁。"

"琦琦，那地方不能做这种生意，很危险。"马哥说。

"没觉出来。有什么危险？"琦琦问。

马哥告诉她："琦琦，以后不要在那里做生意。你琢磨琢磨，能开洗浴中心的人，不会是怂主儿吧，你到人家的地盘去做，让人抓住，还不打你个半死儿？"

"这只是偶然，我是四海为家，走哪儿吃哪儿。小马哥哥，过来压会儿我。求你了。"琦琦说。

马哥擦完脸，放下毛巾说："没时间了，我该干活了。你要拿东西赶紧拿。"

琦琦抓了几下头，见手上有几根头发，抖在枕头上。她坐起来，来到马哥跟前说："今天饶了你。亲一下。"

马哥在她脸上亲了一下。

琦琦顺势抱住他的脸，贴上去亲吻。

"行了，过瘾了，该出门儿了。"马哥说着，轻拍了她的脸一下。

琦琦得意的笑了，心里说："嗯，报仇了。"

"对了，卖粉的我给你联系好了，就是骑小摩托儿的那女的，她说认识你，你以后找她就行。"马哥说。

"我就不，就赖着你，就让你给我买，哪天我还要当着米狐的面儿让你喂我呢，你敢说不，我变蛇精我缠死你。"琦琦也豁得开了。

马哥摇头说："由你，不过呢，过两天我去戒毒所了，你上那儿找我去吧。"

两个人出了小区，分手后，琦琦来到另一个胡同口，探头往里瞧，没看见收手机的王哥。她又转到另一胡同，还是没看见。她掏出墨镜戴上，走进胡同，边走边看，终于在一家的门前看见了坐在石头上的王哥。她马上走过去。

"王哥早。"琦琦说着，掏出刚从洗浴中心拿的手机，交给王哥。

王哥看了一眼琦琦，他问："你是摩托大王吧？改玩手机啦？"

"你才大王八呢。看手机。"琦琦说。

王哥抱歉说："说错了，大王不是大王八。"

"听着还是不舒服。"琦琦说。

王哥看了看手机，报价说："二百八。"

琦琦很失望的问："才二百八？这可一个富婆用的。"

王哥笑着说："假富婆，这手机是山寨的，不值钱。"

琦琦悟道："哦，有可能。我说她怎么会在澡堂子过夜呢。行，二百八也是钱，给你了。"

手机虽然不是太值钱，也是一笔收入。有一就有二，多划拉它几部，加一块儿也是好买卖。摩托车一天还推过三辆呢。

第一百三十篇 不怕贼偷 就怕惦记

琦琦到路边的早点摊上吃了一碗卤炸豆腐和两根油条，肚里不空了，精神头儿也上来了，此时应该借兴打兴。再和一把自摸。

她从手包里拿出镊卡子，套在胳膊上，又把镊子卡到卡子上，放下袖子。再从手包里拿出包的背带，卡在包上，将包斜背，转到肚子与大胯之间，试拉了几下拉锁，很顺畅，一切就绪后，她开始寻视目标了。

什么事情都如是，想着容易，听人说着也容易，真正轮到自己做了，却不那么容易了。

很多人有手机，但多数人的手机并不值钱。有的人的手机是名牌新款，可他在手里攥着，你看见了也是干着急。

前面是公交站，等车的人很多，一个学生打份的少年引起了琦琦的注意。这是一个个子很高的中学生，他手里提着个装着蓝球的网兜，另一只手正在接电话。

"哎，是，我出来了，等车呢。什么时候到？二十分钟吧。场地租好啦？行行，没事，就两个小时吧，好，回头见。"男学生挂上了电话。

汽车来了，中学生把手机放裤兜里，扒着车门子上了汽车。琦琦紧随其后跟了上去。

公交车上人很多，琦琦站在男学生的侧后方，一只手抓住上方的扶手，屁股用力扛住后面的乘客，使自己与学生中有一些空隙，待车启动后，下面的手一抖，弹出镊子，迅速插入学生的裤兜，夹出手机，直接放进肚子前面的挎包里。她收了镊子，不再抵抗挤过来的乘客，很快就有人挤到她前面，把她和中学生隔开。

她倒着往后退，在距车门两米左右的距离站定。这个距离也是设计好的，只等车停开了门，她往前一挤下车，就万事大吉了。

"我手机丢了，有人偷我手机了。司机师傅，手人偷我手机了。别开门，我要报警……"男学生喊了起来。

得，被人发现了。不过，琦琦并没慌，她的程序里有这一关，很容易过。还是底下这只手，从挎包里掏出刚拿来的手机，一撒手，手机被脚面接住，这是足球运动员的技术，只一低头，看了眼前面人的两条腿，一个穿裆，把手机送到前面，然后她乖乖的站着，不用着急下车了。

有人出主意说："拨号码，我帮你拨，你说号。"

"一三六……"中学生报电话号，好心人用手机帮着拨了号码。

"呜……"脚底下传来电话铃声。

有人帮着把手机捡了起来，交给中学生，中学生连声道谢。

过了几站地，中学生下车。琦琦也下了车，跟在学生后面，来到蓝球场。

球场是露天的，是一个大操场，隔成大约六七个蓝球场，每个蓝球场都有人打球，老少都有，男人居多。

中学生来到球场，和七八个男生打了招呼，脱下裤子和T恤衫，放在场边地上，其他学生也脱了衣服，穿着裤衩和背心，一人拍着一个球开始活动身体。

琦琦老远看着，尽快的熟悉了周边的环境，反复确认这个学生的裤子所摆放的位置和状态，心里默默的模拟掏拿的动作，计算动作的时间，心演几遍后，时间确定为两秒，完全能完成这次拿活儿。

夏天天气热，身体预热快，几分钟就活动开了。他们把多余的球送到场边，和衣服放在一起，准备开始分组对抗。

琦琦走过去，对一学生说："拿你的球拍会儿行吗？"

男生把球扔过来，琦琦假装不会接，她抱住球，开始在地上拍着玩，球还经常拍着拍着就跑了。

学生们开始分组对抗，又喊又叫的，还真玩命。

琦琦追拍着球来回几趟，感觉很累了，当她运球到装手机的裤子旁时，捂着肚子停下，坐在球上，看着学生们打球。当那个中学生往前进攻，背对着她时，她出手了，只一瞬间，裤子里的手机就进了她的包。

琦琦站起来，拍着球往前走了十几米后，停下抱住球，转过身来，把球贴着地向堆衣服的方向滚去。然后，她捂着腰，装得很疲惫的样子，走出操场，来到车站，上了公交车。

又来到早晨站过的桥头，应该昨天晚上也来过。时间不一样，心情不一样，感觉也不一样了。不过，这次只是路过，她不会再对着臭河沟子发感慨了，那纯粹是浪费生命。

她没过桥，只是在河的东岸由南往北逆河而上。这座桥的北面五百米处，还有一座桥，是木质的，桥上面刷了白漆，所以叫白桥。跨过白桥，再往北往西走上几百米，。就能看见文哥家东侧的胡同，当然，文哥家房子西侧也是一条胡同。

桥的栏杆上坐着三个人，是两男一女，他们正在聊天儿。

琦琦带着墨镜，可以观察这三个人的相貌而不会被对方查觉。这三个人不是本小区的人，本地区的人不会坐在桥上闻桥底下臭水的味儿。既使不是本地居民，过路的再闲得没事，也会远离这条臭河的。既然他坐在这里不动，那可以肯定是来这里办事。办什事呢？呦，便衣吧。

桥上那个女的无意中看了一眼琦琦，脸上有被惊了一下的感觉。

琦琦看得很清楚，她马上意识到，一定是丢摩托车的人报案时，向警方描述过她的长相，或者是买了她的车的人，车被扣了，交待了卖车的是个女的。也没准今天澡堂子丢手机的报案了，便衣查到这来了。

她心情紧张，脸上却若无其事，不紧不慢的过了桥，过去之后沿河走，弯腰捡个石子，转身往河里扔时，看了一眼桥上的人，发现这三个人也正往她这瞧。

她明白了，今天公安有行动，而且桥上那几个人肯定对她起了疑心。此时，她不能跑，也不能进小区，怎么办，只好玩假动作了，别忘了，咱可是踢前锋的。

前面不远的废墟上有半堵墙，琦琦假装超近路走上渣土堆，当走到墙的后面时，桥上人的视线被墙挡住，趁此机会，琦琦紧走带跑，迅速穿过前面的公路，并顺着公路向下，奔前面公路桥下的桥洞跑去，很快就消隐在地平线以下。而坐在桥头上的人，既使真是便衣，也会以为她是进了小区，肯定跑不了了。

琦琦穿过桥洞，定了定神，开始笑话自己了。几个人坐在桥上，并没有异于常人的地方，怎见得就是便衣，却把她吓得如惊弓之鸟。既使他们在背后指着她说什么，也没什么新鲜的，自己的身条在这摆着呢，人家赞美几句不可以呀。

不过呢，宁可信其有，不可信其无，脑子绷着一根弦也没什么错。今天弄了两部手机，够辉煌的了，一定要接受推摩托车的教训，地上有金砖都不捡了，应该尽快的在附近租间房，否则每天吸粉是个问题，马哥那里肯定指不上了。

快中午了，该吃饭了，今天可以吃顿儿肉庆祝庆祝了，庆祝自己转型成功，一天拿了两部手机。这些日子吃的太素了，身体有点儿虚了。

中午了，太阳直射，照得肩上都发烫。

文哥家门前依旧很热闹，各路拿手开始回来了。文哥也忙了。

不过，比文哥更忙的还有一位，那就是收手机的王哥。王哥现在收手机比以前简单多了，他现存不用问上家收购价了，而是直接给价，自己收自己卖，一两分钟就能完成一笔交易。

大家都在忙，唯有一个人闲着，那就是一蛋妈。她推着女儿来回溜着，也不怕晒。当她再一次经过文哥门口时，跟文哥要了一瓶娃哈哈和一瓶绿茶。她把娃哈哈灌到奶瓶里，交给小拉拉，她自己开盖喝饮料，喝了两口以后，她小声对文哥说："叔儿，您这里没卖违禁的东西吧？有就赶紧收起来。"

文哥不明白的问："没有啊，怎么了？"

一蛋妈小声说："有便衣。"

文哥笑道："哦，知道，我不怕便衣，只怕工商，我就是无照经营。"

"听说昨天小红车司机被抓了，把车扣了。"一蛋妈说。

"是啊？不过她只是拉黑活，车也不值钱，估计也就是罚款。"文哥说。

"没那么简单，她拉的人是去送货的，在她车里交易的时候，被警察堵了，抓的现行儿"一蛋妈说。

"那就严重了，这是让人给点了。"文哥说。

一蛋妈笑着说："叔儿还什么都懂，肯定是让人点了，要不然怎么会被堵车里了。"

"她这是参与犯罪，脱不了干系了，不单汽车没收，人也得拘。不过，她儿子刚六个月，正是哺乳期，所以拘不了。"马哥说。

一蛋妈推着女儿继续溜达。

东面胡同口，苑总手下的四个学员蹦蹦跳跳的走了过来，经过文哥家门前时，苑总过来接着，从学员手里收走了一个钱包和两个手机，他把钱包里的钱掏出来后，一甩手，空钱包扔上文哥家的房顶儿，然后跟王哥打招呼，马上销赃变现。

王哥把两个手机拆盖，卸了手机卡扔掉，装上自己的卡，试播了一下，没问题。报了收购价，掏钱付款，苑总伸手接钱……

"咔嚓，咔嚓。"一副手铐把两个人的手铐在一起，并被按着蹲在地上。有便衣摘下王哥的军挎，从里面掏出十几部手机，摆在地上拍照。

有人过来押他俩走，拐弯时，苑总看见自己的四个学员被铐着蹲在地。旁边有个便衣正在呼叫警车。

功夫不大，几辆警车进了胡同，装上人，响着警笛开走了。

一切来的那么快，所有的人都没反应过来，警车已经走了，还有人在问发生了什么事。

老苑应该算得老奸巨猾了，他选的时间也是经过计算的。既然被抓了现形，再加上手下四个吸毒的窃贼。估计很难出来了。

琦琦转了一大圈，来到小区的西侧观察动静。这个小区分东西两个区，先拆的是东区，西区属二期拆迁，还没开始。

是猫就避鼠。距西区入口处不远的地方，停有一辆警车，做贼心虚的琦琦立马儿不敢往前走了，她进了一家饭馆，要了俩菜，一瓶啤酒和一碗面条，坐下吃起来。不大功夫，警车开走了。好象在前面拐弯进胡同了。

警车进了小区，不定又抓了谁呢。幸亏刚才看见桥上坐着那几个人后省攒儿了，要是进了小区，没准就给捂了。看来，还是租间房有好处，进小区后先回家，就什么事也没有了。

小区里传出警车的声音，由近而远，声音逐渐消失了。警察肯定走了。

琦琦从饭馆出来，以散步的速率从西部进入小区。西区虽没有拆迁，但是居民还是很关心东区的情况，尤其是刚才来警车抓了人，有人知道被抓的人当中，有一个是收手机的，被抓时从身上翻出了很多手机。其余的人就不认识了。

琦琦边走边听，浑身直起鸡皮疙瘩。她今天卖了一个手机，估计也被警方收了，如果审问，王哥会不会交待呀，若是交待了，自己也就暴露了。但愿王哥能死扛，他完全可以说忘记了，今天收了那么多，谁还记得住从谁那收的。

今晨在澡堂子丢手机的假富婆，估计也报案了，手机若在王哥身上，人货一对，不用问都知道是女人偷的，这个圈里，女人不太多，很容易锁定目标。

人若背了，喝凉水都塞牙，刚转行成功，王哥就被抓了，甭说以后了，现在身上的这部手机还不知道卖谁呢，在这节骨眼儿上，谁还敢收啊？没人收，带在身上又是祸害，愁死人了。

琦琦转身出了小区，在街上闲逛，没地方去了。

这是怎么回事？怎么弄得有家难回，或者叫无家可归了。

她买票进了公园，躺在一棵大树下的草地上。这里很凉快，土也较软，躺着舒服，她把手包儿垫在脑下，不大的功夫，困劲儿上来了，还真眯了一觉。

大阳跃过树顶，往西北偏斜，阳光逐渐打在身上，开始燥热。琦琦坐起来,看看太阳的位置,估计已经下午四点多了,快到吸粉儿的钟点儿了。都是这口烟儿闹的, 没有还不行。

马哥也指望不上了。今天早上骑小摩托的那个女的跟她打过招呼,看来马哥的确给垫过话了, 直接去找她吧。

琦琦起身, 拍打掉身上的土, 整理了一下头发, 拎着手包, 奔东面而来。此时, 应该不会有便衣了。

她找到骑小摩托的粉儿姐, 买了两包烟儿, 出了小区后, 又去药房买了一支注射器, 可是麻烦来了, 到什么地方去吸呢?

琦琦在河边上转了会儿, 没看到什么隐蔽的地方。

要是会爬树就好了, 到树上, 一定是很隐蔽的。

她走到公路桥附近, 往桥下看了一眼, 桥底下好象是个斜坡, 有三十度左右, 人上去应该站得住, 坐下就更没问题了。那里一定很安全, 吸完了粉儿把注射器往河里一扔, 就齐活了。嘿, 不错。

琦琦从桥的北侧往下走, 到了岸底, 往桥下一看, 她乐了。原来这个桥的桥基下, 有一个半米多宽的平台, 平台的边缘才是斜坡, 她只要先上斜坡, 横着爬上半米左右, 就可以上到平台上, 是躺是坐都由着你了。

琦琦扒着砖缝, 脚踩实后挪了两步, 就爬上了平台。定了会儿神, 她终于看清了, 这个平台从公路下的北侧, 一直通到公路的南侧。宽度大约有八十公分, 高度约一米, 坐着正好不碰头, 还真是个好地方。

当然了, 前题是你别嫌河水臭, 还有就是蚊子。河水臭不怕, 习惯成自然。蚊子也好对付, 回头买盒蚊香带过来, 就没问题了。一切都是暂时的, 苏甫还能一辈子不回来?

在这里只是为了扎一针, 又不是一辈子在这住。对了, 忘了一件事, 有了烟儿, 有了针, 没有生理盐水, 这事闹的。没办法, 买一瓶去吧。

琦琦从桥底下爬出来, 来到岸上, 准备上过街天桥, 到马路对过儿的药房去买生理盐水。当上了几级台阶后上, 她犹豫了一下, 停住脚步, 从兜里掏出一包烟儿, 打开后倒进嘴里, 还用舌头舔了几下纸, 把纸扔掉后,用唾液拌的粉面儿，一点儿一点的咽到到肚子里。

往前走出不远，路边有个小卖部，她过去要了两个小碗冰淇淋，蹲在一边慢慢的吃，边吃边用舌头找口中残粉，一点不糟践的咽了下去。

冰淇淋是好东西，又解暑，又解饱。

琦琦站起来，扔了小碗，继续向前走，前面就是进小区的南口，她并没拐弯进小区，还是继续走，她想找一个僻静点有椅子的地方，在椅子上躺一宿。对付一天是一天吧，离冬天还早着呢。

前面是个广场，吃完晚饭的人们在广场上消暑纳凉。其中一件东西引起了琦琦的注意。

这是一个明黄色的小帐篷，帐篷是方形的，长，宽有一米五左右，高约一米，帐篷里有两个小孩子在玩儿，大人在外面坐着看孩子。

"师傅，问您下，这种帐篷哪买的？" 琦琦过去问。

"超市，哪都有。"地上的女人回答。

"谢谢大姐。"琦琦道谢。

哈哈，天无绝人之路，这小帐篷不错，有这样一顶帐篷，还租什么房啊。不是超市有吗，去超市，买一顶不就行了。

第一百三十一篇 王哥上铐 苑总被捕

　　玲玲这些日子天天在家背地图，为开出租车做准备。去了几家公司应聘，人家一看她是女孩儿，又是外地人，基本都是一个口气：人已经招够了，而且你的驾龄太短，等以后再发招聘启示的时候你再来看吧。

　　到处碰壁，玲玲并没有恢心，她认为自己行，肯定有一个公司正等着她呢，她能感觉到。

　　米娜每天照旧出门逛街。没有了玲玲做帮手，既使有再好的机会她也不会出手。她知道，颜值高，回头率就高，人多的地方肯定很乍眼。

　　也是，长得太漂亮了，肯定有利也有弊。为什么说说有利呢？因为走在街上，象她这样亭亭玉立的女孩儿，百分之百的人都不会怀疑她是贼，所以隐蔽性很强。而且，有一些男人还会主动往她身边凑，心甘情愿让她偷。当然，好看的女孩谁都爱多看几眼，好象总有坏小子会在不远处偷偷的欣赏她，反而给她带来麻烦。所以，没有人打掩护，轻易就不能出手。

　　说起来，玲玲还是比她这个表姐强多了，她知道学个车本，先掌握一门儿技术，有了技术，将来就不会吃不上饭。

　　其实，在这个大都市里，不见得非要有技术，你只要不怕脏，不怕累，还是有很多工作机会的。

　　这不是，昨天和一个看厕所的大姐聊了会儿，她的工作就很好啊。现在市区建了不少厕所，非常的干净，漂亮，而且还有工人休息的房间，核定是两个人负责一个厕所，被大姐一个人包了，一个人挣两份工资，活儿还不累，就是名声不好听罢了。

　　正象玲玲所说，批发市场的菜真便宜，拉到市区来卖，价格就能翻倍。还有那些山货土特产，几十块钱一斤上百一斤的都有，有些东西在当地根本就不值钱，拉到这里就成了山珍了。

　　后悔呀，以前不懂什么叫买卖，什么叫三百六十行。其实说起来，就是做拿手不赚钱。想一想，如果是做买卖的话，这两年收入就很可观了，而且，好多外地出来做买卖的，都在市里买了房了，那是什么劲头儿啊！

马哥说要去戒烟，不知道什么时候去，他要是真能戒了烟，那就好了，他就可以回家和儿子在一起了，也可以把儿子带出来，要是那样的话，米娜会拼命挣钱养活他们的。

小区传来警车的声音。米娜停下脚步，进了路边的一个小店，从里面往外看。

几辆警车从小区忽哨着驶出来，去前面路口掉头，向东开去了。

警车里坐着的人，有一个好象是王哥，他怎么被抓了？还有一辆车里，好象有苑总手下的学员，学员被抓，估计苑总也悬了。

米娜没敢从这个口进小区，而是绕道来到河边，顺河往北而上，没多远就看马哥的房子。

上回扭过脚，长了教训，不平的地方不敢走了。她多走了几百米，绕到北侧胡同口，直接往胡同里走，就象回自己家那样坦然。米娜认为，不用东瞧西看的，那样反而更容易引起别人的怀疑。只要没做生意，身上又没有物证，就不用怕了。

本来今天马哥不想出去，早晨被琦琦一搅活，不得已出了门。既然出来了，就强打着精神转悠吧。不过，凭着经验，人在精神不好的时候，绝对不要做生意，精力不集中的后果是致命的。

这些日子歇了一段时间，出来透透气也不错，在大街上闲逛，不用干活儿也是一种享受。

看看日头，已是下午了，这个钟点的太阳也是最毒最热的，头到脚都被晒烫了。

转够了，还是回去吧。还好，一直是在往回走，照直往前，钻过桥洞，爬个坡，就看见家了。

前面好象是米娜，她顺着河坡兜过来，已经到了胡同口。她并没有往四处看，她若是往北面扫一下，肯定会看见他的。

马哥到了胡同口，见米娜正要进院，他马上大声的咳嗽了一下。

米娜站在大门口儿，往他这里瞧着，嘴里好象嘀咕了几句，没准在骂他吧。

他故意放慢了脚步，背着手儿，不急不忙的走过来。到了跟前说："你怎么这时候来了？没呼你呀？"

"我用你呼？赶紧的，瞧你迈着个老婆步儿，急死谁。"米娜说。

两个人进了屋，米娜把电扇打开吹风，对着风扇了扇衣服，走到床边刚要躺，看见枕头上有几根女人的头发。

"琦琦早晨就来啦？"米娜问。

马哥笑着说："你鼻子还挺尖，闻见味儿啦？"

米娜指着他说："你给我坦白，她到底来没来？"

"是啊，她到底来了，还是没来啊？"马哥结巴着说。

"不说实话，找打呢？"米娜说着，拿起炕笤帚，过来比划着要打。

"得，我坦白，来了，我没起呢她就来了。"马哥说。

"你们俩干什么了？上床没？"米娜追问。

马哥举手说："绝对没有，她就呆了几分钟，我刷完牙洗完脸，和她一块出的门儿。"

米娜用炕笤帚打了他屁股一下问："亲嘴儿了吧，亲了几下？"

"没亲几下吧？没亲，一下都没亲。"马哥说。

米娜把炕笤帚往床上一扔说："她这是报复我来了。就这点儿智商，跟我玩这小儿科的把戏，我能上你的当？"

马哥有些糊涂，他问："什么小儿科，什么把戏？你怎么知道她来了？"

米娜嘲笑着说："我怎么知道？看看这头发，琦琦的。她今天过来放这几根头发。明摆着就是为了告诉我她来过了，还在床上躺过，还跟你干了，想让我吃醋。可我是谁呀，我是米娜，我能上这当？你想啊，她要跟你干过了，她还敢留证据吗？但是有一点，她既然来报复我，肯定要占点儿便宜的。我今天给你派个任务，以后你见了她就跟她亲，就说是我让你亲她的，让她不用偷着摸着，咱看到底是谁占谁便宜。"

马哥得意的说："这可是你说的，到时候真那样了，你可别拿笤帚疙瘩打我。"

米娜指着他说："瞧给你这孙子美的。我肯定不打你，你亲完她，再跟她说几句情话，挑逗挑逗她。记住了，一定要说的跟真的一样。"

马哥摇摇头说："不明白，你什么意思？"

"我要让她晚上抓挠儿，睡不着觉。"米娜说。

马哥坐在椅子上说："娜娜，你怎么绕这么一个大远儿过来，不累呀？"

米娜躺在床上说："刚才有几辆警车，从那头出去了，不知道出了什么事，就绕这边来了。对了，王哥可能被抓了，刚才就在警车里，我看见了。还有老苑的手下，可能也被抓了。"

"这就是专打不长眼的。这个圈里的人，谁被抓都正常。老苑的手下被抓，他也跑不了。他每天中午都来接这几个人，估计没准被一起捂了。对了，你租得房子老苑不知道吧？"马哥问。

"他不知道，是苏甫给租的。苏甫也没跟老苑说过。"米娜说。

马哥点头说："那就没事，他不知道就好，他要知道，保不其为了立功赎罪，把你给抵出来，那今天就不能回去住了。王哥被抓了，以后就不要再拿手机了，没有销路，手机就是一块砖头，卖不出还是祸害。不过，你还是要小心点儿，包括玲玲，你们给老苑当过专家评委，那几个小孩儿认识你们，所以你们要避避风头儿，能不出来就别出来。"

"知道了，小马哥哥，你不是要去戒烟吗？前几天雷声挺大的，这两天怎么雨点儿小了？"。米娜问。

马哥让米娜把腿回收，自己往后挪下屁股，靠在墙上说："肯定是要去戒的，只是怕受不了那罪，等些日子再说吧。"

米娜把双脚放在他的腿上后问："是钱的问题？我出。"

"不是，不是钱的问题。戒烟，对所有吸烟者都是一件大事，决心好下，做到却很难，除非到了走头无路的时候。"马哥说。

"我知道。人一旦沾上毒品，不到走头无路的时候，是不会主动去戒的。那你认为你现在有路可走吗？因为吸粉儿，两年了你不敢回家，不回家就看不见你儿子。而我呢，和你虽说没领证，事实上也是你媳妇儿，你抛弃了我，我完全可以跟你要生活费，那你是不是就走头无路了？"米娜说。

马哥看了一眼米娜说："生活费肯定给，我要对你负责到底，直到以后你嫁了人，只是每次给你的钱你都给了你儿子了。"

米娜把腿收回，坐起来说："小马哥哥，搬回去住吧，这样我也省得两头跑了。"

马哥摇头说："你和玲玲在一起住，我去不合适，会被说闲话的。"

"谁说闲话？在这里你认识几个人呀？关键是看你心里干净不干净。"米娜说。

马哥叹息着说："你说得是。不过呢，那次都赖我一时冲动，做了对不起玲玲的事，心里老有愧疚感，现在就别往一块凑了。"

米娜不以为然的说："你也别自做多情了，我妹妹眼儿高着呢，她不会喜欢干我们这行的男人的，更不会象我似的，傻呵呵的就认你一个人。"

"娜娜，过几天我就去戒毒所了。我已经去咨询过了，那里条件比我想象的要好。这几天你就不用过来了。我会戒成功的。"马哥说。

米娜惊道："真的，那你刚才说……"

马哥笑道："刚才是逗你玩儿呢，想给你个惊喜。"

"鼓励鼓励你。"米娜探过去亲了他一口后接着说："我一定去送你。等你戒了烟，你就哪儿都可以去了。你要先回家去看儿子，儿子肯定不认识你。"

提起儿子，刺到了伤心处，马哥止不住落下泪来。可不是，孩子送走的时候刚出满月，现在快两岁了，正是跟着父母跑的时候。别人家的孩子，每天有父母陪着玩，讲故事，做游戏。而自己的孩子长这么大，还没叫过爸叫过妈，还不知道父母长什么样，别人一定会说他是野孩子，是石头子儿里蹦出来的。唉，做贼的也是人啊，怎么就过不上人的生活呢？

马哥落泪，米娜更伤心，只是哭了无数次，眼泪已经流干了。孩子是她身上掉下来的肉，是她每天的牵挂。心中的痛没处去说，无人可诉，既使有人打听过，也只是好奇，不会有半点儿同情心。

她爱马哥，只爱他一个人，她相信他们不会永远这样下去，一定能够回归到正常人的生活。她不在乎马哥有艾滋病，她只要自己和儿子有个完整的家。哪怕就是个摆设也好。

她躺在他的腿上，他的泪珠儿砸到了她的睫毛，她闭上眼睛，表情略显凄楚。心虽痛，却又仿佛看到了一丝曙光。

出了院门，就能看见文哥家的大门。米娜没敢抄近儿，绕着以前胡同留下的柏油路，往文哥家走来。

文哥躺在躺椅上，翘着二郎腿，手里拿着一把铁扇子，不停的拍打着胸脯，一副墨镜遮住双眼，也不知道他是醒着呢，还是眯着呢。

米娜没和文哥打招呼，而是直接进院儿，拿出一瓶冰红茶，坐在凳子上，把饮料往桌子上墩，故意弄出声来。

文哥没动窝，只是把扇子合上，翻手腕一敲桌子说"三块，把钱放桌子上。"

"看着呢？还挺会装。我自己拿的自己喝。钱没有。白叫您哥呀。今天您要敢收钱，我以后就管您叫大爷。大爷，冰红茶多钱一瓶呀。老大爷……"米娜叫完了，自己也笑了。

"得……您喝，你最好什么都别叫。你再叫几次，我盖张纸就哭得过儿了。那瓶子盖拧得开吗？"马哥直直腰问。

"哟，手疼了，还真没劲儿，您给开下。人家都把顾客当上帝，您可倒好，上帝来了您还躺着。什么服务态度？"米娜说。

文哥拿过瓶子，把瓶盖拧开，瓶子推给米娜，瓶盖扔到抽屉里。

米娜喝了两口，想把瓶子盖上，见桌子上没有瓶盖就问："您把瓶子盖放哪了，我买这瓶水可是全须儿全尾儿的。"

文哥两手一摊说："你买的是全须儿全尾儿的。那是花钱买，这瓶是送你的，你没花钱不是？也就别想当上帝了。"

　　"您真够精的，是怕我喝不完带走吧？"米娜说。

　　"什么意思？水送你了，喝不喝都是你的了，带走回家喝也没人拦着呀。"文哥认真的说。

　　米娜轻晃了一下瓶子说："瓶子没盖，我怎么拿呀？我看，您是不想让我带走。瓶子是不是还卖钱呢？钱都让您赚了。"

　　文哥调侃道："你是做大买卖的，也知道塑料瓶子能卖钱？不简单。的确，经济学有剩余价值这么一说。饮料你白喝，我也要摊销成本。"

　　"看来我得拜您为师了。水不白喝，瓶子也给您留下，咱家的买卖，一毛钱也不能便宜了别人。"米娜笑着说。

　　"嗯，本来说这瓶水送你了，你偏要给钱，那我就传你一招儿。这个牌子的饮料，现在是有奖销售，打开盖以后，盖里边若有"谢谢"两个字，就没中奖。若是有"再来一瓶"四个字，你就中奖了，拿盖可以换一瓶水。"

　　米娜惊讶道："真的？我说呢，您干嘛把瓶子盖收了呢？不对呀，您开盖的时候也没看盖，怎么就知道里面是"再来一瓶"呀？不行，我得看看瓶子盖。您不能蒙小孩。"

　　文哥往院里一指说："你再去刚才拿饮料的桌子上拿一瓶来，我教你怎么看。"

　　米娜进院拿了一瓶饮料出来，放在桌子上。

　　文哥拿越饮料说："瓶子倒过来，用两只手捂住瓶盖，瓶盖对着阳光或灯光，从瓶底往上看，就能看见字了，你试试。"

　　米娜按文哥说的，拿着饮料瓶对着阳光仔细看，果然看见四个字，隐约象是"再来一瓶。"

　　"文哥，刚才我买那瓶红茶中奖了，领的这瓶又中了，您还得给一瓶。呵呵，我赚了，花一瓶的钱，买三瓶水。"米娜得意的说。

　　文哥挺大方的说："桌子上那十几瓶都是我挑出来的，准备给我儿子喝的，再中奖就拿冰箱里的。"

"您真有厚有薄，儿子是亲生的，儿媳妇就不是呀，儿子白喝，儿媳妇还得花钱？您就不怕老了没人管。"米娜数落着说

"行了，别来这套词了。饮料你随便拿，中一瓶送一瓶。那个什么，你妹妹工作的事有着落了吗？还用我给问么？"马哥问。

米娜马上坐下，把饮料放下，往马哥这边推了一下，笑着说："怎么不用啊，不用您用谁呀？哦，您可别说您不管啊。我们还等米下锅呢。"

"有个街坊是开出租的，他说今天给问问，这两天你听话儿，行就行，不行就拉倒，他说要是有名额就先给报上，招名后要面试，面试一般是问几句简单的英语，如果录取，就要交保证金，你先有个准备。"文哥说。

"谢谢文哥。我请您喝酒。"米娜高兴的说。

文哥一摆手说："办成了，上班挣钱买的酒，我才敢喝。"

"行嘞文哥，一定的。我妹真有眼光，认您当公公了。文哥，您有几个儿子，我也认您当公公吧？"米娜认真的说。

文哥一挥手说："一边儿玩去，别耽误我做生意。"

"瞧您，什么态度，我还想给您当儿媳妇呢。"米娜说。

文哥用手往远处一指说："东边。我就一个儿子，早就有主了。"

"东边，什么意思？保不其过几天您再生一个呢，我先订下。"米娜耍着赖说。

"东边不懂啊？东边一指，玩儿去。"马哥说完也乐了。

米娜站起来说："您东边一指，玩儿去，我脚底下一指，您知什么意思吗？"

文哥摇摇头说："没听说过，什么意思？"

米娜往前探探身子说："我撒泼打滚儿，信吗？"

"得得，我信，您赶紧起驾吧。好么，冲你我也得搬家了。"文哥说。

"这瓶红茶，我请客了。这可是我中奖得来的，不是那样的钱买的。"米娜做了个手夹的动作，迈着蛇步，得意的走了。

文哥看着这瓶饮料自言道："明明是用偷来的钱买的，怎么变成你中

奖得来的了？哦，明白了，这是把黑钱洗白了。"

第一百三十二篇　琦琦发骚　反被骚制

　　琦琦去超市，买了一顶灰色帐蓬，她认为灰色的好，灰色与自然色靠色，不易被人查觉，尤其是在拆过的废墟中，隐蔽性更强。帐逢很不错，份量很轻，收纳也方便，而且收起来以后体积很小，打开后里边比想象的要大，对角儿躺能伸开腿，而且还防蚊蝇，现在只要有床被子，铺的盖的就都有了。

　　天色渐晚，马哥应该在家，自己那个提包里有几件衣服和一床被子，去把提包拿过来，过夜就不发愁了。

　　米娜走了以后，马哥开始整理东西，终于下决心去戒毒了，心里忐忑不安。记得刚开始吸毒的时候，并没觉得有多么恐怖，自然而然的就吸上了，现在去戒毒，应该是天大的好事，反而觉得就象被拉出去枪毙似的，心脏一阵一阵的跳，也可能是激动吧。

　　琦琦推门进来，她叫了一声："亲爱的。"

　　"怎不敲门呀？你以后别瞎叫，你是我弟妹，应该要有些距离才是。今天早上就让你害惨了。你说你，干嘛在枕头上放头发？"马哥假装生着气说。

　　琦琦得意的问："米娜看见啦？我说什么来着，她就是个狐精，她看见那几根头发，准知道是我来了。她是不是吃醋啦？肯定的醋意大发，没摔桌子踢板凳，让你跪挫板儿呀？哈哈……她再精，她也是小儿科，我略施小计，就让她抓耳挠腮吧。小马哥哥，她没问呀，你们都干什么啦，上床啦，脱啦……"

　　"我坦白了，我说我和琦琦什么都没干，就是亲嘴了。"马哥淡定的说。

　　"哈……好，就跟她实话实说，让她吃醋，瞧她昨天跟我这通敲锣边儿。我才不跟她斗呢。你怕什么，我就来什么，我还亲嘴，我气死你。"

琦琦说着，过去搂住马哥脖子，亲了一下又问："米娜吃醋的时候什么样子，好玩吗？"

"好玩，好玩个屁，她知道我跟你亲过嘴以后，你猜怎么着？她非但没生气，还鼓励我见了你以后，必须亲嘴儿，她说我们俩是一家子，我跟你亲嘴是我占便宜了，我占便宜了，也等于她也占便宜了，就是一样我不太喜欢，可是也没办法。"马哥说。

"什么理论，我就不信她不生气。你说有一样不喜欢，不喜欢什么呀？"琦琦问。

马哥很天耐的说："她说了，你们俩是闺蜜，谁跟谁呀，让我见你一遍亲你一回，亲多少回都行，就一样，……"

琦琦急着问："就一样什么？"

"就一样，跟你亲完嘴儿以后，必须用毛巾沾她的尿擦嘴，看，毛巾还没洗，你来之前刚擦完，还没漱口呢。对了，先漱漱口，一会还得跟你亲呢，"马哥说完，把两手一摊，好象是个受气包儿。

他回身拿起一瓶水，喝了一口，咕噜几下，开门喷到外面。

听了马哥的话，琦琦心里直犯恶心，这个狐精，果然鬼计多端，又上当了。这招你都想得出来，借你爷们儿的嘴，往我嘴里灌尿。不行，还真斗不过她，赶紧走吧。

"马哥，那什么，提包我拿走了，电视你帮我卖了吧。那个皮箱里有几件我的衣服，先放这，我拿不走。如果有米娜和玲玲能穿的，喜欢的，让她们随便拿吧。。如果没人要你又嫌碍事，就扔了吧。"琦琦说完，哈腰提起提包欲往外走。

"等等，着什么急呀，既然米娜把我解放了，咱俩就了好好亲热一回，我也豁出去了，喝尿就喝尿。为了你，喝尿算什么，"马哥说着，过去抱住琦琦就亲。

琦琦用提包挡在两人中间说："马哥，那什么，没时间了，我还去找房，找到房以后，我一定让你玩儿个够……"

"那不行，我都喝尿了，亲不着你，我不就亏了吗？"说完，伸手又去搂琦琦。

琦琦拉开门闪了出去说："拜拜吧。"

今天马哥去戒毒所，米娜很早就过来了。玲玲也来了。姐俩帮助马哥把要带的物品整理好，一件一件的码放在旅行包里。按说，马哥去戒毒，应该是很高兴的事，米娜心里却很难受，眼泪围着眼圈转，有一种送郎出行的感觉。不是亲人不落泪，玲玲反而乐嘻嘻，象个送亲的。

"玲玲，我送你姐夫去，你就不用去了。"米娜说。

"我不，我也去。今天是姐夫的好日子，多个人不是更显隆重吗？"玲玲说。

米娜摆手说："那儿不是你去的地方，而且，你一辈子都不要去。你去找文哥，看看文哥给你托的人有信儿没有。"

玲玲点点头。

门外响起喇叭声，车来了。三个人锁上门出了院子，马哥和米娜上了出租车，司机一脚油门儿，汽车出了小区，向市郊驶去。

看着汽车走远了，玲玲的心里忽增了几分失落感，往昔不堪回首，世事难说无情，走了一圈，从起点又回到起点，这就是轮回吧。但愿马哥哥和表姐能够开始新的生活，新的人生。

这个戒毒所，年前的时候来过，那是为了接老前辈钱豹出院。老前辈戒毒成功，给晚辈们做出了表率，所以今天马哥戒毒，也选了这里。

小马哥哥的决定，虽然有些突然，但也在意料之中，他曾经说过，要在三十岁之前戒毒，这一点让米娜坚信不移。

站在戒毒所的大门前，米娜情绪波动很大，她知道，未来几天，一定是马哥哥最难熬，最痛苦的日子，不知道他能不能挺过去。人生苦短，谁不想过好日子，过了今天，才会有明天，明天到底什么样，只有眼泪知道。

悲伤，痛苦，兴奋，幸福，团聚和分别，人都会流泪。悲喜交加中又包杂着很多不确定的东西，把心搁肚子里，真的很难做到。眼泪控制不住，话就不说了，用心传递，他会感应到的。

见米娜呆呆的落泪，马哥主动抱了她，在她脸上亲吻了一下，自她怀孕以来，这是他第一次主动拥抱亲吻她，就象是初恋时的那种感觉。

"小马哥哥，等你出院以后，我要和你结婚。"米娜说完，用充满期待的眼神凝视着他。

马哥鼻子酸了一下，没说话，连续的点了几下头后，转身向戒毒所院里走去。

米娜看着他的背影，心里暗祝道："小马哥哥，加油儿。"

一边走路，一边踢着石子儿，玲玲觉得很无聊儿。这段时间，基本都是呆在家里看广告，打电话联系工作，或者出去面视，每次的结果都是失望。用人单位拒绝她的说法也是五花八门儿，甚至女孩子年轻漂亮都成了不被录用的理由儿。

没办法，如果还存有最后一点希望的话，就是文叔儿了。不过，这事也别实指着，毕竟文叔也是求别人。

扫街，洒水，喷药，是文哥每天早起必做的事，干完这几样，就是往桌上摆商品。反正就是那些个东西，摆不摆的顾客也知道，过来就要，只是有些人是急茬儿，总是跟赶刀儿似的，一秒钟都不愿耽搁。

烟，打火机，棒棒糖和刀片，是必须要摆的。刀片儿这几天卖得少了，刀片儿卖的少了，就证明做贼的少了，做贼的少了，说明有些是被抓了。如果有一天，这世面儿上没有贼了，就是不赚钱，自己觉着也是欣慰的。

"文叔儿早！瞧您，真勤快，这一早上得干多少活呀。"玲玲的嘴现在也什么都不憷了。

"玲玲姑娘，这么早就上工了，怎没见你姐。"文哥问。

玲玲笑道："上什么工？早辞职了，这不是现在讲究跳槽儿吗。我姐呀？我姐陪小马哥哥去戒毒所了。文叔，我姐说，小马哥哥去戒毒，都是您的功劳，说要请您喝酒呢。"

文哥纳闷儿的问："我的功劳，有我什么事呀？"

“是您劝他戒毒啊，小马哥哥挺信您的。我也是，我表姐也是。”玲玲说。

“我平时也就是唠叨几句，一切全凭个人的定力。你要愣说我说的话管了点儿用，那也算积了点儿德吧。”文哥说。

“那等我转形成功，脱离苦海了，也算是您的功劳，这个功劳能上玉皇大帝的功德薄了。”玲玲懂得还挺多。

文哥进院，搬两把椅子出来，玲玲赶忙接过一把。

文哥坐下说：“玲玲姑娘，你的事，昨天晚上我给你问了，希望不太大。这次他们公司招的主要是夜班司机，夜班司机不招未婚的女青年，而且你没有暂住证儿，这对你很不利。我觉得应该马上办张暂住证，将来找工作是必须要用的。”

“谢谢文叔儿。我来了快两年了，没人跟我说过暂住证的事，我们也不会办呀。”玲玲为难的说。

文哥告诉玲玲说：“找你们房东，拿着户口本，去街道办事大厅办理就行了，很好办。然后我这里在给你打听着。你就想干出租啊？别的呢，比如餐馆服务员，超市售货员？”

玲玲摇着头说：“文叔儿，我觉得我要转行就要转彻底，不能做从手里过钱的工作，您说呢？”

文哥赞同的说：“有道理，看来你是个有想法的女孩儿，我相信你。”

玲玲站起来说：“谢谢文叔儿，那我先回去了。”

“回去吧，记住抓紧时间办暂住证。”文哥说。

“记住了，文叔儿再见。”

看着玲玲的背影，文哥摇了摇头，帮不上忙，只能落声“嗨”。一个外地的女孩，入了旁门左道儿，当她省悟想要自拔的时候，这得需要多大的勇气呀。女孩子难，外地的女孩子更难。象玲玲这样做过扒手的女孩，谁又敢实打实的帮她？没有人愿意给自己找麻烦。

不过，按理说呢，一个掉进水里的人，在往上爬的时候，路过的人都

应该伸把手儿拉一下儿。所谓举手之劳，反映的是人之初的本性，她周围有很多善良的人帮助她，她也会变得善良了，

一辆很旧的桑塔纳轿车，从文哥家西面墙角处拐出来，速度很慢的来到文哥门前，一脚刹车停下了。

开车的是个中年妇女，个头不高，按她的身材，摸着方向盘时，估计看不见前面的机箱盖。真敢往出开。

"文弟，怎么做上买卖了？这不是大材小用了吗？"女司机下车就打招呼。

"哟，四姐，怎么着，鸟儿枪换炮了。家里还有古董呢？嗯，这辆车的包浆自然，老气儿实足，牛毛纹也不是做的，老的。你怎么着，这些日子尽扎猛子了，也不出来冒冒泡儿？"文哥调侃说。

四姐笑着说："这些天天天去驾校，学车呢。这不是，一个朋友听说我学车，非要送我辆车，说让我练手儿用。没办法，只能给点钱买过来了。但是呢，买了就后悔了，你姐海拔不够，坐的车里看不见前面的地面儿。可不开又不行，朋友说一个月之内出问题保修，不开怎么知道机器是好是坏呀。"

"是，车怕搁着。你可以找个司机呀。你没驾照，出了事就全责。"文哥说。

四姐摊手说："待业下岗没收入，就只着点儿房租，又没退休，哪顾得起人呀。"

"你还自称是材女，脑子这点儿弯儿都转不过来？你可以以车养人呀，几个月的事，你还考不下本儿来？"文哥说。

四姐琢磨半天，还是不明白，摇摇脑袋。

"我可以帮你找个人，不用给工钱，给点饭钱就行，你什么时候用车，什么时候就出车，不用的时候，车让他开着玩，而且他开着玩他加油，我想这样的话，一个月有一千块钱就够了。过渡期，仨瓜俩枣的事。"文哥说。

"哪有那好事？现在雇个司机三千块钱呢，还得管吃管住。"四姐说。

"你瞧，不信不是，我给你找一个，是个女孩，技术还不错，给她一千块钱饭钱，就等于雇个专职司机，当然，短期的，时间长了人家也不干。你看呢？"文哥问。

四姐点头同意说："那好，她要是嫌少，再多给点儿也行。就一样，女孩子一定是文静点儿的，可不要那太骚的。"

文哥一撇嘴说："哟……骚她能骚过你去，我还怕你给人家孩子带出溜儿了呢。"

四姐指着文哥说："放肆，大胆，怎么跟姐说话呢？哎，呆会在你这喝酒，准备俩菜，我把车挪回去就过来。"

"算了吧，不敢跟你喝。你的酒量我知道，不喝合适，沾酒就多。多了也不怕，回家睡觉也就是了。您可好，回回喝完了都撒泼打滚抠屁眼儿，坦胸露肚儿脱裤衩，您老太太跟我说好几回了，不让跟你喝酒。"文哥说。

"瞎说，我妈怎么知道我喝酒？"四姐不信。

"大妈当过侦缉队，早查你个底掉了。"文哥说。

四姐不奈烦的说："不喝就不喝吧，把我妈搬出来干嘛。唉，你说那司机让她赶紧过来。"

四姐上车，打着火儿挂档，汽车慢慢的蹿着往前走，右拐后左拐就到家了，也就一百米。她家的房子四周也都拆完了。

第一百三十三篇 马哥戒毒 玲玲摸车

从戒毒所回来,米娜心里空落落的。跟文哥打了个招呼,就进了小屋,躺在床上。二十出头的年纪,正是风华正茂的时候,她所承担的压力,是生活在大都市的女孩子根本就不会 '有的。

戒毒所,以前连听都没听说过。老前辈钱豹戒毒的时候,她才知道还有戒毒所这么一个机构,当时的肚子里就觉得肝儿颤。没想到的是,一个地方,已经来过两次了。若接人还好,送人的滋味儿就让人很不舒服。

"米姑娘,你出来下,我跟你说点事。"文哥在外面叫。

米娜抠了抠眼角儿,挫了挫脸,笑着开门出来问:"文哥,什么事呀？"

"坐下,你个太高,跟你说话还得抬着头儿。早晨你妹妹来了,我跟她说了,我街坊那个公司招的是夜班司机,不招女的,所以很报歉,没能帮上忙。"文哥说。

米娜坐下说:"没事文哥,让您费心了。以后您多给打听着点儿就行了,不是着急的事。"

"有个事,跟你说一下,你回去跟你妹妹商量商量,我有一个街坊,买了一辆旧车,她没有驾照,正在学。我是这么想的,让你妹妹给她当司机。不开工资,一个月给一千块钱饭费,她有事的时候,你就拉着她玩儿,她没事的时候,你就拿她的车练手儿白使车。我觉得这是挺好的一件事,闲着也是闲着。"

米娜兴奋的说:"太好了,我刚才还琢磨呢,万一没有公司录用,那可怎么办呢？她在家里都憋了一个月了,我还得天天儿看着她。您说我容易吗我？文哥,您就是我的亲哥,不,我也给您当儿媳妇吧,当然是排队的,排第几个您给发号。我明天让她过来。谢谢文哥。"

"有一点,告诉你妹妹,穿朴素点儿,别把东家盖过去。"文哥说。

米娜朝文哥撅了一下嘴唇,做个亲的动作,快步走了。

世间万物,皆有根源,但又不是一成不变的,机缘巧合,或良心发现,都有可能改变命运。当自己努力之后，并没有达到预期的效果时，倘若你放弃了，认命了，你就可能又走上老路，返回到从前。

论年龄计，玲玲还是个小姑娘，虽然在泥潭里陷得不算太深，想出来却是很难的。在没有外来助力的情况下，只能靠自己往上爬了。

足足的闷了一个月，东跑的颠的又四处碰壁，任谁也受不了了。她不象出生在城市里的那些同龄女孩儿，有父母可以依靠，可以啃老，而玲玲呢，牙口再好，她啃谁去？

玲玲主动上进，文哥被感动了，帮一把也是应该的。都是人，看着她上不来，不伸手就不是人了。而这一伸手，就有可能改变她一生的命运，也算是造了一级浮屠吧。

自从那天从马哥家出来，琦琦和骑小摩托的粉儿姐接上了头，买烟儿的问题解决了。接下来就是晚上住宿了，有了小帐篷，基本上不用太担心，只是离粉儿姐住的地方不能太远。

吸粉儿的人就是这样，有时候突然烟瘾上来了，手头上又没货，天上下刀子也得去买。现在大多数做拿手的人，可不光是为了吃肉了，吸粉儿才是最要紧的。

琦琦提着提包，从碎砖堆上往河边走，看见砖缝里有根绳，就放下提包，双手用力拔了出来，比划一下，有两三米长，觉着挺结实。

她到了河边，往南走二百多米，就是公路桥。她往坡下走，到了桥下面以后，用绳子拴住提包带，靠近桥墩，牵住绳子一头，把提包往桥下平台上一扔，力量用的正好，提包稳稳的落在台上。

缓口气后，她扒着石缝，蹿上了平台。坐稳后，把提包摆好。开始仔细查看桥下的环境。现在这里是家了，越熟悉越好啊。

现在是白天，外面比桥下亮，眼睛一时适应不了，所以看不清，她闭了会儿眼睛后，睁开再看，终于看仔细了。

桥墩是直的，为了和整个河道保持一致，所以又砌了一个斜坡，斜坡上留了一个平台，有约七八十厘米宽，为了防止有人在此玩耍，就存两边砌了墙。

琦琦把提包放在身体左侧的墙角处，这里背风，多大的风都刮不跑，外面的人也看不见，真是个好地方。

她抬头往上看，见桥墩的壁上有两排突出的钢筋，好象带钩，她伸手摸了摸，觉得可以利用。

"嗯，等没地方去的时候，就在这睡，拉根绳子拴腰上，就不会滚到河里去。嘿，这桥设计得不错。"

琦琦吸了烟儿，把注射器扔到河里，背上装有帐篷的包，扶着墙，一垫步就蹦了出来。她站稳后上岸，顺河往北，来到文哥家的北面。这里视野开扩，是个观察的好地方。由于在这里过夜的人都集中在文哥家前面，后面就显得很辟静，一般没人过来。她决定，今天就在这里过夜了。

文哥家后面的房基本都拆了，只有东北方向还立着一间没拆，孤零零的立在那里。因为这是排子房，两边一拆，剩下这间就变得豁牙露齿，很破的样子。

这是一间公房，房主是一位六十多岁的老人，多年前因为倒纸挣了不少钱。有一天下大雨，房漏了，把盛钱的纸箱子浸了，里面的钱也湿了粘在一起，他把钱用线穿起来晾晒，一串一串的，所以得了雅号，人称老钱串子。

老钱串子大爷做了一件事，是街坊经常调侃的话题。他住的是一间十几平米的公房，却还找了两个外地女人做房客。两个女人岁数都不大，一个三十八九，一个四十出头。她们白天去打工，晚上回来睡觉。不过，她们租房子不用交房租，因为只有一间房，一张床，两个女只能和老钱串子睡在一张床上，不交房租也说得过去，后来，街坊们拿两个女人逗闷子，女人也不在呼，直接叫老钱串子干爹了，时间一长，习惯成身然了，居然过得还挺好。

不过，最近这两个租房的外地女人，也开始吸粉儿了。打工的能挣多少钱？干爹钱串子有，不花白不花。

琦琦知道这间房子里有两个吸粉儿的女人，所以也不用防着了，直接走到文哥家房后选址。

拆下来的房土，离文哥家的后墙有大约一米的距离，堆了一米多高，渣土上盖着遮阳网。

琦琦下到平地上，用脚扒拉，找到一处老房子的水泥地面，用眼一量，估计简单整理一下，支帐蓬没问题，只是表面上别有石子儿，不然会硌屁股硌腰。

清理出来地面，把帐蓬打开，帐蓬是带弹性的，很容易就支好了。这个位置不错，风肯定吹不着，就是担心下大雨。不过，今晚不会有雨，明天早上加工一下，把地上码一层砖，下雨也就没事了。

充气枕很好使，几口气就吹鼓了，躺下试了试，真不错。帐篷顶部有一尺见方是透明的，晚上还可以看星星，十多年没看过星星了，还是很期待的。

她走出帐篷，上了土堆，在距帐篷三十米处转了一圈，仔细观察，还真看不出痕迹来。嘿，他妈的，什么叫聪明啊？那帮大傻播依，用塑料布搭棚子，搭了拆，拆了搭，跟城管逗咳嗽，你斗得过城管？

天黑了，觉得口渴，也有点饿。她转到文哥门前，跟文哥打招呼。

"哥，我回来了。"琦琦坐桌子一侧的椅子上。

文哥有些惊讶的问："琦姑娘，你出来啦？在里面儿呆了几天呀？"

"哪儿和那儿呀，什么在里面儿呆了几天呀？在哪里边呀？您盼着我进去呀？亏您还是我哥呢。我回家住了几天，我妈想我了，不行啊？您准又是听那帮孙子胡说的。"琦琦假装生气的说。

文哥笑着说："可能是听岔了，有人说那天抓人的时候，有警察追你，你跑不动了，被便衣抓走了，而且这几天你确实没露面儿。回来就好，昨天还有人打听你呢。"

"什么人打听我。"琦琦问。

"一个女的，不认识。她就是问我听没听说过，在咱这小区有一个人称摩托大王的女人，我说没听说。"马哥说。

"后来呢？"琦琦问。

文哥一摇头说："没后来呀。她走了，去问别人了。"

琦琦有些惊慌的说："没准是便衣。哥，您给我拿盒都宝儿，一瓶矿泉水，一块巧克力，两根腊。我得赶紧走，这是有人把我抵了。"

她把几件东西抓在手里说："哥，我赶紧走了，您先记上账。"说完，急急忙忙的走了。

文哥无奈的摇着头自语道："还不如不告诉她呢，这倒好，赊账了。"

琦琦没敢回帐蓬，而是直接出了小区，过了马路后，回过身来仔佃看，没人跟着她，这才放心了。

她坐在铁艺护栏下的砖台上，开始喝水吃巧克力，眼睛紧盯着小区出口。

吃完喝完，心里逐渐踏实了。认真分析一下，感觉是过于敏感了。不过，也算是提个醒吧。

最近这段时间，白天最好不过来了，以后买粉儿，把粉儿姐约出来，不管真假，都要避避风。

晚上睡觉倒容易，找个地儿就行，反正有帐篷，支上就躺，醒了就叠。夏天天热，有不少人在马路上睡，不碍行人走路就行。

细想起来，凭家庭条件，根本就不用这样辛苦，全是因为吸毒，弄得有家难回，流落街头。

现在不用租房了，省下不少钱，手头上这两千多块钱能花些日子，顶二十天不会有问题，就踏踏实实的等着苏甫了。

这苏甫也是，是死是活也没个信，电话也打不通。还有刘秘书，也不是个东西，放点儿钱就不露面儿了。合着钱豹都能养，就不能把我也收了？还有苏甫他妈，讲不讲良心呢？没有我，你能找到你儿子？我是吸毒，没你儿子，我能吸毒吗？哎……

估计有九点了，文哥家房后这片区域的路灯都憋了，远看是黑糊糊的一片，很瘆得慌。

　　嗯，这钟点安全了，本姑娘也该下榻了。睡个好觉，明天去逛街。

第一百三十四篇 表妹背贯口 表姐乐呵呵

米娜回到家里，饭已经做好了。洗完手坐下，开了听啤酒，她深喝了一口，打了个嗝，放出胃里的气，觉得很舒服很痛快。

玲玲很闷，不象往常那么活跃，低着头吃饭。

"玲玲，你怎么象似让霜打了，还是被什么勾了魂儿了？不喝口啤酒啊？"米娜问。

"谁能勾我魂儿呀？今天不想喝酒，又沒什么高兴的事。"玲玲说。

米娜笑着说："是不是你公公说的那个事没成，你不高兴了？找工作本来就不是件容易的事，而且你公公也没说以后就不管了，时间长着呢。"

玲玲用筷子一戳桌子说："姐，你别张嘴你公公闭嘴你公公的，你文哥我文叔儿好不好？我也没想着今天跟人说了，明天就上班啊。"

"是，是我文哥你文叔儿。就是我文哥你文叔儿说了，先给你找辆车练手儿，让你开着玩儿。"米娜说完，又喝了一口酒。

玲玲不当回事的说："哪有那好事，谁家的车白让我开呀？"

"你以为这公公公公的白让你叫啊？你公公就给你找了一辆车，白让你开。"米娜说。

玲玲摇着头说："我不信，没听说文叔儿有车呀？"

米娜晃着啤酒罐说："你文叔儿有个街坊，买了一辆旧车，可是她没车本儿，那车呢又不能搁着，所以得找个司机开，她说她要有事出门儿，你就给她当司机，她要没事的时候，车让你随便开。这算不算好事呀？"

"这么好的好事？听着不敢相信。"玲玲说。

"是呀，开始我也不信，可是呢，当公公的肯定不敢跟儿媳妇儿，当然是排队的，开玩笑吧？"米娜说。

玲玲兴奋的问："这么说我有车开了？"

米娜也高兴的说："文哥还说了，那个车主还给一千块钱的饭钱呢。你说算不算好事呀？"

"真的。哟姐，我得喝一杯，还给钱？不给钱我都干。"玲玲乐着说。

米娜高兴的说："今天喝个够，从明天开始，你就不许喝酒了。记住，开车不喝酒。"

"我以前喝酒，还不是因为烦，我要是开上车了，还烦什么？"玲玲说。

米娜叹口气说："还是你有先见之明学了车，早知道我也去学了。"

"幸亏你没学车本，要不然有车就得你先开了？"玲玲说。

米娜指玲玲说："你个小没良心的，姐我什么时有好事不是紧着你呀？"

玲玲得意的说："谁让我小呢，你是姐，当然得让着我了。我还不领情儿。不过呢，等我开了车，我要拉着姐可着四九城转一圈。咱们呢，从六里桥儿出发，过六里桥儿立交桥，莲花池，马连道北口儿，湾子，甘石桥儿，达官营儿，手帕口儿，关厢，广安门桥，报国寺，牛街，教子胡同儿，菜市口儿，骡马市，虎坊桥儿，永安路，天桥儿，金鱼池，天坛北门儿，红桥儿，天坛东……"

"呵呵呵，让你说相声呢，别开车了，去找郭德纲拜师去吧，准能当名星。甭说，你的地理图背得真挺好的，姐都忌妒了。"米娜说。

玲玲喝干一听啤酒，抹下嘴说："姐，等我开上车，咱是不是请请文叔儿呀？"

米娜考虑一下说："按说是。文哥呢，啊，是你文叔儿，知道咱们是做贼的，您们不但不嫌弃咱们，还帮咱，对你来说，这就是再生父母吧。但是文哥是不会和我们坐在一起吃饭的，我们挣的钱不干净。"

"我知道，但我有办法请动文叔儿。"玲玲说。

米娜斜了一眼表妹说："你？你在文哥眼里就是个小屁孩儿，我都请不动，就你这个排队都不知道排第几个的准儿媳妇？稍稍吧。"

"瞧不起人，谁是小屁孩儿，小屁孩怎么了？不是有句名言吗？屎尿虽大无斤两，枰砣虽小压千斤，就说我不是大枰砣，也是个小枰砣吧？小枰砣也能压个百八十斤的呢。而且呀，我这个小屁孩儿，坐在车里就能把车开跑了，姐你是大，你站着能把车推走吗？"玲玲得意的说。

米娜用筷子敲了一下玲玲脑袋说："怎么比喻呢？你是枰砣，姐是屎呀？姐要是屎，拉你碗里，让你拌饭吃。"

玲玲不在乎的说："拉呀，你拉呀，拉了我就吃。哈……姐，你说这人要高兴啊，屎都变香了，一点儿都不觉得恶心。"

"行了，别贫了，把酒干了吃饭，吃完了我刷碗。你找身旧衣服明天穿。文哥说了，让你穿得补素点儿。我觉得也是，别把自己打扮的跟北京大妞儿是的，让阿姨觉得你有点土就更好了。据说阿姨挺能说的，但是你要把嘴缝上点儿，谁都喜欢老实的。"

"知道啦。你比阿姨还贫。记着点儿，刷完了碗，把水控干了，别直接就收。"玲玲放下筷子，起身去拽皮箱找衣服了。

米娜吃完饭，把碗碟摞在一起，端到厨房去了。

心里惦记事，哪儿睡得着啊，幸亏夏天亮得早，爬起来又没的干。玲玲在屋里转悠一溜够，也还不到七点。

昨天找了几件衣服，没有太旧的，都是出来以后买的。不过这一翻腾，玲玲才知道自己的个头儿长了不少，足有五厘米，快追上表姐了。

家里带出来的衣服实在不能穿了，太短了。

米娜只穿着一条内裤，从她屋里出来说："你瞧你，心里搁不住事，大清早儿的在屋里推磨拉碾子，你不睡，姐也别睡了。"

玲玲不服气的说："姐，我现在是司机，握方向盘的，有碾子也该你拉。"

"嗨，我要是驴，就撩蹶子踢你。"米娜说。

"姐，我找了几件衣服，还是来的时候带来的，可是都小了，穿不了了。你把你穿剩下的给我找一件吧。"玲玲说。

米娜看了一眼说："是，这半年你是开始蹿秧子了，个头儿追上姐了。姐也没什么太旧的，不过呢，我昨天找了一身儿，在屋里呢，你穿上对付一天。"

玲玲进表姐屋，一会穿上一身衣服出来，衣服很绉，全是褶子。

表姐告诉玲玲：“这是昨天用水喷了，然后压了一宿，全是褶子。还行，你穿上象个怯丫头了。”

玲玲自嘲的说：“别人家的女孩子都往俏了扮，我这可倒好，整个一大傻丫头，越傻越不赚傻。还给人文叔儿当儿媳妇呢？排队资格都没有了。”

“没办法，人家不是找秘书，是找司机，人看你长的实诚，才敢把车交给你呢。来，姐给你梳俩辫子。”米娜说。

早晨八点多钟，又一天开始了，而文哥已经忙过一阵儿了，刚要坐下歇会，四姐就过来了。

“兄弟，小买卖儿还行啊？我这些日子没回来，拆了不少了。”四姐说。

“可不是，你那儿要是拆了，我就能看见东边河坡了。”文哥指着东面说。

四姐坐下，掏出烟，抽出一支点燃说：“我那车买的值吗？玩两年没问题吧？”

文哥也坐下说：“还行吧，刚才我看了看，就是漆皮儿显旧，别的就是轮胎，换了有三年，再开几年没问题，还有一点就是保险，刚上的和快到期的还是有区别的。”

“我也是刚看了看，保险还有一个月就到期了。这保险是不是必须得上啊？”四姐问。

“当然了。不上保险逮住要罚钱的，而且出了事全得自己赔，弄不好要倾家荡产。所以你买的这车不贵，养着可一点儿都不便宜，你觉着搁着不开省油钱，但是轮胎容易坏，电路容易老化，电瓶也会报废。而且，这辆车还真不适合你开。”文哥说。

四姐抓了抓脑袋说：“是，我这海拔不够，坐里边还得抬着屁股，坐下看不见前面，脚也够不着离合，看来就是有本也开不了。”

文哥顿了一下说：“要开就得改装，把离合，脚刹，油门都加长，座子加高，你就能开了。不过，跟据自身条件，将来还是买辆自动档的小型车玩儿吧。"

四姐认同道："我也是这么想的。哎，给我找的司机有戏吗？"

文哥往胡同口一指说"有戏，这不是来了。"

米娜和玲玲走了过来。文哥看见玲玲穿的衣服绉绉巴巴的，觉得挺可笑的。

"文哥。""文叔。""阿姨。"米娜和玲玲同时叫。

文哥指着玲玲说："她叫玲玲，小孩子，没别的爱好，就是喜欢开车。技术没问题。"

四姐点头说："小姑娘长得挺漂亮的，就是打拌的怯。没事，我给你二百块钱，买身衣服当工作服。"

"谢谢阿姨。"玲玲鞠个躬说。

文哥指着玲玲说："玲玲，以后不许叫阿姨。这是我四姐，你得叫四大姑。"

玲玲赶紧改嘴叫："四大姑。"

四姐不住的点头说："小姑娘挺机灵，我喜欢，给你钥匙，你去把车开过来。我门口没法调头，你往前开，绕一圈过来。"

玲玲接过钥匙，走到四大姑家门前，前后看了一下，认为可以倒过去，就是拐俩弯有些难度，不过，这也是露一手的好机会，毕竟倒车入库还是练得挺瓷实的。

她开车门坐了进去，看了一下，没问题，在驾校开的就是这种车。她打着火，踩离合挂了倒档，加油打轮，左一把轮儿，再右一把轮儿，两个弯儿都是一把轮，然后直给一脚油儿，倒至文哥家门口停下。文哥都叫了一声"好"。

开车和其它行业一样，既需要技术，又是熟练工种，人只要走脑子，其实并不难，不过，也要看自身条件，象四姐，先天就不足，既使考下本来，也是摆式。

　　玲玲从车上下来，心里很得意，但装得挺谦虚。用眼神儿看了文哥和四大姑，还露出丝许怯意。

　　"不错，比我强多了。今天我住这儿不走了。你把车开走吧。记住了，三天必须着一回车。不过呢，明天上午你过来一下，拉着我兜一圈。天安门知道怎么走吗？"四姐问。

　　玲玲稍想一下说："去天安门可以走几个方向，顺时针逆时针都能到。逆时针走，我们从家里出发，经甘石桥儿，达关营儿，手帕口儿，关厢，北线阁儿，白广路，牛街，教子胡同，菜市口儿，骡马市，虎坊桥儿，板章路，珠市口儿，过街楼儿，瓷器口儿，花市，崇文门，上长安街往西，过新桥儿饭店，北京饭店，正义路北，就到天安门了。如果走顺时针呢，是从咱家往北，走会城门儿上长安街，经木樨地，长安商场，复兴门，民族宫……"

　　"行了姑娘，咱走逆时针，现在人都讲究逆生长。这辆车呀，每个月我给你报一箱油钱，平时我也没什么事，有时候就是跟朋友出去喝顿儿酒，但是一般都走不远。喝完酒呢，我要走不稳，你就把我给送家去。你放心，我就是喝多了，我抽我自个儿，不会跟你发脾气的。我租的房子是一居室，有电梯，不会太累的。"四姐说。

　　"没事儿，四大姑，您就是我亲姑，你放心吧。"玲玲挺会来事的。

　　四姐站起来说："这孩子，还真懂事。行了，我回家等拆迁办。他们今天要找我谈。兄弟，酒就不喝了。你说咱俩，又是发小，还是青梅竹马，坐块喝顿酒的机会都没有。等搬完家，搬完了好好聚聚。"

　　四姐站起来回去了。

　　见四姐走了，文哥告诉玲玲："这个四大姑啊，为人挺豪爽的，就是跟她喝酒的基本上都是男的，回回都把她灌醉了，所以你可不能往上凑，她喝酒的时候你就躲远点儿，不用你送你也别张啰。再有就是呢，她是单身，别打听她的事。"

　　米娜坐在四姐刚坐过的椅子上问："文哥，您刚才吓我一跳，不让管阿姨叫阿姨，我还以为犯了什么忌了呢？"

文哥笑了笑说："老北京人是不许叫阿姨的。阿姨是什么，阿姨是看孩子的，是保姆，是老妈子。四大姑呢，是从我这论的。她比我大，所以叫大姑，但是她在她们家排第四，所以叫她四大姑。如果她比我小，你就不用加大加小了，直接叫四姑就行了。这样称呼，排行辈分一目了然，而且显着亲近。"

"还真是。文哥，这事让您费心了。您能不能给您儿媳妇儿个面子。让玲玲请您喝酒。"米娜问。

"米姑娘，只要玲玲开始走逆时针，不再走老路了，不喝酒也算请我了。"文哥说。

玲玲靠在桌子上看着车说："文叔儿，有什么办法让这年的漆显着新一点儿啊？"

"有啊，有做汽车美容的。可以重新抛一下，也可以全车喷漆，不过呢，这辆车车型太老，又不是你的一车，大整就不值当的了。不过，我可以教你一个省钱省事的办法，能立杆见影。你等着。"文哥说完，进院去了。

不一会儿，文哥拿着块布和一个牙膏袋似的东西出来，走到汽车前，把袋里红色的膏状物挤到机器盖上一点儿说："先把车上的土擦干净，然后挤上一点，用布涂抹开，稍晾一会。我再去拿块布。"

文哥回院里，拿出来一条秋裤，一边演示一边说："用一块干布在这上面抛光，所谓抛光，就是快擦，几下就亮了。"说着，快速的擦了几下，涂抹过膏状物的地方果然很亮。

"啊，神了嘿，都能照见人儿了，苍蝇落上都得劈叉。文哥，什么秘密武器呀？我买啦。您出个价？"米娜惊讶的说。

"不卖，家里外头就这一袋儿，给了你我还得买去。"文哥说完，回到桌子前坐下。

米娜跟过来说："文哥，那么小器，回头我给您买两袋儿。您先让我用吧，我妹可是您排队的儿……"

　　"得……我儿子也快让你带坏了。给你，可是给玲玲的。"文哥说着，把手上的东西扔在桌上。

第一百三十五篇 姐妹兴奋 马哥奔丧

米娜抓在手里，跑到车前说："玲玲，要来了，给你。"

"红鞋油儿？"玲玲接过看了一眼说。

米娜也看了一眼，回头对文哥说："您可够抠儿的，就半袋鞋油还拿搪啊，将来您儿媳妇准跟您上不来。"

"先用小块布往车上涂擦，晾一会，再用大块布抛光。"文哥说完，回院里洗手，并端出来一盆水，放在桌子上。

米娜和玲玲两个人动手，很快就把有车漆的地方涂上鞋油了。她们过来，在盆里洗了手，用餐巾擦干。

"干这活儿还用您教？擦皮鞋谁不会呀。我发现呀，文哥，您还真有点儿稀的，一般人想不到"米娜说。

文哥笑着说："一般人也不用想，买车腊就行了。鞋油呢，就是很容易买，黑车用黑的，红车用红，白鞋油可以通用。这一袋鞋油能用两三次，经济实惠。"

玲玲开始给车抛光，她很卖力气，机箱盖擦得还真亮。

"玲玲歇会儿，你一会儿还开车呢。这糙活儿姐来干。"米娜走过去，拿起旧秋裤使劲擦了起来。不大功夫，全车都亮了。

"以后多擦几回，效果还能好一些，这条裤子别扔，扔了还得找。下回再擦的时候，戴双胶皮手套。"文哥说。

米娜很兴奋的说："玲玲。明天四大姑去天安门，姐怕你不认道儿，今天先带你熟悉一下路线？"

玲玲也附和着说："我也是这么想的，不过开车不是坐公交，你也没开车去过，怎么带道儿？"

米娜反驳道："没去过不见得不认识。"

"行，你带路，我开车。"玲玲说。

"那就走着。不过，咱得先回家一趟。"米娜说。

玲玲不解的问："回家，干嘛？"

米娜认真的说："不得换件衣服啊？"

"换什么衣服啊，让谁看啊？"玲玲问。

米娜笑着说："看你这身打扮儿，整个一个乡巴佬儿进城，咱啊，虽说给城市增不了光，但是也得添点儿彩儿呀？回去换衣服。"

玲玲过去拉开车门，坐进去打火，车子发动了。

米娜走进院里，从冰箱里拿了两瓶饮料，出来跟文哥说："文哥哥，一块去呀？"

文哥一挥手说："麻利儿的，去晚了天安门该关门儿了。"

米娜惊问："天安门还关门儿呢？"

"关呀，你想啊，我的小卖部还关门儿呢，天安门还能老开着？十一点半关门，关了门儿就不让过了。"文哥戏耍米娜。

"哟，坏了，玲玲可能不知道，还真得抓紧，可别白跑一趟。"米娜说着，紧走几步，拉门上车，对玲玲说："快开车。"

"你还急茬儿的，开车最忌讳的就是着急。宁停三分，不抢一秒。"玲玲挂档，松手刹，开始向前滑行。

米娜着急的说："文哥说天安门十一点半关门，到点儿就不让过了。"

玲玲哈哈大笑说："你文哥拿你开涮呢，去天安门，就是开着车在天安门广场转一圈，看天安门，人民大会堂，正阳门和历史博物馆，不是进天安门，进天安门是参观故宫，故宫中午也不关门儿，而且关不关门，也不让汽车进去。这么看啊姐，你才真是个乡巴佬儿呢。"

"哼，你这个文叔儿，真不是……保不其天天喝豆汁儿，一肚子坏水儿。"米娜说。

玲玲拱着火儿说："你文哥啊，也真是的，专门欺负小孩儿。"

"去一边儿去。"米娜说。

"行啊，你会开呀？"玲玲得意的说。

马哥在戒毒所里，打针，吃药，输液，做锻炼，最难熬的那段时间终于过去了，现在每天只需服药就行了。

但凡吸粉儿的人，对戒毒都有抗拒性，这也是戒毒不成功的原因。象马哥这种主动要戒毒的人，配合药物治疗，戒掉也不是难事，但是戒了以后不复吸，才算是彻底戒了。

今天，马哥的精神好了许多，闲得没事，他拿出手机，打开后盖后取出电话卡，又装上另一张卡，翻着看里面的信息，其中有一条短信呼了他两次，好象有急事，就按着电话号码打了过去。

"喂，你哪位？我师父的侄子？啊，什么事？邓老师，邓老师怎么了？哦，这样，知道了，我现在正在医院住院，过一两天我给你回话，好的……"

来电话的是师父的侄子，他说大师姑邓老师前年回到山里住，一直由他给大师姑送给养，每两个月送一次，上个月的月中应该去送，可是没接到邓老师的电话，现在过了快一个多月了，考虑到老人家已经六十岁了，又住在山里，估计凶多吉少了。家叔在世时嘱咐过，邓老师若有不测，要通知马哥一声。

马哥撂下电话，刚才的好心情已荡然全无了。大师姑上了年纪，又一个人住在山里，确实不叫个事。听师父说过，大师姑不到三十岁的时候，就金盆洗手，住进山里，过着与世隔绝的生活。师父年轻的时候喜欢大师姑，多次追求都被拒绝，只好把爱藏在心底，且终生未娶，而大师姑亦终身未嫁。

据师父讲，太师姑说过：结婚，就要生孩子，贼生出来的孩子，有可能还是贼，既然知道生出来的孩子还是贼，又生他何用。

大师姑是米娜的养母，她信任马哥，才把米娜托付给他。马哥也答应过大师姑，不带米娜入神拿门，不和米娜谈恋爱，一定要让她嫁个好人家。

得到马哥满口承诺，大师姑才把米娜托咐给他。

马哥心里很愧疚，他对不起大师姑。米娜现在不光是做了贼，而且还和他生了孩子，更不能原谅的是，她还抽上了大烟。当年那纯补，美丽，善良的米娜，已经成了江洋大盗。这一切的一切，都是他一人之过，他辜负了大师姑的嘱托，甚至是做了小人。现在若是用自己的生命，去换回当年的米娜，那就生无所求，死无所憾了。

如果是按师父侄子说的那样，大师姑肯定是去世了，大师姑没有亲人，也就不会有人去给收尸，米娜是她的养女，她对米娜有养育之恩，但是米娜也是受害者，这件事还是瞒着她吧。马哥是米娜孩子的爸爸，又是神拿门的大师兄，于情于理都应该替米娜尽这个责任，况且大师姑已经退出江湖几十年了，甘愿过清贫的苦日子，也是晚辈所不及的。

通过治疗，马哥基本上摆脱了对毒品的依赖，已经具备了出院的条件。他找到主治医生，主动要求出院。主治医师也认为他可以出院了，给他开了一周的药，让他去结账取药。

马哥结账，取药，换了衣服，提着旅行包出了戒毒所，一辆拉脚的农用车，把他送到公交车站。

他没坐公交，而是打了一辆私家车，径直向市区开去。。

到了家门口儿，付了车费，回到自己屋中，从床板下的隔层中拿出一张银行卡，装在身上，又找了几件衣裤，都塞进旅行包里，出来锁门后，去敲房东大妈的门。

"大妈，我有急事要出去几天，把钥匙放您这儿吧，等米娜过来您给她就行了。"马哥说完，把钥匙交给房东大妈。提着提包出了大门。

出了小区往西，到银行取了钱，不用拐弯儿，直走就是西站南广场。进入站口，下到站内，顺通道往北，就是售票大厅，仔细看过发往西北的出京列车，有下午的票。

买票以后，见时间还早，遂出了站口，找一家饭馆，要了酒菜面条，一通狼吞虎咽后，肚子渐鼓。

酒足饭饱以后，又到小卖部买了几包碗面和餐巾纸，出行的东西就算备齐了。

进入火车站，乘扶梯直上，来到候车大厅，找了坐位休息，很快进入梦乡。

　　戒了毒，身上舒服了许多，精神上的压力也小了，想出门就走，哪都敢去了。关键是戒毒初期，最好要远离那些吸贩毒的人，没有了复吸的条件，才能戒的彻底。

　　马哥给师父的侄子打了电话，通知他自己已经上了火车。

　　现在的火车都提速了，比前几年快了许多，如果不晚点，后天早晨就能到了。

　　玲玲今天起得早，洗嗽之后，煮了碗挂面，吃完了准备出门了。当她看着那身儿压得满是褶子的衣服时，真心不想穿，太掉价了。不过文叔儿说得对，穿得补素点好，让四大姑看了觉得你挺可怜就行。人呐，该装就得装。

　　昨天玲玲开车，拉着米娜，可着四九城这么一转，米娜真是开了眼了。第一次尽情的观赏市景，令人感慨万千。玲玲比自己小两岁，但是她确实比自己强多了，让人做梦都想不到的是，来自穷乡僻壤的表妹，居然能开着车可着京城随便转，简直不可思议。看来，人若经过努力，真是可以改变命运的。

　　"玲玲，什么时候出车呀？把我捎过去，回来时再把我带回来。"米娜走出屋子问。

　　"你想坐蹭车啊？"玲玲穿上褶子衣服后问。

　　"嘿，你个没良心的。吃水不忘挖井人，没有姐这张老脸四处求人，你能开上车呀？再说了，蹭车怎么了，不应该呀？"米娜说。

　　玲玲赶紧解释："不是不应该，应该是应该，但应该早起，以后记住了，蹭车呢，应该比司机起得早，提前弄盆水把车擦擦，干干净净的，你坐着也体面呀。"

　　"我是坐车的，相当于老板，有老板自己擦车的吗？赶明儿我也学个车本，我也当司机，原来当了司机这么牛呢？"米娜说。

　　"学车不是那么容易，你知道学车的学员第一项先学什么？不知道吧？告你吧，学车的第一要学的就是先学擦车。"玲玲说。

"哦，不是去了就上车上练呀，擦车还要学？"米娜不解的问。

玲玲忽悠表姐说："当然擦车也要学了，你知道擦车怎么擦，用什么布？用什么水？开水还是凉水，碱水还是盐水？冬天用什么水？夏天用什么水，"

米娜有些糊涂了，她问："那么多讲究？还用开水凉水？冬天夏天还不一样？那你说，夏天用什么水，冬天用什么水？"

玲玲认真的说："记住啊我的大表姐，夏天用凉水，冬天用热水。"

米娜不解的问："冬天用热水，为什么？"

"冬天为什么用热水？手不冷。"玲玲得意的说。

米娜指着玲玲说："你这个丫头片子，拿你姐开涮是吧？看我不抽你。"

米娜的能耐就是找扫地笤帚，抡起来吓唬吓唬。玲玲做个配合，假装害怕的一躲，就算打了。

"姐，你快点儿倒饬，我先下去着车。"玲玲说完，伸手拉门。

米娜不放心的说："等会儿我，你可别先走啊。"

玲玲下楼梯时悦："我先慢慢开，你跑两步儿，能追上。"坏笑着下楼去了。

米娜还真认真了，她跑进卫生间飞快的刷牙，洗脸，拢头。出来后穿裤子上衣，蹬上鞋，探身伸手从桌子上抓过墨镜戴上又摘下，拿了钥匙，出门锁门，快速跑下楼。

玲玲站在汽车旁边，见表姐下来，毕恭毕敬的说了句："米老板，请上车。"

米娜马上拿出个派头儿，拉车门坐在副驾驶位置上说："玲玲，去公司。"

玲玲开车起步很稳，不象大多数出租车似的，一给油车就蹿出去。

几公里的路，还没坐过瘾呢就到了。汽车停在文哥家门前，米娜真不想下车。

"米总，公司到了，下去吧，员工们都瞧你呢。"玲玲说。

可不是，虽然刚早晨八点不到，这里已经聚集不少人了，尤其是一帮中年妇女，每天都到这里打卡，轰都轰不走。

米娜心里明白，这些人都是粉儿姐，她们每天早晨都会来这里，因为这里是小区南进北出的交通要道，早晨赶着上班的人很多，所以隐蔽性很强，过往的行人中，就有是来拿粉儿的。交接过程也很简单，自行车走到这里，有可能铃不响了，链子断了，闸不灵了，下来检查一下，或者脚点地的点支烟，都很正常，几秒钟就完成交接。

这些女人有一个共同的特点，就是胸大，尤其是八点半以后，都跟丰了胸似的，因为她们会把刚收到的货款，塞到乳罩里。只是当她们做完生意往回走的时候，都有些驼背，这样她的胸就显得不那么鼓了。

"玲玲，别人要问你给四大姑开车挣多少钱，你就说五千。先把舌头痛快了。"米娜下车之前说。

玲玲用白眼儿一翻表姐说："五千，太小家子气了，本小姐怎么也得是个高级打工妹呀？八千。八千至一万。基本工资八千，奖金是一万。不光痛快舌头，还出火呢。"

米娜关上车门一挥手，玲玲把车开走了。

第一百三十六篇 玲玲出车 米娜兜风

"屎壳螂变季鸟，一步登天了！今天飞着过来了？"文哥调侃说。

米娜不满的飞了文哥一眼说："怎么说话呢？不是您亲妹妹吧？我可是一直跟您有大是小的，您怎么跟我没大没小啊？您见过这么漂亮的屎壳螂啊？"

文哥笑着说："脱口而出的，应该怎么形容啊？"

"您不会说，那个？自行车改电驴子，毛驴换大洋马了，鸟枪换炮了，今非昔比了……"米娜说得一串儿一串儿的。

文哥附和着说："米姑娘，今非昔比，鸟枪换炮，两条腿改四条腿儿了。"

米娜自问的说："什么叫四条腿呀？用词不当。一步登天？文哥说得倒没错，是我妹一步蹬天了。可是我还在刨屎呢。文哥，您还不来个英雄救美，多好的机会呀？"

"英雄救美？谁是英雄？你现在还需要人救吗？让你去搬两年砖，自然就回头是岸了。你看玲玲，用人救了吗？没有吧？是她自己省攒儿了，没前途的事为什么还要做？当然，苦海无边，回头是岸，上着有困难的，扔根绳子拽一把，就是朋友了。"文哥说。

米娜点头同意说："是这么个理儿，您什么时候扔根绳子，把我拉上来？"

"给你扔根绳子？不敢，多一事不如少一事，我怕你碰瓷儿。"

米娜没听明白，忙问道："为什么，我碰什么瓷？"

文哥坏笑道："万一你把绳子套脖子上呢？"米娜站起来说："文哥真坏，不理您了。"米娜来到一个蛋他妈的小屋门口，见一蛋妈正在哄小拉拉玩儿，小拉拉坐在学步车里，抬头看着米娜。

米娜蹲下问："拉拉，不认识姐姐啦？"

拉拉站起来，一手扶车，一手往文哥家大门口方向指。

"她说你住文叔儿家那头儿。"一蛋妈解释道。

米娜点头说："哟，真聪明，姐姐住哪你都知道。"

说话的功夫，一蛋妈把装粉儿的小袋儿交给米娜，米娜把钱放在拉拉的衣兜里。

"小马现在怎么样啊，有效果吗？"一蛋妈问。

"挺好的，我给主治医生打过电话，他说效果很好，现在已经不犯瘾了。说明天就可以出院了。"米娜说。

一蛋妈不放心的问："医院条件行吗？医生呢，用不用电棍？"

米娜笑道："电棍？不会的，就是打针，输液，吃药和锻炼。听说那个戒毒所挺好的，医生护士都挺和气。"

"我想让她爸爸也去戒毒，他就是害怕进去挨打，不敢去。"一蛋妈说。

米娜笑道："姐，现在什么年代了，你以为还跟电影里似的，把人捆在床上恶治？现在科学发达了，多闹腾的人，一针下去，立马就老实了。"

一蛋妈羡慕的说："你们家真不错，小马戒毒了，玲玲也开车了。以后你也不吸了，也就不用往这跑了。你看我们家，你大哥一天就要吸六百块钱的烟。她叔儿也得三四百块。我那个伙计死了这两个多月，他叔儿一个人也不敢出去做生意了。让他俩去戒烟，谁都不去。等你们家小马回来，给他俩讲讲，可能他们就没那么多顾虑了。"

米娜点头说："行。明天他就出来了。姐，我去躺会儿了，今天起得早，有点儿困。"

米娜回来，打开小屋的门锁，扭过头说："文哥，我先躺会儿，您要是闲着寂寞了，就敲门叫我啊。"

进了屋，米娜摘下门上的玻璃，伸出手反锁了门，又把玻璃装上，把刚买的白粉塞到房顶上。

她躺在床上，脸上洋溢着得意的笑着。玲玲和马哥，都是她的亲人，马哥哥只要戒毒成功，生活压力就会减轻了许多，而且可以离开这个毒品区。而玲玲更是给她挣了脸，先甭管挣钱不挣钱，第一步就算迈出去了，而且成功了。

昨天，有生以来第一次坐着小轿车游览大北京，还去了天安门。

天安门广场太大了，有那么多人在那儿玩儿，而且在他们脸上显出来的，都是很幸福的样子。有很多人都是一家子，大人带着孩子，无忧无虑的在广场上打把式，尽情的拍照，所有人当中，可能只有她一个人心里存有一丝恐惧，好象很多人在盯着她。有如缝针刺背的那种感觉，令她不安。

哎，什么时候，她和马哥哥也能带着儿子……不敢想啊。

还是玲玲有远见，下手早，考的车本用上了，如果以后再能开上出租，就能在这里扎根了。

其实，有很多技能可以学，学会了就可以找工作了。比如说财会，厨师，导购，旅游，美容美发，养生健身。包括以前也开过的小卖部，都是人干的，无非就是挣多挣少的事了。

昨天玲玲可成仙儿了，瞧她那个得意的劲儿，摸着方向盘的时候，眼里没谁了，也难说，可着她们家那个镇，或者说整个县，有谁能开着小车在天安门转几圈呀。

只可惜，车不是自己的，米娜也不是什么米总。但愿能在这里有了工作，朝九晚五的那种，每天开着车上下班儿，最好能路过天安门，那她一定会绕广场转一圈再回家。

多美的事呀，给个镇长都不换了。

回到现实吧，还没吸粉儿呢就产生幻觉了，米娜你谁呀？一个人见人喊打的女贼，抽粉儿吸毒的瘾君子，馅饼不可能砸在你头上，毕竟还是有天理的。

"您是文哥吧？文哥。"门外传来女人的声音。

文哥应道："是啊，您哪位？"

"文哥，久闻大名，今天见到真人了。我是到住京办事处来工作的，在东边租的房子，前几天刚到。听朋友说有个文哥为人豪爽仗义，今天我过来看看。"女人说。

米娜扒开窗帘从缝隙中往外看，说话的是一个三十来岁的女子，身材很好，细腰腿长，显得很干练，而且有几分姿色，数风骚内敛型，是场面上的人。

听女人这么说，文哥不解的问："这从何谈起呀？做的小本生意，无非是矿泉水饮料之类，没什么值钱的，要说豪爽仗义，可能就是经常赊账，赊出去就要不回来，赖账的人不说他赖账，他说你仗义，你只能落个仗义了。"

这个女人就好象是个老熟人，一屁股坐在椅子上说："文哥，有雪莲王吗？"

文哥拉开抽屉，拿出一盒烟，放在女人面前。

这个女人把烟推回来说："要整条的。"

文哥站起来，进院里拿出一条雪莲王，放在她面前。

她把手放在烟上说："要十五条。"

文哥终于开始审视这个女人了。买这么多高级香烟的人，一定不是自己抽的。以前经常来买烟的那个女人，因为雇人打了马哥，被她的上级调回去了，这个女人一定是接替那个女人的，买烟是为了打点方方面面，负责打点的人，肯定是大姐级的人物。

正好，昨天文哥进了二十条雪莲王，否则今天就被人要短儿了。他把十五条烟装在编织带里，交给她。她付了款，把编织袋提在手里。"谢谢文哥，哪天请您喝酒。"说完走了。

现实当中，做黑道生意的，并不象影视剧中描述的那样都是凶神恶煞，都是做生意，和气生财是铁律，不懂人情事故，不晓人间烟火的人，也不可能混得出来。

十五条烟，也不是小数目，既使是花钱买的，也会引起别人的注意，而且，卖烟人的嘴也很重要，不能到处去说，万一跟别人吹牛，让便衣听见了，她也就悬了。在这方面，文哥做得就很人性化，把烟装的编织袋里，谁也看不出里面是什么，就让人省心多了。而且，十五条烟的利润也不是小数，让谁赚不让谁赚也是大有讲究的。小区里共有四个小卖部，只有文哥是本地住户，地理位置又很重要，关系搞好了的好处，就不言而喻了。而搞好关系并不需要甜言蜜语，在他这儿买几次东西，自然就熟了。沈总是这样，马哥是这样，米娜，苏甫，还有结实屁那些人，每次过来，都会买点东西意思意思，久之就是熟人了。当然，他们知道，文哥嘴严，不会跟别人说别人的事。

"哼，文哥，眼睛都直啦？人都走了，还琢磨呢，是不是看上了？"米娜在屋里打趣道。

文哥指着小屋门说："你竟敢偷听？怨不得琦琦管你叫米狐精，哪儿都有你。"

米娜在屋里挠了下门说："是狐仙儿吧？狐狸精和狐仙儿还是有区别的。"

"闭嘴吧，隔着门跟你说话，不知道还以为跟谁说悄悄话呢。"文哥说。

米娜耍赖道："本来我说歇会儿，您非得跟我聊，我只能陪聊了。"

文哥起身，进院子灌了一暖壶开水出来，把壶放在墙角。

上午九点了，还有几个粉儿姐在距文哥家门前不远的地方站街吃瓜子。文哥走过去，看了看地上的瓜子皮，回院里拿了扫帚出来，准备扫瓜子皮。

"几位大姐，散散了，我该扫地了。你们以后吃瓜子，别往马路中间吐瓜子皮子，直接吐渣土堆上不就得了，我还得扫，这已经是第三遍了。"文哥说。

"文哥，这不给您家招人气儿吗？要不您把扫帚放这，呆会儿我扫。"一个高个的胖女人说。

"得了，不敢劳您大驾。你们每天不是到这钟点儿早就撤了吗？今天加班呀？"文哥问。

　　高个胖女人说："您门口有大树，晒不着。不是有那么一句话吗？大树底下好乘凉……哟，赶紧撤。"

　　一说撤，这些女人转眼功夫就没影了。远处的人也引起了一阵骚动。原来，有两个陌生人进了小区。

　　是两个男人，他们从文哥家房后面说笑着走过来，拐过墙角后，还特意往一蛋妈住的小屋里瞧一眼。一蛋妈正逗女儿在小坑上玩。

　　"这个小房子儿也能住人？不可思意。"个矮的男人说。

　　"要不怎么说寸土寸金呢……"高个子说。

　　两个人说笑指点着往东去了。

　　一切又恢复了正常，只是那帮站街的粉姐不出来了。文哥挥舞着扫帚，把瓜子儿皮扫向渣土堆。

　　两个陌生人路过，很正常的一件事，没想到这些粉儿姐都如惊兔一般，作鸟兽散。但有一个人却表现的很镇定，她就是一蛋妈。

第一百三十七篇 上班辛苦 表姐殷勤

一蛋妈把女儿放在学步车里，让她自己玩儿。小拉在车里站起来，双手扒着车，身体前倾，两条小腿一通紧倒，很快就到了文哥面前，连啊啊带比划的让文哥抱。文哥把她抱起来，放在桌子上，从抽屉里拿出一根背带，圈绕在她腰上，然后用手攥着，小拉拉朝着文哥开心的笑了。

一蛋妈这个人很谨慎，从不主动与人聊天，偶尔与文哥说上两句，也是在哄孩子的时候，她推着孩子，或者孩子带着她。拉拉过来了，她肯定是要来找孩子的。

"又到爷爷这里捣乱来了，还蹬梯子爬高的？你爷爷就惯着你，长大了还要爬前门楼子呢吧？"一蛋妈过来说。

"谁是她爷爷呀，你别瞎安好不好？"文哥说。

这就搭拉上话儿了，要不怎么说说话要有技巧呢。

一蛋妈不好意思的笑了笑说："您是我叔儿，当然是我女儿的爷爷了。按说她还应该叫您姥爷呢。但是她还不会说话，以后叫爷爷叫姥爷是她的事。不过呢，您要不喜欢当大辈，就让她管您叫大爷？大爷，好象也不太好，当爷爷只是辈大，并不见得是岁数大，当大爷就不一样了，肯定岁数大才能当大爷呢。不过，总的来说，我女儿跟您还真不好论，叫爷爷不是，叫姥爷也不是，叫大爷不好听，又不能象我儿子似的叫叔叔，叫什么呢？嗯，叫舅舅，舅舅好。拉拉，妈妈抱，别跟舅舅捣乱了。"

一蛋妈把女儿抱了起来。

"刚才那两个人往你小屋里看来的，是警察吗？那帮卖粉儿的吓得比兔子跑得还快。"文哥说。

"是，但不是北京的，是外地出差的，一定是听说过咱这儿，趁出差的机会到这里来看看。不是缉毒警。"一蛋妈说完，抱着女儿往回走。

文哥把学步车提起来放在墙边，看了一眼正朝这里招手的小拉，也跟她挥了挥手。

小屋门开了，米娜走出来，坐在椅子上。

"文哥，眼睛都直了。人家都进屋了，还不眨眼睛的盯着呢。真佩服您这艳福。您这一上午得接待多少女人呀？而且我发现，往您这儿凑的，都是三十来岁儿的已婚妇女。"米娜说。

"说点儿正经的。小马去戒毒所，有些日子了吧，现在情况怎么样了？管用吗？"文哥问。

"昨天我给医生打过电话了，医生说挺好的，明天就可以出院了。出院以后再服几天药，基本就没问题了。不过戒毒以后，绝对不能让他再接触到毒品。为了防止复吸，我准备把他送回老家去住段时间。"米娜说。

文哥赞同道："你说的是，千万不要前功尽弃。不过，我发现你现在也有变化了，你没觉出来？"

米娜纳闷道："我，我有什么变化？没觉出来。"

文哥认真的说："你现在把吸粉儿说成吸毒，把戒烟说成戒毒，这不是变化？"

"不知不觉的吧。以前是不以为耻，明知是毒，也不愿承认。有的人都抽死了，也不认为是吸毒。"米娜说。

"去戒了吧，再这样继续抽下去，就把自个儿毁了。如果你戒了烟，再戒了手，还是有前途的。"文哥认真的说。

米娜点头说："行文哥，我听您的，但您得答应我，我要戒了毒，让我给您当小蜜。"

"去一边去，再没正经，一会便衣儿过来让他们把你弄走，把你送去搬砖。永远不许回来。"文哥说。

米娜一翻白眼说："至于吗，瞧您这狠呆呆的，还永远不许回来？那您身边少个美女，您不觉得空落落的？您不天天想啊？"

"逛天安门的回来了。"文哥说完，手往东一指。

果然，玲玲开着车回来了。停稳后她下了车，关上车门说："我回来了。渴死了，拿瓶水喝。"

米娜赶忙起身，进院里拿出一听红牛和一瓶红茶，把红牛递给玲玲说："上班的辛苦了，快补补。"

"四大姑呢，怎么没回来？"文哥问。

玲玲喝了一口饮料后说："四大姑回她的楼房了。文叔儿，您去不去天安门？我拉您去。"

"我就不去了，我以前上班的单位就在天安门旁边，经常去。怎么着，去天安门有什么感觉？"文哥问。

玲玲坐下，把饮料放桌上说："太有了。今天的感觉比昨天好多了。昨天吧，一说去天安门，开始的时候很激动，可是快到了呢，心里又哆嗦，总觉得到那儿以后，会被扣被抓，往回走的时候还觉着有人追呢。今天再去就没事了，您想啊，如果我不偷不抢不犯法，就是正而八经的中国人，我干嘛害怕？只可惜呀，就是不能下车看看，有没看够的那种感觉。"

文哥被玲玲的情绪感动了。"玲姑娘，有进步，那个什么，饮料奖励你了，不够还有啊。米姑娘，你这瓶可不是奖励，给你记账啊？"文哥说。

"我这瓶也是给我妹拿的，我不喝。真小器。"米娜说。

文哥笑着说："对你小器点儿好，不鼓励。"

"玲玲，拿着这瓶水儿，你文叔儿奖励你的。开车回家。"米娜说。

"姐，不对啊，我应该请文叔儿才对吧？"玲玲对表姐说。

"你现在还没挣钱呢，等你挣了钱，请你文叔吃大餐。"米娜说着，拉开车门坐在副驾驶位。

玲玲朝文哥做个鬼脸儿，把饮料喝干，空罐放桌上说："谢谢文叔儿，还能卖钱呢，别便宜了捡破烂的。"

玲玲上了车，打着火儿挂档，车轮转了。米娜朝文哥撅了下嘴，做个亲吻的动作。

汽车驶上公路，汇入车流中。

"姐，你这几天太抠，连文叔儿的便宜你都占。"玲玲说。

米娜一瞪眼说："谁说的？那是跟你文叔儿逗着玩儿呢。我今天出来带的钱又不多，得先给车加满油，明天好去接你姐夫。"

玲玲点头道："嗯。姐，我给送到小区门口，你自己上去吧，我去办点事了。等到吃午饭的时候回来。"

"你去干嘛？"米娜问。

玲玲不好意思的说："我去趴点活儿。"

"不行，先回家。"米娜说。

玲玲不情愿的叫了声："姐。"

"回去，今天哪儿都不许去。"米娜用命令的口气说。

"好吧。"玲玲很不情愿的应着，把车开进了楼群，停在楼下，锁好车上楼去了。

米娜并没上楼。她来到小区内的超市，买了二两干辣椒，又到一家打印复印的门市，打印了两张纸，一张纸上印有"出租"两个大字。另一张纸上印得是竖版一条一条的四个字，"防狼一喷"。

米娜回到家里，见玲玲在屋躺着，应该是生气了。她没有叫她。

她把辣椒倒在小盆里，用剪子一个一个的剪碎，然后倒进铁锅，用小火慢炒，不一会，满屋都是辣味儿，呛的米娜直咳嗽流眼泪。

米娜用盆接了半盆水，倒进炒辣椒的锅里，把火调大，开锅后又调小，开始煮辣椒水。

她回到卧室，在床头柜抽屉里找出一瓶喷剂，摇了摇，里面还有药水。她回到厨房，打开药瓶，倒掉里面的药水，打开水笼头把药瓶冲洗干净，然后放在容器里用水泡着。

煮辣椒的水已经变红，逐渐的有了浓度且水越煮越少，只剩下三分之一的时候，她把火关上，用细罩沥捞出煮烂的辣椒，把辣椒水倒碗里沉甸晾着。

药瓶上的商标已经泡软了，她把商标撕下来，用餐巾纸把瓶擦干。拿着回到卧室。

一张白纸上，印了二十条"防狼一喷"，米娜用剪子剪下一条，在药瓶上比划了一下，稍有点儿大，又去了去边儿，再比划，大小合适了。

她把纸条涂了胶水，贴在药瓶上，放在桌上看了看，很满意。又用手在上面压了下，瓶口儿能出气，"嗯，没问题了。"

米娜拿着防狼一喷的瓶子，来到玲玲的房间，见玲玲躺在床上装睡，过去照屁股就是一巴掌。

"装什么装，还知道生气了，长大啦，翅膀硬了？"米娜数了着说。

玲玲坐起来说："姐，闲着也是闲着，我都呆一个多月了，你想坐吃山空啊？"

米娜拍着她的肩膀说："姐不是不让你拉活儿，姐是怕你吃亏。你一个女孩子，干这种工作，首先要做好防护，否则可能会被人欺负的。你看这个，姐给研制的秘秘武器，有了它，一般的色狼都会犯憷，不敢动邪念。"

玲玲拿过药瓶看了看问："这里是空的，管什么用？"

米娜指着瓶子上的字说："首先，这上面写着防狼一喷，你把它放车上，谁上来都能看见，既使是空瓶，也有震慑作用。我刚才在厨房熬了辣椒水儿，这个瓶子灌了辣椒水儿，就是喷雾器，谁敢欺负你，瞧他脸上一喷，他就得在地上打滚，管你叫亲妈。"

"这么历害？"玲玲看着药瓶有些怀疑的问？

米娜得意的说："当然了，以前我们住山洞的时候，每年都煮一锅辣椒水，夏天的时候，洞里洞外时不时的就喷点儿，所以连个蚂蚁都看不见，干净着呢。下午没事的时候，你去买把滋水枪，瓶子放明面上，水枪放车座子旁边，这样就保险了。另外，你去把头发剪短了，买顶冒子戴上，这样就安全了。还有，这还有一印着出租的纸，趴活儿的时候戳的玻璃上，拉活儿的时候收起来，这样你就不用问人家用不用车了。而且，出租这两个字，可以解释成把车租出去，而不是拉活的出租车。明白吗？"

玲玲自嘲的说："真是的，长得漂亮倒是累赘了。姐，最好你再给我叫车封窝煤，每天出门前弄把煤末子一抹，这样更安全。"

　　"不用买煤了，还得花钱，咱家那锅底就是黑的，就是蹭得时候轻着点儿，别把脸蹭脱了皮。"米娜说。

　　"姐，你可够黑的，我是不是先把你弄黑了啊。"玲玲说着，跪起来就去掐表姐脖子……

第一百三十八篇 发送大姑 坟前忏悔

火车飞快的向前狂奔，似乎永远不会停下。车窗外，有山，有水，有草地，有炊烟，有隧道，有桥梁。

黄河里的水是黄的，从山上泼下来的水是银色的，空中的云彩也会变色儿，有时灰，有时白，有时还呈现出赤橙黄绿各种颜色，真是不可思议。

脚下的土地，实在太大了，无边无沿，永远走不到头。自然界的景色，真的好美啊，两天不睡，还是有看不够的感觉。

该下车了，这是一个小站，只停留几分钟的时间。准备下车的人不多，这一节车厢也就两个人。

马哥提着旅行包，在车门前等候。火车减速进站。慢慢的停下。

车厢门打开时，他真心不想下去，但还是往外迈了一步，来到站台上。

早晨六点多钟，曙光初照，许多年没有看过太阳从地平线上露头的情景了，真的好美啊。

"请问，你是马哥吗？" 一个青年人过来问。

马哥扭过身来答道："我是，你是……"

"我叫宁川。马哥你好。"宁川与马哥握了手，并接过马哥手里的行李。

"宁兄弟，大姑的事让你受累了。辛苦你了。"马哥说。

宁川扶着马哥的腰说："大哥，时间紧，我们在车上边走边说吧。"

出了车站，上了一辆白色的小面，马哥坐在副驾驶座上。

宁川驾车离了车站，上了公路后开始加速。

"大哥，这里离县城有一百多里，你要困可以睡会儿。我前两天找了一个帮手，他是寿衣店的伙计，让他准备了给大姑办理后事的器物，办白事他有经验。咱们到了县城拉上他就走，不能耽搁，争取十点以前赶到山里。"

"嗯，开车注意点。一定要把油箱加满，还有，给大姑办事的挑费都由我出，完了你给我个数。"马哥说。

"不用，哥，我叔儿走的时侯，给我留了钱了，专门给大姑用的。哥，问个事可以吗？"宁川说。

"什么事？你说。"马哥说。

宁川扶着方盘，看着前方说："哥，我想问一下，我叔儿和大姑是什么关系？你跟大姑和我叔儿又是什么关系。以前没听我叔儿说过。"

宁川这么一问，还真把马哥问住了。看来，夏宁不知道神拿门，也不知道他和师父的关系，逝者已逝，往事就不用提了。

马哥思考了一下说："哦，宁叔叔和邓大姑，年轻的时候是男女朋友，只是快到结婚的时候，大姑得了重病，落下了后遗症，丧失了生育的能力，她为了不连累宁叔叔，就到山里居住，宁叔叔念旧情，也就终身未娶。但是大姑收养了一个女儿，就是我媳妇。"

"哦，明白了，我说家叔儿为什么终身不娶呢，原来有这么一段经历，挺可惜的。那个年代的人也真是的，结婚不结婚，生孩子不生孩子又能怎样，只要相爱，住在一起不就得了。这种事情一点儿都不感动人，听着都有点儿傻。"宁川说。

马哥若有所思的说："一个时代，有一种活法，老年间有些事情，搁现在根本就不叫事。宁兄弟，这个地方的景色真是不错，很有原始的味道。"

"是，这里是古代的战场，以前还有墙墙，你看那些个土包儿，就是城墙的遗址，翻过这道山，前面就是沙漠了。"宁川说。

马哥默默的注视着窗外，由远而近，由近而远。太阳从后面升出地面，把晨光平铺在沙埃上，红通通，金灿灿的，有如锦锻般绚丽，虽看不见植株绿草，但却充满了生机。

宁川说的县城，从哪方面看也不象是个县城，不宽的街道地面，虽然铺有石板，但年久失修，汽车走在上面都打晃。没有城墙的县城，看着象个乡镇，而且很原始。

　　宁川找的帮手，是一个三十岁左右姓孙的男子，他带着一个二十出头儿的伙计。两个人正站在门前，见宁川的车过来，伙计马上进店，抱出一具盛敛箱，来到汽车的后面。宁川打开后备箱的门，帮着他把盛敛箱顺了进去。孙师傅进店，提出两个编织袋，放在车上后，让伙计把地上的两袋水泥也搬上车。

　　"好啦，东西带齐了，可以走了。"孙师傅说。

　　"孙师傅，你辛苦了。"宁川说着，关上后备箱。

　　孙师傅拉门，带伙计上了车，跟马哥点了点头，算是打招呼了。

　　汽车在加油站加满了油，顺着公路跑了一阵后，下公路进入沙漠，向远处的大山驶去。

　　汽车在沙漠上飞奔，远山逐渐变成了近景。

　　"快到了吧？好象没多远了"马哥问。

　　宁川晃下头说："早着呢，还得有三十多公里，最快也要四十分钟。"

　　马哥耐闷的问："看着没多远了，也就十里地似的。"

　　"是的，往山区走就是这样，总觉没多远了，其实还远着呢，要不怎么说望山跑死马呢。"宁川说。

　　从山脚下往上看，山洞的位置并不算高，有三四十米，目测爬山的路程大约二百米左右。

　　宁川拉开后备箱的车门，把两个编织袋拿下来，提在手里，准备上山。马哥见状，伸手接过一个袋子，跟在宁川身后。

　　车上有一副挑东西的担子，可以挑两袋水泥。孙师傅抱着盛敛箱，伙计挑着水泥，四个人上了山。

　　上山的路还算好走，虽不平但并不陡，拐个山角，就是邓老师的山洞。虽然整个山体显得很荒凉，但山洞附近倒是有一抹绿色。洞口前面是一块平地，有几十平米，十几棵果树分散在四周。山坡上，大小不等的，一块一块的庄稼地都种了玉米和蔬菜，最小的一块地才几平米，看着还是很舒心的。这些庄稼地，都是马哥的师父每次来看大姑，从外面带来的土，日积月累才形成的。果树也是从山外带来的树苗，年头多了，有的长成了大树，从树上的果子看，有枣树和苹果树。距洞口二十米处，有一个人工开凿的蓄水池，因为是建在水道上，只要一下雨，水就会满。

菜地里，十几只鸡正在啄食蔬菜，一条黄狗从洞口的栅栏门里钻出，咬了几声后，跑过来，在宁川的脚下嗞儿滋儿，很是伤心的样子。宁川哈腰，拍了它的脖子说："傻黄，我知道了，别难过了。"

傻黄转身钻进洞去。

洞口一米多宽，有两道门。一道木门在里，再一道就是外面的铁栅栏，全是推拉门。木门开着一半，栅栏门是关着的。但傻黄可以自由的钻进钻出。

宁川的手伸进门里，拔掉销子，把栅栏推开，没有马上往里走，这个洞他很熟悉，知道里面的布局，虽然光线不好，但他还是看到位于迎门冲的沙发上，躺着一个人，一个已经干瘪的女人，那就是邓大姑。

同时，马哥也看到了，虽然已经分辨不出模样，但他不会怀疑了，那就是大师姑。

他有生以来第一次见死人，尤其是死了多日的死人，使得他心里极度的恐怖，毛骨悚然，腿打软，已经抬不起脚来了。

还是孙师傅显得老道，他用手一挡说道："你们不要进去，里面不干净，要先消毒。"

孙师傅打开一个编织袋，从里面拿出两套防护服，给了徒弟一套，让他穿上，自己也穿上，并戴上口罩。他又拿出一个喷雾器，揣足气后，进入洞内，在沙发四周喷散，倾刻间，洞里就充满了消毒液的味道。

孙师傅走出洞口，缓了口气说："你们两位就在外面等吧，老人家走的时间比较长了，没有防护尽量就不要靠前了。"

马哥和宁川点点头。

孙师傅叫伙计吩咐道："拿着箱子跟我来。"

他提着另一个编织袋，带着徒弟走进洞，来到沙发前，把编织袋打开，取出寿衣，与伙计一起，麻利的就给穿上了，箱子盖打开，铺上褥子，其实就是一床被子，铺一半，然后把遗体抬进去，再把另一半被子盖在上面，扣上盖后，用绑带绑紧，就算入敛了。

两个人将盛敛箱抬出来，放在洞外的石头上，孙帅傅叫伙计拿着用完的编织袋，挑着担子下山，去挑两袋沙子，自己在山洞周边看地形，看好后，招手叫马哥和宁川过去看。

一块很大的山石下面，有一长条形略平的平面，孙师傅认为埋这里比较好，又避风又防雨。

马哥和宁川也不懂，一切都听孙师父的。

"就这里吧，我们去把老人家抬过来。"孙师傅说完，到洞口拿来一个花盆，交给马哥。

马哥拿着花盆犯愣，不知干什么用。

"摔盆。"孙师傅说。

"摔盆？"马哥问。

"举起来摔。"孙师傅说。

马哥举起花盆，用力摔得粉碎。

"上路。"孙师傅喊了一声。

三个人过去抬盛敛箱，因为马哥是亲属，所以孙师傅让他抬前面，孙师傅抬后面，宁川在中间，十几米的下坡，没费什么事，就到了大石下面。三个人倒了手，把盛敛箱放到下面，往里推了推，卡住后，箱子下塞了几块石头垫平，三人松手，箱子稳了。

"我们现在捡石头封穴。石头大小都可以，能搬动就行。"孙师傅说。

石头山，石头有的是，孙师傅一边搬石头，一边码墙，不大功夫，石缝就被封严了。

"孙师傅，这样堵得住吗，不会塌下来呀？"宁川问。

"不会，石头虽然是码上的，有缝隙，但不是这样就完了。我们带有水泥，等伙计挑来沙土，和成沙浆灌缝，也叫灌浆，灌浆以后就结实了。"

"哦，明白了。"宁川说。

孙师傅进洞，拿出两个脸盆，撕开水泥袋，往一个脸盆里倒些水泥，用另一个盆到蓄水池舀了一盆水，把水倒水泥盆里一些后，找来个树枝，搅了几下，水泥变成了浆状。

"就这样，等沙子来了和灰浆一兑，就是沙灰浆，只要灌了灰浆，到明天这时候，没有大锤就甭想打开了。"孙师傅说。

伙计挑着两袋沙子上来，累得够呛。孙师傅捧几捧沙子放在水泥盒里后，他端着盆，拿着木棍，来到墓穴前，把灰和沙子搅成浆，然后对着石缝从上面浇，灰浆顺石缝下流，堵住石缝。

孙师傅回来，又兑了一盆灰浆，又去灌缝，一连七八趟，缝隙基本上被封严了。

"稍微定定，你把这点灰兑成稀浆，往上一泼，就完事了。"孙师傅对伙计说。

片刻，伙计把最后两盆灰浆泼在墓穴的封墙上。

两人脱了防护服，装进塑料袋，伙计把袋扔进洞中。

马哥拿过一个布袋，里面有香和烧纸，还有几瓶小二和水果。掏出白酒交给孙师傅，自己来到大师姑坟前，把水果供放在突出的石块上。把香点燃，插在石缝里，烧纸抖散，用石头压住。他跪在石渣上，给大师姑磕头……

第一百三十九篇 本欲急回 不幸车祸

马哥跪在坟前，腹中五味翻滚，他向大师姑默语道："大师姑，我是来向您请罪的。我辜负了您的嘱托，食了言，没有履行对您的承诺，不但和米娜生了孩子，还让她做了贼，而且吸了毒，是我毁了米娜。做为一个男人，我已经没有脸活在这个世界上了。现在之所以苟且偷生，不要脸的活着，就是想尽我的一切力量，帮助米娜脱离苦海，让她回到从前，让她嫁个好人家，有个好的归宿。大师姑，这次我不会再食言了，我会用我的生命保证，不会再辜负你老人家了。"

"马哥哥，时间不早了，该回去，这个地方太阳落山的时间比较早，天黑了很容易迷路的。"宁川过来说。

马哥抹去泪水，爬了起来，走到洞前说："我进去看一眼，看看大姑留下什么东西没有。"

马哥听米娜说过，洞内有几个小洞做卧室和厨房，邓妈妈住左边，米娜住右面。

他进了大姑的卧室，里面很简陋，只有一张床，和一把椅子，墙壁上有盏小灯。他转身欲走，见椅子上放个小录音机，拿起看了看，已经没电了。

他拿着录音机，来到米娜的卧室。米娜的卧室显得很整齐，有床，有桌子，有椅子。桌子上放着一些书籍，是老年间上私塾时用的，叫什么三字经，百家姓，名贤集，六言杂字之类。马哥随手翻了一下枕头和褥子，褥子底下有一本书，他觉得好奇，拿起一看，封皮上有书名"神拿二十四手"，马哥明白了，米娜手上的活儿，都是从这本书上学来的。

他拿着书走出洞，来到大师姑坟前跪倒，掏出打火机说："大师姑，这本书我给烧了，我向你保证，这个世上，永远不会再有神拿门了。"

马哥来到洞前，让宁川把洞门锁上，他把录音机放包里后问："宁兄弟，傻黄和这些鸡怎么办，带得走吗？"

"哦，我刚才问傻黄了，它不走，它要守着大姑和这些鸡。在洞门下面有一个小洞，鸡和狗都可以进去，地里的庄稼，蔬菜和树上的水果都是饲料，我刚才还捡了不少鸡蛋呢。"宁川说。

"我们走吧。"马哥说着，向山下走去。

汽车进了县城，停在寿衣店门前，孙师傅和伙计下了车，宁川也下了车，跟着他二人进店结账。

不一会儿，宁川出来上了汽车，开着往前走了一段，把车停下后问："马哥，忙活了一天，还没吃饭呢，我们下去吃点饭？先填饱肚子，然后去旅馆，明天早晨我送你，坐十一点的车走。"

"我想坐今天夜里的车走，我出来的时候走得急，没跟家里人打招呼，她们肯定会着急的。"马哥说。

宁川点头道："那好吧。简单点儿，吃碗拉面吧。"

二人下车进了夕馆，要了两碗拉面。餐馆里人不多，不大功夫面就上来了，没耽误功夫，很快就吃完了。

宁川开了一天车，应该很辛苦了，马哥心里着实过意不去，又不知说什么好。

大师姑的事办得很顺利，而他的心里怎么也不能平静，总有一种空落落的感觉，担心什么？他也说不清楚。

临出门前，给米娜留了纸条，估计她也能猜到了，希望她不要太伤心，但这是不可能的。细想起来，一个人的一生，无论你弄出多大动静来，最后都会消失在尘埃里，只是或早或晚罢了。

"哎呦不好……"宁川惊呼道。

在宁川的视野里，一条狗正在横穿马路，由于还有一段距离，所以他并没减速。不过，对面开过来一辆黑色的 SUV，发现过路狗以后，先是急刹车，跟着左打轮想绕一下，再右打轮回归正常行驶，当他发现对面有车过来时，想回轮已经晚了，想刹车又踩了油门，就直接怼了上去。

宁川是正常行驶，虽然已经看到前面的情况，但他并没在意，因为马路上过动物是长有的事，只须点两下脚刹，把速度降下来就行了。

对面的车并没有减速，而是采用绕行的方式通过，又没有注意对面来车。由于公路并不是很宽，没法躲闪，宁川只能给油加速试图闪开，但还是晚了，因为他的面包车没有那么强的爆发力。

"呼"的一声响，来车撞到面包车的尾部。

宁川奋力抓住方问盘，踩下脚刹，汽车在甩了两圈以后停下了，幸好没翻车。

突如其来的车祸，宁川并没有马上反应过来，当他看了一眼副驾上的马哥以后，瞬间静止的心脏"呼呼"的跳了起来。他解了安全带，从车上下来，想绕过去看马哥，只是两条腿不给力，支不住整个身体，一下坐在地上。

撞车的车冲出公路停下后，下来一男一女两个人，女人去看汽车受损的部位，是车的左侧前脸儿。男的来到宁川身边问："大哥，碍事吗？全赖我，我全责。就它妈那条狗，不躲它也不致于。伤哪没有，不行叫辆急救车。"

在这荒村野地，出了车祸，经常会发生逃逸的事情，撞了人的车跑了，要想找就难了，所以稳住对方司机是第一要办的事。

"不碍事，先报警，好走保险。"宁川有气无力的说。

男子马上掏出手机，拨通了报警电话。

宁川站起来，看了一眼对方的车牌，记住车牌号后，他掏出手机，拨通了电话："喂，一二零吗……"

叫了救护车，要做的事情就是等了。肇事司机报的案，肯定不会逃逸了。

宁川拉开副驾驶的车门查看，马哥表情很痛苦，身体向外侧拧着，右腿卡在车座和车门之间的缝里，左腿卡在车座右侧的下面，已经不能动了。

"马哥，伤到哪了？"宁川问。

马哥用手指往下指了指腿，咧了一下嘴，没说话。看来伤得不轻。为了防止二次伤害，宁川没敢动马哥。

"马哥，忍一会，救护车马上就到。"宁川安慰他说。

出事地点离县城没多远，警车，救护车很快就到了。救护车上下来医务人员，开始给马哥做检查，了解伤情。

交通民警查看事故现场后，听取了两个司机对事故的描述，画了事故现场图，拍了照，SUV 司机全责，没有异议。鉴定报告上签了字，警车开走了。

马哥的两条腿都伤了，不能动了。他被医护人员用担架抬上救护车，直接送省医院了。

肇事司机既后悔又无奈，而且束手无策。

"给保险公司打电话吧，让他们出险。然后去修车。"宁川提醒他说。

肇事司机省悟，马上掏出驾驶证，从里里拿出保险卡，用手机拨通了保险公司的电话。

早晨起来，米娜和玲玲一大早就到戒毒所来接人，却被告知已经出院了。

不会吧，说好的今天出院，怎么会提前出去呢，若要提前，就应候是昨天。这个马哥，你就是想提前出来，也应该说一声，这么大的事，也应该给你接个风儿呀。

没办法，还得往回跑。好在是玲玲开车，用着方便，直去直回吧。

玲玲把车停好，俩人下了车，进院子来到马哥屋前，见门上挂着锁，肯定人不在家了。两人正欲往外走，房东大妈从屋里出来，叫住了她们。

"米姑娘，找小马吧？小马昨天回来了，在家呆了没几分钟就走了，说是去看个人，过几天才能回来，他让我把门钥匙给你。"大妈说完，把钥匙交给米娜。回屋去了。

米娜接过钥匙说："谢谢大妈。"

打开房门，见马哥的拉杆箱子开着盖子，放在屋子中间，里面翻得挺乱，肯定是找过衣服，看来马哥是真的回来啦。

米娜正要哈腰收拾旅行箱，见桌上有张纸，就拿起来看，是马哥留给她的。

"米娜，师父的侄子来电话，邓老师状况不太好。我今天提前出院，马上去火车站。放心，我已经戒烟了。马。"米娜看完，把纸条放桌子上。

"玲玲，没事了，你姐夫昨天自己回来了，他去看望邓妈妈了。你去拉活儿吧。"米娜说。

玲玲走到门前，回过头问："姐，我还用回家吃饭吗？"

"回来，不许在外面吃，我给归置一下屋子就回去，回来吃中午能休息会儿，不能太辛苦了。"米娜说。

玲玲出去了。

玲玲在四大姑不用车的时候，就出去拉脚。米娜对她看得很紧，首先是中午必须回家吃饭，不许她和那些同样开黑车的人交朋友。因为开黑车的人基本上都没什么文化，没正经职业，没一技之长。且多数是外来人员，男人居多，有一部分专门勾引女孩子，中年吃饭就是机会。

米娜把箱子里的衣服拿到床上，一件一件的重新叠好，再整齐的码放到箱子里，扣上盖，推到床底下。

看看没什么可干的了，一个人呆着没什么意思，就锁门回家了。

回到家里，米娜择菜洗菜切菜，电饭锅蒸上饭，把一块肉切成片，又切一段葱，一切都准备好了。

时间有点儿早，玲玲中午一点左右才回来，米娜从不先把菜炒好晾着。可以先歇会，能躺一个来钟头。

马哥去看邓妈妈了，不知老人家怎么了。小马哥哥走的急，估计情况不妙。他是二师叔的徒弟，二师叔是邓妈妈的旧情儿，一般而言，邓妈妈有事，都是二师叔跑前跑后的。二师叔前几年去世了，这次叫小马哥哥过去，看来妈妈身体肯定出问题了。不过，无论如何，小马哥哥此去，都是因为她才去的，只是走的时候为什么不吱一声，完全可以让米娜和你一起去。

　　离开邓妈妈已经三年多了，除了前年年底去老家给她办身份证，就再也没听到过任何消息，也不知道她老人家住在什么地方，就怕她再回到山里去，虽然老人很能吃苦，可是谁也保证不了有个病啊灾儿的，不但就医不方便，身边又没有个人照顾。唉，看不懂，妈妈也是，你就给二师叔个机会，跟他走出大山，过几年人过的日子。

　　现在想起来，米娜在山里生活的这十年，真是很难忘怀的。她从来没有过烦恼，整天无忧无虑的过日子，不知道什么叫勾心斗角，也不知道什么是页子神拿。从鸡窝里捡鸡蛋，玉米秧上掰棒子，就是最高兴的事了。只是两个女人在一起，生活上确实很枯燥，没有男人，看来还是不行。

　　别瞎想了，该炒菜了，估摸着玲玲该回来了。

　　米娜起身来到厨房，拔掉电饭锅的插销，带上围裙，点火倒油开始炒菜。

第一百四十篇　四姑喝酒　玲玲趴活

　　两个人的饭菜比较简单，一个鸡蛋炒西红柿，一个肉片炒蒜苗，都是好熟的菜品，不到十分钟就炒完了。

　　炒完菜，她把两盘菜端出厨房，放在玲玲卧室里的餐桌上，又回来拿了两双筷子和两个碗，再两手合力搬起电饭锅，紧走几步，来到餐桌前，先把饭锅放地下，碗和筷子放桌上，想了想，就差饭铲了。她又到厨房，拉开抽屉拿了饭铲儿，刚走出厨房，门就开了，玲玲到家了。

　　"姐，我饿的受不了了，你炒菜没？"玲玲一边脱鞋脱衣服一边问。

　　"你饿死鬼托生的？先洗手，洗手吃饭。"米娜说。

　　玲玲脱了衣服，到厨房去洗手。

　　米娜打开电饭锅，用铲子盛了两碗米饭，摆在桌子上，筷子也摆好，就等玲玲来吃了。

　　玲玲进屋，坐在椅子上，端起饭碗，猛扒拉几口，差点咽着。

　　玲玲晒黑了。

　　米娜心疼的摸着她的胳膊说："以后出去，穿件长袖的。"

　　"不碍事，黑了怕什么，我觉得黑点好，变丑点儿才好呢。你可不知道，真有那色迷瞪眼男人，他就盯着你看。刚才，刚才就有一个，看模样快三十了，瞧丫那德性。说什么，看模样你是个女孩呀，怎么出来拉活来了，这样吧，哥把你包了吧。姐，你做的那个防狼一喷还真管用，我就用手摸了一下，稍微一转，也没说话，他居然问我防狼一喷是干嘛的，我告他说，防狼的，看见狼就喷一下，狼就完了。他说城市哪有狼啊？我说有啊，色狼。那王八蛋当时就尿了。"玲玲兴奋的说。

　　米娜笑着说："这些男人呀，都是色大胆儿小。你记住了，天黑之前一定要回来。"

　　"知道，现在七点半黑天儿，我七点就不应活儿了。姐，今天是不是该顿条鱼吃了？"玲玲说。

"那还不行？现在是你挣钱养家，你想吃什么就做什么。下午我去买。"米娜点头说。

玲玲兴奋的说："嗯，行，还挺贤惠，以后我主外，你主内，我就是你老公。那什么，媳妇儿，我吃完了，把傢伙收拾了，收拾完了过来给我按按肩，锤锤背，捏捏腿，揉揉腰。"

米娜收拾了碗筷，擦手从厨房出来，摘掉围裙，喝了一口茶，刚想坐下歇会儿，就听玲玲喊上了："老婆，不听话是吧？过来伺候伺候你老公。"

"哦，忘了。"米娜站起来，来到玲玲房间，见玲玲趴在床上，就骑在她身上，给她按摸脖子和肩。

"不舒服，你怎么不脱衣服？太不职业了。"玲玲说。

"哦，忘了。"米娜似乎变成了小傻子，心甘情愿的被呼来唤去。

是呀，糊涂了，以前在家的时候，从来都不穿衣服，喜欢一丝不挂，这几天不知道怎么，不出门也要穿上，从外面回来也想不起来脱，这个变化有点怪，也没想过，今天玲玲一问，似乎才纳过闷儿来。

"哦，糊涂了。不是，以前吧，在家就是呆着，什么都可以不做，现在不行了，你出去上班挣钱，我在家也得上班干活了，哪有光着眼子上班的？"米娜说着，起身脱了衣服，又骑上去，给玲玲揉腰。

马哥去戒毒所了，玲玲开车也有十天了，米娜一个人，也不敢出去做事了，整天呆在家里，稀里糊涂的混日子。玲玲有时候拿她调侃开涮，她也从来没想过生气，表现的很顺从。

"铃……"电话铃响了，玲玲拿起手机接听。

"喂，哦，四大姑啊？我在家。今天下午，四点？好好好，我一定，忘不了。您放心吧。"玲玲放下手机，继续让表姐按摸。

"四大姑出门儿呀？"米娜问。

玲玲往后背一指说："按这儿。啊，四大姑今天下午去西站东里跟街坊喝酒，让我拉她过去。下午不用拉活儿了，索性躺会吧。"

米娜一边给她揉背一边说："我也去吧，好几天没坐车兜风了。"

"瞎说，没去戒毒所呀？好几十公里呢。"玲玲说。

米娜辩解道："我说的是兜风，接人和兜风是两码事，心情也不一样。"

"准了。"玲玲说完，闭上眼开始犯困了。

四大姑家的房子还没拆，她先在外面租了房，是新的高层住宅区。小区里很干净，门口有门卫，汽车已经登过记了，所以进小区就不用登记了。

汽车停在一栋楼下，玲玲给四大姑拨了电话就在下面等，不大功夫，四大姑就下了楼。

米娜很会显勤儿，她从车上下来迎上去，搀着四大姑来到车前，打后车门，扶四大姑上车，自己来到前面，坐在副驾驶，关上车门。

"四大姑，您坐稳了，玲玲，开车。稳着点儿。"米娜也会来事了。

"米娜，你这孩子，以后当着人可别搀着四大姑，让人觉得我成老太婆了。"四大姑说。

米娜扭过头说："您不是老，您这是份儿。"

汽车出了小区，上了二环往北，过立交桥后往上转，又行驶了两公里，就看见西站东里小区的入口了，拐进去直行一里多地，再拐个弯，就到文哥家房前边了。

"就停这儿吧，可能就在这棵树底下喝。"四大姑说。

汽车停在文哥家门前靠前一点的位置，米娜抢先下了车，给四大姑拉车门子。

四大姑下了车，拽了一下衣服，拿着派头儿看了一下四周。她转过身，隔着汽车跟文哥打招呼。文哥也招了招手回了一下。

香椿树底下摆了一张小饭桌，桌旁板凳上坐着几个男人，基本上都是三十出头的壮年。

"四姐，来晚了，快点快点，罚你三杯。"一人喊道。

四大姑没理会那几个人，她告诉玲玲说："你不用等我，我今天不走了，明天中午，上午吧，十点半至十一点你过来吧。"

"行，明天您提前呼我一声，我怕醒不了。耽误了您的事。"玲玲说。

"耽误不了，我又不上班，就是回楼房。你玩去吧。"四大姑说完，走到树下，坐在板凳上，有人给倒了白酒，让四姐干杯。

"文哥。""文叔儿。"米娜和玲玲跟文哥打了招呼。米娜坐在凳子上，玲玲站在桌子里面。

文哥瞧了一眼玲玲后问："如愿以偿了？是不是开着车，可着四九城儿兜风很爽啊？"

玲玲扬着脑袋说："那是，不单跑着爽，还有人给钱呢。"

文哥笑着说："这个我知道，不过要长点儿心眼，别去火车站，飞机场和医院拉活儿。再有就是不要把这事当正当职业，暂解无米之饮吧。"

"那还得靠您这个当公公的操心了。玲玲，把墙上那瓶伊利特拿给我，我想喝点酒。"米娜吩咐。

玲玲从墙上的挂架上拿下一瓶白酒，放在桌子上。米娜抓过来开瓶盖儿。

玲玲进院里拿出一听饮料和三个酒杯，把杯放桌上，打开饮料，倒了一杯。

米娜拿起酒瓶，倒了两杯酒，刚要推给文哥一杯，忽然想起一件事。

"玲玲，先把酒钱交了。文哥，看见了，这是孩子挣的钱，儿媳妇您可以不认，她这杯酒您得喝，您不给我这个大人面子可以，可不能不给孩子面子。她今天开车，不能喝酒，我替我妹敬您一杯。"米娜说完，扬脖喝了一杯。

文哥指着米娜，晃晃手指说："你呀，不能喝也别强努，这是玲玲挣的钱买的酒，我肯定喝，不过，不能让玲玲花钱买酒，小孩儿挣俩钱不容易。玲玲，酒是你买的，我喝，桌上的钱你拿起来，就算给你的压岁钱。"

米娜不满的说："都多大了，还给压岁钱，，而且这不年不节的，又不是月科的孩子。再说了，要给全给，我也要压岁钱。"

"人家玲玲洗手上岸了，就等于获得新生了，这一点你还真别争，等你也上岸了，还真得吃你一顿。玲玲把钱收起来。"文哥说。

米娜不服气的说："您就是有厚有薄。"

文哥端起酒杯祝道："玲玲挣钱了，可喜可贺，文叔儿干了。玲玲，你进院，拿五瓶啤酒给四大姑，就说你送她的，然后你们赶紧走，这几个男的就是泼皮无赖，越当着女人越来劲。四大姑酒量倒是不小，就是一沾酒就晕。"

玲玲进院里，用手指夹了五瓶啤酒，给四大姑送了过去。

"一喝就多干嘛还送她酒啊？"米娜问。

文哥小声的说："四大姑明白的时候明白着呢，这几个男的都自称是她小弟，一叫喝酒她就去，回回都是小弟请客她掏钱，你看这些人，就带一瓶酒，一人一杯就没了，完了还得买，那几个男的都是吃低保的，其实四大姑也不上班，就是租着几间房，平时爱装个富婆，呆会酒喝没了，肯定她买，从我这拿酒，你说跟她要钱不要钱，喝醉的时候知道赊账，清醒了以后不记得欠过钱。还有你看，坐那喝酒，就一包瓜子，再往下喝，就该添菜了。你没见我昨天新进的五香花生米，今天都不敢卖了。还有咱刚开的这瓶伊利特，我不喝，也保不其便宜了他们。"

米娜不解的说："北京还有这样的人？大老爷们成天什么都不干？不可思议。而且每天在东面小棚子里要钱的，好象也是这些人。"

"是，天天敲三家儿赌钱，给找工作也不干。你想啊，坐的家里能拿钱，谁还上班呀。你呀，跟玲玲回去吧，酒过三旬以后这帮人该折腾了，要不然就指使你给她跑腿儿买东西。"文哥说。

玲玲和米娜上车走了。

四姐喝了两杯白酒，开始兴奋了，晃悠着来文哥桌前说："老弟，真给面子，送啤酒给姐，那个你这儿，有没有炒花生什么的下酒菜？什么都没有啊？这干喝也不行啊。"

文哥一摊手说："还真没有，现给你做都没原料。"

"这玲玲怎么走了，嘿？"四姐说完，又回到树下。

"四姐，想吃什么，我去买。"一男问。

四姐掏出一百块钱说："那就辛苦你跑一趟了。"

常言道，旁观者清，文哥心里门儿清，这几个男的脸皮就是厚，能拉得下来脸，这哪是请四姐喝酒啊，纯粹就是敲竹杠。

四姐是离异的女人，属盖不论那种，和这些男人荤的素的都能着活，尤其是两杯下肚以后。所以，每次她在胡同喝酒，都有起哄围观的。她呢，自然是人越她多越来劲。

玲玲把车开到楼群入口停下，米娜下了车上楼，玲玲又去拉活了。

米娜回到家，又该操持晚上饭了，吃鱼是来不及了，吃什么呢？嗯，买半张饼，摊几个鸡蛋，烙饼摊鸡蛋，正好家里有一捆小葱，葱花摊鸡蛋，小葱醮酱，不错，换换口儿。

米娜把勒小葱的皮筋解下来，放在窗台上，把小葱一根一根的择干净，用冰冲洗几遍，放在案板上，挑出一些粗细不一的切成小段，撮到盘子里，剩的那些整齐的，也放在盘子里。再拿碗，磕里几个鸡蛋，用筷子抽打一阵后，放些盐继续抽打。准备工作做完了。

她洗了手，回到卧室，躺在床上，给玲玲发了短信，让她回来的时候，从楼下专卖面食的小卖部捎半张烙饼上来。

唉，这一天，什么都没干，还挺忙活。

第一百四十一篇 琦琦支帐篷 就为一口烟

琦琦自从有了小帐篷，确实省心多了，不用租房，省了一大笔开销，只是这些日子每天一包粉儿已经过不了瘾了，忍了几天以后，终于加量，一天抽两包儿了。不过，只要兜里有钱，就不用太辛苦了。

这一天，经过一个废品站，见地上扔着一个挺大的老式帆布提包，就捡了回来，一比划，正好可以把被子和帐篷塞进去。她去胖哥那买了一把链锁，把提包兜一圈锁上，这样就不用每天把帐篷收到桥下了。文哥家房后的墙上，有后排街坊为晾衣服钉的铁钩，上面还有一截铁丝，正好把提包挂上，真不错，肯定不会有人偷，因为这种过时的提包，只有上访要饭的才用，而且，谁会把值钱的东西放在这，关键的是住在这小区里的人，基本上都是同行，除了现金和白粉儿，其余的没人要。

天黑以后，只需几分钟时间，就可以住进帐篷里，在帐篷里，点一支腊烛，开始吸粉。现在吸粉简单多了，不再那么讲究了。酒精棉球，生理盐水都不用了。一个针头，一瓶饮用水，皮带一勒胳膊就行了，别人都是这么做的。而且，还有人用自来水，或者雨水注射的，急的时候就概不论了。

白天出去到处转转，懒了就去公园里椅子上，长廊上躺着，又凉快，空气又好。

有时候走着走着还能捡点儿东西，比如提包啊，挎包啊，还有手机什么的，反正你别拉空，只要给机会，捡起就走。包里钱多的就赚了，说声谢谢还是张得开嘴的。有的包里只有擦屁股纸，卫生巾，直接就扔草丛里，随口骂一声也就够了。

收手机的小王被拘了十几天以后，这两天露面了。手机继续收。

琦琦有些后悔了，上次没卖出去的手机，由于害怕，就扔河里了，还不如留着呢，好赖换个千十来块钱呀。

百无聊赖，到面馆吃了碗面出来，已经快晚上七点了，再有半个多小时天就黑了。夏天的太阳，一到晚上会转到西北方向，所有的建筑在这时候，北面开始变得朝阳了。

这个时间是安全的，就连拆迁的民工也都下班了，回到自己的地面坐会，太阳一落山，就可以支帐篷了。

琦琦来到小区入口，刚要往里走，映入眼帘的景象让她吃了一惊，心想不好，担心的事终于发生了。

在她下塌的位置的左侧，也就是东面，露出了两顶帐篷的顶，一顶红色，一顶明黄色，在夕阳的照耀下，格外显眼，这两顶帐篷都比她的帐篷高大。而搭帐篷的人丝毫没有考虑帐篷颜色和大小尺寸，而且白天就搭上了。

这帮孙子，坏我的好事，你们这这样会把城管招来的，而且让明眼人一看，住里面的肯定都是吸粉儿的。

琦琦收住脚，不敢往里走了，转身过了马路，坐在铁栏下的矮墙上，脑子里飞快的分析着。突然出现的帐篷，一定是下午搭上的，这等于做了广告，明天会有更多人仿效。人跟人的差距就是这样，琦琦买帐篷的时候，考虑到了隐蔽性，带有反侦查的意识，所以买灰色的或暗绿色和尺寸较小的。而这些人显然是不在呼这些，可能还特意挑颜色漂亮的，尺寸大的，不考虑隐蔽和暴露带来的后果。看来，这个地方又呆不长了。

不过，今天晚上还是安全的，既使是城管来了，也就是把帐篷拆走，但是如果是便衣或缉毒的来了，那就麻烦了。所以，过了今晚，明天还要转转去，找个不影响市容的地方，其实，细想起来，夏天只要不下雨，在哪里都能过一宿，只不过就是吸粉要脱衣服，让人看见总是不好。那个桥底下隐蔽性确实好，但那是根据地，不到万不得已不能启用。

老远看去，那两个帐篷已经有十几个人进进出出了，估计都是吸粉儿的，从他们出来做的扔东西的动作看，一定是把用过的注射随手一扔，丝毫不避讳被人看见。

这时，又有两个人往文哥家房后走去，从他们手里提的提袋的形状看，肯定是帐篷。他们来到琦琦挂提包的位置，开始打开提袋，从里面拿出叠着帐篷，两个人抻拉打开，开始摆放。

琦琦站起来，踩着砖头快步走过去说道："嗨，真会找地方，一边去，离我远点儿。"

"哦，大姐，你住这儿呀？好好，我往这头儿挪挪。你干嘛这么历害呀？你看，咱这不是成街坊了吗？"男青年说。

"谁跟你是街坊，告诉你，我夜里经常撒癔症，以前还掐死过人呢。谁离我近就先掐死谁。"琦琦也狂上了。

男青年笑着说："没事大姐，我也是鬼，烟鬼酒鬼色鬼，也经常是夜里出来活动。"

琦琦从渣土堆上跳下去，摘下墙上提包，掏钥匙打开锁，拿出帐篷一抖，帐篷自动打开支起，放正后，把提包里的被子拿出来，铺在帐篷底部，提包当枕头，往上一躺，把腿一翘，得意的晃动着脚丫子。

人就怕犯懒，懒了就什么都不想干了，就连中午饭都懒得吃了。

公园里还真是打发时间的好地方，这里多数都是闲人，早晨来，中午回，下午再来，晚上再回，都活得挺自在。

琦琦跟这些人不一样，她没有家，只有一顶帐篷，白天还不能支着。到公园纯粹是耗时间，可是你跟人一比，还是感到有一点点的落差，也没办法。

天黑了，所有的人都进帐篷了。琦琦照例点根腊烛，借亮儿吸食了两包儿白粉儿，将腊吹灭后躺下。

这些日子，她已经习惯了一个人的生活，对苏甫的思念也没那么强烈了，可能时间会抹平一切。但是吸粉儿后，幻境中还时常合出现苏甫身影，两个人有时一起骑马，一起驾驶摩托车，一起游泳，一起飞翔。

梦是美梦，就怕回到现实，醒了需抹眼泪，实现又遥遥无期，所性去它妈的。

　　早上五点多就亮天儿，琦琦已经习惯起早儿了。起来第一件事就是收帐篷。收了帐篷，她让昨晚支帐篷的小伙子给看着点儿，地方别让别人占了。

　　洗漱很简单，牙刷挤点牙膏，拿着一瓶水上砖堆，刷几下牙，嗽两下水，手上再倒点水，在眼睛周围抒一把，来个小猫洗脸，就完事了。

　　琦琦去街边早点部吃了早点后，就开始到处逛灯，走哪算哪。

　　公园有很多跳舞的大爷大妈，一摊儿一摊的就象摆场子，每个场子都放着音乐，声音都很大，象似互相叫板。

　　琦琦顺走廊直行至拐弯处，见有十几对男女正在跳探戈，一男一女搂在一起，一会往前走，一会又往回走。走廊上放着衣物和一些杂物，也有手包和手机，手包没什么价值，里面的物品一看就是餐巾纸，手机也不会是什么好手机，不过，本着贼不走空的原则，就来个顺手牵羊吧。

　　琦琦数着步数，待跳舞的往回走的时候，她以溜弯的速度往放手机的地方走，待他们一转身时，她紧走两步，拿起手机，从一侧迈出走廊，进入花丛，从一边穿过，来到健身器材处，开始健身，她做得挺认真，好象什么事情都没发生过似的。

　　做了几种器械，觉得热了，坐在器械上歇了会儿，起身出了公园往回走，老远就看见文哥家房后有一溜帐篷，已经支满了。

　　现在已经没人叫她摩托大王了，所以又一切如常了。从路边能看见，王哥正坐在文哥家房子西侧的石头上。

　　琦琦走过去，把手机交给王哥，王哥接过来仔细翻看一会儿说："一百块钱。"

　　"才一百，还不够两包烟钱呢？"琦琦不太满意的说。

　　"想给你九十来着，怕麻烦，我没零钱，给一百你还得找钱。这个手机太老了，不值钱。"王哥说着，掏出一张钞票给了琦琦。

　　琦琦扭身往回走，出了小区，绕着河沿往南，来到小区东侧，这里已经可以看到给她供货的粉儿姐的家门口了。

粉姐儿眼尖，见琦琦在河边站着，就举了举手，示意看见了，然后回身推摩托车，打着火儿，骑上往北出小区，再往南去找琦琦。

琦琦见粉姐骑车出来，就沿河往南走，听到摩托声近，假装往路中央一闪，粉姐刹车，差点撞上琦琦。琦琦抓住车把，不让她走，她一个劲的赔礼道歉。两人趁机交接完毕，琦琦让她走了。

琦琦每天两包儿烟，吸两包儿买两包儿，一般不存。除非有事要出门，需备货以外，从来都是当天买当天吸。这样对粉儿姐也有好处，两包粉儿，最多零点二克，既使被抓了，也没多大罪过。而琦琦考虑的是安全性，买多了容易丢，因为包太小了。

她把两包白粉装进一个小袋儿里，封上口儿，用一张餐巾纸一攥，然后开始溜弯，走着走着，见四周无人，就假装看花，借机把小纸团夹在行道树墙的树杈上，再在地上，或墙上做个记号，以便寻找。一般情况下，这种收藏物品的地点一定要离家近，取着方便，而且不止一处。这招是跟卖粉儿的学的，卖粉儿的就是先把货放在花丛里，砖缝里，甚至埋土里。这样就安全多了。

现在这一天天的真难熬，时间过得太慢，白天没事干，只能在大街上转，自打太阳出来那一刻起，就开始盼着天黑。人活着啊，真无聊儿。

身上犯味儿了。自打从楼房搬出来，洗澡成了大问题，真不方便，有时候只能等天黑，弄盆水，用湿毛巾擦擦。

对，去洗个澡，现在澡堂子挺多的，虽然改叫洗浴中心或桑拿房了，只要你不做项目，也花不多少钱，而且对女士还优惠，纯洗澡也就是十块钱。

她到桥下，取了内衣内裤，一件上衣和一条红色的裤子，装在塑料袋里，提拉着进了洗浴房。

本来设计的挺好，一天吸一包烟，又不用租房了，一个月两千多块就够了，没想到的是，现在烟瘾大了，一天两包了，而且白粉的价格也涨了，里外里这一个月多花两千多块钱。现在进澡堂子，只能自己搓搓泥儿，不敢叫搓澡和按摸等项目了。

洗澡真好，有生以来第一次感觉到，原来洗澡是人生最美的事。当运动员时，一天要洗两三遍，很奢侈但不舒服，现在舒服又没那条件了。今非昔比，往事莫提吧。

兜里只有三四百块钱，还能坚持两天。不保证两天之内能弄到钱的情况下，只能求助老妈了。她来到一家小卖部，买了一瓶矿泉水，用人家的电话拨通了母亲的电话。

"喂，妈呀，我是琦琦，您挺好啊？可想了。买卖呀？赔了，不太好做。我用的电话？是公用电话，手机丢了，让人掏了，现在贼太多了。啊，抓不过来。啊那什么，您给我准备点钱，一半天儿的我回去拿，当然不嫌多了，怎么也得买部手机呀。啊，好好，谢谢妈，谢……"

齐活，这不又有钱了。兜里这二百多块钱，不用算计着花了，再算计也就二百多块，也下不出小的儿来。有老妈顶着，就不用发愁了。中午了，应该找地儿坐会，有十来天没吃午饭了，今天去撮一顿。不过，别看每天少吃一顿饭，脸蛋子好象倒乍起来了，估计身上长了有四五斤肉，体型已不那么苗条了，这个时候苏甫要是回来，恐怕都认不出来了吧

进了饭馆，琦琦点了一个凉菜，一瓶冰镇啤酒和二十个羊肉西葫芦馅的饺子。酒一上来，先闷了一大口啤酒，打个嗝，开始碙儿嗒巴嗒的喝酒吃菜。啊，有钱的感觉真好。

按说象琦琦这个二十多数的北京女孩，风华正茂的年纪，家庭条件又很好，无论如何不应该落到露宿渣土堆的地步。

男大当婚，女大嫁人，到了岁数交男朋友，错了吗？没错。足球不爱踢，辞了，那是人的自由，错了吗？也没错吧。虽然苏甫是干那个的，谁说他永远是干那个的，他肯定会改邪归正，做个好人的。而我李琦琦呢？救了人，人走了，把自己陷里了。

命运就是这样，苏甫吞了刀片，有性命之忧，你帮他找到了亲人。绝处逢生了，上天就是这么安排的。苏甫他妈要是早来二十天，琦琦就不是

现在的样子。人总会变的，苏甫会不会变就不好说了。

　　人是爱钻牛角尖儿的，知道自己不痛快，把脸一抹擦，也就过去了。但她偏不这样，因为她为苏甫做了一件让她足以慰籍平生的事，虽然想的时候很伤感，但伤感之后又心安理得，毕竟他是自己被窝里的男人，是爱闻自己臭脚又不嫌臭的男人，一个大帅哥儿。

第一百四十二篇 专业队员 动如脱兔

喝了两瓶啤酒，确实有点儿大了，走路时摇摇晃晃的划着圈儿，见路人躲避她的时候，她觉得很可笑，还指着人家说几句，好在没人答理她，只是向她投来疑惑或鄙视的目光，从她身边绕着走过。好人不惹醉鬼，这是在论的。

酒是好东西，琦琦喝了以后，就象变了个人儿似的。她想开了，人活在世上，就该及时行乐，不用想那么多，一切都去他的，谁是苏甫？谁是马哥，不都是贼吗？真把自己当香饽饽了？我是谁呀？李琦琦，踢中锋的，我一个假动作，晃过守门员我，我抡脚打门，空门没进，是啊，那才是技术呢，独门绝技。哈……

虽然走不稳，但是速度不慢，从南口进了小区，一直往北走，拐着弯，就是文哥家门前了。正值中午，这里还挺热闹，只是老面孔少了，新面孔看着琦琦觉得陌生，酒后的琦琦反而一概不吝，径直朝文哥桌子前的椅子走去。

"大哥，我回来了。"琦琦说着，一屁股坐在椅子上，上身一歪，着点儿没坐稳。

文哥给客人拿了啤酒饮料，结完账，才看了琦琦一眼。

"哟呵，回来了，这一晃十多天了，今天冒出来了？" 文哥逗着说。

琦琦拉着舌头说："什么话，什么叫冒出来了？你们家的老姑奶奶，老姑奶奶回来就叫冒出来了？给我一盒都宝儿。"

"那怎么说呀？" 文哥说着给她过一盒烟。

琦琦抽出烟来说："你应该说，十多天不见了，想我了吧？这才象个当哥的说的话。"

"哦，是是，下回，下回。要是还有机会的话。" 文哥说。

"不象话，合着今天是见最后一面儿了？不可能。"琦琦说。

文哥笑着问："今儿个没少喝呀？你可注点意，都发福了。"

"没，没事，过了这段儿，啊时间，系统的练，练练。"琦琦说完，往椅子背上一靠，就要闭眼。

""警察来啦，快跑。"有人喊着从文哥家门前跑过，引起一阵骚动。不过，许多人已经习惯了，并没有跑，该干什么还干什么。

琦琦睁开眼问："哥，他们这帮孙子，喊什么？"

"他们喊警察来了，快跑。"文哥说。

琦琦满不在乎的说："跑什么，人民警察爱人民，有什么可怕的。什么，警察来了？"

琦琦睁开眼，直起腰，四处看了一眼，没看见警察。

一个蛋妈把屋门锁上，推着拉拉走过来说："缉毒的来了，在房后头搜呢，还有狼狗呢。"

文哥纳闷的问："在房后头搜，只有一家了，是老钱串子，在他家搜什么？"

"不是那个大爷家，是您家墙后边搭的帐篷，住了好些人，抓他们来了。"一蛋妈说。

果然，房后头传来几声狗咬。

一蛋妈的话，一下子把琦琦惊到了，酒也醒了。她睁开眼，站起来说："睡着了。哦大姐，我上趟毛茅房。"

琦琦往东走，没往北拐去厕所，而是往东南方向，从四姐家门前经过再往北，出了小区，再绕到文哥家北面的出口，老远观察文哥家房后的情况。

果然，在渣土堆较平的位置，有七八个人抱头蹲着，周围有持警棍的便衣看守，有警犬在帐篷内外闻味儿，可能在寻找毒品。搜寻过后，有人给蹲着的人问话，做笔录，带上手铐。

这时，有十几个穿迷彩服的拆迁人员排队走过去，开始扯拽帐篷，拉到路边，踩扁后装在一辆卡车上拉走了。不过，他们没动挂在墙上的提包。

便衣押个几个嫌疑人，走出小区，警车正好过来，上了警车后，警车开走了。一切又恢复了平静。

琦琦这一惊非同小可，真是后怕，幸亏今天吃了一顿午饭，喝多了酒，又在文哥那侃大山，要是直接回来，打开帐篷睡觉，现在就进局子成嫌疑人了。只是被抓走的这帮孙子，刚在帐篷里住了一宿，就被抓了，真该。

那个帆布提包还在墙上挂着，包里有两样东西，一条被子和一顶帐篷。被子必须得要，那是她和苏甫两个人盖过的被子，帐篷也不能丢，丢了还得买，一买就是钱。不过，你就是打死她，现在也不敢过去拿，谁知道有没有埋伏。

一个大妈走过来，她手里提着装有空矿泉瓶子的塑料袋，边走边往栅栏里看。是个捡瓶子的。

"大妈，麻烦您个事。"琦琦对大妈说。

大妈站住问："姑娘，什么事？"

琦琦捂着脚说："大妈，我的提包在那头墙上挂着呢，您帮我过去拿一下好吗，我给您两块钱，我的脚脖子扭了，过不去。谢谢您了。"

"两块钱？得了吧，万一不是你的，我不就是贼了吗？别看我是捡破烂的，但我捡的都是别人扔的东西，从来不偷东西。"妇女说。

琦琦解释道："大妈，谁让您偷东西了，您看我象贼吗？我那提包里就一条薄被子和一块灰色的塑料布，我可以当您面打开看。给您加一块，三块钱成了吧？哦，这包上有锁，我有钥匙。您看。"

大妈点头说："好吧，钱不钱的到没事，只要是你的东西就行。我把瓶子放你这，你给我看着。我去给你拿。"

大妈走过去，上了渣土堆，又下去从墙上摘下提包，捏了一下，里面应该是个被子和一块塑料布，就把包提了回来，交给琦琦。琦琦付了三块钱，用钥匙打开锁，让大妈看。

"没骗您吧，您看是不是被子和塑料布？"琦琦说着，把链锁放到提包里，拉上拉锁。

"行，是你的就行了。姑娘，以后你的东西别往那放了，那地方是贼窝子，还吸毒。"大妈说完，又去捡瓶子了。

心情终于平复下来了。琦琦站起来，浑身觉得没劲儿，她提着提包，顺河向南，来到公路桥，下了几级台阶后，横向跨一步，左手把提包一抡，提包就到了里面的平台上。

她回到岸上，来到街边花坛的里面，想坐花池上，一下没坐住，直接掉在地上，索性就靠在花池墙上，酒劲复来，加上惊吓，人已疲到极点，睡着后，身体慢慢的歪倒，竟然打起了呼噜。

一男清洁工走到花坛里面撮垃圾，正好琦琦脑头了有一小堆儿脏土，。清洁工跺了下脚说："大姐，换个地儿睡，我该撮垃圾了。"

"一边撮去。"琦琦不耐烦的吼了一嗓。

"大姐，你别在这里睡呀，呆会检查的来了就麻烦了。"清洁工说。

琦琦听说警察，马上坐起来，四周看了一下，虽没看见警察，却还是做贼心虚，从地上爬起来，坐在花坛上矮墙上，让人家扫垃圾。

清洁撮了垃圾后说："打扰了，你继续睡吧。"

已经睡意全无了，她站起来伸个懒腰，掸干静身上的土，心里想："天还早，回去找老妈要钱。"

琦琦上了过街天桥，来到马路对过儿，正好有公交车来，紧跑几步追了上去。

马哥被送进急救室，经过一番检查，认为没有生命危险，初步诊断，主要是两条腿受伤严重，右腿是小腿骨折，左腿是大腿内测韧带断裂。其余就是后背，左肩，脸部有皮外伤，马上对伤口进行了处理。

宁川过来的较晚，他先跟肇事车主和保险公司协商赔偿事宜，再把车送修理厂，然后才赶过来。

"马哥，对不起，都赖我。"宁川掉着眼泪说。

马哥忍着痛安慰说："宁兄弟，不关你事，这都是命中注定的，我心里清楚。你没事吧？"

"我没事。哥，我刚才问了医生了，他说你的右腿骨折，马上要做手术，可是左腿韧带手术这里做不了，说要从北京请专门给运动员看病的医生来做。我觉得要是那样的话，还不如去北京做更稳妥，毕竟这里条件有限，而且保险公司定损也需要一份权威的诊断证明。你说呢。"宁川说。

"你是说两条腿都去北京治吗？"马哥问。

"不是，小腿骨折在这里做，做完了再走。"宁川说。

马哥点头同意道："行。那坐汽车，还是坐火车？"

宁川摇头说："都不是，是救护车。我已经问好了，手术什么时候完，什么时候就走，估计后天就到北京了。"

"好吧，辛苦你了兄弟。都怨我，今天着急要走，给你添了这么大麻烦，要是明天再走？后悔呀。"马哥叹着气说。

两个女护士过来，把马哥推进了电梯。

做完骨科手术，马哥被抬上了救护车，宁川坐在他身边。报警器响起，救护车驶出医院大门，拐了几个弯后，出市区上了高速，向北京方向急驰而去。

人生多舛，事事难料。这次车祸，对马哥的打击是非常大的。腿伤很疼，但最难受的是心里。二十多岁的年纪，经历着世界上所有人都不曾经历的经历，是偶然，是运气，还是命中注定，也不是他这个岁数的人能解释的。艾滋病，吸毒，刀割头皮，被人套麻袋，车祸，都是意外吗？不可能的，那一定是上帝安排的。不过，如果到此为止，给他重新做人的机会，他一定会珍惜的。为了米娜，为了儿子，也是为了自己。生命只有一次，已经过了三分之一了，有没有来世，谁也不知道。人可以好死，但不能赖活。

虽然受了很重的伤，但他还是有收获的，他好象觉得自己突然变成了正常人，不用再担惊受怕，因为以前有好多次听到救护车响，都以为是警察来抓人了，吓得他赶紧躲赶紧藏，今天终于不用害怕了。不过，还是先不告诉米娜，等做完手术再告诉她，免得让她担心。

救护车跑了两天，终于驶进了北京的一家医院。入住后，院方很快就制定了手术方案，第二天就做了手术，手术做得很成功，再观察几天，就可以出院了。院方又给他做了全面的体检，就等出诊断结果了。

宁川的心情也好了许多，只要马哥能恢复如初，他也就不用自责了，需要做的就是争取向肇事方多要些补偿，就可以踏踏实实离开了。

护士长走进病房，告诉宁川，主治医生请他过去一趟。

主治医生接待了宁川，他把诊断报告交给他，并告诉他一个不好的消息，宁川当时就冒了冷汗。

"你的朋友马哥在这次车祸中受了内伤，已经失去了生殖能力，不可挽回了。"医生说。

这个消息有如五雷轰顶，险些把宁川的脑袋炸裂，刚平静下来的心脏，一下子又顶到嗓子眼儿，当时就呆若木鸡般说不出话来了。

他拿着诊断报告，坐在走廊里的长凳上，低头抱脑，眼泪砸地。后背"嗖嗖"的冒着凉气。

在这个世界上，车祸每天都在发生，无论受多重的伤，花钱能治好的就不算个事。怕的就是这种花多少线都治不好的，造成终身残疾，留下了后遗症，彻底改变人生的轨迹。

事情就是这样，怕什么来什么，这也太残酷了。这次车祸，虽然是对方全责，可毕竟是坐在自己的车上出的事。马哥是他请来的，来的时候好好的，回来就残了，你让我怎么把这个结果告诉马哥，马哥听了怎么受的了，他的家人会怎么……

前面十几米就是病房，他的腿却象灌了铅，迈一步都要用尽全力，幸亏有墙可靠。

他扶着门框，看到躺在病床正在瞧他的马哥时，也不知道是在叹气还是在喘气，但确实是浑身没劲儿了，当他的手离开门框的瞬间，脚下一出溜儿，"咕噔"一下坐在地上。

有女护士过来把他搀起，扶到一张病床上躺下。女护士从地上捡起诊断报告，看了一下上面的名字，就交给了马哥。

医生给宁川检查了身体，认为无大碍，就是因为情绪紧张虚脱了，躺一会儿，心情平复以后就好了。

出了车祸，虽然很痛苦，但是到了医院做完手术，心里还是踏实了许多。伤病总有好的一天，走过鬼门关的人，才会格外珍情自己的生命，才会反思，省悟，开始新的生活。

宁川是去拿诊断书的，进门就摔了一大跟头，一种不详的感觉冲上顶门，心脏产生巨跳，"呼呼呼"的自己都能听到了。

当马哥接过护士递过来的诊断书，仔细的看过以后，身体里突然发出"轰"的一声巨响，整个驱体如同陷进泥里，腰部仅有的一点肾气也被抽空，连眼皮都动不了了。

医生检查完宁川，又到马哥的病床前，把他手中的诊断书拿过来放在桌子上，用听诊器听了心跳，然后拍了拍他的肩膀。

"坚强些，小伙子。"医生安慰着说。

医生出了病房，来到护士站对护士长说："给他请个心理医生吧。"

第一百四十三篇 表妹探情报 表姐见商机

马哥走了八九天了，还是一点讯息也没有，也不知道邓妈妈的身体怎么样了，真让人担心。

神拿门有规距，他们之间不可以互通电话，有事都是见面说，为的是以防万一，万一有人失了脚，不至于带出一帮人来。

这二十来天，米娜就象是个家庭主妇，每天除了买菜，就是应酬这三顿饭，玲玲每天出去拉活儿，挣钱养家，也很辛苦，伺候好点儿，回来能吃上一口热呼饭，这样活得才象个人样了。

晚饭做完了，摆在桌上，就等着玲玲回来吃了。

时间掐得挺准，门"哐当"一响，玲玲进屋了。

"老婆，做饭没？饿坏了。"玲玲进屋就问。

"伺候着呢，先把爪子洗了。"米娜说。

玲玲在厨房洗了手，进屋里说："怎么跟你老公说话呢？我是爪子，我挠你我。"

"你每天都踩着点儿，不放筷子不进门儿。"米娜说。

玲玲得意的说："是闻味儿进门儿。我呀，每天都先在楼下转一圈，闻到味儿了再上来。当老公就该有老公的派头。"

"不是吧，你去打听打听，别人家的老公是要伺候媳妇儿的。"米娜说。

玲玲坐下拿起筷子吃饭。米娜也坐下。

玲玲紧着扒拉几口饭，一边往下咽一边说："姐，我前几天发现了一个商机，今天彻底给查清楚了。这个事适合你干，想不想听啊？"

米娜赶紧站起来，到玲玲心身后给她捏肩

"老公辛苦了，我伺候伺候你。"米娜显勤儿的说。

"饿了就先吃饭，挠痒痒呢，几天没吃饭了？"玲玲开始卖关子。

米娜迫不急待的问："什么商机呀？快说呀。"

"别瞎揉，掐掐脖子。"玲玲一边吃一边说。

米娜忍不住了说："嘿，我这爆皮气，跟我拿搪，你是不是想把刚吃进去的吐出来呀？"双手掐她的脖子。

"姐，不是，哟，噎住了，我说。你也坐下吃，别那么多规矩。姐，这个商机呀，唉，别这儿站着呀，真把自己当使唤丫头啦。"玲玲拿着劲儿说。

"你是不是想让我找笤帚疙瘩呀？"米娜欲转身。

玲玲赶紧说："姐别介，你坐下，这得慢慢的说。"

米娜坐下拿起碗筷。

玲玲显得很兴奋的说："前几天我拉了一个客人，男的，你知干嘛的？卖鱼的，身上满是鱼腥味儿，还是个北京人。一上车就跟我逗闷子。我嫌他身上有味儿，没搭理他。你知他去哪儿？去大兴。"

米娜打断玲玲的话说："别转腰子，尽废话，说商机。"

"是呀，说商机。他身高也就一米六几，长那模样还真不上眼，还说他没女朋友，是先立业，后成家。"玲玲接着说。

米娜不耐烦的说："你看上他了，要嫁给他，就这商机？也对，好歹也是本地人，嫁给他你就是北京大妞儿了。"

玲玲斜着眼说："哪儿安哪儿呀？我能看上他，我是看上他带的东西了。姐，你知道他带的什么？是虾，活虾，叫什么，那什么，鸡什么虾。"

"基围虾。你真老土。"

"是对，基围虾。我是第一次听说。这种虾呀，是从南方用飞机运过来的，来了就马上批发给倒虾的。这种虾，在市里边的酒店有卖的，但是在郊区的酒店就没有，那些倒虾的都是在市里接了货，拉到郊区去卖。当时第一次拉他的时候，是在路上碰上的，不知道倒虾是怎回事，那个送虾的那天记了我车上的电话，今天下午打电话，让我拉他去送虾，我今天去了批发活虾的地方，知道了他批发的虾是二十七快钱一斤，卖给酒店是四十九一斤，他批发了八斤虾。我拉他过去，要他六十块钱的车钱，我刨了油钱，挣了三十块钱，他坐车倒挣了一百多。哪说理去呀？"玲玲说着，看了表姐一眼，继续说："今天没准备点儿酒啊？这么绝密的商业机密弄到了，应该庆祝一下呀。"

"就这还绝密呢？没听出来。人家做买卖，人家挣钱，跟咱们有什么关系。你这云山雾罩半天，就想蒙酒喝呀？没有。"米娜摆着手说。

玲玲两手一摊说："没辙，没文化还没脑子。说这么清楚了，愣没听出来。基围虾，批发价二十七，卖给酒店四十九，一斤赚二十二。懂不？"

"当然懂了，你能二十七批发来活虾，但是得有人买呀，没人买你的，你哪赚钱去？"米娜还是不明白。

"跟你喘不清这气。告诉你，这个倒虾的是个卖鱼的，在市场里有柜台，每天得顶摊，所以分不开身，他说有好几个酒店跟他要虾，他就是没时间送。他现在送虾的这家酒店在大兴，还有房山，门头沟的酒店也要虾，但是他送不了，他说以后雇个人给他卖水产，他就能多接活虾业务了。懂了吗？"玲玲问。

米娜摇头说："不懂，你是说让我给他当卖鱼的小工儿？我可不干。"

玲玲放下筷子说："笨，谁让你去当小工儿了。他是给我们泄露了一个信息，就是房山，门头沟的酒店也需要活虾，趁着现在还没人去做，我们去做。"

"有道理，不过，咱谁都不认识，你知道谁要谁不要啊？你不能端着一盆虾到处去问吧？"米娜摇着头说。

玲玲笑着说："拿酒，开瓶红酒。"

米娜站起来，出去到厨房，开了一瓶红酒，拿着一个杯子回来，给玲玲倒了酒，双手递给玲玲。玲玲接过来喝了一口，把杯放下，走到屋外，从衣架挂的包里掏出一张名片，回来坐下后，把名片往桌上一拍，推给表姐。端杯又喝了一口酒。

米娜拿起名片看完问："这是那个卖鱼的，他还有名片？"

"老外了吧，卖鱼的也是买卖人，一个人也是老板，现在连捡破烂的，收破破烂的都有名片。姐，你就照这个去印名片，你就说你是什么贸易公司，或者什么商行经理，然后去房山，各个酒楼去发。你的名片上的业务范围，一定要用大点儿的字写上基围虾，你干这行，比那个卖鱼的有优势，知道吧？"玲玲说。

米娜不懂，赶紧问："不知道，什么优势？"

玲玲坏笑着说："因为那些个做饭的大师傅都是男的呀。哈……"

米娜也笑着说："你这是卖虾呀，还是卖你姐呀？"

玲玲放下酒杯接着说："对了，那个卖鱼的还说，现在酒店开始用鲜花了，用餐的桌子要摆花，连炒菜的盘子上都要摆花，他说这活儿也不少赚钱，还又轻松，又干净，又体面，也适合你干，所以你可以再印一张卖花的名片。"

米娜自嘲的说："卖粉儿的是粉儿姐，那卖花儿的就是花儿姐了。"

"花儿姐太花，不雅。可以叫花姑娘，虾妹妹。"玲玲开心的说。

"找抽呢是不是？"米娜说着抓过酒杯把酒干了。

玲玲拿过酒杯倒了一杯酒说："不懂了不是，现在做买卖，首先要打的是知名度，花姑娘，虾妹妹容易被人记住，听着就象美女，而且一定是这行里的行家，和你做的业物匹配。"

"但是我对花不太懂，连名字都叫不上来，也不知道人家要什么花，卖多少钱，也不知道在哪进货，怎么才能赚钱。"米娜说。

玲玲喝着酒说："容易，南四环有好多批发花的花卉大棚，大棚里有专门供应酒店的用花，你到那呆几天，专门背花名，再买几枝花拿回来插水里里做试验，很快就懂了，比背交规容易多了。这样，明天一早儿，我给你送到南四环去，你先去转转，了解了解行情，等印回来名片，我就拉你去发名片，万事开头难，只要敢登攀，就能挣到钱。"

琦琦回去看老妈，用仅有的一百多元买了两包点心，都是妈爱吃的桃酥、酥皮、蛋黄派之类，算是尽尽孝心。接过母亲给的五千块线，琦琦深情的说一句："谢谢妈。"

　　妈伤心了，琦琦也难过，说什么也没用。爸爸不认女儿，妈妈也做不了主，女儿又是个拧种。

　　这次探母，与上次有了很大区别，上次回来的时候，由于有苏甫在身边，她对未来还充满了期待。而现在，只有她一个人在泥潭里挣扎，没有人能帮一把，而且未来希望渺茫，苏甫十有八九是不回来了，被命运开玩笑的滋味儿真不好受。

　　这辈子什么都完了，唯一的愿望是每天这两包白粉儿别断了，其实说白了，就是一个"钱"字。

　　钱太难挣了。但是，你说钱那么难挣，酒店里为什么总是满坑满谷的？那些个花天酒地，满嘴油光的人，总有花不完的钱，既使吃得肠子快从肚脐眼儿掉出来了，嘴叉子还在不停的巴叽。

　　告别了母亲，坐上公交车，一路小心翼翼，不敢疏忽，生怕遇见同行。这五千块钱，是她的全部家当，万一有个闪失，不可能再去找老妈要了。可是呢，现在有钱了，房子没了，钱放在哪儿也是个问题。还得把这五千块钱找个地方存，不能天天带身上，唯一可存的地方就是文哥家了。

　　回到文哥家门前的时候，天已经擦黑儿了。

　　"大哥，我回来了。您真够辛苦的，一顶就是一天。"琦琦坐下说。

　　文哥也坐下回道："习惯了，屋里外头都是坐着，还是外头好，能赚钱，还能补钙。。"

　　"大哥，有个事求你帮忙，您可别说不管。"琦琦说。

　　"什么事？"文哥问。

　　"我刚才回家了，我妈给了我五千块钱，我现在没租到房子，钱就没地方放，又不能老带在身上，我想先放你这儿，让你帮我收着，您看行不行。"琦琦说。

　　文哥稍想了想后说："这可帮不了，我没那管钱的脑子。你可以去银行，马路边就有银行，存着取着都挺方便的。"

"银行真不方便，存钱取钱都排队，要等很长时间，而且兜里揣个存折也不安全。您就帮个忙。"琦琦肯求道。

文哥摆着手说："帮不了，没这业务。我每天在这里看摊儿，就是打发时间，我不能自己给自己添事。你还是去找别人吧。"

"好吧，理解，您是不想跟我们这种人走得太近，这样吧，我先放您这一千块钱，把以前赊的账先还上，剩下的钱就算预付货款，以后从您这里拿东西我就不带钱了。"琦琦说着，数了一千块钱放桌上。

文哥虽然不想和琦琦有什么瓜葛，但是生意是生意，预付款总比赊账强。他拿出账本，翻了两页，上面记有一个叫北京小琦的名子，名字后面是她每次赊账拿的烟，饮料等物品记录，共计欠九十八元。

琦琦看了账本以后说："得，减九十八，还剩九百零二。您看这多好，以后也不用赊账了。你方便，我也方便了。那什么我就先走了。哥再见。"

第一百四十四篇 洞府下榻 蚊虫猛叮

　　琦琦没往东走河坡，而是往西往左拐出南口上了大马路，她今天准备住桥底下，不能被人知道她的行踪，而且路边花丛里里还收着两包白粉儿，注射器也该买了。顺路一下就办了。

　　很多吸粉儿的人，在经济和时间富裕的时候，肯定会非常讲究，比如白粉儿的纯度，注射器，酒精等。毕竟那是要往血管里打，钱是绝对省不得的。

　　琦琦好长时间没有生理盐水和酒精了，她现在已经顾不了那么多了，反正大家都是这样，管它呢，该死的你多讲究也得死。

　　她现在注射技术非常熟练，点上一支腊后，几分钟就完事了。

　　桥底平台的位置很隐秘，腊吹灭了以后，绝对不会有人发现。这个地方，估计只有当时建桥的工人才知道，感觉就象似藏在古墓里，只是河里的水脏，否则下去洗个澡再上来，那就是仙姑儿了。

　　刚吸完大烟的人，都会进入到一种自我状态，仿佛世界被踩在脚下。既使是自己的肉体，也不属于自己，唯一存在的是意识，而意识也是被毒品的烟雾裹着走的，或上天，或入地，这种意识的能量是超乎所有人的想象的。

　　不过，吸了粉儿以后，做了神仙也好，超脱了自然也罢，也应该选个好地方。琦琦冷不丁的打个激灵儿，浑身一抖，差点掉了下去，幸亏还没完全入境，她赶紧靠到墙角儿坐稳，复入虚渺世界。

　　不知过了多长时间，烟劲儿下去了，琦琦觉得身上犯痒，用手挠了挠，越挠越痒，主要是胳膊，手，脖子和脸上。

　　坏了，是蚊子在吸她身上的血。她噼里啪啦的拍了几下，赶忙爬起，扒着墙出了桥洞，上了岸，跑到马路上。

　　过夏天，被蚊子叮咬是很正常的一件事，起个包，抹点清凉油，风油精，很快就止痒消肿了。有些生活常识的人，晚上在外面，一定不要坐在角落里，墙根下和花丛中，这些地方是蚊子的聚集地，或者说是蚊子的家。

琦琦闯进蚊子的家，被蚊子咬，本来应该马上省悟，躲了就是了，但由于她吸了粉儿，身体表面皮肤处于麻痹状态，感觉不出来，既使听到蚊子嗡嗡嗡的飞，她也不会理会，因为吸粉儿的最高境界就是想美事。

仔细看，两条胳膊已经被叮肿了，奇痒无比，身上也有几处被隔着衣服咬的疱，脸上脖子估计也没好地方了，因为眼睛睁着很费劲，看前面只是一条缝。

蚊子和蚊子不一样，虽说都是在水里繁殖，但水有清水，浑水，叮琦琦的蚊子是从污水里生长的，所以毒性大，危害性也大。

过了大街，前面不远处是个医院，琦琦挂了急诊，护士给她的伤处做了处理，涂了止痒消炎膏，屁股上打了解毒针，并告诉她，明天白天若不见好，可以挂皮肤科，做个化验，千万不要耽搁。

已经是半夜了，琦琦沿大街往前走，上了过街天桥，站了一会儿，觉得这里没有蚊子，就盘腿靠着桥栏坐下来。

夏天夜里也很热，家里没空调的，还有一些民工，会在马路边上坐着或躺着，久而久之，就习以为常了，所以，琦琦坐天桥上，也没有人觉得有什么不好。

琦琦确实很困了，身上不痒了，坐着就睡着了。

夜里虽然很静，但汽车从桥下穿过时的声音，比白天大了许多，不过，这点儿声音的确不算什么，比起蚊子声儿来，绝对让人感觉会舒服的多。睡踏实了，时间过的就快，还怎么着呢，天就亮了。已经是早上五点多了。

没人会起这么早，但桥上是不能呆了，因为太阳从地平线上升起，首先会照到她身上，使她在桥上虽然是坐着也非常的显眼。还是那句话，做贼心虚，贼既鼠也，呆在明面儿上，心里自然会产生恐惧。她扶着栏杆起来，习惯性的看看四周，活动了几下腿脚，向桥的一头走去。

下了桥，坐在马路牙上，困劲又上来了，她抱着腿，低着头刚打个盹，就被一辆驶过的大卡车惊着了，睁眼一看，太阳的光又追了过来，照到身上，使她很不自在。四周看了看，前面不远处有家银行，门前有几层台阶。她走过去坐在台阶上，靠着墙想再眯一会。正好，等银行开门儿了，把兜里的钱存上。

困劲儿还有，就是睡不着了，看来，没有房子，夜里就是不踏实，所有的动物都要有个窝，一个能挡风遮雨的地方，而琦琦没有。租间房子很容易，但是需要钱呀，手里没钱，活着真难。

不过，仔细想想，眼下若没有过高的追求和收入，那个桥底下做个暂时的栖身之所，也还能将就，蚊子其实并不可怕，支个蚊帐，也就解决了。对，买个蚊帐，再买盒蚊香，只是蚊帐需要支起来，那个地方怎么弄，是个大问题。

琦琦站起来，到路边找个小石子儿，在地上画图。以前住宿舍的时候，每到夏天都要支蚊帐，但那是在床上，支几根竹竿儿，往上一绑就行了，很简单。而桥底下只有一面墙露出的钢筋上可以拴，外侧不能支架子，没有架子，蚊帐只是个帘子，人既使钻进去，蚊子隔着蚊帐也能咬，等于屁用都没有。那就只能点蚊香了，但蚊香也有问题，第一是不知道一盘香能点多久，倘若后半夜灭了，还是照咬不误，再者，蚊香会散味，容易暴露，也不妥。

嗯，有了。一家门脸儿窗户上的遮阳帘，引起了琦琦的注意。这是一个三角架，上面搭块布，布是斜坡形的，如果把这个遮阳帘放地上，人不就能钻进去了吗？没有规定蚊帐非要搭成方形的，三角形也完全可以呀，哈……聪明，这就好办了。

解决了支蚊帐的问题，心里就踏实了，靠着墙咪咪糊糊的又睡了会儿。

"同志，让一让，该开门儿了，我们得搞卫生了。"一个女清洁工叫醒她。

琦琦站起来，躲到一边，看看银行的大门，已经打开了半扇，旁边站着保安，是开门了。

　　她走进银行，拿了号，但不用排队，直接去窗口办理存款。手里有不到四千块钱，存上三千，剩七百多元留着花。

　　钱真不禁花，昨天刚跟老妈要的五千块钱，还了账，再去趟医院，这小三百子就没了。

　　这里离旧货市场有五里地，就是琦琦买卖过自行车的城南旧货，那里卖什么东西的都有，生活用品比超市还要全。就不用打车了，走着去吧，省几块是几块。

　　果然，市场里服装鞋帽，日用百货，针头线脑儿应有尽有。她一共买了五样东西。一个单人蚊帐，一盒蚊香，一捆儿包装绳，一卷背包带和一把小剪子，花了不到一百块钱。

　　东西买齐了，出了市场，才想起来看看胳膊的伤情，胳膊已经消肿了，但是还能看出被蚊子叮的痕迹。手背上的泡也不红了，但还是有些疙疙瘩瘩的，看着很不舒服，有时候还一阵一阵的痒，脸上的看不见，但眼睛能睁开了，应该也好多了。对了，还得买个小镜子，照照脸，一会还要抹药，用的着。

　　买完镜子，直接装兜里，真没勇气往脸上看，肯定很难看，因为脸上是最娇气的地方。

　　其实，安蚊帐是很简单的事，但那是在宿舍里，有竿，有绳或有钩儿，直接一挂就行了，而桥洞下就困难些了，首先是地方比较矮，而且只有一面墙能拴绳，出来进去的也不方便，缺什么少什么的还得出来买，所以在回桥下之前，尽量把所需的东西置办齐。

　　经过几次模拟演示，终于可以认定，今天买的东西比较全了，唯一需要就就是几快砖头了。砖头好找，又不是盖房，半头砖就行。琦琦找了几快砖头，来到桥边，呆了一会，等来往行人都过去后，迅速来到桥下，先把砖头扔了过去，再把塑料袋挎存胳膊上，抓住桥墩竖墙砖缝，一挪步，就上了平台儿。

　　上到平台后，她先掏出蚊香，掰下一小节儿，用打火机点燃，插在墙缝里，把在这里休息的蚊子都赶跑了。

搭蚊帐，首要做的就是在墙面上拉绳。她把包装绳抻开，一头系在墙角处的钢筋上，然后往一头拉开大约两米多的距离，拉紧了也拴在钢筋上，用剪子剪断。

她拿出蚊帐，蚊帐的四个角上都有绑绳，纵向的中间部位也有绑绳。把绑绳绑在墙上拉的拉绳上，蚊帐就算挂起来了，不过，挂了一面的蚊帐，就象是布帘子，不是帐子，所以还没完。接着，她比划着剪下两根一样长的绳，系在拉绳上，然后，撩起蚊帐钻了进去，用剪子在蚊帐的内侧上边扎了两个孔，把两根绳子拉进来，比划好绳子至平台边缘的距离后，拴上一块砖头，往平台的斜坡上一放，嘿，蚊帐就被绳子斜着顶起来了。两根绳子都拴上砖头以后，蚊帐就算支完了，真不错啊，太有材了。琦琦自己都笑出声来了。

当然了，下回来的时候，再带回几块砖头来，人在里面休息的时候，把四角压一下，这样就不会有缝隙，也不怕刮风了。最后一项工作，就是安装安全带。她又在蚊帐靠前接近墙角的位置，用剪子剪了一个口儿，把刚买的那卷背包带打开，捋成双股，盘个扣儿，从蚊帐里塞出去，套在一个钢筋头儿上，用力拉紧，背包带的另一端系成死扣儿。安全带就装完了，这样的话，人在休息的时候，把它系在腰上，就不怕掉下去了。

全都弄好了，坐着观察一会，没有什么问题了。人躺下伸开腿，翻个身都没问题，蚊帐很严实，很不错了。如果要更完美的话，就是给蚊香找个地方，防止蚊帐与文香接触。这个也简单，捡个塑料油桶，中间剪断，用底下部分，蚊香点着了往里一放就行了，不单碰不着蚊帐，而且还防风。

她钻出蚊帐，从后往前一推，把蚊帐推缩到墙角里，用砖头压住，从外面肯定看不见了。

真不错，这要是等天冷了，蚊帐改布帐，保不齐还能过冬。现在她已经适应的桥下的环境，仔细观察桥底的结构并进行分析，这个平台的用途搞明白了，平台底下斜坡部分，是与河堤保持一样的形状，一样的宽度，留的平台其实类似于泄洪口，下暴雨时，河水暴长，到了一定高度，起到泄洪作用。可是这个平台也有安全隐患，一旦有人到这里玩耍打闹，容易出危险，所以就砌了一堵墙，实际就是个墙垛子，从外面看，砖墙顶到了桥底下，但里面并没有砌完，可能当时砖不够了，差一两层没砌，留有缝隙。

琦琦把手伸进砖缝里，觉得有一定深度，嗯，可以做个密室，重要的东西可以藏里面，比如说白粉儿，存折，放里绝对安全，下回来的时候，一定要想着往回带砖头，有了密室，就不用每天去买粉了，一下多买点儿，就省了很多事，包括注射器，这里面都能放。

第一次到这里，是爬着进来的，现在练出来了，进来的时候，右手扒外面墙角，左手抠里面，脚下一拧，身体转个儿，直接就坐在台上了。出去就更省力了，脚一蹬地，一脚就跨出了。真有飞檐走壁的那种感觉。

出了桥洞到岸上，找个台儿坐下，掏出小镜子和药膏，往脸上抹药。人的身体有时候很怪异，同样蚊子咬的，胳膊上，身上很快就好了，可是手背和脸上就不容易好，虽然说消肿了，包也不红了，但是整个脸部却显得凸凹不平，很不好看，就象毁了容，或得了什么病。真是的，看不见的地方好的倒快，露着的地方却不好，这是什么事呀？

昨天医生说，不见好的话，今天要去抽血做个化验。那谁敢去呀，吸粉儿的就怕抽血，这不是自己把自己送进去吗？蚊子盯的还能有什么大不了的。

按说，蚊子叮咬，及时治疗涂药，应该问题不大，但是有一点，琦琦是吸毒者，而且她吸的粉儿是掺了东西的，不是纯粉儿，又不注意消毒和使用饮用水注射，日久天常，这些掺假粉儿在体内沉积，必定会引起特殊反应，身上长疙瘩就是一种症状。人一旦出现这种现象，应该马上就医，而且要戒毒。但是，有些人开始的时候不以为然，不太当回事，等到一定的时间好不了时，想治都来不及了。不过，真到那个时候，吸毒者想的只是吸毒，其余的也就不那么在乎了。

所以，简单的蚊虫叮咬，却成了致病诱因，因吸毒又不敢去医院。若在夏季结束前疙瘩还下不去，那就是毁容了，脸上永远那样了。还有更可怕的是，在圈内有这样一种说法，手部和脸部出现这种坑洼现象，是因为得了皮肤病，更有直接说是艾滋病的，不过，没人考证过，不敢瞎说。

琦琦进入拿行是半路出家，时间也很短，吸粉也只几个月的时间，所以在圈儿内没有朋友，也没有人跟她讲过这些事。包括人的身体状况各不相同，反应出的症状也不尽相同，自己再不重视，甚至破罐破摔，那谁也救不了了。

中午，又到饭点儿了，跑了一上午，早就饿了，先找地儿吃午饭，然后去公园躺着，仨饱一倒儿，能活的这份上，也就不错了。

第一百四十五篇　马哥出院　五环租房

　　由于与肇事车主和保险公司商谈赔偿问题，马哥在医院多住了几天。问题解决了，也就没有必要在医院耗着，毕竟事已至此，手术也做完了，钱拿到手，再花就是花自己的了。

　　但是，以前住的平房不能回去了。马哥自己很清楚，人已经残了，不能再拖累米娜了，唯一的办法就是躲的远远儿的，反正已经跑过两回了。

　　租房子很容易，只要你不挑，中介公司手里随时都有，短住长租都可以。马哥觉得是这样，首先出院后要有地儿住，住了以后不满意，再让中介给调，主要就是楼层不要太高，或者是带电梯的房子，位置在五环边上就行。

　　办了出院手续，马哥坐在轮椅车上，由宁川推着出了医院。叫了出租车，宁川扶马哥上了车后，把轮椅叠起来，放进后背厢，然后上车坐在马哥身边。

　　马哥拨通了中介的电话，把手机交给司机，司机与对方通话，问明了地点，把手机还给马哥。发动汽车，驶离医院上了主路，向郊外开去。

　　汽车到了一个小区门口，有一名穿西服挂胸牌的中介人员正在等候。宁川从后背厢取出轮椅，打开后，将马哥从车里搀扶到轮椅上。出租车开走了。

　　马哥与房屋中介人员打了招呼，由宁川推着，跟着进了小区。

　　这里是五环外，一个新建不久的小区，有六层红砖楼，也有高层塔楼，卫生环境方面不如市里的老旧小区，但是很安静，据中介说，这个小区规模不小，租金很便宜，一个两居租金普遍在一千出头儿，有电梯的塔楼价格略高些，房源有，就看消费水平和用途了。根据马哥提的条件，有一套二层的两居比较适合。

　　中介和宁川两个人把马哥抬上楼，开门进屋，带着看房子。

　　虽然是六层红砖楼，但房子年头不长，装修过，比市里老旧小区六层楼的房间大了不少，属两室两厅的格局，两个卧室一南一北，都有双人床，客厅也不小，桌椅板凳沙发还挺齐全的，住着应该没问题，租金也不贵，唯一不太理想的就是位置，五环外，不是五环里，但也行了，又不用上班。

双方签了合同，房租为季付，第一次付款，需要收押金，所以交了四个月的房租。

中介告诉马哥，附近有农贸市场，买东西很方便，生活用品应有尽有。

中介走后，马哥仔细看了房间，很满意，床上有被子，若不太讲究，买个被套套上就行了，不过现在天热，盖不盖不吃劲。床单要去买新的，其余就是吃饭的家伙，有锅有灶也就就好办了，先凑和几天吧。

马哥已经给妹妹打了电话，让她到北京来，她来以后，就让宁川回去了，宁川也有家要养，都不容易。自己出事，可能是个意外，又或是因果报应，怨不得谁。

宁川出去买东西了。马哥双手转轮，在屋里走了几圈，心里很不是滋味儿，做为人，确切的说是做为男人，混到他这个份儿上，还有没有活的必要，活着也是赖活着。今后，他会给家人，给孩子，还有米娜带来很多的麻烦和痛苦。而且，一个男人，失去了性功能以后，永远不会再象健全的男人那样了，没有了对异性的感观刺激，身体里产不出激情，既使自己的米娜裸站在眼前，也不会有冲动了。关键是曾经那些被他拒绝过的女人，知道他现在是个残废，是个太监，还不笑掉大牙？跟自己有过交集的女人有很多，除了米娜，玲玲，还有粉儿姐和琦琦，倘若现在有一个人站在面前，你还有脸看人家吗？肯定无地自容了。 活着真没劲了。大师姑啊，你把我收了吧！

宁川出去这一趟，东西还真没少买，两个床单，两个被罩，油盐酱醋方便面，还有一袋米及一些蔬菜。食品的东西放在厨房里后，给南面的卧室床上铺了床单，被罩打开以后，没有往被子上套，因为夏天不用盖被子，既使冷点，盖个被罩也就行了。另一套床单被罩直接放在北面卧室的床上，暂时不用，是给马妹妹准备的。

"马哥，这套铺盖等小妹过来再铺吧，我晚上睡沙发就行了。"宁川说。

马哥摆手说："别介，你睡床上没事，都是自己人，再说就是用过了也可以洗，我家小妹也没那么多事。这已经够辛苦你的了。"

"不碍事，我们拉脚的，有时候等活儿等半天儿，就在车里坐着，都习惯了，这个沙发挺软的，躺着很舒服。而且每年夏天热的时候，我都在地上睡。"宁川说。

马哥点头道："嗯，你随便吧。你没买俩菜，带瓶酒回来，咱哥俩今天喝点，赶赶晦气。"

"带来了，放厨房了，我去拿。"宁川说着，来到厨房，打开一个塑料袋，拿出两个餐盒和一桶两公升的白酒，放到餐厅里的圆桌上，又回厨房，从袋里掏出一把筷子，拿了两双，在水管子下冲了冲，甩了甩，出来以后放桌上，又去厨房，从厨柜里翻出两个碗，刷了刷，也甩了甩，出来放桌上，坐下后拧开白酒桶的盖，给两个碗里倒了酒，一碗给马哥，一碗自己端起，先抿了一口。

"马哥哥，对不起，宁川给你赔罪……"宁川说不下去了，扬脖干了这碗酒，放下碗，起身跪倒在地，不停的磕着响头。

马哥转动轮椅上前，用手往起拉宁川说："兄弟起来，不要这样，你喝酒了，我还没喝呢，起来，陪哥喝酒。"

宁川起身坐下，哽咽着叫："哥……"

马哥端起碗，也把酒干了，放下碗，让宁川倒酒。

"兄弟，不要自责，本来就没你什么事，这都是命运安排的，我心里清楚。"马哥说着，端酒喝了一口。

宁川流着泪说："哎，我的车开的有点儿赶，要是稍微慢一点点儿，哪怕就一秒钟，也就没事了。真后悔！"

马哥用手拍了拍宁川的肩说："跟快慢没关系，你觉得慢一秒钟就躲过去了，那要是快一秒钟，不是也躲过去了？别瞎想了。古人不是说过吗，是福不是祸，是祸躲不过。哥认命了。"

　　"哥，你这么说，我这一辈子都不会安生……"宁川说着起身，又要下跪，被马哥接住。

　　马哥让宁川坐下后说："兄弟，虽然哥哥因为车祸成了残废，但我还是要谢谢你，是你帮我了结了一桩心事，否则我这辈子都会生不如死的。所以虽然代价很大，我心却能安了。"

　　"哥，我不懂，什么是心事？"宁川问。

　　马哥叹口气道："唉，一言难尽呀。不过，两位老人家已经过世了，说说倒也无仿。邓大姑有一个养女，是从几岁养起来的，母女俩相依为命，在山洞里住了十几年。后来，女儿长大了，大姑觉得不能让女儿在山洞生活了，就带她出去见世界面，碰巧遇见了我，就把女儿托付给我。邓大姑和师父以前是做拿行的，他们是师兄弟。拿行，你懂吧？"

　　"不懂，没听说这。"宁川摇头说。

　　马哥继续说道："拿，就是人们常说的偷，是做贼的。只是邓大姑年轻的时候就金盆洗手，一个人住进了山洞。而师父喜欢邓大姑，追求大姑许多年，大姑又铁了心的终身不嫁，师父也是终身未娶，也早早的退出江湖。"

　　"哦，原来我叔儿还有那么一段经历，没听他说过。"宁川说

　　"邓大姑把女儿托付给我，并让我承诺，第一，不许和她处男女朋友，第二，不许让她做拿行。当时我都答应了。可是，后来我食言了，我不但和她处了男女朋友，而且形成了事实婚姻，生了孩子。更不能饶恕的是，她也入了拿行，做了贼，而且，而且还吸上了毒……哎，这一切都是我的罪过，我对不起邓大姑，也对不起米娜，言而无信必遭报。所以，这次车祸看似偶然，但报应是必然，是邓大姑来惩罚我了。"马哥说得很伤心。

　　宁川劝慰道："马哥哥不必过于自责，就这次处理邓大姑的后事来看，你还是有担当的。我想，你和嫂子也是真心相爱。我叔叔和邓大姑都没谈过恋爱没结过婚，所以也不懂男女之间会有火花，会相互吸引，况且现在

的年轻人已经没有什么条条框框约束了，一切都很正常，而且，所有的事情都可以改变，我叔儿和大姑不也是做过拿行又改邪归正吗？任何人都可以做到。哥，嫂子不在北京吗？"

马哥摇着头说："你没有嫂子，以后就我一人了。我们没领证，没领证就不是夫妻。既然喜欢，就不能害她，不能让她守话寡。兄弟，这些日子辛苦你了，抓紧时间，把北京好好逛逛，看着好，以后可以到北京来发展。"

这些日子，米娜一出去就是一天，她主要去两个地方，一个是水产批发市场，另一个就是花卉市场。去市场的目的也很简单，就是去看批发市场里所批发的货物是什么，叫什么名称，和价格，当然，去水产市场首先看的就是活虾。市场里虾有不少，但是象玲玲说得那种活虾还真没有。花卉市场就复杂的多了，有几百或上千个品种的花卉，要想全背下来，估计得一年半载的。不过，不是开花店，知道太多了，暂时也没用，餐厅所需的品种并不要很多，无非就是玫瑰，百合，康乃馨，法香等，关键是批发价和售价。尤其是新手，也不懂什么叫成本核算，什么叫利润。不过这也没什么难的，米娜也不是傻子，看见有批发这几种花的人，过去问问不就行了，当然你一定要说自己是干餐饮的，需要摆台和拼盘，人家一定会告诉你什么花什么价，当然也要看地里位置，路越远，价格就高。

老话说得好，世上无难事，只怕有心人，事情都是人干的，只要你用心了，脑子又不笨，几天就是行家了，虽说暂时还有点二把刀，但是你只要把所要学的记在小本上或手机里，回家再复习复习，尔后边干边学，还有什么学不会的？

批发活虾的地方也去看了，不是什么市场，就是在一条胡同里，一个星期批两次。接虾的是一对三十岁左右的夫妻，据说是从机场接过来的，他们开的是一辆面包车，每次大约拉过来有二百多斤虾，都是客户订好了的。活虾用泡沫箱子装着，里面有冰袋。

等活虾的商贩有三十多人，要得多的搬一箱走了，十斤八斤的得过秤，不过分得挺快，十几分钟就批发完了。

这些商贩批来的活虾，基本都是往郊区送，因为市里的酒店海鲜养殖设备，都有人承包。商贩们有的自己有车，有汽车的要得就多点，也有开摩托车的，也有打车的。拿到虾的人马上就走了。

米娜是坐玲玲的车过来的，下了车以后，装作互不认识，站在一边看。玲玲的主顾是一个四十岁左右的矮个子男人，他要了两份虾，一份五斤，一份八斤，分装在两个白箱子里，盖盖子之前，每个箱子里放上一个叫作冰壶儿的果汁饮料瓶，据说这个饮料瓶到酒楼过秤的时候也不拿出来，多出来的份量就给厨师长做回扣，都是现金交易，货单上多写点就是了。当然，除了冰壶儿，半道上还有往虾里加水的。看来各行各业都有门道儿。

来得快，散得快，十几分钟的功夫，虾就批完了，人散了以后，批虾的两口子把箱子里剩的水倒在路上，箱子装车上准备走。米娜赶紧走了过去。

"大姐，麻烦问下，从您这买虾需要提前订吗？"米娜问。

大姐看了她一眼说："是的，提前两天下单。我们按数来的。"

"怎么跟您联系？"米娜问。

"车里有名片，你去拿一张。"大姐告诉她。

米娜来到面包车前，坐在车里的大哥给了一张名片，米娜接过后连声道谢，退到一旁。大姐把空箱子装上车，关上后车门子，上车以后对米娜说："要的话给我打电话。"车开走了。

"谢谢大姐。"米娜说。

米娜回到家，非常兴奋，脱了上衣和裤子，拍了屁股一巴掌。她进了卧室，后背往床上一摔，两只脚往上蹬了几下，乐得象个小孩儿的。

第一百四十六篇 玲玲拉黑活 米娜印名片

通过对市场的考查，米娜终于对做生意有了了解。做生意，其实就是买卖，一买一卖，既低价买入，高价卖出，中间有差价就叫赚钱。

货源有了，唯一费功夫的就是找客户，有了固定的客户，买卖就做起来了。只是找客户是个麻烦事，两眼一摸黑的谁也不认识，只能靠脸皮后和三寸舌了。

逛了几天市场，收获却实不小，光名片就接了二十多张。对了，名片，印名片，名片就是广告。先看看人家的名片是怎么印的。

她起身，来到门厅，从手包里掏出一打名片，回到卧室，又躺在床上，双手举着名片，一张一张的看，嘴里念着："销售，业务员，销售主管，销售总监，销售经理，业务经理，插花技师，插花高级技师，会场花坛设计师……"

米娜坐起来，靠在枕头上，把手里的名片放在屁股旁边，双手抱头，开琢磨着给自己印一张什么样的名片。人家都有职务，咱也应该有个身份呀，但是叫什么呢？

她没上过班，也没接触过机关干部这样的人，准确说，经理，总监，主管，技师，到底是什么官衔，想都想不出来。不过，自己第一步主要是做活虾生意，从这些职务的字面上分析，叫主管比较贴切。对，主管送虾，主管送花，要印两张名片，鲜花的名片不单要印上销售主管。还要加上扩弧，插花技师，这样就差不多了。

米娜笑了，她对自己的职务挺满意。有了名片，有了身份，就可以彻底脱离神拿门了，只要做成一笔生意，就可以金盆洗手了。而且等小马哥哥回来，让他也金盆洗手，让他做总经理，等生意做起来，我们租个门脸儿或柜台，开夫妻店，就可以过正常人的生活了。

小马哥哥走了有半个多月了，时间可不短了，就是出国也该回来了，怎么连个信都没有啊？难道是邓妈妈病重，需要他照顾？要照顾也应该米娜去呀？急死人了。

更让人纳闷儿了，连米娜都没有邓妈妈的手机号，小马哥哥怎么会有呢？哦，对了，小马哥哥是二师叔的徒弟，可能是二师叔通知他的？不对呀，不是说二师叔已经去世了吗？按说小马哥哥跟邓妈妈没什么关系，完全可以不去，他这是替米娜去的。小马哥哥，你不会是找借口又躲了吧？

坏了，净顾想事，忘了做饭了，怎把这茬忘了。

米娜下地，踏拉上拖鞋，来到厨房，投米蒸饭。又择菜，洗菜，切菜，一通忙活。都准备好了以后，锅坐灶上，打火儿倒油，油热后，又马上关上火，拍了脸下，从厨房走出来，到卧室又靠在床上。

"着什么急呀，饭不熟，炒完菜晾着？"米娜自语道。

如果是往常，玲玲拉送虾的，这钟点儿也该回来了。她今天没到家，可能是又去趴活了，这个玲玲，把拉活当事业干了。

你还甭说，人无远虑，必有近忧。米娜就没这远见。年初玲玲学车本的时候，当时若跟她一块儿去学，现在也能开车了，有了一项技能，也就多了一次机会。而且作为一个外地女孩儿，能开着车在北京的大马路上跑，多让人羡慕啊。

"我回来了。"玲玲进屋喊了一嗓子。"哐"的一声把门关上。脱了鞋，裤子和上衣，光着两只脚来到表姐屋门口。

玲玲歪着往屋里瞧着说："老婆子，没做饭呀？肚子饿了。"

米娜正在想事，刚才没反应过来，忙说："哦，今天回来晚了，米饭还没熟，菜炒得了也是晾着。你先扛会儿，东西都准备好了，只要饭熟了，马上就炒菜。你今天怎么回来早了？"

"一看就不是亲老婆，想把你老公累死呀？不是回来早了，是回来晚了。今天赶上查车的了，堵了好长时间呢。姐，你印名片去了吗？"玲玲问。

米娜起身下地说："还没，我想等你回来商量商量，我得有个什么称呼比较好，然后再去印。该炒菜了，我去炒，你先洗澡吧。"

玲玲跟表姐到厨房后问："还用什么称呼？把名子印上，电话印上不就得了。不那么费事。"

"不是，我今天研究了人家给我的名片，名片上的那些人，净是主管，经理什么的，你说他是真主管，假主管，真经理，还是假经理，谁也不知道。姐现在什么都不是，你说姐印个什么职务合适呢？印个主管，或者经理？可手下连只小猫小狗都没有，还不让人笑话。"米娜说。

玲玲笑着说："姐，那是职务。主管不见得就是管人，也可能是管业务。你是专门管虾的主管，就叫瞎管就挺好。"

米娜用勺子一指玲玲说："我瞎管，我管你，你就是一只大白虾。"

玲玲忙解释说："不是瞎管，说错了，我是说职务，叫虾主管，也不对，叫主管虾，还不对，虾管主，更不对了。对，活虾主管，或者叫海鲜部主管。海鲜部，这个好，官显着大。"

米娜对海鲜部主管挺满意，她联想道："海鲜部很不错，象个部门儿。那要卖花呢？就叫鲜花部。以后还可以有山货部。不过，你也该有个职务，成立个汽车部，你当汽车部主管。"

"我要当就不当主管，我当经理。汽车运输部经理。"玲玲说。

米娜摆手说："不能叫经理，经理的位子给你姐夫留着呢。等他回来，让他当总经理，咱俩是主管。怎么样，玲玲主管，给你也印张名片？"

"得了，主管我也不当，开这么一辆十多年的桑塔纳，谁相信你是经理是主管呀。而且经理也有大有小。以后我要当，就当总经理，专门管经理的总经理。"玲玲说。

米娜乐着说："你快着点儿，赶紧当总经理，你要当了总经理，我也什么虾主管呀花主管的，都不当了。倒省了心了。"

玲玲纳闷儿的问："那当什么？"

"我当总经理她姐姐。你想啊，你要是当了总经理，想扒及你的人还不多了去了，你又不能明着收礼，那怎么办呢，姐替你收啊。菜秒好了，你是先吃呀，还是先洗呀？别这儿贫了。"米娜说。

　　玲玲忙转身说："先洗吧，冲冲就出来。"说完，进了卫生间。

　　印名片原来特简单，到街面上的打印复印门脸儿，把你所要印的内容和电话号码告诉打字员，两三分钟就生成了图片。米娜印两张，一张是卖活虾的米主管，名片上还有齐白石画的对虾图案，另一张是经营鲜花业务的米主管。上面还印上了花瓶图案。玲玲印了一张约车的名片，名片上有一辆奔驰的图案，挺唬人的。其余就是交钱了，一张名片必须印三盒，或最低五十元。明天上午可以取。

　　从图片社的门脸儿出来，米娜感到浑身都很轻松，很舒服。刚才跟人谈印名片的时候，心里很慌，就跟做贼似的，比在马路上看见警车还要慌，不知怎回事。而现在，一转眼的功夫，身上就象卸下了千斤重担，一股得意之情从心中泛起。从今天开始，她将告别让她担惊受怕的神拿门，坐上虾主管的宝座，过上正常人的生活。

　　对于米娜来说，今天就象是迈过了一道坎，为了过这个坎，她想了无数次，下了许多回决心，拖了很长时间，今天终于过去了。从今以后，就是累死，饿死，也不会再回到从前了。

　　月亮从东方露头了，好象很近，很大，也很亮。印象中，这是第一次欣赏都市的夜景，真的好美啊！

　　明天，是正式工作的第一天，也是有生以来第一次。发名片，觉得简单，但又很难。发给谁，见了人怎么说，也是要演练的。比如说，你到酒店，先要找人家管进货的负责人，人家叫厨师长，你是叫师傅，还是叫大哥，叫大爷，还是叫大叔儿。介绍我自己的时候，我是叫小米，米主管，虾主管，还是虾米……乱了，连话都不会说了。回去练，先写好词儿，练它一百遍。

　　一上午跑了十几家酒店餐馆，米主管的嘴皮子都磨破了，这几天学的知识也都用上了。就是刚开始的时候有些紧张，往后就放开了。也是，做的是正经生意，又不是偷不是抢，买卖不成仁义在。而且那些个大厨对她也都特别客气，基本上都说要研究研究，也有两家的大厨说要看样品再定，并且给她留了联系电话。

第一次谈生意，没有经验，空口无凭，手里没有现货，你怎么说好人家也不信，毕竟郊区和市里还是有区别的。不过有一样能看出来，这些餐馆酒店对活虾还是有需求的。

玲玲只负责开车，对做生意不感兴趣，但是，她对表姐迈出的这一步，还是感到很欣慰的。

她每天拉活儿，接触的人也多，道听途说的听几耳朵，有些倒也是经验之谈。所以，自己不会做生意，就跟别人学着做，象卖虾，卖花这种生意，都是从别人那听来的，你只要照猫画虎的学就行了。

今天没拉活儿，拉着表姐谈生意，第一次开车跑高速，终于体会到了风驰电掣的那种感觉。真叫一个爽。

已经心花怒放的玲玲，不知不觉的嘴里哼出了几句现编的小曲："手把着方向盘，两眼往前看，刚进了五环，转眼就到四环呀，哎呦喂，还没过瘾呐，就进了三环来到了家门前……"

玲玲跑车，逐渐溶于社会中。见得人多了，眼界也就开阔了。拉私活没那么辛苦，不用象出租车司机那样交份儿钱，车是四大姑的，让她开着玩还给饭钱，哪找那么好的事去呀。真希望四大姑的车本子考不下来，自己就能一直开下去了。不过，这只是初级阶段，要想在大都市立住脚，拉私活肯定不是长久之计，最理想的就是能开上正规的出租车。

第一百四十七篇　马小妹来京　一蛋爸戒毒

马小妹来了，见了哥哥痛哭一场。马哥尽量装的很轻松的样子来安慰小妹。

宁川也该回家了。马哥让小妹去取了一万块钱，要给宁川，宁川说什么也不要。

"兄弟，这些日子辛苦你了，没想到给你找了这么大麻烦。这钱你拿着。"马哥对宁川说。

宁川推却道："哥，钱我不能要，这钱是你用命换来的，留着看病用。我的汽车修理费和误工费已经拿到了，放心吧哥。小妹来了，我已经把该吃的药，病历，和复查的事情都交待给她了。你好好养着，我就回去了，出来时间也不短了。"

"是，订好票了？"马哥问。

"定了，今天下午的。"宁川说。

"那好，我也送不了你，让小妹弄几个酒菜，中午喝两杯给你送行。"马哥说。

马小妹初到北京，连东南西北都分不清，马哥对小区周边也不熟悉，所以连续两天拄拐下楼，坐在轮椅上，让小妹推着到处转，由近而远，今天走的最远，由西五环走到西三环，来回用了六个小时。

下楼容易些，上楼就费劲了，双拐不能架着，全凭双手握着拄在楼梯上，幸亏有马小妹在一旁奋力托着，一步一停的上着很艰难。没办法，小妹没出过门儿，小地方的人没见过世面，在北京更是两眼一摸黑，出门就找不着北，带她出去两次，至少教她知道了什么叫五环，四环和三环了。还有人行横道，红绿灯，公交投币和什么是正规出租车等。

晚上，饭菜摆在桌上，小妹走进哥哥的屋里，要扶哥哥吃饭，被哥哥拒绝。

　　"小妹，以后不许扶我，我就是摔倒了，你也不要扶，我自己能行。"马哥对小妹说。

　　小妹赶紧拿过拐杖，等着哥哥站起来。马哥两手先抓住一根拐杖，撑起身子。站起来后，把拐杖架在腋下，再架另一根拐杖，站稳后，才走出卧室，来到客厅，坐在轮椅上，转到餐桌旁开始吃饭。

　　小妹已经来了三天了，这三天除了照顾哥哥吃喝和下楼溜弯，其余什么都没问。

　　"哥，我想问你个事？"马小妹终于忍不住问了。

　　马哥只顾低头吃饭，没说话。

　　"哥，我就想问问，怎么没看见我嫂子，你们没住一起吗？还有玲玲，玲玲呢？"小妹问。

　　"吃饭。你没有嫂子了，"马哥说。

　　马小妹着急的问："为什么呀，你俩打架啦，离婚啦，那孩子怎么办？"

　　"没结婚离什么婚，记住，今后她是她，我是我，她和我，和你，和咱家都没有任何关系。"马哥严肃的说。

　　"哥，你说的什么话？那我侄子呢，不是她儿子？"小妹问。

　　马哥放下筷子，把轮椅转过去，回到卧室，眼泪就象断了线的珠子，"哗"的就掉下来了。从出车祸到现在，积攒下的情绪一下就暴了出来，实在装不下去了。

　　小妹见问到哥哥的伤心处，心里也跟着难过，她眼里含着泪花，来到哥哥的身后，双手扶着轮椅，不知说什么好。

　　"哥……"小妹伤心的叫着，泪水滴在哥哥身上。

　　"哎，哥哥苦啊……"马哥叹一声，当着妹妹哭泣，一定是触到了伤心处。

　　"哥，是不是米娜欺负你了，还是她给你甩了？你别怕，现在咱不怕她了，她儿子在我手里，我以后永远不让她见孩子，断了她母子关系。我让孩子管我叫妈。别难过了啊，哥。"小妹气愤的说。

马哥揪了张卫生纸，擦干了眼泪说："小妹，你坐下，哥有话跟你说。"

"哥，你到床上去靠着呆着，今天够累的了。"小妹搀扶哥哥坐到床上，把轮椅推到客厅，回来坐在写字台前面的椅子上，手托着腮，侧过身来瞧着哥哥。

马哥背靠着枕头说："小妹呀，你误会了，不是米娜把我甩了，是我在躲着她。是我们家老家儿害了她，但她从不记恨。而我也做了伤害她的事，她也不记恨，在我有病的时候还照顾我，她好几次要和我领证，我都一直在拖。这次邓大姑去世，我去奔丧，就是去向邓太姑赎罪的。小妹，你哥不是好人，做了很多坏事，所以这次出车祸，也是该着。现在哥哥已经成了废人，就不能再害米娜了。我们没领证，就不是夫妻，虽说她对我不离不弃，可我不能耽误她一辈子，否则我就不是人了。小妹，不要和别人说她有儿子，她是未婚，明白吗？"

马小妹的脑子已经空了，泪水洒在胳膊上。

马哥继续说道："不要告诉孩子他母亲是谁，等他长大以后，如果米娜想认孩子，可以让她认，但不能影响她的生活，如果米娜有了新的家庭，可以让孩子给她当干儿子。还有玲玲，这些日子不要和她联系，她若给你打电话，你就说你在家看孩子呢，不要告诉她你来北京了。另外，她要是问我，你就说我哥把手机丢了，所以换了新的号码，他给家里来过电话，说是在照顾那个邓大姑，别的就说不知道。"

马小妹终于明白了，哥哥不单有伤在身，而且还有痛在心里。父亲曾经害过老米家，害过米娜，虽然过去十多年了，但是报应还没完，而这种报应，都集在了哥哥一个人身上，这就是害人害己的必然结果。

马小妹把脸趴在胳膊上，双肩在颤抖，心里凉凉的。

一蛋妈推着女儿，在文哥家门前来回溜达。她很得意，兴奋之情溢于言表。她没跟文哥打招呼，甚至没瞧文哥一眼，虽然小拉拉往文哥这里伸手，她也装不知道。她心里明白，等她再转回来的时候，文哥肯定会先说话。

"拉拉妈,今天是吃了什么了,还是喝了什么了,透着从心里往外乐?"文哥问了一句。

一蛋妈眼睛望看天空,一边走一边说:"喝了笑尿儿了。"

文哥有些不好意思的说:"这么放肆,一定是有想憋又憋不住,想说又不说,从心里往外美的事,那你就偷着乐吧。"

一蛋妈推着拉拉走到一头儿,又转回来,朝文哥一探身,神秘的说:"叔儿,她爸爸去戒毒所了。别忘了您说过的话呀。"

哦,文哥明白了,真是值得高兴的事。一个有八年毒龄的瘾君子,能够走进戒毒所,那得需要多大的勇气呀。怨不得一蛋妈乐得跟小孩儿似的。

文哥以前放过话,只要一个蛋家里有人去戒毒,就租一间房给她做为鼓励。文哥当然不能食言。

"哦哟,真是大喜事,我说呢,怎么抬头纹都开了,美的眼里都没谁了。拉拉妈,这些日子怎么没见一个蛋,他去哪儿了?"文哥间。

一蛋妈一撇嘴说:"您都爷爷辈儿了,怎么能跟我儿子他妈说我儿子是一个蛋?非得让我说您几句您心里才美吧?我儿子他爷爷说想看看孙子,让他回去,就送走了。真不想让他去,都三岁了,还没花过他爷爷一分钱呢。哎叔儿,您可别装傻啊,该给我腾间房子了吧?"

"嗯,我倒是说过。说话算话,等一蛋爸爸回来,我看是不是真戒了,要是的话,没问题,我这间房打开就是门脸,不过,惦记我这间房的人多了,我这门儿一开,肯定净是来要的,我得费好多话。"文哥说。

一蛋妈笑着说:"那您又能小赚一笔了。"

"赚一笔,用什么赚?"文哥问

"雪莲王啊,每次您一扇呼租房子,都会招来一帮买雪莲王的,这次也得提前备货,省得到时候抓瞎。"一蛋妈说。

"合着你天天儿贼着我这儿,卖雪莲王你也知道。也对,这是最后一次机会了,赚点儿是点儿吧。"文哥说。

一蛋妈惊讶的问:"最后一次机会,为什么?"

　　"为什么，房子租给你，你也开小卖部，我的东西还卖的出去呀？肯定是你开张，我关张呀，连房子带货全归你了。"文哥说。

　　一蛋妈得意的说："要不管您叫叔儿呢？您这是帮人帮到底，送佛送到西。您不愿意呀？"

　　"帮人是可以，送的是不是佛就不好说了。"文哥说。

　　"反正啊，在您的教育下，我家孩儿他爸去戒烟了，怎么说您也是功德一件呀。"一蛋妈说。

　　文哥一拍脑袋说："我也够笨的，有房子不用，在外面摆摊儿。要说舒服，还是屋里舒服啊，风吹不着，雨淋不着，太阳晒不着。干脆，中午把门打开，下午就搬屋里去。"

　　准备开门脸儿的这间房子，其实很容易打开。墙上有现成的对开铁门，铁门的上方是四块玻璃，下面是铁皮，门的外面砌了半堵墙，单胚砖的，用锤子敲几下，墙就酥了，用一把改锥一撬，砖就拆下来了。就手，拆下来的砖就铺在门前地面上，形成一个平的台阶。门是在里面插着的，打开就很容易了。只是门的里面有一组暖气片需要拆下来。

　　一般在拆迁的小区里，都有一帮收废品的，见到谁家有点动静，这帮人就跟猫闻见腥儿似的，蹬着三轮就在你家门口候着。这些人什么都会干，准确的说就是什么都会拆，只要谈好价钱，什么东西都能拆走。

　　文哥刚从里面打开门，马上就有人要收暖气片。暖气片是铸铁的，一片给十二块钱。文哥也不费话，一共十八片，给钱拆走，铁管子不卖。

　　这些人什么家伙都有，只见一个拿着管钳子的人，从暖气片上跳过去，进屋就拆，只几分钟的功夫，就把暖气拆了，铁管子立在墙角，一大组暖气片两个人抬出来，直接装上三轮车。

　　"大哥，屋里的单人儿床和柜子卖不？"收费品的骑上三轮，回头问了一句。

　　文哥笑骂道："滚吧，挣点儿得了。"

　　收暖气片的抬起屁股，蹬着三轮车高兴的跑了。

这间屋子，以前是给儿子住的，自从贴了拆迁公告，儿子就搬到楼房去住了。

屋子的西北角儿有个洗手池，靠东墙立着一个书柜，书柜是空的，没多沉，文哥一人就把它拉到靠北墙的位置，北面的一面墙都是玻璃窗，有一扇门，门和窗户上都是磨砂玻璃，通过这道门，可以进到文哥的房间，不过，门的里外都能锁，私密性还是没问题的。

文哥用尺子量了单人床的宽窄，把单人床拉到东北角儿，房间靠南的地方就腾空了。没问题，只要把外面的写字台搬进来，就齐活了。当然，冰箱也可以搬进来，放的洗手池边上，包括烟酒饮料等商品也可以挪屋里来了，这样躺着就把买卖做了。

书柜是三层，现在改酒柜了，啤酒，白酒，红酒，洋酒，小二，各摆上两瓶，就占了最上面一层。红茶，绿茶，矿泉水，纯净水，酱油，醋，料酒，盐，糖等又占了中间一层。最底层放的都是随时卖的东西，比如打火机，毛巾，棒棒糖等小商品。费事的就属冰箱了，所有的东西清空后，搬着倒不沉，进了屋，放平了就行，最后再把饮料放进去，插上电，活儿基本就干完了。

忙了俩钟头，午觉耽误了。不过挺值的，闲的时候可以躺着了。就是外面还有一张写字台，需要等有人帮忙抬进来，一个人只能拉，拉就容易损坏，再说也不急着用，就在外面先放着。

没有顾客，可以躺会儿了。刚有了这个想法，一蛋妈就抱女儿进来了。她把孩子放地下让她爬，自己转着脑袋看房子。

"不错，还装修过，房子挺宽绰的。您既然规置出来了，就交房吧。"一蛋妈说。

"交什么房啊，等她爸回来，我得看是不是真戒了烟，真戒了我就兑现承诺，否则就甭想。"文哥说。

"真是的，这还骗您呀？您看您孙女儿，都会爬了，外面是柏油路，都不敢让她爬。您不心疼大人，也得心疼孩子吧？"一蛋妈说。

"嗨，别，别瞎掰，谁孙女儿呀？这辈儿是怎排出来的呀？"文哥说话快结巴了。

一蛋妈用手指头一比划说："您是我叔儿，大一辈儿。她是我女儿，您大两辈。您别不承认。"

文哥无奈的说："你们这一家子，真乱活儿。你让你儿子叫叔叔，又让你闺女叫爷爷，把我弄糊涂了。"

一蛋妈笑眯眯的说："装糊涂。您是想让我管您叫哥吧？那好，哥，咱辈儿拉平了，我可要在你家插足了，我要当第三者。拉拉，这是你干爹，拜拜干爹。"

正在地上爬的拉拉两只小手一抱，做了谢谢的动作。孩子真聪明。

"拉拉妈，我真不明白，这女人一入了你们这行儿，是不是都这么放得开呀？还有米娜跟玲玲，居然敢叫公公，整个是一概不吝，脸还一点儿不红。"文哥说。

"那还不好？这说明您有女人缘儿。"一蛋妈说。

"得了吧，我有自知之名，你也别捧我。这样吧拉拉妈，等她爸爸回来，估计也就十来天。只要他戒了烟，我连小卖部都不开了。不过，你以后别教孩子认干爹。"文哥说。

"谢谢哥，知道了。干爹不当，就当舅舅。拉拉，谢谢舅舅。"一蛋妈说。

小孩子其实不知道什么是干爹，是舅舅，只听的懂谢谢，一听谢谢，就抱小拳头。

一蛋妈出去了，文哥把门插上，躺在单人床上

第一百四十八篇 文哥开门脸 琦琦盗吹风

有个门脸儿真不错，想开就开，想躺着就锁门，谁能奈我何。一蛋爸爸去戒毒了，一般情况下，戒毒需要七至十天，倘若他戒了毒，那可是天大的好事。文哥心里也跟着高兴，因为他去戒毒，文哥也起到了一些推波助澜的作用，能帮人一把就帮一把，劝人积德行善也不能光凭嘴说。但愿这一家子人能回归到正常人的生活轨道上来。

这几天没见缉毒的来抄，有些人又开始搭棚子了。搭个棚子其实不费事，四根埋地立柱，拉上铁丝，搭上雨布就行了。还有用三根杆子的，支个三角架，用防雨布一围，就是棚子。也有借一面墙的，墙上钉钉子，再埋两根立柱，拉铁丝搭上防雨布，也很省事。而且搭一个这样的棚子，也就是几百块钱，和一个小时的成本，对他们这些人来说，三天没人管就赚了。

在屋里看摊儿，站街的机会就少了，不象在外面了。在外面就一张桌子，不摆什么值钱的东西，人可以随便溜。在屋里就不一样了，所卖的货物都摆明面儿上了，不能离开人。而且，到文哥这里买东西的人都是做拿行的，跟你嬉皮笑脸的同时，顺你点儿东西本身就是一种自然现象，你也就别报案了。

不过，在屋里比外面生意好了一些，屋里放了几个凳子，进来的顾客可以坐下歇会，喝点水，吃点东西，多少都花几块钱。有时候几个人坐在一块儿，还要交流一下经验。

临近天黑，有两个年轻人坐在屋里，每人喝了一瓶饮料，吃了一块巧克力，正起身要走，见一中年男子进来，又重新坐下，跟中年男子打招呼。

"杨老师，好些天没见了，您坐。"一青年人打招呼。

杨老师坐在凳子上说："给我一瓶矿泉水，一包饼干。你们俩小子也刚回来。"

青年人抢着替杨老师付了钱。

"杨老师，跟您请教个事？"一青年人说。

"什么事，你俩又要犯坏呀？"杨老师问。

青年人道："哪能啊，这回是真心向您请教。今天下午，我俩从银行跟了一个给单位职工取工资的大姐，在银行门口，大姐碰到熟人聊天，聊了大约有十分钟，把装钱的黑皮包就放在脚边地上，她的包儿里有刚取出来的六万块钱，真是天赐良机，这可是发财的机会呀。只是我俩轮番在大姐身边走过几遍，都没有下手的机会，大姐的视线始终没离开过装钱的皮包。遇到这种情况，有什么好办法能把包儿拿到手。"

杨老师喝着水，吃着饼干说："遇到这种情况，最好的办法就是声东击西。声东击西有很多种。比如说，你们有一个人往放包的地方走，在距离放包的地方有一米五的距离时，另一个人在看包人的视线范围以外做出响动来，比如摔个跟头，碎个酒瓶子，最好是摔跟头碎酒瓶子还扎了手，满手流血，这时候所有的人都会盯着摔跟头的人看，一看就会走神儿，走神儿的时间至少在十秒钟以上，有这十秒钟的功夫，事就办完了。当然，这种声东击西的计谋，也要在平时进行演练，久练久熟。还有就是做提包儿生意，平时身上要带着一些小玩艺儿，比如说奶包儿，红药水什么的。"

"奶包，红药水，干什么用？"一人问。

中年男人说道：声东击西时用的道具，你把牛奶包搁嘴里一咬，躺在地上，满嘴的吐白沫子，肯定会吸引货主儿的注意力。还有，比如说你摔跟头，摔的一定要狠，手要摔破了，摔破了就会流血，你又不能真摔破了真流血，红药血就用上了。"

"杨老师真是高手，学习了，谢谢杨老师。"两个人说完，起身欲走。

"等等。"杨老师叫住他俩。

"老师，有事您说。"青年人说。

杨老师咽了块饼干说："如果有机会把那个包搞到手，分我两万？"

青年满口答应说："哪儿还有那机会，真有的话，甭说两万，三万都行。"

杨老师一举水瓶子说："好，就这么定了。你们俩明天出去，买一个跟你们今天看见的那个包一模一样的包，最好去旧货市场买旧的，再买六打儿给死人烧的冥币。"

"你要那些东西有什么用。"一青年问

杨老师胸有成竹的说："给她先用声东击西，再来个偷梁换柱，这样就万无一失了。"

两个青年人摇头说："不明白？"

"俩呆子，你们不是说那个女人是给单位取工资吗？今天没得手，下个月呀，工资月月取，下个月的今天……"

"哦，明白了，杨老师真是高人，我们明天就去准备。"说完，两个人出了小卖部。

来到门外，一青年问："哥，咱真跟他合作啊，他要分两万块？"

"想得美，到手的钱凭什么分给他呀？"两个人说着话，笑着走了。

见两个年轻人走了，文哥对杨老师说："兄弟，提醒一下，以后不准在我这儿提你们的事。进屋坐会，吃东西喝水，但是这些事别当着我说。万一你们出了事被抓了，肯定怀疑是我告的密。"

"文哥放心，这俩小子，头顶长疮，脚底下流脓，满肚脐眼儿的坏水，他们不会跟我合作的，一定会单独去干，而且百分之九十不会得手。"杨老师说。

文哥一听，挺感兴趣的问："为什么？"

杨老师拍掉嘴上的饼干渣儿说："第一，现在银行门里门外都安了探头，一旦被拍了脸，就会被通缉，一辈子都得躲躲藏藏了。第二，一般出纳去银行取工资，都是两个人去，不可能是一个人，另一个人可能是开车的司机，就在不远处盯着。第三，装钱的提包不可能回回都放地上，如果人家是提在手里的，什么声东击西，偷梁换柱，其实就是抢，偷包儿变成了抢包儿，抢和偷性质就变了，六万块的案子可算是大案了，如果被抓了，不枪毙也得判个十五二十年的。所以，到时候他若是找我，我肯定不会让他们去的。但是他们肯定不会找我，那就去作死吧。而且各行儿有各行儿的规矩，拿行的就是饿死，也绝对不可以去抢。还有就是远离银行。"

文哥点头道："有道理，头一次听说。无规矩不成方圆，学习了。"

中年人站起来，往外走着说："得，今天又白忙一天，都没弄到一口肉钱，一包饼干就打发了，想想都对不起这胃。回见。"

"慢走啊，以后常过来聊。"文哥也回了一句。

文哥开了一年多小卖部，接触的这些人，基本上都是贩，吸，偷，赌之类，这些人虽然都不是本地人，但他们每天都在这里聚集，或露宿，与文哥就如同街坊一般，文哥不认识他们，他们认识文哥，久而久之，也不把文哥当外人，说话聊天从不避讳，而文哥也爱听他们讲故事，并记在心里。

人活在世上，总要做事的，而做事就要有激情，有动力，激情和动力会调动体内的潜能，你才能不怕苦不怕累，心甘情愿的主动去做。以前是为了苏甫，琦琦用尽了激情，耗没了动力，留下的是心灰意冷，而现在又有点儿破罐破摔了。

可不是，一个年轻的女孩子，为了自己的心上人，去搬自行车，去推摩托车，成了圈内尽知的女摩王。而现在，爱情是什么，爱人在哪里，不要说去推自行车，摩托车，就是椅子上放个钱包都懒的伸手了。当然，也不可能遇见这样的好事。

琦琦手上提着半挎包，在公园里转了快一上午了，觉得没什么意思，走路还得看地，怎么没人丢钱呢？

肚子里"咕噜咕"的响了几声，应该是饿了。挎包里有根黄瓜，掏出来就咬了一口。这几天改吃三顿饭了，所以一到十一点多，肚子里就叫唤。不过吃饭还得花钱，老妈给的五千块钱还真得省得花，终归不能月月都回去要。吃根黄瓜扛一扛，晚饭早点儿吃就行了。

常言说的好，饱洗澡，饿剃头，现在正好饿了，省下顿饭钱，去弄弄头。把头发剪短点儿，烫点儿花，去去秽气。夏天天儿太热，又不能每天洗澡，去美容美发店享受享受。

说是享受，只是相对而言，毕竟兜里的钱有限。进美发厅的门儿之前就想好了，只做烫发，剪发，其余什么按摩，锤背，掏耳朵，洗鼻子，捏脑袋都不做。免费的除外。

美发店内呈纵向长方形，靠左侧一排座椅，摆放得很整齐。不过，这个钟点儿还没上顾客，显得空荡荡的。琦琦是个闲人，没有时间约束，店里就她一个顾客，两个女孩给她卷卷儿。

药水要的是中等的，没敢要最好的，加上洗，剪，吹，要价三百九十八。好嘛，真不便宜，比发廊贵一百多。

一美发师指着操作台上放着肩包说："小姐，把你的包挂起来可以吗？"

"可以。"琦琦说。

美发师把琦琦的肩包挂在墙上的挂钩上，

"你们家烫头可真够贵的，三百九十八？比外面贵一百多。打个折儿吧？"琦琦说。

"大姐，我们不是发廊，我们用的药水都是品牌的，不是杂牌子。打折儿是可以的，但是您得办卡，办一万块钱的卡可以打六点五折儿，八千块钱的卡打七点五折儿，六千的卡打八点五拆儿，四千的卡打九点儿五折儿。大姐，我建议您办一万块钱的，这样能省不少钱呢。"

"不办。办了卡就让你们套上了，想不来都不行了。"琦琦说。

"大姐，您应做个脸部护理，去去角质，补补水。"美发师说。

琦琦瞪了她一眼说："不做，没看脸上蚊子叮的包还没下去呢，再让你撮肿喽。"

"大姐，您是不是经常跑外呀，跑外的人累腿，要不给你做个足疗，或者补肾艾熏？"美发师说。

"闭嘴，让我消停会儿。你们爱做什么做什么，不要钱就行。"琦琦不耐烦的说。

美发师不说话了。

卷完卷儿，美发师拉过一台仪器，升起来照在琦琦脑袋上，调试了按钮后说："大姐，别动啊，四十分钟就好了。不舒服叫我。"

还不错，两个小时就做完了。美发师带琦琦到门口收银台交款，琦琦觉得三百九十八有点多。

"打个折吧，三百五行不行？"琦琦问。

收银员摇头说："对不起小姐，我们是明码标价，不是会员不能打折。"

琦琦掏四百块交给收银员，拿了找零后，推门要走，突然一拍脑袋。

"嘿，狗脑子，包忘拿了。"琦琦说着，往里走，来到做头的椅子旁，伸手摘包时，无意中瞄了一眼台面上放的吹风机。

整个店里，就门口有一个收银员，其余的人可能都去吃饭了。琦琦从墙上摘下半挎包，放在椅子上，拉开链，掏出一包餐巾纸，抽出一张，把纸包放回包里，同时，把吹风机带线也塞进包里，拉上拉锁，对着镜子，用餐巾纸擦了擦眼角，扭头提着包往外走，到了门口，朝收银员点了下头。

"欢迎您再来。"收银员微笑的说。

第一百四十九篇 吹风没人要 拉拉妈租房

琦琦出了美发厅，心里很得意，一个吹风机值不了多少钱，只是顺手牵羊，也不费什么事，关键是出了一口气。谁让你不给打折呢，哪怕优惠个三十二十的，也算给点面子呀。这个吹风机，对一般人来说，就是个废物，但你美发厅买一个也得几百块吧？哈……

这里离车站西里不远，穿过一个小区，过了马路，往前走几百米，就是自己隐居的公路桥。她在桥上犹豫了一下，决定不下去了，应该先去文哥家周边转转，了解一下动态，然后买几包白粉儿，再回桥下，这样就省的上来下去的了。

逆河而上绕到北侧，在路口往文哥家方向看，一切都很正常，王哥依旧坐在文哥家房子西面的石头上。琦琦走过去，跟王哥打招呼。

"王哥，闲着呐？哎王哥，吹风机收不收？"琦琦问。

"什么吹风机？"王哥反问。

琦琦打开挂包说："吹风机，这个，理发馆吹头的。"

王哥摇头说："不要，白给都不要，没地搁。最近没弄手机呀？"

"没有，最近什么都没干，没钱了就回家要。这是刚才去做头，收我四百，一分钱折都不打，走的时候就顺了它一个吹风机。你歇着，我过去转转。"

琦琦在文哥家门前东西两侧转了一圈，没发现什么异常，只是这圈里的老面孔少了，让她稍感欣慰，因为老面孔少了，说明认识她的人也少了，相对来说就安全多了。

文哥家门前摆摊儿的桌子不在了，仔细看了一会，原来是在大门的右侧开了门脸儿房，肯定是搬屋里去了。

果然，文哥正坐在桌子里面喝酒。

"大哥，我来了。呦，独闷儿啊？您够滋润的。"琦琦笑着打招呼。

"琦琦呀。怎么，脸还没好啊？"文哥问。

琦琦用手摸着脸上的疱儿说："可不是，不知怎回事，身上哪都好了，就这手背上和脸上，不知道怎么老下不去。"

"你瞧瞧，破了盘儿了，这是天妒美人儿呀。不过你别着急，千万别挠别挤，明年过个伏天就好了。"文哥说。

"但愿吧，将来要是好不了就整容。大哥，递我一瓶冰红茶，一盒塔山。我账上还有钱吧？"琦琦问。

文哥把把烟和饮料递过来说："有，够花一阵儿呢。"

"哎大哥，我这有个吹风机您要不要，好的，专业用的。"琦琦说完，拿出吹风机放在桌子上。

文哥放下酒杯忙说："不要不要，赶紧拿走，别往我这拿，我们家有俩呢，没人用。"

"瞧您吓得，您是怕是偷的吧？这是买的，刚才我去做头，花了四百块钱，让她给点儿优惠，她没零钱，就拿这个吹风机抵了。这样吧，本来说是送您的，您肯定不收，那您买，给点钱意思意思就行了，这样您不用搭交情。"琦琦说。

文哥摆摆筷子说："给都不要，更甭说买了。赶紧拿走，我这人胆儿小。"

"您还是我哥吗？给不要，卖不收，我今天就不信了，我不卖，我也不送，我扔，谁还拦得住？"琦琦说完，把吹风机轻轻往桌子旁边一扔，伸出右脚，把吹风机垫到了床底下。

这时，一蛋妈抱着女儿走进来，本来想和文哥说房的事，见琦琦在，就改嘴说："叔儿，给拿一听红牛和一个娃哈哈。"

说完，一蛋妈一手抱着女儿，一手到裤兜掏钱。琦琦见状，马上伸手挡了一下一蛋妈。

"大姐，别掏了，算我的。"琦琦说。

"多不合适呀，谢谢啦。"一蛋妈说完，伸手去桌上拿饮料。琦琦帮着拿过饮料说："大姐，你别伸手儿了，我帮你送过去。"

琦琦送一蛋妈出去了。文哥在本上给琦琦记了账，继续喝酒，沒再想吹风机的事。

琦琦因为做了摩托大王，一蛋妈怕受连累，拒绝卖粉儿给琦琦，琦琦在骑小摩托的粉儿姐处买了一阵以后，觉得她的货不好，肯定有杂质，脸上和手上虽说是被蚊子咬过，但是这么长时间总好不彻底，就不单是蚊子叮的问题，肯定跟掺有淀粉的白粉儿有关，因为有的人脸上手上没被蚊子咬，也起了疱疱。

摩托大王是两个月以前的事了，现在已经没人记得了。今天是个机会，跟一蛋妈套套词，以后还在她这里买粉儿，在她手里买踏实，毕竟她是给自己做生意，而那些粉儿姐是给公司做生意，若想从中捞外块，必须做手脚。

一蛋妈把拉拉放在小炕上，从塑料袋中拿出奶瓶，撕掉娃哈哈的瓶盖，把饮料倒奶瓶里，拧上盖，交给拉拉，拉拉往里爬了两下，靠着墙，抱着奶瓶喝水。

"琦琦，我今天手里没富馀，明天吧。"一蛋妈说。

"谢谢大姐，那我明天过来。我先回去了。"

从一蛋妈小屋出来，就近出了小区，又绕了半圈来到河边，这个位置可以看到粉儿姐住的院子大门，粉儿姐每天站街，只要看见河边有自己的顾客，就会过来送货。

琦琦在位置很显眼的地方溜了几趟，没有看到小摩托粉儿姐的身影儿，而且，平时那些站街吃瓜子儿的女人好象也都没露面，难道出什么事了？不行，先离开这里再说。

琦琦顺河岸往南，没敢回桥下洞府，而是上马路拐弯向西，朝公园方向走，见路边有个面馆，肚里又不停的叫饭，就走了进去，捡个靠窗的位置，脸朝东面，观察自己来的方向，以防有人跟踪。

服务员过来点菜："小姐，你用点儿什么？"

"小盘儿猪头肉，一瓶啤酒，一盘炒饼。"琦琦点的简单随意，花钱不多但很实惠。

　　一个人跟一个人的思维方式不同，想的做的也不同。琦琦以为，假若小摩托粉儿姐被抓，缉毒处有可能会留下蹲守人员，等着买粉儿的自投罗网，刚才在河边溜了几个来回，有可能会被发现，不过，印象中只是溜了几个弯，并没盯着小摩托粉儿姐家的方向瞧，着了几眼也是用余光，所以，既使有便衣监视，也不能过来干拍。

　　一般来说，吸毒人员不饮酒，琦琦每次喝酒，主要是为了平息心中的紧张情绪，观察周边情况，防止被跟踪，而且可在餐馆里耗时间。光吃一碗炒饼不能占着坐位吃一个钟头，但有一啤酒，俩钟头不走，餐馆也不敢轰人。

　　还好，每次都很侥幸，几次戒毒处查抄抓捕，都让她躲过了。今天更是如此。那些个粉儿姐不见了踪影，不见得都被抓了，有的是避风头儿，躲院儿里不敢出来了，但肯定有被抓的。

　　什么事都是那么巧，包括那次查抄文哥房后搭的帐蓬，还不就是早一分钟，晚一分钟的事。早回一会儿，没准就被抓了。而今天呢，幸亏拿了一个吹风机，过文哥家这头来找买主，否则可能就直接去买粉儿了，没准就抓现形了。

　　正好有远见，刚才和一蛋妈说好了，明天可以在她那里拿货了。没记错的话，桥洞密室里还有两包烟，今天不会有问题，明天更不会有问题了。

　　米娜这几天还很忙活，到处发名片推销活虾。可不是，既然选择了做活虾生意，就要豁出去干，有舍才有得。

　　已经三四天了，发过名片的酒店，还没有一家儿跟她联系，米娜心里很着急，急有什么办法，你还能上人家兜里掏钱去。不过也是，那些地处郊区县镇的酒店，和市里不一样，消费水平要差一些，谁开的店谁也不敢冒险，象这种基围虾，也算是高档商品了，当地人群能否消费的起，谁心里也没底。

　　昨天给批发活虾的老板打了电话，订了十斤虾。豁出了，先选五家酒店，每家店送他二斤虾，不满意不好销，就不收钱了。不值什么，三百块钱的本，就当打水漂了。老话怎么说来着，舍不得孩子，打不着狼。

米娜自从印了名片开始，还没做成生意，却成了大忙人。南四环花卉城有插花培训班，她报了名，学时一周。可能是与人的属性有关系，她对摆弄这些花草很有天赋，二三十种鲜花材料的名称、习性、用途、拼摆组合，仅两天的功夫就记熟了。

人就是这样，不怕学不会，就怕你不学，学会一种自己喜欢的技艺，不单有成就感，还能提震对未来生存的信心。

早晨去学插花，中午回来，划拉两口饭，就去菜市场，在水产厅蹲点儿偷学。但是说实话，做为一个女孩子，有些技术是学不来的。水产的种类很多，名字好记，过秤收钱也容易，如果让你把活鱼宰杀刮鳞，对米娜来说，真比登天还难。也有女人做卖鱼生意的，干得也挺溜，可都是中年妇女，没有小姑娘干这个的。

但是，同一种买卖，就有好多种做法，每天来看来学，有混熟了的人，多多少少会告诉她一些做水产的门道。

做水产，首先要有摊位或门脸儿，在菜市场里有了固定摊位，才能有固定的客户，而且才有可能有大客户。大客户一般都是酒店或企业和学校食堂，这些客户都用支票，要开发票。用支票，开发票的客户，对产品的价格不敏感。而摊贩收的支票，可以到市场管理部门兑换现金。市场管理还可以出据发票，这样一个摊位就等于是一个企业了。当然，女孩子也完全可以做水产，你租个案子当老板，可以雇人给你干，也可以转租，但是，现在案子紧张，市场部没熟人，很难租到。

了解了菜市场，再到海鲜批发市场，真是不看不知道，一看吓一跳，原来市场里卖的海鲜水产，都是在这里批发的，批发价当然很便宜，拉到菜市场价格就能翻番。这回彻底知道了，什么叫做买卖？就是一买一卖的事，买了卖，就叫买卖，只是要有本钱，再搭上功夫，赚钱还是很容易的。

其实，身边就有很多买卖人，只是隔行如隔山，从来没往那想过。比如说做拿手，担着很大的风险，耗费很长的时间和精力，偷了别人的手机，可能也就值几百块钱，卖给王哥以后，王哥倒手转卖获利，王哥就是买卖人，而米娜就是贼。做贼的人可能几天都偷不到一部手机，而做买卖的王哥每天都能收到十几部，五个偷手机的贼，也比不上一个收手机的王哥，这就是做贼和做买卖的区别。

玲玲喜欢汽车，能开车拉活挣钱，她就很满足了，虽说做的是人们说的开黑车，拉黑活，但那只是暂时的，就当是玩，每天心情舒畅的在街上跑，收入甚至超过了正规的出租车，也是一种乐呵。其实，不管做什么，都是为了一口饭，都是为了让自己过得好一些，但是只有做贼，永远过不上正常人的生活。

米娜虽然生过孩子，其实岁数并不大，刚二十出头儿，甚至比同龄人在性格上更年轻一些，她没上过正规的学，没有专业技能，就如同一张白纸，但是她求知欲很强，为了彻底脱离神拿门，重新做人，她必须要学，现实中，不可能再允许去学校学习，只有在社会上学，而且是边干边学。人若聪明，再用心好学，自信心就会增强许多。

下午五点多了，该回家了。虽然这时候菜市场里正是忙的时候，可以学更多的东西。

家门口有个菜市场，菜价比现在呆的这个市场便宜，所以要回去买菜。玲玲每天天黑之前收车，回来就嘴急。她现在是挣钱养家，还真得把她伺候好喽。

第一百五十篇 家有虾 先尝仨

米娜心细，做事很认真。每天太阳几点几分从哪个方位落下去，她都细心观察，这也是小时候在山里养成的习惯。太阳一落山，就开始炒菜，炒完菜，端到玲玲卧室里的桌子上，摆上筷子和碗，玲玲就该闻着味儿进来门了。但是今天有一个菜很特殊，所以没炒，只是兑了一小碗佐料放在桌上。

就这么巧，玲玲回来了。她关上门，脱掉上衣闻了闻，嘴里骂了句："妈的，烟味儿真大。"

"扔地下，吃完饭我洗。洗手坐下先吃着，我还有一个菜，马上就好。"米娜说，进厨房，用一个小盆接了半盆水，坐在灶眼上，打着火后，把电饭锅和盛饭的铲子送过去，又回到厨房，稍候片刻，盆里的水开了。

米娜从冰箱里拿出一个用盘子盖着的碗，打开盘子，碗里有几只虾，好象还没完全死，她把碗里的虾倒进开水锅里，然后读秒："一，二，三，四……"

当她数到一百二十下的时候，赶紧用罩篱把虾捞出来装盘，端进屋，放在玲玲面前。

"玲玲，吃虾，活的。"米娜说。

"活的，生的呀，这不都死了吗？"玲玲问。米娜忙解释说："刚才是活的，死了刚两分钟，一定特别鲜。你快吃，蘸佐料，这是姜汁。"

玲玲夹起一只虾说："姐，才五只呀，怎不多买点？"

"不是买的，是截的，今天批的十斤虾，送了五家酒店，一家送二斤，我一想啊，反正是白送的，人家也不会在呼多少，就从每个箱子里拿出一只来。咱先尝尝。"米娜得意的说。

"姐，你这叫截呀，你这还是本门的手艺，拿呀。现在应该叫偷了吧？你是屡教不改，又重操旧业啦。"玲玲边吃边说。

米娜不服气的说："偷也好，拿也好，是咱自己买的，偷拿都是自己的。不能都让你吃了，吃完了还卖乖。"米娜说着，伸手就端盘子。

玲玲手急眼快，伸筷子从盘子扒出三只虾到自己碗里，给表姐剩了一个。

"你也是，就五只虾，也就够塞五个牙缝儿，怎不多留几个。"玲玲用手剥虾，蘸了汁儿后放到嘴里慢慢的品尝。

米娜把盘子里剩的一只虾夹起来说："我是想啊，卖什么就得了解什么，不尝怎么了解呢？吃过以后，觉着好，好在哪儿？得讲得出道道儿来，什么叫鲜，什么叫嫩，放嘴里什么感觉，只有自己先品，然后再到外面讲。今天别看桌子上只有五只虾，可它对我们来说，意义可大了去了。我们今后的路，没准就始于这五只虾。"

玲玲有些动容的说："是。姐，我们永远不会再去偷了。"

"玲玲，是姐对不起你，把你带进了拿行。耽误了你的前途。"米娜说着，眼圈已经红了。

"姐，你也不是天生的就是贼，是我们命中注定该有一劫。现在都过去了，我们重新开始。"玲玲用手摸着表姐的手说。

米娜点点头，用餐巾纸擦了脸上的泪说："从新开始，我们一定要混出个人样来。"

"一定的。姐，这些天拉活，我接触了好多人，知道了许多事，我发现，大多数的人都不是天生就有钱，他们都在为了能成为有钱人而忙碌着，其实我们和他们都在一个起跑线上。"玲玲放下碗说。

"是，所有的人都是，忙但很快乐，这就是人生吧。玲玲，马哥走了二十多天了，也没个信儿，你给马小妹打个电话，问她知道不知道，也没准马哥顺便回家了。"米娜说。

玲玲一边擦嘴一边说："姐，我给马小妹打过几次电话了，她总是关机，按说不应该呀。不过，姐夫也不是个东西，他不会是又跑了吧？"

天下贼谱 12

有了门脸儿房，比在外面摆摊儿省事了，至少早晨不用往外摆，晚上不用往回收了，每天也不用起太早了。以前是有没有顾客都要出来盯着，现在则是听着敲门，没人敲门就睡你的。

不过，早起晚睡，习惯改不了，门前的路还是要扫的，消毒液还是要喷的。那些个粉儿姐还是按钟点聚齐儿的，瓜子也是要磕的，叽叽喳喳还是要聊的。习惯了。

最近还有一个变化，就是每天早起买刀片的人少了。记得卖的最多的时候能卖四五盒，既二十片以上，现在两盒就够卖的。刀片卖的少了，说明小毛贼少了，丢东西的人也少了。

早晨照例还是要忙一阵的，卖的商品主要是香烟，手纸，醋，盐，酱油，有些是门口那些做买卖的用的。还有一些较特殊的顾客，是那些粉儿姐招来的。一些到这里买粉儿的，拿到货以后，会到文哥屋里转一圈，买盒烟或一瓶水，以掩人耳目，观察一下情况再走。

八点半以后，这些粉儿姐陆续散了。一蛋妈开始抱着女儿出来溜达，走了两个来回后，进了文哥的门儿。

"哥，我进来呆会儿，这个门口真招人，一水儿的大老娘们。这回您可以扒着门缝儿过眼色了。"一蛋妈说。

"呦，长了一辈儿，立马儿变成北京小玩闹儿了？你以后还是叫叔儿吧。现在刚知道，你还真不是善茬儿。"文哥也调侃着说。

"得了吧，米娜才不是善茬呢，我可没有她那两下子，就她能降得住您吧？"一蛋妈问。

文哥不解的问："降得住，什么降得住？是个女人都比我历害。我从来不跟女人吵吵。"

"是吗？哦钱，五千块，您收着。"一蛋妈说着，腾出了一只手，把攥着的钱放桌上。

文哥不解的问："什么钱，给我钱干嘛？"

"房租。房子我租了。"一蛋妈说。

"哎，我还没答应呢。再说也得等一个蛋他爸回来呀。"文哥说。

"我先占上，拉拉，谢谢舅舅。"一蛋妈抱着女儿出去了。

文哥也傻了，真没想到，看似柔弱的一蛋妈，办事的作派却透着一股霸气，真是个不简单的女人。

一蛋妈和女儿出来，又来回溜了两趟，心里和脸上都美滋儿滋儿的。终于把文哥拿下了。哦，是文哥的房。而且也不用再管他叫叔儿了，叫叔儿就吃着亏呢。让女儿管他叫舅舅，那我就是姑奶奶，那不就更亲近了吗？有了这层关系，就什么都不怕了，文哥是个要面儿的人，别人出再高的价，他也不会见钱眼开了。

其实，自从文哥把房子改成门脸儿房，就已经被人惦记上了，有人向一蛋妈打听过，问文哥的房子出租不出租，这些想租房的人，全是这个圈儿里的人，做的也是圈儿里的生意，钱好赚，房子难找，尤其是文哥家门口，已经形成了市场，房子又是独一份，已然成了香饽饽。只是文哥这个人有点死性，宁可让房子空着，也不让它生钱。

一蛋爸爸今天出院，一蛋的叔叔去接了。只要他戒毒成功了，再让小叔子去戒毒所，这样生活的压力就小了，一蛋妈就省心多了。

不过，省心也是暂时的，一旦他爸戒毒成功，转过年就要回家了，他家里会让他和她分手。说实话，当初她是爱他的，又确实是她对不起他，她已经答应了孩子他爷爷，只要他想分，她决不会拒绝。

哎，只要一分手，她马上就会变成一个有五个孩子的单身女人了，肯定会掉价的。那样的话，会不会被人瞧不起呀？包括文哥。

文哥每天中午都睡一觉，几点醒没有准点儿，困的时候，有人敲门要买东西，不开门就是了，若再敲，就喊一嗓子，人也就走了。

今天敲门的和往日不同，一个劲儿的敲，就是不走，没办法，只好起来吧。其实已经四点了，再睡也实在说不过去了。

文哥起身过去，拉开插销儿打开门，一个四十多岁的男子走进来，直接坐在椅子上。

"怎么着文哥，门关这么紧，不做生意啦？"男子问。

文哥忙解释说："不是，是睡着了，太困了。"

"给我拿两条雪莲王。"男子说着掏出钱。

文哥转身，从柜子里拿出两条烟，和一个装洋酒的手提袋，把烟装在袋里，交给男顾客。

"文哥,你这房不错,租给我吧？我出六千,再把你屋里的货全收了。"顾客说。

文哥惊讶道："真的，值那么多钱。不过不行，租给你了，我干什么去？"

顾客说道："您享福呀，您想啊，您自己开小卖部，辛苦受累的，能挣多少？"

文哥点头道："也是，跟租房子差不多。不过，就是牵扯到拆迁，万一今天租了，明天就拆，会很麻烦的。我得考虑考虑。"

男顾客站起来说："行，您考虑好了给我打电话，租金的事好说，嫌少您说话。这是我的名片。"放下名片出去了

嘿，这是谁放出去的风儿啊，房子没说租啊，就有人找上门来了，张嘴就给六千？这只是一间十几平的房子？真不明白,租房不是为了做买卖吗？做买卖不是为了赚钱吗？钱哪儿那么好赚。

你说钱不好赚吧，这间房还挺抢手，过来租房的人还真多，这些人一进门就是买烟，然后谈房。不过文哥已经有经验了,跟谁说都是考虑考虑。其中有个三十多岁的女人，竟然能出八千租这间房，着实让文哥觉得不可思议。

这一定是一蛋妈放的风儿，她先扔这儿五千块钱，然后跟别人说文哥要租房，把人都扇呼过来，让文哥下午卖了二十多条烟。

一蛋爸爸从戒毒所出来，先是去洗浴中心洗澡，然后去美发店剪剪头发刮刮脸，又买了一双新皮鞋穿上。白袜子也是新的，加上西服领带，还真象个新姑爷，看上去精神多了。

不过，穿得挺象回事，但总是蹲在渣土堆上，让人觉得人与自然并不是很和谐。

"哟，回来啦，够快的呀？"文哥过去和一蛋爸打招呼。

"嗯，戒烟挺容易的。"一蛋爸还是不太爱说话。

人家戒毒了，文哥的小买卖也做到头儿了，明天就交给一蛋妈了，交接之前，货物还要盘点一下，拉个清单。这倒不费事，主要是烟，酒和一些成箱的饮料，散件的小商品就算了。

还别说，小买卖干了一年多了，挺上瘾的，冷不丁不干了，还真舍不得。关键是开这个小卖部，不单是为了赚钱，主要是可以接触人，接触事，很多人和事，若不是因为有了这个小卖部，那一辈子也不会知道。而且还能陷淤泥而不染，也就只有文哥吧。

晚上，一蛋妈来到文哥小卖部，坐在桌子前问："哥，还舍不得交权啊？"

"你这是抢班夺权呀？你看你把一蛋他爸倒饰的，跟个总经理上任似的，这是逼着我退休啊。那好吧，单子给你列出来了，烟，酒，整箱水，进货价格和数量这上面都有，结清了就归你了，你也可以写个欠条，等卖出钱来再给也行。其余那些散包的零碎儿就送给你了，估价也该有五百。就当房租收了你四千五，以后也收四千五吧。"文哥说完，把货物清单交给一蛋妈。

"谢谢哥，您就是我亲哥。"一蛋妈说。

"算了吧，别套近呼了。我这是由你叔儿变成了她舅，不出点儿血哪成啊，不过呢，你今天导演的这出戏还是成功了，下午卖了二十多条雪莲王。以后呢，需要上货的时候，抽屉里有配送电话。白酒，烟和一些食品没了，我可以帮你进。"文哥嘱咐一蛋妈。

一蛋妈为难的说："我哪儿懂该进什么不进什么呀，您不能撒手不管呀？不行，您每天必须来看一趟，需要进什么您就给进，算我雇您了行吧？"

文哥摆手说："你雇我给你打工？我可不干。"

"好好好，不是雇，是请，我每天请您喝酒，这行了吧？"一蛋妈说。

"那更不行了，我天天上你这儿喝酒来，还不让人说闲话？"文哥说。

一蛋妈小声说："我不管，谁爱说谁说，我喜欢……"

文哥站起来，指着北面的门说："这扇门我从外面锁上，你从里面插上，就是一堵墙，你不影响我，我也不影响你。一般情况，我晚上也就不在这里住了。但有一点儿我提醒你，不准聚众吸粉儿。否则的话，我就把房子收回来了。"

"哥，瞧你说的，我哪能干那傻事，聚众吸毒罪过可大了，要判刑的。哎哥，今天就回你家楼房住去呀？"一蛋妈问。

"啊，是啊，买卖给你了，也该睡两天安稳觉了，这个地方太乱了。"文哥说。

一蛋妈小声说："您不会明天再回去，今天在这里住一宿，我今天也不走，我和拉拉住这儿了，让她爸和她叔儿回去住，可是呢，我胆儿小"

"得了吧，别人租房还出高价，我都没给，却连房子和小卖部都给你了，肯定会有人猜疑忌妒。之所以前几天没交给你，就是为了等一蛋他爸回来，让他看着你是花钱租的房，这样就省了很多闲话，大家都相安无事。"

"想什么呢？您以为我要跟您那什么呀？我想的是我要是夜里睡不着，能隔着窗户跟您聊天儿。哎哥，不过呢，您要是也睡不着，旁边有个女人陪聊，你不愿意呀？"一蛋妈说。

文哥站在北面门前说："我该走了，你把门划上。"

文哥出去，从外面把门上了锁，回到自己屋里，拿了头盔，车钥匙，关灯把房门锁好，推摩托车出院打着火儿，一给油门儿走了。

一蛋妈站起来，背着手在屋里转了一圈，脸上露出得意的笑容。她坐在桌子里面，环顾一下四周，看了一下桌子上文哥给写的商品价目表，自语道："嗯，不错，现在就开张。"

说开张就开张，才多大功夫，这圈里的人就都知道了，一蛋爸一蛋妈开小卖部，这算是自己人开的，自己人没什么忌讳。

第一个进屋的是一蛋爸，他一边看商品一边往里面走，来到床边儿，直接就躺下了。他今天刚从戒毒所回来，可能有点累了。

一个蛋他叔儿抱着拉拉进屋，拉拉往床上指，她叔抱她过去把她放在床上，她在爸爸里面靠墙坐着，颠着屁股挥着手，显得挺兴奋。

第一百五十一篇 马哥坐轮椅 误入售楼处

马哥这次出车祸，获得了一笔赔偿，钱虽不少，但是也要省着花。骨折好治，骨头接上了，等着长就行了。韧带断裂，恢复时间会很长，能恢复到什么份儿上，谁也不敢打包票。关键是男人的这个根儿，丧失功能是肯定的了。去医院咨询的医生，多数都认为在医学范围内，没什么有效的治疗办法。但也有的医生说不排除有奇迹发生。还有一个在公园练气功的人认为，什么病都能治好，只要你肯花钱。云山雾罩的，一看就是蒙事的。

不过，现在已不用小妹帮扶，可以一个人下楼去了。

中午睡个午觉，醒来后基本就不在家呆着了。他架着双拐，拉开门，先把轮椅推出去，人出来后，关上门，往楼梯下放轮椅，轮椅上拴了根绳，所以可以慢慢的溜了去。老式楼都是两步阶梯，所以要放两次，就到了楼下。出了楼门，把拐挂在车的后面，人坐上去，手转轮盘，就可以行动自如的到处走了。

这是五环以外一个新建的小区，小区建在土坡上，所以有的楼高，有的楼低，小区的中部有块平整的地方，有些健身器材和石桌，还有一小片供孩子们耍的地方，有几样儿童玩的滑梯，压板之类。

小区环境一般，树种的倒是不少，篱笆圈和野草结合，略带一些野趣儿。家巧儿，季鸟的叫声，总能让人有置身于自然中的那种感觉，有时候欣赏，有时也招烦。

马哥住的这个楼，正处在平台的位置，是小区的最高点，他坐在轮椅上，只能在附近转悠，要想出小区，就要下一个很大的坡，坡的斜度有十五度左右，约二百米长，正常人地下走没问题，对于马哥来说就困难多了，上下都很危险。往下走时，车速很难控制，而且身体会向前倾，虽时有可能连人带车都摔出去。上坡的时候也很麻烦，不但费劲，身体的重心还会向后倒，而且中途不能歇，要一口气上来，根本不可能。

马哥来到下坡的临界点，几次想试试，最终还是退了回来。

马小妹在厨房里干家务，无意中从窗户往看了一眼，见哥哥试着要下坡，当时就吓的脸儿都白了，她赶紧出了厨房，拿了房门钥匙出门下楼，跑了过来，抓住轮椅的靠背，往回拽了几步。

"哥，嘛呢你，不想活啦？"马小妹急着白脸的说。

"在家呆着太无聊儿了，我想出去走走。这套房子的地理位置不太好，整个是在一个山坡上，上不来下不去的，真烦人。"马哥说。

"烦了你说一声，我给你送下去。再说了，不就是一两个月的事吗，不可能老坐轮椅吧。不能忍忍呀？"马妹说着，从后面拉着轮椅车上拴的绳子往坡下走。

妹妹是个大姑娘了，让妹妹伺候哥哥，哥哥怎么能好受得了。本来是不想给她找事，可你又有什么办法，人活到这份上，还算人吗，连挫火儿的勇气都没有了。

到了坡下，马小妹把绳子绕起来系在车上说："哥，你别走太远了，在附近转转就行了，做完晚上饭我下来接你。"

"知道了。"马哥说完，转着轮子向小区门口去了。马小妹上坡回去了。

小区大门外面是一条马路，不算太宽，行人和车辆都不多。马哥出门往东走了约一百米，觉得有些荒凉，好象前面几栋楼还没住人。

掉头往西，回到小区门口，看了一下方位，才继续往前走。来的时候就是从这个方向过来了。前几天小妹推着出来过，但是马哥没记道儿，今天独自出来转，而且是闲逛，必须看仔细了，别走丢喽。

小区周边配套还可以，在这条路的北侧，有两家银行，有超市，还有诊所。据说前面几百米处还有一个大的农贸市市场，什么都卖，挺方便的。

他进了一家超市，在里面无目的的转了两圈。超市面积不大，但东西挺全的。在一个卖酒的柜台里，有两个巨型的酒坛了，酒坛上面贴一张写着"酒"字的红纸，旁边立有说明牌儿，说酒是纯粮酿造酒。这就是零打酒，需自己带瓶子带桶。不过，店家也提供酒瓶，酒瓶上还有商标，商标上写着"纯粮酿造"。

买了两瓶酒，售货员把酒放到轮椅靠背后面的布兜里。。

出了超市，往前走就是银行，过了银行，又是一家门脸儿，不知是卖什么的，也无所谓，反正就是瞎转。

店门两侧有轮椅坡道，顺坡道上去，店门自动开了，原来有个漂亮的小姐为他开的门。

"欢迎光临。"小姐声音甜甜的打招呼。

里面有几个穿西服带领带的青年男女，同时往马哥这里瞧，好象都是业务员，胸前挂着证号。

厅的正面墙上是一幅电子图，马哥看不懂是什么。图的前面有个类似前台似的办公桌，前面站着一个小姐。小姐很漂亮，笑起来很喜兴，也很职业。

"先生，欢迎光临，您要看房吗？您这面请，这面有沙盘模型。"小姐说着，引着马哥向右侧东墙方向看。原来是小区楼盘的沙盘。

哎呦，进了售楼处了。不过，马哥坐在轮掎上，又是一个人，不象是买房的，所以没有销售主动过来打招呼。接待他的小姐是售楼处的前台。

既然进来了，那就看看吧。于是他对小姐说："你忙吧，我先随便看看。"

马哥来到沙盘前下了轮椅，架拐杖站着看沙盘。这个小区是建在一个土坡上，土坡的落差约有六十米，坡顶是个平台，有四栋楼，三栋是六层板楼，一栋是塔楼。从模型楼盘小窗户里亮着的灯光来看，坡下的房子己经卖完了，坡顶的板楼和塔楼还有房在售。这个小区的楼盘肩距很大，楼与楼互不成行也不成趟，多多少少有一点到了山区的这种感觉。

本来是误撞进来的，并没有买房的打算，看沙盘只是装装样子，旁边的架子上放着许多宣传单，马哥过去，在每摞的上面拿了一张，一共十几张，放进前台小姐撑开的纸袋里。小姐把纸袋系在轮椅上，并把轮椅推过来。

马哥把楞杖挂好，坐在轮椅上说："谢谢。"

"先生，这里面有我的名片，有需要您可以给我打电话，不方便我们可以上门服务，办理贷款，登记，领证，我们都可以服务到家。"

透过玻璃门看到，外面停下一辆奥迪，车上下来一男一女，迎宾小姐拉开门说："欢迎光临。"

马哥闪到一旁，给两位让道，忽见刚才那些对他视而不见的业务员们，"忽啦"一下，都抢着去接待刚进门的一男一女，如同见到了财神，那个殷勤劲啊，没法形容了。

迎宾小姐拉开门，马哥转动轮椅，出了售楼处。此时的他，心中溢出一股强烈的自悲感。这些人好势利眼啊，开奥迪的来了，全都抢着上，坐轮椅的进门就没人答理。让他想不通的是，开奥迪的会在这里买房吗？

出来一个多小时了，在路边呆着有些晒，要是有顶草帽就好了。现在近处已经没得看了，又不敢往远了走，还不如回到小区里呆着，好歹小区里树多，太阳晒不着。

往回走时才发觉，原来这条路有一定的坡度。虽然坡度不大，但是很长，有三百多米，勉强走了有二百米，实在转不动了。不进则退，在斜坡上，刹车都不保险，只能靠边，把车横过来。

马哥下了车，摘下双拐，手抓住轮椅上的绳子，架拐往回走。轮椅掉了头，倒拉着走。这时，一位二十出头的姑娘从后面过来，伸手抓住轮椅后背的推把。

"我来帮你拉吧，你去哪？"姑娘问。

"噢谢谢，不麻烦了，前面就到了。"马哥说。

"不用客气，我也住小区里，顺路。"姑娘说。

进了小区，姑娘把轮椅停放路边说："我到家了，我住坡下，车放这了。"

"谢谢姑娘。让你受累了。"马哥连声道谢。

姑娘的背影很美，走路轻盈洒脱，非常迷人。人家帮了他的忙，他居然没看到姑娘的脸，若拿熟悉的人去套，很象玲玲。

男人喜欢看女人，尤其是这种苗条漂亮的女人，的确是男人的最爱。马哥也不例外，每次身边有女人走过，他都会瞟上一眼，一旦走过的是个美女，有时会不错眼珠的看很久，而看美女的同时，他的体内都会产生生理变化，有一种冲动的感觉。

刚才帮忙推车的这个姑娘，从身姿上看，绝对是值得让人多看几眼的女人，是令很多男人在生理上产生冲动的女人。

马哥突然察觉到，他现在对待女人，既使是很漂亮的女人，也已经没有那种冲动和激情了，生理上也没有任何反应。在医院时，医生告知他将失去生殖能力，但他当时理解不深，认为自己本身有艾滋病，不会再娶妻生子了，所以在失去生殖能力这方面，他还能接受。而这一段时间，除了妹妹，他没有接触过任何女人，体内也就没出现异性相吸的那种感觉。刚才在售楼处，那个前台小姐算一个，回来时帮着推车的姑娘也算一个，等于今天接触到两个女人，要是以前，一个正常的男人，至少应该对这俩个女孩产生好感，应该讨好式的聊上几句，因为一个正常的男人，在与女人接触时，会把女人的气味儿吸入体内，并在体内产生化学反应，形成一种混合激素，在血管里膨胀流淌。

哎，不用担心艾滋病了，失去了生殖能力，还不如艾滋病呢。有艾滋病时，你马哥还是个男人，而现在，连男人都不是了。曾经啊，曾经有多少女人，因为你是男人，她们才围着你转，才愿意和你交往，才想和你亲热。

现在，这些女人还是女人，而你小马已经不是正常的男人，没脸见人了。假如说，现在碰到粉儿姐，谁该哭，谁该笑？还有琦琦，真不该那样耍她，现在连道歉的资格都没有了。

米娜是心中排第一位的女人，为了她甚至可以去死。现在若让他选择和她见面或者去死，那他会选择去死。感情是需要生理功能做基础的，现在残存的念想儿，只能算是亲情了。随着时间的推移，亲情也会淡去，因为人活着，心会死，人的心死了，就该回归大自然了。

　　他转着轮椅来到一棵树下，觉得很无聊，打开售楼小姐给他的纸袋，掏出那些广告宣传单，一张一张的仔细看。其实，现在若不是坐在轮椅上，他可能永远不会看售房的广告。

　　"哥，看什么呢？"马小妹从坡上下来接了。

　　"哦，售楼的发的广告。"马哥说。

　　小妹扶着车把说："是回家还是再溜溜。"

　　"回家吧，没什么可看的。"马哥说完，把广告装进袋里，双手摇转转轮。

　　马小妹在后面推着轮椅，向坡上走去。

第一百五十二篇 米娜学插花 酒店要活虾

　　任何一种技术，都要有理论知识作基础，插花也是如此。七天的课程，头三天学的都是理论知识，第四天开始实操，所谓实操，就是帮着老板干活，边干边学。通过实践，了解花卉品种，花卉习性，花卉寓意和用途。颜色品种的搭配，感观视觉的效果，一定要让人觉得很美，很浪漫，很温馨，其实只要看着舒服，基本就算成功了。

　　这种培训班，上三天是它，五天也是它，有的人家里开店，离不开人，学完理论以后，再实操半天，也就不来了，真正能学完七天的人还真不多。

　　米娜比较特殊，到第八天时又来了，，反正是帮老板干活，老板肯定愿意，而且见米娜心灵手巧，人又勤快，就想留她做帮手。米娜没说乐意，也没说不乐意，只是说自己较笨，学的东西总记不住，回家就忘。

　　不过，米娜观察事物的能力还是有的，她想知道的是那些往酒店送花的，到这里来批发鲜花所需的品种，价格，以及送到酒店的价格。所以，每当有商户前来采购，她都会帮着选花，搬花，装车。而且米娜认为，和老板混熟了，将来自己买花的时候，可以获得更优惠的价格。

　　第九天头儿上，米娜在家里有些犹豫，还去不去花卉中心呢？去吧，会让自己学的知识记的更深更牢一些。不去吧，也无所谓了，反正该记的都记下了。要不然就不去了？今天做家庭主妇，给玲玲做点儿好吃的。

　　正在她想去又不想去的时候，电话铃响了。

　　米娜的第一单生意来了，一家酒店的厨师长来电话，跟她要六斤活虾，并且连同上次送给酒店的二斤虾，一起结账。

　　米娜兴奋的一扬手，几乎把手机给扔出去，幸亏她反应快，两只手把手机追了回来。她冲到厨房，拉抽屉，开柜子，掀锅盖，是不是想找吃的，她也不知道。她来到玲玲房间，转了一圈后，才想起家里就她一个人。真是，心中的喜悦，要是有人能够一起分享，那要得意到什么份儿上啊！

　　到自己的卧室，她依就转圈，从门口儿到床边儿走了几趟以后，身体一跃，躺到床上。此时的米娜，脸上很热，眼有些模糊，心脏"呼呼"的蹦，几呼快出嗓子眼儿了。

"成功了，终于成功了，我成功啦。"米娜大声喊叫着。

近似疯狂的喊叫，并不能把心中积压的郁闷完全发泄出来，只有流泪才能使心情慢慢儿的平复。第一次，或说是第一单生意，并不是什么大生意，但这是第一次，万事开头难，有了第一，才会有第二。遗憾的就是，现在她的这种从心底里生出的喜感，没有人和她分享。而她最希望与她共同庆祝的人都不在身边。父亲，邓妈妈，文哥。还有小马哥哥。

"小马哥哥，你在哪里呀？"米娜刚收回的泪水又放了出来……

米娜躺在床上，浑身近似瘫软，好象体重也减了许多。她深深的吸了一口气，感觉空气无比新鲜，从头顶到脚根儿都是爽的。

躺了一会，她翻身爬了起来，跪在床上，拨电话订了六斤虾，然后下地穿鞋，出了卧室，进卫生间梳了梳头，出来穿上衣服，衣架上摘下个菜兜子团在手里，出门下楼，打辆蹦子来到西站东里。

米娜今天觉得很轻松，不做拿手儿了，也就不用防着什么了。应该把这个消息告诉文哥，文哥以后就不会戴着有色眼镜看她了。

几天没过来，这里的棚子又搭起来了，只是以前熟脸儿的人少了，多了一些陌生的面孔。文哥家门口的桌子椅子怎么没了。难道文哥没出摊儿，小卖部不开了？

嘿，搬的屋里去了，旁边的房子开了个门，门上贴着一张纸，纸上写着"小卖部"三个字。

米娜走到门前，没往里看，直接就蹦了进去喊："文哥……姐？"米娜才看清楚，原来是一蛋妈。

"米娜，瞧瞧，你心里就有你文哥，看清楚了再叫。"一蛋妈说。

米娜笑笑说："姐，怎么是你，开上小卖部了？这个文哥，真是有薄有厚，这现成的买卖怎么让你干了？嗯，姐，还是你有魔力，你以后教教我，我也找个男人可怜可怜我。你看我多苦啊。"

"你呀，还用我教，天生的一张狐魅脸，走路都跟博美似的，是个男人都会被你弄得五迷三道的，你一天没过来，文哥就心神不定，快对你着了魔了，所以小卖部都不开了，再开就该犯错误了。"一蛋妈说。

米娜往门外看了一眼说："净瞎说，我早就看出来了，文哥喜欢成熟的，就姐这样的，又温柔又成熟又带母性的。哎姐，文哥是不是回他家楼房去住了，他什么时候过来？"

"明天上午，他说今天的货够卖的，明天过来看看，缺什么货都让他帮着叫。"一蛋妈说。

米娜啧着嘴说："瞧瞧，文哥整个一打工的了，买卖让你了，还得听你支使，真让人忌妒。"

"忌妒吧？一边吃醋去呀。米娜，你好象好长时间没出去做事了，在家干嘛呢？"一蛋妈问。

米娜直直腰说："是，那种提心吊胆的生意不能再干了，一个月了。前些日子报了个培训班，学插花，现在毕业了。"

"是吗，准备卖花呀？嗯，挺适合你的，你这么漂亮，肯定招人。"一蛋说。

"你说是卖花呀，还是卖我呀？那是开花店。卖鲜花。"米娜说。

一蛋妈递给米娜一瓶水说："卖花的事我不懂。东西给你放过去了。"

米娜拧开瓶盖，喝了一口水，兜里掏出几百块钱，交给一蛋妈，站起来举了一下水瓶子，出了门。

米娜没直接回自己的小屋，而是往墙角处，去找收手机的王哥聊天儿。这些天米娜没来卖过手机，今天刚一露面，就被王哥着见了。王哥现在也是生意清淡，没有了往日的精神头。

"王哥，老不见了！不是进去了吗，哪天上来的？"米娜打着招呼走边来。

王哥指着米娜说："你这是关心我呢，还是噁心我呢？"

米娜笑着说："当然是关心了。怎么样，没挨打吧？"

"去去去，滚一边去，一早晨没开张，倒碰上你这么个小妖精，盼我点儿好。你最近做什么大买卖去了，一直没送东西过来？不想干啦"王哥问。

"我呀，还真是洗手不干，改行了。报个培训班，刚上完课。怎么着王哥，听说这次损失不少？"米娜关心的问。

王哥叹口气说："哎，把一年赚的都赔出去了。一下子抄走我七十多部手机，赔大发了。"

米娜不信的问："不可能吧，你收的手机不都是当天就交上去吗，怎么会有七十多部？"

"当天交上去就好了。以前是白天收了，晚上就去交，我只是过个手。我现在不是在老家开了个手机店吗，，所以是想着攒够一百部，送回老家去卖，真没想到……"王哥垂头丧气的说。

"得，人没事就行，破财免灾。王哥，你忙，我得睡会儿，这几天上课太累了。"米娜说完，向小屋走去。

八天没过来了，床单上已经落了灰，不能直接躺了。床上有个小包，是一蛋妈从窗户缝塞进来的，米娜先把小纸包放进房顶的瓦垅里，然后拽下床单儿，到外面使劲抖了几下。她回到屋里，铺好床单，躺在床上，双手抱着脑袋，翘着腿，脚丫子左右摆着。

王哥的买卖不好做了，这是预料之中的事。这种买卖，由兴到衰的周期很短，而且谁也不能保证永远不出事，一旦出了事，你进过局子了，一些高级拿手就会把你当成灾星，就会远离你，不再给你送货，你的好日子就到头了。

米娜脱下上衣，把袖口挽了一下，塞了几包烟，又挽了一下，别上一个别针，再把袖口往上挽了一下，整理平整后穿上，又将另一只袖子挽到两只一样齐，系上衣扣，甩甩胳膊，还行，掉不了。

米娜现在很小心，不做拿手了，这段时间够难熬的，现在终于要成功了，千万不能因为吸粉儿陷进去。之所以从一蛋妈那出来，找王哥聊了几句，就是为了证明她什么都没做，因为买了粉儿的人会第一时间开这里，没有人兜里装着毒品在街上逛。而且，她想让王哥知道，她开始做生意了，这样别人就不拿她当贼看了。而且，她要让人知道，她过来就是为了睡会儿觉，所以要躺个四五十分钟，这样就不会有人怀疑了。

小屋里很热，小电扇吹着并不能给屋里降温。米娜解开衣扣，忽扇着衣襟让风从腋下吹过。人逢喜事精神爽，这话真不假，天气再热，也没有心里的火气热。一个从山洞里走出来的女孩子，在走了一段弯路以后，突然间看到了一条笔直的大马路，那种从心底里发出的愉悦，不是一般人能体会得到的。这个时候，倘若有人愿意听她说，愿意和她分享，她一定会把他当成亲人，她会请他吃，请他喝，只要愿意听她说。

呵呵，昨天还是神拿门的师姑，今天摇身一变，就成了倒虾的生意人。虾主管，不是米主管，米虾主管，虾米主管……

现在可以走了，从明天开始，姑奶奶就是真正的米主管了。不用想了。起驾。

第一百五十三篇　签下一套房　心事全放下

　　马哥的腿已经拆了夹板，肿也消了，可是心情却越来越不好了。性功能的缺失，对于一个已经有了女人的成年人来说，打击是致命的，心里的包袱无论如何是卸不下去的。以前在大街上，看到美女，是一件很幸福的事，而现在正好相反，虽然心有所想，体内却无丝毫痒动。古时候的太监就是这样吧。

　　福无双至，祸不单行。而且一祸比一祸大。老天爷这是要收人的节奏啊。

　　这个世界上有一种人，叫作活死人，这种人的灵魂已经死了，但躯体还活着。躯体不死，就会给活人添累赘。

　　人到这份上，还活什么劲儿，有时侯到楼下晒太阳，马哥真想让轮椅顺坡冲下去，也就一了百了了。不过，蝼蚁尚且贪生，虽然不愿赖活，也可以仿效大师姑，到山里过隐居的生活，那样就不用再考虑别人说什么，也不怕被人嘲笑，又可以永远脱离神拿门，在大自然中自生自灭。谁知道还能活几年？也就这样了。

　　现在，有两个幻想不用再费心思了。第一是艾滋病，第二就是生殖方面问题，不可能能治好了。治可以治，那就是拿钱打水漂，最后可能钱没了，人也没了。

　　到了这份上，唯一割舍不下的就是儿子，算起来他也快两岁了，为人父，没尽到父亲的责任。孩子早晚要长大，而当父亲的，永远不会有脸去见儿子了。包括儿子他妈。

　　自己掐花自己戴，自己的孩子自己爱。当今社会，孩子一出生就开始赛跑，而自己的孩子已经输在起跑线上了。自己这辈子算是完了，只能用尽最后一点儿力，把儿子送上起跑线，最好能实现弯道超车，不指望他光宗耀祖，能比爸爸过得好，也就知足了。

那天误入售楼处，拿回了好多广告，已经看了无数遍了。说实话，这个地方的房价还真是不贵，相比三环以里低许多:，也就相当于四分之一甚至更低。如果想让儿子彻底改变命运，在北京买套房，就是最好的捷径了。而且，有了房子，可以让儿子和米娜一起住，让他给米娜当干儿子，这还真是个两全齐美的办法。

有了房子，将来孩子上幼儿园，上学的问题就解决了，生活压力也会小许多。手头上的钱应该够买套房的。

吃过早点，马小妹把哥哥送到坡下，自己回去做家务。马哥一个人坐着轮椅来到售楼处，礼仪小姐开门迎进门。和上次来时一样，一帮男女销售在扎堆聊天儿，没人理会马哥。

马哥转了一圈儿，没有看到上次接待他的那个前台小姐，代替她位置的是个二十几岁的男青年。

"请问下，上次我来的时候，有一个在前台接待的服务小姐，今天没来么？"马哥问。

"调走了。"男青年说。

"哦，谢谢。"马哥说完，从兜里掏出名片和手机，对着名片拨通了电话。

"刘小姐吗？我前几天来过售楼处，你给过我名片。坐轮椅车来的，对对。我今天过来想看看房，你怎么不在这里了，调走啦，哦，还是售楼？你能过来，好，我等你。"马哥说完，收起了手机。

马哥来到南墙窗户下的墙角处，翻看着广告。这时，那些售楼的男女都来到他跟前，问他想买几居室，多大面积，哪栋楼和几层，并主动问他介绍热销户型。

马哥对这些销售人员很反感。可不是，进门时理都不理，现在一听说买房，马上就象苍蝇见了血似的，围在他身边嗡嗡，这些个势利眼。他低着头，只顾看广告，对这些人理也不理。

马哥要找的刘小姐推门进来，她并没有与以前的同事打招呼。而是径直来到马哥身边，推着马哥往外走。

　　"对不起先生，让您久等了，我现在不在这里了，我在另一个售楼处，离这里有几百米。我们分属两个公司，但是这里的房也能卖，您只要看好哪栋楼，什么户型，多大面积数，我都可以带您去看。"刘小姐推着马哥，一边走一边说。

　　"我喜欢高层的，但是价钱贵，六层板楼就怕户型不好，我以前住过的户型都太好，我现在住的这套客厅也很小，电视大一点就没地儿放。"马哥说。

　　刘小姐解释说："您住的是老户型，现在新建的楼都变了，客厅，厨房，卫生间都大。您想要几居呀？

　　说话的功天，已经到了刘小姐的销售部。进了门，来到楼盘模型前面。这个一个本地区的楼盘模型，方圆几公里内的房子都在上面，有老楼，新楼，完工的和在建的，房源的信息量很大。

　　刘小姐介绍说："先生您看，本地区的所有楼盘都在上面，一共有三个街区，您现在住的位置属于一区，一区建成有几年了，现在只有二手房了。二区和一区隔一条马路，二区基本上都是高层，环境比一区要好。二区有三栋六层板楼，还有十几套房子在售，但是没有您要的三居室的户型。板楼比高层便宜九百，不过，没有电梯的房子以后会很不方便，所以我建议还是买带电梯的高层，这样选择余地较大。"

　　"哦，还是带电梯的好，没有后顾之忧，不过价钱可贵不少呢，一百平米要多出九万来。"马哥说。

　　"是贵不少，但是升值也快。六层板楼开盘的时候九百，现在一千三，长了四百。塔楼开盘的时候一千三，现在两千二，长了九百，还是塔楼升值快。而且现在的塔楼都有装修，不太讲究的可以直接入住，您还可以省一点儿装修费。"刘小姐说。

　　马哥犹豫着说："好是好，能不能给点儿折扣呀？我付全款。"

　　"如果您真心想买，又能付全款的话，我手里有一套现房，挺适合您的。我有一个客户，前年刚开盘的时候全款买的一套三居，现在全家办移民了，委托我帮着转卖。房子没住过人，钥匙都没领，我可以带您去看看。这栋楼的房子还没进行产权登记，所以不用过户，只要重新签一份购房合同就行了。而且客户委托我的时候房价是一千八，比现在便宜四百，这样您就可以省四万多块钱，只是公司要收一些手续费，那总价也不会超过二十万。"刘小姐说。

"什么时候进行产权登记？"马哥问。

刘小姐告诉马哥："这栋楼基本上都登记完了，房产证也陆续发了，这套房只要重新签定购房合同，报上去半个月之内，就可以领到房产证了。"

"那好，你赶紧带我去看看。"马哥迫不及待的说。

刘小姐笑着说："你先别着急，我把材料拿出来，您先过目。您稍等。"

刘小姐进到里面，一会的功夫，拿着个公文袋出来，打开后，从里面拿出购房合同。

"先生您看，这是原客户的购房合同，这是委托代卖转让书，这上面的刘小姐就是我，上面写的售楼处名称是我以前的工作单位，如果您确定买这套房，就由我现在的单位负责跟您签一份这样的购房合同报上去，给您办理房产证。"

"谢谢刘小姐，现在就去看房吧。"马哥说

刘小姐答应道："好的，我去拿钥匙。"

刘小姐进里面，把公文袋放进文件柜，拿了房门钥匙出来，推着轮椅出门。

"小姐你不用推了，我自己可以。"马哥说。

"您的运气不错，赶上这么一套房，说实话，本来我是准备给我自个儿留着的，可是凑不够钱，客户又挺着急，不能老拖着……"刘小姐说。

文哥把一间房子租给了一蛋妈，的确轻闲了许多，有时侯回到自己的楼房去住，有时候回来住。虽然不做买卖了，每天还是要去给一蛋妈进货。一蛋妈的买卖很招人，所以有时候一天要进两次货。不过，谁不图利，谁也不早起，帮人进货，也是要赚钱的。

因为是圈内人，一蛋妈很了解圈内人的生活规律、生活习性和需求，她让文哥帮助批发来了一种叫作枣糕的食品，很受欢迎，卖得非常好。她告诉文哥，这些人，虽然都是做拿手儿的，可真正能坐在饭馆吃饭的人只是极少数，她能把一块成本不到两块钱的枣糕卖到六块钱，吸引人的手段就是一杯免费的开水。

因为是被拆迁人，文哥有事没事每天都要露个面，没事的时候，就在树底下，和一些还没搬迁的老街坊坐在一块喝点儿酒。

今天上午，文哥出去两趟，把一蛋妈小卖部的货都备足了。中午和几个街坊喝酒，喝的有点多，下午睡了一大觉。

吃完晚饭，在门口儿扇着扇子躺在躺椅上，为了防蚊子，左右两侧墙角的花盆里点了两支香。小调儿是现成的，嘴里面儿随便编几句词儿，哼哼的还挺有味道："摇着芭蕉扇，躺着脸朝天，不是神仙又没钱，图得是清闲……"

"文哥，好自在啊？"有个人招呼一声走过来。因为天黑下来了，文哥没看清是谁。

来人有到跟前，文哥才认出来。

"呦，沈爷，怎么，晚上出来溜溜？你可有些日子没露了。"文哥说着坐了起来。

自从上次处理完马哥被打的事以后，沈总就不在这里住了，而且白天出来的也少，有一阵子没来文哥这里喝酒了。他是文哥的顾客，而且算得上高端客户了，但文哥从来不问人家是干什么的。北京人的习惯，对有些比自己强的人，不论年龄辈分大小，都尊一声爷。

沈爷拉过一个小凳子坐下说："是，回家一趟，家里有点事，需要处理一下。怎么，文哥小卖部儿不开了？怪可惜的。"

"有什么可惜的，我本来就不是买卖人，开个小卖部图个新鲜劲儿，现在新鲜劲儿过去了，也就开始犯懒了。不过呢，出租一间房，再帮她上点货，也行了，不定哪天房子就拆了。"文哥说。

沈爷伸出大姆指赞同说："是，文哥是高人，您应该是凭脑子吃饭的主儿。"

"高人谈不上，或许是有点儿脑子，又不舍得用，混日子吧。"文哥说。

"文哥，跟您说个事？就算请您帮忙吧。"沈爷说。

"你说，什么事？"文哥问。

"针头，注射器，您帮着给进点儿，让一蛋妈的小卖部卖。"沈爷说。

文哥摇着头道："注射器，那不是吸粉用的吗？犯法的事不能做。"

沈爷笑着说："文哥，听说您是信佛的，佛是要普渡众生的，您就当是做好事，帮助帮助这这些人，再说了，没听说卖注射器犯法，又不是什么违禁商品。"

文哥摇头说："不行，毕竟是吸粉儿用的工具，别人卖行，我不做这买卖。"

"文哥，其实这还真是功德一件的事。这些人吸粉儿，你我都改变不了，是他们自己的事，但是您看，有些人晚上回来晚了，买不到针头，只好捡别人用过的针头，用别人用过的针头，很容易造成传染，尤其是艾滋病，之所以吸粉儿总和艾滋病联系在一起，有相当一部分是以这种方式传染的。"沈爷说。

"是，卫生条件太差。我倒是见过，有人到我这里来买针，买不着就去砖堆里捡带血的针头，跟我要点水冲冲就用，百分之百会传染疾病，这种现象将来的危害是很大的。可是我也无能为力啊。"文哥说。

"所以说让您帮着进点货，让一蛋妈卖。只要随时能买到针头，谁也不会再去捡了，就能很大程度的减少传染病互传的机率，这不是做善事吗？"

文哥不解的问："离咱这儿不远就有药批，有药房，还有大老黎他们每天都来卖，应该都能买到啊？"

"文哥真逗，哪个吸粉的敢去药房买注射器呀？而且那几个卖针头的，全不敢在这里呆太晚，八点以后就都撤了，所以主要是晚上八点至十点这个时间段，对针头是有需求的。"沈爷说。

"不是吧，前天我还看见大老黎，他呆的挺晚的，九点多了还在树底下站着呢。"文哥说。

沈爷笑着说："您说得是前天。昨天，今天，您看见了吗？而且以后也看不见了。您知为什么，抓了。"

"抓了，为什么，没听说呀？"文哥问。

"这个人呐，贪得无厌，您说他卖了十年针头了，挣了有上百万了，在市里买两套房都花不完了，现在还嫌赚得少，又开始倒粉儿了，这不是作死呢吗？"沈爷说。

文哥不太信的问："不会吧？大老黎是北京人啊，怎么敢做倒粉儿的生意，那还不判了？"

"他是罪有应得，这种人黑白两道儿都不待见。他卖了十年针头，稽毒的都知道，他去哪儿，哪儿就有吸粉的。以前他只做批发生意，现在觉得零售的钱也应该赚，所以在这里一呆就一天，这不是明摆着告诉稽毒处，这里是毒品区吗。现在好，又觉得倒粉儿赚钱，所以又开始卖白粉儿了。但是他对卖粉儿的门道儿不清楚，隔行如隔山，别人被抓了，很快就能放，他被抓了，必判无疑。"沈爷说。

文哥摇着头问："不太懂，为什么别人能放，他不能放？"

"您想啊，两个人同时被抓，兜里都有五包烟，有一个人是吸毒的，说是自己吸的，所以他是吸毒者。大老黎不一样，他不吸毒，若从身上搜出毒品来，肯定就是贩毒。而且这个人就象跟屁虫，总跟着这些吸粉的走，很招吸贩人员讨厌，肯定有人点他，真他妈活该。"沈爷说。

文哥想了想说："那好吧，我考虑考虑。沈爷，你是我的老顾客，总照顾我的买卖，我现在闲下来，有时间了，明天你过来，中午吧，咱俩在一块儿喝口儿。"

"没问题，一定过来。那件事您给想着点儿。" 沈爷起身走了。

文哥躺在椅子上看着星星，又瞎编了几句哼哼着：

"躺在椅子上，

月亮起东边。

拴根儿绳儿一抡，

一下就一天，

连着抡几下，

转眼就一年。

我抡到缺啊又抡到圆，

缺缺圆圆，

这辈子就玩完。"

第一百五十四篇 文哥忘约 速往家赶

睡得早，起得就早，吃了一碗热汤面，文哥开摩托车出来，上京石高速南行，来到山区的小院。打开门窗通风，把所有的盆栽花卉和地栽蔬菜都浇了水，把院子里散落的树叶扫成堆，又兑了一壶敌敌畏，犄角旮旯都喷了一遍方回到屋里。关闭所有的窗户后，打开空调除湿，再到厨房看了看，有几个鸡蛋和十几瓶啤酒，那就没问题了，院子种有韭菜，豇豆和一架葫芦，都可以吃，不用出去买了。

久不住人的屋子里很潮，利用空调除湿是最好的办法。除湿的时候，所有的柜门都要打开，这样潮气会散的快一些，文哥每个星期都会来一次，空调除湿不低于六小时，每次都能抽出一桶水，约二十公升。

灶上的水开了，文哥沏上一杯茶，把暖瓶灌满，还没坐下喝，突然想起一件事，坏了，怎么给忘了，约好了的，今天中午和沈爷喝酒，已经临近中午了。

什么脑子，看来人一松下来，脑子就不够使了。文哥不敢耽搁，关了煤气总闸，检查了一下水笼头后，出门锁门，又见空调还在滴水，又返回屋内，用摇控器关了空调，出来锁上房门，把摩托车推到院外，锁好门，带上头盔，上车打火着车，行驶了几个弯道后上了高速。

文哥把车停在家门口锁好。左右走了一趟，跟一个卖水果的小贩打了招呼，没见到沈爷。想了想，进了一蛋妈的小卖部。

一蛋妈坐在桌子里面，双手扶案，脸趴手上，听到有人进来，侧着脸抬起头，抽出一张餐巾纸擦脸，原来她正在落泪。

印象中的一蛋妈，总是那种含蓄，锐智，面带微笑的形象，第一次见她哭，还真不习惯。不过，三十出头的女人，悲伤落泪时，竟然有了少女一般的那种感觉，不但更美了，而且楚楚动人。

"一蛋妈，你怎么了，想儿子了？"文哥关心的问。

"想你。少叫我一蛋妈。"她有些暴燥，又抽了一张纸擦眼。

文哥赶紧改嘴说："我说错了，拉拉妈。我是想问你个事，今天沈爷过来没有？"

一蛋妈情绪稍有恢复，但依然面无表情的问："哪个沈爷？"

"就是经常在我这喝酒的那个沈爷。"文哥说。

"不认识。"一蛋妈想都没想就说。

文哥扭头往外走，出门前说："你这是犯了相思病了，还是到了生理期了。"

刚十二点半过点，还算中午。文哥进院子拿出躺椅，到门前树底下支上。今天他上午不在家，喝酒的街坊也就没过来。那些跟他喝酒的，基本上都是吃低保的。

肚子饿子，沈爷还没露面。可不是，跑了一上午了，每天这时侯都吃完了。

一蛋妈从屋里走出来说："哥，姓沈的今儿来不了，甭等了。明天他肯定过来。"

文哥看了一眼一蛋妈，知道她消了气了，便问："为什么？你怎么知道。"

"他这个人，所有约定好的事，多数都会临时改主意。什么都不为，为了生存。明天肯定过来。"一蛋妈说完，回去了。

嗯，有可能，这个姓沈的是个人物。在这个小区里活动的外地人，其实就是两种人，一种是吸粉儿的，一种是卖粉儿的，他的身份好象比那个买雪莲王的女人还高，而且又不常在这里住，每次过来肯定是有事，而且办完事总会来文哥这里，要瓶儿伊利特，坐上一个多钟头，喝上七八两，然后不知真醉假醉的晃悠着边走边说："伊利特，只有文哥这卖，真酒，别人卖的都是假的。"

不接触的行当，你永远不要去猜，文哥也一样。一蛋妈出来说完两句话，不解释，信不信由你，说多了就是对牛弹琴。之所以她能对文哥说上这两句话，可能是对文哥有好感，也可能是为刚才对文哥的态度感到内疚。

　　象沈爷这样做黑道儿生意的人，反侦查意识是非常强的，或者说已经养成了一种习惯。他答应你的事，可能在临近几分钟时还铁嘴钢牙的要去办，但会在办事之前几秒钟改变主意。他来西站东里，肯定是来办事，但他每次到文哥这里喝酒，肯定就是为了喝酒，不会办任何事。所以，周边的人见他过来，一定会以为他是来喝酒的。

　　由于文哥回来晚了，不能确定沈爷过来没过来，所以必须在门口多坐会儿，这样的话，明天碰到沈爷，也就有话辙了，而且很多人会给他做证他来过。

　　文哥家的楼房距这里不远，开摩托车几分钟就到家，吃饭睡觉，下午没什么事了，就打开电脑看股市行情。

　　文哥自己不盯摊了，只负责给一蛋妈批发一些批发部没有的商品，比如说酒类中的洋酒，香烟中的雪莲王，羊城，饮料中的石榴汁，食品中的巧克力饼干，枣糕等。这些东西的批发点都不算远，一般最多时一天跑两趟，不过也用不了半天儿。既使那些批发部管送货的商品，也由文哥给叫。一蛋妈从来不自己打电话要，她认为，外地人做买卖容易受欺负，那些送货的跟文哥总是客客气气的，东西送少了也会立马儿给补上。这样自己也省心，光卖货就行了。

　　文哥从家里出来，去批发部批了一箱红方威士忌，拉回来直接搬到屋里，交给一蛋妈，收了货款，又给批发点儿拨了电话，要了一些瓶装水，饮料和牛奶，一天的事就干完了，看看表，也就刚到上午十点半。不过，今天拉的洋酒，文哥一分没赚，因为批发价涨了，每次批发来的洋酒，都有正规机打发票，而零售价又不敢涨，就算帮忙吧。

　　"谢谢哥。"一蛋妈愧疚的说。

　　"谢什么？你赚钱，也就是帮我赚钱，谁也不用谢谁。"文哥说。

　　"哥，昨天生我的气了吧？对不起。"一蛋妈道歉。

　　文哥一挥手说："没什么，谁都有不痛快的时候。只是第一次见你跟吃了枪药儿似的，不习惯。你好象哭了，昨天？"

一蛋妈咬着嘴唇，眼泪又落了下来，她拽了一张餐巾纸，低头擦泪。

文哥见又触到了她的伤心处，觉得不妥，就走了出来。正好，沈爷正往这头走，文哥赶紧抢先打招呼。

"沈爷，昨天怎么没过来，我等你到一点了。不够意思。"文哥抢先用话堵沈爷。

沈爷不好意思的说："对不起文哥，昨天事多没过来，今天我请。"

"那就不客气了，我搬张桌子，就在门口儿吧。"文哥说着，进院搬出圆桌支上，又搬出两把椅子，还有一袋花生米。又回院里，取出两个酒杯，放在桌子上。

沈爷在一蛋妈的小卖部买了一瓶洋酒和一瓶雪碧，放在桌子上坐下，拧开瓶盖，给两个杯子倒酒。沈爷喝酒的方式很特殊，他是把雪碧当酒菜儿。

"文哥，我那天说的事想好了吗？"沈爷喝了一口酒后问。

文哥也喝了口酒说："今天上午看见批发针的小孙了，跟他说了，他说下午给带两盒来。我昨天去马路对过的药批看了，七十八块一盒，小孙卖的八十块钱一盒，都差不多，就跟小孙要了。"

"哦，文哥，我想是这样，既然小孙批发给咱的是八十，那他进货绝对超不过六十去，您干嘛不自己去批发，然后八十给一蛋妈，不是还能赚点吗。"沈爷说。

文哥点头认同："是，我昨天联系过厂家，厂家在上海。他们说必须买一件儿才给发货，一件儿有一万支，少了不发。你想，一万支注射器，不能当吃，不能当喝，卖不完不砸手里了。不过，厂家给了我一电话，让我找本地的代理商，我给本地代理商打了电话，代理商在通州，太远了，拉一趟得半天儿。不过，经过我再三追问，代理商才给了我一电话，让我去找三级代理，就在市里，我今儿晚上和他联系，估计问题不大。"

"文哥脑子好使，不做生意真是可惜了。来文哥，干一杯。"沈爷举起酒杯说。

文哥喝了口酒说："我容易知足。而且我是信佛的人，总觉得做生意是从别人兜里掏钱，不落忍。现在帮着一蛋妈进货，挣点跑腿钱，还算心安理得。"

沈爷叹口气说："一蛋妈真能干，就是她老公不是东西，帮不了她，还祸害她。"

"祸害她，她老公不是戒烟儿了吗？天天在门口蹲着，不招灾不惹祸，挺老实的。"文哥不解的说。

沈爷摇头道："烟是戒了，改耍钱了，前天夜里，一会儿的功夫就输了八千多。人呐，这就是命，出了狼群，就入虎口，一切都是自己作的。"

"哦，我说昨天一蛋妈为什么那么大的火气呢，这事搁谁谁也受不了。"文哥若有所思的说。

这时，沈爷身上的电话铃响了，他掏出手机，向文哥示意一下，到对面树底下去接电话。

三个男子从墙角处拐出来，引起远处一些人的警惕并出现了些许骚动。

沈爷接完电话，回来坐下，端起酒杯，继续喝酒。几个陌生人走过来，有一个人看了文哥和沈爷一眼，其余两个人在观察别的人，脸上的表情很严肃，很快就过去了。

"外地的警察。带相儿。"沈爷说。

文哥赞同道："是，可能是来出差的，听说过咱这地方，过来参观参观。"

"也有可能是来抓逃犯的。不过，外地人不了解这里情况，也就走个过场。得，文哥，我刚才接个电话，家里有点事，让我回去一趟。我干了，您慢慢喝，不够喝去屋里拿，记我的账。我先走了。"沈爷干了杯中酒，把杯放桌上站起来走了。

一瓶酒喝了多一半，文哥也够了。他站起来，把酒瓶酒杯收到院内，又回来搬桌子椅子。收拾停当，去到西边胡同买了半斤面条回来，火上坐锅倒水，水开了面条下锅，地上有黄瓜，拿起一根洗了洗，甩干了水，放在一个盘子里。

文哥把煮熟的面条捞到大海碗里，炸酱是现成的，浇上以后拌了拌，就一口面一口黄瓜紧吃，很快就吃完了。

碗筷用面条汤刷过，清水冲洗干净，控干水，放在桌子上用布盖好。之后把锅也刷干净，放火上烧干，关上火以后，饭就算吃完了。

文哥从屋里出来，锁上门，出院门往西再往南，来到小区南口，等了一会，见送针头的小孙着急麻哄的骑车过来，老远就下车，嘴里说着："来晚了"。捏闸停下。

接过装着两盒注射器的塑料袋，给了小孙一百六十块钱，交易就完成了。

小孙和大老黎住街坊，两个人一起出道，都做针头生意。大老黎脑子慢，做了十年，都是从别人手里买针，相对成本就高，与小孙比，批发价格上没有优势，只好批发带零售，且又人心不足，卖起了白粉儿，被抓也在情在理。

小孙由于进价比大老黎低，而且又小心谨慎，所以不做零售，也不在小区里停留。由于他跟一蛋妈不熟，也就不主动给她送货。

文哥回来，把两盒针头交给一蛋妈说："八十一盒，两盒一百六。"

一蛋妈给文哥拿了二百块钱说："给二百吧，不能白跑腿。"

文哥找了她四十块钱后说："空手套白狼，不是人干的事。以后不要让我看见你抹号子。"说完走了出来。

一蛋妈心情好了许多，昨天对文哥说话确实有点楞。文哥说的抹号子是北京话，是哭的意思，就是别让他再看见她哭。他会难过吧？不生气就好。

文哥平时只喝啤酒，很有规律，每天中午两瓶，什么事都不耽误，今天喝的洋酒，有后劲儿，不躺会这劲儿很难过去。

喝酒不开车。回到屋里，锁好门，躺下就着了。

第一百五十五篇　拉拉妈接货　乳罩内藏球

这一觉，睡到四点多。还是被吵醒的。是拉拉。

现在，一蛋妈做生意，小叔子负责看孩子。一蛋爸这些日子输了不少钱，也不敢再去耍了，再输就连货款都没有了，除了依旧在砖堆上蹲着以外，也看会儿孩子，不过，女儿很不喜欢爸爸，他只要一抱她，她肯定会闹。一蛋爸只是在刚戒毒后那几天注意修理门面，而现在三五天都不刮一次脸。他从不哄孩子玩儿，总是抱着孩子东走西串，孩子脸是最嫩的，怕的就是胡茬子，不愿让他抱，最好的办法就是闹，他只好把孩子送回来。

小孩子非常聪明，看见文哥的摩托车，知道文哥来了，就在窗户那头的屋里睡觉，她不闹也不出声儿，直到听见有了动静，才"嗯嗯"的喊着说着，好象告诉文哥，我回来了。

文哥好几天没看见拉拉了，听到孩子喊，赶紧起来，用水捋了一把脸，含了一口水漱几下，去去嘴里的酒味儿，咳嗽一声，就当打了招呼。

锁好屋门，出了院子，进了小卖部儿，见拉拉正在往门口儿爬。文哥看着房顶，装看不见，嘴里说："我怎么听见有小孩儿的声音呀？"

拉拉爬到文哥脚下，扬头往上看，见不理她，就扒着文哥的腿站了起来。

"哟，是拉拉呀，长能个儿啦，能站起来啦！"文哥说着，把孩子抱了起来。

一蛋妈从桌子里边出来，对女儿，也是对文哥说："拉拉，跟舅舅呆会，妈妈出去一下，几分钟就回来。"

一蛋妈撕了一条卫生纸，急着出去了。看样子是去厕所了。

小拉拉很喜欢让文哥抱，不愿意让爸爸和叔叔抱。也不全是怕胡子扎的缘故。孩子虽然小，但也想和大人一样，与人平视或俯视别人，你让她扬着脖子抬头看人，她也累。男人抱孩子，有时候夹着，有时候扛着，从来不顾孩子的感受，时间长了，孩子就厌烦了，你再抱孩子，孩子就不愿意跟你。小孩子有时候会摸一下文哥的脸，发现没有胡茬，还会开心的笑。

"拉拉，等妈妈回来，让妈妈抱，舅舅给你去买好吃的。"文哥对孩子说。

小拉拉用手指桌子："嗯嗯"比划着。

这时，一个二十出头的大男孩走进来，左右看了一眼，扔两块钱，从冰箱拿了一瓶矿泉水，向文哥举了一下瓶子，走了出去。

一蛋妈回来，径直往桌子里边走，并没有想抱孩子的意思，而女儿已经张开双臂向她扑过去。看来她听了舅舅的话，妈妈回来让妈妈抱，让舅舅去买好吃的。

一蛋妈措手不及，赶忙伸手接孩子，而女儿好象被什么东西搁了一下，一挣绷，有两个球儿从一蛋妈的胸部滚了出来，掉在地上，声音还挺响。

一蛋妈顿时脸色大变，看了一眼文哥，赶忙倒手，想腾出手来蹲下去捡，不想又掉出来一个。文哥哈腰，把三个球捡起来，放在床上，没说话，摸了一下小拉拉的脸蛋，走了出去。

文哥的摩托车响了，拉拉在妈妈怀里往外探身，应该是想去送舅舅。一蛋妈抓起床上的球，塞在乳罩里，抱着女儿出来送文哥，并让女儿招手。借着送文哥，来到外面的小屋前，拉开门，一蛋爸正在小炕上躺着。一蛋妈从乳罩里掏出六个球，交给一蛋爸说："收起来。"说完，退了出来，回到小卖部，把女儿放地上，她靠在床上，心情稍一放松，汗就止不住的流下来，继而是心脏"扑噔噔噔"的一阵跳，用手捂着按着也按不下去。她怕虚脱，赶紧拉冰箱，拿出来一听红牛，拉开盖，一口气喝了下去。

上午来消息说，南边送粉儿的今天到，夜里发货。一蛋妈身份比较特殊，所以不用象其他人那样夜里去取，而是有专人给送。地点就是在厕所里。交接货很简单，几秒钟就完成了。

她把接到的六个球放在乳罩里，推到乳房的下面，每个乳房下面能放五个，她今天要的少，乳罩有些偏大，所以挤的不严。不过，她走路时双臂抱胸，比较小心，还是很保险的。

女儿突然向她扑怀求抱，给她来个措手不及，这下现了，尤其是在文哥面前。倘若文哥知道她贩毒，会怎么看？会报警吗？会躲着她吗？至少会瞧不起她，从此不再把她当人看。

怎么办呢，本来就不是好人，但还是怕文哥把她当坏人。求求文哥？怎么求呢？还真没学过。给他跪下，求他饶过自己，不行，没准他根本就没往毒品那想，而且，他帮着捡起来，放在床上，走的时候还摸了女儿的脸。我也够笨的，当时也是慌了，他摸女儿的时侯，我要是把脸往前一凑……嘻，瞎想什么，明天见了文哥，上去就抱他，亲他，反正也喜欢他，玩一次真的也没什么不可以。文哥，我的亲哥，你若放过我，我就是你的人了……

"大姐。"随着声音，琦琦走了进来。

"是琦琦，今天回来够早的。"一蛋妈说。

琦琦从冰箱里拿出一瓶水，拧开盖喝了一口说："没的干，公园都呆腻了，你给我一块巧克力，一盒红梅，五包烟。对了，账上还有多少钱？"

一蛋妈拿出账本看了看说："给不了你五包了，只能给你一包，你存文哥这里一千块钱，已经花了九百三了，还有七十，只有一包儿烟的钱。矿泉水，巧克力，红梅，加一只针头，一共十四。我是不赊账的，不过，水开瓶了，巧克力你吃了，针头是必须品，可以给你，红梅就别拿了，这样你今天欠九块钱，不过仅此一次。"

"你真是的，不就几块钱吗。好好，我的姐，我明天去取钱。桌子上那烟我抽一支？"琦琦说着，把桌上放的一个香烟拿了起来，看了一眼，里面还有两支烟，就说："还真有一支。"抽出一支烟叼嘴里，一手点烟，一手把一蛋妈递给她的纸包装进烟盒里，把烟盒捏扁，攥在手里。

"姐，你把账记上，我回去了，明见。"琦琦站起来出去了。

琦琦出了门儿，觉得肚子饿，看来一块巧克力顶不了一宿了，还是找地方吃盘炒饼吧。幸亏刚才赊了账，否则的话今晚就得挨饿了，因为兜里就有十块钱了。

　　文哥回到家，吃了晚饭，给器材批发商打电话，问明了营业时间和地址，心里有谱了。

　　果然，批发针头很简单，到那直接就要批发价，每支五毛九，一盒五十九。文哥一听价格，很能接受了。不过，讨价还价是必走的程序，还是再要一些优惠为好，后来主管来了拍板，每支五毛七，但第一次必须买四千支，以后每次不低于一千支。文哥想了想同意了，付钱拉货，一轰油门，一桩买卖就齐活了。

　　还好，天早就黑了，忙了一天的人都躲进棚里歇着了。这些人就这样好，晚上吸完了粉儿，就开始做美梦了，天塌下来都不管。

　　文哥批回来四十盒针，装在一个很大的箱子里，凭良心说，他不愿让别人看见，觉得不是很光彩。而且还会有一些开小卖部的人，也会来要。树大招风，不惹那麻烦。

　　摩托车直接开进了院子里，文哥卸下箱子，迅速搬到屋里，返身出来，把车上捆箱子的绳子捋好，放在后背箱里，然后回屋，插上门，打开包装验货。刚才在批发部，人家让过目，他就跟做贼似的，只想马上离开，搬出来拉上就走，现在在家里就踏实了，数了数，正好四十盒。

　　小卖部里有几个人在吃东西聊天，就象在自己家。

　　这边的文哥，听他们聊得挺有意思，这个小卖部的确应该让一蛋妈开，因为她知道顾客的需求，有共同语言，有些年轻人还称她为前辈，老师，她也不谦虚。

　　文哥拉灭了灯，身子躺在床上，腿搭拉到地下。一会儿还得走，但又不能马上走。今天一蛋妈抱孩子的时候，从她的乳罩里掉出几个球，无疑就是毒品，根据对称的理论，一侧的乳房下有三个球，那两侧就应该是六个，或许八个。这可不是小数目了，一个看着柔柔弱弱，又美丽动人的女人，身上竟敢揣着几十克的毒品，真不敢想象。

　　当然，文哥没有马上回楼房，并不是想听他们聊天，而是想验证一件事，一蛋妈一次可以取回这么的毒品，那肯定是他们说的那个南边送货的来了，若是的话，今晚十点肯定发货，记得上个月的一天晚上十点，许多人从文哥门前过，象是去赶集，第二天那个沈爷就过来喝酒，说是请南面的老板。如果按照这种推理的话。今天晚上肯定会有活动。但是现在不开小卖部了，不能坐在门口坐着等着瞧，那会容易引起人家的怀疑。自己只是一个小百姓，别给自己找风险，只是活了半辈子，自己家门口突然成了毒品区，也是人生的一次经历，不弄明白了，也是怪可惜的。

小卖部里的人走了，估计这是最后一拨儿顾客了。一蛋妈把椅子对齐码放在靠窗这侧，拿起笤帚扫地，她把脏物扫到门前，用笤帚往门外挑了几下，把垃圾挑了出去，再出门往街上扫了几下。她回到屋里关上门，坐在椅子上，故意的大声"唉"了一下，这是给文哥提个醒，她要说话。

"哥。文哥。哥。文哥哥……不理你亲妹妹啦？哥，你说话呀？急死我了。我现在可跪着呢，你不说话我就跪到天亮。"一蛋妈说着，伸手从柜子上的食品箱里拿了一块枣糕，咬了一大口。咽了以后，喝了一口水。

一蛋妈翘起二郎腿继续说："文哥哥，说话呀，我的腿都跪疼了。哥。"又咬了一口枣糕。

房子是文哥的，住了几十年，隔着窗子说话，根据声音的反射音效，说话的人在什么位置，文哥还听不出来。文哥躺床上，声音发出的方位在文哥的斜上方一米处，明显就是挨着窗户说的。你坐在椅子上，脑袋和窗台也是平的，何况是背着脸说话。

五个孩子的妈了，居然还可以这么娇柔，尤如少女一般，文哥做为男人，虽无屁大的能耐，却也如此享受，一定是很满足了。而且，此时的文哥，只要他想，这个女人一定会百依百顺。不过，毕竟不是一路人，明知山有虎，何必虎山行，还是绕点儿道儿，不能走得太近。

看看手机，时间己经九点五十多了，可以去外面看热闹了。文哥下地，出了门后锁门，来到院子里，开了大门，推出撑托车支好，又回到院里，接了半盆水，擦车布放水里，出来后把盆放地上，又到院里拿个马扎出来，坐在车旁，拧了擦车布开始擦车。

文哥一边擦车，一边观察，还真有一个发现，往日一到晚上就开始赌博的棚子里，今天全都黑着灯，没有一点儿动静。

一蛋妈从屋里走出来，蹲在文哥旁边小声说："哥，我帮你擦吧。"

"去一边去。"文哥说。

一蛋妈继续说："哥，今天别走了，我也不走了，你陪我说话。"

"去一边去。"文哥又回了一句。

这时，已经有不少人开始从西边胡同口拐过来，在文哥身边走过，紧接着，一帮一帮的男人女人，就象赶夜路的幽灵，匆匆的走了过去，他们都不说话，没有一点声音。一蛋妈站起来，回到小卖部，把门关上了。

取货的地点可能离文哥家不远，拐过弯就到，两三分钟以后，已经开始有人往回走了。此时的文哥，真想过去看看，不过他没那胆量，肯定会很危险的。

本来擦车就是个晃子，还想慢慢的多耗点时间，不过，也就几分钟的时间，刚擦了一个轮子的功夫，人去人回，很快门前就静下了。

"真他妈快，连十分钟都不到就完事了。"文哥惊叹道。

他把擦车布拧干，水泼了，把盆放到院子里，拿了头盔出来准备走。小卖部的门开了，一蛋妈走了出来。

"哥，别走了。你要走我也得走，我一个人害怕，算我求你了。"一蛋妈撒娇的说。

文哥把头盔的带儿别上，戴在头上，手去兜里摸钥匙。

一蛋妈手扶着车把说："哥，那你把我送回去，今天晚了，不好打车了。"

文哥把车钥匙插进锁眼说："别闹了，我喝酒了，不能开车上路，我过马路都得推着走。现在晚上经常查酒驾，抓住要拘留的。而且坐车的也要戴头盔。你坐公交不是挺方便吗？又不用倒车。而且你住这儿也很安全，前后左右都是你们的人，没人敢把你怎么样的。"文哥说完，跨上摩托车，打着火儿，踢开脚支子，往后倒了一下，一轰油儿开走了。

　　见文哥走了，一蛋妈心里大爽，文哥终于开口说话了，而且没有一点儿责怪她的意思。装柔摆弱，下气低声，目的终于达到了。文哥哥，谢谢你。

第一百五十六篇 马哥收房 酒后嘴碎

马哥看的房子是塔板结合的高层，有电梯。房子的格局很不错，三个卧室，一间朝东，两间朝南。三间卧室的视野都很开阔，正南方向没有高层建筑，正东方向可以看到五环。一间主卧有阳台，阳台也很大，三间卧室光线都很充足，卫生间也不小，干湿分离，墙面地面也都贴了砖儿，马桶，洗手池也都装好了，就差一个热水器了。厨房也不算小，使用面积约五平米，厨柜，灶台，地面，墙面，房顶也都装修了。当然，对于讲究的主儿，肯定会砸了重装，不过，马哥还是挺满意的，在他眼里，这简直就是到了天堂了。

回到售楼处，刘小姐对马哥非常热情，在接待室，给马哥倒了一杯可乐，还端来了一盘糖果，一盘瓜子，花生。

这是马哥有生以来第一次，被这样热情招待，有些不知所措，而且还被刘小姐大哥大哥的叫着，真想钻地缝儿。

刘小姐拿来了合同，让马哥过目。马哥看过后，就签了字。

"您带身份证了吗？需要两张复印件。"刘小姐说。

马哥从上衣里掏出一张纸说："身份证没带，我这有附印件，可以吗？"

刘小姐看了复印件说："米琳，哦，是您爱人吧？可以。您本人的身份证带了吗？也要复印。"

"带了。"马哥说着，掏出身份证交给刘小姐。

"好的，您喝水吃糖，您稍等。"刘小姐起身出去了。

买房是天大的事，从来没经历过，心里面打鼓，忐忑不安也很正常，签了合同，生米做成熟饭，立马儿就安静下来。不就是往外掏钱吗。

房产证写米娜的名字，是早就想好了的，虽然两个人没领证结婚，但她是儿子的母亲，对于自己孩子，母亲是最无私的。而自己最对不起的人，就是米娜。米娜有了房子，一定会把儿子接来，米娜和儿子有了着落，也就放心了，之所以要买个三居室，是想让米娜把她爸也接来。我们马家对不起米娜，更对不起她父亲，欠债总是要还的。

　　刘小姐进屋，把马哥的身份证和米娜身份证的复印件交给马哥说："马哥，喝水，吃糖，别客气。手续办完了，您是刷卡，还是交现金呀？"

　　"刷卡。"马哥说。

　　"好的，您跟我来。"刘小姐起身，在前面引路，走楼道拐弯，进了会计室。

　　刷卡，敲密码，确认。付款成功。刘小姐引导马哥回到洽谈室，从文件袋中掏出所有的购房文件，让马哥过目后，又装了起来扣紧，交给马哥。

　　"恭喜马哥，房子是您的了。现在呢，我们还得去一下您的房子那里，要做个交接，拍个视频存档，就算完成了。您请。"刘小姐引路，马哥摇转轮椅，跟了出去。

　　这段时间，马哥的轮椅玩得很溜，可以自行爬坡了。现在腿上也可以吃些力了，时不时的下来扶着轮椅，拐着走一会儿，虽然姿势不好看，但这是必须要经历的一个过裎。人就是这样，哪儿有毛病都不行。

　　今天回来有点儿晚了，已经中午一点了。小妹早就把饭菜做好了，等他回来吃。给他拨过两回电话，马哥都没听见。

　　"哥，你干嘛去了？都什么时候了，不知道看钟点啊。我都说多少回了，不让你往远了走，你怎么就不听呢？"小妹不高兴的说。

　　马哥拐着去卫生间洗了手，过来坐下说："今天办了件事，耽误了。你以后啊，到点儿就先吃，甭等我。"

　　"你办什么事呀，这里人生地不熟的。我都怕你走丢了。你小时候还不是让拍花子拍走的？不长记性。"马小妹解气的说。

　　"办了一件大事。你想都想不到。小妹，开两瓶啤酒，今天我要大醉一回。"马哥有些激动的说。

　　"哥，等你不坐轮椅了再吹吧。以后记住了，吃饭不能耽误，中午饭不按点儿吃，晚上吃的时候又不饿，一天的规律就打破了，还不乱了。"小妹说着，开了一瓶啤酒，倒了一杯。

"我真办事去了。你看那不是文件袋吗，在轮椅上放着呢。骗你干嘛。"马哥端起酒杯喝了一口酒。

小妹起身，拿起文件袋打开，抽出一打纸，一张一张翻着看。是购房合同，还有票据。

"哥，这帮别人买房呢？怎么，你当中介啦？"小妹惊问。

"当什么中介，我谁也不帮，我帮我自己买的。而且我买的是现房，带装修的。"马哥告诉她说。

马小妹有些糊涂，问："这上面的名字不是你呀，米琳，米琳是谁呀？"

马哥拿过购房文件，装好后说："对了，忘告诉你了，米琳就是米娜。"

"嫂子。嫂子叫米琳，不叫米娜？"小妹问。重新坐下吃饭。

"是，米琳被拐卖后，人贩子把她交给了邓大姑，邓大姑给她取的名叫米娜。后来邓大姑去给她办身份证，才知道她叫米琳。不过，现在叫惯了，还管她叫米娜。"马哥说着话，把一杯啤酒干了。

小妹拿起啤酒瓶，边倒酒边问："我看发票上是交全款，你把赔偿金都搭进去了？哥，你以后还要治病，你把钱买了房，病不治了？"

马哥又喝了一大杯酒说："小妹，哥不瞒你了，哥这身上不单是伤病，还有一种血液病，是传染病，花多少钱也治不好了，而且，这个城市，哥是不能再呆了。现在哥的腿伤还没好利索，过些日子，我的腿能走了，我也就离开这里了，永远不会回来了。"

"我不懂，又没人轰你，你为什么要走，要走你还买房？现在的世界，还有什么病不能治？只要你有钱就行。你现在把钱都花了，房子还写嫂子的名子，万一嫂子变心了，你不就人财两空了吗？"小妹有些不解！

马哥已经喝光了一瓶酒，又开了一瓶接着喝。

小妹来了二十多天了，除了照顾哥哥吃喝，其余的很少打听。她只知道是出了车祸，是腿部骨折，对哥哥的其它事情一无所知。

买了房，非常兴奋，想喝酒庆祝庆祝，只是一瓶酒下肚，短暂的兴奋瞬间烟消云散，倒勾起了许多的愁肠。

马哥放下酒杯说：“小妹呀，我是你哥哥，但你不了解我，你对我的认知，只知道我是你哥哥。你不知道啊，哥哥不是好人，是最坏最坏的人。我是个，是个偷东西的贼。是人人喊打的贼。而且我还吸毒，所以现在报应来了。”

“哥，净瞎说。你什么时候偷过东西？也没见你吸过毒啊？”小妹说。

马哥叹口气说：“当年，我被拐走以后，拍花子的把我交给了我的师父，从此以后，我就跟着师父浪迹江湖，做了扒手。没几年，师父金盆洗手了，我就一个人山南海北的到处走。三年前，也是这个季节，我遇到了大师姑和米娜。大师姑把米娜托负给我，并且让我保证，不和米娜处男女朋友，不许让米娜做贼。我信誓旦旦的答应了，可我也食言了。我不单带着米娜做了贼，还和她生了孩子。而且，在米娜怀孕期间，我还去洗浴中心找了女人，传上了艾滋病。可是米娜并没有嫌弃我，还要和我领证结婚。我到这里来住，就是为了躲着她，不能再连累她了。我真要和她结了婚，就等于让她守活寡了。所以，等我腿好了，我必须得走，我想好了，米娜和邓大姑住的那个山洞，就是个非常好的地方，在那里，可以自食其力，与世无争。而且我听人说，一个人无论得了什么病，只要在一个环境好的地方，多吃野菜，就有可能治好。试试吧，不试怎么知道。”

“哥，怎么倒霉的事都让咱家赶上了？老天爷太不公平了。”小妹说。

“老天爷对每个人都是公平的。咱老家儿做了孽，老家儿受到了惩罚，我欠的债，找也要还的，要不然对别人就不公平，所以我戒偷，戒毒，去找邓大姑忏悔，躲着米娜，这一切就是在还债，这是上天给我的机会，所以我还要感谢老天呢。”马哥说。

小妹摇头说：“哥，我不明白，按说你戒偷戒毒，是改邪归正，重新作人，老天爷应该给你机会才是，不应该把你弄成这样呀？你还说老天是公平的？我不信。”

马哥轻轻的摆摆手说：“我戒偷，只是刚有了个想法。而戒毒呢，虽然进了戒毒所，但出来以后难免不复吸，很多人都是，去戒毒时决心很大，等戒完之后又认为，原来戒毒这么容易，完全可以吸几年再戒也不迟，而且，戒了毒的人，就不能闻到那烟味儿，一旦闻到，马上会复吸，以后就很难戒了。所以我现在认为，人，一旦真心向善，上天总会帮你的。这些日子，我反复的把前因后果对比了许多次，终于弄明白了。"

"明白什么？我可糊涂了。"小妹说。

马哥继续说道："当我戒完毒将要出院的时候，邓大姑去世了，这一定是上帝安排的。我去给邓大姑办理完后事，准备回来的时候，肯定是邓大姑显灵，不让我好好回来，把我弄残了，目的是让我远离米娜，远离毒品，并且为了不让我再去偷，还让我得到了一大笔赔偿。要知道，就在我出车祸之前，我花的每一毛每一分钱，都是偷来的。而现在，我花的终于是干净钱了。虽然代价很大。小妹，哥终于想明白了，一切福祸，自作自受，不用报怨社会，也没有什么不公平，都是事在人为。那天误打误撞进了售楼处，现在想起来，这也是天意。如果不买房，用这二十万吸毒，也就够甚至不够吸两年的。小妹，这有一张银行卡，里面有六万块钱。有你两万，就算是哥给你的嫁妆钱吧。给米娜两万，就算是哥对她的补偿。给米大爹一万，是替咱老家儿向他老人家赎罪吧，剩下的一万给玲玲。除了米娜，我最该感谢的就是玲玲。"

"哥，你现在最关心的应该是你自己，不要都惦记着好不好？"小妹急着说。

"小妹，我现在很关心我自己，但是戒偷戒毒，是一个很艰难的过程，最简单的办法就是远离城市，远离人群，远离毒品，所以哥要进山去，进了山，有钱也没地儿去花。而且，米娜，大爹，玲玲，都是咱家孩子的亲人，有钱也会花在孩子身上。小妹，我给孩子取的小名儿叫小根儿，大名儿取了吗？玲玲没告诉我。"马哥说。

"取了，叫根儿长，马根儿长。我给取的。名字听着俗了点儿，但寓意好。哥，你要是走，也要去医院复查一遍，确定没事了也就放心了。"小妹说。

马哥认同说："我会的。小妹，明天你去看看咱的房子，量量尺寸，去买些傢俱。你姐和孩子住大屋子，买个双人床。你和玲玲住一屋，买俩单人床。给大爹买个小一点的双人床吧，他睡大炕睡惯了，睡单人床肯定不习惯。每间屋子买个柜子。客厅买套简单点的沙发，一张餐桌，几把椅子，锅碗瓢盆看着买吧。从咱这里出小区往西，顶到头往南不远有个旧货市场，那里面新的旧的各和物件应有尽有，可以砍价，能一站式购齐。要是有柜式空调，不太贵的话，花个几百块钱咱就装一台，再有就是买台旧电视，七八成新的。甭买太好的，能看就行。现在已经开始兴液晶电视了，咱们先别那么讲究，有一台看就行了，过两年再换液晶的吧。"

"哥，你今天可有点儿碎嘴子了，快跟个老妈子似的了。你什么时候连锅碗瓢盆都惦记了？" 小妹回道。

是不太正常。听了小妹的话，马哥突然意识到这一点，赶紧收住嘴，一口气喝干了半瓶啤酒。两瓶下肚，觉得还亏点儿，索性又让小妹开了一瓶继续喝。小妹很不情愿的又给拿了一瓶啤酒。

小妹放下碗筷儿说："哥，吃完了你就别出去了，我去趟旧货市场，看看都有什么物件，心里好有个谱。置个家不是那么容易，得算计算计，暂时能将就就将就，不能一下子花太多了。"

"你去吧，我吃完了活动活动就躺会儿。对了，热水器，看看热水器，大一点儿的，有包安装就装一台。"马哥说。

小妹去卫生间，洗了洗手，擦了擦嘴，出来换上鞋，开门下楼去了。

第一百五十七篇 姐妹同心 生意渐起

肚中跷蹊，神道先知。人心向善，不用挂在嘴上，只要你做了，老天就会知道。无论你以前是干什么的，做过什么坏事，只要你回到人伦道德上来，哪怕就是一个念想，也会得到阴阳两界的帮助。当然，命运的改变，也要有一个过程，甚至这个过程会很漫长，也可能会遥遥无期，但是你只要守住信念，忍得住清贫和寂寞，早晚会收获的。常说头上三尺有神灵，但神仙不会马上告诉你结果，一切都在你自己的悟性和对未来生命的认知，但也不用过多的去动心眼儿，一切都会自然而然，顺理成章。不过这需要等待，需要时间。

一个人的一生，会有许多的磨难，而马哥已经到了极限，每天徘徊在生与死两个字之间，生嫌长，死不嫌快，唯一的念想儿就是情，或者说是债，情和债都是要还的。但欠的太多了，无论如何是还不完的。邓大姑，米娜，米大爹，儿子，玲玲，还有小妹，琦琦……

钱是有限的，是还不清所有的债的，只有赎罪是最好的方式，就把邓大姑的山洞当做祖业产吧。

一个既有伤又有病的人，二十几万块钱就是救命钱，但当他拿到这笔赔偿金的时候，从心底里突然生了一种感触，他意识到，人就是死了，无非也就值几十万元。而他今后，再也不会有二十万元了，而作为一个吸毒者，二十万又不算是什么巨款。钱到底是什么东西。

对于马哥这样，一个每天都在千方百计的想着从别人兜里掏钱的扒手来说，悲观至极时，也产生了一种视金钱如无物的意念，是超脱，还是升华，弄不清楚，只是那天鬼使神差的进了售楼处，又遇到了刘小姐，买到了心宜的房，付款时眼睛都没眨。钱交完了才醒过梦儿来，还不如到银行取了钱再去交房款，二十万呀，抱一会儿，感觉一下，此生也就无憾了。

当然，马哥肯定想不到，无心插下的柳枝，日后会长成大树，万念俱灰时买的房，十年后涨了十几倍。

种瓜得瓜，种豆得豆，这就是因果，一棵树，足以福荫百年了，其中善有善报的道理，一句话两句话是说不清的。所以，还是名贤集里的第一句话说得好，但行好事，莫问前程。

米娜近段时间可谓是春风得意，找她要活虾的酒店已经达到七家，而且在她的建议下，讲究一些的餐馆酒楼也开始用鲜花来装饰环境和食品，两项业务使她忙得不可开交，忙是忙，赚钱高兴也是事实。一个年轻人，一旦把工作当成事业来做，那她的体内就会生产出强大的能量。

玲玲已经不用去拉黑活了，专门负责盯表姐这摊儿。这是一大优势，同样做这种生意，如果自己没有车，业务的局限性就很大。玲玲有时候还要应酬四大姑的差事，为了不耽误事，米娜买了一辆人称残摩的三轮摩托，没事时就在家门口练，几天以后玩熟了，自己偶尔开着三轮去送货，也挺方便。

米娜每周要去送两次虾，比较有规律。而送鲜花的时间就活分一些，因为鲜花随时可以取，每隔四五天，或六七天送一次都可以。她非常喜欢去送花，每次在餐厅里往瓶里插花的时，她都会感觉到别人投过来的目光，有些人是偷着看的，尤其是那些男人。也难说，一个要身条有身条儿，要颜值有颜值，还抱着一抱鲜花的小姐姐，从他们身边走过，不看一眼，不就亏了吗。当然看她的也有女孩子，肯定是羡慕嫉妒呗。

送花，摆花，插花这个职业很适合米娜，她非常喜欢，虽然送虾的工作已经够辛苦了，但还是对鲜花注入了特殊的情感。人们叫她花表妹，她从心底里美得不得了。以前自己做的工作，有技术但是见不得人，而现在的手艺可以大大方方的当众表演，她非常享受，毕竟显摆也是女孩子的天性。她的那双玉手，做扒手掏包那会儿长的茧子已经彻底脱落，她的十指纤细绵柔，嫩白如笋，剪子耍得溜，掐花的手形指法非常的迷人。

餐饮供货商，生意好做，但肯定会有竞争的，关键是这先人一步，站了地盘以后，就靠关系了。米娜是从山里出来的，没那么多花花肠子，从不斤斤计较，有时候送十斤虾，收货的厨师长说十一斤，得，十一斤就十一斤，她会出个十一斤的收据，却只收十斤的钱。多一分钱都不收。日久天长，关系就形成了，别人若想来呛行，比登天难多了。更重要的一点，厨师长都是中年以上的老爷们，爱美之心人皆有之，何况还有钱赚。

万事开头难，做生意也是这样。一旦开了头，赚钱就不是难事了。但是，话又说回来了，想多赚钱就不要怕吃苦，天上不会掉馅饼，一切都靠努力。相对来说，米娜更累一些。她很后悔没有和玲玲一起去学车，因为她觉得自己离汽车非常遥远，而且从山里出来的孩子，对大都市宽阔的公路，总有一种恐惧感。现在呢，汽车又成了做生意必备的交通公具，学车开车是大趋势，没有驾驶证怎么行？现在的世界，拉下一步就得拼命赶，造化真是弄人，唯有努力，还有什么办法？

在玲玲的指导下，小心谨慎的摸了几回车，还真没有想象的那么难，敢情脚下轻轻一踩，汽车就往前走，换个地儿一踩就停车，只要弄明白了离合器和档把儿的关系，学会挂档和摘档，基本就没问题了。原来开车那么容易。

四大姑下午有酒局，玲玲四点出车去拉。四大姑每次去喝酒，一般都是去找拆迁小区的老街坊，也就是一帮吃低保的男人去喝酒，真有工作上班的人，谁有那闲功夫跟她喝酒。这些人大都三十出头的岁数，很粗鲁，脸皮也厚，桌子摆在胡同里。半杯酒下肚，什么鸡呀蛋的就都出来了，而做为单身的四大姑真就好这口儿，经常哈哈哈的大笑一阵。当然，一喝上就没个准点，晚上八九点钟散算是早的，反正得喝醉了，走不了道儿，让这几个兄弟架回去，坏小子们趁机摸几下，占点便宜，四大姑一点也不生气，好象还挺享受，第二天酒醒还记着谁摸过她，见了面会笑骂几句。这就叫物以类聚，人以群分吧。

玲玲只管送，送完就撤，从来不多说。

米娜今天可以好好歇会，紧紧张张的忙了一个月了。主要是玲玲不在家，今天练不了车。

她想在床上躺会儿，可是又躺不住，心里总觉得有一件事没做完。年轻人就这样，精力旺盛，求知欲强。尤其是象米娜这样，走过一段弯路，绕了很多远的人，猛的见到了直道，就想把耽误的时间补回来。而且她认为，现在自己还没完全定型，什么都要学点，艺不压身，先学好了放着，用得时侯当时就有。尤其是一个外地的女孩子，比不了人家本地人，什么都不干也能吃低保，上三险。但这就是动力，一个人努力了，上天就会眷顾你，让你看到希望。物质条件有了，父亲，儿子就能团聚。再说了，别人行，我为什么不行。

人，永远都不要满足现状，虽然米娜已经做的很好，现在都自称是米总了，其实也只是自嘲而已，不过，这样干下去，她一定会成为真正的米总的。现在需要的是在市场里找一个柜台，还要有一个鲜花门市，那样就是正规的商贩了，正规的商贩就可以出据正规的发票，货款就能走支票。有了门脸儿柜台，肯定是要招帮手的，手下有了人，那才算是正经的米总呢。

现在，市里边一些有规模的酒楼，都开始卖活鱼活虾了，活鱼活虾肯定是发展趋势，只是必须具备三个条件。一是酒楼方面，愿意腾出一块地方来，让你放设备，二是要有专业的养殖技术人员，三是需要养殖设备，尤其是养殖设备，前期是需要投资的，一个酒楼上一套设备，需要一万多块钱，不是小数目。不过这只是个日后计划，一般情况下，市里面流行的东西流到远郊区县，需要两三年的时间。但是，什么事都要提前准备，人无远虑，必有近忧，现在竞争很激烈，凡事都要做到先人一步。可能只是一愣神儿的功夫，生意就被别人抢了。

按理说，米娜和玲玲两个人顶现在的业务，确实有些忙不过来，如果有个帮手，就会松快一些，还能腾出手来开发一点新的餐馆。这个时候，马哥要是能回来，那是最好不过了。马哥也是，这一走就是一个多月，怎么一点消息都没有啊，急死人了。幸亏他戒了毒了，否则的话，兜里若没有粉儿，憋也憋死了。

楼梯响，玲玲开门进来。

"姐，还沒做饭呢，吃什么呀？"玲玲一边脱鞋一边问。

米娜从卧室出来说："饿啦？今天吃点省事的，买了一斤面条，切了根黄瓜，吃麻酱面。"

"姐啊，你可越来越抠了，挣钱了，吃的反而素了。什么时候大方大方，顿锅肉，蒸条鱼改善改善，也让人觉得有个盼头儿。幸亏你不会蒸窝头，贴饼子，你要都会的话，还不天天忆苦思甜呀？"玲玲说着，坐下端起杯来喝水。

米娜也坐下说："哪能啊，我不吃也得让你吃呀。我今天特意去超市买了一个小肚儿，回头给你切几片。你现在正是长身体的时候，不能亏了嘴。"

"姐，省钱也不是你这个省法。你说你切几片肉让我一人吃，你在旁边看着，我怎么吃得下去？"玲玲说。

米娜笑着说道："姐这些日子减肥，改吃素了。不过呢，姐现在已经定型了，营养过剩了也不好。玲玲，现在是咱最困难的时期，再忍忍，顶多三个月，过了这段时间就好了。"

"困难，没觉出来呀？过三个月，过三个月怎么了？"玲玲不明白？

"我听文哥说，四大姑现在考路考了。前天考了一次没过，过十天还要考。她要是老考不过倒好，就怕她过了。她一拿下驾照，那肯定就会把车收回去，到时候你就没得开了。你没车哪儿行啊？怎么也得给你买辆蹦子呀。"米娜说。

玲玲嘴一撇说："得了吧，我才不要蹦子呢，你看我这身条儿身高，颜值肤色，满嘴的京腔京味儿，我自己要不说，谁知道我是从哪来的，我要开辆三蹦子，大小姐变打工妹了。立马儿就掉价儿了。你看人家北京的女孩儿，哪有开蹦子的。不现那眼，不受那刺激。"

"所以说呀，姐不能让你跟姐似的开着残摩去送货呀，就是最次的二手车，也得给你买一辆，好歹也得是四个轮儿。不过呢，二手车能开的也得上万，你说是不是得紧几个月。"米娜笑着说。

玲玲探身吃惊的说："真的，姐你真好。那什么，你会蒸窝头吗？我想吃窝头，再来盘儿咸菜，喝棒子面粥也行。那俗话说得好，吃窝头，就咸菜，能够培养下一代。就咸菜，吃窝头，买车买房不发愁。人呐，就得趁年轻受点苦，不受苦中苦，难做人上人。"

"你呀，光咳嗽咳嗽就行了，别喘了。姐能让你吃窝头？不过，苦还是要吃的，咱们现在是创业阶段，缺得就是资金，所以有新的项目也不能上。准知道能赚钱，没资金也是白搭。"米娜无奈的说。

玲玲看了看表，站起来说："姐，天儿还早，我还不怎么饿，出去拉两趟活儿再回来吃饭。"

"玲玲，回来了就别出去了。"米娜说。

"没事，你说的对，四大姑一旦拿下驾照来，车肯定要收回去，趁现在还能开，就别让它闲着了，多拉点儿是点儿。"玲玲说完，换了鞋出去了。

第一百五十八篇 马哥心已去 玲玲吃窝头

立秋了，早晚不那么热了，只是雨水多了，几乎每天都下一两起儿。尤其是许多天看不见太阳，连续的阴天让人心里很是烦燥。

马哥每天在屋里走路，已经不用拐杖了。按说应该去医院复查一下，只是天气老是这样待死不活的，实在是出不了门。

其实，复查不复查已经不重要了，好不好的也已经定型了，唯一盼的就是房产证赶紧下来，真想马上看见这个让所有人魂牵梦绕，并为之奋斗一生的本本长什么样。这不是继承先人的祖业，而是他用性命换来的财产。二十万的钞票没有机会摸了，能把房产证捧在手里，也可慰籍平生了。

该做的都做了，能不能赎清一切罪孽，只有老天说了算了。

马哥躺在床上，眯眯瞪瞪的忽然想起来一件事，他侧身趴在床边，伸手从床下拽出旅行包，拉开拉锁，从里面拿出一个老式的小录音机。这是从邓大姑的山洞里带回来的，由于出了车祸，把这事忘了。里面应该有邓大姑的声音，因为这个录音机是放在邓大姑的床头，邓大姑肯定会用的。

按下开关，录音机没有反应，电池没电了。马哥把机子的电池盖打开，抠出里面的电池放在床头柜上，拉开床头柜的抽屉，从里面拿出一排新电池，撕开包装后把电池装上，扣上盖，再按按钮，录音机里出现马达启动的声音。他把录音带退到头，按播放后稍待片刻，录音机里响起邓大姑的声音。

"米娜，我很失望，你和小马的结合，不会有什么好结果，你们将为此付出巨大的代价，这个代价会使你后悔一生。"

"当我听到那个开面的司机说，你给他的车费少了一百块钱的时候，我很痛心，你居然跟他用了页子手。米娜，出手容易收手难。都是我的错，我不该把你交给小马。你们的行为，使刚走出山洞的我，又失去了在社会上生活的勇气，为了替你们赎罪，我重新回到了山里，这里是我的归宿。我会每天为你祈祷上苍，一切都看你自己的造化吧。"

"小马，你违背了自己的承诺，你把我的米娜带上了一条不归路，我每天都会诅咒你，我不会放过你……"

听到这里，马哥的心象似被针扎了，很痛很痛的，这种疼痛很个别，就象似一股电波由心脏开始，击到了后背，从后背下到腰眼儿，继续往下经臀部到大腿，甚至脚后根也有痛感，肚脐眼儿里又好象有一股凉风，逆行向上，吹过肩，向后脑而去，使得头皮又凉又麻。

马哥现在是躺着的，否则会站不住的。他浑身一阵颤抖，牙关紧咬，脸绷的很紧，颜色铁青。不知过了多少时间，他才缓过神儿来。"哎呦"一声，好象似从地府回到了阳间。

他滚到床下，跪在地上向窗外不停的磕头，嘴里念叨着："邓大姑，我该死。邓大姑……

马小妹走进屋，见哥哥跪在地上，赶忙过来搀扶道："哥，你干嘛呢，这大白天的发什么神经呢？"

马哥依旧磕头念叨着："邓大姑，我该死……"

马小妹费了很大力气，才把瘫坐在地上的哥哥拖到床上，身子摆正后，头下垫了枕头。

不一会，见哥哥睡着了，她叹着气走出屋，眼圈一红，落下一串泪珠。

自然界中，时空交错，万事皆有定。人们总爱说如果如何如何，假如如何如何之类。岂不知，如果有了如果，假如有了假如，那时间就会停止，没有了优胜劣汰，社会也就很难向前发展了。不过在现实中，人们还很喜欢分析和联想，只要是分析和联想，那必然就会说到如果和假如。

闲来无事，我们也运展一下联想，打乱时空中已定的事物，分折后会得出一个不同的结果。

假如说，马哥千里迢迢去给邓大姑办理后事，当时的心情众所周知，颤悔也是要做的一件事。收拾邓大姑物品的时候，见到了那台录音机，假如当时他开机听一遍邓大姑的遗言，他肯定会自责一番，多磕几个头也就是了。而且，或许这一耽误，也就不会有后面的事了。

　　不过，是祸躲不过，既使出了车祸，身心都受到了重创，到现在也有很长时间了，一切痛苦都已经承受了，可是，偏偏在这个节骨眼儿上，又听到了邓大姑责备的声音，就好象重伤之后，在心口上又被扎了一刀，这让他怎么受得了。这时的他就象是被鬼迷了心窍，觉得邓大姑还没死，就站在他背后，而他就站在悬崖边上，被邓大姑推了一把，不想跳也得跳了。

　　做为一个人，身体上的创伤是可以治愈的，而精神层面的打击往往会使人彻底崩溃，精神的崩溃，又会使人的思维模式发生改变，钻进牛角里就很难出来了。

　　一个星期的连续阴天，空气湿度很大，在屋里呆着也不舒服。不过还好，天儿终于晴了。

　　上午九点多，精神萎靡了好几天的马哥，低着头在床上坐了一会儿以后，终于抬起了头，向窗外看了看，嗯，今天天儿好，是个好日子。

　　这几天，小妹一直想要他去医院复查一下。之所以没去，一是天气的原因，二是自认为没有必要，腿已经能走路了，肯定不会有什么问题了。退一步讲，就算骨头没对正，你还能把接好的骨头砸开再重新接呀？自己现在已经是已就已就了，还糟踏钱干嘛？不过有一样，还是应该去传染病科检查化验一下。

　　的确，查出艾滋病已经两年多了，既没治疗，也没吃过药，而且也没什么反应。虽然说有的患者属无症状感染者，初始阶段与正常人没什么区别，那两年也是个临界点，据说无论有无症状，两年后都会发病，为此，马哥每天都要仔细的检查浑身的皮肤，而至今还未发生病变。没症状当然好，心里负担却越来越大。这两年多来，多少次路过医院，都想去传染病科看一次，只是一直没有勇气。

　　现在腿脚好的差不多，再过几天，他将离开这里，隐居深山，去过那种不会再有烦恼的生活。检查一下，看医生怎么说，以后就听天由命了。

　　"小妹，中午早吃会儿饭，吃完饭去医院。趁今天天气好。"马哥走出卧室后说。

马小妹正在厨房忙活饭菜，边切菜边说："跟我想的一样。哥，你今天精神好多了，前几天真够吓人的。"

"我怎么没觉出来，就是感觉到浑身没劲，老想睡觉，春困秋乏，可能是季节的原因，你看，今天不就好多了？"马哥抹了把脸说。

小妹把切好的菜用刀撮到盘子里后，放下刀说："哥，你这几天都快神经了，经常是冷不丁的趴在床上就磕头，嘴里老念叨邓大姑，好象是在跟邓大姑说话似的。邓大姑都走了俩月了，去阴间了，还能管阳间的事？再说了，是你给她老人家发送的，也是为她受的伤，她就是在天有灵，也应该该感谢你才对呀。哥，中午还喝酒吗？炸盘花生米吧？"

"喝，趁着在家里，能喝一口是一口，到了那边要是想喝酒，还不定有没有呢。"马哥说。

小妹把眼一瞪说："到了哪边儿呀？说着怪吓人的，就好象阴阳两隔似的。哥，我觉得你吧，别想太多了，你从小受了那么多的苦，虽然做了很多不该做的事，可是你并不是一条路走到黑呀，是你主动的戒了毒，又去替邓大姑收尸，你躲着米娜姐，把孩子送回老家，等于你也是做出牺牲了。你现在要重新做人，改恶从善，上帝也一定不会为难你的。"

"也可能吧。"马哥面无表情的说。

正逢雨季，天儿说变就变。马哥和小妹刚上了出租车，天空中就打了几个雷，继而阴云密布，很快的大雨点子就砸在车上，紧跟着就是大雨象盆泼似的往下倾。很庆幸，幸亏是打车，要是等公交，这场雨就躲不过了。

雨太大了，路面的能见度非常低。司机打开了大灯，示宽灯和双闪，而且开的速度很慢。

小妹很担心，如果司机把汽车停在大门口让下车，几秒钟就会浑身湿透的。的确，有些医院的特别通通是给急救车准备的，普通的社会车辆只能停停车场。

还好，今天天气特殊，社会上送病人的车辆也可以在急诊大楼门前停靠一下，这样下车进楼，就不会淋雨了。

　　挂号处排队的人很多，挂号的窗口还没打开，据说是一点半开始挂号，现在刚一点多点。小妹把病历手提袋交给哥哥，让他到椅子上去坐着，自己排队等候。

　　小妹第一次进大医院，第一次体会到什么叫人多，北京的大医院怎么这么多人呀，就象是赶大集，看病跟不要钱似的。医院真是好买卖。

　　天气好的时候，米娜开着残摩去送货。她现在开得很溜了，一般送一次货需要五六个小时，做为女人来说，还是很辛苦的。不过有句古话说得好，叫"知耻而后勇"。人，没有受不了的罪，唯一洗刷耻辱的方式就是干活儿，通过辛苦的付出，挣到了干净的钱，有了奔头儿，辛苦算什么？做为年轻人，最不缺的就是力气，而且用力长力，力气是用不完的。

　　送花和送虾不一样，送花没有时间限制。每次送花，可以很早出门去花卉市场，批发来的鲜花直接就送去酒店，抓点紧的话，中午能回家吃饭。

　　相对来说，玲玲还是辛苦一些，拉着表姐送完花，回来吃了午饭，还要去拉活儿。没办法，车是人家的，人家说收回去就收回去，现在你能使用，就别让它闲着，车不怕累，就是人辛苦点儿。一切都不算什么，开惯车的人若是没车开了，那才真不是滋味儿呢。

　　玲玲想吃完午饭以后就去拉活儿，但是老天不赏脸，空中响了几个炸雷后，哗啦啦的下起雨来，而且越下越大，整个天空都暗了下来。算了，挣钱也得要命，这种天气，基本没人出门儿，有没有人打车先搁一边，这通雷电就够吓人的，还是以安全为上，老老实实的家呆着，睡个午觉，一夏天没睡过午觉了。

　　如果没养成午睡的习惯，躺着也是瞎掰，根本就睡不着。玲玲拿出手机，拨了几个电话，没拨通，她坐起来，靠着床头，一只手翻转着手机，一只抱着后脑，把腿翘起来，嘴里哼哼着连她自己都不知道是什么调儿的小调。

　　玲玲每天都给马小妹拨电话，总是提示不在服务区。马小妹也是，忙什么去了？咱家那个地方，满镇子上都找不着一间地下室，要想出服务区，除非你躲到大山里去。

　　按说他们这种做拿手生意的，手机是必备的通讯工具，人若想玩失踪，你就得换号，不过神拿门是个例外，他们人与人之间是不许用手机进行联络的，一般情况下，有急事都用公用电话，或者用备用卡，用一次就扔掉，这样做就是为了防止一人被抓，通过手机记录而牵连到别人。这是铁的纪律。

　　马哥走了两个月了，到现在音讯全无。既使有他的电话号码，谁敢给他打，你知道他是不是被抓了，万一他要是被抓了，你把电话拨过去，那不是自投罗网吗。

　　玲玲在她屋里睡不着，而米娜跟本就不想睡，自从开始做活虾和鲜花生意，她一直都是晚睡早起，中午没休息过。

　　收拾完了碗筷，回到屋里，开始拿着计算器算账，一边算，一边记。米娜记得很认真，她会把所有的成本汇总，然后记算利润。数据先记在一张纸上，准确无误后，才认真的记在账本上，每天都是这样。

　　一个人，如果不是买卖人，永远都不会懂得成本与销售之间的关系，一般的小贩只是单纯的买了卖，只要是五毛进，一块出，就赚五毛，不搞那么复杂。不过，这样的小贩永远是小贩，成不了生意人。

　　米娜做生意不光心细，心也很大，她认为，既然要做生意，就要做好，不单要看书学知识，也要从实践中学习，做小买卖简单，上升到生意层面儿，就不那么容易了，要想做好一件事情，认真是必须的。只要认真，再加实践，一切都不在话下。

　　两个月了，每天紧紧张张的忙碌，终于尝到了甜头，看着已经记了大半本儿的账本，一种成就感油然而生。她很知足，每天都会谢天谢地的祈祷几回。她也很感谢玲玲，是玲玲侦查到的信息，让她没有走弯路，直接就进了正道，占了先机，而且利润很可观。

　　这场大雨，下了三个小时，一阵响雷以后，终于停了。玲玲摘下耳机，起身出屋，来到厨房转了一圈，高声问："姐，晚上吃什么呀？"

米娜打了个盹，听到玲玲问，马上醒过神儿来，合上手里的账本说："刚吃完午饭，就惦记晚上？离天黑还早着呢。"

"嘿，我今天是想替你做饭，你怎么不识好人心呐？我让你学学蒸窝头，还没学会呢吧？"玲玲说。

米娜从屋里出来说："学会了。你猜我跟谁学的？"

玲玲摇头说："不猜，猜不着，爱跟谁学跟谁学，我会吃就行了。又不是天天吃窝头。"

"倒也是。不过你说多巧，那天我过那头去，正赶上文哥吃窝头，我吃了一个，真好吃，我就跟文哥请教了一翻，就学会了。今天我正想蒸窝头呢。而且呀，我不单会蒸窝头，还学会了炒窝头，熬窝头，烤窝头。"米娜兴奋的说。

"你这是窝头系列呀。唉姐，你别借着学蒸窝头的机会迷惑我公公，招他犯错误。"玲玲说。

米娜比划个打人的手式说："嘴里吐不出象牙来。你呀，赶紧给文哥当儿媳妇去吧，那我就是姨奶奶了。不过，我还是真跟文哥抛了几个媚眼儿，勾搭勾搭他。而且跟文哥学蒸窝头，其实就等于是奉承他，借着机会求文哥托文嫂，帮咱在市场里租个案子。对了，人家那不叫租案子，叫租货柜。当然了，租两个更好，一个水产，一个鲜花，有了这两个货柜，就有了立足之地，那样的话，我们每天也可以上班去了，而且不单可以做批发，也可以做零售，以后可以大干一场了。"

"嗯，以后我们就可以早晨上班，晚上下班，吃完饭溜弯，唱歌，跳舞，喝咖啡，过上北京人的生活了。"玲玲说。

米娜摆手说："你说的那种还真不是北京人的生活，而是那些北漂，在北京找了工作，挣俩钱就装醉生梦死。玲玲，我们不行，我们没有高学历，能挣钱又轻松的工作轮不到咱头上，想发展，想混出个人模狗样的来，一切都得靠努力，所以我们要先吃苦，所谓先苦后甜。姐都想好了，等买卖做大了，肯定要找帮手，帮手儿一定要找大学生，本科以上的。哎，你手机响了。"

　　"哦，可能是约车的。"玲玲回屋去接电话。

　　米娜正要回屋，玲玲已经托着手机走出来，穿衣服换鞋，手摸着门拉手说："姐，有人约车去医院，我得赶紧走，晚上回来吃饭。"

　　"开车注意点儿，刚下完雨。过立交桥的时候，要先看好了，没有积水再过。"米娜嘱咐着。

　　"市区没事，不去郊区。"玲玲说完拉门下楼。

第一百五十九篇 送客去医院 雨后见马哥

刚下过雨，坑洼处还有不少积水，有的汽车好象淹了，水没半个轮子了。玲玲放车的地方地势高，虽也有些水，但并未淹没轮胎。

玲玲掂脚儿到了车前，开门进去，插钥匙打火，还行，很好着车。脚下一给油，车就蹿了出去，路过积水处，溅起很大的水花射向两侧，幸好外面没人。

出了小区，顺三环往北，上立交桥往下绕，出了三环上辅路往西，拐弯抹角进胡同停车。

一年轻女子和一中老年妇女上了车。玲玲叫了声："大妈，您坐稳啊。"

"对不起，天儿不好，本想明天再去，可是今天已经请了假，明天去还得请假。你就辛苦吧。"姑娘对玲玲说。

玲玲满不在呼的说："甭客气，挣的就是辛苦钱儿。只要路况不出问题就没事，就怕桥洞下面有积水，今天的雨太大。还是去那个医院吧？"

汽车出胡同，拐俩弯，上了三环往南，到立交桥盘上桥往东，进了三环上大街，一路往东，至一铁路桥洞时，被执勤人员拦住，并指挥绕道行驶。

"对不起，没办法，只能绕远了……"玲玲说。

因为刚才下了几个小时的大雨，这时候来医院的人很集中，医院门前出现了车辆拥堵现象，且社会车辆不让进大门，只能在门前下车。

乘客下去后，玲玲跟在别人的车辆后面慢慢移动。前面有协管在指挥，没人敢加塞儿往前挤，而且，本来就不宽的道路，还要给出租车让出一条道来。

开车就是这样，来的时候不容易，想走也不容易。医院是四五十年以前盖的，那会儿的人连自行车都没有？谁也不会想到现在的人看病要开车。既来之，则安之吧，一点儿一点儿的往前挪，能动活儿就行。

马哥这次来医院，本来只想咨询一下有关艾滋病的问题，检查一下，让医生给个建议。但是有些事不能什么都跟妹妹说。他让小妹挂了两个号，一个骨科，一个传染病科。

骨科瞧着很间单，有片子，医生一看就知道伤情，让你站起来走两步道，再用手摸摸，基本就知道好得差不多了。但是医生建议照个片子确认一下，马哥没照，觉得再花钱有些不值得，毕竟好坏自己也能觉出来。

最让马哥不踏实的是传染病科，因为艾滋病这种病不光是身体上的疾病，更严重的是反应在心理层面上。医生也好，网上咨询也好，往往说得模棱两可，让人听得一头雾水，有的时候会使人产生柳岸花明的感觉，有时又会让人觉得要死要活的。这个病啊，没在谁身上谁不着急。

男医生对马哥的身体进行了检查，没发现有什么问题，觉得很奇怪，从眼学上看不出毛病，按说不应该，两年多了，又没治疗过，没吃过药，怎么没有一点迹象呢。

"您确认您做过化验吗？"医生不解的问。

"确认，确实化验过，是阳性。化验单我还留着呢。"马哥说着，掏出化验单交给医生。

医生仔细看过化验单后说："这个化验单是手写的，如果不仔细看，很象是阳性，这个阳性的阳和阴性的阴的区别，主要在右边的这个日字和月字的第一笔。如果仔细看笔划，你就会发现，它这个字左边这第一笔应该是撇，不是竖，可能是因为笔没水儿了，所以笔道显轻，可能写得速度也快点儿，撇就没写到头，右边的竖勾笔画也轻，但是还是能看出轮廓的。有时候是这样，如果你心里怕是阳性，你看这个结果就是阳性，主要是心里作用。一般情况下，如果化验员发现有艾滋病病人，一定要上报的，不可能让你把化验单拿走。而且，从常理上讲，病人化验完了，还要让主治医生看一遍，写入病例，你这个病例上没有记录，所以不能确定你是得了艾滋病。这样，你去化验一下。"

马哥很沮丧的走出来，把单子交给小妹，小妹去窗口交了费，带他来到化验室窗前，单子递进去，抽了血，听里面的护士说："四十分钟出结果。"

此时坐在长椅上的马哥，已经浑身无力，心烦到了极点。一个大小伙子，自认为一点都不傻，怎么会弄出这样的大笑话。如果今天的化验单上写着艾滋病阳性，可能倒不会是这样神经质，毕竟已经是死猪了，还怕什么开水烫。但万一是阴性，让他还怎么见人，这两年多，因为这张艾滋病的化验单，自己做了多少听起来都不可思议的事。首先是不跟米娜同床，接着就是把儿子送回老家，然后只身出走广州，包括吸毒，挨打，现在又丧失了性功能成了残废……

刚下完雨，空气湿度很大，加上楼道里很闷，或再加上心乱，马哥的后背已经被汗水浸透。他有些坐不住了，是那种要虚脱的感觉。他今天出门儿穿了件西服，现在也粘在身上。

小妹见哥哥出了很多汗，就帮他把西服脱下来，搭在他的腿上晾着，并用餐巾纸帮他擦汗。

四十分钟了，应该快出化验单了。小妹把装病历的纸袋子交给哥哥，去了卫生间。

"马哥取化验单。"化验室里传出护士的声音，一个白色浅盒从窗口推了出来。

马哥犹豫了几秒钟，还是扶着椅子背儿站起来，艰难的迈了两步，伸手把单子拿出来，攥在手里，往后一退，没站稳，一屁股坐在地上。

看都不用看了，一定是阴性了，否则的话不会把化验单交给他。他想站起来，却不知道如何用力，就在这儿坐着，既影响别人，也会被别人嘲笑。其实，都到这份上了，还有什么可怕的，破罐再摔，也没人心疼，无非就是多几片儿瓦片儿而已。

"你怎么了，用帮忙吗？"有个人从他身边走过后，回过头问。

马哥连摆手的力气都没有了，摇了摇头表示不用，又点了下头表示感谢。

马小妹从拐角处过来，紧走几步，用力把哥哥拉起，坐在椅子上。

"你怎么坐地下了？出这么多汗。"小妹急着问

马哥脸上划过一丝苦涩的笑。他把化验单塞到纸袋里，缓了缓神儿道："不小心摔倒了。完事了，我们回去吧。"

小妹没好意思问化验结果，但凭感觉觉得问题不大，她曾经看过哥哥两年前的那张化验单，也对那个似阴似阳的字有些怀疑。今天的结果百分之九十多是正常，哥哥坐地上肯定太激动了，压在心头上的这座大山终于移走了。

妹妹搀扶着走了几步，马哥恢复了正常，可以自己走路了，不过，他现在很虚弱，每一步都会用很大力气，他尽量装出很轻松的样子，脸上的表情也恢复了平常态。他把西服团成一团抓在手里，他已经不太注意形象了。

出了医院大门，往前走十来米，就有出租车等候区，大约有十几辆出租车在排队。前面有人在上车，第二辆可以上。小妹拉开车门，让哥哥先上，关上车门后，自己绕到外侧拉车门，扭头往车里坐的时候，对后面一辆很旧的一辆轿车还看了一眼，尤其此时的太阳照在挡风玻璃上形成反光，她并没有看到车里的司机。关上门后，司机发动汽车，驶出等候区，向前行驶了几十十米后，停下等红灯。

玲玲的车往前蹭着走，己经快接近红绿灯了，前面大约还有七八辆车，一变灯儿就可以离开拥堵区了。她有点乏，打个哈欠的功夫，看见一个熟悉的面孔朝这里看了一眼。

是马小妹！玲玲一惊，她怎么在这？她来北京了，为什么不找我……

玲玲以为马小妹看见她了，没想到她拉车门上车，车就开走了。嘿，装看不见。

趁变绿灯的机会，玲玲加油上前，一把轮扯到出租车等候区前面的车道内，隔着一辆车，跟着马小妹坐的车，不错眼珠的盯着，唯恐她上天或入地，趁前面转弯的瞬间，玲玲记住了出租车的车牌号，一路紧跟下来。

过了几个红绿灯后，前面就是西站东里东面的跨河桥了。

今天好象有些特殊，桥的两侧站着很多人，趴在桥栏上正在往下看。马哥已经好久没来这里了，自己租的房子空了两个月了。现在很后悔，当初还不如让琦琦住呢。想起来，琦琦对自己还是可以的。

"靠边停车，就到这吧。"马哥对司机说。

司机有些不快，但还是把车靠桥的西头儿停下了。小妹交了车钱，下车绕到外侧，哥哥已经推开车门下了车。

"马哥!"跟在后面的玲玲把车停在桥的东头头，见马哥从车上下来，差点喊出来。

马哥的腿还是有一点儿拐，但走路基本正常了，医生说要加强锻炼，再有半个多月就彻底好了。

两个人上了桥，从人群后面往河下看，原来是发大水了，河面变的宽了许多。很多人没见过河里发水的情景，觉得很新鲜。

马哥挤了个空隙，扶着桥栏往河里一看，顿时产生了炫晕和恐惧感。往远处看，水面显得很高，甚至高出桥面，淘淘不绝的向他扑来，好象随时没过头顶，而自己的脑袋又象在向水里钻。往桥下看，急速奔来的强大水流钻进桥下，就象要没过脚脖子，身体产生前栽的错觉。

马哥心里非常恐惧，他推着桥栏，从人群里退出来，慢慢的走到桥头，下了桥，向北看了看，自己承租的院子还没拆，房子还在那里立着，而周围那些粉儿姐租的几处房子都拆了。

不用想它了，没什么可留恋的。可以和这里说拜拜了，永远不会回来了。

他站的地方是河道工上下的通道，是用大石块砌的，每个台阶有三十厘米高。马哥小心的蹲下，坐在地上，挪动双腿转屁股，坐在台阶上。小妹把哥哥的上衣披在他的后背，在一旁站着。她也是有生以来第一次见到河里发大水。

水面其实并不宽，满打满算也不足二十米，只是平常河里水很浅且脏，没人会在这里驻足。从旁边看，因为水面高了，桥也就不显得宽了。总共三个桥洞,桥洞是由水泥柱隔开形成的,平时的水面只从中间的桥洞通过,只有河水涨到一米高的时侯,才能用到两边的桥洞。今天的水涨了足有两米多,估计再涨一米,就跟桥面平了。

马哥觉得口渴,"小妹,带水了吗? 有点渴。"他问。

"没带,没想到看病用这么长时间。我去买。"小妹说。

马哥往河对面一指说:"河那边有个小卖部。"

"嗯,知道了。"小妹说完,转身上了桥,往河东走去。

玲玲在桥头停下后,见马哥下车上到桥面上,就挂倒档打轮,拐下桥,把车停在河堤上,在这个位置可以看到趴在桥栏上看水的人,尔后,马哥下了桥,坐在岸边的台阶上,正好和玲玲坐对面儿。玲玲好象明白了,看马哥走路的姿势,应该是受了伤,右腿好象有点拐,小妹来北京,一定是来照顾马哥的,而且马小妹手里提着的纸袋上印有骨科字样。这种袋子玲玲太熟悉了,大多数做扒手的都用过。啊! 不会吧,不会,小妹不可能做贼,他哥哥绝对不会让她入这行。再说,马哥哥的腿走路确实不利索。

这个马哥,拿我们当外人。马小妹也是,来北京了,连闺蜜都不让知道,至于吗? 这不是你么小妹,我今天盯死了你,一定看你住哪儿,你跑得了天边儿,还能出的了国界。

马小妹从桥面的台上蹦到地下,往东走去。玲玲想喊没喊出来,嘴又闭上了。马哥在这,她不会一个人走,八成是去买吃的了,往前不远有个小卖部。

玲玲把车窗摇下,胳膊搭在窗框上,探出半拉脑袋,盯着前边儿。

第一百六十篇　鸣笛吓马妹　马哥跳进河

马小妹一手提着病历，一手抓着两瓶矿泉水过来，当她走到车前的时候，玲玲拍了一下喇叭，把小妹吓了一跳，一瓶水掉在地上，她哈腰去捡的同时，扭着头瞪了一眼汽车司机。

玲玲正从车窗探出头来向她笑。

"玲玲，怎么是你？你怎么在这儿？你个死嘎嘣儿的，吓着我了。"马小妹说着，捡起了瓶子。

玲玲用招呼着让她过来上车，并探身打开副驾驶的门，小妹上了车。

"我吓死你，你真不够意思，来北京也不拜拜各位老大，蔫步出溜儿的，干什么秘密工作呢？今天这是让我撞上了，你们想躲到什么时候？六亲不认啦？"玲玲不饶的说。

"哎。"马小妹叹了口气说："玲玲你误会了，我们不是躲着你们，是我哥出了车祸，怕给你们添麻烦，所以叫我来照顾他。"

玲玲吃惊的问道："出了车祸,严重吗？那也应该跟我们说一声儿呀？我姐天天催着我给你打电话问，你老是不在服务区。我说呢，咱家那满镇子都没有一间地下室，你能去哪？除非天天住菜窖。"

马小妹低着脑袋搓着脸说："一句话两句话说不清楚，我哥的命苦啊……"

秋雨后的天气有些凉了。马哥在医院出了很多汗，衬衣都湿透了。一阵风扫过水面，从河里卷上来的水花，淋在他的身上，身上披着的被汗水漫湿的衣服，凉凉的与后背贴的更紧了。

刚才在车上，马哥还神情恍惚，满肚子委屈。现在经这冷水一激，马上清醒了许多，而且对所有的一切都释然了，因为人混到到这份上，风都可以戏你一把，认了吧。

水面上有很多漂浮物，随波逐流，争先恐后的奔向远方。他聚精会神的注视着水面上所有的东西。枯老的树枝，白色的泡沫，衣物，甚至还有一种称作轻石的砖块，由远而近，再由近而远。他的头总是由左向右转，身体不知不觉的开始向右倾斜，产生了随水而去的错觉。

一条大鱼窜出水面，甩了下尾巴，又扎入水里。

远处，又一件较大的物体，靠着岸边磕磕绊绊的漂了过来，原来是一个大树杈子。这一定是刚被风刮折的，粗的一头还露着白茬。

树杈到了马哥脚下，突然不走了，而是在水里打转。马哥正在诧异之际，忽见水中钻出一人，坐在树杈上向他招手。

"邓老师，邓大姑，是您，您怎么在这里，您是来找我吗？邓大姑，我可以跟您走吗？我也要金盆洗手，我也要去山里……"

邓大姑站起来，伸出一只手说："来吧孩子，跟我走吧，离开这个世界，去一个没有烦恼，没有忧愁，没有毒品的地方，你可以重启你的人生。来吧孩子……我们走吧……"

河水打了一个旋儿后，树杈调了方向，向桥洞里漂去。

马哥站起来，见邓大姑往前去了，心里一急，大喊一声："邓大姑，我来了……"

水也是有引力的，台阶又很高，他往前一扑，连个水花都没打出来，瞬间就消失了。

"有人落水啦……""有人跳河啦…""有人自杀啦…"

桥上趴栏杆看水的人发出呼喊，一部分人迅速迈过马路中间的隔离带，到下游去看，有人把手指向远方喊："快看，在前面呢……"

马小妹正和玲玲说话，听见桥上的人喊叫，不知发生了什么事，开门从车里出来，河对岸不见了哥哥的身影，她马上喊叫着上了桥往过跑。

桥上已经有人打报警电话了，报警的人大声喊："喂，有人掉河里了，快来救人，是个男的……"

马小妹疯狂的往过跑，遇人相撞摔个跟头后，爬起来还跑。玲玲后面一把没抓住，但还是紧紧追赶。下了桥，马小妹哭喊着迈下河堤的台阶，脚几乎踩空，身体欲向水面摔去，幸有玲玲赶到，一把抓住她的手。

小妹已经疯狂了，极力想挣开玲玲，扑向水面去找哥哥。玲玲摔倒在地，幸亏旁边有棵树，她一把抱住，另一只手死死抓住小妹的手。俩着男青年过来，帮着把马小妹拽了上来。

玲玲站起身，胳膊已经出血，见小妹还在挣扎，过去将小妹按倒，坐在她身上，扇了她几个耳光，她才不动了，趴在地上低声抽泣，很凄惨，很可怜。

"两位大哥，谢谢了。"玲玲向两个男青年道谢。

"你叫玲玲吧？不客气，她是马哥的妹妹？"一男青年问。

原来是道上的人，收工路过这里。

"是，谢谢大哥，没事了。"玲玲站起来说。

"玲玲妹妹，以后有事言语一声，我们回去了。"两个人说完走了。

玲玲掏出手机，给表姐拨了电话，告诉她马哥出事了，让她赶紧过来。

几个民警从警车上下来，看了水面情况以后，向上级作了会报，然后向玲玲了解情况，做了笔录。民警告诉玲玲，河的下游沿线正在组织人员搜救，有消息会通知他，并把这次事故定性为失足落水。

米娜从出租车上下来，差点儿没站稳。她抱着树，脸贴在树干上，已经哭成泪人儿了。疾速而去的河水，无息且无情。她奋力支撑身体，唯恐自己的驱体随水而去。看着浑汤似的河水钻进桥洞，千头万绪涌上了心头。

米娜跟邓妈妈在山里长大，十八岁出山，马哥是她见到的第一个男人，也是与之相爱，与之生子的男人，她把自己一生的希望，都寄托在了他身上。他每次出走，她都会牵肠挂肚，他每次受伤，都让她寝食难安。她不在乎他有艾滋病，心甘情愿的想和他长相思守。他们可以一起修春芽，扫秋叶，互抚白头。哪怕是一生奔波劳累，也无怨无悔，不恼不愁……

秋风从桥下掠过
河水向东流，
你随波去了天边，
我将会白头。

我的小马哥哥，

你狠心走了，

给妹妹心里留下永远的痛，

留下了抹不去的愁。

原谅我不能随你而去，

爱会永远留在妹妹的心头，

哥哥已经远去，

河水不会停流，

止不住的眼泪，

却带不走我无穷无尽的忧……"

米娜没有音乐细胞，有词没调儿，只能在心里默默的念着。

马小妹的情绪稳定了，她面无表情，呆若木鸡，傻傻的坐在地上，身上，手上，脸上，沾了很多泥。

玲玲不能给表姐更多的安慰，她用手摸着表姐扶着树的手，陪着一起流泪。

事已至此，总哭也不是事，围观的人不少，没有人会陪着伤心。米娜最大，主意还得她来拿，耗到天黑也没用，还是想想办法，看看马哥的事怎么办。

"玲玲，我现在心里很乱，也从来没经过这种事，你去找找文叔儿，让他给出出主意，问问我们现在该怎么办。"米娜有气无力的说。

"嗯，我马上去，你看着小妹。"玲玲说完，快步上桥向东，来到汽车前开门上车，发动后往右一打轮，过了桥拐弯，从马小妹身边驶过，加油挂档，进小区，来到文哥家门前停下，熄火拉手刹，下车进了小卖部。

"姐。"玲玲叫了一声姐，马上开始敲文哥屋的玻璃窗。

一蛋妈见状，不太高兴的说："玲玲，干嘛呀你，文哥刚回来躺会儿。什么事呀你，可以跟我说。"

玲玲绷着脸说："跟你说管用吗，你是秘书啊？文叔儿，文叔儿。我是玲玲，出来一下，我有急事。"

"好嘞，马上，你在门口儿等我。"文哥在屋里说。

玲玲想到刚才有点急，对一蛋妈态度不太好，走过去搂着她的肩说："姐，对不起，心有点乱，刚才犯浑了。是马哥哥出事了。"

一蛋妈一惊："小马出事了，他怎么了，他不是去外地了吗？"

"是，马哥从戒毒所出来，直接就去给邓大姑办理后事，回来的时候出了车祸，他不想连累大家，就把他妹妹叫来，在五环以外租了房子，今天是去医院复查，赶上河里发大水，就下车去看水，不小心让水冲走了。姐，我先去找我叔儿了。"玲玲走了出去。

玲玲把车停在桥头河堤上，文哥下车，走到坡道前，心情沉重的看着淌过的河水。

马小妹依旧愁坐在地上，米娜见到文哥，象见到了亲人，成串的眼泪又止不住了。她过去想拉小妹起来，没拉动。她来到文哥面前，用嘴和鼻的气音叫一声："文哥。"

玲玲抓住马小妹的手说："小妹起来，文叔来了。"

小妹站起来，屈着腿走到文哥面叫声："文叔儿。"腿一软跪在地上。

"马姑娘，快起来。玲玲，快把马姑娘扶起来。听我说，现在不是哭的时候。事已至此，还是先顾活人吧。玲玲姑娘，往西过路口，有一个寿材店，你去买一些烧活过来，另外，帮我买一个花圈，你先把钱垫上。再有就是买一瓶白酒，烟就算了。天快黑了，搞一个简单的仪式祭奠一下，给他烧点纸，送他一程。"文哥说。

玲玲开车走了。

文哥接着说："米姑娘，马姑娘，过头七的时候，把他平时穿的衣服用品拿几件，也给他烧（捎）去，事就算过去了，好好过你们的日子吧。"

河水涨得快，退得也快，从水印上看，水位下去一米多了，已经能够看到下面的二层台儿了。若是按现在的水位，人若掉下去，就不会有太大危险了。

　　文哥下了几层台阶，对着水面暗暗的祷告，但愿小马现在还有口气儿。不过，已经过了一个多小时了，不会有什么奇迹了。

　　人生如梦，百年又如何？小马坠河，若不是意外，那他还算是好样的，最起码他敢于与从前说再见，他想重新做人，也应该算是可喜可贺了。

　　文哥心里正感叹之际，忽然身体内出现了一种异样的感觉，是一种动物的气息依附到他的体内，占领了他的整个身体，并开始折磨他。

　　文哥信佛，熟悉的人都知道。而所不知道的是，文哥不单吃斋信佛，还要修佛，已经二十多年了。修佛的人和信佛不一样，修佛要修要练，日久就会出功，所谓的功，也就是人们说的特异功能，但由于谁也看不见，也就没人信。有没有功能，文哥从来不与人探讨，也不去表演，从来不靠着这些功能去赚钱。他认为，倚着所谓的大师称号去赚钱的人，第一，肯定没有功能，第二，下场都不会很好。因为只有一个，为利益拜佛学佛的人，永远不会练成真的功。

　　文哥练的功，是从西游记中悟出来的，自称造化会元功。当然，所有的功，不论佛家，道家，都是由任脉膻中穴开始，经气海，会阴，走督脉逆行过三关，冲百会，踩印堂，再入任脉下气海，完成一个运行周天，称小周天。小周天是道家的叫法。佛家不叫小周天，佛家叫河车搬运。所以佛道是不分家的。

　　小周天练成，继而向高层次发展，终成大周天，开始出现功能，人体中，眼，耳，鼻，舌，身，意，初称六贼，既：看，听，闻，尝，触，想。练的目的就是要达到眼不看，耳不听，鼻不闻，舌不尝，身不触，意不想。功成后，达到眼通，耳通，鼻通，舌通，身通，意通这六通，就是功能了。

　　由于文哥与马哥很熟，稍一想，就把他的全息影像吸附到体内，巡视后，自己身体内哪里不适，那一定小马的信息反应出来的。

　　嗯，可能是收到小马的信息了，问问他妹妹验证一下。

　　文哥走上岸问："马姑娘，你哥哥腿受伤了？右腿脚脖子上的骨头，大约有六厘米裂缝？"

　　马小妹点点头。

　　文哥也点了点头。

　　米娜的眼睛直勾勾的看着文哥，心里想：他们怎么知道？

大约有六厘米裂缝？"

　　马小妹点点头。

　　文哥也点了点头。

　　米娜的眼睛直勾勾的看着文哥，心里想：他们怎么知道？

第一百六十一篇　邓妈遗言　桥下遇鬼

　　玲玲的车顺河堤过来停下，开门下车，打开后备箱，从里面拿出两个花圈，两个大塑料袋子。文哥把花圈接过来靠树立住。玲玲把挽联交给文哥。

　　文哥一边往花圈上用别针别挽联一边说："抓紧时间，把纸分成三份，到下面去烧，一个人一个人的下去烧，烧纸的时候说着点儿话，用心想也行。记住，咱们烧的不是纸，而是钱，所以要说我给你烧（捎）钱来了，你收钱。抓紧时间。"

　　三个人把烧活分成三份，人手一份，米娜首先下了台阶，来到下面的二层台上。此时的水位又降了不少。

　　米娜把手里的一大摞纸放在地上，从火柴盒里掏出一根火柴，擦一下点燃。

　　她看着火苗，没有马上去烧纸，她好象没有勇气，也不相信现在的一切，她有痛，有恨，更有委屈，她实在憋不住了，眼泪下到嘴边的同时大喊一声："小马哥哥，你混蛋……"

　　米娜蹲在地上，抓起一把纸点燃。这是她有生以来第一次烧纸，虽然文哥嘱咐了，烧纸就是烧（捎）钱，但她不信，也说不出口，何况眼泪成串，满肚委屈，有如山崩地裂般的塌陷感，连自己是死是活都分不清了。

　　纸快烧完了，手好象被火燎了一下，她也终于张开嘴了。"小马哥哥，你混蛋，小马哥哥，你……"

　　文哥见火快灭了，让马小妹下去，并嘱咐她抓点紧，因为市区里是不让烧纸的，天一黑，火光很明显，有可能会有人报警。

　　马小妹到下面，扶米娜站起来，让她上去，身己蹲下继续烧纸，她边烧边哭，哭得很凄惨。尔后跪在地上，嘴里哭念着什么，谁也听不懂。

　　文哥恐马小妹扛不住打击，让玲玲马上下去，一齐烧完了一起上来，千万不要出什么事。

　　的确，马哥坠河，对马小妹的打击最大，因为这段时间只有她和哥哥朝夕相处，又是自己的亲哥哥，说痛不欲生也不为过。

　　玲玲下来，蹲在地上，把所有的纸都放在火上。火苗窜起，夹带着一些黑色的纸灰飘向空中。

　　"小马哥哥，玲玲好想你呀，你怎么就这么走了……小马哥哥，我想你……"

　　文哥拿着两个花圈下到下面，先把一个花圈让玲玲扶着。他往前走几步，接近水面，把手中的花圈向河里推出去。

　　拿着第二个花圈，文哥对着河里说："小马，去吧，不要回头。你一定会脱胎换骨，重获新生的。"

　　文哥把花圈抛向河里，扭头拍了马小妹的后背一下，向岸上走去。

　　回到家，米娜熬了一锅大米粥，一个人喝了一碗。谁心里都不舒服，最担心的是马小妹。三个人挤在米娜的床上。米娜让小妹躺在中间，自己躺在外侧，她不时的落泪，还要不时的开导小妹。她问了一些马哥的情况，还研究明天干什么。最后商定，先去退掉马哥租的那间房，然后去小妹的住处整理马哥留下的物品，米娜和小妹租的两处的房子都退掉，搬到马哥给买的新房，这些事一定要在七天之内干完，然后去河边祭奠马哥。这七天中，还要送两次虾，三次花，还要突击教小妹插花，毕竟活着的人还要努力活着，活着的人活好了，才对得起死去的亲人。

　　这一天也够忙活的，一大早就去马哥租的房子里，把马哥的用品拿出来，还有琦琦的电视和拉杆箱，都装在玲玲的车里，没用的扔了。房子退了。来到位于五环外的新房卸车，东西搬进屋后，已经就快晌午了。吃了午饭，又到米娜的住处搬东西。一般说，租房子的人都没多少东西，一个旅行袋，一个皮箱就装下了。再有就是一个电饭煲，炒菜锅，几个碗盘的也占不了多大地儿，所以不用找搬家公司，玲玲的车就能装下了。

　　小妹也没多少东西，只一个行李箱，锅碗瓢盆的装了两个纸箱子，收拾着也省事。而且道儿近，几脚油门儿就到了。马哥用的铺盖装编织袋处理了，几件衣服留着，等到头七的时候拿到河边去烧。

新房子还真不错，比以前租的老旧房屋强上百倍，户型设计很合理，卫生间干湿分离，面积也不小。厨房也行，烧天然气，两个人干活完全能耍得开。装修不算豪华但实用。床铺都是新做的，那个旧货市场里有加工活的，可以做家具，很便宜，跟买旧家俱价钱差不多，还管送到家，所以做的新的。只不过样式没有大厂家的东西秀气，但也很不错而且实用。

触景生情，看见马哥留下的房子，止不住的泪水迷住双眼，想说又说不出的话堵住喉咙，米娜从包里掏出床单，抖开铺在床上。这个床单是她和马哥一起用过的，上面有马哥的体液和气味，洗多少遍都洗不掉。

安排个新家也不是一时半会儿的事，先能睡觉，其余的慢慢收拾。玲玲和小妹一个房间，一边一张单人床，两张床一个制式，靠在一起就是双人床。米娜安慰了一阵马小妹，让她早些休息，明天还有很多事要做。

米娜回到自己的房间，靠在床头上，拿起马哥带回的那个小录音机，用手轻轻的抚摸着。这个录音机是她小时候的最爱，她每天都要用它听歌，她只听过邓丽君的歌，只是磁带太少。不过还好，邓丽君的歌百听不厌，伴着歌声成长，同时也造就了她的温柔。

按下播放键，录像机里是邓妈妈的声音："米娜，我很失望，你和小马结合，不会有什么好结果……"

"我收养你，纯粹是出于私心，因为我孤独，我寂寞，是你给我带来了欢乐，你却做出了巨大的牺牲，我对不起你，我太自私了。由于我的自私，更加加重了我身上的罪孽，而这个因为有了你才使我在精神上有了安慰的山洞，必将是我最后的归宿。米娜，对不起，忘了我吧。"

"米娜，分开两年多了，真后悔。明知道不会有好结果，还是把你托付给了小马。你们家的那个镇子我知道，我真没有勇气把你送回那个贫穷偏僻的地方，但是我错了。一切都无法挽回了，我只好继续回到这里，但我的罪过永远也赎不清了。我在这个洞里呆了三十年了，想做个好人真是太难了。"

"每次留言，都以为是最后一次，虽然每天都想说，又很怕真的是最后一次。我知道，你永远不会听到我的声音了，但我还是抱有幻想，希望你能听到。米娜，我不是你的妈妈，甚至连养母都不配做，我真的希望你还能，哪怕是不情愿的叫一声妈妈……"

"米娜，今天可能是最后一次留言了，我已经感觉到疲惫的。人之将死，其言也善，原谅邓妈妈，原谅小马，原谅他的爸妈吧……"

"妈妈……"米娜轻声的叫着，爬起来跪在床上，朝着窗外不停的磕头。

"妈妈，饶了小马哥哥吧，把他放回来吧……"米娜磕了无数个头，终于累了。她跪着，脸贴在床上睡着了。

头七，人死后的第七天，是要举行个祭奠仪式的。为什么是第七天，米娜也不知道，只是听文哥说让头七过来烧纸。为什么是七天，不是八天，六天，没谁讲得明白。作为年轻人，可能认为是迷信。当轮到自己的亲人去逝的时候，迷信就不是迷信了，宁可信其有，不可信其无。其实，传统的，约定成俗的讲究也没什么不好，在这个固定的时间，把久未见面的亲人，亲戚，朋友约到一处，总是有益无害的。

米娜把马哥的衣服，鞋帽都刷洗的干干净净，叠得整整齐齐，分别装在不同的塑料袋里，然后再装在一个大塑料袋里，袋里带着气把口儿扎紧。她认为，在市里烧纸是不允许的，但纸着的快，一会的功夫就烧完了。而烧衣服就不同了，很可能火势很大，而且冒烟，会引起附近居民反感。而且这些衣服烧了也太可惜了，把它装在塑料袋里，塑料袋放在河里任其漂流，漂哪算哪，有不讲究的人捡到还可以穿呢，都是干净的。

祭品也要弄几样。马哥爱吃烤肉串，要准备一些肉串，在家里用电饼烤熟了带去。

晚饭姐仨吃的烤肉。肉串是现成的，放在电饼铛里，淋上油一盖盖儿，几分钟就熟了。还有几样，如肘子，饺子。再带几样水果也就行了。鲜花是现成的，餐盒里装了花泥，到地方现插也很容易。

时间不早了，玲玲拎着装衣服的袋子下楼去着车了。

马小妹到卫生间方便，出来以后，和米娜每人提着两个袋子，出门上电梯下楼，坐上车，直奔西站东里河边桥头而来。

时间挺合适，到的时候天已经黑了，等于是掐着点来的，为的就是不让以前的同行看到。

米娜下了车，正在从后背箱往外拿东西，一个十七八岁伙计模样的男孩，拿着一个花圈过来问："你是米娜小姐吗？"

米娜直起腰问："是，什么事？"

"有一位女士让送的花圈，说交给米小姐。"伙计说。

"谁让送的？"米娜问。

"她说她是开小卖部的，一说你就知道。我给靠树上啦。"伙计说完走了。

"是一蛋妈。"米娜说。

玲玲和小妹把几个袋子拿到河堤下面，米娜举着花圈也走下来。河坡上种有小树，她把花圈靠在小树上。

玲玲打开塑料袋，从里面拿出一次性餐盘，摆在地上。马小妹往盘里摆水果和点心。饺子和肉食已经装好盘，用保鲜膜封着，直接摆就行了。另外一个小餐盒装满了土，是代替香炉插香用的。米娜从塑料袋里拿出一个较大的塑料圆盆，盆里面有插花用的花泥。马小妹拿出一把花插在花泥上，把花盆摆在供品的前面。

米娜把一把香分成三分，一人一份，点燃后插在香炉里。

供品摆放停当，三个人开始烧纸。此时，米娜鼻子一酸，眼泪习惯性的落下，但她不敢放声。马小妹边哭边念叨，不停的往火上续纸。玲玲默默的流泪，实在忍不住了，把烧纸一下子全放到火里，捂着脸往岸上走。

其实说起来，这三个人都还是孩子，米娜最大，也才二十二岁。见玲玲上岸，米娜也想早点儿完事。当她正要把手中的烧纸全扔火里时，突然听到桥下的桥洞里有人"啊"的一声大喊，接着从桥洞下的斜坡上滚下一个人，掉在泥水里，这个人在泥水里挣扎两下，爬起来，"啪"的一下又摔倒，正好，玲玲烧的纸升起一个小火球，火球衬着黑人影，加上尖叫声，着实很可怕。马小妹已经率先扔了烧纸往岸上跑了。

米娜此时早已七个魂丢了六个，起身也连蹿带爬的跑上岸，拉开车门坐进去大喊："玲玲有鬼，快开车。"

马小妹坐在车里，捂着眼睛，浑身直打哆嗦。

幸亏玲玲没看见闹鬼，否则的话，车肯定开不走了。

一脚油门一把轮，上了大马路跑了一阵，过俩红绿灯，玲玲打转向靠边停车。

"哪有鬼呀？吓唬谁呢，瞧你俩装得还挺象。"玲玲回过头来说。

米娜毕竟在山里住过十年，胆子比马小妹大点儿。刚才的情况太突然，所以吓坏了。看着坐在旁边的马小妹捂着眼睛不敢出声儿，就一把将她搂住，拍着她的肩说："小妹，别害怕，是幻觉。没事了，别怕啊。"

虽然劝小妹，米娜心里还是嘀咕。桥底下很黑，的确没看清楚是什么滚下来，也没准是根木头，木头滚下来，撞到石头上弹一下，都有可能，那声喊叫也没准是桥上的人喊的，看见烧纸的一害怕，喊一嗓子也正常。不过，如果真是闹鬼，那也是冲她来的。是邓妈妈收了小马哥哥以后，又来吓唬她了。现在虽然上岸做生意走正道了，但还有一点使邓妈妈肯定会耿耿于怀，就是吸毒。是的，要想堂堂正正做人，就必须戒毒。是时候了。

"玲玲，明天送我去戒毒所……"米娜很平静的说。

第一百六十二篇　吸粉儿啃老　见警车就跑

琦琦这些日子有点儿惨，兜里没钱，度日如年。五千块钱花光了，又回家跟老妈要了四千。四千块钱，对于一个吸毒者来说算个屁呀，半个月就花完了，关键是脸上的模样不好看，让蚊子叮的疱就是下不去了，虽然是晚上回去，口罩还是必须要士戴的。

琦琦不是专业扒手，半路出家都算不上，没技术是她的短板。她倒是练过镊子功，也没用它夹过钱包。每次想试试功夫时，心里就先打哆嗦，毕竟在人家兜里掏钱包和推自行车不一样。

对于她来说，兜里只要有钱，她肯定不会去偷。没钱了想去做案的时候，又不知道做什么，有过成功的经历，那只是顺手牵羊，而顺手牵来的东西也值不了几个大子儿。这两个多月什么都没干，是因为老妈给钱。现在很多人是啃老族，倒也不多她一个。只是还没听说过吸毒人员啃老的，你家里就是有家财万贯，早晚也会被啃光的。

前几天在一个小超市，顺出来一台显示器，收手机的小王不收，文哥也不要。菲利普的液晶显示器，五十块钱文哥都不要？不给面儿。想跟一蛋妈换包烟吧，竟然让她给扔出来了。操，一台显示器就不值几十块钱？

没办法，只能跟老妈张嘴，又要了两千块钱。混一天是一天吧。这苏甫丫的真没良心，姑奶奶救了你，你一拍屁股颠儿了，我现在成狗剩儿了？

转了一上午，也没捡个钱包。这些日子天气也够邪门儿的，连阴天好多天了，每天都掉点儿。今天倒真不错，上午晴天白日的还挺暖和。

春困秋乏，当她想找个有太阳的地方歇会儿的时候，忽听天空中响个炸霄，雨跟着就到了。她三步并做两步，进了一家店门。

这是一家美发厅，有小姐向她打招呼，她表示是避雨的，雨停了就走。没想到的是这雨下起来就不停了，而且越下越大，隔着玻璃往外看，几乎什么都看不见，应该算是大暴雨了。

没办法，一时半会是走不了，可总在人家店里面呆着也不是事，干脆洗洗头吧。大雨把地都冲干净了，人脑袋上倒犯痒痒了。可不是，好几天没洗澡了。

雨停了，头也洗完吹干了。真不错，洗头的小伙子手劲拿捏的挺到位，还特意给她揉了脸，舒服极了。只是现在兜里缺钱，以后有了钱的话，老娘天天来洗头按摩，就找这个小哥儿。

从美发厅出来，到一蛋妈的小卖部买了一瓶水，一块枣糕，一包都宝烟，和几包白面儿。出来后兜个圈，向她的洞府走来。

今天下雨，且天气也凉了，今天肯定不能露天宿营了。回到桥洞吧，那里能遮风挡雨有铺盖，肯定比露天舒服得多。

雨后的天气非常爽，加上刚洗了头，琦琦心情大好。老妈给的两千块钱，估计省着点儿能花个十天八天的。

有两三天没吃蔬菜了，今天本来想去买几个西红柿和几根黄瓜，让这场大雨给耽误了，现在想想，脸上的疱老下不去，也可能是菜吃得少，跟缺乏维生素有关，不行明天在外边撮一顿。管它呢，今天有酒今天醉吧。

琦琦是由西往东朝桥头走，离公路桥五十米处有一座过街天桥，桥墩挡住了视线，所以琦琦没有住意到桥头及河边的情况。当她走过桥墩后，猛然看见桥上有很多人，全都探头在往桥下看，路边有两辆闪着灯的警车，还有警查在维持秩序，象是来抓人的。

魂飞魄散的琦琦哪还敢多想，扭头就跑，虽说现在身上长肉了，腿粗了，屁股也大了，但是底子好，跑起来一般人还真追不上，一直向西跑到三环，见后面没人追，才停下脚步，多少有些喘，但还好，没人追就踏实了。

她虽然很慌张，手里的塑料袋攥得还是很紧。不过今天不凑合了，桥洞回不去，就踏踏实实的吃顿饭，吃完饭找个小旅馆。没办法，咱这种人，没钱的时候想攒钱，有了钱又得赶紧花，今天不花，明天不定是谁的呢。

铺张肯定是不敢，一个菜一个汤就是一顿饭。你还不能吃太快，吃完了干嘛去？离天黑还早着呢，小旅馆收费也计时，越晚去越省钱。

看样子桥底下的洞府被警察发现了，也没准是谁多事给举报了。不过话又说回来了，在桥洞底下歇着也不犯法，有家不回也顶多算个盲流，也没什么大罪过，而且近来几乎没做过案，那姑奶奶跑什么？嗯，还是做贼心虚，吸毒也可以拘的。

说是说，想是想，该防还得防，琦琦至少好几天没敢从桥上过，图得是安全。只是秋天夜里凉了，连夏天在路边过夜的民工都回宿舍了，她一个女人肯定不能随地而卧，想躺哪儿就躺哪儿了，太扎眼。

每天住旅馆，无形之中增加了支出，手里这点钱出溜儿出溜儿的就出溜儿出去了。太不经花了。

没几天的功夫，两千块钱花的差不多了，昨天跟文哥借的二百，还剩一百多点儿了，旅店是不能住了。

这几天桥头上倒清静了，也没再见警车来过。她想探听一下消息，正好就听到两个年轻人趴在桥栏杆上聊天儿，原来那天那么多人还有警车，是因为有人掉河里了。虚惊一场，这事闹的。

那就好办了，今天的钱够花了，过了今天，明天再回家去要，跟自己老妈还用客气，脸皮厚点就是了。

下午四点多了，这钟点儿一蛋妈小卖部人少，赶紧过去，拿东西就走。

琦琦从北面绕过去，拐弯进了小卖部，还是老一套，一瓶水，一块发糕，一盒都宝，一包粉儿。裤兜里不能放东西了，两个兜都漏洞了，钢蹦放里就丢，这包烟就更不能放了，万一丢了，今晚就没法过了。一蛋妈跟文哥不一样，从来不赊账，不给她钱，她也不会给你货。

琦琦从文哥家西侧胡同由北往南进来，出去走东边，由南往北出小区，哪料刚拐过弯，猛见前面有一个人被两个便衣拦住盘查，登时就吓的魂儿都没了，转身向东上了渣土堆，一脚深一脚浅的加快了脚步。

"那位女士站住，例行检查。"有人在她后面喊。

不能装了，运动员出身的人，每天的工作就是跑。琦琦连蹿带蹦的跃过渣土堆，很快就出了小区，过了小桥，顺河往南跑了一阵，见没人追来，就停下休息。

她扶着树喘了一阵后，忽然发现手里的东西不见了。丢啦？哦，可能刚才在渣土堆上差点摔倒，想用手扶地，就撒手了。唉呀不好，吃的喝的都好办，饿了渴了都能忍，可这烟儿不能不吸呀。本来现在每天要吸一包儿半，今天钱不够，就买了一包，怎么还丢了？不行，得回去找。找？就更不行了，没准警察正在那等着你呢，这不是自投罗网吗。

怎么那么倒霉，自从苏甫走后，什么事都不顺，推了几天自行车，车摊让城管抄了，弄了几辆摩托车，买车的人车都被扣了，改项目玩手机，收手机的小王又出事了，专跟姑奶奶对着干。以前是因为情，为了苏甫才入的道，现在呢，现在因为什么有家不回，自甘堕落？因为恨，全是恨，只要苏甫回来，看见她这样，让他愧疚一辈子。姑奶奶我也是大北京的大小姐，为你落到这步田地，你也好受不了。

没办法，回到现实吧，看看能不能忍过今晚。不忍又能怎样？现在也不敢过去。听说经常有人犯烟瘾难受的不得了，也没听说谁一顿儿没吸就死了的。硬扛吧。

往前走几十米，到了自己洞府的桥上，过了桥，趁没有行人的机会，钻进桥洞。上了平台后，靠着墙角的旅行包，想睡又睡不着，肚子里咕噜咕噜的叫个不停，口也渴，嗓子发干。没办法，已经山穷水尽了，唯一要做的就是节省体力，撑到明天天亮，一切就都过去了。

常言道：人是铁，饭是钢，一顿不吃饿得慌。琦琦平时很能凑合，中午一般不吃饭。饥一顿饱一顿的是常事，那你说身上还长肉了，倒底是营养过剩，还是虚膘胖肿，也说不清楚，反正现在很饿。肚中无食怨天寒，晚上确实是凉，但现在的凉是从身体里冒出来的，是透心儿凉。

世界上没有后悔药，如果和苏甫只是萍水相逢，没有真爱，那就应该在他走的那一刻，果断的来个一刀切。早切了就好了，那时候也没有多大的毒瘾，戒着也容易，如果不吸毒，就可以回家住，即使再去踢球也不是难事。现在可倒好，苏甫是肉包子打狗。琦琦你呢，让警察追着跑，住桥洞，没水没粮又没钱。幸运的是没被警察抓住过，假如哪天被抓了，也就没脸活在世上了。

不行，烟瘾上来了，太难受了，还真得找一蛋妈去赊包烟，没有烟还不得折腾死啊。不过岸上有人说话，站那儿不走。什么人呀，这不是专门跟我做对吗。

自吸粉以来，琦琦还真没正经的犯过烟瘾，只是初吸的时候，有过一点感受，严格讲那不是真正的犯瘾。今天不一样，初始是体内偶有小虫叮一下的感觉，强忍之后，虫咬改蚁爬，由局部到全身。蚁爬已经很难受了，就是意志再坚强的人也受不了。琦琦咬牙忍着，她认为，可能一会儿就能过去。谁想到，过了这阵蚁爬，开始改成啃咬，好象体内有无数的爬虫在吃她的肉，很快就会把她吃光了。她用手掐，用指甲挠，用牙咬，蹭墙，都无济于事。看来没有粉儿吸，今天就是末日了。豁出去了，去找一蛋妈，求求她给包烟吧，她会给的。

她咬着牙正要起来，忽见有光亮照进桥洞。桥洞外有人在烧火。

琦琦不敢吱声，也不敢瞧，她紧咬牙关，手抓前胸和头，鼻涕哈喇子顺腮流下。

桥洞外的火光越来越亮，好象有哭声，是女的，声音很凄惨。

鬼，还是女鬼，是来勾魂的吧。琦琦转而害怕，惊恐，小时候听过的鬼的故事都浮现在眼前。

"别抓我，我不想死，别抓我……"琦琦心里默默的念叨着。

突然，一个大火球升起，照亮了整个桥洞。受到惊吓的琦琦本能的探出身子往外瞧，见有几个女人在烧东西，旁边还立着一个大花圈，花圈上用锡纸做的花反出光来，极其恐怖。

琦琦从小到大没见过死人，也没烧过纸，见此情景，她仿佛到了另一个世界。她浑身发麻，想动动不了，似乎已经被人用绳子捆住送往地狱。她用手去抓捆她的人，抓不着。她张嘴去咬，咬不到，她伸腿一踢……

"啊……"的大叫一声顺坡滚了下去。

　　河里的水不全是水，准确的说应该叫泥浆。她用力站起来，本想往前迈步，无奈后面的腿没跟上，一个前扑，"叭"的一声趴在了泥浆里……

　　烧纸的正是米娜，玲玲和马小妹。她们以为遇见鬼，上岸就撒丫子了。

第一百六十三篇　一蛋妈吸粉　文哥心里惊

文哥上午给一蛋妈进了一批货以后就回楼房了。楼房这头清静，能睡个午觉。如果在平房吃午饭，一些老街坊老叫着喝酒，文哥一般不爱凑热闹，由于是一些吃低保的街坊，大小伙子成天什么都不干，不是耍钱就是喝酒。

午觉睡得时间不长，就让一个老街坊来的电话给吵了，有个叫三哥的街坊来了，有事要问。

三哥是发小，也是被拆迁人，人不在这儿住，房是私房。也是多年没见了，人家点名要见，不能不给面儿。不过，夜猫子进宅，无事不来。只是中午喝酒了，不能动车，只好走着过去了。道不算太远，二十分钟吧。

"三哥。"文哥见面打招呼。

"嘿，兄弟，你没在这儿住啊？我找你三个多钟头了。"三哥说。

文哥惊讶的问："啊，是呀。有什么急事吗？"

"是这样，我的房明天要强拆了，我不懂拆迁法。听说你有一本拆迁的书，想跟你借着看看。"三哥说

文哥笑着说："三哥，马路边的书店就卖拆迁法，有等我的功夫，早就买回来了。不过可以肯定的说，就是给你一本拆迁法，到明天你也看不完了，而且就你这文化，让你看一礼拜，估计你也看不懂。别费那劲了，给多少是多少，认命吧。"

三哥笑道："是，还真不是一般人能看的懂了。算了，搬就搬吧。"

四点多钟，街面上比较清静。前天便衣来查毒，就是这钟点来的，所以外出的扒手和留守粉儿姐，以及吸粉儿的烟民，都不出来了。

今天上午给一蛋妈上了一批货，不知道全不全。一蛋妈做生意，从来不张罗进货，文哥给进什么就卖什么，这样做生意的人真是少有。买卖做得很省心。她觉得文哥进的货，比她自己进还便宜。

文哥一般也不问她需要什么，只是自己看，东西都在明面儿上，看一眼就知道了。

文哥拉开小卖部的门，一脚踏进去，还没开口说话，就被惊得竖起了汗毛。他转身把门拉上，别了插销。回头再看，想说话都不敢张嘴了。

桌子里面，一蛋妈坐在小凳上，她的左半边的衣服没穿，裸露的肩臂和乳房显得很白嫩，香肩圆润又不见肩骨，胳膊丰满但又不粗，这就是标准的小骨缝的女人，身体苗条又不缺肉。她的乳房很圆挺，丝毫没有下垂感，玫瑰色的乳头仍处在少女期。她有五个孩子，但都没喂过奶，看来省着用也是有好处的。

她的胳膊上扎着一个五毫升的注射器，注射器里还有血。她在吸毒。

文哥突然有种无地自容的感觉，想说话又不敢开口。敲了下桌子，一蛋妈也没反应。此时的她已经进入幻境，身体已经不受大脑支配了。爱谁谁，警察来了都不怕了。

偷看女人，尤其是女人性感的隐私部位，真有做贼的那种感觉，而她臂上的注射器，又让文哥觉得很不舒服。趁她还没清醒，还是赶紧离开吧，否则就是小人了。

文哥绕过桌子，欲从里门出去，但又被她挡住路，没办法，只能从她腿上迈过去。虽然很小心，还是碰到了她的胸。

里边的门没锁，是给一蛋妈留的，一蛋妈卖注射器，包装总往外扔，包装盒上的注射器三个字很显眼，怕影响不好，所以给她开了后门，让她放废旧包装。

文哥迈过纸箱子出去，来到院门外，看了看四周，好象还真有陌生的面孔。但不象便衣，可能是刚到此地的扒手或吸贩人员。不过，最近有时也有外地警察来找人，多数都是来抓逃犯的。

“可惜了，真可惜了！”文哥叹了一声，摇了摇头，向楼房的方向走去。

可不是，算起来一蛋妈才三十出头，就已经生了五个孩子。如此漂亮的女人，贩毒，吸毒，每天还要没日没夜的忙活，养活这一家子人。老公和小叔除了带着孩子溜，就没个正经营生儿。

这几天没看见拉拉她叔儿，听说是去戒毒所戒毒了。有一天一蛋妈发脾气，让他滚蛋，二十多的人整天白吃白喝，还要吸几百块钱的粉儿，没这义务供养他。

戒毒是好事。他瘦得跟麻杆似的，人称小立竿，一看就是吸毒的，他成天在门前晃，很容易把便衣招来。不过，虽然小叔子去戒毒了，一蛋爸却复吸了。

一蛋妈快崩溃了，这样哪是个头儿啊。所以一蛋妈吸毒没关门，也是因为心烦意乱吧。

十分钟以后，烟劲儿过去了。她穿好衣服，才想起刚才是文哥进屋了。她很后悔，后悔忘了插门，自己的一切都让文哥看了，看身体到不要紧，本来人就想让他看。关键是吸粉儿让文哥看见了，这下完了，在文哥面前抬不起头了。真够笨的，这么多天装出来的形象，一下子就给毁了，文哥最看不起的就是吸粉儿的人。

一蛋妈起身，到水池子边上，用湿毛巾擦了一下脸，回来又坐下，探身从桌子底下拉出一个纸箱子，纸箱子是倒扣着的，上面码放着几排整整齐齐的方型小纸片，纸片上放着绿豆那么大点的白面儿，她拿起一个小纸片，熟练的一折一叠就包好了，这就是一包烟。不到一分钟的功夫，一排纸就包完了，整十包。

这时，一蛋妈看见门口有人影晃，估计是有顾客要买东西。她把纸箱子推到桌下，站起来过去开门，果然有两个人正要敲门。

"小卖部不开了，这钟点就关门了？"一中年男子问。

一蛋妈让顾客进屋，自己走到桌子里说："对不起，有点困，刚躺了会儿，您用点什么？"

岁数小些的男青年说："两瓶矿泉水。"

一蛋妈从冰箱里拿出两瓶水放桌上。青年人付了钱，拿起一瓶水交给同伴，自己打开一瓶喝了一口。

"大姐，最近看没看见有眼生的人来过？"男青年问。

一蛋妈看了他一眼说："对不起，我平时连门儿都不出，看谁都眼生。您找人呀？"

男青年摆摆手，开始和同伴用乡音聊天，喝完水后，把瓶子放到墙角，两个人出去了。

一蛋妈的手心里已经出汗了，她用脚轻轻的把桌子底下的纸箱子又往里顶了顶。待两人走后，她一斜身，歪躺在床上。她真怕了。

这两个人是警察，不偏不歪，正是她家乡的警察。他们用方言说话，让一蛋妈听个正着。他们居然知道这是毒品街，还说在这里的外地人基本都能和毒品沾上边。太险了。这要是让他们看见脚底下的纸箱子，下辈子就甭想出来了。

米娜在戒毒所五天，全力配合医生治疗，加上主观能量，基本上解除了对毒品的依赖。一般说，戒毒最快也要七天，十天半个月的也常见。象米娜这样用这么短的时间脱瘾，医生都很吃惊。她从来没闹过，什么都能忍。看来象她这样主动戒毒，和那些强制戒毒的人，从本质上还是有区别的。

米娜出院了，她认为五天足够了。论戒毒成功与否，不在五天七天，关键在于戒毒后，你接触的人，你所处的环境，和你的控制力，很多人去戒了毒，然后又回到毒品环境中，或继续从事扒拿工作，在紧张和重压之下，复吸就很正常了。

虽然只有五天的时间，送花送虾的工作也给玲玲和马小妹增加了不少的压力。这其中，主要是马小妹，她是个新手儿，一个人盯两摊子事，也够忙呼的。虽然有玲玲带着，可玲玲对插花也不太懂，以前只管开车，主要业务全是表姐干。不过辛苦是辛苦，有苦就有甜，通过辛苦的付出，挣得的回报是钱，能挣到钱，辛苦又算什么。

玲玲和马小妹妹庆祝表姐回归，买了几斤羊肉片吃涮肉。

房子是三室两厅，餐厅挨着厨房门口，圆桌是折叠的，人少的时候，可以折成方桌。桌上的电火锅已经烧开了。

马小妹有生以来第一次吃涮羊肉，吃得都快顶到嗓子眼儿了。姐儿几个越吃越热，索性脱了衣服。不过，脱了也出汗，可又不能再脱了，只剩内裤了。

米娜没少喝酒，舌头有点儿短了。这是文哥教她的。戒毒以后，要想做到不复吸，喝酒是最管用的办法，因为犯瘾也是受体内的生物钟控制的，到了时间点，烟瘾就犯，这时候喝酒，而且喝得稍过量最好，喝完就睡。准确的说，毒品是毒，酒精也是毒，都能作用于神经。这就是以毒攻毒。

"小妹，过几天，你，你回去一趟，把你侄子接来。"米娜拉着舌头说。

小妹拿过啤酒瓶子说："知道了姐。我也喝口酒，净顾吃了，都没陪姐喝过酒呢。"

米娜满不在乎的说："喝，喝酒算什么，天天喝。醉能解忧，醉能消愁。醉了睡觉，醉了就稀里糊涂。哎，玲，玲玲，文哥我，的文哥，你公公，今儿一大早儿给我打电话，让，让你过去一下，找你有事。有什么事？还不跟我说。你有什么事，瞒着姐？给你找婆家呀？告，告诉你，他不跟我说，我就不同意。不过呢，还是是去见见。"

"嗯，我知道什么事，估计，估计可能是什么事吧。姐，你们先吃着，吃完了先关火，我回来再吃。"玲玲故弄玄虚的说完，站起走到门前，穿上衣服换上鞋，拉门出去了。

前几天去给四大姑出车，见到了文叔儿，文叔儿说，他家那个开出租的街坊他们公司正在招人，说给她问问。玲玲知道，开出租的下班都比较晚，有消息也是晚上，所以晚上吃饭，酒是不能喝的，喝了就开不了车了。人有时候就是贱骨头，没有车的时候可以骑车甚至地下走。而一旦开上车就不会走道了，放屁都能崩着的距离也得开车去。

文哥的街坊已经搬迁了，今天下班特意过来一趟，把报名表交给文哥后就走了。

玲玲开车过来，见文叔正在门前站着，赶紧下车打招呼："公爹，您找我。"

"你这嘴该拧了。给你，这是报名登记表跟合同，回去好好看看，觉着行，你就去公司办手续。这个公司是正规公司，我觉得差不多。"文哥把公文袋交给玲玲，转身去推摩托车。

"谢谢叔儿，谢谢叔儿。"玲玲激动的道谢。

文叔一脚油门儿走了。玲玲转身过去拉车门。被一蛋妈叫住。

"玲玲，别着急走啊，什么事呀，成天介鬼鬼崇崇的？跟你文叔调情呢？"一蛋妈边说边走过来。

"我还把你当婆婆呢，也没个大人样儿。我文叔给我找工作，我是来拿报名表的。"玲玲说。

"你文叔儿够有本事的。哎，你表姐这几天怎没过来？"一蛋妈问。

玲玲神秘的小声说："我表姐呀，被抓了，在戒毒所里关了几天。今儿个刚出来，现在正在家喝酒吃肉呢。"

"哎玲玲，最近看没看见李琦琦呀？她可有五六天没露了。"一蛋妈问。

玲玲摇头说："没看见，我现在很忙，一直没过这头儿来。姐，我还有事，先走了

第一百六十四篇　玲铃开出租　一蛋妈诉苦

　　玲玲进了屋，把公文袋往餐桌上一摔，转身脱衣服换鞋，坐在桌子边上，打开火锅的开关，开了一瓶啤酒，对着瓶一口吹下去半瓶。

　　米娜早就吃饱了，酒也高了，强撑腮帮子等着玲玲回来。她拿起公文袋打开，把里面的东西倒出来，拿起一张瞧了瞧。

　　"牛什么牛，你这是开，开出租，不是开专车。这个活儿，谁都能干，姐姐我，就是不爱干，所，以才轮到你了。哟，怎么，还交押金呐？"表姐喝多了，眼神儿倒挺好使。

　　玲玲一听，赶紧拿过合同仔细瞧，果然上面有押金条款，是六万八。

　　"唉，交那么多钱，那谁拿得出来呀？这不是要盒儿钱呢吗？"玲玲立马泄了气了。

　　米娜的脑袋垂到桌子上，一只手举起来说："有，有。那不是挣了两万多块，了吗。"

　　玲玲垂头丧气的说："两万多，够干嘛的？六万八呐。不行，不能干，一分没挣，先交六万八？"

　　一旁的马小妹拿起文件看了看说："玲玲，六万八是押金，押金是可以退的，不是交了就不退了。"

　　"哦。那也太多了。咱们在这儿又没有有钱的亲戚，借都没地儿供去。"玲玲说完把手一摊，显得很失望。。

　　"有，姐有。邓，邓妈妈给我留了两，两万块钱，都给你。"米娜趴在桌子上说。

　　"这不是一凑就快够了。我这还有。"马小妹说完站起身，回到卧室，从行李箱里拿了一张银行卡，出来交给玲玲。她接着说："这里面有六万，是我哥留下的。其中有一万块钱是给你的。哥说你对他帮助很大，让我代他谢谢你。还有一万是给米大爹的，我们家对不起大爹，哥哥说这一万块钱就算是给大爹的补偿，另外四万有米娜姐两万，有我两万，都给你吧。"

马小妹把卡放桌上，想起了哥哥，心里一阵难过。

玲玲站起来哽咽说："小马哥哥……小妹，这卡，都给我了？"

马小妹指着卡说："是借。有一万是你的。"

"我还不知道是借？真是的。就咱这姐们儿加闺蜜，我就不还你，你还能追着屁股要。放心吧，连利息，一年保证还上。"

米娜喝多了，实在支撑不住，趴桌上睡着了。

"姐，回屋睡去吧？啊，姐。"马小妹说着要搀米娜起来。

玲玲伸手拦住说："小妹，别管她，咱接着喝。"

"我怕她着凉，没穿衣服不是。"马小妹说。

玲玲摆手说："不会的，着不了凉，她心里热。你别看她喝醉了，其实她追求的就是这个效果。人生难得醉一回，她这时候一定觉得趴着比躺着舒服。"

"是。没想道大姐性格还这么豪爽，而且酒量也还真可以。玲玲，还是你有远见，逮个机会跑出来了，现在也混出来了。你看我，简直就是个老妈子。走的马路上，我自己都嫌我自己，整个儿一个怯丫头。"小妹说。

玲玲拍着小妹肩膀说："别着急，慢慢来，北京的水土养人。你呀，除了出去送货，平时就在家呆着，先把自己捂白了。一定要说普通话，别张嘴就啥呀俺呀的，要把自己练成京片子，会说北京话的人，找工作都好找。"

"什么叫京片子？"马小妹问。

"北京妞儿。这都不懂。你看我，标准的北京话。别人问你，你别说是外地的，一般人不敢欺负北京人。"玲玲耐心的说。

小妹点头认同道："我看也是，市场里卖菜的一个女的就势利眼，北京人在那扒拉她就不敢吱声，我要挑她就话多了。她也是外地人啊？"

"北京人她敢惹吗？现在就这样，外地人欺负外地人。"玲玲认同的说。

"玲玲，你要开出租了，这辆车就闲着了，我可以不可以练练手儿。"马小妹问。

玲玲看着小妹问："你有驾照吗？"

"有啊，在家考的，就是自打考了驾照，这一年都没摸过车。你的车要是暂时不还的话，我没事时就在小区边上练练，我看这里挺清静的，尤其是晚上都看不见人。"马小妹认真的说。

玲玲喝干了一杯酒，把杯放桌上用手一指说："倒上，长点儿眼力见儿。"

马小妹赶紧给杯子倒满酒。

"今天不行了，喝酒了。这样，等明天晚上你练会儿，我给你盯着，你要是考过驾照，练几天就没什么问题，可是北京跟咱家不一样，一时半会儿的别想到路上跑。等你把拐弯抹角停车入位打转向都熟练了，再请个陪练练几天就没问题了。"玲玲说得很象老江湖了。

"你这辆车什么时候给人还回去呀？"小妹问。

玲玲想了想说："没准儿，我要是开出租上班了，车肯定要还的。不过你可以拿出租车练，反正交了押金了，等你练熟了，可以买辆二手车，先不买好的，一边送货一边练手，等挣了钱了，技术也差不多了再买新车。有一样，甭管几手多旧的车，开着都比骑自行车强。你想啊，咱是小地方来的，突然间能开着车在北京的大马路上跑，还能上天安门广场，那什么劲头啊！实话告诉你，就是请咱回去当县长，咱都不跟他换。马小妹，以后就跟着我干吧。"

马小妹佩服的五体投地，连声道："那是，一定……"

玲玲继续说道："以后啊，咱俩就是两口子了，我是你爷们儿，每天得好好儿伺候着。"

马小妹连连点头说："一定，一定好好儿伺候…

四大姑搬家了，临走时跟文哥打了招呼。她家房子一拆，文哥家的东南方向几乎就没有房了，一眼望去，已经有挖掘机在干活了，建筑工人进场了。

有备无患，家早晚得搬。文哥每天上午过来，都是来收拾东西，装几个箱子，捆车上拉走。

一场秋雨一场寒，夏天不好过，秋天的冷风吹得人也不舒服，尤其是拆迁区，风一刮，尘土飞扬，穿得少了透心凉。

这几天文哥一开始捣鼓东西，前面搭棚子的就都慌了，好象是末日到了。因为只要文哥家的房子一拆，这些临时棚子就暴露在大街面上了，政府肯定是不允许的。

米娜戒烟了，琦琦也没了音讯，再加上有些人被抓了，买粉的人减了不少，一蛋妈的日子就不好过了。好不容易让拉拉她叔儿去了戒毒所，拉拉爸爸又复吸了。

一蛋妈已经筋皮力尽了，精神上和身体上都顶不住了。早就该交房租了，而且还欠着文哥几百块钱的货款，虽然文哥没催，自己也觉得丢面子，尤其是吸毒被文哥看见了，活着都没信心了。

一个蛋回老家以后，很招爷爷喜欢，所以又想要孙女。虽然一蛋妈不愿意，但是爷爷派人来，从拉拉爸爸手里把她接走了。为此拉拉妈哭了好几天。

十个月大的女儿是她的保护伞，失去了保护伞，一旦被抓，后果就不堪想象了。人都为自己着想，一蛋妈何曾为自己想过，冒着坐牢甚至枪毙的风险，养活你们一家子，冤不冤呀。

"文哥，文哥，你回来啦，过来一趟，我跟你说点事。"一蛋妈隔着窗户对文哥说。

"你说吧，我听得见，我现在活儿太多。"文哥说。

"文哥，今天可能是我最后一次跟你说话了。给个机会好不好？求你了哥……"一蛋说得很可怜。

"吓唬谁呢，女人是不是都会玩儿这套啊？我真的很忙。"文哥说。

一蛋妈很失落的坐在窗根儿下对着窗户说："好吧。文哥。有件事跟你说一下，我现在手头很紧，已经欠你房租了，还有货款，看来我一时半会儿的是还不上了。"

"货款你不用还了，房租也不用交了，你以前在我这里买过很多东西，我赚过你钱，现在就算我把赚你的钱还给你了。只要你今后别再让我看见你扎针儿，我就念阿弥佗佛了。"文哥在那头儿说。

"不会了，今天走了，可能永远都不会回来了。"一蛋妈话里透着伤感。

里屋的文哥放下手里的活，也坐在窗前说："永远都不回来了，什么意思？你别想不开呀。"

"他们把我女儿接走了，我不用再为他们活着了。"一蛋妈说。

"你女儿，拉拉，让谁接走了？"文哥问。

"她爷爷接走的，还让我跟她断绝关系，以后不许我看儿子和女儿了。"一蛋妈说着，开始落泪。

"不会吧，一个蛋和拉拉是你的孩子，你是她妈，还是他们家的儿媳妇，她怎么能限制的了？"文哥很不解。

"我们是未婚先孕，后来东跑西颠的走到哪儿生到哪儿，从来就没领过证。孩子生了一大堆，却还只是名义夫妻。你不知道，两个都吸毒的人，一年到头儿。基本上没有夫妻生活，有数的几次也只是为了怀孕。现在除了生孩子，我都不知道自己是男是女了。我本想再熬上几个月，就和他分手了，可是没有孩子掩护，我又什么都不敢干，我也不想再生孩子了。"一蛋妈说得确实可怜。

"你今后打算怎么办？"文哥问。

一蛋妈擦了把眼泪说："从今天开始，我要为我自己活着，我要象个人儿似的活着。明天我就去戒毒所。戒了毒以后，肯定不能再回这里来了。只是以后我要想哥了，不知道还能不能见到你啊？"

"你还很年轻，开始新的生活以后，接触的人多了，就不用忆往昔了。"

"哥，你知道我现在在想什么？"一蛋妈问。

"你想什么我怎么知道？" 文哥说。

"许多年了，第一次这么近距离和一个男人聊天儿，他象是我的大哥哥又或是情人，他摸着我的头又或是把我搂在怀里，我渴望着他的关心或被他吻，是他让我知道我还是个女人。我不值得可怜但也想有幸福，既使看得见摸不着我也愿做他的情人。" 一蛋妈说到情浓，又落了几滴泪。

"看不出，你还是个文学青年。" 文哥感慨道。

"文哥哥和我们这些人接触这么长时间，是不是积攒了很多素材呀？你应该写一本书，妹妹在书里一定是反面人物。你可以把我写成粉儿姐，大烟鬼或者江洋大盗。但是不许用真名儿。而且一定要有感情戏啊。反正我的身子也让你看了。" 一蛋妈心情好了许多。

"净说废话。明天让玲玲送你？哦，要是真写书，就管你叫一个蛋他妈。读者肯定会关心一个蛋他妈为什么叫一个蛋他妈的。" 文哥说

"哥你就坏吧。" 一蛋妈窃慰的说。

一蛋妈住在小卖部里，翻来复去睡不着。今天与文哥聊得很开心，说了许多话，许多年没与人聊过天儿了。女人啊，有个男人关心真好，只是没这命。

明天一早要去戒毒所了，是不是新的生活的开始，还得老天说了算吧。

今天是第一次独自住在小卖部里，她没有感到孤独反而很欣慰。今天卖货的钱都在兜里装着，去戒毒的费用够不够还不知道。倘若今天回家住的话，一蛋爸肯定会跟她要钱，她受够了，如果今天这点钱再让他拿走，明天小卖部就必须关张，她也就没钱去戒毒了。不管那么多了，自个儿的生命自个儿珍惜吧。

第一百六十五篇　一蛋妈戒毒　姐仨过中秋

　　一蛋妈一大早就收拾好了行李，她把钥匙放在屋里，从外面把门锁上，站在门前等候玲玲。有过来买东西的人见她把小卖部关了打包欲走，都很关心。她告诉大家，是她欠了房租，实在没办法了，只能关了。

　　玲玲来了。她开着一辆崭新的，带有出租字样的汽车，穿着合体的工服，挂着胸牌，带着一付大墨镜。这里的很多人认识她，只是大家都觉得美丽的女人不好惹，只能远看不敢近逗。而今天的玲玲显然又上了一个层次，更加增加了那些拿手们的自卑感。

　　玲玲打开后背箱，接过一蛋妈的旅行袋放进去，盖上后说："大姐，上车。"

　　好有面子哟，一声"大姐"叫得一蛋妈心里热呼呼的。从现在开始，她不用再操持孩子的吃喝，不用再担心伙计每天回来的早晚，也不用负责一蛋爸每天抽粉儿的支出，她由负责五个人的的总管，转身变得孑然一身，真的自由了。

　　今天一走，可能永远不会回来了。在这个即将消失且瓦砾成堆的小区里，有她痛苦的记忆，她在这里卖过粉儿，她的女儿也在这里出生，但这都不重要了，她的希望是在这里获得新生。这个小区里所有的扒手，粉儿姐和吸粉儿者，一定会象拆房剩下的渣士，早晚都要清走，新的高楼会拔地而起，这已经是不可逆的了。

　　人生如梦，转眼就是百年。要珍惜生命，要自己把自己当人。做为女人，要知道自己是个女人，所有的女人都是女人，我为什么不能做个幸福的女人？一定会的，那就从今儿开始。

　　玲玲把车停在戒毒所门前，下车到后面取出行李，交给一蛋妈。

　　"大姐，只能送到门口，里面不让进去。"玲玲说。

　　一蛋妈感激又略带愧疚的说："玲玲，谢谢你。大姐最近手头紧，给不了你车钱了，先欠着吧。"

"大姐，不用谢我，今天是文叔儿派的活儿，费用他出。还有，表姐说女人戒毒是大事，就好比出嫁和生孩子，做为朋友应该表示祝贺。所以表姐替小马哥哥，加上我和表姐，三个人给你攒了个份子，一千块钱不算多，你收着。"玲玲说完，把钱塞进一蛋妈的包里。

一蛋妈终于不装了，泪花从眼睛里弹出，挂在长长的睫毛上，她哭了，哭得象个孩子。她恨自己，怎么就还不如个孩子。若在以前，一千块钱算个什么？而现在，一千块就是个天文数字，是能救命的钱。在孩子面前，再说什么都是多余的了，只能把羞愧悄悄的收了起来。

一年之内，玲玲已经不是第一次来戒毒所送人了。在她接触过的吸毒者中，老前辈钱三抱戒成功了，并且有了好的归宿。再有就是小马哥哥，戒成功了，但却成了她心中永远的痛，他再也回不来了。但愿这次拉拉妈能够戒毒成功，为了她自己，也为了她的孩子。她会成功吗？不过，无论结果成与否，都祝福她吧。

玲玲现在开的车是正规出租，每天都要挣够份钱才不赔钱，用她的车送虾送花都不划算。还好马小妹有驾照，跟玲玲摸了几天车后，玩儿的已经比较熟练了。

米娜决定给她买辆车，经过多方比较和手中的资金情况，决定先买辆二手奥拓。车虽小，拉一百多斤虾是没问题的。而且初来乍到的外地女孩，这么快就有车了，也是很让人羡慕的。虽然只是一辆花八千买的二手奥拓。

米娜本来就是个精力充沛的女人，戒了毒以后，在精神状态方面又有了较大的提升。她不知道什么是累，而且什么都想学。她报了驾校学车，又报了企业管理，有市场营销的讲座她也去听。甚至还要考园艺师，厨师什么的，没有她不学的。

吃晚饭的时候，米娜眉飞色舞的讲述她今天所学到的内容，显得很兴奋。

玲玲拿她开涮说："姐，你快成米大拿了，全世界都搁不下你了。"

"现在干什么都看证，我拿出三个证都比不上一个本科毕业证。可是呢，我考的证是实打实的技术，干哪行儿都能吃上饭，不是摆设儿。玲玲，小妹，快到中秋节了，姐长这么大都不知道什么叫中秋节，今年要好好过一次，我们也要喝酒赏月。"米娜说。

玲玲认同道："是，我也没过过，我只知道春节，小时候把春节当吃肉节，天天盼着过春节，因为只有过春节才能有肉吃，现在不一样了，想吃肉就能吃肉，也就不惦记节不节的了。"

马小妹插话说："我也是。姐，现在咱们脚跟儿站稳了，就是半个北京人了。中秋节是传统节日，尤其对于我们这些外地的北漂来说，更是一个重要的节日，常说每逢佳节倍思亲，就是指我们说的。"

"好，中秋节，是我们人生开始的第一个节日，一定要过，按北京的传统过。玲玲，给姐的文哥你的公爹打个电话问问，中秋节吃什么。"米娜说。

玲玲一撅嘴说："你怎不打呀，是你文哥。"

"嗨，支使不动你了是吧。让你给文哥打电话，是领导对你的信任，也是给你一次出头露面的机会。你现在是公关部经理了，明天给你印名片。"米娜口气很大的说。

"是，米总。"玲玲说完，嘴里叼着个勺儿，起身来到卧室，从床上拿起手机，边走边拨通了电话。

"喂，我是哪位呀，猜不着吧，我是您正在排队的儿媳妇。不是我捣乱啊，是您的亲妹妹，也是您儿媳妇的表姐让我打电话的。什么事呀？当然是大事啦。让我姐说呀，她现在是米总了，我是公关部经理……"玲玲说得不着边际，净逗贫嘴。

米娜伸手抓过玲玲的手机说："哥啊，我是米娜，这不是该过中秋节了吗，这个节日按北京的传统过，有什么讲究儿吗？哦，四品八样。什么叫四品八样呀？四种点心和四种水果，知道，点心用什么点心？月饼。京式的广式的，知道，自来红自来白是什么？嗯，嗯，知道了，谢谢亲哥，过节咱哥儿俩聚聚？您老没时间，我现在可是公司老总了。您让我改邪归正，我听您的了，我要吃不上饭，您也不能不管我呀？腾点时间赏个面子。好，好，要不怎么管你叫亲哥呢。好，挂吧。"

米娜放下手机继续说："小妹，你明天去买四样点心，四样水果，点心里面要有月饼，月饼里面有一种叫自来白，自来红的品种，是北京特产，一样买四块。"

"行。文叔儿没说是都买月饼，还是买两种月饼两种点心，还有就是买什么形状的，有什么讲究儿？"小妹问。

米娜想了想说："都买圆的。文哥说，中秋的月亮是圆的，所以月饼也是圆的，月饼主要是给月亮上供用的。传说八月十五这天，有一只天狗来吃月亮，要是让天狗把月亮吃了，天上就没有了月亮，夜里就永远是黑的了。老百姓为了保护月亮，就在这一天供上月饼，月饼也是圆的，天狗就把月饼当月亮吃，但是太多了，天狗永远吃不完，月亮就保住了。当然，有时候天狗不上当，把月亮吃了，月亮就变黑了，这时候天底下的老百姓就出来敲锅敲盆吓唬天狗，天狗一害怕，把月亮吐出来就跑了。月亮保住了，月饼也保住了，人们就开始一边赏月，一边吃月饼。"

"姐，你说的是月全食吧？"玲玲说。

十五的夜晚，天公真给力。月亮从东方升起，空中万里无云，照得大地泛起白霜。

餐桌放在客厅的南墙窗下，菜已上桌，酒也开了瓶。在厨房里忙完的米娜擦干了手，摘下围裙走了出来。

"小妹，上供，该上供了。"米娜说。

小妹不太明白，她问："姐，怎么供啊，往哪供啊？"

米娜坐下说："供月亮，当然得让月亮看见呀，放窗台儿上。中间是月饼，两边是水果。对了，拿一个种多肉的小花盆来当香炉，烧几柱香。烧了香就开吃。"

"中秋节还烧香啊？"玲玲不解的问。

米娜叹息一声说："今天是马哥五七了，让他也过个节吧。"

米娜的一句话，让屋里的气氛变得凝重了许多。马小妹鼻子一酸，眼泪立马儿就落了下来。她去阳台，找了一个小花盆，从一盆花里抓了把土，回来把花盆放在窗台上。客厅门口儿的二屉桌抽屉里有香，她拿了一把儿放在餐桌上，又去抽屉里拿来打火机，也放在桌子上。

米娜站起来，从香袋里抽出三支香，用打火机点燃，双手抱拳握香，心声细语道："小马哥哥，米娜不想再落泪了，可又总是控制不住。我现在不吸毒了，也不做拿手了。我们的买卖已经赚钱了。你不用再自责了，我会把咱们的孩子扶养成人的。小马哥哥，我想你……"

她把香插在花盆里，坐回桌边，用餐巾纸擦去眼角儿的泪水。

玲玲也燃了三支香说："马哥哥，你太自私了，我们过个节，你都不让好好过。有本事你就回来，把你灌醉了我。"

马小妹握着香哭诉道："哥，对不起，都是妹妹不好，是我没看好你。我对不起你，对不起小侄儿，对不起咱爸咱妈，对不起……"

"行了小妹，不是你对不起他，是他对不起咱们大家，你说为了他，咱哭多少回了？今天过节，咱不想他了，咱喝酒。"玲玲说完，拉开啤酒盖，倒了酒先喝了一大口。

人的一生，经常会遇到愁事，烦事，伤心事，并有可能使人改变性格，从此变得郁郁寡欢。但是，既使有很大很多的悲痛和伤感，也应该有一个时间节点，也就是人们常说的不哭不畅，不吐不快。今天是马哥五七，又是中秋，正是一个关键的节点，哭祭完了马哥，把思念埋在心底，开始新的生活。活人好好的活，就是对逝者最好的安慰。

玲玲自从开了出租，就很少喝酒了，今天过节，也就不管那么多了。只是马小妹始终磨不开磨，心事重重的子，喝着吃着都很勉强。给人感觉很不舒服。

"小妹，别伤心了，今天过节，应该高兴才是，多喝点儿，喝多了心里就不烦了。"米娜劝小妹说。

马小妹摇摇头，没碰杯也没动筷子，脸上的表情很迷茫。

米娜摸着她的手问："小妹，不舒服啊？要不先躺会儿再吃。"

"没有。姐，我想回家。"马小妹心情沉重的说。

米娜关切的问："回去接你侄子去呀？不用着急。今天过节，先吃先喝，孩子什么时候来都行。"

"姐，我都出来三个多月了，我想家了。我不想呆在北京了。"马小妹说。

米娜惊道："什么，不许胡说。姐不能让你走。我曾经是你嫂子，老嫂比母，我说了算，我必须对你负责。"

"小妹，这大北京多好啊，多少人想往进钻呢，你怎么倒想走？脑子有病吧，是不是吃浆子了？"玲玲也不高兴了。

"不是玲玲，我一点都没糊涂，这里真的不适合我。"马小妹说。

米娜眼一瞪说："不行。姐不能让你走。你一走，一定会惹出很多闲话来。我会让人戳脊梁骨的。人家肯定会说现在你哥哥刚走，姐就容不下你了。你这不是让我背锅吗？"

"是啊小妹，我们都是好姐妹，而且现在已经立住脚儿了，干嘛非要回去？"玲玲也劝着说。

"大姐，没你说的那么严重，是我自己的事，个人的私事。"小妹解释说。

米娜一摆手说："你给我说清楚喽，说不清楚我还真不能让你走，你要敢走，我就敢打断你的腿。"

马小妹一甩头发说："姐，告诉你吧，我交了一个男朋友，他不愿意来北京发展，又不想我们将来两地分居，那只有我回去，我爸我妈也想让我回去，就这个事。我是不想回去，他现在摊牌了，回去，他就娶我，不回去就分。你让我怎么选？我只能选择爱情和家庭，我妈我爸岁数也大了，我哥他也……"

马小妹趴在桌子，开始抽泣起来。

"小妹，这么早结婚会把自己束缚住，既然出来了，就应该一门心思的在这里创业，我们将来也可以把老家儿接来一起住？如果那个男人真的爱你，也不应该让你这么早就结婚。你今年才二十岁。"米娜说。

"他岁数大，他着急，我爸我妈也想早点儿找个靠山。"小妹很无奈的说。

"他多大，是干什么的？"玲玲问。

"三十吧，或出头儿，在县里工作，是副科长。"马小妹说。

玲玲故作惊讶的说："啊，三十多了，才是个副科长！小妹你口儿够重的。咱那儿一个副科长，也就相当于大城市里一个吃低保的吧。"

米娜摸着小妹的手说："小妹，今朝有酒今今朝醉，今天过节，开心点儿，有话明儿个再说。玲玲，你少喝，明天还要上班。"

第一百六十六篇 文哥忙搬家 玲玲心情好

文哥现在已经没有心情在外面聊天了，天变凉了，再耗着就到冬天了，住平房一到冬天会添很多事。

一蛋妈走了，小卖部一直关着，虽然很多人想租，文哥都没吐口。他自己也不开了，觉得没意思。

米娜和玲玲走了正道，有了自己的事业，而且心气儿还挺足，现在很少过来了。这两个孩子，其实就是一对儿狐精，早晚会出人头地的。

小马去了，活不见人，死不见尸，就算失踪，想起来也让人心里不好受。做为窃贼，着实招人恨，但是在生命的最后时刻，还是极力的反映出他尚存的人性。人非圣贤，孰能无过，既使他一生做了很多坏事，能够在生命结束之前做出忏悔，阎王爷也会给他机会的。

结实屁是个纯北京人，早年做生意赚了钱，据他自己说是八百万。八百万，应该是巨款了，当时能买几套四合院了。不过，你有多少钱，也架不住你抽，十年的功夫，由富翁抽成了平民，平民尚可活，您才四十出头的年纪，就去西山了，从哪点儿说也没有值得吹牛拜的吧。

最凄惨的应该是一蛋妈的那个被人称为大立杆儿的伙计，行窃时被抓，论罪一定会拘留几天，可是他很坚决的吞了刀片，刀片扎在胃里，又耽误了治疗，结果死在回家的路上。

同样是吞了刀片，苏甫与大立杆儿的结局却截然不同。如果说人与人之间没有高低贵贱之分，打死也不信。虽然一直没有苏甫的消息，反而倒是好事，因为凡是从这里走了又回到这里的，十有八九是又走了老路，最后必定会落得万劫不复，比写得还准。

还有那个小红车司机，专门在这里拉黑活儿，若说为了生计，以百姓的眼光看，倒也不那么招人恨。但你也不想想，坐你车的都是什么人，那些倒腾白面儿的总是那么幸运吗？再怎么着，也不能把未满周岁的儿子放在副驾驶上跟你出车吧？什么家里没人看，一看就知道拿孩子与法律抗衡，扣了车还不知悔改，吸粉儿，倒粉儿，每次都抱着孩子，这人的心啊，也不知道是不是肉长的。

最让人揪心的是琦琦，一个北京大妞，很有潜力的运动员，若能坚持踢下去，也会有很好的前程。追求爱情没有错，为爱情献身也没有错，天底下有大道千条，你怎么偏偏走了这条路，摩托大王，女摩头，最后论落成小毛贼。跟老家儿多次要钱做为毒资，最后实在没脸了，为了一包白面儿到处求人。现在呢，好长时间看不到她了，估计也那个了吧。

这些人中，一个蛋他妈的经历总会使文哥感慨，一个从哪个角度看都称得极美的女人，三十出头儿的年纪，竟然已经生了五个孩子，而这五个孩子都是为了保护自己犯罪的行为才生的。扒窃，倒粉儿都干了，最不能容忍的是吸毒，当注射器的针扎进她那粉白滑嫩的肌肤时，做为男人，要说不生怜悯，那还是男人吗，爱美之心人皆有之，可是再美的女人，在所有男人都想碰触的香肩上扎上注射器的时候，就没有人认为你美了，虽然你真的很美。

她去戒毒所有半个月了，应该已经出院了。而出院以后没有回到这里，就不用过于担心了。因为只要她戒了毒，改掉一切坏毛病，她的家人会接纳她的。送她声祝福吧，一蛋妈。

拉拉她叔儿从戒毒所出来的时候，一蛋妈已经去了戒毒所。他向文哥打听他嫂子的去向，文哥说不知道，只说她欠着房租和货款还不上，就不知去向了。不过，文哥送了他两瓶酒，告诉他若犯烟瘾就喝酒，这个办法挺灵的。不过，这孙子连声谢谢都没说，拿着酒就走了。

相对来说，一个蛋他爸就惨多了，一蛋妈一走，没有了资金支持，就不能买粉儿，烟瘾上来时难受的在地上打滚。平时养尊处优，凡人不理的他，经常伸着手跟人要钱要烟，可是人走茶凉，没有了一蛋妈的面子，连当碎催的都敢踹他一脚，让他滚。

没钱也就没脸面了，仗着有充大款的人给他几块钱，东拼西凑的凑点粉儿钱，有时候他闹大发了，那些粉儿姐也怕招来警察，就给他攒点钱，弄点掺假粉给他，没有注射器，就捡地上的带血的拿来用，什么传染病不传染病的，顾不了那么多了。

一个蛋他叔听了文哥的方法，每天喝酒，基本上算戒毒成功了，不过，为了每天能吃饱饭，，只能给别人跑跑腿当个碎催，倒是饿不着，不过，他肯定养不了他哥哥，他给家里打了电话，家里也怕一个蛋他爸在北京闹出事来，所以来人把他接走了。

可是，听有些资深的吸粉儿者说，象一蛋爸这样，吸了戒，戒了吸，而且有上顿儿没下顿的，基本上已经无可救药。既使去戒毒，也先要调养身体，否则一戒准完。光调养身体就得十天半个月的，这期间粉儿还不能断，就说你家有权有势，你上哪去买呀，而且万一露了馅，好日子也就到头了。

管他呢，不替他操这心了，都是自找的，有阳光大道你不走，非要去闯鬼门关，怨谁呀。

搬迁就是这样，无冬无夏，钱到位了你就得搬。需要搬的东西已经提前打了包，该处理的器物都搬到了院外。

听说文哥今天搬家，前面棚子里的人几乎都没出工，估计他们是怕拆文哥房子的人会顺便拆他们的棚子，再有就是想从拆迁户这里弄几样旧货，占点便宜 |

文哥需要淘汰的东西很多，有三十多件，搬出来后，有几个蹬着扳车来收废旧物品的过来收旧货，几个人围着转了一圈，然后小声商量给多少钱合适。其实给不了几个的俩钱儿，还商量个屁呀。

这时，一个住棚子从事扒拿生意的中年人说："大哥，别卖他呀，太便宜了。这桌子我给十块钱我要了。"说着，叫一个人过来把桌子抬走了。

"这两把椅子我给五块。""这个床屉我给五块。""这个火炉子我给五块……"

不由分说，一堆东西倾刻之间就被搬空了。

由他去吧，这帮孙子，平时拿惯了，几块钱也会赖账，等你搬走了，还找谁要去。文哥也想的开，自己开的小卖部其实就是靠这些人撑的门面。这些破烂，给收旧货的顶多给你五十块钱。这些人虽然白拿你的，但他能在嘴上让你痛快也就行了。

还真不错，有一个小伙子给送来五块钱，差点让文哥颠覆了对他们的认知。

搬家公司的车来了，搬运工开始往车上搬东西。文哥拿出一把香，点然后插在门前的砖堆上。又回院内搬出一个纸箱，里面全是鞭炮。五个大挂鞭整齐的挂在事先拴好的绳上，那个买旧物给了五块钱的小伙子拿着打火机走过来。

"大哥，我来点吧。"小伙子说着，用打火机点着了一个挂鞭，鞭炮一响，趁着烟雾，他顺手摘了两挂鞭炮，哈哈的笑着躲到一边听响去了。不出意外，挂着的大鞭和那个纸箱子里的炮仗很快就被瓜分了。

图个乐吧。

终于体会到了什么叫人山人海，汽车在人群中简直就象个小动物。

明天就是国庆节了，玲玲车上拉着外地来京的一家四口儿，是准备在正阳门下车的，然后步行去广场看花，但是人太多了，顾客不敢下车，想让玲玲开着绕广场一周。那怎么行，这简直是开国际玩笑。

汽车只能往前蹭着走，着急也没用。由西往东，刚才在和平门时天还亮着呢，到了正阳门天就全黑了。没辙，想拐弯返回都没门儿，只能跟着车流走，走哪儿算哪儿。

终于过了正阳门，再往东，汽车可以开起来了。玲玲靠边停车后，问乘客是否下车。

乘客付了车费，步行去广场了。

肯定回家晚了，但是值，今天是她第一次在节日期间到天安门广场。一种自豪感由然而生。当你开车出去旅游的时候，才知道世界如此之大，当你在节日的夜晚来到天安门时，才知道中国人多。记不清今天拉了多少乘客，但可以肯定的是，所有的人脸上都带着笑，带着满足，带着节日的快乐，尽情的享受着生活。

车多人多，只好先绕道南二环再往西开，这时她才发现，不单是天安门广场人声鼎沸，往回走的路上，电线杆上还挂着红色的彩灯。沿途的酒楼张灯结彩，人们尽情的享受七天长假。今天的夜晚，除了玩儿，可不就吃吗！

吃水不忘挖井人，应该去看看文叔儿。文叔儿讲传统，今年的国庆节他们肯定会在老房子里过，因为随时会搬家，今年可能最后一次了，只是忙了一天，车里也没有什么礼物，空着手去，多少有些不好意思。不过，文叔这人没那么多事。怹们不待见的人，你就是带东西去看，怹们也不会用正眼夹你。玲玲现在已经活出个人样来了，肯定会给文叔带来成就感，这不就是最好的礼物吗。

这是她熟悉而又陌生的地方。可能是刚从灯火通明的广场回来的缘故，忽然看见昏暗的灯光映衬下的小区，让她产生了走错地方的感觉，一眼望去，文叔儿家的房子已被夷为平地，七八个塑料棚子无遮无挡的裸露出来，之所以能看出是塑料棚，是因为塑料布是透明的。当点然的腊烛被风吹动，一闪一闪的微弱亮光，与一堆一堆的渣土相伴，活脱脱的展现了坟地闪鬼火的画面，让人不寒而栗。这个被称为毒品街的街，伴着每天升起的太阳和轰隆隆的挖掘机的声音，即将寿终正寝了。

文叔儿搬家了，要知道搬家，无论如何也应该歇一天，过来帮着忙活忙活。玲玲啊，你不是不懂事吧？

文叔儿，玲玲不是不懂事，玲玲是不知道。

电线杆上挂着的彩色宫灯，一眼望不到头。出了三环，上高速加速，彩色的灯笼一个一个的向后闪去，让玲玲的心里产生了一种没谁了的感觉。呵呵，公主回宫了。

小时候过节，
走在放学的路上。
想的是吃上妈妈顿的肉，

和穿上新衣裳。

我曾经无数次的思，

无数次的想，

为什么只有过节的时候，

才能吃上肉，

才有新衣裳？

年复一年

是梦伴着我成长。

手摸方向盘，

把大灯点亮。

如今的我已经长大，

开着车跑在北京的路上。

现在我不想吃肉，

也不想要新衣裳。

我只想笑个不停，

心情舒畅。

车箱里加满了油，

奔跑在北京的路上。

风儿从耳边吹过，

白云就飘在头的上方

鸟儿在空中追逐

地上人来人往。

我喜欢自由自在，

但心里揣着梦想

只要不堵车，

我一定心花怒放，

加油挂档，

奔跑在北京的路上。

玲玲用心声吟唱，忽一走神儿，差点儿让她错过了高速的出口，幸好省过梦儿来，一脚刹车减速，少跑了很多冤路。出了高速，离家就不远了。

第一百六十七篇 父女团聚 米娜伤心

玲玲说了，今天回来晚，所以要等她进门再炒菜。

米娜和马小妹谈了很久，希望她能留下一起在北京创业，小妹只说考虑考虑，但明显着是心不在焉，听不进去。

两人的思绪不在一个频率上，米娜是苦口婆心的说，马小妹的反应却很绍，认准的死理儿不是三句话两句话就能开窍的。

家家有本难念的经。自从镇子上的人知道米娜被拐是老马家搞的鬼，都对马家很鄙视，从此就在镇里抬不起头了。而马家要想翻身，就要找个靠山，马老爹自己没这个能耐，只能利用女儿，发誓一定要找个当官的做女婿。别人给介绍了一个在县里工作的副科长，马老爹当然愿意了。虽然男方比女儿大十岁出头，但女儿也不反对，这事就定了。

高中毕业，没考上大学，又受父母迫害米娜事件的拖累，自尊心受到极大打击的马小妹，已经很少有人愿意与她交往了。她也因此自暴自弃。而现在有一个在县里上班的副科长喜欢她，也是一件让她出乎意料，稍有受宠若惊的事了。副科长放在北京，可能都不算个官，而在她们那个小镇，镇长也就相当于一个副科长，是很大的官了。若能嫁给副科长，就是官太太，父母也会扬眉吐气的。

在北京呆了几个月了，哪都好，就是外地人会被挤兑，普通话也不好学，而且身为副科长的男友，坚决反对她做鱼贩，丢不起那人。

性格决定命运，象玲玲那样，一门心思想在京城混出人样，性格又开放的女孩，已经初步融入了这个城市。而性格内向，惧险求安又恋家的马小妹，虽然经过了与大都市几个月的磨合，最终还是要选择离开，这里面可能有更深层次的原因，但她不说，别人也无从知晓。

米娜的手机响了，是玲玲拨来的。米娜看了一眼没接，站起来说："是玲玲，到五环了。开始炒菜。"

　　她抄起桌上的围裙，边系边进了厨房。

　　马小妹的手机响了一声，应该是短信。她翻看了以后，马上起身，到门口换了鞋，拉门出去了。

　　米娜最近开始学厨艺了。她炒的尖椒土豆丝已经达到餐馆级的水平了，土豆丝和尖椒丝切得都很细很匀，炒出的土豆丝甜白油亮，尖椒丝青翠鲜嫩，加上米醋的酸香，无论看着闻着都很诱人。

　　她把第一个菜端上桌，返身正欲进厨房时，房门开了，一个老头犹豫着迈步进屋，他看了米娜一眼后，"扑咚"跪在地上，用头撞地，"呜呜……"的哭出声来。

　　米娜吓了一跳，惊问道："你找谁呀，干嘛磕头啊？" 见马小妹拎着个小孩从后面跟进来又问："小妹，这老头是谁呀，怎么带咱家来了？"

　　"是你爸爸，我亲（庆）爹。"马小妹说。

　　"开什么玩笑，这大过节的。"米娜不信。

　　马小妹过去搀扶老人，老人不起，只是哭着磕头。

　　旁边的小孩冲着马小妹说："小爸爸儿，她是照片妈妈，她怎么出来了，照片妈妈。"

　　马小妹流着眼泪对小孩子说："小根儿，她就是你的照片儿妈妈，叫妈妈。"

　　"照片儿妈妈……" 小孩子大声叫着。

　　"儿子……" 米娜喊叫着跪在地上，一手搂住父亲，一手搂住孩子，大声的哭了出来。

　　看着三代人抱头痛哭，马小妹又劝不了，索性就让他们哭吧。她走进厨房，抄起锅勺，开始炒菜。

　　由于门没关，玲玲出了电梯，一拐弯就看屋里有人哭，赶忙跑了进来，她不认识小孩，但认识姨父。实际上，从米娜被拐，玲玲就被送给了姨父，所以她有时候叫姨父，有时候叫爸。

　　"爸，您怎么来了，快起来，瞧你们哭的声太大了，让街坊听见还以为咱家怎么着了呢。"玲玲边说边把老人扶起来。

米娜也起来，把儿子抱起来。儿子已经快两岁了，米娜抱着有些吃力，差点儿闪了腰。

小妹炒了一个鲜蘑油菜，端出来放在餐桌上。

米娜怀里的儿子向马小妹伸手叫："小爸爸儿，我要小爸爸儿……"

米娜把孩子交给马小妹，起身去了厨房。

小根儿指着米娜的背影说："姑爸，照片妈妈怎么哭了？"

餐桌放在餐厅的中间，方桌打开成了圆桌。米娜含着眼泪给父亲倒了一杯酒，双手端着放在老人面前。她没有说话，不知为什么，见到朝思暮想的父亲，却张不开嘴叫声爸，倒是玲玲爸呀爸啊的叫着还真亲。

这也不怪米娜，掐手指头算，被拐离家已经十三年了，而且头十年一直以为是父母双亡。今天老爸来的突然，心里激动却张不开嘴叫声爸，唯一能做的就是给父亲夹菜。她剥了两个虾，给父亲一个，给孩子一个，孩子自己吃得挺好，不用大人喂了。

父亲好象浑身都在内疚，手脚都不自然，有两次筷子还掉地下了。幸亏有玲玲一直说着宽心话，否则再好的酒也喝不下。

米娜拿着筷子，她不想吃，也不想喝，她看着父亲，父亲却不敢看她。父亲老了，看上去象六十多岁的老人，满脸皱纹，眼窝深陷，没有一点儿笑肉儿，又不善言谈。他真是我爸？不敢信。老爸应该和文哥是同龄人，四舍五入，也就是五十岁的人，顶多也就算是中年人啊。哎……

坐在我面前的是我亲爸，
嘴上不说心里一定憋了许多的话，
看着您脸上一道一道的皱纹，
摸着您头上数不清的白发。
总觉着您更象是我的爷爷，
我很难开口叫一声爸爸。

爸爸，我的爸爸……

我给爸爸倒上一杯过节才喝的好酒

再给您碗里放一只剥好的虾。

爸爸您是否还能喝出酒的味道儿，

也不知您还能不能嚼得动好吃的大虾，

朝思暮想着今天的团聚，

见到爸爸落泪我的心七上八下。

爸爸，让我心疼的爸爸……

多少次依偎在爸爸的怀里撒娇，

也曾经用手去摸爸爸脸上的胡茬。

院子里的秋扦是儿时的记忆，

趴在爸爸的背上睡着我从不害怕。

爸爸为我种了许多的花花草草，

而且还既当爸爸又当妈

爸爸，您是我的好爸爸……

米娜心想手动，又夹起一只虾给老爸，爸爸的眼里流出的泪水，似乎要把碗中的虾融化。

现在的场合，平时就少言寡语的米老爹更是有话说不出，尤其是还有马小妹在场，她还是个孩子，又为老米家做了这么多的事，有委屈，有痛苦也不能当着她的面儿过多的表露出来。为了掩饰心中一切，只能用饭和菜堵嘴了。

"小妹，我姨父来北京，你怎不提前说一声儿呀？我怎么也应该去车站接呀。"玲玲埋怨着说。

马小妹解释说："不是坐火车来的，是坐汽车来的。是我男朋友十一放假，和同事去东北，就顺便搭着单位的车过来了。"

"哦，我说呢，刚才在楼下看见一辆挂省牌儿的二一二北京吉普，原来是你男朋友单位的呀？好家伙，二一二以前可是县团级标配呀。你怎么不早说呀，要知道叫他上来坐会儿呀，大过节的都到家门口儿了。他就是不把咱们闺蜜当回事，咱也还是亲戚吧？真不够意思。以后不想走动啦？跟他吹，休了他。"玲玲酒后开始兴奋了。

"小妹，谢谢你。"米娜抓着马小妹的手说。

吃完饭，玲玲把姨父带到他的房间说："瞧瞧老爸，这是您的房间，坐了两天的车肯定累了，今天就别洗澡了，我弄盆水给您擦擦，洗洗脚就睡吧。明天呀好好洗个澡，我再给您弄身行头，您就是老太爷了。您这个房间的门儿对着的门就是厕所，很方便，厕所夜里有长明灯，地面也是防滑的。"

老人不住的点头表示听懂了。玲玲打了一盆水，拧了湿毛巾，给姨父擦背，擦头，泡脚，一通忙活。

关上门，端着脸盆出来，进卫生间倒了水，把毛巾洗干净晾上。终于伺候老人睡下了。

坐到客厅的沙发上，玲玲往手上涂护手霜。米娜在厨房收拾完家伙，也回到客厅，拿起护手霜往手上搓。

"玲玲，谢谢你，该我干的都让你干了。"米娜说。

玲玲白了米娜一眼说："姨父也是我老爸，我们相依为命这十几年，不都是我伺候，我都习惯了。哎，到时候分家产的时候也有我一份啊。"

米娜已从刚才的情绪里走了出来，毕竟父亲和儿子的到来是天大的喜事，心里难过不代表不高兴。

"行，都给你，房子，院子，菜窖，连茅坑儿都给你，今天就让老爸立字据行了吧？瞧你争这东西，老家儿所有的东西加起来，也不值你汽车的四个轮子钱。哎玲玲，明天还出车吗？"米娜问。

玲玲想了想说："明天至少也得拉半天儿活，好歹也挣够份钱呀。你想干嘛？"

米娜略带羞的说："我想咱们应该去天安门看看花，再照一张全家福。姐姐我还没在天安门照过像呢。"

"我也是，自从开出租以后，天天路过天安门，真想停车下来，在地上打个滚。姐，天安门的地干净着呢，比咱家的床还干净。"玲玲靠着沙发说。

"那是，那是天安门，你以为是咱家院里呀？到处都是蚂蚁窝。"米娜说。

"姐，今天我想让咱儿子跟我睡，你不会跟我抢吧？"玲玲问。

米娜深情的说："小妹这一走，可能永远都不会来了，她是孩子的亲姑姑，让儿子多陪她几天吧。"

"马小妹脑子太轴，加一桶机油也转不过来。人都说人往高处走，水往低处流。她呢，她是跟着水走，越走越低。说实话，我宁可在北京找个农民，也不回去嫁副科长。"玲玲说完，眼睛往自己屋里斜了一下。

米娜不太同意玲玲的说法。"人各有志，志有大小，你又怎么知道她不是大智若愚呢？有一句话说得好，黄金满地走，专等有缘人。而且条条大路通罗马，有的到的早点儿，有的到的晚点儿，但只要不怕艰苦的走下去，早晚都能到。"她说。

"也是，但是有人走的是直道，有人走的是弯道。马小妹嘴拙，不善于与人交流。我真想不出来咱家那个穷地方有什么值得发展的。你想啊，树都种不活。前几年搞种树，在沙漠里种活一棵给五十块钱，好多人种，没一个挣到钱的。"玲玲说得好象也在理。

米娜笑着说道："你说得也不无道理，但走直道也不一定就快，不是还有弯道超车这一说呢吗？而且不爱与人交流，也不见得是坏事，常说是与智者为伍，不如我的我肯定不会与他交流。哎，对了，这两天小妹好象给文哥打了几次电话，说是种树种花的事。她跟你说了吗？"

"哦，小妹种了几盆花，老怕给养死，经常向文叔请教，你还别说，她那几盆花长得还挺好。"玲玲说。

米娜点头说："她的性格适合种花种草，我就不行，没这耐心法儿。"

玲玲站起来说："我该逗逗咱儿子了，小兔崽子还不跟我。"

　　"你别介，孩子今天太累了，肯定脾气不好，而且跟咱俩又认生，闹起来就甭消停了，还是让他跟他老姑吧。"米娜说的在理。

　　玲玲不服气的说："他小爸爸儿的。咱儿子让她占两年了。这，我这当姨的不就吃着亏了吗？他个小爸爸儿的。"

　　米娜也笑了。"这么论着当姨的是比当姑的远，姨算外姓人，不是本家，象你是他老姨，将来再长一辈儿，就是姨姥姥，连奶奶都当不上。小妹就不一样了，亲姑姑，尤其是老姑，老姑是孩子头儿，身分也最高，所有的子侄都归她管。在北京，在论的称呼姑姑都占了。比如老姑，老娘儿，老爹，小爸爸儿，再长一辈还能当姑奶奶，姑爷。如果是比孩子他爸大的姑姑，还可以叫大姑，大大，大大爷，大爹，大娘儿。所以北京有句常用的笑骂，你大爷的。象你刚才骂了那句他小爸爸儿的，你可能还真不知道是什么意思。"

　　玲玲摇着头说："我还真不懂，也不知是好话还是坏话，是不是算骂人。"

　　"纯北京人骂人都很文明，他骂人时还会笑着骂，象你大爷的，意思是说我是你大姑夫，你小爸爸儿的，意思是说我是你老姑夫。当然，还有笑骂你姐姐的，那就是说他是你姐夫。这就叫骂人不吐核。"米娜说得自己都不自在了。

　　"哦，那还得知道他家有没有大姑老姑的，人家没有，就随你骂了，人家一点亏都不吃。"玲玲说。

　　米娜点头道："是的。不过有时候人家不但不吃亏，还能占便宜呢。"

　　"占便宜，你骂他他还能占便宜？"玲玲问。

　　"那可不，人家可能没大姑，而有大爷，你骂人你大爷的，你不就成了人家大妈了，让他大爷占便宜了。你若骂人家他小爸爸儿的，人家没有老姑，只有个老叔儿，老叔叔也是小爸爸儿，你不就成老婶儿了，便宜让他老叔儿占了。所以有些不是真北京人的北京人，胡骂溜球，有时候自己骂自己都不知道。"米娜说。

　　玲玲想了半天才琢磨过味儿来说："我不能吃亏，我跟马小妹是闺蜜，是发小，是姐们儿，我可以跟她排，我比她大，上面有马哥，我行二，那我是二爸爸。明天抓把糖就让他改口儿。二爸爸，呵呵。"

　　米娜高兴的说："对，你是他二爸爸。不过，除了小爸爸儿，二叔，二姑都不能叫爸爸，只能叫爸，所以你是他二爸，象我这个当亲妈的，还有孩子没亲人了只有大姑了，还可以叫亲爸爸。以后啊，我是亲爸爸，你是二爸，老姑奶奶是小爸爸儿。"

　　"行，你成老佛爷了，慈禧太后不就是亲爸爸吗。"玲玲也乐了。

第一百六十八篇　马妹要回家　玲玲遇苏甫

　　马小妹明天就要走了，米娜决定那辆二手奥拓就送给小妹，让她开着回家。玲玲特意早收工，回来以后，开着小妹的奥拓去修车行做保养。玲玲是职业司机，深知汽车保养的重要性，尤其是出远门儿跑长途的车辆，轮胎，刹车，机油尤其重要。做完保养还要洗车打腊做美容，再加满油，最后去食品店买了一箱矿泉水和一箱饮料。以前经常去小妹家玩，赶上饭点儿就吃，从不见外。所以她特意给马小妹的父母捡了十几样点心带上，都是北京持产。最后，就是在车里放了一个装有辣椒水儿的喷壶，这样就安全多了。

　　马哥没了，马小妹身心遭到重创，做为闺蜜，还能为她做点什么。

　　说什么都没用了，马小妹不可能留下了。而米娜也感觉到，小妹现在已经和她们隔了心了。米娜和父亲，儿子团聚，而她却成了外人，不过，她的使命就是过渡，可能上帝就是这么安排的。

　　坐在米娜的床头上，马小妹默默的流着泪，似乎已经无话可说了。米娜从枕下拿出一个信封，交给马小妹。"小妹，这里有你借给玲玲的两万块钱，还有五千块钱是你这一个多月挣的钱。这两年，是孩子把你耽误了，姐除了感激还是感激。以后我们远隔千里，人各一方，你有事姐也帮不上忙，这一万块钱，是你哥给我留下的，给你做为陪嫁吧。不要怪姐。"米娜流着泪，从枕下拿出一捆钞票，放在小妹手上继续说："小妹，告诉你父母，以前的事情已经过去了，我不会记恨他们的。我们都要珍惜当下，珍惜明天。谢谢你小妹。还有，那辆车是辆二手车，是姐不好，没想到今天你会走，你开走吧，路上要小心，回到家以后来个电话……"

　　马小妹报着米娜失声痛哭，哭得很惨。哥哥没了，又要和朝夕相处两年的侄子分开了，马小妹的心里承受能力达到了极限，只有释放泪水减压了。

　　终于，哭了一阵的马小妹，情绪缓解了许多。她抬起身，把衣服整理好。"大姐，儿子的户口还没办，还需要手续，但我哥不在了，会更麻烦。我咨询了一下片儿：警，他说两种办法，一呢，让你带孩子回去亲自办，以证明是母子关系，因为现在只有你是他的监护人。再有就是你可以开证明，证明你们是母子关系。最省事的方法就是做个 DnA，把检测证明发回去，人就不用回去了。孩子明年该入托了，没有户口很麻烦。"小妹说。

　　"嗯，过了节我就办。"米娜点头说。

　　"还有，我和爸妈商量了，让孩子随你的姓，这样以后可以减少很多是非。等以后他长大了，想姓什么再由他自己选择吧。"

　　米娜已经不知道说什么好了。她抱着马小妹的肩，两个人的头碰到了一起。

　　马小妹走了，早晨天没亮，米娜和玲玲送她到高速入口。看着她车上的灯光消失在夜幕里，两人才回来。想着还能睡会，可心里总是不落忍，米娜唉声叹气的在床上翻了几次身，终于不躺了。儿子是跟姥爷睡的，他知道姑姑今天起得早，但是等他起来找不到姑姑时，可能得闹一阵子。

　　玲玲也不睡了，躺也躺不了多一会儿。出租行业是服务行业，永远没有节假日。而且每天一睁眼，就欠公司一百多块钱，所以这种职业还真不是谁都能干的。

　　小妹走了，床空了，可以把两张单人床并成双人床了。玲玲正要拉床，发现枕头上有个信封，拿起看了看，是给表姐的。她拿着信，来到表姐的房间，见表姐正在发呆，就把信扔了过去，回屋去继续拼床。

　　米娜打开信件细看，是马小妹写的。

　　"大姐，（其实我真想叫声嫂子。）我走了。

　　看到你们一家人团聚，我的心也变得顺畅了。北京真的很好，是所有的人都想往的地方。

　　小时候，在学校里，在回家的路上，我每天都唱同一首歌：小鸟儿在前面带路，风儿吹着我们，我们象春天一样，来到花园里，来到草地上……"

　　这是一首非常好听的歌，而歌中的花园，草地，却是我永远的梦。直到长大成人的今天，我才看到了梦想中的花园和草地。草地很美，花园很大，可是这一切，都不是在我的家，我们的家只有蓝天白云，星星月亮，和一望无际的黄沙。

　　前些年，为了改变家乡面貌，政府鼓励种树。我上中学的时候，就开始研究种树，可是到现在也没种活一棵。确实，在沙漠中种树，真的很难活。我彻底失望了，我已经想在这里扎根了。不再回到没有花园，没有草地的小镇了。直到有一天，无意中看到文叔叔家门前的盆栽，使我受到了启发。花盆里种的都是树，而且也能长得很好。以前我困惑许多年的问题，现在都有了解决办法。应该谢谢文叔叔。

　　大姐，你放心吧，我回家去，不是因为什么，躲什么，我回去完全是为了圆我儿时的梦。给我五年吧，五年以后，你若想回家看看，一定是走在林阴道上，我们的家乡也会有花园有草地的。大姐，相信我。我说的不是梦话，这正是我要做的事业。我会成功的。

　　米娜把信件折起来，装进信封，放在床头柜上。有生以来，今天是第一次被感动了。象马小妹这样，应该算得上是有志青年吧。

　　少了内疚，米娜的心情也好了许多。马小妹是一个有理想的姑娘，而且超出了她的想象。人不可貌相。可是，在沙漠里养绿植，真的很难，就象和邓妈妈住山洞时，前面种的那些庄稼和蔬菜用的士，也都是宁师叔每次进山用汽车拉来的，每次只能带两口袋，两口袋的土攥一些沙土，可以铺成一平米的菜地，才可以种花种菜。所以，宁师叔每次进山送给养时，带两口袋士是必须的。几十年来一直如此。在城市里，搞建筑盖房，沙士是建材，要花钱买。而在沙漠里，土比黄沙金贵，她不会花钱买士种树吧？不可能，小妹还没傻的那份上，那不得赔到姥姥家去。

　　这个文哥，给小妹出了什么幺蛾子？她这一走，我这里就全乱了。玲玲开出租，什么忙也帮不上了。幸亏有小妹。现在小妹又走了，我的活儿还怎么干？我也是有理想的。这下儿全泡汤了。现在只能压缩业务，把活虾业务倒给别人，精心开个花店，专营鲜花吧，这样还可以照顾孩子。

没了活虾业务，收入减少了，但是可以多陪陪孩子。随着时间的推移，反而经常暗自庆幸。活到二十二岁，经历了这么多事情，能活到现在的份上，已经是老天赏饭了，多吃素，不杀生，给自身也为儿子增加些功德。那些鲜活的虾被自己送到餐桌上，想想总会自责一番。人家吃，咱限制不了，咱不送也就是了。

老爸来了，整天无所适事，溜弯都溜烦了，自己找了一个洗车的工作，挺乐意干的。钱虽挣得不多，脸上只要有了笑容，对米娜的心里就是个安慰，一家人能够生活在一起，图得就是个乐儿。

刚开始入出租行儿的时候，玲玲很兴奋，她开着车四九城的转，很享受乘客招手叫车的过程。过段时间发现，老这么跑并不划算，原因是耗油量大。经过观察发现，有些老司机采用的策略是趴活，趴活的地点一般在宾馆，医院，写字楼，长途客运站及火车站。

开出租也分点儿，点儿背的时候瞎转悠就是拉不着活。点儿顺的时候活儿赶活儿。若能跑趟机场，一天的份钱就出来了。相对来说，趴宾馆酒店的车较少，经过分析，玲玲开始得意了。干这行的，文化程度基本都不是很高，敢在宾馆酒店趴活儿的，英语一定要好，至少简单的对话应该没问题才行。玲玲没上大学，主要是因为偏科，数理化方面拉了分，但英语还是属于中上的水平，她的理想是做翻译，现在开出租了，又自学了一阵，所以与外宾用英语交流完全没有问题。

在酒店出来的外宾，有不少是去机场的。在出租行儿内部，管去机场叫甜活儿。而多数外宾是用美元结账，加上玲玲嘴溜人又漂亮，小费是少不了的。去机场一般不会空返，等候区排队就行了，只要有外宾，轮到玲玲时，玲玲主动用英语揽活儿，有些外国人见她会说外语，会主动上她的车。久而久之，玲玲就有了一些固定的客户，大多数外宾都有付小费的习惯，每次十美元左右，时间长了，也是一笔不小的收入。而且，不单是收入的提高，口啤也水涨船高，有时候酒店的门童见有外宾出来，都招呼她优先。：

　　下午接到一个电话，是一个大使馆打来的，说有几个外宾下午到，让她去机场接人，行程算往返。

　　这个活儿够甜的。在机场接了四个人，往回返时，外宾告诉她，是直接去一家老家号酒楼谈生意。玲玲去过洒楼几次，还算熟，只是没进去过。

　　进了停车场，外宾说不认道儿，让玲玲给带路。玲玲在前面引路，来到酒楼的转门前，本想让外宾进去，自己就可以回家了。只是一不留神，被转门卷到了门里，这时，一个礼仪小姐过来说："小姐，看一下您的证号儿。"

　　玲玲把胸牌亮了一下。礼仪小姐做了个请的手势，就往楼上走。玲玲不知怎么回事，就跟着上了楼，在礼仪小姐的引导下，坐在一张摆着餐具的桌子前，礼仪小姐离开下楼去了。

　　一个女服务员拿来一瓶啤酒和一瓶饮料，放在桌上，又回身从传菜员手里接过一盘凉菜，撕开保鲜膜也放桌上后出去了。不大功夫，又上了一碗米饭和一个热菜，热菜玲玲认识，是宫爆鸡丁儿。

　　见玲玲不动碗筷，临桌的一个挂胸牌的中年男子端着自己的饭菜过来，坐在她对面说："小妹妹，搭个伙儿，你怎么不吃呀？"

　　玲玲莫名其妙的摇摇头，不知道想表达什么。

　　"小妹妹是新入行的吧，哪个公司的？他问。"

　　玲玲把胸牌儿翻过来让他看，没说话。

　　男子也把胸牌亮出来说："我姓张，是首运的。看来小妹妹今天是第一次来这里，畅开吃，这是司机餐。我们拉客人到这里来就餐，就相当于是中介，所以我们吃的饭在内部又叫中吃。不单吃饭，吃完了还给钱呢。"

　　玲玲有些犹豫，没完全听懂，不敢动筷子。

　　"我们给酒店拉来了客源，酒店应该给司机提成儿，这家店比较正规，不给提成儿，只管一顿饭，再给十五块钱餐费，如果不吃饭，可以直接在公关部领三十块钱。饭菜标准是一凉一热，热菜可以吃炒菜，不吃炒菜可以要一盘烤鸭。"男司机说。

原来是这样，不吃白不吃呀。哦，来过好几趟了，都是扭头就走，亏大发了。"谢谢大哥。小妹初来乍到，今天头一次听说。大哥，啤酒您喝。"玲玲马上开窍了，拿筷子就吃。

"我今天要的烤鸭吃不了，小妹妹卷两卷儿吃？"男司机说。

"谢谢大哥。"玲玲兴奋的说。

刚才带路的礼仪小姐来到桌前，给玲玲放了十五块钱，让她签了字，玲玲把钱收了起来。

玲玲每天的收入，除留够油钱和找零用的钱外，回来都交给表姐。她认为都是一家人，不能单分你我。但米娜不是那种贪便宜的人，她给玲玲特意在银行开了户头，把钱单存上，甚至连生活费也不用玲玲出。自己离家这十三年，都是因为有玲玲陪伴并侍奉，老爸才能熬过来。做人要有心。

今天出车较早，但点儿有些背，一上午连公司的份钱都没挣够。弄不好晚上要拉晚儿了。

玲玲找个街边小店，吃了一碗汤儿面，中午不能休息了，得连轴儿转了。

电话铃响了，玲玲掏出手机接电话。是公司调度打来的，通知她去公司总经理办公室去一趟。

不知道什么事。找我干嘛？我也没跟客户发生过矛盾，没吵过架拌过嘴的？这不是耽误挣钱吗。

没办法，去公司一趟吧。但也不用怕，没惹过事，有什么可怕的。

到了公司，直奔总经理办公室。进了门，也不客气，直接去饮水机接了一杯水。

公司老总挺和气的说："玲玲姑娘，坐坐，喝水。最近呀，不少客户向公司发来信函，是表扬你的，好，干得不错。你给公司赢得了口碑，公司决定奖励你一千块钱，希望你再接再励，做出更大的成绩。"

玲玲站起来说："谢谢总经理。我会努力的。"

　　总经理示意玲玲坐下后说："玲玲姑娘，公司有一个客户，是刚从国外回来的客商，要包一个月的车，你现在是我们公司的一枝花，好事当然先紧着你了。你现在去财会找出纳领奖金，然后去到调度室找调度，包车的具体情况由调度跟你谈。注意公司的纪律。不许和客户私下来往，不许向客户提过分的要求，一切以合同为准。"

　　玲玲站起来说："是总经里，我明白。谢谢总经理。"

　　玲玲到财会找出纳领了奖金，心里琢磨，我说干嘛发奖金呢，原来是开包车，开包车公司收入增加了，对个人并不会增加收入，只不过就是旱涝保收罢了。

　　见玲玲进来，调度室主管忙起身招呼："玲玲师傅，耽误你中午休息了。客户马上就到，我们去会议室等，这是合同，你先看一眼。"

　　玲玲接过合同，随主管来到会议室，主管让玲玲坐在沙发上，倒了一杯水放在玲玲前面的茶几儿上。

　　一个工作人员引领着一位穿西服的先生进来说："主管,郁先生来了。"

　　郁先生带着墨镜，留着小胡子，动作很绅士。

　　调度主管热情招呼说："郁先生，您来的正好，我们的司机老师也到了，合同我已经印好了，您看过以后觉得没问题就可以签，有不满意的地方可以改，我们是客户至上。"

　　"不用看了，我没意见，那什么，只要保证我用车就行。现在就可以签，我时间紧。"先生说。

　　玲玲一惊，听这位郁先生的声音很耳熟，有点儿象苏甫的声音。斜了他一眼，又觉得印象中的熟人没有这路人啊。

　　调度主管继续说道："好，郁先生是个爽快人。我们公司做事是非常职业的，这个您放心。郁先生，我先给您介绍一下，这位司机师傅就是我司的金牌职员，玲玲老师。"

　　"玲玲……"看见站在眼前的金牌职员玲玲老师，郁先生惊叫了出来并摘下墨镜。是苏甫。

玲玲也惊呆了，愣了会儿神儿，张嘴骂道："苏甫，改姓啦？你王八蛋不是叫苏甫吗？装什么孙子。"

第一百六十九篇　玲玲出包车　苏甫请吃饭

调度主管也糊涂了："你，你们认识？"

"哎呦喂玲玲，让我好找啊，没想到在这儿碰上了。"苏甫扑过来抱住玲玲。

玲玲用肘顶住苏甫的脖子说："我要知道是你，我要拉你是孙子。"推开苏甫出了会议室。

苏甫给主管敬个礼说："对不起领导，人找到了。玲玲是我表姐的表妹，我表姐表妹的车就不用租了。麻烦您了，回见。"说完追了出去。

调度主管两手一摊自语道："表哥找到了表姐的表妹，这是怎么论的？这倒好，公司还给出了一千块钱，赔了。"

玲玲出了办公楼，钻进车里，四门落了锁，趴在方向盘上生气。

苏甫走了半年多，没有一点音讯，琦琦着急，玲玲也着急。她喜欢过苏甫，苏甫也喜欢她，只是表姐看得死，没给机会，否则可能就没琦琦什么事了。自从苏甫跟琦琦好上以后，玲玲也就没那心气儿了。她不会在他们中间插杠子，但会经常拿苏甫取笑，也有很多乐趣。所以苏甫这一走半年多，她还是很惦念的。

苏甫后脚儿跟出来，知道玲玲不会自个儿走，也就没紧着追。他拉副驾驶的门，没拉开，转到司机一侧拉门，都上了锁，苏甫只能装可怜。他用手指轻轻的敲玻璃，并小声的叫，央求把车门打开。

其实，在苏甫往这头绕的时候，玲玲己经把锁打开了。"瞧你这点儿出息，是不是让美国大妞给你弄怂了，连车门子都拉不开了。"玲玲说。

苏甫知道玲玲又在耍自己，赶紧绕回副驾驶，拉门坐了进去。"玲玲，你这是由爱生恨呐？"他说。

玲玲伸手揪住苏普的耳朵往下拉拧，苏普"哎呦哎呦……"的不敢反抗，脸部贴在档把上。

"玲玲，我服了，我服了。亲妈饶命，太疼了。"苏甫一个劲的求饶。

"瞧你这份德性，充什么外商。我现在是上班时间，否则我大嘴吧抽你。"玲玲松开手，汽车打着火后问："赶紧放屁，去哪儿。"

苏甫直起身揉着耳朵说："好家伙，你真是本性难移呀，要不然我怎么不敢娶你呢。那什么，你的车我包了，我是你的客户，再欺负客户我就投诉你，让你下岗。开，朝西站开，那有个酒店，先去吃饭，我已经给饿的受不了了。"

"去那儿，还抽啊？滚下去，你的钱我不挣。别耽误我拉活儿。"玲玲面无表情的说。

苏甫坐直了身子说："玲玲，过份啦，甫哥刚从鬼门关回来，你连声甫哥哥都不叫，还把甫哥一通臭贬。你仔细瞧瞧，甫哥还是那个吸烟儿，喝酒，扒拿，烫头的甫哥吗？甫哥现在也是学成归来，拿了文凭的。按照阿庆嫂的说法，甫哥现在就是混出了人样的阿庆，才敢回到沙家浜的。"

玲玲仔细看了一眼苏甫，弱弱的说："操行，叠俩三角套耳朵上，柴狗变狼狗了。不吃屎啦？"

"狗还有脾气呢。我就是一皮球，你可以用脚踢，用屁股坐，用脑袋顶，当然也可以用手抱，只要你愿意。"苏甫嘴皮子挺好使。

"你呀，就是油嘴滑舌，拍婆子一门儿灵，琦琦姐就是这么拍来的吧？"玲玲说完，用手背在苏甫脸上蹭了一下，挂档松手刹，一脚油出了公司大门。

酒店的级别不低，单间儿布置的也很温馨，很雅缎，很豪华。

餐厅所处楼层很高，可以看得很远。玲玲往窗外探头看了看，前方不远处就是西站东里小区。以前常来的地方，应该很熟悉，但从高处往下看就不一样了。多数房子都拆了，没有了街道胡同，也就认不准文哥家以前的具体位置了。不过，大体可以看出，小区分东西两部分，一期拆迁是东部，也就是人们说的毒品区。接受了以前的教训，既将拆迁的西部已经有志愿者把守，把那些还想聚集的吸，扒，贩者拒在胡同以外。不过，还是隐约的可以看到几个彩色帆布搭的棚子，可是已经离末日不远了。

玲玲经常在这家酒店外面趴活儿，进大门还是第一次，更想不到还能坐在豪华的餐厅里，有了一种草鸡变凤凰的感觉。野性憋回去了，苏甫又变成了甫哥。可不是，角色转换了。

脱掉出租司机的工服，不知不觉的就接受了苏甫对她的称呼：玲秘书。她自己也告诉自己，不能暴露身份，如果让餐厅里的服务小姐知道她是出租车司机，一准儿会把她当成是傍大款的。那面子可就丢尽了。

菜点的并不多，两三个青菜。苏甫做完胃部手术后，有一段时间饮食比较清淡，现在养成习惯，也就顺其自然了。不过，他知道玲玲馋海鲜，就给她要了一只龙虾，半尺多长，一个人吃不了的。

玲玲有生以来第一次见到龙虾，红红的，又张牙舞爪，还真有些怕，也不知道怎么吃。

服务小姐将杯子里折成小鸟图案的口布打开，搭在玲玲双腿上，然后开了一瓶洋酒，每人倒了一杯后，退了出去。

玲玲怂了，刚才揪苏甫耳朵的勇气也不知道跑哪儿去了，她不敢动身子，怕腿上的白布掉下去。也不敢动筷子，怕被盘子里的怪物咬一口，只是用哀求的眼光看着苏甫。"甫哥哥，我害怕，这是吃的吗？" 终于变成玲妹妹了。

"服务员。"苏甫喊了一嗓子，

服务小姐走了进来。

苏甫端起酒杯喝了一口酒，并用酒杯指了一下龙虾。服务小姐麻利儿的用刀叉钳镊卸了龙虾，把肉放在玲玲面前的布碟里，示意玲玲尝尝。

玲玲的心"呼呼"的跳着，装作镇定的夹了一块虾肉放嘴里，抿了两下，点点头表示好吃。并喝了一口酒。第一次喝洋酒，差点吐出来。

服务小姐把龙虾拆了一半后问玲玲："小姐，可以了吗？"

"嗯嗯，可以了。"玲玲把虾肉咽去后说。

服务小姐退后一步，出去了。

"玲玲，咱表姐好吗？"苏甫问。

玲玲稍迟疑了一下说："咱表姐？我表姐。你以后说话别咱咱的，你是我的客户，公司有规定，不许和客户有私人关系。不过呢，我表姐也算熬出来了。现在表姐和我姨父，我外甥儿已经团聚了，我们一起住，在西五环买的房。我开出租，我姐开了一个花儿店，有多富裕谈不上，到是稳定多了。甫哥，你哪天回来的，怎么找到我公司去啦？"

苏甫喝口酒笑着说："玲玲确实长出息了，张嘴公司闭嘴公司的，大气，大气场。我是大前天到家的，前天飞到北京，我在这里已经转了两天了，也没见到你和米娜，文哥搬哪了也没人知道，据以前一个卖粉的女的说，这里快拆完了，而且老有便衣转悠，所以有的人就另找地方了。她说她们去的地方都是刚开始拆迁的小区，所以我才去你们公司包车，打算找一个熟悉京西地区的司机带我转，真没想到把你包给我了，该着，你瞧这命儿。"

玲玲拿起蟹钳子说："再占便宜，我夹你嘴信不信？"

苏甫假装害怕说："我信我信。"

"你在这里转了两天了，恐怕不是找我吧，你就直说？"玲玲说。

"看不见谁不都得想啊？大老婆，二老婆，小老婆，哪个不都得惦记着。"苏甫说。

"甫哥，转了半天吆子，刚说到点儿上。是不是找琦琦姐呀？直接说不就完了。哎，她可惨了。已经有好长时间看不见她了。"玲玲伤心的说。

"怎么回事，她怎么了？"苏甫问。

玲玲伤心的说："你走后，她想保住你们租的那套房，她说那里有你们的记忆。为了房租，真是拼了命了。她整天在街上转，推来许多自行车，摆了一个车摊。车摊没摆几天，就被城管抄了，吓得她躲了好多天。她不敢推自行车，改推摩托车。有一天她推来三辆摩托，引起了轰动，大家伙都叫她摩托大王，女摩头。没想到的是，有一个买她摩托车的出去倒粉儿，被抓了，车也扣了，她又躲了一阵，再后来又做手机生意，刚弄了两部不值钱的手机，收手机的小王又被抓了。她没别的技术，只能拎包。第一次拎个包回来，包里除了手纸什么都没有。拎第二个包时被人发现了，幸亏她跑得快。最后就改小拿小摸了。什么显示器，吹风机，电饭锅，这些东西也就值个三十二十的还没人要。没辙了，只能跟家里要或者到处赊账到处借。她跟许多人借过钱，现在连人都找不到了，也没人知道她去哪儿了。"

"都是为了我，琦琦，我一定找到你。"苏甫说完，趴在桌子上抽泣。

玲玲摸着苏甫的肩说："甫哥，我帮你。她一个大活人还能跑到天上去。"

"谢谢玲玲。哎玲玲，马哥现在好吗？"苏甫问。

玲玲亦落泪说："马哥哥人没了……"

苏甫愣了一会儿，才明白玲玲话的意思，又落泪伤感一番。

"哟坏了，我怎么喝酒了？甫哥就赖你，你怎么让我喝酒了？"玲玲大惊道。

苏甫不以为然的说："哥俩见面，喝口酒有什么大惊小怪的？"

"喝了酒我怎么开车呀？"玲玲后悔的说。

"开什么车，我今天哪也不去，今天喝个一醉方休。"苏甫端杯继续喝。

玲玲急着说："你去哪儿不去哪儿都行，我得开车回家呀？这喝了酒了，还怎么开，被查了要罚款扣分拘留的。哎，只能找代驾了。"

"不用，玲玲，是甫哥包的车，甫哥就得负责。今天不走了，跟甫哥喝酒，喝完了就在酒店开房。"苏甫说。

玲玲瞪了苏甫一眼说："喝多了吧你，想什么呢？你有琦琦姐还不够啊？哦，行啊苏甫，想让我给你打补丁啊？"

"你呀，外表漂亮，脑袋里头脏。甫哥是那人吗？甫哥说在这开房，是一人开一间，谁说跟你住一间了？是你想歪了。甫哥敢对天发誓，甫哥对琦琦的爱是专一的。呵呵，感动了吧。玲玲，看你挺可怜的，想给甫哥来个飞吻的时候，甫哥就不躲了。"苏甫得意的说。

"你想得美，我小的时候不懂事，往你脸上吐过唾沫，现在我知道了，女人的唾液可是好东西，以后啊，不是我的初恋谁都甭想了。"

"得，我肯定做不了初恋了，连个亲嘴儿的机会都没有了。"苏甫说。

"甫哥，我得给我姐打个电话，告诉她我不回去了，不让她们等我了。"玲玲说着拿起手机拨通了电话。"姐，做饭了吗，吃什么好吃的？跟你说一声儿，我不回去吃饭了，晚上也不回家了。住哪儿？住饭店。跟谁？跟客户。男的女的？男的。你还认识呢。"玲玲一问一答的说。

苏甫伸手要玲玲手机说："给我，我跟她说。表姐，大表姐，我是你妹夫呀。我胡汉三又回来了。是呀，是我和玲玲在西站开房。哈……听出来啦？是我。你妹妹玲玲呀？我包了，是包月，哈……你抽我，你抽不着。大表姐，哪天我请你，请你全家，姨父，外甥都请。哈哈……"

玲玲拿过手机说："你是欠抽，老没正经。你这不是给我添事吗？我姐现在把我看贼似的看着，她这些日子嘴碎着呢。"

"没事，你姐呀就是假清高。不知情的见她都躲着走，所以她朋友不多。甫哥我呢，跟马哥是哥们儿，但不知他俩怎回事，老玩藏母鸽儿，她落单儿的时候就拿我撒阀子，甫哥只能牺牲我自己，给她当个出气筒，我还得心甘情愿的忍着。谁让你是她表妹呢。"苏甫嘴上一点不吃亏。

"呸，你说的谁信呀？坏了，我们唾沫，又让你占便宜了。"玲玲笑道。

"唾沫呀，口水呀，是一种物质，但性质不一样。流出来的叫哈喇子，吐出来的城管要罚钱，吐我身上的就是高能物质，想知道是什么吗？"苏甫拿着学者劲儿说。

玲玲摇头又点头说："不想知道。什么叫高能物质？"

苏甫喝了一口酒说："一种浓缩的雄激素营养液。"

"看你是阎王爷放回来的，不跟你计较。"玲玲说。

苏甫得意的笑着喊："服务员。"

服务员进来问："先生，您有什么需要的。"

"那什么，帮我加个房间，最好和我挨着。"苏甫说

服务员出去了。

"我用的是 VIP 会员卡，有折扣的。等订好了房间我们就撤。对了，你吃好了吧？行。这家饭店不错，一会你踏踏实实的洗个澡，房间里有浴巾，睡衣，暖风机。冰箱里的零食水果想吃什么就吃什么，跟自己家的一样。想跟甫哥聊天呢就呼我。"苏甫嘱咐着玲玲。

玲玲第一次进大饭店，心里很忐忑，认真的听甫哥教导，象小学生似的点着头。

"郁先生，您的房间订好了。在您住的房间的左侧。这是门卡，请您收好。"服务员说完出去了。

苏甫拿着门卡说："吃饱了就走。别忘了拿手机。"

第一百七十篇 玲玲开包房 米娜扇苏甫

来到房间门口，苏甫告诉玲玲说："这是门卡，相当于房门的钥匙，往里一插，门锁就开了。行，你先规置规置，我也回去洗洗，呆会儿再聊。"苏甫说着打开门，拔下门卡交给玲玲，走到自己房间门前，开门进去了。

玲玲进了房间，在里面走了一圈，打开阳台的门往远处看。此时已近黄昏，晚霞从头顶上掠过射向前方。在那片熟悉的废墟上，已经竖起了高高的塔吊，新翻出的土堆上，洒满了金色的光……好美啊。

古人有诗说：不识庐山真面目，只缘身在此山中。倘若你站在高处往下看，在西站东里拆迁房的渣土堆上那几个塑料布帐篷，是不是很象几个蚁穴，而进进出出的那些人是不是很象运食的蝼蚁？如果他们还是人的话，那可真算是人的悲哀了。

玲玲洗了澡，用吹风机吹干了头发。在冰箱里拿出一听饮料，边喝边用电话呼了苏甫。

此时的玲玲飘飘欲仙，有了公主般的感觉，而甫哥，自然是神一般的存在。今晚肯定睡不着了，加上和甫哥半年多没见，应该好好聊聊，逗逗闷子，甚至调调情也不过份。异性相吸嘛。

苏甫还挺正统的，瑰红色的衬衣掖在裤子里，穿拖鞋的脚上还穿着着袜子，坐在沙发上后仰应该很舒服，而苏甫却往前微探上身，挺胸直腰的很规矩。以前苏甫跟玲玲荤的素的什么都敢招呼，今头却一反常态，装得很斯文，也可能是今天吃的都是素菜，嘴也素了。

玲玲坐在床的角上，身体前探，不错眼珠儿的盯着苏甫，仔细听他讲述这半年多的经历。

"那天我被接走，马不停蹄的往家赶，终于在后半夜到了一栋房子里，那里已经有医生等候，化验，输液，打针，吃药，病情得到了缓解。母亲为了让我安心养病，把手机收走了。身份证，护照办的都是加急的。到了国外，第二天就做了手术。手术完成后，就有人来教英文，学了三个月的英文，就开始上学，上了四个月的学，拿了文凭就回来了。"苏甫有气无力的说完，用手捋了几把脸。

玲玲关心的问："什么文凭啊，那么快就考下来了？"

苏甫挠着头皮想了会儿说："摸（m）什么？摸闭（b）什么，摸闭啊（a）职业的经理什么的记不清了，就是专门当经理用的证书。"

"哦，明白了，是个流氓组织。流氓经理证书。这年头，考什么的都有。学好的难，学坏容易。"玲玲说。

"咚，咚咚。"有人敲门。玲玲过去把门拉开，表姐走了进来。

"姐，你怎么来了？"玲玲惊讶的问。

见玲玲身上穿着睡衣，身上冒着一股浴液的香味儿，米娜顿时火冒三丈，走过去就扇了苏甫一大耳刮子。

"姐，你干嘛，干嘛打甫哥呀？"玲玲说着，拦挡住表姐。

米娜指着苏甫说道："苏甫，你带玲玲来酒店开房，你对得起琦琦吗你，吃着碗里还看着锅里，吃一看二眼观三呀你？你的心是肉长的吗？玲玲，给我回家去。"

"米娜，你又到生理期了吧？"苏甫站起来，走到门口，拉门出去了。

"姐，干嘛呀你？甫哥招你惹你了，你进来就打？"玲玲质问表姐。

米娜怒道："你以后离他远点儿，什么东西，把我妹妹当小姐啦？回去包你妈去。"

"姐，你误会甫哥了。不是你想的那样，甫哥并不知道我现在开出租，他去公司包车的时候我们正好碰上的。他请我吃饭，我喝了酒，他就给我开了一间房。我们一人一间，不是同居。"玲玲解释说。

米娜冷静下来后明白了，自觉理亏，抱着玲玲的肩说："玲玲，是姐太冲动了。也怪你，不把话说清楚了，你说你们开房，我可不是认为是同居吗？你也没说给你单独开一间。得，都是姐不对。他住哪儿？我去哄哄他。"

"你不用去了，等他消了气，我替你说几句好话就行了。"玲玲说。

"姐惹的事姐来平，他住哪儿？"米娜问

"隔壁。"玲玲用手一指说。

米娜出了屋，来到隔壁门前，轻转敲了几下门，没有反应。又敲几下并小声叫："苏甫，把门开开。"

屋里还没反应，米娜有些急，用力摇了一下门把手儿，门开了，原来门没挂锁。

房间里的床很大，是两个大单人床合在一起的。苏甫多半拉身子躺床上，小腿垂在床外，双手抱头眯缝着眼，一声不吭。

米娜跟苏甫不是外人，以前欺负苏甫是她最开心的事，今天做的有点儿过。反正现在两人独处一室，说些软话也没人听见。而且，米娜也很喜欢苏甫。她惹不起的是琦琦这个臭脚，跟苏甫调调情，蹭点油儿，也让琦琦当一回王八它祖宗，老龙婆。

米娜坐在苏甫床边叫："苏甫，小苏。哦，我都忘了，你是哥，我是妹，苏甫哥哥。"见苏甫没反应，米娜往下一躺，一只手托腮，头在苏甫的脸的上方，用嘴吹了一下他的眼睛又叫："甫哥，甫哥哥，别生气了，饶了我吧。要不然你也打我一下，抓也行，你随便摸行了吧。甫哥……"

她用手摸他的脸，眼眉，耳垂儿，还捏他鼻子。苏甫似乎没有感觉，依旧不做出反应。

苏甫是拿手出身，做拿手的有一门功课，就是心理学。而且他太了解米娜了。米娜岁数不大，却总是拿着大姐的劲。其原因之一是因为她是大师姑的养女，谁都让着或者说惯着她，称她是大姑姐。其二她是马哥的女人，苏甫自然只能是小弟，三是因为她是玲玲的表姐，苏甫跟着玲玲学的叫她大表姐。不过，说心里话，做为男人，他从心底里愿意和米娜互相打趣调情。米娜打了他一个耳光，他不但不生气，反而觉得挺美，她这是因爱生恨。苏甫回房间，特意不锁门，算着米娜铁定过来，果然她来了。

"你走吧，我不想见你。"苏甫说着，脑袋转向另一侧，这叫欲擒故纵。

"甫哥，我知错了，饶了我吧，要不然我给你当情人？"米娜哀求着去亲他的脸。

"滚，再纠缠我报警了。"苏甫真怒了。

"嘿，给脸不要脸。"米娜一翻身骑在苏甫身上，一只手掐着他的脖子说："你报啊，你不报都是孙子。我是不是打轻了你了？我今天不单打你，我还要玩儿你呢，我玩儿死你，"

苏甫心里乐了，这正是他想要的。他和她有过肌肤之亲，米娜极富情趣的挑逗功夫，每次想起来都很令他回味和充满期待。

在这方面，米娜的自信心是很强的。她心里清楚，苏甫在装，在拿劲儿，他想让她玩儿他他还装得满不情愿，今天就成全你吧，谁让我有错在先呢。

米娜解开他的衬衣扣，两只手抓住他的两个乳头掐揉，脸贴上去用嘴吸住他的嘴，吐出唾液，用舌尖往他嘴里送。此时的苏甫，做了几下躲避反抗的动作以后，两手无力的放在身体的两侧，脑袋也不晃了，不情愿的张开嘴，把她的唾沫和舌头吸进嘴里，然后叼住，再不想松开了。

米娜久未上阵，这样撅了一会儿后有些累了，心里骂道："这个浑蛋苏甫，也不知主动点儿，好歹你动一下，我也借机会躺下让你尽情的占便宜啊。你不知道吗，有便宜不占王八蛋。"

实在累了，米娜趴在他身上，脸贴脸的故意喘着粗气。"甫哥哥，舒服吗？"她问。

"凑合吧。"苏甫说

"还生气吗？"米娜又问

"还行。"苏甫回答的似是而非，依旧很简单。

米娜抬起头问："你走这么长时间，想我没？"

"不太想。"苏甫答。

"不太想，干嘛使劲嘬我舌头。我想你了。"米娜低声说。

苏甫不以为然的说："想我干嘛？"

　　米娜往旁边一躺，把苏甫的胳膊枕在头下说："我经常想有一天，我把甫哥哥捆住双手，蒙上眼睛，让他跪坐在我的身上，我无力反抗，我跟他说，亲爸爸，我受不了了……"

　　苏甫不在装了，他一翻身，紧紧的搂住米娜，一阵狂吻之后说："是我被你强……了，但我没敢报案。"

　　米娜搂着苏甫的脖子问："苏甫，让我做你的情人好吗？"

　　苏甫摇了下脑袋说："不好，我不能对不起琦琦，她为我牺牲的太多了。而且，你以后也要嫁人，你会有属于你的幸福的。"

　　米娜坐起来，整理了一下衣服说："好吧，祝你们幸福。不过，我这辈子就想一个人过了，你以后要是实在无聊的时候想起我来，就来找我。甫哥，再亲我一下吧……"

　　玲玲开车拉着苏甫找了五、六天了，东城和西城所有拆迁和有信儿拆迁的小区都转遍了，没有发现有吸毒人员聚集。除了加油以外，玲玲表示不要苏甫的车钱，当然饭还是要吃的。

　　找遍了东西城后，开始转向海淀朝阳，海淀朝阳两个区就大多了，施工工地也很多，但是立起塔吊的工地，基本上就可以排除了，没有塔吊的地方，你又不知道是否拆迁。这一转眼半个月过了，天气也进入初冬了，也没见到琦琦的影子。

　　整天这么转来转去，玲玲确实有点儿乏。但这是帮甫哥办事，尽心尽力是应该的，况且自己长这么大，还没交过男朋友，能跟甫哥这样的帅哥，自己以前亲过嘴儿的男生独处，也是很甜的活儿了，打着灯笼哪找去。

　　电话铃响了，玲玲靠边停车，拿起手机接电话，是表姐打来的。她告诉玲玲，刚才她文哥来电话告诉她说，昨天晚上溜弯的时候，在西站东里小区不远的一个公园门前的小树林里看见了几个粉儿姐，他们还聊了会儿天儿，文哥说有粉儿姐在，估计就有吸粉儿的。文哥现在在家里炒股，下午三点股市收市以后有功夫，可以带你们过去。

　　玲玲大喜，终于有了消息了，原来这半个月白忙活了，这些人就在屁股底下，这不是骑驴找驴吗。得，踏踏实实的吃顿午饭，在车里歇会儿，下午去找文叔儿。

玲玲确实太累了，幸亏汽车不是自己的。她和苏甫坐在后排座上，靠着苏甫的肩膀昏昏欲睡。"甫哥，我睡会儿，你可不许占我便宜啊。"玲玲睡着了。

苏甫轻轻的扶住玲玲，慢慢的让她躺在自己腿上。玲玲确实困了，很快进入了梦乡。

在异性朋友中，苏甫最喜欢的就是玲玲，她不但长得漂亮，身材也好。以前是长发飘飘，青春年少。现在头发剪短了，烫了菊顶，更显活泼干练微带成熟，她什么都敢说，又从不动心眼儿，跟大人说话总是有大是小的。就喜欢听她叫"甫哥，"听着特舒服而且有心动的感觉。

答应玲玲不占她便宜，但是为了让她躺着舒服，不往下滚，苏甫还是用一只手从下面托着她的头，另一只手从上面扶着她的肩，手部不得已贴在她的脸上。

看着她起伏的胸，苏甫的心已经开始乱了，他把嘴唇向她的嘴贴去，在似挨非挨的地方停住，可能没碰到，但是已感了温度和湿度，如果此时玲玲能打个喷涕，苏甫就会获得超能雄激素营养液。

在这半个月的接触中，玲玲有很多事让苏甫感动。除了第一天两人在酒店吃了一顿正餐以外，这以后一直在街头饭馆吃饭，而且从不铺张，都是一些快餐食品，诸如一碗面条，一盘炒饼之类。晚上一定要回去吃。苏甫买的水果饮料，一直放在车上，只有一盒北京糕点，是给姨父买的，她给拿回去了。

对于找寻琦琦，玲玲也很上心，她从不劝苏甫放弃，四九城儿这通跑，只有加油时让苏甫交油钱，其于一分钱都不要。她总说她和甫哥是闺蜜，闺蜜有事帮忙是应该的。

玲玲喜欢苏甫。她心里很清楚，琦琦姐估计很难找到了。不过，在甫哥没放弃前，她绝不会做第三只脚，与他保持距离的同时，还一心一意的帮着苏甫找琦琦。而且，苏甫几次想放弃，她都鼓励他继续找。玲玲认为，有缘没缘上天早就定好了，一切都顺其自然。既使苏甫找不到琦琦，彻底放弃了，也说不定他又会爱上谁呢？跟表姐也有可能。他跟表姐的关系也非同一般，那天表姐说甫哥吃一看二眼观三，也不见得是顺嘴说的，倘若苏甫心花，看二观三也是有可能的。

其实她就眯瞪了一会儿，只是觉得躺在甫哥腿上，让他搂着很舒服，虽说腿伸不直，那也很满足了。她此时不能醒，人醒梦醒，待遇就没了。不过，腿不舒服可以伸一伸，蹬一蹬，三下两下就蹿到了苏甫怀里，苏甫也很愿意顺势而为，美得不亦乐乎。他轻轻的拍着她，就象哄孩子睡觉，只是一寸一寸的变换拍打的部位，由肩往下至大臂，小臂，直至手部停下，由拍打改抚摸。她的手很白很嫩很滑，就象新出的笋芽。他小心翼翼的生怕她突然惊醒，虽然知道她在装睡。

抱美人儿的感觉真好，如果找到琦琦，一定抱着她回去，古人不是说，抱得美人归，乃人之大幸事吗。

三点了，该叫醒她了，但又不能惊着她。他把脸贴向她的脸，用舌头蹭了一下她的鼻尖儿，她没醒。又吻了她的睫毛，她依旧没醒。他只好去吻她的美唇。

她醒了，好象睡得很满足，睁开眼看了一眼苏甫问："你干嘛？"

苏甫笑着说："不干嘛，怕你睡过去，就永远醒不了了。三点了，该去接文哥了。"

玲玲做了个扩胸的动作。"但愿长睡不愿醒。只是让你占便宜了。唉，为谁辛苦为谁忙？为了情敌跑断肠。瞧我这命儿。"说完，用手拍了苏甫的脸，开门下车，绕到前面去了。

第一百七十一篇　苏甫找琦琦　粉姐暴粗口

玲玲在桥头停车，挂倒档，一把轮把车倒到河堤上。这是一个让她伤心的地方，就是这个位置，清楚的能看到河对面，马哥哥就是在她的腿框里往前一纵，就消失的无影无踪了。每次开车经过这里，她都会看一下这座桥，看一下马哥坐过的地方。她也会埋怨上帝，为什么不给马哥哥一个重新做人的机会？虽然上帝对她不薄。

"马哥就是从这儿走的？"苏甫伤心的问。

"嗯。"玲玲没张嘴，用鼻子发声并点头。

"马哥既然改掉了所有的坏毛病，选择了重新做人，为什么还要走这条路啊？上苍给了我们做人的权力，你为什么就这么草率的放弃了。"苏甫含着泪说。

文哥从过街天桥上过来，正在往下走。玲玲打着火，把车开了过去。

苏甫下车，主动过去和文哥握手打招呼，文哥盯了一天沪深股市的大盘有些乏，本来应该躺会儿，又是走着过来的，所以话不多，只是拍了拍苏甫的肩，坐进了副驾驶。苏甫赶忙坐到了后排坐位上。

汽车过了红绿灯，往前开了没多远，文哥示意玲玲把车开到辅路，拐弯停车。

果然是一片树林。这个树林有些个别，从外面看更象个苗圃，种的都是不很粗但很高的树苗，树苗形成了屏障，不仔细看，不会发现树墙里面还真是别有洞天。

玲玲和苏甫都戴上了墨镜，为的是不让熟人认出来，毕竟以前的经历也不光彩，若不是为了琦琦，打死也不会这里来的。

"文哥怎么到这来了，找美女来啦？"一个粉儿姐认识文哥，主动打招呼。

文哥知道跟这些人说话不能太正经，就说："找你来了，你是按点儿呀，还是按天儿呀？"

　　粉儿姐也笑着说："得了吧，我这老模咔嚓儿眼的，那会儿天天在您家门口呆着，您连瞟都不瞟一眼。文哥爱美女可是人尽皆知呀。"

　　"净说废话，不看你怎么认识你？我那是怜香惜玉，怕你出事，所以老看四周围的人，你不谢我就算了，还说什么风凉话。"文哥的话让粉儿姐受宠若惊，乐得差点挤出尿儿来。

　　做白面儿的警惕性都很高，见了生人和熟人都会躲，很少与人聊天儿。不给她几句好话，恐怕她早就溜了。

　　"文哥怎不早说呀，也怪我笨，要不绝不让你闲着呀。哟，您还带了帅哥儿美女呀？瞧瞧，文哥的排场越来越大了。"粉儿姐假着疯魔的说。

　　"是我儿子和儿媳妇，刚从国外回来，长这么大没见过抽粉的什么样，今天带他们出来见见世面。"文哥说。

　　粉姐兴奋的说："哦，明白，不过文哥，在这里进货要长眼，别图便宜，净是搀淀粉的，有需要可以找我，保证一手，绝不搀假卖假，缺德的事咱不干。"

　　文哥点头说："行，今天先过来看看。哎妹妹，跟你打听个事，有个叫琦琦的女孩你见过没有，她最近一直没回家，我跟她爸爸是朋友，让帮着打听一下。"

　　"琦琦，女孩儿？没听过这个人呀。粉儿姐摇头说。"

　　文哥一拍脑袋说："哦，外号人称摩托大王，女摩头。"

　　"你这么说我就认识了。北京人，自行车运动员，玩自行车摩托车的，听说还是世界冠军呢。这个女魔王吧，好象有两个多月没见到她了。有人说她得精神病，疯了。还有人说她得艾滋病了，死了，还有人说她犯烟瘾又没钱买，发大水那天跳河了。说什么的都有，没个准儿。反正在我们这个圈里，死了活了被抓了都很正常。不过，文哥的事就是我的事，我替您瞅着点儿。"粉儿姐口若悬河的说。

　　文哥扭头对玲玲说："你们去外面等着，我一会儿就出来。"

玲玲和苏甫回到汽车里。

见玲玲她们出去了，文哥扭头过头来问："还有个事，你最近见没见到一个蛋他妈？"

粉儿姐眼皮翻了一下说："哦，我说呢，原来文哥真正惦记的是她呀？一个蛋她妈，亏你叫得出口，肯定不是一般关系。文哥，口儿够重啊？她都生五个孩子了，有四个女儿，你家缺丫头？早说啊，我给你生，我现在单着呢，怎么着，哪天约一炮？"

文哥指着她说："以前我觉着你挺文静的，暗恋了你好多回，原来你这么骚，真想不到。那个我过去转转，你先忙着，有时间约。"

粉儿姐聊天都是信口开河，荤的素的都能着活。在她们的日常生活中，基本上都是独居，接触的男人都是吸粉儿的，跟本不可能行男女之事。而对于圈外之人，更是小心设防，溜溜嘴，痛快痛快舌头也就是了。以前在文哥家门口做生意，自然仰仗着文哥，现在根本用不着文哥了，他今天若不来看货的，谁说那么多废话。

文哥心里也清楚，她一开始说荤的，实际就是送客了。

树林里种的好象都是果树，每棵树下都有树坑，有的树坑里放着铺盖卷，估计都是那些吸粉的人占的地盘，外人看着一定以为是来京务工的民工，刚下火车还没找到住处。有的铺盖卷上坐着人，还真有认识文哥的跟文哥打招呼，文哥与其聊了几句继续寻摸四处看，没看到一蛋妈一家人在里面，就从另一个豁口出来，绕到玲玲的汽车前。开门坐在副驾驶上。

"刚才转了一圈，确实没看到琦琦和一蛋妈一家。听一个吸粉的说，好象还有一拨人去房山了，因为这个地方自打他们来了以后，经常有绿化的过来往树上喷水，喷了水以后的地能湿半宿，所以有些人就转移了。"文哥说。

希望又破灭了，苏甫用手指掐着两眼中间，垂头丧气的说："玲玲，回吧，今天请文哥喝酒。"

"小苏，不要太着急。酒我就不喝了。这些日子开始做股票了，酒就喝的少了。改天，哪天有时间吧。玲玲，你们走吧，我溜达着回去。"文哥说完，开门下车走了。

玲玲回过头来问："甫哥，我们怎么办，去房山？"

"回去吧。"苏甫说。

今天准备拉着甫哥去房山，虽然道不太远，可是没目标啊，你怎么知道哪里拆迁啊？

玲玲吃完早点出来，到了饭店停车场，拨通苏甫电话。"甫哥，我到了，你下来吧。"

电话里传来苏甫的声音："玲玲，你先上来，公司董事会今天上午开会，就在饭店里，我妈昨天晚上过来了，说让我列席会议。估计时间不长，开完会我们再走。"

玲玲锁车，进饭店乘电梯上楼，苏甫正在房间门前候着，拉开门把玲玲让进屋。"公司订了早点，我们一起去吃吧？"苏甫说。

玲玲坐在沙发上说："我吃完了，你自己去吃吧。"

苏甫坐在床边说："你不饿我也不吃了，两顿凑一顿，中午在外面吃吧。这个饭店里的饭也没个滋味儿，咸不咸，淡不淡的，没个吃头。玲玲，你英语好，你看看这两份材料。这两份材料内容一样，一个英文版的是正版，中文的是翻译过来的，产品据说是世界领先的导航仪，公司准备引进生产线，只是对于产品采用一号芯片还是二号芯片的问题，董事会里有分岐。"

玲玲接过文件说："我看它干嘛，再说这是公司机密文件，不能让外人看的。"

"这个项目时间挺长的了，董事会净瞎扯皮。什么一号二号，功能要是都一样，当然要便宜的了。那什么，你在这呆着，躺着也行，我去开会了。"苏甫说完出去了。

玲玲觉得很无聊，走到阳台，推开窗往远处看，文叔儿家房子的位置开始创槽了，几台挖掘机同时工作，拉渣土的大卡车排着队等着装土。工地声音很大，关上窗户就安静多了。

　　玲玲躺在沙发上，顺手拿起苏甫给她的文件，对比一下后，把中文版的压身下，拿着英文版的看着玩儿。哦，明白了，苏甫说的项目是导航仪，什么一号二号，原来是一代二代或一型二型。一型是初级版，二型是升级板，差着代呢，性能也不可能一样。不过，看导航仪的图片，觉得眼熟，好象在哪见过。

　　小时候的理想是当翻译，因为当翻译的一定穿得好，吃得好，有车坐，还能出国。她高中毕业两年了，来到北京，开始做拿手，虽说不光彩，但是也增加了与外国人交流的机会，尤其是考过两次出租司机，都有英语考试，所以就没荒废。做了司机以后她专趴饭店，每天都可以用英文和外宾交流，毫无障碍，她自己评价自己的英语水平时，说是实战派。不过，英语对她来说已经不具挑战性了，所以开始学日文了。

　　凭她的英文水平，看这个产品详情介绍那是手拿把攥，何况这又是汽车用品。对了，想起来了，汽车里有一张广告，是那天路过配件城时发广告的塞进来的，好象也是导航仪，而且跟这张图上的照片很象，也是二型儿什么的。

　　玲玲起身，拿着门卡出门，下楼到停车场，在汽车里找出了一摞纸，翻出了那张导航仪的的广告，坐在车里仔细看后，认准就是苏甫妈妈公司要引进的那个项目的产品，她觉得挺可笑，人家的货都发广告上市了，苏甫还说是最新产品，什么董事还开会讨论，论证了快半年，等你论证玩了，生产线引进了，还没出产品，产品就臭了街。

　　玲玲回到房间，依旧躺在沙发上，伸出身下的中文文件看着玩儿。让她觉得更逗的是，这个翻译成中文的文件，跟原版英文文件比较，还有几处明显的翻译错误，比如果说，原文说的是一型二型，中文版说的是一号二号，原文版说的是一型二型功能一样，但二型可以对软件进行升级，而中文版却说一号二号功能一样，只是软件不一样。乖乖，两个版本两个说法，争论了几个月，连产品的性能，型号，和级别都没分清呢。

玲玲把文件和广告往地下一扔，翻身朝里，打算睡一会。这时，门外有人敲门，是苏甫，他没带门卡。玲玲起身开了门，又回躺到沙发上。

"玲玲，要躺躺床上去。这个会一时半会儿的开不完，净瞎扯皮。哎，你怎么把文件给扔地下了？看完了，还是看不懂？"苏甫说着，蹲下捡文件。

玲玲转过身来说："什么保密文件，你们这个项目的产品市面上都有卖的了，等你们商量完了，引进生产线出产品的时候，导航仪早就臭了街了，你们不赔死才怪呢。"

"不可能，我听董秘说，外商承诺过，我们这个项目是独家引进，中国唯一啊。"苏甫不信。

玲玲用手指地说："看看地上那张广告，那上面的导航仪，是不是跟你们项目里的那款产品一模一样？"

苏甫拿着文件和广告，把两张照片一比较，果然是一种产品。"这怎么可能啊，这么快就出产品啦？"苏甫疑惑的说。

玲玲坐起来说："怎么不可能，说不定是哪个煤老板，看到你们这个文件，给外商打个电话一谈就妥了。今天谈，明天一过钱，十天八天的到货，再用十天半个月的安装调试，一两个月就出成品了。煤老板可能对电子产品是外行，可是他有钱，有感觉，敢下手，正是无知者无畏。一旦他的产品率先进入各大配件城，别的产品再好也卖不上价儿去了。"

"你说得有道理，我得跟咱妈说说。哎呦，我真应该谢谢你呀，，你这是挽救了公司呀，怎么谢呢，要不亲一下？"苏甫煞有介事的说。

玲玲复朝里躺在沙发上说："一边去，老想占我便宜。"

苏甫悄悄的蹲下，在她脸上吻了一下。

"找抽呢？"玲玲说完，偷偷的乐了。

苏甫拉门出去了。玲玲一人儿在屋里觉得没意思，而且又是在男人的房间里。今天开董事会，一定会有他的同事住在这栋楼里，如果让人误会了，他们会把自己当成苏甫的小蜜，好说不好听，还是躲开这个事非之地吧。

　　玲玲拿着房卡走出房间，来到服务台，把房卡交给管理员后下楼，来到停车场，坐进汽车里。现在已经入冬了，车里不暖和，玲玲把汽车打着火，热车以后打开空调，靠在坐椅上，不一会就眯眯瞪瞪了。

　　人有时候就这么怪，宾馆的房间很舒服，但你不见得睡的踏实。司机的座椅并不适合休息，玲玲却能睁眼干活，撒把就睡，可能是习惯了，在自己熟悉的环境里，一点儿没有陌生感。

　　一个门卫隔着车门把玲玲叫醒，问她是否出车，有外宾用车。玲玲摇头表示否，接着又睡了。

第一百七十二篇 一转二十天 玲玲心里烦

苏甫来电话，问玲玲在哪，说母亲想见她。玲玲表示现在感觉到很困，正在车里睡觉。玲玲岁数不大，自尊心却很强，苏甫妈妈是有身份的董事长，而自己只是个出租车司机，一个在天上，一个在地下，不属于同一个阶层。见了面恐怕说什么都不知道。索性别见。

玲玲喜欢苏甫，但她很清楚，在苏甫心里，琦琦是排第一位的。跟琦琦比，琦琦就好比是一只大芦花鸡，而自己只是一只小柴鸡儿。苏甫现在是来找琦琦的，在找到琦琦之前，什么都是闹着玩。而且，现在若是找到琦琦，也正是考验苏甫是否真爱琦琦的一个机会，玲玲很清楚，琦琦已经不是以前的琦琦了，她的脸基本上可以认定是毁了容了。如果苏甫不嫌弃，那他就算是个有情有义的君子，否则就是忘恩负义的小人。这种人，你家再有钱，也得躲你远远儿的。

苏甫从楼里出来，坐进车里，向玲玲介绍了会议的情况。

根据玲玲提供的信息，董事会取消此次项目的投资。董事会查明，是负责此项目的董秘陈秘书在翻译资料时出现错误，而且这份材料还不是她一个人翻译的，是她请了一个专业的英语讲师帮助译的，做为有英文硕士学位的陈秘书来说，实属名不符实。而且存在泄露机密的可能，所以公司已决定将陈秘书辞退，人事部主管也因招工考核不严受到了处分。

"这年头儿，拿着厨师证不会炒菜的有的是。司机也一样，有驾照也不一定会开车。不过你倒是实至名归。"玲玲说。

苏甫纳闷的问："我，怎么实至名归了？"

"你会拍女人，又考了一个摸女人的本，叫摸什么来着？这不是实至名归吗？"玲玲笑着说。

苏甫指着玲玲说："你个小屁孩，一点儿好都不学。你会不认识那几个英文字姆？拿英文当汉语拼音念，还摸波啊，那叫挨摸屁唉。你们女人啊，有的比男人坏。"

"按英文念也好不到哪儿去，摸屁挨也够黄的。要不说那个本那么好考。象你这样的人有了这种本是不是就可以摸好多女人了？"玲玲打趣说。

"好考？没个几十万块钱顶着，人家这么快就给你本？开车，去房山。"苏甫往后一靠，皱了皱眉头。

到了房山，已经中午了，简单的吃了点儿东西填补填补肚子，又继续转。房山是一个正在开发的处女地，到处都是工地，但是真正属于危改拆迁的那种小区并不多，因此也没有适合那些吸粉儿人员聚集的环境和条件。而且郊区的平房居民大多都是以村为单位的农户，很少有会把房子租给陌生人，且多数人胆小怕事，见生人肯定会往外轰。既使有人在拆迁范围内出租房子，让村委会知道了，村长会用村里的广播喇叭点你的名，这种办法挺管用，所以无论哪个村搞拆迁上楼，第一件事就是先清走外地租房的人。

这一天又没戏了。苏甫的耐心已经到了极点，精神已近崩溃。而且，有一件事让他开始后悔了，就是用玲玲的车拉着他转了二十天。玲玲都说过了是找情敌，证明她是有想法的，让一个女孩儿开车拉着他去找另一个女人，然后你还说你喜欢她，她的心里一定会承受很多的不愉快，虽然玲玲脸上没有表现出来，可是从今天上午她到汽车里坐着，就很能说明问题了。

玲玲也不是两年前那个幼稚懵逼的女孩儿了，那会儿苏甫是她的甫哥，是她唯一的异姓朋友，而且她对男性的一切完全处于未知的阶段，主动的去亲过他，也是为了找个乐，让自己在这个未知的城市多个朋友。

现在的玲玲已经是个大女孩儿了，而苏甫也由一个混混儿转身变成了富家公子，喜欢吗，喜欢，为什么不呢？追吗？不，因为他有意中人了。虽说每天拉着他去帮助找他的心上人，玲玲脸上没表现出什么不高兴，但心里面的不愉快还是要使劲往下压的。

回到酒店门前时天已黑了。苏甫的情绪也低落到了冰点，手指把脑门掐出血痕，心里伤心又不能当着玲玲的面儿表露出来。

"玲玲，甫哥求你个事？" 苏甫无力的说。

"有屁放，甭说求。" 玲玲很直也略带烦的说。

"甫哥脑袋快炸了，你今天能住在酒店吗，陪我聊聊天儿。" 苏甫用求的口气说。

玲玲用手背贴了一下他的脸说："不行。甫哥，我知道你想要什么。我跟琦琦姐是姐们儿，在不知道她的下落之前，我不能跟你过多接触，那样做太不仗义。我不能做对不起琦琦姐的事。甫哥，再坚持下，说不定明天就会有惊喜。"

苏甫叹口气，刚要下车，电话玲响了。是刘秘书打来的。刘秘书是苏甫母亲的外甥女，和苏甫是姨表亲，比苏甫大两岁。

"哎，二表姐。啊，开完会就出去了，现在刚回酒店，还没下车呢。是，肯定烦。哦，你派人考查过琦琦？他见到琦琦了吗？哦，睡公园，睡马路，还睡桥洞？哪个桥洞？附近的。行，我打听打听吧。给姐夫带个好儿，是表姐。" 苏甫挂上电话，

"琦琦姐也够惨的，睡公园，睡马路，她可是北京大妞啊！我明白了，她一定以为你哪天突然回来，好能第一时间看见你。真痴情啊，有家都不回。以后我要遇见我喜欢的男人，可能我也会这样做。" 玲玲叹道。

苏甫抓着头发说："早回来两月就好了，让她受这么多苦。"

"哎甫哥，睡桥洞，琦琦姐还睡过桥洞，哪个桥洞儿？" 玲玲突然问。

"表姐说是小区附近有个桥洞。对，桥洞。玲玲，你提醒我了，我以前流浪的时候睡过草垛，睡过水泥管子，我把那里当家，白天存放行李，晚上睡觉。琦琦既然睡过桥洞，桥洞里就应该有行李和换洗衣服，最起码的妇女卫生用品也是应该有的吧？" 苏甫拍着脑袋说。

"哼，你懂得还真多，跟了琦琦姐以后女人这点事你都知道了。哎，你家琦琦用不用洗屁股盆儿呀？你没给买一个呀？" 玲玲笑着嘲笑苏甫。

"玲玲,本来我想今天再没戏,明天就不找了。你也确实够辛苦的了。不过呢,既然还有桥洞这茬,那你明天再辛苦一天,咱们沿着河沿儿走走,

看看有没有可以藏人的桥洞。"苏甫用商量的口气说。

"行吧，反正我也是两肋插刀了，我说过，车是免费包给你的，反正你是不使白不使。而且还不到一个月呢。"玲玲说得有些勉强。

苏甫推开车门说："那我先上去了？"

"拜拜。"玲玲说完即打着火，踩了一下油门，发动机吼了一下。苏甫赶忙下车关门，躲在一旁，看着玲玲的车开走了。

玲玲今天有点儿反常，精神略显疲态，少了跟苏甫的调侃和手部的小动作，话也不多了。这二十天来，每次分手时，玲玲都会摸一下苏甫的脸或挠一下他的脖子再着车，今天这是怎么了？

若搁一年前的话，有这样和苏甫单独相处的机会，那她绝对不会放过他，缠也得给他缠烦了，钻被窝都是有可能的。现在机会来了，她反而失去了勇气。这么卖力气的帮着苏甫找琦琦，找情敌，是心甘情愿的吗？是肯定是，因为她喜欢他，愿意为他做一切事，但是现在他的身份变了，可能还变得高不可攀，再想伸手揪拧抓挠之前，已经多了一分顾虑。说话也是一样，以前张嘴就来的话，现在却经常欲言又止。想不明白这是为什么。

是的，玲玲肯定想不明白，以前她是做为小妹妹在和大哥哥做游戏。而现在，她已经是一个大姑娘了，游戏也升级到恋爱层面，少了天真无邪，多了的是柔情春水，小妹妹变成了女人，大哥哥变成了男性，身上的味儿都变了。可是，无论怎么变，她有一点却没变，她还是一如既往的希望他主动的搂她，亲她……

经过昨晚的自省，玲玲心情好了许多，可能是各种因素赶一块儿了。一般而言，女人在生理期临近时，心情容易烦燥，火气上升，腰肾压力增大，脾气随之而大，加上这二十多天拉着苏甫到处转，若不是喜欢苏甫，谁愿意找这刺激。而且这件事还得两说着，找不着吧，多事的人会说你根本就不想让他找到，所以不往有人的地儿去找。若找着了，那就等于自己是大公无私，替琦琦做嫁衣了。

本来昨天从房山回来，就是最后一天了，苏甫求玲玲住酒店，陪他聊聊天儿。玲玲也是装矜持，所以拒绝了。而他二表姐刘秘书传来琦琦住桥洞的信息，又让苏甫感觉到峰回路转，玲玲却犯嘀咕了。

不过，一切自有天定，好人做到底吧。

想开了就踏实了，心里也释然了。她今天出来的很早，早上车少，很快就来到饭店门口。她拨通了苏甫的手机，响了两声后挂断，苏甫知道她到了，就会很快下来。

"今天起这么早？又不跑长途。"苏甫问。

"为了找到你的正牌大夫人，小女子辛苦点儿是应该的。你想啊，大夫人住在洞府里，每天可能老早就出门，咱们去早点儿，好去堵她的洞口，去晚了说不定她又跑哪去了。"

汽车顺向往前开，没多远就到了河边，在第一座桥头停下，两个人下车仔细看。这是一座木头桥，木头上刷了白漆，本地居民管这座桥叫白桥，桥面有一米多宽，看着并不大，建了有四十多年了。桥的整体是用木头支撑，七叉八道的没有洞，南北通透，一览无余，第一座桥可以排除了。

绕河前行，在白桥南几百米处，就是第二座桥，这座桥就更熟悉了，以前在此地做生意时，几乎天天路过，是跨度较大，桥面很宽的公路桥，马哥就是在此桥下选择轻生的。桥下支撑桥面的是两排很粗的水泥立柱，不是墩子或墙，所以也形不成桥洞，而且桥下两侧的坡面很斜很陡，根本站不住人。第二座桥排除了。

由于是公路桥，路中间有隔离栏，继续往前走就只能绕红绿灯在路口调头，行人需走过街天桥。有段时间路中央隔离栏被人拆了几片，汽车，行人都可以直接过，这几天又给堵上了。

玲玲对这一带道路很熟。路口调头需先出主路，在辅路等红灯。绿灯一亮，一脚油一把轮就过去了。上了主路向东，在河的北侧走了约八百米，又见一座桥。这是一座水泥桥，但当人叫石桥，因为以前是石桥，后重建改成水泥了，但名字没改。

汽车过桥后停下，苏甫下车，趴桥上往下看，根本看不到桥底，若想看清桥底情况，需从两侧下到坡下，但两侧很陡，岸上还有一人多高的护栏，翻跃过去绝对是不可能的。

玲玲已经不再下车跟他去看桥了，因为这座桥已经不是刘秘书说的在小区附近的那座桥了。而且，坐在车里往前看，约八百米处还有一座桥，肯定还是木质结构的白桥，和刚才看的第一座桥是一个图纸，无需再做无用功了。

不过，当事者迷，苏甫看的是桥，他要把所有的桥都看到，有没有的单说，万一要有呢。而玲玲也懒的提醒他，反正你上车我就往前开，据说这条河的水是通天津入海的，难不成你能找到天津去。

中午了，顺河走了有五公里，看了七八座桥了。玲玲已经不想往前开了，都出南三环了。苏甫回到车上，两眼注视着前方，见玲玲没有动作，就看了她一眼。

"我不想再开了，烦了。"玲玲说。

谁不烦呢？苏甫也早就烦了。自己心尽到了，却让玲玲不高兴了。他没说话，只是用手往后摆了摆。

玲玲左打轮过桥，再左转顺河沿的右侧往回走，此时的她，情绪波动很大，已经没有了早上来的时候那种心气儿了。虽然泪水没掉下来，看前方的景物时眼睛却很模糊了。

"算了，最后一天吧，咱朋友一场，今天就算个了结吧。"玲玲自己跟自己说。

本来觉得很容易的事，没想到转了半天儿，也没找到那个桥洞，苏甫彻底死心了，关键是玲玲不高兴了，一时半会的又想不出来用什么词儿安慰她好。可不是，伤了她的自尊了。

汽车停在饭店门外，没往里开。玲玲下车，绕到副驾驶一侧，拉开车门，示意苏甫下车。苏甫下车后，玲玲把车门撞上，回到自己位置，一脚油儿车就蹿了出去。

苏甫确实木了，车都走远了，也没省过梦儿来。

　　上了高速，玲玲终于忍不住了，幸好前方有紧急停车带。她可以放声大哭了，这里不会有人看见。玲玲是很要面子的人，此时只有泪水才能洗涮耻辱。为了一个吸粉儿的琦琦，跟着苏甫跑了半个多月，真他那个不值。

第一百七十三篇 苏甫探桥洞 遗物摆眼前

玲玲回来的很突然，米娜没做着她的饭。老爸在洗车房上班管饭，中午就她和儿子两个人。儿子吃儿童餐，吃的少。米娜中午一个人吃饭只是凑合，吃完了还要去看花店。不过，玲玲不想吃饭，回来就趴在床上。

米娜见玲玲回来就进卧室不出来了，估计她又不高兴了。本来吗，让她拉着她喜欢的男人去找她的前女友，她怎么受得了。今天早上走的早，中午就回来了，估计连午饭都没吃，准是发脾气了。

"玲玲，怎么这么早就回来了，找到琦琦啦？"米娜拍着玲玲屁股问。

"没有，连她住那个狗洞都没找着。这傻逼，都出南三环了，还要往前走，想媳妇想疯了。"玲玲生气的说。

"你回来了，苏甫呢？"米娜问。

玲玲翻过身来说："她是死是活跟我有一毛钱关系吗？"

"你还没吃饭吧？你想吃什么，姐给你做。"米娜问。

"不吃了，我一会儿拉活儿去，饿了就在外面摊上吃点儿。"玲玲真生气了。

儿子小根儿小跑着进来，爬到床上说："我跟二爸睡。"

玲玲搂住小根儿说："来儿子，上里边去，跟二爸睡不许闹啊。"

米娜知道，玲玲就这样，越劝越来劲。不答理她，一会儿就过去了。这苏甫也是，出趟国回来变傻了，你也不想想，就算南三环外边有桥洞，琦琦能跑那儿住去吗？得，还是老娘出马吧。米娜拨通了文哥的电话。

"文哥哥，我是娜娜。怎么了？就这样，别人想听这口儿还听不着呢。文哥，说正经的，又赚钱了吧？赶明儿也带我炒股吧？老说不行，赔就赔了，有赚就有赔。哎文哥，问个事，咱家附近有能住人的桥洞吗？不是我住，我没地儿住就住您家去。我就赖。就跟那睡水泥管子似的，在里面避避风，躲躲雨，坐会儿躺会儿，至少能存放个行李什么的。苏甫他老家有个表姐，派人来考察过琦琦，说她住过桥洞，就在咱家附近。上午玲玲和苏甫沿着河找了七八座桥，都出南三环了，也没看见有桥洞。真有啊？太好了。可不是，二十多天了，都烦了。您能过来一下吗？三点以后？在哪儿？在桥头？好好，您真是我的亲哥哥。我请您喝酒。呆会儿见，谢谢文哥。"

米娜来到玲玲的房间说："玲玲，起来坐会，我给你热袋牛奶放俩鸡蛋，把肚子应酬完了拉姐出去一趟。"

"嘛去呀？花店不开啦？" 玲玲问。

"替你办事，你就别问了，到那就知道了。"米娜给玲玲热牛奶去了。

下午三点整，沪深股市收市了。文哥做完存盘后关上电脑，用湿毛巾擦了下脸，穿衣服下楼，往老家这头儿走来。

在电脑桌前坐七八个小时，也确实很辛苦。等于是早晨一睁眼就是看数据，看资料，看沪深大盘和股票，若不是米娜的电话，文哥会一直看到晚饭前。太投入了。

一公里多的路，走一会儿就到，不用开摩托车了。因为满脑子都是红红绿绿的 K 线图，所以文哥走路时一直是贴边儿的。不过，今天出门没看黄历，贴边儿走还是被人撞了一膀子。

撞文哥的是个精神病人，看不出是男是女，头发挺长，象沾了面糊，成条成绺，有立着的，也有趴着的。雍肿的脸上，眼晴眯成缝，外穿一件军大衣，还扎了一根束腰绳。

"撞我干嘛？给根儿烟抽。" 精神病人伸出手要东西。

"我不抽烟，哪给你找烟去。" 文哥说。

"操，不抽烟不早说。" 撞人的人说完走了。

文哥无奈的晃晃脑袋。

玲玲的车驶过公路桥，到前面立交桥掉头回转，来到她熟悉的河沿。车刚停好，苏甫已经跑到车前，拉开副驾驶的门。

米娜侧身，把儿子放在坐位上后下了车，看了一眼苏甫。"瞧你这份德性，装得跟孙子似的。怎么把我妹得罪了？"米娜骂道。

"瞧你说的，我和玲玲谁跟谁呀？铁瓷。"苏甫说完，又跑到正驾驶门前拉门。"玲玲……"他叫了一声。

玲玲坐着没动，两眼发呆盯着前方。

"玲玲，都是甫哥不好，甫哥伺候你下车。"苏甫显得很殷勤。

玲玲不耐烦的说："离我远点儿，去滚一边去。"

米娜靠着桥栏站着，脸朝过街天桥方向，见文哥从桥上下来，就喊了一嗓子："苏甫，我文哥来了。过去扶着点儿。"

苏甫跑过去搀扶文哥下桥。文哥甩了一下手，下了过街天桥，来到河边。

苏甫向文哥讲了今天上午找桥洞的过程，又说对不起玲玲。让米娜帮助说几句好话。

两个月以前，在这里祭奠了小马，今天又来到这里里，文哥很是感慨，不出意外，这桥底下就是琦琦的洞府了，而且基本上可以确定，琦琦是凶多吉少了。文哥对这里太熟悉了。

小时候放学回家，天气热的时候，文哥就会和小伙伴们坐在桥下的平台上歇会儿，凉快凉快再回家。那时候的河水是清的，水里还有鱼，但是大家只是看着玩儿，没有人下河摸鱼。后来平台的两端砌了墙，河水也变臭了，关键是人也长大了，就再也没到这里来过。三十年了，这里早已物是人非，没人知道桥下还有这么一个去处。联想到米娜说头七给小马烧纸时遇到的鬼，八成儿就是琦琦。雨季时河底下都是淤泥，淤泥有嘬劲，所以说她是凶多吉少了。而且那天夜里下了一场大暴雨，河水上涨把人冲走了也有可能，如果没人发现，几个小时后就到天津入海了。

文哥下到河底二层台儿上，用强光手电给苏甫照亮儿，苏甫扒着墙跃到台儿上。在这里，他看到了两样东西，一个旧提包和一个旅行包。他把提包和旅行包扔到外面平台上后，哈着腰左右又看了一遍，还有一顶一边断了绳儿的破帐蓬在随风摇曳。他爬过去，把帐蓬拽下来团巴团吧抓在手里，往回蹭了几步，双手抱住墙垛子，挪步窜了出来。

玲玲始终没下车，米娜劝说也没用。米娜在这里祭过马哥，而且遇到了鬼，她现在已经知道了，那个鬼就是琦琦。虽然她很自责，当时没有查觉那个鬼就是琦琦，否则是可以施救的，但她对这个地方还是充满了恐惧。所以她始终手握着车门把手，随时准备跑。文哥和苏甫已经到了岸上。米娜不敢靠前儿，但并不是无动于衷。

见物如见人，包里的物品是琦琦的，有的内衣内裤明显是穿脏了还没洗，球衣球袜代表主人的身份。让苏甫哭出声儿来的是那个铺盖卷，打开就认识，这是他和琦琦曾经共同盖过的被子。在这个被子里，他们摸爬滚打，云雨交融，是它见证了许多柔情，包裹过他们的玉体，这个被子尺码很大，显然不适宜携带宿营，琦琦把它带在身边，一定是盼着苏甫早日归来，重温旧梦。可叹的是，时光难回转，梦和被子还在，人没了。琦琦，你在哪儿……

人非草木，坐在驾驶室的玲玲的心也不是铁打的，见苏甫像小孩子那样悲伤时不加掩饰的痛哭流涕，她的眼泪也情不自尽的跟着流淌。她不知道为什么刚才还在生他的气，现在却又为他流泪。而见到他悲痛欲绝的样子，自己又不过去相劝。知道自己应过去拉一把而手又伸不出来？但是心里总是咯噔咯噔的，

其实，玲玲自己并不知道，从这一刻开始，在她的身体里，意识里，眼神里，神经系统里，已经发生了微渺的变化，她的每一根经络都与苏甫产生了共震。这时的她，已经开始进入相恋的程序了。

"苏甫，不是你的错，你已经尽力了。" 文哥拍了一下蹲在地上的苏甫后，转身向过街天桥走去。

米娜不知哪儿来的勇气，她走过去，也不管苏甫愿不愿意，把地上的衣物塞进提包里，拉上拉锁，手提着提包和旅行包来到桥上，用力扔了下去。

"回家。" 米娜说完上车，抱起孩子坐在副驾驶座位上。

玲玲很不舍，就这么甩下苏甫一走了之，无论如何都说不过去，平时甫哥甫哥的叫得多亲啊，需要安慰的时候找不到人了？想着苏甫那绝望的表情，心脏好象被人用手揪了似的。玲玲想调头回去，把车开上辅路停下了。

"玲玲，不能回去。听姐的，回家。"米娜坚定的说。

"姐，苏甫太可怜了，咱们是好哥们，不能丢下他不管呀？"玲玲心疼的说。

米娜把孩子放在两腿中间说："玲玲，你现在不能去找苏甫，你去了会自掉身价儿的，人家会认为你是乘人之危，心有所图。苏甫现在缺的不是女人，而是时间，等他的心情慢慢的平复了以后，他心里若是有你，他会来找你的。你想啊，他找琦琦找了二十多天，今天刚有下落，就马上跟你好上了，那他还不让唾沫淹死？而且不管他心里有你没你，他都要来找你，你拉了他二十多天，不是没收他车钱吗？他只要不让人来付车钱，你就踏踏实的稳坐钓鱼台。如果他来还车钱，那就证明他心里没你了。记住了，给都不要，就抻着他。听姐的，咱回家。"

表姐说的轻松，玲玲心里可不踏实，躺在床上瞎琢磨，心里开始打鼓。从离开河边开始，一步一步的为苏甫推演，一分钟一分钟的在脑海里放着慢动作。

苏甫一定是坐在河堤上，两手捶地大哭，哭累了躺在路中央睡着，被行人叫醒以后回酒店，从桥头到酒店应该走一千二百步，他左摇右晃，很是痛苦，这段路竟然走了半个多小时。回到酒店，他不吃不喝，不洗不漱，不上床，不盖被，沙发上躺不着，地上睡着累，这时才想起他的玲玲妹，又开始大哭，哎呦喂……

想这些干嘛，你都跟他掰了。他爱睡得着睡不着，有你关系吗？唉，怎么净想这个？

不过，苏甫还是很爷们的，为了寻找前女友，东奔西跑二十多天，这些玲玲是看在眼里的，虽然刚开始找的时候，玲玲很不屑，但现在想想，苏甫所做的事情对于一个女人来说，绝对是高大上了。他抱着琦琦的遗物放声大哭，完全不顾及旁人的感受，这才是真真的感情流露，玲玲应该和他抱头痛哭才是。甫哥哥，你好可爱啊！

不对呀，刚才还咬牙切齿的骂他是孙子，现在怎么觉得他放屁都是香的了？女人呀……

十天了，一点儿苏甫的消息也没有，玲玲开始坐立不安了。她很后悔和自责，在苏甫最难过，最悲伤的那一刻，她应该留在他身边，去体贴他，关心他，甚至献出身体去抚慰他，帮助他度过他生命中最灰暗的一天。

甫哥哥，我不应该那样对你发脾气，既使是装的也不应该。我真的是装的，难道你没看出来，甫哥哥，我想你了。

　一对男女，由男孩儿女孩儿到男人女人，由玩耍嬉戏到相思相恋，这个过程是很微妙的，而相思阶段既是最痛苦，也是最美好，最值得回味的。有些人从小儿青梅竹马，亲密无间到成年，再到相思，距相恋只需一步时，却有鬼使神差挡道，阴差阳错的成了路人。所以，愿天下有情人终成眷属，的确是个美好的愿望。

终于知道开出租的辛苦了，每天早出晚归，又没有星期日，既使有了男朋友，要想花前月下也只能在做梦的时候了。

路边有许多写着司机之家的饭摊儿，玲玲很少在这里用餐，整天在外跑，饮食卫生最重要，不怕挣的少，就怕有病歇工，歇上几天，可以确定这一个月就白干了。所以，再小的饭馆也是饭馆，无非就是多花个三块五块的，多跑一趟活儿全有了。

中午饭尽量简单，包子，饺子，面条，炒饼炒饭，基本上都是快餐食品，不能耗时太长，耽误功夫是自己的。常说紧前不紧后，就是早挣够了早回家。

吃完饭回到车里，需要歇会儿消化消化食儿，这时电话铃响了，玲玲拿起手机一看，心脏"嘭"的一下开始蹦上了。是苏甫。

玲玲眼泪都快下来了，激动战胜了一切，日思夜想的甫哥，你终于活了。

　　叫声"甫哥"，她趴在方向盘上浑身都在抖动，汽车也摇晃起来。日思夜想和漫长的等待，构成了激动和委屈的交织，酸甜苦辣还有咸，是些什么滋味？都熬过来了，电话铃一响，所有的事就都不叫事了。我玲玲还是我玲玲。

　　电话铃响了六声后不响了。嘿，怎回事，等得不耐烦啦？玲玲净顾联想了，忘了接电话，苏甫那头儿挂了。

　　"你敢挂啦，活腻歪啦，再来我不接了。我渗着你。"玲玲把手机放在副驾驶座位上，眼睛确老盯着，心里暗暗的催促，快来……。

　　电话铃又响了，玲玲对着手机说："响八下我就接。二，三，四，五，六。"玲玲数到六，电话又挂了。

　　玲玲后悔了。干嘛要等八下，万一他要不来了怎么办？甫哥，你都十天不理我了，一天一下儿，也应该响十下啊。对，下次再来电话，响一声必须接。

　　等了半个小时，也没听手机响。"嗯，甫哥一定以为我在路上不能接电话。"玲玲安慰着自己。打着车继续跑，挣份钱去了。

　　男人也要面子，给你拨了两次电话你不接，他完全可以认为是你拒绝他了，从此不相往来，毕竟天灃何处无芳草。

　　看到苏甫主动联系，玲玲也是满心欢喜，但又想较个劲儿，就等着他拨第三次。结果等的天都黑了，手机就跟没电了似的。你就不会主动拨过去，他还能吃了你。现在可到好，甫说听他说话了，屁都不放了。你说他的屁是香的，他也不放了。

　　晚上吃完饭，玲玲哄着外甥在床上玩，手机握在手里，嘴里小声儿叨叨着："苏甫，苏甫……"

　　电话铃响了，来电话的是一个陌生的女人。自称姓郁（玉），说明天要包她的车，她住在西三环中路一个招待所里，要玲玲明天去接她，不用起早儿，几点去都行。她说她坐过玲玲的车，手上有从玲玲车上拿的名片。

　　完了,没戏了,本来想着明天若苏甫来电话,她会第一时赶到他身边,她会主动去和他拥抱。而有人包车, 时间就不能自己支配了。

　　"二爸, 你怎不跟宝宝玩儿呀。" 小外甥埋怨道。

　　玲玲亲了一下孩子说:"儿子, 二爸现在有事, 去找你亲爸爸玩去。"

　　"二爸, 你有什么事呀? " 外甥问。

　　"小孩子别打听。" 玲玲训斥着说。

　　小根儿倒爬着下床, 跑到米娜房间说:"亲爸爸, 二爸不跟我玩儿了, 她说她有事, 她有什么事呀? "

　　米娜坏坏的说:"你二爸呀, 不要你了, 她有二姨父了。去, 你去说二爸, 就说她有二姨父了。"

　　小根跑到玲玲房间说:"二爸, 亲爸爸说你有二姨父了。"

　　"嘿, 跟你亲爸爸不学好, 瞧我不打你。我那笤帚疙瘩呢? 给我拿过来……" 玲玲乍呼着。

　　外甥跑到妈妈屋去了。

第一百七十四篇 玲玲认婆婆 苏甫暗中观

　　虽然包车的客户说不用去得太早，玲玲还是不敢睡懒觉。吃完早点，把车开到洗车点儿洗车。能包车的客户，基本上都是比较讲究的，尤其是女客户，坐你的车觉得舒服，以后包车还会找你。

　　包车的是一位年近五十，着装整洁，身材微胖的中年妇女，上车后，她前后照了一眼说道："玲玲姑娘的车老是那么干净整洁，上来以后马上就感觉到很舒服。"

　　"谢谢您大姨，您准备去哪儿？"玲玲问。

　　郁女士看着窗外说："随便，我就想看看市景儿散散心，然后找个公园逛逛。看你吧，你哪熟悉去哪儿。"

　　玲玲想了想说："这样吧大姨，我们从这里往南，上长安街，路过天安门，然后往南去天坛公园，天坛公园您若去过，可以再往西去陶然亭公园。您看呢？"

　　"好，就按你说的，去天坛公园吧。不过，你可要陪我逛啊，我一个人怕走丢了。"郁女士说。

　　玲玲挂档上路，前面桥洞下调头往回开，绕道上了长安街。

　　郁女士很和蔼，也很健谈，自称正处在更年期，所以是个话痨。近段时间来北京工作很忙，没时间出来玩，现在好不容易放几天假，准备包三天车，好好散散心。

　　一听说包三天，玲玲的心差点儿跳出来。

　　其实每个出租车司机都愿意出包车。出包车收入稳定，比跑车收入略高，而且较轻松。若在平常，有人包车，玲玲肯定乐得跟什么似的，而今天则不然，她一门心思在等苏甫电话，若苏甫这时候来电，想接也不能接了。算了，别硬装了，抽功夫主动给他打电话吧，面子值什么钱呀。而且正好有借口，就说有客户不能接电话。

在天坛东门买票入园后，玲玲才感觉到那句"书到用时方恨少"的名言说得真不假。说实话，天坛还真没来过，没来过就不知道路径，不知道路径就讲不出个门道儿来。她有些后悔了，还不如去陶然亭呢，好歹去过，还能讲出个一二来。不过，郁女士只是出来散心，不太关心建筑的名称和用途，倒是对公园里的古树林感兴趣。

冬天了，万物凋零，唯松柏常绿，几百年的大树，使人感觉到，万物皆可永生，唯人生最短暂，古树参天，经千百年成林，而人无百年寿，就别怀千岁忧了。

现在的公园，已经变成了娱乐场所，吹拉弹唱的都嫌自己动静小。郁女士不愿在往前走了，耳朵被震得很不舒服，总想说话的她，说出来的话自己都听不见了。玲玲本来设计是进了公园靠南侧走顺时针，经南门儿，至西门儿，再到北门后返回东门。这下省事，大姨不想往前走了。玲玲也因此有些内疚，这种场合真不适合这个大姨，这是玲玲推荐的路线，你说她心里是不是也犯嘀咕。

公园的南侧有一片果树林，果树没有了树叶儿，树干倒也很有观赏性，而且这里阳光充足，晒的人身上还真暖和。这里的果树都很矮，坐在树干上脚还能着地，而且相对较清静，聊聊天儿，说说话儿，环境还是满不错的。

大姨很爱聊，家常里短儿的都问，把玲玲盘了个底掉。玲玲也喜欢和这个可亲可敬的长辈聊天，毫不避讳，很是投机。

听了玲玲讲述，大姨还真有些动容。"玲玲，你们这一家真不容易，尤其是你姨父，女儿被拐的痛苦，和你相依为命的艰辛，现在还干着一个月才几百块的刷车工，真的让人同情。玲玲，你回去跟你姨父、表姐商量一下，我们招待所传达室有一个名额，工作性质就是看门送报，搞搞门前卫生。我可以给他上三险，到手工资比他刷车高一倍，他若干的长，让他当个小领班，还可以再补助几百。"大姨说。

玲玲摸了一下脸说："大姨，我不是做梦吧？馅饼都送家来了。有这么好的工作，我姨父还不乐死。要真是这样，大姨，我为您服务一辈子我都愿意。"

"那好，就这么定了。明天让你姨父去招待所，找人事科签合同。不过玲玲，你可不要食言哟，我会赖上你的。"大姨说。

"大姨，瞧你说的，我虽然是个女孩，但是吐沫星子落地下也能砸个坑，您就是我的亲大姨，要不您就把我当儿媳妇。以后您就是我婆婆了。"玲玲把对付文哥的那套搬这儿来了。

"真的！唉，我要是有儿子……可惜呀。不过玲玲，我就当你是了。我是南方人，我们家乡管比较亲近的长辈都叫公啊婆的，你就别叫大姨了，叫婆婆吧。"大姨说。

"婆婆？行，只要您爱听。顾客本身就是上帝，是我的衣食父母，叫您什么都不吃亏。婆婆……"玲玲连着叫了几声。

郁婆婆乐得合不拢，高兴的说："玲玲，好孩子，你瞧婆婆这福气。要是真能给你当婆，那可是前世修来的。"

"得了吧婆婆，我要是真有您这样的婆婆，那才是造化呢。"玲玲很会说。

米娜陪着父亲按照玲玲说的地址找过去，果然是一家很大的招待所，到了人事科找主管，还真顺利，办手续签合同，又去总务科领了门卫的工服，随工作人员到传达室报到，就算上班了。父亲是城镇户口，三险只要交够了年头，老了以后就能领养老金了。

玲玲拉着郁婆婆玩了三天，天天哄婆婆开心，今天是最后一天了，婆婆要玲玲一起吃午饭。头两天玲玲都推辞了，说公司有规定，不许跟客户吃拿卡要。今天婆婆不依了，不吃不行，不吃就投诉你，让你这三天白干，玲玲只好依了婆婆，吃就吃呗，谁让咱招人待见呢。

酒店的包间里，女服务员把菜谱放桌上，让郁婆婆点菜，郁婆婆示意让玲玲点。当服务员把菜谱递过来时，玲玲赶忙摆手说："我不会点菜，让婆婆点。"

"哦，不是母女，是婆媳。婆婆您点。"服务把菜谱又交给婆婆。

婆婆面带微笑的说："宫爆鸡丁，大拌菜，再来一只龙虾，两听饮料。主食一碗米饭，一碗蘑菇汤面。"

"婆婆，别要龙虾了，太贵了，有下饭的就行了。"玲玲拦着婆婆。

婆婆没说话，只是一个劲的笑。

玲玲被看的有点毛了，也低头害羞的笑了。

"玲玲，这几天你陪着我玩儿，我很满意，也很高兴，我们就算有缘份。想送你件礼物吧，又不知道你喜欢什么。我这有只手镯，戴了十几年了，现在戴着有点儿紧了，就送你吧。"婆婆说着，从手腕上往下退手镯，是有些紧，但还是摘下来了。

"婆婆，您别摘，我不能要。这个手镯太贵重了。我和您只是萍水相逢，您是我的客户，为您服务是我的本职工作。我不能收您物品，您这是让我犯错误。您赶紧收起来，要不然这顿饭我也不吃了。"

婆婆笑着摇摇头，把镯子放进手包里。

"服务员。"隔壁餐厅传来男人的声音。

有服务员跑过去问："先生，您用餐吗？"

"不是那什么，我们同事在这订的餐，说是四号餐厅，怎么没有人啊？"男人问道。

"是苏甫。"玲玲惊道。

"苏甫，苏甫是谁？"婆婆问。

玲玲说话有些结巴："苏，苏苏甫，是我男，男，不是，是熟人……"

"瞧你这丫头，是你男朋友吧？"婆婆说。

"还，还没确定，就是一般男女朋友。"玲玲说。

"知道啦，你准是没谈过恋爱，说话都结巴了。从你的脸色儿上看，你一定喜欢他，就是窗户纸还没捅破。人都有这个过程。"婆婆说。

"先生，四号餐厅没有包桌，您是不是记错了？"服务员说

"没错呀，鲁菜馆，二楼四号，就是这啊？"苏甫说。

"先生，给您的朋友打电话问问不就知道了。"服务员提醒说。

"我没带手机。算了，我等几分钟看看吧。你忙。"苏甫又说。

"玲玲，把小伙子叫过来一起坐，这是个多好的机会啊。"婆婆说。

"婆婆不可以，我们是一般朋友，而且我也不能因为私事耽误您的时间。"玲玲说。

婆婆笑着说："我现在的时间就是找乐子，只要我高兴，就是百分之百的满意。服务员。"

服务员跑进来问："您有什么吩咐？"

"把隔壁那个姓苏的小伙子叫过来。"婆婆吩咐。

服务员来到隔壁说："先生，五号包间儿有一位女士请您过去。"

"女士，我在这里没有女士朋友啊，听错了吧？"苏甫问。

"您是姓苏吧？那位女士说的是把隔壁那个姓苏的请过去。不会错。"服务员说。

苏甫站起身，边往外走边说："那好吧，我去看看是谁。我在这里不认识女士呀，她怎么会知道我姓苏？玲玲……"苏甫一掀帘愣住了。

初恋的人就是怪，刚才还恨不得扑过去找苏甫，唯恐他跑了。但当他出现在眼前时，架子又端起来啦。

看见苏甫，玲玲心里很激动，脸上确表现的无动于衷，玲玲有自己的想法，现在一定要让他明白，是他在追她，这样心里才平衡。她摆出一副爱搭不理的劲儿，手托着腮，都不拿正眼儿瞧他，也不说话。

"来……小苏，坐坐，玲玲说你是她男朋友，今天正好赶上了，一起坐会儿。"婆婆张罗着。

"啊啊是，正在追。您是……"苏甫欲问。

"哦，我是玲玲新认的婆婆，是官称儿（小声的）。所以请她吃顿便饭。你别介意啊。玲玲说你是她对象，正好，相请不如偶遇，就叫你过来一块儿坐。"婆婆说。

苏甫马上献勤儿的说："不介意，我们家玲玲不认干爹干妈，就认公公婆婆。既然您是她婆婆，那就是我妈，哪能让您请啊。正好赶上，晚辈请。服务员，点菜。"

"点过了，你自己再点个自个儿喜欢吃的。"婆婆说。

"那好。来瓶红酒，一盘炸花生。"苏甫说完，用眼睛飞瞄了一下玲玲。玲玲只是装看不见，眼睛看着房顶。

菜上来了。女服务员用工具拆龙虾，取一块肉放婆婆面前碟里，再取一块放玲玲碟里，再要给苏甫夹肉时，被苏甫用手挡了一下，并示意把虾肉放玲玲盘里。服务员把肉放在玲玲的碟儿里后出去了。

婆婆吃了一口虾肉，示意玲玲也吃，玲玲晃着脑袋说："您吃吧，我没胃口。"

婆婆用手摸着玲玲的手刚要说话，手机响了。婆婆拿起手机，认真听对方说话，然后"嗯"了两声。她把手机收起来，装在包里对玲玲说，我出去处理点儿事，你们先吃。

苏甫把婆婆送出餐厅，小声的耳语几句后，回来坐下，手里托着婆婆的那只手镯，朝玲玲这头儿举着，也不说话。

玲玲看见手镯，实然心有所悟。想起这几天拉的这位女士，对她出奇的好，给姨父安排工作，还让她叫她婆婆，今天还送她这么贵重的礼物，而且碰巧苏甫也在这里，仔细分析苏甫的长相，这眉毛这眼儿，这鼻子这嘴儿，还真象母子，尤其那对耳垂儿，儿子象妈是在论的。而且那么贵重的翡翠镯子，怎么能轻易的交给一个陌生人呢。

明白了，你们这是母子联手唱双簧啊！既然你妈看上我了，那我就不怕了，瞧我怎么治你。

有情人由相思到相恋，过程既复杂又简单，时间既可长，也可短。冰水为之而寒于水，春天到了，冰又会融于水。眼前儿的这个男人已经归我了，官称婆婆变成了真婆婆，石头落地，肚子也叫上了，此顿不吃，那不是亏大了，这可是自己家的，婆婆也不是叫着玩的。

玲玲真饿了，端起饭碗扒拉几口饭后，拿起宫爆鸡丁的盘子，往碗里拨菜，然后端碗狼吞虎咽的吃了起来。

　　苏甫见玲玲动筷子了，便主动坐到她身边，用公勺给玲玲碗里放鸡丁。

　　"慢点儿吃，都是咱家的。"

　　玲玲吃得急，噎着了，她怕让苏甫看出来，就放下碗趴在桌子，把饭咽下去后，又觉得好事来得太快了，竟然哭了起来。

　　"宝贝儿不哭，回去以后再激动，先把饭吃完。打今儿以后，甫哥就是你的人了，要踢要踹要扒拉你随意，好啦别哭了。"苏甫哄着说。

　　"你妈装客户，你装走错了门儿，你们娘儿俩给我下套儿，欺负我一个没有社会经验的小女孩。呜……"玲玲哭出声儿来了。

　　"你婆婆那是喜欢你，要不然她老人家也不会在百忙之中来陪你玩儿。对了，你婆婆这个镯子你若不要，我就给拿回去了。"

　　玲玲抬头瞪了苏甫一眼，伸手把翡翠镯子抓过来，套在手腕上后，端起碗继续吃。"你妈这是考察我来了，让我一个连男朋友都没有的少女叫了她三天婆婆，我亏大了我。"玲玲一边吃一边说。

　　苏甫把手搭在玲玲肩上，脸上露出得意的笑容。

　　玲玲吃光了碗里的饭，趴在桌子上沉默了片刻，又开始抽泣起来……

　　苏甫用手抚摸着她的脖胫和脸，头伸过去用嘴唇吻她的耳朵……

　　"甫哥哥，我想你了……"玲玲颤动着肩说。

第一百七十五篇 走向新生活 最好是明天

表妹也算混出来了，米娜异常兴奋，颇有一番成就感，不光因为自己是她表姐。玲玲来北京，也算是投奔表姐，而她混到现在这个份上，找到自己的归宿，表姐的功劳也是大大的。

不过，看着玲玲一整天开心的，不知天高地厚的那个得意劲儿，真想过去掐她，羡慕是肯定的，妒忌也有点儿。

在自然界中，有一个现象叫平衡，上帝把米娜塑造成悲剧人物，而对玲玲却不薄，这就是平衡吧。

玲玲去公司办理了辞职手续，退了车，拿回了押金，把钱全部交给了表姐。她要离开家了，跟苏甫去一个陌生的地方，她会想表姐，想老爸，想咱儿子的。

"玲玲，穷家富路，钱你都带上吧。到了那头要好好做人，不要与人争竟计较，自己挣钱自己花，走遍天下都不怕。玲玲，姐姐只有一个愿望，你出嫁那天，能让姐从咱的家里把你送出去，姐就没有遗憾了。"米娜说话时已经泪流满面了。

"钱我不要，我有工作，是给苏甫母亲做秘书。姐，今后老爸和儿子就靠你一个人了，你不要太辛苦，实在顾不过来就把花店关了吧，我会给家寄钱的。还有我听苏甫妈说，你很有做生意的潜质，你若有好的项目，她会给你投资的。老爸回来要问我去哪了，你就说我出差了。"

玲玲蹲下，一手拉着外甥的小手，一手摸着他的脸蛋儿说："儿子，二爸出差了，要走很长时间的，你想二爸吗？"

孩子点点头说："想："

玲玲摸着他的头问："用哪儿想？"

孩子拍着肚子说："这儿想。二爸，你走了，宝宝就不能玩拉大锯了。"

玲玲用左手攥住右手腕说："来儿子……"

孩子也握住手腕，右手和玲玲的手握在一起，开始拉锯并唱道："拉大锯，扯大锯，姥姥家，唱大戏，接闺女……"

"儿子，二爸该走了，跟二爸拜拜。"米娜蹲下说。

"姐，刘秘书在楼下等我呢，我该走了。"玲玲说完，擦干了眼泪，抓住拉杆箱往外走，米娜接过玲玲手中的皮箱，一手拉着儿子，和她一起出门下楼。

楼门口，有一辆黑色的奥迪，刘秘书就站在车前。司机过来接过米娜手拉的行李箱，装进后背箱后，进了驾驶室。刘秘书走到米娜跟前，把一个厚厚的纸包交到米娜手里。"你是玲玲表姐吧，这是董事长让我交给你的，让我代表她对你表示感谢。"刘秘书说。

米娜接过纸包，已经知道了里面包着五万块钱。她没拒绝，也没道谢，她拉开后车门，把玲玲送上车，顺手把五万元放在玲玲身边的座位上，拍了玲玲一下后，关上车门，后退两步把儿子抱起来。

玲玲很了解表姐，不是自己挣的钱不花。而且她也是为自己的将来着想，进了豪门，也不能让人瞧不起。同时也在提醒自己，人这一生不能没钱，但最不能在意的也是钱……

见汽车驶出小区。米娜拉着儿子迅速回到楼上，打开东面的窗户极目远望……

玲玲乘坐的车向东行驶后，绕上五环，一路向北，逐渐隐没在远处的白云里。

去吧表妹，
迎着冬天的风北上。
那里是一个陌生的地方，
却有着你未来的梦想。
自然界对所有的人都是平等的，
但也需要去争取不能犹豫彷徨。
人生何其短暂，

只有不足百年的时光。

幸运的是我们还年轻，

身体里能迸发出无尽的能量。

四季如棱转瞬，

寒冬不会太长。

待到花开遍地时，

你会迎着春天的风，

回到我们的家乡。

米娜落泪了，但她并不是悲伤，也没有痛苦。人的一生，会流很多的泪，只有幸福的泪才会在幸福的时候情不自禁的落下来，没有任何一种力量能够阻挡。哭，原来也能带来幸福的，甜蜜的和美好的回味。想哭就哭吧，为什么不呢？

"亲爸爸，二爸走了，没人跟我玩儿拉大锯了，我要二爸……"儿子拉着她的手说。

米娜蹲下说："宝宝，二爸走了，还有亲爸爸，亲爸爸跟你玩儿呀。"

儿子拉着她的手说："亲爸爸，宝宝现在就玩儿。"

米娜坐在地上，抓住儿子的手，和儿子一起唱起了童谣："拉大锯，扯大锯，姥姥家，唱大戏，接闺女，请女婿，小外孙子儿也要去。不让你去，你偏要去，在姥姥家吃什么呀？吃的香瓜儿炒热屁。"

儿子用手抓了一个屁屁，扔到妈妈嘴里。

"真臭……"米娜捂着鼻子说。儿子"嘎嘎"的笑了。

找到琦琦的遗物，文哥悄悄的离开，回到家后，情绪受到了很大影响。他关掉手机，切断了与外界的一切联系。

人的一生有很多的不愉快，有些是砸下来的，有些是自找的。总说效仿仙佛，跳出三界外，现实中真的很难。

大年三十了，从早上就有人放炮仗，人们欢天喜地的大吃大喝，胡抡胡侃，孩子们又长一岁，文哥却向半百又迈了一步。

晚上陪父母吃了饭后回到家中，按往年的习惯，洗澡后开始打坐练气，不过，随着岁数的增长，加上生活所累，尤其是身边的人事缠身，使得体内的真气逐渐减弱，但静心除杂念的修练对身体还是有益的。

老式楼房隔音不好，有的邻居电视声音开得挺大，非常吵，但文哥也没办法，因为你也可以开电视，你不开就不要怪人了，因为人家要看春晚，这个时间段，恐怕只有你一个人在打坐吧，所有的人都会认为你有毛病。

可不是，现在的人都在刷存在感，无论做什么事情，都要闹出动静儿来。喝酒的会在胡同里光着膀子猜拳，下棋的一大帮人围着争吵，尤其是那些跳舞的，敲锣打鼓放音乐，低音炮都用上了。当然了，还有搓麻的……

鞭炮声响得急了，应该快到十二点了。现在过节又让放炮了。

再坐着没什么意思了。文哥起身，倒了一杯酒，敬了天，敬了地，然后一口喝干。放下酒杯，顺嘴吟出一绝，急铺纸书写。

忽闻鞭炮又除夕，光阴迅速把人欺。

英雄岂能常气短，好马扬威需奋蹄。

放下笔，文哥捏着萱纸的两个角，用柜门挤住挂起来，退后几步欣赏，觉得很满意。"好诗"。没人赞自己赞了一个。等有时间去琉璃厂装裱一下，挂在电脑桌前自励自赏吧。

通过这半个多月的研究，文哥敏锐的感觉到，中国股市的机会来了，一波大牛市正在酝酿之中，要想在这波行情中有所斩获，就不能有从众心理，可行的办法就是远离市区，躲进山里，创建一个独立思考的环境，静下心来排除外扰，这才是炒股之道。今夜就做好准备。明天出发。

早上煮了十几个饺子吃了，就没什么想儿了。台式电脑主机和显示器分装在两个箱子里，放在摩托车的后座上捆牢，两个笔记本用胶带扎紧放在后备箱里上锁，另外一些手使的东西放在左右两个皮箱里扣紧，晃了晃，还挺牢靠。冬天穿得多，上下车迈腿不方便，需靠着马路牙子或一面墙先上车，再踢起车支子打火着车，这样比较安全。

出了楼群，往前行驶一段，刚要加速时，一个人斜着走过来，幸亏开得慢，万一撞上，车倒了，电脑就完了。文哥刚要发火，定睛一看，原来是上次撞上的那个精神病人。没辙，有火也发不出了。

"给五块钱，还没吃早点呢。"疯子说。

"你看我象有钱的吗？"文哥捏着闸说。

"没钱不早说，耽误功夫。"疯子说完走了。

若平时，給五块钱不算什么，今天不行。首先是天气冷穿得多，若从兜里往外掏钱，得先摘手套，拉开衣服拉锁，这样身体和手马上就凉了，再想热过来就不可能了。而且今天车重且拉的东西码的高，往外掏钱必须先下车，把车支上才安全，否则万一车倒了，后果很严重，所以有时候做善事，也要量力而行。

文哥重新挂档给油，驶出小区上了公路。路上人不多，外地人都回家了，北京人熬夜儿的多数人还没起。

路口拐弯后，再过路口，就可以上主路了。文哥的车刚悠起来，忽见路边有一个小孩很眼熟，刹车从后视镜看，小孩正从背后招手，一个大人紧紧拉着不放。

"是拉拉？"文哥想到的同时，摘空档，侧身撤步，下车后立马儿踢上车支子。这时，拉拉已经挣脱出来，向文哥跑来。

一岁多点儿的孩子会跑不会走，且不会停，随时都会摔倒，文哥马上迎上去，在她摔倒之前接住并把她抱了起来。文哥很惊讶，四个多月没见到孩子了，她居然还认识。拉拉的眼里含着泪水，显得很痛苦，脸被冻得有些红肿，小手冰凉。

"拉拉，你怎么在这儿？"文哥问。

拉拉开始放声大哭，双手拽住文哥衣领不撒手。文哥腾出一只手，从兜里掏出餐巾纸给她擦泪。这时文哥才往远处看，原来拉着拉拉的是她叔儿小立竿儿。

"拉拉不哭……"文哥哄着说。

拉拉的眼泪成串儿的往下流，她趴在文哥肩上不停的抽泣着。

小立杆儿犹豫了一会儿，走过来从文哥手里抱过拉拉，没说话，又回到刚才站的地方，把拉拉放下，一只手紧扣着孩子的手。拉拉极力想挣开，但无济于事，小孩子能有多大劲儿。

文哥还要赶路。他把车向路边贴了贴，支起大支架，绕到车的右侧，借着马路牙子的高度迈腿上了车，很费劲，真不知道刚才是怎么下来的。

他用脚蹬着马路牙子，借身体的力量往前推，车支子弹起，双轮落地。文哥回头看了一眼拉拉，拉拉还在哭，又看了一眼他叔儿，他叔儿也正往这头看，文哥正好和小立杆儿形成对眼儿，就是这次对眼，后来让文哥后悔一辈子。

文哥开车上路，到前面路口，正好是红灯。停车等候片刻，忽然身体一颤，心说不好。马上调头回转寻找，小立杆儿和拉拉已经不见了。

文哥着急了，加速往前开了几百米，没有人影，又往左往右兜着圈儿找，还是没有，他有些失望了。

小立杆儿戒了毒，大年初一的应该回家过节，他没走，就证明他又复吸了，离不开毒品。他若复吸毒了，必须要有钱，没有钱一天也坚持不了。对于他来说，想弄到钱只有俩渠道，一个是偷，他也是这方面的高手儿，但他一个人不敢干。另一个就是贩毒，以贩养吸。而贩毒的风险极大，所以他把拉拉从家里带出来做筹码。拉拉还是吃奶的孩子，跟着他怎么行，所以小拉拉一定是受苦了。文哥心里想。

可怜的孩子，早在妈妈肚子里的时候，就担负着保护家庭的重任，现在母亲走了，又被叔叔拉了出来。母亲毕竟是母亲，虎毒不食子，无论妈妈多么的十恶不赦，她也不会让自己的女儿去做贼。而她叔叔就不一样了，他本来是靠拉拉妈养着的，拉拉妈甩手走了，肯定会结怨的，而且象小立杆儿这种本身就是扒手又吸毒的，基本就谈不上人性，他若把扒拿技术教给拉拉，让拉拉去偷，拉拉也就毁了。

小立杆儿是个扒手，扒手做案时，必须要眼观六路，而这个时候，有人看他一眼，正好和他对上眼，做贼的心虚，他马上会意识到是被发现了，就会在很短的时间内跑的无影无踪。

　　文哥刚才回头看拉拉，正好小立杆儿朝文哥这头瞧，两眼一对，小立杆儿立马儿省了，文哥回头的功夫，他抱着拉拉可以进胡同，或上公交，一分钟的功夫足够了。当然，听米娜说过，还有一招叫泥鳅钻泥，也就是就地卧倒，你哪儿找去。

　　兜了几个圈以后，只能放弃了，冬天太冷，骑摩托车时间不能太长。

　　可惜了小拉拉，多么可爱的孩子，在她幼小的心灵中，可能已经感知道了自己的未来，她向文哥伸出了求助的手，文哥却感到无能为力。

　　一个美丽漂亮的小女孩儿，在母亲的腹中刚成形的那一刻起，就已经是黑道中的人了。她出生来到这个世界，第一眼看到的就是注射器，白粉儿，和大人们从别人兜里偷来的钱，她没吃过母奶，没睡过属于自己床。既使是睡着了，也是在妈妈怀中跟着大人们流浪。她可能还不知道的是，在这个寒冷的大年初一。她已经是一个名符其实的小粉儿姐了。若干年后，世面上会出现一个漂亮的女拿手，一个妩媚娇羞的江洋大道。小拉拉……

　　你是一个叫拉拉的小姑娘，

　　长得肤白貌美真是漂亮。

　　你呱呱落地时不但有风沙伴舞，

　　还有小鸟为你歌唱。

　　天上的白云是你的棉被，

　　地下的士地是你睡觉的床，

　　你出生在高高的渣土堆上，

　　你是拉拉小姑娘……

　　大年初一，所有人的节日，但不属于你，可怜的拉拉小姑娘……

　　文哥开始轰大油门，伴着排气管发出"嗡嗡"的巨吼，摩托车冲过立交桥，上了高速，向远处的大山驶去……。